杜工部詩集輯注

上册

〔唐〕杜甫 著 〔清〕朱鶴齡 輯注

韓成武 周金標 孫微

張嵐 韓夢澤 點校

中華書局

圖書在版編目(CIP)數據

杜工部詩集輯注/(唐)杜甫著;(清)朱鶴齡輯注;韓成武等點校. —北京:中華書局,2024. 3
ISBN 978-7-101-15616-4

Ⅰ. 杜… Ⅱ. ①杜…②朱…③韓… Ⅲ. 杜詩-注釋
Ⅳ. I222. 742

中國版本圖書館 CIP 數據核字(2022)第 010725 號

責任編輯:郭睿康 劉 明
責任印製:陳麗娜

杜工部詩集輯注

(全三册)

〔唐〕杜 甫 著

〔清〕朱鶴齡 輯注

韓成武 周金標 孫 微 張 嵐 韓夢澤 點校

*

中 華 書 局 出 版 發 行

(北京市豐臺區太平橋西里 38 號 100073)

http://www. zhbc. com. cn

E-mail:zhbc@ zhbc. com. cn

三河市鑫金馬印裝有限公司印刷

*

850×1168 毫米 1/32 · 41 印張 · 6 插頁 · 729 千字

2024 年 3 月第 1 版 2024 年 3 月第 1 次印刷

印數:1-3000 册 定價:158. 00 元

ISBN 978-7-101-15616-4

前言

明末清初是杜詩學史上第二次研究高潮，出現了一批學術價值堪稱厚重的杜詩注本，如王嗣奭《杜臆》、錢謙益《錢注杜詩》、朱鶴齡《杜工部詩集輯注》、黄生《杜詩説》、仇兆鰲《杜詩詳注》、浦起龍《讀杜心解》、楊倫《杜詩鏡銓》等。其中朱鶴齡《杜工部詩集輯注》價值重大而關注相對較少，于是我們著手點校工作，潛心致力，晨昏不輟，幾經寒暑，終告蕆事。

朱鶴齡（一六〇六——一六八三），字長孺，號愚庵，吴江松陵（今屬江蘇）人。明末諸生，入清後絶意仕進，終身布衣，在經、史、子、集各方面均有造詣，於箋疏之學見長。與著名學者顧炎武、錢謙益有交遊，顧炎武十分推許其學識和人格，錢謙益高度贊揚其詩道端莊、經學淵博。朱鶴齡亦爲當時著名詩人，曾與顧炎武等人參加明遺民社團「驚隱詩社」，著有詩文集《愚庵小集》，作品感情深厚，風格典麗，爲當時名流所稱許。朱氏平生著述，除《杜工部詩集輯注》、《愚庵小集》之外，還有《尚書埤傳》、《禹貢長箋》、《詩經通義》、《春秋集説》、《讀左日鈔》、《李商隱詩集箋注》等傳世。

《杜工部詩集輯注》是朱氏一部力作。朱氏於該書卷前「自識」云：「愚素好讀杜，得蔡夢弼草堂本點校之，會稡群書，參伍衆説，名爲《輯注》。」順治十二年冬，朱氏應錢謙益之邀前往坐館，其間，出示輯注初稿求正。謙益閲罷認可，並且拿出自己所箋注的吴若本及九家注，「命之合鈔，益廣搜羅，詳加考覈」，二人「朝夕質疑」。順治十四年冬，朱氏完成二稿，請謙益作序，謙益在「未見成書」的情況下，寫了序言。幾年之後，至康熙元年，朱氏又來錢家坐館，將成書出示就正。謙益閲罷，甚爲不滿，主要原因當是成書未能采納其某些見解，如朱氏所言：「先生謂所見頗有不同，不若兩行其書。」如此，兩注分而欲合，合而復分，終於各刊其書。乃知學術之争，是爲學人拒絶苟且、寸步不讓之事業。《杜工部詩集輯注》的刊刻時間，據文集後所附「杜詩補注」頻引顧炎武《日知録》中「杜詩注」這一情況來看，當在康熙十一年稍後（《日知録》初刻於康熙十一年）。學界亦有持康熙九年説者，按朱、顧二人過從甚密，朱氏於《日知録》刻成之前得閲書稿，也是完全有可能的。無論九年或十一年刻成，這部巨著從草創到問世，前後歷時均達數十年之久。

《杜工部詩集輯注》共計二十三卷，其中詩二十卷、文賦二卷、集外詩一卷。共計收詩一四五七首，文賦二十三篇（對於杜甫文賦的全面注釋，朱本首開其端）。同其他注本相比較，朱本「于經史典故及地里職官，考據分明。其删汰猥雜，皆有廓清之功」（仇兆鰲《杜詩詳注·凡例》）。這與朱鶴齡精于經史典故、職官制度及地理學研究有密切關係。朱本對宋以來的豐富而龐雜的杜詩學遺産進行全面而細緻的整理，既不遺漏任何一條有價值的見解，又不放過任何一條有影響的誤解，做到扶正駁謬、去僞存真。誠如其「凡例」所言：「宋人注杜詩多不傳，惟趙次公、黄鶴、蔡夢弼三家得閲其全注，中有當者悉録之。」例如，杜甫與李邕初次見面的時間、地點問題，《新唐書·杜甫傳》云：「客齊趙間，李邕奇其才，先往見之。」而宋人趙次公據杜甫《八哀詩·贈秘書監江夏李公邕》之「伊昔臨淄亭，酒酣託末契。重敘東都別，朝陰改軒砌」句意，證明杜甫與李邕初次見面是在東都洛陽，而非齊趙，時間是在杜甫二十歲開始的壯遊之前。趙次公的這條注釋本來很有價值，卻爲後來注家所遺漏，例如元人高楚芳編輯《集千家注杜工部詩集》以及刻成於康熙六年的《錢注杜詩》卻仍取用《新唐書》本傳之説。朱本則對趙次公的見解予以收録，其去僞存真之功爲大。朱注又一長處是立言謹慎，諸如對杜詩的編年、「公自注語」的判定、舊注引文的存删、古今詩話的采録等，均能以求實態度慎重對待之。在杜詩編年上，朱氏認爲「某詩必繫某年，則拘固可笑」（見「凡例」），爲此，他只在各卷之首標爲「公某時某地作」。這種編年方式可以避免妄斷之失。杜詩除部分詩作明確寫作時間地點，尚有部分作品實難決之。後人未與杜甫同遊，安能清晰如此？對於千家本上的「公自注語」，朱氏「向疑後人附益」，經過考察，發現這些「自注語」多爲「王原叔、王彦輔諸家注耳，未可盡信」（見「凡例」）。遂將舊本所無者俱加删削。長期以來，所謂「公自注語」，擾人甚重，裁決詩旨，常爲所惑。朱氏此舉，功誠大焉。對於舊注的引文，亦采取慎重態度決定取捨，對漢魏以下失傳的典籍，凡經《十三經注疏》、《兩漢書注》、《文選注》及唐宋人諸類書所載者，則保存之；對於舊注所引六朝人詩，有的未見於詩集，朱氏懷疑「宋時尚有全本」，因此「不敢盡以僞撰廢之」；而對於那些「文義不類」者，則「概從芟汰」（見「凡例」）。可知朱氏查閲原典耗費時間之巨，甄别真僞用心之深。對於古今詩話的采録，不以求全爲事，「必於詩理、詩法有所發明者，方采入一二」（見「凡例」）。有利於解詩者方取用之，與某些注家炫耀學問淵博大相徑庭。朱氏的注疏指導思想亦頗重要，他認爲「訓釋之家，必須事義兼晰」，詩中之事與詩中意旨都要解釋清楚，並且把兩者有機結合起來，既不可釋事忘義，又不可棄事發義。他的做法是「於考注句字之外，或貫穿其大意，或闡發其微文」（見「凡例」）。上述各條，給人以深刻的感受：朱鶴齡是一位存心端正而專注的杜詩注家。《杜工部詩集輯注》作爲杜詩學之重要文獻，應該成爲後世研杜者必讀之書。

本點校本以康熙間金陵葉永茹萬卷樓刻本爲底本。該刻本卷前有錢謙益序及手簡、朱鶴齡識語、自序。其後爲附録舊序、跋、記，依次爲樊晃序、王洙序、王琪後記、胡宗愈序、王安石序、李綱序、吴若後記、郭知達序、蔡夢弼跋。又其後爲《舊唐書·文苑·杜甫傳》、朱鶴齡訂《杜工部年譜》、元稹《唐故檢校工部員外郎杜君墓係銘并序》。又其後爲凡例。該書没有詩題總目，詩目分置於各卷前。本次點校爲使讀者閲讀方便，將各卷詩目總列於前。刻本卷末的《杜詩補注》部分，分别插入各卷相應詩下。原本刻板時遺漏的《晚秋長沙蔡五侍御飲筵送殷六參軍歸澧州覲省》，本補刻於二十卷末，署曰「失編一首」，題下注：「次《長沙送李十一》詩後」，今編入《長沙送李十一銜》之後。底本中「胡」、「虜」等違礙字均塗作墨丁，今據蔡夢弼《杜工部草堂詩箋》、錢謙益《錢注杜詩》、仇兆鰲《杜詩詳注》等書校補。本書在點校中參校了中國科學院藏本《杜工部詩集輯注》，二本内容互有異同，社科院藏本于朱鶴齡《自序》後，尚有計東《朱氏杜詩輯注序》一篇，但二十卷末無沈壽民《後序》和《杜詩補注》部分。今據社科院藏本，補入計東《朱氏杜詩輯注序》。

本書點校者勤懇從事，以嚴肅認真態度，對原刻本注釋文字的語意做出細緻的研究，經反復推敲而後落筆點斷。使用規範的標點符號，以求正確顯示朱氏的語意、語氣，使注釋文字暢達易曉。底本中的異體字、俗體字，一般改爲通行繁體字，不出校記。

杜詩正文及朱注引文，文字與通行本有異者，俱依底本；顯係誤刻者，徑改。敬業尚可，而學識有限，此書或許存有若干缺陷，敬待方家糾正之。

韓成武

二〇一九年八月

目録

杜工部詩集卷之二

杜工部詩集卷之三

杜工部詩集卷之四

杜工部詩集卷之五

杜工部詩集卷之七

杜工部詩集卷之八

杜工部詩集卷之九

杜工部詩集卷之十

杜工部詩集卷之十一

杜工部詩集卷之十二

杜工部詩集卷之十三

杜工部詩集卷之十四

杜工部詩集卷之十五

杜工部詩集卷之十六

杜工部詩集卷之十七

杜工部詩集卷之十八

杜工部詩集卷之二十

杜工部文集卷之一

杜工部文集卷之二

吴江朱氏杜詩輯注序

余箋解杜詩，興起於盧德水，商榷於程孟陽，已而學子何士龍、馮已蒼、族子夕公遞代讎勘，庵有成編，猶多闕佚。老歸空門，不復省視。吴江朱子長孺館余荒邨，出所撰《輯注》相質，余喜其發凡起例，小異大同，敝簏蠹紙，悉索舉眎。長孺隳摖詮次，都爲一集。書成，謂余宜爲序。自昔箋注之陋，莫甚於杜詩。僞注假事，如鬼憑人；剽義竄辭，如蟲食木。而又連綴歲月，割剥字句，支離覆逆，交跖旁午，如鄭邛、黄鶴之流，向有略例破庰，亦趣舉一二而已。今人視宋，學益落，智益庵，影明隙見，熏染于嚴儀、劉會孟之邪論，其病屢傳而滋甚。人各仞其所解以爲杜詩，而杜詩之真面目盤回于洄淵漩澓，不能自出。間嘗與長孺論之，「勃律天西采玉河，昆堅碧盌最來多」，記事之什也。以《卤域記》徵之，象、人、馬、寶之主，分一閻浮提爲四界，西方寶主之疆域，是兩言如分尉堠也。「身許雙峰寺，門求七祖禪」，歸心之頌也。以《傳燈》書覈之，能、秀、會、寂之門，争一屈眴衣如敵國，二宗衣鉢之源流，是兩言如按譜系也。昔人謂不行萬里途，不讀萬卷書，不能讀杜詩，吾謂少陵胸次殆不止如此。今欲以椰子之方寸，針孔之兩眸，雕鎪穿穴，横鉤竪貫，曰杜詩之解在是，不爲埳井之蛙所竊笑乎？長孺聞之，放筆而嘆，蓬蓬然深有所契也。其刊定是編也，齋心祓身，端思勉擇，訂一字如數契齒，援一義如徵丹書。寧質毋夸，寧拘無偭，寧食雞跖，無噉龍脯，寧守兔園之册，無學邯鄲之步，斤斤焉取裁於《騷》之逸、《選》之善，罔敢越軼。近代攻杜者，覓解未慗，又從而教責之，章比字櫛，儼然師資。長孺蹙頞曰：「『不知群兒愚，那用故謗傷？』鶴齡雖固陋，忍使百世而下，謂有師心放膽，犯蚍蜉撼樹之誚如斯人者乎？」然則長孺之用心，亦良苦矣。昔者范致能與陸務觀論注蘇詩，務觀以爲難，枚舉數條以告，致能曰：「如此則誠難矣。」厥後吴興施宿武子注成，務觀遂舉斯言以爲序。余讀渭南之言，竊聞注詩之難，諄複以告學者。老而失學，不敢忘也。長孺，深知注詩之難者也。因其告成，舉此以序之，并以諗於後之君子。虞山蒙叟錢謙益謹書於碧梧紅豆之邨居。

杜注付梓甚佳，但自愧糠粃在前耳。此中刻未必成，即成，不妨兩行也。　益草後。

愚素好讀杜，得蔡夢弼草堂本點校之，會稡群書，參伍衆説，名爲《輯注》。乙未，館先生家塾，出以就正，先生見而許可，遂檢所箋吴若本及九家注，命之合鈔，益廣搜羅，詳加考覈，朝夕質疑，寸晷指授，丹鉛點定，手澤如新。卒業請序，篋藏而已。壬寅，復館先生家，更録呈求益，先生謂所見頗有不同，不若兩行其書。時虞山方刻《杜箋》，愚亦欲以《輯注》問世。書既分行，仍用草堂原本，節采《箋》語，間存異説。謀之同志，咸謂無傷。是冬館歸，將刻様呈覽。先生手復云云。見者咸歎先生之曲成後學，始終無異如此。今先生往矣，函丈從容，遂成千古，能無西州之痛！松陵朱鶴齡書。

朱氏杜詩輯注序

杜詩千家注最爲紕繆，宋本之善者有二焉：分體則吴若本，今虞山先生所箋者是也；編年則蔡夢弼本，吾邑朱氏長孺所輯注者是也。長孺與先生以杜詩契合，世莫不聞。始而彙鈔，既則分出，皆先生所命。乃好事者以説有異同，遂疑爲牴牾。夫古人撰述，不求立異，亦不肯苟同。劉向立《穀梁春秋》，子歆乃好《左氏》，是父子不必同也。蘇子瞻作《論語説》，子由辨正之，謂之《拾遺》，是兄弟不必同也。吕大臨爲程正叔門人，其解《論語》不盡用師説，以至歐、蘇之解《昊天有成命》，朱、蔡之解《金縢》，皆各持一論，是師、弟子不必同也。吕東萊《讀詩記》，辨「思無邪」、「正雅」、《鄭》、《衛》、《南陔》六詩，大與考亭相擊排。及吕《記》板行，考亭爲作序，古人豈以異説爲嫌哉！先生箋杜，搜奇抉奥，海内承風。然《洗兵馬》謂深刺肅宗，而或以爲輔國離間乃上元間事，不當逆探其邪；《哀江頭》謂專感貴妃，而或以爲「清渭劍閣」乃繫思舊君，不與《長恨》同旨；「羽翼懷商老」，本爲廣平而興思；「之推避賞從」，非因疎斥而含懟。至如嚴鄭公、柏中丞諸事實，又各有考證，何妨兩存其説？是非之論，聽之天下後世，乃益見先生之大。如必以所見異同之故，遽坐爲罪，則是傳《春秋》者，左氏之外，不必復有公羊、穀梁；公羊、穀梁之外，不必復有鄒、夾、啖、趙；鄒、夾、啖、趙之外，不必復有陳氏、胡氏。説《詩》者止宗卜氏《序》，不當復有齊、魯、韓、毛四家與鄭氏之《箋》、歐陽之《本義》、蘇氏之《傳》、吕氏之《記》、嚴氏之《緝》、朱子之《集傳》也，而可乎？若曰前輩之書，不應節取，則考亭、仲默所引某子曰、某氏曰者，皆當坐以姍侮前賢之罪。況先生業有耑刻，何取于此書之登載無遺乎？今先生之《箋》盛行天下，《箋》本之所未及者，又于《輯注》備之。蓋長孺在先生館齋三年，考索叩鳴如響者皆具焉。則兩集並行，正猶匯江之漢、麗月之星，非相悖而適相成也。使過疑有所牴牾而抑之不出，豈先生之心哉！今長孺窮老著書，如《尚書埤傳》、《毛詩通議》、《禹貢長箋》，皆堪並懸日月，非僅藉此注爲不朽也，奚必譊譊求雪於一時哉！是爲序。康熙九年冬杪同里學人計東序。

輯注杜工部集序

松陵　朱鶴齡　譔

客有譙於余曰：「子何易言注杜也？書破萬卷，塗行萬里，乃許讀杜。子足不踰丘里，目不出兔園，日取詩、史而排纂之，穿穴之，冀以自鳴於世，吾恐觚稜刓而揶揄者隨其後也！」余曰：「是固然矣。抑子之所言者，學也。子美之詩，非徒學也。夫詩以傳聲，節族成焉；聲以命氣，底滯通焉；氣以發志，思理函焉，體變極焉。故曰『詩言志』。志者，性情之統會也。性情正矣，然後因質以緯思，役才以適分，隨感以赴節。雖有時悲愁憤激，怨誹刺譏，仍不戾温厚和平之旨。不然，則靡麗而失之淫，流灕而失之宕，雕鏤而失之瑣，繁音促節而失之噍殺。綴辭逾工，離本逾遠矣。子美之詩，惟得性情之至正而出之，故其發於君父、友朋、家人、婦子之際者，莫不有敦篤倫理、纏綿菀結之意。極之，履荆棘，漂江湖，困頓顛躓，而拳拳忠愛不少衰。自古詩人，變不失貞，窮不隕節，未有如子美者，非徒學爲之，其性情爲之也。子美没已千年，而其精誠之照古今、殷金石者，時與天地之噫氣、山水之清音，嶒峵響答於溟涬澒洞、太虚寥廓之間。學者誠能澄心祓慮，正己之性情，以求遇子美之性情，則崆峒仙仗之思，茂陵玉盌之感，與夫杖藜丹壑、倚櫂荒江之態，猶可儼然晤其生面而揖之同堂，不必以一二隱語僻事、耳目所不接者爲疑也。且子亦知詩有可解、有不可解乎？指事陳情，意含風諭，此可解者也；託物假象，興會適然，此不可解者也。不可解而强解之，日星動成比擬，草木亦涉瑕疵，譬諸圖罔象而刻空虚也；可解而不善解之，前後貿時，淺深乖分，欣忭之語，反作誚譏，忠剴之詞，幾鄰懟怨，譬諸玉題珉而烏轉舄也。二者之失，注家多有。兼之僞撰假托，疑誤後人，瞽説支離，襲沿日久，萬丈光燄化作百重雲霧矣。今爲翦其繁蕪，正其謬亂，疏其晦塞，諮諏博聞，網羅秘卷，斯亦古人實事求是之指，學者所當津逮其中也。余雖固陋，何敢多讓焉？」客曰：「子言誠辨，然當代鉅公有先之者矣。子之書無乃以爝火附太陽？」余曰：「才有區分，見有畛域，以求其是則一也。今夫視日者，登中天之臺，則千里廓然；闚之於户牖，所見不過尋丈。光之大小誠有間，然不可謂户牖之光非日也。賢者識其大，不賢識其小，總以求遇子美之性情於句鉤字索之外。即説偶異同，亦博考群言，折衷愚臆，豈有所牴牾齮齕於其間哉？」客退，遂譔次其語，以書之卷端。

附録舊序

杜工部小集序

唐　樊晃潤州刺史

工部員外郎杜甫，字子美，膳部員外郎審言之孫。至德初，拜左拾遺，直諫忤旨，左轉，薄遊隴蜀，殆十年矣。黄門侍郎嚴武總戎全蜀，君爲幕賓，白首爲郎，待之客禮。屬契闊湮阨，東歸江陵，緣沅湘而不返，痛矣夫！文集六十卷，行於江漢之南。常蓄東遊之志，竟不就。屬時方用武，斯文將墜，故不爲東人之所知。江左詞人所傳誦者，皆公之戲題劇論耳，曾不知君有大雅之作，當今一人而已。今採其遺文，凡二百九十篇，各以事一作志類，分爲六卷，且一作直行於江左。君有宗文、宗武，近知所在，漂寓江陵。冀求其正集，續當論次云。

杜工部集序

宋　王洙翰林學士

杜甫，字子美，襄陽人，徙河南鞏縣。曾祖依藝，鞏令。祖審言，膳部員外郎。父閑，奉天令。甫少不羈，天寶末獻《三大禮賦》，召試文章，授河西尉，辭不行，改右衛率府胄曹。天寶末，以家避亂鄜州，轉陷賊中。至德二載，竄歸鳳陽，謁肅宗，授左拾遺，詔許至鄜迎家。明年收京，扈從還長安。房琯罷相，甫上疏論琯有才，不宜廢免。肅宗怒，貶琯邠州刺史，出甫爲華州司功。屬關輔饑亂，棄官之秦州，又居成州、同谷，自負薪採梠，餔糒不給。遂入蜀，卜居成都浣花里，復適東川。公適東川，在嚴武鎮成都之後。此四字當刪。久之，召補京兆府功曹，以道阻不赴，欲如荆楚。上元二年，聞嚴武鎮成都，自閬挈家往焉。按：子美自閬還成都，武再鎮蜀時也。此序誤。武歸朝廷，甫浮游左蜀諸郡，往來非一。武再鎮兩川，奏爲節度參謀、檢校工部員外郎，賜緋。永泰元年夏，武卒。郭英乂代武，崔旰殺英乂，楊子琳、柏正當作貞，宋本避諱。節舉兵攻旰，蜀大亂。甫逃至梓州，亂定，歸成都，無所依，按：子美避徐知道亂，入梓州。崔旰亂後，自雲安寓夔，不復還成都矣。此序亦誤。乃泛江遊嘉、戎，次雲安，移居夔州。大曆三年春，下峽至荆南。又次公安，入湖南，泝沿湘流，遊衡山，寓居耒陽。嘗至岳廟，阻暴水，旬日不得食。耒陽聶令知之，自具舟迎還。五月夏，一夕，醉飽卒，年五十九。觀甫詩與《唐實録》，猶概見事跡，比《新書》列傳，彼爲踳駮。傳云「召試京兆功曹」，而集有《官定後戲贈》詩，注云「初授河西尉，辭，改右衛率府胄曹」。傳云「遁赴河西，謁肅宗於彭原」，而集有《喜達行在》詩，注云「自京竄至鳳翔」。傳云「嚴武卒，乃遊東蜀，依高適，既至而適卒」，據適自東川入朝，拜散騎常侍，乃卒。又集有《忠州聞高常侍亡》詩。傳云「扁舟下峽，未維舟而江陵亂，乃游湘衡」，而集有居江陵及公安詩至多。傳云「永泰二年卒」，而集有《大曆五年正月追酬高蜀州》詩，及別題大曆年者數篇。甫集初六十卷，今祕府舊藏、通人家所有稱大小集者，皆亡逸之餘，人自編摭，非當時第次矣。蒐裒中外書，凡九十九卷。古本二卷，蜀本二十卷，集略十五卷，樊晃序小集六卷，孫光憲序二十卷，鄭文寶序少陵集二十卷，別題小集二卷，孫僅一卷，雜編三卷。除其重複，定取千四百有五篇。凡古詩三百九十有九，近體千有六。起太平時，終湖南所作，視居行之次與歲時爲先後，分十八卷。又別録賦、筆、雜著二十九篇爲二卷，合二十卷。兹未可謂盡，他日有得，尚圖益諸。寶元二年十月日。

晁公武曰：本朝自王原叔以後，學者喜觀杜詩。世有爲之注者數家，率鄙淺可笑。有託原叔名者，其實非也。吴彦高《東山集》云：今世所注杜詩，乃元祐間祕閣校對黄本、鄧忠臣所爲，鏤板家標題，遂以托名王原叔。兩王公前後記，初無一語及注。後記又言「如原叔之能文，止作記于後」，則原叔不注杜詩，益可見矣。

後記

宋 王琪姑蘇郡守

近世學者爭言杜詩，愛之深者，至剽掠句語，迨所用險字而模畫之，沛然自以絶洪流而窮深源矣。又人人購其亡逸，多或百餘篇，少數十句，藏弆矜大，復自以爲有得。翰林王君原叔尤嗜其詩，家素蓄先唐舊集，及採祕府名公之室，天下士人所有得者，悉編次之，事具於記，於是杜詩無遺矣。子美博聞稽古，其用事，非老儒博士罕知其自出。然訛缺久矣，後人妄改而補之者衆，莫之遏也。非原叔多得其真，爲害大矣。子美之詩，詞有近質者，如「麻鞋見天子」、「垢膩脚不韈」之類。所謂轉石於千仞之山，勢也。學者尤效之而過甚，豈遠大者難窺乎？然夫子之删《詩》也，至於檜、曹小國，寺人、女子之詩，苟中法度，或取而絃歌。善言詩者，豈拘於人哉？原叔雖自編次，余病其卷帙之多而未甚布。暇日與蘇州進士何君瑑、丁君修，得原叔家藏及古今諸集，聚於郡齋而參考之，三月而後已。義有兼通者，亦存而不敢削，閱之者固有淺深也。而又吴江邑宰河東裴君煜取以覆視，乃益精密，遂鏤於板，庶廣其傳。或俾余序於篇者，曰：如原叔之能文稱於世，止作記於後。且余安知子美哉？但本末不可闕書，故概舉以附於卷終。原叔之文，今遷於卷首云。嘉祐四年四月望日。

《吴郡志》：嘉祐中，王琪以知制誥守郡，大修設廳，規模宏壯，假省庫錢數千緡。廳既成，漕司不肯除破。時方貴杜集，人間苦無全書。琪家藏本讎校素精，即俾公使庫鏤板，印萬本，每本爲直千錢，士人争買之。既償省庫，羨餘以給公厨。○《通考》：陳氏曰：按《唐志》，杜甫集六十卷，小集六卷，王洙原叔蒐裒中外書，合爲二十卷，王琪君玉嘉祐間刻之姑蘇。元稹《墓誌》附二十卷之末。又有遺文九篇，治平中太守裴煜刊附集外。蜀本大略相同，而以遺文入正集中，則非其舊也。

成都新刻草堂先生詩碑序

宋　胡宗愈知成都府

草堂先生，謂子美也。草堂，子美之故居，因其所居而號之曰草堂先生。先生自同谷入蜀，遂卜居浣花江上，萬里橋之西，爲草堂以居焉。唐之史記，前後牴牾，先生至成都之年月不可考。其後，先生《寄題草堂》云：「經營上元始，斷手寶應年。」然則先生之來成都，殆上元之初乎？嚴武入朝，先生送武至巴西，遂如梓州。蜀亂，乃之閬州。將赴荆楚，會武再鎮兩川，先生乃自閬州挈妻子歸草堂。武辟先生爲參謀。武卒，蜀又亂。先生去之東川，移居夔州，遂下荆渚，泝沅湘，上衡山，卒於耒陽。先生以詩鳴於唐，凡出處去就、動息勞佚、悲歡憂樂、忠憤感激、好賢惡惡，一見於詩。讀之可以知其世，學士大夫謂之「詩史」。其所游歷，好事者隨處刻其詩於石，及至成都則闕然。先生之故居，松竹荒涼，略不可記。丞相吕公鎮成都，復作草堂於先生之舊址，繪先生之像於其上。宗愈假符於此，乃録先生之詩，刻石置草堂之壁間。先生雖去此，而其詩之意有在於是者，亦附於後，庶幾好事者得以考先生去來之跡云。元祐庚午某月日。

杜工部詩後集序見《臨川文集》

宋　王安石

予考古之詩，尤愛杜甫氏作者。其詞所從出，一莫知窮極，而病未能學也。世所傳已多，計尚有遺落，思得其完而觀之。然每一篇出，自然人知非人所能爲，而爲之者惟其甫也，輒能辨之。予之令鄞，客有授予古之詩，世所不傳者二百餘篇，觀之，予知非人所能爲，而爲之實甫者，其文與意之著也。然甫之詩，其完見於今者，自余得之。世之學者，至乎甫而後爲詩不能至，要之，不知詩焉爾。嗚呼！詩其難，惟有甫哉！自《洗兵馬》下，序而次之，以示知甫者，且用自發焉。皇祐壬辰五月日。

《蔡寬夫詩話》：王原叔本，杜詩辭有兩出者，多並存於注。至荆公爲《百家詩選》，始參考擇其善者，定歸一辭。《王直方詩話》：荆公編集四家詩，以子美爲第一，永叔次之，退之又次之，以太白爲下。

校定杜工部集序見《東觀餘論》

宋　李綱

杜詩舊集，古律異卷，編次失序。余嘗有意參訂之，特病多事，未能也。故校書郎武陽黄長睿父，博雅好古，工文詞，尤篤好公之詩，乃用東坡之説，隨年編纂，以古律相參，先後始末，皆有次第。然後子美之出處，及少壯老成之作，粲然可觀。蓋自開元、天寶太平全盛之時，迄於至德、大曆干戈亂離之際，子美之詩凡千四百四十餘篇。其忠義氣節，羈旅艱難，悲憤無聊，一寓於此。句法理致，老而益精。時平讀之，未見其工。迨親更兵火喪亂，誦其詞，如出乎其時，犂然有當於人心，然後知爲古今絶唱也。公之述作，行於世者既不多，遭亂亡逸，加以傳寫謬誤，浸失舊文，烏三轉而爲舄者，不可勝數。長睿父官洛下，與名士大夫遊，裒集諸家所藏，是正訛舛，又得逸詩數十篇參於卷中。及在祕閣，得御府定本，校讎益號精密，非行世者之比。長睿父没十七年，予始見其親校集二十二卷於其家，朱黄塗改，手蹟如新，爲之愴然。竊歎其博學淵識，有功於子美之多也。方肅宗之怒房琯，人無敢言，獨子美抗疏救之，由是廢斥，終身不悔，與陽城之救陸贄何異？然世罕稱之者，殆爲詩所掩故耶？因序其集而及之，使觀者知公遇事不苟，非特言語文章妙天下而已。紹興六年丙辰正月朔。

嚴滄浪《詩話》：「迎旦東風騎蹇驢」，決非盛唐人言語。今世俗圖畫以爲少陵詩，漁隱亦辨其非矣，而黄長睿編入杜集，非也。

杜工部集後記

宋 吴若通判建康

右杜集，建康府學所刻版也。初，教授劉常今亘當兵火瓦礫之餘，便欲刻印此集，府帥端明李公允行之，繼而樞密趙公不廢其説。未幾，趙公移帥江西，常今亦以病丐罷，屬府倅吴德充公才、簪推王伯言闓嗣成之，德充、伯言爲求工於外邑，付學正張巽、學録李鼎，要以必成。踰半載，教授錢耆明壽朋來，乃克成焉。蓋方督府宣司鼎來，百工奔走，趨命不暇。一集之微，更歲歷十餘君子始就。嗚呼，儒業之難興如此。常今初得李端明本，以爲善，又得撫屬姚令威寬所傳故吏部鮑欽止本較定之，末得若本，以爲無憾焉。凡稱樊者，樊晃《小集》也。稱晉者，開運二年官書本也。稱荆者，王介甫《四選》也。稱宋者，宋景文也。稱陳者，陳無己也。稱刊及一作者，黄魯直、晁以道諸本也。雖然，子美詩如五穀六牲，人皆知味，而鮮不爲異饌所移，故世之出異意、爲異説，以亂杜詩之真者甚多。此本雖未必皆得其真，然求不爲異者也。他日有加是正者重刻之，學者之所望也。紹興三年六月日。

今世所傳杜集，以若本爲最古。若字幼海，欽宗朝除大學正，上書論李邦彦、吴敏姦邪，被斥。見《北盟會編》。

校定集注杜詩序

宋　郭知達成都人

杜少陵詩，世號「詩史」。自箋注雜出，是非異同，多所牴牾。致有好事者掇其章句，穿鑿傅會，設爲事實，託名東坡，刊鏤以行，欺世售僞，有識之士，所爲浩歎。因緝善本，得王文公安石、宋景文公祁、豫章先生黄庭堅、王原叔洙、薛夢符□、杜時可田、鮑文虎彪、師民瞻尹、趙彦材次公凡九家。屬二三士友，各隨是非而去取之。如假託名氏，撰造事實，皆删削不載。精其讎校，正其訛舛，大書鋟板，置之郡齋，以公其傳。庶幾便於觀覽，絶去疑誤。若少陵出處大節，史有本傳及互見諸家之序，兹不復云。淳熙八年八月日。

嚴滄浪《詩話》：舊蜀本杜詩並無注釋，但編年而不分古近體，其間略有公自注而已。今之豫章庫本，以爲翻鎮江蜀本，既入雜注，又分古律，其編年亦且不同。近南海漕臺刊杜集，亦以爲摹蜀本，雖删去假坡注，尚有王原叔以下九家，而趙注比他本最詳，皆非蜀舊本也。○《通考》：陳氏曰：世有稱《東坡杜詩故事》者，隨事造文，一一牽合，而皆不言其所出，且其詞氣首末如出一口，蓋妄人依託以欺亂流俗者，書坊輒剿入集注中，殊敗人意。蜀人郭知達所集九家注獨削去之，福清曾噩子肅刻板五羊漕司，字大宜老，最爲善本。

杜工部草堂詩箋跋

宋　蔡夢弼建安人

少陵先生博極群書，馳騁今古，周行萬里，發爲歌詩。自唐迄今五百餘年，家傳而人誦之。國家設科取士，詞賦之後，繼之以詩，主司命題，多取是集。惜乎世本訛舛，訓釋紕謬，有識恨焉。夢弼因博求唐宋諸本，聚而閲之，重復參校，仍用嘉興魯氏編次歲月，以爲定本。凡所校讎，如唐之樊晃《小集》本，顧陶本，晉開運二年官書本，歐陽永叔、宋子京、王介甫、蘇子瞻、陳無己、黄魯直、王原叔、張文潛、蔡君謨、晁以道諸本，又如宋次道、崔德符、鮑欽止、王禹玉、王深父、薛夢符、薛蒼舒、蔡天啓、蔡致遠、蔡伯世、徐居仁、謝任伯、吕祖謙、高元之、趙子櫟、趙次翁、杜修可、杜立之、師古、師民瞻，皆有訓解。復參以蜀石碑、諸儒之定本，各因其實而條紀之，以俟博識者決擇焉。嘉泰甲子正月穀旦。

舊唐書文苑杜甫傳

劉昫

杜甫，字子美，本襄陽人，後徙河南鞏縣。按：《晉書・杜預傳》云：京兆杜陵人。又《周書・杜叔毗傳》云：其先京兆人，徙居襄陽。《唐書・宰相世系表》載，襄陽杜氏出自預少子尹。公自稱預十三葉孫，其爲尹之後明矣。後又自襄陽徙居河南，故公之田園都在鞏洛。其族望本出杜陵，故詩每稱杜陵野老。《進封西岳賦表》亦云：「臣本杜陵諸生也。」曾祖依藝，位終鞏令。祖審言，終膳部員外郎，自有傳。父閑，終奉天令。甫天寶初當作開元末，應進士不第。《新唐書》：甫少貧不自振，客吴越齊趙間。李邕奇其才，先往見之。舉進士，不中第，困長安。天寶末，獻《三大禮賦》，玄宗奇之，召試文章，授京兆府兵曹參軍。《新書》：天寶十三載乙未，朝獻太清宫，饗廟及郊，甫奏賦三篇。帝奇之，使待制集賢院，命宰相試文章，擢河西尉，不拜，改右衛率府胄曹參軍。按：獻賦在天寶十載，新史誤，辨詳文集。十五載，禄山陷京師，肅宗徵兵靈武。甫自京師宵遁，赴河西，謁肅宗於彭原，拜右拾遺。《新書》：禄山亂，天子入蜀，甫避走三川。肅宗立，自鄜州羸服欲趨行在，爲賊所得。至德二年，亡走鳳翔，上謁，拜左拾遺。按：公自京師西竄，謁肅宗於鳳翔。《舊史》誤也。房琯布衣時，與甫善。時琯爲宰相，請自帥師討賊，帝許之。是年十月，琯兵敗於陳濤斜。明年春，琯罷相，甫上疏，言琯有才，不宜罷免。肅宗怒，貶琯爲刺史，出甫爲華州司功參軍。《新書》：琯敗陳濤斜，又以客董庭蘭罷宰相。甫上疏，言琯罪細，不宜免大臣。帝怒，詔三司推問。宰相張鎬曰：「甫若抵罪，絶言者路。」帝乃解，然自是不甚省録。時所在寇奪，甫家寓鄜，彌年艱窶，孺弱至餓死。因許甫自往省視。從還京師，出爲華州司功參軍。按：公之孺弱餓死，乃天寶十四載自京赴奉先時事。若往鄜迎家，則在至德二載。《新史》又誤，當以《奉先詠懷》詩正之。時關輔亂離，穀食踊貴。甫寓居成州同谷縣。《新書》：關輔饑，輒棄官去客秦州。自負薪採梠，兒女餓殍者數人。久之，召補京兆府功曹。《新書》：流落劍南，結廬成都西郭。召補京兆司功參軍，不至。會嚴武節度劍南東西川，往依焉。按：公不赴京兆功曹，乃武再帥劍南時也。史亦誤，辨詳詩集。上元二年冬，當作廣德二年春。黄門侍郎鄭國公嚴武鎮成都，奏爲節度參謀、檢校尚書工部員外郎，賜緋魚袋。《新書》：武再帥劍南，表爲參謀、檢校工部員外郎。武與甫世舊，待遇甚隆。甫性褊躁，無器度，恃恩放恣。嘗憑醉登武之牀，瞪眎武曰：「嚴挺之乃有此兒！」武雖急暴，不以爲忤。《新書》：武外若不爲忤，中銜之，一日欲殺甫及梓州刺史章彝，集吏於門。武將出，冠鈎於簾三。左右白其母，奔救得止，獨殺彝。按：此説出《雲溪友議》，不可信。辨詳詩集。甫於成都浣花里種竹植樹，結廬枕江，縱酒嘯咏，與田夫野老相狎蕩，無拘檢。嚴武過之，有時不冠，其傲誕如此。

永泰元年夏，武卒，甫無所依。及郭英乂代武鎮成都，英乂武人麤暴，無能刺謁，乃遊東蜀，依高適。既而適卒。按：適自西川入朝，在嚴武再鎮之前，拜散騎常侍，乃卒。《舊書》誤也。寶應元年，避徐知道之亂入梓州，居東川者三年，亦未嘗依高適也。辨詳年譜。是歲，崔寧殺英乂，楊子琳攻西川，蜀中大亂。甫以其家避亂荆楚，扁舟下峽，未維舟而江陵亂。《新書》：崔旰等亂，甫往來梓、夔間。大曆中，出瞿唐，下江陵。按：公居江陵及公安頗久，其時江陵無警。《舊書》曰「未維舟」及「江陵亂」者，誤也。公嘗往來梓、閬間，今云梓、夔，《新書》亦誤。二史載居夔下峽事，皆不詳。乃泝沿湘流，遊衡山，寓居耒陽。甫嘗遊岳廟，爲暴水所阻，旬日不得食。耒陽聶令知之，自櫂舟迎甫而還。永泰二年，當作大曆五年。啗牛肉白酒，一夕而卒於耒陽。《新書》：令嘗饋牛肉白酒，大醉，一夕卒。時年五十有九。子宗武，流落湖湘而卒。元和中，宗武子嗣業自耒陽遷甫之柩，歸葬於偃師西北首陽山之前。天寶末詩人，甫與李白齊名，《新書》：甫少與李白齊名，時號李杜。嘗從白及高適過汴州，酒酣登吹臺，慷慨懷古，人莫測也。而白自負文格放達，譏甫齷齪，有飯顆山頭之嘲誚。唐《本事詩》：太白戲杜曰：「飯顆山頭逢杜甫，頭戴笠子日卓午。借問別來太瘦生，總爲從前作詩苦。」蓋譏其拘束也。《酉陽雜俎》：衆言李白惟戲杜考功飯顆山頭之句。白有祠亭上宴別杜考功詩。按：飯顆山頭詩，《太白集》不載，柯古所言，特據流俗傳聞。又子美未嘗爲考功，其誣可不攻而破。劉昫以之入史，謬也。苕溪漁隱亦有辨。元和中，詞人元稹論李杜之優劣曰：「余讀詩至杜子美云云特病嬾未就爾。」自後屬文者，以稹論爲是。甫有集六十卷。《新書》：甫曠放不自檢，好論天下大事，高而不切。數嘗寇亂，挺節無所汙。爲歌詩，傷時撓弱，情不忘君，人憐其忠云。贊云：唐興，詩人承陳、隋風流，浮靡相矜。至宋之問、沈佺期等，研揣聲音，浮切不差，而號律詩，競相襲沿。逮開元時，稍裁以雅正，然恃華者質反，好麗者壯違，人得一概，皆自名所長。至甫，渾涵汪茫，千彙萬狀，兼古今而有之。他人不足，甫乃厭餘。殘膏賸馥，沾丐後人多矣。故元稹謂「詩人以來，未有如子美者」。甫又善陳時事，律切精深，至千言不少衰，世號詩史。韓愈於文章慎許可，至歌詩獨推曰：「李杜文章在，光燄萬丈長。」誠可信云。

杜工部年譜

松陵　朱鶴齡　訂

睿宗

先天元年壬子即景雲三年。正月改元太極，五月改延和，八月改先天。

公生。吕汲公《詩譜》云：墓誌、本傳皆言公年五十九歲，卒於大曆五年庚戌。則當生於是年。蔡興宗、魯訔、黄鶴諸譜同。

玄宗

開元元年癸丑即先天二年，十二月改元。

開元三年乙卯

公《舞劍行序》云：開元三年，余尚童稚，記於郾城觀公孫氏舞劍器。黄鶴曰：公七歲能詩，則四歲記事，非不能矣。吕譜疑其年必有誤，非也。

開元六年戊午

公《壯遊》詩云：「七齡思即壯，開口詠鳳皇。」又《進鵰賦表》云：「自七歲所綴詩筆，向四十載矣，約千有餘篇。」

開元八年庚申

《壯遊》詩云：「九齡書大字，有作成一囊。」

開元十四年丙寅

《壯遊》詩云：「往昔十四五，出遊翰墨場。斯文崔魏徒，以我似班揚。」

開元十九年辛未

公年二十，遊吴越。黄曰：公《進大禮賦表》云：「浪跡於陛下豐草長林，實自弱冠之年。」則其遊吴越，乃在開元十九年。自是下姑蘇，渡浙江，遊剡溪，久之方歸。〇按：公《哭韋之晉》詩：「悽愴郇瑕邑，差池弱冠年。」又《酬寇侍御》詩：「往别郇瑕地，於今四十年。」郇瑕，晉地也。公弱冠之時，嘗遊晉地。當是遊晉後，方爲吴越之遊也。

開元二十三年乙亥

公自吴越歸，赴京兆貢舉，不第。黄曰：公本傳：「嘗舉進士不第。」故《壯遊》詩云：「歸帆拂天姥，中歲貢舊鄉。忤下考功第，獨辭京兆堂。」按史：唐初，考功郎掌貢舉。至開元二十四年，考功郎李昴爲舉人詆訶，帝以員外郎望輕，徙禮部，以侍郎主之。則公下考功第，當在二十三年。蓋唐制年年貢士也。《選舉志》：每歲仲冬，州縣館監舉其成者，送之尚書省。《舊史》云：「天寶初，應進士不第。」非。

開元二十五年丁丑

公遊齊趙。按《壯遊》詩：「忤下考功第，獨辭京尹堂。放蕩齊趙間，裘馬頗清狂。」是下第後即遊山東之明證，但未詳起於何年。今姑依魯訔、黄鶴諸譜。又按《壯遊》詩不言遊兗州，而《集》中頗多兗州所作，蓋兗州與齊州接境，公遊齊州，蓋在兗州趨庭之後也。

開元二十九年辛巳

公年三十，在東都。是年寒食，祭遠祖當陽君於洛之首陽。

天寶元年壬午正月改元。

公在東都。是年，公姑萬年縣君卒於東京仁風里。六月，還殯河南縣，公作墓誌。

天寶三載甲申五月改年爲載。

公在東都。五月，公祖母范陽太君卒於陳留之私第。八月，歸葬偃師。公作墓誌。○錢謙益曰：「是時太白自翰林放歸，客遊梁、宋、齊、魯，相從賦詩，正在天寶三四載間。」○按：舊譜謂開元二十五年，公從高適、李白過汴州，登吹臺懷古，以《寄李十二白》詩證之，其謬信矣。

天寶四載乙酉

公在齊州。是年，撰《皇甫淑妃神道碑》。夏，陪李北海邕宴歷下亭。○錢曰：「高適、李白俱有贈邕詩，當是同時。白有《魯郡石門別杜二甫》詩，或四五載之秋也。」

天寶五載丙戌

公歸長安。黄曰：《壯遊》詩：「放蕩齊趙間，裘馬頗清狂。快意八九年，西歸到咸陽。」則歸京師在天寶四五載。

天寶六載丁亥

公應詔退下，留長安。元結《諭友》文云：「天寶六載，詔天下有一藝，詣轂下。李林甫命尚書省試，皆下之。遂賀野無遺賢。」時公與結皆應詔而退。

天寶七載戊子

公在長安。

天寶八載己丑

公在長安，間至東都。公《洛城北謁玄元廟》詩云：「五聖聯龍袞。」唐史：加五帝大聖字，在八載閏六月，可證是年公又在東都。

天寶九載庚寅

公在長安。

天寶十載辛卯

公年四十，在長安，進《三大禮賦》。玄宗奇之，命待制集賢院。魯訔曰：公奏《三大禮賦》，史、集皆以爲十三載。按：帝紀：十載行三大禮，十三載未嘗郊。況表云：「臣生長陛下淳朴之俗，行四十載矣。」故知當在今歲。○是年，作《秋述》。

天寶十一載壬辰

公在長安，召試文章，送隸有司，參列選序。

天寶十二載癸巳

公在長安。

天寶十三載甲午

公在長安。黄曰：是年進《封西岳賦》。

天寶十四載乙未

授河西尉，不拜，改右衛率府胄曹參軍。十一月，往奉先。魯曰：公在率府，其家先在奉先。

《詩史》云：薊北反書未聞，公已逸身畿甸。

至德元載丙申即天寶十五載。七月，肅宗即位靈武，改元。

五月，自奉先往白水，依舅氏崔少府。六月，又自白水往鄜州。聞肅宗即位，自鄜羸服奔行在，遂陷賊中。

至德二載丁酉

四月，脱賊，謁上鳳翔，拜左拾遺。疏救房琯，上怒，詔三司推問。宰相張鎬救之，獲免。八月，墨制放還鄜州省家。十月，上還西京，公扈從。是年六月一日，有《奉謝口敕放三司推問狀》，又有《同遺補薦岑參狀》。

乾元元年戊戌二月改元，復以載爲年。

任左拾遺。六月，出爲華州司功。冬晚，離官，間至東都。是年十月，有《爲華州郭使君進滅殘寇形勢圖狀》，有《試進士策問五首》。

乾元二年己亥

春，自東都回華州。關輔饑。七月，棄官西去，度隴客秦州，卜西枝村置草堂，未成。十月，往同谷，寓同谷不盈月。十二月，入蜀，至成都。

上元元年庚子閏四月改元。

公在成都，卜居浣花溪。是年，營草堂，公詩所云「經營上元始」是也。又云「頻來語燕定新巢」，則三月堂成。

上元二年辛丑九月，去年號，止稱元年，以十一月爲歲首，以斗所建辰爲名。

公年五十，居成都草堂。間至蜀州之新津、青城。按：公赴青城，黄譜編上元元年，魯譜編上元二年，以《寄杜位》詩考之，疑魯是。○是年秋作《唐興縣客館記》。

寶應元年壬寅建巳月，代宗即位，改元，復以正月爲歲首，建巳月爲四月。

公居成都草堂。七月，送嚴武還朝，到綿州。未幾，西川兵馬使徐知道反，因入梓州。冬，復歸成都，迎家至梓。十二月，往射洪南之通泉，皆梓屬邑。或曰：《新書》本傳：「遊東蜀，依高適。」當在此時嚴武入朝之後。按：嚴武還朝，適領西川節度，公方攜家往東川，其時並無一詩與之，不得云依高適也。公在梓州，最善留後章彝。彝爲留後，可知適未嘗兼領東川，而謂之「依適」，可乎？○是年建巳月，公上嚴武《説旱》。

廣德元年癸卯七月改元。

公在梓州。春，間往漢州。秋，往閬州。冬晚，復回梓州。是歲，召補京兆功曹，不赴。按：魯、黄譜俱云：是年春，公嘗暫至綿州，以《惠義寺送辛員外》詩有「直到綿州始分手」之句，而《惠義寺》以下諸作皆逸詩也。未可深信，今削而不書。又按：公補京兆功曹，蔡興宗、趙子櫟、魯訔、黄鶴諸譜，俱編廣德元年，蓋以《别馬巴州》詩注爲據。惟《新唐書》本傳與王原叔集注謂公不赴功曹，在嚴武初鎮成都之時，恐非。辨詳詩集注。〇是年有《爲閬州王使君進論巴蜀安危表》。九月，有《祭房相國文》。

廣德二年甲辰

春，復自梓州往閬州。嚴武再鎮蜀，春晚，遂歸成都草堂。六月，武表爲節度參謀、檢校工部員外郎，賜緋魚袋。是年上武《東西兩川説》。

永泰元年乙巳正月改元。

正月，辭幕府，歸草堂。四月，嚴武卒。五月，遂離蜀南下，自戎州至渝州。六月，至忠州。秋，至雲安，居之。

大曆元年丙午十一月改元。

春，自雲安至夔州，居之。秋，寓西閣。是年有《爲夔府柏都督謝上表》。

大曆二年丁未

公在夔州。春，遷居赤甲。三月，遷瀼西。秋，遷東屯。未幾，復自東屯歸瀼西。

大曆三年戊申

正月，去夔出峽。三月，至江陵。秋，移居公安。冬晚，之岳州。

大曆四年己酉

正月，自岳州之潭州。未幾，入衡州。夏，畏熱，復回潭州。是年，公自潭之衡，諸譜皆同。按：公有《衡州送李勉》及《回棹》二詩，當是其年嘗間至衡州，不久復回長沙也。錢曰：秋，欲適漢陽。暮秋，欲歸秦，皆不果。自是率舟居。

大曆五年庚戌

公年五十九。春，在潭州。夏四月，避臧玠亂，入衡州。欲如郴州依舅氏崔偉，因至耒陽，卒。傳云：啗牛肉白酒，一夕而卒於耒陽。按：《舊書》本傳云：其孫嗣業自耒陽遷甫之柩，歸葬偃師。《寰宇記》載杜甫墳在耒陽縣北二里。則公之卒在耒陽，審矣。惟元微之《誌》云：「竟以寓卒，旅殯岳陽。」與本傳異，遂啓後人之疑。按：《説文》：殯者，死在棺，將遷葬，柩賓遇之。此云旅殯，當是卒於耒陽，遷柩岳陽，後乃歸葬偃師也。吕汲公《詩譜》謂是年夏還襄漢，卒於岳陽。魯訔、黄鶴譜謂卒於潭岳之交、秋冬之際。其説皆未可信。辨詳詩集。

年譜終

唐故檢校工部員外郎杜君墓係銘并序

元稹

敘曰：余讀詩至杜子美，而知大小之有總萃焉。始堯舜時，君臣以賡歌相和，是後詩繼作，歷夏殷周千餘年，仲尼緝拾選練，取其干預教化之尤者三百篇，其餘無聞焉。騷人作而怨憤之態繁，然猶去風雅日近，尚相比擬。秦漢以還，採詩之官既廢，天下妖謡民謳、歌頌諷賦、曲度嬉戲之詞亦隨時間作。至漢武帝賦《柏梁》詩，而七言之體興。蘇子卿、李少卿之徒，尤工爲五言，雖句讀文律各異，雅鄭之音亦雜，而詞意簡遠，指事言情，自非有爲而爲，則文不妄作。建安之後，天下文士遭罹兵戰。曹氏父子鞍馬間爲文，往往横槊賦詩。其遒壯抑揚、冤哀悲離之作，尤極於古。晉時風概稍存。梁齊之間，教失根本，士子以簡慢、矯飾、翕習、舒徐相尚，文章以風容、色澤、放蕩、精清爲高。蓋吟寫性靈、流連光景之文也。意義格力，固無取焉。陵遲至於梁陳，淫豔、刻飾、佻巧、小碎之詞劇，又宋齊之所不取也。唐興，學官大振。歷世之文，能者互出，而又沈宋之流，研練精切，穩順聲勢，謂之爲律詩。由是而後，文體之變極焉。然而莫不好古者遺近，務華者去實；效齊梁則不逮於魏晉，工樂府則力屈於五言；律切則骨格不存，閒暇則纖穠莫備。至於子美，蓋所謂上薄風雅，下該沈宋，言奪蘇李，氣吞曹劉，掩顔謝之孤高，雜徐庾之流麗，盡得古人之體勢，而兼今人之所獨專矣。使仲尼考鍛其旨要，尚不知貴，其多乎哉！苟以爲能所不能，無可無不可，則詩人以來，未有如子美者。是時山東人李白，亦以奇文取稱，時人謂之「李杜」。余觀其壯浪縱恣，擺去拘束，模寫物象及樂府歌詩，誠亦差肩於子美矣。至若鋪陳終始，排比聲韻，大或千言，次猶數百，辭氣豪邁而風調清深，屬對律切而脱棄凡近，則李尚不能歷其藩翰，況堂奥乎！予嘗欲條析其文，體别相附，與來者爲之準，特病懶未就爾。適遇子美之孫嗣業，啓子美之柩之襄祔事偃師，途次於荆，雅知余愛言其大父之爲文，拜余爲誌。辭不能絶，余因係其官閥而銘其卒葬云。

係曰：晉當陽成侯姓杜氏，下十世而生依藝，令於鞏。依藝生審言，審言善詩，官至膳部員外郎。審言生閑，閑生甫；閑爲奉天令。甫字子美，天寶中，獻《三大禮賦》，明皇奇之，命宰相試文，文善，授右衛率府胄曹。屬京師亂，步謁行在，拜左拾遺。歲餘，以直言失官，出爲華州司功，尋遷京兆功曹。劍南節度嚴武狀爲工部員外，參謀軍事。旋又棄去，扁舟下荆楚間，竟以寓卒，旅殯岳陽。享年五十有九。夫人弘農楊氏女，父曰司農少卿怡，四十九年而終。嗣子曰宗武，病不克葬，歿，命其子嗣業。嗣業以家貧，無以給喪，收拾乞匄，焦勞晝夜，去子美殁餘四十年，然後卒先人之志，亦足爲難矣。

銘曰：維元和之癸巳，粤某月某日之佳辰，合窆我杜子美，於首陽之山前叶慈鄰切。嗚呼千載而下曰：此文先生之古墳。

輯注杜工部集凡例

杜詩編次，諸本互異，惟《草堂會箋》覺有倫理。蓋古律體制，間有難分，時事後先，無容倒置，不若從此本爲稍優也。特某詩必繫某年，則拘固可笑。今略倣其意，前後以時事爲排比，其無考者，或從人，或從類，皆參以他善本詮次之，而於各卷之首，標爲「公某時某地作」，庶幾師編年之法，而無其陋云。

宋人注杜詩多不傳，惟趙次公、黄鶴、蔡夢弼三家得閲其全注，中有當者悉録之。吕東萊、洪興祖、杜田、師尹、薛夢符、薛蒼舒輩所見無多，僅存大略。

集中訛字最多，朱子欲如韓文作《考異》而未果。今編搜宋刻諸本及《文粹》、《英華》對勘，夾註本文之下，以備參考。至如年譜之疎妄、注家之僞亂，詳辨詩注中，兹不復贅。

千家本公自注語，向疑後人附益。考之，多王原叔、王彦輔諸家注耳，未可盡信。今取類於公注者，以「原注」二字系之，舊本所無俱削去，其舊云自注而千家本不載者，特標數則。

錢受之太史《杜詩箋》行世已久，近復以新《箋》見授，具從采録。其全本則虞山行有耑刻，恐涉雷同，不敢多載。

漢魏以下經籍如《緯書新論》、《漢官儀》之類，失傳者多，然既經《十三經注疏》、《兩漢書注》、《文選注》及唐宋人諸類書所載，即非無稽，舊注亦多引之，今不敢概削。凡徵引故實，倣李善注《文選》體，必覈所出之書，書則以最先爲據，與舊注頗别。其一事而互有異同，或彼略此詳者，並爲采緝，以廣見聞。

凡引用諸説，必求本自何人，後出相沿者不録。其似是而非、世所尊信者，辨證特詳。或解雖未的而自成一説，亦附入焉。

舊注引六朝人詩，如何遜「金粟裏搔頭，城陰度塹黑」等句，今集中未見，疑宋時尚有全本，不敢盡以僞撰廢之。若文義不類，概從芟汰。

詩中奥僻之句，不敢强解，懼穿鑿也。習見之事，不復詳引，戒冗長也。若前注已見，後不重出，不致學者厭觀。

注所稱引，必舉子美以前之書。惟地理、人名、事蹟之類，間援後代以證之。

訓釋之家，必須事義兼晰。今於考注句字之外，或貫穿其大意，或闡發其微文。古律長篇汗漫難讀者，則分章會解之。若詩語易曉，概不贅詞。

王原叔裒緝杜詩，定取千四百五篇，黄長睿校本遂有千四百四十七篇。《草堂詩箋》取後來增添者，另列逸詩一卷，甚有見。今以《草堂》爲主，參合諸家所收，名爲「集外詩」，庶杜集古本猶可考見云。

古今詩話甚冗，不能悉收，必於詩理、詩法有所發明者，方采入一二。

子美文集，惟吕東萊略注《三禮賦》。余因爲廣之，鈎貫唐史，考正文義，允稱杜集備觀。

杜工部詩集卷之一

松陵　朱鶴齡　輯註

開元天寶間，公居東都，遊齊趙及歸京師作

遊龍門奉先寺

龍門，即伊闕。《元和郡縣志》：伊闕山在河南府伊闕縣北四十五里。《兩京新記》：煬帝登北邙，觀伊闕，曰：「此龍門耶？自古何不建都於此？」《一統志》：闕塞山在河南府城西南三十里。《左傳》：趙鞅使女寬守闕塞，即此。一名伊闕，俗名龍門山，又名闕口。

已從招提遊，更宿招提境〔一〕。陰壑生虛一作靈籟，月林散清影。天闕《正異》作闕象緯逼，雲卧衣裳冷〔二〕。欲覺古效切聞晨鐘，令人發深省。

〔一〕《僧史》：魏太武始光元年，刱造伽藍，立招提之名。《僧輝記》：招提者，梵言拓鬬提奢，唐言四方僧物，但傳筆者訛拓爲招，去鬬奢，留提字，即今十方住持耳。《唐會要》：官賜額爲寺，私造者爲招提蘭若。

〔二〕鮑照詩：雲卧恣天行。○《庚溪詩話》：按韋述《東都記》：龍門號雙闕，以與大内對峙，若天闕然。此詩「天闕」指龍門也。王荆公謂對屬不切，改爲「天閲」。蔡興宗《正異》謂世傳古本作天闚，引《莊子》「以管闚天」爲證。皆臆説。楊慎曰：古字窺作闚。天闚、雲卧，乃倒字法耳。闚天則星辰垂地，卧雲則空翠濕衣，見山寺高寒，殊於人境也。按：用修之説，蓋主興宗。然《丹陽記》載王茂弘指牛頭山兩峰爲天闕，見《文選注》，禹疏伊水北流，兩山相對，望之若闕，又見《水經注》，皆確據也。況此本古體詩，何必拘拘偶對耶？

望嶽

《元和郡縣志》：泰山一曰岱宗，在兗州乾封縣西北三十里。

岱宗夫如何，齊魯青未了〔一〕。造化鍾神秀，陰陽割昏曉〔二〕。蕩胸生曾《集韻》：層通作曾雲，決眥音恣入歸鳥〔三〕。會當淩絶頂，一覽衆山小。

〔一〕《史·貨殖傳》：泰山之陽則魯，其陰則齊。

〔二〕孫綽《天台山賦序》：天台山者，蓋山嶽之神秀。　舊注：割者，分也。按：割昏曉，言陰陽之氣爲昏曉之所分也。《公羊傳》：泰山之雲，不崇朝而雨天下。《封禪記》：泰山東南隅有日觀，雞鳴時見日出，長三丈。皆割昏曉之義。

〔三〕馬融《廣成讚》：洞盪胸臆，發明耳目。　司馬相如《子虚賦》：弓不虚發，中必決眥。《廣韻》：

決，破也。眥，目睫也。觀層雲之出其上則胸摇，送歸鳥之入其中則眥裂。極言所望之高且遠也。

登兗州城樓

《唐書》：兗州，魯郡，屬河南道。蔡夢弼曰：公父閑嘗爲兗州司馬，公時省侍之，故詩云「趨庭」。是時張玠亦客兗州，有分好，玠子乃建封也。按：舊《譜》不載省親事，當在下第後遊齊趙之時。

東郡趨庭日，南樓縱目初〔一〕。浮雲連海岱一作嶽，平野入青徐〔二〕。孤嶂秦碑在，荒城魯殿餘〔三〕。從來多古意，臨眺獨躊躕。

〔一〕按：東郡，東方之郡。猶齊州謂之東藩也。舊注引《漢書》東郡，非。漢東郡乃今東昌府。

〔二〕《唐書》：青州北海郡、徐州彭城郡，俱屬河南道。

〔三〕《秦本紀》：始皇二十八年，東行郡縣，上鄒嶧山，刻石頌秦德。《水經注》：秦始皇觀禮於魯，登嶧山之上，命丞相李斯以大篆勒銘山嶺，名曰書門。《括地志》：兗州曲阜縣外城，即魯公伯禽所築。《春秋正義》：魯城凡十有二門。王延壽《魯靈光殿賦》：殿本景帝子魯共王所立，遭漢中微，未央、建章悉隳，而靈光巋然獨存。《水經注》：孔廟東南五百步有雙石闕，即靈光之南闕。北百餘步，即靈光殿基。東西二十四丈，南北十二丈，高丈餘。《後漢書注》：殿在兗州曲阜縣城中。

題張氏隱居二首

春山無伴獨相求，伐木丁丁山更幽。澗道餘寒歷冰雪，石門斜日到林丘。不貪夜識金銀氣，遠害朝看麋鹿遊〔一〕。乘興杳然迷出郭知達本作去處昌據切，對君疑是泛虛舟〔二〕。

〔一〕《史·天官書》：敗軍場、亡國之墟，下有積錢，金寶之上，皆有氣，不可不察。按：《南史》載，梁隱士孔祐至行通神，嘗見四明山谷中有錢數百斛，視之如瓦石。樵人競取，入手即成沙礫。「不貪夜識金銀氣」殆是類耶？東坡謂深山大澤有天地之寶，惟無意于寶者能識之。即此句義。

〔二〕《莊子》：方舟而濟于河，有虛船來觸舟，雖褊心之人不怒。

之子時相見，邀人晚興留。霽一作濟潭鱣發發，春草鹿呦呦。杜酒偏勞勸，張梨不外求〔一〕。前村山路險，歸醉每無愁。

〔一〕《急就篇注》：古者儀狄作酒醪，杜康又作秫酒。　潘岳《閒居賦》：張公大谷之梨。良曰：洛陽張公居大谷，有夏梨，海内惟此一樹。

劉九法曹鄭瑕丘石門宴集

《唐書》：府州各有法曹參軍事。《海録碎事》：魏置理曹掾，法曹也。《唐書》：兖州治瑕丘縣。《一統志》：今兖州府嵫陽縣。石門在兖東。《李白集》有《魯郡東石門送杜甫》詩。

秋水清無底，蕭然凈客心。掾曹乘逸興，鞍馬到荒林一作去相尋〔一〕。能吏逢聯璧，華筵直一金〔二〕。晚來横吹好，泓下亦龍吟〔三〕。

〔一〕按：漢制，州縣各置諸曹掾，在唐則爲六曹參軍。

〔二〕《南史》：韋孝寬從荆州刺史源子恭鎮穰城，時獨孤信爲新野郡守，與孝寬情好甚密，政術俱美，荆部吏人號爲連璧。《史·平準書》：一金，黄金一斤。《漢·食貨志》：黄金一斤直錢萬。臣瓚曰：秦以一鎰爲一金，漢以一斤爲一金。

〔三〕《晉書》：横吹有雙角，即胡樂也。張騫入西域，得《摩訶兜勒》一曲，李延年更造新聲二十八解。《説文》：泓，水深處。馬融《長笛賦》：龍吟水中不見已，伐竹吹之聲相似。《晉書》：鼓角横吹曲，蚩尤氏率魑魅與黄帝戰于涿鹿，帝乃命鼓角爲龍吟以禦之。

與任城許主簿遊南池

《唐書》：任城，漢縣，隋屬兖州。《一統志》：南池在濟寧州境，今淤塞。

秋水通溝洫，城隅進一作集小船。晚涼看洗馬，森木亂鳴蟬。菱熟經時雨，蒲荒八月天。晨朝降白露，遥憶舊青氈〔一〕。

〔一〕《世説》：王獻之夜卧齋中，有盜入室，獻之語曰：「青氈我家舊物，可特置之。」

對雨書懷走邀許主簿吴若本作「許十一簿公」。

東嶽雲峰起，溶溶滿太虚〔一〕。震雷翻幕燕，驟雨落河一作溪魚〔二〕。座對賢人酒，門聽長者車〔三〕。相邀愧泥濘，騎馬到階除。

〔一〕《楚詞》：雲溶溶兮雨冥冥。

〔二〕《左傳》：季札曰：「夫子之在此也，猶燕之巢於幕上。」雨著水面，魚必上浮而淰，故曰落河魚。《杜詩博議》：《汝南先賢傳》云：「葛玄書符著社中，大雨淹注。復書符投雨中，須臾落大魚數百頭。」驟雨落河魚，豈暗使此事耶？

〔三〕《魏略》：太祖時禁酒，而人竊飲之，故難言酒，以白酒爲賢人，清酒爲聖人。《陳平傳》：平家負郭窮巷，以席爲門，然門外多長者車轍。

巳上人茅齋

吴曾《漫録》：唐詩多以僧爲上人。按：《摩訶般若經》云：何名上人？佛言：若菩薩一心行阿耨菩提，心不散亂，是名上人。《十誦律》云：人有四種，一麄人，二濁人，三中間人，四上人。巳上人，無考。僞歐陽公注作僧齊己，大謬。

巳公茅屋下，可以賦新詩。枕簟入林僻，茶瓜留客遲〔一〕。江蓮摇白羽，天棘蔓舊作夢，趙次公云：歐陽公家善本作蔓青絲〔二〕。空忝許詢輩，難酬支遁詞〔三〕。

〔一〕《說文》：「簟，竹席也。」自關以西謂之簟，或謂之籧篨。

〔二〕白羽，謂白羽扇。摇白羽，狀蓮之迎風而舞也。《華嚴會玄記》：青松爲麈尾，白蓮爲羽扇。杜田《正謬》：夢當作蔓。《抱朴子》及《博物志》皆云：天門冬一名顛棘，以其刺故也。然不載天棘之名，疑是方言。《本草圖經》云：「天門冬生奉高山谷，今處處有之。春生藤蔓，大如釵股，高至丈餘，亦有澀而無刺者，其葉如絲而細散。」以此考之，天棘爲天門冬明矣。董斯張曰：天棘，群説紛紛。洪駒父嘗問山谷，山谷不解。高秀實云：天棘，天門冬也，出《本草》。諸家都信其説。然《本草》實是顛棘。蔡夢弼云：天與顛，聲相近。考《爾雅》「蘠蘼、虋冬，即門冬」注，乃顛勒，非顛棘也。又《爾雅》「髦顛棘」注，細葉，有刺，蔓生。《廣雅》云：女木也。女木未詳。《鶴林玉露》引梵書：青棘香，又喻蓮香如青棘。殊牽强。錢謙益《杜箋》：許彦周云：徐鉉家本作「天棘蔓青絲」。蔓生如絲，尤見是天門冬也。冷齋以天棘爲柳既非，又引王元之詩「水芝卧玉腕，天棘舞金絲」。今元之集無此二句，殆是僞撰耳。按：虋冬、顛棘，《爾雅》作二種。乃《抱朴子》、《博物志》、唐蘇恭《本草》俱云天門冬即顛棘，則舊注不爲無據矣。李時珍云：天門冬，或曰天棘，即《爾雅》之髦顛棘。因其葉如髦，有細棘也。蘠蘼乃營實苗，而《爾雅》指爲虋冬，蓋古書錯簡也。

〔三〕《世説》：支遁、許詢，共在會稽王齋，支爲法師，許爲都講。《高僧傳》：支遁講《維摩經》，遁通一義，詢無以厝難。詢設一難，遁亦不能復通。

房兵曹胡馬

《唐書》：諸衛府州，各有兵曹參軍事。

胡馬大宛於爰切名，鋒稜瘦骨成〔一〕。竹批雙耳峻，風入四蹄輕〔二〕。所向無空闊，真堪託死生。驍騰有如此，萬里可横行〔三〕。

〔一〕《史記》：初，天子發書曰：神馬當從西北來。得烏孫馬好，名曰天馬。及得大宛汗血馬，益壯，更名烏孫馬曰西極馬，宛馬曰天馬。

〔二〕《齊民要術》：馬耳欲小而鋭，狀如斬竹筒。錢箋：《拾遺記》：曹洪所乘馬曰白鵠，此馬走惟覺耳中風聲，腳似不踐地，時人謂乘風行也。劉義恭《白馬賦》：竦身輕足。

〔三〕《赭白馬賦》：料武藝，品驍騰。

畫鷹

素練風霜起，蒼鷹畫作殊〔一〕。攫荀勇切身思狡兔，側目似愁胡〔二〕。絛他刀切，同緧鏇徐釧切光堪摘，軒楹勢可呼〔三〕。何當擊凡鳥，毛血灑平蕪〔四〕。

〔一〕風霜起，與《畫馬》詩「縞素漠漠開風沙」同義。劉須溪謂絹色，大謬。

〔二〕舊注：攫身，猶竦身也。孫楚《鷹賦》：「擒狡兔於平原。」傅玄《鷹賦》：「左看若側，右視如傾。」孫楚《鷹賦》：「深目蛾眉，狀如愁胡。」按：傅玄《猨猴賦》云：「揚眉蹙頞，若愁若嗔。既似老公，又類胡兒。」所謂「愁胡」也。以對「狡兔」甚切。公《胡孫》詩「預哂愁胡面」，正用之。

〔三〕《廣韻》：「緧，編絲繩。」《玉篇》：「鏇，轉軸。」以緧縶鷹足，而繫之於鏇也。傅玄《鷹賦》：「飾五彩之華絆，結璇璣之金鐶。」孫楚《鷹賦》：「麾則應機，招則易呼。」

〔四〕《西都賦》：「風毛雨血，洒野蔽天。」　因畫鷹而思見真者之搏擊，即進《鵰賦》意。

過宋員外之問舊莊

原注：員外季弟執金吾見知於代，故有下句。　《唐書》：宋之問，字延清，景龍中遷考功員外郎。弟之悌，以蹻勇聞。開元中，自右羽林將軍出爲益州長史、劍南節度使。　黄鶴曰：按史，中宗增置修文館學士，之問與杜審言首膺其選。審言貶吉州，之問有送别詩。審言没，之問有祭文。公與之問蓋世契也。　按：本集：開元二十九年，公築室首陽之下，祭遠祖當陽君。其過之問莊，或在是時也。

宋公舊池館，零落首舊作守，誤陽阿〔一〕。　枉道衹音支從入，吟詩許更過〔二〕。　淹留問耆老晉作舊，寂寞向山河。　更識將軍樹，悲風日暮多〔三〕。

〔一〕《文選注》：《河南郡圖經》：東有三門，最北頭曰上東門。城東北十里首陽山上，有首陽祠一所。《一統志》：在偃師縣西北二十五里。按《新書》：之問，汾州人。《舊書》則云虢州弘農人。首陽與虢州相鄰，故有莊在焉。　趙次公引河東蒲坂之首陽，誤矣。

〔二〕衹從入，言一任過客之入，見莊已無主也。　許更過，言他日可更過此乎？見重來未有期也。　皆極歎其零落，故下接以「淹留」、「寂寞」二語。　次公云「自負能詩」，須溪云「尊慕前輩」，皆未然。

〔三〕《後漢·馮異傳》：諸將並坐論功，異獨屏樹下，軍中呼爲大樹將軍。

夜宴左氏莊

風林晉作林風纖月落，衣露淨《英華》作静琴張〔一〕。暗水流花徑，春星帶草堂。檢書燒燭短，看一作説劍引杯長。詩罷聞吴詠，扁舟意不忘〔二〕。

〔一〕古詩：兩頭纖纖月初生。張綽詩：雲表挂纖月。

〔二〕按：《年譜》：公年弱冠遊吴越。此故「聞吴詠」而因思其地也。

臨邑舍弟書至苦雨黄河泛溢隄防之患簿領所憂因寄此詩用寬其意

《唐書》：臨邑，漢縣，屬齊州。按：公弟有四，臨邑弟未知爲誰。《集》有《送弟穎赴齊州》詩，或穎嘗官臨邑。　黄曰：按《唐·五行志》：開元二十九年秋，河南河北二十四郡水。齊其一也，當是其年作。

二儀積風雨，百谷漏波濤。聞道洪河坼，遥連滄海高。職司憂悄悄，郡國訴嗷嗷。舍弟卑棲邑，防川領簿曹。尺書前日至，版築不時操。難假黿鼉力，空瞻烏鵲毛〔一〕。燕南吹畎畝，濟上没蓬蒿。螺蚌步項切滿近郭，蛟螭乘九皋〔二〕。徐關深水府，碣石小秋毫。白屋留孤樹，青天一作雲失一作矢，非萬艘〔三〕。吾衰同泛梗，利涉想蟠桃。賴一作却倚一作倚賴天涯釣，猶能掣巨鼇〔四〕。

〔一〕《竹書紀年》：周穆王三十七年，大起九師，東至於九江，叱黿鼉以爲梁，遂伐越，至於紆。《爾雅翼》：涉秋七日，鵲首無故皆禿，相傳是日烏鵲爲梁渡織女，故毛皆脱去。

〔二〕《詩傳》：深澤曰皋。皋言九，深之極也。《釋文》：九皋，九折之皋。

〔三〕徐關在齊州。《送弟穎赴齊州》詩：徐關東海西。《海賦》：爾其水府之内，極深之庭。《山海經注》：碣石山，在右北平驪城縣海邊山。《唐書》：平州石城縣有碣石山。

〔四〕《戰國策》：土偶謂桃梗曰：子東園之桃梗耳，刻削爲人。洚雨下，淄水至，則子漂之而去矣。庾信詩：漂流從木梗。《十洲記》：東海有山，名度索山，有大桃樹，屈蟠三千里，名曰蟠桃。「賴倚」作「却倚」，是，即「長劍倚天外」之倚耳。或解作公爲臨邑弟所倚賴，非。《列子》：龍伯之國有大人，一釣而連六鼇。

按：《新》《舊史》：開元二十九年七月，伊洛水溢，損居人廬舍，秋稼無遺。壞東都天津橋及東西漕，河南北諸州皆漂溺。此詩「黿鼉」二句，誌橋毀也。燕南、濟上、徐關、碣石，誌諸州漂没也。吹畎畝、失萬艘，誌害稼并害漕也。末因臨邑濱海，故用蟠桃巨鼇事，言我雖泛梗無成，猶思垂釣東海，以施掣鼇之力，水患豈足憂耶？蓋戲爲大言以慰之，題所云「用寬其意」也。

天寶初南曹小司寇舅於我太夫人堂下壘一作累**土爲山一匱**郭知達本作簣，詩同**盈尺以代彼朽木承諸焚香瓷甌甌甚安矣旁植慈竹蓋茲數峰嶔岑嬋娟宛有塵外數**一本無數字，郭作格**致乃不知興之所至而作是詩**

《舊唐書》：吏部員外郎二員，一人主判南曹。注：以在選曹之南，故曰南曹。按：唐制，未聞以司寇判南曹。權德輿《吏部南曹廳壁記》云：高宗上元初，請外郎一人顓南曹之任，其後或詔他曹郎權居之。此云南曹小司寇，當是以秋官權職者。太夫人盧氏，公祖審言繼室，天寶三載五月卒於陳留郡之私第，公作墓誌。嶔岑，謂山；嬋娟，謂竹。

一匱功盈尺，三峰意出群。望中疑在野，幽處欲生雲。慈竹春陰覆，香爐曉勢分〔一〕。惟南將獻壽，佳氣日氤氳。

〔一〕《述異記》：南中生子母竹，今之慈竹也，又謂之孝竹。漢章帝三年，子母竹笋生白虎殿前，群臣作《孝竹頌》。

龍門

龍門横野斷，驛樹出城來。氣色皇居近，金銀佛寺開〔一〕。往來時屢音慮改，川水一作陸日悠哉〔二〕。相閱征途上，生涯盡幾回。

〔一〕《唐書》：東都皇城，名曰太微城。宫城在皇城北，名曰紫微城。都城前直伊闕，後據邙山。舊注：佛地有金色世界、銀色世界。韋應物《龍門》詩：精舍繞層阿，千龕鄰峭壁。

〔二〕《歎逝賦》：川閲水以成川。

李監宅二首

一作李鹽鐵。後一首見吴若本逸詩，《草堂》本入正集，注云「新添」。

尚覺王孫貴，豪家意頗濃〔一〕。屏開金孔雀，褥隱繡芙蓉〔二〕。且食雙魚美，誰看異味重。門闌多喜色，女婿近乘龍〔三〕。

〔一〕李監必宗室，故曰「王孫」。

〔二〕《舊唐書》：高祖皇后竇氏，父毅，於門屏畫二孔雀，有求婚，輒與兩箭，潛約中目者許之。高祖後至，兩發各中一目，遂歸於帝。徐彦伯詩：金縷畫屏開。王僧孺《述夢》詩：以親芙蓉褥，方開合歡被。崔顥《盧姬篇》：水精簾箔繡芙蓉。

〔三〕《後漢書注》：《續漢志》云：伍伯、鈴下、侍閤、門闌、部署、街里走卒，皆有程品，多少隨所典領。《藝文類聚》：《楚國先賢傳》云：孫雋字文英，與李元禮俱娶太尉桓焉女。時人謂桓叔元兩女俱乘龍，言得壻如龍也。

華館春風起，高城煙霧開。雜花分户映，嬌燕入簾回。一見能傾座，虚懷只愛才〔一〕。鹽車雖絆驥，名是漢庭來〔二〕。

〔一〕《司馬相如傳》：一座盡傾。

〔二〕《戰國策》：騏驥駕鹽車，上吴坂，遷延負轅而不能進。庾信詩：絆驥猶千里，垂鵬更九飛。

贈李白

按：《年譜》：天寶三載，公在東都。太白以力士之譖，亦放還遊東都。此贈詩當在其時，故有「脱身」「金閨」之句。

二年客東都，所歷厭機巧。野人對腥羶，蔬食常不飽〔一〕。豈無青精一作䬪飯，使我顔色好。苦乏大藥資，山林跡如掃〔二〕。李侯金閨彦，脱身事幽討。亦有梁宋遊，方期拾瑶草〔三〕。

〔一〕《唐書》：東都，隋置，武德四年廢。貞觀二年號洛陽宮，顯慶二年詔改東都。《周禮注》：犬腥羊羶。言腥羶非己所堪，寧不飽其蔬食。蓋惡機巧而思去之。

〔二〕《太平御覽》：《三洞珠囊》云：王褒，字子登，漢王陵七世孫，服青精䭀飯，趨步峻峰如飛鳥。《圖經本草》：陶隱居《登真隱訣》云：太極真人青精乾石䭀飯法，用南燭草木葉雜莖皮煮，取汁浸米蒸之，令飯作青色，高格曝乾，當三蒸曝，每蒸輒以葉汁溲令浥浥，日可服二升，勿復血食，填胃補髓，消滅三蟲。䭀，音信，䭀之爲言飧也，謂以酒蜜藥草溲而曝之也。亦作矾。《抱朴子》：覽金丹之道，使人不復措意小小方書，然大藥卒難辦得。又曰：余受《金丹仙經》二十年，資無儋石，無以爲之。《丹書》：抱陽山人《大藥証》曰：夫大藥者，須煉砂中汞，能取鉛裏金。黄芽爲根蒂，水火鍊功深。

〔三〕江淹《别賦》：金閨之諸彦。注：金閨，金馬門也。白嘗供奉翰林，故云。《元和郡國志》：漢文帝子梁孝王都大梁，東徙睢陽，今宋州也。公與白同遊梁宋，見本傳及《遺懷》、《昔遊》二詩。江淹《廬山》詩：瑶草正翕艴。善曰：瑶草，玉芝也。《本草經》：白芝生華山，一名玉芝。

陪李北海宴歷下亭

《舊唐書·地理志》：青州，屬河南道。武德四年，置青州總管府。天寶元年，改爲北海郡。乾元元年，復爲青州。《李邕傳》：天寶初，邕爲汲郡、北海太守。五載，坐贓事，杖死於郡。歷下亭在齊州，以歷山名。于欽《齊乘》：歷下亭，在府城驛邸内歷山臺上，面山背湖，實爲勝絶。少陵有《陪李北海宴》詩。

東藩駐皂蓋，北渚淩清河一作青荷，一作清菏，俱非。海右一作内，《正異》定作右此亭古，濟南名士多原注：時邑人蹇處士等在坐〔一〕。雲山已發興，玉珮仍當歌。修竹不受暑，交流空湧波〔二〕。藴真愜所遇，落日將如何。貴賤俱物役，從公難重過〔三〕。

〔一〕《後漢書》：太守秩二千石，中二千石、二千石，皆皂蓋、朱兩轓。杜氏《通典》：今東平、濟南、淄川、北海界，中有水流入海，謂之清河，實荷澤、汶水合流，亦曰濟河。江淹《恨賦》：巡海右以送日。《舊唐書》：齊州，屬河南道。貞觀七年置齊州都督府，天寶七年改爲臨淄郡，五載改濟南郡，乾元元年復爲齊州。

〔二〕魏武帝樂府：對酒當歌，人生幾何。錢箋：《三齊記》云：歷水出歷祠下，衆源競發，與濼水同入鵲山湖。所謂「交流」也。

〔三〕謝靈運詩：表靈物莫賞，藴真誰爲傳。江淹詩：悠悠藴真趣。

同李太守登歷下古城員外新亭

原注：時李之芳自尚書郎出齊州，製此亭。《唐書》：之芳開元末爲駕部員外郎。天寶十三載，安禄山奏爲范陽司馬。

新亭結構罷，隱見形甸切清河陰原注：亭對鵲湖〔一〕。跡籍臺觀古玩切舊，氣冥一作溟海嶽深〔二〕。圓荷想自昔，遺堞感至今〔三〕。芳宴此時具，哀絲千古心。主稱壽尊客，筵秩宴北一作密鄰〔四〕。不阻蓬蓽興，得兼一云兼得《梁甫吟》〔五〕。

〔一〕《一統志》：鵲山湖，在濟南府城北二十里。

〔二〕按：《韻會》：古籍字與藉通。亭之基迹，憑藉臺觀之舊；亭之氣象，冥接海岳之遥。此正和邕詩「形制開古跡」及「泰山」「巨壑」二句意。舊注籍字作圖籍解，冥字作溟濛解，義遂難通。

〔三〕遺堞，城上雉堞也。古齊歷下城對歷山之下。

〔四〕謝脁詩：嘉樂具矣，芳宴在斯。《禮記》：絲聲哀，哀以立廉，廉以立志。曹植詩：主稱千金壽。《詩》：賓之初筵，左右秩秩。

〔五〕《史記注》：梁父，太山下小山。《西谿叢語》：《藝文類聚》載諸葛亮《梁父吟》，不知何義。張衡《四愁詩》：欲往從之梁甫艱。注：言人君有德則封太山，太山喻人君，梁甫喻小人也。諸葛好爲《梁甫吟》，恐取此意。

登歷下古城員外孫他本無孫字新亭　李邕

吾宗固神秀，體物寫謀長。形制開古跡，曾冰延樂方〔一〕。太山雄地里，巨壑眇雲莊。高興泊陳浩然本作泊煩促，永懷清典常。含弘知四大，出入見三光〔二〕。負郭喜粳稻，安時謌吉祥。

〔一〕傅毅《舞賦》：亢音高歌，爲樂之方。魏文帝樂府：善爲樂方。

〔二〕《老子》：域中有四大，道大、天大、地大、王亦大。班固《典引》：經緯乾坤，出入三光。《史記索隱》：三光，日、月、五星也。

暫如臨邑至𡺀音宅山湖亭奉懷李員外率爾成興

臨邑，注見前。　趙次公曰：𡺀，《玉篇》助麥切。或曰：𡺀山湖，即鵲山湖。非也。《地志》云：齊州治歷城縣，歷城東門外有歷水，入鵲山湖。今題云「如臨邑至𡺀山湖」。按王存《九域志》：臨邑去州北四十里。而𡺀字之音又與鵲不同，則𡺀山湖乃別湖之名也。《杜詩博議》：疑公將往臨邑，中道抵歷下，登新亭，因懷李之芳。觀詩有「歇馬高林間」語可見。峼山湖當是鵲山之訛，不必別求峼山以實之也。

野亭逼湖水，歇馬高林間。鼉吼風奔浪，魚跳平聲日映山。暫遊阻詞伯，却望懷青關〔一〕。靄靄生雲霧，惟應促駕還。

〔一〕青關，李員外所在，其地未詳。或云，即青州穆陵關。

贈李白

秋來相顧尚飄蓬，未就丹砂愧葛洪〔一〕。痛飲狂歌空度日，飛揚跋扈侯古切爲誰雄〔二〕？

〔一〕《晉書》：葛洪見天下已亂，欲避地南土，乃參廣州刺史稽含軍事。含遇害，遂停南土。多年後，以年老，聞交阯出丹砂，求爲勾漏令。帝以洪資高不許，洪曰：「非欲爲榮，以有丹砂。」帝從之。洪至廣州，刺史鄧岱留，不聽，去，乃止羅浮山煉丹。在山積年，優游閑養。

〔二〕《北史·侯景傳》：常有飛揚跋扈之意。按：太白《東魯行》云：顧余不及仕，學劍來山東。唐史稱其好縱橫術，喜擊劍，爲任俠。此故以飛揚跋扈目之。

與李十二白同尋范十隱居

李侯有佳句，往往似陰鏗。余亦東蒙客，憐君如弟兄〔一〕。醉眠秋共被，攜手日一作月同行。更想幽期處，還尋北郭生〔二〕。入門高興發，侍立小童清。落景音影聞寒杵，屯音諄雲對古城〔三〕。向來吟《橘頌》，誰劉云恐作惟欲一作與討蓴羹？不願論簪笏，悠悠滄海情〔四〕。

〔一〕《南史》：武威陰鏗，字子堅，善五言詩，爲當時所重。仕陳，累遷晉陵太守、員外、散騎常侍。《論語疏》：「顓臾主祭蒙山。」在東，故曰東蒙。《唐書》：沂州新泰縣有蒙山。《寰宇記》：東蒙山在費縣西北七十六里。

〔二〕《韓詩外傳》：楚莊王使使賫百金，聘北郭先生爲相。《後漢書》：汝南廖扶，絶志世外，不應辟召，時號北郭先生。錢箋：太白集《尋魯城北范居士失道落蒼耳中》詩云：「忽憶范野人，閒園養幽姿。酸棗垂北郭，寒瓜蔓東籬。」此云「來尋北郭生」，即其人也。

〔三〕梁元帝《纂要》：晚照謂之落景。《列子》：望之若屯雲焉。中山王《文木賦》：奔電屯雲。

〔四〕《楚詞》有《橘頌》，大意言受命不遷。《晉書》：張翰在洛，見秋風起，思吴中菰菜、蓴羹、鱸魚鱠，遂命駕歸。

重題鄭氏東亭

原注：在新安界。《唐書》：新安縣，屬河南府。　鄭氏無考。鮑欽止云：即駙馬潛曜。

華亭入翠微，秋日亂清暉郭作輝〔一〕。崩石欹山樹，清一云當作晴漣曳水衣〔二〕。紫鱗衝岸躍，蒼隼護巢歸〔三〕。向晚尋征路，殘雲傍馬飛。

〔一〕《爾雅》：山未及上，翠微。《疏》謂未及頂上，在旁陂陀之處名翠微。一説氣青縹色。

〔二〕張協詩：堂上水衣生。注：水衣，蒼苔也。

〔三〕《蜀都賦》：鮮以紫鱗。《説文》：隼，鷙鳥。陸佃云：鶻屬。

鄭駙馬宅宴洞中

《唐書》：明皇臨晉公主下嫁鄭潛曜。按：潛曜，廣文博士鄭虔之姪。公作公主母《皇甫淑妃墓碑》云：「甫忝鄭莊之賓客，遊貴主之園林。」　錢箋：《長安志》：蓮花洞在神禾原鄭駙馬之居，杜詩所謂「主家陰洞」者也。宋張禮《遊城南記》：直樊川之上，倚神禾原，有洞曰蓮花，舊爲村人鄭氏之業。鄭氏遠祖潛曜尚明皇之女。　此詩乃歸長安後作。黄鶴以駙馬洞中與鄭氏東亭爲一處，大謬。

主家陰洞細煙霧，留客夏簟青一作清琅玕〔一〕。春酒盃濃琥珀薄，冰漿椀碧瑪瑙寒〔二〕。悞疑茅堂一作屋過江麓一云底，已入風磴丁鄧切霾雲端〔三〕。自是秦樓壓鄭谷，時聞雜佩聲珊珊〔四〕。

〔一〕《別賦》：夏簟清兮晝不暮。《本草》：琅玕，一名青珠。陶隱居曰：《蜀都賦》所稱青珠黃環也。蘇恭曰：琅玕有數種色，以青者入藥爲勝，是琉璃之類，火齊寶也，出嶲州以西烏白蠻中及于闐國。趙曰：詩家多以琅玕比竹。青琅玕，特形容竹簟之美耳。太白《題王處士水亭》詩「拂拭青玉簟，爲予置金樽」，亦非真以青玉爲簟也。

〔二〕陳藏器《本草》：琥珀出罽賓國，初如桃膠，凝乃成焉。陶隱居曰：舊説松脂入地千年，化爲琥珀。今燒之，亦作松氣。《玄中記》：楓脂入地爲琥珀。陸機樂府：渴飲堅冰漿。《本草》：瑪瑙，紅色，美石之類，生西國。《洛陽伽藍記》：元琛酒器，有水晶鉢、瑪瑙琉璃椀、赤玉卮數十枚。

〔三〕鮑照《銅山》詩：既類風門磴，復象天井壁。草堂疑在江麓，風磴窅入雲端，二語極狀洞中之陰。解者都謬。

〔四〕《列仙傳》：秦穆公以女弄玉妻蕭史，日於樓上吹簫作鳳鳴，鳳止其屋，一旦，夫妻皆隨鳳去。揚子《法言》：谷口鄭子真，耕於巖石之下，名震京師。《雍録》：谷口在雲陽縣西四十里。漢武帝《李夫人歌》：翩何姍姍其來遲。

高都護驄馬行

高都護，黄鶴作高仙芝。按：唐史：仙芝開元末爲安西副都護。天寶六載，討小勃律，虜其王。詩云「一心成大功」，豈即謂此乎？

安西都護胡青驄，聲價歘然來向東。此馬臨陣久無敵，與人一心成大功〔一〕。功成惠養隨所致，飄飄一作飄遠自流沙至。雄姿未受伏櫪恩，猛氣猶思戰場利〔二〕。腕今本一作踠促蹄高如踣音匐鐵，交河幾蹴曾冰裂。五花散作雲滿身，萬里方看汗流血〔三〕。長安壯兒不敢騎，走過掣電傾城知。青絲絡頭爲君老，何由却出横門道〔四〕。

〔一〕《舊唐書》：貞觀十七年，置安西都護府於西州。顯慶三年，移治龜兹國城。于闐以西，波斯以東，十六都督府隸焉。《廣韻》：驄，馬青白色。古詩：躑躅青驄馬。《赭白馬賦》：聲價隆振。《漢書》：《天馬歌》：天馬來，立無草，徑千里，循東道。

〔二〕《赭白馬賦》：願終惠養，蔭本枝兮。《元和郡縣志》：居延澤，在張掖縣東北一千六百里，即古流沙。《天馬歌》：天馬徠，從西極。涉流沙，九夷服。《赭白馬賦》：弭雄姿以奉引。《漢書注》：伏櫪，謂伏槽櫪而秣之。

〔三〕《齊民要術》：馬踠欲得細而促，蹄欲得厚而大。又曰：腕欲促而大，其間纔容靽，蹄欲得厚二三寸，硬如石。《元和郡縣志》：貞觀四年，于漢車師前王地置交河縣，取界内交河爲名。交河源出縣北天山，分流城下。《一統志》：今爲西番火州地。《名畫録》：開元内廐，有飛黄、照夜、浮雲、五花之乘。按：五花者，郭若虚謂剪鬃爲瓣，或三花，或五花。白樂天詩「馬鬣剪三花」是也。《漢書注》：大宛舊有天馬種，蹋石汗血，汗從前肩髆小孔中出，如血。

〔四〕崔豹《古今注》：秦始皇有七馬，一曰追電。古樂府：青絲纏馬尾，黄金絡馬頭。《漢・西域傳》：立樓蘭質子尉屠耆爲王，百官送至横門外。《三輔黄圖》：長安城北，出西頭第一門，曰横門，其外有橋，曰横橋。程大昌《雍録》：自横門渡渭而西，即是趨西域之路。

此詩全是古樂府「老驥伏櫪，志在千里。烈士暮年，壯心未已」之意。

贈翰林張四學士垍

《舊唐書・張説傳》：二子均、垍皆能文。《唐會要》：玄宗始選朝官有詞藝學識者，入居翰林供奉，別旨制詔書敕，猶或分在集賢。開元二十六年，始以翰林供奉改稱學士，別建學士院，俾專内命。太常少卿張垍、起居舍人劉光謙等首居之，而集賢所掌，由是罷息。

翰林逼華蓋，鯨力破滄溟〔一〕。天上張公子，宫中漢客星〔二〕。賦詩拾翠殿，佐酒望雲亭〔三〕。紫誥仍兼綰，黄麻似六經〔四〕。内分魯作頒金帶赤，恩與荔枝青〔五〕。無復隨高鳳，空餘泣聚螢。此生任春草，垂老獨漂萍。儻憶山陽會，悲謌在一聽〔六〕。

〔一〕《唐會要》：翰林院在銀臺門内，麟德殿西廂重廊之後，學士院在翰林院之南，别户東向。《晉·天文志》：大帝上九星曰華蓋，所以蔽覆大帝之座也。蓋下九星曰杠，蓋之柄也。《吴都賦》：徽鯨背中於群犗。注：徽鯨，魚之有力者。

〔二〕《漢書》：成帝時童謡曰：「燕燕尾涎涎，張公子，時相見。」帝每微行出，常與張放俱，稱富平侯家，故曰張公子。徐陵詩：張星舊在天河上，由來張姓本連天。《後漢書》：光武與嚴光共卧，太史奏：客星犯帝座，甚急。《舊唐書》：洎尚寧親公主，玄宗特加恩寵，許于禁中置内宅，侍爲文章。《雍録》：李肇曰：學士院有兩廳，北廳從東來第一間，常爲承旨閣，餘皆學士居之；南廳本駙馬張垍爲學士時以居公主，此其畫堂也，後皆以居學士。

〔三〕《兩京新紀》：大福殿，在麟德殿北。拾翠殿，在大福殿東南。《長安志》：東内大明宫，麟德殿，次北翰林，門内翰林院、學士院。翰林門北曰九仙門，大福殿、拾翠殿。西内延嘉殿，西北有景福臺，臺西有望雲亭。

〔四〕紫誥，紫泥封誥也。《後漢·輿服志》注：《漢舊儀》：天子信璽六，皆以武都紫泥封，青囊白素裹，兩端無縫。《西京雜記》：漢以武都紫泥爲璽室，加緑綈其上。《唐會要》：中書以黄、白二麻爲綸命重、輕之辨。開元三年十月，始用黄麻紙寫詔。上元三年二月，制敕並用黄麻紙。李肇《翰林志》：故事，中書舍人專掌詔誥。開元間，始置學士，大事直出中禁，不由兩省。凡制用白麻紙，詔用白藤紙，書用黄麻紙。

〔五〕《唐書》：緋爲四品服，淺緋爲五品服，並金帶，但鞓數別。李肇《國史補》：張均兄弟俱在翰林，垍以尚主，獨賜珍玩，以誇於均。均曰：「此乃婦翁與女壻，固非天子賜學士也。」按史，貴妃嗜生荔枝，明皇置驛傳送。垍尚主，宅在禁中，得與此賜，所謂「恩與荔枝青」也。《海録碎事》載：戎州出緑荔枝，肉熟而皮猶緑。又曾子固《荔枝狀》云：江家緑，出福州。又色紅而有青斑者，名虎皮，亦出福州。「荔枝青」殆即此類乎？舊注引《楊文公談苑》「荔枝金帶」，乃是宋制，且與上句複出。

〔六〕《詩》：鳳凰鳴矣，于彼高岡。顔延之《秋胡》詩：椅梧傾高鳳。《晉書》：車胤家貧，不常得油。夏月，以練囊盛數十螢火，照書讀。庾信詩：流螢夜聚書。《魏氏春秋》：嵇康寓居河内山陽，與王戎、向秀同遊。秀後經康山陽舊居，作《思舊賦》。

贈特進汝陽王二十韻

《舊唐書》：讓皇帝長子璡封汝陽郡王。天寶初，終父喪，加特進。九載卒，贈太子太師。黄曰：公還長安從汝陽遊，蓋在天寶五、六載間。

特進群公表，天人夙德升。霜蹄千里駿，風翮九霄鵬〔一〕。服禮求毫髮，推一作惟忠忘去聲寢興。聖情常有眷，朝退若無憑〔二〕。仙醴一作醖來一作求浮蟻，奇毛或賜鷹。清關塵不雜，中使日相乘〔三〕。晚節嬉遊簡，平居孝義稱。自多親棣蕚，誰敢問山陵〔四〕。學業醇儒富，辭一作才華哲匠能。筆飛鸞聳立，章罷鳳鶱一作鶱，非騰〔五〕。精理通談笑，忘形向友朋。寸長一作腸，非堪繾綣，一諾豈驕矜。已忝歸曹植，何知對李膺〔六〕。招要恩屢至，崇重力難勝。披霧初歡夕，高秋爽氣澄〔七〕。樽罍臨極浦，鳧雁宿張燈。花月窮遊宴，炎天避鬱蒸。硯寒金井水，簷動玉壺冰〔八〕。瓢飲惟三徑，巖棲在百層陳作巖居異一塍。謬吴作且持蠡音離測海，況挹酒如澠〔九〕。鴻寶寧全秘，丹梯庶可陵。淮王門有一作下客，終不愧孫登〔一〇〕。

〔一〕《唐書》：文散階正二品曰特進。《魏略》：邯鄲淳見曹植才辨，對其所知，歎爲天人。

〔二〕鄭善夫曰：若無憑，猶漢高失蕭何，若失左右手意。正言帝眷之切，非如舊注所云不挾貴也。

〔三〕《釋名》：酒有汎齊，浮蟻。《南都賦》：浮蟻若萍。《吴志·朱然傳》：中使醫藥口食之物，相望於道。

〔四〕《唐書》：先天後，以隆慶舊邸爲興慶宮，賜寧王及申、薛諸王第，環列宮側。宮西、南置樓，西曰花蕚相輝之樓，南曰勤政務本之樓。帝時時登之，聞諸王作樂，必亟召升樓，同榻宴飲。寧王薨，謚曰讓皇帝，葬橋陵，號惠陵。璡上表懇辭，手制不許。《長安志》：讓皇帝惠陵在蒲城縣西北十里。言帝雖篤親親之誼，崇禮有加，而汝陽終恪守臣節，不敢問及山陵之名。所謂孝義足稱者，此也。須溪云：山陵指祖宗。大謬。

〔五〕殷仲文詩：哲匠感蕭辰。吴質《答太子牋》：摛藻下筆，龍鸞之文奮矣。張懷瓘《書録》：許圉師見太宗書曰：鳳翥鸞迴，實古今書聖。

〔六〕《後漢書》：杜密與李膺俱坐黨錮而名行相次，時人亦稱「李杜」焉。公自言不敢對李膺爲「李杜」，謙辭也。

〔七〕《世説》：衛玠見樂廣曰：見此人若披雲霧而睹青天。

〔八〕《西征記》：太極殿前有金井。鮑照詩：清如玉壺冰。

〔九〕《絶交書》：堯舜之君世，許由之岩栖。《西京賦》：井幹疊而百層。《東方朔傳》：以蠡測海。注：蠡，瓠勺也。《韻會》：螺，亦作蠡。《左傳》：有酒如澠。

〔一〇〕《劉向傳》：上復興神仙方術之事，而淮南王有枕中《鴻寶》《苑秘書》。《神仙傳》：淮南王安，作内書二十二篇，又中篇八章，言神仙黄白之事，名爲《鴻寶》。《萬畢》三卷，論變化之道，凡十萬言。謝靈運《擬阮瑀》詩：躧步陵丹梯。注：丹梯，陛階也。又《遊敬亭山》詩：即此陵丹梯。注：謂山也。按：二注不同。此當從前説。《神仙傳》：淮南王安好方術，養士數千人，有八公詣門，皆鬚眉皓白。王薄其老，八公俄變爲童子。《晉・隱逸傳》：孫登居汲郡北山，好讀《易》，撫一絃琴，嵇康從之游，三年，問其所圖，終不答。將别，乃曰：「子才多識寡，難免於今之世矣。」康不能用，果遭非命，乃作《幽憤》詩曰：「昔慙柳下，今愧孫登。」言汝陽愛士，固不下淮南，我則何敢有愧孫登乎？蓋不欲自處於曳裾之客也。

飲中八仙歌

蔡曰：按范傳正《李白新墓碑》：在長安時，時人以公及賀監、汝陽王、崔宗之、裴周南等八人爲酒中八仙。公此篇無裴，豈范别有稽耶？按：此詩舊編天寶五載，徒以是年李適之罷相。然考唐史，蘇晉死開元二十二年，賀知章、李白去天寶三載。「八仙人」，當是總括前後言之，非一時俱在長安也。

知章騎馬似乘船，眼花落井水底眠〔一〕。汝陽三斗始朝天，道逢麴車口流涎，恨不移封向酒泉〔二〕。左相日興費萬錢，飲如長鯨吸百川，銜杯樂聖稱避舊本作世，《邵氏聞見録》定作避賢〔三〕。宗之蕭灑美少年，舉觴白眼望青天，皎如玉樹臨風前〔四〕。蘇晉長齋繡佛前，醉中往往愛逃禪〔五〕。李白一斗詩百篇，長安市上酒家眠。天子呼來不上船，自稱臣是酒中仙〔六〕。張旭三杯草聖傳，脱帽露頂王公前，揮毫落紙如雲煙〔七〕。焦遂五斗方卓然，高談雄辨驚四筵〔八〕。

〔一〕《舊唐書》：賀知章，會稽永興人，自號四明狂客，又稱祕書外監。醉後屬詞，動成卷軸，文不加點，咸有可觀。天寶三載，上疏請度爲道士，還鄉里。《越絶書》：夫越水行而山處，以船爲車，以楫爲馬。　吴均《雜句》：夢中難言見，終成亂眼花。《抱朴子》：余從祖仙公，每大醉，輒入深淵之底，一日許乃出。　按：二語只極狀醉态耳，舊注引阮咸事，乃僞撰故實，此類今皆削之。

〔二〕《舊唐書》：讓皇帝長子璡，封汝陽郡王，與賀知章、褚庭誨爲詩酒之交。　魏文帝《與吴質書》：蒲萄釀以爲酒，甘於麯糵，道之已流羨咽嗌。　羨同涎。　《三秦記》：九泉郡城下有金泉，泉味如酒，故名酒泉。《拾遺記》：羌人姚馥嗜酒，群輩呼渴羌。武帝擢爲朝歌宰，遷酒泉太守。

〔三〕《舊唐書》：李適之雅好賓客，飲酒一斗不亂。天寶元年八月，代牛仙客爲左丞相。五載四月，罷政，賦詩云：「避賢初罷相，樂聖且銜杯。爲問門前客，今朝幾個來？」　劉伶《酒德頌》：銜杯漱醪。《魏志》：醉客謂酒清者爲聖人，濁者爲賢人。

〔四〕《舊唐書》：崔宗之，日用之子，襲封齊國公。《李白傳》：侍御史崔宗之謫金陵，與白詩酒唱和。

〔五〕《舊唐書》：蘇晉，珦之子，數歲知爲文，舉進士，歷官户、吏二部侍郎，終太子左庶子。　舊注：蘇晉學浮屠術，嘗得胡僧慧澄繡彌勒佛一本，寶之，曰：「是佛好飲米汁，願事之，他佛不愛也。」按：此事不知何本？米汁語，未見佛書，疑亦僞撰。

〔六〕范傳正《李白新墓碑》：玄宗泛白蓮池，公不在宴，皇懽既洽，召公作序。時公已被酒翰苑中，命高將軍扶以登舟。按：呼來不上船，正指此事言，舊注俱謬。

〔七〕《舊唐書》：吴郡張旭與知章相善，旭善草書而好酒，每醉後，號呼狂走，索書揮洒，變化無窮，若有神助。錢箋：《金壺記》：旭官右率府長史。王愔《文章志》：後漢張芝好草書，學崔、杜之法，韋仲將謂之草聖。古樂府：脱帽著帩頭。李頎《贈旭》詩：露頂據胡牀，長叫三五聲。潘岳《陽荆州誄》：翰動若飛，落紙如雲。

〔八〕袁郊《甘澤謡》：陶峴，開元中，家於崑山，自製三舟，客有前進士孟彦深、進士孟雲卿、布衣焦遂，各置僕妾，共載遊山水。

《蔡寬夫詩話》：此歌「眠」字、「天」字再押，「前」字三押，古未見其體。叔父元度云：歌分八篇，人人各異，雖重押韻無害，亦周詩分章之意也。

今夕行

今夕何夕歲云徂，更長燭明不可孤。咸陽客舍一事無，相與博塞蘇代切，一云賭博爲歡娱〔一〕。馮音憑陵大叫呼五白，跙跣不肯成梟盧〔二〕。英雄有時亦如此，邂逅豈即非良圖。君莫笑，劉毅從來布衣願，家無儋都濫切石輸百萬〔三〕。

〔一〕《唐書》：武德元年，析涇陽、始平，置咸陽縣，屬京兆府。王逸《楚詞注》：投六箸，行六棊，故云六博。許慎《説文》：博，局戲。六箸，十二棊也。鮑宏《博經》：用十二棊，六白六黑，所擲投謂之瓊，瓊有五采。潘鴻曰：古大博則六箸六棊，小博則二橩十二棊，故王、許説不同。《説文》：簺，行棊相塞謂之塞。《漢書注》：蘇林曰：塞，博類，不用箭，但行梟散。鮑宏《塞經》：塞有四采，塞、四、乘、五是也。至五即格不得行，故謂之格五。

〔二〕《左傳》：馮陵敝邑。《招魂》：成梟而牟，呼五白些。王逸注：倍勝爲牟。五白，博齒也。言已箸己棊，當成牟勝，射張食棊，下逃於窟，故呼五白以助投也。《戰國策》：王不見夫博之用梟邪？欲食則食，欲握則握。《補注》：《正義》云：博頭有刻爲梟鳥形者，擲得梟者，合食其子，食者行棊。握，不行也。《晉·張重華傳》：謝艾曰：梟者，邀也。六博得梟者勝。《劉毅傳》：毅於東堂聚樗蒱大擲，餘人並黑犢以還，惟劉裕及毅在後。毅次擲得雉，大喜，繞牀叫謂同坐曰：「非不能盧，不事此耳。」裕惡之，因挼五木久之，曰：「老兄試爲卿答。」既而四子俱黑，一子轉躍未定，裕厲聲喝之，即成盧。《慕容寶傳》：寶與韓黄、李根等樗蒱，誓之曰：「世云樗蒱有神，若富貴可期，頻得三盧。」於是三擲盡盧，寶拜而受賜。《唐國史補》：崔師本好爲古樗蒱，其法三分其子三百六十，限以二關，人執六馬，其骰五枚，上黑下白，黑者刻二爲犢，白者刻二爲雉。擲之全黑爲盧，二雉三黑爲雉，二犢三白爲犢，全白爲白。四者，貴采也。開、塞、塔、禿、撅、梟六者，雜采也。貴采得連擲，得打馬，得過關，餘則否。程大昌《演繁露》：盧在樗蒱爲最高之采，五白非樗蒱所貴，不知何以云「呼五白」也。韓子儒何以不好博？勝者必殺梟，是殺所貴也。梟固爲善齒，而殺梟者又當得雋，則梟之采品，非盧比也。老杜概言梟盧，亦恐未詳。錢箋：成梟、五白，原本《招魂》。文人引據，遞相祖述。大昌之論，斯爲固矣。按：不肯成梟盧，正用劉毅事，兼舉六博之梟者，以樗蒱本博類也。昌黎詩：「六博在一擲，梟盧叱迴旋。」語與此同。

〔三〕《南史》：劉毅家無儋石之儲，樗蒱一擲百萬。

奉寄河南韋尹丈人

原注：甫故廬在偃師，承韋公頻有訪問，故有下句。○《舊唐書·韋濟傳》：天寶七載，爲河南尹，遷尚書左丞。《唐會要》：天寶七載四月，河南尹韋濟奏，於偃師縣東山下開驛道，通孝義橋。公寄詩當在其時。

有客傳河尹，逢人問孔融。青囊仍隱逸，章甫尚西東〔一〕。鼎食分一作爲門户，詞場繼國風。尊榮瞻地絶，疎放憶途窮〔二〕。濁酒尋陶令，丹砂訪葛洪。江湖漂短一作裋褐，霜雪滿飛蓬〔三〕。牢落乾坤大，周流一作旋道術空。謬慚知薊子，真怯笑揚雄〔四〕。盤錯神明懼，謳歌德義豐。尸鄉餘土室，難説《正異》定作誰話祝一作咒，一作㸦鷄翁〔五〕。

〔一〕《後漢·孔融傳》：河南尹李膺，不妄接士，融年十歲，造門與交。《晉·郭璞傳》：璞嘗受業於鄭公，得《青囊書》九卷，遂開洞五行。《莊子》：宋人章甫而適越，越人斷髮文身，無所用之。

〔二〕《舊書》：濟以詞翰聞，製《宣德詩》四章，辭致高雅。向秀《思舊賦序》：嵇志遠而疎，吕心曠而放。

〔三〕霜雪，髮之白也。《詩》：自伯之東，首如飛蓬。

〔四〕《後漢·方術傳》：薊子訓有神異之道，既到京師，公卿以下候之者，坐上常數百人。《揚雄傳》：雄草《太玄》，或嘲雄以玄尚白。雄作《解嘲》曰：子徒笑我玄之尚白，我亦笑子之病甚，不遭臾跗、扁鵲。

〔五〕《後漢·虞詡傳》：詡爲朝歌長，曰：「不遇盤根錯節，何以別利器？」治政咸稱神明。按：《唐書》稱濟文雅，能修飭政事，所至以治稱。此詩「盤錯」二語，當是實録。《詩正義》：河南偃師縣西二十里，有尸鄉亭。《後漢·袁閎傳》：閎四周築土於庭，以爲房室。祝鷄翁，居尸鄉北山下，注別見。錢箋：《風俗通》：呼鷄朱朱。俗説：鷄本朱公化爲之，至今呼鷄皆朱朱也。《説文解字》：喌喌，二口爲讙。州，其聲也，讀若祝。祝者，誘致禽畜和順之意。喌與朱音相似耳。趙曰：未言誰人話及咒鷄翁乎？惟我韋丈人而已。舊作「難説」，謂難説得到也。解終費力。

贈韋左丞丈濟

左轄頻虚位，今年得舊儒。相門韋氏在，經術漢臣一作官須〔一〕。時議歸前烈一作列，古列與烈同，天倫恨莫俱。鴒原荒宿草，鳳沼接亨衢〔二〕。有客雖安命，衰容豈壯夫？家人憂几杖，甲子混泥塗〔三〕。不謂矜餘力，還來謁大巫。歲寒仍顧遇，日暮且踟躕〔四〕。老驥思千里，饑鷹待一呼。君能微感激，亦足慰榛蕪一云折骨效區區〔五〕。

〔一〕《唐六典》：左右丞，掌管轄省事，糾察憲章。《唐書》：天寶中，濟遷尚書左丞，三代並爲省轄，衣冠榮之。　《漢書》：韋賢兼通《禮》、《尚書》，以《詩》教授，號稱鄒魯大儒，七十餘爲相。少子玄成，復以明經列位至丞相。故鄒魯諺曰：遺子黄金滿籯，不如一經。《舊唐書》：韋思謙，武后時同鸞臺鳳閣三品。子承慶、嗣立，長壽中，嗣立代承慶爲鳳閣舍人。長安三年，承慶代嗣立爲天官侍郎。頃之，又代知政事。及承慶卒，嗣立又代爲黄門侍郎。前後四職相代，又父子三人皆至宰相，有唐以來莫與爲比。

〔二〕《穀梁傳》：兄弟，天倫也。李白詩：吾與元夫子，異姓爲天倫。　《詩》：脊令在原。《箋》：雝渠，水鳥，今在原，失其常處，則飛鳴求其類。《禮記注》：宿草，陳根也，謂期年。　《舊書》：嗣立三子，孚、恒、濟，皆知名。孚累遷至左司員外郎。恒開元初爲碭山令，宇文融密薦恒有經濟才，擢拜殿中侍御史，爲隴右道河西黜陟使，出爲陳留太守，未行而卒。時人甚傷惜之。按：濟遷左丞時，其兄恒必已先没，故有「恨莫俱」、「荒宿草」之句。　《晉中興書》：荀勗從中書監遷尚書令，有賀之者，曰：「奪我鳳凰池，諸君何賀耶？」謝莊《讓中書令表》：璧門天邃，鳳沼神深。按：《通典》：光宅元年，中書省改曰鳳閣，以鳳池事爲名。濟父祖皆官鳳閣，此故以「接亨衢」期之也。千家本有公自注：「濟之兄洹亦爲給事中。」此出黄鶴《補注》，他本無之，其實誤也。

〔三〕《月令》：仲秋之月，養衰老，授几杖。　《左傳》：絳縣老人曰：「臣生之歲，正月甲子朔，四百有四十五甲子矣。」趙孟謝曰：「使吾子辱在泥塗久矣，武之罪也。」

〔四〕《吴志注》：張紘見陳琳《武庫賦》，歎美之，琳答曰：「河北率少文章，易爲雄伯。今足下在彼，所謂小巫見大巫，神氣盡矣。」

〔五〕饑鷹，注别見。《張儀傳》：蘇秦使人微感張儀。

奉贈韋左丞丈二十二韻

紈袴不餓死，儒冠多誤身。丈人試静聽，賤子請具陳〔一〕。甫昔少年日，早充觀國賓。讀書破萬卷，下筆如有神。賦料揚雄敵，詩看子建親。李邕求識面，王翰願卜陳作爲鄰〔二〕。自謂頗挺出一作生，立登要路津。致君堯舜上，再使風俗淳。此意竟蕭條，行歌非隱淪〔三〕。騎驢三十載，旅食京華春。朝扣富兒門，暮隨肥馬塵。殘杯與冷炙，到處潛悲辛〔四〕。主上頃見徵，欻許勿切然欲求伸。青冥却垂翅，蹭蹬無縱鱗〔五〕。甚愧丈人厚，甚知丈人真。每於百僚上，猥誦佳句新。竊效貢公喜，難甘原憲貧。焉能心怏怏，秖是走踆踆〔六〕。今欲東入海，即將西去秦。尚憐終南山，回首清渭濱。常擬報一飯，況懷辭大臣。白鷗没一作波浩蕩，萬里誰能馴〔七〕？

〔一〕《漢書》：班伯在綺襦紈袴之間。注：綺，細綾。紈，素也。並貴戚子弟服。王弼《易注》：丈人，嚴莊之稱。《吴越春秋》：子胥謂漁父：「性命屬天，今屬丈人。」鮑照樂府：主人且勿喧，賤子歌一言。

〔二〕《易》：觀國之光，利用賓于王。《年譜》：公遊吴越歸，赴鄉舉，時方二十三歲。《唐書》本傳：甫少貧不自振，客齊趙間，李邕奇其才，先往見之。趙曰：公《哀李邕》詩：「伊昔臨淄亭，酒酣託末契。重敘東都别，朝陰改軒砌。」追言洛陽相見事，豈非公與邕先識面於洛陽乎？《新史》蓋誤以再見爲始識面矣。《唐書·文苑傳》：王翰，字子羽，并州晉陽人，及進士第。張説輔政，召爲秘書正字，終道州司馬。按：邕、翰皆公同時前輩，「識面」、「卜鄰」乃當時實事。舊注引杜華母使華與王翰卜鄰，出僞書杜撰。

〔三〕古詩：何不策高足，先據要路津。《列子》：林類年且百歲，拾穗行歌。桓譚《新論》：天下神人五：一曰神仙，二曰隱淪。言己以窮困行歌，非隱淪肥遯之流也。

〔四〕《顔氏家訓》：殘盃冷炙之辱，戴安道猶遭之，況爾曹乎。

〔五〕《年譜》：天寶六載，詔天下有一藝詣轂下，李林甫命尚書省皆下之，公應詔退下。《楚詞》：據青冥而攄虹。注：青冥，雲也。

〔六〕劉峻《廣絶交論》：王陽登則貢公喜。《史·原憲傳》：無財者謂之貧，學道而不能行謂之病。憲，貧也，非病也。《吴越春秋》：公子光心氣怏怏，常有愧恨之色。《西京賦》：大雀踆踆。注：踆踆，行走貌。

〔七〕杜氏《通典》：長安縣南有終南山。《地理志》：在武功縣東，一名南山。《元和郡縣志》：終南山，在京兆府萬年縣南五十里。渭水在萬年縣北五十里。《後漢·李固傳》：竊感古人一飯之報。注：謂靈輒也。《東坡志林》：子美「白鷗没浩蕩」，言滅没於烟波間耳，宋敏求謂鷗不解没，改作波字，便覺神氣索然。

此詩前後乃陳情也。韋必嘗薦公而不達，故有踆踆去國之思。今猶未忍決去者，以眷眷大臣也。然去志終不可回，當如白鷗之遠汎江湖耳。意最委折，而語非乞憐，應與昌黎《上宰相書》同讀。范元實但稱其布置得體，未爲知言。

冬日洛城北謁玄元皇帝廟

原注：廟有吴道子畫五聖圖。○《唐書》：高宗乾封元年，幸亳州，詣老君廟，追尊爲玄元皇帝。開元二十九年，制兩京諸州，各置玄元皇帝廟。天寶元年，陳王府參軍田同秀上言：玄元皇帝降於丹鳳門之通衢，告錫靈符在尹喜故宅。上遣使就函谷關尹喜臺西，發得之，乃置玄元廟於大寧坊，東都於積善坊臨淄舊邸，親享新廟。九月，改爲太上玄元皇帝宫。二年，改爲太清宫，東都爲太微宫。按：此詩所詠，即太微宫也。作於加謚五聖之後，當在天寶八載冬。

配極玄都閟，憑高一作虚禁籞一作禦，《正異》作籞長〔一〕。守祧嚴具禮，掌節鎮非常。碧瓦初寒外，金莖一氣旁。山河扶繡户，日月近雕梁〔二〕。仙李蟠根大，猗蘭奕葉光。世家遺舊史，道德付今王〔三〕。畫手看前輩，吴生遠擅場。森羅移地軸，妙絶動宫牆〔四〕。五聖聯晉作連龍衮，千官列一作引雁行。冕旒俱秀發，旌旆盡飛揚〔五〕。翠柏深留景，紅梨迥得霜。風筝吹玉柱，露井凍《英華》作動銀牀〔六〕。身退卑周室，經傳拱漢皇。谷神如不死，養拙更何鄉一作方〔七〕？

〔一〕《史記》：始皇爲極廟，象天極。《索隱》曰：爲宫廟象天極，故曰極廟。□□□□道君處大玄都，坐高蓋天。上羅三清，下包三界。《靈寶本元經》：自玄都、玉京以下，有三十六天。《雲笈七籤·三洞經》：玄都上有九曲崚嶒鳳臺，瓊房玉室，處於九天之上、玉京之陽。玄元廟在北邙山上，故曰憑高。《漢紀注》：籞者，禁苑之遮衛也。《後漢紀注》：折竹以繩懸連之，使人不得往來。今作籞。《羽獵賦》：禁籞所營。《周禮》：守祧，掌守先王先公之廟祧。注：遷主所藏曰祧。《唐書》：老君廟置令、丞各一員。《周禮》：掌節，掌守邦節而辨其用。注：節，猶信也，行者所執之信。趙曰：既尊老君爲聖祖，故監廟者得謂守祧；必有符驗以防非常，故得借稱掌節。

〔二〕劉騊駼詩：縹碧以爲瓦。《西都賦》：抗仙掌以承露，擢雙立之金莖。注：金莖，銅柱也。《郊祀志》：漢武作柏梁、銅柱、承露仙人掌之屬。趙曰：廟中未必有金莖，詩人大言之耳。按：《曹子建集》：明帝詔有司鑄銅，建承露盤於芳林園，莖長十二丈，大十圍，使植作頌銘。則洛城金莖固有之矣。沈約《春風詠》：鳴珠簾於繡户。檀約《陽春歌》：白日映雕梁。

〔三〕《神仙傳》：老子生而能言，指李樹曰：以此爲我姓。《述異記》：瀨鄉老子廟有紅縹李，一李二色。庾信《老子廟》詩：盤根古樹低。《漢武故事》：武帝以乙酉年七月七日旦，生於猗蘭殿。先是，景帝坐崇芳閣，見赤氣如林，來蔽户牖，乃改閣爲猗蘭殿。遺舊史，謂《史記》「世家」不列老子。《唐會要》：開元二十三年，奉敕升老子、莊子爲列傳首，居伯夷之上。封演《聞見記》：開元二十一年，明皇親注老子《道德經》，令學者習之。《唐書》：《道德經》注成，詔天下家藏其書。貢舉人減《尚書》、《論語》而考試《老子》。

〔四〕錢箋：朱景玄《名畫録》：吴道玄，字道子，東京陽翟人。明皇知其名，召入内供奉。吴生凡畫人物、佛像、神鬼、禽獸、山水、臺殿、草木，皆冠絶於世，國朝第一。《歷代名畫記》：吴道玄學書不成，因工畫。張懷瓘每云：「吴生之畫，下筆有神，是張僧繇後身。」官至寧王友。《東京賦》：秦政利觜長距，終得擅場。注：終一場。《肇論》：萬象森羅。

〔五〕《通鑑》：天寶八載六月，上以符瑞相繼，皆祖宗休烈，上高祖謚曰神堯大聖皇帝，太宗謚曰文武大聖皇帝，高宗謚曰天皇大聖皇帝，中宗謚曰孝和大聖皇帝，睿宗謚曰玄貞大聖皇帝。康駢《劇談録》：東都北邙山有玄元觀，南有老君廟，臺殿高敞，下瞰伊洛。壁有吴道子畫五聖真容及《老子化胡經》事，丹青絶妙，古今無比。

〔六〕郭知達本注：風箏，謂挂箏於風際，風至則鳴也。《丹鉛録》：古人殿閣簷稜間，有風琴、風箏，皆因風動成音，自叶宫商。或曰：風箏，簷鈴也，俗謂呼風馬兒。按：唐人有風箏詩，前説是。

柳惲詩：秋風吹玉柱。袁淑《正情賦》：陳玉柱之鳴箏。古樂府：桃生露井上。樂府《淮南王篇》：後園鑿井銀作牀，金瓶素綆汲寒漿。庾肩吾詩：銀牀落井桐。舊注：銀牀，井欄也。《名義考》：銀牀非井欄，乃轆轤架也。

〔七〕《史記》：老子，周守藏室之史也。居周久之，見周之衰，乃遂去。《列仙傳》：老子生於殷時，爲周柱下史，轉爲守藏史，積八十餘年。後周德衰，乃乘青牛車去，入大秦。《老氏聖紀圖》：河上公授漢文帝道德二經旨奥，帝齋戒受之。《神仙傳》：漢孝景讀《老子經》，有所不解，以問河上公，公乃授素書二卷。舊注：拱漢皇，言文、景崇尚其術，故端拱而治也。《老子》：谷神不死，是謂玄牝。注：谷，養也，神，五藏之神。庾信《步虚詞》：虚無養谷神。

錢箋：唐自追祖老子，見像降符，告者不一。玄宗篤信而崇事之，公作此詩以諷諫也。「配極」四句，言玄元廟用宗廟之禮，爲誣其祖也。「碧瓦」四句，言宫殿壯麗踰制，爲非禮也。「仙李盤根」、「猗蘭奕葉」，言神堯以下，聖子神孫，仙源積慶，何取乎玄元而追之爲祖乎？「世家遺舊史」，言太史公已不列世家，其在唐世，何譜牒之可據也？「道德付今王」，言玄宗雖尊信其教，然未能深知道德之意。皆微辭也。「畫手」八句，記吴生畫圖也。世代之寥遠如彼，畫圖之親切如此，冕旒旌旆，煇煌耳目，不亦近於兒戲乎？「翠柏」四句，序冬日之景也。末四句，總括一篇大旨。「身退卑周室」，言老子見周德之衰，則引身去之，今安肯非時而出也？「經傳拱漢皇」，言漢文恭儉醇厚，深得五千言之旨，故經傳而致垂拱之治。今之崇玄，則異是也，亦申明「道德付今王」之意也。老子之學，歸本於「谷神不死，爲天地根」，理國立身，其餘事耳。假令長生駐世，亦當藏名養拙於無何有之鄉，豈其憑人降形，炫燿光景，以博人主之崇奉乎？此詩雖極意諷諫，而鋪張盛麗，語意渾然，所謂「言之無罪，聞之足戒」者也。

敬贈鄭諫議十韻

《唐書》：諫議大夫，凡四人，屬門下省。

諫官非不達，詩義早知名。破的由來事，先鋒孰敢争〔一〕？思飄雲物外一作動，是，律中鬼神驚。毫髮無遺恨，波瀾獨老成〔二〕。野人寧得所，天意薄浮生。多病休儒服，冥搜信客旌〔三〕。築居仙縹緲，旅食歲峥嵘。使者求顔闔，諸公厭禰衡〔四〕。將期一諾一作語重，欻使寸心傾。君見途窮哭，宜憂阮步兵〔五〕。

〔一〕《世説》：劉尹至王長史許清言。長史曰：韶音令詞不如我，往輒破的勝我。

〔二〕賈子《新書》：十毫曰髮，十髮曰釐。《文賦》：恒遺恨以終篇。《爾雅》：大波爲瀾，小波爲淪。《文賦》：或沿波而討源。

〔三〕「野人」以下皆自叙。《天台賦序》：遠寄冥搜。「信客旌」，言欲搜幽冥之境，一任客旌所指。

〔四〕《海賦》：群仙縹緲，餐玉清涯。《舞鶴賦》：歲峥嵘而愁暮。注：峥嵘，高貌。言歲之將盡，猶物之高。《莊子》：魯君聞顔闔得道之士也，使人以幣先焉。使者致幣，闔對曰：「恐聽誤而遺使者罪，不若審之。」使者還，反審之，復求之，則不得已。《後漢書》：禰衡氣剛傲，好矯時慢物。曹操懷忿，以才名不欲殺之，送劉表。表不能容，以江夏太守黄祖性卞急，送衡與之，爲所殺。

〔五〕《阮籍傳》：籍聞步兵營人善釀，有貯酒三百斛，乃求爲步兵校尉。

贈陳二補闕

《唐六典》：垂拱中，置左、右補闕各一員。天授初，左、右各加三員。

世儒多汨没，夫子獨聲名。獻納開東觀，君王問長卿〔一〕。皂鵰寒始音試急，天馬老能行〔二〕。自到青冥裏，休看白髮生。

〔一〕《後漢書》：永元十三年，帝幸東觀，覽書林，閲篇籍，博選藝術之士，以充其官。注：陸機《洛陽記》曰：東觀在南宫，高閣十二間，介於承風觀。《漢書》：上讀《子虚賦》而善之，曰：「朕獨不得與此人同時哉！」狗監楊得意侍上，曰：「臣邑人司馬相如自言爲此賦。」上驚，召問相如。

〔二〕錢箋：《埤雅》：鷹似鵰而大，黑色，俗呼皂鵰。《舊唐書》：王志愔除左臺御史，百僚畏憚，時人呼爲「皂鵰」，言其顧瞻人吏，如皂鵰之視燕雀也。

贈比音皮部蕭郎中十兄

原注：甫從姑之子。○《唐書》：比部屬刑部，郎中、員外各一人。

有美生人傑，由來積德門。漢朝丞相系，梁日帝王孫〔一〕。蘊藉爲郎久，魁梧秉哲尊。詞華傾後輩，風雅靄孤鶱他本作騫，誤〔二〕。宅相榮姻戚，兒童惠討論。見知真自幼，謀拙愧諸昆〔三〕。漂蕩雲天闊，沈埋日月奔。致君時已晚，懷古意空存。中散山陽鍛，愚公野谷村。寧紓長者轍，歸老任乾坤〔四〕。

〔一〕《唐書·世系表》：蕭氏出自姬姓，漢有丞相酇文終侯何。蕭氏定著二房，一曰皇舅房，一曰齊梁房。齊梁房即梁武帝之後也。

〔二〕《東觀漢記》：桓榮温恭有蘊藉。《漢書》：魁梧奇偉。注：梧，音忤。《後漢書》注：讀爲吾。《書》：經德秉哲。按：騫、鶱，音義各不同。騫，去乾切，馬腹熱。鶱，虚言切，飛貌。

〔三〕《晉·魏舒傳》：舒少孤，爲外家甯氏所養。甯氏起宅，相宅者云：「當出貴甥。」舒曰：「當爲外氏成此宅相。」後果爲公。　諸昆，謂蕭氏諸兄。

〔四〕《嵇康傳》：康與魏宗室婚，拜中散大夫，居山陽，性絶巧而善鍛，宅中有一柳樹甚茂，每夏月居其下以鍛。《急就篇》注：凡金鐵之屬，椎打而成器者謂之鍛。　《説苑》：齊桓公逐鹿，入谷中，見一老公，問爲何谷，對曰：「爲愚公之谷，以臣名之。臣故畜牸牛，生子大，賣之而買馬。少年曰：『牛不能生馬。』遂持駒去。鄰人以臣爲愚，故名愚公谷。」《水經注》：時水又北逕杜山，北有愚公谷。　紆轍，猶言枉駕也。

冬日有懷李白

寂寞詩齋裏，終朝獨爾思。更尋嘉樹傳，不忘去聲角弓詩〔一〕。短刊作裋褐風霜入，還丹日月遲〔二〕。未因乘興去，空有鹿門期〔三〕。

〔一〕《左傳》：晉韓宣子來聘，公享之，韓子賦《角弓》。既享燕於季氏，有嘉樹焉，宣子譽之，武子曰：「宿敢不封殖此樹，以無忘《角弓》。」遂賦《甘棠》。公與太白遊，情逾兄弟，故言己之不忘太白，猶季武之不忘韓宣也。須溪「種樹」解，深可嗤笑，其僻謬多此類，不能悉辨。

〔二〕按：《戰國策》：鄰有短褐。一作裋。《史記》：士不得短褐。司馬貞曰：短亦作裋。裋，襦也。《漢書·貢禹傳》：裋褐不完。班彪《王命論》：裋褐之褻。皆裋字，竪音。唐人遂兩用之。若少陵「短褐風霜入，還丹日月遲」與「江湖漂短褐，霜雪滿飛蓬」，以屬對言，皆不當作裋。《神仙傳》：藥之上者有九轉還丹、太乙金液。白嘗從北海高天師授道籙於齊州紫極宮，故云。

〔三〕鹿門，注別見。

春日憶李白

白也詩無敵《芥隱筆記》云：南唐本一作數，飄然思不群。清新庾開府，俊逸《芥隱》云：一作豪邁鮑參軍〔一〕。渭北春天樹，江東日暮雲〔二〕。何時一樽酒，重與細論文？

〔一〕《周書》：庾信留長安，遷驃騎大將軍、開府儀同三司。《宋書》：臨海王子頊在荆州，鮑照爲前軍參軍。

〔二〕按：太白放還後，復遊江東。黄鶴引《白傳》天寶初與吴筠隱剡中。是時公未歸長安，不當有渭北之句。

公與太白之詩，皆學六朝，前詩以李侯佳句比之陰鏗，此又比之庾、鮑，蓋舉生平所最慕者以相方也。王荆公謂少陵於太白，僅比以鮑、庾，陰鏗則又下矣。或遂以「細論文」譏其才疎也，此真瞽説。公詩云「頗學陰何苦用心」，又云「庾信文章老更成」，又云「流傳江鮑體，相顧免無兒」，公之推服諸家甚至，則其推服太白爲何如哉！荆公云云，必是俗子僞託耳。

送孔巢父謝病歸遊江東兼呈李白

《唐書》：孔巢父，字弱翁，冀州人，早勤文史，少與韓準、李白、裴政、張叔明、陶沔隱於徂徠山，時號竹溪六逸。《李白集》有送韓準、裴政、孔巢父還山詩。按：詩云「南尋禹穴見李白」，此江東乃淛江以東，即會稽也。《晉書》：謝安被召，歷年不至，遂栖遲東土。王羲之既去官，徧遊東中諸郡，皆謂會稽。太白《懷賀監》詩：「欲向江東去，定將誰舉杯。稽山無賀老，却掉酒船回。」蓋亦以會稽爲江東也。又按史，巢父以辭永王璘辟署知名，廣德中，始授右衛兵曹參軍。此詩乃天寶中公在京師作，意巢父嘗閒遊長安，辭官歸隱，史不及載。舊注云：巢父察永王必敗，謝病而歸，公作此送之。大謬。

巢父掉頭不肯住，東將入海隨煙霧。詩卷長留天地間，釣竿欲拂珊瑚樹〔一〕。深山大澤龍蛇遠，春寒野陰風景暮。蓬萊織女趙云當從別本作仙人玉女回雲車，指點虛無是征《英華》同趙作引歸路〔二〕。自是君身有仙骨，世人那得知其故。惜君只欲苦死留，富貴何如草頭露一云我欲苦留君富貴，何如草頭易晞露〔三〕。蔡侯靜者意有餘，清夜置酒臨前除。罷琴惆悵月照荆作點席，幾歲寄我空中書〔四〕。南尋禹穴見李白，道甫問信今何如一本云：巢父掉頭不肯住，東將入海隨烟霧。書卷長攜天地間，釣竿欲拂三珠樹。我擬把袂苦留君，富貴何如草頭露。深山大澤龍蛇遠，花繁草青春日暮。仙人玉女回雲車，指點虛無引歸路。若逢李白騎鯨魚，道甫問信今何如〔五〕。

〔一〕《莊子》：鴻濛拊髀雀躍，掉頭曰：「吾弗知。」《述異記》：鬱林郡有珊瑚市，海客市珊瑚處也。珊瑚，碧色，生海底，一樹數枝，枝間無葉，大者高五六尺。

〔二〕《左傳》：深山大澤，實生龍蛇。按：龍蛇深藏，必在山澤。借用《左》語，以見巢父掉頭歸隱之高耳。「春寒野陰風景暮」，則紀別去之時，或以爲寓言時事，雖本《文選》水深雪雰爲小人之義，然執此説詩，恐傷於鑿。《漢·郊祀志》：乃畫雲氣車。傅玄詩：雲爲車兮風爲馬。

【三〕王烈之《安城記》：謝廪遇一人，乘黿而行，廪知爲神人，拜請隨去。其人曰：汝無仙骨。《蒿里歌》：薤上露，何易晞。

〔四〕錢箋：《西溪叢語》：「空中書」，用史宗事，乃蓬萊仙人也。洪慶善云「雁足書」，非是。按：《高僧傳》：蓬萊道人，寄書小兒至廣陵白兔埭，令其捉杖，飄然而往，足下時聞波濤。或云：有商人海行，見一沙門求寄書史宗。同侣欲看書，書著船不脱，及至白兔埭，書飛起就宗，宗接而將去。宗後憩上虞龍山寺，會稽謝邵、魏邁之等皆師焉。

〔五〕《史記自序》：上會稽，探禹穴。張晏曰：禹巡狩至會稽而崩，因葬焉。上有孔穴。《水經注》：會稽山東有硎，去禹廟七里，深不見底，謂之禹井云。東遊者多探其穴也。

兵車行

車轔轔，馬蕭蕭，行人弓箭各在腰。耶孃妻子走相送，塵埃不見咸陽橋。牽衣頓足攔道哭，哭聲直上干雲霄〔一〕。道旁過者問行人，行人但云點行頻。或從十五北防河，便至四十西營田。去時里正與裹頭，歸來頭白還《英華》作猶戍邊〔二〕。邊亭《英華》作庭流血成海水，武一作我皇開邊意未已。君不聞漢家山東二百州，千邨萬落生荆杞〔三〕。縱有健婦把鋤犁，禾生隴畝無東西。況復秦兵耐苦戰，被驅不異犬與雞〔四〕。長者雖有問，役夫敢伸恨？且如今年冬，未休關西卒一作役夫心益憤。如今縱得休，還爲隴西卒。縣官急索租，租税從何出〔五〕？信知生男惡，反是生女好。生女猶得嫁比頻脂切鄰，生男埋没隨百草〔六〕。君不見青海頭，古來白骨無人收。新鬼煩冤舊鬼哭，天陰雨濕聲一作悲啾啾〔七〕。

〔一〕古樂府：不聞耶孃哭子聲，但聞黄河流水鳴濺濺。《史記索隱》：今渭橋有三所，一在城西北咸陽路，曰西渭橋；一在東北高陵路，曰東渭橋；其中渭橋在故城之北。《元和郡縣志》：便橋，在咸陽縣西南十里，以與便門相對，因名，漢武帝造。中渭橋，在咸陽縣東南二十里，本名横橋，秦始皇造。皆架渭水。《一統志》：西渭橋在舊長安西，亦曰便橋，唐時名咸陽橋。

〔二〕《舊唐書》：開元十五年，制以吐蕃爲邊害，令隴右道及諸軍團兵五萬六千人、河西及諸軍團兵四萬人集臨洮，朔方兵萬人集會州，防秋，至冬初無寇而罷。《唐書》：唐開軍府以捍要衝，因隙地以置營田。有警則以軍若夫千人助役。《海録碎事》：唐制，凡百户爲一里，里置正一人。

〔三〕《漢・嚴助傳》：武帝是時征伐四夷，開置邊郡。趙曰：山東者，太行山以東也。唐都長安，河北諸道皆爲山東。《十道四蕃志》：關以東七道，凡二百一十七州。阮籍詩：堂上生荆杞。

〔四〕古樂府：健婦持門户，勝一大丈夫。「無東西」，言疆埸不修，禾生無東西之辨也。

〔五〕「未休關西卒」，言發山東之卒征戍關西，關西即隴外也。此與「開邊未已」相應。《漢·食貨志》：「縣官當衣租食税而已。」《史記索隱》：謂國家爲縣官者，畿内縣即國都，王者官天下，故曰官也。○名隸征伐，則生當免其租税矣。今以遠戍之身，復督其家之輸賦，豈可得哉！亦與「健婦」、「鉏犂」二語相應。

〔六〕陳琳詩：生男慎莫舉，生女哺用脯。

〔七〕《水經注》：金城郡南有湟水，出塞外，又東南逕卑禾羌海，世謂之青海。《舊唐書》：吐谷渾有青海，周迴八九百里。高宗龍朔三年，爲吐蕃所併。儀鳳中，李敬玄與吐蕃戰，敗於青海。開元中，王君㚟、張景順、張忠亮、崔希逸、皇甫惟明、王忠嗣，先後破吐蕃，皆在青海西。《左傳》：夏父弗忌曰：吾見新鬼大，故鬼小。　先言人哭，後言鬼哭，亦相應之辭。

《杜詩博議》：王深父云：「時方用兵吐蕃，故託漢武事爲刺。」此説是也。黄鶴謂天寶十載，鮮于仲通喪師瀘南，制大募兵，擊南詔，人莫肯應，楊國忠遣御史分道捕人，連枷送詣軍前，故有「牽衣頓足」等語。按：玄宗季年，窮兵吐蕃，徵戍繹騷，内郡幾徧，當時點行愁怨者，不獨征南一役，故公托爲征夫自愬之詞以譏切之。若云懼楊國忠貴盛而詭其詞於關西，則尤不然。太白《古風》云：「渡瀘及五月，將赴雲南征。怯卒非壯士，南方難遠行。長號别嚴親，日月慘光晶。泣盡繼以血，心摧兩無聲。」已明刺之矣。太白胡獨不畏國忠耶？

同諸公登慈恩寺塔

原注：時高適、薛據先有作。○《兩京新記》：京城東第一街進昌坊慈恩寺，隋無漏寺故地。武德初廢，貞觀二十年，高宗在春宮時爲文德皇后立，故名慈恩寺。西院浮圖六級，高三百尺，永徽三年，沙門玄奘所立。《長安志》：慈恩寺在萬年縣東南八里。

高標跨蒼穹，烈風無時休。自非曠士懷，登兹翻百憂〔一〕。方知象教力，足可追冥搜。仰穿龍蛇窟，始出《英華》作驚枝撑幽〔二〕。七星在北户，河漢聲西流。羲和鞭白日，少昊行清秋〔三〕。秦一作泰山忽破碎，涇渭不可求。俯視但一氣，焉能辨皇州〔四〕？迴首叫虞舜，蒼梧雲正愁。惜哉瑶池飲，日宴崑崙丘〔五〕。黄鵠去不息，哀鳴何所投？君看隨陽雁，各有稻粱謀〔六〕。

〔一〕左思《蜀都賦》：陽烏迴翼乎高標。

〔二〕王屮《頭陀寺碑》：正法既没，象教陵夷。注：象教，言爲形象以教人也。　舊注：龍蛇窟，謂塔間磴道，曲屈而升，如穿龍蛇之窟也。　王延壽《魯靈光殿賦》：枝撑杈枒而斜據。注：枝撑，交木也。《説文》：撑，柱也。《山谷别集》：慈恩塔下數級，皆枝撑洞黑，出上級乃明。

〔三〕《廣雅》：天河謂之天漢，亦曰河漢。魏文帝詩：天漢回西流。　《楚詞注》：羲和，日御也。李白詩：羲和無停鞭。《月令》：孟秋之月，其帝少昊。注：少昊，金天氏。《補注》：潘耕曰：《史記・天官書》：七星頸爲員宫，主急事。本南方之宿，而今在北户，蓋季秋之月，昏虚中，則七星在北也。

〔四〕秦山，謂終南諸山。登高望之，大小錯雜，如破碎然。涇渭二水從西北來，遠望則不可求其清濁之分也。黄鶴本作「泰山」，引宣和間樊察《序雁塔題名》爲證，謬矣。謝脁詩：春色滿皇州。

〔五〕《山海經》：南方蒼梧之丘、蒼梧之淵，中有九疑山，舜所葬，在長沙零陵界中。《文選注》：《歸藏啓筮》：有白雲出自蒼梧，入于大梁。《列子》：穆王升崑崙之丘，以觀黄帝之宫，遂賓於西王母，觴於瑶池之上，乃觀日之所入，日行萬里。《補注》：《左傳》：或叫于宋太廟。注：叫，呼也。

〔六〕《韓詩外傳》：田饒謂魯哀公曰：「夫黄鵠一去千里，止君園池，啄君稻粱，君猶貴之，以其從來遠也。故臣將去君，黄鵠舉矣。」《書注》：陽鳥，隨陽之鳥，鴻雁屬。《廣絶交論》：分雁鶩之稻粱。

《文章正宗》引師尹注云：此詩譏明皇荒樂，不若虞舜。瑶池飲，言王母以比楊妃。崑崙丘，以比驪山。黄鵠哀鳴，以比高飛遠引之徒。陽雁、稻粱，以比貪禄戀位之徒。按：《西京新記》載，慈恩寺浮屠前東階，立太宗撰《三藏聖教序》碑。又寺本爲文德皇后祝釐之所。「回首」二句，公即所見而追感昭陵。叫虞舜，寓意大宗。蒼梧雲愁，以二妃比文德。瑶池日晏，則隱刺貴妃也。

三山老人謂：虞舜、蒼梧，泛思古之聖君者，非也。末以黄鵠哀鳴自比，而歎謀生之不若陽雁，蓋憂亂之詞。《杜詩博議》：高祖號神堯皇帝，太宗受内禪，故以「虞舜」、「蒼梧」言之。

病後過王倚飲贈歌

按：詩有「長安」、「金城」語，必京師作也。舊編天寶年間，得之。魯訔編秦州寄高岑詩後，蓋因二詩各有病瘧語，遂混次耳。

麟角鳳觜世莫識一作辨，煎膠續弦奇自見。尚看王生抱此懷，在於甫也何由羨〔一〕。且遇王生慰疇昔，素知賤子甘貧賤。酷見凍餒不足恥，多病沉年苦無健。王生怪我顔色惡，答云伏枕艱難遍。瘧癘三秋孰可忍，寒熱百日相交戰。頭白眼暗坐有胝，肉黄皮皺命如綫〔二〕。惟生哀我未平復，爲我力致美肴饍。遣人向市賒香粳，唤婦出房親自饌。長安冬菹酸且緑，金城土酥浄如練〔三〕。兼求畜豪一作家且割鮮，密沽斗酒諧終宴〔四〕。故人情義一作味晚誰似，令我手脚輕欲旋辭變切〔五〕。老馬爲駒信一作總不虚，當時得意況深眷〔六〕。但使殘年飽喫飯，只願無事長相見。

〔一〕《十洲記》：鳳麟洲，在西海中央，洲上專多鳳麟，數百合群。亦多仙家，煮鳳喙及麟角，合煎作膠，名爲「集弦膠」，或云「連金泥」。此膠能屬連弓弩斷弦，折劍亦以膠連之。　此美王生懷麟角鳳觜之奇，而因自愧其無可羨也，以王生眷己之厚，故云然。

〔二〕《説文》：胝，腄也。《廣韻》：皮厚也。

〔三〕《周禮》「七菹」注：全物若牒爲菹，細切爲虀。崔寔《四民月令》：九月作葵菹，其歲温，即待十月。《唐書》：金城縣，屬京兆府。景龍二年，送金城公主降吐蕃至此，改曰金城。至德二載，更名興平。《長安志》：京兆府歲貢興平酥、咸陽梨，不列方物。

〔四〕畜豪，即豪猪也，注別見。《西京賦》：割鮮野食。

〔五〕旋，謂手脚旋轉也。《唐書》：安禄山作胡旋舞，其捷如風。

〔六〕《詩》：老馬反爲駒，不顧其後。注：已老矣，而孩童慢之。自言老爲時輩所忽，賴有王生眷之，正用《詩傳》本旨。須溪以爲喻健啖，大可笑。

示從孫濟

《唐書·宰相世系表》：濟，字應物，給事中、京兆尹。錢箋：顔真卿《神道碑》：征南十四代孫，東川節度使兼京兆尹。

平明跨驢出，未知一作委適誰門。權門多噂沓，且復尋諸孫〔一〕。諸孫貧無事，客舍如荒村。堂前自生竹，堂後自生萱。萱草秋已死，竹枝霜不蕃吴作繁，郭作翻。淘米少汲水，汲多井水渾。刈葵莫放手，放手傷葵根〔二〕。阿翁懶惰久，覺兒行步奔。所來一作求爲宗族，亦不爲盤飧。小人利口實一云實利口，薄俗難具論。勿受外嫌猜，同姓古所敦〔三〕。

〔一〕《詩》：噂沓背憎。箋：噂噂沓沓，相對語，背則相憎逐。

〔二〕鮑照詩：腰鐮刈葵藿。《後漢》：永平詔：權門請託，殘吏放手。　古詩：「採葵莫傷根，傷根葵不生。結交莫羞貧，羞貧交不成。」　趙曰：時必淘米刈葵，因以爲興。族之有宗，猶水之有源，葵之有根也。水有源，勿渾之而已；葵有根，勿傷之而已；族有宗，則亦勿疎之而已。

〔三〕鮑照詩：不受外嫌猜。

杜位宅守歲

集有《寄從弟行軍司馬位》詩。《唐書・世系表》：杜位出襄陽房，爲考功郎中、湖州刺史，後貶新州。錢箋：《困學紀聞》：位，林甫諸壻也。「四十明朝過」，《年譜》謂天寶十載，時林甫方在相位。「盍簪」、「列炬」，其炙手之徒與？又《寄杜位》詩「近聞寬法離新州」，其流貶蓋以林甫，故《林甫傳》云：諸壻杜位等皆貶官。

守歲阿戎刊作咸家，椒盤已頌花〔一〕。盍簪喧櫪馬，列炬散林鴉〔二〕。四十明朝過，飛騰暮景斜〔三〕。誰能更拘束，爛醉是生涯。

〔一〕黄曰：阿戎，舊注引阮籍交王渾子戎。杜位乃公之從弟，不應用父子事。善本作「阿咸」。東坡《與子由》詩：「頭上銀幡笑阿咸」，又「欲唤阿咸來守歲，林烏櫪馬鬬喧譁」，正用此詩也。按：王戎固不當引，阮咸于籍，亦叔姪也，可漫用耶？《南史》：齊王思遠，小字阿戎，王晏之從弟也。明帝廢立，嘗規切晏。及晏拜驃騎，謂思遠兄思徵曰：「隆昌之際，阿戎勸吾自裁，若如其言，豈得有今日？」思遠曰：「如阿戎所見，尚未晚也。」晏大怒，後果及禍。子美詩用「阿戎」，蓋出此耳。《通鑑注》：晉宋間人，多呼弟爲阿戎。　崔實《四民月令》：過臘一日，謂之小歲，拜賀君親，進椒酒，從小起。後世率於正月一日，以盤進椒，飲酒則撮置酒中，號椒盤焉。《晉書》：劉臻妻陳氏元旦獻椒花頌曰：「標美靈葩，爰採爰獻。」

〔二〕朱新仲《猗覺寮雜記》：《易·豫·九四》：朋盍簪。王弼云：盍，合也；簪，疾也。謂朋來之速。子美「盍簪喧櫪馬」，以簪爲冠簪之簪。按：古冠有笄，不謂之簪，簪乃後人所名。當以弼言爲正。

〔三〕李尤詩：年歲晚暮日已斜。吴均詩：景斜不可駐。

玄都壇歌寄元逸人

故人昔隱東蒙峰，已佩含景蒼精龍。故人今居子午谷，獨在一作並陰崖結茅屋〔一〕。屋前太古玄都壇，青石漠漠常《文粹》作松風寒。子規夜啼山竹裂，王母晝下雲旗翻〔二〕。知君此計誠長往，芝草琅玕日應長。鐵鏁高垂不可攀，致身福地何蕭爽〔三〕。

〔一〕東蒙，注見前。按：公《同太白訪范隱居》詩「予亦東蒙客，憐君如弟兄」，此在魯郡作也。《昔遊》詩「東蒙赴舊隱，尚憶同志樂」，正指元逸人言之。陸放翁謂東蒙乃終南山峰名，引种明逸詩「登遍終南峰，東蒙最孤秀」爲証，乃喜新之説，不足信也。《初學記》：後漢公孫瑞《劍銘》：從革庚新，含景吐商。《史記索隱》：《文耀鈎》云：東宮蒼帝，其精爲龍。《春秋繁露》：劍之在左，蒼龍象也。潘鴻曰：《抱朴子》云：道術諸經，可以却惡防身者，有數千法，如含景、藏形等，不可勝計，亦各有效也。又云：守真一次，則帶神符，諸大符出於老君，其中有青龍符等，行用之，可以得仙。此詩「已佩含景蒼精龍」，即所謂青龍符耳。《漢書》：子午道，從杜陵直絶南山，逕漢中。注：子，北方也；午，南方也，言通南北道相當。今京城直南山有谷，通梁、漢道者，名子午谷。《三秦記》：長安正南，山名秦嶺，谷名子午。

〔二〕《十洲記》：玄洲在北海，去岸三十六萬里，上有太玄都，仙伯真公所治。《玉京經》：玄都玉京山有七寶城，太上無極大道虚皇君之所治也，高仙之玄都焉。《唐六典》：煬帝改佛寺爲道場，道觀爲玄壇。《述異記》：利州葭萌縣玉女房，是大石穴，前有竹數莖，下有青石壇，每因風自掃。《禽經》：鸛，巂周，子規也。江介曰子規，蜀右曰杜宇。注：甌越間曰怨鳥，夜啼達旦，血漬草木，凡啼必北面。《列仙傳》：穆王與王母會瑶池，雲旗霓裳擁簇，自天而下。

〔三〕《漢武内傳》：王母曰：「太上之藥，有廣庭芝草、碧海琅玕。」錢箋：《法苑珠林》：終南山大秦嶺竹林寺，貞觀初，採蜜人山行，聞鐘聲，尋而往至焉。寺旁大竹林可二頃，其人斷二竹節以盛蜜，尋路至大秦戍，具告防人。戍主利其大竹，遣人覓取。過小竹谷，達於崖下，有鐵鏁長三丈許，防人曳鏁，掣之大牢。將上，有二虎踞崖頭，向下大呼。其人怖，急返。《洞天福地記》：終南山太乙峰，在長安西南五十里，左右四十里內皆福地。

杜工部詩集卷之二

松陵　朱鶴齡　輯註

天寶中，公在京師作

樂遊園歌

原注：晦日賀蘭楊長史筵醉中作。《英華》題作「晦日賀蘭楊長史筵醉歌」。○《漢書》：神爵三年，起樂遊苑。注：《三輔黄圖》云：在杜陵西北。《關中記》云：宣帝立廟於曲江之北，號樂遊。蓋本爲樂遊苑，後因立廟。《長安志》：樂遊苑，在京兆萬年縣南八里，亦曰樂遊原。《兩京新記》：長安中，太平公主於原上置亭遊賞。每正月晦日、三月三日、九月九日，士女咸即此祓禊登高，詞人樂飲歌詩，翼日傳於都市。　黄曰：《唐志》：德宗時，李泌請廢正月晦，以二月朔爲中和節。則是前此以晦日爲節也。

樂遊古園崒昨没切森爽，煙綿碧艸萋萋長。公子華筵勢最高，秦川對酒平如掌。長生木瓢示《英華》作樂真率，更調鞍馬狂一作雄歡賞〔一〕。青春波浪芙蓉園，白日雷霆夾城仗。閶闔晴開昳舊作映，趙定作昳，《英華》同蕩蕩，曲江翠幙排銀牓。拂水低徊舞袖翻，緣雲清切歌聲上上聲〔二〕。卻憶年年人醉時，只今未醉已先悲。數莖白髮那拋得，百罰深杯亦不辭。聖朝亦一作已知賤士醜，一物自《英華》作但荷皇天慈一作私。此身飲罷無歸處，獨立蒼茫自咏詩。

〔一〕《三秦記》：長安正南秦嶺，嶺根水流爲秦川，一名樊川。《長安志》：樂遊原居京城之最高，四望寬敞，京城之内，俯視如掌。鮑照詩：九衢平若掌。長生木瓢，未詳。或云：以長生木爲酒瓢。長生木，見《西京雜記》。晉嵇含有《長生木賦》。

〔二〕錢箋：《雍録》：漢宣帝樂遊廟，唐世基跡尚存，與芙蓉園、芙蓉池相並。宇文愷爲隋營京城，以東南隅地高不便，穿芙蓉池以厭之。《兩京新記》：芙蓉園，本隋氏離宮，居地三十頃，周圍十七里。張禮《遊城南記》：芙蓉園，在曲江西南，與杏園皆秦宜春下苑地。園内有池，謂之芙蓉池，唐之南苑也。《兩京新記》：開元二十年，築夾城入芙蓉園，自大明宮夾東羅城複道，經通化門觀，以達興慶宮，次經春明、延喜門，至曲江芙蓉園，而外人不知也。《漢志》《天馬歌》：遊閶闔，觀玉臺。《天門歌》：天門開，詄蕩蕩。注：閶闔，天門也。詄，讀如迭。潘尼詩：翠幙映洛湄。《神異經》：東方東明山有宮焉，墻面一門，門有銀牓，以青石碧鏤，題曰「天地長男之宮」。《靈光殿賦》：緣雲上征。《列子》：秦青撫節悲歌，聲振林木，響遏行雲。

曲江三章章五句

相如《哀二世賦》：臨曲江之隑洲。注：曲江，在杜陵西北五里。《兩京新記》：朱雀街東第五街，皇城之東第三街，昇道坊龍華尼寺南，有流水屈曲，謂之曲江。康駢《劇談録》：曲江池，本秦隑洲，開元中，疏鑿爲勝境。其南有紫雲樓、芙蓉苑，其西有杏園、慈恩寺。花卉環列，煙水明媚，都人遊賞，盛於中和、上巳二節。

曲江蕭條秋氣高，菱荷枯折隨風濤，游子空嗟垂二毛。白石素沙亦相蕩，哀鴻獨叫求其曹〔一〕。

〔一〕劉安《招隱士》：禽獸駭兮亡其曹。

即事非今亦非古，長歌激越捎林莽莫補切，比屋豪華固難數。吾人甘作心似灰，弟姪何傷淚如雨〔一〕。

〔一〕陶潛詩：即事多所欣。宋玉《風賦》：蹷石伐木，梢殺林莽。《漢書》《宣房歌》：泛濫不止兮愁吾人。《莊子》：心固可使如死灰乎。

自斷此生休問天，杜曲幸有桑麻田，故將移住南山邊。短衣匹馬隨李廣，看射猛虎終殘年[二]。

[二]錢箋:《雍録》:樊川韋曲東十里,有南杜、北杜。杜固謂之南杜,杜曲謂之北杜。二曲,名勝之地。《漢·李廣傳》:廣屏居藍田南山中射獵,見草中石,以爲虎而射之,中石没羽,視之,石也。廣所居郡,聞有虎,常自射之。

貧交行

翻手作雲覆音福手雨,紛紛輕薄何須數。君不見管鮑貧時交,此道今人棄如土。

蔡夢弼曰:「翻手作雲覆手雨」,言雲氣不待族而雨,則雨所濟者微。管鮑之交,豈片雲過雨之需丐者?按:顏延年《和謝監》詩云:「朋好雲雨垂」。夫雲合而雨散,雲一爲雨,則離不復合矣。一翻覆手之間,雲雨已判,極歎交道之不可久也。太白云:「前門長揖後門關」,公詩云:「當面輸心背面笑」,與此同慨。

白絲行

繰絲須長不須白,越羅蜀錦金粟尺。象牀玉手亂殷烏閒切紅,萬草千花動凝碧[一]。已悲素質隨時染一作改，裂下鳴機色相射食亦切。美人細意熨貼平，裁縫滅盡針線跡〔二〕。春天衣著陟略切爲君舞，蛺蝶飛來黃鸝語。落絮遊絲亦有情，隨風照日宜《英華》同，一作疑輕舉。香汗清一作輕塵汙顔色《英華》作似微汙，開新合故置何許〔三〕。君不見才《英華》作志士汲引難，恐懼棄捐忍羈旅。

〔一〕《廣韻》：纅，繹繭爲絲也，繰同。　舊注：富貴家尺，以金粟飾之。何遜詩：金粟裹搔頭。《廣韻》：殷，赤黑色。《左傳》：左輪朱殷。○趙曰：絲織爲羅錦，遂有殷紅凝碧之色。故曰「不須白」。

〔二〕鮑照詩：繰絲復鳴機。色相射，五色射人也。《韻會》：熨，持火展繒。

〔三〕鮑照詩：佳期悵何許。趙曰：人情新而用之，故而置之。置何許，歎其必委棄也。

白絲行，即墨子「悲素絲」意也。起語是有激言之，白絲素質，隨時染裂，稱意裁縫，卒爲人所棄置。明有志之士，不當輕變所守，妄以汲引望人也。

前出塞九首

《晉・樂志》：《出塞》、《入塞》曲，李延年造。○黃鶴注以前、後《出塞》俱公在秦州作，今從《草堂》本分編。

戚戚去故里，悠悠赴交河。公家有程期，亡命嬰禍羅〔一〕。君已富土境，開邊一何多。棄絶父母恩，吞聲行負戈。

〔一〕交河，注見首卷。　程期，程限期會也。

出門日已遠，不受徒旅欺。骨肉恩豈斷，男兒死無時〔一〕。走馬脱轡頭，手中挑青絲。捷下萬仞岡，俯身試搴旗〔二〕。

〔一〕死無時，言時時可死也。

〔二〕樂府《木蘭詩》：南市買轡頭。　青絲，注見一卷。　曹植詩：俯身散馬蹄。

磨刀嗚咽水，水赤刃傷手。欲輕腸斷聲，心緒亂已久〔一〕。丈夫誓許國，憤惋復何有。功名圖麒麟，戰骨當速朽〔二〕。

〔一〕《辛氏三秦記》：隴山，天水大阪也。山頂有泉，清水四注，東望秦川，如四五里。俗歌：「隴頭流水，鳴聲幽咽。遥望秦川，肝腸斷絶。」　時將征吐蕃，故度隴而經此水也。

〔二〕麒麟閣，注別見。　《禮記》：宋司馬造石槨，孔子曰：死不如速朽也。

送徒既有長，遠戍亦有身。生死向前去，不勞吏怒嗔〔一〕。路逢相識人，附書與六親。哀哉兩決絶，不復同苦辛〔二〕。

〔一〕《史記》：高祖以亭長爲縣送徒驪山。

〔二〕《漢書注》：六親：父母、兄弟、妻子。

迢迢萬里餘，領我赴三軍。軍中異苦樂，主將寧盡聞。隔河見胡騎，倏忽數百群。我始爲奴僕，幾時樹功勳〔一〕。

〔一〕《公孫弘傳贊》：衛青奮於奴僕。

挽弓當挽强，用箭當用長。射人先射馬，擒賊《英華》作寇先擒王〔一〕。殺人亦有限，列一作立國自有疆。苟能制侵陵，豈在多殺傷。

〔一〕《左傳》：欒伯左射馬而右射人。

驅馬天雨去聲雪，軍行入高山。逕危抱寒石，指落層冰間〔一〕。已去漢月遠，何時築城還。浮雲暮南征，可望不可攀〔二〕。

〔一〕《漢書》：高帝自將擊匈奴，會久雨雪，士卒墮指者十二三。

〔二〕 時哥舒翰屢築軍城，備吐蕃。

單于寇我壘，百里風塵昏。雄劍四五動，彼軍爲我奔〔一〕。虜其名王歸，繫頸授轅門。潛身備行列，一勝何足論〔三〕。

〔二〕《烈士傳》：楚王夫人，常納涼而抱鐵柱，心有所感，遂産一鐵。楚王命鏌鋣鑄此精爲雙劍，三年乃成。劍一雌一雄，鏌鋣留雄而以雌進。劍在匣中常悲鳴，王問群臣，群臣對曰：「劍有雌雄，鳴者雌，憶其雄也。」王怒，收鏌鋣殺之。其子眉間尺乃爲父殺楚王。《越絶書》：晉、鄭圍楚，三年不解。楚引太阿之劍，登城麾之，三軍破敗，士卒迷惑，流血千里。

〔三〕《匈奴傳》：虜名王貴人以百數。師古曰：名王，謂有大名，以别諸小王也。《賈誼傳》：請繫單于之頸而制其命。

從軍十年餘，能無分寸功。衆人貴苟得，欲語羞雷同。中原有鬬争，況在狄與戎。丈夫四方志，安可辭固一作困窮。

按唐史：開元、天寶間，無歲不有吐蕃之役，時冒軍功以進者必多，故後二章皆託爲有功而不伐者以諷之。

送裴二虬尉永嘉

韓愈《裴復墓誌》：父虬，有氣略，敢諫諍，官諫議大夫，有寵代宗朝，屢辭不拜，卒贈工部尚書。《唐書》：永嘉縣，屬温州。

孤嶼亭何處，天涯水氣中〔一〕。故人官就此，絶境興一作與誰同。隱吏逢梅福，遊山憶謝公〔二〕。扁舟吾已就一作具，把釣一作只是待秋風。

〔一〕謝靈運有《登江中孤嶼》詩。《寰宇記》：孤嶼，在温州南四里永嘉江中，嶼有二峰，謝靈運所遊，後人建亭其上。

〔二〕《漢書》：梅福，九江人，補南昌尉。王莽專政，一朝棄妻子去九江，至今傳以爲仙。《宋書》：謝靈運出爲永嘉太守，郡有名山水，肆意遊遨。趙曰：今積穀山南有謝公巖，其東有謝公池。靈運集有《登郡東山望海》詩，舊注引謝安事，非。

送張十二參軍赴蜀州因呈楊五侍御

《唐書》：都督諸州，俱有參軍事，掌出使贊導。蜀州唐安郡，屬劍南道，垂拱二年，析益州置。

好去張公子，通家別恨添。兩行秦樹直，萬點蜀山尖〔一〕。御史新驄馬，參軍舊紫髯〔二〕。皇華吾善處，于汝定無嫌〔三〕。

〔一〕《唐會要》：開元二十八年正月，令兩京道路並種果樹。

〔二〕《後漢書》：桓典拜侍御史，常乘驄馬。《晉書》：郄超爲桓温參軍，超有髯，府中號曰「髯參軍」。《獻帝春秋》：張遼問吴降人：「有紫髯將軍是誰？」曰：「是孫會稽。」

〔三〕《陳平傳》：金多者得善處，金少者得惡處。

送韋書記赴安西

《唐書》：元帥節度府有掌書記一人，關預軍中機密。　安西，注見一卷。

夫子歘通貴，雲泥相望懸。白頭無藉在，朱紱有哀憐〔一〕。書記赴三捷，公車留二年〔二〕。欲浮江海去，此别意茫然。

〔一〕趙曰：無藉在，謂無所倚藉，故用對哀憐。舊注作通籍之籍，非是。《禮記》：諸侯佩山玄玉而朱組綬。《説文》：綬，紱維也。《漢書》：赤韍縌。注：韍，以繫印；縌者，系也，韍、紱同。按，唐制：御史賜金印朱紱。韋書記必兼官御史，故云「朱紱有哀憐」也。

〔二〕《漢書注》：公車令，屬衛尉，上書者所詣。本傳：天寶十載，獻三賦，命待制集賢。

奉贈鮮于京兆二十韻

《唐書·李叔明傳》：叔明，本姓鮮于氏，兄仲通，字向，天寶末爲京兆尹。《楊國忠傳》：國忠素德仲通，使討雲南，舉軍没，以白衣領職。未幾，國忠引爲京兆尹。按：《通鑑》：天寶十一載四月，王珙得罪，敕楊國忠鞫之，仍兼京兆尹。至十一月庚申，爲右相。十二載正月，京兆尹鮮于仲通諷選人，請爲國忠刻頌，立於省門，制仲通撰其詞。蓋國忠入相，仲通隨擢尹京兆也。

王國稱多士，賢良復幾人。異才應間出一作世，爽氣必殊倫。始見張京兆，宜居漢近臣〔一〕。驊騮開道路，鵰鶚離去聲風塵。侯伯知何等刊作算，文章實致身。奮飛超等級，容易失沈淪。脱略磻溪釣，操持郢匠斤。雲霄今已逼，台衮更誰親〔二〕。鳳穴雛皆好，龍門客又新。義聲紛感激，敗績自逡巡〔三〕。途遠一作永欲何向，天高難重陳。學詩猶孺子一云子夏，鄉賦念一作忝嘉賓〔四〕。不得同晁錯，吁嗟後郄音隙詵。計疎疑翰墨，時過憶松筠〔五〕。獻納紆皇眷，中間謁紫宸。且隨諸彦集，方覬薄才伸〔六〕。破膽遭前政，陰謀獨秉鈞。微生霑忌刻，萬事益酸辛〔七〕。交合丹青地，恩傾雨露辰。有儒愁餓死，早晚報平津〔八〕。

〔一〕《漢書》：黄霸守京兆尹，視事數月，不稱。於是以膠東相張敞守京兆尹，敞治京兆，略循趙廣漢之迹。

〔二〕《水經注》：渭水之右，磻溪水注之，溪中有泉，謂兹泉東南隅石室，太公所居，水次平石，即太公垂釣之所。《莊子》：郢人堊墁其鼻端若蠅翼，使匠石斲之，匠石運斤成風，盡堊而鼻不傷。○按：史稱仲通輕財好施，其人必豪邁有才氣，故以驊騮、鵰鶚比之。仲通爲國忠所薦，節度劍南，國忠又掩其瀘水之敗，得入爲京兆尹。此曰「文章實致身」與「容易失沈淪」，頌之亦諷之也。

〔三〕《山海經》：丹穴之山有鳥焉，其狀如雞，五采而文，名曰鳳凰。按：顔魯公《仲通墓碑》載，仲通子六人，皆有令問。詳後《送鮮于萬州》詩。《李膺傳》：膺性簡亢，被容接者，名爲登龍門。　敗績，公自謂。

〔四〕鄉賦，謂鄉舉。《晁錯傳》：以臣錯充賦。《詩序》：《鹿鳴》，宴群臣嘉賓也。

〔五〕《晁錯傳》：文帝詔有司舉賢良文學士，錯在選中。時對策者百餘人，惟錯爲高第，由是選中大夫。《晉書》：泰始中，舉賢良直言之士，郄詵以對策上第，拜議郎。○此序開元末應鄉舉下第之事。

〔六〕紫宸殿，注别見。○此序獻《三大禮賦》，召試集賢院之事。

〔七〕前政，秉鈞，謂李林甫也。《林甫傳》：帝詔天下通一藝以上，皆詣京師，林甫恐草野之士對策，斥言其奸惡，建言委尚書省覆試，遂無一人及第。是時國忠已代林甫，故云「前政」也。

〔八〕《鹽鐵論》：公卿者，神化之丹青。《漢·公孫弘傳》：元朔中，代薛澤爲丞相，封平津侯。按：平津，謂國忠也。仲通與國忠深交，此詩疑公謁選時所上，故望其汲引。舊注平津指鮮于，謬矣。

奉留贈集賢院崔國輔于休烈二學士

《唐六典》：開元十三年，召學士張説等宴於集仙殿，改名集賢殿，修書所爲集賢殿書院。五品以上爲學士，六品以下爲直學士。《唐詩紀事》：崔國輔，吴郡人，初授許昌令，累遷集賢直學士、禮部員外郎。《唐書》：于休烈，開元初第進士，自秘書省正字，累遷集賢殿學士，轉比部員外郎郎中。　黄曰：公獻三賦，明皇奇之，召試文章，崔、于二學士當是試文之官也。公詩：「集賢學士如堵墻，觀我落筆中書堂。」

昭代將垂白，途窮乃叫閽。氣衝星象表，詞感帝王尊。天老書題目，春官驗討論〔一〕。倚風遺鶂音逸，鷁同路，隨水到龍門。竟與蛟螭雜，空聞一作寧無燕雀喧。青冥一作雲猶契闊，陵厲不一作小飛翻〔二〕。儒術誠難起，家聲庶已存。故山多藥物，勝概憶桃源〔三〕。欲整還鄉旆，長懷禁掖垣。謬稱三賦在，難述二公恩原注：甫獻《三大禮賦》出身，二公常謬稱述〔四〕。

〔一〕錢箋：《唐六典》：延恩匭，凡懷材抱器、希於聞達者投之。公獻《三大禮賦》，後進《鵰賦》、《封西嶽賦》，皆投延恩匭，故曰「叫閽」。《聖賢群輔録》：《論語摘輔象》云：黄帝七輔，其一曰天老。《帝王世紀》：黄帝以風后配上台，天老配中台，五聖配下台，謂之三公。《南史·杜之偉傳》：與學士劉陟等鈔撰群書，各爲題目。《周禮》：大宗伯爲春官。

〔二〕《左傳》：六鶂退飛，過宋都，風也。　《三秦記》：龍門在河東界，每暮春，有黄黑鯉魚自海及諸川争來赴之，得上者便化爲龍，否則曝腮點額而退。　公以詞賦爲人主所知，再降恩澤，止送隸有司，參列選序，故有「青冥契闊」之嘆。

〔三〕公族在杜陵，而田園在洛陽。此云「故山」，謂東都故居也。桃源在武陵，唐時屬朗州。《方輿勝覽》：桃源，在鼎州桃源縣南二十里，旁有秦人洞。按：唐朗州，即宋鼎州，今爲常德府。「憶桃源」，以故山比之桃源也。

〔四〕劉楨《贈徐幹》詩：隔此西掖垣。

投贈哥舒開府翰二十韻

《唐六典》：從一品曰開府儀同三司，爲散官。《舊唐書·哥舒翰傳》：翰，突騎首領哥舒部落之後也，蕃人多以部落爲姓，因以爲氏。《新書》：天寶十一載，翰自隴右節度副大使，加開府儀同三司。

今代麒麟諸本多作騏驎，誤閣，何人第一功？君王自神武，駕馭必英雄〔一〕。開府當朝傑，論兵邁古風。先鋒百勝一作戰在，略地一作妙略兩隅空〔二〕。青海無《英華》作飛傳箭，天山早挂弓。廉頗仍走敵，魏絳已和戎〔三〕。每惜河湟棄，新兼節制通。智謀垂睿《英華》作眷想，出入冠諸公〔四〕。日月低秦樹，乾坤繞漢宫。胡人愁逐北，宛馬又從東〔五〕。受命邊沙一作軍麾遠，歸來御席同。軒墀曾寵鶴，畋獵舊非熊〔六〕。茅土加名數，山河誓始終。策行遺《英華》作宜戰伐，契合動昭融。勳業青冥上，交親氣概中〔七〕。未爲珠履客，已見一作是白頭翁。壯節初題柱，生涯獨轉蓬。幾年春草歇，今日暮途窮〔八〕。軍事留孫楚，行間識呂蒙一作鄉曲輕周處，將軍拔呂蒙。防身一一作腰間有長劍，將一作聊欲倚崆峒〔九〕。

〔一〕《漢書》：甘露三年，單于入朝，上思股肱之美，乃圖畫大將軍霍光等十一人於麒麟閣。張晏曰：武帝獲麒麟時，作此閣。王應麟曰：閣必附殿。《翼奉傳》云：文帝時，未央宫未有麒麟殿，則是其時并無閣。顔師古引《漢疏》，云蕭何造，非也。《杜詩博議》：按《高宗紀》：總章元年三月，以太原元從西府功臣分爲第一功、第二功二等官，其後有差。此詩以第一功期翰，欲其遠比開國之功臣也。舊注引漢高論功以蕭何爲第一，殊不切。哥舒本蕃將，必駕馭之而成功，故以神武歸美天子，此立言之體也。

〔二〕《舊唐書》：翰好讀《左氏春秋傳》及《漢書》，通大義。初事河西節度使王倕，倕攻新城，使翰經略。又事王忠嗣，遷左衛郎將。吐蕃寇邊，翰拒之於苦拔海。其衆三行，從山差池而下，翰持半段鎗迎擊，所向披靡。尋充隴右節度副使，設伏殲吐蕃於積石軍。按：兩隅空，指河西、隴右言之。舊注：北征突厥，西伐吐蕃。甚謬。

〔三〕青海，注見一卷。《舊唐書》：天寶六載，翰代王忠嗣爲隴右節度使，築神威軍於青海上。吐蕃至，攻破之。又築城於青海中龍駒島，吐蕃屏跡。《史記索隱》：祁連山，一名天山，亦曰白山，在張掖、酒泉二郡界。《唐書》：西州交河郡有天山，開元二年，置天山軍，隸河西道。《史記》：廉頗，趙良將，破齊攻魏，封爲信平君。《左傳》：晉魏絳説悼公，和戎有五利。公説，使絳盟諸戎，賜之女樂二八，歌鐘一肆。　錢箋：按本傳，翰年已老，素有風疾，故以廉頗爲比。《新書》：十二載，賜翰音樂田園，故以魏絳爲比也。

〔四〕《舊唐書·吐蕃傳》：湟水出蒙谷，抵龍泉，與河合。河之上流，繇洪濟梁西南行二千里。世舉謂西戎地曰河湟。《新書》：睿宗時，楊矩爲鄯州都督，奏請黄河九曲地爲公主湯沐。九曲水甘草良，宜畜牧，近與唐接，自是虜益張雄，易入寇。　十二載，翰進封涼國公，加河西節度使，攻破吐蕃洪濟、大漠門等城，悉收九曲。以其地置洮陽郡，築神策、宛秀二軍。　趙曰：以翰收復河西，故爲帝所係想，出建節而入歸朝，爲諸公之冠也。舊注引王忠嗣被罪，詔翰入朝，帝虚心待之。事在復河湟以前，非是。

〔五〕宛馬，注見一卷。

〔六〕《左傳》：衛懿公好鶴，鶴有乘軒者。注：軒，大夫車也。《邵氏聞見録》：軒墀寵鶴，或以爲病。按：《韻會》：檐宇之末曰軒，取車象也。借用無害。《史·齊世家》：文王將獵，卜曰：「所獲非龍、非彲、非虎、非羆，乃霸王之輔。」果遇太公於渭陽，載與俱歸。按：《史記》及《六韜》並無「非熊」語。洪容齋云：後人使「非熊」，始於吕翰《蒙求》。然公詩已先之矣。《爾雅翼》：熊之雌者爲羆。則「熊」、「羆」殆可互用。　錢箋：《舊書》：翰與安禄山、安思順並爲節度使。禄山在范陽，思順、翰分控隴、朔，故曰「受命邊沙遠」。翰素與二人不協，上命結爲兄弟。十一載冬，並來朝。使高力士於京城東駙馬崔惠童山池宴會，賜熱洛河以和解之，故曰「歸來御席同」也。寵鶴、非熊，即御席之人分別言之。言禄山、思順，軒墀之鶴耳，豈如翰爲田獵之非熊乎？以衛懿公託諷玄宗，譏其不能屏禄山、思順而專任翰也。劉會孟漫評之曰：此語深愧士大夫。不知何謂？

〔七〕《書傳》：王者建諸侯，各割其方色土與之，使立社，燾以黄土，苴以白茅。茅，取其潔；黄土，取王者覆四方。《漢書》：徙名數於長安。注：名數，户籍也。《漢書》：高祖封功臣，誓曰：「使黄河如帶，泰山若礪。國以永存，爰及苗裔。」《舊唐書·玄宗紀》：天寶十二載九月，隴右節度使、涼國公哥舒翰，進封西平郡王，食實封五百户。「遺戰伐」，猶云王者無戰。《詩》：昭明有融。注：融，長也。天既光大汝成王以昭明之道，甚有長也。《舊唐書》：翰倜儻任俠，好然諾，縱蒱酒，疎財重氣，士多歸之。

〔八〕《史記》：春申君客三千餘人，其上客皆躡珠履。《成都記》：司馬相如初西去，題昇仙橋柱曰：「不乘駟馬車，不復過此橋。」後果乘傳至其處。橋在望鄉臺東南一里，管華陽縣。謝靈運詩：芳草亦未歇。

〔九〕《晉書》：孫楚爲石苞參軍，楚負其才氣，頗侮易苞。初至，長揖曰：「天子命我參卿軍事。」《吴志》：吕蒙幼隨姊夫鄧當擊賊，策引置左右，張昭薦蒙，拜別部司馬。陸機《辨亡論》：拔吕蒙於戎行。　錢箋：翰奏侍御史裴冕爲河西行軍司馬，嚴挺之子武爲節度判官，河東吕諲爲度支判官，前封丘尉高適爲掌書記，又蕭昕亦爲翰掌書記，是皆委之軍事也。翰爲其部將論功，隴右十將皆加封。若王思禮爲翰押衙，魯炅爲别將，郭英乂亦策名河隴間，又奏安邑曲環爲别將，是皆拔之行間也。《舊書》：隴右道岷州溢樂縣有崆峒山，山在縣西二十里。「倚劍」、「崆峒」，蓋言欲入戎幕。

歎庭前甘菊花

庭一作階，一作簷前甘菊移時晚，青蕊重陽不堪摘。明日蕭條醉盡醒一作盡醉醒，殘花爛熳開何益？籬邊野外多衆芳，采擷細瑣升中堂。念兹空長大枝葉，結根失所纏一作埋風霜。

醉時歌

原注：贈廣文館博士鄭虔。

諸公袞袞登臺一作華省，廣文先生官獨冷。甲第紛紛厭粱肉，廣文先生飯不足〔一〕。先生有道出羲皇，先生有才一作文過屈宋。德尊一代常坎軻，名垂萬古知何用。杜陵野客人更一作見嗤，被褐短窄鬢如絲。日糴太倉五升米，時赴鄭老同襟《英華》同，一作衾期〔二〕。得錢即相覓，沽酒不復疑。忘形到爾汝，痛飲真吾師〔三〕。清夜沉沉動春酌，燈一作簷前細雨簷一作燈花落。但覺高歌有鬼神，焉知餓死填溝壑。相如逸才親滌器，子雲識字空投閣〔四〕。先生早賦歸去來，石田茅屋荒蒼苔。儒術於我何有哉，孔丘盜跖俱塵埃。不須聞此意慘愴，生前相遇且銜杯。

〔一〕《舊唐書》：天寶九載七月乙亥，國子監置廣文館。《新書·鄭虔傳》：玄宗愛虔才，欲置左右，以不事事，更置廣文館，以虔爲博士。在官貧約，甚淡如也。

〔二〕《漢書》：元康元年，以杜東原上爲初陵，更名杜縣爲杜陵。《三輔黄圖》：宣帝杜陵在長安城南。《長安志》：杜陵，今在奉先城東南二十五里三趙村，陵在高原之上，即鴻固原也。《舊唐書》：天寶十二載八月，京城霖雨，米貴，令出太倉米十萬石，減價糶與貧人。阮籍詩：宿昔同衾裳。

〔三〕錢箋：《文士傳》：禰衡有逸才，與孔融爲爾汝交。時衡年二十餘，融年已五十。

〔四〕劉邈詩：簷花初照月，洞户未垂帷。《漢書》：相如令文君當壚，身著犢鼻褌，滌器於市中。注：器，食器也。揚雄校書天禄閣上，治獄使者來收雄，雄從閣上自投下，幾死。莽問其故，乃劉棻嘗從雄學作奇字，雄不知情，詔勿問。

醉歌行

原注：別從姪勤落第歸。勤，郭本作勸。

陸機二十作文賦，汝更小年能綴文。總角草書又神速，世上兒子徒紛紛〔一〕。驊騮作駒已汗血，鷙鳥舉翮連青雲。詞源倒傾《英華》作流三峽水，筆陣獨掃千人軍〔二〕。只今年纔十六七，射策君門期第一。舊穿楊葉真自知，暫蹶霜蹄未爲失。偶然擢秀非難取，會是排風有毛質。汝身已一作即見唾成珠，汝伯何由髮如漆〔三〕。春光潭一作澹沲徒可切秦東亭，渚蒲牙《韻會》：芽通作牙白水荇青。風吹客衣日杲杲，樹攪離思花冥冥〔四〕。酒盡沙頭雙玉瓶，衆賓皆一作已醉我獨醒。乃知貧賤別更苦，吞聲躑躅涕淚零。

〔一〕錢箋：臧榮緒《晉書》：機少襲父兵，爲牙門將軍，年二十而吴滅，退臨舊里，與弟雲勤學。機妙解情理，心識文體，故作《文賦》。《漢書·贊》：自孔子之後，綴文之士衆矣。趙曰：草書以遲爲工，所謂「匆匆不及草書」是也；以速爲神，所謂「一筆變化書」是也。

〔二〕《隋·藝文傳》：筆有餘力，詞無竭源。三峽，注別見。《筆陣圖》：紙者，陣也。筆者，刀稍也。墨者，鍪甲也。硯者，城池也。本領者，將軍也。心意者，副將也。

〔三〕《漢書注》：射策者，爲問難疑義，書之於策，量其大小，署爲甲乙之科，不使彰顯，隨其所得而釋之，以知優劣。《戰國策》：楚有養由基者，去柳葉百步而射之，百發百中。《莊子》：馬蹄可以踐霜雪。鮑照《與妹書》：浴雨排風，吹澇弄翮。《莊子》：子見夫唾者乎？噴則大者如珠。趙壹詩：咳唾自成珠。《陳書》：張麗華髮長七尺，鬢黑如漆，光澤可鑒。

〔四〕《江賦》：隨風猗萎，與波潭沲。善曰：潭沲，隨波之貌。富嘉謨《明水篇》：春光潭沲度千門。舊注：秦東亭，京城門外送别處。陳子高詩：花片攪春心。

麗人行

《洛神賦》：睹一麗人，於巖之畔。

三月三日天氣新，長安水邊多麗人〔一〕。態濃意遠淑且真，肌理細膩骨肉匀。繡羅衣裳照莫春，蹙金孔雀銀麒麟〔二〕。頭上何所有？翠微《英華》作爲𠣍音罨，烏合切。《英華》作匎，音洽葉垂鬢脣。背一作身後何所見？珠壓腰衱其輒切。一作襻，《英華》作枝穩稱身〔三〕。就中雲幕椒房親，賜名大國虢與秦〔四〕。紫駞之峰出翠釜，水精之盤行素鱗。犀筯厭飫久未下，鑾刀縷切空紛綸。黄門飛鞚不動塵，御厨絡繹《英華》作絲絡送八珍〔五〕。簫鼓一作管哀吟感鬼神，賓從去聲雜一作合遝音沓實要津。後來鞍馬何逡巡，當軒下馬立錦茵。楊花雪落覆白蘋，青鳥飛去銜紅巾〔六〕。炙手可熱勢一作世絶倫，慎莫近《英華》作向前丞相嗔〔七〕。

〔一〕《周禮》：女巫掌歲時祓除釁浴。注：如今三月三日上巳往水上之類。《晉書·禮志》：魏以後，但用三日，不復用巳。黄曰：此詩爲諸楊從幸華清宫作。按：起二語乃刺其遊宴曲江之事也。《舊書》：玄宗每年十月幸華清宫，國忠姊妹五家扈從，每家爲一隊，著一色衣，五家合隊，照映如花，遺鈿墜舄，瑟瑟珠翠，燦爛芳馥於路。而國忠私於虢國，不避「雄狐」之刺，聯鑣方駕，不施帷幔。《明皇雜録》：上將幸華清宮，貴妃姊妹競飾衣服，共會於國忠第，同入禁中。炳焕炤燭，觀者如堵。其從幸華清如此，度上巳修禊，亦必爾也。

〔二〕淑真，婦人美德。公反言以刺之也。《東京賦》：擘肌分理。《招魂》：靡顔膩理。注：膩，滑也。

〔三〕錢箋：《玉篇》：匐綵，婦人頭花，髻飾。翠爲匐葉，言以翡翠爲匐綵之葉也。《爾雅》：衱，謂之裾。注：衣後裾也。珠壓腰衱，蓋衣裾以珠綴之。○趙曰：此即子建「頭上金雀釵，腰佩紫琅玕」之勢，蓋舉頭與腰之飾，而一身之服備矣。按：楊用修謂「珠壓腰衱穩稱身」之下，古本有「足下何所著，紅蕖羅襪穿鐙銀」二句。不惟宋本未見，添此反覺蛇足。

〔四〕《西京雜記》：成帝設雲幄、雲帳、雲幕於甘泉紫殿，世謂三雲殿。《三輔黄圖》：椒房殿，在未央宮，以椒和泥塗壁。《舊唐書》：太真姊三人，皆有才貌，並封國夫人。大姨封韓國、三姨封虢國、八姨封秦國。天寶七載，幸華清宮，同日拜命。《通鑑》：適崔氏者爲韓國夫人，適裴氏者爲虢國夫人，適柳氏者爲秦國夫人。

〔五〕《漢書》：大月氏，出一峰橐駞。注：脊上有一封，高也如封土然。今俗呼爲犎，音峰。《西陽雜俎》：衣冠家名食，有將軍曲良翰能爲駞峰炙。王績《遊北山賦》：拭丹爐而調石髓，裛翠釜而出金精。《太平御覽》：《交州雜事》云：太康四年，刺史陶璜表送林邑王所獻縹紺、水精盤各一枚。王廙《笙賦》：舞靈蛟之素鱗。《酉陽雜俎》：明皇賜禄山有金平脱、犀頭匙筯。《詩傳》：鑾刀，刀環有鈴，割中節。《西征賦》：饔人縷切，鑾刀若飛。應刃落俎，靃靃霏霏。《漢書注》：凡號黄門，以其給事黄闥之内。服虔《通俗文》：所以制馬口曰鞚。鮑照詩：飛鞚越平陸。《周禮》：膳夫珍用八物。注：珍用，淳熬、淳母、炮豚、炮牂、擣珍、漬、熬、肝膋也。《唐書・貴妃傳》：帝所得奇珍貢獻，分賜諸姨，使者相銜於道，五家如一。「黄門」二句，正詠其事也。

〔六〕《劉向傳》：雜遝衆賢。《廣雅》：楊花入水化爲萍。《爾雅翼》：萍，其大者蘋，五月有花，白色謂之白蘋。或曰：樂府《楊白花歌》曰：「楊花飄蕩落南家。」又曰：「願銜楊花入窠裏。」此胡太后淫詞，用之以託諷楊氏也。《山海經》：三危之山，三青鳥居之。注：青鳥，主爲西王母取食者。《漢武故事》：七月七日，王母至，有二青鳥如烏，夾侍王母旁。梁元帝《詠柳》：枝邊通粉色，隙裏映紅巾。王勃《落花篇》：羅袂紅巾往復還。

〔七〕《兩京新記》：安樂公主，上之季妹也，附會韋氏，熱可炙手，道路懼焉。崔顥詩：莫言炙手手可熱，須臾火盡灰亦滅。古樂府：當時近前面發紅。《通鑑》：天寶十一載十一月庚申，以楊國忠爲右相，兼文部尚書。按：上云「當軒下馬」，即國忠也。國忠與虢國從兄妹而有醜聲，故有「近前丞相嗔」語，此公之微辭。

陪李金吾花下飲

勝地初相引，徐行得自娱。見輕吹鳥毳，隨意數花鬚〔一〕。細草稱讀平聲偏一作偏稱坐，香醪懶再沽〔二〕。醉歸應犯夜，可怕李金吾〔三〕。

〔一〕《廣韻》：毳，鳥毛。潘岳《安石榴賦》：緗的點乎紅鬚。劉淵林《蜀都賦注》：蘂者，或謂之華，或謂之實，一曰花鬚頭點也。

〔二〕趙曰：公嘗使「偏勸」、「偏醒」、「偏秣」，此云「偏坐」，言偏宜於此坐也。

〔三〕《唐六典》：金吾將軍，掌宮中及京城晝夜巡警之法。

陪鄭廣文遊何將軍山林十首

《東方朔傳》：竇太主曰：回輿枉路，臨妾山林。注：園中有山，不敢稱第，故托言山林也。錢箋：《長安志》：塔坡者，以有浮圖，故名。在韋曲西，何將軍之山林也。今其地出美稻，土人謂之塔陂米。《通志》：少陵原乃樊川之北原，自司馬村起，至何將軍山林而盡。其高三百尺，在杜城之東，韋曲之西，上有浮圖，亦廢，俗呼爲塔陂。

不識南塘一作唐路，今知第五橋〔一〕。名園依緑水，野竹上青霄。谷口舊相得，濠梁同見招〔二〕。平生爲幽興，未惜馬蹄遥。

〔一〕錢箋：張禮《遊城南記》：第五橋，在韋曲之西，與沈家橋相近。南塘，按許渾詩云「背嶺枕南塘」，其亦在韋曲之左右乎？又曰：内家橋之西有沈家橋，第五橋亦以姓名。《通志》：韋曲西有華嚴寺，寺西北有雁鶩陂，陂西有第五橋。杜云「今知第五橋」也。隋開皇三年築京城，引香積渠水，自赤欄橋、經第五橋西北入城。

〔二〕谷口，謂鄭廣文。《莊子》：莊子與惠子同遊濠梁之上。

百頃風潭上，千章一作重，非夏木清〔一〕。卑枝低結子，接葉暗巢鶯〔二〕。鮮鯽銀絲鱠，香芹碧澗羹。翻疑柂徒可切樓底，晚飯越中行〔三〕。

〔一〕《史·貨殖傳》：山居千章之萩。注：大樹曰章。

〔二〕魏文帝詩：卑枝拂羽蓋。按：「卑枝」、「接葉」二句，古人所謂雙聲詩也。

〔三〕見羹鱠而思越，猶前聞吴詠而思吴也。

萬里戎王子，何年别月支。異花開絶域，滋蔓匝清池〔一〕。漢使徒空到，神農竟不知〔二〕。露翻兼雨打，開拆日荆作漸離披〔三〕。

〔一〕《漢・張騫傳》：匈奴破月氏王。師古曰：月氏，西域胡國也。氏，音支。《舊唐書》：肅州酒泉郡，漢月支國地。龍朔元年，於吐火羅國所治遏換城，置月氏都督府。按：戎王子，必是月支花名，但未詳何種。或曰：《本草》：日華子云：獨活，一名戎王使者，戎王子當是其類。

〔二〕趙曰：漢使空到，謂張騫至西域止得安石榴種；神農不知，謂《本草》不載也。

〔三〕宋玉《九辨》：奄離披此梧楸。

旁舍連高竹，疎籬帶晚花。碾渦深没馬，藤蔓曲藏一作垂蛇〔一〕。詞賦工無一作何益，山林跡未賖。盡捻蔡云：捻，正作拈，如兼切書籍賣，來問爾東家〔二〕。

〔一〕《通俗文》：石碢轢轂曰碾，碾渦，碾磴間水渦漩也。

〔二〕《家語》：魯人謂孔子東家丘。

剩郭作賸，趙云：賸，俗作剩水滄江破，殘山碣石開。緑垂風折笋，紅綻雨肥梅。銀甲彈箏用，金魚換酒來〔一〕。興移無灑掃，隨意坐莓苔。

〔一〕銀甲，繫爪之類。《南史》：羊侃有妓，著七寸鹿角爪彈箏，一時無對。《晉書》：阮孚爲散騎常侍，常以金貂換酒。《玉海》：《朝野僉載》：高宗上元中，令九品以上佩刀礪算袋，紛帨爲魚形，結帛作之，取魚之衆鯉，强兆也。《唐會要》：魚袋著紫者金裝，緋者銀裝。按：《車服志》：佩魚始高宗朝，武后改佩魚爲龜。中宗初，罷龜袋，復給魚。此詩作於天寶年間，宜有「金魚」

之句。然太白《憶賀監》詩又云「金龜换酒處」，蓋龜、魚皆唐制，不妨隨舉言之。楊用修謂太白遇知章在中宗時，故以金龜换酒，誤矣。考太白年譜，中宗初才五六歲。

風磴吹陰一作梅，非雪，雲門吼瀑滿木切泉〔一〕。酒醒思卧簟，衣冷欲裝綿。野老來看客，河魚不取錢。秖一作只疑淳樸處，自有一山川。

〔一〕《蜀都賦》：「指渠口以爲雲門。」注：「謂渠口爲雲門，猶雲來則雨至也。」《庾信碑文》：「煙沈冰井，雨歇雲門。」言飛瀑之濺，乍疑吹雪。

棘刊作楝，山厄切樹寒雲色，茵蔯春藕香〔一〕。脆添生菜美，陰益一作蓋食單一作簞，非涼〔二〕。野鶴清晨出一作至，山精白日藏〔三〕。石林蟠水府，百里獨蒼蒼。

〔一〕《説文》：「棘，小棗，叢生。」《埤雅》：「大者棗，小者棘。」按：獨生而高者爲棗，列生而低者爲棘，觀字形可辨。然此云「寒雲色」，似是高大之木。又《爾雅注》：「赤楝，好蔟生山中；白楝，葉圓而岐，爲大木。」從别本作楝，亦通。《本草》：「茵蔯，蒿類，經冬不死，更因舊苗而生，故曰茵蔯。」李時珍曰：「茵蔯氣芳烈，昔人多蒔爲蔬。」洪舜俞《老圃賦》「酣糟紫姜之掌，沐醯青蔯之絲」是也。

〔二〕鄭望《膳夫録》：「韋僕射巨源，有燒尾宴食單。」《戎幕閒談》：「顔魯公詣范氏尼問命，尼指座上紫絲布食單，曰：『顔衫色如此。』」脆，茵蔯之脆；陰，棘樹之陰也。

〔三〕《玄中記》：山精如人，一足，長三四尺，食山蟹，夜出晝藏。

憶過楊柳渚，走馬定丁去聲昆池〔一〕。醉把青荷葉，狂遺白接䍦〔二〕。刺郎達切船思郢客，解下戒切水乞欺吉切，王原叔本作丘既切，非吴兒〔三〕。坐對秦山晚，江湖興頗隨。

〔一〕《唐書·安樂公主傳》：嘗請昆明池爲私沼，不得，乃自鑿定昆池。定，言可抗訂之也。《景龍文館記》：安樂公主西莊，在延平門外二十里，引流鑿沼，延袤十數里，時號定昆池。張禮《遊城南記》：池在韋曲之北。楊柳渚，今不可考。

〔二〕《酉陽雜俎》：魏鄭公慤，取大荷葉置硯格上，盛酒三升，以簪刺葉，令與柄通，傳吸之，名「碧筩盃」。錢箋：《爾雅注》：白鷺翅上有長翰毛，江東取爲接䍦。《晉·山簡傳》：每臨高陽池，未嘗不大醉而還。時人爲之歌曰：時時能騎馬，倒著白接䍦。

〔三〕《莊子》：漁父刺船而去，延緣葦間。《説文》：郢，故楚都，在南郡江陵北十里。《晉書》：夏統能水戲，賈充以鹵簿妓女繞其船，若不聞，充曰：此吴兒是木人石心也。

牀上書連屋，階前樹拂雲。將軍不好武，稚子總能文。醒酒微風入，聽詩静夜分〔一〕。絺衣挂蘿薜，涼月白紛紛。

〔一〕《周禮》：以星分夜。《補注》：鍾嶸《詩品》：終朝點綴，分夜呻吟。

幽意忽不愜，歸期無奈何。出門流水住一作注，回首白雲多一作雜花多，非〔一〕。自笑燈前舞，誰憐醉後歌？秖應與朋好，風雨亦來過。

〔一〕庾信《同泰寺》詩：畫水流全住，圖雲色半輕。

重過何氏五首

前詩云「千章夏木清」，後詩云「春風啜茗時」，蓋前遊在夏，後遊在明年之春也。

問訊東橋竹，將軍有報書。倒衣還命駕，高枕乃吾廬〔一〕。花妥鶯捎所交切蝶，溪喧獺趁魚〔二〕。重來休沐地，真作野人居〔三〕。

〔一〕《晉書》：吕安與嵇康友，每一相思，千里命駕。

〔二〕《曲禮正義》：妥，頹下之貌。一曰：關中人謂落爲妥。《說文》：自關以西，凡取物之上者爲橋捎。《增韻》：捎，取也，掠也。又：摇捎，動貌。

〔三〕《漢書注》：休沐，言休息以洗沐也。

山雨樽仍在，沙沈榻未移。犬迎曾宿客吳曾云：顧陶本作犬憎閑宿客，鵶護落巢兒。雲薄翠微寺，天清《雍録》作寒皇舊作黃，趙定作皇子陂〔一〕。向來幽興極，步屧一作屣，一作屐到東籬〔二〕。

〔一〕《唐書》：長安縣南五十里太和谷有太和宫，武德八年置，貞觀十年廢，二十一年復置，曰翠微宫，籠山爲苑，元和中以爲寺。《長安志》：翠微宫在萬年縣外終南山之上。按：元和去公没三十餘年。今詩已云翠微寺，豈此宫廢置不一，中間曾改爲寺耶？《水經注》：潏水，上承皇子陂於樊川，其地即杜之樊鄉也。《十道志》：秦葬皇子，起冢陂北原上，故名皇子陂。隋改永安陂，唐復舊。趙曰：公前篇云「今知第五橋」，而《題鄭著作》詩云「第五橋邊流恨水，皇陂岸北結愁亭」，正相近之地，則此當爲「皇子」，斷無疑矣。

〔二〕《説文》：屧，履中薦也，又屐也。《宋書》：袁粲爲丹陽尹，嘗步屧白楊郊野間。

落日平臺上，春風啜茗時。石欄斜點筆，桐葉坐題詩。翡翠鳴衣桁下浪切，蜻蜓立釣絲〔一〕。自今幽興熟一云自逢今日興，來往亦無期。

〔一〕《説文》：翡，赤羽雀；翠，青羽雀也。李巡曰：鷸，一名翠，其羽可以爲飾。《韻會》：桁，竹竿也。古樂府：還視桁上無懸衣。

頗怪朝參懶，應耽野趣長〔一〕。雨抛金鎖甲，苔卧緑沈槍〔二〕。手自移蒲柳，家纔足稻粱〔三〕。看君用幽意，白日到羲皇〔四〕。

〔一〕王右軍帖：吾怪足下朝參少晚。

〔二〕薛蒼舒曰：車頻《秦書》云：苻堅使熊邈造金銀細鎧，金爲綫以縲之。今謂甲之精細者爲鎖子甲，言相銜之密也。按：《唐六典》：甲之制十有三，今明光、光要、細鱗、山文、烏鎚、鎖子，皆鐵甲也。崔顥詩：錯落金鎖甲，蒙茸貂鼠衣。《西溪叢語》：《北史》：隋文帝賜張奫緑沈甲，獸文具裝。《武庫賦》曰：緑沈之槍。《續齊諧記》云：王敬伯夜見一女取酒，提一緑沈漆榼。王羲之《筆經》云：有人以緑沈漆竹管及鏤管見遺。蕭子雲詩：緑沈弓項縱。恐緑沈以調緑漆之，其色深沈，如漆調雌黄之類。薛蒼舒注云精鐵，非也。吴曾《漫録》：槍用緑沈飾之，如弩稱黄間，以黄爲飾。劉邵《趙都賦》：其用器則六弓四弩，緑沈黄間。古樂府：緑沈明月弦。此弓亦號緑沈也。《宋元嘉起居注》：廣州刺史韋朗作緑沈屏風。《六典》：鼓吹工人之服，亦有緑沈。此以緑沈飾器服也。《南史》：任彦昇卒，武帝方食西苑緑沈瓜。皮日休《新竹》詩：一架三百本，緑沈森冥冥。皆語其色也。趙德麟誤以爲竹名，而或以爲鐵，尤謬。《野客叢書》：緑沈，不可專指一物，蓋物色之深者皆爲緑沈也。按：楊用修謂：緑沈槍是以緑沈色爲漆，飾槍柄，蓋本《西谿》。胡元瑞非之云：乃緑沈色之鐵耳。今備存其説，以待參考。

〔三〕《爾雅》：楊，蒲柳。《疏》：楊，一名蒲柳。生澤中，可爲箭笴。

〔四〕《陶潛傳》：夏日高卧北窗之下，清風颯至，自謂羲皇上人。

到此應嘗宿，相留可判年〔二〕。蹉跎暮容色一作鬢，悵望好林泉。何日霑微禄，歸山買薄田。斯遊恐不遂，把酒意茫然。

〔一〕舊注：《禮記注》云：判，半也。按：古音多四聲互用，唐人猶知此法，如「判」字本去聲，亦讀平聲。《吴越春秋》「一士判死兮而當百夫」、王筠《行路難》「含情畜怨判不死」是也。音義與「拚」通。杜詩「拚」字都作「判」。此詩「可判年」，猶云可拚却一年耳。又孫勔《唐韻》，「拚」字收入二十三阮，《玉篇》：「拚」，一音伴。則「拚」字正可從仄聲叶，非半年之解。

陪諸貴公子丈八溝攜妓納涼晚際遇雨二首

錢箋：張禮《遊城南記》：又西北經下杜城，過沈家橋。下杜城之西，有丈八溝，即子美納涼遇雨之地。《通志》：下杜城南，有第五橋、丈八溝。

落日放船好，輕風生浪遲。竹深留客處，荷浄納涼時。公子調冰水，佳人雪藕絲〔一〕。片雲頭上黑，應是雨催詩。

〔一〕《家語》：黍以雪桃。注：雪，拭也。

雨來霑席上，風急一作惡打船頭〔一〕。越女紅裙濕，燕姬翠黛愁。纜侵堤柳繫，幔卷浪花浮。歸路翻蕭颯，陂塘五月秋。

〔一〕庾信詩：五兩開船頭。

九日曲江

綴席茱萸好，浮舟菡萏徒感切衰所追切〔一〕。百年秋已半，九日意兼悲。江水清源曲，荆門此路疑〔二〕。晚來一作年高興盡，搖蕩菊花期〔三〕。

〔一〕《風土記》：茱萸，一名藙，九月九日熟，味辛色赤，折其房插頭，可辟惡氣。《爾雅》：荷，芙蕖，其華菡萏。

〔二〕舊注：《九域志》：江陵府龍山上有落帽臺，其地在荆門東。此路疑，疑與龍山景物相若也。

〔三〕殷仲文《九井》詩：獨有清秋日，能使高興盡。

贈獻納使一本無使字起居田舍人澄

《唐書》：垂拱二年置匭，以受四方之書，以諫議大夫、補闕、拾遺一人，充使知匭事。天寶九載三月，玄宗以匭聲近鬼，改爲獻納使。至德二年復舊。每仗下議政事，起居郎一人執筆記録於前，史官隨之。後復置起居舍人，分侍左右，秉筆隨丞相上殿。按：田是時以起居舍人知匭事，獻納使其兼官耳。舊注謂中書舍人知匭，此制始寶應元年，不當引也。

獻納司存雨露邊一作偏，地分清切任才賢〔一〕。舍人退食收封事，宫女開函近一作捧御筵〔二〕。曉漏追趨一作飛青瑣闥，晴窗點檢白雲篇〔三〕。揚雄更有河東賦，唯待吹噓送上天〔四〕。

〔一〕劉楨詩：拘限清切禁。

〔二〕《後漢書》：冬夏至，八能士書版言事，封以皂囊。　《唐書》：内官有掌書三人，掌宣傳啓奏。

〔三〕范雲詩：攝官青瑣闥。　薛夢符曰：漢武帝《秋風詞》：秋風起兮白雲飛。點檢白雲篇，如武帝賜淮南王書，常召司馬相如等視草乃遣。按：《新史》云起居舍人，《本紀》言之職惟編詔書，不及他事。此云「白雲篇」，以比舍人所編制詔耳。《補注》：按陶淵明《和郭主簿》詩：「遥遥望白雲，懷古意何深。」故郎士元《馮翊西樓》詩有「陶令好文嘗對酒，相招一和白雲篇」之句，或云：即此詩「白雲篇」也。言在野文章，舍人皆得上達，故下接以「揚雄更有河東賦」二語。此説當與前注並存。

〔四〕《漢・揚雄傳》：上陟西岳，以望八荒，迹殷周之虚，思唐虞之風。雄以爲臨淵羨魚，不如退而結網。還，上《河東賦》以勸。時公既獻三賦投延恩匭，又欲奏《封西嶽賦》，故云「更有河東賦」也。

崔駙馬山亭宴集

按：玄宗女晉國公主下嫁崔惠童，咸宜公主下嫁崔嵩。此駙馬乃惠童也。惠童京城東有山池。

蕭史幽棲地，林間踏鳳毛〔一〕。洑流何處入，亂石閉門高〔二〕。客醉揮金椀，詩成得繡袍〔三〕。清秋多宴會一云賞樂，終日困香醪。

〔一〕蕭史吹簫感鳳事，見首卷。

〔二〕《海賦》：泂洑萬里。洑，回流也。

〔三〕《禮記》：執玉爵者弗揮。注：謂不可振去餘瀝，恐失墜。《舊唐書》：則天幸洛陽龍門，令從官賦詩，先成者以錦袍賜之。

送高三十五書記十五韻

《舊唐書》：高適，字達夫，渤海人。解褐汴州封丘尉，非其好也，乃去位，客遊河右。河西節度使哥舒翰見而異之，表爲左驍衛兵曹，充翰府掌書記。從翰入朝，盛稱之於上前。《通鑑》：天寶十三載五月，哥舒翰奏前封丘尉高適爲掌書記。

崆峒小麥熟，且一作吾願休王師。請公問主將，焉用窮荒爲〔一〕。饑鷹未飽肉，側翅隨人飛。高生跨鞍馬，有似幽并兒一作并州兒。脱身簿尉中，始與捶楚辭〔二〕。借問今何官，觸熱向武威。答云一作言一書記，所媿國士知。人實不易知，更須慎其儀〔三〕。十年出幕府，自可持旌麾。此行既特達，足以慰所思。男兒功名遂，亦在老大唐佐切時。常恨結驩淺，各在天一涯音宜。又如參與商，慘慘中腸悲。驚風吹一作飄鴻鵠，不得相追隨。黄塵翳沙漠，念子何當歸。邊城有餘力，早寄從軍詩。

〔一〕崆峒山，注見前。《通鑑》：積石軍每歲麥熟，吐蕃輒來穫之，邊人呼爲吐蕃麥莊。天寶六載，哥舒翰先伏兵於其側，虜至，斷其後，夾擊之，無一人得返者，自是不敢復來。此詩「崆峒小麥」，正指其事也。《唐志》：崆峒山在岷州，積石軍在廓州，廓去岷不遠。按史：天寶八載，哥舒翰克吐蕃石堡城，士卒死者數萬。又遣兵於赤嶺西，開屯田，戍兵盡没。此皆因麥莊一捷而黷武窮荒者。公故追言戒之，欲適以之告翰也，此是送高本旨。《補注》：《通典》：涼州貢白小麥十石。

〔二〕《魏志》：陳登喻吕布曰：「登見曹公言，待將軍譬如養虎，當飽其肉，不則噬人。」公曰：「不如卿言，譬如養鷹，饑則爲用，飽則颺去。」《晉載記》：慕容垂猶鷹也，饑則附人，飽則高飛。　曹植詩：幽并游俠兒。　《邵氏聞見録》：唐參軍簿尉，有罪加撻罰，如今之胥吏。鮑曰：捶楚，謂捶有罪者，非身受杖之謂。〇「饑鷹」以下，雖幸高之得脱簿尉，亦惜其前此委身下僚，不得參與主將之謀議也。與起四語似不相蒙，而意實相貫。《補注》：按：簿尉決棒，唐制如此。《元稹集》有《論觀察使韓皋封杖決殺縣令狀》，《新書》載柳仲郢杖縣令至死，貶官。縣令猶杖，則簿尉可知矣。昌黎詩云：「判司卑官不堪説，未免捶楚塵埃間」，杜牧之詩亦云：「參軍與簿尉，塵土驚劻勷。一語不中治，鞭笞身滿瘡。」皆可與公詩相證。若是捶有罪之人，何得云「辭」？

〔三〕晉程曉詩：今世褦襶子，觸熱到人家。《舊唐書》：凉州，屬河西道。武德二年，置凉州總管府。天寶元年，改武威郡。乾元元年，復爲凉州。《一統志》：今屬陝西行都司。《陶侃傳》：諸參佐當正其衣冠，攝其威儀。何有亂頭養望，自謂曠達耶？

寄高三十五書記

歎息高生老，新詩日又多。美名人不及，佳句法如何〔一〕？主將收才子，崆峒足凱歌〔二〕。聞君已朱紱，且得慰蹉跎〔三〕。

〔一〕《舊唐書》：適年過五十，始留意篇什，數年之間，體格漸變，以氣質自高。每吟一篇已，爲好事者傳誦。

〔二〕錢箋：《樂府詩集》：哥舒翰破吐蕃，收黄河九曲，適由是作《九曲詞》。

〔三〕朱紱，注見前。舊注：朱紱，謂賜緋也。按《舊書》：玄宗幸蜀，至成都，除適諫議大夫，賜緋魚袋。則適爲書記時，尚未服緋也。唐制：賜緋，乃緋袍。

贈高式顔

錢箋：高適有《宋中送族姪式顔》詩云：「惜君才未遇，愛君才若此。世上五百年，吾家一千里。」

昔别是何處，相逢皆老夫。故人還寂寞，削跡共艱虞。自失論文友，空知賣酒壚〔一〕。平生飛動意，見爾不能無〔二〕。

〔一〕《遣懷》詩：「昔與高李輩，論文入酒壚。」今適不在，故云然。

〔二〕沈佺期《祭李侍御文》：思含飛動，才冠卿雲。　末言見式顔如見適也，有悲喜交集意。

與鄠縣源大少府宴渼陂得寒字

《唐書》：鄠縣，屬京兆府。　《説文》：渼陂，周一十四里，北流入澇水。《長安志》：渼陂在鄠縣西五里，源出終南山諸谷，合朝公泉爲陂。　錢箋：《通志》：元末遊兵決水取魚，陂涸爲田。

應爲西陂好，金錢罄一餐。飯抄雲子白，瓜嚼水精寒〔一〕。無計迴船下，空愁避酒難。主人情爛熳，持答翠琅玕〔二〕。

〔一〕《漢武内傳》：太上之藥，乃有風實、雲子、玉津、金漿。《許彦周詩話》：葛洪《丹經》：雲子，碎雲母也。今蜀中有碎磦，狀如米粒，圓白，云雲子石也。按：雲子，以擬飯之白耳。《抱朴子》云：服雲母十年，雲氣常覆其上。服其母以致其子，理自然也。此是雲子疏義。升菴《韻藻》引山稻名雲子，河檉號雨師，直以雲子爲稻名，不知何本？次公指爲菰米，則前人已駁其謬。

〔二〕《四愁詩》：美人贈我青琅玕，何以報之雙玉盤。曹植《樂府》：腰佩翠琅玕。

城西陂泛舟

前詩云「應爲西陂好」，城西陂，即渼陂也。

青蛾一作娥，非皓齒在樓船，橫笛短簫悲遠天〔一〕。春風自信牙檣動，遲日徐看錦纜牽〔二〕。魚吹細浪摇歌扇，燕蹴飛花落舞筵。不有小舟能盪槳，百壺那送酒如泉〔三〕。

〔一〕宋南平王《白紵曲》：佳人舞袖曜青蛾。蛾，蛾眉也。宋玉《笛賦》：摛朱唇，耀皓齒。江總詩：橫笛短簫悽復咽。

〔二〕古詩：象牙作帆檣。《哀江南賦》：鐵軸牙檣。《吴志》：甘寧嘗以繒錦維舟，去輒割棄。張正見詩：金堤分錦纜。

〔三〕裴秀詩：有肉如丘，有酒如泉。

渼陂行

岑參兄弟皆好奇，攜我遠來遊渼陂。天地黤慘忽異色，波濤萬頃堆琉璃〔一〕。琉璃汗漫泛舟入，事殊興極憂思集。鼉作鯨吞不復知，惡風白浪何嗟及〔二〕。主人錦帆相爲開，舟子喜甚無氛埃。鳧鷖散亂棹謳發，絲管啁陟交切啾空翠來〔三〕。沈竿續蔓今本一作縵深莫測，菱山谷作芡葉荷花淨如拭。宛在中流渤澥清，下歸無極一云下臨無地終南黑〔四〕。半陂以南純浸山，動影裊窕沖融間。船舷暝戛雲際寺，水面月出藍田關〔五〕。此時驪龍亦吐珠，馮夷擊鼓群龍趨。湘妃漢女出歌舞，金支翠旗光有無〔六〕。咫尺但愁雷雨至，蒼茫不曉神靈意。少壯幾時奈老何，向來哀樂何其多〔七〕。

〔一〕琉璃，青色寶。梁簡文帝詩：雲開瑪瑙葉，水淨琉璃波。

〔二〕《吴都賦》：長鯨吞航。

〔三〕陰鏗詩：平湖錦帆張。《蒼頡解詁》：鷖，鷗也。何遜詩：中川聞棹謳。《説文》：啁啾，聲也，通作嘲。

〔四〕舊注：沈竿續蔓，戲測水之淺深也。《漢書注》：渤澥，海別支。

〔五〕《海賦》：沖融滉瀁。《長安志》：雲際山大安寺，在鄠縣東南六十里。隋仁壽元年置居賢捧日寺。　藍田關，在藍田縣東南六十八里，即秦嶢關也。後周明帝徙青泥故城側，改曰青泥關，武帝改曰藍田關。隋大業元年，徙復舊所，即今關是。《雍録》：嶢關，在渼陂東南。

〔六〕《莊子》：千金之珠，必在九重之淵，驪龍頷下。能得珠者，必遭其睡也。《山海經》：冰夷，人面，乘兩龍。注：冰夷，馮夷也。《搜神記》：馮夷，潼鄉隄首人，以八月上庚日渡河死，上帝署爲河伯。《洛神賦》：馮夷擊鼓，女媧清歌。《列女傳》：舜崩蒼梧，二妃死於江湘之間，俗謂之湘君。《列仙傳》：鄭交甫遊漢江，見二女解珮與之。《洛神賦》：從南湘之二妃，攜漢濱之遊女。《漢志·房中歌》：金支秀華，庶旄翠旌。注：樂上衆飾，有流趐羽葆，以黄爲支，其首敷散，若草木之秀華也。庶旄翠旌，謂析五采羽，注翠旄之首而爲旌也。

〔七〕《九歌》：東風飄兮神靈雨。　漢武帝《秋風辭》：歡樂極兮哀情多，少壯幾時兮奈老何。

始而天地變色，風浪堪憂；既而開霽放舟，沖融㬎㝁；終而仙靈冥接，雷雨蒼茫，只一遊陂時，情境迭變已如此。況自少壯至老，哀樂之感，何可勝窮？此孔子所以歎逝水，莊生所以悲藏舟也。

渼陂卥南臺

高臺面蒼陂，六月風日冷。蒹葭離披去，天水相與永。懷新目似擊，接要心已領〔一〕。仿像識鮫人，空濛黄作蒙辨魚艇。錯磨終南翠，顛倒白閣影。崷慈由切崒增光輝，乘陵惜俄頃〔二〕。

勞生愧嚴鄭，外物慕張邴。世復輕驊騮，吾甘雜鼃蛙同黽〔三〕。知歸俗可忽，取適一作足事莫並。身退豈待官，老來苦便平聲靜。況資菱芡足，庶結茅茨迥。從此具扁舟，彌年逐清景〔四〕。

〔一〕《莊子》：仲尼見温伯雪子而不言，子路問之，曰：「夫人者，目擊而道存矣。」

〔二〕《海賦》：故可仿像其色。《搜神記》：南海有鮫人，水居如魚，不廢緝績。時從水中出，寄人家賣綃。　終南，注見一卷。　錢箋：《通志》：紫閣、白閣、黄閣三峰，具在圭峰東。紫閣，旭日射之，爛然而紫。白閣陰森，積雪不融。黄閣不知所謂。三峰相去不甚遠。　按：終南、白閣，皆臨渼陂，即前詩所謂「半陂以南純浸山」，錯翠倒影互見耳。　《西京賦》：嵓峻崷崒。《風賦》：乘陵高城，入於深宫。

〔三〕《漢書》：谷口有鄭子真，蜀有嚴君平，皆脩身自保。《三輔決録》：子真，名樸；君平，名遵。嵇康《幽憤詩》：仰慕嚴鄭，樂道閒居。　外物，以物爲外也。　謝靈運《還舊園作》：偶與張邴合，久欲還東山。注：張謂張良，邴謂邴漢及曼容也。《漢書》：瑯琊邴漢以清行徵用，兄子曼容亦養志自脩。　《國語》：鼃黽之與同渚。《爾雅》：在水者黽。注：耿黽也，似青蛙，大腹，一名土鴨。

〔四〕曹植詩：明月澄清景。　此詩中間句，多本謝康樂。如「懷新目似擊」，即謝詩「懷新道轉迴」也。「乘陵惜俄頃」，即謝

「恒充俄頃用」也。「外物慕張邴」，即謝「偶與張邴合」。「知歸俗可忽」，即謝「適己物可忽」也。「取適事莫並」，即「萬事難並歡」也。「身退豈待官」，即謝「辭滿豈多秩，謝病不待年」也。「老來苦便静」，即謝「拙疾相倚薄，還得静者便」也。公云「熟精《文選》理」，豈欺我哉！

九日寄岑參

《通考》：岑參，南陽人，天寶三載進士，解褐爲右衛率府兵曹參軍。

出門復入門，雨腳但如一作仍舊。所向泥活活音括，一作浩浩，思君令人瘦〔一〕。沈吟坐齿一作秋軒，飲食錯昏晝。寸步曲江頭，難爲一相就。吁嗟乎舊作呼，卞圜本定作乎蒼生，稼穡不可救。安得誅雲師，疇能補天漏〔二〕。大明韜日月，曠野號禽獸。君子强逶迤，小人困馳驟。維南有崇山，恐與川浸溜〔三〕。是節一作旹東籬菊，紛披爲誰秀。岑生多新詩，性亦嗜醇酎直又反。采采黄金花，何由滿衣袖〔四〕。

〔一〕雨脚，是方言。《齊民要術》：種麻，截雨脚即種者，地濕，麻生瘦。《詩》注：活活，水流聲。

〔二〕《詩》：吁嗟乎騶虞。　張衡《思玄賦》：雲師䨏以交雜兮。注：雲師，即雨師，屏翳也。《列子》：女媧氏鍊五色石以補天。《梁益記》：雅州西北有大小漏天。

〔三〕《周禮注》：水流而趨海者曰川，深積而成淵者曰浸。

〔四〕《洞簫賦》：若凱風紛披。《左傳注》：酒之新熟，重者爲酎。《招魂》注：酎，三重釀醇酒也。張載《酒賦》：中山夏啓，醇酎秋發。左貴嬪《菊頌》：春茂翠葉，秋耀金花。

承沈八丈東美除膳部員外郎阻雨未遂馳賀奉寄此詩

《唐書》：膳部，屬禮部，郎中、員外各一人。《太平廣記》：《紀聞》：唐沈東美爲員外郎，太子詹事佺期之子。按《唐書》：佺期以起居郎兼修文舘直學士，與公祖審言同事武后，故詩中有「舊史」、「通家」等語，而比東美爲諸父。又律體盛於佺期，故云「詩律群公問」也。舊注指沈既濟之胄，大謬。既濟，德宗時人，《唐書》可考。

今日西京掾，多除南省郎原注：府掾四人，同日拜郎。通家惟沈氏，謁帝似馮唐〔一〕。詩律群公問，儒門舊史長。清秋便平聲寓直，列宿頓輝光〔二〕。未暇申安吴作宴慰，含情空激揚。司存何所比，膳部默悽傷原注：甫大父昔任此官。貧賤人事略，經過霖潦妨。禮同諸父長，恩豈布衣忘。天路牽騏驥，雲臺引棟梁。徒懷貢公喜，颯颯鬢毛蒼〔三〕。

〔一〕按：府掾，謂京兆府掾，如司録、功曹、倉曹、户曹、兵曹、法曹、士曹之類。《唐志》並正七品，諸郎中從五品，員外郎從六品。府掾拜郎，蓋自七品而升六品也。錢箋：杜氏《通典》：時謂尚書省爲南省，門下、中書爲北省。陸游《筆記》：唐人以尚書省在大明宫之南，故謂之南省。

曹植詩：謁帝承明廬。《漢書》：馮唐年九十餘爲郎。曰「似馮唐」，蓋沈以晚年除郎也。

〔二〕潘岳《秋興賦序》：余以太尉掾兼虎賁中郎將，寓直於散騎之省。《後漢書》：郎官上應列宿，出宰百里。《漢·天文志》：掖門内五星，五帝坐。後聚十五星，曰哀烏郎位。《史記正義》：郎位十五星，在太微中，帝坐東北。杜佑曰：近代皆以郎官上應列宿，爲尚書郎故事。按：天文有武賁、郎位等星，皆在太微帝座後，爲翊衛之象，應邵、楊秉所言三署郎是也。世人謂之尚書郎，則誤矣。其失蓋自梁陶藻《職官要録》，以漢三署郎故事，通爲尚書郎，循名失寔，疑誤後代。按：《玉海》亦同杜佑説。

〔三〕枚乘詩：天路杳無期。《淮南子》注：臺高際於雲，故曰雲臺。　貢公喜，注見首卷。

苦雨奉寄隴西公兼呈王徵士

原注：隴西公，即漢中王瑀。徵士，瑯琊王徹。○《舊唐書》：瑀，讓皇帝第六子，早有才望，偉儀表，初封隴西郡公。天寶十五載，從玄宗幸蜀，至漢中，因封漢中王。《高適集》有《送別王徹》詩。

今秋乃淫雨，仲月來寒風。群木水光下，萬家一作象雲氣中。所思礙行潦，九里信不通。悄悄素滻路，迢迢天漢東〔一〕。願騰六尺馬一作駒，背若孤征鴻。劃見公一作君子面，超然懽笑同〔二〕。奮飛既胡越，局促傷樊籠。一飯四五起，憑軒心力窮〔三〕。嘉蔬没溷濁，時菊碎榛叢。鷹隼亦屈猛，烏鳶何所蒙〔四〕。式瞻北鄰居，取適南巷翁。挂席釣川漲，焉知清興終〔五〕。

〔一〕《西征賦》：南有玄灞素滻。《長安志》：滻水，在萬年縣東北，流四十里入渭。庾肩吾詩：星臨天漢東。趙曰：天漢乃渭橋之所，《黄圖》：渭水貫都以象天漢，横橋南渡以法牽牛是也。

〔二〕《周禮》：馬八尺以上爲龍，七尺以上爲騋，六尺爲馬。　鴻孤則逐伴而飛急。

〔三〕劉楨詩：起坐失次第，一日三四遷。

〔四〕《禮記》：稻曰嘉蔬。按：公《園官送菜詩并序》，皆以嘉蔬爲菜，蓋義可兼用。　張華《鷦鷯賦》：蒼鷹鷙而受緤，屈猛志以服養。

〔五〕木華《海賦》：揚徽綃，挂帆席。謝靈運詩：挂席拾海月。

秋雨歎三首

《唐書》：天寶十三載秋，大霖雨，害稼，六旬不止。京城屋垣頹毁殆盡，人多乏食，帝憂之，爲罷陳希烈，相韋見素。此詩當在其時作。

雨中百草秋爛死，階下決明顔色鮮。著葉滿枝翠羽蓋，開花無數黄金錢〔一〕。涼風蕭蕭吹汝急，恐汝後時難獨立。堂上書生空白頭，臨風三嗅馨香泣〔二〕。

〔一〕《圖經本草》：決明子，夏初生，苗葉似苜蓿而大，七月開黄花結角，其子作穗，似青菉豆而鋭。《日華子》云：治頭風，明目。《説苑》：鄂君乘青翰之舟，張翠羽之蓋。張翰《雜詩》：黄花似散金。

〔三〕《詩》：蘀兮蘀兮，風其吹女。

闌風伏《英華》作長，去聲。荆公作仗雨一作東風細雨秋紛紛，四海一云萬里八荒同一雲。去馬來牛不復辨，濁涇清渭何當分〔一〕。禾一作木，《漫叟詩話》定作禾頭生耳黍穗黑，農夫田婦一作父無消息。城中斗米换一作抱衾裯，相許寧論兩相直〔二〕。

〔一〕趙曰：闌珊之風，沈伏之雨，言風雨之不已也。按：謝靈運詩「述職期闌暑」，又張協《苦雨》詩「堦下伏泉涌」，用字皆出《文選》。闌風、伏雨，大抵是風過雨來之狀，秋深時往往有之。舊注引「光風泛崇蘭」，既謬；胡仔以「長雨」爲是，如「長物」之長，亦未安。荆公本作「仗雨」，當即「伏」字之訛耳。《莊子》：「秋水時至，百川灌河，兩涘渚涯之間，不辨牛馬。」趙曰：馬曰去，牛曰來，正《左傳》「風馬牛不相及」之義，蓋馬趁逆風，牛趁順風。《關中記》：涇水入渭，合流三百里，清濁不相雜。

〔三〕《朝野僉載》：俚諺曰：「春雨甲子，赤地千里；夏雨甲子，乘船入市；秋雨甲子，禾頭生耳。」生耳，謂牙糵縈卷如耳形。

長安布衣誰比數，反鎖衡門守環堵。老夫不出長蓬蒿，稚子無憂走讀作奏風雨。雨聲颼颼催早寒，胡雁翅濕高飛難。秋來未曾陳浩然本作省見白日，泥汙后土何時乾〔一〕。

〔一〕《九辨》：皇天淫溢而秋霖兮，后土何時得乾。

奉贈太常張卿垍二十韻

黄曰：《舊書》：天寶十三載三月，張均由憲部尚書貶建安太守，還爲大理卿。不言均嘗爲太常卿也。今詩乃是與垍。按：《舊書·均傳》云：九載，遷刑部尚書，自以才名當爲宰輔。楊國忠用事，罷陳希烈，引韋見素代之，仍以均爲大理卿，均大失望。《垍傳》云：十三載，盡逐張垍兄弟，出均爲建安太守，垍爲盧溪司馬。歲中召還，再遷爲太常卿。《新書》：均還，授大理卿，垍授太常卿。與《舊書》合。《通鑑》亦云：至德元載五月，太常卿張垍，薦虢王巨有勇略。此詩是贈垍甚明，舊本都作贈均，乃刀筆之訛耳。

方丈三韓外，崑崙萬國西。建標天地闊，詣絶古今迷。氣得神仙迥，恩承雨露低〔一〕。相門清議衆，儒術大名齊。軒冕羅天一作高闕，琳瑯識介珪〔二〕。伶官詩必誦，夔樂典猶稽。健筆淩鸚鵡，銛音纖鋒瑩鸊鵜。友于皆挺拔，公望各端倪〔三〕。通籍踰青瑣，亨衢照紫泥。靈虬傳夕箭，歸馬散霜蹄〔四〕。能事聞重譯，嘉謨及遠黎。弼諧方一展，班序更何躋〔五〕。適越空顛躓，遊梁竟慘悽。謬知終畫虎，微分是醯鷄〔六〕。萍泛一作跡無休日，桃陰想舊蹊。檻束吹噓人所羨，騰躍事仍睽。碧海真難涉，青雲不可梯〔七〕。顧深慚鍛鍊，才小辱提攜。檻束哀猿叫一作巧，枝驚夜鵲棲。幾時陪羽獵，應指釣璜溪〔八〕。

〔一〕《漢·郊祀志》：自齊威宣、燕昭使人入海求蓬萊、方丈、瀛洲，此三神山者，其傳在渤海中。《十洲記》：方丈洲，在東海中央，東西南北岸，相去正等。方丈，方五千里。《魏志·東夷傳》：韓在帶方之南，東西以海爲限，南與倭接，方可四千里。有三種，一曰馬韓，二曰辰韓，三曰弁韓。辰韓者，古之辰國也。馬韓在西。《水經》：崑崙墟，在西北，去嵩高五萬里。注：《外國圖》云：從大晉國正西七萬里，得崑崙之墟。《天台賦》：赤城霞起而建標。詣絶，造乎絶域也。○言方丈、崑崙爲天地闊絶之境，古今共迷其處，豈若禁掖承恩者能迴得神仙之氣乎？因垍尚主，有宅在禁中，故云然。方丈、崑崙，乃假象爲辭，公《嶽麓道林》詩：「方丈涉海費時節，玄圃尋河知有無。暮年且喜經行近，春日兼蒙暄暖扶。」與此詩起語正相類。

〔二〕垍父説相玄宗。《水經注》：《白虎通》曰：今閶闔門外，夾建雙闕，以應天宿。《詩箋》：介珪，長尺有二寸。

〔三〕「伶官」二句，言張爲太常之事。《後漢書》：禰衡在黃祖座，作《鸚鵡賦》，筆不停綴，文不加點。《爾雅注》：鸊鵜，似鳧而小，膏中瑩刀劍。《後漢·史弼傳》：陛下隆於友于，不忍恩絶。《晉·虞駿傳》：孔愉有公才而無公望，丁潭有公望而無公才。《莊子》：終始反覆，不知端倪。注：端，緒也；倪，畔也。《通鑑》：均、垍兄弟及姚崇、蕭嵩、韋安石之子，皆以才望至大官。上嘗曰：「吾命相，當徧舉故相子弟耳。」已而皆不用。

〔四〕青瑣，注別見。紫泥，注見一卷。二句言張供奉翰林，掌綸翰之事。陸倕《新漏刻銘》：靈虬承注，陰蟲吐噏。銅史司刻，金徒抱箭。注：靈虬，刻漏之體，以龍承之箭，是刻漏浮水之物。曹植詩：「俯身散馬蹄。」二句言其入直禁中，向夕始歸也。

〔五〕時垍自貶所召還，故有「重譯」、「遠黎」之句。趙注：此又美其爲太常卿。非是。班序，班爵之序。更何躋，言莫有躋其上者。躋，升也。

〔六〕「適越」以下，皆自序。《馬援傳》：畫虎不成，反類狗也。《莊子》注：醯鷄，甕中蠛蠓也。

〔七〕《李廣傳贊》：桃李不言，下自成蹊。碧海，注別見。謝靈運詩：共登青雲梯。注：仙者因雲而升，故謂之雲梯。

〔八〕《淮南子》：置猿檻中，非不巧捷，無所肆其能。魏武樂府：月明星稀，烏鵲南飛，繞樹三匝，無枝可依。《揚雄傳》：雄上《河東賦》。其年十二月羽獵，雄從，因作《羽獵賦》以諷。《尚書大傳》：文王至磻溪，見呂望，拜之，答曰：「望釣得玉璜，刻曰：姬受命，呂佐檢。」《十道志》：櫟陽有釣璜浦。垍必常薦公而不達，故詩有「吹噓」、「提攜」等句。陪羽獵而指璜溪，則終以汲引望之也。

上韋左相二十韻

《舊書·職官志》：開元元年十二月，改尚書左右僕射爲左右丞相。天寶元年二月，侍中改爲左相，中書令改爲右相，至德二載復舊。《玄宗紀》：天寶十三載秋八月，文部侍郎韋見素爲武部尚書，同中書門下平章事，代陳希烈。黄曰：見素天寶十五載從玄宗幸蜀，至巴西，詔兼左相，封豳國公。此詩是十三載初入相時投贈，題或後來追書耳。

鳳曆軒轅紀，龍飛四十春。八荒開壽域，一氣轉洪鈞〔一〕。霖雨思賢佐，丹青憶老樊作舊。一作直，非臣原注：相公之先人遺風餘烈，至今稱之。應圖求駿馬，驚代得騏驎一作麒麟〔二〕。沙汰江河《英華》作湖濁，調和鼎鼐新。韋賢初相漢，范叔已歸秦〔三〕。盛業今如此，傳經固絶倫。豫章深出地，滄海闊無津〔四〕。北斗司喉舌，東方領搢一作縉紳。持衡留藻鑑，聽履上星辰〔五〕。獨步才超古，餘波德照鄰一云餘陰照比鄰。聰明過管輅，尺牘倒陳遵〔六〕。豈是池中物，由來席上珍。廟堂知至理，風俗盡還淳。才傑俱登用，愚蒙但隱淪〔七〕。長卿多病久，子夏索居頻黄作貧。回首驅流俗，生涯似衆人。巫咸不可問，鄒魯莫容身〔八〕。感激時將晚，蒼茫興有神。爲公《英華》作君歌此曲，涕淚在衣巾〔九〕。

〔一〕《左傳》：郯子曰：我高祖少皞摯之立也，鳳鳥適至，故紀於鳥，爲鳥師而鳥名。鳳鳥氏，曆正也。注：少皞，黄帝子。鳳鳥知天時，故以名曆正之官。《史記》注：黄帝居軒轅之丘，因以爲號。　時玄宗在位已四十二年，詩曰「四十春」，蓋舉成數。　張華詩：洪鈞陶萬類。

〔二〕錢箋：天寶十三載秋，霖雨六十餘日，天子以宰輔或未稱職，見此咎徵，命楊國忠精求端士，訪於竇革、宋昱等，言見素方雅，柔而易制，上亦以經事相王府有舊恩，可之。故云「霖雨思賢佐」，非尋常使霖雨故事也。　趙曰：「憶老臣」，非公自注，後學不曉。曰「丹青」，則應見於圖畫之間也。按：見素父湊，開元中封彭城郡公，累官太原尹，卒謚曰文。　曹植《獻文帝馬表》：臣於先帝世，得大宛紫騂馬一匹，形法應圖。

〔三〕《晉・孫綽傳》：沙之汰之，瓦礫在後。按：是時左相陳希烈以太子太師罷政事，故曰「沙汰江河濁」。　《漢・韋賢傳》：本始三年，代蔡義爲丞相，封扶陽侯。　《史記》：范雎，字叔，王稽載入秦，昭王拜爲客卿，封應侯。　錢箋：見素雖爲國忠引薦，公深望其秉正以去國忠，故有范叔之喻。　蓋國忠以外寵擅國，猶穰侯之擅秦也。今范叔已歸秦矣，穰侯其可少避乎？蓋詭辭以勸之，微意如此。　舊注以爲喻見素父湊仕隋歸唐。　湊以永淳二年釋褐，未嘗仕隋，舊注紕繆多此類。

〔四〕韋賢傳經，注見一卷。《唐書》：見素子倜、俜，皆位至給事中。　《山海經》注：豫章，大木，似楸，葉冬夏青。

〔五〕《後漢·李固傳》：北斗爲天之喉舌，尚書亦爲陛下喉舌。北斗斟酌元氣，運於四時，尚書出納王命。《漢書注》：搢紳，插笏於紳。紳，大帶也。按：《顧命》注：司馬第四，畢公領之。《康王之誥》：畢公率東方諸侯入應門右。時見素以兵部尚書爲相率百官，故曰「東方領縉紳」也。《晉書》：太康四年，制曰藻鏡銓衡。《唐書》：天寶五載，見素爲吏部侍郎，銓敘平允，人士稱之。《漢·鄭崇傳》：哀帝時，爲尚書僕射，每見曳革履，上笑曰：「我識鄭尚書履聲。」

〔六〕《魏志》：管輅喜仰視星辰，能明天文地理變化之數，人號神童。錢箋：《唐書》：肅宗改元至德，十月丙申，有星犯昴，見素言於肅宗曰：「昴者，胡也，禄山將死矣。」帝曰：「日月可知乎？」見素曰：「福應在德，禍應在刑，昴金忌火，行當火位，昴之昏中，乃其時也。明年正月丙寅，禄山其殪乎？」帝曰：「賊何等死？」見素曰：「五行，子者視妻所生，昴犯以丙申。金，木之妃也。木，火之母也。丙火爲金，子申亦金也，二金本同末異，還以相剋。賊殆爲子與首亂者更相屠戮乎？」已而皆驗。

〔七〕《吴·周瑜傳》：蛟龍得雲雨，終非池中物也。《漢·陳遵傳》：遵善書，與人尺牘，主者藏弆以爲榮。倒，即傾倒之倒。《禮·儒行》：儒有席上之珍以待聘。隱淪，公自謂。

〔八〕《西京雜記》：相如素有消渴疾。《檀弓》：子夏曰：「吾離群而索居，久矣。」《初學記》：世本曰：巫咸作筮。又《列子》：鄭有神巫自齊來，曰季咸，知人生死、存亡、禍福、壽夭，期以歲月。

〔九〕沈約詩：寧假濯衣巾。《説文》：巾，佩巾也。

夜聽許十一一作許十損，一作許十誦詩愛而有作

許生五臺賓，業白出石壁。余亦師粲可，身猶縛禪寂〔一〕。何階子方便，謬引爲匹敵。離索晚相逢，包蒙欣有擊〔二〕。誦詩渾一作混遊衍，四座皆一作俱辟易。應手看捶鈎，清心聽鳴鏑〔三〕。精微穿溟涬户頂切，又音幸，飛動摧霹靂。陶謝不枝梧，風騷共推激〔四〕。紫鸞舊作鸞。杜田云：歐陽公家本作鷰，《正異》亦作鷰自超詣，翠駮伯各切誰翦剔。君意人莫知，人間夜寥闃〔五〕。

〔一〕《御覽》：《水經注》：五臺山，五巒巍然，故謂之五臺。此山名爲紫府，仙人居之，其北臺之山，即文殊師利常鎮毒龍之所。《華嚴經疏》：清涼山，即代州鴈門郡五臺山也。五峰聳出，頂無林木，有如壘土之臺，故名。《寰宇記》：在代州五臺縣東北一百四里。《寶積經》：若純黑業，得純黑報；若純白業，得純白報。《翻譯名義集》：十使十惡，此屬乎罪，名爲黑業。五戒十善，四禪四定，此屬於善，名爲白業也。《續高僧傳》：曇鸞，或爲巒，鴈門人，家近五臺山，年未志學，便往出家。大通中，遊江南，還魏，移住汾州北山石壁玄中寺，今號鸞公岩。錢箋：詩曰賓，則暫住也；曰出，則出遊。得非許生遊歷，亦有如鸞之少住臺山、後移石壁者歟？《舊唐書》：達摩傳慧可，慧可嘗斷其左臂以求法。慧可傳璨，璨傳道信，道信傳弘忍。《維摩經》：有方便，慧解；無方便，慧縛。又曰：一心禪寂，攝諸亂意。

〔二〕《易》：九二，包蒙。上九，擊蒙。

〔三〕《莊子》：大馬之捶鉤者，年八十矣，而不失豪芒。司馬云：拈捶鉤之輕重，不失豪芒。或云：江東三魏之間，人皆謂鍛爲捶。《史記》注：鳴鏑，髐箭也。

〔四〕《莊子》：大同乎溟涬。郭象注：與物無際。司馬云：自然氣也。《項籍傳》：莫敢枝梧。瓚曰：小柱爲枝，邪柱爲梧。

〔五〕《西京雜記》：文帝自代來，有良馬九匹，其一曰紫燕騮。《唐六典》：《昭陵六馬贊》：紫鷰超躍。趙曰：鳳五色，多紫者曰鸑鷟。公《北征》詩「天吳及紫鳳，顛倒在裋褐」，紫鸞即紫鳳也。《夔府詠懷》詩亦云「紫鸞無近遠」。《山海經》：中曲之山有獸焉，其狀如馬，白身黑尾，一角，虎爪牙，音如鼓，其名曰駮，食豹，可以禦兵。《莊子》：我善治馬，燒之剔之。司馬云：剔，謂剪其毛。　蕭子範《直坊賦》：何坊境之寥闃，對長庭之蕪永。

戲簡鄭廣文虔兼呈蘇司業源明

《唐書·蘇源明傳》：出爲東平太守，建議廢濟陽郡，以縣隸東平。召爲國子司業。按：《舊書·玄宗紀》：天寶十三載六月，廢濟陽。源明召入，當在其時。

廣文到官舍，繫一作置馬堂階下〔一〕。醉則一作即騎馬歸，頗遭官長罵。才名三諸本同，《英華》作四,《唐書》引此亦作四十年,坐客寒無氈〔二〕。賴一作近有蘇司業,時時與一作乞,丘既切酒錢〔三〕。

〔一〕劉琨《扶風歌》:繫馬高堂下。

〔二〕《晉書》:吴隱之爲太常,以竹蓬爲屏風,坐無氈席。

〔三〕《朱買臣傳》:吏卒更乞匄之。師古曰:乞,讀氣,與也。《廣韻》:乞,與人也。

夏日李公一云李家令見訪

遠林暑氣薄,公子過我遊。貧居類村塢,僻近城南樓〔一〕。傍舍頗淳朴,所願樊、陳並作須亦易求。隔屋唤西家,借問有酒不妨鳩切?牆頭過濁醪,展席俯長流〔二〕。清風左右至,客意已驚秋。巢多衆鳥鬬一作喧,葉密鳴蟬稠。苦遭此物聒,孰謂陳作語吾廬幽。水花晚色静樊作净,庶足充淹留〔三〕。預恐樽中盡,更起爲君謀。

〔一〕城南,長安城南,公居在焉。所謂城南韋杜也。

〔二〕趙曰:杜陵之樊鄉有樊川,而潏水則自樊川西北流經下杜城,詩云「展席俯長流」,豈其居當此地耶?

〔三〕《古今注》:芙蓉,名荷華,一名水花。

天育驃騎英華作圖歌

舊注：天育，廄名。按：新、舊《史》、《唐六典》、《會要》諸書，並無廄名天育者，當更考。

吾聞天子之馬走千里，今之畫圖無乃是。是何意態雄且傑，駿趙作駿尾蕭梢朔風起〔一〕。毛爲緑縹普沼切。《英華》作驃兩耳黃，眼有紫焰雙瞳方。矯矯一作矯然龍性含《英華》同。一作合，蔡云東坡書作含變化，卓立天骨森開張〔二〕。伊昔太僕張景順，監牧攻《英華》作考牧攻，一作監牧收，一作考牧收駒閱清峻。遂令大奴守《英華》同，一作字，胡仔云：東坡書作字天育，別養驥子憐神駿一作俊〔三〕。當時四十萬匹馬，張公歎其材盡下。故獨寫真傳世人，見之座右久更新〔四〕。年多物化空形影，嗚呼健步無由騁。如今豈無騕于皎切褭奴了切與驊騮，時無王良伯樂死即休〔五〕。

〔一〕《穆天子傳》：天子之馬，走千里，勝猛獸。

〔二〕《説文》：縹，青白色。《穆天子傳》注：魏時鮮卑獻千里馬，白色，兩耳黃，名曰黃耳。《相馬經》：眼欲得高，眶欲得端，光睛欲得如懸鈴紫焰。《赭白馬賦》：雙瞳夾鏡，兩䯓協月。《五君詠》：龍性誰能馴。蔡邕《庾侯碑》：英風發於天骨。馬援《銅馬相法》：膝本欲起，肘腋欲開。

〔三〕張説《隴右監牧頌德碑序》：開元元年，牧馬二十四萬匹，十三年，乃有四十三萬匹。上顧謂太僕少卿兼秦州都督監牧都副使張景順曰：「吾馬蕃育，卿之力也。」對曰：「帝之力也，仲之令也，臣何力之有。」因具上其狀，帝用嘉焉。《唐六典》：諸牧監，掌群牧孳課之事。《周禮·夏官》：庾人，掌教駣攻駒。注：攻駒，乘其蹄齧者閑之。二歲曰駒，三歲曰駣。閲清峻，言簡閲惟取清峻，惡凡馬之多肉也。《漢·昌邑王傳》：使大奴以衣車載女子。注：大奴，奴之尤長大者也。胡震亨曰：大奴，張景順之牧馬奴耳。趙注指王毛仲。毛仲父坐事，雖嘗没爲官奴，然是時正以霍國公領内外閑廄，景順乃其屬也。豈得稱爲大奴，令之守天育乎？《杜詩博議》：郄昂《馬坊頌碑》云：「唐初得馬於赤岸澤，令張萬歲傍隴右馴字之。」作「字天育」亦通，但與下「養驥子」語複。　梁元帝《答齊國驤馬書》：價匹龍媒，聲齊驥子。《世説》：支遁好養馬，或問之，曰：「貧道重其神駿。」

〔四〕寫真，寫此驃馬之真。

〔五〕《莊子》：其死也物化。　《瑞應圖》：騕褭神馬，與飛兔同，明君有德則至。應劭曰：赤喙黑身，一日行萬里。《穆天子傳》：左服驊騮而右騄耳。郭璞曰：驊騮，色如華而赤，今名馬驃赤者爲棗騮。

沙苑行

《水經注》：洛水東經沙阜北，俗名沙苑。《唐六典》：沙苑監掌牧隴右諸牧牛馬。《元和郡縣志》：沙苑，在同州馮翊縣南十二里，東西八十里，南北三十里，其處宜六畜，置沙苑監。《寰宇記》：沙苑古城在朝邑縣南十七里。

君不見，左輔白沙如白水一作白如水，繚以周牆百餘里。龍媒昔是渥洼生，汗血今稱獻於此〔一〕。苑中騋牝三千匹，豐草青青寒不死。食音嗣之豪健西域無一云騰西域，每歲攻一作收，一作牧騶冠邊鄙〔二〕。王有虎臣司苑門，入門天廄皆雲屯。驌驦一骨獨當御，春秋二時歸一作朝至尊〔三〕。至尊內外馬盈億鮑作內外馬數將盈億，伏櫪在坰空大存。逸群絕足信殊傑，倜它歷切儻權奇難具論〔四〕。纍纍塠都回切阜藏奔突，往往坡陀縱超越。角壯翻同《英華》作騰麋鹿遊，浮深簸蕩黿鼉窟〔五〕。泉吴作海。或云當是淵字，唐諱淵，故作泉出巨魚長比人，丹砂作尾黃金鱗。豈知異物同精氣，雖未成龍亦有神〔六〕。

〔一〕《漢書》：京兆尹、左馮翊、右扶風，謂之三輔。同州，漢屬馮翊，故曰左輔。《寰宇記》：同州白水縣，其境東南谷多白土。《西都賦》：西郊則有上囿禁苑，繚以周牆，四百餘里。《漢·禮樂志》：天馬徠，龍之媒。《武帝紀》：元鼎四年秋，馬生渥洼水中，作《寶鼎》、《天馬》之歌。汗血，注見一卷。

〔二〕攻駒，注見前。

〔三〕《西都賦》：控飛廉，入苑門。《劉表傳》：雲屯冀馬。《左傳》：唐成公如楚，有兩肅霜馬。

疏：馬融説：驌騻，雁也。其羽如練，高首而脩頸，馬似之。《唐書》：尚乘局，掌内外閑廐之馬，總十二閑，凡外牧歲進良馬，印以三花飛鳳之字。

〔四〕《漢・禮樂志》：志俶儻，精權奇。趙曰：言櫪中坰外，其數空存，不如此苑馬之神駿也。

〔五〕錢箋：相如《哀二世賦》：登坡陀之長坂。《匡謬正俗》：坡陀者，猶言靡迤耳。《赭白馬賦》：分馳迴場，角壯永埒。浮深，言馬浴水中。《海賦》：戲廣浮深。

〔六〕《留花門》詩：「沙苑臨清渭，泉香草豐潔。」言此馬浮深之時，有丹尾金鱗之巨魚出見，蓋其物雖未成龍，而精氣則能相感，所以深美驌驦之爲龍媒也。

驄馬行

原注：太常梁卿敕賜馬也。李鄧公愛而有之，命甫製詩。

鄧公馬癖人共知，初得花驄大宛于爰切種〔一〕。夙昔傳聞思一見，牽來左右神皆竦。雄姿逸態何崷崒，顧影驕嘶自矜寵。隅目青熒夾鏡懸，肉騣舊作駿，荆公改作騣碨烏罪切礧力罪切連錢動〔二〕。朝來少一作久試華軒下，未覺千金滿高價。赤汗微生白雪毛，銀鞍却覆香羅帕〔三〕。卿家舊賜公取之一作能取，一作有之，天廐真龍此其亞。晝洗須騰涇渭深，夕一作朝趨可刷幽并夜〔四〕。吾聞良驥老始成，此馬數年人更驚。豈有四蹄疾於鳥，不與八駿俱先鳴〔五〕。時俗造次那得致，雲霧晦冥方降精。近聞下詔喧都邑，肯使一作知有騏驎地上行〔六〕。

〔一〕《晉書》：王濟解相馬，又甚愛之，杜預常稱濟有馬癖。

〔二〕《西京賦》：猛毅髬髵，隅目高匡。薛綜曰：隅，目角。眼，視也。《相馬經》：目欲得高匡。《西都賦》：琳珉青熒。師古曰：青熒，言其色青而有光熒也。夾鏡，注見前。《舊唐書》：開元二十九年三月，滑州刺史李邕獻馬，肉騣麟臆。杜田《補遺》：東坡云：予在岐下，見秦州進一馬，騣如牛，項下垂胡，側立傾倒，毛生肉端。蕃人云：此肉騣馬也，乃知《驄馬行》「肉騣碨礧」，當作騣。《爾雅》：青驪驎曰驒。注：色有深淺，斑駁如魚鱗，今連錢驄也。

〔三〕《韓子》：馬似鹿者直千金。《西域傳》：武帝遣使持千金請大宛善馬。周弘正詩：銀鞍耀紫韁。

〔四〕《赭白馬賦》：旦刷幽燕，晝秣荆越。張説《隴右監牧頌》：朝刷閬風，夕洗天泉。

〔五〕《穆天子傳》：八駿曰：赤驥、盜驪、白義、踰輪、山子、渠黄、驊騮、騄耳。

〔六〕《春秋考異記》：地生月精爲馬，月數十二，故馬十二月而生。雲霧晦冥，龍馬降生時也。《戰國策》：世無騏驎騄駬，王之駟已備矣。鮑彪注：字書不載騏驎。惟《玉篇》云：馬黑脊。亦不言良馬。陸璣疏：麒麟，行中律吕。則此馬以麒麟比也。《爾雅翼》：麒麟善走，故良馬亦名爲騏驎。言時方下求馬之詔，此馬必當騰躍天衢，殆以況李鄧公也。

魏將軍歌

按：此詩言魏將軍先立功西陲，後統禁軍宿衛，絶不及喪亂事，蓋禄山未反時作也。《草堂》本編天寶末年，今從之。

將軍昔著從事衫，鐵馬馳突重兩銜。被堅執鋭略西極，崑崙月窟東嶄仕咸切巖〔一〕。君門羽林萬猛士，惡若哮孝，平聲虎子所監。五年起家列霜戟，一日過海收風帆〔二〕。平生流輩徒蠢蠢，長安少年氣欲盡。魏侯骨聳精爽緊，華嶽峰尖見秋隼。星纏寶校當作鉸，絞教二音金盤陀，夜騎天駟超天河。欃搶熒惑不敢動，翠蕤雲旓所交切相蕩摩〔三〕。吾爲子起歌都護，酒闌插劍肝膽露。鉤陳蒼蒼玄武暮舊作風玄武，荆公改作玄武暮〔四〕。萬歲千秋奉明主，臨江節士安足數〔五〕。

〔一〕《説文》：銜，馬銜勒也。《戰國策》：吾被堅執鋭。注：堅，甲；鋭，兵也。錢箋：郭璞《崑崙贊》：崑崙月精，水之靈府。《長楊賦》：西壓月𡶒。注：服虔曰：𡶒，音窟，月所出也。《上林賦》：嶄巖參差。吴子良曰：崑崙月窟在西，而云東嶄巖者，言魏將軍略地至西方之極，回顧崑崙，月窟反在東也。

〔二〕《越絶書》：吴王許句踐行成，子胥大怒，目若夜光，聲若哮虎。唐制：官至上柱國，門立棨戟。　過海、收帆，承上「略西極」言之，蓋過青海也。

〔三〕錢箋：吕祖謙曰：「星纏寶校金盤陀」，蓋馬裝也。《赭白馬賦》云：具服金組，兼飾丹雘，寶鉸星纏，鏤章霞布。注：以金組丹雘飾其裝具，如星霞之布。又《東京賦》云：龍輈華轙，金鍐鏤錫，方釳左纛，鈎膺玉瓖。蔡邕曰：金鍐者，馬冠也。高廣各五寸，上如玉華形，在馬髦前。鏤，雕飾也，當顱刻金爲之。《詩》：鈎膺鏤錫。所謂寶校，比其具也，第尊卑之制殊耳。《杜詩博議》：舊注引鮑照詩「金銅飾盤陀，日照光蹀躞」而未詳其義。按《唐書·食貨志》云：先是，諸鑪鑄錢窳薄，鎔破錢及佛像，謂之盤陀。皆鑄爲私錢，犯者杖死，此與「金銅飾盤陀」語頗相合。蓋雕飾鞍勒，以銅雜金爲之，故有日照星纏之麗，而鎔破錢及佛像者，取其金銅相和，亦名盤陀也。《史·天官書》：漢中四星曰天駟，旁一星曰王良。《漢·天文志》：房爲天府，曰天駟，其陰右驂。　欃搶，妖星。熒惑，火星。　相如《子虛賦》：錯翡翠之葳蕤。注：葳蕤，羽毛貌。《東都賦》：望翠華之葳蕤。《西京賦》：棲鳴鳶，曳雲旓。注：雲旓，謂旌旗之旒，飛如雲也。相蕩摩，舒閒貌。

〔四〕古樂府有《丁督護歌》，一曰阿都護。《宋書·樂志》：《丁都護歌》者，彭城内史徐逵之爲魯軌所殺，高祖使督護丁旿收殯之。逵之妻，高祖長女也，呼旿至閤下，自問斂送之事。每問輒呼「丁都護」，其聲哀切，後人因廣其曲焉。錢箋：《唐書》：《丁督護》，晉宋間曲也。今歌是宋武帝製，云：「督護北征去，前鋒無不平。」《晉書》：鈎陳六星，在紫宮中。鈎陳，後宮也，大帝之正妃也，大帝之帝居也。《漢書音義》：鈎陳，紫宫外營星也，宫衛之位亦象之。《漢書》：北宫玄武虚危，其南有衆星，曰羽林天軍，軍西爲壘。趙曰：玄武，闕名。《三輔舊事》曰：未央宫北有玄武闕。舊本誤以「武」字爲韻，云「風玄武」，極無義理，徒誤學者。以鈎陳則蒼蒼，以玄武則暮，言當酒闌插劍之時。

〔五〕《漢·藝文志》有《臨江王》及《愁思節士歌》詩四篇。宋陸厥《臨江王節士歌》曰：節士慷慨，髮上衝冠。彎弓挂若木，長劍竦雲端。按：《漢書》：景帝廢太子爲臨江王，後坐侵廟壖爲宫，徵入，自殺。時人悲之，故爲作歌。《愁思節士》，無考，本是二人，累言之故曰「及」也。陸韓卿所作乃合爲「臨江王節士」，其誤與《中山孺子妾歌》同。《哀江南賦》：「臨江王有愁思之歌」，又因此而誤，太白擬作亦相沿未改。

杜工部詩集卷之三

松陵　朱鶴齡　輯註

天寶至德間，公居京師，授率府參軍，及陷賊中，間歸鳳翔，官左拾遺作

贈田九判官梁丘

《舊唐書》：哥舒翰討禄山，以田梁丘爲御史中丞，充行軍司馬，軍政皆委焉。于邵《田司馬梁丘傳》：司馬，京兆茂陵人，哥舒翰兼統五原，雅知其才，得之甚喜，表清勝府别將，改永平府果毅，長松府折衝。潼關失守，詔御史中丞郭英乂專制隴右，未及下車，表渭州隴西縣令。

崆峒使節上青霄，河隴降王款聖朝〔一〕。宛于爰切馬總肥春或作秦苜蓿，將軍只數漢一作霍嫖姚〔二〕。陳留阮瑀誰争長，京兆田郎早見招〔三〕。麾下賴君才並美他本並作入，獨能無意向漁樵。

〔一〕《唐書·哥舒翰傳》：天寶十二載秋，翰領河西節度，擊吐蕃，悉收九曲部落。《王思禮傳》：十三載，吐谷渾蘇毗王款塞，詔翰至磨環川應接之。《通鑑》：十四載正月，蘇毗王子悉諾邏去吐

蕃來降，以爲懷義王。

〔二〕《漢書》：大宛馬嗜苜蓿，上遣使者持千金請宛馬，采苜蓿歸，種之離宫。

〔三〕《魏志》：陳留阮瑀，字元瑜，太祖辟爲軍謀祭酒，管記室。《三輔決録》：田鳳爲郎，容儀端正，入奏事，靈帝目送之，因題柱曰：「堂堂乎張，京兆田郎。」早見招，言梁丘入幕之早。

送蔡希魯一作曾都尉還隴右因寄高三十五書記

原注：時哥舒入奏，勒蔡子先歸。○《舊唐書》：諸府折衝都尉各一人，左、右果毅都尉各一人。每歲季冬，折衝都尉率五校之屬，以教其軍陣戰鬭之法。按史：天寶十四載春，哥舒翰入朝，道得風疾，遂留京師。故蔡都尉先歸而公送之。夢弼謂十一載冬隨翰來朝，明年春至京師，誤也。是時高尚未爲書記。

蔡子勇成癖，彎弓西射胡。健一作男兒寧鬭死，壯士耻爲儒。官是先鋒得，材緣挑徒了切戰須。身輕一鳥過，槍急萬人呼〔一〕。雲幕隨開府，春城赴一作入上都。馬頭金匼加答切，一作帢匝，駝背錦模糊〔二〕。咫尺雪一作雲，非山路，歸飛青一作西海隅。上公猶一作獨寵錫，突將且前驅〔三〕。漢水一作使黄河遠，涼州白麥枯。因君問消息，好在阮元瑜〔四〕。

〔一〕《漢書》注：挑戰，擿嬈敵求戰也。張協詩：人生瀛海内，忽如鳥過目。槍急，謂用槍之急。

呼，驚呼也。

〔二〕《韻會》：㔷匝，周繞貌。鮑照《白紵歌》：彫屏㔷匝組帳舒。金㔷匝，言金絡馬頭，其狀密匝也。錦模糊，言駞背負物，以錦帕蒙之。《唐書》：哥舒翰在隴右，每遣使入奏，常乘白槖駞，日馳五百里。趙曰：㔷匝、模糊，皆方言。

〔三〕錢箋：《元和郡國志》：雪山，在瓜州晉昌縣南六十里，積雪夏不消，南連吐谷渾界。《寰宇記》：姑臧南山，一名雪山，冬夏積雪，屬武威郡。又番和縣南山，一名天山，亦名雪山，山闊千餘里，其高稱是。「上公」，謂翰。「猶寵錫」，言待朝廷有所錫命也。突將，謂希魯且前驅，言先歸隴右也。

〔四〕《隴西記》：諸州深秋採白麥釀酒。陳藏器《本草》：小麥秋種夏熟，受四時氣足，麪熱麩冷，河、渭以西，白麥麪凉，以其春種，闕二時之氣故也。好在，乃存問之詞。《通鑑》：高力士宣上皇誥曰「諸將士各好在」，與此同。胡三省注：好在，猶言好生，非是。阮元瑜，注見前，以比高適。

故武衛將軍挽詞三首

《唐書》：左右武衛大將軍各一員，將軍各二員，掌統領宫禁警衛之法。

嚴警當寒夜，前軍落大星〔一〕。壯夫思敢決，哀詔惜精靈。王者今無戰，書生已勒銘〔二〕。

封侯意疎闊，編簡爲誰青〔三〕。

〔一〕《晉陽秋》：有星赤而芒角，自東北往西南，投於諸葛亮營，俄而亮卒。

〔二〕鍾會《檄蜀文》：王者之師，有征無戰。　班固勒銘事，注別見。

〔三〕《後漢·吴祐傳》：殺青簡寫書。注：殺青，以火炙簡，令汗，取其青，易書復不蠹。　封侯之志雖不得遂，然編簡不爲之青而爲誰青乎？許其功名之必垂於簡策也。

舞劍過人絶，鳴弓射獸能。銛鋒行愜順，猛噬失蹻丘妖切騰〔一〕。赤羽千夫膳，黄河十月冰〔二〕。橫行沙漠外，神速至今稱。

〔一〕行愜順，言無不如意者。

〔二〕《家語》：子路曰：願得白羽若月，赤羽若日。　羽，旌旗也。

「赤羽」四句，紀行師沙漠之事也。赤羽之下會膳千夫，見以孤軍轉鬬。又值黄河十月，塞外苦寒，冰堅難渡之時，當此而能橫行沙漠之外，其神速誠可稱矣。舊解都謬。

哀挽青門去，新阡絳水遥〔一〕。路人紛雨泣，天意颯風飆〔二〕。部曲精仍鋭，匈奴氣不驕。無由覩雄略，大樹日蕭蕭。

〔一〕青門，注別見。　《水經注》：絳水，出絳山西北，流注於澮。應劭曰：絳水，出絳縣西南。

〔三〕曹植《誄》：延首歎息，雨泣交頤。《爾雅》：風從下上曰飆。《説文》：扶揺，風也。

去矣行

按：此與《貧交行》、《白絲行》皆不知何因而作。舊注穿鑿，今悉削之。

君不見鞲上鷹，一飽即飛掣。焉能作堂上燕，銜泥附炎熱〔一〕。野人曠蕩無靦顔，豈可久在王侯間。未試囊中餐玉法，明朝且入藍田山〔二〕。

〔一〕《淳于髠傳》注：鞲，臂捍也。《東方朔傳》：董君緑幘傅鞲。韋昭曰：鞲，形如射鞲，以縛左右手。鮑照詩：昔如鞲上鷹，今似檻中猿。

〔二〕《海賦》：神仙縹緲，餐玉清崖。《後魏書》：李預居長安，羨古人餐玉之法，乃採訪藍田，掘得若環璧雜器者，大小百餘，皆光潤可玩。預乃椎七十枚爲屑，食之。《漢·地理志》：藍田縣，本秦孝公置，山出美玉，故名。《長安志》：藍田山，在長安縣東南三十里，一名覆車山。其山産玉，亦名玉山。

官定後戲贈

原注：時免河西尉，爲右衛率府兵曹。○黄曰：十三載冬，公《進西嶽賦表》尚云「長安一匹

夫」，則其時未得官。改衛率府參軍，乃在十四載，《夔府詠懷》詩所謂「昔罷河西尉，初興薊北師」也。按：是年十一月禄山反。　戲贈，戲自贈也。

不作河西尉，淒涼爲折腰。老夫怕趨走，率府且逍遥。耽酒須微禄，狂歌託聖朝。故山歸興盡，回首向風飆。

奉同郭給事湯東靈湫作

湯東，驪山温湯之東，湫，龍所居。　此詩梁權道編天寶十四載，蓋公往奉先時作。

東山氣濛鴻一作鴻濛，宫殿居上頭。君來必十月，樹羽臨九州〔一〕。陰火煮玉泉，噴薄漲巖幽。有時浴赤日，光抱空中樓〔二〕。閬風入轍跡，曠一作廣原一作野延冥搜。沸《正異》作拂天萬乘動，觀水百丈湫〔三〕。幽靈一作靈湫斯一作新可怪一作佳，王命官屬休。初聞龍用壯，擘石摧林丘。中夜窟宅改，移因風雨秋〔四〕。倒懸瑶池影，屈注滄一作蒼江流。味如甘露漿，揮弄滑且柔〔五〕。翠旗淡偃蹇，雲車紛少留。簫鼓蕩四溟，異香泱烏朗切莽浮。鮫一作蛟人獻微綃音宵，曾祝沈豪牛。百祥奔盛明，古先莫能儔〔六〕。坡陀金蝦蟆，出見蓋有由。至尊顧之笑，王母不肯一作遣收。復歸虚無底，化作長黄虯一云龍與虬〔七〕。飄飄一作飆青瑣郎，文采珊瑚鈎。浩歌渌水曲，清絶聽者愁〔八〕。

〔一〕東山，驪山也。《述征記》：長安東則驪山，西則白虎原。《寰宇記》：驪山在臨潼縣東南二里，即藍田山也，温湯在山下。《淮南子》：未有天地之時，濛鴻澒洞，莫知其門。古樂府：東方千餘騎，夫婿居上頭。《唐書》：有宫在驪山，貞觀十八年置，咸亨二年，始名温泉宫；天寶六載，更温泉曰華清宫。治湯井爲池，環山列宫室。《長安志》：開元後，玄宗每歲十月幸温湯，歲盡而歸。《雍録》：驪山温泉，秦、漢、隋、唐皆常遊幸，惟玄宗特侈，宫殿包裹一山，而繚牆周徧其外。江淹《登紀南城》詩：君王淡以思，樹羽望楚城。舊注：樹羽，立羽葆蓋也。

〔二〕《海賦》：陽冰不冶，陰火潛然。《博物志》：凡水源有硫黄，其泉則温。《山海經》：日拂於扶桑，出於暘谷，浴於咸池。《長安志》：驪山有觀風樓、羯鼓樓。

〔三〕《十洲記》：崑崙三角，其一角正北，名曰閬風巔；其一角正西，名曰玄圃堂；其一角正東，名曰崑崙宫。《葛仙翁傳》：崑崙山一曰玄圃，一曰積石瑶房，一曰閬風臺，一曰華蓋天柱。《穆天子傳》：六師之人畢至於曠原。又曰：自西王母之邦，北至於曠原之野，飛鳥之所解羽，千九百里。《東都賦》：旃旗拂天。《蕪城賦》：歌吹沸天。錢箋：《長安志》：泠水，一曰零水，在臨潼縣東三十五里，亦曰百丈水。趙曰：《水經注》：泠水南出浮肺山，浮肺山乃驪山之麓也。

〔四〕《穆天子傳》：犬戎觴天子於當水之陽，北風雨雪，天子以寒之故，命王屬休。注：令王之徒屬休息也。《易·大壯》：九三，小人用壯。《補注》：《長安志》：湯泉水在漢陰盤縣故城東門外，去昭應十五里。貞觀中，乘輿將自東門入，時水暴漲，平岸見物狀如豬，當土門卧，令有司致祭，其物起向北，因失所在。開元八年冬，乘輿自南入，至半城，黑氣從東北角起，倏滿城，從官相失。上策馬逾城，下至渭川，雲氣稍解，上悵然回宫。王翰以爲，龍躍雲從，無足異者，作《客問》上之。

〔五〕《天台賦序》：或倒影於重溟。倒影瑶池，言日照驪山，影蘸靈湫也。《江賦》：揮弄灑珠。

〔六〕《楚詞》：靈偃蹇兮姣服。《七發》：旌旗偃蹇。　張協詩：雨足灑四溟。《上林賦》：過乎泱莽之野。注：泱莽，大貌。　任昉《述異記》：鮫人，即泉先也，又名泉客。南海出鮫綃紗，泉先潛織，一名龍紗。其價百餘金，以爲服，入水不濡。《説文》：綃，生絲繒也。《穆天子傳》：天子大朝於燕肰之山，奉璧南面，曾祝佐之，祝沈牛馬豕羊。注：曾，猶重也。傳曰：曾臣偃。又曰：文山之人歸遺，乃獻良馬十駟，天子與之豪馬、豪牛、尨狗、豪羊，以三十祭文山。注：豪，猶髦也。○言玄宗致祭靈湫，其儀衛、音樂、香幣、祝史之盛如此。

〔七〕坡陀，注見二卷。《埤雅》：蝦蟇，一云蟾蜍，或作詹諸。《淮南子》：月照天下，食於詹諸。蔡曰：《酉陽雜俎》云：長慶中，有人見月光屬於林中如疋布。尋睎之，見一金背蝦蟇，疑自月中者。夫月爲陰精，后妃之象。禄山約楊妃爲子母，通宵禁掖暱狎，嬪嫱方諸蝦蟇食月。詩人之託諭微矣。　錢箋：唐人多以王母比貴妃。劉禹錫詩：「仙心從此在瑶池，三清八景相追隨。」王建詩：「武皇自送西王母，新换霓裳月色裾。」公詩亦云：「惜哉瑶池飲。」又曰：「落日留王母」也。《説文》：虯，龍子，無角。《玉篇》：虯，無角龍也，俗作虬。《安禄山事迹》：玄宗嘗夜宴禄山，禄山醉卧，化爲一猪而龍頭，左右遽言之。玄宗曰：渠猪龍耳，無能爲也。

〔八〕《漢書注》：青瑣，刻爲連瑣文，以青塗之。《漢舊儀》：給事黄門侍郎，每日暮，向青瑣門拜，謂之夕郎。《宫闕簿》：青瑣門在南宫。　蕭詮詩：珠簾半上珊瑚鈎。《淮南子》：手會渌水之趨。渌水，古曲名。

此詩直陳温湯事而風刺自見。「來必十月」，譏其遊之非時也。「温泉浴日」，譏其遊之不度也。「閶風」、「曠原」，比以周穆崑崙，譏其荒也。「拂天萬乘」以下，紀湫龍之幽靈、湫水之深潔，與祀禮之殷盛輝煌，譏其越禮而好怪也。金蝦蟇，陰類，主兵象。雜種爲陰，女戎爲陰。玄宗屢賜禄山湯浴，時將反范陽，故湫中應之。《新書·五行志》載僖宗時童謡曰：「金色蝦蟇争努眼，翻卻曹州天下反。」此其証也。「王母」與「至尊」並舉，明是貴妃。貴妃從幸温泉，上以湫水比瑶池，則此稱「王母」，尤當也。「顧之笑」，明言以刺之，「不肯收」，反言以譏之，不欲指斥宫中之事，故微其辭如此也。「虚無底」，即湫水也。歸虚無而化黄虬，則言禄山之勢已成，猶猪龍而僭擬真龍也。其憂亂之意，情見乎詞，當與《慈恩寺》「回首叫虞舜」數語及《奉先咏懷》「淩晨過驪山」一段參看。○潘鴻曰：按《五行志》：神龍中，渭水有蝦蟇大如鼎，里人聚觀，數日而失。此韋后時事，「坡陀金蝦蟇」，蓋其類也。禄山濁亂宫闈，故有此應，可與翟泉鵝出同類並觀，故曰「出見蓋有由」也。張衡《靈憲》云：羿請不死之藥於西王母，嫦娥竊之奔月，是爲蟾蜍。「至尊」二句，意謂禄山醜類，玄宗寵顧獨深，殊不可解。譬如蟾蜍，雖竊王母之藥，得托身於月，王母其肯收之乎？「王母」，暗使張衡語也。「長黄虯」，固屬意猪龍，肰别有旨。考漏刻之製，上設虬龍吐水，下設蝦蟇承瀉，故陸機《漏刻賦》云：「伏陰蟲以承波」，又陸倕《銘》云：「靈虯承注，陰蟲吐噏」，李翰曰：「陰蟲，蝦蟇也。」杜意謂禄山當如陰蟲伏處，今一旦憑藉寵靈，窺竊神器，妄自意爲夭矯飛天之物，豈非蝦蟇而化黄虬，上下失位者乎？蓋始終以蝦蟇事爲比也。太白詩：「蟾蜍蝕圓影，大明夜已殘。陰精此淪惑，去去不足觀。憂來其如何，悽愴摧心肝。」亦是此意。又按：《衛風》：「燕婉之求，得此籧篨」，《韓詩》作「得此蟾蜍」，薛君解曰：戚施，蟾蜍，喻醜惡也。詳觀李杜詩意，蓋不特醜詆禄山與刺貴妃，亦婉而切矣。

九日楊奉先會白水崔明府

奉先，注見下。《唐書》：白水縣屬同州。

今日潘懷縣，同時陸浚儀〔一〕。坐開桑落酒，來把菊花枝〔二〕。天宇清霜凈，公堂宿霧披〔三〕。晚酣留客舞，鳧舄共差池郭作參差。

〔一〕《晉·潘岳傳》：岳棲遲十年，出爲河陽令，轉懷令。《陸雲傳》：雲以公府掾爲太子舍人，出補浚儀令。

〔二〕《水經注》：河東郡民劉白墮，采挹河流，醖成芳酎，熟於桑落之辰，故酒得其名矣。按：庾信《從蒲使君乞酒》詩：「蒲城桑葉落，灞岸菊花秋。」又《謝衛王賜桑落酒》詩「停盃待菊花」。蓋桑葉落，正菊花開之時也。

〔三〕陶潛詩：昭昭天宇闊。

白水明府舅宅喜雨得過字

吾舅政如此，古人誰復過。碧山晴又濕，白水雨偏多。精禱既不昧，歡娱將謂何？湯年旱頗甚，今日醉絃歌。

橋陵詩三十韻因呈縣内諸官

《舊唐書》：開元四年十月，葬睿宗於橋陵。奉先縣，本同州蒲城縣，以管橋陵，改屬京兆府，仍改爲奉先。開元十七年，制官員同赤縣。《新書》：橋陵，在奉先縣西北三十里豐山。

先帝昔晏駕，兹山朝百靈。崇岡擁象設，沃野開天庭〔一〕。即事壯重險，論功超五丁。坡陁因一作用厚地一作力，卻略羅峻屏〔二〕。雲闕虚冉冉，松風肅泠泠。石門霜露白，玉殿莓苔青。宫女晚一作曉知曙，祠官一作臣朝見星。空梁簇畫戟，陰井敲銅瓶〔三〕。中使日夜繼一作日繼夜，《正異》作日相繼，惟王心不寧。豈徒郿備享，尚謂求無形〔四〕。孝理敦國政，神凝推道經。瑞芝産廟柱，好鳥鳴一作巢巖扃〔五〕。高岳前嵂崒，洪河左瀅胡坰切瀠烏營切，一作瀯。金城蓄峻趾，沙苑交迴汀〔六〕。永與奧區固，川原紛眇冥。居肰赤縣立，臺榭争岧亭〔七〕。官屬果稱是，聲華真一作宜可聽。王劉美竹潤，裴李春蘭馨。鄭氏才振古，啖侯筆不停〔八〕。遺詞必中律，利物常發硎。綺繡相展轉，琳瑯愈青熒〔九〕。側聞魯恭化，秉德崔瑗銘。太史候鳧影，王喬隨鶴翎〔一〇〕。朝儀限霄漢，客思迴林坰。轗軻辭下杜，飄飖陵樊、陳並作凌濁涇〔一一〕。諸生舊短一作裋褐，旅泛一浮萍。荒歲兒女瘦，暮途涕泗零。主人念老馬，廨署一作宇容一作客秋螢〔一二〕。流寓理豈愜，窮愁醉不醒。何當擺俗累，浩蕩乘滄溟。

〔一〕《漢書》：宮車晏駕。注：天子初崩，臣子之心猶謂宮車晚出。《招魂》：象設居室，静安閒些。注：象，法也。言爲君造設室宇，法象舊廬。《漢書》：秦地沃野千里。《蜀都賦》：摛藻掞天庭。

〔二〕《天台賦》：履重險而踰坡。《華陽國志》：蜀有五丁力士，能移山舉萬鈞。每一王死，輒爲立大石，長三丈，重千鈞，爲墓志。古樂府：却略再拜跪，肰後持一杯。趙曰：却略，乃退身之義。言山之退而在後，其勢亦肰。

〔三〕廟宇深嚴，故晚而後知曙。庾丹詩：銅瓶素絲綆。

〔四〕《舊書·玄宗紀》：天寶十載正月，太廟置内官，供灑掃諸陵廟。《禮記》：備物之享。《唐六典》：凡朔望、元正、冬至、寒食，皆修享於諸陵。若橋陵，則日獻羞焉。

〔五〕《舊書·玄宗紀》：天寶十四載，頒《御注老子道德經》并《義疏》於天下。《杜詩博議》：《舊唐書》：天寶七載三月，大同殿柱産玉芝。八載六月，又産玉芝。此云「産廟柱」，蓋橋陵亦有之也。

〔六〕高岳，謂華山。洪河，謂黄河也。《水經注》：河水又南，經蒲城東。闞駰曰：蒲城在西北。瀠濚，水回旋貌。錢箋：《寰宇記》：秦孝公元年，築長城。簡公二年，壍洛，故云「自鄭濱洛」，今沙苑長城是也。《三秦記》云：在蒲城東五十里。秦築長城，即是壍洛也。賈誼云：「關中之固，金城千里。」愚謂指長城也。舊注引京兆始平之金城，非是。《魏都賦》：「藐藐標危，亭亭峻趾。」注：趾，基也。沙苑，注見二卷。

〔七〕《西都賦》：防禦之阻，則天地之奥區焉。赤縣，見題下注。江淹詩：岧亭南樓期。

〔八〕《鸚鵡賦序》：筆不停綴。

〔九〕《文賦序》：夫其放言遣詞，良多變矣。《莊子》：刀刃若新發於硎。注：硎，砥石也。青熒，注見二卷。

〔一〇〕《後漢書》：魯恭爲中牟令，專以德化爲理，不任刑罰。崔瑗舉茂才，爲汲令，作座右銘行於世。王喬爲葉令，入朝數，帝令太史候望，言有雙鳧飛來，乃舉羅張之，但得雙舄。詔上方診視，則四年中所賜尚書官屬履也。《列仙傳》：王子喬，周靈王太子晉也。七月七日，乘白鶴於緱氏山頭，舉手謝時人，數日而去。

〔二〕《漢・宣帝紀》：率常在下杜。師古曰：下杜，即今之杜城。《長安志》：下杜城，在長安縣南一十五里，其城周三里。《史記》：「秦武公十一年初縣杜」，即此地也。宣帝修杜之東原爲陵，曰杜陵縣，更名此爲下杜。城東有杜原，城在底下，故曰下杜。按：涇在長安之北。公自杜陵往奉先，故渡此水也。

〔三〕荒歲，謂十三載秋霖，關中大饑。《韓詩外傳》：田子方出，見老馬於道，喟肰嘆曰：「少盡其力，老棄其身，仁者不爲也。」束帛贖之。

自京赴奉先縣詠懷五百字

《長安志》：奉先縣，西南至京兆府二百四十里。《舊書・玄宗紀》：天寶十四載冬十月壬辰，幸華清宮。十一月丙寅，禄山反。按：公赴奉先，玄宗時正在華清，故詩中言驪山事特詳。又按：十一月九日，禄山反書至長安，玄宗猶未信。故此言歡娱聚斂，致亂在旦夕，而不及禄山反狀也。

杜陵有布衣，老大意轉拙。許身一何愚樊作過，竊比稷與契。居肰成濩落，白首甘一作苦契音挈闊〔一〕。蓋棺事則已，此志常覬豁。窮年憂黎元，歎息腸内熱。取笑同學翁，浩歌彌激烈〔二〕。非無江海志，蕭灑送日月。生逢堯舜一作爲君，不忍便永訣。當今廊廟具，構厦豈云缺。葵藿傾太陽，物性固莫一作難奪〔三〕。顧惟螻蟻輩，但自求其穴。胡爲慕大鯨，輒擬偃溟渤〔四〕。以兹悟《庚溪詩説》作悞生理，獨恥事干謁。兀兀遂至今，忍爲塵埃没。終愧巢與由，未能易其節。沈飲聊自遣一作適，放歌頗愁絶〔五〕。歲暮百草零，疾風高岡裂。天衢陰峥嶸，客子中夜發。霜嚴衣帶斷，指直不得一作能結。淩晨過驪山，御榻在嵽徒結切嵲音涅。蚩尤塞寒空，蹴踏崖谷滑。瑶池氣鬱律，羽林相摩戛〔六〕。君臣一作聖君留懽娱，樂動殷音隱膠葛舊作嵺嶱，荆公、歐公定爲膠葛。《正異》作嶱嵑。賜浴皆長纓，與宴非短一作裋褐〔七〕。彤庭所分帛，本自寒女出。鞭撻一作箠其夫家，聚斂貢城闕〔八〕。聖人筐篚恩，實欲一作願邦國活。臣如忽至理，君豈棄此物？多士盈朝廷，仁者宜戰慄〔九〕。況聞内金盤，盡在衛霍室。中堂有吴作舞神仙，煙霧蒙吴作散玉質〔一〇〕。煖客貂鼠裘，悲管逐清瑟。勸客駝蹄羹，霜橙壓香橘。朱門酒肉臭，路有凍死骨。榮枯咫尺異，惆悵難再述〔一一〕。北轅就涇渭，官渡又改轍。群水一作冰從西下，極目高崒兀。疑是崆峒來，恐觸天柱折〔一二〕。河梁幸未拆，枝撑聲窸窣。行李相攀援，川廣不一作且可越〔一三〕。老妻寄荆作既異縣，十口隔風雪。誰能久不顧，庶往共饑渴。入門聞號咷，幼子饑一作餓已卒。吾寧捨一哀，里巷亦一作猶嗚咽。所愧爲人父，無食致夭折。豈知秋禾一作未，《正異》定作禾登，貧窶有倉卒？生常陳作當免租稅，名不隸征伐。撫跡猶一作獨酸辛，平人固騷屑〔一四〕。默思失業徒一作途，因念遠戍卒。憂端齊一作際終南，澒胡孔切洞徒總切不可掇〔一五〕。

〔一〕《莊子》：瓠落無所容。注：瓠，户郭反。司馬云：瓠，布濩也。落，零落也。《詩》注：契闊，勤苦也。

〔二〕《莊子》：我其内熱歟。

〔三〕潘尼詩：廣厦構衆材。曹植《表》：葵藿之傾葉太陽，雖不爲迴光，肰終向之者，誠也。

〔四〕《海賦》：其魚則横海之鯨，突兀孤遊，戛巖嶅，偃高濤。

〔五〕《五君詠》：韜精日沈飲。

〔六〕《西京賦》：託喬基於山岡，直嵽霓以高居。按：霓，讀魚列切。《集韻》：嵲，亦作峴，通作霓。《韓非子》：黄帝合鬼神於太山之上，駕象車，六交龍，畢方並鎋，蚩尤居前。《甘泉賦》：蚩尤之倫，帶干將，秉玉戚，駢羅列布，魚頡鳥䀏。《西京賦》：隆崛崔崒，隱轔鬱律。《江賦》：氣滃渤以霧杳，時鬱律其如煙。《唐·兵志》：高宗龍朔二年，始取府兵越騎、步射置左右羽林軍，大朝會則執仗以衛階陛，行幸則夾馳道爲内仗。

〔七〕《上林賦》：張樂乎膠葛之寓。注：膠葛，廣大貌。《南都賦》：其山則崆嶢嶱嵑。注：山石高峻貌。錢箋：《明皇雜録》：上嘗於華清宮中置長湯數十，賜從臣浴。《津陽門詩》注：宮内除供奉兩湯外，更有湯十六所。長湯每賜諸嬪御，其修廣與諸湯不侔。

〔八〕《西都賦》：玉階彤庭。

〔九〕《通鑑注》：唐人稱天子皆曰聖人。 孫楚《與孫皓書》：愛民活國，道家所尚。○公見當時賜予之濫，故深責諸臣以諷之。

〔一○〕衛、霍皆后戚，以比國忠。 江淹詩：畫作秦王女，乘鸞向煙霧。 神仙、玉質，言貴妃及諸姨也。

〔一一〕《太平御覽》：《王孫子》：厨有臭肉，尊有敗酒，而三軍有饑色。

〔一二〕官渡，即涇、渭二水渡口。《長安志》：涇陽縣有涇水渡九，正直西京之北。 涇、渭諸水，皆從隴西而下，故疑來自崆峒也。《地志》：涇水發源安定郡幵頭山，即崆峒山。 《列子》：共工氏怒而觸不周之山，折天柱，絶地維。

〔一三〕窸窣，聲不安也。○禄山反書至，帝雖未信，一時人情恇擾，議斷河橋，爲奔竄地，所以行李攀援而急渡也，觀「河梁幸未拆」句可見。

〔一四〕劉向《九歎》：風騷屑以摇木兮。

〔一五〕《淮南子》：鴻濛澒洞。 許慎注：澒，讀如項羽之項。《説文》：掇，拾取也。 魏武樂府：明明如月，何時可掇。 憂從中來，不可斷絶。○以失業、遠戍爲憂，正與「許稷契」、「憂黎元」等語相應。

奉先劉少府新畫山水障歌《英華》題云：《新畫山水障歌奉先尉劉單宅作》

劉奉先尉寫其邑之山水爲障。障，屏障也。

堂上不合生楓樹，怪底江山一作山川起煙霧。聞君掃却赤縣圖，乘興遣畫滄洲趣〔一〕。畫師亦無數，好手不可遇。對此融心神，知君重毫素。豈但祁岳與鄭虔，筆跡遠過楊契丹〔二〕。得非玄圃裂一作拆，無乃瀟湘翻？悄肰坐我天姥下，耳邊已是聞清猿〔三〕。反思前夜風雨急，乃一作恐是蒲黄作滿城鬼神入。元氣淋漓障猶濕，真宰上訴天應泣〔四〕。野亭春還雜花遠，漁翁暝踏孤舟立。滄浪水深青冥闊《英華》作滄浪之水清且闊，欹岸側島《英華》作欹峰側岸秋毫末。不見湘妃鼓瑟時，至今斑竹臨江活〔五〕。劉侯天機精，愛畫入骨髓。自有兩兒郎，揮灑亦莫比。大兒聰明到，能添老樹巔崖裹。小兒心孔開，貌音邈得山僧及童子。若耶溪，雲門寺，吾獨何爲在泥滓，青鞋布襪從此始〔六〕。

〔一〕謝朓詩：復協滄洲趣。

〔二〕《五君詠》：深心託毫素。　錢箋：李嗣真《畫録》：空有其名，不見踪跡，二十五人。祁岳在李國恒之下。鄭虔善畫，别見。　沙門彦琮《後畫録》：隋參軍楊契丹，六法頗該，殊豐骨氣，山東體製，允屬斯人。張彦遠《名畫記》：隋楊契丹官至上儀同，畫在閻立本下。

〔三〕《穆天子傳》：乃爲銘迹於玄圃之上，以詔後世。《圖經》：湘水自陽海發源，至零陵北而營水會之，二水合流，謂之瀟湘。瀟者，水清深之名也。《吴越郡國志》：天姥山與括蒼相連。春月，樵者聞簫鼓笳吹之聲聒耳。《寰宇記》：天姥山，在剡縣南八十里。《補注》：公《壯遊》詩：「歸帆拂天姥」，天姥是舊遊之地，故云然。

〔四〕《莊子》：若有真宰而不得其眹。

〔五〕《楚詞》：使湘靈鼓瑟兮。《博物志》：舜崩于蒼梧，二妃啼，以淚揮竹，竹盡斑。

〔六〕《水經注》：若耶溪水，上承嶕峴麻谿，谿下孤潭，周數畝，甚清深。《吴越春秋》注：若耶溪，在會稽縣南二十五里。《水經注》：山陰縣南有玉笥竹林、雲門天柱精舍，盡泉石之好。《會稽志》：雲門山在縣南三十里。《南史》：何胤以會稽多靈異，往遊焉，居若耶山雲門寺。

白水崔少府十九翁高齋三十韻

客從南縣來，浩蕩無與適。旅食白日長，況當朱炎赫〔一〕。高齋坐林杪，信宿遊衍闃。清晨陪躋攀，傲睨俯峭壁。崇岡相枕帶，曠野迴一作迥咫尺。始知賢主人，贈此遺愁寂。危階根青冥，曾冰生淅瀝。上有無心雲，下有欲落石。泉聲聞復急一作息，動静隨所激。鳥呼藏其身，有似懼彈射。吏隱識情性，兹焉其窟宅〔二〕。白水見舅氏，諸翁乃仙伯。杖藜長松下，作尉窮谷僻。爲我炊雕胡，逍遥展良覿〔三〕。坐久風頗怒一作愁，晚來山更碧。相對十丈蛟，欻翻盤渦坼。何得空裹雷，殷殷尋地脉。煙氛靄崷崒，魍魎森慘戚〔四〕。崑崙崆峒巔，迴首如一作知不隔。前軒頹一作摧反照，巉絶華岳赤。兵氣漲林巒，川光雜鋒鏑。知是相公軍，鐵馬雲一作煙霧積〔五〕。玉觴淡無味，胡羯豈强敵。長歌激屋梁，淚下流衽席〔六〕。人生半哀樂，天地有順逆。慨彼萬國夫，休明備征狄一作敵。猛將紛填委，廟謀畜長策〔七〕。東郊何時開，帶甲且未釋。欲告清宴罷一作疲，難拒幽明迫。三歎酒食傍，何由似平昔〔八〕？

〔一〕錢箋：《寰宇記》：蒲城縣，本漢重泉縣地。後魏分白水縣，置南白水縣，以在白水之南爲名。廢帝三年，改爲蒲城。開元中，改爲奉先。公從奉先來，循其舊名，故曰南縣。梁元帝《纂要》：夏曰朱夏、炎夏。

〔二〕《歸去來詞》：雲無心以出岫。《汝南先賢傳》：鄭欽吏隱於蟻陂之陽。

〔三〕《漢書》：梅福爲南昌尉，人傳以爲仙。崔是白水尉，故以仙伯稱之。《大招》：設菰粱只。注：菰粱，蔣實，謂雕胡也。宋玉《諷賦》：主人之女，爲臣炊雕胡之飯。謝靈運詩：引領冀良覿。

〔四〕《海賦》：盤渦谷轉，波濤山頽。注：渦，水旋流也。

〔五〕《唐書》：禄山反，以哥舒翰爲太子先鋒兵馬元帥。明年正月，進位尚書左僕射、同中書門下平章事。○崑崙、崆峒，在白水西北；華岳，在白水東南。時哥舒翰統兵二十萬守潼關，潼關屬華州，與白水近，故見兵氣之盛如此。

〔六〕《東都賦》：列金罍，班玉觴。《唐書》：顏杲卿罵禄山曰：「汝本營州牧羊羯奴。」

〔七〕劉楨詩：職事相填委。

〔八〕《書序》：淮夷、徐戎並興，東郊不開。《左傳》：魏子曰：惟食忘憂，吾子置食之間三嘆，何也？

三川觀水漲二十韻

《舊唐書》：三川縣，屬鄜州，以華池水、黑水及洛水三川同會，因爲名。　黄曰：公天寶十五載夏，自奉先之同州白水，賦《高齋》詩，已是五月。又自白水之鄜州，道出華原，是赴靈武所經也。同州在華原東百八十里，華原北至坊州百八十里，坊北至鄜百四十五里。豈非公自白水西北至華原，又自華原北至坊，復自坊北至鄜也？是年史不書大水，而詩言水患爲甚，可以補史之闕。

我經華原來，不復見平陸。北上惟土山，連天走窮一作穹谷。火雲無時出一云出無時，飛電常在目〔一〕。自多窮岫雨，行潦相豗音灰蹙。蓊烏孔切匒口答切川氣黄，群流會空曲〔二〕。清晨望高浪，忽謂陰崖踣音匐。恐泥去聲竄蛟龍，登危聚麋鹿。枯查槎同卷拔樹，礧洛罪切磈口罪切共充塞〔三〕。聲吹鬼神下，勢閲人代速。不有萬穴歸，何以尊四瀆〔四〕。及觀泉源漲，反懼江海覆。漂沙圻岸去一云去岸，漱壑松柏禿。乘陵陳作凌破山門，迴斡烏活切裂一作倒地軸〔五〕。交洛赴洪河，及關豈信宿。應沈數州没，如聽萬室哭〔六〕。穢濁殊未清，風濤怒猶畜一作蓄。何時通舟車，陰氣不一作亦黲黷〔七〕。浮生有蕩汨，吾道正羈束。人寰難容身，石壁滑側足。雲雷屯一作此不已，艱險路更跼。普天無川梁，欲濟願水縮。因悲中林士，未脱衆魚腹。舉頭向蒼天，安得騎鴻鵠。

〔一〕《長安志》：華原縣，本漢祋祤縣地。隋開皇六年，改泥陽爲華原縣。貞觀十七年，屬雍州。大足元年，隸京兆府。《水經注》：宜君水又南，出土門山西，又謂之沮水。《元和郡縣志》：土門山，在華原縣東南四里。《淮南子》：旱雲煙火。盧思道《納涼賦》：火雲赫而四舉。

〔二〕豗，水相擊。蓊匌，水氣蓊鬱而匌匝也。《海賦》：磊匒匌而相豗。注：匒匌，重疊也。

〔三〕《廣韻》：泥，滯也，陷也。《論語》：「致遠恐泥」，此借用其字。《江賦》：狐玃登危而雍容。查，水中浮木。礧磈，砂石也。

〔四〕「自多窮岫雨」至此，言雨潦之漲。

〔五〕《海賦》：漂沙礐石。謝靈運詩：圻岸屢崩奔。按：《玉篇》：圻，一音魚斤切，與垠同，岸也，界也。圻岸，當作垠岸。《文選》注：音祁。恐誤。《江賦》：漱壑生浦。山門，即土門山也。謝惠連詩：傾河易迴斡。《抱朴子》：地有三千六百軸，名山大川，孔穴相連。《海賦》：又似地軸，挺拔而争迴。

〔六〕《舊唐書》：洛交縣，屬鄜州，洛水之交，故曰洛交。《寰宇記》：洛交水在縣南一里。 及關，謂潼關也。關在華山之東。杜氏《通典》：潼關，本名曰衝關，言河流所衝也。○「及觀泉源漲」至此，言交洛之漲。○按：洛水發源鄜州白於山，合漆沮水，至同州朝邑縣入河，其勢最大而疾，故有數州沈没之懼焉。

〔七〕按：黲，當作墋，楚錦切。陸機《高祖功臣贊》：芒芒宇宙，上墋下黷。注：墋，不澄清貌。黷，媟也。

悲陳陶

《唐書》：至德元載十月，房琯自請討賊，分軍爲三：楊希文將南軍，自宜壽入；劉悊將中軍，自武功入；李光進將北軍，自奉天入；琯自將中軍，爲前鋒。辛丑，中軍、北軍遇賊於陳濤斜，接戰，敗績。癸卯，琯自以南軍戰，又敗。《通鑑》注：陳陶斜在咸陽縣東。斜者，山澤之名，故又曰陳陶澤。

孟冬十郡良家子，血作陳陶澤中水。野曠一作廣天清一作晴無戰聲，四萬義軍同日死〔一〕。群胡歸來雪趙作血洗箭，仍唱一云撚箭夷歌飲都市。都人迴面向北啼，日夜更望官軍至〔二〕。

〔一〕《漢書》：六郡良家子，選給羽林期門。 《唐書》：時琯效古法，用車戰。賊縱火焚之，人畜大亂，官軍死傷者四萬餘人。

〔二〕群胡，謂禄山之衆。

悲青坂

青坂，地名。按：陳濤斜在咸陽，房琯師次便橋。便橋在咸陽縣西南十里，青坂去陳陶便橋當不遠。

我軍青坂在東門，天寒飲馬太白窟〔一〕。黄頭奚兒日向西，數騎彎弓敢馳突〔二〕。山雪河冰野樊作晚蕭颼，青是烽一作人煙白人骨。焉得附書與我軍，忍待明年莫倉卒〔三〕。

〔一〕辛氏《三秦記》：太白山在武功縣南，去長安三百里，不知高幾許。諺曰：武功太白，去天三百。古樂府：飲馬長城窟。○按，史云：琯敗陳陶，殘卒數千，不能軍。帝使哀夷散，復圖進取。青坂，東門駐軍之地也。飲馬太白，其依山而守乎？

〔二〕《唐書》：室韋，東夷之北邊。黄頭部，强部也。奚亦東夷種，東北契丹，西突厥，南白狼河，北霫。《安禄山事蹟》：禄山反，發同羅、奚、契丹、室韋曳落河之衆，號父子軍。

〔三〕時公陷賊中，故曰「附書我軍」。按史云：琯欲持重有所伺，中使邢延恩促戰，遂敗。「忍待明年莫倉卒」，即琯持重意也。陳陶之敗，與潼關之敗，其失皆在以中人促戰，不當專爲琯罪也。故子美深悲之。

對雪

戰哭多新鬼，愁吟獨老翁。亂雲低薄暮，急雪舞迴風〔一〕。瓢棄樽無緑，爐存火似紅。數州消息斷，愁坐正書空〔二〕。

〔一〕《洛神賦》：若流風之迴雪。

〔二〕《世説》：殷浩坐廢，終日書空，作「咄咄怪事」四字。

月夜

今夜鄜音夫州月，閨中只獨看〔一〕。遥憐小兒女，未解憶長安。香霧雲鬟濕，清輝玉臂寒。何時一作當倚虚幌，雙照淚痕乾〔二〕？

〔一〕《唐書》：鄜州，洛交郡，屬關内道。時公之家寓鄜州三川。

〔二〕江淹《擬古詩》：煉藥照虚幌。

蘇端薛復筵簡薛華醉歌

《舊唐書》：楊瑒謚文正，比部郎中蘇端持兩端。卞圜曰：端時白衣。《唐科名記》：端來春始及第。薛復，未詳。獨孤及《燕集詩序》：右金吾倉曹薛華，會某某於署之公堂。至德二載正月賊中作。

文章有神交有道，端復得之名譽蚤。愛客滿堂盡豪傑《英華》同，一作翰，開筵上日思芳草。安得健步移遠梅，亂插繁花向晴昊〔一〕。千里猶殘舊冰雪，百壺且試開懷抱。垂老惡聞戰鼓悲，急一作羽觴爲緩憂心擣。少年努力縱談笑，看我形容已枯槁〔二〕。座中薛華善一作能醉歌，歌詞自作風格老。近來海内爲《英華》作無長句，汝與山東《英華》同李白好。何劉沈謝力未工，才兼鮑照愁絶倒〔三〕。諸生頗盡新知樂，萬事終傷不自保。氣酣日落西風來，願吹野水添《英華》作注金杯。如澠之酒常快意，亦荆作不知窮愁《英華》作未知窮達安在哉〔四〕。忽憶雨時秋井塌，古人白骨生青苔，如何不飲令心哀。

〔一〕《書》：正月上日。注：上日，朔日也。

〔二〕謝靈運詩：急觴盪幽默。《詩》：我心憂傷，惄焉如擣。

〔三〕按：唐人劉全白作《太白碣記》，云廣漢人。曾鞏《序》又云：蜀郡人，隱岷山。而《舊書》則以爲山東人。考之，廣漢、蜀郡、山東，皆白僑寓所在。白本隴西成紀人，涼武昭王暠九世孫，李陽冰《序》可據也。此稱山東，蓋太白父爲任城令，因家焉。生平客齊、兗間最久，故時人以「山東李白」稱之。太白《東魯行》「學劍來山東」，此明証也。元微之作《子美墓誌》，亦曰「是時山東人李白，亦以文奇取稱」。自曾子固疑《舊史》爲誤，而楊用修又因李陽冰、魏顥《序》有自號「東山」之説，遂謂後人妄改山東，殊不肰也。錢箋：《梁書》：何遜文章與劉孝綽並見重於世，世謂之「何劉」。世祖著編論之云：詩多而能者沈約，少而能者謝朓、何遜。《宋書》：鮑照文詞贍逸，嘗爲古樂府，文甚遒麗。《補注》：計東曰：「長句」，謂七言歌行，太白所最擅場也。太白長句，其源出於鮑照。故言「何劉沈謝」但能五言，於七言則力有未工。必若鮑照七言樂府，如《行路難》之類，方爲絶妙耳。公嘗以「俊逸鮑參軍」稱太白詩，正稱其長句也。向見注杜者，俱未及此。

〔四〕《左傳》：有酒如澠。

元日寄韋氏妹

至德二載元日。

近聞韋氏妹，迎在漢鍾離〔一〕。郎伯殊方鎮，京華舊國移〔二〕。春城迴北斗，郢樹發南枝〔三〕。不見朝正使，啼痕滿面垂〔四〕。

〔一〕唐濠州鍾離郡，本春秋鍾離子國，漢爲縣，屬九江郡，今爲鳳陽府。

〔二〕婦人稱其夫曰郎、曰伯。《詩》：自伯之東。按：公《同谷》詩「有妹有妹在鍾離，良人早没諸孤癡」，今云「郎伯殊方鎮」，時尚未没也。

〔三〕回北斗，是用斗柄東而天下皆春。或引《三輔黄圖》「長安城南爲南斗形，北爲北斗形」，未當。《史記》：楚考烈王二十二年，徙都壽春，命曰郢。壽春，今壽州，屬鳳陽。春城，己所在；郢樹，妹所在也。

〔四〕《唐書》：朝集使，位都督刺史，三品以上。《唐會要》：天寶六載，敕中書門下奏，自今以後，諸道應賀正使，並取元日，隨京官例，序立便見。

春望

國破山河在，城春一作荒草木深。感時花濺淚，恨别鳥驚心。烽火連三月，家書抵萬金。白頭搔更短，渾欲不勝簪〔一〕。

〔一〕鮑照詩：白頭零落不勝簪。

《温公詩話》：「牂羊墳首，三星在罶」，言不可久也。古人爲詩，貴於意在言外，使人思而得之。近世惟杜子美最得詩人之體，如此詩言「山河在」，明無餘物矣；「草木深」，明無人矣。花、鳥，平時可娱之物，見之而泣，聞之而悲，則時可知矣。他皆類此，不可徧舉。

得舍弟消息二首

近有平陰信，遥憐舍弟存〔一〕。側身千里道，寄食一家村。烽舉新酣戰，啼垂舊血痕。不知臨老日，招得幾時一作人魂。

〔一〕《唐書》：平陰縣，隋屬濟州。天寶十三載州廢，縣屬鄆州。

汝懦歸無計，吾衰往未期。浪傳烏鵲喜，深負鶺鴒詩〔一〕。生理何顔面，憂端且歲時。兩京三十口，雖在命如絲〔二〕。

〔一〕《西京雜記》：乾鵲噪而行人至。

〔二〕《後漢·劉茂傳》：孫福爲賊所圍，命如絲髮。

憶幼子

公幼子宗武，小名驥子。

驥子春猶隔，鶯歌暖正繁。別離驚節換，聰慧晉作惠與誰論。澗水空山道，柴門老樹村。憶渠愁只荊作即，一作正睡，炙背俯晴軒〔一〕。

〔一〕炙背，注別見。

一百五日夜對月

《荊楚歲時記》：去冬至一百五日，即有疾風甚雨，謂之寒食。注：據曆，合在清明前二日也。

無家對寒食，有淚如金波〔一〕。斫却顧陶本作抵盡月中桂，清光應更多〔二〕。仳或云當作披離放紅蘂，想像嚬青蛾晉作娥〔三〕。牛女漫愁思，秋期猶渡河〔四〕。

〔一〕漢《郊祀歌》：月穆穆以金波。注：月光穆穆，如金之波流也。

〔二〕虞喜《安天論》：俗傳月中仙人桂樹，今視其初生，仙人之足漸已成形，桂樹後生。《酉陽雜俎》：月桂高五百丈，下有一人常斫之，樹創隨合。人姓吴，名剛，西河人，學仙有過，謫令伐樹。《世説》：「若使月中無物，當極明耶？」三、四本此。

〔三〕紅蘂，丹桂花也。青蛾，注見二卷。世傳月中有嫦娥，故云。

〔四〕因丹桂而及姮娥，又因姮娥而及牛女，皆以況己之無家。

遣興

驥子好男兒，前年學語時。問知人客姓，誦得老夫詩。世亂憐渠小，家貧仰去聲母慈。鹿門攜不遂，雁足繫難期一云鹿門攜有處，鳥道去無期。天地軍麾滿，山河戰角悲。儻一作東歸免相失，見日一作爾敢辭遲。

塞蘆子

錢箋：《元和郡國志》：塞門鎮，在延州延昌縣西北三十里。鎮本在夏州寧朔縣界，開元二年，移就蘆子關南金鎮所安置。蘆子關屬夏州，北去鎮一十八里。《一統志》：蘆子關，在延安府安塞縣。

五城何迢迢，迢迢隔河水。邊兵盡東征，城内空荆杞〔一〕。思明割懷衛，秀巖西未已。迴一作迴略大荒來一作東，崤函蓋虚爾〔二〕。延州秦北户，關防猶可倚。焉得一萬人，疾驅塞蘆子〔三〕。岐有薛大夫，旁制山賊起。近聞昆戎徒，爲退三百里〔四〕。蘆關扼兩寇，深意實在此。誰能一作敢叫帝閽，胡行速如鬼〔五〕。

〔一〕按：《唐書·方鎮表》：朔方節度領定遠、豐安二軍及東、中、西三受降城。「五城」，當以此爲據。張説爲朔方節度大使，往巡五城，措置兵馬。元載請城原州，云：「北帶靈武，五城爲之羽翼。」皆即此詩所指也。《地理志》載：夏州朔方縣有烏延、宥州、臨塞、陰河、淘子等城，在蘆子關北，乃長慶四年節度使李祐築。鮑欽止引之以證此詩，誤矣。《夢溪筆談》以宋時延州五城爲杜詩「五城」，尤誤。「隔河水」，五城在黄河之北也。《通鑑》：禄山反，邊兵精鋭者，皆徵發入援，謂之行營。留兵殘弱，胡虜蠶食之。

〔二〕《唐書》：史思明，雜種胡人也，本名窣于，玄宗改爲思明。高秀巖，本哥舒翰將，降賊，爲僞河東節度。至德二載正月，史思明自博陵、蔡希德自太行、高秀巖自大同，引兵共十萬寇太原，思明以爲指掌可取。既得太原，當遂長驅取朔方、河隴。懷州河内郡、衛州汲郡，俱屬河北道。按：是時思明舍河北而西，故曰「割懷衛」。《山海經》有大荒東、西、南、北經四篇。《漢書》注：崤山，今陝縣東二崤是也。函谷，今桃林縣南洪溜澗是也。

〔三〕《舊唐書》：延州中都督府，屬關内道，在京師東北六百三十一里。

〔四〕《通鑑》：至德元年七月，以陳倉令薛景仙爲扶風太守兼防禦使，賊遣兵寇扶風，景仙擊却之。京畿豪傑往往殺賊官吏，遥應官軍。賊兵所及者，南不出武關，北不過雲陽，西不過武功。江淮奏請之蜀、之靈武者，皆自襄陽取上津路抵扶風，道路無壅，皆景仙之力也。

〔五〕《甘泉賦》：選咸巫兮叫帝閽。

此詩首以「五城」爲言，蓋憂朔方之無備也。高、史二寇合力攻太原，克太原則渡河而西，即延州界，北出即朔方五城。朔方節度治靈州，靈距延才六百里爾。靈武爲興復根本，公恐二寇乘虚襲之，故欲以萬人守蘆關，牽制二寇，使不得北。景仙從扶風出兵，擣長安之不備，所謂「蘆關扼兩寇」也。「塞」字仍作壅塞解。時太原幾不守，幸禄山死，思明走歸范陽，勢甚岌岌，公故深以爲慮也。「誰能叫帝閽」，即《悲青坂》所云「安得附書與我軍」也。此本陷賊時詩，諸本多誤解，故次在收京之後。

哀江頭

少陵野老吞聲哭，春日潛行曲江曲。江頭宫殿鎖千門，細柳新蒲爲誰緑〔一〕。憶昔霓旌下南苑，苑中萬物生顔色。昭陽殿裏第一人，同輦隨君侍君側〔二〕。輦前才人帶弓箭，白馬嚼齧黄金勒。翻身向天仰射食亦切雲，一箭《正異》作笑，蔡君謨作發正墜雙飛翼。明眸皓齒今何在？血污遊魂歸不得〔三〕。清渭東流劍閣深，去住彼此無消息。人生有情淚沾臆，江水一作草江花豈終極。黄昏胡騎塵滿城，欲往城南忘南北一作忘城北，一云望城北〔四〕。

〔一〕錢箋：《雍録》：少陵原，在長安縣西南四十里。宣帝陵在杜陵縣，許后葬杜陵南園。師古曰：即今謂小陵者也，去杜陵十八里。他書皆作少陵，杜甫家焉，故自稱杜陵老，亦曰少陵也。《長安志》：少陵原西有子美故宅。《劇談録》：曲江池，入夏則菰蒲葱翠，柳陰四合，碧波紅蕖，湛朕可愛。

〔二〕《高唐賦》：霓爲旌，翠爲蓋。《西都賦》：虹旃霓旌。《三輔黄圖》：宜春下苑在京城東南隅。《雍録》：曲江在都城東南，其南即芙蓉苑，故名南苑。《漢書》：飛燕立爲皇后，寵少衰。女弟絶幸，爲昭儀，居昭陽殿。李白詩：漢宫誰第一，飛燕在昭陽。《漢書》：成帝遊於後庭，欲與班婕妤同輦。

〔三〕《舊書·百官志》：内官才人七人，正四品。按：詩云「輦前才人帶弓箭」，則唐時天子遊幸，有才人射生之制矣。王建《宫詞》：「日暮千門臨欲鎖，紅粧飛騎向前歸」，又李賀《樂詞》：「軍裝宫妓掃娥淺，摇摇彩旗夾城暖」，皆可與此詩相証，而新、舊《史》諸書不載其事。《明皇雜録》：上幸華清宫，貴妃姊妹各購名馬，以黄金爲銜勒。潘岳《射雉賦》：昔賈氏之如皋，始解顔於一箭。《隋書》：長孫晟射鵰，一發雙貫。傅毅《舞賦》：眄盤旋則騰清眸，吐哇咬則發皓齒。《唐國史補》：玄宗幸蜀，至馬嵬驛，縊貴妃於佛堂梨樹之前。《太真外傳》：妃死，瘞於西郭之外一里許道北坎下，時年三十八歲。

〔四〕劍閣，注别見。城南，注見二卷。陸游《筆記》：「欲往城南忘南北」，言惶惑避死，不能記孰爲南北也。荆公《集句》兩篇，皆作「望城北」，蓋傳本偶異耳。北人謂向爲望，欲往城南乃向城北，亦不能記南北之意。

「清渭」、「劍閣」，舊注謂一秦一蜀，託諷玄肅父子之間。按：肅宗時由彭原平涼至靈武即位，與清渭無涉。余謂：渭水，公陷賊所見；劍閣，玄宗適蜀所經。「去住彼此無消息」，是言身在長安，不知蜀道消息耳。「人生有情」二句，濺淚傷心，亦寓戀主之意。「黄昏」、「胡騎」二句，放翁謂惶惑失道，正合當時情景，且與起二語相應。《杜詩博議》：趙次公注引蘇黄門嘗謂其姪在進云：「《哀江頭》即《長恨歌》也。《長恨歌》費數百言而後成，杜言太真被寵，只『昭陽殿裏第一人』足矣。言從幸，只『白馬嚼齧黄金勒』足矣。言馬嵬之死，只『血汙遊魂歸不得』足矣。」按黄門此論，止言詩法煩簡不同，非謂「清渭東流」以下皆寓意上皇、貴妃也。《長恨歌》本因《長恨傳》而作，公安得預知其事而爲之興哀？《北征》詩「不聞夏殷衰，中自誅褒妲」，公方以貴妃之死卜國家中興，豈應於此詩爲天長地久之恨乎？

哀王孫

《舊唐書》：十五載六月九日，潼關不守。十二日凌晨，上自延秋門出，親王、妃主、王孫以下多從之不及。《通鑑》：上從延秋門出，妃主、皇孫之在外者，皆委之而去。

長安城頭頭樊作多，一作頸白烏，夜飛延秋門上呼。又向一作來人家啄大屋，屋底達官走避胡。金鞭折斷九馬死，骨肉不待一作得同馳驅〔一〕。腰下寶玦青珊瑚，可憐王孫泣路隅。問之不肯道姓名，但道困苦乞爲奴。已經百日竄荆棘，身上無有完肌膚〔二〕。高帝子孫盡隆準音拙，龍種自與常人殊。豺狼在邑龍在野，王孫善保千金軀〔三〕。不敢長去聲語臨交衢，且爲王孫立斯須。昨夜東一作春風吹血腥，東來橐一作駱駝滿舊都。朔方健兒好身手，昔何勇鋭今何愚〔四〕。竊聞天一作太子已傳位，聖德北服南單于。花門剺面請雪恥，慎勿出口他人狙。哀哉王孫慎勿疎，五陵佳氣無時無〔五〕。

〔一〕《漢・五行志》：成帝時童謡曰：「城上烏，尾畢逋。」《通俗文》：白頭烏，謂之鶻鵃。楊慎曰：《三國典略》：侯景篡位，令飾朱雀門，其日有白頭烏萬計，集於門樓。童謡曰：「白頭烏，拂朱雀，還與吴。」杜蓋用其事，以侯景比禄山也。《長安志》：苑中宫亭凡二十四所。西面二門，南曰延秋門，北曰玄武門。《雍録》：漢未央宫，唐後改爲通光殿，西出即延秋門，在漢爲都城直門。《舊書・五行志》：諺云：「木生稼，達官怕。」陳沈炯詩：陳王裝腦勒，晉后鑄金鞭。《西京雜記》：文帝自代來，有良馬九匹，名曰浮雲、赤電、絶群、逸驃、紫燕騮、緑螭驄、龍子、驎駒、絶塵，號爲九逸。

〔二〕干寶《晉紀論》：劉淵、王彌之亂，將相侯王交頭受戮，乞爲奴僕而猶不獲。《補注》：顧炎武曰：《南史》：齊明帝爲宣城王，遣典籤柯令孫殺建安王子真，子真走入牀下，令孫手牽出之，叩頭乞爲奴，不許而死。

〔三〕《漢・高祖紀》：帝隆準龍顔。李斐曰：準，鼻也。文穎曰：高帝感龍而生，故其顔貌似龍，長頸高鼻。《漢·光武紀》：四七之際龍鬭野。

〔四〕《史思明傳》：禄山陷兩京，以駱駞運御府珍寶於范陽，不知紀極。《唐六典》：開元二十五年，敕天下諸軍，置兵防健兒於諸色征行人内。時哥舒翰將河隴、朔方兵及蕃兵共二十萬拒賊，敗績於潼關。《補注》：《顏氏家訓》：頃世亂離，衣冠之士，雖無身手，或聚徒衆。

〔五〕《光武紀》：匈奴薁鞬日逐王比自立爲南單于，於是分爲南、北匈奴。建武二十五年，南單于遣使詣闕貢獻，奉藩稱臣。《舊唐書》：肅宗即位九月，南幸彭原，遣使與回紇和親。二載二月，其首領入朝。花門，即回紇，注別見。《後漢書》：耿秉卒，匈奴舉國號哭，或至剺面流血。剺，即剺字。剺，割也，古通用。《史記索隱》：狙，伏伺也。狙之，伺物必伏而候之。《唐紀》：高祖葬獻陵，太宗葬昭陵，高宗葬乾陵，中宗葬定陵，睿宗葬橋陵，是爲五陵。《光武紀》：蘇伯阿爲王莽使，至南陽，遥望舂陵郭，唶曰：「氣佳哉，鬱鬱葱葱肰。」

大雲寺贊公房四首

《長安志》：大雲經寺，在京城朱雀街南，懷遠坊之東南隅，本名光明寺，武后初幸此寺，沙門宣政進《大雲經》，經中有女主之符，因改名焉，令天下諸州置大雲經寺。

心在水精晶通域，衣霑春雨時。洞門盡徐步，深院果幽期〔一〕。到扉開復閉，撞鐘齋及兹。

醍醐長發性，飲食過扶衰所追切〔二〕。把臂有多日，開懷無愧辭。黄鸝度結構，紫鴿下罘罳音浮思〔三〕。愚意會所適，花邊行自遲。湯休起我病，微笑索題詩〔四〕。

〔一〕《後漢·西域傳》：大秦國宫室皆以水晶爲柱。江總《大莊嚴寺碑》：影徹琉璃之道，光遍水精之域。《漢·董賢傳》：重殿洞門。注：言門門相當也。謝靈運《撰征賦》：果歸期於願言。

〔二〕《唐本草》：醍醐出酥中，乃酥之精液也，好酥一石有三四升醍醐。潘鴻曰：按《涅槃》譬云：從熟酥出醍醐，譬般若波羅蜜出大涅槃。醍醐者，譬於佛性，佛性即是如來。又《止觀輔行》云：見是慧性，發必依觀；禪是定性，發必依止。此「發性」二字所本。

〔三〕何晏《景福殿賦》：其結構則修梁彩制。《禮記》疏：屏，天子之廟飾。鄭注：屏，謂之樹，今罘罳也。列之爲雲氣蟲獸，如今闕上爲之矣。劉熙《釋名》：罘罳，在門外。罘，復也。臣將入請事，此復重思。王莽遣使壞渭陵、延陵園門罘罳，曰：「令民無復思漢也。」《雍録》：罘罳，鏤木爲之。其中疏通，或爲方空，或爲連鎖，其狀扶疎，故曰罘罳。制類青瑣，在宫闕則爲闕上罘罳，在陵垣則爲陵上罘罳。又有網户者刻爲連文，遞相綴屬，其形如網，後世遂有直織絲網，張之簷窓以護禽雀者。文宗出殿，北門裂斷，罘罳是也。潘曰：「紫鴿下罘罳」，暗用釋氏「鴿入佛影，心不驚怖」之語，讀者不覺。

〔四〕《南史》：沙門惠休，善屬文，孝武帝命還俗。本姓湯，位至揚州從事史。

細軟青絲履，光明白氎巾。深藏供老宿，取用及吾身〔一〕。自顧轉無趣，交情何尚新。道林才不世，惠遠德過人〔二〕。雨瀉一作滴暮簷竹，風吹春一作青，非井芹。天陰對圖畫，最覺潤龍鱗〔三〕。

〔一〕《爾雅》：綸似綸。注：綸，糾青絲也，音關。張華云：綸艸如宛轉繩。《方言》：草作謂之履，麻作謂之不借。《後漢書》：哀牢夷知染采文繡，罽㲲帛疊。注：《外國傳》曰：諸薄國女子織作白疊花布。《南史》：高昌國有草，其實如繭，繭中絲如細纑，名白疊子，國人織以爲布，甚軟白，交市用焉。《諸經音義》：𣯍㲲，同毛布也。王昌齡詩：手巾花氎淨，香帔稻畦成。《水經注》：老宿諺言。

〔二〕《高僧傳》：支遁，字道林，本姓關氏，陳留人。聰明秀徹，每至講肆，善標宗會，一代名流，皆著塵外之狎。慧遠，本姓賈氏，雁門樓煩人，性度弘偉，風鑒朗拔，居廬阜三十餘年，化兼道俗。

〔三〕春井，猶云秋井。錢箋：張彥遠《名畫記》：大雲寺東浮圖有三寶塔，馮㮘伽畫車馬并帳幕人物，已剥落。東壁、北壁，鄭法輪畫；西壁，田僧亮畫；外邊四壁，楊契丹畫。按：《畫斷》：吴道子嘗畫殿内五龍，鱗甲飛動，每欲大雨，即生煙霧。此云「潤龍鱗」，殆類是耶？

燈影照無睡，心清聞妙香。夜深殿突兀，風動金琅璫〔一〕。天黑閉春院，地清棲暗芳。玉繩迴一作迥斷絶，鐵鳳森翺翔〔二〕。梵放時出寺，鐘殘仍殷音隱牀。明朝在沃野，苦見塵沙黄。

〔一〕《維摩經》：菩薩各坐香樹下，聞斯妙香，即獲一切，得藏三昧。《西域傳》注：琅璫，長鎖也。若今之禁繫人鎖，今殿塔皆有之。一曰：金琅璫，言殿角懸鈴，其聲琅璫也。黄希云：子瞻「風動琅璫月向低」及洪龜父「琅璫鳴佛屋」之句皆本此。

〔二〕《春秋元命苞》：玉衡南兩星爲玉繩。謝朓詩：玉繩低建章。《西京賦》：鳳騫翥於甍標，咸遡風而欲翔。薛綜注：謂作鐵鳳皇，令張兩翼，舉頭敷尾以函屋上，當棟中央，下有轉樞，常向風如將飛者。陸倕《石闕銘》：銅雀鐵鳳之工。

童兒汲井華，慣捷《海録》作健瓶在手。霑灑不濡地，掃除似無箒〔一〕。明一作晨霞爛複閣，霽霧搴高牖。側塞被徑花，飄颻委墀一作堦柳〔二〕。艱難世事迫，隱遁佳期後。晤語契深心，那能總鉗口？奉辭還杖策，暫别終回首。泱泱于黨切泥污人，听听與狺通，音銀國多狗〔三〕。既未免羈絆，時來憇奔走。近公如白雪，執熱煩何有？

〔一〕《本草》：井華水，令人好顔色，謂平旦第一汲者。金俊明曰：「不濡地」、「似無箒」，言灑掃之輕且潔也。

〔二〕錢箋：《長安志》：大雲寺當中寶閣崇百尺，時人謂之七寶臺。《文選注》：搴，開也。《九辨》：皋蘭被徑兮斯路漸非。

〔三〕《九辨》：猛犬狺狺而迎吠兮。《左傳》：國狗之瘈，無不噬也。○按：是時賊將張通儒收録衣冠，污以僞命，不從者殺之。公晦跡寺中，故有「那能總鉗口」及「泥污人」、「國多狗」等語。

雨過蘇端

原注：端置酒。

鷄鳴風雨交，久旱雨吴作雲亦好。杖藜入春泥，無食起我早。諸家憶所歷，一飯一作飽跡便掃。蘇侯得數過，懽喜每傾倒〔一〕。也復可憐人，呼兒具梨棗。濁醪必在眼，盡醉攄懷抱。紅稠屋角花，碧委一作秀牆隅草。親賓縱談謔，喧鬧慰一作畏衰老。況蒙霈澤垂，糧粒或自保。妻孥隔軍壘，撥棄不擬道〔二〕。

〔一〕《世説》：庾公謂孫公曰：衛君長雖不及卿諸人，傾倒處亦不近。

〔二〕隔軍壘，謂家在三川。

喜晴

皇天久不雨，既雨晴亦佳。出郭眺四郊，肅肅一作蕭蕭春增華。青熒陵陂麥，窈窕桃李一作杏花。春夏各有實，我饑豈無涯〔一〕。干戈雖横放，慘澹鬭龍蛇。甘澤不猶愈，且耕今未賒。

丈夫則帶甲，婦女終在家。力難及黍稷，得種菜與麻〔二〕。千載商山芝，往者東門瓜。其人骨已朽，此道誰疵瑕〔三〕？英賢遇轗軻，遠引蟠泥沙。顧慚昧所適，回首白日斜〔四〕。漢陰有鹿門，滄海有靈一作雲查槎同。焉能學衆口，咄咄空一作同咨嗟〔五〕。

〔一〕《莊子》：青青之麥，生於陵陂。

〔二〕今未晾，言甘雨之後及此，畊鉏猶未綏也。

〔三〕《高士傳》：四皓避秦入商雒山，作歌曰：「曄曄紫芝，可以療饑。」《蕭何傳》：邵平，故秦東陵侯，秦破，爲布衣。貧，種瓜長安城東，甚美，世謂東陵瓜。《左傳》：不汝疵瑕。《史·龜策傳》：黄金有疵，白玉有瑕。

〔四〕楊子《法言》：龍蟠於泥，蚖其肆矣。　白日斜，言已年已暮。

〔五〕盛弘之《荆州記》：龐德公居漢之陰，司馬德操居洲之陽，望衡對宇，歡情自接。《後漢書》：龐德公，襄陽人也，攜妻子登鹿門山采藥不返。《博物志》：舊説天河與海通，近世有人居海上，年年八月見浮查去來，不失期，多齎糧，乘查而往。十餘日，至一處，遥望宫中有織婦，一丈夫牽牛渚次飲之。牽牛人驚問曰：「何由至此？」此人具説來意，并問：「此是何處？」答曰：「君還至蜀郡，訪嚴君平則知之。」因還，問君平，曰：「某年某月，有客星犯牽牛宿。」計年月，正是此人到天河時也。○先言古人之道可尚，既以不能遠引爲慚；末言必欲追踪高隱，不徒付之咄嗟已也。

晦日尋崔戢李封

晦日，注見二卷。

朝光入甕牖，尸一作宴寢驚弊裘。起行視天宇，春氣漸和柔。興來一作乘興不暇懶，今晨梳我頭。出門無所待，徒步覺自由。杖藜復恣意，免值公與侯。晚定崔李交，會心真罕儔。每過得酒傾，二宅可淹留。喜結仁里懽，況因令節求。李生園欲荒，舊竹頗脩脩。引客看掃除，隨時成獻酬。崔侯初筵色，已畏空樽愁。未知天下士，至一作志性有此不？草牙既青出，蜂聲亦煖遊。思見農器陳，何當甲兵休？上古葛天氏一作民，不貽黄屋一作綺憂。至今阮籍等，熟醉爲身謀〔一〕。威鳳高其一云自高翔，長鯨吞九州。地軸爲之翻，百川皆亂流。當歌欲一放，淚下恐莫收。濁醪有妙理，庶用一作與慰沈浮〔二〕。

〔一〕《帝王世紀》：大庭氏至葛天氏，皆號炎帝。《漢書音義》：黄屋，車上蓋。天子之儀，以黄繒爲裏。《晉書》：阮籍不與世事，酣飲爲常。鍾會數以時事問之，欲因其可否致之罪，以酣醉獲免。〇言上古之世，黄屋始可無憂。今何時乎？而阮籍之流，止沈飲以謀身。嘆己與崔、李輩無能爲天子分憂也。

〔二〕《游俠傳》：放意自恣，浮沈俗間。

送率府程録事還鄉

原注：程攜酒饌相就取别。○《唐六典》：太子左右衛率府有録事參軍。

鄙夫行衰謝，抱病昏妄一作忘集。常時往還人，記一不識十。程侯晚相遇，與語才傑立。薰肰耳目開，頗覺聰明入。千載得鮑叔，末契有所及。意鍾老柏青，義動修蛇蟄〔一〕。若人可數見，慰我垂白泣。告一作生别無淹晷，百憂復相襲。内愧突不黔，庶羞以賙給。素絲挈長魚，碧酒隨玉粒〔二〕。途窮見交態，世梗悲路澀。東風吹春冰，泱漭一作莽后土濕。念君惜羽翮，既飽更思戢。莫作翻雲鶻，聞呼向禽急〔三〕。

〔一〕陸機《歎逝賦》：託末契於後生。
〔二〕《揚子》：「墨突不黔。」黔，黑也。
〔三〕上云「與語才傑立」，意程録事必負才敢爲者。肰世難方殷，當思斂戢，故又以向禽之鶻戒之。

鄭駙馬池臺喜遇鄭廣文同飲

按：公陷賊時，不聞嘗至東都。此駙馬池臺，必是在京師者。黄鶴妄云在河南新安，遂造公嘗受拘東都之説，又以書之於《譜》，謬説惑人，當亟正之。

不謂生戎馬，何知共酒盃。燃臍郿塢敗，握一作秃節漢臣回〔二〕。白髪千莖雪，丹心一寸晉作片灰。别離經死一作此地，披寫忽登臺。重對秦簫發，俱過阮宅一作巷來。留連一作醉留春夜舞一作席，淚落强一作更徘徊一云醉連春苑夜，舞淚落徘徊〔三〕。

〔二〕《後漢書》：董卓築郿於郿，高厚七丈，號萬歲城。及吕布殺卓，尸卓於市，天時始熱，卓素充肥，脂流於地。守尸吏燃火置卓臍中，光明達曙。按《唐書》：至德二載正月，嚴莊與禄山子慶緒謀殺禄山，使帳下李猪兒以大刀斫其腹，腸潰於牀而死。事正與卓類也。《漢書》：蘇武仗漢節牧羊，卧起操持，節毛盡落，留十九年而還。《竹坡詩話》：晁以道家有宋子京手書少陵詩一卷，如「握節漢臣回」乃是「秃節」，「新炊間黄粱」乃是「聞黄粱」。楊慎曰：《後漢・張衡傳》：「蘇武以秃節效貞」，公正用此。《補注》：「秃節」雖有據，按《左傳・文三年》：司馬握節以死，故書以官。作「握節」爲正。

〔三〕秦簫，注見一卷。《晉書》：阮籍與兄子咸居道南，諸阮居道北。

喜達行在所三首

原注：自京竄至鳳翔。○《舊唐書》：至德二載二月，肅宗自彭原幸鳳翔時，改扶風爲鳳翔郡。

西憶岐陽信，無人遂却回〔一〕。眼穿當一作看落日，心死著陟略切寒灰〔二〕。霧《英華》作茂樹行相引，蓮峰《英華》及《正異》俱作連山望忽一作或開〔三〕。所親驚老瘦，辛苦賊中來。

〔一〕《輿地廣記》：岐陽縣，漢美陽縣地，《詩》謂「居岐之陽」。唐省入扶風縣，爲岐陽鎮。

〔二〕鳳翔在京師西，故曰「當落日」。張説詩：心對爐灰死。

〔三〕蓮花峰，注别見。按：公自京師金光門出，西歸鳳翔，不應走華陰道，當以「連山」爲正。

愁思胡笳夕，淒涼漢苑春〔一〕。生還今日事，間道暫時人。司隸章初覩，南陽氣已新〔二〕。喜心翻倒極，嗚咽淚一作涕沾巾。

〔一〕《三輔黄圖》：漢有三十六苑。

〔二〕《光武紀》：更始以帝行司隸校尉，置官屬，作文移，一如舊章。謝朓詩：還覩司隸章。南陽氣，注見前。

死去憑誰報，歸來始自憐。猶瞻太白雪，喜遇武功天〔一〕。影静千官一作門裏，心蘇七校前〔二〕。今朝漢社稷，新數中張仲切興年〔三〕。

〔一〕《唐書》：鳳翔府郿縣有太白山。《長安志》：京兆武功縣，以武功山得名。《水經注》：武功山，北連太白。《三秦記》：武功、太白，去天三百。

〔二〕《漢書》：京師有南北軍屯，至武帝平百越，内增七校。注：中壘、屯騎、步兵、越騎、長水、胡騎、射聲、虎賁，凡八校尉。胡騎不常置，故言七也。

〔三〕按：中興，本讀平聲，或作去聲。《東皋雜録》云：《詩·蒸民》，任賢使能，周室中興焉。陸德明《釋文》：中，張仲反。故老杜云「今朝漢社稷，新數中興年」，又「萬里傷心嚴譴日，百年垂死中興時」，古人留意音訓如此。

述懷

去年潼關破，妻子隔絶久。今夏草木長，脱身得西走。麻鞋見天子，衣袖露兩肘〔一〕。朝廷慜生還，親故傷老醜。涕淚受拾遺，流離主恩厚〔二〕。柴門雖得去，未忍即開口。寄書問三川，不知家在否〔三〕。比聞同罹禍，殺戮到鷄狗。山中漏茅屋，誰復依户牖。摧頹蒼松根，地冷骨未朽。幾人全性命，盡室豈相偶。嶔岑一作崟猛虎場，鬱結迴我首〔四〕。自寄一封書，今已十月後。反畏消息來，寸心亦何有。漢運初中興，生平老耽酒。沈思歡會處，恐作窮獨叟。

〔一〕陶潛詩：孟夏草木長。　錢箋：王叡《炙轂子》：夏商以草爲屩。左氏曰：扉，屨也。至周以麻爲之，謂之麻鞋，貴賤通著。　《莊子》：原憲捉衿而肘見。

〔二〕阮籍詩：夕暮成老醜。《通典》：武后置左、右拾遺二人，掌供奉諷諫。開元以來，尤爲清選。本傳：至德二年，亡走鳳翔，謁上，拜左拾遺。

〔三〕舊注：三川在鄜州南六十里，時公之家寓焉。

〔四〕按《通鑑》：禄山初反，自京畿、鄜坊至於岐、隴皆附之。時所在寇奪，故公以家之罹禍爲憂。

得家書

去憑遊客寄一云休汝騎，來爲附家書。今日知消息，他鄉且舊居。熊兒幸無恙，驥子最憐渠〔一〕。臨老羇孤極，傷時會合疎。二毛趨帳殿，一命侍鑾輿〔二〕。北闕妖氛滿，西郊白露初。涼風新過雁，秋雨欲生魚。農事空山裏，眷言終荷鋤〔三〕。

〔一〕熊兒，宗文；驥子，宗武也。

〔二〕《月賦》：羇孤遞進。帳殿，注别見。《西都賦》：乘鑾輿，備法駕。蔡邕《獨斷》：鑾旗車編羽，旄引繫幢旁。俗名鷄翅車。

〔三〕妖氛，謂安慶緒方熾。公《秋述》文：旅次多雨生，魚青苔滿榻。陶潛詩：帶月荷鋤歸。

送長孫九侍御赴武威判官

武威，注見二卷。

驄馬新鑿蹄，銀鞍被來好。繡衣黄白郎，騎向交河道〔一〕。問君適萬里，取别何草草。天子憂涼州，嚴程到須蚤。去秋群胡反，不得無電掃。此行牧吴作收遺甿，風俗方再造〔二〕。族父領元戎，名聲國晉作閣中老。奪我同官良，飄飖按城堡。使我不能餐，令我惡懷抱〔三〕。若人才思闊，溟漲浸一作漫絶島。樽前失詩流，塞上得一作多國寶。皇天悲送遠，雲雨白浩浩〔四〕。東郊尚烽火，朝野色枯槁。西極柱亦傾，如何正穹昊。

〔一〕《周禮》：頒馬攻特。注：牡馬蹄齧，不可乘用，故因夏乘馬而攻鑿其蹄也。《漢書》：武帝遣直指使者，衣繡衣，杖斧，分部逐捕群盜。黄白郎，未詳。或云：黄白，即《漢書》「銀黄」。師古曰：銀，銀印也；黄，金印也。北齊樂曲：「懷黄綰白，鵷鷺成行。」交河，注見一卷。

〔二〕《後漢·皇甫嵩傳》：旬月之間，神兵電掃。

〔三〕《唐書》：至德二載五月，以武部侍郎杜鴻漸爲河西節度使。公與長孫皆諫官，故曰同官。

《通鑑注》：武威郡治姑臧，舊城匈奴所築，南北七里，東西三里。張氏據河西又增築四城，廂各千步，并舊城爲五。又二城，未知誰所築。

〔四〕沈約詩：溟漲無端倪。

此詩「去秋群胡反」，趙次公、黄希諸注，皆指吐蕃。按：《唐書》：至德元載，吐蕃陷威戎等諸軍，入屯石堡。此在隴右河鄯等州，而河西涼州未嘗陷。《通鑑》：至德二載正月丙寅，河西兵馬使蓋庭倫，與武威九姓商胡安門物等殺節度使周泌，聚衆六萬。武威大城之中，小城有七，胡據其五，二城堅守。度支判官崔稱與中使劉日新以二城兵攻之，旬有七日，平之。此云「群胡反」，正指其事。曰「去秋」者，討平在正月，而發難則在去秋也。是時武威雖復，而餘亂尚有未戢者，故欲其早到涼州，安甿黎而按城堡也。

送樊二十三侍御赴漢中判官

《唐書》：漢中郡，屬山南道，本梁州漢川郡。天寶元年，改漢中郡，興元元年，升爲興元府。　按：詩云「補闕暮徵入，柱史晨征憩」，樊蓋以補闕授御史也。

威弧不能弦，自爾無寧歲。川谷血横流，豺狼沸相噬〔一〕。天子從北來，長驅振彫敝。頓兵岐梁下，却跨沙漠裔。二京陷未收，四極我得制〔二〕。蕭索一作瑟漢水清，緬通淮湖一作河稅。使者紛星散，王綱尚旒綴〔三〕。南伯從事賢，君行立談際。坐一作生知七曜曆，手畫三軍勢。冰雪浄聰明，雷霆走精鋭〔四〕。幕府輟諫官，朝廷無此一作比例。至尊方旰食，仗爾布嘉惠。補闕暮徵入，柱史晨征憩樊作「補闕入柱史，晨征固多憩」。正當艱難時，實藉長久計〔五〕。迴風吹獨樹，白日照執袂。慟哭蒼煙根，山門萬重一作里閉。居人莽牢落，遊子方迢遞。徘徊悲生離，局促老一世〔六〕。陶唐歌遺民，後漢更列帝。我無匡復資一作姿，聊欲從此逝〔七〕。

〔一〕《易》：弦木爲弧，剡木爲矢。弧矢之利，以威天下。揚雄《河東賦》：彏天狼之威弧。錢箋：《天官書》：西宮七宿觜星，東有大星曰狼，狼下四星曰弧。弧屬矢，擬射於狼。弧不直狼，則盜賊起，所謂「不能弦」也，下故有「豺狼沸相噬」之句。《法言》：原野厭人之肉，川谷流人之血。

〔二〕從北來，謂肅宗即位靈武，靈武在鳳翔之北也。岐、梁二山在鳳翔。《爾雅》：東至於泰遠，西至於邠國，南至於濮沿，北至於祝栗，謂之四極。朱文公《楚詞辨証》：《爾雅》説四極，恐未必肰。邠國近在秦隴，非絶遠之地也。

〔三〕漢水，在漢中。《西都賦》：其東則有通溝大漕，清渭洞河，泛舟山東，控引淮湖。《通鑑》：至德元載十月，第五琦請以江淮租庸市輕貨，泝江漢而上，至洋州，令漢中王瑀陸運至扶風，以助軍，上從之。紛星散，言使者銜王命四出。《詩》：爲下國綴旒。注：綴，結也。旒，旗之垂者。言天子爲諸侯所係屬，如旗之縿，爲旒所綴著也。

〔四〕南伯，謂山南主將。《通鑑》：至德元載七月，玄宗以隴西公瑀爲漢中王、梁州都督、山南西道采訪防禦使。從事，謂樊爲判官。梁元帝《纂要》：日、月、五星，謂之七曜。《唐・藝文志》：吴伯善《陳七曜曆》五卷。《漢書》：張千秋擊烏桓還，霍光問鬬戰方略、山川形勢，千秋口對兵事，畫地成圖，無所忘失。

〔五〕《通典》：侍御史，於周爲柱下史，一名柱後史。

〔六〕《上林賦》：牢落陸離。

〔七〕《左傳》：季札請觀周樂，爲之歌《唐》，曰：「思深哉，其有陶唐氏之遺民乎？」列帝，謂明、章以下諸帝。《漢書》：高帝曰：吾亦從此逝矣。

送從弟亞赴河西判官

《舊唐書》：杜亞，字次公，自云京兆人。少涉學，善言歷代成敗事。肅宗在靈武，上書論時政，擢校書郎。其年杜鴻漸節度河西，辟爲從事，累授評事御史，終東都留守。貞觀元年，分隴坻以西爲隴右道。景雲二年，自黄河以西，分爲河西道。

南風作秋聲，殺氣薄炎熾。盛夏鷹隼擊，時危異人至〔一〕。令弟草中來，蒼肰請論事。詔書引上殿，奮舌動天意〔二〕。兵法五十家，爾腹爲篋笥。應對如轉丸郭作圓，疎通略文字。經綸皆新語，足以正神器〔三〕。宗廟尚爲灰，君臣俱一作皆下淚。崆峒地無軸，青海天軒輊一作轅。西極最瘡痍，連山暗烽燧〔四〕。帝曰大布衣，藉卿佐元帥。坐看清流沙，所以子奉使〔五〕。歸當再前席，適遠非歷試。須存武威郡，爲畫長久利〔六〕。孤峰石戴驛，快馬金纏轡。黄羊飫不羶，蘆酒多還醉〔七〕。踴躍常人情，慘澹苦士志。安邊敵何有，反正計始遂〔八〕。吾聞駕鼓車，不合用騏驥。龍吟迴其頭，夾輔待所致〔九〕。

〔一〕《禮記》：立秋之日，鷹乃擊。《辨亡論》：異人輻輳。

〔二〕謝靈運《酬從弟惠連》詩：末路值令弟。

〔三〕《漢・藝文志》：兵權謀十三家，兵形勢十一家，陰陽十六家，兵技巧十三家。凡兵書五十三家，七百九十篇。

〔四〕《唐書》：禄山陷京師，九廟皆爲所焚。崆峒，注見二卷。《唐書》：瀚海軍西七百里有青海軍，本青海鎮，天寶中爲軍，隸北庭都護府。《詩注》：車後頓曰輊，前頓曰軒。《漢書音義》：晝則燔燧，夜則舉烽。

〔五〕大布衣，即杜亞。元帥，杜鴻漸也。流沙，注見一卷。

〔六〕《書序》：歷試諸艱。按：武威郡地勢西北斜出，隔斷羌戎，乃控扼要地。河西有事，則隴右、朔方皆擾。是時有九姓商胡之叛，故曰「須存武威郡，爲畫長久利」也。

〔七〕《爾雅》：石戴土，謂之崔嵬。土戴石，爲砠。蔡曰：大觀三年，郭隨使虜，舉黄羊、蘆酒問虜使時立愛，立愛云：「黄羊，野物，可獵取，食之不羶。蘆酒，糜穀醞成，可撥醅取，不醉也。但力微，飲多則醉。」信子美之言驗矣。蘆，蔡肇本作「虜」，引高適「虜酒千鍾不醉人」爲証。當兩存之。錢箋：莊綽《鷄肋編》：關右塞上有黄羊，無角，色同麞鹿，人取其皮爲衾褥。□人造嚼酒，以蘆管吸於瓶中。杜詩「黄羊」、「蘆酒」，蓋謂此也。

〔八〕反正，謂車駕歸長安。

〔九〕《後漢書》：建武十三年，異國有獻名馬者，日行千里，詔以馬駕鼓車。《南史》：王融謂宋弁曰：「若千里馬斯至，聖上當駕鼓車。」《杜詩博議》：騏驥駕鼓車，比亞不當爲判官；龍吟回頭，謂龍馬長吟，回首京闕，思成夾輔之功，喻亞雖在河西，乃心不忘朝廷也。舊解都憒憒。

送韋十六評事充同谷防禦判官

《舊唐書》：成州同谷郡，屬山南西道。秦置隴西郡，天寶元年改爲同谷郡，乾元元年復爲成州。《通鑑》：天寶十四載冬，安禄山反。郡當賊衝者，始置防禦使。

昔没賊中時，潛與子同遊。今歸行在所，王事有去留。偪側兵馬間，主憂急良籌。子雖軀幹小，老一作志氣橫九州〔一〕。挺身艱難際，張目視寇讎。朝廷壯其節，奉詔令參謀。鑾輿駐鳳翔，同谷爲咽喉。西扼弱水道，南鎮枹音孚罕一作氐羌陬〔二〕。此邦承平日，剽劫吏所羞。況乃胡未滅，控帶莽悠悠。府中韋使君，道足示懷柔。令姪才俊茂，二美又何求〔三〕。受詞太白脚，走馬仇池頭。古色一作邑沙土裂，積陰雲雪稠一作霜雪稠，一作積雪陰雲稠〔四〕。羌父豪猪靴一作帽，羌兒青兕裘晉作漢兵黑貂裘。吹角向月窟，蒼山旌旆愁。鳥驚出死樹，龍怒拔老湫〔五〕。古來無人境，今代橫戈矛。傷哉文儒士，憤激馳林丘。中原正格鬬，後會何緣由〔六〕。百年賦命定，豈料沈與浮。且復戀良友，握手步道周。論兵遠壑静一作浄，亦可縱冥搜。題詩得秀句，札翰時相投。

〔一〕《晉載記》：劉曜討陳安于隴城，安死，人歌曰：「隴上健兒有陳安，軀幹雖小腹中寬，愛養將士同心肝。」

〔二〕《唐書》：小勃律王居孽多城，臨娑夷水。娑夷水，即弱水也。《寰宇記》：弱水自甘州删丹縣界，流入張掖縣北二十三里。《漢書》：金城郡有枹罕縣。應劭曰：故罕羌侯邑。《唐書》：河州治枹罕縣。

〔三〕韋使君，無考。以詩語觀之，評事乃其姪也。

〔四〕太白，注見前。《舊唐書》：成州上禄縣，白馬羌所處，州南八十里有仇池山。《辛氏三秦記》：仇池山上廣百頃，地平如砥。其南北有山路，東西絶壁萬仞，上有數萬家。一人守道，萬夫莫向。山勢自肰有樓櫓却敵之狀。東西二門，盤道可七里，上多岡阜泉源。

〔五〕《山海經》：豪彘，狀如豚而白毛。注：能以脊上豪射物，江東呼爲豪豬。《説文》：兕如野牛，青色，皮厚，可爲鎧。月窟，注見二卷。

〔六〕相抱而殺之曰格。陳琳樂府：男兒寧當格鬬死。

奉送郭中丞兼太僕卿充隴右節度使三十韻

鮑曰：郭英乂也。黄曰：《舊史》：至德初，英乂遷隴右節度使，兼御史中丞。不言兼太僕卿。

《新史》：禄山亂，拜秦州都督、隴右採訪使。至德二載，加隴右節度使。不言兼御史中丞與太僕卿。公此詩可以補二史之闕。

詔發西山《英華》作山西將，秋屯一作營隴右兵。淒涼餘部曲，燀一作烜赫舊家聲〔一〕。鵰鶚乘時去，驊騮顧主鳴。艱難須一作思上策，容易即前程。斜日當軒蓋，高風卷旆旌。松悲天水冷，沙亂雪山清〔二〕。和虜猶懷惠，防邊詎一作不敢驚。古來於異域，鎮靜示一作得專征〔三〕。燕薊奔封豕，周秦觸駭鯨。中原何慘《英華辨証》云當作墋，楚錦切黷，餘一作遺孽尚縱横〔四〕。箭入昭陽殿，笳吟細柳營。内人紅袖泣一作短，王子白衣行〔五〕。宸極祆醯堅切，《英華》作妖星動一作大，園陵一作林殺氣平。空餘金盌出，無復繐須兑切帷輕〔六〕。毁廟天飛雨，焚宫火徹明。罘罳朝共落，楡桷夜同傾〔七〕。三月師逾整，群胡一作兇勢就烹。瘡痍親接戰，勇決一作餘勇冠垂成〔八〕。妙譽期元宰，殊恩且列卿。幾時迴節鉞，戮力掃欃槍〔九〕。圭竇一云蓬户三千士，雲梯七十城。恥非齊説客，秖荆作甘似魯諸生〔一〇〕。通籍微班忝，周行獨坐榮。隨肩趨漏刻，短髮寄一作媿簪纓〔一一〕。徑欲依劉表，還疑一作能無厭禰衡。漸衰那一作寧此别，忍淚獨含情〔一二〕。廢邑狐狸語，空村虎豹争。人頻墜塗炭，公豈忘精誠。元帥調新律，前軍壓舊京。安邊仍扈從，莫作一作無使後功名〔一三〕。

〔一〕錢箋：《漢·趙充國傳贊》：秦漢以來，山東出相，山西出將。天水、隴西、安定、北地皆爲山西。

英乂瓜州長樂人，故曰「山西將」也。《舊唐書》：英乂，知運之季子也。知運爲鄯州都督、隴右諸軍節度大使，自居西陲，甚爲蠻夷所憚。開元九年，卒於軍。至德初，肅宗興師朔野，英乂以將門子特見任用。英乂繼其父節度隴右，故有「部曲」、「家聲」之句。

〔二〕《唐書》：天寶元年，改秦州爲天水郡。雪山，注見二卷。

〔三〕言鎮静安邊，肰後可併力爲討賊之計。

〔四〕《左傳》：吴爲封豕長蛇，薦食上國。陳琳檄：若駭鯨之決細網。禄山反幽州，陷河北及洛陽、長安，所謂「奔幽薊」、「觸周秦」也。墋黷，注見前。

〔五〕昭陽殿，注見前。《漢·匈奴傳》：軍長安西細柳。張揖曰：在昆明池南，今柳市是也。《括地志》：細柳倉，在雍州咸陽縣西南二十里，周亞夫屯兵處。

〔六〕《説文》：祆，胡神也。《漢·天文志》：祆星，不出五年，其下有軍。《光武紀》：赤眉發掘園陵。注：園謂山墳。金盌，注詳《諸將》詩。《鄴都故事》：魏武遺令：西陵施六尺牀，張繐帷。《説文》：繐，細疏布也。

〔七〕《舊唐書》：東都太廟九室，神主共二十六座。禄山取太廟爲軍營，神主棄街巷。錢箋：《緗素雜記》：唐蘇鶚《演義》云：罘罳，織絲爲之，輕疎浮虚，象羅網交文之狀，蓋宫殿簷户之間，杜詩：「罘罳朝共落」。鶚説是也。《爾雅注》：棆，木名，楩屬，似豫章。《左傳注》：桷，椽也。《説文》：屋椽，周謂之榱，齊魯謂之桷。

〔八〕《通鑑》：是年二月，兵馬使郭英乂軍東原。安守忠寇武功，英乂戰不利，矢貫其頤而走。趙曰：「瘡痍」二語，微言英乂之敗，激其再立功也。

〔九〕按《唐志》：御史中丞二人，正四品下。太僕寺卿一人，從三品。中丞兼卿，所以爲加恩也。

《爾雅》：彗星爲欃槍。注：亦謂之孛，言其形孛孛似掃彗。

〔一〇〕《禮記》：儒有蓽門圭竇。注：門旁窬穿牆爲竇，如圭。《漢書》：酈食其説田廣罷歷下守備，馮軾下齊七十餘城。叔孫通曰：「臣願徵魯諸生，與臣弟子共起朝儀。」齊説客，申「七十城」；魯諸生，申「三千士」。時賊尚據長安，故用下城事。

〔一一〕《詩箋》：周行，周之列位也。《後漢書》：宣秉拜御史中丞，光武特詔御史中丞與司隸校尉、尚書令並專席而坐，京師號三獨坐。《禮記》：五年以長，則肩隨之。

〔一二〕《魏志》：王粲，字仲宣，山陽人。獻帝西遷，粲從至長安，以西京擾亂，乃之荆州依劉表。禰衡，注見一卷。

〔一三〕元帥、前軍，注見《官軍臨賊境》詩。

送楊六判官使西蕃

《舊唐書》：至德元載，吐蕃遣使請和親，願助國討賊。二載三月，吐蕃遣使和親，遣給事中南巨川報命。按，詩云「慎爾參籌畫」，楊蓋贊巨川以行者。

送遠秋風落，西征海氣寒。帝京氛祲滿，人世別離難〔一〕。絶域遥懷怒，和親願結歡。敕書憐贊普，兵甲望長安〔二〕。宣命一作令前程急，惟良待士寬。子雲清自守，今日起爲官。垂淚方投筆，傷時即據鞍〔三〕。儒衣山鳥怪，漢節野童看。邊酒排金盞一作盌，夷歌捧玉盤。草肥一作輕蕃馬健，雪重拂廬乾〔四〕。慎爾參籌畫，從兹正羽翰。歸來權可取，九萬一朝摶。

〔一〕青海，在唐鄯州。往吐蕃當渡青海，故云「海氣寒」。

〔二〕《唐書》：吐蕃俗謂彊雄曰贊，丈夫曰普，故號君長曰贊普，贊普妻曰末蒙。

〔三〕《杜詩博議》：「惟良」，舊注無解，按《漢書》：宣帝曰：「與我共理者，其惟良二千石乎？」此詩用「惟良」出此，亦「友於」、「貽厥」之類也。李嘉祐《送相公五叔守歙州》詩落句云：「新安江自緑，明主重惟良」，此一證。時楊判官必膺郡守推薦，銜命入蕃，故曰「惟良待士寬」也。

《揚雄傳》：雄三世不徙官，有以自守，泊如也。「子雲」、「今日」是假對。但《漢書》言：子雲系出揚侯，其字不從木。按：晉羊舌氏食邑於揚，曰揚食我，後分其田爲三縣，曰平陽，曰楊氏，則揚與楊同出一姓，故楊修有「吾家子雲」之語。或疑此送楊判官，不合用子雲事，蓋失考耳。

《班超傳》：超爲官傭書，久勞苦，投筆歎曰：「丈夫當立功異域，安能久事筆硯乎？」

《馬援傳》：援請討五溪蠻，據鞍顧眄，以示可用。

〔四〕《唐書》：吐蕃贊普聯毳帳以居，號大拂廬，容數百人，部人處小拂廬。《舊書》：其國都城號邏些城，屋皆平頭，高者至數十尺。貴人處於大氈帳，名爲拂廬。

楊判官之使，蓋爲徵兵吐蕃。「絶域遥懷怒」，言吐蕃來請討賊也；「敕書憐贊普」，言天子許其和親，遂降意以待之也；「兵甲望長安」，言長安之人急望王師之至，則助國討賊不容緩也。肰借兵非美事，又恐其屈節外藩，故後復以「慎謀畫」、「正羽翰」戒之，欲其伸中國之威，不辱命也。

杜工部詩集卷之四

松陵　朱鶴齡　輯註

至德、乾元間，公官左拾遺作

奉贈嚴八閣老

鮑曰：嚴武也，時爲給事中。蔡曰：《國史補》：宰相相呼爲堂老，兩省相呼爲閣老。《通鑑》：王涯謂給事中鄭肅、韓佽曰：「二閣老不用封敕。」此唐人稱給事中爲閣老也。

扈聖《英華》作扈從，一作今日登黄閣，明公獨妙年〔一〕。蛟龍得雲雨，鵰鶚在秋天。客禮容疎放，官曹可一作許接聯。新詩句句好，應任老夫傳〔二〕。

〔一〕《困學紀聞》：給事中，屬門下省。開元曰黄門省，故曰黄閣。左拾遺亦東省之屬，故曰「官曹可接聯」。近世用此詩爲宰輔事，誤矣。黄曰：唐門下省，其長曰侍中，與中書令參總而顓判省事，即宰相也。給事中，掌分判省事，故得同登黄閣。按：《説文》閤與閣異：閣，夾室也，以板爲之，亦樓觀通名。閤，門旁小户也。漢公孫弘開東閤以延賢人，蓋避當門，而東向開一小門，引賓客，以别於官屬也。漢三公黄閤，注：不敢洞開朱門，以别於人主，故黄其閤。又唐門下省以黄塗門，謂黄閤。《唐志》：中書舍人以久次者一人爲閤老，此詩云「扈聖登黄閤」，又《待嚴大夫》詩云：「生理止憑黄閤老」，皆作「閤」，非子美誤用，乃訛字相沿耳，當改正。《舊唐書》：武累遷給事中，既取長安，爲京兆尹，兼御史中丞，時年三十二。按：武爲給事纔三十一，故曰「妙年」。

〔三〕謂廣傳嚴公之詩。

月

天上秋期近，人間月影清。入河蟾不没，擣藥兔長生〔一〕。只益丹心苦，能添白髮明。干戈知滿地一作道，休照國西營〔二〕。

〔一〕張衡《靈憲》：姮娥奔月，是爲蟾蜍。《説文》：蟾蜍，蝦蟇也。傅玄《擬天問》：月中何有？白兔擣藥。

〔二〕時官軍營於長安西。舊注：休照，爲征人見月而悲也。

留别賈嚴二閣老兩院補闕得雲字一作兩院遺補諸公得聞字

時賈至爲中書舍人，嚴武爲給事中。兩院，謂拾遺、補闕也。作「遺補」是。○此往鄜州省家時作。

田園須暫往一作住，戎馬惜離群。去遠留詩別，愁多任酒醺。一秋常苦雨，今日始無雲。山路時一作晴吹角一作笛，那堪處處聞。

晚行口號

三川不可到，歸路晚山稠。落雁浮寒水，饑烏集戍樓。市朝今日異，喪亂幾時休。遠媿梁江總，還家尚黑頭〔一〕。

〔一〕《南史》：江總，字總持，梁武帝時，累官至太子中舍人，陳後主授尚書令。陳亡，入隋，爲上開府。開皇十四年，卒於江都。錢箋：江總十八解褐，年少有名。侯景之亂，避難崎嶇累年。至會稽郡，憩於龍華寺。曰「梁江總」，以總在梁遇亂，尚少年也。劉會孟云：「總自梁入陳，自陳入隋，歸尚黑頭，其人物心事可知。」不知總入隋，年七十餘矣。劉之不學，可笑如此。《補注》：顧炎武曰：劉須溪評此詩，以著一「梁」字，不勝其愧。今以《總傳》考之，梁太清三年，臺城陷，總年三十一，自此流離於外十四五年。至陳天嘉四年還朝，總年四十五，所謂「還家尚黑頭」也。子美遭遇崎嶇，略與總同，自傷其年已老，故發此嘆耳，豈如須溪所云哉？《傳》又云：開皇十四年，卒于江都，時年七十六。既無還家之文，而禎明三年，爲陳亡之歲，總年已七十一，頭安得黑乎？且子美詩云：「莫看江總老，猶被賞時魚」，又云：「管寧紗帽淨，江令錦袍鮮」，亦已亟稱之矣。

獨酌成詩

燈花何太喜，酒緑一作色正相親〔一〕。醉裏從爲客，詩成覺有神。兵戈猶在眼，儒術豈謀身。苦一作共，非被微官縛，低頭媿野人。

〔一〕《西京雜記》：「目瞤得酒食，燈花得錢財。」

徒步歸行

原注：贈李特進，自鳳翔赴鄜州，途經邠州作。○李特進，趙次公云：李嗣業也。按《新書》：嗣業從平石國加特進，至鳳翔，謁肅宗，進四鎮、伊西、北庭行軍兵馬使。嗣業有宛馬十疋，或公從之借乘，亦未可知。魯訔謂時守邠州，則史無明文。

明公壯年值時危，經濟寔藉英雄姿。國之社稷今若是，武定禍亂非公誰。鳳翔千官且飽飯，衣馬不復能輕肥〔一〕。青袍朝士最困者，白頭拾遺徒步歸。人生交契無老少，論交《英華》作心何必先同調。妻子山中哭向天，須公櫪上追風驃〔二〕。

〔一〕錢箋：《舊書》：至德二載二月，上幸鳳翔，議大舉收復兩京，盡括公私馬以助軍。時當括馬之後，故云「不復能輕肥」也。

〔二〕《古今注》：秦始皇七馬，一曰追風。《洛陽伽藍記》：後魏河間王琛，遣使至波斯國，得千里馬，號曰追風、赤驥。《廣韻》：馬黄白色曰驃。《舊唐書》：太宗十驥，六曰飛驃。

九成宫

《唐書》：九成宫，在鳳翔麟遊縣西五里，本隋仁壽宫，貞觀間修之以避暑，因更名焉。宫周垣千八百步，并置禁苑及府庫、官寺等，太宗、高宗嘗臨幸。《舊書》：九成宫總監一人，副監一人，丞簿、録事各一人。

蒼山入百里，崖斷如杵臼。曾宫憑風迴一作迥，岌嶪土囊口〔一〕。立神扶棟梁一作宇，鑿翠開户牖。其陽産靈芝，其陰宿牛斗〔二〕。紛披長松倒一作側，揭巘魚列切怪石走。哀猿啼一聲，客淚迸林藪〔三〕。荒哉隋家帝，製此今頹朽。向使國不亡，焉爲巨唐有〔四〕。雖無新增修，尚置《英華》作署官居守。巡非瑶水遠，跡是雕牆後〔五〕。我行陳作來屬時危，仰望嗟嘆久。天王守晉、晁並作狩。鮑欽止云：守，讀如狩太白，駐馬更搔一作回首〔六〕。

〔一〕楊敬之《華山賦》：坳者似池，洼者似臼。《西京賦》：狀崔峨以岌嶪。《風賦》：風起於地，浸淫谿谷，盛怒於土囊之口。注：土囊，谷口也。

〔二〕《魯靈光殿賦》：神靈扶其棟宇。　孫逖《登雲門寺》詩：紗窻宿斗牛。

〔三〕《魯靈光殿賦》：飛陛揭嶭，緣雲上征。

〔四〕《通鑑》：隋開皇十三年二月，詔營仁壽宮於岐州之北，使楊素監之。夷山堙谷，以立宮殿，崇臺累榭，宛轉相屬。役使嚴急，丁夫多死，疲頓顛仆，推填坑坎，覆以土石，因而築爲平地，死者以萬數。

〔五〕置官，見題下注。　王融《曲水詩序》：穆滿八駿，如舞瑤水之陰。《書》：峻宇雕牆。

〔六〕守太白，謂肅宗次鳳翔。《唐書》：鳳翔郿縣有太白山。《秦少府歌》：去年行宮當太白。

玉華宮

《舊唐書》：貞觀二十一年七月，作玉華宮，制度務從菲薄，更令卑陋。《新書》：貞觀二十年，置玉華宮，在坊州宜君縣北七里鳳凰谷。永徽二年，廢爲玉華寺。《唐會要》：玉華宮正殿覆瓦，餘皆葺之以茅。貞觀二十三年，御製《玉華宮銘》，令太子以下皆和。

溪迴一作迴松風長，蒼鼠竄古瓦。不知何王殿，遺構絕壁下〔一〕。陰房鬼火青，壞道哀湍瀉。

萬籟真笙竽一作竽瑟，秋色一作氣，一作光正一作極蕭灑〔二〕。美人爲黄土，況乃粉黛假。當時侍金輿，故物獨石馬〔三〕。憂來藉草坐，浩歌淚盈把。冉冉征途間，誰是長年者〔四〕。

〔一〕《七發》：依絶區兮臨回溪。　宋張珉《遊玉華山記》：玉華宫，其初有九殿五門。正殿爲玉華，其上爲排雲，又其上爲慶雲。其正門爲南風，南風之東爲太子之宫，其殿曰耀和，其門曰嘉禮，又一門曰金飆。此外莫得而考。按：玉華宫作於貞觀年間，去公時僅百載，而乃云「不知何王殿」，學者惑之。次公謂：公爲太宗諱，其説似迂。余意玉華宫久廢爲寺。《高僧傳》載，玄奘常於此譯經，與九成之置官居守者不同，故人皆不知爲何王之殿，非公真昧其蹟也。

〔二〕《説文》：燐，鬼火也。張珉《記》：宜君縣有山曰玉華，其南曰埜火谷，望之如爨煙，莫知所自。野火之西，曰鳳凰谷，則置宫之地也。　《書注》：傅氏之巖，在虞虢界，有澗水壞道。　錢箋：《吴都賦》：鳴條暢律，飛音響亮，蓋象琴筑并奏，笙竽俱唱。善曰：律，謂籟也。

〔三〕《恨賦》：喪金輿及玉乘。　趙曰：當時必有隨輦美人没葬宫旁者，故詩中及之。

〔四〕《天台賦》：藉萋萋之纖草。　王微詩：傾筐未盈把。　《淮南子》：木葉落而長年悲。

羌村三首

《鄜州圖經》：州治洛交縣。羌村，洛交村墟。

峥嶸赤雲西，日脚下平地。柴門鳥雀噪，歸客一作客子千里至〔一〕。妻孥怪我在，驚定一作走還拭淚。世亂遭飄蕩，生還偶然遂。鄰人滿牆頭，感嘆亦歔欷。夜闌更秉燭，相對如夢寐〔二〕。

〔一〕陳後主詩：日脚沈雲外。陸賈《新語》：乾鵲噪而行人至。

〔二〕《冷齋詩話》：更秉燭，言更互秉燭也。陸游《筆記》：夜深宜睡而復秉燭，見久客喜歸之意。德洪謂平聲，妄也。

晚歲迫偷生，還家少歡趣。嬌兒不離膝，畏我復却去。憶昔好一作多追涼，故繞池邊樹。蕭蕭北風勁，撫事煎百慮。賴知禾黍《英華》作黍秫收，已覺糟牀注。如今足斟酌，且用慰遲暮。

群鷄正一作忽亂叫，客至鷄鬭爭。驅鷄上樹木，始聞叩柴荆。父老四五人，問我久遠行。手中各有攜，傾榼濁復清。苦《英華》作莫辭酒味薄，黍地無人耕。兵革既未息，兒童盡東征。請爲父老歌，艱難愧深情。歌罷仰天歎，四座涕一作淚縱横。

北征

《輿地圖》：鄜州在鳳翔府東北。

皇帝二載秋，閏八月初吉。杜子將北征，蒼茫問家室。維時遭艱虞一作危，朝野少暇日。顧慙恩私被，詔許歸蓬蓽。拜一作奉辭詣闕下一云閤門，怵惕久未出。雖乏諫諍姿，恐君有遺失。君誠中興主，經緯固密勿。東胡反未已，臣甫憤所切〔一〕。揮涕戀行在，道途一作路猶恍惚。乾坤含陳浩肰本作合瘡痍，憂虞何時畢？靡靡踰阡陌，人煙眇蕭瑟一作索。所遇多被傷，呻吟更流血。回首鳳翔縣，旌旗晚明滅。前登寒山重，屢得飲馬窟。邠郊入地底，涇水中蕩潏。猛虎立我前，蒼崖吼時裂〔二〕。菊垂今秋花，石戴一作帶，一作載古車轍。青雲動高興，幽事亦可悦。山果多瑣細，羅生雜橡栗〔三〕。或紅如丹砂，或黑如點漆。雨露之所濡，甘苦一作酸齊結實。緬思桃源內，益歎身世拙〔四〕。坡陀望鄜畤，巖谷郭作谷巖互出没。我行已水濱，我僕猶木末。鴟梟一作鳥鳴黃桑，埜鼠拱亂穴〔五〕。夜深一作中經戰場，寒月炤白骨。潼關百萬師，往者散一作敗何卒？遂令半秦民，殘害爲異物〔六〕。況我墮一作隨胡塵，及歸盡華髮。經年至茆屋，妻子衣百結。慟哭松聲迴一作廻，悲泉共幽一作鳴咽。平生所嬌一作驕兒，顏色白勝雪。見耶背面啼，垢膩脚不襪。牀前兩小女，補綴一作綻才一作纔過膝。海圖拆一作坼波濤，舊繡移曲折。天吳及紫鳳，顛倒在裋一作短褐〔七〕。老夫情懷惡，嘔泄一作咽臥數日一云數日臥嘔泄。那無一作能囊中帛，救汝寒凜慄。粉黛亦解苞一作包，衾裯稍羅列。瘦妻面復光，癡女頭自櫛。學母無不爲，曉粧隨手抹。移時施朱鉛，狼藉畫眉闊。生還對童稚，似欲忘饑渴。問事競挽鬚，誰能即嗔喝？飜思在賊愁，甘受雜亂聒。新歸且慰意，生理焉得説？至尊尚蒙塵，幾日休練卒？仰觀一作看天色改，坐一作旁覺妖一作祆氛豁。陰風西北來，慘澹隨回鶻一作胡紇。其王願助順，其俗善一作喜馳突。送兵五千人，驅馬一萬匹〔八〕。此輩少爲貴，四方服勇決。所用皆鷹騰，破敵過一作如箭疾。聖心頗虛佇，時議氣欲奪〔九〕。伊洛指掌收，西京不足拔。官軍請深入，蓄鋭可浩肰本作伺俱發。此舉開青徐，旋瞻略恒碣〔一〇〕。昊天積霜露，正氣有肅殺。禍轉亡胡歲，勢成擒胡月。胡命其能久？皇綱未宜絶。憶昔狼狽初，事與古先別。姦臣竟葅醢，同惡隨蕩折。不聞夏殷胡仔云：當作殷周衰，中自誅褒妲。周漢獲再興，宣光果明哲〔一一〕。桓桓陳將軍，仗鉞奮忠烈。微爾人盡非，於今國猶活〔一二〕。淒涼大同殿，寂寞白獸闥。都人望翠華，佳氣向金闕〔一三〕。園陵固有神，掃灑數不缺。煌煌太宗業，樹立甚宏達〔一四〕。

〔一〕《漢·劉向傳》：引詩密勿，從事不敢告勞。師古曰：密勿，猶黽勉也。《文選注》：黽勉同心。《韓詩》作「密勿同心」。

〔二〕《唐書》：邠州新平郡，屬關内道。「入地底」，言地形卑下也。《括地志》：涇水發源涇州東南，流邠州界，至高陵入渭。《九域志》：邠距涇才百五十里。

〔三〕《高唐賦》：芳草羅生。《廣韻》：橡，櫟實也。《本草》：橡堪染用，一名皂斗，其實作梂，似栗實而小。

〔四〕桃源，注見三卷。

〔五〕《漢·郊祀志》：秦文公作鄜畤，用三牲郊祀白帝。《元和郡縣志》：漢上郡雕陰地，後魏立。鄜州，因鄜畤爲名。　《楚詞》：搴芙蓉兮木末。

〔六〕哥舒翰敗潼關，注別見。　《鵩賦》：化爲異物兮又奚足患。

〔七〕《山海經》：朝陽之谷有神曰天吴，是爲水伯，虎身人面，八首、八足、八尾，背青黄色。丹穴之山有鸑鷟，鳳之屬也，五色而多紫。　《方言》：關西謂襜褕短者裋褐。《漢書注》：裋，謂僮豎所著之襦。褐，毛布也。　海圖、天吴、紫鳳，皆所繡之物。以舊繡補綻爲豎衣，故波濤圻、繡紋移，天吴、紫鳳皆顛倒也。

〔八〕《唐書·回鶻傳》：回紇，其先匈奴，元魏時號高車部，或曰敕勒，訛爲鐵勒。隋曰回紇，亦曰韋紇。至德元載九月，回紇遣其太子葉護，率兵四千，助國討賊。肅宗宴賜甚厚，命廣平王見葉護，約爲兄弟。葉護大喜，稱王爲兄。　趙曰：「隨回鶻」，當以「回紇」爲正。德宗元和四年，始請易號回鶻，言捷鷙猶鶻肰。

〔九〕《回鶻傳》：其人驍彊，初無酋長，逐水草轉徙，善騎射，喜盜鈔。

〔一〇〕伊洛，東都也。　青、徐二州在東，恒山、碣石在東北。○按：借兵回紇，大爲中國害，公心所不予，故曰「聖心頗虚佇，時議氣欲奪」，下遂言官軍自足破賊，不必全仗胡兵也。公意收復兩京，便當乘勝長驅幽薊，故云「此舉開青徐，旋瞻略恒碣」。當時李泌之議，欲命建寧並塞北出，與光弼犄角以取范陽，所見亦與公同也。

〔二〕褒姒、妲己，比貴妃。周宣、漢光武，比肅宗。魏道輔《詩話》：唐人詠馬嵬之事多矣，世所稱者：劉禹錫「官軍誅佞倖，天子捨妖姬」，白居易「六軍不發争奈何，宛轉蛾眉馬前死」，此乃詠禄山能使官軍背叛，逼迫明皇，明皇不得已而誅貴妃也。豈特不曉文章體裁而造語蠢拙，亦失事君之禮。老杜則不肰，其《北征》詩曰：「憶昨狼狽初，事與古先別。不聞夏殷衰，中自誅褒妲。」乃是明皇鑒夏殷之敗，畏天悔禍，賜妃子以死，無與官軍也。

〔三〕《舊唐書》：上幸蜀，至馬嵬驛，左龍武大將軍陳玄禮整比六軍以從。玄禮以禍由楊國忠，欲誅之。會吐蕃使者遮國忠馬，訴以無食。國忠未及對，軍士呼曰：「國忠與胡虜謀反。」遂殺之，以槍揭其首。上出驛門，慰勞軍士，令收隊，軍士不應。使高力士問之，玄禮對曰：「國忠謀反，貴妃不宜供奉，願陛下割恩正法。」上令力士引貴妃於佛堂，縊殺之。「微爾人盡非」，即「微管仲，吾其被髮左衽」之意。許彦周《詩話》：禍亂既作，惟賞罰當則再振，否則不可支矣。元禮首議誅國忠、貴妃。無此舉，雖有李、郭，不能奏匡復之功，故以「活國」許之。

〔三〕《長安志》：南内興慶宫勤政樓之北曰大同門，其内大同殿。天寶七載，大同殿柱産玉芝，有神光炤殿。按：白獸闥，即白獸門。《三輔黄圖》：未央宫有白虎殿，唐避太祖諱，改爲獸。《唐書》：臨淄王討韋后，帥兵攻白獸門，斬關而入。又：康國安遷太學博士、白獸門内供奉。皆可證。《上林賦》：建翠華之旗。注：以翠羽爲旗上葆也。《史・封禪書》：蓬萊、方丈、瀛洲，此三神山者，黄金銀爲宫闕。《神異經》：西北荒中有一金闕，相去百尺。

〔一四〕「數不缺」，言收京之後，掃灑園陵，禮數不缺也。蔡讀作色角切，非是。陸機《高祖功臣贊》：曲逆宏達。

行次昭陵

《唐書》：京兆府醴泉縣有九嵕山，太宗昭陵在西北六十里。按：昭陵在醴泉，近涇陽，直京師之北。《草堂詩箋》序於《北征》詩後，良是。蓋省家鄜州，道經此也。黄鶴編天寶五載，謂西歸應詔時作，大謬。

舊俗疲庸主，群雄問獨夫。讖歸龍鳳質，威定虎狼都〔一〕。天屬尊堯典，神功協禹謨。風雲隨絶一作逸足，日月繼高衢〔二〕。文物多師古，朝廷半老儒。直詞寧戮辱，賢路不崎嶇〔三〕。往者災猶降，蒼生喘未蘇。指麾安率土，蕩滌撫洪鑪〔四〕。壯士悲陵邑，幽人拜鼎湖。玉衣晨自舉，鐵《英華》作石馬汗常趨〔五〕。松柏瞻虚一作靈殿，塵沙立暝一作暗途。寂寥開國日，流恨滿山隅〔六〕。

〔一〕群雄，如李密之流。《隋書》：楊玄感謂游元曰：「獨夫肆虐，陷身絶域，此天亡之時也。」《舊唐書》：太宗方四歲，有書生見之，曰：「龍鳳之姿，天日之表，年將二十，必能濟世安民。」《蘇秦傳》：秦，虎狼之國也。按：太宗取天下，先定關中。關中，隋所都。《補注》：顧炎武曰：虎狼都，宋人注引《蘇秦傳》：「秦，虎狼之國也」，未當。按《天官書》：「西宮參爲白虎，東一星曰狼。」《秦本紀贊》：「據狼弧，蹈參伐。」參乃秦之分野，此當用之。

〔二〕《莊子》：彼以利合，此以天屬。蔡琰詩：天屬綴人心。高祖謚「神堯」，其傳位如堯禪舜，故曰「尊堯典」。《禹謨》：九功惟敘。太宗作樂，有九功舞，其盛可配神禹，故曰「協禹謨」。《漢書敘傳》：振拔洿塗，跨騰風雲。《登樓賦》：惟日月之逾邁兮，俟河清其未極。冀王道之一平兮，假高衢而騁力。注：高衢，謂大道也。言房、杜諸公，乘風雲之會，依日月之光也。

〔三〕不崎嶇，言不艱於進用也。

〔四〕《東都賦》：紹百王之荒屯，因造化之蕩滌。洪鑪，即大鑪，注別見。○往災猶降，言天寶之亂，乃隋末之災再降於今日也。指麾、蕩滌，歎太宗之功，今無人能繼也。時兩京尚未收復，故云肰。

〔五〕《西都賦》：三選七遷，充奉陵邑。《漢·郊祀志》：黄帝鑄鼎荆山下，鼎成，有龍垂胡髯下迎，帝騎龍上天，後人名其地爲鼎湖。《霍光傳》：宣帝賜光玉衣梓宫。師古曰：《漢儀注》：以玉爲衣，如鎧狀，連綴之，以黄金爲縷。《漢武故事》：高皇廟中御衣自篋中出，舞於殿上，冬衣自下在席上。《王莽傳》：杜陵便殿乘輿虎文衣廢藏在室匣者出，自樹立外堂上，良久乃委地，莽惡之。錢箋：「鐵馬」，當作「石馬」。按《唐會要》：上欲闡揚先帝徽烈，乃刻石爲常所乘破敵馬六匹於昭陵闕下。《安禄山事蹟》：潼關之戰，我軍既敗，賊將崔乾祐領白旗，引左右馳突。又見黄旗軍數百隊，官軍潛謂是賊，不敢逼之。須臾，見與乾祐鬭，黄旗軍不勝，退而又戰者不一，俄不知所在。後昭陵奏，是日靈宫前石人馬汗流。李義山《復京》詩：「天教李令心如日，可要昭陵石馬來。」韋莊《再幸梁洋》詩：「興慶玉龍寒自躍，昭陵石馬夜空嘶。」皆記此事也。

〔六〕繁欽《述行賦》：茫茫河濱，實多沙塵。

重經昭陵

草昧英雄起，謳歌曆數歸。風塵三尺劍，社稷一戎衣〔一〕。翼亮貞文德，丕承戢武威。聖圖天廣大，宗祀日光輝〔二〕。陵寢盤空曲，熊羆守翠微。再窺松柏路，還有一作見五雲飛〔三〕。

〔一〕庾信詩：終封三尺劍，長卷一戎衣。

〔二〕石崇《大雅吟》：啓土萬里，志在翼亮。　蘇頲《應制詩》：聖圖恢寓縣。

〔三〕陵，山陵；寢，寢廟也。　錢箋：《唐會要》：昭陵因九嵕層峰，鑿山南面深七十五丈爲玄宫，傍巖架梁爲棧道，懸絶百仞，繞回二百三十步，始達玄宫門，頂上亦起遊殿。　舊注：熊羆，謂護陵之軍。　京房《易飛候》：宣太后陵前後數有光，又有五采雲在松下，如車蓋。

彭衙行

《左傳注》：馮翊郃陽縣西北有彭衙城。《寰宇記》：彭衙故城在白水縣東北六十里。

憶昔避賊初，北走經險艱。夜深彭衙道，月照白水山。盡室久徒步，逢人多厚顔。參差谷鳥吟一作鳴，不見遊子還。癡女飢咬我，啼畏虎狼一作猛虎聞古叶無沿切。懷中掩其口，反側聲愈嗔古叶稱延切。小兒强解事，故索苦李餐。一旬半雷雨，泥濘相牽攀。既無禦雨一作濕備，徑滑衣又寒。有時經一作最契闊，竟日數里間。埜果充餱糧，卑枝成屋椽。早行江上水，暮宿天邊烟。少留同晉作固，一作周家窪烏瓜切，欲出蘆子關。故人有孫宰，高義薄曾雲古叶千元切〔一〕。延客已曛黑，張燈啓重門古叶民堅切。煖湯濯我足，剪紙招我魂古叶胡勬切。從此出妻孥，相視涕闌干。衆雛爛熳睡，唤起霑盤飧古叶逸緣切〔二〕。誓將與夫子，永結爲弟昆古叶居員切。遂空所坐堂，安居奉我歡。誰肯艱難際，豁達露心肝。别來歲月周，胡羯仍構患古叶胡涓切。何當有翅翎，飛去墮爾前。

〔一〕同家窪，地名。　蘆子關，注見三卷。按：鄜州在白水縣北，延州在鄜州西北，蘆關又在延州北。時公欲北詣靈武，故道出蘆關也。　孫宰，三川宰也，或曰人名。

〔二〕息夫躬《絶命詞》：「涕泗流兮萑蘭。」瓚曰：「萑蘭，涕泗闌干也。」爛熳睡，睡之熟也。

喜聞官軍已臨賊境二十韻

胡虜一作騎潛京縣，官軍擁賊壕。鼎魚猶假息，穴蟻欲何逃〔一〕。帳殿羅玄冕，轅門照白袍。秦山當警蹕，漢苑入旌旄〔二〕。路失一作濕，非羊腸險，雲橫雉尾高。五原空壁壘，八水散風濤〔三〕。今日看天意，遊魂貸爾曹。乞降那更得，尚詐莫徒勞〔四〕。元帥歸龍種，司空握一作擁豹韜。前軍一作旌蘇武節，左將呂虔刀〔五〕。兵氣回飛鳥，威聲沒巨鼇。戈鋋開雪色，弓矢向秋毫〔六〕。天步艱方盡，時和運更遭。誰云遺毒螫一作蠆，已是沃腥臊〔七〕。睿想一作思丹墀近，神行羽衛牢。花門騰絶漠，拓《唐書》作柘羯渡臨洮。此輩感恩至，羸俘何足操。鋒先衣染血，騎突劍吹毛〔八〕。喜覺都城動，悲連子女號。家家賣釵釧，秖待一作準擬獻春醪〔九〕。

〔一〕謝脁詩：河陽視京縣。《唐書》：至德二載閏八月，賊寇鳳翔。崔光遠行軍司馬王伯倫等率衆捍賊，乘勝攻中渭橋，追擊至苑門，賊大軍屯武功，燒營而去。九月丁亥，廣平王將朔方等軍及回紇西域之衆十五萬發鳳翔。壬寅，至長安城西，與賊將安守忠等戰于香積寺之北、灃水之東。賊大敗，斬首六萬，賊帥張通儒棄京城，走陝郡。癸卯，大軍入京師。甲辰，捷書至鳳翔。《南史》：丘遲《與陳伯之書》：將軍魚遊于鼎沸之中。《後漢·謝夷吾傳》：遊魂假息，無所施刑。《異苑》：晉太元中，桓謙見有人皆長寸餘，悉被鎧持槊，乘具裝馬，從埳中出，緣几登竈。蔣山道士朱應子令作沸湯，澆所入處，因掘之，有斛許大蟻，死在穴中。

〔二〕庾肩吾《曲水詩》：回川入帳殿。《唐六典》：尚舍奉御，凡大駕行幸，預設三部帳幕，帳皆烏氈爲表，朱綾爲覆，下有紫帷方座，金銅行牀，覆以簾。其外置排城，以爲蔽捍。《舊唐書》：武德令：侍臣服有衮冕、鷩冕、毳冕、繡冕、玄冕。《梁書》：陳慶之所統之兵，悉著白袍，所向披靡。

〔三〕《漢志》：上黨壺關縣有羊腸坂。魏武《苦寒行》：羊腸險詰曲，車輪爲之摧。《古今注》：周制，后夫人車緝雉尾爲扇翣，漢乘輿服之。《唐書》：天子舉動必以扇，大駕鹵簿，有雉尾障扇、小團雉尾扇、方雉尾扇、小雉尾扇之屬。《長安志》：長安、萬年二縣之外，有畢原、白鹿原、少陵原、高陽原、細柳原，謂之五原。空壁壘，言賊之壁壘已空也。《關中記》：涇、渭、滻、灞、澇、滈、灃、潏爲關内八水。

〔四〕乞降、尚詐，言賊急則乞降，緩則尚詐也。

〔五〕《唐書》：二載九月，以廣平王俶爲天下兵馬元帥，郭子儀副之。先是，子儀進位司空。《小學紺珠》：文、武、龍、虎、豹、犬，爲六韜。《後漢》注：《霸典文論》、《文師武論》、《龍韜主將》、《虎韜偏裨》、《豹韜校尉》、《犬韜司馬》。《唐書》：收長安，李嗣業統前軍，陣于香積寺北。《晉書》：蘇峻平，王導令取故節，陶侃曰：「蘇武節似不如是。」《通鑑》：香積之戰，賊伏精騎，欲擊官軍，朔方左廂兵馬使僕固懷恩就擊之，剪滅殆盡。《晉書》：徐州刺史吕虔檄王祥爲司馬。初，虔有佩刀，工相之，以爲必三公可服，虔乃以與祥。

〔六〕《東都賦》：「戈鋋彗雲。」鋋，小矛也。

〔七〕《西京賦》：「蕩亡秦之毒螫。」螫，行毒也。

〔八〕羽衛，葆羽之衛也。　花門，注別見。《唐·西域傳》：安西者，即康居小君長罽王故地，募勇健者爲柘羯，猶中國言戰士也。《通鑑》：是年二月，安西、北庭及拔汗那、大食諸國兵至涼、鄯。《唐書》：洮州臨洮郡，屬隴右道。　劍吹毛，言其利也。舊注：《吴越春秋》：干將之劍，能決吹毛遊塵。按：《昌黎集注》引此，云：今《吴越春秋》無此語。

〔九〕《董卓傳》：吕布殺卓，長安士女賣其珠玉衣裝市酒肉，相慶者填滿街肆。

收京三首

仙仗離丹極，妖星照一作帶玉除〔一〕。須爲下殿走，不可好樓居一作得非群盜起，難作九重居〔二〕。暫屈汾陽駕，聊飛燕將書〔三〕。依然七廟略，更蔡讀平聲與萬方初〔四〕。

〔一〕錢箋：《安禄山事跡》：禄山生夜，赤光旁照，群獸四鳴，望氣者見妖星芒熾，落其穹廬。《西都賦》：玉除彤庭。

〔二〕《梁·武帝紀》：以諺云：「熒惑入南斗，天子下殿走」，乃跣足下殿以禳之。《漢·武帝紀》：

公孫卿曰：「仙人好樓居。」于是令長安作飛廉、桂觀，甘泉作益壽、延壽觀。

〔三〕《莊子》：堯往見四子藐姑射之山，汾水之陽，窅然喪其天下焉。《史記》：燕將攻下聊城，聊城人或讒之，燕將懼誅，不敢歸。田單攻之，歲餘不下。仲連乃爲書約之，矢射城中，遺燕將。

〔四〕庾肩吾詩：方憑七廟略，更雪五陵冤。

按：玄宗晚節怠荒，深居九重，政由妃子，以致播遷之禍。公不忍顯言，而寓意于仙人之樓居，因貴妃嘗爲女道士，故舉此況之。《連昌宫詞》：「上皇正在望仙樓，太真同凭闌干立。」此一的證。舊注直云：譏玄宗好神仙，泥矣。時嚴莊來降，史思明亦叛，慶緒納土，河北折簡可定，故以「魯連射書」言之。時解引哥舒翰至洛陽，禄山令以書招李光弼等，此於收京何涉？

生意甘衰白，天涯正寂寥〔一〕。忽聞哀痛詔，又下聖明朝〔二〕。羽翼懷商老，文思憶帝堯〔三〕。叨逢罪己日，霑灑一作灑涕望青霄。

〔一〕嵇康《養生論》：積損成衰，從衰得白，從白得老。注：白，謂白髮也。

〔二〕《漢·西域傳》：武帝棄輪臺，下哀痛之詔。《舊唐書》：是年十月，肅宗還京。十一月壬申朔，御丹鳳樓，下制曰：「早承聖訓，常讀禮經，義切奉先，恐不負荷。」十二月戊午朔，又御丹鳳門，下制大赦。

〔三〕《張良傳》：四人者，從太子，上召戚夫人，指示曰：「彼羽翼已成，難動矣。」《書序》：昔在帝堯，聰明文思，光宅天下，將遜于位，讓于虞舜。

按史：戊午下制，上皇已還京居興慶宮矣。肅宗即位，本迫于事勢。迨兩京克復，奉迎上皇，累表避位，而後受之。是時父子間猜嫌未見，不應有譏。以愚考之，「羽翼」，蓋指廣平王而言也。肅宗先以良娣、輔國之譖，賜建寧王倓死。至是，廣平新立大功，又爲良娣所忌，潛構流言，雖李泌力爲調護，而時已還山。公恐復有建寧之禍，故不能無思于商老也。上皇還京，臨軒策命。肅宗親著黄袍，手授國寶，其慈亦至矣。肅宗之失，不在靈武之舉，而在還京後使良娣、輔國得媒孽其間，以致劫遷西内，子道不終。公于此時，若有深見其微者。曰「憶帝堯」，欲其篤于晨昏之戀也；「沾灑青霄」，其所以望肅宗者，豈不深且厚耶！

汗馬收宫闕，春城鏟賊壕〔一〕。賞應歌杕杜，歸及薦櫻桃〔二〕。雜虜横戈數音朔，功臣甲第高〔三〕。萬方頻一作同送喜，無乃聖躬勞。

〔一〕《蕭何傳》：未有汗馬之勞。

〔二〕《詩序》：「《杕杜》，勞還役也。」《月令》：仲夏之月，天子乃羞以含桃，先薦寢廟。注：含桃，櫻桃也。

〔三〕雜虜，謂回紇諸虜助順者。楊炯碑：匈奴未滅，甲第何高。是時，王師復兩京，圍安慶緒于鄴城，未下，故言方春必可平賊，班師行賞，正值櫻桃薦廟之時，蓋預期之也。聖躬勞，即「大夫速退，無使君勞」之勞。

送鄭十八虔貶台州司户傷其臨老陷賊之故闕爲面别情見於詩

鄭虔貶台州，注詳《八哀詩》。《通鑑》：至德二載十二月，陷賊官六等定罪，三等者流貶。虔在次三等，故貶台州。

鄭公樗散鬢成一作如絲，酒後常稱老畫師。萬里傷心嚴譴日，百年垂死中張仲切興時。蒼惶一作伶俜已就長途往，邂逅無端出餞遲。便與先生應永訣，九重泉路一作下盡交期。

臘日

《小學紺珠》：五行始于祖，終于臘。唐土德，戌祖辰臘。

臘日長年一作年年暖尚遥，今年臘日凍全消。侵淩雪色還萱草，漏洩春光有一作是柳條〔一〕。縱酒欲謀良一作長夜醉，還一作歸家初散一作放紫一云北宸朝。口脂面藥隨恩澤，翠管銀罌下九霄〔二〕。

〔一〕侵淩雪色，言萱草初茁土時。

〔二〕錢箋：《景龍文館記》：帝于苑中召近臣賜臘，晚自北門入于内殿，賜食，加口脂、臘脂。《酉陽雜俎》：臘日賜口脂、臘脂，盛以碧鏤牙筩。

奉和賈至舍人早朝大明宮

《唐書》：賈曾，景雲中擢中書舍人。開元中，復拜中書舍人。子至，字幼鄰，從玄宗幸蜀，拜起居舍人，知制誥。帝傳位，至當譔册，既進藁，帝曰：「昔先天誥命，乃父所爲；今兹命册，又爾爲之，可謂繼美矣。」至頓首流涕。歷中書舍人。《舊唐書》：東内大明宮，在禁苑之東南，本永安宮。貞觀八年置，九年，改大明宮。龍朔二年，號蓬萊宮。咸亨元年，改含元宮，尋復大明宮。正殿曰含元殿，天后改大明殿。《雍録》：唐都城有三大内：太極宮在西，故名西内；大明宮在東，故名東内；别有興慶宮，號南内也。三内更迭受朝，而大明最數。

五夜漏聲催曉箭，九重一作天春色醉仙桃〔一〕。旌旆俗作旗，非日暖龍蛇動，宮殿風微燕雀高〔二〕。朝罷香烟攜滿袖，詩成珠玉在揮毫。欲知世掌絲綸美原注：舍人先世常掌絲綸，池上於一作如今有一作得鳳毛〔三〕。

〔一〕錢箋：衛宏《漢舊儀》：晝漏盡，夜漏起，省中黄門持五夜。五夜者，甲夜、乙夜、丙夜、丁夜、戊夜。《緗素雜記》：《梁武本紀》：帝燃燭側光，常至戊夜。杜詩「五夜漏聲」，正謂戊夜耳。

「醉仙桃」，言春色之穠，桃花如醉，以在禁内，故曰「仙桃」，非用王母事也。

〔二〕《周禮》：交龍爲旂。《釋名》：旂，倚也。畫作兩龍，相依倚也。

〔三〕《宋書》：謝鳳子超宗，有文詞，作《殷淑妃誄》，帝大嗟賞，謂謝莊曰：「超宗殊有鳳毛。」

早朝大明宫呈兩省僚友　賈至

銀燭朝天紫陌長，禁城春色曉蒼蒼。千條弱柳垂青瑣，百囀流鶯遶建章。劍佩聲隨玉墀步，衣冠身惹御爐香。共沐恩波鳳池裹，朝朝染翰侍君王。

和前　王維

絳幘鷄人報曉籌，尚衣方進翠雲裘。九天閶闔開宫殿一作九天宫殿開閶闔，萬國衣冠拜冕旒。日色纔臨仙掌動，香烟欲傍袞龍浮。朝罷須裁五色詔，佩聲歸向鳳池頭。

和前　岑參

鷄鳴紫陌曙光寒，鶯囀皇州春色闌。金闕曉鐘開萬户，玉階仙仗擁千官。花迎劍佩星初落，柳拂旌旗露未乾。獨有鳳凰池上客，陽春一曲和皆難。

宣政殿退朝晚出左掖

《唐會要》：宣政殿，在含元殿後，即正衙殿也。《唐六典》：在宣政門内，殿東有東上閤門，殿西有西上閤門。按：東上閤門，門下省在焉；西上閤門，中書省在焉。公時爲左拾遺，屬門下，故出左掖。《漢書注》：掖門在兩旁，若人之臂掖。

天門日射黄金牓，春殿晴曛一作薰赤羽旗〔一〕。宫草微微一作霏霏承委佩，爐烟細細駐遊絲〔二〕。雲近蓬萊常好一作五色，雪殘鳷鵲亦多時〔三〕。侍臣緩步歸青瑣，退食從容出每遲。

〔一〕《神異經》：西方有宫，白石爲牆，門以金牓而銀鏤，題曰「天地少女之宫」。舊注：赤羽旗，以赤鳥羽爲旗，所謂前朱雀也。

〔二〕《曲禮》：主佩倚則臣佩垂，主佩垂則臣佩委。注：君臣俛仰之節也，太俛則委之于地。

〔三〕《上林賦》：過鳷鵲，望露寒。注：皆觀名，在雲陽甘泉宫外。

紫宸殿退朝口號

《唐六典》：紫宸殿，即内朝正殿也。《雍録》：含元之北爲宣政，宣政之北爲紫宸。錢箋：

《五代史·李琪傳》：唐故事，天子日御便殿見群臣，曰常參。朔望薦食諸寢，御便殿見群臣，曰入閤。宣政，前殿也，謂之衙，衙有仗。紫宸，便殿也，謂之閤。其不御前殿而御紫宸也，乃自正衙喚仗，由閤門而入，百官候朝于衙者，因隨之以入見，故謂之入閤。

户外昭容紫袖垂，雙瞻御座引朝儀〔一〕。香飄合殿春風轉，花覆千官淑景移。晝漏稀舊作聲，千家本定作稀，今從之聞高閣黄作閤報，天顔有喜近臣知〔二〕。宮中每出歸東省，會送夔龍集一作到鳳池〔三〕。

〔一〕唐制：昭容，正二品，係九嬪。錢箋：《酉陽雜俎》：今閤門有宮人垂帛引百僚，或云自則天，或言因後魏。據《開元禮疏》曰：晉康獻褚后臨朝不坐，則宮人傳百僚拜。周隋相沿，國家因之不改。程大昌曰：《唐會要》：「天祐二年，勑今後每遇延英坐朝，只令小黄門祇候引從，宮人不得擅出内。」杜詩云：「户外昭容紫袖垂」，鄭谷《入閤》詩亦云：「導引出宮鈿」，蓋至天祐始罷。

〔二〕《長安志》：含元殿東南有翔鸞閣，西南有棲鳳閣，與飛廊相接，報謂傳呼晝刻。紫宸，内衙，故稀聞晝漏，必待外廷高閣之報也。

〔三〕《雍録》：政事堂在東省，屬門下。至中宗時，裴炎以中書令執政事筆，故徙政事堂于中書省，則堂在右省也。杜甫爲左拾遺，其詩所謂「鳳池」者，中書也。左省官方自宮中退朝而出，則歸東省者，以本省言也已。又送夔龍于鳳池，殆左省官集政事堂白六押事耶？杜爲拾遺時，政事堂已在中書，故出東省而集于西省者，就政事堂見宰相也。爲其官于東省而越至西省，故《文昌録》于此缺疑。按史：時崔圓爲中書令。

春宿左省

花隱掖垣暮，啾啾棲鳥過。星臨萬户動，月傍九霄多〔一〕。不寢《英華》作寐聽金鑰《英華》作鏁，因風想玉珂。明朝有封事，數問夜如何〔二〕。

〔一〕《漢書》：武帝起建章宮，度爲千門萬户。

〔二〕《唐書》：補闕、拾遺，掌供奉諷諫。大事廷諍，小則上封事。

晚出左掖

晝刻傳呼淺，春旗簇仗齊〔一〕。退朝花底散，歸院柳邊迷〔二〕。樓雪融城濕，宫雲去殿低。避人焚諫草，騎馬欲鷄栖〔三〕。

〔一〕《新漏刻銘》：衛宏載傳呼之節。

〔二〕《雍録》：宣政殿下有東、西兩省，别有中書、門下，外省又在承天門外。兩省官亦分左右，各爲廨舍。杜詩曰「散」、曰「歸」，東西分班而出，各歸其廨也。《文昌雜録》：杜詩「花覆千官淑景移」，又「退朝花底散，歸院柳邊迷」，乃知唐殿廷多種花柳，本朝惟樹槐楸，鬱鬱然有嚴毅之氣。

〔三〕《晉・羊祜傳》：嘉謀讜議，皆焚其草，故世莫聞。《唐・馬周傳》：索所陳事表草一帙，手自焚之。《詩》：鷄栖于塒，日之夕矣。

題省中院壁 一無院字

掖垣竹埤音皮梧十尋，洞門對雪舊作雪，《正異》定作霤常陰陰〔一〕。落花遊絲白日静，鳴鳩乳燕青春深。腐儒衰晚謬通籍，退食遲迴違寸心。衮職曾無一字補，許身愧比雙南金〔二〕。

〔一〕蔡曰：竹埤，言編竹爲儲胥，若城埤然。按：王褒《和從弟祐山家》詩：「衆林積爲籟，園竹茂成埤」，此是「竹埤」所本，不必强疏。洞門，注見二卷。杜定功曰：《吴都賦》：玉堂對霤，石室相距。善曰：《禮記注》：堂前有承霤。《説文》：霤，屋水流也。此詩「對雪」，當作「對霤」，下云「鳴鳩乳燕」、「落花遊絲」，不宜有雪。

〔二〕張載《擬四愁詩》：美人贈我緑綺琴，何以報之雙南金。

送賈閣老出汝州

《唐志》：汝州臨汝郡，屬河南道，本伊州，貞觀八年更名。鮑曰：按《肅宗紀》：乾元二年，九節度師潰，汝州刺史賈至奔于襄、鄧。而《傳》不書，隱之也，《紀》與詩合。

西掖梧桐樹，空留一院陰〔一〕。艱難歸故里，去住損春心〔二〕。宫殿青門隔，雲山紫邏音路深〔三〕。人生五馬貴，莫受二毛侵〔四〕。

〔一〕《初學記》：中書省在右，因謂中書爲右曹，又稱西掖。

〔二〕黄曰：至，河南洛陽人。汝州與河南府爲鄰，故曰「故里」。

〔三〕錢箋：《寰宇記》：廢臨汝縣，在汝州西南六十里，本漢梁縣地。先天二年，割置縣，于今縣西二十里紫邏川置。《九域志》：汝州梁縣有紫邏山。

〔四〕五馬，注别見。

送翰林張司馬一云學士南海勒碑

黄曰：《唐志》：翰林無司馬。玄宗置翰林院，延文章之士，下至藝能技術之流，皆待詔于此。今曰「勒碑」，或是鑴工之精者。《唐書》：廣州南海郡，屬嶺南道節度使治所。

冠冕通南極，文章落上台原注：相國製文。詔從三殿去，碑到百蠻開〔一〕。野館濃一作穠花發，春帆細雨來。不知滄海上《英華》作使，天遣幾時迴。

〔一〕《兩京新記》：大明宮有麟德殿，在仙居殿西北。此殿三面，故以三殿爲名。《雍録》：李肇《翰林志》曰：翰林院在少陽院南，其東當三殿。韋執誼曰：在銀臺門内，麟德殿西，重廊之後。三殿者，麟德殿也，一殿而有三面，故名三殿，亦曰三院。結鄰鬱儀樓，即三殿之東西廊也。《演繁露》：方鎮、外國來朝，則宴於此，從銀臺門入。

曲江陪鄭八丈南史飲

雀啄江頭黄柳花，鵁鶄鸂鶒滿晴沙〔一〕。自知白髮非春事，且盡芳樽戀物華。近侍即今難浪跡，此身那得更無家〔二〕。丈人文卞本作才力猶强健，豈傍青門學種瓜。

〔一〕《爾雅注》：鵁鶄，狀似鳧，脚高，毛冠。鸂鶒，毛有五色。皆水鳥。《通鑑》：玄宗初年，遣宦者詣江南，取鵁鶄、鸂鶒等置苑中。

〔二〕那得更無家，即「笑爲妻子累」意也。時已有去官之志，故二句云然。

曲江二首

一片花飛減却春，風飄萬點正愁人。且看欲盡花經一作驚眼，莫厭傷多酒入脣。江上小堂川本作棠巢翡翠，苑一作花，《正異》定作苑邊高塚卧麒麟〔一〕。細推物理須行樂，何用一作事浮名一作榮絆此身。

〔一〕苑，即芙蓉苑，在曲江西南。《西京雜記》：五柞宮西青梧觀前，有三梧桐樹，足下有石麒麟二枚，云是始皇墓上物。《述異記》：丹陽大姑陵石麟二枚，不知年代，傳曰秦漢間公卿墓，則以石麒麟鎮之。　二語言曲江亂後荒涼。

朝回日日典春衣，每日江頭盡醉歸。酒債尋常行處有，人生七十古來稀〔一〕。穿花蛺蝶深深見一作舞，點水蜻蜓款款一作緩緩飛〔二〕。傳語風光共流轉，暫時相賞莫相違〔三〕。

〔一〕孔融詩：歸家酒債多，門客粲成行。《賈誼傳》：彼尋常之汙瀆兮。應劭曰：八尺曰尋，倍尋曰常。

〔二〕《詩》：老夫灌灌。《毛傳》：灌灌，猶款款也。

〔三〕馬少憐《春日》詩：傳語春光道，先歸何處邊。公祖審言詩：寄語洛城風月道，明年春色倍還人。

曲江對酒

苑外江頭坐不歸，水精春一作宮殿轉霏微〔一〕。桃花細逐楊一作梨花落〔二〕，黃鳥時一作仍兼白鳥飛。縱飲久判普官切，正作拚人共棄，懶朝真與世相違〔三〕。吏一作含情更覺滄洲遠，老大悲傷一作徒悲未拂衣〔四〕。

〔一〕《述異記》：闔閭構水精宫，尤極珍異，皆出自水府。《魏略》：大秦國城中有五宫，皆以水精爲柱。

〔二〕蔡云：老杜墨跡，初作「欲共楊花語」，自以淡筆改三字。

〔三〕《方言》：「楚人凡揮棄物謂之拌。」俗作「拚」。

〔四〕《左傳》：拂衣從之。謝靈運詩：「拂衣五湖裏。」

曲江對晉作值雨

城上春雲覆苑牆，江亭晚色静年一作天芳〔一〕。林花著雨燕脂一作支落一作濕，水荇牽風翠帶長〔二〕。龍武新軍深一作經駐輦，芙蓉别殿謾焚香〔三〕。何時詔一作重此金錢會，暫一作爛醉佳人錦瑟旁〔四〕。

〔一〕沈約詩：麗日屬元巳，年芳俱在斯。

〔二〕錢箋：《古今注》：燕支，葉似薊，花似蒲公，出西方。土人以染，名燕支，中國謂之紅藍，以染粉爲面色。《詩緝》：池州人稱荇爲著公鬚，蓋細荇亂生，有若鬚然，所謂「翠帶」也。公祖審言詩：縮霧青條弱，牽風紫蔓長。

〔三〕《舊唐書》：太宗選飛騎之尤驍健者，别署百騎，以爲翊衛之備。中宗加置萬騎，分左右營，置使以領之。自開元以來，與左右羽林軍名曰北門四軍。開元二十七年，改爲左右龍武軍，官員同羽林也。《新書》：龍武軍，皆用功臣子弟，制若宿衛兵。肅宗赴靈武，士不滿百，及即位，稍復舊。至德二載，置左右神武軍，賜名天騎。《雍録》：左右龍虎軍，即太宗時飛騎也，衣五色袍，乘六閑駁馬，虎皮韉。唐諱虎，故曰龍武，言其才質服飾，有似龍虎也。曲江芙蓉苑，玄宗常遊幸其中，故有别殿，《哀江頭》「宫殿鎖千門」是也。

〔四〕《漢紀注》：諸賜黄金者，皆與之金。不言黄者，一金與萬錢也。《劇談録》：開元中，上巳節賜宴臣僚，會于曲江山亭，恩賜教坊聲樂，池中備綵舟數隻，唯宰相、三使、北省官與翰林學士登焉。每歲傾動皇州，以爲盛觀。《周禮樂器圖》：雅瑟二十三絃，頌瑟二十五絃。飾以寶玉者曰寶瑟，繪文如錦曰錦瑟。是時京師新復，曲江遊宴都廢，故末語云然。考曲江合宴，至貞元年間始復舊。

錢箋：此懷上皇南内之詩也。玄宗以萬騎軍平韋氏，改爲龍武軍，親近宿衛。今深居南内，不復如昔日遊幸矣。興慶宫南樓下臨通衢，時置酒眺望，然欲由夾城以達曲江、芙蓉苑，不可得矣。曰「深駐輦」，曰「謾焚香」，則其深宫寂寞，可想見矣。金錢之會，無復開元之盛，雖對酒感嘆，意亦在上皇也。程大昌謂：龍武軍中官主之，最爲親昵，初時擬幸芙蓉，後遂留駐龍武，蓋有譏也。予以爲不然。

奉陪鄭駙馬韋曲二首

錢箋：《雍録》：吕圖，韋曲在明德門外，韋后家在此，蓋皇子陂之西也。杜曲在啓夏門外，西向即少陵原，所謂「城南韋杜，去天尺五」。《遊城南記》：覽韓鄭郊居，至韋曲。注云：鄭谷莊在陂之西，韋曲在韓鄭莊之北，逍遥公讀書臺猶存。《通志》：韋曲在樊川，唐韋安石之别業。

韋曲花無賴，家家惱殺人。緑樽雖一作須盡日，白髮好禁平聲，一作傷春〔一〕。石角鈎衣破，藤枝一作梢刺七亦切眼新。何時占叢竹，頭戴小烏巾。

〔一〕禁春，猶禁當之禁。言我已白髮，無奈此春何，即上「惱殺人」意。

野寺垂楊裏，春畦亂水間。美花多映竹，好鳥不歸山。城郭終何事，風塵豈駐顔。誰能共公子，薄暮欲俱還。

奉答岑參補闕見贈

按：參試大理評事，攝監察御史。公同遺補，薦宜充近侍，當是薦後除補闕。

窈窕清禁闥一作闕，罷朝歸不同。君隨丞相後，我往一作住，非日華東〔一〕。冉冉柳枝碧，娟娟花蕊紅。故人得佳句，獨一作猶贈白頭翁。

〔一〕參爲補闕，屬中書，居右署。公爲拾遺，屬門下，居左署。《雍録》：《唐六典》：宣政殿前有兩廡，兩廡各有門，其東曰日華，日華之東則門下省也。居殿廡之左，故曰左省。西廊有門曰月華，月華之西，即中書省也。凡兩省官，繫銜以左右者，皆分屬焉。「罷朝歸不同」，言分東西班，各歸本省也。「君隨丞相後」，宰相罷朝，由月華門出而入中書，凡西省官亦隨丞相出西也。若左省官，仍自東出，故云「我往日華東」也。

寄左省杜拾遺

岑參

聯步趨丹陛，分曹限紫微。曉隨天仗入，暮惹御香歸。白髮悲花落，青雲羨鳥飛。聖朝無闕事，自覺諫書稀。

奉贈王中允維

《舊唐書》：天寶末，維歷官給事中，扈從不及，爲賊所得，服藥取利，詐稱瘖病。禄山素憐之，遣人迎至洛陽，拘于普施寺，迫以僞署。賊平，陷賊官六等定罪，維以《凝碧》詩聞于行在，肅宗特宥之，責授太子中允。

中允聲名久，如今契闊深。共傳收庾信，不比得陳琳〔一〕。一病緣明主，三年獨此心。窮愁應有作，試誦《白頭吟》〔二〕。

〔一〕收，收録也。《梁書》：侯景之亂，簡文帝使庾信營于朱雀航。及景至，信以衆奔江陵。元帝承制，除信御史中丞。《魏志》：陳琳避難冀州，袁紹使典文章。袁氏敗，琳歸太祖，太祖謂曰：「卿昔爲本初移書，但可罪狀孤而已，何乃上及父祖耶？」琳謝罪。太祖愛其才，不之責。錢箋：「收庾信」，以侯景比禄山，以子山比中允也。玄宗謂肅宗曰：「張均兄弟皆作賊權要官，就中張均更與賊毁三哥阿奴家事。」當時從逆之臣謗訕朝廷，如陳琳之爲袁紹罪狀曹公者多矣。維能痛憤賦詩，聞于行在，不當比之陳琳也。

〔二〕《西京雜記》：相如將聘茂陵女子爲妾，文君作《白頭吟》以自絶，相如乃止。

送許八拾遺歸江寧覲省甫昔時常客遊此縣於許生處乞瓦棺寺維摩圖樣志諸篇末

錢箋：《岑參集》有《送許子擢第歸江寧拜親》詩，在天寶元年告賜靈符、上加尊號之日。此云許八拾遺，蓋擢第後十餘年官拾遺，又得省覲也。《唐書》：昇州江寧郡，屬江南東道。公開元末嘗遊此。《高僧竺法汰傳》：瓦官寺，本是河内山玩墓，王公爲陶處。晉興寧中，沙門慧力啓乞爲寺。按：《瓦官寺碑文》：寺本晉武帝時建，以陶官故地在秦淮北，故名瓦官，訛作「棺」耳。《六朝事跡》載，有僧好誦《法華經》，葬以瓦棺，青蓮生其舌根，因名。則好異者之説也。

詔許一云天語辭中禁，慈顏一云家榮赴樊作拜北堂。聖朝新孝理，祖席倍輝光一云行子倍恩光。內一作贈帛擎偏重，宮衣著更香。淮陰清一作新夜驛，京口渡江航〔一〕。春隔鷄人晝，秋期燕子涼。賜書誇父老，壽酒樂城隍一云竹引趨庭曙，山添扇枕涼。十年過父老，幾日賽城隍〔二〕。看畫曾飢渴，追蹤恨一作限淼弭沼切茫。虎頭金粟影，神妙獨難忘〔三〕。

〔一〕《唐書》：楚州淮陰郡，屬江南東道。《郡縣志》：建安十四年，孫權自吴治丹徒，號曰京城。十六年，遷都建業，于此爲京口鎮。

〔二〕《周禮》：鷄人夜嘑旦，以嘂百官。《漢舊儀》：宮中與臺並不得畜鷄，衛士候于朱雀門外，專傳鷄唱。《後漢書》：班彪幼與從兄嗣伯共遊太學，家有賜書。《北齊書》：慕容儼鎮郢城，城中有神祠，號城隍神，儼率衆禱之。《補注》：《梁書》：邵陵王綸祭城隍神，將烹牛，有赤蛇繞牛口。按：城隍之祀，經典不載，後人因其保障民生，以義而起也。考《南》《北史》，蓋始自齊梁間，至唐而盛。見于詩者，子美「壽酒樂城隍」；見于文者，李陽冰《縉雲城隍祠記》。○自「春隔鷄人晝」至此，言拾遺春日辭朝，期以涼秋覲母，而有詩書賽酒之樂也。

〔三〕《江賦》：狀滔天以淼茫。《唐人瓦棺寺維摩詰畫像碑》：瓦棺寺變相，乃晉虎頭將軍顧愷之所畫。錢箋：《名畫記》：顧愷之，字長康，小字虎頭。曾于瓦棺寺北小殿畫維摩詰，畫訖，光彩耀目數日。《京師寺記》云：興寧中，瓦棺寺初置，僧衆設會，請朝賢鳴刹注錢。其時莫有過十萬者，長康直打刹注錢百萬。後寺衆請勾疏，長康曰：「宜備一壁。」遂閉户絶往來一月餘，畫維摩詰一軀。工畢，將點眸子，乃謂寺僧曰：「第一日觀者，請施十萬，第二日可五萬，第三日可任例責施。」及開户，光照一寺，施者填咽，俄而得百萬錢。吴曾《漫録》：顧愷之爲虎頭將軍，非小字也，《畫記》誤耳。按：晉職官無虎頭將軍，本傳亦不載此語，《漫録》不知何據？《發跡經》：浄名大士，是往古金粟如來。《浄名經義鈔》：梵語維摩詰，此云浄名，那提之子。過去成佛，號金粟如來。

因許八奉寄江寧旻上人

不見旻公三十年，封書寄與淚潺湲。舊來好事今能否，老去新詩誰與一作爲傳？棊局動隨幽一作尋澗竹，袈裟本作袈裟，葛洪《字苑》改從衣憶上泛湖船。聞君話我爲官在，頭白昏昏只醉眠。

題李尊師松樹障子歌

黄曰：乾元元年諫省作。

老夫清晨梳白頭，玄都道士來相訪。握髮一作手呼兒延入户，手提新畫青松障〔一〕。障子松林静杳冥，憑軒忽若無丹青。陰崖却承一作成霜雪一作露幹，偃蓋反走虬龍形〔二〕。老夫平生好奇古，對此興與精靈聚。已知仙客意相親，更覺良工心獨苦〔三〕。松下丈人巾屨同，偶坐似一作自是商一作南山翁。悵望一作惆悵聊歌紫芝曲，時危慘澹來悲風。

〔一〕玄都，見一卷。《唐會要》：京城朱雀街有玄都觀。《長安志》：崇業坊玄都觀，隋開皇二年自長安故城徙通道觀于此，改曰玄都，與興善寺相比。

〔二〕無丹青，言無異真松，不知其爲丹青也。《抱朴子》：天陵偃蓋之松，與天齊其久，與地等其長。又曰：松樹三千歲者，其皮中有聚脂，狀如龍形。

〔三〕仙客，謂李尊師。

得舍弟消息

風吹紫荆樹，色與春庭暮。花落辭故枝，風迴返一作反無處〔一〕。骨肉恩書重，漂泊難相遇。

猶有淚成河，經天復東注〔二〕。

〔一〕周景式《孝子傳》：古有兄弟欲分異，出門見三荆同株，枝葉連陰，嘆曰：「木猶欣聚，況我而殊哉！」《續齊諧記》：田廣、田真、田慶兄弟三人欲分財，其夜庭前三荆便枯，兄弟歎之，却合，樹還榮茂。

〔二〕《世説》：顧長康哭桓宣武，聲如震雷破山，淚如傾河注海。何遜詩：復如東注水，未有西歸日。

送李校書二十六韻

《唐書·宗室世系表》：舟，字公受，虔州刺史，隴西縣男。父岑，水部郎中，眉州刺史。《舊書》：梁崇義逆命，命金部員外郎李舟諭旨以安之。柳宗元《石表先友記》：李舟，隴西人，有文學俊辨，高志氣，以尚書郎使危疑反側者再，不辱命。被讒妬，出爲刺史，廢痼卒。

代北有豪鷹，生子毛盡赤。渥洼騏驥兒一作種，尤異是龍一作虎脊〔一〕。李舟名父子，清峻流輩伯。人間好一作妙少年，不必須白皙〔二〕。十五富文史，十八足賓客。十九授校書，二十聲輝一作燁，樊作烜赫〔三〕。衆中每一見，使我潛動魄。自恐二男兒，辛勤養無益〔四〕。乾元元一作二年春，萬姓始安宅。舟也衣綵衣，告我欲遠適〔五〕。倚門固有望，斂衽就行役。南登吟白華，已見楚山碧。藹藹咸陽都，冠蓋日雲積。何時太夫人，堂上會親戚〔六〕。汝翁草明光，天子正前席。歸期豈爛漫一作熳，别意終感激〔七〕。顧我蓬屋資，謬通金閨一作門籍。小來習性懶，晚節一作歲慵轉劇。每愁悔吝作，如覺天地窄。羨君齒髮新，行己苟起切能夕惕。臨岐意頗切，對酒不能喫。迴身視緑野，慘澹如荒澤。老雁春忍陳作忍春飢，哀號待枯麥。時哉高飛鷰，絢練新羽翮〔八〕。長雲濕褒斜，漢水饒巨石。無令軒車遲，衰疾悲宿昔〔九〕。

〔一〕代北，代地之北。　魏彦深《鷹賦》：白如散花，赤如點血。　《天馬歌》：虎脊兩，化若鬼。《相馬經》：脊爲將軍，欲得强。

〔二〕《漢·蕭育傳》：王鳳以育名父之子，除爲功曹。　《左傳》：有君子白皙，鬒鬚眉，甚口。

〔三〕古樂府：「十五府小吏，二十朝大夫。三十侍中郎，四十專城居。」此四語所本。

〔四〕二男兒，公子宗文、宗武也。

〔五〕《肅宗紀》：乾元元年二月丁未，大赦，免陷賊州三歲税，天下非租庸，無輒役使。　《列士傳》：老萊子行年七十，作嬰兒娱親，著五采斒斕衣。

〔六〕《詩序》：白華，孝子之潔白也。　按：校書自京師歸省母，道經漢中，漢中在長安南，爲楚北境，故云「楚山碧」也。　觀詩末有「褒斜」、「漢水」語可見。　左思詩：藹藹東都門，群公祖二疏。

〔七〕《漢官儀》：尚書郎直宿建禮門，奏事明光殿，下筆爲詔策，出言爲誥令。在唐則中書舍人也。凡掌制誥必有草，故謂之「起草」。　明光殿，注别見。　《琴賦》：留連爛熳。　趙曰：「豈爛熳」，言不至于過期也。

〔八〕漢謡：大麥青青小麥枯。《赭白馬賦》：别輩超群，絢練夐絶。注：絢練，疾也。

〔九〕《後漢·順帝紀》：罷子午道，通褒斜路。注：褒斜，漢中谷名，南谷曰褒，北谷曰斜，首尾七百里。漢水亦在漢中。古詩：思君令人老，軒車來何遲。此期校書以早還京師也。

偪側吴作仄行贈畢曜《英華》作贈畢四曜

《上林賦》：偪側泌瀄。司馬彪曰：偪側，相偪也。一作《息息行》，詩中亦作息息。

偪側何偪側，我居巷南子巷北。可恨鄰里間，十日不一見顔色。自從官馬送還官，行路難行澀如棘〔一〕。我貧無乘非無足，昔者相過今不得。實不是一作未敢愛微軀一云慵相訪，又非關足無力黄希曰：二句梁莊肅家本無「寔」「又」二字。徒步翻愁官長怒，此心炯炯君應識。曉來急雨春風顛，睡美不聞鐘鼓傳。東家蹇驢許借我，泥滑不敢騎朝天。已令請急會通籍一云已令把牒還請假，男兒性命絶可憐〔二〕。焉能終日心拳拳，憶君誦詩神凛然。辛夷始花亦一作又已落，況我與子非壯年〔三〕。街頭酒價常苦貴，方外酒徒稀醉眠。速宜一作徑須相就飲一斗，恰有三百青銅錢〔四〕。

〔一〕公詩「奉引濫騎沙苑馬」，所謂官馬也。

〔二〕舊注：《晉令》：五日一急假，一歲中以六十日爲限。《潘岳傳》：岳其夕取急在外。《唐令》：諸京官請假，職事三品以上給三日，五品以上給十日。《漢紀注》：籍者，爲二尺竹牒，記其年及名字物色，懸之宫門，相應乃得入也。　性命可憐，言不欲以遺體行危道。

〔三〕陳藏器《本草》：辛夷初發如筆頭，人呼爲木筆。其花最早，南人呼爲迎春。《蜀本草》：正月、二月開，花色白而帶紫，花落無子。夏復著花，如小筆。

〔四〕鮑照《行路難》：且願得志數相就，床頭恒有沽酒錢。楊松玠《談藪》：北齊盧思道常曰：長安酒賤，斗價三百。　黄曰：按《唐·食貨志》，唐初無酒禁，乾元元年，以稟食方屈，禁京城酤酒。建中三年，置肆釀酒，斛收直三千。貞元二年，斗錢百五十文。今觀公詩，斛收三千，非特始于建中矣。真宗問唐時酒價，丁晉公引此詩以答，丁蓋知詩而未知史也。

贈畢四曜

才大今詩伯，家貧苦宦卑。飢寒奴僕賤，顔狀老翁爲〔一〕。同調嗟誰惜，論文笑自知。流傳江鮑體，相顧免無兒〔二〕。

〔一〕王文考《王孫賦》：顔狀似乎老翁。

〔二〕《詩品》：江文通詩體總雜，善于摹擬，筋力于王微，成就于謝朓。鮑參軍詩，其源出于二張，善製形狀寫物之詞，貴尚巧似，不避危仄。《唐書》：中宗曰：「蘇瓌有子，李嶠無兒。」

題鄭十八著作丈一作文

題者，題其人也。鄭以陷賊得罪，故題此詩以浣雪之也。

台州地闊一作僻海冥冥，雲水長和島嶼青。亂後一作繾綣故人雙別淚，春深一作飄飄逐客一浮萍。酒酣懶舞誰相拽，詩罷能吟不復聽。第五橋邊流恨水，皇陂岸北結愁亭〔一〕。賈生對鵩傷王傅，蘇武看羊陷賊庭。可念此翁一作心，一作公。《漢書》公、翁通用懷直道，也下音夜霑新國用輕刑〔二〕。禰衡實恐遭江夏，方朔虚傳是歲星。窮巷悄然一作一朝車馬絶，案頭乾死讀書螢〔三〕。

〔一〕第五橋、皇子陂，俱見三卷。

〔二〕鵩賦，注別見。賈生，比虔之貶官；蘇武，比虔之不附賊也。是時六等定罪，虔貶台州，于刑爲輕矣。然虔稱風緩，以密章達靈武，不當議罪，故公于此深惜之。

〔三〕禰衡爲江夏太守黄祖所殺，注見一卷。《漢武内傳》：西王母使者至，朔死，使者曰：「朔是木帝精，爲歲星，下遊人中，以觀天下，非陛下臣也。」《東方朔別傳》：朔卒後，武帝問太皇公曰：「爾知東方朔乎？」對曰：「不知。」「公何所能？」曰：「頗善星曆。」帝問：「諸星具在否？」

曰：「具在。獨不見歲星十八年，今復見耳。」帝嘆曰：「東方朔在朕旁十八年，而不知是歲星哉！」用禰衡、方朔事，蓋慮其貶死台州。窮巷，鄭故居。錢箋：《長安志》：韓莊在韋曲之東，退之與孟郊賦詩，又送其子讀書處。鄭莊又在其東南，鄭十八虔之居也。《通志》：鄭莊即鄭虔郊居，李商隱有《過鄭虔舊隱》詩。

瘦馬行《英華》作老，詩同

東郊瘦馬使我傷，骨骼音格，一作骸硉郎兀切兀如堵墻。絆之欲動轉欹側，此豈有意仍騰驤〔一〕。細看六一作火，非印帶官字，衆道三一作官軍遺路旁。皮乾剝落雜一作盡泥滓，毛暗蕭條連雪霜〔二〕。去歲奔波逐餘寇，驊騮不慣不得將。士卒多騎内廄馬，惆悵恐是病乘黄〔三〕。當時歷塊誤一蹶，委棄非汝能周防。見人慘澹若哀訴，失主錯莫無晶《英華》作睛光〔四〕。天寒遠放雁爲伴一作侶，日暮不一作未收烏啄瘡。誰家且養願終惠，更試明年春草長〔五〕。

〔一〕《江賦》：巨石硉兀以前却。《禮記》：觀者如堵墻。

〔二〕《唐六典》：諸牧監凡在牧之馬，皆印。印右髆以小官字，右髀以年辰，尾側以監名，皆依左右廂。若形容端正，擬送尚乘，不用監名。二歲始春，則量其力，又以飛字印印其左髀髆，細馬、次馬以龍形印印其項左。送尚乘者，尾側依左右閑印以三花。其餘雜馬送尚乘者，以風字印印左髆，以飛字印印左髀。官馬賜人者，以賜字印。配諸軍及充傳送驛者，以出字印，並印左右頰也。　李實曰：凡馬病，毛頭生塵，故曰「毛暗」。

〔三〕《唐六典》：諸閑廐上細馬，若欲調習，惟得廐内乘騎，不得輒出。《山海經》：白民之國有乘黄，其狀如狐，背上有兩角，乘之壽二千歲。注云：即飛黄也。《唐六典》：乘黄署令一人。

〔四〕王褒頌：過都越國，蹶如歷塊。

〔五〕《赭白馬賦》：願終惠養，蔭本根兮。

舊注：房琯出爲邠州刺史，時論惜之，謂其可用，公故有是作。或曰：詳其語意，似是罷拾遺後作此自況。蔡興宗云，是華州詩。

義鶻行

陰崖有蒼《英華》作二蒼，一作有二鷹，養子黑柏顛。白蛇登其巢，吞噬恣一作資朝飧。雄飛遠求食，雌者鳴辛酸。力强不可制，黄口無《英華》作寧半存〔一〕。其父從西歸一作來，翻身入長烟。斯須領健鶻，痛《英華》作冤憤寄所宣。斗上捩練結切孤影，嗷古弔切哮許交切來九天。脩鱗脱遠枝，巨顙折老拳〔二〕。高空得蹭蹬，短一作茂草辭蜿蜒。折尾能一掉，飽《英華》作飢腸皆一作今已一作已皆穿。生雖滅衆雛，死亦垂千年〔三〕。物情有報復，快意貴目前。兹實鷙鳥最，急難心烱然。功成失所往一作在，用舍何其賢。近經潏水湄，此事樵夫一作人傳。飄蕭覺素髮，凛欲《英華》作若，一作烈衝儒冠〔四〕。人生許與分，只在顧眄間。聊爲義鶻行，用一作永激壯士肝〔五〕。

〔一〕《家語》：孔子見羅者所得，皆黄口小雀。

〔二〕捩，拗捩也。噭哮，吼怒也。巨顙，白蛇之首。老拳，鶻翼下勁骨也。《晉載記》：石勒引李陽臂，笑曰：「孤往日厭卿老拳，卿亦飽孤毒手。」

〔三〕言蛇雖滅衆雛，旋死于義鶻，可垂鑒千年之後也。

〔四〕《漢書音義》：潏水在長安杜陵，自南山皇子陂西北流經昆明池入渭。《秋興賦》：素髮颯以垂領。

〔五〕《漫叟詩話》：肝主怒，故云「永激壯士肝」。

畫鶻行

高堂見生一作老鶻，颯爽動秋骨。初驚無拘攣，何得立突兀〔一〕。乃知畫師妙，巧一作功刮造化窟。寫此一作作神俊姿，充君眼中物。烏鵲滿樛枝，軒然恐其出〔二〕。側腦看青霄，寧爲衆禽没。長翮如刀劍，人寰可超越〔三〕。乾坤空峥嵘，粉墨且蕭瑟。緬思雲沙際，自有烟霧質。吾今意何傷，顧步獨紆鬱〔四〕。

〔一〕秋骨，鶻至秋而善擊也。拘攣，謂以絛拘縶之。

〔二〕《詩傳》：木下曲曰樛。
〔三〕《舞鶴賦》：歸人寰之喧卑。
〔四〕《舞鶴賦》：烟交霧凝，若無毛質。陸機詩：顧步咸可懽。言畫鶴徒充粉墨之觀，而真鶴乃高舉雲沙之際。意在自負，亦以自悲。

端午日賜衣

宮衣亦有名，端午被恩榮。細葛含風軟，香羅疊雪輕。自天題處濕，當暑著來清〔一〕。意內稱長短，終身荷聖情。

〔一〕題，謂題名衣上。

酬孟雲卿

《唐詩紀事》：孟雲卿，河南人，與杜子美、元次山最善。

樂極傷頭白，更長一作深愛燭紅。相逢難俗本作雖袞袞，告別莫悤悤。但恐天河落，寧辭酒盞空。明朝牽世務，揮涙各西東。

杜工部詩集卷之五

乾元中，公出爲華州司功，棄官客秦州作

松陵　朱鶴齡　輯註

至德二載甫自京金光門出間一作問道歸鳳翔乾元初從左拾遺移華州掾與親故别因出此門有悲往事

錢箋：《長安志》：唐京師外郭城西面三門，北曰開遠門，中曰金光門，西出趨昆明池，南曰延平門。《唐書》：華州華陰郡，屬關内道，在京師東一百八十里。按：史不載移掾月日，集有《七月代華州郭使君進滅寇狀》，當以乾元元年夏六月出，公自是不復至長安矣。

此道昔歸順，西郊胡正一作騎繁。至今猶一作殘破膽，應一作猶有未招魂。近侍一作得歸京邑，移官豈一作遠至尊。無才日衰老，駐馬望千門。

寄高三十五詹事

《唐書》：至德二載，高適除揚州大都督府長史、淮南節度使。李輔國惡其才，數短毀之，下除太子少詹事。適《酬崔員外》詩云：留司洛陽宮，詹府惟蒿萊。

安穩高詹事，兵戈久索居。時來如一作知宦達，歲晚莫情疏。天上多鴻雁，池一作河中足鯉魚。相看過半百，不寄一行書。

題鄭縣亭子

《唐書》：華州倚郭爲鄭縣。陸游《筆記》：華之鄭縣有西溪，唐昭宗避兵，嘗幸之。其地在官道旁七八十步，澄深可愛。亭曰西溪亭，杜詩所謂「鄭縣亭子澗之濱」者。《一統志》：遊春亭在華州城西南五里西溪上，即杜詩鄭縣亭子。

鄭縣亭子澗之濱，户牖憑高發興新。雲斷岳蓮臨大路一作道，天晴一作清宮一作官柳暗長春〔一〕。巢邊野雀一作鵲群欺鷰，花底山蜂遠趁人。更欲題詩滿青竹，晚來幽獨恐傷神。

〔一〕岳蓮，西岳蓮花峰也。《晉書》：檀道濟伐後秦，至潼關。秦遣姚鸞屯大路，絶道濟粮道。《通鑑注》：自澠池西入關，有兩路。南路由回谿阪，自漢以前皆由之。曹公惡南路之險，更開北路，遂以北路爲大路。《唐書》：同州朝邑縣有長春宫。《舊書》：大業十三年，高祖起義，大軍濟河，舍於長春宫。《寰宇記》：長春宫在强梁原上，周宇文護所築。

望岳

《唐書》：華州華陰縣有華山。

西岳崚嶒一云危稜竦處尊，諸峰羅立一作列如一作似兒孫。安得仙人九節杖，拄到玉女洗頭盆〔一〕。車箱入谷無歸一作回路，箭栝一作括，按《韻會》：筈，通作栝，亦作括通天有一門〔二〕。稍待秋一作西風涼冷後，高尋白帝問真源〔三〕。

〔一〕錢箋：《劉根外傳》：漢武帝登少室，見一女子以九節杖仰指日，閉左目，東方朔曰：「婦人食日精者。」《真誥》：楊羲夢蓬萊仙翁，拄赤九節杖而視白龍。《詩含神霧》：華山上有明星玉女，手持玉漿，得上服之即成仙，道險僻不通。《集仙録》：明星玉女者，居華山，服玉漿，白日升天。玉女祠前有五石臼，號曰玉女洗頭盆。其中水色碧緑澄徹，雨不加溢，旱不減耗。祠内有玉女、馬一匹焉。

〔二〕錢箋：《寰宇記》：車箱谷，一名車水渦，在華陰縣西南二十五里，深不可測。祈雨者以石投之，中有一鳥飛出，應時獲雨。箭栝，舊注引箭筈峰。姚寬云：箭筈嶺自在岐山。按：《地志》諸書，並不云華山有箭栝。《韓非子》：秦昭王令工施鈎梯而上華山，以松柏之心爲博，箭長八尺，棊長八寸，而勒之曰：王與天神博于此。《水經注》：自下廟歷列柏南行十一里，東迴三里，至中祠。又西南出五里，至南祠。從北南入谷七里，又屆一祠。出一里至天井，井纔容人行，迂迴頓曲而上，可高六丈餘。山上有微涓細水，流入井中。上者皆所由涉，更無別路。出井望空視，明如在室窺窗矣。此與「通天一門」語甚合。所云列柏，豈即箭柏耶？《初學記·事類》亦以「蓮峰」對「柏箭」，則「箭栝」乃「柏」字之訛耳。李攀龍《華山記》又云：「自昭王施鈎梯處西南上三里許，得一峽如括，曰天門。」豈後人因杜詩附會乎？

〔三〕《洞天記》：華山，名太極總仙之天，即少昊爲白帝，治西岳。梁劉孝儀詩：降道訪真源。

早秋苦熱堆案相仍

原注：時任華州司功。〇《絶交書》：人間多事，堆案盈几。

七月六日苦炎蒸一作熱，對食暫餐還不能。每愁夜中一作來自足蠍，況乃秋後轉一作復多蠅。束帶發狂欲大叫，簿書何急來相仍。南望青松架短一作絶壑，安得一作能赤脚踏層冰〔一〕。

〔一〕江淹詩：風散松架險。注：松横生曰架。

觀安西兵過赴關中待命二首

黄曰：至德元載，安西節度更名鎮西，此曰安西，循其舊稱也。《通鑑》：乾元元年六月，李嗣業爲懷州刺史，充鎮西北庭行營節度使。八月，同郭子儀等將步騎二十萬討安慶緒。

四一作西鎮富精鋭，摧鋒皆絶倫〔一〕。還聞獻一作就士卒，足以静風塵。老馬夜知道，蒼鷹飢一作秋著人。臨危經久戰，用急一作意始一作使如黄作知神〔二〕。

〔一〕《舊唐書》：龜兹、毗沙、疏勒、焉耆四鎮都督府，皆安西都護所統。長壽二年，收復四鎮，依前于龜兹國置安西都護府。至德後，河西、隴右戍兵皆徵集，收復西京。

〔二〕《韓非子》：齊桓公伐孤竹還，迷失道，管仲曰：「老馬之智可用也。」乃放老馬而隨之。老馬、飢鷹，比其慣戰而敢入。按史：嗣業討小勃律，執一旗，引陌刀，緣險先登，力戰，大破之。及收西京時，官軍幾敗，嗣業執長刀陷陣，賊遂潰。公故以「臨危久戰」稱之。

奇兵不在衆，萬馬救中原。談笑無河北，心肝奉至尊〔一〕。孤雲隨殺氣，飛鳥避轅門。竟日留歡一作觀樂，城池未覺喧。

〔一〕《唐書》：河北道，領孟、懷、魏、博、相、衛、貝、澶等二十九州。時安慶緒據相、衛。

九日藍田崔氏莊

《唐書》：藍田縣屬京兆府，在長安東南七十里。黄曰：此與下《崔氏東山草堂》詩，梁權道諸本編至德元載陷賊中作，魯訔《年譜》亦然。公是年秋自鄜州赴行在，爲賊所得，不應更能遠至藍田。又其時兩宫奔竄，豈有「興來盡歡」之理？當是爲華州司功至藍田有此作。華至藍田八十里耳，更觀後篇云「何爲西莊王給事，柴門空閉鎖松筠」，舊注：時王維爲張通儒禁在東京，故歎之。考《舊書》，維陷賊以前尚未有藍田别墅，蓋皆乾元元年華州作也。

老去悲秋强自寬，興來今一作終日盡君歡〔一〕。羞將短髮還吹帽，笑倩旁人爲正冠〔二〕。藍水遠從千澗落，玉山高並兩峰寒〔三〕。明年此會知誰健一作在，醉一作再把茱萸仔細看〔四〕。

〔一〕《列子》：孔子見榮啓期鼓琴而歌，曰：「善乎，能自寬也。」

〔二〕王隱《晉書》：孟嘉爲桓温參軍，九日温遊龍山，參僚畢集，時風至，吹嘉帽墮落，温命孫盛爲文嘲之。　陳琳書：怪乃輕其家丘，謂爲倩人。

〔三〕《水經注》：霸者，水上地名，水出藍田縣之藍田谷，所謂多玉者也。北歷藍田川，逕藍田縣左，合滻水，又北入於渭水。《三秦記》：藍田有川，方三十里，其水北流，出玉石，合溪谷之水，爲藍水。　玉山，即藍田山也，注詳一卷。《華山志》：岳東北有雲臺山，兩峰崢嶸，四面懸絶，上冠景雲，下通地脉。按：藍田山去華山近，故曰「高並兩峰寒」。舊注指秦山、華山，非是。

〔四〕「仔細看」，綰上「藍水」、「玉山」言之。仔細，注别見。

崔氏東山草堂

東山，即玉山。

愛汝玉山草堂靜，高秋爽氣相一作多鮮新。有時自發鐘磬響，落日更見漁樵人。盤剥白鴉谷口栗，飯煮青泥坊音防，與防通底芹一云：當作蓴〔一〕。何爲西莊王給事，柴門空閉鎖松筠〔二〕。

〔一〕《長安志》：白鴉谷，在藍田縣東南二十里，谷中有翠微寺，其地宜栗。錢箋：《水經注》：泥水歷嶢柳城南，魏置青泥軍于城内，俗亦謂之青泥城。《晉中興書》：「桓温伐苻健，遣京兆太守薛珍擊青泥城，破之」，即其處。《長安志》：青泥城，在藍田縣南七里。又青泥驛，在縣郭下。《説文》：坊，即隄也。《禮記注》：坊以畜水，亦以障水。

〔二〕《舊書·王維傳》：維責授太子中允，乾元中，遷太子中庶子、中書舍人，復拜給事中。晚年得宋之問藍田別墅，在輞川。《雍録》：輞川在藍田縣西南二十里，王維別墅在焉，後維表施爲清源寺。

此詩借崔氏草堂以諷王給事也。公贈維詩：「窮愁應有作，試誦白頭吟。」維之再仕，必非得志者，故此以柴門空鎖，諷其歸老藍田也。或云：王給事，非即右丞，當更考。

遣興三首

我今日夜憂，諸弟各異方。不知死與生，何況道路長。避寇一分散，飢寒永相望。豈無柴門歸，欲出畏虎狼。仰看雲中雁，禽鳥亦有行。

蓬生非無根，漂蕩隨高風。天寒落萬里，不復歸本叢〔一〕。客子念故宅，三年門巷空。悵望但烽火，戎車滿關東。生涯能幾何，常在羈旅中〔二〕。

〔一〕《説苑》：秋蓬惡其本根，美其枝葉，秋風一起，根本拔矣。

〔二〕《莊子》：吾生也有涯。

昔在洛陽時，親友相追攀。送客東郊道，遨遊宿南山。烟塵阻長河，樹羽成皋間〔一〕。回首載酒地，豈無一日還。丈夫貴壯健，慘戚非朱顏〔二〕。

〔一〕《史記正義》：成皋，即汜水縣。陸機《洛陽記》：洛陽四關，東有成皋關，在汜水縣東南二里。　樹羽，注別見。時王師討安慶緒于河北。

〔二〕言豈無得還之日，特傷非壯健耳。

至日遣興奉寄北省舊閣老兩院故人二首

《通典》：唐人謂門下、中書爲北省，亦謂門下爲左省，或通謂之兩省。閣老、兩院，注俱見四卷。

去歲兹晨捧御牀，五更三點入鵷行。欲知趨走傷心地，正想氤氳滿眼香〔一〕。無路從容陪語笑，有時顛倒著衣裳。何人錯一作却憶窮愁日，愁日刊作日日愁隨一線長〔二〕。

〔一〕趨走，言爲華州掾趨謁上官。

〔二〕《歲時記》：魏晉間，宫中以紅線量日景，冬至後，日景添長一線。《唐雜録》：唐宫中以女工揆日之長短，冬至後，比常日增一線之工。

憶昨逍遥供奉班，去年今日侍龍顔。麒麟不動爐烟上上聲，《詩眼》作轉，孔雀徐開扇影還〔一〕。玉几一作座由來天北極，朱衣只在殿中間〔二〕。孤城此日腸堪斷，愁對寒雲雪《詩説雋永》云：唐本杜詩作白滿山。

〔一〕舊注：《晉·禮儀》：大朝會，即填宫，皆以金鍍九尺麒麟香爐。《唐·儀衛志》：朝日，殿上設黼扆、躡席、熏爐、香案。宰臣兩省官，對班于香案前，百官班于殿庭。扇合，皇帝升御座，内謁者承旨喚仗。《六典》：尚輦局掌輿輦繖扇，大朝會則孔雀扇一百五十有六，分居左右。舊翟羽扇，開元初改爲繡孔雀。

〔二〕《顧命》：皇后憑玉几。《西京雜記》：天子玉几，冬則加錦其上，謂之綈几。《唐會要》：開元二十五年，李適之奏：冬至大禮，朝參并六品清官服朱衣，以下通服袴褶。

洗兵馬

原注：收京後作。○左思《魏都賦》：洗兵海島，刷馬江洲。按：公《華州試進士策問》云：「山東之諸將雲合，淇上之捷書日至。」詩蓋作于其時也。

中興諸將收山東，捷書夕荆作夜，一作日報清晝同。河廣傳聞一葦過，胡危命在破竹中〔一〕。祇殘鄴城不日得，獨任朔方無限功〔二〕。京師皆騎汗血馬，回紇餧弩委切肉蒲萄宮〔三〕。已喜皇威清海岱，常思仙仗過崆峒。三年笛裏關山月，萬國兵前草木風〔四〕。成王功大心轉小，郭相謀深古來少。司徒清鑒懸明鏡，尚書氣與秋天杳〔五〕。二三豪俊爲時出，整頓乾坤濟時了。東走無復憶鱸魚，南飛覺有安巢一作枝鳥〔六〕。青春復隨冠冕入，紫禁正耐烟花繞。鶴駕通宵鳳輦備，鷄鳴問寢龍樓曉〔七〕。攀龍附鳳勢莫當，天下盡化爲侯王。汝等豈知蒙帝力，時來不得誇身强〔八〕。關中既留蕭丞相，幕下復用張子房〔九〕。張公一生江海客，身長九尺鬚眉蒼。徵起適遇風雲會，扶顛始知籌策良。青袍白馬更何有？後漢今周喜再昌〔一〇〕。寸地尺天皆入貢，奇祥異瑞争來送。不知何國致白環，復道諸山得銀甕。隱士休歌紫芝曲，詞人解《西溪叢語》云：善本作角撰清河一云河清頌〔一一〕。田家望望惜雨乾，布穀處處催春種。淇上健兒歸莫懶，城南思婦愁多夢。安得壯士挽天河，净洗甲兵長不用〔一二〕。

〔一〕山東，河北也。注見首卷。《通鑑》：乾元元年十月，郭子儀自杏園渡河，東至獲嘉，破安太清。太清走保衛州，子儀進圍之，遣使告捷。魯炅自陽武濟，季廣琛、崔光遠自酸棗濟，與李嗣業兵皆會子儀于衛州，慶緒悉舉鄴中之衆七萬來救，子儀復大破之，獲其弟慶和，殺之，遂拔衛州。《杜預傳》：今兵威已振，譬如破竹，數節之後，迎刃而解。

〔二〕《舊唐書》：相州，屬河北道。武德元年，以魏郡置相州。天寶元年，改爲鄴郡。乾元二年，改爲鄴城。《通鑑》：慶緒走，子儀等追之至鄴，許叔冀、董秦、王思禮及河東兵馬使薛兼訓皆引兵繼至。慶緒收餘兵，拒戰于愁思岡，又敗，慶緒乃入城固守，子儀等圍之。《邠志》：邠軍始鎮靈州，謂之朔方軍。《舊唐書》：禄山反，以郭子儀爲靈武太守，充朔方節度使。自陳濤斜之敗，帝惟倚朔方軍爲根本。按：是時命九節度討安慶緒，又以魚朝恩爲觀軍容使。雖圍相州，而兵柄不一。此曰「獨任朔方無限功」，蓋舉前事以風之，欲其專任子儀也。

〔三〕《漢・張耳傳》：如以肉餧虎，何益？《匈奴傳》：元帝元壽二年，單于來朝，舍之上林苑葡萄宮。《長安志》：禁苑南有櫻桃園，東、西蒲萄園。《通鑑》：是年八月，回紇遣其臣骨啜特勒及帝德將驍騎三千，來助討安慶緒，上命朔方左武鋒使僕固懷恩領之。

〔四〕海岱，謂青、徐諸州。《括地志》：笄頭山，一名崆峒山，在原州平涼縣西百里。《樂府解題》：《關山月》，傷離別也。○按：肅宗自馬嵬，經彭原、平涼至靈武，合兵興復，道必由崆峒。及南回也，亦自原州入，則崆峒乃鑾輿往來之地。笛咽關山、兵驚草木，正欲其以起事艱難爲念也。

〔五〕《唐書》：至德二載十二月，廣平王俶進爵楚王。乾元元年三月，徙封成王。四月，立爲皇太子。　郭相，子儀也，時進中書令。　司徒，李光弼也，先加檢校司徒。　尚書，王思禮也，收兩京，遷兵部尚書。錢箋：公《哀思禮》詩云：「爽氣春淅瀝」，亦與此詩語合。

〔六〕張翰思鱸魚，注見一卷。《古詩》：越鳥巢南枝。

〔七〕謝莊《哀誄》：收華紫禁。《漢宫闕疏》：白鶴宫，太子所居。《通典》：隋太子左右監門率，唐垂拱中，改爲鶴禁衛。《藝文類聚》：太子晉乘白鶴仙去，故後世稱太子之駕曰鶴駕，禁曰鶴禁。《唐書·儀衛志》：輦有七，一曰大鳳輦。《文王世子》：鷄初鳴，至于寢門外，問内豎之御者曰：「今日安否？何如？」《漢書》：上嘗急召太子出龍樓門，不敢絶馳道。張晏曰：門樓上有銅龍，若白鶴、飛廉之爲名也。《雍録》：桂宫南面有龍樓門。《杜詩博議》：按史，肅宗即位，下制曰：「復宗廟于函雒，迎上皇于巴蜀，導鑾輿而反正，朝寢門以問安，朕願畢矣。」上皇至自蜀，肅宗請歸東宫，不許。此詩「鷄鳴問寢」，即用詔中語也。「鶴駕」、「龍樓」，望其能修人子之禮也。靈武即位，本非得已，洪容齋所謂「收復兩京，非居尊位，不足以制命諸將也」。

其聽李輔國讒間，乃上元年間事，公安得逆料而譏之？容齋又引顏魯公《請立放生池表》云：「一日三朝，大明天子之孝；問安視膳，不改家人之禮。」東坡以爲知肅宗有愧于是也。」此表乃移仗後所上，不當援之以証此詩也。

〔八〕《漢書·叙傳》：攀龍附鳳，並乘天衢。雲起龍驤，化爲侯王。　時加封成都、靈武扈從功臣。「汝等」二句，即介之推所謂「貪天功以爲己力」也。

〔九〕《史記·蕭何傳》：漢王引兵，東定三秦，何以丞相留收巴蜀，使給軍食。此詩蕭丞相，未詳何指。夢弼注：一云杜鴻漸。按《唐書》：肅宗按軍平京，鴻漸首建朔方興復之謀，且録軍資器械，儲廥上之。肅宗喜曰：「靈武，吾之關中，卿乃吾蕭何也。」錢箋：蕭丞相謂房琯，自蜀郡奉册，留相肅宗。　張子房，謂張鎬也。至德二載五月，琯罷相，以張鎬代。

〔一〇〕《舊唐書》：張鎬風儀魁岸，廓落有大志，好談王伯大略，自褐衣拜左拾遺。玄宗幸蜀，徒步扈從，玄宗遣赴行在，至鳳翔，奏議多有弘益，拜諫議大夫，尋代房琯爲相。《封氏聞見記》：張鎬起自布素，不二年而登宰相。正身特立，不肯苟媚閹人。群閹疾之，稱其無經濟才，改荆府長史。按史：是年五月，鎬已罷相。此盛稱其籌策者，惜其去而功不就也。覩史思明、許叔冀之叛，鎬先料之，則比以子房，豈爲過哉？　《南史·侯景傳》：先是，大同中童謡曰：「青絲白馬壽陽來。」景渦陽之敗，求錦，朝廷給以青布，悉用爲袍，采色尚青。景乘白馬，青絲爲轡，欲以應謡。庾信《哀江南賦》：青袍如草，白馬如練。

〔二〕顏延之詩：亘地稱皇，罄天作主。《竹書紀年》：帝舜九年，西王母來朝，獻白環玉玦。馬融《廣成頌》：受王母之玉環。《禮運》：山出器車。鄭注：謂若銀甕丹甑。《瑞應圖》：王者宴不及醉，刑罰中，則銀甕出焉。《孝經援神契》：神靈滋液，有銀甕，不汲自滿。　紫芝歌，注見二卷。　《南史》：宋元嘉中，河、濟俱清，當時以爲瑞。鮑照作《河清頌》，其序甚工。　趙曰：收京後，嵐州、合關河清，蓋紀寔事也。按：《五行志》：黄河清三十里，四日而變，乃乾元二年秋七月事。此蓋指當時文士爭獻歌頌，如楊炎靈武受命、鳳翔出師之類耳。

〔三〕《爾雅》：鳲鳩鴶鵴。注：今之布穀也，江東人呼爲穫穀。《御覽》：崔寔曰：夏扈趨耕鋤，即竊脂。　淇水在衛地，衛州與相州相鄰。「淇上健兒」，指圍鄴之兵也。　城南，長安城南。《六韜》：武王問太公：「雨，輜車至軫，何也？」曰：「洗甲兵也。」《說苑》：武王伐紂，風霽而乘以大雨，散宜生曰：「此非妖歟？」王曰：「非也，天洗兵也。」

《補注》：時方進兵，而題曰「洗兵馬」，蓋以太平之功望肅宗也。「中興諸將」以下，言官軍渡河擊賊，鄴城不日可下矣。論其功，以子儀朔方軍爲最。彼回紇助戰，馬留京師，餧肉離宮，害亦不細，豈足多哉！今山東已收，皇威大振，惟是興師以來，征戍艱難之苦爲不可忘也。「成王功大」以下，言元子與郭令諸人，整頓濟時，人有中興之樂，青春重整朝儀，人主復修子道，而諸臣多被爵賞爲侯王矣。然此實帝力使然，於汝諸人何有哉？此蓋爲加恩扈從言之也。「關中既留」以下，獨詳稱張鎬者，冀其復用于時也。夫周漢中興，必至珍賫悉貢，瑞應沓來，隱士出而頌聲作，方稱極盛。今當催耕望雨之時，健兒猶留屯淇上，何不急殄餘寇，歸慰城南之思婦乎？苟征戍不已，則太平之功未可致，故末以「浄洗甲兵長不用」深致其意焉。夫中興大業，全在將相得人，前曰「獨任朔方無限功」，中曰「幕下復用張子房」，此是一詩眼目。使當時能專任子儀、終用鎬，則洗兵不用，旦夕可期，而惜乎肅宗非其人也。王荆公選工部詩，以此詩壓卷，其大指不過如此。若玄、肅父子之間，公爾時不應遽加譏切。

留花門

《唐書》：甘州寧寇軍東北有居延海，又北三百里有花門山堡，又東北千里，至回紇衙帳。《舊書》：肅宗還西京，葉護辭歸，奏曰：「回紇戰兵留在沙苑，今且歸靈夏取馬，更爲陛下收范陽餘孽。」

北門一作北方，《正異》作花門天驕子，飽肉氣勇決。高秋馬肥健，挾矢射漢月〔一〕。自古以爲患，詩人厭薄伐。脩德使其來，羈縻固不絶。胡爲傾國至，出入暗金闕。中原有驅除，隱忍用此物。公主歌黄鵠，君王指白日〔二〕。連雲屯左輔，百里見積雪。長戟鳥休飛，哀笳曙一作曉幽咽〔三〕。田家最恐懼，麥倒桑枝折。沙苑臨清渭，泉香草豐潔。渡河不用船，千騎常撇烈一云滅没，《正異》作撇捩〔四〕。胡塵踰太行，雜種抵京室。花門既須留，原野轉蕭瑟〔五〕。

〔一〕《漢·匈奴傳》：匈奴居北邊，君王以下，咸食畜肉，衣其皮。秋馬肥，大會蹛林。匈奴舉事，常隨月盛壯以攻戰，月虧則退兵。

〔二〕《漢·西域傳》：元封中，以江東王建女細君爲公主，妻烏孫昆莫。昆莫年老，言語不通，公主悲愁作歌曰：「居常土思兮心内傷，願爲黄鵠兮歸故鄉。」天子聞而憐之。《文苑英華辨証》：鄭愔《送金城公主適西蕃》詩「貴主想黄鶴」，馬懷素詩「空餘願黄鶴」，「鶴」，《漢書》作「鵠」。陸德明云：鵠，又作鶴。則鵠、鶴通用。《舊唐書》：乾元元年七月，上以幼女寧國公主妻回紇可汗，有送至咸陽磁門驛。公主辭訣曰：「國家事重，死且無恨。」上流涕而還。《詩》：謂予不信，有如皎日。指白日，言指日以爲信誓盟約也。

〔三〕左輔，謂沙苑。錢箋：沙苑白沙有百餘里，「百里見積雪」，所謂「左輔白沙如白水」也。樓大防云：回紇人衣冠皆白，故云。此無稽之甚。按：《舊書》：郭子儀收西京時，遇賊新店，軍却，回紇望見，踰山西嶺上曳白旗趨擊之，賊大敗。據此，則回紇旗幟用白，「百里積雪」，當謂此耳。

〔四〕《上林賦》：轉騰撇洌。孟康曰：撇洌，相撇也。

〔五〕《述征記》：太行山首始河内，自河内至幽州，凡有八陘。《史記正義》：在懷州河内縣北二十五里，澤州之南，羊腸之道。丘遲《書》：姬漢舊邦，無取雜種。《舊唐書》：安禄山，本名軋犖山，營州柳城雜種胡人也。又思明，本名窣干，營州寧夷州突厥雜種胡人也。錢箋：《安禄山事跡》：乾元二年正月，思明于魏州自立爲燕王，引兵救相州，官軍敗績。九月，思明又收大梁，陷我洛陽。故云「踰太行」、「抵京室」。按史：二年三月，回紇與思明戰相州城下，敗，奔西京。至賊破東都，回紇兵必已歸國矣。公詩當作于回紇未敗之前，而云然者，思明來救慶緒，賊勢復熾，或遊軍侵軼，直抵畿甸耳。

路逢襄陽楊少府入城戲呈一作戲題四韻附呈楊四員外綰

原注：甫赴華州日，許寄員外茯苓。一云：許員外爲求茯苓。《舊書·楊綰傳》：綰，字公權，華州華陰人。肅宗即位，綰自賊中冒難赴行在，除起居舍人、知制誥，歷司勛員外郎、職方郎中。

寄語楊員外，山寒少茯苓〔一〕。歸來稍暄一云候和暖，當爲斸珠玉切青冥〔二〕。翻動一作到神仙一作龍蛇窟，封題鳥獸形〔三〕。兼將老藤杖，扶汝醉初醒。

〔一〕《唐書》：華州上輔，土貢茯苓、茯神。《唐本草》：茯苓第一出華山，形極麄大。雍州南山亦有，不如華山。

〔二〕《爾雅》：斪斸謂之定。注：鉏屬。《説文》：斸，斫也。《圖經本草》：茯苓生大松下，二月、八月采，陰乾。

〔三〕《史·龜策傳》：茯苓在兔絲之下，狀如飛鳥之形。陶隱居《本草》：茯苓皮黑而細皺，内堅白，形如鳥獸龜鼈者良。王微《茯苓贊》：中狀鶏鳧，具容龜蔡。

贈衛八處士

衛處士，未詳。師古引《唐史拾遺》作衛賓，乃僞書杜撰，今削之。

人生不相見，動如參與商〔一〕。今夕復何夕，共此燈燭光一云共宿此燈光。少壯能幾時，鬢髮各已蒼。訪舊半爲鬼，驚胡儼云：一作嗚呼熱中腸。焉知二十載，重上君子堂。昔別君未婚，男女忽成行。怡然敬父執，問我來何方。問答乃未已陳作未及已，兒女一作驅兒羅酒漿。夜雨剪春韭，新炊間一作聞黄粱〔二〕。主稱會面難，一舉累十觴。十觴亦不醉一作辭，感子故意長。明日隔山岳，世事兩茫茫。

〔一〕《左傳》：遷閼伯于商丘，主辰，故辰爲商星；遷實沈于大夏，主參，故參爲晋星。曹植詩：曠若參與商。

〔二〕《郭林宗別傳》：林宗友來，夜冒雨剪韭作餅。錢箋：《招魂》：「稻粢穱麥，挐黄粱些。」注曰：「挐，糅也。謂飯則以粳稻糅穱，擇新麥糅以黄粱，和而柔嬬且香滑也。」《本草》：香美逾于諸粱，號爲竹根黄。按：此詩「間黄粱」，即「挐」字之義，作「聞」字非。

冬末以事之東都湖城東遇孟雲卿復歸劉顥宅宿宴飲散因爲醉歌

他本題首無「冬末以事之東都」七字。○《唐書》：湖城縣，屬虢州漢湖縣，後改湖城。孟雲卿見四卷。

疾風吹塵暗河縣，行子隔手不相見〔一〕。湖城城南一作北，《英華》作東一開眼，駐馬偶識雲卿面。向一作況，非非劉顥爲地主，嬾迴鞭轡成高宴〔二〕。劉侯歎一作歡我攜客來，置酒張燈促華饌。且將款曲終今夕，休語艱難尚酣戰。照室紅爐促曙光《英華》作簇曙花，縈窗素月垂文《英華》作秋。注云：集作文。非練。天開地裂長安陌，寒盡春生洛陽殿〔三〕。豈知驅車復同軌，可惜刻漏隨更箭。人生會合不可常，庭樹鷄鳴淚如綫《英華》作霰〔四〕。

〔一〕潘岳《陽給事誄》：軼我河縣，俘我洛畿。《水經注》：河水又北逕湖縣東，故曰河縣。

〔二〕《左傳》：地主致餼。

〔三〕按：京房《易占》：天開陽不足，地裂陰有餘，皆兵起下害上之象。二句言長安昔爲賊陷，今則東都併收復也。

〔四〕陸倕《漏刻銘》：銅史司刻，金徒抱箭。張衡《古別離》：鷄鳴庭樹枝，客子振衣起。別淚落如綫，相顧不能止。楚詞：淚下兮如霰。

閿鄉姜七少府設鱠戲贈長歌

《元和郡國志》：閿鄉本漢湖縣地，隋開皇十六年，移湖城縣于今所，改名閿鄉，屬陝州，唐屬虢州。閿，古闅字。趙曰：公背冬涉春，行度潼關，東至洛陽閿鄉，初出潼關道也。錢箋：按潘岳《西征賦》：「發閿鄉而警策，溯黄卷以濟潼。」此即公往來之道。

姜侯設鱠當嚴冬，昨日今日皆天風。河凍未漁一作黄河美魚。《潘淳詩話》作味魚。《本草》有鮇魚，出黄河口不易得，鑿冰恐侵河伯宫。饔人受魚鮫人手，洗魚磨刀魚眼紅。無聲細下飛碎一作素雪，有骨已剁都唾切觜即委切，又平聲春葱〔一〕。偏勸腹腴愧年少，軟炊香飯緣老翁。落碪砧同何曾白紙濕，放筯未覺金盤空〔二〕。新歡便飽姜侯德，清觴異味情屢極。東歸貪路自覺難，欲別上馬身無力〔三〕。可憐爲人好心事，於我見子真顔色。不恨我衰子貴時，悵望且爲今相憶。

〔一〕《西征賦》：饔人縷切，鑾刀若飛。《七啓》：纍如疊縠，散若飛雪。輕隨風飛，刀不轉切。《廣韻》：剁，斫剉也。觜，喙也。剉其骨，使觜如春葱。言尖而脆也。

〔二〕《禮記》：羞魚冬右腴。《説文》：腴，腹下肥也。愧年少，即「艱難愧深情」意。《齊民要術》：「切鱠不得洗，洗則鱠濕。」落砧拭之，白紙不濕，制治之精也；放筯食之，金盤不空，供具之侈也。

〔三〕潘岳《客舍議》：行者貪路。

戲贈閿鄉秦少府吴若作少公，陳浩然、郭知達作少翁短歌

按：少公，即少府。《國史補》：張旭爲常熟尉，有老父過狀，判去。不數日，復至，乃怒責之。老父曰：「實非論事，覩少公筆跡奇妙，貴爲篋笥之珍耳。」可証唐人稱尉爲少公也。《太白集》有《秋日餞陽曲王贊公賈少公赴上都序》。

去年行宫當太白，朝迴君是同舍客。同心不減骨肉親，每語見許文章伯〔一〕。今日時清兩京道，相逢苦覺人情好。昨夜邀懽樂更無，多才依舊能潦一作傾倒〔二〕。

〔一〕孫逖詩：海内文章伯。

〔二〕《北史·崔瞻傳》：魏天保以後重吏事，謂容止藴藉者爲潦倒，而瞻終不改焉。

李鄠縣丈人胡馬行

丈人駿馬名胡騮，前年避胡一作賊過金牛。迴鞭却走見天子，朝飲漢水暮靈州〔一〕。自矜胡騮奇絶代，乘出千人萬人愛。一聞説盡急難才，轉益愁向駑駘輩〔二〕。頭上鋭耳批秋竹，脚下高蹄削寒玉。始知神龍别有種，不比俗一作凡馬空多肉〔三〕。洛陽大道時再清，累日喜得

俱東行。鳳臆龍鬐《英華》作鬚，一作鱗，一作麟鬐未易識，側身注目長風生〔四〕。

〔一〕《舊唐書》：梁州金牛縣，漢葭萌地。武德二年，分綿谷縣置，屬褒州。後州廢，屬梁州。《元和郡國志》：漢水出嶓冢山，在金牛縣東二十八里。《舊唐書》：靈州大都督府，屬關内道。天寶元年，改爲靈武郡。乾元元年，復爲靈州。天寶十五載七月，肅宗即位靈武，故回鞭見之。

〔二〕急難才，如玄德之的顱、孫堅之騧馬，皆脱主于難。

〔三〕《齊民要術》：耳欲小而鋭，如削筒，相去欲促。《相馬經》：相馬之法，先除三羸五駑。大蹄，一羸；緩耳，一駑也。太宗《十驥頌》：耳根纖細，杉竹難方。高蹄，注見首卷。削寒玉，言其堅可以削玉也。《齊民要術》：望之大，就之小，筋馬也；望之小，就之大，肉馬也。

〔四〕鬐，鬣也。《晉載記》：苻堅時，大宛獻千里駒，皆汗血，朱鬣五色，鳳膺麟身。顧雲《韓幹馬障歌》：麟鬐鳳臆直相似。

憶弟二首

原注：時歸在南陸渾莊。○《唐書》：陸渾縣，屬河南府。又伊闕縣有陸渾山。

喪亂聞吾弟，飢寒傍濟州〔一〕。人稀書不到，兵在見何由。憶昨狂催走，無時病去憂〔二〕。

即今千種恨，惟共水東流〔三〕。

〔一〕《唐書》：濟州，屬河南道，天寶十三載廢濟州，以所管五縣入鄆州。

〔二〕狂催走，言避亂之時。

〔三〕濟州在洛陽之東，公身在洛，故恨與水俱東也。

且喜河南定，不問鄴城圍〔一〕。百戰今誰在，三年望汝歸。故園花自發，春日鳥還飛。斷絶人烟久，東西消息稀。

〔一〕河南府，唐東都。時安慶緒棄河南，走鄴城，九節度以兵圍之。

得舍弟消息

亂後誰歸得，他鄉勝故鄉。直一作若爲心厄苦，久念一作得與刊作汝存亡〔一〕。汝書猶在壁，汝妾一作室已辭房。舊犬知愁恨，垂頭傍我牀。

〔一〕《前秦録》：慕容沖逼長安，苻堅登城責之曰：「群奴何爲送死？」沖曰：「既厄奴苦，欲取爾相代。」　與存亡，與之俱爲存亡也。

觀兵

北庭送壯士，貔虎數尤多。精鋭舊無敵，邊隅今若何〔一〕。妖氛擁白馬，元帥待琱一作彫戈〔二〕。莫守鄴城下，斬鯨遼海波。

〔一〕邊隅，謂鄴城。凡臨敵境即爲邊，《新婚别》「守邊赴河陽」是也。

〔二〕白馬，用侯景事。《國語》：穆公横雕戈，出見使者。《漢書》：《古鼎銘》：賜爾旂鸞，黼黻琱戈。師古曰：琱戈，刻鏤之戈也。

按史：乾元元年十月，李嗣業將鎮西、北庭兵屯懷州，會師攻鄴。史思明自范陽引兵來救慶緒，拔魏州。此詩「北庭」、「元帥」，皆指嗣業；「妖氛」、「海鯨」，皆指思明也。或曰：元帥，謂郭子儀。鄴城之役，不立元帥，而有此稱者，以收東京時子儀嘗爲副元帥也。舊注：北庭謂回紇，元帥謂廣平，妖氛謂吐蕃，俱極謬。又按：是時李光弼與諸將議曰：「思明得魏州而按兵不動，此欲以精鋭掩吾不備也。請與朔方兵同逼思明于魏州，彼懲嘉山之敗，必不敢輕出。曠日引久，則鄴城必拔矣。」魚朝恩不可而止。《安禄山事跡》云：汾陽以諸將謀議不協，乃與季廣琛同謀灌城。公詩「斬鯨遼海波」，正與光弼意合，言當直擣幽燕，傾思明之巢穴，不當老師鄴城之下也。使早出此計，安有滏水之潰乎？

不歸

河間尚征一作戰伐，汝骨在空城〔一〕。從弟人皆有，終身恨不平。數金憐俊邁，總角愛聰明。面上三年土，春風草又生。

〔一〕《唐書》：瀛州河間郡，屬河北道。

獨立

空外一鷙鳥，河間雙白鷗〔一〕。飄颻搏擊便，容易往來遊。草露亦多濕，蛛絲仍未收。天機近人事，獨立萬端憂。

〔一〕空外，猶言天外。宋之問詩：空外有飛烟。

此詩與《鄭縣亭子》「巢邊野雀群欺燕，花底山蜂遠趁人」，皆有憂讒畏譏之意。

新安吏

原注：收京後作。雖收兩京，賊猶充斥。○《唐書》：新安，隋縣。貞觀二年，屬河南府。《九

域志》：縣有兩鄉。○錢箋：以下諸詩，皆乾元二年自華州之東都，道途所經次，感事而作也。

客行新安道，喧呼聞點兵。借問新安吏，縣小更無丁。府帖一作符昨夜下，次選中男行。中男絶短小，何以守王城。肥男有母送，瘦男獨伶俜〔一〕。白水暮東流，青山猶一作聞哭聲。莫自使眼枯，收汝淚縱横。眼枯即一作却見骨，天地終無情。我軍取一作至，一作收相州，日夕望其平。豈意賊難料，歸軍星散營〔二〕。就糧近故壘，練卒依舊京。掘壕不到水，牧馬役亦輕〔三〕。況乃王師順，撫養甚分明。送行勿泣血一作垂泣，僕射音夜如父兄〔四〕。

〔一〕樂府《木蘭詩》：昨夜見軍帖，可汗大點兵。《舊書·玄宗紀》：天寶三載，大赦天下。百姓十八以上爲中男，二十三以上成丁。《補注》：《隋書》：追東宮兵帖上臺宿衛。《通鑑注》：兵帖，軍籍也。次選中男行，顧炎武曰：《通鑑》：建中元年，楊炎作兩稅，人無丁、中，以貧富爲差。按唐制：人有丁、中、黄、小之分。注曰：天寶三載令：民十八以上爲中男，二十三以上成丁。杜詩「府帖昨夜下，次選中男行」，即此也。

〔二〕星散營，軍潰而星散屯營也。《通鑑》：九節度圍鄴城，自冬涉春，慶緒食盡，克在朝夕。而諸軍既無統帥，城久不下，上下解體。思明自魏州引兵趨鄴，每營選精騎五百，日于城下抄掠，諸軍樵採甚艱，乏食思潰。三月壬申，戰于安陽河北，大風晝晦，官軍潰而南，賊潰而北。子儀以朔方軍斷河陽橋，保東京，築南、北兩城而守之。

〔三〕舊京，東都也。此皆言子儀留守之事。

〔四〕《郭子儀傳》：至德二載五月，子儀敗于潏水，詣闕請貶，從司徒降爲左僕射。錢箋：汾陽在乾元初已進位中書令，此復稱僕射者，本相州之潰，舉其初貶之官，亦春秋書法也。《洗兵馬》則目之曰「郭相」。

潼關吏

《雍録》：潼關在華州華陰縣東北三十九里，關西一里有潼水，因以爲名。哥舒翰軍敗，引騎絶河，還營至潼津，收散卒，即關西之潼水也。

士卒何草草，築城潼關道。大城鐵不如，小城萬丈餘〔一〕。借問潼關吏，修關一作築城還備胡。要我下馬行，爲我指山隅。連雲列戰格，飛鳥不能踰〔二〕。胡來但自守，豈復憂西都。丈一作大人視要處，窄一作穿狹容單車。艱難奮長戟，千古用一夫〔三〕。哀哉桃林戰，百萬化爲魚。請囑防關將，慎勿學哥舒〔四〕。

〔一〕《世説》：若湯池鐵城，無可攻之勢。　城在山上，故曰「萬丈餘」。上語言堅，下語言高，其義互見。

〔二〕戰格，即戰柵，所以捍敵者。　「連雲」以下，皆設爲關吏之言。

〔三〕《劍閣銘》：一人荷戟，萬夫趦趄。

〔四〕《左傳》：守桃林之塞。注：今潼關是也。《三秦記》：桃林塞，在長安東四百里。《元和郡國志》：桃林塞，自靈寶縣以西至潼關皆是。《光武紀》：赤眉在河東，但決水灌之，百萬之衆，可使爲魚。《哥舒翰傳》：翰率兵出關，次靈寶縣之西原，爲賊所乘，自相踐蹂，墜黄河死者數萬人。

石壕吏

王應麟曰：石壕吏，蓋陝州陝縣之石壕鎮也。《志》云：石壕鎮，本崤縣，後魏置。貞觀十四年，改名硤石縣。《一統志》：石壕在今陝州城東七十里。錢箋：卞圜曰：石壕，陝東戍，其地在新安西。石壕，即石崤也。按：崤在弘農黽池西北，貞觀八年，移崤縣于安陽，城在硤城西四十里。謂石壕即石崤，誤矣。夢弼云：石壕在邠州宜禄縣。尤爲無稽，且非自華之東都所取道也。

暮投石壕村，有吏夜捉人古叶如延切，劉子政《烈女頌》用之。老翁踰墻走，老婦出門看古叶丘虔切。蘇潤公本作出看門，海鹽劉氏校本作出門首。吏呼一何怒，婦啼一何苦。聽婦前致詞，三男鄴城戍叶上聲。一男附書至一作到，二男新戰死。存者且一作是偷生，死者長已矣。室中更無人，惟《文粹》作所有乳下孫。有孫陳浩然本作孫有母未去，出入一作更無完裙一云孫母未便出，見吏無完裙。老嫗力雖衰，請從吏夜歸。急應河陽役，猶得備晨炊〔一〕。夜久語聲絶，如聞泣幽咽。天明登前途，獨與老翁別。

〔一〕《唐書》：河陽縣，屬孟州。子儀兵既潰，用都虞候張用濟策，守河陽。七月，李光弼代子儀。

新婚別

兔絲附蓬麻，引蔓故一作固不長。嫁女與征夫，不如棄路傍〔一〕。結髮爲妻子樊作君妻，席不煖君牀。暮婚晨告别，無乃太怱忙。君行雖不遠，守邊赴一作戍河陽。妾身未分明，何以拜姑嫜〔二〕。父母養我時，日夜令我藏。生女有所歸，鷄狗一作犬亦得將〔三〕。君今往死地浩然本作死生地，沈痛迫中腸。誓欲隨君去一作往，形勢反蒼黄。勿爲一作改新婚念，努力事戎行。婦人在軍中，兵氣恐不揚〔四〕。自嗟貧家女，久致一作致此羅襦裳。羅襦不復施，對君洗紅粧。仰視百鳥飛，大小必雙翔。人事一作生多錯迕，與君永相望〔五〕。

〔一〕《詩注》：女蘿，兔絲，松蘿也。《爾雅》：唐，蒙，女蘿；女蘿，兔絲。按：諸家《本草》，兔絲並無女蘿之名，惟松蘿一名女蘿。陸璣《詩疏》：兔絲，蔓生草上，黄赤如金。松蘿，蔓延松上，生枝正青。陸佃《埤雅》：「在木爲女蘿，在草爲兔絲。」可証二者同類而有別。古詩：與君爲新婚，兔絲附女蘿。善注：古今方俗，名草不同，然是異草，故曰附。此解甚明。

〔二〕《漢書》：背尊章，嫖以忽。師古曰：尊章，謂舅姑也。章與嫜通。陳琳詩：善事新姑嫜。

〔三〕言婦人從夫，雖嫁鷄狗，亦得相將以俱往。趙注引百兩將之，誤矣。

〔四〕《李陵傳》：「我士氣少衰而鼓不起者，何也？軍中豈有女子乎？」搜得，皆斬之。

〔五〕《風賦》：迴穴錯迕。注：錯雜交迕也。

垂老別

四郊未寧静，垂老一作死不得安。子孫陣亡盡，焉用身獨完。投杖出門去，同行爲辛酸。幸有牙齒存一作好，所悲骨髓一作肉乾。男兒既介胄，長揖別上官〔一〕。老妻卧路啼，歲暮衣裳單。孰知是死別，且復傷其寒。此去必不歸，還聞勸加餐〔二〕。土門壁甚堅，杏園度亦難。勢異鄴城下，縱死時猶寬〔三〕。人生有離合，豈擇衰老一作盛端。憶昔少壯日，遲迴竟長歎。萬國盡征戍，烽火被岡巒。積屍草木腥，流血川原丹。何鄉爲樂土，安敢尚盤桓。棄絶蓬室居，塌然摧肺肝〔四〕。

〔一〕《周亞夫傳》：亞夫持兵，揖曰：「介胄之士不拜。」

〔二〕夫傷妻寒，妻勸夫餐，皆永訣之詞。

〔三〕《唐書》：鎮州獲鹿縣有土門關，即舊井陘關。《元和郡縣志》：恒州有井陘縣。井陘口，今名土門口，在獲鹿縣西南十里，即太行八陘之第五陘也。《安禄山傳》：李光弼出土門，救常山郡。《九域志》：衛州汲縣有杏園鎮。《舊唐書》：郭子儀自杏園渡河圍衛州。又，董秦爲濮州刺史，移鎮杏園。時子儀、光弼相繼守河陽，土門、杏園皆在河北，故須嚴備。舊注謬極。

〔四〕「土門」四句，寬解其妻。「人生」以下，又自爲寬解，而終之以決絶。

無家别

寂寞天寶後，園廬但蒿藜。我里百一作萬餘家，世亂各東西。存者無消息，死者爲一作委塵泥。賤子因陣敗，歸來尋舊一作故蹊。久行見空巷，日瘦氣慘悽。但對狐與狸，豎毛怒我啼。四鄰何所有，一二老寡妻。宿鳥戀本枝，安辭且窮棲。方春獨荷鋤，日暮還灌畦。縣令知我至，召令習鼓鞞與鼙同。雖從本州役，内顧無所攜〔一〕。近行止一身，遠去終轉迷。家鄉既盪盡，遠近理亦齊。永痛長病母，五年委溝谿。生我不得力，終身兩酸嘶。人生無家别，何以爲烝黎。

〔一〕盧諶詩：謬充本州役。

夏日歎

夏日出東北，陵天經晉作經天陵中街。朱光徹厚地，鬱蒸何由開〔一〕。上蒼久無雷，無乃號令乖。雨降不濡物，良田起黄埃。飛鳥苦熱死，池魚涸其泥〔二〕。萬人尚流冗，舉目惟蒿萊。至今大河北，化一作盡作虎與豺。浩蕩想幽薊，王師安在哉〔三〕。對食不能餐，我心殊未諧。眇然貞觀初，難與數子偕〔四〕。

〔一〕錢箋：《漢・天文志》：日有中道，月有九行。中道者，黄道，一曰光道。北至東井，去北極近。南至牽牛，去北極遠。東至角，西至婁，去極中。夏至至于東井，北近極，故晷短。冬至至于牽牛，遠極，故晷長。日，陽也，陽用事則日進而北，晝進而長，陽勝，故爲温暑。陰用事則日退而南，晝退而短，陰勝，故爲涼寒也。又曰：日冬則南，夏則北。日之所行爲中道，月、五星皆隨之。按：中街，即中道也。《天官書》有街南、街北。街南，畢主之。街北，昴主之。《楚詞》：陽杲杲其朱光。張協詩：朱光馳北陸。翰曰：朱光，日也。

〔二〕《後漢・郎顗傳》：《易傳》曰：當雷不雷，陽德弱也。雷者號令，其德生養。

〔三〕《漢書》谷永疏：「流散冗食，餧死于道，以百萬數。」成帝詔：「水旱爲災，關東流冗者衆。」《唐書》：幽州范陽郡，薊州漁陽郡，俱屬河北道。

〔四〕貞觀數子，謂長孫、房、魏之流。

按：《舊書》：乾元二年四月癸亥，以久旱徙市，雩祭祈雨。又《通鑑》：時天下飢饉，九節度圍鄴城，諸軍乏食，人思自潰。與詩中「上蒼久無雷」及「流冗」、「豺虎」等語正合。

夏夜歎

永日不可暮，炎蒸毒我一作中腸。安得萬里風，飄飖吹我裳。昊天出華月，茂林延疎光。仲夏苦夜短，開軒納微涼。虛明見纖毫，羽蟲亦飛揚〔一〕。物情無巨細，自適固其常。念彼荷戈士，窮年守邊疆。何由一洗濯，執熱互相望〔二〕。竟夕擊刁斗，喧聲連萬方。青紫雖被體，不如早還鄉〔三〕。北城悲笳發，鸛鶴號且翔。況復煩促倦，激烈思時康〔四〕。

〔一〕江淹詩：華月炤芳池。《詩》：熠燿宵行。注：宵行，羽蟲也。

〔二〕鍾惺曰：考亭解詩，「執熱」作執持之執。今人以水濯手，豈便能執持熱物乎？蓋熱曰執熱，猶云熱不可解，此古文用字奧處。濯即洗濯之濯，浴可解熱也。杜詩屢用執熱字，皆作寔用，是一証據。

〔三〕《漢書注》：以銅作鐎，受一斗，晝炊飯食，夜擊持行，名曰刁斗。《通鑑》：至德二載，郭子儀敗于清渠，復以官爵收散卒。由是應募入軍者，一切衣金紫。

〔四〕張華詩：煩促每有餘。

立秋後題

《唐書》本傳：甫爲華州司功，屬關輔飢，棄官客秦州。此詩蓋欲棄官時作。

日月不相饒，節序昨夜隔。玄蟬無停號，秋燕已如客。平生獨往願，惆悵年半百。罷官亦由人，何事拘形役。

貽阮隱居 昉

陳留風俗衰，人物世不數。塞上得阮生，迥繼先父祖〔一〕。貧知静者性，自昔作白益毛髮古。車馬入鄰家，蓬蒿翳環堵〔二〕。清詩近道要，識子一作字，非用心苦。尋我草逕微，褰裳踏寒雨。更議居遠村，避喧甘猛虎。足明箕潁客，榮貴如糞土。

〔一〕《晉書》：阮籍，字嗣宗，陳留尉氏人也。父瑀，魏丞相掾。子渾，姪咸，咸子瞻，瞻弟孚，咸從子修，孚族弟放，放弟裕，皆知名。《唐·藝文志》有圈稱《陳留風俗傳》三卷。　塞上，謂秦隴。按：《古今注》：塞者，所以壅塞夷狄也。公秦州、夔州詩，每用「塞上」字，蓋秦界羌夷，夔界五溪蠻，二州皆有關隘之設。

〔三〕《高士傳》：張仲蔚所居，蓬蒿没人。

遺興三首

下馬古戰場，四顧但茫然。風悲浮雲去，黄葉墜一作墮我前。朽骨穴螻蟻，又爲蔓草纏〔一〕。故老行歎息，今人尚開邊。漢虜互勝負樊作失約，封疆不常全。安得廉頗一作恥，非將，三軍同晏眠〔二〕。

〔一〕《莊子》：在上爲烏鳶食，在下爲螻蟻食。《恨賦》：蔓草縈骨，拱木斂魂。

〔二〕廉頗老將，以安邊爲務者。故感戰場而思之。

高秋登塞一作寒山，南望馬邑州〔一〕。降虜東擊胡，壯健盡不留。穹廬莽牢落，上有行雲愁〔二〕。老弱哭道路，願聞甲兵休。鄴中事反覆，死人積如丘。諸將已茅土，載驅誰與謀〔三〕。

〔一〕《唐書》：羈縻州内有馬邑州，開元十七年置，在秦、成二州山谷間。寶應元年，徙于成之鹽井故城，隸秦州都督府。

〔二〕降虜，謂秦隴間屬夷，調發討賊者。舊注指回紇，非。《漢書注》：穹廬，旃帳也，其形穹隆然。
〔三〕茅土，注見二卷。《補注》：此疑爲僕固懷恩而發。考史：乾元二年七月，懷恩進封大寧郡王。

豐年孰一云既云遲，甘澤不在早。耕田秋雨足，禾黍已映道。春苗九月交，顔色同日老。勸汝衡門士，勿悲尚枯槁。時來展才力，先後無醜好。但訝鹿皮翁，忘機對芳一作芝草〔一〕。

〔一〕《列仙傳》：鹿皮翁，淄川人也，少爲府小吏，舉手成器。岑山上有神泉，人不能到。小吏白府君，請木工斧斤三十人，作轉輪懸閣。數十日，梯道成，上其巔作祠屋，留止其旁。食芝草，飲神泉，七十餘年。淄水來山下，呼宗族家室，令上山半。水出，盡漂一郡，没者萬計。小吏辭遣宗家，令下山，著鹿皮衣，去復上閣。後百餘年下，賣藥齊市。

昔遊

昔謁華蓋君，深求洞宫脚陳作緑袍崑玉脚。玉陳作人棺已上天，白日亦寂一作冥寞〔一〕。暮升艮岑一作峰頂，巾几猶未却。弟子四五人，入來淚俱落。余時遊名山，發軔在遠壑。良覿違夙願，含悽向寥廓〔二〕。林昏罷幽磬，竟夜伏石閣。王喬下天壇，微月映皓鶴〔三〕。晨溪嚮一作響虚駃音快，一作駛，歸徑行已昨。豈辭青鞋胝，悵望一作惆悵金匕藥〔四〕。東蒙赴舊隱，尚憶同志樂。伏事董先生，于今獨蕭索〔五〕。胡爲客關塞，道意久衰薄。妻子亦何人，丹砂負前諸〔六〕。雖悲髮鬒音軫變吴本作髮變鬒，一云鬒髮變，未憂筋力弱。扶一作杖藜望清秋，有興入廬霍〔七〕。

〔一〕錢箋：《葛仙翁傳》：崑崙山，一曰華蓋天柱，仙人所居。《清虚真人王君内傳》：詣赤臺童子、華蓋上公，授以五雲夜光、雲琅水霜。《洞天福地記》：華蓋山周迴四十里，名曰容成太玉之天，在温州永嘉縣，仙人修羊公治之。《真誥》：厚載之中，有洞天三十六所。八海中諸山亦有洞宫，或方千里、五百里。五岳名山，皆有洞宫，或三十里，並三千里。《後漢·王喬傳》：天下玉棺于堂前，吏人推排，終不摇動。喬曰：「天帝獨召我耶？」乃沐浴服飾寢其中，蓋便立覆。

〔二〕《離騷》：朝發軔于蒼梧兮。注：軔，搘車木。

〔三〕王子喬乘白鶴，見一卷。《寰宇記》：王子喬天壇，在緱氏縣東南六里。嵇康《琴賦》：王喬披雲而下墜。孫綽《天台賦》：王喬控鶴以沖天。

〔四〕駃，溪流之疾也。　鮑炤樂府：金鼎玉匕合神丹。

〔五〕陸機詩：誰謂伏事淺。

〔六〕丹砂，用葛洪事，見一卷。

〔七〕謝朓詩：誰能鬒不變。注：鬒，黑髮也。《水經注》：孫放《廬山賦》曰：尋陽郡南有廬山，九江之鎮也。臨彭蠡之澤，接平敞之原。山圖曰山周四百餘里。《爾雅》：霍山爲南岳。注：在廬江西。又，衡山一名霍山。謝靈運詩：息必廬霍期。

《昔遊》詩當與七古《憶昔行》互証。《昔遊》者，紀遊王屋山與東蒙山之事也。華蓋君，猶《太白集》之丹丘子，蓋開元、天寶間道士，隱于王屋者，不必求華蓋所在以實之也。詩云「深求洞宮脚」，洞宮，即《憶昔行》所云「北尋小有洞」也；脚，山足也。洞在王屋艮岑，即王屋山東北之岑也。天壇，亦在王屋。《地志》：王屋山絶頂曰天壇，濟水發源處是也。王屋在大河之北，故《憶昔行》曰「洪河怒濤過輕舸」也。公至王屋時值其人已羽化，故《憶昔行》曰「辛勤不見華蓋君」也。此云「弟子四五人，入來淚俱落」，《憶昔行》曰「弟子誰依白茆屋，盧老獨啓青銅鎖」，盧老，正「四五人」之一也。華蓋君既不得見，于是含悽天壇，悵望匕藥，而復爲東蒙之遊焉。東蒙舊隱，即《玄都壇歌》所謂「故人昔隱東蒙峰」者也。公客東蒙，與太白諸人同遊好，所謂「同志樂」也。其時之伏事者董先生，董先生即衡陽董鍊師也。漢武移南岳于霍山，故衡、霍之稱相亂。「杖藜望清秋，有興入廬霍」，即《憶昔行》所謂「更討衡陽董鍊師，南浮早鼓瀟湘舵」也。舊注之謬，何啻千里！

佳人

絶代有佳人，幽居在空一作山谷。自云良家子，零落依草木。關中昔喪敗，兄弟遭殺戮。官高何足論，不得收骨肉。世情惡衰歇，萬事隨轉燭。夫壻輕薄兒，新人美吴作已如玉。合昏尚知時，鴛鴦不獨宿。但見新人笑，那聞舊人哭〔一〕。在山泉水清，出山泉水濁。侍婢賣珠迴，牽蘿補茅屋〔二〕。摘花不插髮一作髻，一作鬢，采柏動盈掬一作握。天寒翠袖薄，日暮倚修竹。

〔一〕陸倕《漏刻銘》：合昏暮卷。善曰：周處《風土記》：合昏，槿也，葉晨舒而昏合。《唐本草》：合歡，即夜合，葉極細，花紅白色，上有絲茸，秋實作莢子，一名合昏。江總《閨怨》：池上鴛鴦不獨宿。

〔二〕泉清泉濁，以比婦人，居室則姸華，棄外則顦顇也。《東方朔傳》：董偃母以賣珠爲事。梁昭明太子詩：牽蘿下石磴。

夢李白二首

曾鞏《李白集序》：白卧廬山，永王璘迫致之。璘敗，白坐繫潯陽獄，得釋。乾元元年，終以汙璘事長流夜郎。至巫山，以赦得還。

死別已吞聲，生別常惻惻。江南瘴癘地，逐一作遠客無消息。故人入我夢，明我常相憶。恐非平生魂，路遠一作迷不可測。魂來楓林青，魂返關塞黑。君今在羅網，何以有羽翼〔一〕？落月滿屋梁，猶疑照一作見顏色。水深波浪闊，無使蛟龍得〔二〕。

〔一〕古詩：「既來不須臾，又不處重闈。亮無晨風翼，焉能淩風飛。」是「魂來」四句所本。

〔三〕楊慎曰：「落月」二句，言夢中見之而覺其猶在，即所謂「夢中魂魄猶言是，覺後精神尚未回」也。蔡絛「傳神」之説非是。又曰：謝靈運詩「明月入綺窓，彷彿想蕙質」，乃工部「落月屋梁」之所祖。

浮雲終日行，遊子久不至。三夜頻夢君，情親見君意。告歸常局促，苦道來不易。江湖多風波，舟楫恐失墜。出門搔白首，若負平生志。冠蓋滿京華，斯人獨憔悴。孰云網恢恢，將老身一作才反累。千秋萬歲名，寂寞身後事。

有懷台州鄭十八司户

天台隔三江一云江海，風浪無晨暮。鄭公縱得歸，老病不識路〔一〕。昔如水上鷗，今如罝中兔。樊作爲性命由他人，悲辛但狂顧。山鬼獨一脚，蝮蛇長如樹。呼號傍孤城，歲月誰與度〔二〕。從來禦魑魅，多爲一作被才名悞。夫子嵇阮流，更被一作遭時俗惡。海隅微小吏，眼暗髮垂素。黄帽映一作鳩杖近青袍，非供折腰具〔三〕。平生一杯酒，見我故人遇。相望無所成，乾坤莽回互〔四〕。

〔一〕《爾雅注》：三江，岷江、浙江、松江也。一曰：浙江、松江、浦陽江爲三江。

〔二〕《博物志》：一足曰夔，魍魎也，越人謂之山魈。或作㺐。《述異記》：山鬼，嶺南所在有之，獨足，反踵。《山海經》：蝮蛇，色如綬文，大者百餘斤，一名反鼻蛇。《朝野僉載》：山南五溪黔中皆有蝮蛇，其牙倒勾，去人百步直來，疾如激箭，螫人立死。

〔三〕《陶潛傳》：吾不能爲五斗米折腰，拳拳向州里小兒。

〔四〕《海賦》：乖蠻隔夷，回互萬里。

遣興五首

舊本以「今我日夜憂」三首，合「蟄龍三冬卧」二首，共爲五首。「陶潛避俗翁」三首，次「地用莫如馬」之後，共爲五首。今從黃鶴本編。

蟄龍三冬卧，老鶴萬里心。昔時賢俊人，未遇猶視今〔一〕。嵇康不得死，孔明有知音〔二〕。又如壠坻一作底松，用舍在所尋。大哉霜雪幹，歲久爲枯林〔三〕。

〔一〕《舞鶴賦》：結長悲于萬里。《京房傳》：臣恐後之視今，猶今之視前也。

〔二〕《晉書》：鍾會言于文帝曰：「嵇康，卧龍也，不可起。公無憂天下，顧以康爲慮耳。」因譖康欲助毌丘儉，殺之。言同名卧龍，而遇不遇有異。

〔三〕《鸕鷀賦》：慕隴坻之高松。言松在隴底，必匠石尋求乃得之，不用則棟梁之幹，久成枯株。

士之有才而爲世所棄者，何以異此？

昔者一作在昔龐德公，未曾入州府。襄陽耆舊間，處士節獨苦。豈無濟時策一作術，終竟畏羅罟一作終歲畏罪罟。林茂鳥有歸，水深魚知聚。舉家隱鹿門，劉表焉得取〔一〕。

〔一〕《後漢書》：龐德公居峴山南，未嘗入城府。荆州刺史劉表就候之，謂曰：「夫保全一身，孰若保全天下乎？」龐公笑曰：「鴻鵠巢于高林，暮而得所棲。黿鼉穴于深淵，夕而得所宿。夫趣舍行止，亦人之巢穴也，且各得其栖而已。」因釋耕壟上，表歎息而去。後遂攜妻子登鹿門山採藥不返。《芥隱筆記》：《淮南子》「水深則魚聚，木茂而鳥樂」，所以老杜有「林茂」、「水深」之句。

按：此二句正暗用龐公語。

陶潛避俗翁，未必能達道。觀其著詩集，頗亦恨枯槁〔一〕。達生豈是足，默識蓋不早。有子賢與愚，何其掛懷抱〔二〕。

〔一〕陶潛詩：顏生故爲仁，榮公言有道。屢空不獲年，長飢至于老。雖留身後名，一生亦枯槁。

〔二〕《山谷詩話》：淵明有《與五子疏》，又有《命子》、《責子》詩。想見其人，豈弟慈祥，雖謔可觀也。俗人便謂淵明子皆不肖，愁歎見于詩，所謂痴兒前不得説夢。

趙次公曰：因讀陶而有悟，故作此詩，非真詆陶也。

賀公雅吴語，在位常清狂。上疏乞骸骨，黄冠歸故鄉〔一〕。爽氣不可致，斯人今則亡。山陰一茅宇，江海日清涼〔二〕。

〔一〕《世説》：劉真長見王丞相，出，人問：「云何？」答曰：「未見他異，惟聞作吴語耳。」《舊唐書》：賀知章爲禮部侍郎，取舍非允，門廕子弟，喧訴盈庭。于是以梯登墻，首出決事，時人咸嗤之。晚年尤加縱誕，自號四明狂客，又稱秘書外監。天寶三載，因病恍惚，乃上疏請度爲道士，求還鄉里，仍捨本鄉宅爲觀，上許之。《禮·郊特牲》：野夫黄冠。黄冠，草服也。

〔二〕《世説》：王徽之以手板拄頰云：「西山朝來，致有爽氣。」

吾憐孟浩然，裋郭作短褐即長夜。賦詩何必多，往往凌鮑謝〔一〕。清江空舊魚一作舊美魚，春雨餘甘蔗。每望東南雲，令人幾悲吒陟駕切，正作詫〔二〕。

〔一〕《舊唐書》：孟浩然隱鹿門山，以詩自適。年四十遊京師，應進士不第，還襄陽，卒。

〔二〕浩然詩：試垂竹竿釣，果見查頭鯿。王士源《浩然集序》：灌園藝圃以全高。空舊魚、餘甘蔗，歎其人之不得見也。郭璞詩：撫心獨悲吒。

遣興二首

天用莫如龍，有時繫扶桑。頓轡海徒湧，神人身更長〔一〕。性命苟不存，英雄徒自强。吞聲勿復道，真宰意茫茫〔二〕。

〔一〕《漢・食貨志》：天用莫如龍，地用莫如馬，人用莫如黿。《十洲記》：扶桑在碧海中，樹長數千丈，一千餘圍，兩兩同根，更相依倚，故名扶桑。錢箋：《淮南子》：日登于扶桑之上，是謂朏明。爰止羲和，爰息六螭，是謂懸車。注：六螭，即六龍也。日乘車，駕以六龍，羲和御之。劉向《九歎》：維六龍于扶桑。洪興祖《補注》：《春秋命曆序》曰：皇伯登扶桑之陽，駕六龍以上下。曹植《與吴質書》：思抑六龍之首，頓羲和之轡。陶潛《讀山海經》詩：靈人侍丹池，朝朝爲日浴。《神異經》：西北海外有人焉，長二千里，兩脚中間相去千里，腹圍一千五百里。

〔二〕真宰，注見二卷。

六龍本以駕日，有時恃其强陽，則頓轡扶桑之上，徒使海波鼎沸，神人之力更足以制之。此可見人臣而敢行稱亂者，雖英雄自命，終必不保其身。事後飲泣，亦何及矣！且天意茫茫，非可妄覬，彼獨不以頓轡扶桑爲懼乎？此詩乃深警禄山之徒。或曰爲僕固懷恩而發也，懷恩既反，代宗使裴遵慶諭之，懷恩抱其足而號泣，所以有「吞聲」之句。

地用莫如馬，無良復誰記。此日千里鳴，追風可君意〔一〕。君看渥洼種，態與駑駘異。不雜蹄一作在齧間，逍遥有能事。

〔一〕謝瞻詩：「蹇步愧無良。」一云：良，王良也。追風，注見二卷。

渥洼之種，既非駑駘，又不雜蹄齧，所謂「追風可君意」者也。當時惟郭子儀、李光弼足以語此，肅宗不能專任，公詩蓋以風之。

遣興五首

朔風飄胡鴈，慘澹帶砂礫。長林何蕭蕭，秋草萋更碧。北里富薰天，高樓夜吹笛。焉知南鄰客，九月猶絺綌〔一〕。

〔一〕左思詩：南鄰擊鍾鼓，北里吹笙竽。《甘泉賦》：燎薰皇天。

長陵鋭頭兒，出獵待明發。騂一作觪弓金爪鏑，白馬蹴微雪〔一〕。未知所馳逐，但見暮光滅。歸來懸兩狼，門户有旌節〔二〕。

〔一〕《漢書》：高祖葬長陵。《長安志》：在咸陽縣東三十五里。錢箋：《春秋後語》：平原君曰：「澠池之會，臣觀武安君小頭而鋭，瞳子黑白分明，瞻視不常，難與争鋒，惟廉頗足以當之。」《詩》：騂騂角弓。注：調利也。梁元帝詩：金爪鬬鷄場。「金爪鏑」，言箭鏃之利，如金爪然。

〔二〕《詩》：並驅從兩狼兮。《唐書·百官志》：節度使賜雙旌雙節，行則建節，樹六纛。《車服志》：大將出，賜旌以專賞，節以專殺。旌以絳帛五丈，粉畫虎，有銅龍一，首纏緋幡，紫縑爲袋，油囊爲表。節垂畫木盤，相去數寸，隅垂尺麻，餘與旌同。

漆有用而割，膏以明自煎。蘭摧白露下，桂折秋風前〔一〕。府中羅舊尹，沙道尚依然。赫赫蕭京兆，今爲時所憐〔二〕。

〔一〕《莊子》：山木自寇也，膏火自煎也。桂可食，故伐之。漆可用，故割之。《漢書》：龔勝卒，有一老父來弔，哭甚哀。既而曰：「嗟乎！薰以香自燒，膏以明自消，龔生竟夭天年，非吾徒也。」《世説》：寧爲蘭摧玉折，不作蕭敷艾榮。

〔二〕《唐國史補》：凡宰相禮絶班行，府縣載沙填路，自私第至于城東街，號曰沙路。《漢書》：成帝時童謡：「故爲人所羨，今爲人所憐。」

錢箋：李德裕《明皇十七事》：源乾曜奏事稱旨，上驟用之，謂高力士曰：「吾拔用乾曜，以其容貌言語類蕭至忠也。」力士曰：「至忠不常負陛下乎？」帝曰：「至忠晚乃謬計耳。其初立朝，得不謂賢相乎？」東坡曰：「明皇雖誅至忠，然甚懷之。侯君集云：『蹉跌至此，至忠亦蹉跌者耶。』故子美亦哀之。」按：蕭至忠未嘗官京兆尹，若以蕭望之喻至忠，則望之爲左馮翊，非京兆也。天寶八載，京兆尹蕭炅坐贓，左遷汝陰太守。史稱京兆尹蕭炅、御史中丞宋炅，皆林甫所親善，國忠皆誣奏譴逐，林甫不能救。則所謂蕭京兆者，蓋炅也。《通鑑》：蕭炅爲河南尹，嘗坐事，西臺遣吉温往按之。温後爲萬年縣丞，未幾，炅拜京兆尹。高力士權移將相，炅親附之，温尤與之善，遂相結爲膠漆。其事詳《舊書・吉温傳》中。炅先代裴耀卿爲江淮轉運使，林甫引爲户部侍郎，又拜河西節度。開元二十七年，吐蕃寇白草、安人等軍，炅擊敗之。則所謂「赫赫蕭京兆」者，亦可想見矣。唐京兆尹多宰相私人，相與附麗，若炅與鮮于仲通輩皆是，故曰「府中羅舊尹，沙道尚依然」也。今爲時所憐哀之，亦刺之也。東坡解此詩未當，當是僞託耳。按：夢弼注引于競《大唐傳》，天寶三年，因蕭京兆炅奏，于要路築甬道，載沙寔之，屬于朝堂。此詩「蕭京兆」承上「沙道」言之，其爲炅發無疑。

猛虎憑其威，往往遭急縛。雷吼徒咆哮，枝撑已在脚。忽看皮寢處，無復睛閃爍〔一〕。人有甚于斯，足以勸一作戒元惡。

〔一〕《後漢・吕布傳》：縛虎不得不急。《左傳》：譬于禽獸，臣食其肉，而寢處其皮矣。

朝逢一作送富家葬，前後皆一作見輝光。共指親戚大，緦麻百夫行。送者各有死，不須羨其强。君看束練一作縛去，亦得歸山岡〔一〕。

〔一〕《吴志》：孫峻殺諸葛恪，以葦席裹其身，用篾束其腰，投之于石子岡。

後出塞五首

男兒生世間，及壯當封侯。戰伐有功業，焉能守舊丘。召趙作占募赴薊門，軍動不可留〔一〕。

千金裝馬鞭一作鞍，百金裝刀頭。閭里送我行，親戚擁道周〔二〕。班白居上列，酒酣進庶羞。少年別有贈，含笑看吴鈎〔三〕。

〔一〕鮑炤詩：復得還舊丘。《水經注》：武王封堯後于薊，今城内西南隅有薊丘，因名薊門。

〔二〕《木蘭詩》：西市買馬鞭，南市買轡頭。

〔三〕《吴越春秋》：闔閭命于國中作金鈎，令曰：「能爲善鈎者，賞百金。」有人殺其二子，以血釁金，成二鈎，獻之。王曰：「何以異于衆鈎乎？」鈎師呼二子名：「吴鴻、扈稽，我在此，王不知汝之神也。」聲絶于口，兩鈎俱飛，著父之胸。吴王大驚，賞之百金。《吴都賦》：吴鉤越棘，純鈎湛盧。《夢溪筆談》：吴鈎，刀名也，刃彎。今南蠻用之，謂之葛黨刀。〇言其訣別親故時，意氣之壯如此。

朝進東門營一作營門，暮上河陽橋。落日照大旗，馬鳴風蕭蕭〔一〕。平沙列萬幕，部伍各見招。中天懸明月，令嚴夜寂寥〔二〕。悲笳數聲動，壯士慘不驕。借問大將誰？恐是霍嫖姚〔三〕。

〔一〕錢箋：《水經注》：穀水又東，屈而逕建春門石橋下，即上東門。阮嗣宗詩云「步出上東門」者也。《寰宇記》：上東門，洛陽東面門也，後又改爲東陽門。《通鑑注》：上東門之地，唐爲鎮。《通典》：河陽縣古孟津，後亦曰富平津，跨河有浮橋，即杜預所建。《元和郡國志》：河陽浮橋，駕黃河爲之，以舡爲脚，竹簟亘之。

〔二〕部伍，部曲行伍也。軍士至日暮，各相招認，以居其幕。

〔三〕《李陵書》：胡笳互動，牧馬悲鳴。《漢書》：霍去病再從大將軍出塞，爲嫖姚校尉。胡仔曰：《漢書》嫖姚，服虔音飄飖。顔師古音嫖，頻妙反；姚，羊召反。荀悦《漢紀》又作票鷂云。今讀音爲飄遥，不當義。子美詩每作平聲用，蓋取服虔音耳。按：梁蕭子顯《日出東南隅行》押「霄」字韻，而云：「漢馬三萬匹，夫婿仕嫖姚」。周庾信《畫屏風詩》押「飄」字韻，末云：「寒衣須及早，將寄霍嫖姚」，則二字作平聲用，在公前已然矣。

古人重守邊，今人重高勳。豈知英雄主，出師亘《英華》作直長雲。六合已一家，四夷且孤軍。遂使貔樊作螭虎士，奮身勇所聞〔一〕。拔劍擊大荒，日收胡馬群。誓開玄冥北，持以奉吾君〔二〕。

〔一〕《説文》：貔，豹屬，出貉國，一名執夷。

〔二〕大荒，注見一卷。《帝王世紀》：帝顓頊以水承金，位在北方，其神玄冥。

獻凱日繼踵，兩蕃静無虞。漁陽豪俠地，擊鼓吹笙竽〔一〕。雲帆轉遼海，粳稻來東吴。越羅與楚練，炤耀輿臺軀〔二〕。主將位益崇，氣驕淩上都。邊人不敢議，議者死路衢〔三〕。

〔一〕《舊唐書·北狄傳》：奚與契丹，兩國常遞爲表裏，號曰兩蕃。《新書·安禄山傳》：天寶元年，押兩蕃、渤海、黑水四府經略使。四載，奚、契丹殺公主以叛，禄山幸邀功，肆其侵，起兵擊之。八月，給契丹諸酋，大置酒毒焉。既酣，悉斬其首，先殺數千人，獻馘闕下。《通鑑》：十三載四月，禄山奏擊破奚、契丹，虜其王李日越。十四載四月，奏破奚、契丹。《安禄山事迹》：禄山誘降阿布思部落，執其男女一萬口，送于京師，玄宗御勤政樓受之。又遣其子慶緒獻奚、契丹生口三千人，金銀、錦罽、驝馬、奚車，布于闕下。玄宗大悦，張樂以會將士。《漢書》：漁陽郡屬幽州，領縣十二。

〔二〕遼東南臨渤海，故曰遼海。《杜詩博議》：《昔遊》詩：「幽燕盛用武，供給亦勞哉。吴門轉粟帛，泛海陵蓬萊。」與此詩「雲帆轉遼海」、「秔稻來東吴」皆記天寶間海運事也。愚謂海運當始于隋大業中。《北史·來護兒傳》：遼東之役，護兒率樓船指滄海，入自浿水，時護兒從江都進兵，則當出成山大洋，轉登萊向遼海也。唐太宗屢討高麗，舟師皆出萊州，其餽運當從隋故道。駱賓王《討武曌檄》云：「海陵紅粟，倉庾之積靡窮。」蓋隋唐時于揚州置倉，以備海運，餽東北邊。禄山鎮范陽，蕃漢士馬居天下之半，江淮輓輸，千里不絶。所云「雲帆轉遼海」者，自遼西轉餽北平也。《唐書》：越州土貢花文、寶花等羅。《左傳》：楚使鄧廖帥組甲三百，被練三千，以侵吴。注：組甲，漆甲爲組文。被練，練袍。士臣皂，皂臣輿，輿臣隸，隸臣僚，僚臣僕，僕臣臺。《舊唐書》：天寶十三載二月，禄山奏前後立功將士，請超三資告身，仍望好寫。于是超授將軍五百餘人，中郎將二千餘人。

〔三〕《唐書》：天寶七載，禄山賜鐵券，封柳城郡公。九載，進爵東平郡王。《通鑑》：唐將帥封王自此始。《安禄山事迹》：禄山自歸范陽，逆節漸露。使者至，稱疾不迎，成備而後見之，無復臣禮。或言禄山反者，玄宗必縛送之。道路相目，無敢言者。

我本良家子，出師亦多門。將驕益愁思，身貴不足論。躍馬二十年，恐辜本作孤，俗作辜明主恩〔一〕。坐見幽州騎，長驅河洛昏〔二〕。中夜間道歸，故里但空村。惡名幸脱免，窮老無兒孫〔三〕。

〔一〕《蔡澤傳》：躍馬疾驅，四十三年足矣。

〔二〕《安禄山事蹟》：禄山養同羅奚、契丹八千餘名曳落河，又畜單于護真大馬，習戰鬬者數萬匹。十四載十一月九日，遂起兵反，馬步相兼二十萬，鼓行而西。

〔三〕《東坡志林》：禄山反時，其將校有脱身歸國而賊盡殺其妻子者，不知其姓名，可恨也。

按：玄宗季年，哥舒翰貪功于吐蕃，安禄山構禍于契丹，于是徵調半天下。《前出塞》爲哥舒翰，《後出塞》爲禄山發也。

杜工部詩集卷之六

松陵　朱鶴齡　輯註

乾元中，公客秦州作

秦州雜詩二十首

《舊唐書》：秦州在京師西七百八十里。

滿目悲生事，因人作遠遊。遲迴度隴怯，浩蕩及一作入關愁〔一〕。水落魚龍夜，山空一作通鳥鼠秋〔二〕。西征問烽火，心折此淹留〔三〕。

〔一〕《説文》：隴，天水大坂也。《晉·道地記》：漢陽有大坂，名曰隴坻，亦曰隴山。《三秦記》：隴坂九迴，不知高幾里，欲上者七日乃得越。《晉·地道記》：漢於汧縣置隴關，西當戎翟，今名大震關。《唐書》：隴州汧源縣西有安戎關，在隴山，本大震關，大中間更名。

〔二〕《水經注》：汧水出汧縣西山，世謂之小隴山。其水東北流，歷澗注以成淵，潭漲不測，出五色魚，俗以爲龍而莫敢採捕，因謂魚龍水，亦通謂之魚龍川。《舊唐書》：貞觀四年十月，上幸隴州，校獵於魚龍川。《水經》：渭水出隴西首陽縣渭谷亭南鳥鼠山，《禹貢》所謂「渭出鳥鼠」

者也。《爾雅》：鳥鼠同穴，其鳥爲鵌，其鼠爲鼵。注：鼵，如人家鼠而尾短。鵌，似鵽而小，黄黑色。穴入地三四尺，鼠在内，鳥在外。今在隴西首陽縣，鳥鼠同穴山中。《元和郡縣志》：鳥鼠山，今名青雀山，在渭州渭源縣西七十六里。渭水所出，凡有三源並下。《西溪叢語》：陸農師引《水經》「魚龍以秋日爲夜」，公詩殆謂是乎？魚龍，水名；鳥鼠，山名。「鳥鼠秋」、「魚龍夜」，兩句而合三事也。

〔三〕《別賦》：心折驚骨。

秦州山一作城北寺，勝跡一云傳是隗囂宫〔一〕。苔蘚山門古，丹青野殿空。月明垂葉露，雲逐度溪風。清渭無情極，愁時獨向東〔二〕。

〔一〕錢箋：《元和郡國志》：秦州伏羌縣，本秦冀縣也，後漢隗囂稱西伯，都此。《方輿勝覽》：雕窠谷，在秦州麥積山之北，舊有隗囂避暑宫。張正見樂府：隴頭流水急，流急行難度。遠入隗囂宫，傍侵酒泉路。

〔二〕《水經》：渭水又東，過冀縣北。注：冀縣，故天水郡治。

州圖領同谷，驛道出流沙〔一〕。降虜兼千帳，居人有萬家。馬驕朱一作珠，《正異》定作朱汗落，胡舞白題舊作蹄，《正異》定作題斜〔二〕。年少臨洮子，西來亦自誇〔三〕。

〔一〕同谷郡，注別見。《唐書》：秦州都督府，督天水、隴西、同谷三郡。「驛道」，西出吐蕃之道。

《唐書》：過鄯州西赤嶺分界碑，即經莫離驛、那録驛，又至衆龍驛、列驛、婆驛，凡十餘處。至勃令驛，即贊普牙帳。《唐六典》：隴右道東接秦州，西逾流沙。流沙在沙州以北，連延數千里。

〔二〕梁簡文帝《紫騮馬》：朱汗染香衣。庾信《馬射賦》：選朱汗之馬。《南史·裴子野傳》：武帝時，西北遠邊有白題。及滑國遣使由岷山道入貢，莫知所出。子野曰：漢潁陰侯斬胡白題將一人。服虔注云：白題，胡名也。《西域傳》：白題國王姓支，名史稽毅，其先蓋匈奴之別種胡也。在滑國東，西極波斯。薛夢符曰：題者，額也。其俗以白塗塈其額，因得名。舞則首偏，故曰「白題斜」。按：白題胡，如黑齒、雕題之類。《墨莊漫録》以爲胡笠，乃臆説。

〔三〕臨洮，在秦州西。

鼓角緣邊郡，川原欲夜時。秋聽殷上聲地發，風散入雲悲。抱葉寒蟬静，歸山獨鳥遲。萬方聲一槩，吾道竟何之〔一〕。

〔一〕《九歌》：「同糅玉石兮，一槩而相量。」槩，平斗斛木也。

南使宜天馬，由來萬匹强〔一〕。浮雲連陣没，秋草徧一作滿山長〔二〕。聞説真龍種，仍殘一作空餘老驌驦。哀鳴思戰鬭，迥立向蒼蒼。

〔一〕天馬，注見一卷。

〔二〕《西京雜記》：文帝自代還，有良馬九匹，一曰浮雲。隋庾抱《馬》詩：櫪上浮雲驄，本出吴門中。

按：《通鑑》：是年春三月，九節度之師潰於鄴城，戰馬萬匹，惟存三千。此詩「浮雲連陣没」，正其事也。秦州乃出西域之道，故感天馬事而賦之。或曰：《寰宇記》：秦州清水縣有馬池，水源出嶓冢山。《開山圖》云：隴西神馬山有淵池，龍馬所生。《水經注》：馬池水出上邽西南六十里，謂之龍淵水，言神馬出水，事同余吾、來淵之異，故因名焉。公蓋指此爲賦。次公謂以「老驌驦」自比，則鑿矣。

城上胡笳奏，山邊漢節歸。防河赴滄海，奉詔發金微一作徽〔一〕。士苦形骸黑，林吴作旌疎鳥獸稀。那堪吴作聞往來戍，恨解鄴城圍。

〔一〕《博物志》：東海稱渤海，又謂之滄海。按：唐河北道滄、景等州，皆古渤海郡地，黄河入海於此。《後漢紀》：竇憲遣左校尉耿夔出居延塞，圍北單于於金微山。《唐·地理志》：羈縻州有金微都督府，隸安北都護府。《僕固懷恩傳》：貞觀二十年，鐵勒九姓大酋領率衆降，分置瀚海、燕然、金微、幽陵等九都督府。時發金微之卒防禦河北，非防河西也。《通鑑》：至德二載，以李銑爲防河招討使。

莽莽萬重山，孤城山一作石谷間。無風雲出塞，不夜月臨關〔一〕。屬國歸何晚？樓蘭斬未還〔二〕。煙塵獨一作一長望，衰颯正摧顔。

〔一〕李巨仁詩：無風波自動，不夜月恒明。

〔三〕《漢書》：蘇武使匈奴歸，拜爲典屬國，秩中二千石。　傅介子持節至樓蘭，斬其王，持首還，詔封爲義陽侯。《西域傳》：鄯善國，本名樓蘭，王治打泥城，去陽關千六百里，去長安六千一百里。《唐書》：入大流沙，行千里，至故折摩馱那，古且末也。又千里，至故納縛波，古樓蘭也。

聞道尋源使，從天此路回。牽牛去幾許，宛馬至今來〔一〕。一望幽燕隔，何時郡國開〔二〕。東征健兒盡，羌笛暮吹哀〔三〕。

〔一〕牽牛、宛馬，俱用張騫事。

〔二〕時河北幽、薊諸州皆陷史思明。

〔三〕《唐書》：天寶十四載冬，以安禄山反，京師募兵十萬，號「天武健兒」。「健兒盡」，亦謂鄴城之敗。

趙汸曰：因秦州爲西域驛道，嘆漢以一使窮河源，且通大宛，如此其易。而今以天下之力，不能定幽燕，至今壯士幾盡，一何難耶。是可哀也。

今日明人眼，臨池好驛亭。叢篁低地碧，高柳半天青。稠疊多幽事，喧呼閲使星〔一〕。老夫如有此，不異在郊坰。

〔一〕《後漢·李郃傳》：和帝遣使者二人到益部，郃曰：「有二使星入蜀分野。」《晉·天文志》：流星，天使也。「閲使星」，謂往來使吐蕃者。

雲氣接崑崙，涔涔塞雨繁〔一〕。羌童看渭水，使一作估客向河源〔二〕。煙火軍中幕，牛羊嶺上村。所居秋草静，正閉小蓬門。

〔一〕《括地志》：崑崙山，在肅州酒泉縣西南八十里。

〔二〕《唐書》：鄯州鄯城縣有河源軍，屬隴右道。一云：河源軍在鄯州西百二十里。

蕭蕭古塞冷，漠漠秋雲一作風低。黄鵠翅垂雨，蒼鷹饑啄泥。薊門誰自北，漢將獨征西〔一〕。不意書生耳一作眼，臨衰厭一作見鼓鞞。

〔一〕《後漢·光武紀》：以偏將軍馮異爲征西將軍。

山頭南一云東郭寺，水號北流泉。老樹空庭得，清渠一邑傳〔一〕。秋花危石底，晚景卧鐘邊一作前〔二〕。俛仰悲身世，溪風爲颯一作肅然〔三〕。

〔一〕《秦州記》：天水縣界有水一派，北流入長道縣界。《舊唐書》：秦州州前有湖水，冬夏無增減，故名天水郡。按：《唐志》：秦州有清水縣。《水經注》云：清水導源東北隴山，逕清水縣故城東，與秦水合，東南注渭縣，以此得名。今云清渠，豈即此水歟？

〔二〕鍾曰：卧，則寺廢可知。

〔三〕《蘭亭序》：俛仰之間，已爲陳跡。

傳道東柯谷，深藏數十家〔一〕。對門藤蓋瓦，映竹水穿沙。瘦地翻宜粟，陽坡可種瓜〔二〕。船人近相一作相近報，但恐失桃花。

〔一〕錢箋：《通志》：東柯谷在秦州東南五十里，杜甫有祠於此。宋栗亭令王知彰記云：工部棄官寓東柯谷姪佐之居。趙傁曰：《天水圖經》載：秦州隴城縣有杜工部故居及其姪佐草堂，在東柯谷之南，麥積山瑞應寺上。

〔二〕陽坡，坡之向日者。阮籍詩：「昔日東陵瓜，今在青門外。五色曜朝日，子母相鉤帶。」可證種瓜之宜陽地矣。

趙汸曰：起用「傳道」二字，則以下景物，皆是未至谷中，先述所聞。末方言泛舟往遊，恐如桃源之迷路也。

萬古仇池穴，潛通小有天〔一〕。神魚今一作人不見，福地語真傳〔二〕。近接西南境，長懷十九泉〔三〕。何時一作當一茅屋，送老白雲邊。

〔一〕小有天，注别見。

〔二〕舊注：世傳仇池穴出神魚，食之者仙。　福地，注見一卷。

〔三〕西南境，即秦州之境也。《水經注》：仇池絕壁峭峙，孤險雲高，望之形若覆壺，其高二十餘里，羊腸蟠道三十六迴。上有平田百頃，煮土成鹽，因以百頃爲號。山上豐水泉，所謂清泉湧沸，潤氣上流者也。《東坡志林》：趙德麟曰：仇池，小有洞天之附庸也。王仲至謂余曰：嘗奉使過仇池，有九十九泉，萬山環之，可以避世如桃源。按：《舊志》：仇池山上有田百頃，泉九十九眼。王仁裕《入洛記》亦云：仇池有甘泉百孔。此云「十九泉」，豈舉其最勝者耶？《一統志》：十九泉在成縣西南。

前詩聞東柯谷之勝而欲卜居，此述仇池穴之勝而欲卜居也。觀卒章「讀記憶仇池」，則前六句皆是引記中語。

未暇泛滄海，悠悠兵馬間。塞一作寒門風落木一云塞風寒落木，客舍雨連山〔一〕。阮籍行多興，龐公隱不還。東柯遂疎懶，休鑷鬢毛斑〔二〕。

〔一〕《史記》：寒門者，谷口也。注：盛夏凜然，故曰寒門。

〔二〕左思《白髮賦》：星星白髮，生於鬢垂。將拔將鑷，好爵是縻。《集韻》：鑷，鉗也。

東柯好崖谷，不與衆峰羣。落日邀雙鳥，晴天卷吴本作養片雲。野人矜一作吟險絶，水竹會平分〔一〕。採藥吾將老，兒童一作童兒未遺聞。

〔一〕《九辨》：皇天平分四時兮。「會平分」，言野人久占水竹之居，欲與之平分其勝。

邊秋陰易久一作夕，不復辨晨光。簷雨亂淋幔，山雲低度牆。鸕鷀窺淺井，蚯蚓上深一作高堂〔一〕。車馬何蕭索，門前百草長。

〔一〕《爾雅》：鷀，鷧。注：即鸕鷀也，觜、頭曲如鈎，食魚。《字林》：似鶂而色黑。《本草衍義》：陶隱居云，此禽不卵生，口吐其雛，今人謂之水老鴉。

地僻秋將盡，山高客一作夜未歸。塞雲多斷續，邊日少光輝。警急烽常報，傳聞一作聲檄屢飛〔一〕。西戎外甥國，何得迕一作近天威〔二〕。

〔一〕曹植樂府：邊城多警急。

〔二〕《吐蕃傳》：開元十八年，贊普請和，上表曰：「外甥是先皇帝舊宿親，千歲萬歲，外甥終不敢先違盟誓。」

鳳林戈未息，魚海路常難〔一〕。候火雲烽一作峰峻，懸軍幕一作暮井乾〔二〕。風連西極動，月過北庭寒〔三〕。故老思飛將，何時一作人議築壇〔四〕？

〔一〕錢箋：《水經》：河水又東，歷鳳林北。注：鳳林，山名也，五巒俱峙。《秦州記》曰：枹罕原北名鳳林川，川中則河水東流也。《舊唐書》：鳳林縣，屬河州，本漢白石縣地，屬金城郡。《寰宇記》：鳳林關在黃河側。大曆二年，吐蕃首領論泣陵入奏，云贊普請以鳳林關爲界。《一統志》：在臨洮府蘭州。《唐書》：天寶元年十二月庚子，河西節度使王倕克吐蕃魚海。按：魚海地，當在河州之西。舊注引郭子儀取魚海五縣，考《新》《舊史》諸書，並無之，不可信。

〔二〕候火，斥候烽燧之火也。《蜀志》：鄭度説劉璋曰：「左將軍懸軍襲我，軍無輜重。」《周禮》：挈壺氏，掌挈壺以令軍井。《易》：井收勿幕。注：井口曰收，勿幕則勿遮幕之。

〔三〕北庭，注詳十二卷《近聞》詩。

〔四〕《漢書》：李廣爲右北平太守，匈奴號曰漢之飛將軍。按史：是年秋七月，郭子儀以魚朝恩之譖，罷閒京師。此云「飛將」，蓋指子儀也。

唐堯真自聖，野老復何知。曬藥能無婦？應平聲，蔡讀於陵切門幸刊作亦有兒。藏書聞禹穴，讀記憶一作悟仇池〔一〕。爲報鴛行舊，鷦鷯寄一枝〔二〕。

〔一〕《吳越春秋》：禹登宛委之山，發石，得金簡玉字之書。山中有一穴，深不見底，謂之禹穴。《御覽》載《括略》曰：會稽山有一石穴委曲，黄帝藏書於此，禹得之。

〔二〕《詩疏》：桃蟲，今鷦鷯，微小黄雀也。《爾雅注》：鳩性拙，鵲性巧，俗呼巧婦。《莊子》：鷦鷯巢於深林，不過一枝。

月夜憶舍弟

戍鼓斷人行，秋邊一作邊秋一雁聲。露從今夜白，月是故鄉明。有弟皆分散一作羈旅，無家問死生。寄書長不達，况乃未休兵。

天末懷李白

涼風起天末，君子意如何〔一〕。鴻雁幾時到，江湖秋水多。文章憎命達，魑魅喜人過〔二〕。應共冤魂語，投詩贈汨羅〔三〕。

〔一〕陸機詩：佳人渺天末。

〔二〕上句言文章窮而益工，反似憎命之達者。下句言小人争害君子，猶魑魅喜得人而食之，即《招魂》「雄虺九首，吞人以益其心」意也。須溪謂：魑魅猶知此人之來以爲喜，嘆朝士之不如魑魅。此説雖新，却非本旨。

〔三〕《水經注》：湘水又北，汨水注之。汨水東出豫章艾縣桓山，西逕羅縣北，謂之羅水。汨水又西，爲屈潭，即羅淵也。屈原懷沙，自沈於此，故淵潭以屈爲名。《一統志》：汨羅江，在長沙府湘陰縣北七十里。

宿贊公房

原注：京中大雲寺主，謫此安置。

杖錫何來此一作久，秋風已颯然。雨荒深院菊，霜倒半池蓮。放逐寧違一作虧性，虚空不離去聲禪。相逢成夜宿，隴月向人圓。

赤谷西崦人家

舊注：《地理志》：秦州有崦嵫山，在赤谷之西。曹操與劉備戰於此谷，川水爲之丹，因號赤谷。《一統志》：赤谷，在秦州西南七十里。崦嵫山，在秦州西五十里。

躋險不自安一作喧，出郊已清目。溪迴日氣煖，逕轉山田熟。鳥雀依茅茨，藩籬帶松菊。如行武陵暮，欲問桃花一作源宿。

西枝村尋置草堂地夜宿贊公土室二首

出郭眄細岑，披榛得微路。溪行一流水，曲折方屢渡〔一〕。贊公湯休徒，好静心跡素。昨枉霞上作，盛論巖中趣〔二〕。怡然共攜手，恣意同遠步。捫蘿澁先登，陟巘眩反顧。要求陽岡煖，苦涉一作步，一作陟陰嶺沍〔三〕。惆悵老大藤，沈吟屈蟠樹。卜居意未展，杖策迴且暮。層巔一作天餘落日，草蔓已多露。

〔一〕趙至《書》：步澤求蹊，披榛覓路。

〔二〕湯休，注見二卷。　劉繪詩：灼爍在雲間，氤氳出霞上。

〔三〕山南向日，故煖；山北背日，故沍寒。

天寒鳥以歸，月出人晉作山更一作以静。土室延白光，松門耿疎影〔一〕。躋攀倦日短，語樂寄夜永。明燃林中薪，暗汲石底一作泉井。大師京國舊，德業天機秉。從來支許遊，興趣江湖迥。數奇所其切謫關塞，道廣存箕潁。何知戎馬間，復接塵事屏〔二〕。幽尋豈一路，遠色有諸嶺。晨光稍朦朧，更越西南頂。

〔一〕謝靈運詩：搴葉入松門。

〔二〕按：贊公不知以何事謫秦州。師古注：贊公與房琯遊從，琯既得罪，贊公亦被謫。此語未詳所本，姑存其説，以俟博聞。

寄贊上人

一昨陪錫杖，卜鄰南山幽。年侵腰脚衰，未便陰崖秋〔一〕。重岡北面起，竟日陽光留。茅屋買一作置兼土，斯焉心所求〔二〕。近聞西枝村，有谷杉桼古漆字，他本作黍，非稠。亭午頗和暖，石一作沙田又足收〔三〕。當期塞一作寒雨乾，宿昔齒疾瘳。徘徊虎穴上，面勢龍泓頭〔四〕。柴荊具茶茗，逕一作遥路通林丘。與子成二老，來往亦風流。

〔一〕錫杖，注别見。

〔二〕買兼土，言兼其土買之。　此四句即前詩「要求陽岡暖」之意。

〔三〕梁元帝《纂要》：日在午曰亭午，在未曰昳。

〔四〕錢箋：《陝西通志》：虎穴在成縣城西。　龍泓，一在飛龍峽，一在天井山。《方輿勝覽》：飛龍峽，在仇池山下，白馬氏楊飛龍據仇池，故名。其東杜甫避亂居此，有詩云云。《考工記》：審曲面勢，以飭五材。注：察五材曲直、方面形勢之宜。

太平寺泉眼

招提憑高岡，疎散連草莽莫補切。出泉枯柳根，汲引歲月古。石間一作門見海眼，天畔縈水府〔一〕。廣深尺丈間，宴息敢輕侮。青白二小蛇，幽姿可時覩。如絲氣或上，爛漫爲雲雨〔二〕。山頭到山下，鑿井不盡土。取供十方僧，香美勝牛乳〔三〕。北風起寒文，弱藻舒翠縷。明涵客衣浄，細蕩林影趣。何當宅下流，餘潤通藥圃。三春濕黄精，一食生毛羽〔四〕。

〔一〕海眼，注别見。

〔二〕二蛇乃龍類，故吐氣爲雲雨。《水經注》云：漢水又東，合洛谷，其地有神蛇戍，左右山溪多五色蛇，性馴良，不爲毒。豈即此耶？

〔三〕《維摩經》：阿難白佛言：憶念昔時，世尊身小有疾，當用牛乳。

〔四〕《本草》：黄精，陽草，久服輕身延年。《拾遺記》：昭王夢有人衣服皆毛羽，因名羽人。《抱朴子》：韓終服菖蒲，身生毛。

東樓

萬里流沙道，西行吴作西征，一作征西過此門。但添新一作征戰骨，不返舊征一作死生魂。樓角凌風迥，城陰帶水一作雨昏。傳聲看驛使，送節向河源。

雨晴 一云秋霽

天外舊作水，非。容齋作末，一云際秋雲薄，從西萬里風。今朝好晴景，久雨不妨農。塞一云岸柳行趙音杭疎翠，山梨結小紅。胡笳樓上發，一雁入高空。

寓目

一縣蒲萄熟，秋山苜蓿多〔一〕。關雲常帶雨，塞水不成河。羌女輕一作揺烽燧，胡兒制山谷作掣駱駝。自傷遲暮眼，喪亂飽經過。

〔一〕《史·大宛傳》：宛左右以蒲萄爲酒，富人藏至萬餘石，久者數十歲不敗。俗嗜酒，馬嗜苜蓿，漢使取其實來，於是天子始種之離宮別館旁。《永徽圖經》：蒲萄生隴西五原燉煌山谷，今處處有之。苗作，藤蔓而極大，花極細，黄白色，其實有紫白二種，汁可釀酒。《西京雜記》：樂遊苑多苜蓿，一名懷風。《爾雅翼》：苜蓿似灰藋，今謂之鶴頂草。秋後結實，黑房纍纍如穄，俗謂木粟米，可爲飯，亦可釀酒。

此詩當與雜詩「州圖領同谷」一首參看。關塞無阻，羌胡雜居，乃世變之深可慮者，公故感而歎之。未幾，秦隴果爲吐蕃所陷。

山寺

野寺殘僧少，山園細路高。麝香眠石竹，鸚鵡啄金桃〔一〕。亂水通人過，懸崖置屋牢。上方重閣晚，百里見秋一作纖毫〔二〕。

〔一〕嵇康《養生論》：麝食柏而香。《南方草木狀》：越王竹，生石上，若細荻，高尺餘。《酉陽雜俎》：衛公言：蜀中石竹有碧花。《舊唐書》：貞觀中，康國獻金桃、銀桃，詔令置於苑囿。

〔二〕錢箋：《天水圖經》：秦州隴城縣東柯谷南麥積山，有瑞應寺，山形如麥積，佛龕刻石，閣道縈旋，上下千餘丈，山下水縱橫可涉。《玉堂閒話》：麥積山，北跨清渭，南漸兩當。五百里岡巒，麥積處其半，崛起一石，高百萬尋。其青雲之半，峭壁之間，鐫石成佛，萬龕千室，雖自人力，疑其鬼工。古記云：自平地積薪至巖巔，從上鐫鑿其龕室佛像。功畢，旋拆薪而下，然後梯空架險而上。其間千房萬室，緣空躡虛，登之者不敢四顧。將及絶頂，有萬菩薩堂，鑿石而成。自此室之上，更有一龕，謂之天堂，空中倚一獨梯，攀援而上下，顧群山皆如培塿。《方輿勝覽》：麥積山在秦州東南百里，狀如積麥，爲秦地林泉之冠。姚秦時，建瑞應寺在山之後。姚興鑿山而修千崖萬象，轉崖爲閣。又有隋時塔，杜甫有詩。

即事

聞道花門破，和親事却非。人憐漢公主，生得渡河歸〔一〕。秋思抛雲髻一作鬢，腰支賸音剩寶衣〔二〕。群凶猶索戰，回首意多違。

〔一〕《舊唐書》：乾元二年三月，回紇從郭子儀戰於相州城下，不利，奔西京。四月，可汗死。其牙官都督等欲以寧國公主殉葬，公主以中國禮拒之，然猶依本國法，剺面大哭，竟以無子得歸。八月，詔百官於鳴鳳門外迎之。《新書》：寧國公主先嫁鄭巽，又嫁薛康衡。乾元元年，降回紇毗伽闕可汗，二年八月歸朝。

〔二〕庾肩吾詩：非關能結束，本是細腰支。賸，猶餘也。

時公主不肯殉葬，又以無子歸唐，則回紇之好失矣，公故傷和親之非計也。「拋雲髻」、「賸寶衣」，悲公主之爲外夷娶居也。「群凶」，指史思明輩。是年九月，思明分兵四道濟河，光弼議棄東都，守河陽。「回首意多違」，言向者結婚回紇，實欲資其力以討賊。今賊方索戰，而回紇之好中絶，其如和親之本意何？正與次句相應。舊注紛紛，總囈語耳。

遣懷

愁眼看霜露，寒城菊自花。天風隨斷柳，客淚墮清笳。水静樓一作城陰直，山昏塞日斜。夜來歸鳥盡，啼殺後棲鴉。

天河

當時任顯晦，秋至最吴作輒，趙作轉分明。縱被微雲掩，終能一作當永夜清。含星動雙闕，伴月落邊城〔一〕。牛女年年度，何曾風浪生。

〔一〕《周禮注》：象魏，宫門雙闕。古詩：雙闕百餘尺。

初月

光細弦欲刊作初上，影斜輪未安〔一〕。微升古塞一作堞外，已隱暮雲端。河漢不改色，關山空自寒。庭前有白露，暗滿菊花團《英華》作欒〔二〕。

〔一〕《左傳注》：月體無光，待日照而光生，半則爲弦，全乃成望。《曆書》：月至八日上弦，至二十三日下弦。　李隅賦：波水蕩而月輪斜。

〔二〕或曰：《毛詩》：零露漙兮。《説文》：漙，徒官切，露多貌。「庭前有白露，暗滿菊花團」，疑必「漙」字誤。按：《韻會》：團，或作專。《周禮》「其民專而長」是也。漙，《集韻》或作䨥，通作專，以故古多混用。謝靈運詩：火雲團朝露。謝惠連詩：團團滿葉露。謝朓詩：猶霑餘露團。江淹詩：簷前露已團。庾信詩：惟有團階露，承睫苦霑衣。舊本俱作團。

《山谷詩話》：王原叔説此詩爲肅宗作。　按：肅宗即位靈武，旋爲張后、李輔國所蔽，故舊注以「古塞」二句爲托喻，後人將下四句俱牽合作比，如何可通？

擣衣

亦知戍不返，秋至拭清砧。已近苦一作暮寒月，況經一作驚長別心。寧辭擣熨他本作衣倦，一寄塞垣深。用盡閨中力，君聽空外音〔一〕。

〔一〕末語即王灣《擣衣》詩「風響傳聲不到君」意。

歸鷰

不獨避霜雪，其如儔侶稀。四時無失序，八月自知歸〔一〕。春色豈相訪，衆雛還識機〔二〕。故巢儻未毀，會傍主人飛。

〔一〕《月令》：二月玄鳥至，八月玄鳥歸。

〔二〕《鸚鵡賦》：憫衆雛之無知。

促織

促織甚微細，哀音一作聲何動人。草根吟不穩，牀下意相親〔一〕。久客得無淚，故吴作放妻難及晨〔二〕。悲絲一作絃與急管，感激異天真〔三〕。

〔一〕《王褒傳》：蟋蟀俟秋吟。《詩》：十月蟋蟀入我牀下。

〔二〕《朱買臣傳》：故妻與夫家見買臣饑寒，呼飯食之。

〔三〕絲管感人不如促織之甚，以聲出天真故也。

螢火

幸因腐草出，敢近太陽飛〔一〕。未足臨書卷，時能點客衣。隨風隔幔小，帶雨傍林微。十月清霜重，飄零何處歸。

〔一〕《月令》：腐草化爲螢。

蒹葭

摧折不自守，秋風吹若何。暫時花戴一作載雪，幾處葉沈波。體弱春苗郭作風早，叢長夜露多。江湖後摇落，亦一作只恐歲蹉跎。

苦竹

《齊民要術》：竹之醜者有四，曰青苦、白苦、紫苦、黄苦。

青冥亦自守，軟弱强扶持。味苦夏蟲避，叢卑春鳥疑〔一〕。軒墀曾不重，剪伐欲無辭。幸近幽人屋，霜根結在兹。

〔一〕《莊子》：夏蟲不可語冰。

除架

瓜架也。

束薪已零落，瓠葉轉蕭疎。幸結白花了，寧辭青蔓除。秋蟲聲不去，暮雀意何如。寒事今牢落，人生亦有初〔一〕。

〔一〕言蟲鳥猶有故物之戀，人可以不念厥初哉？

廢畦

秋蔬擁霜露，豈敢惜凋殘。暮景數枝葉，天風吹汝寒。緑霑泥滓盡，香與歲時闌。生意春如昨，悲君白玉盤〔一〕。

〔一〕白玉盤，注别見。　言生意猶存，而凋殘如此，不得同春盤之薦，深可悲也。

夕烽

夕烽來不近一作止，每日報平安〔一〕。塞上傳光一作聲小，雲邊落點殘。照秦通警急，過隴自艱難。聞道蓬萊殿，千門立馬看。

〔一〕《唐六典》：凡烽候所置，大率相去三十里。其放烽有一炬、二炬、三炬、四炬者，隨賊多少而爲差焉。近畿烽二百七十所。按：唐鎮戍每日初夜放煙一炬，謂之平安火。《安禄山事迹》：潼關失守，是夕，平安火不至，玄宗懼焉。

秋笛一云吹笛

清商欲盡奏，奏苦血霑衣〔一〕。他日傷心極，征人白骨歸。相逢恐恨過，故作發聲微。不見秋雲動，悲風稍上聲稍飛〔二〕。

〔一〕宋玉《笛賦》：吹清商，發流徵。

〔二〕言笛聲雖微，其悲猶感入風雲，況可盡奏乎？

日暮

日落風亦起，城頭烏一作鳥，蔡定作烏尾訛〔一〕。黄雲高未動，白水已揚波。羌婦語還笑一作哭，胡兒行且歌。將軍別换一作上，一云换駿馬，夜出擁雕戈。

〔一〕《後漢・五行志》：桓帝時童謠曰：「城上烏，尾畢逋。」《詩傳》：訛，動也。

野望

清秋望不極，迢遞起曾陰。遠水兼天浄，孤城隱霧深。葉稀風更落，山迥日初沈。獨鶴歸何晚，昏鵶鴉同已滿林。

空囊

翠柏苦猶食，晨一作明霞高一作朝可餐〔一〕。世人共鹵莽，吾道屬艱難。不爨井晨凍，無衣牀夜寒。囊空恐羞澀，留得一錢看〔二〕。

〔一〕《列仙傳》：赤松子好食柏實，齒落更生。　相如《大人賦》：呼吸沆瀣飡朝霞。《陵陽子明經》：春食朝霞。

〔三〕錢箋：趙壹詩：文籍雖滿腹，不如一囊錢。僞蘇注阮孚事，類書多誤載。

病馬

乘爾亦已久，天寒關塞深。塵中老盡力，歲晚病傷心。毛骨豈殊衆，馴良猶至今。物微意不淺，感動一沈吟。

蕃劍

致一作至此自僻遠，又非珠玉裝〔一〕。如何有奇怪，每夜吐光芒。虎氣必騰上，龍身寧久藏〔二〕。風塵苦未息，持汝奉明王。

〔一〕曹植《七啓》：步光之劍，華藻繁縟，綴以驪龍之珠，錯以荆山之玉。

〔二〕《吴越春秋》：闔閭死，葬以扁諸之劍。金精上揚，爲白虎，據其上，號曰虎丘。錢箋：殷芸《小説》：有人盜發王子喬墓，惟有一劍懸在空中。欲取之，劍便作龍吟虎吼，俄而飛上天。雷次宗《豫章記》：吴未亡，恒有紫氣見牛斗間。張華問雷孔章，孔章言：「寶物之精，在豫章豐城。」遂以孔章爲豐城令。至縣掘獄，得二劍，其夕斗牛氣不復見。孔章乃留其一，匣而進之。後，華遇害，此劍飛入襄城水中。孔章臨亡，戒其子恒以劍自隨。後其子爲建安從事，經淺瀨，劍忽於腰間躍出，見二龍相隨逝焉。

銅瓶

亂後碧井廢，時清瑶殿深。銅瓶未失水，百丈有哀音。側想美人意，應悲寒甃沈〔一〕。蛟龍半缺落，猶得折黄金〔二〕。

〔一〕《風俗通》：甃，聚磚修井也。

〔二〕戴延之《西征記》：太極殿上有金井欄、金博山、金轆轤，蛟龍負山於井上。師尹曰：蛟龍，蓋瓶上刻鑄者，雖缺落而準黄金，言尚可貴也。

唐汝詢曰：張籍《楚妃怨》：「梧桐落葉黄金井，横架轆轤牽素綆。美人初起天未明，手拂銀瓶秋水冷。」讀籍詩，杜義自明。

送遠

帶甲滿天地，何爲君遠行。親朋盡一哭，鞍馬去孤城。草木歲月晚，關河霜雪清。别離已昨日，因見古人情。

送人從軍

弱水應無地，陽關已近天〔一〕。今君度沙磧，累月斷人煙。好武寧論命，封侯不計年。馬寒防失道，雪没錦鞍韉〔二〕。

〔一〕弱水，注見一卷。《漢·西域傳》：阸以玉門、陽關。孟康曰：二關皆在燉煌西界。錢箋：《元和郡國志》：陽關，在沙州壽昌縣西六里，居玉門關南，故曰陽關。本漢置也，謂之南道，西趣鄯善、莎車。玉門故關，在縣西北百一十八里，謂之北道，西趣車師、前庭及疏勒，此西域之門户也。西方地最高，故曰「近天」。岑參詩：走馬西來欲到天。

〔二〕韉，馬韉具也。《晉·張方傳》：割流蘇武帳，以爲馬帴。或作韉。梁簡文帝詩：寶馬錦鞍韉。

示姪佐

原注：佐草堂在東柯谷。○《唐世系表》：佐，出襄陽房杜氏，殿中侍御史暐之子。《舊書》：杜佐終大理正。

多病秋風落，君來慰眼前。自聞茅屋趣，只想竹林眠。滿谷山雲起，侵籬澗水懸。嗣一作阮宗諸子姪，早覺仲容賢〔一〕。

〔一〕《晉書》：阮咸，字仲容，籍之姪。

佐還山後寄三首

還山，還東柯谷也。

山晚浮一作黄雲合，歸時恐路迷。澗寒人欲到，村一作林黑鳥應棲。野客茅茨小，田家樹木低。舊諳疎懶叔，須汝故相攜。

白露黄粱熟，分張素有期〔一〕。已應舂得細，頗覺寄來遲。味豈同金一作甘菊，香宜配緑一作紫葵〔二〕。老人他日愛，正想滑流匙。

〔一〕蘇恭《本草》：黄粱，出蜀漢商浙間，香美勝於諸粱，人謂竹根黄。分張，分别時也。《高僧傳》：道安爲朱序所拘，乃分張徒衆。王羲之帖：秋當解禊，行復分張。李白詩：不忍雲間兩分張。

〔二〕《本草》：菊，一名金蕊。葵，注别見。《閒居賦》：緑葵含露，白薤負霜。

幾道泉澆圃，交橫落慢或作幔坡〔一〕。威蕤秋葉少一作小，隱映野雲多。隔沼連香芰，通林帶女蘿。甚聞霜薤白，重惠意如何〔二〕。

〔一〕黄曰：幔坡，言坡上青翠如幔也。或云：疑作「幔落坡」，與「泉澆圃」對，言幔影落於坡上也。

〔二〕《唐本草》：薤是韭類，有赤、白二種，白者補而美。《圖經本草》：薤，春秋分蒔，至冬葉枯。

從人覓小胡孫許寄

《廣志》：猴，一名王孫，一名胡孫。

人説南州路，山猿樹樹懸。舉家聞若駭一云共愛，爲寄小如拳〔一〕。預哂愁胡面，初一作何調見馬鞭〔二〕。許求聰惠一作慧者，童稚捧應顛〔三〕。

〔一〕《山谷別集》：「聞若駭」，當作「咳」，苦革反，禺屬。惟猨猴喜怒飲食常作咳。《崇安志》：武夷山多獮猴，其小者僅如拳。

〔二〕愁胡，注見一卷。《齊民要術》：常繫獮猴於馬坊，令馬不畏，辟惡，消百病。舊注：胡孫能警馬，畜馬者夜則令胡孫警馬背。

〔三〕《急就篇》注：顛，一作癲。

秋日阮隱居致薤三十束

隱者柴一作荆門内，畦蔬繞舍秋。盈筐承露薤，不待致書求。束比青芻色，圓齊玉筯頭。衰年關鬲冷，味暖併一作腹，一作復無憂〔一〕。

〔一〕《本草》：陶隱居曰：薤性温補，仙方及服食家皆須之。

秦州見勑一云除目薛三據吴作璩授司議郎畢四曜除監察與二子有故遠喜遷官兼述索居凡三十韻

《唐書》：東宫官屬，有司議郎四人，掌侍從、規諫、駁正、啓奏，并録東宫記注。《舊書·酷吏傳》：肅宗時，裴昇、畢曜同爲御史，皆酷毒，裴、畢尋流黔中。

大雅何寥闊，斯人尚典刑。交期余潦倒，才力爾精靈〔一〕。二子聲一作陞同日，諸生困一經。文章開突正作㸭，烏弔切奥，遷擢潤朝廷〔二〕。舊好何由展，新詩更憶聽。别來頭併白，相見眼終青。伊昔貧皆甚，同憂歲不寧。棲遑分半菽，浩蕩逐流萍。俗態猶猜忌一作忍，祆一作妖氛忽一作遂杳冥〔三〕。獨慙投漢閣，俱一作但議哭秦庭。還蜀秖無補一作益，囚梁亦固扃。華夷相混合，宇宙一羶腥〔四〕。帝力收三統，天威總四溟。舊都俄望幸，清廟肅惟馨。雜種雖一作難高壘一作壁，長驅甚建瓴。梵香淑景殿，漲水望雲亭〔五〕。法駕初還日，群公若會星。宮臣仍點染，柱史正零丁〔六〕。官忝趨棲鳳，朝回歎一作欲聚螢。喚人看騕褭，不嫁惜娉婷。掘劍知埋獄一作掘獄知埋劍，提刀見發硎〔七〕。侏儒應共飽，漁父忌偏醒。旅泊窮清渭，長吟望濁涇〔八〕。羽書還似急，烽火未全停。師老資殘寇，戎生及近坰。忠臣詞憤激，烈士涕飄零。上將盈邊鄙，元勳溢鼎銘。仰思調玉燭，誰定握一作淬青萍〔九〕。隴俗輕鸚鵡，原情類鶺鴒。秋風動關塞，高卧想儀刑〔一〇〕。

〔一〕《絶交書》：足下舊知吾潦倒粗疎，不切事情。　傅毅《舞賦》：繹精靈之所束。

〔二〕《爾雅》：室西南隅謂之奥，東南隅謂之窔。《荀子》：奥窔之間，枕簟之上。

〔三〕《漢書》：歲饑人貧，卒食半菽。注：士卒食蔬菜，以菽雜半之。

〔四〕投閣，注見首卷。《左傳》：吴入郢，申包胥如秦乞師，立依庭墻而哭，日夜不絶聲，勺水不入口七日，秦師乃出。《蜀志》：黄權降魏，魏主問之，對曰：「臣降吴不可，還蜀無路，是以歸命。」《漢書》：梁孝王下鄒陽獄，陽從獄中上書，王立出之。　按：「投漢閣」，比降賊諸臣，如陳希烈、張均兄弟是也。「哭秦庭」，比肅宗遺使徵兵回紇也。「還蜀」、「囚梁」，又比陷賊而脱歸及爲所拘縶者。皆指當時事，舊注謬亂殊甚。

〔五〕《漢高紀》：地勢便利，其以下兵於諸侯，若居高屋之上建瓴水也。《長安志》：西内安仁殿後，有綵綵院，院西有淑景殿。　望雲亭，注見一卷。
〔六〕《詩》：會弁如星。箋：會，謂弁之縫，中餙以玉，狀似星也。　宫臣，謂薛據；柱史，謂畢曜。胡震亨曰：「仍點染」，言據此時被誣，仍未湔洗，必有實事，惜無考。趙注以爲作文字，非。
〔七〕康駢《劇談録》：含元殿左右，立趨鳳、翔鸞兩閣，龍尾道出於閣前。　趨棲鳳、嘆聚螢，公自謂也。　掘劒，注見前。　《莊子》：提刀而立。○騕褭、娉婷，是指畢、薛。言我忝官拾遺，逢人爲之吹薦，惜二子過時不字，刀劍之光氣至今始發耳。或曰「趨棲鳳」以下皆自序，亦通。
〔八〕《東方朔傳》：侏儒飽欲死，臣朔饑欲死。　《楚詞·漁父》：屈原曰：「衆人皆醉吾獨醒。」漁父曰：「何不餔其糟而啜其醨？」　渭水在秦州，涇水在長安，公自言寓秦州而憶長安也。
〔九〕《爾雅》：四時調，謂之玉燭。　陳琳《答曹植牋》：君侯秉青萍、干將之器。注：青萍，劒名。
〔一〇〕輕鸚鵡，況己之不爲時重；類鶺鴒，望急難於二子也。　《世説》：閑習禮度，不如式瞻儀刑。

寄彭州高三十五使君適虢州岑二十七長史參三十韻

《唐書》：彭州濛陽郡，屬劒南道，垂拱二年，析益州置。虢州弘農郡，屬河南道，義寧元年，析隋弘農郡置。按：彭州，今成都府彭縣。虢州，今河南府盧氏縣。○黄曰：《新》《舊史》皆以適由太子少詹事出爲蜀州刺史，遷彭州。考公前後詩，有不然者。如適先刺蜀而移彭，則此乃乾元二年秋公在秦州作，何以題云「寄高彭州」？詩有「彭門劍閣外」之句，適爲蜀州時寄公詩云：「人日題詩寄草堂」，而上元元年人日，公未有草堂，當是二年寄之。以此二詩論，則是先刺彭，後移蜀也。嘗考二《史》，適以至德二載永王敗後，爲李輔國所短，左授少詹事，則下除當在是年之夏。而公有《寄高詹事》詩云：「安穩高詹事，兵戈久索居」，謂其索居之久，則詩是乾元二年作，是時未出爲刺史也。《史》又云：乾元二年五月，貶李峴爲蜀州刺史。柳芳《唐曆》亦云：適乾元初刺彭，上元初牧蜀。房琯作《蜀州先主廟碑》載：州將高適建，末言公頃自彭遷蜀。皆與杜詩合，《史》誤其先後耳。錢箋：按適《謝上彭州刺史表》云：「始拜宮允，今列藩條，以今月七日，到所部上訖。」則適自詹事，即出刺彭，鶴注是也。高集有《春酒歌》云：「前年持節將楚兵，去年留司在東京。今年復拜二千石，盛夏五月西南行。彭門劍閣蜀山裏。」則適之刺彭，在乾元元年，歲月皆可考。岑參集《佐郡思舊遊詩序》云：「己亥春三月，參自補闕轉起居舍人，夏四月，署虢州長史。」則岑之黜官，在乾元二年之夏，公詩作於是秋也。

故人何寂寞，今我獨淒涼。老去才難一作雖盡，秋來興甚長。物情尤可見，辭客未能忘〔一〕。海內知名士，雲端各異方。高岑殊緩步，沈鮑得同樊作周行。意愜關飛動，篇終接混茫〔二〕。舉天悲富駱，近代惜盧王。似爾官仍貴，前賢命可傷。諸侯非棄擲，半刺已翱翔。詩好幾時見，書成無信一作使將〔三〕。男兒行處是，客子鬬一作問身強。羈旅推賢聖，沉綿抵咎殃。三年猶瘧疾原注：時患瘧病，一鬼不一作未銷亡。隔日搜脂髓，增寒抱雪霜。徒然潛隙地，有靦屢鮮粧。何大龍鍾極，於今出處妨〔四〕。無錢居帝里，盡室在邊疆。劉表雖遺恨，龐公至死藏。心微傍魚鳥，肉瘦怯豺狼。隴草蕭蕭白，洮雲片片黄〔五〕。彭門一云天彭劍閣外，虢略鼎湖旁。荆玉簪頭冷，巴牋染翰光。烏麻蒸續曬，丹橘露應嘗〔六〕。豈異神仙宅，俱兼山水鄉。竹齋燒藥竈，花嶼讀書堂。更得清新否，遥知對屬忙〔七〕。舊官寧改漢，淳俗本歸一作不離唐。濟世宜公等，安貧亦士常〔八〕。蚩尤終戮辱，胡羯漫猖狂。會待袄一作妖氛静一作滅，論文暫裹糧〔九〕。

〔一〕《南史》：江淹晚節，才思微退，時人謂之才盡。

〔二〕沈鮑，沈約、鮑照也。　沈佺期《祭李侍郎文》：思含飛動，才冠卿雲。

〔三〕《唐書》：富嘉謨，武功人，舉進士。文章本經術，人争慕之。中興初，官監察御史卒。駱賓王，義烏人，七歲能賦詩。武后時，除臨海丞，棄官去。徐敬業亂，署爲府屬，後亡命不知所之。　盧照隣，范陽人，調新都尉，病去官，自沈潁水死。王勃，龍門人，六歲善文辭。補虢州參軍，除名，渡海溺水，悸而卒，年二十九。　杜氏《通典》：武德元年，罷郡置州，改太守爲刺史，即古諸侯。　庾亮《答郭豫書》：别駕，舊與刺史别乘，其任居刺史之半，安可任非其人？　錢箋：《職原》云：别駕、長史、司馬，通謂之上佐。周必大云：郡丞，秦官，惟掌兵馬。自漢迄唐，其名不常，曰别駕，曰司馬，曰治中，曰長史，雖均號上佐，其實從事之長耳。岑爲長史，而曰「半刺已翺翔」；賈爲司馬，而曰「治中實棄捐」，蓋並可以互稱也。○以上應「故人何寂寞」。

〔四〕《後漢·禮儀志》注：《漢舊儀》：顓頊氏有三子，生而亡去，爲疫鬼，一居江水爲瘧鬼。潛隙地、屨鮮粧，言逃瘧也。俗云：避瘧鬼，必伏於幽隙之地，不爾即畫易容貌。《賓退録》曰：高力士流巫州，李輔國授謫制，力士方逃瘧功臣閣下。則避瘧之説，自唐已然。《青箱雜記》：古語有二聲合爲一字者，如「不可」爲「叵」，「而已」爲「耳」，蓋起於西域二合之音也。龍種切爲癃，潦倒切爲老，謂人之癃老，以龍鍾、潦倒目之，音義取此。蘇鶚《演義》謂：龍種似反字之音，呼者當如呼頭爲髑髏、呼脛爲徼定，學者不曉龍鍾、潦倒之義，故其説雜然不一。錢箋：龍鍾，《演義》謂：不昌熾，不翹舉，如藍鬖、拉搭之類。按：《荀子·議兵篇》：「觸之者角摧隴種，東籠而退耳。」注：「隴種，遺失貌，如隴之種物然，或曰，即鍾也。」《新序》作「隴鍾而退」。龍鍾，似即隴種，語轉而然耳。薛蒼舒注：《廣韻》：「龍鍾，竹名，世言龍鍾，謂年老如竹之枝葉摇曳，不自矜持。」此説杜撰不經，後人《記事珠》等書據爲故實，可笑也。李濟翁《資暇録》解「龍鍾」字，尤支離。《補注》：羈旅推賢聖，言自古聖賢多爲旅人也。

〔五〕遺恨，言劉表以不能屈龐公爲恨也。《絶交書》：游山水，觀魚鳥，心甚樂之。○以上應「今我獨悽涼」。

〔六〕《水經注》：李冰爲蜀守，見氐道縣有天彭山，兩山相對，其形如闕，謂之天彭門，亦曰天彭闕。《寰宇記》：彭州，取古天彭山爲名。劍閣，注別見。《左傳》：東盡虢略。注：從河内而東，盡虢界也。《唐書》：虢州，先曰鼎州，以鼎湖名。錢箋：《寰宇記》：陝州湖城縣，古胡城也。《郊祀志》：黄帝鑄鼎於荆山之下，有龍垂胡下迎，後名其地爲鼎湖，即此邑。陝州亦虢地，《春秋》謂之北虢。《唐書》：湖城縣有覆釜山，一名荆山。《寰宇記》：荆山，在鼎湖縣南，出美玉，即黄帝鑄鼎之所。《一統志》：荆山在陝州閿鄉縣南二十五里。《紙譜》：蜀牋紙盡用蔡倫法，有玉版、貢餘、經屑、表光之名。《本草》：胡麻生中原山谷。陶隱居曰：胡麻當九蒸九曝，熬擣充餌，以烏者爲良。《蜀都賦》：「户有橘柚之園。」

〔七〕清新、對屬，皆言爲詩也。

〔八〕《漢·百官表》：武帝元封五年初，置部刺史十三人，掌奉詔條察諸州。《詩傳》：「成王封叔虞於唐，後改號晉。其俗憂深思遠，有堯之遺風。」刺史本漢官，故云「寧改漢」。虢州本晉地，故云「不離唐」也。《列子》：榮啓期曰：「貧者士之常也，死者民之終也。居常得終，當何憂哉？」

〔九〕《史記》：黄帝擒殺蚩尤於涿鹿之野。胡羯，言安史之亂。〇以上應「詞客未能忘」及「詩好幾時見」語。

寄岳州賈司馬六丈巴州嚴八使君兩閣黄作閣老五十韻

《唐書·地理志》：岳州巴陵郡，屬江南西道。巴州清化郡，屬山南西道。《賈至傳》：坐小法，貶岳州司馬。《嚴武傳》：坐房琯事，貶巴州刺史。○按：《新書·肅宗紀》：九節度師潰，汝州刺史賈至奔於襄鄧。其貶岳州必因此。本傳謂「坐小法」，史文未詳耳。《房琯傳》：武貶巴州刺史，在乾元元年六月，《舊書》却云「貶綿州」。按：巴州有嚴武《光福寺楠木歌碑》，題云：「衛尉少卿兼御史嚴武」，夫武在巴州既有碑可證，則《舊史》言綿州者，非矣。且《武傳》既言「貶綿州」，而《房琯傳》又載乾元元年六月詔曰：「武可巴州刺史」，何其疎也？黄鶴云：武自巴遷綿，亦無據。《杜詩博議》：至貶岳州，實因棄汝州之故，吴縝《唐書糾謬》有辨甚詳。

衡岳啼猿裏，巴州鳥道邊。故人俱不利，謫宦兩悠一作茫然。開闢乾坤正一作大，榮枯雨露偏。長沙才子遠，釣瀨客星懸〔一〕。憶昨趨行殿，殷憂捧御筵。討胡愁李廣，奉使待張騫〔二〕。無復雲臺仗，虚修水戰船。蒼茫城七十，流落劍三千〔三〕。畫角吹秦晉，旄頭俯澗瀍。小儒輕董卓，有識笑苻堅。浪作禽填海，那將血一作矢射天〔四〕。萬方思助順，一鼓氣無前。陰散陳倉北，晴熏太白巔。亂麻屍積衛，破竹勢臨燕〔五〕。法駕還雙闕，王師下八川。此時霑奉引，佳氣拂周旋。貔虎閈吴作開金甲刊作匣，非，麒麟受玉鞭。侍臣諳入仗，廄馬解登僊〔六〕。花動朱樓雪，城凝碧樹煙。衣冠心慘愴，故老淚潺湲。哭廟悲風急，朝正霽景鮮〔七〕。月分梁漢米，春給吴作得水衡錢。内蘂繁於纈，宫莎俗本作花，非軟勝綿〔八〕。恩榮同拜手，出入一作處最隨肩。晚著華堂醉，寒重繡被眠。轡齊兼秉燭，書枉滿懷牋。每覺昇元輔，深期列大賢。秉鈞方咫尺，鎩翮再聯翩〔九〕。禁掖朋從改一作換，微班性命全。青蒲甘受一作就戮，白髮竟誰憐？弟子貧原憲，諸生老伏當作服虔。師資謙未達，鄉黨敬何一作推先〔一〇〕？舊好腸堪斷，新愁眼欲穿。翠乾危棧竹，紅膩小湖一作池蓮。賈筆論孤憤，嚴詩一作君賦幾篇。定知深意苦一作好，莫使衆人傳〔一一〕。貝錦無停織，朱絲有斷絃。浦鷗防碎首，霜鶻不空拳〔一二〕。地僻昏炎瘴，山稠隘石泉。且將棊度日，應用酒爲年。典郡終微渺，治平聲中實棄捐。安排求傲吏，比興展歸田〔一三〕。去去才難得，蒼蒼理又玄。古人稱逝矣，吾道卜終焉。隴外翻投跡，漁陽復控弦。笑爲妻子累，甘與歲時遷〔一四〕。親故行稀少，兵戈動接連。他鄉饒夢寐，失侶自迍邅。多病加一作成淹泊，長吟阻靜便。如公盡雄俊，志在必騰騫一云公如盡憂患，何事有陶甄。樊云如公盡雄俊，何事負陶甄〔一五〕。

〔一〕乾坤正，言兩京收復。　雨露偏，言二公遠謫，深霑雨露之恩也。　《漢書》：賈誼以太中大夫，適長沙王太傅。　《後漢書》：嚴光，耕富春山中，後人名其釣處爲嚴陵瀨。注：顧野王《輿地志》曰：七里瀨在東陽江下，與嚴陵瀨相接。　有嚴山，桐廬縣南有嚴子陵漁釣處。今山邊有石，上平，下坐十人，臨水，名爲嚴陵釣壇也。《補注》：開闢乾坤正，榮枯雨露偏。承上言二公雖謫宦，然當聖主中興、乾坤反正之時，一任榮枯，所遭皆蒙雨露，不足爲戚也。下「長沙」、「釣瀨」，雖用賈、嚴故事，意亦微慰二公。讀太白《巴陵贈賈舍人》詩云：「聖主恩深漢文帝，憐君不遣到長沙」，方悟此詩「榮枯雨露偏」之旨，若如俗解，意殊淺薄。

〔二〕愁李廣，當指哥舒翰，謂其以老將敗績也。　待張騫，謂肅宗即位，即遣使回紇，修好徵兵。

〔三〕庾信《哀江南賦》：非無北闕之兵，猶有雲臺之仗。《西京雜記》：武帝作昆明池以習水戰，中有戈船、樓船數百艘。「城七十」，似借用樂毅下齊七十餘城事。禄山反，河北二十餘郡皆棄城走，故云然。　按：《越絕書》：闔閭葬虎丘，有扁諸之劍三千。時西京陵墓多爲賊發，故云「流落」，即《諸將》詩「早時金盌出人間」意耳。舊注引《莊子》「趙文王喜劍，劍客來者三千餘人」，於時事無著。夢弼云：「劍，指劍閣，言玄宗幸蜀，流落三千里之遠。」夫天子蒙塵，豈得言流落耶？

〔四〕澗瀍二水在東都。《水經注》：澗水，出新安縣南白石山，東南入於洛。瀍水，出河南穀城縣北山，東過偃師縣，入於洛。　董卓殺於吕布，苻堅亡於鮮卑，喻安史必滅。《山海經》：赤帝之女溺死東海，化爲鳥，名精衛，取西山木石填海。《殷本紀》：武乙爲偶人，謂之天神，與博，爲之行天神。不勝，爲革囊盛血，仰而射之，命曰射天。

〔五〕《唐書》：鳳翔府寶雞縣，本陳倉，至德二載更名。《輿地廣記》：寶雞縣有陳倉故城，在縣東二十里。　《史記》：「死人如亂麻。」衛，衛州。　燕，范陽也。

〔六〕《上林賦》：「八川分流。」即八水，詳四卷。　《漢·郊祀志》：禮月之夕，奉引復迷。韋昭曰：奉引，前導引車。時公爲拾遺，掌供奉，扈從還京，故云「霑奉引」。　蔡琰詩：金甲耀日光。

麒麟，謂御馬。《杜陽雜編》：代宗嘗幸興慶宮，於複壁間得寶匣，匣中獲玉鞭，鞭末有文曰「軟玉鞭」，即天寶中異國所獻。光可鑑物，節文端妍，屈之則頭尾相就，舒之則勁直如繩，雖以斧鑕鍛斫，終不傷缺。杜氏《通典》：晉制，太僕有典牧、乘黄等廐令。《齊職儀》：乘黄，獸名，龍翼馬身，黄帝乘之而仙，後因以名廐。

〔七〕馮衍《顯志賦》：伏朱樓而四望。《舊唐書》：太廟爲賊所焚，子儀復京師，權攜神主於大内長安殿。上皇還，謁廟請罪。肅宗素服，向廟哭三日。「朝正」，元日朝會也。

〔八〕謝承《後漢書》：章帝分梁漢儲米給民。《漢書》：本始二年春，以水衡錢爲平陵，徙民起第宅。應劭曰：水衡與少府，皆天子私藏。張晏曰：掌都水及上林苑，故曰水衡。師古曰：衡，平也，主平其税入。内蘂，宫花也。纈，文繒。莎，草名。《爾雅翼》：莖葉似三稜，根周匝多毛，名香附子。《拾遺記》：方丈山有莎蘿草，細如髮，一莖百尋，柔軟香滑。

〔九〕《五君詠》：鸞翮有時鎩。鎩，殘羽也。

〔一〇〕《漢書》：元帝欲易太子，史丹直入卧内，伏青蒲上泣諫。服虔曰：青緣蒲席也。應劭曰：以青規地，曰青蒲。「甘受戮」，謂疏救房琯。《後漢·儒林傳》：服虔，字子慎，少入太學受業，有雅才，著《春秋左氏傳解》行於世。《誠齋詩話》：詩有實字而虚用之者。「老服虔」，蓋用「趙充國請行，上老之」。「鄉黨敬何先」，即《壯遊》詩「坐深鄉黨敬」之意。

〔一一〕危棧竹，屬巴州；小湖蓮，屬岳州。蓋巴在棧閣之外，岳多湖泊。趙曰：賈曰筆，以能文；嚴曰詩，以能詩。《南史》有「三筆」、「六詩」故也。陸放翁云：南朝詞人謂文爲筆，杜詩「賈筆嚴詩」，杜牧之亦云「杜詩韓筆」，往時諸晁謂詩爲「詩筆」，非也。按：《漢書》：「賈君房下筆，言語妙天下」，「賈筆」當本此。然「賈筆嚴詩」直以至、武言之，未必用故實。有引賈誼陳時政、嚴助作賦頌數十篇者，非是。

〔一二〕霜鶻擊物，期於必中，則浦鷗當有碎首之防。深以讒人之禍戒之也。

〔一三〕炎瘴，屬岳州；石泉，屬巴州。杜氏《通典》：治中，舊州職也，隋時州廢，遂爲郡官。開皇三年，改治中爲司馬。唐武德初，復爲治中。高宗即位，改諸州治中並爲司馬。《莊子》：造適不及笑，獻笑不及排，安排而去化，乃入於寥天一。郭璞詩：漆園有傲吏。張衡《歸田賦》注：順帝時，閹宦用事，衡欲歸田里，作《歸田賦》。庾信《碑文》：張衡渾儀之後，即賦《歸田》。

〔一四〕《論語》：日月逝矣。《王羲之傳》：初渡浙江，便有終焉之志。漁陽，即范陽。時史思明復反。

〔一五〕末言二公不久當復用。别本特避「騫」字重押，文義難通。《補注》：《説文》：騫，馬腹病也。《毛詩》：不騫不崩。注：騫，虧也。騰、騫二字難連用，作騰騫方合，而「騫」字不在韻内。孫愐云：文人相承，以騫爲掀舉之義，押入先韻，非也。余按：《漢書》：斬將搴旗。注：搴，取也。《韻會》云：搴，古通於騫。杜詩用騰騫，蓋以搴取爲義，非騫崩之騫也。

寄張十二山人彪三十韻

《唐詩紀事》：「彪，蓋潁、洛間静者，天寶末，將母避亂，嘗有《北遊酬孟雲卿》詩曰：『善道居貧賤，潔服蒙塵埃。慈母憂疢疾，室家念棲棲。』彪又有《神仙》詩曰：『長老思養壽，後生笑寂寞。五穀無長年，四氣乃靈藥。』」

獨卧嵩陽一作雲客，三違潁水春。艱難隨老母，慘澹向時人。謝氏尋山屐，陶公漉酒巾。群凶彌宇宙，此物在風塵〔一〕。歷下辭姜被，關西得孟鄰。早通交契密，晚接道流新〔二〕。静者心多妙一作好，先生藝絶倫。草書何太古一云應甚苦，詩興不無神。曹植休前輩，張芝更後身。數篇吟可老，一字買堪貧〔三〕。將恐曾防寇，深潛託所親。寧聞倚門夕，盡力潔飧晨〔四〕。疎懶爲名誤，驅馳喪我真。索居尤一作猶寂寞，相遇益愁一作悲，一作酸辛。流轉一云轉徙依邊徼，逢迎念席珍。時來故舊少，亂後别離頻〔五〕。世祖修高廟，文公賞從臣。商山猶入楚，源黄作渭水不離一作知秦刊作湍水不流秦〔六〕。存想青龍秘，騎行白鹿馴。耕巖非谷口，結草即一作欲河濱。肘後符應驗，囊中藥未陳〔七〕。旅懷殊不愜，良覿眇無因。自古多悲恨，浮生有屈伸。此邦今一作全尚武，何處且依仁〔八〕。鼓角淩天籟，關山倚一作信，非月輪。官場一作壕羅鎮磧，賊火近洮岷。蕭索論兵地，蒼茫鬬將辰。大軍多處所，餘孽尚紛綸〔九〕。

高興知籠鳥，斯文起一作豈獲麟。窮秋正摇落，回首望松筠〔一〇〕。

〔一〕《述征記》：嵩山，東曰太室，西曰少室，相去十七里，嵩其總名。《括地志》：在洛州陽城縣西北二十三里。《水經》：潁水出潁川陽城縣西北少室山，東南入於淮。《謝靈運傳》：尋山陟嶺，必造幽峻，嘗著木屐，上山則去前齒，下山則去後齒。《陶潛傳》：郡將候潛，逢其酒熟，取頭上葛巾漉酒，畢還復著之。此物，蒙巾屐言。黄注指張彪，非。

〔二〕歷下，注見首卷。《海内先賢傳》：姜肱事繼母，年少，肱兄弟同被而寢，不入室，以慰母心。關西，隴關以西也。《列女傳》：孟子之母，凡三徙而舍學宫之旁。姜被、孟隣，皆以山人言之。味下二句，公蓋交山人於歷下，而遇之於關西也。次公謂「辭姜被」，公自言别諸弟之時，亦非。

〔三〕張芝，注别見。

〔四〕《詩》：將恐將懼。束晳《補亡詩》：馨爾夕膳，潔爾晨飡。○言山人奉母潛身，力致孝養，應「艱難隨老母」。

〔五〕《莊子》：今者吾喪我。○此自敘流落關西，與山人相遇而復别。

〔六〕《後漢書》：光武建武二年正月，立高廟於洛陽，四時祫祀。高帝爲太祖，一歲五祀。《十道志》：商洛山，在商縣東南九十里，亦名楚山。王維詩：「商山包楚鄧。」錢箋：至德二載十二月，蜀郡、靈武元從功臣，皆加封爵。次年四月，九廟成，備法駕，自長安迎神主入新廟。此二句借漢晉爲喻，以括焚毀收復之事也。「商山」、「源水」，皆不離秦楚疆域，喻兩都定亂，山人仍隱於嵩陽也。　按：舊注：源水，桃花源也。桃源在武陵，與秦地何涉？又兩句俱使避秦事，終未穩愜，恐以「渭水」爲正。商山、渭水，是用四皓、太公事以擬山人。或曰：玩「三違潁水春」及「關西得孟隣」等語，似山人亂後，未歸嵩陽。此二句與《謁先主廟》詩「錦江元過楚，劍閣復通秦」同意，言肅宗反正，天下復歸於唐也，亦通。

〔七〕《四象論》：青龍，東方甲乙木。潛藏變化，故言龍。《雲笈七籤》：《老君存思圖》：凡行道時所存清旦思，青雲之氣帀滿齋室，青龍獅子備守前後。　錢箋：《神仙傳》：衛叔卿嘗乘駕白鹿見漢武，帝將臣之，叔卿不言而去。《三輔决録》：辛繕隱居弘農華陰，所居旁有白鹿甚馴，不畏人。　《揚子》：谷口鄭子真，耕於嵒石之下，名震京師。　《神仙傳》：河上公，不知其姓氏。漢文帝時，公結草爲菴於河濱，讀《老子》。文帝駕往詣之。　《晉・葛玄傳》：玄著《金匱藥方》一百卷、《肘後要急方》四卷。《神仙傳》：張道陵弟子趙昇，七試皆過，乃授《肘後丹經》。　《後漢・方術志》：王和平，性好道術，孫邕少事之。會和平病歿，邕葬之東陶。有書百餘卷、藥數囊，悉以送之。後人言其尸解，邕恨不取其方藥寶書。○「世祖」至此，言兩京克復之時，山人隱淪如故，惟精修道術如此，所謂「静者心多妙」也。

〔八〕錢箋：《論語》：依於仁。注曰：依，倚也，仁者功施於人，故可依。疏曰：恩被於物，物亦應之，故可倚賴也。公用「依仁」，正此義。

〔九〕《莊子》：天籟，則衆竅是已。《唐書》：隴右道北庭都護府，有神山鎮，又有大漠、小磧。趙曰：四鎮皆置官場，收賦斂以供軍須。《唐書》：洮、岷二州皆屬隴右道。按：上元元年，吐蕃陷廓州，廓州與洮、岷連接。《魏志》：鄧艾見高山大澤，輒指畫軍營處所。

〔一〇〕《秋興賦序》：猶池魚籠鳥，有江湖山藪之思。困如籠鳥，不忘高興；窮如獲麟，可起斯文，皆自況也。趙注屬張山人，非。

寄李十二白二十韻

昔年有狂客，號爾謫仙人。筆落驚《英華》作聞風雨，詩成泣鬼神。聲名從此大，汩没一朝伸〔一〕。文彩承殊渥，流傳必絶倫。龍舟移棹晚，獸錦奪袍新。白日來深殿，青雲滿後塵〔二〕。乞歸優詔許，遇我宿一作夙心親。未負一作遂幽棲志，兼全寵辱身。劇《英華》作戲談憐野逸，嗜酒見天真。醉舞梁園夜，行歌泗水春〔三〕。才高心不展，道屈善無隣。處士禰衡俊，諸生原憲貧〔四〕。稻粱求未足，薏苡謗何頻。五嶺炎蒸地，三危放逐臣。幾年遭鵩鳥，獨泣向麒麟一云不獨泣麒麟〔五〕。蘇武先或云當作元還漢，黄公豈事秦。楚筵辭醴日，梁獄上書辰。已用當時法，誰將此義一作議陳〔六〕。老吟秋月下，病起暮江濱。莫怪恩波隔，乘槎與一作得問津〔七〕。

〔一〕錢箋：孟棨《本事詩》：白自蜀至京師，賀監知章聞其名，首訪之。請所爲文，白出《蜀道難》示之，稱嘆數四，號爲謫仙人。解金貂換酒，與傾盡醉，自是聲譽光赫。范傳正《新墓碑》：賀知章吟公《烏棲曲》云：「此詩可以泣鬼神矣。」或言是《烏夜啼》二篇，未知孰是。

〔二〕《唐書》：知章言白於玄宗，召見金鑾殿，奏頌一篇，賜食，帝爲調羹，召供奉翰林。樂史《別集序》：上命李龜年持金花箋，宣賜翰林供奉李白。白宿酲未解，援筆賦之，立進《清平詞》三章。《本事詩》：上召白爲宮中行樂詩，時白已醉，命二内臣扶掖，研墨濡筆以授之。又令二人張朱絲欄於其前。白取筆抒思，十篇立就，更無加點。移棹晚，用玄宗泛白蓮池事，見首卷。獸錦袍，織錦爲獸文也。劉邈《秋閨》詩：燈前量獸錦。《舊書》：武后令從臣賦詩，東方虬先成，賜以錦袍。宋之問繼進，詩尤工，於是奪袍賜之。

〔三〕《唐書》：白爲高力士所譖，自知不爲親近所容，懇求還山，帝賜金放還。《漢書》：揚雄口吃，不能劇談。《西京雜記》：梁孝王好宮室苑囿之樂，築兔園，園中有雁池，池間有隺洲鳧渚。《一統志》：梁園，一名兔園，在今歸德府城東。《唐書》：泗水縣屬兗州。○錢箋：魯訔、黄隺輩敘《杜詩年譜》，並云：開元二十五年後客遊齊趙，從李白、高適過汴州，登吹臺，而引《壯遊》、《昔遊》、《遺懷》三詩爲證。予考之，非也。以杜集考之，《寄李十二》詩云「乞歸優詔許，遇我夙心親。醉舞梁園夜，行歌泗水春」，則李之遇杜，在天寶三年乞歸之後，然後同爲泗水之遊也。《東都贈李》詩云「李侯金閨彥，脱身事幽討。亦有梁宋遊，方期拾瑶草」。李陽冰《草堂集序》云：「天子知其不可留，乃賜金歸之。遂就從祖陳留採訪大使彥允，請北海高天師授道籙於齊州紫極宫。」此所謂「脱身事幽討」也。曾鞏《序》云：「白，蜀郡人，初隱岷山，出居湖、漢之間，南遊江淮。至楚，留雲夢者三年。去之齊魯，居徂徠山竹溪。入吴，至長安，明皇召見，以爲翰林供奉。頃之，不合，去。北抵趙、魏、燕、晉，西涉邠、岐，歷商於，至洛陽，遊梁最久。復之齊魯，南遊淮泗。再入吴，轉涉金陵，上秋浦，抵潯陽。」記白遊梁宋、齊魯，在罷翰林之後，並與杜詩合。《魯城北同尋范十隱居》詩：「不願論簪笏，悠悠滄海情」，亦李去官後作也。《遣懷》詩：「往與高李輩，論文入酒壚」，《昔遊》詩：「往者與高李，晚登單父臺」，《壯遊》則云：「放蕩齊趙間，裘馬頗清狂。春歌叢臺上，冬獵青丘旁。蘇侯據鞍喜，忽如攜葛彊。」在齊趙則云「蘇侯」，在梁宋則云「高李」，其朋遊固區以别矣。「蘇侯」注云：監門胄曹蘇預，即源明也。開元中，源明客居徐兖。天寶初，舉進士。詩獨舉蘇侯，知杜之遊齊趙，在開元時，而高李不與也。以李《集》考之，《書情》則曰：「一朝去京闕，十載遊梁園」，《梁園吟》則曰：「我浮黄雲去京闕，挂席欲進波連山。天長水闊難遠涉，訪古始及平臺間。」此去官遊梁宋之證，與杜詩合也。《單父東樓送族弟沈之秦》則云：「長安宫闕九天上，此地曾經爲近臣。屈平憔悴滯江潭，亭伯流離放遼海。」《魯郡東石門送杜二甫》則云：「醉别復幾日，登臨徧池臺。何言石門路，重有金樽開。」此知李遊單父後，於魯郡石門與杜别也。單父至兖州二百七十里，蓋公輩遊梁宋後，復至魯郡，始言别也。以高《集》考之，《東征賦》曰：「歲在甲申，秋窮季月，高子遊梁既久，方適楚以超忽。望君門之悠哉，微先容以效拙。姑不隱而不仕，宜其漂淪而播越。」甲申，爲天寶三載，蓋適解封丘尉之後，仍遊梁宋，亦即李去翰林之年也。《登子賤琴堂賦詩序》云：「甲申歲，適登子賤琴堂」，即杜詩所謂「晚登單父臺」也。以其時考之，天寶三載，杜在東都，四載在齊州，斯其與高李遊之日乎？李杜二公先後遊跡如此，《年譜》紕謬，不可不正。段柯古《酉陽雜俎》載《堯祠別杜補闕》之詩，以爲別甫，則宋人已知其謬矣。

〔四〕孔融《薦禰衡表》：竊見處士平原禰衡，字正平，年二十四，淑質貞亮，英才卓躒。

〔五〕《馬援傳》：援征交趾，載薏苡種還，人謗之，以爲明珠大貝。裴淵《廣州記》：大庾、始安、臨賀、桂陽、揭陽，爲五嶺。鄧德明《南康記》：始興大庾嶺、桂陽騎田嶺、九真都龐嶺、臨賀萌渚嶺、始安越城嶺，是爲五嶺。《山海經》：三危之山，廣圓百里，在鳥鼠山西，與岷山相接。《括地志》：三危山，在沙州燉煌縣東南二十里，山有三峰，故曰三危。按：太白時流夜郎，三危去夜郎甚遠，此特借言其放逐耳。賈誼《鵩鳥賦序》：「誼爲長沙王太傅。三年，有鵩飛入舍，止於坐隅。鵩似鴞，不祥鳥也。誼自傷悼，以爲壽不得長，乃爲賦以自廣。」

〔六〕黄公，四皓之一，避秦商山。《漢書》：楚元王敬禮申公等，穆生不嗜酒，元王每置酒，嘗爲設醴。及王戊即位，忘設焉。穆生退，曰：「可以逝矣。」遂謝病去。梁獄，注見前。辭醴、上書，比永王璘本待白之薄，白不與其謀，不當加之以法也。按：太白《書懷》詩云：「半夜水軍來，潯陽滿旌旃。空名適自誤，迫脅上樓船。徒賜五百金，棄之若浮煙。辭官不受爵，翻謫夜郎天。」數語與此詩相發明。

〔七〕宋之問詩：明河可望不可親，願得乘槎一問津。　末歎如白之才，而恩波不及，故欲乘槎以問之天也。

別贊上人

百川日東流，客去亦不息。我生苦漂蕩，何時有終極。贊公釋門老，放逐來上國。還爲世塵嬰，頗帶憔悴色。楊枝晨在手，豆子雨一作兩已熟。是身如浮雲，安可限南北〔一〕。異縣逢舊友一作交，初欣寫胸臆。天長關塞寒一作遠，歲暮饑凍一作寒逼。野風吹征衣，欲別向曛一作昏黑。馬嘶思故櫪，歸鳥盡斂翼。古來聚散地，宿昔長荊棘。相看俱衰年，出處各努力。

〔一〕錢箋：《華嚴淨行品》：手執楊枝，當願衆生皆得妙法，究竟清淨。《涅槃經》：諸大比丘等，於晨朝日初出，離常住處，嚼楊枝，遇佛光明，疾速漱口澡手。《華嚴疏鈔》：經曰：譬如春月，下諸豆子，得煖氣色，尋便出土。《歲時記》：八月雨，爲豆花雨。《維摩經》：是身如浮雲，須臾變滅。

兩當縣吴十侍御江上宅

《舊唐書》：鳳州兩當縣，漢故道縣地，晉改兩當，取水名。《水經注》：兩當水，出陳倉縣之大散嶺西南，流入故道川，謂之故道水。　錢箋：吴十侍御，名郁，見後成都詩。《方輿勝覽》：吴郁，兩當人，爲侍御史，以言事被謫。居家不仕，與子美交游。唐韋續《墨藪》：吴郁字體綿密，不謝當時。《一統志》：吴郁宅在兩當縣西南。按：詩中語郁乃以言事得罪，謫居兩當者。《方輿》謂兩當人，恐非。

寒城朝煙淡，山谷落葉赤。陰風千里來，吹汝江上宅。鶡雞號枉渚，日色傍阡陌〔一〕。借問持斧翁，幾年長沙客？哀哀失木狖羊就反，矯矯避弓翮。亦知故鄉樂，未敢思宿昔〔二〕。昔在鳳翔都，共通金閨一作門籍。天子猶蒙塵，東郊暗長戟〔三〕。兵家忌間諜，此輩常接跡。臺中領舉劾，君必慎剖析。不忍殺無辜，所以分黑白。上官權許與，失意見遷斥〔四〕。仲尼甘旅人，向子識損益。朝廷非不知，閉口休歎息樊本「仲尼」一聯在此句下〔五〕。余時忝諍臣，丹陛實咫尺。相看受狼狽，至死難塞責。行邁心多違，出門無與適。於公負明義，惆悵頭更白。

〔一〕江，嘉陵江也。趙曰：兩當縣，枕嘉陵江上。《楚詞》：鶡雞啁哳而悲鳴。注：鶡雞，似鶴，黄白色。陸雲詩：通波激枉渚。善注引《楚詞》「朝發枉渚」。翰曰：枉渚，曲渚也。黄曰：此詩「枉渚」是以斜曲爲義，非武陵湘潭之枉渚。

〔二〕長沙客，以賈誼比侍御也。《異物志》：狖，猿類，露鼻，尾長四五尺。《淮南子》：猿狖失木而擒於狐狸，非其處也。雁從風飛，以愛氣力，銜蘆而翔，以避弋繳。

〔三〕《唐書》：鳳翔府，扶風郡，屬關内道，本岐州。至德元載，更郡名鳳翔。二載，號西京，爲府。上元元年，爲西都。謝朓詩：既通金閨籍。

〔四〕時必有賊間中傷朝臣，吴爲分剖是非，以此失執政意，雖權許而終斥之，但其事無考。

〔五〕王弼《易傳》：仲尼旅人，則國可知矣。《後漢書》：向長，字子平，讀《易》至《損》、《益》卦，喟然歎曰：「吾已知富不如貧，貴不如賤，但未知死何如生耳。」

杜工部詩集輯注

下册

〔唐〕杜甫 著　〔清〕朱鶴齡 輯注

韓成武　周金標　孫　微
張　嵐　韓夢澤　點校

中華書局

杜工部詩集卷之十五

松陵　朱鶴齡　輯註

大曆中，公居夔州作

往在

往在西京日一作時，胡來滿彤一作丹宮。中宵焚九廟，雲漢爲之紅。解瓦飛十里，繐須兌切帷紛一作粉曾一作層空。疚心惜木主，一一灰悲風〔一〕。合昏排鐵騎，清旭《正異》作曉散錦幪吴作驝，《正異》定作幪。賊臣表逆節晉作帥，相賀以成功〔二〕。是時妃嬪戮，連爲糞土叢。當宁陷玉座，白間剥畫蟲。不知二聖處，私泣百歲翁〔三〕。車馬既云還，楹桷欻穹崇。故老復涕泗，祠官樹椅桐。宏壯不如初，已見帝力雄〔四〕。前春禮郊廟，祀事親聖躬。微軀忝近臣，景讀爲影從去聲陪群公。登階捧玉册，峨冕聆一作眇，非金鐘。侍祠恧先露一作霑，掖垣邇濯龍〔五〕。天子惟孝孫，五雲起九重。鏡奩換粉黛，翠羽猶葱朧郭作曨〔六〕。前者厭羯胡，後來遭犬戎。俎豆腐羶肉，罘罳行角弓〔七〕。安得自西極，申命空山東。盡驅詣闕下，士庶塞關中。主將曉逆順，元元歸始終〔八〕。一朝自罪己一云罪己已，萬里車書通。鋒鏑供鋤犁，征戍一作伐聽所從。冗官各復業，土著直略切還力農。君臣節儉足，朝野懽呼一作娱同。中興似一作比國初，繼體同太宗。端拱納諫諍，和風日沖融。赤墀櫻桃枝，隱映銀絲籠。千春薦靈寢，永永垂無窮。京都不再火，涇渭開愁容。歸號故松柏，老去苦一作若飄蓬〔九〕。

〔一〕《舊唐書》：中宗已祔太廟，開元四年，出置别廟。至十年，置九廟，而中宗神主復祔太廟。天寶末，兩都傾陷，神主亡失。肅宗既復舊物，建主作廟於上都。其東都神主，大曆中始於人間得之。

〔二〕合昏，黄昏也。《廣韻》：驢子曰驝。郭知達本注：徐陵詩：金鞍覆錦幪。幪，鞍帕也，公詩屢用「錦幪」，以幪爲正。

〔三〕《幸蜀記》：天寶十五載七月九日，禄山令張通儒害霍國公主、永王妃侯莫陳氏、駙馬楊朏等八十餘人，又害皇孫、郡縣主、諸妃等三十六人。《王明君詞》：今爲糞土英。《禮記》：天子當宁而立。《景福殿賦》：皎皎白間，離離列錢。善曰：白間，青瑣之側，以白塗之，今猶謂之白間。二聖：玄宗、肅宗。

〔四〕《左傳》：丹楹刻桷。楹，廟楹。桷，椽也。《詩》：椅桐梓漆。舊注：樹椅桐，將復興禮樂也。

〔五〕《舊書·肅宗紀》：乾元元年夏四月辛亥，九廟成，備法駕，迎神主入新廟。甲寅，上親享九廟，遂有事於圓丘。按：前春，猶云前歲也。舊注疑是年郊廟在夏，不應言春，昧其義矣。《東都賦》：天官景從。《韓詩外傳》：古者，天子左右五鐘。將出，則撞黄鐘之鐘，右五鐘皆應。入則撞蕤賓之鐘，左五鐘皆應。　杜田曰：《後漢・桓帝紀》：祠老子於濯龍宮。《馬后紀》：帝幸濯龍中。《續漢志》曰：濯龍，園名也，近北宮。《百官志》有濯龍監一人。《東京賦》：濯龍芳林，九谷八溪。薛綜注：《洛陽圖經》曰：濯龍，池名。《赭白馬賦》：處以濯龍之奥。注：濯龍，内廐名。《盧植集》：詔給濯龍廐馬三百匹。諸書稱濯龍不同，大抵以宫得名而置監，池、園、廐，皆因之也。　忝先露，言已新進小臣，得與侍祠之列，故以先蒙恩露爲慚也。邇濯龍，言時爲拾遺，出入掖垣，其地密邇宫禁也。

〔六〕孝孫，肅宗也。以方祠事先祖，故稱孝孫。　董仲舒《雨雹對》：雲五色而爲慶，三色而成矞。《後漢・陰后紀》：帝率百官上后陵，從席前，伏御牀，視太后鏡奩中物，感動悲泣，令易脂澤粧具。

〔七〕厭羯胡，謂安史之亂；遭犬戎，謂代宗時吐蕃陷京師。

〔八〕主將，謂史朝義諸降將。

〔九〕號松柏，言歸展墳墓。

昔遊

昔者與高李原注：高適、李白。晚一作同登單父臺。寒蕪際碣石，萬里風雲來。桑柘葉如雨，飛藿去一作共徘徊。清霜大澤凍，禽獸有餘哀〔一〕。是時倉廩實，洞達寰區一作瀛開。猛士思滅胡，將帥望三台。君王無所惜，駕馭英雄才〔二〕。幽燕盛用武，供給亦勞哉。吳門轉粟帛，泛海陵蓬萊。肉食三一作四十萬，獵射起塵吴作黄埃〔三〕。隔河憶長眺，青歲已摧頽。不及少年日，無復故人杯。賦詩獨流涕，亂世想賢才。有一作君，一作若能市駿骨，莫恨少龍媒〔四〕。商山議得失，蜀主脱嫌猜。吕尚封國邑，傅説已鹽梅〔五〕。景晏楚山深，水鶴去低回。龐公任本性，攜子卧蒼苔〔六〕。

〔一〕《舊唐書》：單父，古邑，貞觀十七年屬宋州。《寰宇記》：子賤琴臺，在縣北一里，高三丈。《廣韻》：藿，大豆葉。又草名。

〔二〕蔡曰：望三台，謂明皇寵任蕃將，徼倖邊功，禄山領范陽節度，求平章事也。

〔三〕盛用武，謂禄山討奚、契丹無寧歲。

〔四〕市駿，注見十三卷。

〔五〕商山，謂四皓也。《漢書》：上欲使太子將兵擊黥布，四人説建成侯吕澤，夜見吕氏，止其行。故云「議得失」。《蜀志》：先主與亮情好日密，關、張不悦，先主解之曰：「孤之有孔明，猶魚之有水也。」故云「脱嫌猜」。

〔六〕「市駿」以下，言人君果能求賢，則四皓、孔明、太公、傅説之流，世豈少其人哉？若我之漂泊楚山，終當爲龐公之高隱矣。語意本無斷續。

壯遊

往昔（一作者）十四五，出遊翰墨場。斯文崔魏徒（原注：崔鄭州尚，魏豫州啓心），以我似（一作比）班揚〔一〕。七齡思即壯，開口詠鳳皇。九齡書大字，有作成一囊。性豪業嗜酒，嫉惡懷剛腸。脱略（一作落）小時輩，結交皆老蒼。飲酣視八極，俗物多茫茫〔二〕。東下姑蘇臺，已具浮海航。到今有遺恨，不得窮扶桑〔三〕。王謝風流遠，闔閭丘墓荒。劍池石壁仄，長洲芰荷香〔四〕。嵯峨閶門北，清廟映回（一作池）塘。每趨吴太伯，撫事淚浪浪〔五〕。枕戈憶勾踐，渡浙想秦皇。蒸魚聞匕首，除道哂要章〔六〕。越女天下白，鏡湖五月涼。剡溪藴秀異，欲罷不能忘〔七〕。歸帆拂天姥，中歲貢舊鄉。氣劘屈賈壘，目短曹劉墻〔八〕。忤下考功第，獨辭京尹堂。放蕩齊趙間，裘馬頗清狂〔九〕。春歌叢臺上，冬獵青丘旁。呼鷹皂（一作紫）櫪（一作櫟）林，逐獸雲雪岡。射飛曾縱鞚，引（一云跋）臂落鶖鶬。蘇侯據鞍喜（原注：監門胄曹蘇預），忽如攜葛彊〔一〇〕。快意八九年，西歸到咸陽。許與必詞伯，賞遊實賢王。曳裾置醴地，奏賦入明光。天子廢食召，群公會軒裳〔一一〕。脱身無所愛（一作受），痛飲信行藏。黑貂寧（一作不）免弊，斑鬢兀稱觴。杜曲晚（一作挽，一作换）耆舊，四郊多白楊。坐深鄉黨敬，日（一作自）覺死生忙〔一二〕。朱門任（一作務）傾奪，赤族迭罹殃。國馬竭粟豆，官雞輸稻粱。舉隅見煩費，引古惜興亡〔一三〕。河朔風塵起，岷山行幸長。兩宮各警蹕，萬里遥相望。崆峒殺氣黑，少海旌旗黄。禹功亦命子，涿鹿親戎行。翠華擁吴岳，螭虎噉豺狼〔一四〕。爪牙一不中，胡兵更陸梁。大一作天軍載草草，凋瘵滿膏肓〔一五〕。備員竊補袞，憂憤心飛揚。上感九廟焚一作毁，下憫萬民瘡。斯時伏青蒲，廷諍守御牀。君辱敢愛死，赫怒幸無傷〔一六〕。聖哲體仁恕，宇縣復小康。哭廟灰燼中，鼻酸朝未央〔一七〕。小臣議論絶，老病客殊方。鬱鬱苦不展，羽翮困低昂。秋風動哀壑，碧蕙捐一作損微芳。之推避賞從，漁父濯滄浪〔一八〕。榮華敵勳業，歲暮有嚴霜。吾觀鴟夷子，才格出尋常。群兇逆未定，側佇英俊翔〔一九〕。

〔一〕錢箋：《唐科名記》：崔尚，擢久視二年進士。《唐會要》：神龍三年，才膺管樂科，魏啓心及第。

〔二〕《絶交書》：剛腸疾惡。《補注》：陸機《嘆逝》詩：鴉髮成老蒼。

〔三〕《越絶書》：闔廬起姑蘇臺，三年聚材，五年乃成，高見三百里。《吴地記》：臺因山爲名，西南去國二十五里。

〔四〕《越絶書》：闔閭冢在吴縣昌門外，葬以磐郢、魚腸之劍。葬三日，白虎踞其上，號曰虎丘。《吴郡圖經》：長洲苑，在縣西南七十里。孟康曰：以江水洲爲苑。韋昭云：在吴縣東。

〔五〕《吴越春秋》：闔閭欲西破楚，楚在西北，故立閶門，以通天氣，復名破楚門。《吴郡志》：太伯廟，東漢永興二年，太守糜豹建於閶門外。按：《史記》注引《皇覽》云：太伯冢在吴縣北梅里聚，去城十里，其廟在閶門外，正與冢相近也。舊注指孫皓父和之廟，謬極。《楚詞》：「沾余襟之浪浪。」

〔六〕《説文》：腰，本作要。按：枕戈待旦，乃晉劉琨語。此作勾踐事用，未詳。《秦本紀》：始皇浮江下，觀藉柯，渡海渚，過丹陽，至錢唐，臨浙江，水波惡，乃西百二十里，從狹中渡。上會稽，祭大禹，望於南海，立石刻，頌秦德。《刺客傳》：吳公子光具酒請王僚，使專諸置匕首魚腹中進之，以刺王僚。僚死，光自立，是爲闔閭。《朱買臣傳》：會稽聞太守至，發民除道。入吳界，見其故妻，妻夫治道，買臣呼到太守舍，置園中，給食之。要章，買臣所懷會稽太守章也。錢箋：《吳地圖經續記》：死亭灣，在閶門外七里，故傳朱太守妻慚，自經於此。蒸魚、除道，皆詠吳郡故事也。

〔七〕李白《越女詞》：「玉面耶溪女，青蛾紅粉粧。一雙金齒屐，兩足白如霜。」《會稽記》：漢順帝永和五年，立鏡湖，在會稽、山陰兩縣界。《輿地記》：山陰南湖，縈帶郊郭，白水翠巖，映發如鏡。《九域志》：越州東南二百八十里有剡縣，縣有剡溪。《一統志》：剡溪在嵊縣縣治南。

〔八〕天姥，注見三卷。舊鄉，謂長安。《漢書贊》：賈山自下劘上。注：劘，音摩，謂剴切之也。壘，喻戰壘。《左傳》：致師者，御靡旌摩壘而還。

〔九〕《唐書》：每歲仲冬，州縣館監舉其成者，送之尚書省。舉選不由館學者，謂之鄉貢，皆懷牒自列於州縣。既至省，由户部集閲，而關於考功員外郎試之。《唐摭言》：俊秀等科比，皆考功主之。開元二十四年，廷議省郎位輕，不足以臨多士，乃詔禮部侍郎專之。按：公以鄉貢下考功第，當在二十四年以前。

〔一〇〕《漢・高后傳》：「趙王宮叢臺災。」師古曰：「連聚非一，故名叢臺。本六國時趙王故臺，在邯鄲城中。」《元和郡縣志》：在磁州邯鄲縣城內東北隅。　《周書・王會》注：青丘，海東地名。《子虚賦》：「秋田乎青丘，徬徨乎海外。」服虔曰：青丘國，在海東三百里。　《晉・山簡傳》：舉鞭問葛彊，何如并州兒。葛彊，山簡愛將也。時蘇侯與公同獵，故以葛彊比公。

〔一一〕賢王，汝陽王也。　奏賦，謂獻《大禮三賦》。

〔一二〕《蘇秦傳》：黑貂之裘敝。　《秋興賦》：「斑鬢髟以承弁。」　鄉黨敬，人復推公爲長也。

〔一三〕《考工記》：國馬之輈。注：國馬，謂種馬。　官雞，謂鬬雞也，注詳十七卷。　舉隅見煩費，言舉此一隅，則衆費可知。

〔一四〕《山海經》：無皋之山，南望幼海。注：幼海，少海也。《淮南子》：九州之外乃有八殥，東方曰太渚，曰少海。《唐書・東夷傳》：流鬼，直黑水靺鞨東北，少海之北，三面皆阻海。　按：崆峒在西，少海在東，言東西皆用兵也。　舊注引《東宮故事》，太子比少海，指廣平王俶爲元帥，恐非。　《帝王世紀》：黄帝與蚩尤戰於涿鹿之野。《史記》注：上谷郡有涿鹿縣。　此言肅宗親征。　吴岳，注見五卷。

〔一五〕《詩》：「祈父，予王之爪牙。」《史記》注：《三蒼》云：中，得也。不中，言不相中也。　此指鄴城之敗。

〔一六〕青蒲，注見十六卷。

〔一七〕「備員」至此，自序爲拾遺時事。

〔一八〕之推、漁父，皆自況。

〔一九〕《貨殖傳》：范蠡適齊，爲鴟夷子皮。師古曰：言若盛酒之鴟夷，多所容受，而可卷懷。

遣懷

昔我遊宋中，惟梁孝王都。名今陳留亞，劇則貝魏俱〔一〕。邑中九萬家，高棟照通衢。舟車半天下，主客多歡娛。白刃讎不義，黄金傾有無。殺人紅塵裏，報答在斯須〔二〕。憶與高李輩，論交入酒壚。兩公壯藻思，得我色敷腴。氣酣登吹臺，懷古視平蕪。芒碭雲一去，雁鶩空相呼〔三〕。先帝正好武，寰海未凋枯。猛將收西域，長戟破林胡〔四〕。百萬攻一城，獻捷不云輸。組練棄如泥，尺土負一作勝百夫〔五〕。拓境功未已，元和辭大鑪。亂離朋友盡，合沓歲月徂。吾衰將焉託，存没再嗚呼〔六〕。蕭條益堪愧，獨在天一隅一云：蕭條病益甚，愧獨天一隅。乘黄已去矣，凡馬徒區區。不復見顔鮑，繫舟卧荆巫。臨餐吐更食，嘗恐違撫孤〔七〕。

〔一〕《漢書》：梁孝王城睢陽，北界太山，西至高陽，四十餘城，多大縣。《唐書》：宋州睢陽郡，屬河南道，本梁郡，天寶元年更名。《舊書》：宋州治宋城，即漢睢陽縣。《史·酈生傳》：陳留，天下之衝，四通五達之郊也。《唐書》：汴州陳留郡，屬河南道。劇，煩劇也。《唐書》：貝州清河郡、魏州武陽郡，俱屬河北道。按：貝州，今東昌府恩縣。魏州，今大名府地。

〔二〕言其邑浩穰而多俠士。

〔三〕《世説》：王濬沖經黄公酒壚，顧謂後車客：「吾昔與嵇、阮共酣飲於此壚。」古樂府：「好婦出迎客，顔色正敷腴。」《補注》：鮑照《行路難》：人生苦多歡樂少，意氣敷腴在盛年。《水經注》：《陳留風俗傳》曰：縣有蒼頡師曠城，上有列仙之吹臺，梁王增築以爲吹臺，城隍夷滅，略存故址，其臺方一百許步。晉世喪亂，乞活憑居，削隮故臺，遂成二層，上基猶方四五十步，高一丈餘，世謂之乞活臺。《元和郡國志》：吹臺，在開封縣東南六里。《唐書》本傳：甫從高適、李白過汴州，登吹臺，慷慨懷古，人莫測也。《漢書》：高祖隱於芒碭山，所居上嘗有雲氣。應劭曰：「芒，屬沛國。碭，屬梁國。」《唐書》：碭山縣屬宋州。《西京雜記》：梁孝王兔園中有雁池，池間有鶴洲、鳧渚。

〔四〕猛將，謂高仙芝、哥舒翰輩。《戰國策》：燕北有林胡、樓煩。《史記正義》：二胡，朔、嵐以北。《通鑑注》：契丹，即戰國時林胡地。《唐會要》：開元二十六年，張守珪大破契丹、林胡，遣使獻捷。

〔五〕《廣韻》：俗謂負爲輸。《戰國策》：將軍必負十萬、二十萬之衆乃用之。注：負，恃也。按：

負百夫，即此義。以百萬之衆攻一城，豈非負百夫而争此尺土乎？此極言開邊之禍，舊注未明。

〔六〕《莊子》：「今一以天地爲大鑪，造化爲大冶。」《洞簫賦》：「薄索合沓。」李卒於寳應元年，高復卒於永泰元年，故曰「再嗚呼」也。

〔七〕張載詩：「西瞻岷山嶺，嵯峨似荆巫。」

李潮八分小篆歌

周越《書苑》：李潮善小篆，師李斯《嶧山碑》，見稱於時。趙明誠《金石録》：《唐慧義寺彌勒像碑》，李潮八分書也。潮書初不見重當時，獨杜詩盛稱之。今石刻在者，惟此碑與《彭元曜墓誌》，其筆法亦不絶工。

蒼頡鳥跡既茫昧，字體變化如浮雲。陳倉石鼓又一作文已訛，大小二篆生八分〔一〕。秦有李斯漢蔡邕，中間作者絶不聞。嶧山之碑野火焚，棗木傳刻肥失真。苦縣光和尚骨立《猗覺寮》作力，書貴瘦硬方通神〔二〕。惜哉李蔡不復得，吾甥李潮下筆親。尚書韓擇木，騎曹蔡有鄰。開元以來數上聲八分，潮也奄有二子成三人〔三〕。況潮小篆逼秦相，快劍長戟森相向。八分一字直百金，蛟龍盤拏肉屈與倔通强去聲〔四〕。吴郡張顛誇草書，草書非古空雄壯。豈如一作知吾甥不流宕，丞相中郎丈人行叶下浪切〔五〕。巴東一作江逢李潮，逾月求我歌。我今衰老才力薄，潮乎潮乎奈汝何〔一六〕。

〔一〕衛恒《書勢》：黄帝之史沮誦、蒼頡，眺彼鳥跡，始作書契。《王羲之傳》：尤善隸書，論者稱其筆勢，以爲飄若浮雲，矯若驚鴻。《元和郡縣志》：石鼓文在鳳翔天興縣南二十許里，石形如鼓，其數有十，蓋紀周宣王田獵之事，即史籀大篆也。錢箋：宋王厚之曰：石鼓粗有鼓形，字刻於其旁，石質堅頑，類今人爲碓磑者。韓愈以爲宣王鼓，韋應物以爲文王鼓、宣王刻，歐陽《集古録》始設三疑，鄭樵摘「丞殹」二字見於秦斤、秦權而以爲秦鼓。董逌曰：《左傳》：成有岐陽之蒐。杜預謂：還歸自奄，乃大蒐於岐陽，宣王蒐岐陽，世無聞哉。方成康與穆賦頌鐘鼎之銘，皆番吾之跡，則此爲番吾可知。程大昌曰：是成王鼓也。衛恒《書勢》：宣王太史籀，著大篆十五篇，與古文或異，時人即謂之籀書。秦李斯作《蒼頡篇》，趙高作《爰歷篇》，胡毋敬作《博學篇》，皆取史籀式，或頗省改，所謂小篆者也。周越《書苑》：八分者，秦羽人上谷王次仲，飾隸書爲之，鍾繇謂之章程書。《蔡文姬别傳》云：臣父邕言：割程邈隸字，八分取二分；割李斯小篆，二分取八分，故名八分。又云：皆似八字，勢有偃波。張懷瓘《書斷》：《水經注》曰：上郡王次仲，變倉頡舊文爲今隸書，既變倉頡書，即非效程邈隸。蔡邕《勸學篇》謂：次仲初變古形，是也。始皇之世，出其數書，小篆古形，猶存其半，八分已減小篆之半，隸又減八分之半，然可云子似父，不可云父似子，故知隸不能生八分矣。八分則小篆之捷隸，亦八分之捷，本謂之楷書。楷、隸初制，大範幾同，故後人惑之。按：衛恒《書勢》詳隸而不言八分，其實師宜官、梁鵠、邯鄲淳、毛弘皆工八分者。張懷瓘以程邈以後之隸，與鍾、王之今楷爲一，意蓋取漢碑之隸皆屬之於八分，而專以隸爲楷也。歐陽永叔以八分爲隸，洪适因之，迄無定説。吾衍《學古編》云：八分，漢隸之未有挑法者也，比秦隸則易識，比漢隸則微似篆，用篆筆作漢隸即得之。今存其説，待考。

〔二〕《書斷》：李斯小篆入神，大篆入妙。伯喈八分飛白入神，大篆、小篆、隸書入妙。嶧山碑，見一卷。封演《聞見記》：嶧山始皇刻石，其文李斯小篆，後魏太武登山，使人排倒之。然而歷代摹搨，以爲楷則，邑人疲於奔命，聚薪其下，因野火焚之。由是殘闕，不堪摹寫，然猶求者不已。有縣宰取舊文，勒於石碑之上，凡成數片，置之縣廨，須則搨取。今人間有嶧山碑，皆新刻之碑也。歐陽公《集古録》：今俗所謂嶧山碑，秦二世詔李斯篆，《史記》不載，其字特大，不類泰山存者。其本出於徐鉉，又有别本，出於夏竦家。自唐封演已謂嶧山碑非真，而杜甫直謂「棗木傳刻」耳。又曰：今嶧山實無此碑，鄭文寶嘗學小篆於徐鉉，以鉉所摹本刻石於長安，世多傳之。《後漢·桓帝紀》：延熹八年正月，遣中常侍左悺之苦縣，祠老子。《續漢書》：桓帝夢老子，令中常侍左悺于賴鄉祠之，詔陳相、邊韶立祠兼刻石。《金石録》：《苦縣老子銘》，舊傳蔡邕文并書，杜詩云云，世云此碑是也。然而邊韶延熹八年作，非光和中，未知杜所云是此碑否。《書苑》遂以爲韶文而邕書，亦無所據。杜田曰：苦縣祠立於桓帝延熹，而光和乃靈帝年號，豈非祠立於延熹，碑乃立於光和乎？潘淳曰：樊毅《西岳碑》，後漢光和二年立。苦縣《老子碑》

亦漢碑，其字刻極勁，杜詩「苦縣光和」，謂二碑也。

〔三〕《舊書·肅宗紀》：上元元年四月，右散騎常侍韓擇木爲禮部尚書。竇泉《述書賦》：韓常侍則八分中興，伯喈如在，光和之美，古今遠代。《宣和書譜》：韓擇木，昌黎人，工隸，兼作八分。風流閒媚，世謂邕中興焉。《述書賦》：衛包、蔡鄰，工夫亦到，出於人意，乃近天造。注：蔡有鄰，濟陽人，善八分。本拙弱，至天寶間遂臻精妙，相、衛中多其跡。《書史會要》：有鄰，邕十八代孫，官至右衛率府兵曹參軍。工八分書，書法勁險。

〔四〕《法書要録》：袁昂云：韋仲將書，如龍拏虎踞，劍拔弩張。皇朝歐陽詢書森森然，若武庫矛戟。　成公綏《隸書體》：或若虬龍盤遊，蜿蟬軒翥。

〔五〕不流宕，言草書失之流宕，八分則不然。　《匈奴傳》：漢天子，吾丈人行。言先後行輩也。

〔六〕趙曰：退之《石鼓歌》「少陵無人謫仙死，才薄將奈石鼓何」，倣此詩末二語也。

秋日夔府詠懷奉寄鄭監審李賓客之芳一百韻

鄭審，注見十四卷。　《舊唐書》：廣德元年，李之芳兼御史大夫，使吐蕃，被留二年乃得歸，拜禮部尚書，改太子賓客。

絶塞烏蠻北，孤城白帝邊。飄零仍百里，消渴已三年。雄劍鳴開匣，群書滿繫船一作所向皆窮轍，餘生且繫船〔一〕。亂離心不展一作轉，衰謝日蕭然。筋力妻孥問，菁華歲月遷。登臨多物色，陶冶賴詩篇〔二〕。峽束滄師作蒼江起，巖排石師作古樹圓。拂雲霾楚氣，朝海蹴吴天。煮井爲鹽速，燒畬詩遮切度達各切地偏。有時驚疊嶂，何處覓平川〔三〕。鸂鶒雙雙舞，獼猴壘壘懸。碧蘿長似帶，錦石小如錢。春草何曾歇，寒花亦可憐。獵人吹戍火，野店引山泉〔四〕。喚起搔頭急，扶行幾屐穿。兩京猶薄産，四海絶隨肩〔五〕。幕府初交辟，郎官幸備員。瓜時猶一作仍旅寓，萍泛苦黄作若夤緣。藥餌虚狼籍，秋風灑静便平聲。開襟驅晉作袪瘴癘，明目掃一作拂雲煙〔六〕。高宴諸侯禮，佳人上客前。哀箏傷老大，華屋艷神仙。南内開元曲，常時弟子傳。法歌聲變轉，滿座涕潺湲原注：都督柏中丞筵聞梨園弟子李仙奴歌〔七〕。弔影夔州僻，回腸杜曲煎。即今龍厩水原注：西京龍厩門，苑馬門也，渭水流苑門内，莫帶犬戎羶〔八〕。耿賈扶王室，蕭曹拱御筵。乘黄作秉威滅蜂蠆，戮力效鷹鸇。舊物森猶在，凶徒惡未悛。國須行戰伐，人憶止戈鋋〔九〕。奴僕何知禮，恩榮錯與權。胡星一彗孛，黔首川本作首惡遂拘攣〔一〇〕。哀痛絲綸切，煩苛法令蠲。業成陳始王，兆喜出于畋。宫禁經綸密，台階翊戴全。熊羆載吕望，鴻雁美周宣〔一一〕。側聽中興主，長吟不世賢。音徽一柱數，道里下牢千原注：鄭在江陵，李在夷陵。鄭李光時論，文章並我先。陰何尚清省，沈宋欻聯翩〔一二〕。律比崑崙竹，音知燥濕絃。風流俱善價，愜當久忘筌。置驛常如此，登龍蓋有焉。雖云隔禮數，不敢墜周旋〔一三〕。高視收人表，虚心味道玄。馬來皆汗血，鶴唳必青田。羽翼商山起，蓬萊漢閣連〔一四〕。管寧紗帽浄郭作静，江令錦袍鮮。東郡時題壁，南湖日扣舷。遠遊凌絶境，佳句染華牋。每欲孤飛去，徒爲百慮牽〔一五〕。生涯已寥落，國步尚迍邅。衾枕成蕪没，池塘作棄捐原注：平生多病，卜築遺懷。別離憂怛怛，伏臘涕漣漣。露菊斑豐鎬，秋蔬一作菰影澗瀍。共誰論昔事，幾處有新阡。富貴空回首，喧争懶著鞭。兵戈塵漠漠，江漢月娟娟。局促看秋燕，蕭疎聽晚蟬〔一六〕。雕蟲蒙記憶，烹鯉問沈綿。卜羨君平杖，偷存子敬氈。囊虚把釵釧，米盡拆花鈿〔一七〕。甘子陰涼葉，茅齋八九椽。陣圖沙北岸，市暨音既瀼西巔原注：峽人目市井泊船處曰市暨，江水横通山谷處，方人謂之瀼。羈絆心嘗折，棲遲病即痊。紫收岷嶺一云下芋，白種陸池一作家蓮。色好梨勝頰，穰多栗過拳〔一八〕。敕廚惟一味，求飽或三鱣。兒去看魚笱一云：俗異鄰蛟室，朋吴作人來坐馬韉。縛柴門窄窄，通竹溜涓涓。塹抵公畦稜原注：京師農人指田遠近，多云幾稜。稜，岸也，音去聲，村依野廟壖堧同，而宣切。缺籬將棘拒，倒石賴藤纏〔一九〕。借問頻朝謁，何如穩晝眠。誰云行不逮一作達，自覺坐能堅。霧雨銀章澀，馨香粉署妍〔二〇〕。紫鸞無近遠，黄雀任翩翾。困學違從衆，明公各勉旃。聲華夾宸極，早晚到星躔。懇諫留匡鼎，諸儒引伏當作服虔〔二一〕。不過一作逢輪鯁直，會是正陶甄。宵旰憂虞軫，黎元疾苦駢。雲臺終日畫，青簡爲誰編〔二二〕。行路難何有，招尋興已專。由來具飛檝，暫擬控鳴弦。身許雙峰寺，門求七祖禪。落帆追宿昔，衣褐向真詮〔二三〕。安石名高晉原注：鄭高簡得謝太傅之風。昭王客赴燕原注：李宗親有燕昭之美。燕，周之裔。途中非阮籍，查上似張騫。披拂一作晤，晉作豁雲寧在，淹留景不延〔二四〕。風期終破浪，水怪莫飛涎。他日辭神女，傷春怯杜鵑。淡交隨聚散，澤國繞迴旋《草堂》本云：一作還，還、旋，古通用〔二五〕。本自依迦葉音攝，何曾藉偓佺。爐峰生轉眄，橘井尚高褰。東走窮歸鶴，南征盡跕都牒切鳶〔二六〕。晚聞多妙教，卒踐塞前愆。顧愷丹青列，頭陀琬琰以冉切鐫。衆香深黯黯，幾地肅芊芊。勇猛爲心極，清羸任體孱。金篦空刮眼，鏡象未離銓一云：平等未難銓〔二七〕。

〔一〕烏蠻，注見十二卷。　廣德二年，公《歸成都》詩有「消中秖自惜」語，及居夔府，已三年矣。

〔二〕自起至此，皆自敍。

〔三〕拂雲，古樹之上拂雲天。朝海，滄江之朝宗於海也。　《蜀都賦》：濱以鹽池。劉曰：鹽池，出巴東北新井縣，水出地如湧泉，可煮爲鹽。《農書》：荊楚多畬田，先縱火熂爐，候經雨下種。歷三歲，土脉竭，復熂旁山。熂，燹火燎草；爐，火燒山界也。杜田曰：楚俗，燒榛種田曰畬。先以刀芟治林木，曰斫畬。其刀以木爲柄，刃向曲，謂之畬刀。

〔四〕「峽東」至此，皆述夔之風景，應「登臨多物色」。

〔五〕《西京雜記》：武帝過李夫人，就取玉簪搔頭。　《世説》：阮孚嘗自蠟屐，因歎曰：「未知一生能著幾兩屐。」　絶隨肩，言無故舊也。

〔六〕《左傳》：齊侯使連稱、管至父戍葵丘，曰：「瓜時而往，及瓜而代。」《韻會》：賓緣，連絡也。孟浩然詩：「沙岸曉賓緣。」謝靈運詩：「還得静者便。」《登樓賦》：「向北風而開襟。」

〔七〕《唐書》：興慶宫在皇城東南，距京城之東。開元初置，至十四年又增廣之，謂之南内。《唐會要》：開元二年，上於梨園自教法曲，號皇帝梨園弟子。又，太常梨園，别教院法歌樂章曲等。《通鑑》：開元二十四年，升胡部於堂上，後又詔道調、法曲與胡部新聲合作。○喚起至此，自敘被徵幕府，旅寓峽中，并及傷感法曲之事。《補注》：白居易詩：「法曲法曲合夷歌，夷聲邪亂華聲和。以亂干和天寶末，明年胡塵犯宫闕。」自注：玄宗雖雅好度曲，然未嘗使蕃漢雜奏。天寶十三年，始詔諸道調法曲，與胡部新聲合作，識者深嘆異之。明年冬，禄山反。

〔八〕《高唐賦》：感心動耳，回腸傷氣。杜曲，注見一卷。《通鑑注》：唐禁苑南門，直宫城之玄武門，北枕渭水，苑内有飛龍、祥麟、鳳苑等六厩。犬戎，謂吐蕃陷京師。

〔九〕《後漢書論》：耿賈之洪烈。謂耿弇、賈復也。耿賈、蕭曹，比李、郭諸功臣。《左傳》：見無禮於君者，誅之，如鷹鸇之逐鳥雀也。凶徒，謂安史諸降將。《東都賦》：戈鋋彗雲。鋋，小矛也。《杜詩博議》：公以代宗不能往問河北之罪，而但慕止戈之名，養成禍亂，故曰「國須行戰伐，人憶止戈鋋」，蓋傷之也。

〔一〇〕趙曰：奴僕，似指禄山，言不當付以兵柄。《西征賦》：「陋吾人之拘攣。」○「弔影」至此，序吐蕃爲難，及中興之後，餘惡未殄。「奴僕」四句，又推言亂本，與「胡雛負恩澤，嗟爾太平人」同意。有謂指程元振者，非。

〔一一〕《舊紀》：永泰元年正月，下制罪己。二年十一月，大赦，改元，停什畝税一法。「哀痛」二句，蓋指此也。《詩序》：《七月》，陳王業也。周公遭變，陳后稷先公風化所由，致王業之艱難也。錢箋：始王，指代宗踐祚。于畋，以文王出獵事，喻代宗幸陝，猶所謂「賢多隱屠釣，王肯載同歸」也。《詩序》：《鴻雁》，美宣王也。

〔一二〕一柱觀、下牢關，注俱別見。陰何，陰鏗、何遜。沈宋，沈佺期、宋之問。言二公之詩，尚陰何之清省，而欻追沈宋，與相聯翩也。

〔一三〕《漢・律曆志》：黄帝使伶倫去大夏之西、崑崙之陰，取竹嶰谷，斷兩節間而吹之，以爲黄鍾之宫。《韓詩外傳》：夫時有燥濕，絃有緩急，徽指推移，不可記也。《廣絶交論》：客所謂撫絃徽音，未達燥濕變響。《文賦》：愜心者貴當。《莊子》：得魚而忘筌。○「哀痛」至此，言代宗初政之美，將得賢輔以佐中興。二公正不世賢者，且其文章愜當，無愧古人，故我不敢忘周旋之好也。

〔一四〕曹植《與楊德祖書》：足下高視於上京。人表，人寰之表也。《答賓戲》：味道之腴。《五君詠》：探道好淵玄。汗血、青田，注別見。趙曰：李賓客，太子官也，故用四皓事。鄭監乃秘書少監，故用蓬萊閣事。

〔一五〕管寧，見九卷。江總仕陳，爲尚書令，集有《山水衲袍賦》，序云：皇儲監國餘辰，勞謙終宴，有令以衲袍降賜。按：賦云：「裁縫則萬壑縈體，針縷則千巖映目。埒符采於雕焕，並芬芳於蘭菊。」袍之鮮麗可知。今公云「錦袍」，言其麗如錦也。　夷陵郡在夔州之東，故曰東郡。　南湖，即鄭監湖亭。　《楚詞》有《遠遊》篇，或曰：遠遊，履名。○「高視」以下，皆頌述鄭、李二公，因言其近在荆南，時有吟賞之樂，欲往從之而不能也。　錢箋：東郡、南湖，正是歎二公之冗散，惜代宗之有賢而不能用也。

〔一六〕《括地志》：豐宫，在京兆府鄠縣東三十五里。　鎬京，在京兆府長安縣西北十八里。　澗瀍，注見九卷。　《風俗通》：南北曰阡，又謂之冢。○「生涯」至此，自叙客夔之況。

〔一七〕《揚子》：童子雕蟲篆刻，壯夫不爲。　古詩：「呼兒烹鯉魚，中有尺素書。」王勣《久客病歸》詩：「沈綿赴漳浦。」　君平卜，注見十二卷。　蔡曰：杖頭錢，乃阮宣子事。　海陵卞圜謂：今世圖畫所傳，嚴君平挾蓍策，携筇竹杖，亦掛百錢於杖頭。　故岑參《詠君平卜肆》詩云：「君平曾賣卜，卜肆荒已久。至今杖頭錢，時時地上有。」　子敬氈，注見十卷。　把釵釧、拆花鈿，言市易之也。

〔一八〕《御覽》：任昉《述異記》云：吴中有陸家白蓮種，顧家斑竹。　《蜀都賦》：紫梨津潤。　《西京雜記》：上林苑有嶧陽栗，嶧陽都尉曹龍所獻，大如拳。

〔一九〕《王羲之傳》：有一味之甘，割而分之。　《楊震傳》：有冠雀銜三鱣魚，飛集講堂前。　錢箋：《後漢書》注：鱣，音善。　臣賢按：《續漢》及謝承《書》，鱣字皆作鱓，然則鱣、鱓古字通。　《顔氏家訓》孫卿云：「魚鼈鰌鱣。」韓非《説苑》皆曰：鱣似蛇，蠶似蠋，並作鱣字。　假鱣爲鱓，其來久矣。按：《楊震傳》：三鱣，音善，所謂假鱣爲鱓者也。《爾雅·釋魚》音知然反。陸德明《音義》：張連反，即黄魚也。此鱣鮪之鱣。杜詩所謂「三鱣」也，蓋用《楊震傳》「三鱣」而兼取郭、陸音釋，未知當否。吴曾曰：以《楊震碑》考之，則云「貽我三魚，以辨懿德」，稱鱣稱鱓，未必皆得其真也。《詩》注：笱，以竹爲之，魚入其中。舊注：《戰國策》：蘇秦激張儀，令相秦，以馬韉席坐之。按：朋來坐馬韉，猶云「坐客寒無氈」也，與蘇、張事不合。且舊注引《國策》、《藝文類聚》，又引《史記》，今《國策》、《史記》並無此文。通竹，言引山泉也。按：韻書稜字無去音，蓋方言也。陸龜蒙詩：「我本曾無一稜田，平生嘯傲空漁船。」稜亦作去聲用。《晁錯傳》：鑿太上皇廟堧垣。師古曰：堧者，内垣之外遊地也。

〔二〇〕行不逮，言行遲也。銀章，注見十二卷。因久不服之，故澀。粉署，注見十三卷。○「雕蟲」至此，因二公尺書來問，述己客居貧困之狀，且言無意朝謁，徒想省署之妍華而已。

〔二一〕《鷦鷯賦》：育翩翾之陋體兮。《楊惲傳》：方當盛漢之隆，願勉旃，無多談。舊注：諸侯象四七，宰相法三台，皆星躔也。《匡衡傳》：諸儒爲語曰：「無説詩，匡鼎來。匡説詩，解人頤。」張晏曰：衡少時字鼎，長乃易字稚圭。世所傳衡《與貢禹書》上言「衡敬報」，下言「匡鼎白」，知是字也。《西京雜記》：鼎，衡小名。服虔，注見九卷。

〔二二〕《揚子》：甄陶天下在和。○「紫鸞」至此，言我惟安於卑飛，二公當勉爲公輔之業，引忠直以正天下。今上有宵旰，民多疾苦，雲臺中人，誰足傳青史乎？蓋深以此期二公也。錢箋：二公官於外郡，此望其徵入，輔佐中興，正與前一節相應。

〔三〕《海賦》：飛迅鼓檝。　控鳴弦，言戒塗以行也。　錢箋：《舊書》：道信與弘忍並住蘄州雙峰山東山寺，故謂其法爲「東山法門」。　贊寧《高僧傳》：道信禪師留止廬山十年，蘄州道俗請渡江北黄梅縣，見雙峰寺有好泉石，即住入山三十餘年。　弘忍七歲至雙峰，後密付法衣，號「東山法門」。　姚寬《西溪叢語》引《寶林傳》云：能大師傳法衣處，在曹溪寶林寺，寶林後枕雙峰。咸淳中，魏武帝玄孫曹叔良，住雙峰山寶林寺左，人呼爲「雙峰曹侯溪」。　儀鳳二年，叔良惠地於大師。　開元已來，時人乃號六祖爲「雙峰和尚」。　據此，則曹溪亦稱雙峰。　贊寧《傳》云：六祖削椎髻於南海法性寺，正演暢玄風，慘然不悦，曰：吾師今歸寂矣。　凶訃至，移住寶林寺。　刺史韋璩請出大梵寺，苦辭，入雙峰曹侯溪。　事蹟與《寶林傳》相符。　今《曹溪志》載寶林寺，無雙峰之名，蓋失考也。　按：東山法門在蘄之雙峰寺，六祖嘗云：「吾於菩提樹下，開東山法門。」此詩「身許雙峰寺」，似應指蘄之雙峰。　趙嘏有《宿四祖寺》，詩云：「千株松下雙峰寺」，此亦其證也。　《西溪叢語》引鮑欽止注云：北宗神秀禪師門人普寂，立其師爲六祖，而自稱七祖。　簡《傳燈録》，北宗門人自立秀師爲第六祖，不見普寂稱七祖事。　李華《大德雲禪師碑》云：自菩提達磨，降及大照禪師，七葉相承，謂之七祖。　又《中岳越禪師記》云：摩訶達摩，七葉至大照禪師。　王縉《大證禪師碑》云：達摩傳慧可，可傳僧粲，粲傳道信，信傳弘忍，忍傳大通，大通傳大照，相承如嫡，密付法印。　按：《舊書》：神秀弟子普寂，號大照禪師。　則所謂大照者，普寂也。獨孤及《三祖碑》云：能公退老於曹溪，其嗣無聞。秀公傳普寂，門徒萬人，升堂者六十三。圭峰密公《圓覺疏鈔》云：能大師滅後，二十年中，曹溪頓旨，沈廢於荆吴，嵩嶽漸門，熾盛於秦雒。普寂禪師謬稱七祖，二京法主，三帝門師，朝臣歸宗，敕使監衛，雄雄若是，誰敢當衝？此皆普寂自稱七祖之明文也。開元中，荷澤神會直入東都，大播曹溪頓門，致普寂之門盈而後虚，御史盧奕附寂彈會，奉敕黜移。天寶之亂，主壇度以助軍須，肅宗召入内供養，南宗彌盛。會序宗脉，從如來下西域諸祖外，震旦凡六祖，圖繪其形，太尉房琯作《六葉圖序》。當是時，南北分宗，門徒敵對，張燕公蓋兩事焉，王維洎縉，兄南而弟北，公與房琯則歸心於南宗，不許北宗門人躋秀而祧能者也，故其詩曰「身許雙峰寺，門求七祖禪」，身許雙峰，知其不許度門矣。七祖曰求，則知大照之七葉，非其宗子矣。房序六葉，公求七祖，金湯護法之嚴辭也。又按：王維《六祖碑銘》敘其弟子，獨標神會，而荷澤三傳之後，圭峰敘此方七祖，相承傳法，斷以荷澤爲第七祖，則當上元遷塔之後，荷澤門人必有援祖功宗德之議，以紹七祖之統者。公之意，或以爲大鑒既没，法衣不傳，則亦不應更立七祖，以踵普寂之謬。斯所以定六葉之宗傳，息彼宗之鬬諍也，故曰「門求七祖禪」，又曰「余亦師粲可」。公之爲法門眼目，其義深，其辭婉矣。

〔二四〕途中、查上，公自謂也。《世説》：衛瓘見樂廣，曰：「若披雲霧而睹青天。」謝靈運詩：「尋異景不延。」

〔二五〕《南史》：宗慤曰：「願乘長風，破萬里浪。」《孔子世家》：水之怪龍、罔象也。《海賦》：天琛水怪，蛟人之室。《江賦》：揚鬐掉尾，噴浪飛涎。　《禮記》：君子之交淡若水。○「行路」至此，言己將去夔，以求法門，經途與二公相晤，不久便順流南下也。

〔二六〕《彌勒成佛經》：《彌勒佛讚》言：大迦葉比丘，是釋迦牟尼佛大弟子。《傳燈録》：迦葉，摩竭陀國人，姓婆羅門，爲天竺二十五祖之首。　《列仙傳》：偓佺，槐山采藥父也，食松實，形體生毛數寸，能飛行，逐走馬。　趙曰：此言學佛而不學仙，白樂天詩「海山不是我歸處，歸即應歸兜率天」，意亦與公同也。　爐峰，注別見。　蘇耽橘井，注見十四卷。《天台賦》：遊氛高褰。褰，開也。橘井在馬嶺山上，故云高褰。　歸鶴，用丁令威事。　《馬援傳》：援擊交阯，謂官屬曰：「我在浪泊西里間，下潦上霧，毒氣薰蒸，仰視飛鳶，站站墮水中。」

〔二七〕顧愷之，注見四卷。　愷之嘗於瓦棺寺畫維摩詰像。　《文選注》：《姓氏英賢録》云：王屮，字簡栖，爲《頭陀寺碑》，文詞巧麗，爲世所重。　碑在鄂州，題云「齊國録事參軍琅琊王屮制」。《困學紀聞》：《説文通釋》：王屮，音徹，俗作巾，非。　鐫，鐫碑也。　顧畫、王碑，皆想像東遊之事。　《法華經》：擊大法鼓，燒衆名香。《天台賦》：衆香馥以揚烟。　《決定經》：不捨初地，入於二地，乃至十地。《籍田賦》：碧色肅其芊芊。　陳張君祖詩：練神超勇猛。　《顧野王傳》：體素清羸。　金篦，注見九卷。　《圓覺經》：諸如來心，於中顯現，如鏡中象。《説文》：銓，衡也，一曰度也。　言金篦雖可刮去眼膜，而執鏡象以爲實有，則猶未離銓量之間也。○「迦葉」至此，言欲徧詣佛地，精修佛理，而終期於攝象以歸虛。公之所謂「門求七祖禪」者，如此。

寄劉峽州伯華使君四十韻

《唐書》：峽州夷陵郡，屬山南東道。

峽内多雲雨，秋來尚鬱蒸。遠山朝白帝，深水謁一作出夷陵。遲暮嗟爲客，西南喜得朋〔一〕。哀猿更平聲，一作勞起坐，落雁失飛騰。伏枕思瓊樹，臨軒對玉繩。青松寒不落，碧海闊逾澄〔二〕。昔歲文爲理，群公價盡增。家聲同令聞，時論以儒稱。太后當一作臨朝肅，多才接迹昇。翠虚捎所交切魍魎，丹極上鵾黄作鯤鵬〔三〕。宴引春壺酒一作滿，恩分夏簟冰。雕章五色筆，紫殿九華燈〔四〕。學並盧王敏，書偕褚薛能。老兄真不墜，小子獨無承〔五〕。近有風流作，聊從月竁充芮切，舊本訛作繼，師作窟，趙作峽徵。放蹄知赤驥，捩翅服蒼鷹。卷軸來何晚，襟懷庶可憑。會期吟諷數，益破旅愁凝〔六〕。雕刻初誰料一作解，纖毫欲自矜。神融躡飛動，戰勝洗侵陵。妙取筌蹄棄，高宜百萬層。白頭遺恨在，青竹幾人登〔七〕。回首追談笑，勞歌跼寢興。年華紛已矣，世故莽相仍。刺史諸侯貴，郎官列宿應。潘生驂一作安雲閣遠，黄霸璽書增〔八〕。乳竇音畎號攀石，饑鼯訴落藤。藥囊親道士，灰劫問胡僧〔九〕。憑久烏皮拆一作綻，簪稀白一作皂帽稜。林居看蟻穴，野食待一作幸魚罾。筋力交凋喪，飄零免戰兢。

皆一作昔，一作眥爲百里宰，正似六安丞〔一〇〕。姹女縈新裹，丹砂冷舊秤。但求椿壽永，莫慮杞天崩〔一一〕。鍊骨調情性，張兵撓棘矜。養生終自惜，伐數一作叛必全懲〔一二〕。政術甘疎誕，詞場愧服膺。展懷詩頌一作誦魯，割愛酒如澠原注：平生所好，消渴止之〔一三〕。咄咄寧書字，冥冥欲避矰。江湖多白鳥，天地有青蠅〔一四〕。

〔一〕趙曰：江水至夷陵愈深，故云「謁」，以對「朝」字爲工。《易》：西南得朋。夔在中州之西南。得朋，指伯華。

〔二〕李陵《贈蘇武》詩：思得瓊樹枝，以解長渴飢。江淹《擬古》詩：願一見顔色，不異瓊樹枝。注：瓊樹，玉樹也，在崑崙山，故難見。玉繩，注見二卷。青松、碧海，以比劉使君。

〔三〕《甘泉賦》：捎夔魖而抶獝狂。注：捎、抶，皆擊也。王延壽《夢賦》：捎魍魎，拂諸渠。《莊子》：北溟有魚，名曰鯤，化而爲鳥，名曰鵬。

〔四〕《三國典略》：齊蕭慤嘗於秋夜賦詩，邢子才曰：蕭之斯文，可謂雕章間出。《南史》：江淹嘗宿冶亭，夢一丈夫，自稱郭璞，謂淹曰：「吾有筆在卿處多年，可以見還。」淹乃探懷中，得五色筆一以授之。《漢武内傳》：七月七日，西王母至，帝掃除宮内，然九光之燈。梁王樞《古意》：香燈照九華。

〔五〕盧王：盧炤鄰、王勃。褚薛：褚遂良、薛稷也。《晉書》：劉毅與劉裕樗蒱，毅得雉，裕曰：「老兄試爲卿答。」錢箋：《唐書》：劉允濟博學，善屬文，與王勃早齊名。垂拱四年，奏上《明堂賦》，則天手制褒美，拜著作郎。詩云「學並盧王敏」，又與公祖審言同事天后，知必爲允濟也。胡震亨曰：詳詩語，其先當是劉憲也。憲與公之祖審言同列《文藝傳》。憲在則天時，累官冬官員外郎，審言亦爲膳部員外郎，是爲「接跡昇」也。憲嘗受詔，推按來俊臣，嫉其酷暴，欲因事繩之，反爲俊臣所構，坐貶，故云「翠虛捎魍魎」。俊臣敗，憲轉鳳閣舍人。景龍中，與審言同直修文館，故云「丹極上鵾鵬」也。按《唐史》：二劉皆以來俊臣構貶官，後皆轉鳳閣，直修文館。但憲文名不甚著。史稱審言雅善五言詩，工書翰，有能名。此云「學並盧王，書兼褚薛」，以劉與審言並稱，必屬允濟無疑也。審言子并以手刃周季重被殺，蘇頲爲墓誌，允濟爲祭文，則二公交契之厚可知矣。

〔六〕《宋・郊祀歌》：月竁來賓，日際奉土。注：竁，窟也。趙曰：恭州有明月峽，今三峽中亦有之，蓋石壁有一竅，圓透見天，其明如月，故以名峽也。按：月竁，猶言月脇、月窟，《草堂》及郭本作「竁」，較「繼」字爲優。又近志載：夷陵州有明月峽，作「峽」亦通。　放蹄、捩翅，喻劉詩之馳騁不羈。

〔七〕《莊子》：刻雕衆形，而不爲巧。　《韓非子》：子貢見子夏肥而問之，子夏曰：「吾義戰勝，故肥。」　《莊子》：筌者，所以取魚，得魚而忘筌；蹄者，所以取兔，得兔而忘蹄。注：筌者，積柴水中，使魚依而食焉，一云魚笱也。蹄，兔罝也，又云兔弶也。係其脚，故云蹄。〇「雕刻初誰料」，即《文賦》之「籠天地於形内，挫萬物於筆端」也。「纖毫欲自矜」，即「考殿最於錙銖，定去留於微芒」也。「神融躡飛動」，即「精騖八極，心遊萬仞」也。「戰勝洗侵凌」，即「方天機之駿利，夫何紛而不理」也。「妙取筌蹄棄，高宜百萬層」，即「形不可逐，響難爲繫，塊孤立而特峙，非常言之所緯」也。因劉使君以詩來寄，而言詩道之難如此。能傳青簡者，實鮮其人也。

〔八〕追談笑，追懷使君之談笑也。　謝混詩：信此勞者歌。善曰：《韓詩》：伐木廢，朋友之道缺。勞者歌其事，詩人伐木，自苦其事，故以爲文。《秋興賦序》：余以太尉掾兼虎賁中郎將，寓直於散騎之省，高閣連雲，陽景罕曜。《漢・循吏傳》：二千石有治理效者，輒報璽書勉厲，增秩賜金。　潘安，公自謂，承「郎官」句；黄霸，謂劉使君，承「刺史」句。

〔九〕乳贙，注見十四卷。此下皆公自叙。　張正見詩：饑鼯落劍鋒。　藥囊，注見六卷。　曹毗《志怪》：漢武帝穿昆明池極深，悉是灰墨，無復土，以問東方朔，曰：「臣愚，不足以知之，可問西域胡。」後漢明帝時，外國道人來洛陽，有憶朔言者，試以灰墨問之，胡人曰：「經云：天地大劫將盡則劫燒，此劫燒之餘也。」按：《高僧傳》，西域胡人，乃竺法蘭。

〔一〇〕烏皮几，注見十一卷。　《通典》：宋以後制高屋白紗帽。《齊和帝紀》：百姓皆著下屋白紗帽。又皂帽，管寧事。　焦贛《易林》：蟻封户穴，大雨將集。　《後漢書》：桓譚諫用讖，帝大怒，出爲六安郡丞。意忽忽不樂，道病卒。注：六安郡故城，在今壽州安豐縣南。　按：劉峽州疑從省郎遷刺史，故言我爲郎官，應皆出宰百里，今飄零見棄，却似六安丞之貶斥耳。　趙云：公出爲華州司功，故用六安丞事。亦通，但與「百里宰」難貫。

〔一〕姹女，注見十四卷。裹，藥裹也。《莊子》：上古有大椿者，以八千歲爲春，八千歲爲秋。《列子》：杞國有人憂天地崩墜，身無所寄。

〔二〕《徐樂傳》：奮棘矜。師古曰：棘，戟也。矜者，棘之把。一説：鍊骨、養生，承「椿壽永」；張兵、伐叛，承「杞天崩」。按：張兵、伐叛二句，於文義不屬，從《草堂》本作「伐數」爲長。《七發》云：皓齒蛾眉，命曰伐性之斧。多欲以伐性，猶之張兵以害身也。故養生之理，貴於自惜，而伐數之事，必全懲之。數，即年數之數。○錢箋：唐人好煉服丹砂、鍾乳，劉使君亦必爾。此詩「姹女」數句，蓋諷之也。下云「伐數必全懲」，微意可見。

〔三〕「詩頌魯」，言作詩頌使君，猶史克之頌魯侯也。《左傳》：有酒如澠，有肉如陵。

〔四〕書字，用殷浩事，見三卷。揚子《法言》：鴻飛冥冥，弋人何篡焉。鮑曰：「江湖多白鳥」，與「白鷗多浩蕩」同意。一説：《大戴禮·夏小正》：丹鳥羞白鳥。丹鳥，丹良也；白鳥，蚊蚋也。凡有翼者爲鳥。梁元帝《納涼》詩：白鳥翻帷暗，丹螢入帳明。蔡曰：昌黎詩：「蠅蚊滿人區，可與盡力格」，寓意與此正同。

夔府書懷四十韻

昔罷河西尉，初興薊北師。不才名位晚，敢恨省郎遲。扈聖崆峒日，端居灔澦時。萍流仍汲引，樗散尚恩慈〔一〕。遂阻雲一作靈臺宿，常懷湛露詩。翠華森遠矣，白首颯淒其。拙被林泉滯，生逢酒賦欺。文園終寂寞，漢閣自磷緇〔二〕。病隔君臣議，慙紆德澤私。揚鑣驚主辱，拔劍撥年衰所追切〔三〕。社稷經綸地，風雲際會期。血流紛在眼，涕泗亂交頤。四瀆樓船汎，中原鼓角悲。賊壕連白翟，戰瓦落丹墀〔四〕。先帝嚴靈一作虛寢，宗臣切受遺。恒山猶突騎，遼海競張旗。田父嗟膠漆，行人避蒺藜。總戎存大體，降將飾卑詞〔五〕。楚貢何年絶，堯封舊俗疑。長吁翻北寇，一望卷西夷〔六〕。不必陪玄圃，超然待具茨。凶兵鑄農器，講殿闢書帷。廟算高難測，天憂實在兹。形容真潦倒，荅效莫支持〔七〕。使者分王命，群公各典司。恐乖均賦歛，不似問瘡痍。萬里煩供給，孤城最怨思〔八〕。緑林寧小患，雲夢欲難追。即事須嘗膽，蒼生可察眉。議堂猶集鳳，貞觀去聲是元龜〔九〕。處處喧飛檄，家家急競錐。蕭車安不定，蜀使下何之〔一〇〕。釣瀨疎墳籍，耕巖進弈棋。地蒸餘破扇，冬暖更纖絺。豺遘晉作搆哀登楚今本一作粲，麟傷泣象尼。衣冠迷適越，藻繪憶遊睢音雖〔一一〕。賞月延秋桂，傾陽逐露葵。大庭終反樸，京觀且僵尸〔一二〕。高枕虛眠晝，哀歌欲和誰。南宮載勳業，凡百慎交綏〔一三〕。

〔一〕按：崆峒山在平涼，公謁肅宗於鳳翔，未嘗至平涼，此蓋以黄帝問道比肅宗也。　汲引，謂嚴武辟請。恩慈，謂除員外郎。

〔二〕宿，直宿也。蔡質《漢儀》：尚書郎入直臺中。　《詩序》：《湛露》，天子燕諸侯也。《西京雜記》：梁孝王集諸遊士於兔園，鄒陽作《酒賦》。《漢書》：司馬相如拜爲孝文園令，後病免，家居茂陵。　漢閣，用揚雄事。謝靈運詩：磷緇謝清曠。　言峽中卧病，已同司馬，而名玷朝班，實與校書漢閣無異。

〔三〕《舞賦》：龍驤横舉，揚鑣飛沫。善曰：「鑣，馬勒旁鐵也，揚之則飛馬口之沫。」主辱，謂車駕幸陜。○自起至此，皆自叙。

〔四〕《漢·匈奴傳》：晉文公攘戎狄，居西河、圁洛之間，號曰赤翟、白翟。注：圁洛，今上郡寧川地。《史記索隱》：故西河郡有白部胡。按：唐鄜、延二州，即春秋白翟地。禄山反，京畿、鄜坊皆附之，故云「連白翟」。《光武紀》：大破莽兵于昆陽城西，會大雷風，屋瓦皆飛。○此追言肅宗中興時事。舊注指吐蕃陷京師，非也。

〔五〕先帝，肅宗也。嚴靈寢，言收京修寢廟。宗臣，郭子儀也。按史：寶應元年建卯月，上不豫，召子儀入卧内，曰：「河東之事，一以委卿。」所謂「切受遺」也。　恒山、遼海，皆河北之地。《孫武子》：膠漆之材，車甲之奉，日費千金。《六韜》：狹路微徑，張鐵蒺藜。《晁錯傳》：具藺石，布渠答。蘇林曰：渠答，鐵蒺藜也。錢箋：吕祖謙曰：膠漆，所以爲弓，誅求之多，則田父歎焉。鐵蒺藜，所以禦馬，所在布地，故行人避之。郭知達本注：總戎，元帥也。代宗討史朝義，以雍王适爲天下兵馬元帥。按：《通鑑》：史朝義死，賊將田承嗣、薛嵩等降。副元帥僕固懷恩恐賊平寵衰，奏留承嗣等分帥河北，自爲黨援，由是諸鎮桀驁不可制。公詩「總戎存大體，降將飾卑詞」，正紀其事。曰「存大體」，爲朝廷隱也。

〔六〕《左傳》：管仲責楚曰：「爾貢包茅不入。」堯封，謂薊門。舊俗疑，猶云「兵殘將自疑」也。北寇，安史餘黨。西夷，則吐蕃也。翻，即翻城之翻。卷，即席卷之卷。

〔七〕崑崙，一曰玄圃，詳二卷。《莊子》：黄帝將見大隗於具茨之山，至於襄城之野，七聖皆迷，遇牧馬童子問塗焉。《唐書》：許州陽翟縣有具茨山。《老子》：兵者，凶器也。《家語》：鑄劍戟以爲農器。《東方朔傳》：文帝集上書囊爲殿帷。《杜詩博議》：《通鑑》：永泰元年九月庚寅朔，置百高座于資聖、西明兩寺，講《仁王經》。甲辰，吐蕃十萬衆至奉天，京城戒嚴。丙午，罷百高座講。十月己未，復講經於資聖寺。時羌胡外訌，藩鎮内叛，而帝與宰相元載等俱好佛，怠於政事。「講殿闢書帷」，蓋以諷也。〇按：代宗嘗出幸陝州，故用周穆、黄帝事，言我豈必陪車駕於玄圃乎？但望求賢問道，如黄帝之下訪具茨，則凶兵可銷，講殿可御，治平不難致矣。今廟算未知何如，我之在此，實切憂天，特衰老無補，爲足歎也。次公解，都支離。

〔八〕孤城，夔州也。時崔旰亂，蜀方用兵，供給煩困，夔民苦之，故以責奉使諸公也。

〔九〕《後漢·劉玄傳》：諸亡命共攻離鄉，聚藏於緑林中。注：緑林山，在荆州當陽縣東北。《韓信傳》：信初之國，有告信反，上用陳平計，僞遊雲夢。信來朝，遂禽以歸。錢箋：代宗即位，復授來瑱襄陽節度，潛令裴茙圖之。茙兵爲瑱所敗，瑱入朝謝罪，程元振誣構賜死。僕固懷恩上書自訟曰：來瑱受誅，朝廷不示其罪，諸道節度誰不疑懼？近聞詔追數人，盡皆不至，實畏中官讒口，虚受陛下誅夷。范至誠亦曰，公信其甘言，入則爲來瑱，不復還矣。代宗以詐殺瑱而藩鎮皆貳，所謂「雲夢欲難追」也。《吴越春秋》：越王欲報吴怨，懸膽於户，出入嘗之。《列子》：晉有郄雍者，能視盗，察眉睫之間而得其情。《後漢書》：鄧騭等並奉朝請，有大議，詣朝堂，與公卿參謀。○言民生困窮，必致緑林之患矣。諸鎮疑貳，難追雲夢之失矣。欲服諸鎮，須嘗膽以圖之；欲蘇民生，則在察其情於眉睫也。今廟堂議政，誠自多人，奈何不法貞觀之治，以爲龜鑑哉？

〔一〇〕《漢·蕭育傳》：南郡江中多盗賊，拜育爲太守。上以育耆舊名臣，乃以三公使車，載育入殿中受策。注：使車，三公奉使之車。安不定，言以蕭車安撫之，而猶不定也。蜀使，用相如事，見十卷。○言盗賊群起，誅求益急，蕭車、蜀使，徒勞遣發耳，應「使者分王命」一節。

〔一一〕王粲《七哀詩》：「西京亂無象，豺虎方遘患。」登楚，指粲登荆州城樓作賦也。《孔子世家》：叔梁紇禱尼丘，生孔子。孔子生而首上圩頂，故名丘，字仲尼。《莊子》：宋人資章甫而適越，越人斷髮文身，無所用之。陳琳《爲曹洪與魏文帝書》：遊睢涣者，學藻繢之采。《陳留風俗傳》：襄邑縣南有睢水、涣水，睢、涣之水出文章，故有黼黻藻錦，日月華蟲，以奉天子宗廟御服焉。趙曰：公少時嘗遊宋州，故云「憶遊睢」。

〔一二〕《左傳》：古者，明王伐不敬，取其鯨鯢而封之，以爲大戮，於是乎有京觀。注：積尸封土其上，謂之京觀。

〔一三〕《後漢書》：永平中，圖畫中興二十八將於南宫雲臺。《左傳》：晉人秦人，出戰交綏。注：古名退軍爲綏。秦晉志未能堅戰，短兵未致争而兩退，故曰交綏。李衛公曰：綏，六轡總也。黄曰：二句深戒大臣及諸將，欲功成圖像，當以交綏爲慎，勿使志之不堅而後可也。○「釣瀨」至末，復自序客夔，而以除亂立功責之凡百有位焉。應「翻北寇」、「卷西夷」等語。

哭王彭州掄

王掄，見八卷。

執友嗟淪没，斯人已寂寥。新文生沈謝，異骨降松喬〔一〕。北部初高選，東堂早見招。蛟龍纏倚劍，鸞鳳夾吹簫〔二〕。歷職漢庭久，中年胡馬驕。兵戈闇一作聞兩觀，寵辱自三朝〔三〕。蜀路江干窄，彭門一作關地里一作理遥。解龜生碧草，諫獵阻青霄〔四〕。頃壯戎麾出，叨陪幕府要。將軍臨氣候，猛一作壯士塞風飆。井漏一作渫，一作滿泉誰汲，烽疎火不燒。前籌自多一作多自暇一作假，隱去聲几接終朝〔五〕。翠石俄雙表，寒松竟後凋。贈詩焉敢墜，染翰欲無聊。再哭經過罷，離魂去住銷〔六〕。之官方玉折，寄葬與萍漂。曠望渥洼道，霏微河漢橋。夫人先即世，令子各清標〔七〕。巫峽長雲雨，秦城近斗杓。馮唐毛髮白，歸興日蕭蕭〔八〕。

〔一〕沈謝，沈約、謝靈運。生沈謝，言沈謝復生。《戰國策》：有喬松之壽。注：王子晉、赤松子。

《西京賦》：美往昔之松喬。

〔二〕《魏志》：武帝年二十，舉孝廉爲郎，除洛陽北部尉，遷頓丘令。初高選，言掄初授官，得京畿尉也。東堂，注見十四卷。《越絶書》：薛燭曰：當造劍之時，蛟龍奉爐，天帝裝炭。吹蕭，注見一卷。

〔三〕胡馬，謂安史之亂。《東京賦》：建象魏之兩觀。三朝，玄宗、肅宗及代宗也。

〔四〕彭門，注見六卷。謝靈運詩：解龜在景平。注：解龜，解去所佩龜印也。《漢·表》：中二千石，銀印龜紐。諫獵，用相如事。掄終於彭州刺史，先嘗以侍御罷官，上書天子，不報，故有解龜、諫獵之句。

〔五〕戎麾出，謂掄出守彭州，用顔延之「一麾出守」語。幕府要，謂嚴武辟掄居幕府。公時爲節度參謀，故曰「叨陪」也。氣候，用兵之氣候。劉歆《七略》有《風候孤虚》二十卷。《易》：井渫不食。注：渫，不停污也。趙曰：軍旅所在，必先瀹井泉。凡有警急，必頻舉烽燧。今井泉不汲，烽火不燒，則無事矣。以王參軍謀，故然。接終朝，言己居幕府中，得與掄終日相接也。

〔六〕雙表，以施之墓者。潘岳《懷舊賦》：巖巖雙表，列列行楸。贈詩，掄贈公之詩。趙曰：再哭，言昔嘗哭掄之死，今櫬過夔州再哭之。

〔七〕之官，言之任彭州。顔延之《祭屈原文》：蘭薰而摧，玉縝則折。錢箋：渥洼道，天馬所來，屬令子。河漢橋，烏鵲所駕，屬夫人。舊注大謬。《左傳注》：即世卒也。

〔八〕《春秋運斗樞》：北斗七星，第一至第四爲魁，第五至第七爲杓，合而爲斗。《説文》：杓，斗柄。

按：《天官書》：魁枕參首。杓，自華以西南。是秦城正上直斗杓也。掄之喪，必歸葬京師，故因以流滯自傷。

偶題

文章千古事，得失寸心知。作者皆殊列，名聲豈浪垂〔一〕。騷人嗟不見，漢道盛於斯。前輩飛騰入，餘波綺麗爲。後賢兼舊列一作例。《韻會》：例，古或作列，郭作制，歷代各清規〔二〕。法自儒家有，心從弱歲疲。永懷江左逸，多謝一作病鄴中奇〔三〕。騄驥皆良馬，騏驎一作麒麟帶好兒。車輪徒已斲，堂構惜一作肯仍虧。謾作潛夫論，虛傳幼婦碑一作詞〔四〕。緣情慰漂蕩，抱疾屢遷移。經濟慙長策，飛棲假一枝。塵沙傍蜂蠆，江峽繞蛟螭〔五〕。蕭瑟唐虞遠，聯翩楚漢危。聖朝兼盜賊，異俗更喧卑。鬱鬱星辰劍，蒼蒼雲雨池〔六〕。兩都開幕府，萬寓宇同插軍麾。南海殘銅柱，東風避月支〔七〕。音書恨烏鵲，號怒怪熊羆。稼穡分詩興，柴荆學土宜〔八〕。故山迷白閣，秋水憶黄當作皇陂。不敢要佳句，愁來賦别離〔九〕。

〔一〕《文賦》：吐滂沛乎寸心。

〔二〕《公孫弘傳》：漢之得人，於斯爲盛。　劉楨詩：綺麗不可忘。　趙曰：文章至於綺麗，乃騷雅之末流，故曰「餘波」。兼舊制、各清規，言後人兼取前人制作，以爲規範，公所謂「遞相祖述」也。

〔三〕《漢・藝文志》：《儒家言》十八篇。　錢箋：《謝靈運傳論》：降自元康，潘陸特秀，遺風餘烈，事極江左。自建武暨於義熙，歷載將百，仲文始革孫許之風，叔源大變太元之氣。爰逮宋氏，顏謝騰聲。　鄴，魏都。謝靈運有《擬魏太子鄴中集》詩。

〔四〕《莊子》：輪扁對齊桓公曰：「夫斲輪，徐則甘而不固，疾則苦而不入。不徐不疾，得之于手，應之于心，臣不能以喻臣之子，臣之子亦不能受之于臣，是以行年七十而老斲輪。」《書》：若考作室，既底法，厥子乃弗肯堂，矧肯構？《後漢書》：王符，字節信，隱居著書三十餘篇，以譏當時失得，不欲章顯其名，故號曰《潛夫論》。《魏略》：邯鄲淳作《曹娥碑》，蔡邕題其後曰：「黃絹幼婦，外孫齏臼。」楊修讀之即解得，曹操行三十里乃悟曰：「黃絹，色絲，絶字也。幼婦，少女，妙字也。外孫，女子之子，好字也。齏臼，受辛之器，辭字也。言絶妙好辭。」○言驥子驎兒難得，斲輪雖巧，肯構無人，我之著作，亦空傳耳。

〔五〕《文賦》：「詩緣情而綺靡。」

〔六〕趙曰：治古莫過于唐虞，戰爭莫切于劉項，故以唐虞、楚漢爲言。　星辰劍，用張華事。雲雨池，用周瑜語。　自喻在夔失所，如劍之埋獄而未出，如蛟龍之在池而未躍也。

〔七〕銅柱，注見十三卷。　月支，注見二卷，以比吐蕃。

〔八〕《西京雜記》：乾鵲噪而行人至。　《周禮》：辨土宜之法。注：土宜，謂五穀植穉所宜也。

〔九〕白閣、皇陂，注俱見二卷。

瞿唐兩崖

三峽傳何處，雙崖壯此門。入天猶石色，穿水忽雲根。猱玃厥縛切鬚髯古，蛟龍窟宅尊〔一〕。羲和冬一作驂馭近，愁畏日車翻〔二〕。

〔一〕《爾雅注》：玃，貑玃也，似獼猴而大，色蒼黑，能攫搏人，故云玃。《述異記》：猿五百歲化爲玃，玃千歲化爲老人。

〔二〕李尤《歌》：安得壯士翻日車。

峽口二首

峽口大江間，西南控百一作白蠻。城欹連粉堞，岸斷更青山。開闢多一作當天險，防隅一水關。亂離聞鼓角，秋氣動衰顏。

時清關失險，世亂戟如林。去矣英雄事，荒哉割據心。蘆花留客晚，楓樹坐猿深。疲苶煩親故，諸侯數賜金原注：主人柏中丞頻分月俸。

天池

《全蜀總志》：天池，在夔州府治東，巫山縣治亦有之。

天池馬不到，嵐壁鳥纔通。百頃青雲杪，曾波白石中。鬱紆騰秀氣，蕭瑟浸寒空。直對巫山峽一作出，兼疑夏禹功〔一〕。魚龍開闢有，菱芡一作芰古今同一云豐。聞道奔雷黑，初看浴日紅。飄零神女雨，斷續楚王風。欲問支機石，如臨獻寶宮〔二〕。九秋驚雁序，萬里狎漁翁一作樵童。更是無人處，誅茅任薄躬〔三〕。

〔一〕疑爲禹所鑿。

〔二〕《荆楚歲時記》：漢武帝令張騫使大夏，尋河源，乘槎經月，而至一處，見一女織，一丈夫牽牛飲河，織女取搘機石與騫而還，搘機石爲東方朔所識。《集林》：昔有人窮河源，見婦人浣紗，問之，曰：「此天河也。」乃與一石而歸，問嚴君平，曰：「織女支機石也。」　獻寶宮，注見九卷。

〔三〕梁元帝《纂要》：秋曰三秋、九秋，九秋，九十日也。《卜居》：將誅鋤草茅以力耕乎？

閣夜

即西閣。

歲暮陰陽催短景，天涯霜雪霽寒霄一作宵。五更鼓角聲悲壯，三峽星河影動摇〔一〕。野哭千家聞戰伐，夷歌是晉作幾，一作數處起漁樵〔二〕。卧龍躍馬終黄土，人事音書漫一作音塵日，刊作音書頗，吴作依依漫寂寥〔三〕。

〔一〕《禰衡傳》：衡善擊鼓，曹操召爲漁陽摻撾，容態有異，聲節悲壯。《史・天官書》：天一、槍、棓、矛、盾、角動摇，大兵起。《漢書》：元光中，天星盡摇，上以問候星者，對曰：「星摇者，民勞也。」後征伐四夷，百姓勞於兵革。

〔二〕《蜀都賦》：陪以白狼，夷歌成章。

〔三〕舊注：卧龍，孔明也。郭外有孔明廟。躍馬，公孫述也，城上有白帝祠。

瀼西寒望

瀼西，注見十三卷。

水色含群動，朝光切太虚。年侵一作終頻悵望，興遠一蕭疎〔一〕。猿挂時相學，鷗行炯自如〔二〕。瞿唐春欲至，定卜瀼西居。

〔一〕陸機詩：後塗隨年侵。

〔二〕謝靈運《遊名山志》：觀挂猿下飲，百丈相連。

白帝樓

漠漠虛無裏，連連睥睨侵。樓光去日遠，峽影入江深。臘破思端綺，春歸待一金〔一〕。去年梅柳意，還欲攪邊心。

〔一〕古詩：客從遠方來，遺我一端綺。

白帝城樓

江度寒山閣，城高絶塞樓。翠屏宜晚對，白谷會深遊〔一〕。急急能鳴雁，輕輕不下鷗〔二〕。夷陵春色起，漸擬放扁舟。

〔一〕《天台賦》：搏壁立之翠屏。

〔二〕《莊子》：莊子舍於故人之家，令豎子殺雁烹之。豎子曰：「其一能鳴，其一不能鳴，請奚殺？」主人曰：「殺不能鳴者。」《列子》：海上有人每旦從鷗鳥遊，鷗鳥之至者百數而不止，其父曰：「鷗鳥從汝遊，汝取來，吾玩之。」明日，鷗鳥舞而不下矣。

曉望白帝城鹽山

徐步攜斑杖，看山仰白頭。翠深開斷壁，紅遠結飛樓。日出清江一作寒望，暄和散旅愁。春城見松雪，始擬進歸舟〔一〕。

〔一〕顔延之詩：山明見松雪。

峽隘

聞説江陵府，雲沙静一作浄眇然。白魚如切玉，朱橘不論錢。水有遠湖樹，人今何處船。青山各陳作若在眼，却望峽中天〔一〕。

〔一〕言欲去峽而未能。

冬深

花葉隨天意，江溪共石根。早霞隨類影，寒水各依一作流痕〔一〕。易下楊朱淚，難招楚客魂。風濤暮不穩，捨棹宿誰門。

〔一〕趙曰：隨類影，言其變態無常。

西閣曝日

凛冽郭作烈倦玄冬，負暄嗜飛閣。羲和流德澤，顓頊愧倚薄。毛髮具一作且自和《英華》作私，肌膚潛沃若〔一〕。太陽信深仁，衰氣欻有託。欹傾煩注眼，容易收病脚。流離《英華》作瀏灕木杪一作稍猿，翩躚山巔鶴〔二〕。朋舊作用，非知苦聚散，哀樂日已作《英華》作亦已昨。即事會賦詩，人生忽如昨《英華》作錯。古來遭喪亂，賢聖盡蕭索。胡爲將暮年，憂世心力弱。

〔一〕負暄，注別見。《月令》：孟冬之月，其帝顓頊。《詩》注：沃若，潤澤貌。趙曰：言煖如湯沃然。

〔二〕欹傾注眼，言展轉向日而卧也。公《客居》詩：「卧愁病脚廢」。流離、翩躚，言猿鶴亦喜煖而自得。

不離西閣二首

江柳非時發，江花冷色頻。地偏應有瘴，臘近已含春。失學從愚子，無家任一作住老身。不知西閣意，肯別定留人〔一〕。

〔一〕趙曰：言西閣之意，肯令我别乎？抑定留人也。

西閣從人别，人今亦故亭〔一〕。江雲飄素練一作葉，石壁斷一作斬空青〔二〕。滄海先迎日，銀河倒列星。平生耽勝事，吁怪始初經〔三〕。

〔一〕《復古編》：「停」，本作「亭」，後人别作「停」。言非西閣留人，人則自留耳。

〔二〕李白詩：林烟横積素，山色倒空青。

〔三〕以勝概初經，未能遽去。

縛雞行

小奴縛雞向市賣，雞被縛急相喧争。家中厭雞食蟲蟻，不知雞賣還遭烹。蟲雞於人何厚薄，吾叱奴人解其縛。雞蟲得失無了時，注目寒江倚山閣。

折檻行

《漢・朱雲傳》：雲請賜尚方斬馬劍，斷佞臣一人頭，以厲其餘。上問：「誰也？」對曰：「安昌侯張禹。」帝大怒，命御史將雲下，雲攀殿檻，檻折。注：檻，軒前欄也。《容齋續筆》：至今宫殿正中一間，獨不施欄楯，謂之折檻，蓋自漢以來相傳如此。

嗚呼房魏不復見，秦王學士時難羡〔一〕。青衿一作襟，非冑子困泥塗，白馬將軍若雷電〔二〕。千載少似朱雲人，至今折檻空嶙峋。婁公不語宋公語，尚憶先皇容直臣〔三〕。

〔一〕《唐書》：武德四年，太宗爲天策上將軍，寇亂稍平，乃作文學館，收聘賢才。司勳郎中杜如晦、考功郎中房玄齡等，並以本官爲學士，凡分三番，遞宿閣下，悉給珍膳。命閻立本圖像，褚亮爲之贊，題名字、爵里，號十八學士。在選中者，天下所慕向，謂之登瀛洲。按史：房玄齡，本名喬，故秦府學士。魏徵佐隱太子建成，不在十八人之列。吴若注以並舉房、魏爲疑，夢弼云：此歎房、魏之直諫不可得，因泛思秦王時之十八學士也。秦王學士本不蒙房、魏言之，然考《翰林故事》，貞觀中，秘書監虞世南等十八人爲十八學士，秦府學士，遇缺即補，意貞觀猶沿其制。徵以貞觀三年爲秘書監，安知不嘗與十八人之數乎？此詩稱「秦王學士」者，猶《秦王破陣曲》後遂以名樂耳。

〔二〕《詩》注：青衿，青領也，學士所服。《書》注：冑子，長子也，謂卿大夫之子弟。《魏志》：龐德與關羽交戰，射羽中額。德常乘白馬，羽軍謂爲白馬將軍，皆憚之。

〔三〕《魏都賦》：陛楯嶙峋。注：嶙峋，高貌。婁公、宋公，婁師德、宋璟也。《容齋三筆》：或疑婁公既無語，何得稱直臣？錢仲仲云：朝有闕政，婁公或不語，則宋公語之。但師德乃武后時人，璟爲相時，其亡久矣。詩言先皇，謂玄宗也。

錢箋：永泰元年三月，命左僕射裴冕、右僕射郭英乂等文武之臣十三人，于集賢殿待制，以備詢問，蓋亦倣太宗瀛洲學士之意。然是時閹豎恣横，次年八月，國子監釋奠，魚朝恩率六軍諸將聽講，子弟皆服朱紫爲諸生，朝恩遂判國子監事。而集賢待制諸臣，噤口不一救正，故作此詩以譏之。首二句，歎待制之臣不及貞觀盛時也。「青衿」二句，言教化凌夷，而中人子弟得以横行也。當時大臣鉗口飽食，效師德之退遜，而不能繼宋璟之忠讜，故以折檻爲諷，言集賢諸臣自無魏宋輩耳，未可謂朝廷不能容直臣如先皇也。○按：是時，魚朝恩爲左監門衛大將軍兼神策軍使，「白馬將軍若雷電」，蓋謂朝恩也。黄鶴指崔旰，非是，且於「青衿胄子」句難通。

杜工部詩集卷之十六

松陵　朱鶴齡　輯註

大曆中，公居夔州作

立春

春日春盤細生菜，忽憶兩京梅發時。盤出高門行白玉，菜傳纖手送青絲〔一〕。巫峽寒江那對眼，杜陵遠客不勝悲。此身未知歸定處，呼兒覓紙一題詩。

〔一〕《摭遺》：東晉李鄂，立春日命以蘆菔、芹芽爲菜盤，相餽貺。《四時寶鏡》：立春日，春餅生菜，號春盤。《水經注》：蘇林曰：高門，長安城北門也。一曰廚門，其内有長安廚官在事，故曰廚門。或曰：高門，概言高大之門。《莊子》：高門懸薄，無不走也。《詩》：纖纖女手。青絲，青菜之細縷者。

王十五前閣會

楚岸收新雨，春臺引細風。情人來石上，鮮鱠出江中〔一〕。鄰舍煩書札，肩輿强老翁。病身虚俊味，何幸飫兒童〔二〕。

〔一〕鮑照詩：留酌待情人。《七發》：鮮鯉之鱠。

〔二〕《藝苑雌黄》：江朝宗言：杜詩「俊味」亦有來處，《本草》「葫」注云：此物煮爲羹臛極美，足爲饌中之俊。

崔評事弟許相迎不到應慮老夫見泥雨怯出必愆佳期走筆戲簡

江閣邀賓許馬迎，午時起坐自天明。浮雲不負青春色，細雨何孤白帝城。身過花間霑濕好，醉於馬上往來輕。虚疑皓首衝泥怯，實少銀鞍傍險行。

愁

原注：强戲爲吴體。

江草日日喚愁生，巫一作春峽泠泠非世情〔一〕。盤渦鷺浴底心性，獨樹花發自分明。十年戎馬暗萬黄作南國，異域賓客老孤城。渭水秦山一作川得見否，人今罷病虎縱横〔二〕。

〔一〕伏知道詩：桃花隔世情。

〔三〕張璁曰：虎縱横，謂暴斂也。時京兆用第五琦什畝税一法，民多流亡。

晝夢

二月饒睡昏昏然，不獨夜短晝分眠。桃花氣暖眼自醉，春渚日落夢相牽。故鄉門巷荆棘底，中原君臣豺虎邊。安得務農息戰鬭，普天無吏横索錢。

入宅三首

《年譜》：大曆二年春，公自西閣遷居赤甲。

奔峭背赤甲，斷崖當白鹽。客居愧遷次，春酒一作色漸多添。花亞欲移竹，鳥窺新捲簾。衰年不敢恨，勝概欲相兼。

亂後居難定，春歸客未還。水生魚復浦，雲暖麝香山〔一〕。半樊作判頂梳頭白，過眉拄杖斑。相看多使者，一一問函關〔二〕。

〔一〕《夔州圖經》：麝香山在州東南一百五十五里，山出麝香，故名。黄曰：麝香山，《寰宇記》：在秭歸縣東南一百十里，今於夔州言之者，武德二年前，秭歸屬夔也。

〔三〕《水經注》：潼關歷北出東殽，通謂之函谷關。文潁曰：故關在弘農衡山嶺，今移在河南穀城縣。王應麟曰：潼關至函谷關，歷陝、華二州之地，俱謂之桃林塞，時周智光據華州反。

宋玉歸州宅，雲通白帝城〔一〕。吾人淹老病，旅食豈才名。峽口風常急，江流氣不平。只應與兒子，飄轉任浮生。

〔一〕《唐書》：歸州屬山南東道，武德二年析，夔州之秭歸，巴東置。《入蜀記》：訪宋玉宅，在秭歸縣之東。今爲酒家，舊有石刻「宋玉宅」三字。

赤甲

卜居赤甲遷居新，兩見巫山楚水春。炙背可以獻天子，美芹由來知野人〔一〕。荆州鄭薛寄詩一作書近，蜀客郄音隙岑非我鄰〔二〕。笑接郎中評事飲，病從深酌道吾真〔三〕。

〔一〕《列子》：宋國有田父東作，自曝於日，不知有綿纊、狐貉，謂其妻曰：「負日之暄，人莫知之，以獻吾君，將有重賞。」里之富室告之曰：「昔人有美戎菽、甘枲莖、芹萍子，對鄉豪稱之，鄉豪取嘗之，蜇於口，慘於腹，衆哂而怨之。子此類也。」嵇康《絶交書》：「野人有快炙背而美芹子者，欲獻之至尊，雖有區區之意，亦已疎矣。」

〔二〕蔡曰：鄭審、薛據、郄昂、岑參，皆公之故舊也。　按：《文苑英華》載符載《誌楊鷗墓》云：永泰二載，相國杜公鴻漸，奏授犀浦縣令僚友杜員外甫、岑郎中參、郄舍人昂，聞公殞落，失聲咨嗟。又《太白集》有《送郄昂謫巴中》詩。《巴州碑記》云：郄昂有《陪嚴使君武暮春五言二首在南龕》，詩甚典麗，則郄爲郄昂無疑。時岑嘉州在鴻漸幕府，故云蜀客。

〔三〕趙曰：評事必崔評事，郎中無考。

卜居

歸羨遼東鶴，吟同楚執珪〔一〕。未成遊碧海，著處覓丹梯。雲嶂寬江北，春耕破瀼西。桃紅客若至，定似昔一作晉人迷。

〔一〕遼東鶴，注見八卷。　楚執珪，注見十三卷。

暮春題瀼西新賃草屋五首

宋費士戣《漕司高齋記》：公在夔，各隨所寓而賦。高齋，後人即其處各肖像，以高齋名之。今東屯白帝，齋、像具存。瀼西居，後廢。按：《圖經》所載漕廨，即其故地也。《年譜》：大曆二年三月，公遷居瀼西。

久嗟三峽客，再與暮春期。百舌欲無語，繁花能幾時。谷虚雲氣薄，波亂日華遲。戰伐何由定，哀傷不在兹。

此邦千樹橘，不見比封君〔一〕。養拙干戈際，全生麋鹿群。畏人江北草，旅食瀼西雲。萬里巴渝曲，三年實飽聞。

〔一〕《史·貨殖傳》：封者衣租税，千户之君，歲率二十萬。蜀漢、江陵千樹橘，其人皆與千户侯等。

綵雲陰復白，錦樹曉晉作晚來青。身世雙蓬鬢，乾坤一草亭。哀歌時自惜，醉舞爲誰醒？細雨荷鋤立，江猿吟翠屏。

壯年學書劍，他日委泥沙。事主無非禄，浮生即有涯。高齋依藥餌，絶域改春華。喪亂丹心破，王臣未一家。

欲陳濟世策，已老尚書郎。不息豺狼鬬，空慚鴛鷺行。時危人事急晉作惡，風逆晉作急羽毛傷。落日悲江漢，中宵淚滿牀。

暮春

卧病擁塞在峽中，瀟湘洞庭虚映空。楚天不斷四時雨，巫峽常吹千里風。沙上草閣柳新闇一作暗，城邊野池蓮欲紅。暮春鴛鷺立洲渚，挾子翻飛還一叢〔一〕。

〔一〕王筠詩：庭禽挾子棲。《説文》：叢，聚也。一叢，言鴛鷺與子叢聚而飛也。

即事

暮春三月巫峽長，皛胡了切皛行雲浮一作無日光〔一〕。雷聲忽送千峰雨，花氣渾如百和香〔二〕。黄鶯過水翻廻去，燕子銜泥濕不妨。飛閣卷簾圖畫裏，虚無只少對瀟湘。

〔一〕《荆州記》：巴東三峽巫峽長。　陶潛詩：皛皛川上平。

〔二〕古詩：博山爐中百和香，鬱金蘇合與都梁。

江雨有懷鄭典設

《唐書》：東宫官有典設郎四人。

春雨闇闇塞晉作發峽中，早晚來自楚王宫〔一〕。亂波紛披已打岸，弱雲狼籍不禁風。寵光蕙葉與多碧，點注桃花舒小紅〔二〕。谷口子真正憶汝，岸高瀼滑一作闊限西東〔三〕。

〔一〕暗用「朝雲暮雨」事。

〔二〕《詩》：爲龍爲光。注：龍，寵也。《招魂》：光風轉蕙。梁元帝詩：雨罷葉生光。鍾會《孔雀賦》：五色點注，華羽參差。沈約詩：桃枝紅若點。

〔三〕時公在瀼西，鄭必在瀼東也。

熟食日示宗文宗武

舊注：秦人呼寒食爲熟食節，以禁烟火，預辦熟物食之。

消渴遊江漢，羈棲尚甲兵。幾年逢熟食，萬里逼清明。松柏邙舊作卬，杜田定作邙山路，風光一作花白帝城〔一〕。汝曹催我老，回首淚縱横。

〔一〕《元和郡縣志》：北邙山，在河南府偃師縣北二里。楊佺期《洛城記》：邙山，古今東洛九原之地也。舊注：子美先塋在洛，流寓不能展省，故有此句。

又示兩兒

令節成吾老，他時見汝心〔一〕。浮生看物變，爲恨與年深。長葛書難得，江州涕不禁〔二〕。團圓思弟妹，行坐白頭吟〔三〕。

〔一〕劉辰翁曰：他時見汝思親之心，謂身後寒食。

〔二〕《舊唐書》：長葛縣屬許州，隋分許昌縣置。江州潯陽郡，屬江南西道，本九江郡，天寶元年更名。趙曰：長葛、江州，必公弟妹所在。

〔三〕《史記正義》：封豕主滿瀆，不欲團圓，團圓則兵起。

得舍弟觀書自中都已達江陵今兹暮春月末行李合到夔州悲喜相兼團圓可待賦詩即事情見乎詞

《唐書》：至德二載，以西京爲中京。

爾到晉作過江陵府，何時到峽州。亂離生有別，聚集病應瘳。颯颯開啼眼，朝朝上水樓。老身須付託，白骨更何憂。

喜觀即到復題短篇二首

巫峽千山暗，終南萬里春。病中吾見弟，書到汝爲人。意一作竟答兒童問，來經戰伐新或云塵。泊船悲喜後，款款話一作議歸秦。

待爾嗔烏鵲，抛書示鶺鴒。枝間喜不去，原上急曾經。江閣嫌津柳，風帆數上聲驛亭〔一〕。應論十年事，撚晉作愁絶始星星〔二〕。

〔一〕嫌津柳，嫌其遮望眼也。

〔二〕《廣韻》：撚，以手撚物。謝靈運詩：星星白髮垂。趙曰：舊本作「然絶」，當以「撚絶」爲正。唐人詩：「吟安一箇字，撚斷數莖髭。」

返照

楚王宫北正黄昏，白帝城西過雨痕。返照入江翻石壁，歸雲擁樹失山村。衰年肺病惟高枕，絶塞愁時早閉門。不可久留豺虎亂，南方實有未招魂。

晴二首

久雨巫山暗，新晴錦繡文一作紋。碧知湖外晉作上草，紅見海東雲。竟日鶯相和，摩霄鶴數群。野花乾更落，風處急紛紛。

啼烏争引子，鳴鶴不歸林。下食遭泥去，高飛恨久陰。雨聲衝塞盡，日氣射江深。廻首周南客，驅馳魏闕心。

雨

始賀天休雨，還嗟地出雷〔一〕。驟看浮一作巫，非峽過，密作一作塞密渡江來。牛馬行無色，蛟龍鬬不開〔二〕。干戈盛陰氣，未必自陽臺。

〔一〕《易》：雷出地奮，豫。

〔二〕牛馬，注見一卷。

月三首

斷續巫山雨，天河此夜新。若無青嶂月，愁殺白頭人。魍魎移深樹，蝦蟆没半輪。故園當北斗，直指照西秦。

併照一作點巫山出，新窺楚水清。羈棲愁一作秋裏見，二十四迴明〔一〕。必驗升沈體，如知進退情。不違銀漢落，亦伴玉繩横。

〔一〕言客夔已兩年。

萬里瞿唐峽一作月，春來六上弦。時時開暗室，故故滿青天。爽合風襟静，高當淚臉懸。南飛有烏鵲，夜久落江邊。

晨雨

小雨晨光内，初來葉上聞。霧交纔有色，風折一作逆旋隨雲。暫起紫荆色，輕霑鳥獸群。麝香山一半，亭午未全分〔一〕。

〔一〕麝香山，注見前。

反一作返照

反照開巫峽，寒空半有無。已低魚復暗，不盡白鹽孤。荻岸如秋水，松門似畫圖。牛羊識僮僕，既夕應傳呼。

向夕

畎畝孤城外，江村亂水中。深山催短景，喬木易高風。鶴下雲汀一作河近，雞棲草屋同。琴書散明燭，長夜始堪終。

懷灞上遊

悵望東陵道，平生灞上遊〔一〕。春濃停野騎，夜宿敞雲樓。離别人誰在，經過老自休。眼前今古意，江漢一歸舟。

〔一〕東陵瓜，注見三卷。《漢·高帝紀》注：灞上，地名，在長安東三十里。古曰兹水，秦穆公更名灞。

過客相尋

窮老真無事，江山已定居。地幽忘盥櫛，客至罷琴書。挂壁移筐趙作留果，呼兒間他本俱作問煮魚。時聞繫舟楫，及此問吾廬。

豎子至

樝莊加切，或作楂，通作柤梨且一作纔綴碧，梅杏半傳黄〔一〕。小子幽園至，輕籠熟柰香〔二〕。山風猶滿把黄作地，野露及新嘗。欹枕一作欲寄江湖客，提攜日月長〔三〕。

〔一〕《本草》：樝子似梨而澀。《風土記》：樝，梨屬，肉堅而香。

〔二〕《蜀都賦》：朱櫻春熟，素柰夏成。《廣志》：柰有青、赤、白三種。《本草》：今名頻婆。

〔三〕江湖客，公自謂也。提攜，指豎子言。

園

仲夏流多水，清晨向小園。碧溪摇艇闊，朱果爛枝繁。始爲江山静，終防市井喧。畦蔬繞茅屋，自足媚盤飧。

歸

束帶還騎馬，東西却渡船〔一〕。林中才有地，峽外絶無天。虚白高人静，喧卑俗累牽〔二〕。他鄉悦遲暮，不敢廢詩篇。

〔一〕東西，謂瀼東、瀼西。

〔二〕《莊子》：虚室生白。注：人能虚心遊世，則純白備於内。

承聞河北諸道節度入朝歡喜口號絶句十二首

禄山作逆降天誅，更有思明亦已無。洶洶人寰猶不定，時時戰鬭欲何須。

社稷蒼生計必安，蠻夷雜種錯相干。周宣漢武今王是，孝子忠臣後代看。

喧喧道路多歌一作好童謡，河北將軍盡入朝〔一〕。始晉作自是乾坤王室正，却教江漢客魂銷。

〔一〕按史：大曆二年正月，淮南節度使李忠臣入朝。三月，汴宋節度使田神功來朝。八月，鳳翔等道節度使李抱玉入朝。河北入朝事，史無明文。疑公在夔州，特傳聞之，而未實然耳。

不一作北道諸公無表來，茫然魯作茫茫庶事遣一作使人猜。擁兵相學干戈鋭，使者徒勞百萬一作萬里迴〔一〕。

〔一〕言河北諸道前時不朝，爲可疑。舊注引吐蕃陷京師，諸道節度不入援，與此全無交涉。

鳴玉鏘金盡正臣，修文偃武不無人。興王會静俗本作盡妖氛氣，聖壽宜過一萬春〔一〕。

〔一〕《世説》：孫皓《爾汝歌》：上汝一盃酒，願汝壽萬春。

英雄見事若通神，聖哲爲心小一身。燕趙休矜出佳麗，宫闈不擬選才人〔一〕。

〔一〕才人，注見二卷。

抱病江天白首郎，空山樓閣暮春光。衣冠是日朝天子，草奏何時一作人入帝鄉。

瀼市連切漫山東一百州，削成如案抱青丘〔一〕。苞茅重入歸關内，王祭還供盡海頭。

〔一〕《西京賦》：瀼漫靡迤。作鎮於近山，東即河北道。削成如案，言已平也。青丘，注見十五卷。

東逾遼水北滹舊作呼沲，星象風雲氣共和〔一〕。紫氣關臨天地闊，黃金臺貯俊賢多〔二〕。

〔一〕《水經》：大遼水出塞外衛白平山，東南入塞，過遼東襄平縣西。又，小遼水，出玄菟高句麗縣遼山，西南至遼隧縣，入大遼水。《山海經》：大戲之山，滹沲之水出焉。《後漢書》注：在今代州繁時縣，東流經定州深澤縣東南，即光武渡處，今猶謂之危渡口。

〔二〕紫氣，注見十三卷。鮑照詩：豈伊白璧賜，將起黃金臺。善曰：王隱《晉書》：段匹磾討石勒，進屯故安縣故燕太子丹金臺。《上谷郡圖經》曰：黃金臺，在易水東南十八里，燕昭王置千金於臺上，以延天下之士。二説既異，故俱引之。按：《史記》：昭王爲郭隗改築宮而師事之。《新序》同此語，不言臺也。孔融《論盛孝章書》：昭王築臺以尊郭隗。任昉《述異記》：燕昭爲郭隗築臺，今在幽州燕王故城中。並無黃金字。黃金臺之名，始自鮑照詩，《御覽》引史「昭王置千金」云云，世謂之黃金臺，蓋誤以《圖經》爲史耳。

漁陽突騎邯鄲兒，酒酣並轡金鞭垂〔一〕。意氣即歸雙闕舞，雄豪復遣五陵知。

〔一〕漁陽突騎，注見九卷。《漢書》：趙都邯鄲，秦置郡。《唐書》：磁州有邯鄲縣，屬河北道。

〔三〕五陵，注見十三卷。

李相將軍擁薊門，白頭惟有一作雖老赤心存。竟能盡説諸侯入，知有從來天子尊。

按史：李懷仙先以范陽歸順，是時爲檢校侍中，幽州、盧龍等軍節度使，但未有説諸侯入朝事。夢弼謂是李光弼，近之。光弼在玄、肅朝，嘗加范陽節度使，又嘗兼幽州大都督府長史，雖止遥領其地，亦可謂之「擁薊門」也。廣德二年，光弼已没，此所云「白頭」、「赤心」，蓋追美之。錢箋：《舊書》：光弼輕騎入徐州，田神功遽歸河南，尚衡、殷仲卿、來瑱皆相繼赴闕。及懼魚朝恩譖，不敢入朝，人疑其有二心。此詩特以「白頭」、「赤心」許之。《八哀詩》云「直筆在史臣，將來洗箱篋」，此公之直筆也。

十二年來多戰塲，天威已息陣堂堂〔一〕。神靈漢代中興主，功業汾陽異姓王〔二〕。

〔一〕《孫武子》：無擊堂堂之陣。

〔二〕《郭子儀傳》：寶應元年二月，進封汾陽郡王。

錢箋：河北諸將歸順之後，朝廷多故，招聚餘孽，擁兵擅地，朝廷不能制。公聞其入朝，喜而作詩。首舉禄山、思明立戒，聳動之以周宣、漢武，勸勉之以孝子忠臣，而末二章則舉李、郭二公，以爲表儀，其立意深遠若此。

晚登瀼上堂

故躋瀼岸高，頗免崖石擁。開襟野堂豁，繫馬林花動。雉堞粉似一作如雲，山田麥無隴。春氣晚更生，江流静猶湧〔一〕。四序嬰我懷，群盜久相踵。黎民困逆節，天子渴垂拱。所思注東北，深峽轉修聳。衰老自成病，郎官未爲冗。淒其望吕葛，不復夢周孔。濟世數上聲嚮時，斯人各枯冢〔二〕。楚星南天黑，蜀月西霧重。安得隨鳥翎，迫此懼將恐。

〔一〕隴，田中高處。麥無隴，麥之茂也。

〔二〕謝靈運詩：懷寶亦淒其。錢箋：斯人，蓋指房琯、張鎬、嚴武之流，公所相期「濟世」者也。舊注即以吕葛、周孔言之，非是。

醉爲馬墜諸公攜酒相看

甫也諸侯老賓客，罷酒酣歌拓金戟。騎馬忽憶少年時，散蹄迸落瞿唐石。白帝城門水雲外，低身直下八千尺。粉堞電轉紫遊韁，東得平岡出天壁。江村野堂爭入眼，垂鞭嚲典可切鞚凌紫陌〔一〕。向來皓首驚萬人，自倚紅顏能騎射食亦切。安知決臆追風足，朱汗驂驒音潭猶噴本作歕，善問切玉〔二〕。不虞一蹶終損傷，人生快意多所辱。職當憂戚伏衾枕，況乃遲暮加煩促。朋一作明，非知來問腆我顔，杖藜强起依僮僕。語盡還成開口笑，提攜別掃清谿曲〔三〕。酒肉如山又一時，初筵哀絲動豪竹。共指西日不相貸，喧呼且覆杯中淥。何必走馬來爲問，君不見嵇康養生被殺戮〔四〕。

〔一〕《晉中興書》：太和中，鄴下童謡：青青御路楊，白馬紫遊韁。《廣韻》：嚲，垂下貌。

〔二〕朱汗，汗血馬也。盧照鄰詩：琱弓夜宛轉，鐵騎曉驂驔。《穆天子傳》：天子東游於黄澤，使宫樂謡曰：黄之澤，其馬歕沙，皇人威儀。黄之澤，其馬歕玉，皇人壽穀。

〔三〕《莊子》：開口而笑，一月之中，不過四五日。

〔四〕嵇康著《養生論》，後刑東市。

園官送菜并序

按：《送菜》詩云「常荷地主恩」，《送瓜》詩云「柏公鎮夔國」，則知地主即柏都督，都督乃茂琳也。《舊書》：大曆元年八月，茂琳方遷邛南節度。其到夔州，必在元年、二年之交。《草堂》編入二年爲是。

園官送菜把，本數日闕，矧苦苣、馬齒，掩乎嘉蔬，傷小人妒害君子，菜不足道也，比而作詩。

清晨蒙一作送菜把，常荷地主恩。守者愆實數，略有其名存。苦苣刺如針，馬齒葉亦繁。青青嘉蔬色，埋没在晉作自中園〔一〕。園吏未足怪，世事因一作固堪論。嗚呼戰伐久，荆棘暗長原。乃知苦苣輩，傾奪蕙草根。小人塞道路，爲態何喧喧。又如馬齒盛，氣擁葵荏昏〔二〕。點染不易虞，絲麻雜羅紈。一經器物内，永掛麄刺痕〔三〕。志士採紫芝，放歌避戎軒。畦丁負籠至，感動百慮端。

〔一〕《本草》：苦苣，即野苣也。野生者又名褊苣，今人家常食爲白苣。嶺南吴人無白苣，常植野苣，以供厨饌。《圖經本草》：馬齒莧，雖名莧類，而苗葉與人莧輩都不相似。一名五行草，以其葉青、梗赤、花黄、根白、子黑也，亦可食，少酸。

〔二〕葵荏，嘉蔬也。葵，注見六卷。《爾雅疏》：蘇，一名桂荏，葉下紫色，氣甚香。馬融《廣成頌》：桂荏鳧葵。

〔三〕言苦苣、馬齒，一點染器物，則簏刺永存，小人可畏如之。

園人送瓜

江間雖炎瘴，瓜熟亦不早。柏公鎮夔國，滯務兹一作資一掃。食新先戰士，共少及溪一作窮老。傾筐蒲鴿青，滿眼顔色好〔一〕。竹竿接嵌竇，引注來鳥道。沉浮亂水玉，愛惜如芝草〔二〕。落刃嚼冰霜，開懷慰枯槁。許以秋蒂除，仍看小童一作兒抱晉作飽〔三〕。東陵跡蕪絶，楚漢休征討。園人非故侯，種此何草草〔四〕。

〔一〕《北齊書》：蘭陵王長恭爲將，每得一瓜，必與將士共之。共少，猶云分甘。蒲鴿未詳。《齊民要術》注：凡瓜落，疏色青黑者爲美，黄白及斑，雖大而惡。

〔二〕嵌竇，巖泉也。水玉，注見十三卷。《廣雅》：土芝，瓜也。晉嵇含《瓜賦》：其名龍膽，其味亦奇，是謂土芝。

〔三〕謝朓《辭隋王子隆牋》：邈如墜雨，飄似秋蒂。　小童抱，更抱秋瓜來送也。

〔四〕《詩》：勞人草草。注：草草，勞心也。

課伐木并序

課隸人伯夷、辛秀、信行等，入谷斬陰木，人日四根止。維條伊枚，正直挺然。晨征暮返，委積庭内。我有藩籬，是缺是補，載伐篠簜，伊仗一作杖支持，則旅次於小安。山有虎，知禁，若恃爪牙之利，必昏黑撐晉作撐，一作搪突。夔人屋壁，列一作例樹白菊一作桃，一作菊，鏝爲牆，實以竹，示式遏。爲與虎近，混淪乎無良。賓客憂害馬之徒，苟活爲幸，可默息已。作詩示宗武一作文誦〔一〕。

長夏無所爲，客居課奴僕。清晨飯其腹，持斧入白谷。青冥曾巔後，十里斬陰木。人肩四根已，亭午下山麓。尚聞丁丁聲，功課日各足。蒼皮成一作見委積，素節相照燭。藉汝跨小籬，當仗苦虛竹〔二〕。空荒咆熊羆，乳獸待人肉。不示知禁情，豈惟干戈哭。城中賢府主，處貴如白屋。蕭蕭理體淨，蜂蠆不敢毒〔三〕。虎穴連里閭，隄防舊風俗。泊舟滄江岸，久客慎所觸。舍西崖嶠壯，雷雨蔚含畜。牆宇資屢（一作累）脩，衰年怯幽獨。爾曹輕執熱，爲我忍煩促。秋光近青岑，季月當泛菊。報之以微寒，共給酒一斛。

〔一〕《周禮》：仲冬斬陽木，仲夏斬陰木。注：陽木，春夏生者。陰木，秋冬生者。《禹貢》注：篠，箭竹。簜，大竹。《莊子》：去其害馬者而已。

〔二〕伐木爲籬杙，又以苦竹遮護之，序所云「載伐篠簜，伊仗支持」也。

〔三〕夔州升都督府，注見十三卷。賢府主，必柏都督也。《送瓜》詩云：「柏公鎮夔國，滯務茲一掃」，與此詩「蕭蕭理體淨」語意正合。

柴門

泛（一作孤）舟登瀼西，回首望兩崖。東城乾旱天，其氣如焚柴。長影没窈窕，餘光散唅呀〔一〕。大江蟠嵌根，歸海成一家。下衝割坤軸，竦壁攢鏌鋣。蕭颯（一作瑟）灑秋色，氛（一作氣）昏霾日車〔二〕。峽（一作峓）門自此始，最窄容浮查。禹功翊造化，疏鑿就欹斜〔三〕。巨（黄作巴）渠決太古，衆水爲長蛇。風烟渺吴蜀，舟楫通鹽麻〔四〕。我今遠遊子，飄轉混泥沙。萬物附本性，約（一云處）身不願奢。茅棟蓋一牀，清池有餘花。濁醪與脱粟，在眼無咨嗟。山荒人民少，地僻日夕佳。貧窮（一作病，一作賤）固其常，富貴任生涯。老于干戈際，宅幸蓬蓽遮。石亂上（上聲）雲氣，杉清晉作青延日一作月華。賞妍又分外，理愜夫何誇。足了垂白年，敢居高士差。書此豁平昔，廻首猶暮霞〔五〕。

〔一〕兩崖，瞿唐兩崖也。按：韻書：啥，胡紺切，哺也；呀，虚加切，張口也。用此無義，當是「谽谺」之訛耳。《上林賦》：谽呀豁閜。注：谽呀，洞谷空大貌，與谽谺同。言日光返照，散映於谽谺之間也。

〔二〕鏌鋣，劍名。言山峽之竦如之。

〔三〕《水經注》：廣谿峽，乃三峽之首也。自昔禹鑿以通江，郭景純所謂「巴東之峽，夏后疏鑿」。庾仲雍《荆州記》：巴楚有明月峽、廣德峽、東突峽，今謂巫峽、秭歸峽、歸鄉峽。《峽程記》：三峽即明月峽、巫山峽、廣谿峽，其瞿唐、灩澦、燕子、屏風之類，皆不與三峽之數。《寰宇記》：夔州三峽曰：西峽、巴峽、巫峽。宋肇《三峽堂記》又以西陵峽、巫峽、歸峽爲三峽。按：三峽諸説不同，今公云「峽門自此始」，與《水經注》合。疑明月峽不列三峽内，蓋明月峽在夔州之上也。然《忠州龍興寺》詩又云「忠州三峽内」，則公於此亦無定説矣。又按：公詩「瞿唐争一門」與「三峽傳何處，雙崖對此門」，即此詩所謂峽門也，他本訛作「峡」，或遂以峡門爲夔州地名，大謬。

〔四〕按：巨渠，恐當作巴渠。《水經注》：清水出巴渠縣東北巴嶺南獠中，即巴渠水也。西南流至其縣，又西入峽。又曰：巴渠水南歷檀井谿之檀井水，下入湯谿水，湯谿水又南入於江，名曰湯口。　夔州居荆蜀之中，吴鹽、蜀麻所會。

〔五〕《世説》：殷仲堪謂子弟云：「勿以我受任方州，云豁平昔時意。」

槐葉冷淘

青青高槐葉，采掇付中廚。新麪來近市，汁滓宛相俱。入鼎資過熟，加餐愁欲無〔一〕。碧鮮俱照筯，香飯兼苞蘆。經齒冷於雪，勸人投比一作此珠〔二〕。願隨金騕褭，走置錦屠蘇。路遠思恐泥去聲，興深終不渝。獻芹則小小，薦藻明區區〔三〕。萬里露寒殿，開冰清玉壺。君王納涼晚，此味亦時須〔四〕。

〔一〕《周禮》：醴齊。注：醴，猶體也，成而汁滓相將。

〔二〕碧鮮，言其色也。《吴都賦》：玉潤碧鮮。碧，石之青美者。苞蘆，舊注俱云蘆笋也。蘆笋與香飯何干？按《説文》：盧，飯器也，亦作籚。此蘆字必籚字誤。苞，如《管子》「道有遺苞」之苞，言取冷淘兼香飯，苞裹之飯器中，欲以贈人耳。僞蘇注：蜀人呼魚鮮爲苞蘆。此與《酒八仙歌》注「蜀人以衣領爲船」，《過王倚飲》詩注「蘿蔔爲土酥」等俱極謬妄可笑，而近之無識者遂採入韻書，不可不辨。

〔三〕金騕褭，注見十卷。按：屠蘇，本作廜廯。《玉篇》：「廜廯，庵也。」服虔《通俗文》：「屋平曰廜廯。」蕭子雲《雪賦》：「没屠蘇之高影」是也。《廣韻》：又酒名，元日飲之，可除温氣。蓋昔人居屠麻釀酒，因以名之也。又大帽形類屋，亦名屠蘇。《晉志》：謡曰：屠蘇障日覆兩耳。劉孝威詩：「插腰銅匕首，障日錦屠蘇」是也。此言馳貢泠洶，以進所思，當用屠蘇本義。

〔四〕露寒，注見八卷。

上後園山脚

黄曰：詩云「自我登隴首，十年經碧岑」。按公以乾元二年入隴右，至大曆三年爲十年。然是年正月已出峽，今首云「朱夏熱所嬰」，乃二年夏作無疑。

朱夏熱所嬰，清旭一作旦步北林。小園背高岡，挽葛上崎崟。曠望延駐目，飄颻散疏襟。潛鱗恨水壯，去翼依雲深。勿謂地無疆，劣於山有陰。石榞音原，或云：善本作原遍天下，水陸兼浮沉〔一〕。自我登隴首，十年經碧岑。劍門來巫峽，薄倚一云：當作倚薄浩至今。故園暗戎馬，骨肉失追尋。時危無消息，老去多歸心。志士惜白日，久客藉黄金。敢爲蘇門嘯，庶作梁父吟〔二〕。

〔一〕顔延之詩：春江壯風濤。潛鱗二句，以況隱淪之士，須在幽深，故下言九州雖大，不若此山之陰可以避亂也。石榞二句，未詳。沈存中云：石榞，木名，子如芎藭，其皮可禦饑。時天下荒亂，水陸並載石榞以充糧。未知是否。

〔二〕《阮籍傳》：籍常於蘇門山遇孫登，還，半嶺聞有聲，如鸞鳳之音，乃登嘯也。

奉送王信州崟北歸

信州，即夔州，詳十三卷。按：唐潁州亦曰信州。今詩有「絶塞豁窮愁」語，乃是夔州。蓋王罷夔守歸朝，而公送之。舊本誤編湖南詩内，今改正。

朝廷防盜賊，供給愍誅求。下詔還一作選郎署，傳聲典信一作能典州。蒼生今日困，天子嚮時憂。井屋有烟起，瘡痍無血流〔一〕。壤歌惟海甸，畫角自山樓。白髮寐常早，荒榛農復秋〔二〕。解龜踰卧轍，遣騎覓扁舟。徐榻不知倦，潁川何以酬一作疇〔三〕。塵生一作老塵彤管筆，寒膩黑貂裘。高義終焉在，斯文去矣休。别離同雨散，行止各雲浮〔四〕。林熱鳥開口，江渾魚掉頭。尉佗雖北拜，太史尚南留〔五〕。軍旅應都息，寰區要盡收。九重思諫諍，八極念懷柔。徙倚瞻王室，從容仰廟謀。故人持雅論，絶塞豁窮愁。復見陶唐理，甘爲汗漫遊〔六〕。

〔一〕言王守夔之後，民困遂甦。

〔二〕《帝王世紀》：堯時有八九十老人，擊壤而歌。

〔三〕解龜，注見十五卷。《後漢書》：侯霸爲臨淮太守，被徵，百姓相攜號哭，遮使者車，或當道而卧。覓扁舟，劉真長事，見八卷。　潁川，陳氏郡，以陳蕃比王信州也，言王今罷郡歸，覓舟下榻，加禮不倦，我將何以酬之耶？黄鶴云：王當得潁州，大謬。

〔四〕《詩》：彤管有煒。注：彤，赤也。公爲郎官，得用赤管筆。　曹植詩：風流雲散，一别如雨。　劉琨詩：去矣若雲浮。

〔五〕林熱、江渾，見别王在暑月。　《漢書》：高祖使陸賈賜尉佗印，爲南越王，賈説佗郊迎，北面稱臣，奉漢約。高祖大悦，拜賈爲大中大夫。　錢箋：尉佗北拜，當是指崔旰輩，時旰入朝。　太史南留，公自嘆留滯也。

〔六〕《淮南子》：若士謂盧敖曰：「吾與汗漫遊於九垓之外。」《白帖》：汗漫，仙人名。

季夏送鄉弟韶陪黄門從叔朝謁

《唐書》：杜鴻漸以黄門侍郎、同平章事鎮蜀。大曆二年六月戊戌，自蜀還朝。

令弟尚爲蒼水使原注：韶比兼開江使通成都外江下峽舟船，名家莫出杜陵人〔一〕。比毗至切，一作此來相國兼安蜀，歸赴朝廷已入秦。捨舟策馬論兵地，拖玉腰金報主身〔二〕。莫度清秋吟蟋蟀，早聞今本一作開黄閣郭作閤畫麒麟〔三〕。

〔一〕《吴越春秋》：禹登衡嶽，夢見赤繡衣男子，自稱蒼水使者，曰：「聞帝使文命於此，故來候之。」

〔二〕詔出峽後，當從陸道歸京師，故曰捨舟策馬。

〔三〕《聖主得賢臣頌》：蟋蟀俟秋吟。

送十五弟侍御使蜀

喜弟文章進，添余别興牽〔一〕。數盃巫峽酒，百丈内江船〔二〕。未息豺狼鬬，空催犬馬年。歸朝多便道，搏擊望秋天。

〔一〕《北史》：盧愷作露布，帝讀，大悦，曰：「愷文章大進。」

〔二〕舊注：水自渝上合州者，謂之内江；自渝由戎、瀘上蜀者，謂之外江。按：《通鑑》：朱齡石伐蜀，衆軍從外水取成都，臧熹從中水取廣漢，老弱乘高艦，從内水向黄虎。史照《釋文》云：巴郡正對二水口，右則涪内水，左則蜀外水。内水自渝上合州至綿州，外水自渝上戎、瀘至蜀。楊用修謂：外水即岷江，内水即涪江，中水即沱江。

七月一日題終明府水樓二首

高棟曾軒已自涼，秋風此日灑衣裳〔一〕。翛然欲下陰山雪，不去非無漢署香〔二〕。絶壁過雲開錦繡，疎松夾黃作隔水奏笙簧。看君宜著王喬履，真賜還疑出尚方原注：終明府，功曹也，兼攝奉節令，故有此句。佇觀奏即真也〔三〕。

〔一〕張華詩：穆如灑清風。

〔二〕《廣志》：代郡陰山，五月猶宿雪。

言水樓之涼，遠勝含香粉署，所以留此不去耳。

〔三〕《漢·百官公卿表》：少府屬官，一曰尚方。師古曰：尚方，主作禁器物。

宓子彈琴邑宰日，終軍棄繻英妙時〔一〕。承家節操尚不泯，爲政風流今在兹。可憐賓客盡傾蓋，何處老翁來賦詩。楚江巫峽半雲雨，清簟疎簾看弈棋。

〔一〕《呂氏春秋》：宓子賤治單父，身不下堂，彈鳴琴而治之。《漢書》：終軍年十八，選爲博士弟子。步入關，關吏與軍繻，軍問：「以此何爲？」吏曰：「爲復傳還，當以合符。」軍棄繻而去。後爲謁者行郡國，建節東出關，關吏曰：「此乃前棄繻生也。」《西征賦》：終童山東之英妙。

行官張望補稻畦水歸

行官，是行田者。韓文公《答孟簡書》：「行官自南廻，過吉州。」蓋唐時有此名目。

東屯大江北一云枕大江，百頃平若案。六月青稻多，千畦碧泉亂〔一〕。插秧適云已，引溜加溉灌。更僕往方塘，決渠當斷岸〔二〕。公私各地著直略切，浸潤無天旱。主守問家臣，分明《正異》作朋見溪畔一作伴〔三〕。芊芊炯翠羽，剡鹽，上聲剡生一作向銀漢。鷗鳥鏡裏來，關山雪邊看〔四〕。秋菰成黑米，精鑿音作，一作穀傅白粲。玉粒足晨炊，紅鮮任霞散〔五〕。終然添旅食，作苦期壯觀。遺穗及衆多，我倉戒滋漫〔六〕。

〔一〕東屯，注見十三卷。

〔二〕《西都賦》：決渠降雨，荷鍤成雲。

〔三〕《漢書注》：地著，謂安土也。家臣，即行官張望。蔡興宗曰：「耘者，必分朋曹而進，故東坡《遠景樓記》謂：『耘者畢出，數百人爲曹。』舊作『分明』，乃字畫小訛耳。」

〔四〕《籍田賦》：碧色肅其芊芊。《説文》：剡，鋭利貌。《離騷》：皇剡剡其揚靈。芊芊二句，言苗色之青葱。鷗鳥二句，言畦水之明净。

〔五〕《圖經本草》：菰生水中，葉如蒲葦，又謂之茭白。中心如小兒臂者，名菰手，其苗有硬莖者，謂之菰蔣草。至秋結實，乃彫胡米也。歲饑，人以當糧。陳藏器曰：菰首小者，擘之，内有黑灰如墨，名烏鬱，人亦食之。張翰思吴中蓴菰，即此。庾肩吾詩：「黑米生菰葑，青花出稻苗。」《左傳》注：鑿，謂治米。使曰：本作糳。凡舂米一石，得三斗爲精，得四斗爲鑿。《漢書》注：白粲，謂擇米，使白粲粲然。傅白粲，言以菰米傅合白粲而炊之。錢箋：鮮于注：江淛人謂紅米曰紅鮮。

〔六〕及衆多，利於人也；戒滋漫，嗇於己也。古人之用意如此！

秋行官張望督促東渚耗稻向畢清晨遣女奴阿稽豎子阿段往問

東渚，即東屯。按《説文》：秏，本作秏，稻屬，從禾毛聲，今作耗。《吕氏春秋》：飯之美者，有玄山之禾、南海之秏。督促耗稻，是言督領田禾之事。舊注：耗，減也。謂蒲稗之能爲禾害者，減去之。非是。

東渚雨今足，佇聞粳稻香。上天無偏頗，蒲稗各自長。人情見非類，田家戒其荒。功夫競搰搰，除草置岸旁。穀者命之本，客居安可忘。青春具所務，勤墾免亂常。吴牛力容易，並驅紛遊場吴作動莫當。豐苗亦已穊几利切，或作溉，雲水照方塘〔一〕。有生固蔓延，静一資隄防。督領不無人，提攜頗在綱〔二〕。荆揚風土暖，肅肅候微霜。尚恐主守疎，用心未甚臧。清朝遣婢僕，寄語踰崇岡。西成聚必散，不獨陵我倉。豈要仁里譽，感此亂世忙〔三〕。北風吹蒹葭，蟋蟀近中堂。荏苒百工休，鬱紆遲暮傷〔四〕。

〔一〕《詩》：並驅從兩狼兮。《籍田賦》：遊場染屨。趙曰：紛遊場，言其多也。《漢書》：深耕穊種。注：穊，稠也。穊種者，言多子孫。

〔二〕蔓延，謂蒲稗之屬。《書》：若網在綱。

〔三〕《籍田賦》：我倉如陵，我庾如坻。

〔四〕《月令》：霜降，百工休。

阻雨不得歸瀼西甘一作柑，後同林

三伏適已過，驕陽化爲霖。欲歸瀼西宅，阻此江浦深。壞舟百板坼，峻岸復萬尋。篙工初一棄，恐泥勞寸心。佇一作倚立東城隅，悵望高飛禽。草堂亂玄圃，不隔崑崙岑。昏渾衣裳外，曠絶同曾一作層陰〔一〕。園甘長成時，三寸如黄金。諸侯舊上計，厥貢傾千林。邦人不足重，所迫豪吏侵〔二〕。客居暫封殖，日夜偶瑶琴。虚徐五株態，側塞煩胸襟〔三〕。安得輟雨一作兩，非足，杖藜出嶇嶔。條流數上聲翠實，偃息歸碧潯〔四〕。拂拭烏皮几，喜聞樵牧音。令兒快搔背，脱我頭上簪〔五〕。

〔一〕草堂，瀼西草堂也。昏渾，謂雨氣。

〔二〕《南史·劉義康傳》：文帝嘗冬月噉柑，歎其形味殊劣。義康還東府，取柑大三寸者供御。梁宗炳《柑頌》：南金其色，隋珠其形。《漢書》：計偕。注：計者，上計簿也。《唐書》：夔州歲貢柑橘。趙曰：言柑本供御，而邦人苦豪吏之侵奪，反不重之，想爾時不復多種矣。近世蜀中官取荔枝，至伐去不留，亦此類。

〔三〕《詩》：其虚其邪。音徐，《爾雅》作徐。

〔四〕劉孝儀《緑李賦》：緑珠滿條流。又云：翠實纍纍。

〔五〕《三輔決録》注：丁邯遷漢中太守，妻弟爲公孫述，將繫獄，光武詔曰：「漢中太守妻，乃繫南鄭獄，誰當搔其背垢者？」

又上後園山脚

此詩《草堂》本失載。

昔我遊山東，憶戲東嶽陽。窮秋立日觀去聲，矯首望八荒〔一〕。朱崖著直略切毫髮，碧海吹衣裳。蓐收困用事，玄冥蔚强梁〔二〕。逝水自朝宗，鎮石一作名各其方。平原獨憔悴，農力廢耕桑。非關一作北闕風露凋，曾是戍役傷〔三〕。於時國用富，足以守邊疆。朝廷任猛將，遠奪戎馬塲。到今事反覆，故老淚萬行。龜蒙不可見，況乃復舊鄉〔四〕。肺萎屬久戰，骨出熱中腸。憂來杖匣劍，更上林北岡。瘴毒猿鳥落，峽乾南日黄。秋風亦已起，江漢始如湯。登高欲有往，蕩析川無梁。哀彼遠征人，去家死路旁。不及父祖塋，纍纍塚相當。

〔一〕《泰山記》：西巖爲仙人石門，東巖爲介丘，東南巖名日觀。

〔二〕《漢書》：武帝定越地，置珠崖郡，在南海中，亦曰朱崖。《十洲記》：東有碧海，廣狹浩汗，與東海等，水不鹹苦，正作碧色。蓐收，金神，主秋。玄冥，水神，主冬。

〔三〕平原，猶言中原。黄鶴指德州平原郡，非也。時河北皆苦戍役，不應獨舉平原一郡言之。《補注》：陶淵明《擬古》詩：「山河滿目中，平原獨茫茫。」即此詩「平原」也，斷非指平原郡。

〔四〕《左傳》注：太山博縣北有龜山。蒙山，注見一卷。《齊乘》：蒙山在龜山東，二山連屬，長八十里。

按：開元末，公遊齊趙，有《望嶽》詩。此云「憶戲東嶽陽」、「窮秋立日觀」，則後又嘗登岱頂矣。《通鑑》：天寶九載四月，平盧范陽節度使安禄山欲以邊功市寵，數侵掠奚、契丹，奚、契丹各殺公主以叛，禄山討破之。此詩平原、戍役、猛將、戎馬等語，正指當時之事。《年譜》：是歲公在齊州。其登泰山，則在秋冬之交也。

甘林

捨舟越西岡，入林解我衣。青芻適馬性，好鳥知人歸。晨光映遠岫，夕露見日晞。遲暮少寢食，清曠喜荆扉。經過倦俗態，在野無所一云或違。試問甘藜藿，未肯羨輕肥。喧静不同科，出處各天機。勿矜朱門是，陋此白屋非。明朝步鄰里，長老可以依。時危賦斂數色角切，脱粟爲爾揮。相攜行豆田，秋花靄菲菲。子實不得喫，貨市送王畿。盡添軍旅用，迫此公家威〔一〕。主人長跪問他本皆作辭，戎馬何時稀？我衰易悲傷，屈指數上聲賊圍。勸其死王命，慎莫遠奮飛〔二〕。

〔一〕子實，言豆子成實。

〔二〕遠奮飛，言逃亡遠去。

按：《舊書》：大曆元年三月，税青苗地錢，命御史府差使徵之。又用第五琦什畝税一法，編户流亡。二年九月，吐蕃寇靈州、邠州，詔郭子儀率師鎮涇陽，京師戒嚴。故有「時危賦斂數」及「貨市送王畿」、「戎馬何時稀」等句。

暇日小園散病將種秋菜督勤郭作勒耕牛兼書觸目

不愛入州府，畏人嫌我真。及乎歸茅宇一云及歸在茅屋，旁舍未曾嗔。老病忌一作恐拘束，應接喪精神。江村意自放，林木心所欣。秋耕屬地濕，山雨近甚匀。冬菁飯之半，牛力晚一作曉來新〔一〕。深耕種數畝，未甚後四鄰。嘉蔬既不一，名數頗具陳。荆巫非苦寒，採擷接青春。飛來兩白鶴，暮啄泥中芹。雄者左翮垂，損傷已露一作及筋。一步再流血，尚經一作驚，是矰繳勤。三步六號叫，志屈悲哀頻。鸞凰不相待，側頸訴高旻。杖藜俯沙渚，爲汝鼻酸辛〔二〕。

〔一〕《南都賦》：秋韭冬菁。注：菁，蔓菁也。陳藏器《本草》：蕪菁，北人名蔓菁，蜀人呼爲諸葛菜，比諸蔬，其利甚博。

〔二〕「飛來白鶴」以下皆是興，序所云「兼書觸目」也。蔡曰：古樂府《艷歌何嘗行》，一曰《飛鵠行》：「飛來雙白鵠，乃從西北來。十十五五，羅列成行。妻卒被病，行不能相隨。五里一反顧，六里一徘徊。我欲銜汝去，口噤不能開。我欲負汝去，毛羽何摧頹。樂哉新相知，憂來生別離。躊躇顧群侶，淚下不自知。」此詩全用《艷歌行》四解之意。

雨

山雨不作泥，江雲薄爲霧。晴飛半嶺鶴，風亂平沙樹。明滅洲景微，隱見巖姿露。拘悶出門遊，曠絶經目趣。消中日伏枕，卧久塵及屨。豈無平肩輿，莫辨望鄉路。干戈浩未息，蛇虺反相顧。悠悠邊月破，鬱鬱流年度。針灸阻朋曹，糠籺胡骨切，一作覈對童孺〔一〕。一命須屈色，新知漸成故。窮荒益自卑，飄泊欲誰訴。尪羸愁應接，俄頃恐違迕。浮俗何萬端，幽人有高步。龐公竟獨往，尚子終罕遇〔二〕。宿留洞庭秋，天寒瀟湘素。杖策可入舟，送此齒髮暮〔三〕。

〔一〕沈佺期詩：「別離頻破月，容鬢驟催年。」

〔二〕龐德公，見五卷。《高士傳》：尚子平敕斷家事，與禽慶俱遊五嶽名山，不知所終。

〔三〕《郊祀志》：宿留海上。注：宿留，謂有所須待也。　言將送老於瀟湘洞庭之間。時公欲出峽下荆南，故云然。

聽楊氏歌

佳人絶代歌，獨立發皓齒。滿堂慘不樂，響下清虚一作浮雲裏。江城帶素月，况乃清夜起。老夫悲暮年，壯士淚如水。玉杯久寂寞，金管迷宫徵。勿云聽者疲，愚智心盡死〔一〕。古來傑出士一作事，豈待黄作特一知己。吾聞昔秦青，傾側一云倒天下耳〔二〕。

〔一〕「玉杯」二句，言聽其歌者，爲之停杯不飲，即金管亦失次，而不能奏也。

〔二〕《列子》：薛譚學謳於秦青，未窮青之技，遂辭歸。青餞之郊衢，撫節悲歌，聲振林木，響遏行雲。譚乃謝，求反，終身不敢言歸。

秋風二首

秋風淅淅吹巫山，上牢下牢修水關。吳檣楚柁牽百丈，暖向神一作成都寒未還〔一〕。要路何日罷長戟，戰自青羌連白一作百，非蠻。中巴不得一作曾消息好，暝傳戍鼓長雲間〔二〕。

〔一〕《唐書》：峽州夷陵郡，本治下牢戍，在夷陵縣西北二十八里。貞觀九年，徙治步闡壘。《十道志》：三峽口，地曰峽州。上牢下牢，楚蜀分畛。舊注：上牢，巫峽；下牢，夷陵。百丈，注見十二卷。《魏・李沖傳》：廓神都以延王業。《唐書》：光宅元年，號東都曰神都。按：此云「牽百丈」，以上峽者言之，疑作「成都」爲是。

〔二〕《後出師表》：「賨叟青羌，散騎武騎，一千餘人。」《通鑑》注：青羌，羌之一種。《水經注》：青衣縣，故有青衣羌國也。縣有蒙山，青衣水所發。《唐書》：嘉州本梁青州，州有青衣水。《唐會要》：東謝蠻，在黔州之西數百里，北至白蠻。《唐書・南蠻傳》：弄棟蠻，白蠻種也。其部本居弄棟縣鄙地，後散居磨些江側。中巴，注見十三卷。

秋風淅淅吹我衣，東流之外西日微。天清一作晴小城搗練急，石古細路行人稀。不知明月爲誰好，早晚孤帆他一作也夜歸。會將白髮倚庭樹，故園池臺今是非。

見螢火

巫山秋夜螢火飛，疎簾巧入坐人衣。忽驚屋裏琴書冷，復亂簷邊星宿稀。却繞井欄添箇箇，偶經花蘂弄輝輝。滄江白髮愁看汝，來歲如今歸未歸。

溪上

峽内淹留客，溪邊四五家。古苔一作苔生迮一作濕，又作窄地，秋竹隱疎花。塞俗人無井，山田飯有沙。西江使船至，時復問京華。

樹間

岑寂雙甘樹，婆娑一院香。交柯低几杖，垂實礙衣裳。滿歲如松碧，同時待菊黄〔一〕。幾迴霑葉晉作落露，乘月坐胡牀〔二〕。

〔一〕松碧，交柯之色；菊黄，垂實之時。

〔二〕《演繁露》：今之交牀，本自虜來，始名胡牀，隋改爲交牀，唐時又名繩牀。

白露

白露團甘子，清晨散馬蹄。圃開連石樹，船渡入江溪。憑几看魚樂，廻鞭急鳥棲〔一〕。漸知秋實美，幽徑恐多蹊。

〔一〕鳥棲，言日已夕。

雨

萬木雲深隱，連山雨未開。風扉掩不定，水鳥過一作去仍廻。鮫館如鳴杼，樵舟豈伐枚〔一〕。清涼破炎毒，衰意欲登臺。

〔一〕《江賦》：鮫人構館於懸流。《詩》：伐其條枚。注：枝曰條，幹曰枚。

夜雨

小雨夜復密，廻風吹早秋。野涼侵閉户，江滿帶維舟。通籍恨陳作限多病，爲郎忝薄遊〔一〕。天寒出巫峽，醉别仲宣樓〔二〕。

〔一〕夏侯湛《東方朔畫贊序》：以爲濁世不可富樂也，故薄遊以取位。

〔二〕言北歸也。

更題

只應踏初雪，騎馬發荆州。直怕巫山雨，真傷白帝秋。群公蒼玉佩，天子翠雲裘〔一〕。同舍晨趨侍，胡爲淹此一云此滯留。

〔一〕《禮記》：大夫佩水蒼玉而純組綬。《六典》：珂，三品以上九子，四品七子，五品五子。珮，一品山玄玉，五品以上水蒼玉。宋玉《諷賦》：主人之女，翳承日之華，被翠雲之裘。

舍弟觀歸藍田迎新婦送示二首

汝去迎妻子，高秋念却回。即今螢已亂，好與雁同來〔一〕。東望西江永舊作水，趙定作永，南遊北户開〔二〕。卜居期静處，會有故人杯。

〔一〕《月令》：八月鴻雁來。

〔二〕蜀江從西來，夔爲楚上游，正蜀江盡處，故曰西江永。《爾雅注》：觚竹在北，北户在南。《吴都賦》：開北户以向日。

時觀歸藍田，必東出瞿唐峽。又將卜居江陵，江陵在藍田之南，故言我送汝東下，但見西江之永，待汝南來，當爲北户之開。望之之切也。下二句預言卜居樂事，應與後寄觀詩參看。

楚塞難爲路一作別，藍田莫滯留。衣裳判普官切，正作拚白露，鞍馬信清秋。滿峽重江水，開帆八月舟〔一〕。此時同一醉，應在仲宣樓。

〔一〕蜀江非一，故曰重江。開帆，公自言欲出峽之江陵。

第五弟豐獨在江左近三四載寂無消息覓使寄此二首

亂後嗟吾在，羈棲見汝難。草黄騏驥病，沙晚一作曉鶺鴒寒。楚設關城險，吴吞水府寬〔一〕。十年朝夕淚，衣袖不曾乾。

〔一〕《史記》：蜀伐楚，楚爲扞關以距之。《後漢·郡國志》：巴郡魚復縣，有扞關。《岑彭傳》：公孫述遣將，乘枋箄，下江關。注：舊在赤甲城，後移在江南岸，對白帝城故基。

聞汝依山寺，杭州定越州〔一〕。風塵淹別日，江漢失一作共，非清秋。影著啼猿樹，魂飄結蜃樓〔二〕。明年下春水，東盡白雲求。

〔一〕《唐書》：杭州，餘杭郡，越州，會稽郡，俱屬江南西道。言汝依杭州山寺耶？抑定是越州耶？

〔二〕《史·天官書》：海旁蜃氣，象樓臺廣野，氣成宮闕。陳藏器《本草》：車螯，是大蛤，一名蜃，能吐氣爲樓臺，海中春夏間，依約島溆，常有此氣。趙曰：上是己所在之處，故云影著；下是豐所在之處，故云魂飄。

送李功曹之荆州充鄭侍御判官重贈

曾聞宋玉宅，每欲到荆州〔一〕。此地生涯晚，遥悲水國秋。孤城一柱觀，落日九江流。使者雖光彩，青楓遠自愁。

〔一〕《水經注》：宜城城南有宋玉宅，玉邑人雋才辨給，善屬文而識音也。《西溪叢語》：唐余知古《渚宫故事》曰：庾信因侯景之亂，自建康遁歸江陵，居宋玉故宅。宅在城北三里，故其賦曰：「誅茅宋玉之宅，穿徑臨江之府。」老杜云：「曾聞宋玉宅，每欲到荆州」，李義山亦云：「可憐留著臨江宅，異代應教庾信居」是也。然子美《移居夔州入宅》詩云：「宋玉歸州宅，雲通白帝城」，又有「江山故宅」之詠，蓋歸州亦有宋玉宅也。

送王十六判官

客下荆南盡，君今復入舟。買薪猶白帝，鳴櫓少一作已沙頭〔一〕。衡霍生春早，瀟湘共海浮〔二〕。荒林庾信宅，爲仗主人留〔三〕。

〔一〕舊注：江陵吴船至，泊於郭外沙頭。錢箋：《方輿勝覽》：沙頭市去江陵城十五里。《入蜀記》：過白湖拋江，至升子鋪，日入泊沙市。自公安至此六十里，自此至荆南，陸行十里，舟不復進矣。老杜云：「買薪猶白帝，鳴櫓已沙頭。」又，劉夢得云：「沙頭檣竿上，始見春江闊。」皆謂此也。

〔二〕《爾雅疏》：衡山一名霍山。趙曰：皮日休以霍之本地自在壽州，作《霍山賦》上之，中云：「自漢之後，始易吾號，而歸於衡。」公今所云，衡霍乃是衡山，故與瀟湘作對，蓋王自江陵而適湖南也。

〔三〕庾信宅在江陵，即宋玉宅也。

送李八秘《英華》作校書赴杜相公幕

按史：鴻漸還朝，仍以平章事領山、劍副元帥，故稱相公幕。

青簾白舫益州來，巫峽秋濤天地迴。石出倒聽楓葉下，櫓搖背一作皆，非指菊花開〔一〕。貪趨相府今晨發，恐失佳期後命催。南極一星朝北斗，五雲多處是三台〔二〕。

〔一〕石出，灧澦堆水落則出也。楊慎曰：「倒聽楓葉下」與包佶詩「波影倒江楓」同意。

〔二〕南極一星，謂李秘書。秘書從南楚而往，故以稱之。三台，謂杜相公。

贈李八秘書別三十韻

往時中補右，扈蹕上元初。反氣凌行在，妖星下直廬〔一〕。六龍瞻漢殿一作闕，萬騎集一作略姚一作嫣墟。玄朔迴天步，神都憶帝車。一戎纔汗馬，百姓免爲魚〔二〕。通籍蟠螭印，差此茲切肩列鳳輿。事殊迎代邸，喜異賞朱虛〔三〕。寇盜方歸順，乾坤欲晏如。不才同補衮，奉詔許牽裾。鴛鷺叨雲閣，騏驎俗本作麒麟滯玉除一作石渠，趙云：當以石渠爲正〔四〕。文園多病後，中散舊交疎。飄泊哀相見，平生意有餘。風烟巫峽遠，臺榭楚宮虛。觸目非論故，新文尚起予〔五〕。清秋凋碧柳，別浦落紅蕖。消息多旗幟，經過歎里閭〔六〕。戰連脣齒國，軍急羽毛書。幕府籌頻問原注：山劍元帥杜相公，初屈幕府參籌畫，相公朝謁，今赴後期也，山家藥正鋤原注：秘書比卧青城山中。台星入朝謁，使節有吹噓。西蜀黄作屬災長弭，南翁憤始攄〔七〕。對敭揚同抗舊作坑，非士卒，乾没費倉儲。勢藉兵須用，功無禮忽諸〔八〕。御鞍金騕褭，宮硯玉蟾蜍。拜舞銀鈎落，恩波錦帕舒〔九〕。此行非不濟，良友昔相於。去棹吴作帆，去聲依顔色，沿流想疾徐〔一〇〕。沉綿疲井臼，倚薄似樵漁。乞去聲米煩佳客，鈔詩聽小胥〔一一〕。杜陵斜晚照，潏水帶寒淤。莫話清溪髮，蕭蕭白映梳〔一二〕。

〔一〕「中補」二句，未詳。或曰：公肅宗初拜左拾遺，此謂中補右者，必李秘書於是時官右補闕也。中者，右補闕屬中書省也。唐制：左右補闕、拾遺，掌供奉、諷諫、扈從乘輿。扈蹕上元初，謂扈蹕於主上之初元，非如《寄題草堂》詩所云「經營上元初」也。　陸機詩：「厭直承明廬。」蕭子雲有《歲暮值廬賦》。

〔二〕《漢書》：《世本》：嬀虛，在漢中郡西城縣西北，舜之居。《帝王世紀》：安原謂之嬀虛，或謂之姚虛。　肅宗駐蹕鳳翔，鳳翔與漢中接境，故曰「萬騎略姚墟」。肅宗先即位靈武，靈武在朔方，故曰「玄朔迴天步」。　《史·天官書》：「斗爲帝車，運於中央，臨制四方。」《索隱》曰：宋均云：言是大帝乘車巡狩，故無所不紀。「憶帝車」，言都人皆憶乘輿所在也。

〔三〕蔡邕《獨斷》：「璽者，印也。印者，信也。」天子璽以玉螭虎紐，古者尊卑共之。　王僧孺書：「抗首接郄，履足差肩。」沈佺期詩：「黄閣謬差肩。」　《漢·文帝紀》：群臣奉天子法駕，迎代王於代邸，入未央宮，即皇帝位，益封朱虛侯二千户，賜金千斤。蔡曰：朱虛侯乃齊悼惠王之子，李秘書必宗室，故以比之。《杜詩博議》：賞異朱虛，惜其不得殊擢。或以爲譏肅宗，非也。

〔四〕雲閣，注見十五卷。　《三輔故事》：天禄閣、石渠閣，並在未央宮大殿北，以藏秘書。　叨雲閣，公自謂；滯石渠，謂李秘書。　蓋李自右補闕遷秘書省也。

〔五〕非論故，言無可與道故者。　《韻會》：余，舊韻亦作予。予本無余音。《刊謬正俗》曰：《曲禮》「予一人」，鄭康成注云：余、予，古今字。因鄭此説，近代學者遂皆讀予爲余。今公以起予叶平聲用，蓋亦從後人讀耳。

〔六〕舊注：清秋二句，紀與李相見之時，歎里閭，嘆其凋敝也。

〔七〕戰連、軍急，言崔旰與楊、柏及張獻誠相攻。　台星、使節，皆謂杜鴻漸。秘書當因鴻漸表薦入朝，故下皆言奏對之事。　舊注：南翁，南楚老人也。《補注》：南翁，猶《項羽傳》所稱「南公」也，古「公」、「翁」二字通用。

〔八〕《上林賦》：「扤士卒之精，費府庫之財，而無德厚之恩。」善曰：「扤，損也，音兀。」吴曾《漫録》：「扤，挫也，吾官切。」按：《平準書》：「百姓扤弊以巧法。」《索隱》曰：「《三蒼》：扤，音五官切。扤者，耗也。」取此音以釋此詩，於義甚當。　王褒《講德論》：「驚邊杌士，屢犯蔚蕘。」銑曰：杌，動也。　恐亦是扤士訛爲杌耳。　《張湯傳》：「始爲小吏乾没。」《正義》謂：無潤及之，而取他人也。〇言秘書今入對，當以師老財匱爲言。　蓋全蜀之勢，今方藉兵，不得不用，而諸將冒功無禮，如所謂「扤士卒」、「費倉儲」者，其可忽之而不問乎？是時崔旰雖歸朝，而楊子琳未釋甲，蜀中所在聚兵，軍儲耗蠹，故公因秘書赴幕而及之，言外亦暗規鴻漸。

〔九〕《西京雜記》：廣川王發晉靈公冢，得玉蟾蜍一枚，大如拳，腹空，容五合水，光潤如新玉，取以盛水滴硯。　錦帕，即錦幪，馬鞍飾。〇言秘書此行，將承恩賜馬，有錦帕之舒，且入直侍書，見銀鈎之落也。　次公指杜相公言，於上下語勢不接。

〔一〇〕焦貢《易林》：「患解憂除，良友相於。」　想疾徐，想像其舟行之疾徐也。

〔二〕《馮衍傳》：兒女常自操井臼。　小胥，小吏也。

〔三〕杜陵、滈水，公故居所在。

別李秘書始興寺所居

不見秘書心若失，及見秘書失心疾。安爲動主理信然，我獨覺子神充一作精神實。重聞西方止舊本多作之，杜田作正，黃鶴定作止，今本多從之觀經，老身古寺風泠泠。妻兒待我陳作米且歸去，明日杖藜來細聽〔一〕。

〔一〕黄希曰：《摩訶止觀》，陳、隋間國師天台智者所説，凡十卷。按：李華《左溪大師碑》：慧文禪師學龍樹法，授慧思大師，南嶽祖師是也。思傳智者大師，天台法門是也。智者傳灌頂大師，灌頂傳縉雲威大師，縉雲傳東陽威大師，左溪是也。左溪所傳，《止觀》爲本，祇樹園内常聞此經。此詩「止觀經」，明白可據。舊本「止」譌作「之」，音相近耳。杜田引《無量壽經》正觀邪觀語，或又疑止觀非經，謂是觀經者，皆非也。

君不見簡蘇徯

君不見道邊廢棄池，君不見前者摧折桐。百年死樹中琴瑟，一斛舊水藏蛟龍〔一〕。丈夫蓋棺事始定，君今幸未成老翁，何恨憔悴在山中。深山窮谷不可處，霹靂魍魎兼一作并狂風。

〔一〕《七發》：龍門之桐，其根半死半生。庾信《擬連珠》：龍門死樹，尚抱咸池之曲。

贈蘇四徯

異縣昔同遊，各云厭轉蓬。别離已五年，尚在行李中。戎馬日衰息，乘輿安九重。有才何棲棲，將老委所窮。爲郎未爲賤，其奈疾病攻〔一〕。子何面黧黑，焉得豁心胸。巴蜀倦剽劫，下愚成土風。幽薊已削平，荒徼尚彎弓。斯人脱身來，豈非吾道東〔二〕。乾坤雖寬大，所適裝囊空。肉食哂菜色，少壯欺老翁。况乃主客間，古來偪側同。君今下荆揚，獨帆如飛鴻。二州豪俠場，人馬皆自雄。一請甘饑寒，再請甘養蒙。

〔一〕委所窮，言困窮委之於命也。

〔二〕《馬融傳》：鄭玄辭歸，融曰：「鄭生今去，吾道東矣。」

别蘇徯

原注：赴湖南幕。

故人有遊子，棄擲旁天隅。他日憐才命，居然屈壯圖。十年猶塌翼，絶倒爲驚呼〔一〕。消渴今如此黄作在，提攜媿老夫。豈知臺閣舊，先陳作洗拂鳳凰雛。得實俗本作食，非翻蒼竹，棲枝把翠梧〔二〕。北辰當宇宙，南嶽據江湖。國帶烟塵色，兵張虎豹符〔三〕。數論封内事，揮發府中趨。贈爾一作汝秦人策，莫鞭轅下駒〔四〕。

〔一〕《世説》：衛玠談道，平子絶倒。

〔二〕公爲拾遺時，徯父在臺閣，故曰臺閣舊。按史：肅宗收京，蘇源明擢考功郎中、知制誥，豈徯乃源明子耶？《莊子》：鳳凰非梧桐不棲，非竹實不食。

〔三〕《漢書音義》：銅虎符，第一至第五，發兵則遣使者至郡合之。

〔四〕古樂府：盈盈公府步，冉冉府中趨。《左傳》：秦伯使士會行，繞朝贈之以策。注：策，馬撾也。《漢·灌夫傳》：上怒内史，曰：「今日廷論，局趣效轅下駒。」應劭曰：駒者，駕著轅下。張晏曰：俛頭於車轅下，隨母而已。

別崔潩因寄薛據孟雲卿

原注：内弟潩，赴湖南幕職。

志士惜妄動，知深陳作深知難固辭。如何久磨礪，但取不磷緇。夙夜聽憂主，飛騰急濟時。

荆州過一作遇薛孟，爲報欲論詩。

巫峽弊廬奉贈侍御四舅別之澧朗

《唐書》：澧州，澧陽郡；朗州，武陵郡。俱屬江南西道，天寶初割屬山南東道。《一統志》：澧州今屬岳州府，朗州今爲常德府。

江城秋日落，山鬼閉門中。行李淹吾舅，誅茅問老翁。赤眉猶世亂，青眼只途窮。傳語桃源客，人今出處同〔一〕。

〔一〕桃源在朗州，故有末句。

孟氏

公有《過孟十二倉曹十四主簿兄弟》詩。

孟氏好兄弟，養親惟小園。承顔胼手足，坐客强盤飧。負米夕晉作寒，他本作力，非葵外，讀書秋樹根。卜鄰慙近舍，訓子學一作覺，非先一作誰門〔一〕。

〔一〕末使孟母擇鄰事。

吾宗

原注：衛倉曹崇簡。

吾宗老孫子，質朴古人風。耕鑿安時論，衣冠與世同。在家常早起，憂國願年豐。語及君臣際，經書滿腹中〔一〕。

〔一〕《趙壹傳》：文籍雖滿腹，不如一囊錢。

杜工部詩集卷之十七

松陵　朱鶴齡　輯註

大曆中，公居夔州作

寄薛三郎中據

《唐會要》：天寶六年，風雅古調科，薛據及第。韓愈《薛公達墓志》：父據，爲尚書郎中，贈給事中。按：《唐詩紀事》云：據終禮部侍郎，與韓《志》不合。

人生無賢愚，飄颻若埃塵。自非得神仙，誰免危《英華》作克免其身。與子俱白頭，役役一作没没常苦辛。雖爲尚書郎，不及村野人。憶昔村野人，其樂難具陳。藹藹桑麻交，公侯爲等倫。天未厭戎馬，我輩本長貧。子尚客荆州，我亦滯江濱。峽中一卧病，瘧癘終冬春。春復加肺氣，此病蓋有因。早歲與蘇鄭，痛飲情相親。二公化爲土，嗜酒不失真。余今委修短，豈得恨命屯。聞子心甚壯，所過信席珍。上馬不用扶，每一作忽扶必怒嗔。賦詩賓客間，揮灑動八垠。乃知蓋代手，才力老益神〔一〕。青草洞庭湖，東浮滄海漘。君山可避暑，況足采白蘋。子豈無扁舟，往復江漢津。我未下瞿唐，空念禹功一作力勤。聽説松門峽，吐藥攬衣巾。高秋却束帶，鼓枻視青旻。鳳池日澄碧，濟濟多士新。余病不能起，健者勿逡巡。上有明哲君，下有行化臣〔二〕。

〔一〕商璠曰：據爲人骨鯁，兼有氣魄，其文亦爾。

〔二〕《袁紹傳》：董卓欲廢立，紹勃然曰：「天下健者，豈惟董公？」

奉酬薛十二丈判官見贈

忽忽峽中睡，悲一作秋風方一醒。西來有好鳥，爲我下青冥。羽毛浄白雪，慘澹飛雲汀。既蒙主人顧，舉翮唳孤亭。持一作特以比佳士，及此慰揚舲〔一〕。清文動哀玉，見道發新硎。欲學鴟夷子，待勒燕山銘。誰重斬邪吳、郭作斷蛇，黄作斬郅劍一云國重斬邪劍，致君君未聽。志在麒麟閣，無心雲母屏〔二〕。卓氏近新寡，豪家朱門一作户扃。相如才《英華》作琴調逸，銀漢會雙星。客來洗粉黛，日暮拾流螢。不是無膏火，勸郎勤六經〔三〕。老夫自汲澗，野水日泠泠。我歎黑頭白，君看銀印青。卧病識山鬼，爲農知地形。誰矜坐錦帳，苦厭食魚腥〔四〕。東西兩岸晉作岸兩坼，横一作積水注滄溟。碧色忽一云苦惆悵，風雷搜百靈。空中右一作有白虎，赤節引娉婷。自云帝里一作季女，噀蘇困切雨鳳凰翎。襄王薄行跡，莫學冷如丁一作冰，一云令威丁。千秋一拭淚，夢覺古效切有微馨。人生相感動，金石兩青熒〔五〕。丈人但安坐，休辯渭與涇。龍蛇尚格鬬，灑血暗郊坰。吾聞聰明主，治一作活國用輕刑。銷兵鑄農器，今古歲方寧。文一作天王日儉德，俊乂始盈庭。榮華貴少壯，豈食楚江萍〔六〕。

〔一〕西來好鳥，用王母事，見十三卷。　慰揚舲，慰己揚舲出峽之懷也。

〔二〕舊注：徐陵賦：「哀玉發於新聲。」《後漢書》：竇憲大破北單于於稽落山，命中護軍班固作《燕然山銘》，勒石紀功。　蔡曰：斬邪，用朱雲請劍斬佞臣頭事。　若作「斷蛇」，恐非人臣可用。按：斬蛇劍，《同谷七歌》已用之，唐人使事不如此拘泥。　黄鶴以上有燕山銘，下有麒麟閣句，疑用陳湯斬郅支單于事，亦不然。　《西京雜記》：趙飛燕爲后，女弟昭儀遺雲母屏風、琉璃屏風。

〔三〕《司馬相如傳》：相如初遊臨邛，富人卓氏女文君新寡，善琴，相如因以琴心挑之，遂爲夫婦。　雙星，牛、女二星也。　《梁鴻傳》：孟光初傅粉墨，後更爲椎髻，著布衣，操作而前。　拾流螢，用車胤事，見一卷。

〔四〕銀印，見十二卷。　舊注：銀印青，謂印有青熒之色。　《漢官儀》：尚書郎入直，官供錦緤被，給帷帳、茵褥、通中枕。

〔五〕《水經注》：宋玉謂天帝之季女，名曰瑤姬，未行而亡，封於巫山之臺。所謂巫山之女，高唐之姬，朝爲行雲，暮爲行雨。《神仙傳》：欒巴噀酒爲雨，滅成都火。《列仙傳》：秦穆公女弄玉，妻蕭史，後乘鳳凰飛去。　張協詩：房櫳無行跡。　舊注：冷如丁，用丁令威化鶴千年來歸事。

〔六〕古樂府：丈人且安坐，調弦未遽央。《家語》：楚昭王渡江，有一物大如斗，圓而赤，取之以問孔子，曰：「此萍實也，吾昔過陳，聞童謡曰：楚王渡江得萍實，大如斗，赤如日，剖而食之甜如蜜。」

馮班曰：此詩初似不可解，再四讀之，略得其旨。首云好鳥西來，言薛判官有贈詩之及也。「清文」以下，序薛來詩之意，言方欲學鴟夷伯越，勒銘燕然，惜利器如斷蛇之劍，不爲時君所知，然志在立功，豈溺情於雲母屏之樂者哉？疑薛有臨邛之遇，致詩於公以自明，故爲序其意如此。下遂言薛有相如之逸才，得卓女於豪家，方洗粉黛，拾流螢，相勉以勤學，非風流放誕者比也。又言我在峽中，辛苦爲農，猶不免結夢陽臺，有襄王之遇。蓋精靈感動，金石爲開，人固能無情乎？特戲言以解之耳。末言薛不必苦辨清濁，但當乘時立功，自致榮華而已，相如之事，不足諱也。

寄狄明府博濟

梁公曾孫我姨弟，不見十年官濟濟。大賢之後竟陵遲，浩蕩古今同一體。比看伯叔四十人，有才無命百寮底〔一〕。今者兄弟一百人，幾人卓絶秉周禮。在汝更用文章爲，長兄白眉復天啓〔二〕。汝門請從曾翁一云公説，太后當朝多巧計。狄公執政在末年，濁河終不污清濟。國嗣初將付諸武，公獨廷諍守丹陛。禁中決册陳浩然作册決請一作詔房陵，前一作滿朝長老皆流涕〔三〕。太宗社稷一朝正，漢官威儀重昭洗。時危始識不世才，誰謂荼苦甘如薺。汝曹又宜列上一作鼎食，身使門户多旌棨。胡爲飄泊岷漢間，干謁王侯頗歷抵一作詆〔四〕。況乃山高水有波，秋風蕭蕭露泥泥。虎之饑，下巉喦。蛟之横，出清泚。早歸來，黄土污衣浩然作人眼易眯音米〔五〕。

〔一〕《狄仁傑傳》：仁傑聖曆三年卒，中宗即位，贈司空，睿宗又封梁國公。百寮底，言官居百寮之下也。

〔二〕《左傳》：魯猶秉周禮，未可動也。《蜀志》：馬良，字季常，兄弟五人，並有才名。諺曰：「馬氏五常，白眉最良。」良眉中有白毛，故以爲稱。

〔三〕《唐書》：武后革唐爲周，廢中宗爲廬陵王，遷於房州，欲以武三思爲太子。仁傑數諫，且曰：「子母姑姪孰親？若立三思，廟不祔姑。」后悔悟，即日迎中宗還宫。

〔四〕《漢書注》：棨，有衣之戟，以赤黑繒爲之。謝脁詩：載筆陪旌棨。

〔五〕《字林》：眯，物入眼爲病也。《莊子》：簸穅眯目，則天地四方易位矣。

寄韓諫議注

今我不樂思岳陽，身欲奮飛病在牀。美人娟娟隔秋水，濯足洞庭望八荒。鴻飛冥冥日月白，青楓葉赤天雨去聲霜〔一〕。玉京群帝集北斗，或騎騏驎翳鳳皇。芙蓉旌旗一作旄烟霧樂今本一作落，影動倒景搖瀟湘。星宮之君醉瓊漿，羽人稀少不在旁〔二〕。似聞昨者郭作夜赤松子，恐是漢代韓張良。昔隨劉氏定長安，帷幄未改神慘傷。國家成敗吾豈敢，色難腥腐餐風舊本同，黃作楓香〔三〕。周南留滯古所一作莫惜，南極老人應壽昌。美人胡爲隔秋水，焉得置之貢玉堂〔四〕。

〔一〕鮑照詩：北風驅雁天雨霜。

〔二〕《靈樞金景內經》：下離塵境，上界玉京元君。注：玉京者，無爲之天也。東西南北，各有八天，凡三十二天，蓋三十二帝之都也。玉京之下，乃崑崙北都。《太霄隱書》：無上大道君，治無極大羅天中。玉京之上，七寶玄臺，金牀玉几。《晉・天文志》：「北斗七星，在太微北，人君之象，號令之主。」《集仙録》：群仙畢集，位高者乘鸞，次乘麒麟，次乘龍，鸞鶴每翅各大丈餘。《甘泉賦》：「登鳳凰兮翳華芝。」注：翳，蔽也。《漢・郊祀志》：「登遐倒景。」如淳曰：「在日月之上，反從下照，故其景倒。」相如《大人賦》：「貫列缺之倒景。」注引《陵陽子明經》曰：「列缺氣，去地二千四百里，倒景氣，去地四千里，其景皆倒在下。」《楚詞》：「華酌既陳，有瓊漿些。」《真誥》：「羽童捧瓊漿。」《楚詞》：「仍羽人於丹丘兮。」注：羽人，飛仙也。

〔三〕《張良傳》：「願棄人間事，從赤松子遊耳。」《列仙傳》：赤松子，神農時雨師，能入水自燒。陸機《高祖功臣頌序》：太子少傅，留文成侯，韓張良。《鄧通傳》：太子齰癰而色難之。鮑照

《升天行》：「何時與爾曹，啄腐共吞腥。」《鶴林玉露》：飱風香，解者不曉所出，予觀佛書云：「凡諸所齅，風與香等。」意杜用此。按：范成大詩「懸知仙骨有青冥，風香久已滌羶腥」，亦作風香用。舊注引《南史》「任昉營佛齋，調楓香二石」，作楓，亦通。

〔四〕周南，注見八卷。《晉書》：老人一星，在弧南，一曰南極，常以秋分之旦見於丙，春分之夕没於丁，見則治平，主壽昌。

韓諫議不可考，其人大似李泌，必肅宗收京時嘗與密謀，後屏居衡湘，修神仙羽化之道，公思之而作。「似聞」以下，美其功在帷幄，翛然遠引。「周南」以下，惜其留滯秋水，而不得大用也。或疑韓諫議乃韓休之子汯，訛作注；又云：此詩爲李泌隱衡山而作，其説牽合難從。

秋野五首

秋野日疏舊作蔬，非。一作荒蕪，寒江動碧虚〔一〕。繫舟蠻井絡一作路，卜宅楚村墟〔二〕。棗熟從人打，葵荒欲自鋤。盤飱老夫食，分減及溪魚。

〔一〕謝朓詩：邑里向疏蕪。

〔二〕楊雄《蜀都賦》：稽乾度則井絡儲精。左思《蜀都賦》：岷山之精，上爲井絡。注：岷山之地，上爲東井維絡也。

易識浮生理，難教一物違。水深魚極樂，林茂鳥知歸。吾_{蔡云：疑作衰}老甘貧病，榮華有是非。秋風吹几杖，不厭北山薇。

禮樂攻吾短，山林引興長。掉頭紗帽側，曝背竹書光〔一〕。風落收松子，天寒割蜜房〔二〕。稀疎小紅翠，駐屐近微香。

〔一〕竹書，竹簡書也。執書以曝日，故云竹書光。

〔二〕左思《蜀都賦》：蜜房郁毓被其阜。注：蜜房，蜂窠房也。

遠岸秋沙白，連山晚照紅。潛鱗輸駭浪，歸翼會高風〔一〕。砧響家家發，樵聲箇箇同〔二〕。飛霜任青女，賜被隔南宮〔三〕。

〔一〕《南都賦》：川瀆則箭馳風疾，長輸遠逝。注：輸，瀉也。《江賦》：駭浪暴灑，驚波飛薄。魏文帝詩：適與飄風會。

〔二〕謝惠連詩：櫚高砧響發。

〔三〕《淮南子》：秋三月，青女乃出，以降霜雪。高誘注：青女，天神，青腰玉女，主霜雪也。《後漢書》：藥崧家貧，爲郎，常獨直臺上，無被枕杫。帝聞而嘉之，詔給帷被皂袍。

身許麒麟畫，年衰鴛鷺群。大江秋易盛，空峽夜多聞。徑隱千重石，帆留一片雲。兒童解侯買切蠻語，不必作參軍〔一〕。

〔一〕《世説》：郝隆爲蠻府參軍，上巳日作詩曰：「娵隅躍青池。」桓温問：「何物？」答曰：「蠻名魚爲娵隅。」温曰：「何爲作蠻語？」隆曰：「千里投公，始得蠻府參軍，那得不蠻語也。」

課小豎鋤斫舍北果林枝蔓荒穢淨訖移牀三首 一云秋日閒居三首

病枕依茅棟，荒鉏淨果林。背堂資僻遠，在野興清深。山雉防求敵，江猿應獨吟〔一〕。洩雲高不去，隱几亦無心〔二〕。

〔一〕《射雉賦》：伊義鳥之應敵。徐爰注：雉見敵必戰，不容他雜。

〔二〕《歸去來詞》：雲無心以出岫。

衆壑生寒早，長林卷霧齊。青蟲懸就日，朱果落封一作成泥。薄俗防人一作貍面，全身學馬蹄〔一〕。吟詩坐晉作重迴首，隨意葛巾低。

〔一〕《漢・匈奴傳》：披髮左衽，人面獸心。《莊子・馬蹄篇》：馬蹄可以踐霜雪，毛可以禦風寒，齕草飲水，翹足而陸，此馬之真性也。

籬弱門何向，沙虚岸只一作自摧。日斜魚更食，客散鳥還來。寒水光難定，秋山響易哀。天涯稍曛黑，倚杖更一作獨徘徊。

解悶十二首

草閣柴扉星散居，浪翻江黑雨飛初。山禽引子哺紅果，溪女一作友，趙定作女得錢留白魚〔一〕。

〔一〕公《雲安》詩：「負鹽出井此溪女。」

商胡離别下揚州，憶上西一作蘭陵故驛樓〔一〕。爲問淮南米貴賤，老夫乘興欲東遊一作流，非〔二〕。

〔一〕時有胡商下揚州，來别，因道其事。西陵驛樓，公少遊吴越時所登也。錢箋：《水經注》：浙江又逕固陵城北，今之西陵也。有西陵湖，亦謂之西城湖。《會稽志》云：西陵城在蕭山縣西十二里，謝惠連有《西陵阻風獻康樂》詩，吴越改曰西興，東坡詩「爲傳鐘鼓到西興」是也。按：樂天《答微之泊西陵驛見寄》云：「烟波盡處一點白，應是西陵古驛臺。」則西陵舊有驛，至吴越始改西興耳。

〔二〕錢箋：《越絶書》：秦皇東遊，之會稽。《水經注》：會稽山，東有硎，去禹廟七里，深不見底，謂之禹井，東遊者多探其穴也。《會稽志》云：晉宋人指會稽、剡中皆曰東，如《謝安傳》「海道還東」是也，公詩亦云「東盡白雲求」。

一辭故國十經秋，每見秋瓜憶故丘一作侯，非〔一〕。今日南一作東湖采薇蕨，何人爲覓鄭瓜一作袁，非州原注：今鄭秘監審〔二〕。

〔一〕《水經注》：長安第二門，本名霸城門，又名青門，門外舊出佳瓜，其南有下杜城。

〔二〕南湖，鄭監所在也。《夔府詠懷》詩：「南湖日扣舷。」張禮《遊城南記》：「濟潏水，陟神禾原，西望香積寺，下原，過瓜洲村。」注：「瓜洲村，在申店潏水之陰。」《許渾集》有《和淮南相公重遊瓜洲別業》詩，淮南相公，杜佑也。按：瓜洲村與鄭莊相近。鄭莊，虔郊居也。審爲虔之姪，其居必在瓜洲村，故有末語。「州」當作「洲」，與「秋瓜憶故丘」緊相應。或以大曆中，審嘗任袁州刺史，改作袁州，生趣便索然矣。

沈范早知何水部，曹劉不待薛郎中原注：水部郎中薛據〔一〕。獨當省署開文苑，兼泛滄浪學釣翁〔二〕。

〔一〕《梁書·何遜傳》：范雲見其對策，大相稱賞，因結忘年交好，一文一詠，雲輒嗟賞。沈約亦愛其文，嘗謂遜曰：「吾每讀卿詩，一日三復，猶不能已。」不待薛郎中，言據之才，恨不與曹劉同時也。據詩載《文苑英華》。

〔三〕據前在省部，今在荆南，故云。

李陵蘇武是吾師，孟子論文更不疑原注：校書郎孟雲卿。一飯未曾留俗客，數篇今見古人詩。

復憶襄陽孟浩然，清詩句句盡堪傳。即今耆舊無新語，漫釣槎頭縮頸一作項鯿〔一〕。

〔一〕縮項鯿，出《襄陽耆舊傳》，詳八卷。孟浩然詩：「鳥泊隨陽雁，魚藏縮項鯿。」又：「試垂竹竿釣，果得槎頭鯿。」

陶冶性靈存一作在底物，新詩改罷自長吟〔一〕。孰今本作熟，趙云：孰即稔孰之孰知二謝將能事，頗學一作覺陰何苦用心〔二〕。

〔一〕鍾嶸《詩評》：「阮嗣宗《詠懷》之作，可以陶性靈，發幽思。」顏之推《家訓》：「至於陶冶性情，從容諷諭，入其滋味，亦樂事也。」

〔二〕二謝：謝靈運、謝朓。　陰何：陰鏗、何遜。

不見高人王右丞，藍田丘壑漫一作蔓寒藤〔一〕。最傳秀句寰區滿，未絶風流相國能原注：右丞弟，今相國縉〔二〕。

〔一〕《舊唐書·王維傳》：乾元中，轉尚書右丞，晚年得宋之問藍田別墅，墅在輞口，水周於舍下，竹洲花塢，與裴迪浮舟往來，嘯詠終日，所賦詩號《輞川集》。

〔三〕《金壺記》：王維與弟縉，名冠一時。時議云：論詩則王維、崔顥，論筆則王縉、李邕，祖詠、張説不得與焉。

先帝貴妃今陳作俱寂寞，荔枝還復入長安〔一〕。炎方每續朱櫻獻，玉座應悲白露團〔二〕。

〔一〕錢箋：《通鑑》：貴妃欲得生荔枝，歲命嶺南馳驛致之，比至長安，色味不變。《唐國史補》：貴妃生於蜀，好食荔枝，南海所生，尤勝蜀者，故每歲飛馳以進。然方暑而熟，經宿輒敗。樂史《外傳》：十四載六月一日，貴妃生日，於長生殿奏新曲，會南海進荔枝，因名《荔枝香》。十五載六月，貴妃縊於馬嵬，纔絶，而南方進荔枝至，上使力士祭之。按：諸書皆云南海進荔枝，蔡君謨《荔枝譜》曰：貴妃，涪州荔枝，歲命驛致。東坡亦云：天寶歲貢取之涪。蓋當時南海與涪州並進也。

〔二〕櫻桃薦廟，荔枝繼焉。獻自南海，故曰炎方。

以下四首，皆言荔枝，此追感廣南驛送之事也。

憶過瀘戎摘荔枝，青楓隱映石逶迤〔一〕。京華應見無顏色舊作「京中舊見君顏色」，陳無己作「京華應見無顏色」，今本多從之，紅顆酸甜只自知〔二〕。

〔一〕《方輿勝覽》：蜀中荔枝，瀘、敘之品爲上，涪州次之，合州又次之。涪州以妃子得名，其實不如瀘、敘。按：敘州，即戎州。

〔三〕《荔枝譜》：廣南及梓、夔間所生者，大率早熟，肌肉薄而味甘酸。

《補注》：公《過戎州》詩有「輕紅擘荔支」之句，此記其事而因嘆其色味易變，不見知於京華也。○錢箋：張曲江《荔支賦》曰：「亭十里兮莫致，門九重兮曷通。山五嶠兮白雲，水千里兮青楓。」所謂「青楓隱映石逶迤」也。又曰：「何斯美之獨遠，嗟爾命之不逢。每被銷于凡品，罕獲知於貴躬。」所謂「紅顆酸甜只自知」也。

翠瓜碧李沉玉甃音縐，赤梨蒲萄寒露成〔一〕。可憐先不異枝蔓，此物娟娟長遠生。

〔一〕碧李，注見八卷。江逌《井賦》：「搆玉甃之百節。」《南史》：扶桑國有赤梨，經年不壞。

《補注》：錢箋：曲江《賦》曰：「沈美李而莫取，浮甘瓜而自退。」又曰：「柿何稱乎梁侯，梨何幸乎張公。」又曰：「直欲神乎醴露，何比數于甘橘。援蒲萄以見擬，亦古人之深失。」公詩申明此意，言諸果雖枝蔓相同，而荔支以遠方獨異。今不達京華，使人以瓜李梨萄等凡果相目，可爲嘆息也。

側生野岸及江蒲一作浦，不熟丹宮滿玉壺〔一〕。雲壑布衣鮐背死，勞人害馬荆公本同，吴作勞生害馬。山谷云：善本是勞人重馬翠眉須舊作疎，山谷云：善本作須〔二〕。

〔一〕《蜀都賦》：「旁挺龍目，側生荔枝。」趙曰：自戎僰而下，以畝爲蒲，今官私契約皆然，因以押韻。師作「江浦」，非是。或曰：劉熙《釋名》：草團屋曰蒲，又謂之庵。此詩江蒲，似用此義，言荔枝生於野岸江菴之側耳。　顔延之詩：「皓月鑒丹宫。」

〔二〕《詩》：「黄髮台背。」注：「老人背有鮐文。」

《補注》：此章又申上二章意。傷荔支徒側生南裔，不得熟于禁近之地，即有驛致京華者，不過因貴妃一笑之故，而色味永不見知。此與布衣老死雲壑者，何以異哉？以上三章，全是寓意。

錢箋：以上三章，隱括張曲江《荔支賦》而作。曲江謂：南海荔支，百果無一可比，特生於遠方，京華莫知，固未之信。魏文帝引蒲萄龍眼相比，是時南北不通，傳聞之大謬爾。故其賦云：「物以不知爲輕，味以無比而疑。遠不可驗，終然永屈，士無深知，與彼何異。」此詩瀘戎章，言物以不知而輕也；翠瓜章，言味以無比而疑也；側生章，言遠不可驗，終然永屈，士無以異也。雲壑布衣，老死鮐背，曾不如荔支遠生，猶得奔騰傳置，供翠眉之一笑，士之無驗永屈，殆又甚焉，深可歎也。古人雖漫興小詩，比物託諭，必有由來，注家都不曉。

復愁十二首

人烟生處僻一云遠處，虎跡過新蹄。野鶻一作鶴，又作鷂，晉作雉翻窺草，村船逆上溪。

釣艇收緡盡，昏鴉一作鷗接翅稀。月生初學扇，雲細不成衣〔一〕。

〔一〕李義府《堂堂詞》：鏤月成歌扇，裁雲作舞衣。

萬國尚戎馬他本作防寇，故園今若何。昔歸相識少，早已戰場多〔一〕。

〔一〕公乾元初，嘗歸東都。東都，田園所在。

身覺省郎在，家須農事歸。年深荒草徑，老恐失柴扉。

金絲鏤一作鏤箭鏃，皂尾製一作掣旗竿。一自風塵起，猶嗟行路難。

胡虜何曾盛，干戈不肯休。閭閻聽小子，談笑一作話覓封侯。

貞宋本避諱作正觀銅牙弩，開元錦獸張〔一〕。花門小箭好，此物棄沙場。

〔一〕《釋名》：弩，怒也，有怒勢也。其柄曰臂，似人臂也。鉤弦曰牙，似牙齒也。牙外曰郭，爲牙之規郭也。合名之曰機。《南越志》：龍川有營澗，常有銅弩牙流出水，皆以銀黄雕鏤，取之者祀而後得。父老云：越王弩營處也。《書》：若虞機張。《漢書》：申屠嘉以材官蹶張。如淳曰：能蹋强弩張之。

按史：收東京時，郭子儀戰不利。回紇於黄埃中，發十餘矢，賊驚顧曰：「回紇至矣！」遂潰。「花門小箭好」，此一證也。安史之亂，皆藉回紇兵收復，中國勁弩，反失其長技，公所以嘆之。

今日翔麟馬，先宜駕鼓車〔一〕。無勞問河北，諸將角樊作擢，一作覺，非榮華〔二〕。

〔一〕《唐·回鶻傳》：貞觀二十一年，骨利幹獻良馬百匹，帝取其異者，號十驥，皆爲美名，九曰翔麟紫。《兵志》：以尚乘掌天子之御，凡十二閑，爲二廄，一曰祥麟，一曰鳳苑，以繫飼之。駕鼓車，注見三卷。

〔二〕郭本注：角榮華，角勝於榮華也。

言河北諸將，方以爵土競相雄長，朝廷雖有戰馬，安所用之？時降將羈縻，代宗專事姑息。公度非兵力所制，故此詩云然。薛蒼舒謂公欲息兵休戰，失其旨矣。

任轉江淮粟，休添苑囿兵〔一〕。由來貔虎士，不滿鳳凰城。

〔一〕按史：永泰元年，魚朝恩以神策軍屯苑中。公詩所云「殿前兵馬」也。

言禁兵不必添設，但當轉運以實京師。末二句，即「天子有道，守在四夷」之意也。代宗寵任朝恩，由是宦官典兵，卒以亡唐。公此詩所諷，豈徒爲冗兵慮哉！

江上亦秋色，火雲終不移。巫山猶錦樹，南國且黃鸝。

每恨陶彭澤，無錢對菊花〔一〕。如今九日至，自覺酒須賒。

〔一〕檀道鸞《續晉陽秋》：陶潛九月九日無酒，於宅邊摘菊盈把。久之，望見白衣人，乃王弘送酒，便就酌而歸。

病減詩仍拙，吟多意有餘。莫看江總老，猶被賞時魚〔二〕。

〔二〕江總，注見三卷。《玉海》：《蘇氏記》云：永徽以來，正員官始佩魚。開元八年九月，中書令張嘉貞奏：致仕及內外官五品以上，檢校、試判及內供奉官，准正員例佩魚。自是恩制賞緋紫，必兼魚袋，謂之章服。《演繁露》：《六典》：符寶郎隨身魚符，所以明貴賤、應宣召。其制，左一右一，左者進內，右者隨身。飾以玉、金、銀三等，題云某位姓名，並以袋盛。其袋，三品以上飾以金，五品以上飾以銀。言我雖老，若江總猶有銀魚之賜，則流落未足爲恨也。公嘗檢校員外郎，賜緋魚袋，故云。

洞房

趙曰：此下八篇，蓋一時所作。

洞房環珮冷，玉殿起秋風〔一〕。秦地應新月，龍池滿舊宫〔二〕。繫舟今夜遠，清漏往時同。萬里黄山北，園陵白露中〔三〕。

〔一〕洞房環珮，追言貴妃往時也。

〔二〕龍池，注見十卷。舊宫，興慶宫也。

〔三〕《漢·東方朔傳》：建元三年，微行，北至池陽，西至黄山。晉灼曰：黄山，宫名，在槐里。《地理志》：右扶風槐里縣，有黄山宫，孝惠二年起。《元和郡國志》：漢黄山宫，在興平縣西南三十里。　錢箋：按漢武茂陵，在興平縣東北十七里，正黄山宫之北，蓋借茂陵以喻玄宗泰陵也。

宿昔

宿昔青門裏，蓬萊仗數移。花嬌迎雜樹，龍喜出平池〔一〕。落日一作月留王母，微風倚少兒〔二〕。宫中行樂秘，少有外人知〔三〕。

〔一〕《李翰林别集序》：開元中，禁中初重木芍藥，得四本，紅、紫、淺紅、通白者，上因移植於興慶池東沈香亭前，會花方繁開，上乘照夜白，太真妃以步輦從。潘鴻曰：唐人呼牡丹爲花木芍藥，即牡丹也。「花嬌」對「龍喜」，皆事實。《補注》：《明皇十七事》：天寶中，興慶池小龍嘗出遊宫垣南溝水中，蜿蜒奇狀，莫不瞻覩。

〔二〕《漢武内傳》：王母言語龐畢，嘯命靈官駕龍，嚴車欲去。帝下席叩頭，請留殷勤，王母乃坐。《衛青傳》：衛媪長女君孺，次女少兒，次女則子夫。少兒先與霍仲孺通，生去病。及衛皇后立，少兒更爲陳掌妻。　王母比貴妃，少兒比貴妃諸姨也。按：《飛燕外傳》：帝令后所愛侍郎馮無方吹笙，以倚后歌，歌酣風起，后揚袖曰：「仙乎仙乎，去故而就新乎？」帝乃令無方持后履。「微風倚少兒」，蓋合用少兒、飛燕事。

〔三〕《漢書》：周仁得幸，入卧内。後宫秘戲，仁嘗在旁，終無所言。

能畫

能畫毛延壽，投壺郭舍人。每蒙天一笑，復似物皆一作初春〔一〕。政化平如水，皇恩晉作明斷若神。時時用抵戲，亦未雜風塵〔二〕。

〔一〕《西京雜記》：畫工有杜陵毛延壽，寫人好醜老少，必得其真。　武帝時，郭舍人善投壺，以竹爲矢，不用棘。古之投壺，取中而不求還，故入小豆，惡矢躍而出也。郭舍人則激矢令還，一矢百餘反，謂之驍，言於輩中爲驍傑也。每投壺，帝輒賜金帛。　《神異經》：東荒山中有大石室，東王公居焉。與一玉女投壺，設有入不出者，天爲之笑。張華曰：笑者，開口流光，今電是也。物皆春，言畫之工，可回春色。

〔三〕《漢武帝紀》：元封三年春，作角抵戲，三百里内皆來觀。文穎曰：角抵者，兩兩相當，角力，角技藝，故稱角抵，蓋雜技樂也。

《容齋三筆》：言伎藝倡優，不應蒙人主顧眄賞接，然使化如水，恩若神，爲治大要，既無所損，則時或用此輩，亦未致亂也。

鬭雞

鬭鷄初賜錦，舞馬既一作解登牀〔一〕。簾下宫人出，樓前御曲一作柳，趙定作曲長〔二〕。仙遊終一閟，女樂久無香〔三〕。寂寞驪山道，清秋草木黄。

〔一〕錢箋：陳鴻祖《東城父老傳》：玄宗在藩邸時，樂民間清明節鬭鷄戲。及即位，立鷄坊於兩宫間，索長安雄鷄，金毫、鐵距、高冠、昂尾千數，養於鷄坊，選六軍小兒五百人，使馴擾教飼之。帝出遊，見賈昌弄木鷄於雲龍門道旁，召入，爲五百小兒長。天子甚愛幸之，金帛之賜，日至其家，天下號爲神鷄童。時人爲之語曰：「生兒不用識文字，鬭鷄走馬勝讀書。賈家小兒年十三，富貴榮華代不如。」《雍録》：驪山有鬭鷄殿，在觀風殿之南。《明皇雜録》：「上嘗令教舞馬四百匹，各分左右部，目爲某家龍、某家驕。時塞外以善馬來貢者，上俾之教習，無不曲盡其妙。因命衣以文繡，絡以金鈴，飾其鬃鬣，間以珠玉。其曲謂之《傾盃樂》者數十回，奮首鼓尾，縱横應節。又施三層板牀，乘馬而上，抃轉如飛。或命壯士舉榻，馬舞於榻上，樂工數十人環立，皆衣淡黄衫、文玉帶，必求年少姿美者。每千秋節，命舞於勤政樓下。」《猗覺寮雜記》：《魏志》：陳思王表文帝曰：「臣得大宛紫騮馬一匹，教令習拜，今已能拜，又能行與鼓節相應。」又《宋書》：大明中，吐谷渾遣使獻舞馬，謝莊爲作《舞馬賦》。是知馬可教以舞，不始於唐也。

〔二〕錢箋：《明皇雜録》：上每宴賜酺，則御勤政樓。太常陳樂，教坊大陳尋橦、走索、丸劍、角觝、鬬鷄。令宫人數百，飾以珠翠，衣以錦繡，自幃中擊雷鼓，爲《破陣樂》。又曰：玄宗製新曲四十餘，又新製樂譜，每初年望夜，御勤政樓觀燈作樂，貴臣戚里設看樓觀望。夜闌，太常樂府懸散樂畢，即遣宫女於樓前縛架，出眺歌舞以娱之。

〔三〕《開天傳信記》：明皇夢遊月宫，諸仙子娱以上清之樂，其曲凄楚動人，明皇以玉笛尋得之，曲名《紫雲迴》。《異聞録》：開元六年八月望，上與申天師、洪都客作術，夜遊月宫，見素娥十餘人，笑舞於廣庭桂樹之下，音樂清麗，遂歸，製《霓裳羽衣》之曲。《津陽門》詩注：葉法善嘗引上入月宫，聞仙樂。及歸，但記其半，遂於笛中寫之。會西涼節度使楊敬述進《婆羅門曲》，聲調相符，遂以月中所聞爲散序，敬述所進爲腔，名《霓裳羽衣》也。女樂，謂梨園弟子，注别見。

歷歷

歷歷開元事，分明在目前。無端盜賊起，忽已歲時遷。巫峽西江外，秦城北斗邊。爲郎從白首，卧病數秋天〔一〕。

〔一〕荀悦《漢紀》：馮唐白首，屈於郎署。

洛陽

洛陽昔陷没，胡馬犯潼關。天子初愁思，都人慘别顔。清笳去宫闕，翠蓋出關山。故老仍流涕，龍髯幸再攀〔一〕。

〔一〕《舊書·玄宗紀》：上皇至自蜀，士庶舞忭路側，曰：不圖今日再見二聖。

驪山

驪山絶望幸，花萼罷登臨〔一〕。地下無朝燭，人間有賜金〔二〕。鼎湖龍去遠，銀海雁飛深〔三〕。萬歲蓬萊日，長懸舊羽林〔四〕。

〔一〕花萼，注見一卷。

〔二〕《水經注》：始皇葬麗山，以人魚膏爲燈燭，取其不滅。趙曰：朝燭，當音朝覲之朝。凡朝在早，則秉燭而受朝，今地下幽閟，無朝見之燭。舊注以朝爲晨朝，失之。《漢書》：高后崩，遺詔賜諸侯王各千金，將相、列侯、郎吏皆以秩賜金。《杜詩博議》：此言明皇賜予臣下之金，没後尚在人間，如千秋節賜百官金鏡、珠囊是也。

〔三〕《漢書》：秦始皇葬於驪山之阿，下錮三泉，上崇山墳，水銀爲江海，黄金爲鳧雁。何遜《經孫氏陵》詩：「銀海終無浪，金鳧會不飛。」

〔四〕羽林軍，注見三卷。黄曰：《禮樂志》：「芬樹羽林，雲景杳冥。」師古曰：言所樹羽葆，其盛若林也。末句當用此。若以爲羽林軍，不可云懸。

提封

提封漢天下，萬國尚同心〔一〕。借問懸車一作軍守，何如儉德臨〔二〕。時徵俊乂入，莫慮一作草竊，趙定作莫慮犬羊侵。願戒兵猶火，恩加四海深〔三〕。

〔一〕《漢書》：「提封頃畝。」注：謂提舉四封之内，總計其數也。

〔二〕《國語》：懸車束馬，以踰太行。《困學紀聞》：明皇以侈致亂，故少陵以儉德爲救時之砭。

〔三〕《左傳》：兵猶火也，不戢將自焚也。

鸚鵡 一云剪羽

鸚鵡含愁思，聰明憶别離。翠衿渾短盡，紅觜漫多知。未有開籠日，空殘舊宿枝。世人憐復損，何用羽毛奇？

此詩似檃括禰衡《賦》語。聰明，則「性辨惠而能言，才聰明以識機」也。憶別離，則「痛母子之永隔，哀伉儷之生離」也。翠衿、紅觜，則「紺趾丹觜，緑衣翠衿」也。渾欲短，則「顧六翮之殘毁，雖奮迅其焉如」也。漫多知，則「豈言語以階亂，將不密以致危」也。未有開籠日，則「閉以雕籠，剪其翅羽」也。空殘宿舊枝，則「想崑山之高峻，思鄧林之扶疏」。末句羽毛奇，則「雖同俗於羽毛，故殊智而異心」也。

孤雁 一云後飛雁

孤雁不飲啄，飛鳴聲念群一作聲聲飛念群。誰憐一片影，相失萬重雲。望盡一作斷似猶見，哀多如更一作更復聞。野鴉無意緒，鳴噪自一作亦紛紛。

鷗

江浦寒鷗戲，無他亦自饒〔一〕。却思翻玉羽，隨意點春苗〔二〕。雪暗還須浴晉作落，風生一任飄。幾群滄海上，清影日蕭蕭〔三〕。

〔一〕無他，言無他求。

〔二〕春苗，春草芽也。

〔三〕《南越志》：江鷗，一名海鷗，在漲海中隨潮上下，常以三月風至，乃還洲渚，頗知風雲。若群飛至岸，必風，渡海者以此爲候。

猿

裊裊啼虚壁，蕭蕭掛冷枝。艱難人不免，隱見爾如知〔一〕。慣習元從衆，全生或用奇〔二〕。前林騰每及，父子莫相離〔三〕。

〔一〕言掛枝、啼壁，如識隱見之機，人反有不如者矣。

〔二〕全生，如搏樹、避矢之類。

〔三〕《吴都賦》：猿父哀唫，猭子長嘯。

麂〔一〕

永與清溪别，蒙將玉饌俱。無才逐仙隱，不敢恨庖廚〔二〕。亂世輕全物，微聲及禍樞。衣冠兼盜賊，饕音叨餮音鐵用斯須〔三〕。

〔一〕音几，本作麐。《爾雅》：麐，大麕，旄毛，狗尾。《本草衍義》：麂，麞類，山深處頗多，其聲如擊破鈸。

〔二〕《神仙傳》：葛仙翁於女几山學道數十年，登仙，化爲白鹿，二足，時出山上。《説苑》：「鹿生於山，命懸於庖厨。」

〔三〕《左傳注》：「貪財爲饕，貪食爲餮。」

鷄

紀德名標五，初鳴度必三〔一〕。殊方聽有異，失次曉無憑。問俗人情似，充庖爾輩堪。氣交亭育際，巫峽漏司南〔二〕。

〔一〕《韓詩外傳》：「夫鷄，頭戴冠，文也；足傅距，武也；見敵而鬬，勇也；得食相呼，義也；鳴不失時，信也。鷄有五德，君猶瀹而食之，其所由來近也。」《史·曆書》：鷄三號卒明。注：夜至鷄三鳴，始爲正月一日。

〔二〕《列子》：「亭之毒之。」注：「化育之意。」劉孝標《啓》：「一物之微，遂留亭育。」自昏而曉，正造化氣候所交，故曰「氣交亭育際」。夔州在南，雞司昏曉，今失其司晨之職，故曰「巫峽漏司南」也。

黄魚

日見巴東峽，黄魚出浪新。脂膏兼飼犬，長大不容身〔一〕。筒桶一作筩，非相沿久，風雷肯爲神一作伸〔二〕。泥沙卷涎沫，回首怪龍鱗〔三〕。

〔一〕《鹽鐵論》：江陵之人，以魚飼犬。《論衡》：彭蠡之濱，以魚食犬。《爾雅注》：鱣魚，體有甲無鱗，肉黄，大者長二三丈，江東人呼爲黄魚。陸璣曰：大者千餘斤，可蒸爲臛，又可爲鮓，魚子可爲醬。

〔二〕陸龜蒙《漁具詩序》：緡而竿者，總謂之筌。筌之流，曰筒、曰車。舊注：筒桶，捕魚器也。

〔三〕按：《説文》：鱣，鯉也。《詩義疏》：鱣，身形似龍，蓋魚之靈異者。龍能變化，役風雷，而此乃坐困泥沙，故以爲怪也。

白小

舊注：白小，即今麪條魚。

白小群分命，天然二寸魚〔一〕。細微霑水族，風俗當園蔬〔二〕。入肆銀花亂，傾箱雪片虚。生成猶拾卵，盡取義何如〔三〕。

〔一〕庾信《小園賦》：「一寸二寸之魚。」

〔二〕《賓退録》：《靖州圖經》載，其俗居喪，不食酒肉鹽酪，而以魚爲蔬，今湖北多然，謂之魚菜。老杜常往來荆楚，而夔與湖北爲鄰，「風俗當園蔬」，蓋指此也。

〔三〕《西京賦》：「擭胎拾卵，蚳蝝盡取。」注：卵，鳥子也。言生成之道，卵猶不忍棄。魚雖小而盡取之，豈得爲義乎？

自瀼西荆扉且移居東屯茅屋四首

于㮚《東屯少陵故居記》：峽中多高山峻谷，地少平曠。東屯距白帝五里，而近稻田水畦，延袤百頃，前帶清溪，後枕崇岡，樹林葱蒨，氣象深秀，稱高人逸士之居。陸游《記》：東屯，李氏居已數世，上距少陵纔三易主，大曆初，故券猶在。何宇度《談資》：工部草堂在城東十餘里，尚有遺址可尋，止有一碑，存數字，題「重修東屯草堂記」，似是元物。

白鹽危嶠北，赤甲古城東。平地一川穩，高山四面同〔一〕。烟霜淒野日，秔稻熟天風。人事傷蓬轉，吾將守桂叢〔二〕。

〔一〕謝靈運《詩序》：「石門新營所住，四面高山。」

〔二〕劉安《招隱士》：「桂樹叢生兮山之幽。」

東屯復瀼西，一種住清吴作青溪。來往皆陳作兼茅屋，淹留爲稻畦。市喧宜近利原注：瀼西居近市，林僻此無蹊〔一〕。若訪衰翁語，須令賸客迷〔二〕。

〔一〕《易·巽》：「爲近市利三倍。」公《夔府詠懷》詩：「市暨瀼西巔。」

〔二〕陸機詩：「遊賞愧賸客。」賸，多也。

道北馮都使，高齋見一川〔一〕。子能渠細石，吾亦沼清泉。枕去聲帶還相似，柴荆即有焉〔二〕。斫畬應費日，解纜不知年〔三〕。

〔一〕陸游《少陵高齋記》：少陵居夔，三徙居，皆名高齋。其詩曰「次水門」者，白帝城之高齋也；曰「依藥餌」者，瀼西之高齋也；曰「見一川」者，東屯之高齋也。故又曰「高齋非一處」。

〔二〕《北史》：韋敻淡於榮利，所居之宅，枕帶林泉，對玩琴書，蕭然自適。　言林泉枕帶，兩家相似，故柴荆之居，即可兼彼而有之。

〔三〕斫畬，注見十五卷。

牢落西江外，參差北户間〔一〕。久遊巴子國，卧病楚人山。幽獨移佳境，清深隔遠關〔二〕。寒空見鴛鴦，廻首憶一作想朝班。

〔一〕北户，注見十六卷。

〔三〕遠關，瞿唐關也。《入蜀記》：瞿唐關西門，正對灧澦堆。自關而東，即少陵東屯故居。

社日兩篇

社有春、秋二祀，此詩所詠，乃是秋社。

九農成德業，百祀發光輝〔一〕。報効神如在，馨香舊不違。南翁巴曲醉，北雁塞聲微〔二〕。尚想東方朔，詼諧割肉歸〔三〕。

〔一〕《左傳》：少皞氏以九扈爲九農正，扈民無淫者也。《國語》：共工氏之子曰勾龍，爲后土官，能平九土，故祀以爲社。

〔二〕雁春北秋南。北雁，北來之雁也。

〔三〕《東方朔傳》：伏日詔賜從官肉，朔拔劍割肉，謂同官曰：「伏日當早歸，請受賜。」即懷肉去。大官奏之，詔朔自責。朔曰：「拔劍割肉，一何壯也。割之不多，又何廉也。歸遺細君，又何仁也。」《西溪叢語》：此詩「詼諧割肉」，社日用伏日事，蘇、黄皆以爲誤。按《史記·諸侯年表》：秦德公二年，初作伏祠，社乃同日，至漢方有春、秋二社，與伏分也。

陳平亦分肉，太史竟論功〔一〕。今日江南老，他時渭北童〔二〕。歡娱看絶塞，涕淚落秋風。

鴛鷺迴金闕，誰憐病峽中。

〔二〕《陳平傳》：里中社，平爲宰，分肉甚均。 論功，言平之功爲太史所論列也。

〔三〕江南，峽江之南。

八月十五夜月二首

滿目飛明鏡，歸心折大刀〔一〕。轉蓬行地遠，攀桂仰天高。水路疑霜雪，林棲見羽毛。此時瞻白兔，直欲數秋毫。

〔一〕《古樂府》：藁砧今何在？山上復有山。何當大刀頭，破鏡飛上天。吴兢《解題》：藁砧，砆也。重山，出也。大刀頭，刀頭有鐶，問夫何時當還也。破鏡飛上天，言月半缺當還也。

稍下巫山峽，猶銜白帝城。氣沉全浦暗，輪仄半樓明。刁斗皆催曉，蟾蜍且自傾。張弓倚殘魄，不獨漢家營〔一〕。

〔一〕倚殘魄，與「長劍倚天外」之倚同。

十六夜翫月

舊挹金波爽，皆傳玉露秋。關山隨地闊，河漢近人流〔一〕。谷口樵歸唱，孤城笛起愁。巴童渾不寐，半夜有行舟。

〔一〕孟浩然詩：江清月近人。

十七夜對月

秋月仍圓夜，江村獨老身。捲簾還照客，倚杖更隨人〔一〕。光射潛虬動，明翻宿鳥頻〔二〕。茅齋依橘柚，清切露華新。

〔一〕梁朱超詩：惟餘故樓月，遠近必隨人。

〔二〕《蜀都賦》：下高鵠，出潛虬。

曉望

白帝更聲盡，陽臺曙色分。高峰寒一作初上日，疊嶺宿霾一作未收雲。地坼江帆隱，天清木葉聞。荆扉對麋鹿，應共爾爲群。

日暮

牛羊下來久，各已閉柴門。風月自清夜，江山非故園。石泉流暗壁，草露滿秋原吴作滴秋根，一作滴秋原〔一〕。頭白明燈裏，何須花燼繁。

〔一〕沈約詩：草根滴霜露。

暝

日下四山陰，山庭嵐氣侵〔一〕。牛羊歸徑險，鳥雀聚枝深。正枕當星劍，收書動玉琴〔二〕。半扉開燭影，欲掩見清砧。

〔一〕謝靈運詩：夕曛嵐氣陰。

〔二〕《越絶書》：《寶劍篇》：觀其釽，爛如列星之行。觀其光，如水溢於塘。庾信詩：流星抱劍文。

晚

杖藜尋晚巷一作巷晚，炙背近墻暄。人見幽居僻，吾知拙養尊。朝廷問府主，耕稼學山村〔一〕。歸翼飛棲定，寒燈亦閉門〔二〕。

〔一〕朝廷之事，則問府主，正見養拙意。

〔二〕庾信詩：鳥寒棲不定。

夜

絶岸風威動，寒房燭影微。嶺猿霜外宿，江鳥夜深飛。獨坐親雄劍，哀歌嘆短衣〔一〕。烟塵繞閶闔，白首壯心違。

〔一〕《淮南子》：甯戚飯牛車下，擊牛角而爲商歌曰：「南山粲，白石爛，短布單衣適止骭，長夜漫漫何時旦？」

九月一日過孟十二倉曹十四主簿兄弟

藜杖侵寒露，蓬門啓曙烟。力稀經樹歇，老困撥書眠。秋覺追隨盡，來因孝友偏。清談見滋味，爾輩可忘年〔一〕。

〔一〕《後漢書》：禰衡始弱冠，孔融年四十，與爲忘年交。

孟倉曹步趾領新酒醬二物滿器見遺老夫

楚岸通秋屐，胡牀面夕畦。藉慈力切，一作耤糟分汁滓，甕醬落提攜〔一〕。飯糲音辣添香味，朋來有醉泥。理生難免俗，方法報山妻。

〔一〕劉伶《酒德頌》：枕麴藉糟。汁滓，注見十六卷。《周禮》：醬用百有二十甕。

送孟十二倉曹赴東京選

黄曰：《唐書》：太宗時，以歲旱穀貴，東人選者集於洛州，謂之東選。洛州，即東京也。

君行別老親，此去苦家貧。藻鏡留連客，江山憔悴人〔一〕。秋風楚竹冷，夜雪鞏梅春〔二〕。朝夕高堂念，應宜綵服新。

〔一〕《晉書》：太康四年，制曰：藻鏡銓衡。

〔二〕《唐書》：鞏縣屬東都河南府。言秋別南楚，春期猶在鞏、洛，正是留連憔悴之感。

憑孟倉曹將書覓土婁舊莊

平居喪亂後，不到洛陽岑。爲歷雲山問，無辭荆棘深。北風黄葉下，南浦白頭吟。十載江湖客，茫茫遲暮心。

九日五首

吴若本題下注云：「缺一首。」趙次公以「風急天高」一首足之，云「未嘗缺」，夢弼注同。

重陽獨酌一云少飲盃中酒，抱病起一作豈登江上臺。竹葉於人既無分，菊花從此不須開〔一〕。殊方日落玄猿哭，舊國霜前白雁來〔二〕。弟妹蕭條各何往，干戈衰謝兩相催。

〔一〕張衡《七辨》：玄酒白醴，蒲萄竹葉。張華《輕薄篇》：蒼梧竹葉清，宜城九醖酒。

〔二〕《左傳》：曹鄙人公孫彊好弋，獲白雁獻之。《夢溪筆談》：北方有白雁，似雁而差小，秋深乃來，來則霜降，河北人謂之霜信。

舊日重陽酒，傳盃不放盃。即今蓬鬢改，但媿菊花開。北闕心常戀，西江首獨迴。茱萸晉作萸房賜朝士，難得一枝來。

舊與蘇司業，兼隨鄭廣文。采花香泛泛，坐客醉紛紛。野樹欹一作歌還倚，秋砧醒却聞。歡娛兩冥漠一作寞，西北有孤雲。

故里樊川菊，登高素滻源。他時一笑王作醉後，今日幾家存〔一〕。巫峽蟠江路，終南對國門。繫舟身萬里，伏枕淚雙痕。爲蔡讀去聲客裁烏帽，從兒具緑樽。佳辰對一作帶群盜，愁絶更堪論〔二〕。

〔一〕《長安志》：樊川，一名後寬川，在萬年縣南三十五里。《十道志》曰：其地即杜陵之樊鄉，漢高祖以賜將軍樊噲，食邑於此，故曰樊川。人言其墓在神禾原上，爲長安名勝之地。張禮《遊城南記》：《長安志》云：少陵原南接終南山，北直滻水。今萬年縣有洪固鄉司馬村，在長安城之東南，少陵在村之東北。則滻水在東，非在北矣。少陵東接風涼原，滻水出焉。東北對白鹿原，邪谷水出焉。二水合流入渭，杜詩所謂「登高素滻源」是也。少陵之東岡下，即滻水之西岸。

〔二〕烏帽，注見十二卷。趙曰：裁烏帽，特以爲客，平時不巾可知矣。

登高

舊編成都詩內，按：詩有「猿嘯哀」之句，定爲夔州作。

風急天高猿嘯哀，渚清沙白鳥飛廻。無邊落木蕭蕭下，不盡長江衮衮他本作滚滚來。萬里悲秋常作客，百年多病獨登臺。艱難苦恨繁霜鬢，潦倒新亭停通濁酒杯〔一〕。

〔一〕《絶交書》：潦倒麄疎。又：濁酒一杯。時公以肺病斷飲。

九日一云登高諸人集於林

詩云「九日明朝是」，乃前一日作。

九日明朝是，相要舊俗非〔一〕。老翁難早出，賢客幸知歸。舊采黄花賸，新梳白髮微。漫看年少樂，忍淚已霑衣。

〔一〕舊俗，謂樊川故里。

晚晴吴郎見過北舍

圃畦新一作佳雨潤，媿子廢鉏來。竹杖交頭拄，柴扉掃一作隔徑開。欲棲群鳥亂，未去小童催。明日重陽酒，相迎自醱醅。

簡吳郎司法

《唐書》：府、州各有司法參軍事。《唐六典》：煬帝罷州置郡，改司功、司倉、司户、司兵、司法、司士等爲書佐，皇朝因其六司，而以書佐爲參軍事。

有客乘舸自忠州，遣騎安置瀼西頭。古堂本買藉疏豁，借汝遷居停宴遊〔一〕。雲石熒熒高葉曙一作曉，風江颯颯亂帆秋。却爲姻婭過逢地，許坐曾軒數散愁〔二〕。

〔一〕古堂，即瀼西草堂。

〔二〕《爾雅》：婦之父母，婿之父母，相謂爲婚姻，兩婿相謂爲婭。

又呈吳郎

堂前撲棗任西鄰，無食無兒一婦人〔一〕。不爲困窮寧有此，祇緣恐懼轉須親。即防一作知遠客雖多事，使一作便插疏籬却甚真〔二〕。已訴徵求貧到骨，正思戎馬淚盈巾。

〔一〕《漢書》：王吉居長安，東家有大棗樹，垂吉庭中。吉婦取棗以啖吉，吉知之，乃去婦。首句暗用其事。

〔二〕遠客，謂吴郎。插疎籬，言編籬以限往來。二語主西鄰婦人言，舊解非是。

覃山人隱居

南極老人自有星，北山移文誰勒銘〔一〕。徵君已去獨松菊，哀壑無光留户庭〔二〕。予見亂離不得已，子知出處必須經〔三〕。高車駟馬帶傾覆，悵望秋天虚翠屏〔四〕。

〔一〕老人星，注見前。《文選》五臣注：周顒先隱都北鍾山，後出爲海鹽令，欲過北山，孔稚圭乃假山靈意，作文移之。中云：馳文驛路，勒移山庭。按：《齊書》：元徽中，顒出爲剡令。建元中，爲山陰令，未嘗令海鹽也，《選》注誤，《一統志》因之亦誤。

〔二〕《後漢·韓康傳》：亭長以韓徵君當至，方修道橋。

〔三〕《詩傳》：經，度之也。《廣韻》：經，量度也。

〔四〕《四皓歌》：駟馬高蓋，其憂甚大。

言老人星自在而山人没矣，但有移文，誰勒墓銘者？以深譏之也。徵君二句，即移文所云「誘我松桂，欺我雲壑」也。下二句言，我以亂離，故不得已而奔走，山人則誠隱者，何不以出處之宜，一爲經度乎？責其不當輕出也。末二句，又言危機所伏，出不如處，以深惜之。此詩諷刺山人，最爲明切，解者多支離。

柏學士茅屋

碧山學士焚銀魚，白馬却走身巖居〔一〕。古人已用三冬足，年少今一作曾開萬卷餘〔二〕。晴雲滿户團傾蓋，秋水浮堦溜決渠〔三〕。富貴必從勤苦得，男兒須讀五車書〔四〕。

〔一〕銀魚，注見前。

〔二〕《東方朔傳》：臣年十二，學書三冬，文史足用。

〔三〕周王褒詩：俯觀雲似蓋，低望月如弓。《漢·溝洫志》：舉鍤爲雲，決渠爲雨。

〔四〕《莊子》：惠施多方，其書五車，其道踳駮。

題柏大兄弟山居壁二首

叔父朱門貴，郎君玉樹高〔一〕。山居精典籍，文雅涉風騷。江漢終吾老，雲林得爾曹。哀絃繞白雪，未與俗人操〔二〕。

〔一〕應璩《與滿公琰書》：外嘉郎君謙下之德。注：璩常事其父，故呼郎君。

〔二〕謝希逸《琴論》：《白雪》，師曠所作商調曲也。《唐書·樂志》：《白雪》，周曲也。鮑照詩：蜀琴抽白雪，郢曲繞陽春。

野屋流寒水，山籬帶薄雲。静因連虎穴，喧已去人群。筆架霑窗雨，書籤映隙曛。蕭蕭千里足荆作馬，箇箇五花文〔一〕。

〔一〕五花，注見一卷。

寄柏學士林居魯訔作草堂

自胡之反持干戈，天下學士亦奔波〔一〕。嘆彼幽棲載典籍，蕭然暴露依山阿。青山萬重他作里静散地，白雨郭作羽，非一洗空垂蘿。亂代飄零余到此，古人成敗子如何〔二〕。荆揚冬春異風土，巫峽日夜多雲一作風雨。赤葉楓林百舌鳴，黄泥一作花野岸天鷄舞〔三〕。盜賊縱横甚密邇，形神寂寞甘辛苦。幾時高議排金門，各使蒼生有環堵。

〔一〕庾信碑文：豫州拓境，兩鎮奔波。

〔二〕因學士載書而隱，故問以觀古人成敗之事，今當何如也。

〔三〕天鷄，注見八卷。

寄從孫崇簡

公《吾宗》詩自註：衛倉曹崇簡。《唐世系表》：崇簡出襄陽房，爲益州司馬參軍。

嵯峨白帝城東西，南有龍湫北虎溪。吾孫騎曹不記一作騎馬，業學尸鄉常養鷄。龐公隱時盡室去，武陵春樹他人迷〔一〕。與汝林居未相失，近身藥裹酒常攜。牧豎郭作叟樵童亦無賴，莫令斬斷青雲梯〔二〕。

〔一〕《世説》：王子猷爲桓沖騎曹參軍，桓問曰：「卿署何曹？」曰：「不知何曹，時見牽馬來，似是馬曹。」又問：「所管幾馬？」曰：「不知馬，何由知數？」　尸鄉祝鷄翁，注見一卷。

〔二〕《漢·外戚傳》：武發篋中，有裹藥二枚。　青雲梯，注見二卷。　蔡曰：末二語，託言勿相疎絶。

戲寄崔評事表姪蘇五表弟韋大少府諸姪

隱豹深愁雨，潛龍故起雲〔一〕。泥多仍徑曲，心醉阻賢群〔二〕。忍待《東觀餘論》作對江山麗，還披鮑謝文。高樓憶疎豁魯作闊，秋興坐氤氳。

〔一〕《列女傳》：南山有玄豹，霧雨七日，不下食者，欲以澤其衣毛而成其文章也。

〔二〕《晉書》：太原郭奕高爽，爲衆所推，見阮咸而心醉。

季秋蘇五弟纓江樓夜宴崔十三評事韋少府姪三首

峽險江驚急，樓高月迥明。一時今夕會，萬里故鄉情。星落黄姑渚，秋辭白帝城〔一〕。老人因酒病，堅坐待君傾。

〔一〕古樂府：黄姑織女時相見。《荆楚歲時記》：黄姑即何鼓，音訛耳。《爾雅》：何鼓，謂之牽牛。《博物志》：有人到天河，遥望宫中有織婦，一丈夫牽牛，渚次飲之。

明月生長好，浮雲薄漸一作暫遮。悠悠照邊一作遠塞，悄悄憶京華〔一〕。清動盃中物，高瞻海上查。不眠瞻白兔，百過落烏紗。

〔一〕謝莊《月賦》：升清質之悠悠。

對月那無酒，登樓况有江。聽歌驚白鬢，笑舞拓秋窓。樽蟻添相續，沙鷗並一雙。盡憐君醉倒，更覺片一作我心降。

季秋江村

喬木村墟古，疎籬野蔓懸。素琴將暇日，白首望霜天。登俎黄甘重，支牀錦石圓〔一〕。遠遊雖寂寞，難見此山川。

〔一〕《史·龜筴傳》：南越老人用龜牀支足。

小園

由來巫峽水，本自楚人家。客病留因藥，春深買爲花。秋庭風落果，瀼岸雨頽沙。問俗營寒事，將詩待物華。

寒雨朝行視園樹

柴門雜俗本作擁樹向千株，丹橘黄甘北他本作此，非地無。江上今朝寒雨歇，籬中秀一作邊新色畫屏紆。桃蹊李徑年雖古一作故，梔子紅椒艷復一作色，非殊〔一〕。鏁石藤梢元自落，倚刊作到天松骨見來枯。林香出實垂將盡，葉蔕辭一作離枝一作柯不重蘇。愛日恩光蒙借貸，清霜殺氣得憂虞〔二〕。衰顔動覓藜牀坐，緩步仍須竹杖扶。散騎未知雲閣處，啼猿僻在楚山隅〔三〕。

〔一〕《李廣傳贊》：桃李不言，下自成蹊。師古曰：蹊，徑道也。○言園樹得雨，葱蒨生色。

〔二〕《左傳注》：冬日可愛。江淹《上建平王書》：惠以恩光，顧以顔色。言彫零於歲暮者，雖借恩愛日，終以清霜爲憂。

〔三〕《北堂書鈔》：《英雄記》曰：向詡常坐藜牀上。庾信詩：鹿裘披稍裂，藜牀坐欲穿。散騎、雲閣，注見十五卷。

傷秋

村一作林僻人來少，山長去鳥微。高秋收晝一云藏羽扇，久客掩柴一作荆扉。懶慢頭時櫛，艱難帶減圍〔一〕。將軍猶一作思汗馬，天子尚戎衣。白蔣風飆脆，殷烏閑切檉丑成切曉夜稀。何年減一作滅豺虎，似有故園歸〔二〕。

〔一〕《梁昭明太子傳》：體素壯，腰帶十圍，至是減削過半。

〔二〕按史：大曆二年九月，吐蕃寇靈州、邠州，京師戒嚴。故有汗馬、戎衣之句。蔣，菰蔣也。

〔三〕《説文》：殷，赤黑色。《爾雅》：檉，河柳。注：今河旁赤莖小楊也。陸璣《詩疏》：皮赤如絳，枝葉如松，一名雨師。

即事 一云天畔

天畔群山孤草亭，江中風浪雨冥冥。一雙白魚不受釣，三寸黄甘猶自青〔一〕。多病馬郭作長卿無日起，窮途阮籍幾時醒〔二〕。未聞細柳散金甲，腸斷秦川一作州，非流濁涇。

〔一〕注見十六卷。

〔二〕按：公詩葛亮、馬卿，或疑不當截字用，然六朝人已有之。庾信碑文：渡瀘五月，葛亮有深入之兵。薛道衡碑文：尚寢馬卿之書，未允梁松之奏。

有歎

壯心久零落，白首寄人間。天下兵常鬭原注：傳蜀官軍自圍普、遂。遂，一作還，江東客未還〔一〕。窮猿號雨雪，老馬怯一作望，一作泣關山。武德開元際，蒼生豈重攀。

〔一〕公第五弟豐，時客江東，《元日》詩「不見江東弟」是也。

耳聾

生年鶡冠子，歎世鹿皮翁〔一〕。眼復幾時暗，耳從前月聾。猿鳴秋淚缺，雀噪晚愁空。黄落驚山樹，呼兒問朔風。

〔一〕《漢書》：道家《鶡冠子》一篇。居深山，以鶡爲冠。袁淑《真隱傳》：鶡冠子，或曰楚人，衣敝履穿，因服成號，著書言道家事。鹿皮翁，注見六卷。

獨坐二首

竟日雨冥冥，雙崖洗更青〔一〕。水花寒落岸，山鳥暮過庭。煖老須燕玉，充饑憶楚萍〔二〕。胡笳在樓上，哀怨不堪聽。

〔一〕雙崖，瞿唐兩崖也。

〔二〕古詩：燕趙多佳人，美者顔如玉。須燕玉，所謂八十非人不暖也。錢箋：燕玉，宋人仍襲多用，實不知其何出。顧大韶曰：此用玉田種玉事也。按《搜神記》：雍伯葬父母於無終山，有人與石一斗，命種之，玉生其田。北平徐氏有女，雍伯求之。要以白璧一雙，伯至玉田，求得五雙，徐氏妻之。在北平城西北一百三十里，有無終城，故燕地也，今爲玉田縣。燕玉事出此無疑。　楚萍，注見十六卷。

白狗斜臨北，黄牛更在東〔一〕。峽雲常照夜，江日一作月會兼風。曬藥安垂老，應門試小童。亦知行不逮，苦恨耳多聾。

〔一〕《水經注》：大江東帶鄉口溪，溪源出歸鄉縣東南數百里，西南入縣，逕狗峽、西峽，崖龕中石隱起，有狗形，形狀具足，故以狗名峽。《輿地紀勝》：白狗峽，在秭歸縣東三十里。　黄牛峽，注見七卷。

雲

龍以一作自瞿唐會，江依白帝深。終年常起峽，每夜必通林。收穫辭霜渚，分明在夕岑。高齋非一處，秀氣豁煩襟。

月

四更山吐月，殘夜水明樓。塵匣元開鏡，風簾自上鈎〔一〕。兔應疑鶴髮，蟾亦戀貂裘。斟酌姮音恒，俗作嫦娥寡，天寒奈郭作耐九秋〔二〕。

〔一〕鮑照《擬古》：「明鏡塵匣中，寶琴生網絲。」庾信《鏡》詩：「玉匣聊開鏡，輕灰暫拭塵。」謝朓詩：風簾入雙燕。枚乘《月賦》：「隱圓巖而似鈎。」《西溪叢語》：沈雲卿《月》詩：「臺前疑掛鏡，簾外自懸鈎。」塵匣二句用此。

〔二〕張衡《靈憲》：羿請不死之藥於西王母，其妻姮娥竊之以奔月，是名蟾蠩。梁元帝《纂要》：秋曰三秋，亦曰九秋、素秋。九秋，以九十日言之。

雨四首

微雨不滑道，斷雲疎復行。紫崖奔處黑，白鳥去邊明。秋日新霑影，寒江舊落聲。柴扉臨野碓，半濕搗香杭。

江雨舊無時，天晴忽散絲。暮秋霑物冷，今日過雲遲。上馬回休出，看鷗坐不移吴作辭。高軒一作層當灔澦，潤色静書帷。

物色歲將晏，天隅人未歸。朔風鳴淅淅，寒雨下霏霏。多病久加飯，衰容新授衣。時危覺凋喪，故舊短書稀。

楚雨石苔滋，京華消息遲。山寒青兕叫，江晚白鷗饑。神女花鈿落，鮫人織杼悲。繁憂不自整，終日灑如絲。

東屯夜月

抱疾漂萍老，防邊舊穀屯〔一〕。春農親異俗，歲月在衡門。青女霜楓重，黄牛峽水喧。泥留虎鬬跡，月掛客愁村。喬木澄稀影，輕雲倚細根。數驚聞雀噪，暫睡想猿蹲。日轉東方白，風來北斗昏。天寒不成寐，無夢寄歸魂。

〔一〕見東屯注。

東屯北崦衣檢切

盜賊浮生困，誅求異俗貧。空村惟見鳥，落日未逢人。步壑風吹面，看松露滴身。遠山回白首，戰地有黄塵。

從驛次草堂復至東屯茅屋一本無茅屋二字二首

驛，乃白帝城之驛。草堂，瀼西草堂也。

峽内一作裏歸田舍一作客，江邊借馬騎。非尋戴安道，似向習家池。山郭作地險風烟僻陳作合，天寒橘柚垂。築場看斂積，一學楚人爲。

短景難高卧，衰年强去聲此身。山家蒸栗暖，野飯射麋新〔一〕。世路知交薄，門庭畏客頻。牧童斯一作須在眼，田父實爲鄰。

〔一〕王逸《玉論》：黄如蒸栗。《左傳》：麋興於前，射麋麗龜。

暫往一作住白帝復還東屯

復作歸田去，猶殘穫稻功。築場憐穴蟻，拾穗許村童。落杵光輝白，除芒子粒紅。加餐可扶老，倉庾一作廩慰飄蓬。

茅堂檢校收稻二首

東屯茅堂。

香稻三秋末，平疇百頃間。喜無多屋宇，幸不礙雲山。御裌袷同侵寒氣，嘗新破旅顔〔一〕。紅鮮終日有，玉粒未吾慳。

〔一〕《秋興賦》：藉莞蒻御袷衣。

稻米炊能白，秋葵煮復新。誰云滑易飽，老藉軟俱匀。種幸房州熟，苗同伊闕春〔一〕。無勞映渠盌，自有色如銀〔二〕。

〔一〕《唐書》：房州房陵郡，屬山南東道。武德元年，析遷州之竹山、上庸置。伊闕縣，屬河南府，公有莊墅在焉。

〔二〕魏文帝《車渠盌賦序》：車渠，玉屬也。多纖理縟文，生於西國，其俗寶之。陸倕《蠡盃銘》：用邁羽盃，珍逾渠盌。

刈稻了詠懷

稻穫空雲水，川平對石門。寒風疎草一作落木，旭一作曉日散鷄豚晉作豘。野哭初聞戰，樵歌稍上聲出村。無家問消息，作客信乾坤。

大曆二年九月三十日

爲客無時了，悲秋向夕終。瘴餘夔子國，霜薄楚王宮。草敵虛嵐翠，花禁冷葉一作蘂紅。年年小摇落，不與故園同。

十月一日

有瘴非全歇，爲冬亦不難。夜郎溪日暖，白帝峽風寒〔一〕。蒸裹如千室，焦俗作燋糖舊作糟，趙定作糖幸一柈盤同〔二〕。兹辰南國重，舊俗自相歡。

〔一〕按：唐黔中道，黔、施、珍、思等州，皆古夜郎地，與巴夔接境，溪即五溪也。舊注：犍爲有夜郎溪，不知何據？

〔二〕《齊民要術》：蒸裹方七寸准，豉汁煮秫米、生薑、橘皮、胡芹、小蒜、鹽，細切熬糝，膏油塗箬，十字裹之，糝在上，復以糝屈牖篡之。《方言》：餳，謂之餹。《齊民要術》：煮白餳，宜緩火，火急則焦氣。《四民月令》：十月先冰凍，作京餳，煮暴飴。

孟冬

殊俗還多事，方冬變所爲。破甘霜落爪，嘗稻雪翻匙。巫峽寒都薄，烏蠻一作黔溪瘴遠隨。終然減灘瀨，暫喜息蛟螭。

朝二首

清旭楚宫南，霜空萬嶺含〔一〕。野人時獨往，雲木曉相參。俊鶻無聲過，饑烏下食貪。病身終不動，摇落任江潭〔二〕。

〔一〕《江賦》：視雰祲於清旭。

〔二〕庾信《枯樹賦》：昔年楊柳，依依漢南。今看揺落，凄愴江潭。

浦帆去聲晨初發，郊扉冷未開〔一〕。林疎黄葉墜，野静白鷗來。礎潤休全濕，雲晴欲半迴〔二〕。巫山冬可怪，昨夜有奔雷。

〔一〕按《釋名》：隨風張幔曰帆。《左傳注》：拔旆投衡上，使不帆，風差輕。晉湛方生有《帆入南湖》詩，謝靈運有《遊赤石進帆海》詩，皆讀去聲。

〔二〕《淮南子》：山雲蒸而柱礎潤。

夜二首

白海鹽劉氏校本作向夜月休弦，燈花半委一作委半眠。號山無定鹿，落樹有驚蟬。暫憶江東鱠，兼懷雪下船。蠻歌犯星起，空一作重覺在天邊。

城郭悲笳暮，村墟過翼稀。甲兵年數久，賦斂夜深歸。暗樹依巖落，明河繞塞微。斗斜人更望，月細鵲休飛。

雷

巫峽中宵動，滄江十月雷。龍蛇不成蟄，天地劃争廻。却碾空山過，深蟠絶壁來。何須妬雲雨，霹靂楚王臺。

悶

瘴癘浮三蜀，風雲暗百蠻。卷簾惟白水，隱几亦青山。猿捷長難見，鷗輕故不還。無錢從滯客，有鏡巧催顔。

戲作俳音排諧體遣悶二首

《史記》注：滑稽，猶俳諧也。

異俗吁可怪，斯人難並居〔一〕。家家養蔡讀去聲烏鬼，頓頓食黄魚〔二〕。舊識能一作難爲態，新知已暗疎〔三〕。治生且耕鑿，只有不關渠〔四〕。

〔一〕《魯靈光殿賦》：吁可畏乎，其駭人也。

〔二〕《漫叟詩話》：川人家家養猪，每呼猪作烏鬼聲，故謂之烏鬼。《夢溪筆談》：《夔州圖經》稱，峽中人皆養鸕鷀，以繩繫頸，使捕魚，得則倒提出之，謂之烏鬼。《邵氏見聞録》：夔峽之人，歲正月，十百爲曹，設牲酒於田間，已而衆操兵大噪，謂之養烏鬼。養，去聲。長老言地近烏蠻，戰死者多與人爲厲，用以禳之。《山谷别集》：峽中養雅雛，帶以銅錫環，獻之神祠中，謂之烏鬼。《蔡寬夫詩話》：元微之《江陵》詩：「病賽烏稱鬼，巫占瓦代龜。」自注云：南人染病，競賽烏鬼，楚巫列肆，悉賣龜卜。烏鬼之名見於此。巴楚間常有殺人祭鬼者，曰烏野七頭神，則烏鬼乃所事神名耳。或云：養字乃賽字之誤，理亦宜然。鸕鷀決非烏鬼，當從元注也。《演繁露》：元微之嘗投簡陽明洞，有詩云：「鄉味猶珍蛤，家神愛事烏。」乃知唐俗真有烏鬼也。按：元詩見《長慶集》。元去公時近，又夔隸荆南，必與江陵同俗，他説皆未可信。猪與鸕鷀，尤爲無稽。
《文字解詁》：續食曰頓。吴曾《漫録》：「頓頓」字，亦有所本。晉謝僕射、陶太常詣吴領軍，日已中，客比得一頓食。
〔三〕態，即交態之態。
〔四〕不關渠，言不與彼相關。

西歷青羌坂一作板，非，南留白帝城原注：頃歲自秦涉隴，從同谷縣去遊蜀，留滯於巫山〔一〕。於音烏菟音徒，一作彀菟侵客恨，粔音巨籹音女作人情〔二〕。瓦卜傳神語，畬田費火耕一作聲，趙定作耕〔三〕。是非何處定，高枕笑浮生。

〔一〕青羌，注見十六卷。按：唐嘉州本古青衣羌，其地近邛崍九折坂，故曰青羌坂。唐咸通中，趙鴻《題杜甫同谷茅茨》詩云：「青羌迷道路，白社寄盃盂。」
〔二〕《左傳》：鬭伯比淫於邓子之女，生子文焉。邓夫人使棄諸夢中，虎乳之。楚人謂乳穀，虎於菟，故命之曰鬭穀於菟。《招魂》：粔籹蜜餌，有餦餭些。注：粔籹，以蜜和米麪煎作之。《補注》：粔籹，蜜餌也。吴謂之膏環，餌粉餅也。《齊民要術》：膏環，一名粔籹，用秫稻、米屑、水蜜溲之，强澤如湯餅，麪手搦團，可長八寸許，屈令兩頭相就，膏油煮之。
〔三〕《岳陽風土記》：荆湖民俗，疾病不事醫藥，惟灼龜打瓦，或以鷄子卜求祟所在，使俚巫治之。

畬田，注見十五卷。

大覺高僧蘭若爾者切

原注：和尚去冬往湖南。○《釋氏要覽》：梵言阿蘭若，唐言無諍，《四分律》云：空静處。

巫山不見廬山遠，松林一作間蘭若秋風晚。一老猶鳴日暮鐘，諸僧但乞蔡讀去氣切齋時飯〔一〕。香爐峰色隱晴湖，種杏仙家近白榆〔二〕。飛錫去年啼邑子，獻花何日許門徒〔三〕。

〔一〕廬山，注見三卷。遠，遠公也。李白詩：笑别廬山遠。錢箋：荆公《楞嚴疏》：佛與比丘辰巳間應供名爲齋時。《僧祇律》云：過此午時景，一髮一瞬草葉等，則非食時也。

〔二〕遠法師《廬山記》：山東南有香爐山，孤峰秀起，遊氣籠其上，即焚熖若香烟。其南嶺臨宫亭湖，下有神廟，以宫亭爲號。衆嶺中，第三嶺極高峻。嶺下半里許有重巖，上有懸崖，古仙之所居也。漢董俸館於巖下，常爲人治病，病愈者令栽杏五株，數年之間，蔚然成林。計俸在人間近三百年，容狀常如三十時，俄而昇仙，絶跡於杏林。《神仙傳》：董奉居廬山治病，重者種杏五株，輕者一株，號董仙杏林。古詩：「天上何所有，歷歷種白榆。」《春秋運斗樞》：玉衡星散爲榆。近白榆，言其高近乎天也。按：二句皆用廬山事，則隱晴湖乃彭蠡湖也。題下注湖南，謂彭蠡湖之南。

〔三〕飛錫，注見九卷。《漢·尹翁歸傳》：于定國欲屬託邑子兩人。注：邑子，同邑人之子也。《因果經》：善慧仙人持花七莖，欲以獻佛。時燈照王出城迎佛，王臣禮敬，散獻名花，花悉墮地。善慧即散五花，皆住空中，化成花臺，後散二莖，亦止於空，即釋迦牟尼佛也。謝靈運《遠法師誄》：今子門徒，實同斯艱。

謁真諦寺禪師

蘭若山高處，烟霞嶂幾重。凍泉依細石，晴雪落長松。問法看詩妄，觀身向酒慵。未能割妻子，卜宅近前峰〔一〕。

（凍，郭作冷）

〔一〕《南史》：宋周顒長於佛理，終日長蔬，雖有妻子，獨處山舍。

上卿翁請修武侯廟遺像缺落時崔卿權夔州

崔卿翁，公之舅氏。

大賢爲政即多聞，刺史真符不必分。尚有西郊諸葛廟，卧龍無首對江濆。

奉送卿二翁統節度鎮軍還江陵

火旗還錦纜，白馬出江城〔一〕。嘹唳吟笳發，蕭條別浦清。寒空巫峽曙，落日渭陽情。留滯嗟衰疾，何時見息兵。

〔一〕《考工記》：龍旂九旒，以象大火。鳥旟七旒，以象鶉火。注：大火，蒼龍宿之心。鶉火，朱鳥宿之柳。趙曰：火旗，朱旗也。

久雨期王將軍不至

天雨蕭蕭滯一作帶茅屋，空山無以慰幽獨。鋭頭將軍來何遲，令我心中苦不足〔一〕。數將黄霧亂玄雲，時聽嚴風折喬木。泉源泠泠雜猿狖，泥濘晉作滓漠漠饑鴻鵠。歲暮窮陰耿未已，人生會面難再得叶都木切，音篤。憶爾腰下鐵絲箭，射殺林中雪色鹿。前者坐皮因問毛，知子歷險人馬勞。異獸如飛星宿落，應弦不礙蒼山高。安得突騎只五千，崒然眉骨皆爾曹。走平亂世相催促，一豁明主正鬱陶。憶一云恨昔范增碎玉斗，未一作來使吴郭作吾兵著白袍。昏昏閶闔閉氛祲，十月荆南雷怒號〔二〕。

〔一〕銳頭將軍白起，注見三卷。

〔二〕《漢書》：張良以玉斗獻范增，增拔劍撞而碎之。　按：《南史》：陳慶之麾下悉著白袍，所向披靡。先是，洛中謠曰：「名軍大將莫自牢，千兵萬馬避白袍。」吳兵著白袍，定用此也。舊注引夫差、侯景事，或又引呂蒙白衣搖艣事，俱謬。　范增二句，未詳其指，疑比王將軍之老謀而不見用。《唐書》：大曆二年九月，吐蕃入寇邠、靈二州，京師戒嚴，故云「閶闔閉氛祲」。　雷出非時，亦兵氣所感。

杜工部詩集卷之十八

松陵　朱鶴齡　輯註

大曆中，公居夔州，出峽至江陵作

虎牙行

《水經》：江水又東，歷荆門、虎牙之間。注：荆門在南，上合下開，狀似門；虎牙在北，石壁色紅，間有白文，類牙形。二山，楚西塞也，水勢急峻。《後漢書》注：在今峽州夷陵縣東南。謝省曰：因篇内有虎牙二字，摘以爲題，非正賦虎牙也，下《錦樹行》亦然。

秋一作北風欻吸吹南國，天地慘慘無顔色。洞庭揚波江漢迴，虎牙銅柱皆傾側〔一〕。巫峽陰岑朔漠氣，峰巒窈窕溪谷黑。杜鵑不來猿狖寒一作啼，山鬼幽憂雪霜逼。楚老長嗟憶炎瘴，三尺角弓兩斛力。壁立石《英華》作古城横塞起，金錯旌竿滿雲直〔二〕。漁陽突騎獵青丘，犬戎鎖甲聞《英華》作圍丹極。八荒十年防盜賊，征戍誅求寡妻哭，遠客中宵淚霑臆〔三〕。

〔一〕《文選》注：欻吸，猶翕忽也。謝朓《高松賦》：卷風飆之欻吸。《水經注》：江水又東，逕漢平二百餘里，左自涪陵東，出百餘里而屆於積石，東爲銅柱灘。《一統志》：銅柱灘在重慶府涪陵江口。

〔二〕《南史》：齊魚復侯子響，勇絶人，開弓四斛力。舊注：短弓難開，須兩斛之力，以風寒而堅勁也。白帝城在山上，故曰石城。

〔三〕漁陽，言安史。青丘，注見十五卷。犬戎，言吐蕃。金鎖甲，注見二卷。廣德元年，吐蕃陷京師，故曰圍丹極。

錦樹行

今日苦短昨日休，歲云暮矣增離憂。霜凋碧樹作荆作行，吴作待錦樹，萬壑東逝無停留〔一〕。荒戍之城石色古，東郭老人住青丘。飛書白帝營斗粟，琴瑟几杖柴門幽〔二〕。青荆作春草萋萋盡枯死，天馬陳作驥跂一作跛足隨氂陵之切牛。自古聖賢多薄命，姦雄惡少皆封一作封公侯〔三〕。故國三年一消息，終南渭水寒悠悠。五陵豪貴反顛倒，鄉里小兒狐白裘〔四〕。生男墮地要膂力，一生黄作生女富貴傾邦一作家國。莫愁父母少黄金，天下風塵兒亦得〔五〕。

〔一〕楊慎曰：白詩「黄夾纈林寒有葉」，夾纈，錦之别名，杜詩「霜凋碧樹作錦樹」同意。

〔二〕東郭，公所居。按：《阻雨》詩「佇立東城隅」，《柴門》詩「東城乾旱天」，可證公瀼西居在夔州東郭。又按：《史記》：齊人東郭先生待詔公車。公以東郭先生自擬，故云住青丘。青丘，齊地，在青州樂安縣。

〔三〕《山海經》：荆山其中多犛牛。注：旄，牛屬也，黑色，出西南徼外。按：郭云，旄，牛屬。其非即旄牛可知。舊注引《上林賦》，誤。

〔四〕五陵，注見十三卷。

〔五〕傅玄樂府：男兒墮地稱姝。按：貴妃時，民間語曰：「生男勿喜女勿悲，君看生女作門楣。」詩末正翻此，言風塵之時，男兒亦好，豈必生女能致富貴乎？世變之感，愈深愈痛。

自平

自平宫中《苕溪漁隱》云：東坡定作中官呂太一，收珠南海千餘日。近供生犀翡翠稀，復恐征戍干戈密〔一〕。蠻溪豪族小動摇，世封刺史非時一作常朝。蓬萊殿前一作裏諸主將，才如伏波不得驕〔二〕。

〔一〕《舊書·代宗紀》：廣德元年十二月甲辰，宦官市舶使呂太一逐廣南節度使張休，縱兵大掠廣州。《韋倫傳》：代宗即位，中官呂太一於嶺南矯詔募兵爲亂。《通鑑》：張休棄城走端州，太一縱兵焚掠，官軍討平之。黄曰：太一反於廣德元年十二月，平之必在二年，至大曆二年爲三年，故曰「千餘日」也。

〔二〕《舊唐書》：大曆二年九月，桂州山獠陷州城，刺史李良遁去。故曰「小動摇」。《唐書》：太宗時，溪洞蠻酋歸順者，皆世授刺史。

錢箋：此詩言唐盛時處置蠻夷之法。蠻溪豪族小動摇，言其小小蠢動，朝廷置之不問也。世封刺史非時朝，不責以時朝之禮也。如此則蠻夷率俾，雖有伏波之將，不得生事於外夷也。蓬萊殿前諸主將，指中官掌禁軍者而言。按：太一平後，蠻豪復小梗，公恐出鎮者遽興兵生事，故援羈縻之義以戒之。

寄裴施州

《唐書》：施州清江郡，屬黔中道。　裴施州，黄鶴云：裴冕也。按《舊書・裴冕傳》：永泰元年三月，冕與裴遵慶等並集賢待制，俄充山陵使，表李輔國所昵術士劉烜爲山陵使判官。烜抵法，冕坐貶施州刺史。數月移澧州，復徵爲左僕射。又《代宗紀》：寶應元年九月，右僕射、山陵使裴冕貶施州刺史。廣德二年二月，以澧州刺史裴冕爲左僕射，兼御史大夫。冕貶施歲月，紀傳互異如此。考廣德元年三月葬玄宗、肅宗，則冕山陵之命，必在廣德元年以前，而不在永泰元年明矣。冕自澧州徵還，至永泰元年三月，方待制集賢，蓋本傳誤也。公到夔州，冕已久居朝廷，不應有此寄。及考詩云「幾度寄書白鹽北，苦寒贈我青羔裘」，公以大曆二年秋移居東屯，東屯正在白鹽之北，公《移東屯》詩「白鹽危嶠北」可證，則知是詩乃二年冬所作也。史載：二年二月，左僕射裴冕置宴於子儀之第，是冬何得在施州？又況冕先鎮成都，公必與相往還，詩中絶不及之。所云「自從相遇減多病，三歲爲客寬邊愁」，意公遇裴在去蜀之年。其人名不可考，而必非即裴冕也。黄鶴誤以爲冕，他家都無此説。又編入雲安詩，與「寄書白鹽」語尤刺戾，特爲正之。

廊廟之具裴施州，宿昔一逢無比一作此流。金鐘大鏞在東序，冰壺玉衡《英華》注：一作珩懸清秋。自從相遇感《英華》作減多病，三歲爲客寬邊愁。堯有四岳明至理，漢二千石真分憂〔一〕。幾度寄書白鹽北，苦寒寄我青羔《英華》作絲，一作縑裘。霜雪迴光避錦袖，龍蛇刊作蛟龍動篋蟠銀鉤〔二〕。紫衣使者辭復命，再拜故人謝佳政。將老已失子孫憂，後來况接才華盛。《英華》此句下有「遥憶書樓碧池映」七字〔三〕。

〔一〕《漢·百官公卿表》：郡守，秦官秩二千石。

〔二〕《西京雜記》：劉向作彈棋，獻成帝，以代鞠蹴。帝大説，賜青羔裘、紫絲履。《書藪》：歐陽率更書飛白，冠絶，有龍蛇戰鬭之象。銀鉤，注見七卷。

〔三〕才華盛，指裴施州言之，舊注非。

鄭典設自施州歸

吾憐滎陽秀，冒暑初有適。名賢慎出處一作所出，不肯妄行役。旅兹殊俗遠，竟以屨音慮空迫。南謁裴施州，氣合無險僻。攀援懸根木，登頓入天他本作矢，非石〔一〕。青山自一川，城郭洗憂戚。聽子話此邦，令我心悦懌。其俗則一作甚淳朴，不知有主客。温温諸侯門，禮亦如古昔。敕厨倍常羞，盃盤頗狼籍。時雖屬喪亂，事貴賞一作當匹敵。中宵愜良會，裴鄭非遠戚〔二〕。群書一萬卷，博涉供務隙。他日辱銀鈎，森踈見矛戟〔三〕。倒屣喜旋歸，畫地求一作來所歷。乃聞風土質，又重田疇闢。刺史似寇恂，列郡宜競借蔡讀咨昔切，他本作惜〔四〕。北風吹瘴癘，羸老思散策。渚拂蒹葭寒，嶠穿蘿蔦冪。此身仗兒僕，高興潛有激。孟冬方首去聲路，强飯取崖壁〔五〕。歎爾疲駑駘，汗溝血不赤。終然備外飾，駕馭何所益。我有平肩輿，前途猶準的。翩翩入鳥道，庶脱蹉跌厄〔六〕。

〔一〕裴施州，見上篇。《九域志》：施與夔爲鄰，在夔之南三百餘里。江總賦：岸木懸根。入天石，言石勢之參天也。公《瞿唐》詩「入天猶石色」可證。舊本訛作「矢」，須溪云：暗用李廣射石没羽事。此喜新之見，箋杜詩正不宜爾。

〔二〕《滑稽傳》：履舄交錯，盃盤狼籍。

〔三〕《書苑》：歐陽詢真行之書，出於大令，森然如武庫矛戟。

〔四〕寇恂，注見十卷。按：競借，從《草堂》本爲正。謝靈運《山居賦》：怨浮齡之如借。叶入聲，音迹。

〔五〕高興、有激，言己亦思謁裴，而以孟冬爲期。

〔六〕《赭白馬賦》：膺門沫赭，汗溝走血。注：汗溝，馬中脊也。馬援《銅馬相法》：汗溝欲深長。

言涉險非駑馬所堪，必肩輿庶無蹉跌。

寫懷二首

勞生共乾坤，何處異風俗。冉冉自趨競，行行見羈束〔一〕。無貴賤不悲，無富貧亦足。萬古一骸骨，鄰家遞歌哭〔二〕。鄙夫到巫峽，三歲如轉燭。全命甘留滯，忘情任榮辱〔三〕。朝班及暮齒，日給還脱粟。編蓬石城東，采藥山北谷〔四〕。用心霜雪間，不必條蔓緑。非關故安排，曾是順幽獨〔五〕。達士如弦直，小人似鈎曲。曲直吾不知，負暄候樵牧〔六〕。

〔一〕《莊子》：大造勞我以生。

〔二〕阮籍《大人先生傳》：無貴則賤者不怨，無富則貧者不争，各安於身而無所求也。

〔三〕公以永泰元年到雲安，至大曆二年爲三歲。

〔四〕《尚書大傳》：子夏作壞室，編蓬户，彈琴瑟其中。

〔五〕霜雪二句，自言守歲寒而無慕榮華。謝靈運詩：安排徒空言，幽獨賴鳴琴。

〔六〕《後漢書》：順帝末京師童謡云：「直如弦，死道邊。曲如鈎，封公侯。」

夜深坐南軒，明月照我膝。驚風翻河漢，梁棟日已出他本作已出日。群生各一宿，飛動自儔匹。吾亦驅其兒，營營爲私實晉作室。天寒行旅稀，歲暮日月疾。榮名忽中人，世亂如蟣蝨〔一〕。古者三皇前，滿腹志願畢。胡爲有結繩，陷此膠與漆〔二〕。禍首燧人氏，厲階董狐筆。君看燈燭張，轉使飛蛾密〔三〕。放神八極外，俛仰俱蕭瑟。終契如往還一作終然契真如，得匪合一作金仙術〔四〕。

〔一〕《九辨》：薄寒之中人。

〔二〕《莊子》：「鼴鼠飲河，不過滿腹。」待繩約膠漆而固者，是侵其德也。附離不以膠漆，約束不以纆索。

〔三〕嗜慾起於火食，是非生於良史，故云禍首、厲階。飛蛾赴燭，言榮名之中人如此。

〔四〕終契二句難解。按《文選》：孫楚《陟陽候》詩：齊契在今朝。注引《説文》：契，大約也。言齊死生，契在於今朝。終契，即齊契之契也。如往還，即《吴越春秋》所云「生往死還」也。如此説稍通，終屬晦僻。蔡興宗、趙次公俱從別本，定作「終然契真如，得匪金仙術」。金仙，佛也。其義似優，當據此改正。

可歎

天上浮雲如一作似白衣，斯須改變如蒼狗。古往今來共一時，人生萬事無不有〔一〕。近者抉眼去其夫，河東女兒身姓柳。丈夫正色動引經，酆城客子王季友。群書萬卷常暗誦，孝經一通看在手。貧窮老叟家賣屐一作履，好事就之爲攜酒〔二〕。豫章太守高帝孫，引爲賓客敬頗久。聞道三年未曾語，小心恐懼閉其口〔三〕。太守得之更不疑，人生反覆看亦一作已醜。明月無瑕豈容易，紫氣鬱鬱猶衝斗〔四〕。時危可仗真豪俊，二人得置君側否。太守頃者領山南黄作在南山，非，邦人思之比父母。王生早曾拜顔色，高山之外皆培部苟切塿路苟切〔五〕。用爲羲和天爲成，用平水土地爲厚。王也論道阻江湖，李也疑一作凝承曠前後。死爲星辰終不滅，致君堯舜焉肯朽。吾輩碌碌飽飯行，風后力牧常迴首〔六〕。

〔一〕《晉·天文志》：鄭雲如絳衣，又云：牱雲如狗，赤色長尾。

〔二〕《吴世家》：子胥將死，曰：抉吾眼置吴東門。抉眼去其夫，言如抉眼中之物而去之。《唐書》：豐城縣屬洪州豫章郡。《揚雄傳》：好事者載酒肴從游學。

〔三〕高帝孫，李勉也。《唐書·世系表》：鄭惠王元懿生安德郡公琳，琳生擇言，擇言生勉。《舊唐書》：勉歷河南尹，徙洪州刺史、江西觀察使。大曆二年四月，拜京兆尹、御史大夫。黄曰：隆興有石幢，載勉在張鎬之後、魏少游之前。鎬以廣德二年九月卒，勉即以是月繼之，至大曆二年，凡三年。此詩乃入爲京尹時作，故曰「三年未曾語」也。

〔四〕《淮南子》：明月之珠，不能無纇。紫氣，豐城劍也。季友豐城人，故用之。○言季友之賢，爲太守所信，乃至見棄於妻，此事之反覆而可醜者，然其才則如珠光劍氣，豈得而掩没之哉？

〔五〕《舊唐書》：肅宗寶應初，勉爲梁州刺史，山南西道觀察使。早曾拜顔色，謂己與王生相遇之早。《説文》：培塿，小土山。《方言》：冢，秦晉間謂之培塿。

〔六〕《尚書大傳》：古者天子必有四鄰，前曰疑，後曰丞，左曰輔，右曰弼。《莊子》：傅説得之以相武丁，乘東維，騎箕尾，而比於列星。《帝王世紀》：黄帝得風后於海隅，進以爲相；得力牧於大澤，進以爲將。

此詩爲季友作也。季友，肅、代間人，殷璠謂其詩放蕩，愛險務奇，然而白首短褐。錢起有《贈季友赴洪州幕》詩云：「列郡皆用武，南征所從誰。諸侯重才略，見子如瓊枝。」即豫章賓客之事也。《潘淳詩話》載：《唐江西新幢子》記題名云：「使兼御史中丞李勉，兼監察御史王季友。」蓋勉罷河南尹，以御史中丞歸西臺，出爲江西觀察使，故結銜如此。于邵《送王司議季友赴洪州序》云：「洪州之爲連率，舊矣，朝廷重於鎮，定咨爾宗支，勉移獨坐之權，專方面之寄，是以王司議得爲副車。」今按：此詩「豐城客子」云云，則季友秪在勉幕府耳。題名及《序》所云，與「白首短褐」語不合，疑御史司議止是虚銜，未嘗官於朝也。季友雖云豪俊，何至許以良相？蓋季友爲妻所棄，時議必多嗤薄之者。公盛稱其人，以破俗見，明事變無常，不足爲賢者之累也。

觀公孫大娘弟子舞劍器行并序

大曆二年十月十九日，夔府别駕元持一作特宅，見臨潁李十二娘舞劍器，壯其蔚跂，問其所師，曰：「余，公孫大娘弟子也。」開元三一作五載，余尚童稚，記於郾城觀公孫氏舞劍器渾脱，瀏灕頓挫，獨出冠時。自高頭、宜春梨園二伎一作教坊内人，洎外供奉《英華》有「舞女」二字，曉是舞者，聖文神武皇帝初，公孫一人而已。玉貌錦一作繡衣，况余白首。今兹弟子，亦匪盛顔，既辨其由來，知波瀾莫二，撫事慷慨，聊爲《劍器行》。昔吴人張旭，善草書書帖，數嘗於鄴一作葉縣見公孫大娘舞西河劍器，自此草書長進，豪蕩感激，即公孫可知矣〔一〕。

昔有佳人公孫氏，一舞劍器動四方。觀者如山色沮喪，天地爲之久低昂。㸌户沃切如羿射九日落，矯如群帝驂龍翔。來《英華》作末如雷霆收震怒，罷如江海凝清光〔二〕。絳脣珠袖兩寂寞，晚舊作况，非有弟子傳芬芳。臨潁美人在白帝，妙舞此曲神揚揚。與余問答既有以，感時撫事增惋傷。先帝侍女八千人，公孫劍器初第一。五十年間似反掌，風塵澒洞昏王室〔三〕。梨園弟子散如烟，女樂餘姿映寒日。金粟堆南木已拱，瞿唐石城草《英華》作暮蕭瑟〔四〕。玳筵急管曲復終，樂極哀來月東出。老夫不知其所往，足繭荒山轉愁疾〔五〕。

〔一〕《唐書》：臨潁、郾城二縣俱屬許州。段安節《樂府雜録》：健舞曲有稜大、阿連、柘枝、劍器、胡旋、胡騰等。軟舞曲有凉州、緑腰、蘇合香、屈柘、團圓旋、甘州等。《通鑑》：中宗宴近臣，令各效伎藝爲樂，將作大匠宗晉卿舞渾脱。胡三省注：長孫無忌以烏羊毛爲渾脱氈帽，人多效之，謂之趙公渾脱，因演以爲舞。楊慎曰：《唐書》：吕元泰《疏》：比見坊邑率爲渾脱隊，駿馬胡服，名曰蘇莫遮。渾脱隊，即渾脱舞也。蘇莫遮、胡帽，今曲名有之。崔令欽《教坊記》：右教坊，在光宅坊。左教坊，在延政坊。右多善歌，左多工舞。妓女入宜春院，謂之内人，亦曰前頭人，常在上前也。《雍録》：開元二年正月，置教坊於蓬萊宫側，上自教法曲，謂之梨園弟子。天寶中，即東宫置宜春北院，命宫女數百人爲梨園弟子。梨園在光化門北。光化門者，禁苑南面西頭第一門。《明皇雜録》：上素曉音律，安禄山獻白玉簫管數百事，陳於梨園，自是音響不類人間。諸公主及虢國以下，競爲貴妃弟子。每授曲之終，皆廣有進奉。時公孫大娘能爲《鄰里曲》及裴將軍滿堂勢、西河劍器、渾脱舞，妍妙皆冠絶於時。李肇《國史補》：張旭草書得筆法，後傳崔邈、顔真卿。旭嘗言：始吾見公主擔夫争路，而得筆法之意，後見公孫氏舞劍器，而得其神。

〔二〕爠，灼也。梁元帝賦：睹爠火之迢遥。《淮南子》：堯時，十日並出，堯令羿射中九日，日烏皆死，墮其羽翼。夏侯玄賦：又如東方群帝兮，騰龍駕而翱翔。劉辰翁曰：雷霆收震怒，謂其猶殷殷有聲也。

〔三〕自開元五年至是年，凡五十一年。

〔四〕明皇泰陵在金粟山，注見十卷。

〔五〕江總詩：玳筵歡趣密。鮑照樂府：催筵急管爲君舞。《戰國策》：蘇子足重繭，日百而舍。注：繭，足胝也。

荆南兵馬使太常卿趙公大食刀歌

太常卿，趙之兼官。《舊唐書》：大食本在波斯之西，兵刀勁利，其俗勇於戰鬬。

太常樓船聲嗽嘈，問兵刮寇趨陳作超下牢。牧出令奔飛百艘音騷，猛蛟突獸紛騰逃〔一〕。白帝寒城駐錦袍，玄冬示我胡國刀。壯士短衣頭虎毛，憑軒拔鞘所交切天爲高。翻風轉日木一作水怒號，冰翼雲一作雪淡傷哀猱〔二〕。鐫錯碧罌音英鸊音匹鵜音題膏，鋩鍔一云銛鋒已瑩虚秋濤。鬼物撇捩辭陳作亂，《正異》定作辭坑壕，蒼水使者捫赤絛他刀切，亦作縧，龍伯國人罷釣鼇〔三〕。芮公迴首顏色勞，分閫荆作壼救世用賢豪。趙公玉立高歌起，攬環結佩相終始。萬歲持之護天子，得君亂絲與君理〔四〕。蜀江如線如針一作針如水，荆岑彈丸心未已。賊臣惡子休干紀，魑魅魍魎徒爲耳，妖腰亂領敢欣喜。用之不高亦不庳，不似長劍須天倚〔五〕。吁嗟光禄英雄弭，大食寶刀聊可比。丹青宛轉麒麟裏，光芒六合無泥滓〔六〕。

〔一〕沈約賦：聲嗽嘈而遠邁。　下牢，注見十六卷。　夔州本隸荆南，故荆南兵馬使以刮寇至也。牧，州牧。　令，邑令也。　艘，船之總名。

〔二〕頭虎毛，首蒙虎皮也。　《酉陽雜俎》：王天運征勃律還，忽驚風四起，雪花如翼。　冰翼，恐亦此義。勢廻風日，色薄冰雲，極言刀之利也。

〔三〕鎸，刻也。錯，磨也。甖，長頸瓶。《爾雅注》：鸊鵜，似鳧而小。膏中瑩刀劍。戴暠詩：劍瑩鸊鵜膏。一云：碧甖，以盛膏者。虚秋濤，言鋒鍔瑩如秋水。撇捩，奔逸也。辭坑濠，越濠塹而去也。《搜神記》：秦時有人夜渡河，見一人丈餘，手横刀而立，叱之，乃曰：「吾蒼水使者也。」趙曰：赤條，以赤色絲爲繩，刀飾也。捫赤條，將拔刀也。《列子》：龍伯之國有大人，舉足不盈數步，而暨五山之所，一釣而連六鼇。○言此刀鋒鍔磨瑩愈明，鬼物見之，無不驚逸如蒼水使者，甫捫刀而釣鼇之人亦爲辟易也。

〔四〕舊注：芮公，荆南節度使也。按：唐惟豆盧欽望、豆盧寬封芮公，而不在大曆間。《舊書·衛伯玉傳》：廣德元年，拜江陵尹，充荆南節度觀察等使。大曆初，丁母憂，朝廷以王昂代之。伯玉諷將吏留己，遂起復，再爲節度，至大曆十一年入覲卒。則是時節度荆南者，乃伯玉也。伯玉以大曆二年六月封陽城郡王，或由芮公進封陽城，亦未可知。史失之不詳耳。桓温《表》：抗節玉立，誓不降辱。攬環結佩，言攬刀環而佩服之。謝承《後漢書》：方儲爲郎中，章帝以繁亂絲付儲使理，儲拔刀三斷之，曰：「反經任勢，臨事宜然。」《北齊書》：神武使諸子理亂絲，文宣抽刀斬之，曰：「亂者必斬。」○言荆南芮公以西顧爲憂，任賢濟世，於是趙公起而應之，欲終始佩服此刀，除亂萌以安王室。

〔五〕舊注：蜀江至瞿唐，爲峽所束如線。《登樓賦》：蔽荆山之高岑。注：《漢書》：臨沮縣，荆山在東北。《射雉賦》：揆懸刀，騁絶伎，如轋如軒，不高不埤。注：埤，短也。埤與庳，古字通用。宋玉《大言》：長劍耿介倚天外。〇言趙公此刀，以平區區荆蜀之梗，無足難者。彼賊臣干紀，用之以誅斬其腰領，高下不差，豈似倚天長劍，但爲夸大之辭哉。

〔六〕光禄，未詳。趙曰：趙公兼官也。弭，言弭亂。

王兵馬使二角鷹〔一〕

悲臺蕭颯一作瑟石巃嵸，哀壑杈枒浩呼洶。中有萬里之長江，廻風滔陳作陷日孤光動〔二〕。角鷹翻倒壯士臂，將軍玉帳軒翠一作昂，一作勇氣。二鷹猛腦絛徐墜舊作徐侯縋，荆公改作絛徐墜，諸本皆從之，目如愁胡視天地〔三〕。杉鷄竹兔不自惜，豥吴作溪虎野羊俱辟易。韝上鋒稜十二翮，將軍勇鋭與之敵〔四〕。將軍樹勳起安西，崑崙虞泉入馬蹄。白羽曾肉三狻先丸切猊五兮切，敢決豈不與之齊〔五〕。荆南芮公得將軍，亦如角鷹下翔一作入朔雲。惡鳥飛飛啄金屋，安得爾輩開其群，驅出六合梟鸞分〔六〕。

〔一〕角鷹，注見七卷。

〔二〕杈枒，不齊貌。 廻風滔日，即滔天之滔。

〔三〕玉帳，注見七卷。《甘泉賦》：颺翠氣之宛延。善曰：言宫觀之高，故翠氣宛延在其側而颺之。

趙曰：軒翠氣，言壯士臂鷹於前軒，開玉帳之翠氣也。　潘尼《苦雨賦》：始蒙瀎而徐墜。　愁胡，注見一卷。

〔四〕《臨海異物志》：杉鷄，頭有長黄毛，冠頰正青，常在杉樹下。竹兔，小如野兔，食竹葉。　孩虎，猶云乳虎也。《本草》：山羊，即《爾雅》羱羊，一名野羊，善鬬至死。　傅玄《鷹賦》：左目若側，右視如傾。　勁翮二六，機連體輕。

〔五〕安西，注見首卷。　《淮南子》：日入於虞淵。　唐諱淵，故云泉。　《上林賦》：彎蕃弱，滿白羽。注：羽，箭也。《爾雅》：狻猊，如虥猫，食虎豹。注：獅子也。　肉狻猊，言得而肉之也。

〔六〕芮公，注見上篇。　《辨命論》：梟鸞不接翼。

冬至

年年至日長爲客，忽忽窮愁泥乃計切殺人。　江上形容吾獨老，天邊一作涯風俗自相親。　杖藜雪後臨丹壑，鳴玉朝來散紫宸。　心折此時無一寸，路迷何處是一作見三秦〔一〕。

〔一〕《史記》：項羽分秦地爲三，章邯爲雍王，都廢丘。　司馬欣爲塞王，都櫟陽。　董翳爲翟王，都高奴。　謂之三秦。

小至

《唐會要》：開元八年，中書、門下奏《開元新格》，冬至日祀圜丘，遂用小冬日視朝。張性曰：小至，謂至前一日，如小寒食之義。按：今人呼除夕前一日爲小除夕，小至義同此，即《會要》所云小冬日也。

天時人事日相催，冬至陽生春又來。刺七跡切繡五紋一作文添弱線，吹葭六琯動浮海鹽劉氏校本作飛灰〔一〕。岸容待臘將舒柳，山意衝寒欲放梅。雲物不殊鄉國異，教兒且覆掌中杯〔二〕。

〔一〕《史記》：「刺繡紋不如倚市門。」線有五色，故云五紋。添線，注見四卷。葭，蘆也。琯，以玉爲之，凡十有二。六琯，舉律以該吕也。《後漢·律曆志》：候氣之法，爲室三重，布緹縵，木爲案，内庳外高，加律其上，以葭莩灰抑其内端，按曆候之，氣至者灰去。注：葭莩出河内。

〔二〕《左傳》：凡分至啓閉，必書雲物。　鮑照《三日詩》：臨流競覆杯。《補注》：錢箋：舊注引覆杯池及《禮記》覆醢爲解，偶觀李太白《宴北湖》詩云：「感此勸一觴，願君覆瓠壺。榮盛當作樂，無令後賢吁。」則知「覆杯」乃傾壺倒甕、及時行樂之意。二公詩正可相發明也。

柳司馬至

有客歸三峽，相過問兩京。函關猶出俗本一作自將，渭水更屯兵〔一〕。設備邯鄲道，和親邏力佐切逤蘇箇切，《唐書》作娑，《韻會》云：娑，或作逤，通作些城。幽燕惟鳥去，商洛少人行〔二〕。衰謝身何補，蕭條病轉嬰。霜天到宮闕，戀主寸心明。

〔一〕函關，注見十六卷。

〔二〕《漢書》：文帝至霸陵，慎夫人從，帝指視新豐道曰：「此走邯鄲道也。」《舊唐書·吐蕃傳》：其人或隨畜牧，而不常厥居，然頗有城郭，其國都城號邏些城。《新書》：吐蕃贊普居跋布川，或居邏娑川。咸亨元年，詔大將軍薛仁貴爲邏娑道行軍大總管。又《地理志》：贊普祭神所二百五十里，至農歌驛。邏娑在東南，距農歌二百里。唐使至，吐蕃宰相每遣使迎候於此。時吐蕃寇靈、邠，京師戒嚴。又河北諸鎮多跋扈，朝命不通，公詩所以嘆之。

別李義

按：詩云「中外貴賤殊」，是義與公爲中表戚。

神堯十八子，十七王其門。道國洎舒國，實惟親弟昆。中外貴賤殊，余亦忝諸孫〔一〕。丈人嗣三葉諸本作王業，非，之子白玉温〔二〕。道國繼德業，請從丈人論。丈人領宗卿，肅睦古制敦〔三〕。先朝納諫諍，直氣横乾坤。子建文章郭作筆壯，河間經術存〔四〕。爾他本俱作温克富詩禮，骨清慮不喧。洗音洒然遇知己，談論淮湖一作河奔〔五〕。憶昔初見時，小襦繡芳蓀。長成忽會面，慰我久疾魂〔六〕。三峽春冬交，江山雲霧昏。正宜且聚集，恨此當離罇。莫怪執盃遲，我衰涕唾煩〔七〕。重問子何之，西上岷江源。願子少干謁，蜀都足戎軒。誤失將帥意，不如親故恩。少年早歸來，梅花已飛飜。努力慎風水，豈惟數盤飧。猛虎卧在岸，蛟螭出無痕。王子自愛惜，老夫困石根。生别古所嗟，發聲爲爾吞。

〔一〕《通鑑》：天寶十三載二月，上高祖謚曰：神堯大聖光孝皇帝。鮑曰：高祖二十二子，衛懷王玄霸、楚哀王智雲皆先薨。太子建成、巢王元吉以事誅，詔除籍。故止言十八。太宗有天下，止十七子封王。《唐書》：道王元慶，高祖第十六子。舒王元名，第十八子。趙曰：詳味詩意，李義者，道國之裔孫，而公則舒國後裔之外孫也。舊注却云：杜與李俱出陶唐，是何夢語！錢箋：按公《祭外祖祖母文》曰：「紀國則夫人之門，而舒國則府君之外父。」外父者，即外王父也。公爲舒國外孫之外孫，故曰「余亦忝諸孫」，趙注未詳。

〔二〕丈人，李義之父。之子，謂義也。

〔三〕《唐書》：宗正寺卿一人，從三品，掌天子族親屬籍，以别昭穆。

〔四〕漢河間王，注見十四卷。

〔五〕「丈人領宗卿」以下，應「丈人嗣三葉」。「爾克富詩禮」以下，應「之子白玉温」。

〔六〕《急就篇》注：短衣曰襦，自膝以上。　蓀，芳草。　謝靈運詩：挹露馥芳蓀。

〔七〕《解嘲》：涕唾流沫。

《杜詩博議》：按《舊書》：道王元慶，麟德元年薨。子臨淮王誘嗣，次子詢。詢子微，神龍初，封爲嗣道王。景雲元年，官宗正卿，卒。子鍊，開元二十五年，襲封嗣道王。廣德中，官宗正卿。《新書·宗室世系表》於道孝王元慶之下，首書嗣王誘，次書嗣王宗正卿微、嗣王宗正卿鍊、嗣王京兆尹實。《困學紀聞》云：「義蓋微之子。」以予考之，不然。義乃鍊之諸子，而實之弟耳。詩云「丈人嗣三葉」，丈人，謂鍊。自誘至鍊，爲嗣道王者三世，故曰「嗣三葉」也。又云：「丈人領宗卿，肅穆古制敦。先朝納諫諍，直氣横乾坤。」按《舊志》：天寶十載正月，遣太子率更令嗣道王鍊，祭沂山東安公。則鍊在玄宗時，已蒙任使，所云「先朝納諫諍」者，蓋玄宗也。又云：「憶昔初見時，小襦繡芳蓀。長成忽會面，慰我久客魂。」與「少年早歸來，梅花已飛飜」、「王子自愛惜，老夫困石根」等語，皆前輩諄勉之詞。蓋公天寶中曾見義於京師，年尚少，今來巫峽，將入蜀干謁，故以猛虎、蛟螭戒之。若令義爲微之子，則微卒於景雲中，去大曆二年且五十六七載，義之齒當長於公，安得目爲少年而自居老夫乎？由此言之，則義爲鍊之諸子審矣。

送高司直尋封閬州

丹雀銜書來，暮棲何鄉樹。驊騮事天子，辛苦在道路〔一〕。司直非冗官，荒山甚無趣。借問泛舟人，胡爲入雲霧。與子姻婭間，既親亦有故。萬里長江邊，邂逅一相遇。長卿消渴再，公幹沈綿屢音慮。清談慰老夫，開卷得佳句。時見文章士，欣然淡《英華》作談情素。伏枕聞別離，疇能忍漂寓。良會苦短促，溪行水奔注。熊羆咆空林，遊子慎馳騖。西謁巴中侯，艱險如跬步〔二〕。主人不世才，先帝常特顧。拔爲天軍佐，崇大王法度。淮海生清風，南翁尚思慕〔三〕。公宫造廣厦，木石乃無數。初聞伐松柏，猶卧天一柱〔四〕。我瘦一作病書不成，成字讀一作字亦誤。爲我問故人，勞心練征戍。

〔一〕《周禮》疏：《中候我應》云：季秋甲子，赤雀銜丹書入豐，止於昌户，昌拜稽首，受其文。《遁甲》：赤雀不見，則國無賢。注：赤雀，主銜書，陽精也。穆王八駿，一曰驊騮。

〔二〕巴中侯，指封閬州。

〔三〕天軍，禁軍也。《漢·天文志》：虚危南有衆星，曰羽林天軍。南翁，注見十六卷。封閬州必嘗官淮海，故云尚思慕。

〔四〕伐松柏而天柱則卧之，嘆封閬州以廊廟之才，不得大用。

奉送蜀州柏二别駕將中丞命赴江陵起居衛尚書太夫人因示從弟行軍司馬位

别駕，中丞之弟。《舊唐書·代宗紀》：大曆元年五月，加荆南節度使衛伯玉檢校工部尚書。錢箋：《唐書·世系表》：杜濟與位同出杜景秀下，並征南十四代孫。公爲征南十三葉，集有《示從孫濟》詩，斯爲合矣。位，又稱從弟，何與？《新表》承用譜牒，恐必有誤。

中丞問俗畫熊頻，愛弟傳書綵鷁新〔一〕。還轉五州防禦使，起居八座太夫人〔二〕。楚宫臘送荆門水，白帝雲偷碧海春。報與一作與報惠連書不惜，知吾斑鬢總如銀〔三〕。

〔一〕《後漢·輿服志》：三公、列侯車，倚鹿較，伏熊軾，黑轓。顏師古曰：倚鹿較者，畫立鹿於車之前、兩轓外也。伏熊軾者，車前横軾爲伏熊之形也。

〔二〕《唐書·方鎮表》：廣德二年，置夔忠涪防禦使，治夔州，原領夔、峽、忠、歸、萬五州，隸荆南節度。劉禹錫《夔州刺史廳壁記》：武德七年，夔州名都督府，督黔巫一十九郡。開元中，猶領七州。天寶初，罷州置郡，號雲安。至德二年，命嗣道王鍊爲太守，賜之旌節，統峽州五郡軍事。乾元初，復爲州，偃節于有司，第以防禦使爲稱，尋罷，以支郡隸江陵。按：柏中丞爲夔州都督，時自都督遷防禦也。《初學記》：光武分尚書爲六曹，并一令、一僕射，謂之八座。魏有五曹，與二僕射、一令，謂之八座。隋以六尚書、左右僕射，合爲八座。唐同。《後漢·岑彭傳》：大長秋，以朔望問太夫人起居。注：漢法，列侯之母方稱太夫人也。

〔三〕《宋書》：謝惠連能屬文，族兄靈運嘉賞之，云：「每對惠連，輒得佳句。」《秋興賦》：斑鬢髟以承弁。

奉賀陽城新、舊《唐書》作城陽郡王太夫人恩命加鄧國太夫人

原注：陽城郡王，衛伯玉也。按：《舊書·代宗紀》：大曆二年六月壬寅，荆南節度使衛伯玉封城陽郡王。又本傳：大曆初，丁母憂，當代，伯玉諷將吏留己，遂起復再任。今詩乃賀其母受封，蓋伯玉封王後，母亦進封大國，則大曆初母未嘗没也。本傳既誤，《通鑑》又以伯玉遭母憂在六年夏四月，益與二史牴牾，俟博聞者考焉。

衛幕銜恩重，潘輿送喜頻。濟時瞻上將，錫號戴慈親。富貴當如此，尊榮邁等倫〔一〕。郡依封土舊，國與大名新。紫誥鸞迴紙，清朝如字燕賀人〔二〕。遠傳冬笋味，更覺綵衣春。奕葉班姑史，芬芳孟母鄰。義方兼有訓，詞翰兩如神〔三〕。委曲承顔體，鶱飛報主身。可憐忠與孝，雙美畫一作映麒麟。

〔一〕潘岳《閒居賦》：太夫人乃御板輿，升輕軒。

〔二〕郡封仍是陽城，故曰舊；夫人加號鄧國，故曰新。　紫誥，注見一卷。庾信《賀婁慈碑》：臺堪走馬，書足廻鸞。　《淮南子》：大厦成而燕雀相賀。

〔三〕冬笋，用孟宗事，見十卷。　《後漢·列女傳》：扶風曹世叔妻者，同郡班彪之女，名昭，字惠姬。兄固，著《漢書》，其八《表》及《天文志》未竟而卒。和帝詔昭就東觀藏書閣，踵而成之。

送田四弟將軍將夔州柏中丞命起居江陵節度陽城郡王衛公幕

一云：夔府送田將軍赴江陵。

離筵罷多酒，起地發寒塘。　廻首中丞座，馳牋異姓王。　燕辭楓樹日，雁度麥城霜〔一〕。　定一作空醉山翁酒，遥憐似葛强〔二〕。

〔一〕《水經注》：沮水又東逕驢城西、磨城東，又南逕麥城西。　《郡國志》：荆州當陽縣東南有麥城。《一統志》：在當陽縣東六十里。

〔二〕山翁，比衛公。　葛强，比田將軍。

寄杜位

原注：頃者與位同在故嚴尚書幕。

寒日經簷短，窮猿失木悲[一]。峽中爲客恨，江上憶君時。天地身何往，風塵病敢辭。封書兩行淚，霑灑裛新詩。

[一]《世説》：窮猿奔林，豈暇擇木。

玉腕騮

原注：江陵節度衛公馬也。

聞説荆南馬，尚書玉腕騮。駗驔一作頓駗飄赤汗，跼蹐顧長楸[一]。胡虜三年入，乾坤一戰收[二]。舉鞭如有問，欲伴習池遊[三]。

[一]《漢郊祀歌》：天馬下，霑赤汗。曹植詩：走馬長楸間。

[二]言安史亂後三年，得此馬一戰收復。按《伯玉傳》：乾元二年，大破思明僞將李歸仁於彊子坂。豈指此歟？

[三]山簡遊習池，注見七卷。

見王監兵馬使説近山有白黑二鷹羅者久取竟未能得王以爲毛骨有異他鷹恐臘後春生騫飛避暖勁翮思秋之甚眇不可見請余賦詩二首〔一〕

雲一作雪飛玉立盡清秋，不惜奇毛恣遠遊〔二〕。在野只教心力破，干一作于人何事網羅求〔三〕。一生自獵知無敵，百中争能恥下韝〔四〕。鵰礙九天須却避，兔藏一作經，一作營三窟一作穴莫深憂〔五〕。

〔一〕王兵馬，見前。

〔二〕《西陽雜俎》：漠北鷹，白者身長且大，五觔有餘，細斑短柱，鷹内之最，向代州中山飛。又有房山白、漁陽白、東道白。取鷹法：七月二十日爲上時，内地者多，塞外殊少，八月上旬爲次時，八月下旬爲下時，塞外鷹畢至矣。

〔三〕心力破，言虞人心力徒勞，序所謂「虞者久取，竟未能得」也。

〔四〕鷹所以獵，今野鷹，故云「自獵」。庾信詩：野鷹能自獵，江鷗解獨漁。《東觀漢紀》：太守桓虞曰：「善吏如使良鷹，下韝命中。」

〔五〕《後幽明録》：楚文王好獵，有人獻一鷹，文王見其殊常，故爲獵於雲夢。毛群羽族，争噬競搏，此鷹遠瞻雲際，俄而雲際有一物，凝翔鮮白，此鷹便竦翮而升，矗若飛電，須臾羽墮如雪，血下如雨，有大鳥墮地，兩翅廣數十里。時有博物君子曰：「此大鵬雛也。」《戰國策》：狡兔有三窟，僅得免其死。　言此鷹能擊大而不擊小。太白樂府：「神鷹夢澤，不顧鴟鳶。爲君一擊，鵬摶九天。」即此意也。

黑鷹不省人間有，度海疑從北極來。正翮摶風超紫塞，玄一作立，趙定作玄冬幾夜宿陽臺〔一〕。虞羅自各一作覺虛施巧，春雁同歸必見猜〔二〕。萬里寒空祇一日，金眸玉爪不刊作未凡材。

〔一〕梁元帝《纂要》：冬曰玄冬。

〔二〕《海内經》：雁門之山，雁出其間，在高柳縣北。《月令》：季冬之月，雁北嚮。

張璁曰：公嘗爲王兵馬賦二角鷹，言其勇鋭相敵，此亦所以況之也。

送鮮于萬州遷巴州

錢箋：顔真卿《鮮于仲通神道碑》：仲通子六人，皆有令問。叔曰萬州刺史炅，雅有父風，頗精吏道，作牧萬州，政績尤異，有詔遷秘書監，尋又改牧巴州。盧東美《鮮于氏冠冕頌序》：炅廣德中爲尚書都官郎，出守萬州，轉巴州，皆有理稱。

京兆先時傑，琳琅照一門〔一〕。朝廷偏注意一作壐，接近與名藩〔二〕。祖帳排陳作維舟數，寒江觸石喧〔三〕。看君妙爲政，他日有殊恩。

〔一〕鮮于京兆，見二卷。《唐書》：李叔明與兄仲通俱尹京兆，兼秩御史大夫，並節制劍南。又與子昇俱兼大夫，蜀人推爲盛門。《冠冕頌序》：仲通天寶末爲京兆尹，弟叔明乾元中亦爲之。炅兄昱爲工部侍郎，炅子映爲屯田郎兼侍御史。三世冠冕，爲海内盛族。

〔二〕《陸賈傳》：天下安，注意相。天下危，注意將。《九域志》：萬州至達州，二百七十里。達州至巴州，又二百二十里，故曰「接近與名藩」。

〔三〕《公羊傳》：泰山之雲，觸石而出。

奉送十七舅下邵桂

《唐書》：邵州邵陽郡，屬山南西道。桂州，注見八卷。

絶域三冬暮，浮生一病身。感深辭舅氏，别後見何人。縹緲蒼梧帝，推遷孟母鄰〔一〕。昏昏阻雲水，側望苦傷神。

〔一〕《九域志》：蒼梧山在道州，道與邵爲鄰。孟母，注見六卷。時舅必奉母同往，故云。

舍弟觀自藍田迎妻子到江陵因寄三首

汝迎妻子達荆州，消息真傳解我憂。鴻雁影來連峽内，鶺鴒飛急到沙頭〔一〕。嶢關險路今虚遠，禹鑿寒江正穩流〔二〕。朱紱即當隨綵鷁，青春不假報黄牛〔三〕。

〔一〕沙頭，注見十六卷。

〔二〕嶢關，即藍田關也，注見一卷。錢箋：《長安志》：杜氏《通典》曰：七盤十二䆗，藍田之險路也。䆗坡在縣東南。

〔三〕庾信詩：春江下白帝，畫舸向黄牛。言我即當出峽，不必汝之遣報於黄牛也。

馬度一作瘦秦山雪正深，北來肌骨苦寒侵。他鄉就我生春色，故國移居見客心〔一〕。賸欲一作歡劇提攜如意舞，喜多行坐白頭吟。巡簷索共一作近梅花笑，冷蘂踈枝半不禁。

〔一〕藍田屬京兆府，故曰故國。

庾信羅含俱有宅，春來秋去作誰家〔一〕。短墻若在從殘草，喬木如存可假花。卜築應同蔣詡徑，爲園須似邵平瓜〔二〕。比年一作因病一作斷酒開涓滴，弟勸兄酬何怨嗟。

〔一〕庾信宅，注見十六卷。《晉·羅含傳》：含爲荆州别駕，以廨舍喧擾，於城西三里小洲立茅屋，伐木爲牀，織葦爲席而居。錢箋：《渚宫記》：安成王在鎮，以羅含故宅借録事劉朗之。嘗見一丈夫，衣冠甚偉，驚問，失之。朗之俄以罪見黜，人謂君章有神。

〔三〕嵇康《高士傳》：蔣詡，杜陵人。詡爲兖州，王莽居宰衡，詡移疾歸杜陵。荆棘塞門，舍中三徑，終身不出。邵平瓜，注見三卷。按：蔣詡、邵平，皆老於長安者，引此正寓思長安故居，非漫然用事。

夜歸

夜半歸來衝虎過，山黑家中已眠卧。傍見北斗向江低，仰看明星當空大唐佐切〔一〕。庭前把燭嗔一作唤兩炬，峽口驚猿聞一箇。白頭老罷舞復歌，杖藜不睡誰能那奴卧切〔二〕。

〔一〕《爾雅》：明星，謂之啓明。注：太白星也。晨見東方爲啓明，昏見西方爲太白。

〔二〕炬，束葦以燒。《後漢・廉范傳》：令軍士各縛兩炬，三頭燃火。那，何也。《左傳》：棄甲則那。

前苦寒行二首

《古今樂録》：王僧虔《技録》：清調有六曲，一《苦寒行》。

漢時長安雪一丈，牛馬毛寒縮如蝟。楚江巫峽冰入懷，虎豹哀號又堪記〔一〕。秦城老翁荆揚客，慣習炎蒸歲絺綌。玄冥祝融氣或交，手持白羽未敢釋〔三〕。

〔二〕《西京雜記》：元封二年，大寒，雪深五尺，野中鳥獸皆死，牛馬蜷跼如蝟，三輔人民凍死者十有二三。《炙轂子》：蝟似鼠，性獰，鈍物少犯則毛刺攢起。

〔三〕言楚地素炎熱，恐冬日忽行夏令，故羽扇未敢釋也。

去年白帝雪在山，今年白帝雪在地。凍埋蛟龍南浦縮，寒刮陳作割肌膚北風利。楚人四時皆麻衣，楚天萬里《英華》作頃無晶輝。三尺之烏足《英華》作骨恐斷，羲和送將何所歸刊作迭送將安歸，郭作送將安所歸，《英華》作送之將安歸〔一〕。

〔一〕《淮南子》：日中有踆烏。注：踆，趾也，謂三足烏。

後苦寒一本有行字二首

南紀巫廬瘴不絶，太古以來無尺雪。蠻夷長老怨苦寒，崑崙天關凍應《英華》作欲折〔一〕。玄猿口噤不能嘯，白鵠翅垂眼流一作出血。安得春泥補地裂〔二〕？

〔一〕《長楊賦》：順斗極，運天關。橫巨海，漂崑崙。

〔二〕《月令》：仲冬之月，冰益壯，地始坼。

晚一作曉來江門一作閒，一作邊失大木，猛風中夜吹《英華》作飛白屋。天兵斬斷《英華》作新斬青海戎，殺氣南行動坤軸，不爾苦寒何太一作其酷〔一〕。巴東之峽生凌澌一作凘，非，彼蒼迴斡烏活切人得知〔二〕。

〔一〕青海戎，吐蕃也。按史：吐谷渾界有青海，乾封元年，封慕容宣超爲青海王，後其地屬吐蕃。

〔二〕《説文》：澌，流冰也。徐曰：冰解而流也。　言陰極陽生，峽中冰解，固有其時，彼蒼之轉旋元氣，人豈知之耶？

晚晴

高唐舊作堂，師尹改作唐暮冬雪壯哉，舊瘴無復似塵埃。崖沈谷没白皚皚，江石缺裂青楓摧〔一〕。南天三旬苦霧開，赤日照耀從西來，六龍寒急光徘徊。照我衰顔忽落地，口雖吟詠心中哀。未怪及時少年子，揚眉結義黄金臺。汩舊作泊，陳作洎，俱非乎吾生何飄零，支離委絶同死灰〔二〕。

〔一〕班彪《北征賦》：涉積雪之皚皚。

〔二〕黄金臺，注見十六卷。　《離騷》：汩余若將弗及兮。注：汩，去貌，疾若水流。

復陰

玄冬合沓玄陰塞，昨日晚晴今日黑。萬里飛蓬映天過，孤城樹羽揚風直。江濤簸一作欺岸黄沙走，雲雪埋山蒼兕吼〔一〕。君不見夔子之國杜陵翁，牙齒半落左耳聾〔二〕。

〔一〕鮑照詩：蒼兕號空林。

〔二〕《左傳》：楚人滅夔，以夔子歸。注：夔，楚同姓國，今建平秭歸縣。《寰宇記》：夔州，春秋時夔子國巫山縣，夔子熊摯治。今秭歸城東二十里，有故夔子城。

元日示宗武

大曆三年正月元日。

汝啼吾手戰，吾笑汝身長。處處逢正月，迢迢滯遠方。飄零還柏酒一作葉，衰病只藜牀〔一〕。訓諭郭作喻青衿子，名慙白首郎。賦詩猶落筆，獻壽更稱觴。不見江東弟原注：第五弟豐，漂泊江左，近無消息。高歌淚數行。

〔一〕宗懔《歲時記》：正月一日，進椒柏酒。凡飲次第，從小起。

又示宗武

覓句新知律，攤書解滿牀。試吟青玉案，莫羨陳作帶紫羅囊〔一〕。假一作暇日從時飲，明年共我長。應須飽經術，已似愛文章〔二〕。十五男兒志，三千弟子行。曾參與游夏，達者得升堂。

〔一〕張衡《四愁詩》：美人贈我錦繡段，何以報之青玉案。《晉書》：謝玄少好佩紫羅香囊，叔父安患之，而不欲傷其意，因戲賭取之，遂止。

〔二〕《楚詞》：聊假日以媮樂兮。賈逵《國語注》：暇，閑也。暇或爲假，古雅切。《焦仲卿妻詩》：新婦初來時，小姑如我長。

遠懷舍弟穎觀等

陽翟空知處，荆南近得書〔一〕。積年仍遠别，多難不安居。江漢春風起，冰霜昨夜除。雲天猶錯莫，花蕚尚蕭疎。對酒多疑夢，吟詩正憶渠。舊時元日會，鄉黨羡吾廬。

〔一〕《唐書》：陽翟縣，貞觀元年屬許州，龍朔二年隸洛州。陽翟，穎之所在也。荆南，即江陵，觀迎妻子在焉。

續得觀書迎就當陽居止正月中旬定出三峽

《唐書》：當陽縣，屬荆州府。

自汝到荆府，書來數唤吾。頌椒添諷詠，禁火卜歡娱一作呼〔一〕。舟楫因人動，形骸用杖扶。天旋夔子峽，春近岳陽湖。發日排南喜，傷神散北吁。飛鳴還接翅，行音杭序密銜蘆〔二〕。俗薄江山好，時危草木蘇。馮唐雖晚達，終覬在皇都。

〔一〕言寒食時必可相聚。

〔二〕《詩》：題彼鶺鴒，載飛載鳴。《春秋繁露》：雁有行列。

太歲日

黄曰：大曆三年，歲次戊申，今題云太歲日，是又直戊申日也。按：《舊史》：大曆三年春正月丙午朔，則戊申乃初三日。潘鴻曰：太歲日，疑當時以是爲慶，故詩有「閶闔」、「衣冠」等句。

楚岸行將老，巫山坐復春。病多猶是客，謀拙竟何人〔一〕。閶闔開黄道，衣冠拜紫宸。榮光懸日月，賜予出金銀〔二〕。愁寂鴛行斷，參差虎穴鄰。西江元下蜀，北斗故臨秦。散地逾高枕，生涯脱要津。天邊梅柳樹，相見幾回新。

〔一〕顔延之詩：存没竟何人。

〔二〕《漢・天文志》：日有中道。中道者，黄道，一曰光道。《晉・志》：黄道，日之所行也，半在赤道外，半在赤道内。《文選注》：《尚書中候》：帝堯之時，榮光出河，休氣四塞。《齊書》：永明中，天忽黄，色照地，王融上《金天頌》。王摛曰：「是非金天，所謂榮光。」武帝大説。

人日二首

《北史・魏收傳》：董勛《答問禮俗》云：正月一日爲鷄，二日爲狗，三日爲猪，四日爲羊，五日爲牛，六日爲馬，七日爲人，八日爲穀。

元日到人日，未有不陰時。冰雪鶯難至，春寒花較遲。雲隨白水落，風振紫山悲。蓬鬢稀疎久，無勞比素絲。

此日此時人共得，一談一笑俗相看。樽前柏葉休隨酒，勝裏金花巧耐寒〔一〕。佩劍衝星聊暫拔，匣琴流水自須彈〔二〕。早春重引江湖興，直道無憂行路難。

〔一〕柏酒，注見前。《荆楚歲時記》：人日剪綵爲人，或鏤金箔爲人，以貼屏風，亦戴之頭鬢。賈充《李夫人典戒》：人日造華勝相遺，像瑞圖金勝之形，又像西王母戴勝也。《漢書注》：勝，婦人首飾也，漢代謂之華勝。

〔二〕《吕氏春秋》：伯牙鼓琴，志在流水，鍾子期曰：「善哉，湯湯乎若流水。」

江梅

梅蕊臘前破，梅花年後多。絶知春意好一作早，最奈客愁何。雪樹元一作能同色，江風亦自波。故園不可見，巫岫鬱嵯峨。

庭草

楚草經寒碧，庭春入眼濃。舊低收葉舉，新掩卷牙重〔一〕。步屧宜輕過，開筵得屢供。看花隨節序，不敢强爲容〔二〕。

〔一〕言舊葉之低而收斂者，今已起發矣。新芽之掩而絭卷者，亦重重可觀矣。

〔二〕言庭草花開，自隨節序，獨我憔悴之身，不堪强爲容耳。

喜聞盜賊蕃寇總退口號五首

《舊唐書》：大曆二年九月，吐蕃寇靈州，進寇邠州。十月，靈州奏破吐蕃二萬。《通鑑》：十月，朔方節度使路嗣恭破吐蕃於靈州城下，斬首二千餘級，吐蕃引去。今詩云「蕭關隴水入官軍」，按《唐志》：蕭關在武州，與靈州近，正是其時之事。詩又云「今春喜氣滿乾坤」，蓋作於三年之春也。

蕭關隴水入官軍，青海黄河卷塞雲〔一〕。北極晉作闕轉愁一作深龍虎氣，西戎休縱犬羊群。

〔一〕蕭關，注見十卷。隴水，在隴州。

贊普多教使入秦，數通和好止晉作尚烟塵。朝廷忽用哥舒將，殺伐虚悲公主親〔一〕。

〔一〕《唐書》：開元末，金城公主薨，吐蕃遣使告哀，因請和，玄宗不許。天寶七載，以哥舒翰節度隴右，攻拔石堡城，收九曲故地。此追言舊事。

崆峒西極晉作北過崑崙，駞馬由來擁國門。逆氣數年吹路斷，蕃人聞道漸星奔。

勃律天西采玉河，堅昆碧盌一作盌最來多〔一〕。舊隨漢使千堆寶，少一作小答胡王萬匹羅。

〔一〕《唐書》：大勃律直吐蕃西，與勃律接。小勃律去京師九千里而贏，距吐蕃牙帳東八百里。勃律王没，謹忙貽北庭節度使張孝嵩書曰：「勃律，唐西門，失之，則西方諸國皆墮吐蕃。」《北史》：于闐國在葱嶺北二百餘里，城東三十里有首拔河，中出玉石。《五代史》：于闐國南一千三百里曰玉州，云張騫所窮河源出于闐而山多玉者，此也。其河源所出，至于闐分爲三：東曰白玉河，西曰緑玉河，又西曰烏玉河。《唐書》：堅昆國在康居西、葱嶺北。《舊書》：北庭都護府，北至堅昆七千里。李德裕《黠戛斯朝貢圖序》曰：黠戛斯者，本堅昆國也。貞觀二十一年，其酋長入朝，授以將軍印，拜堅昆都督。迨天寶季年，朝貢不絶。碧盌，即瑠璃盌。

《補注》：錢箋：奘師《西域記》云：贍部洲地有四主焉：南象主，西寶主，北馬主，東人主。象主，印度國也。人主，中國也。馬主，突厥國也。寶主，胡國也。公此詩「勃律天西采玉河，堅昆碧盌最來多」，與西方寶主之記最爲符合。宣律師云：雪山之西，至於西海，名寶主，今曰勃律，天西則爲雪山之西可知。又云：地接西海，偏悦異珍，而輕禮重貨，是爲胡國。今曰胡王，非胡國而何？報答之禮，以萬匹羅爲重，非輕禮重貨而何？寶主疆域風土，兩行寫盡。

今春喜氣滿乾坤，南北東西拱至尊。大曆二黄作三年調玉燭，玄元皇帝聖雲孫〔一〕。

〔一〕玉燭，注見四卷。《爾雅》：玄孫之子爲來孫，來孫之子爲晜孫，晜孫之子爲仍孫，仍孫之子爲雲孫。

送大理封主簿五郎親事不合却赴通州主簿前閬州賢子余與主簿平章鄭氏女子垂欲納采鄭氏伯父京書至女子已許他族親事遂停

《唐書》：大理寺主簿二人，從七品上。　通州通川郡，屬山南西道。　封閬州，見前。　《太平廣記》：天寶中，范陽盧子夢謁其從姑，姑訪盧未婚，曰：「吾有外甥女子，姓鄭，甚有容質，當爲兒平章。」平章，蓋唐人語也。

禁臠去東牀，趨庭赴北堂。風波空遠涉，琴瑟幾原注：音洎虚張〔一〕。渥水出騏驥，崑山生鳳凰。兩家誠款款，中道許蒼蒼。頗謂秦晉匹，從來王謝郎〔二〕。青春動才調，白首缺輝光。玉潤終孤立，珠明得闇藏。餘寒折花卉，恨别滿江鄉〔三〕。

〔一〕《晉·謝混傳》：孝武帝爲晉陵公主求壻，謂王珣曰：「主壻但如劉真長、王子敬便足。」珣曰：「謝混雖不及真長，不減子敬。」未幾，帝崩。袁崧欲以女妻之，珣戲曰：「卿莫近禁臠。」初，元帝始鎮建業，公私窘罄，每得豚，以爲珍膳，項下一臠尤美，輒以薦帝，呼爲禁臠，故珣因以爲戲，混竟尚主。《王羲之傳》：郗鑒使門生求女壻於王導，子弟咸自矜持，惟一人在東牀坦腹卧，乃羲之也。　封主簿至通州省母，故曰赴北堂。

〔二〕《左傳》：秦晉匹也，何以卑我？

〔三〕《晉書》：樂廣，人謂之冰鏡。壻衛玠，時號玉人。議者以爲婦公冰清，女壻玉潤。

將別巫峽贈南卿一作鄉兄瀼西果園四十畝

苔竹素所好，萍蓬無定居。遠遊長兒子，幾地別林廬。雜蕊紅相對，他時錦不如。具舟將出峽，巡圃念攜鋤。正月喧鶯未，茲辰放鷁初。雪籬梅可折，風樹柳微舒。託贈卿家有，因歌野興疎。殘生逗一作逼江漢，何處狎樵漁〔一〕。

〔一〕《芥隱筆記》：「殘生逗江漢」，出陰鏗詩「行舟逗遠樹」，非逗留之逗。

大曆三年春白帝城放船出瞿唐峽久居夔府將適江陵漂泊有詩凡四十韻

老向巴人裏，今辭楚塞隅。入舟翻不樂，解纜獨長吁。窄轉深啼狖，虛隨亂浴一作落鳧。石苔凌几杖，空翠撲肌膚。疊壁排霜劍，奔泉濺水珠。杳冥藤上下，濃淡樹榮枯。神女峰娟妙，昭君宅有無。曲留明怨惜一作別，夢盡失歡娱〔一〕。擺闔盤渦沸，欹斜激浪輸。

風雷纏地脉，冰雪曜天衢〔二〕。鹿角真走一作趨險，狼頭如跋胡原注：鹿角、狼頭，二灘名。惡灘寧變色，高卧負微軀〔三〕。書史全傾撓，裝囊半壓濡。生涯臨臬兀，死地脱斯須〔四〕。不有平川決一作快，焉知衆壑趨。乾坤霾漲海，雨露洗春蕪〔五〕。鷗鳥牽絲颺，驪龍濯錦紆。落霞沈緑綺，殘月壞金樞〔六〕。泥笋苞初荻，沙茸出小蒲。雁兒争水馬，燕子逐檣烏。絶島容烟霧，環洲納曉晡〔七〕。前聞辨陶牧，轉眄拂宜都。縣郭南畿好原注：路入松滋縣，津亭北望孤〔八〕。勞心依憩息，朗詠劃昭蘇。意遣樂還笑，衰迷賢與愚。飄蕭將素髪，汨没聽洪鑪〔九〕。丘壑曾忘返，文章敢自誣。此生遭聖代，誰分哭窮途。卧疾淹爲客，蒙恩早厠儒。廷争酬造化，樸直乞江湖。灩澦險相迫，滄浪深可逾。浮名尋已已，嬾計却區區〔一〇〕。喜近天皇寺，先披古畫圖原注：此寺有晉右軍書、張僧繇畫、孔子及顔子十哲形像。應經帝子渚，同泣舜蒼梧〔一一〕。朝士兼戎服，君王按湛盧。旄頭初俶擾，鶉首麗泥塗〔一二〕。甲卒身雖貴，書生道固殊。出群皆野鶴，歷塊匪轅駒〔一三〕。伊吕終難降，韓彭不易呼。五雲高太甲，六月曠摶扶〔一四〕。迴首黎元病，争權將帥誅。山林託疲茶一作薾，非，未必免崎嶇〔一五〕。

〔一〕陸游《入蜀記》：過巫山凝真觀，謁妙用真人祠，即世所謂巫山神女也。祠正對巫山，峰巒上插霄漢，山脚直入江中，神女峰最爲奇峭。昭君宅，注見十六卷。樂府有《昭君怨》。《神女賦序》：「寐而夢之，寤不自識。惘兮不樂，悵爾失志。」所謂「失歡娱」也。

〔二〕《江賦》：流風蒸雷。《海賦》：驚浪雷奔。　冰雪，言波浪之色。

〔三〕《左傳》：德，則其人也；不德，則其鹿也。鋌而走險，急何能擇？　《詩》：狼跋其胡，載疐其尾。注：跋，躐也。胡，頷下懸肉。《水經注》：江水又東逕流頭灘，又東逕狼尾灘而歷人灘。《一統志》：鹿角、狼尾、虎頭三灘，在夷陵州最險。或曰：流頭灘，當即所謂狼頭也。

〔四〕《易》：困於鷈卼。《廣韻》：鷈卼，不安也，通作臬兀。○自起至此，序放舟峽中，水勢險惡可畏。

〔五〕江水出峽，其流始平，故曰平川。

〔六〕牽絲颺，言鷗羽如絲之白也。　沈懷遠《南越志》：蟠龍身長四丈，青黑色，赤帶如錦文。　謝朓詩：餘霞散成綺。　伏滔《望清賦》：金樞理轡。木華《海賦》：大明攡轡於金樞之穴。善曰：大明，月也。攡，猶攬也。月有御，故言轡。金，西方也。《説文》：樞，户樞也。

〔七〕謝靈運詩：初篁苞緑籜，新蒲含紫茸。茸，謂蒲花也。《山海經》：諸毘之水中，多水馬，其狀如馬，文臂牛尾。《江賦》：騂馬騰波以嘘蹀。即此也。又《歲時記》，競渡以水車，謂之飛鳬，亦曰水馬。舊注引《本草》：水馬，蝦類，如馬形，生南海中，亦曰海馬。按：三者未知孰是，疑騂馬近之。　陰鏗詩：亭嘶背櫪馬，檣轉向風烏。趙曰：檣烏，船檣上刻爲烏形，以占風者。按：此用檣烏，當從舊注，與《西閣》詩不同。　謝靈運詩：環洲亦玲瓏。○平川至此，序出峽時所見景物。

〔八〕《登樓賦》：北彌陶牧。注：陶，鄉名。郭外曰牧。《荆州記》：江陵縣西有陶朱公冢。《水經注》：夷道縣，漢武帝伐西南夷，路由此出，故曰夷道。劉備曰宜都，郡治在縣東四百步。《唐書》：宜都縣屬峽州。　肅宗以江陵府爲南都，故曰南畿。　《水經注》：江津戍南對馬頭岸，北對大岸，謂之江津口。此云津亭，疑即江津之亭也。

〔九〕《禮記》：蟄蟲昭蘇。　洪鑪，注見十四卷。

〔一〇〕廷争，言疏救房琯。○勞心至此，皆自叙。

〔一一〕《歷代名畫記》：張僧繇，吴人，梁武帝崇飾佛像，多僧繇畫。江陵天皇寺，明帝置也，内有柏堂，僧繇畫廬舍那佛及仲尼十哲像。帝怪問：「釋門之内，如何畫孔聖？」僧繇曰：「後當賴此耳。」及後周滅佛法，焚天下寺墖，獨此殿以有宣尼像，得不毀拆。　《九歌》：帝子降兮北渚。注：帝子，堯二女，湘夫人也。

〔一二〕《吴越春秋》：越王允常，使歐冶子作名劍五，一曰湛盧。允常以獻之吴，吴公子光弑吴王僚，湛盧去如楚。　《書》：俶擾天紀。　《晉·天文志》：自東井十六度至柳八度，爲鶉首，於辰在未，秦之分野，屬雍州。　麗泥塗，言廣德元年吐蕃陷長安。

〔一三〕此嘆武夫得勢，儒道不行。　出群、歷塊，皆以書生言之。

〔一四〕降，降生也。　趙曰：書生以伊吕自命，不肯降意武夫。亦通。　呼，即鐖鷹易呼之呼。　《困學紀聞》：杜詩「五雲高太甲」，注不解「五雲」之義。嘗觀王勃《益州夫子廟碑》云：「帝車南指，遁七曜於中階；華蓋西臨，藏五雲於太甲。」《酉陽雜俎》謂燕公讀碑，自「帝車」至「太甲」悉不解，訪之一公，一公言：北斗建於七曜，在南方，有是之祥，無位聖人當出。「華蓋」以下，則不可悉。《晉·天文志》：華蓋在旁，六星曰六甲，分陰陽而配節候。太甲，恐是六甲一星之名，然未有考證。按：京房《易飛候》云：視四方有大雲，五色具而不雨，下有賢人隱。「五雲」當用此義以自況也。「太甲」或出緯書，難以强釋。《滄浪詩話》疑太甲即太乙，甲、乙相近。《留青日札》又引「五車」證「五雲」云：五車以五寅日候之，甲寅爲五候之首，故曰太甲。皆臆説耳。《莊子》：鵬之徙於南溟，摶扶摇而上者九萬里，去以六月息者也。司馬云：摶，飛而上也。上行風謂之扶摇。沈佺期詩：散材仍葺厦，弱羽遽摶扶。按：是時公適荆南，又將下湖南，故用鵬徙南溟事。他解深求，反失之。

〔一五〕黎元病，言巴蜀困於用兵争權。將帥，舊注指崔旰、楊子琳，近是。但其時旰方入朝，子琳爲瀘州刺史，何以云「將帥誅」？豈謂其自相誅討耶？疲苶，公自謂。

巫山縣汾州唐使君十八弟宴别兼諸公攜酒樂相送率題小詩留於屋壁

《唐書》：巫山縣屬夔州。《九域志》：在夔州東七十二里。唐十八先爲汾州刺史，時貶施州。

卧病巴東久，今年强作歸。故人猶遠謫，兹日倍多違。接宴身兼杖，聽歌淚滿衣。諸公不相棄，擁别借光輝。

敬寄族弟唐十八使君

《左傳》：范宣子曰：昔匄之祖，自虞以上爲陶唐氏，在夏爲御龍氏，在商爲豕韋氏，在周爲唐杜氏。師古曰：唐，太原晉陽縣也。杜，京兆杜縣也。公《萬年縣君京兆杜氏墓銘》：其先系統於伊祁，分姓於唐杜。

與君陶唐後，盛族多其人。聖賢冠史籍，枝派羅源津。在今氣一作最磊落，巧僞莫敢親。介立實吾弟，濟時肯殺身。物白諱受玷，行高無污真。得罪永泰末，放之五溪濱〔一〕。鸞鳳有鎩所拜切翮，先儒曾抱麟。雷霆劈一作霹，非長松，骨大却生筋。一失不足傷，念子孰蔡云：孰與熟同自珍〔二〕。泊舟楚宫岸，戀闕浩酸辛。除名配清江，厥土巫峽鄰。登陸將首去聲塗，筆札枉所申〔三〕。歸朝跼病肺，敍舊思重陳。春風洪濤壯，谷轉頗彌旬。我能汎中流，搪突鼉獺嗔。長年已省柂，慰此貞良臣〔四〕。

〔一〕五溪，注見九卷。

〔二〕劉琨詩：宣尼悲獲麟，西狩涕孔丘。注：孔子亦抱麟而泣。

〔三〕清江郡，注見前。《九域志》：施州清江縣，北至州界一百里，自界首至夔一百二十五里。故云「巫峽鄰」。　首塗，言將赴施州貶所。

〔四〕顏延之詩：春江風濤壯。《江賦》：盤渦谷轉。　任昉牋：惟此魚目，唐突璠璵。　省柁，言已將出峽東下。

春夜峽州田侍御長史津亭留宴得筵字

《出峽》詩云「津亭北望孤」，即此。

北斗三更席，西江萬里船。杖藜登水樹，揮翰宿青天。白髮煩一作須多酒，明星惜此筵。始知雲雨峽，忽盡下牢邊。

泊松滋江亭

《唐書》：松滋縣，屬江陵府。《輿地紀勝》：江亭在松滋縣治，後杜甫、孟浩然俱有詩。

紗帽隨鷗鳥，扁舟繫此亭。江湖深更白，松竹遠微一作還青。一柱全應近，高唐莫再經。今宵南極外，甘作老人星。

行次古城店汎江作不揆鄙拙奉呈江陵幕府諸公

《水經注》：江水又東逕陸抗故城北。《玉海》：《荆州圖記》：夷陵縣南，對岸有陸抗故城，周回十里，即山爲墉，四面天險。

老年常道路，遲日復山川。白屋花開裏，孤城麥秀邊。濟江元自闊，下水不勞牽。風蝶勤依槳，春鷗懶避船。王門高德業，幕府盛才賢。行色兼多病，蒼茫汎愛前〔一〕。

〔一〕衛伯玉封陽城郡王，故曰「王門」。殷仲文詩：廣筵散汎愛。此指幕府諸公。

乘雨入行軍六弟宅

杜位爲江陵行軍司馬。○黄鶴本云：新添。

曙角淩雲亂，春城帶雨長。水花分塹七艷切弱，巢燕得泥忙。令弟雄軍佐，凡才汚省郎。萍漂忍流涕，衰颯近中堂。

上巳日徐司録林園宴集

《舊唐書》：開元元年，改録事參軍爲司録參軍。

鬢毛垂領白，花蘂亞枝紅。欹倒衰年廢，招尋令節同。薄一作蕩衣臨積水，吹面受和風〔一〕。有喜留攀桂，無勞問轉蓬。

〔一〕二語言上巳祓除之樂。

宴胡侍御書堂

原注：李尚書之芳、鄭秘監審同集，得歸字韻。

江湖春欲暮，墻宇日猶微。闇闇書籍滿，輕輕花絮飛。翰林名有素，墨客興無違〔一〕。今夜文星動，吾儕醉不歸。

〔一〕《長楊賦序》：藉翰林爲主人，子墨爲客卿以風。

書堂飲既夜復邀李尚書下馬月下賦絶句

湖水一作月，俗本作上，非林風相與清，殘樽下馬復同傾。久拚野鶴如雙鬢，遮莫鄰鷄下五更〔一〕。

〔一〕野鶴如雙鬢，即鶴髮意，而倒用之。《藝苑雌黄》：遮莫，蓋俚語，猶云儘教，自唐以來有之。太白詩：遮莫親姻連帝城，不如當身自簪纓。

奉送蘇州李二十五長史丈之任

《唐書》：蘇州吴郡，屬江南西道。

星坼台衡地，曾爲人所憐。公侯終必復，經術竟相傳〔一〕。食德見從事，克家何妙年。一毛生鳳穴，三尺獻龍泉〔二〕。赤壁浮春暮，姑蘇落海邊。客間頭最白，惆悵此離筵〔三〕。

〔一〕《張華傳》：華爲司空，少子韙以中台星坼，勸華遜位。華不從，未幾被害。長史父必以宰相得罪，但未詳，或云是適之之子也。《左傳》：公侯之子孫，必復其始。

〔二〕《易·訟》：六三，食舊德，貞厲，終吉。或從王事，無成。蒙：九二，子克家。

〔三〕赤壁，注見十一卷，李至蘇州所經也。《吴郡志》：姑蘇山，連横山之北，古臺在其上。舊圖經云：在吴縣西三十里。《九域志》：蘇州東北去海一百八十里。

暮春江陵送馬大卿公恩命追赴闕下

自古求忠孝，名家信有之。吾賢富才術，此道未磷緇。玉府標孤映，霜蹄去不疑。激揚音韻徹，籍甚衆多推〔一〕。潘陸應同調，孫吴亦異時。北辰征事業，南紀赴恩私〔二〕。卿月昇金掌，王春度玉墀。薰風行應律，湛露即歌詩〔三〕。天意高難問，人情老易悲。樽前江漢闊，後會且深期。

〔一〕《穆天子傳》：天子至於群玉之山，四徹中繩，先王之所謂策府。《漢書注》：籍甚，狼籍甚盛也。

〔二〕《南史》：江右稱潘陸，江左稱顔謝。《詩品》：陸才如海，潘才如江。赴恩私，言馬自江陵追赴闕下。

〔三〕《洪範》：卿士惟月，師尹惟日。金掌，即承露仙人掌。《吕氏春秋》：東南方曰薰風。《禮記》：八風從律而不姦。○言大卿入朝，及此春期，猶得陛見，可以應薰風而歌《湛露》也。

和江陵宋大少府暮春雨後同諸公及舍弟宴書齋

渥洼汗血種，天上麒麟兒。才士得神秀，書齋聞爾爲。棣華晴雨好，綵服暮春宜。朋酒日歡會，老夫今始知〔一〕。

〔一〕《詩》：朋酒斯饗。注：兩樽曰朋。

暮春陪李尚書李中丞過鄭監湖亭汎舟得過字

尚書即之芳，中丞未詳。

海内文章伯，湖邊意緒多。玉樽移晚興，桂楫帶酣歌。春日繁魚鳥，江天足芰荷。鄭莊賓客地，衰白遠來過。

宇文晁尚書之甥崔彧司業之孫尚書之子重汎鄭監審前湖

《唐書·宰相世系表》：崔彧官太子少詹事。　尚書之子，佚其名。「孫」下當有缺字。

郊扉俗遠長幽寂，野水春來更接連。錦席淹留還出浦，葛巾欹側未迴船。樽當霞綺輕初散，棹拂荷珠碎却圓〔一〕。不但習池歸酩酊，君看鄭谷去夤緣。

〔一〕梁元帝《登百花亭》詩：荷珠漾水銀。

歸雁

《唐會要》：大曆二年，嶺南節度使徐浩奏：十一月二十五日，當管懷集縣陽雁來，乞編入史。從之。先是，五嶺之外，朔雁不到，浩以爲陽爲君德，雁隨陽者，臣歸君之象也。按：此詩云「聞道今春雁，南歸自廣州」，正是三年春所作。又云「是物關兵氣，何時免客愁」，蓋浩以爲祥，公以爲異耳。錢箋：史稱浩貪而佞，公詩蓋深譏之。

聞道今春雁，南歸自廣州。見花辭漲海，避雪到羅浮〔一〕。是物關兵氣，何時免客愁〔二〕。年年霜露隔，不過五湖秋〔三〕。

〔一〕謝承《後漢書》：交阯七郡土獻，皆從漲海出入。《南史》：扶南國東界，即大漲海，海中有大洲，洲上有諸薄國。《羅浮山記》：羅，羅山；浮，浮山也。二山合體，謂之羅浮，在增城、博羅二縣境。《茅君内傳》：羅浮之洞，周回五百里，名曰朱明曜真之天。《一統志》：羅浮山在今惠州府，連廣州境。　雁木落南翔，冰泮北徂。辭漲海，北徂也；到羅浮，南翔也。

〔二〕雁避雪極南，實窮陰寒沍驅之，是即「兵氣」所感。

〔三〕雁至衡陽則回，此「五湖」當指洞庭湖言。太湖爲五湖，而《荆州記》云：洞庭湖亦謂之太湖。又《史記索隱》云：具區、洮滆、彭蠡、青草、洞庭共爲五湖。則洞庭正得稱五湖耳。

短歌行贈王郎司直

按：此詩「仲宣樓頭」二句，乃公在荆州時作，諸本都入寶應元年成都詩内，非也。《草堂》編大曆三年，最是。

王郎酒酣拔劍斫地歌莫哀，我能拔爾抑塞磊落之奇才。豫樟翻風白日動，鯨魚跋浪滄溟開。且脱劍佩休徘徊〔一〕。西得諸侯棹錦水，欲向何門趿先答切珠履。仲宣樓頭春已一作色深，青眼高歌望吾子，眼中之人吾老矣〔二〕。

〔一〕翻風、跋浪，美司直之才以慰藉之也。

〔二〕珠履，注見二卷。《説文》：趿，進足有所擷取也。　《荆州記》：當陽縣城樓，王仲宣登之而作賦。《一統志》：仲宣樓在荆門州，即當陽縣城樓。按：《方輿勝覽》：仲宣樓在荆州府城東南隅，此乃後梁時高季興所建，或引之，非也。　《儀禮》：望吾子之教也。注：吾子，相親之辭。

陸雲詩：髣髴眼中人。

時王司直西適成都，公惜其負此奇才而有事干謁，故言今將往依何人之門耶？我在江陵望子，及春時來會，因嘆己年已老，恐後此不復相見耳。舊注誤解「諸侯」句，謂司直時爲蜀中刺史；夢弼又謂公以「仲宣樓」自況其依司直。俱大謬。

憶昔行

憶昔北尋小有洞，洪河怒濤過輕舸。辛勤不見華蓋君，艮岑青輝慘么麽亡果切〔一〕。千崖無人萬壑静，三步回頭五步坐。秋山眼冷魂未歸，仙賞心違淚交墮。弟子誰依白茅一作石室，盧老獨啓青銅鎖。巾拂香餘擣藥塵，階除灰死燒丹火。玄圃滄洲莽空闊，金節羽衣飄婀娜。落日初霞閃餘映，倏忽東西無不可〔二〕。松風磵水聲合時，青兕黄熊啼向我。徒然咨嗟撫遺跡，至今夢想仍猶左一作作，音如佐〔三〕。秘訣隱文須内教平聲，晚歲何功使願果。更討一作覓衡陽董鍊師，南浮一作游早鼓瀟湘柁〔四〕。

〔一〕《御覽》：《名山記》云：王屋山有洞，周迴萬里，名曰小有清虚之天。《王君内傳》云：三十六洞天之第一，在河内沁水縣界。《真誥》：王屋山，仙之别天，所謂陽臺也。始得道者皆詣臺，是清虚之宫也。南嶽夫人言：明日當詣王屋清虚宫。　華蓋君、艮岑，注俱見四卷。《通俗文》：不長曰么，細小曰麽。

〔二〕趙曰：玄圃四句，言華蓋君當在仙境往來也。落日初霞，早晚之時，或東遊滄洲，或西遊崑崙，倏忽無不可，言其任意所適也。

〔三〕趙曰：言撫華蓋君之遺跡而咨嗟不忘，至今猶作此夢想也。公詩「主人送客何所作」，自注云「音佐」，與此同。按：如趙説，作當叶總古切。然此恐是相左之左，即上「仙賞心違」意耳。

〔四〕《陶弘景傳》：既得神符秘訣，以爲神仙可成。《御覽》：《玉清石刻隱銘》曰：佩玉帝隱文者，得爲上仙。　《六典》：道士修行，其德高思精，謂之鍊師。《輿地紀勝》：董奉先，天寶中修九華丹法於衡陽，棲朱陵後洞，杜甫《憶昔行》「更討衡陽董鍊師」是也。《真仙通鑑》：東楚董鍊師，周游三湘名山，混跡於衡陽後洞，嘗以咒術治人病苦，後尸解如蟬蜕。

杜工部詩集卷之十九

松陵　朱鶴齡　輯註

大曆中，公在江陵，憩公安，次岳州及居湖南作

惜别行送向卿進奉端午御衣之《英華》作赴上都

肅宗昔在靈武城，指揮猛將收咸京。向公泣血灑行殿，佐佑卿相乾坤平。逆胡冥寞隨烟燼，卿家兄弟公名震。麒麟圖一作閣畫鴻雁行，紫極出入黄金印。尚書勳業超千古，雄鎮荆州繼吾祖〔一〕。裁縫雲霧成御衣，拜跪題封賀端午。向卿將命寸心赤，青山落日江湖一作潮白。卿到朝廷説老翁，漂零已是滄浪客。

〔一〕錢箋：《舊書》：廣德元年，衛伯玉拜江陵尹、荆南節度使，尋加檢校工部尚書，封陽城郡王。此曰「鎮荆州」，知爲伯玉也。「繼吾祖」者，杜預以鎮南大將軍都督荆州諸軍事也。舊注：尚書指向卿之父珦。又云：向秀繼杜預鎮荆州。唐人無所謂向珦者。《晉史》稱向秀在朝不任職，容跡而已，安有繼杜預鎮荆州之事？舊注無稽僞譔，皆此類也。

夏日楊長寧宅送崔侍御常正字入京得深字

《唐書》：長寧縣屬鎮北大都護府。秘書省有正字二人。

醉酒楊雄宅，升堂子賤琴〔一〕。不堪垂老鬢，還對欲分襟。天地西江遠，星辰北斗深。烏臺俯麟閣，長夏白頭吟〔二〕。

〔一〕《漢書》：楊雄有宅一區，家貧嗜酒，時有好事者載酒從游學。

〔二〕御史臺爲烏臺，注見十四卷。《通典》：漢氏圖籍藏麒麟、天禄二閣。桓帝延熹二年，始置秘書監一人。《唐六典》：秘書省，天授初改爲麟臺監，神龍元年復舊。初，漢御史中丞掌蘭臺秘書圖籍，故歷代置都邑，建臺省，以秘書與御史爲鄰。

夏夜李尚書筵送宇文石首赴縣聯句

《唐書》：石首縣屬江陵府。

愛客尚書重，之官宅相賢〔一〕。甫。酒香傾坐側，帆影駐江邊。之芳。翟表郎官瑞，鳧看令宰仙〔二〕。彧。雨稀雲葉斷，夜久燭花偏〔三〕。甫。數語欹一作攲紗帽，高文擲綵牋。之芳。興饒行處樂，離惜醉中眠。彧。單父長多暇，河陽實少年。甫。客居逢自出，爲别幾淒然〔四〕。之芳。

〔一〕宅相，注見二卷。

〔二〕翟，雉名。蕭廣濟《孝子傳》：蕭芝至孝，除尚書郎，有雉數十，飛鳴車側。

〔三〕陸機《雲賦》：金柯分，玉葉散。

〔四〕《爾雅》：男子謂姊妹之子爲出。《左傳》：康公，我之自出。出，生也。

《杜詩博議》：題中宇文石首，即前宇文晁也。詩注彧者，即崔彧也。公與彧同在李尚書筵中送宇文石首，故有「宅相」、「令宰」等句，以美晁也。舊本俱作宇文彧，誤耳。

多病執熱奉懷李尚書之芳

衰年正苦病侵凌，首夏何須氣鬱蒸。大水淼弭沼切茫炎海接，奇峰硉兀火雲升〔一〕。思霑道暍音謁黄梅雨，敢望宫恩玉井冰〔二〕。不是尚書期不顧，山陰野或作夜雪興難乘〔三〕。

〔一〕陶潛詩：夏雲多奇峰。《江賦》：巨石硉兀以前却。

〔二〕魚豢《魏略》：明帝九龍殿前，爲玉井綺欄，蟾蜍含受，神龍吐水。《水經注》：華林園疏圃中有古玉井，井悉以珉玉爲之，以錙石爲口，工作精密。戴延之《述征記》：冰井在凌雲臺北。陸翽《鄴中記》：石季龍於冰井臺藏冰，三伏日以賜大臣。

〔三〕《漢書》：陳遵，字孟公。每飲賓客，輒閉門，取客車轄，投井中。時北部刺史奏事過遵，值其方飲，刺史大窮，候遵霑醉時，突入見遵母，叩頭自白，當對尚書有期會狀。母乃令從後閤出去。應璩書：仲孺不辭同産之服，孟公不顧尚書之期。山陰，注見八卷。

水宿遣興奉呈群公

謝靈運詩：客遊倦水宿。

魯鈍仍多病，逢迎遠復迷。耳聾須畫字，髮短不勝篦。澤國雖勤雨，炎天竟淺泥。小江還積浪，弱纜且長隄〔一〕。歸路非關北，行舟却向西。暮年漂泊恨，今夕一作久客亂離啼。童稚頻書札，盤飧詎俗本作具糝桑感切藜〔二〕。我行何到此，物理直難齊。高枕翻星月，嚴城疊鼓鞞。風號聞虎豹，水宿伴鳧鷖〔三〕。異縣驚虚往，同人惜解攜。蹉跎長汎鷁，展轉屢聞鷄〔四〕。嶷嶷瑚璉韻書：力展切，此叶平聲用器，陰陰桃李蹊。餘波期救涸，費日苦輕齎。杖一作支策門闌邃，肩輿羽翮低。自傷甘賤役，誰愍强幽棲〔五〕。巨海能無釣，浮雲亦有梯。勳庸思樹立，語默可端倪。贈粟囷區倫切應指，登橋柱必題。丹心老未折，時訪武陵溪〔六〕。

〔一〕《穀梁傳》：言不雨者，勤雨也。注：思雨之勤也。

〔二〕糝藜，注見十卷。

〔三〕《衛公兵法》：鼓三百三十槌爲一通。鼓止角動，吹十二聲爲一疊。

〔四〕自起至此，皆自序行色。

〔五〕隋煬帝詔：輕齎遊闕，隨機赴響。○言群公力能救涸，乃肩輿造門，無見愍者。勢交之感，言外淒然。

〔六〕《莊子》：任公爲大鉤，以十五犗爲餌，投釣於東海。《吴志》：魯肅家富於財，廬江周瑜爲居巢長，聞之往求資糧。肅時有米二囷，各三千斛，直指一囷與瑜。瑜奇之，乃結僑札之交。題橋，注見二卷。

遣悶

地闊平沙岸，舟虛小洞房。使塵來驛道，城日避烏檣〔一〕。暑雨留蒸濕，江風借夕涼。行雲星隱見，疊浪月光芒。螢鑒緣帷徹，蛛絲罥鬢長。哀箏猶凭皮孕切几，鳴笛竟霑裳〔二〕。倚著陟略切如秦贅，過逢類楚狂。氣衝看劍匣，穎脱撫錐囊〔三〕。妖孽關東臭，兵戈隴右瘡。時清疑武略，世亂跼文場。餘力浮於海，端憂問彼蒼。百年從萬事，故國耿難忘〔四〕。

〔一〕言泊船城下，雨晦不見日也。舊注非。

〔二〕螢光可以照物，故曰螢鑒。阮籍詩：薄帷鑒明月。魏文帝書：哀筝順耳。

〔三〕《賈誼傳》：秦人家，富子壯則出分家，貧子壯則出贅。師古曰：言其不出妻家，亦猶人身之有贅。《平原君傳》：夫賢士處世，譬如錐處囊中，其末立見。毛遂曰：使遂早得處囊中，乃脱穎而出。

〔四〕《月賦》：陳王初喪應、劉，端憂多暇。

江邊星月二首

驟雨清秋夜，金波耿玉繩〔一〕。天河元自白，江浦一作渚向來澄。映物連珠斷，緣空一鏡升〔二〕。餘光隱一作憶更漏，況乃露華凝〔三〕。

〔一〕謝脁詩：金波麗鳷鵲，玉繩低建章。

〔二〕《漢·律曆志》：日月如合璧，五星如連珠。古詩：破鏡飛上天。公孫乘《月賦》：蔽脩堞而分鏡。

〔三〕此詠雨後之星月。

江月辭風纜一作檻，江星別霧一作露船。鷄鳴還曙一作曉色，鷺浴自晴川。歷歷竟誰種，悠悠何處圓〔一〕。客愁殊未已，他夕始相鮮〔二〕。

〔一〕古詩：天上何所有，歷歷種白榆。　悠悠，注見十七卷。

〔二〕此詠將曉之星月。

舟月對驛近寺

更深不假燭，月朗自明船。金刹青楓外，朱樓白水邊〔一〕。城烏啼眇眇，野鷺宿娟娟。皓首江湖客，鉤簾獨未眠。

〔一〕《維摩經》：佛言佛滅後，以金身舍利起七寶塔，表刹莊嚴而供養。《翻譯名義集》：梵語刹瑟胝，此云竿，即幡柱也。《法苑》云：阿育王取金華金幡懸諸刹上，塔寺低昂。　馮衍《顯志賦》：伏朱樓而四望。

舟中

風餐江柳下，雨卧驛樓邊〔一〕。結纜排魚網，連檣並米船。今朝雲細薄，昨夜月清圓。飄泊南庭老，秖應學水仙〔二〕。

〔一〕鮑照詩：風餐委松宿，雲卧恣天行。

〔三〕南庭，即邊庭之庭。公在南方，故曰南庭。《琴曲》：伯牙作《水仙操》。《列仙傳》：琴高行涓彭之術，浮遊冀州、涿郡間二百餘年。後入涿水中取龍子，與諸弟子期曰：「皆潔齋待於水旁。」果乘赤鯉來，留月餘，復入水去。吴均詩：是有琴高者，淩波去水仙。又《甘澤謡》：陶峴開元末家崑山，徧遊江湖，自製三舟，與孟彦深、孟雲卿、焦遂共載，吴越之士號爲水仙。

江陵節度陽城郡王新樓成王請嚴侍御判官賦七字句同作

樓上炎天冰雪生，高飛燕雀賀新成。碧窗宿霧濛濛濕，朱栱浮雲細細輕。杖鉞褰帷瞻具美，投壺散帙有餘清〔一〕。自公多暇延參佐，江漢風流萬古情。

〔一〕《後漢·賈琮傳》：琮爲冀州刺史之部，升車言曰：「刺史當遠視廣聽，糾察美惡，何反垂帷裳以自掩塞乎？」命御者褰之。《祭遵傳》：遵爲將軍對酒設樂，必雅歌投壺。

又作此奉衛王

西北樓成雄楚都，遠開山嶽散江湖〔一〕。二儀清濁還高下，三伏炎蒸定有無〔二〕。推轂幾年惟鎮静，曳裾終日盛文儒。白頭授簡焉能賦，媿似相如爲大夫〔三〕。

〔一〕古詩：西北有高樓。《漢書》：江陵，故楚郢都，楚文王自丹陽徙此。
〔二〕梁元帝《纂要》：天地曰二儀。　言此樓中立於天高地下之間，尚有三伏之炎蒸否乎？
〔三〕《雪賦》：梁王遊兔園，授簡於司馬大夫曰：「爲寡人賦之。」善曰：言大夫，尊之也。

秋日荆南述懷三十韻

昔承推奬分，愧匪挺生材。遲暮宫臣忝，艱危衮職陪〔一〕。揚鑣樊作鞭隨日馭，折檻出雲臺。罪戾寬猶活，干戈塞未開〔二〕。星霜玄鳥變，身世白駒催。伏枕因超忽，扁舟任往來〔三〕。九鑽巴噀蘇困切火，三蟄楚祠雷。望帝傳應實，昭王去不廻〔四〕。蛟螭深作横，豺虎亂雄猜。素業行已矣，浮名安在哉〔五〕。琴烏曲怨憤，庭鶴舞摧頹。秋水一作雨漫湘竹一作水，陰風過嶺梅〔六〕。苦摇求食尾，常曝報恩腮。結舌防讒柄，探腸有禍胎〔七〕。蒼茫步兵哭，展轉仲宣哀。饑藉蔡云：一作秦昔切家家米，愁徵處處盃。休爲貧士嘆，任受衆人咍音台〔八〕。得喪初難識，榮枯劃易該。差池分組冕，合沓起蒿萊。不必伊周地，皆登吴作知屈宋才〔九〕。漢庭和異域，晉史坼一作拆中台。霸業尋常體，宗臣忌諱災〔一〇〕。群公紛戮力，聖慮窅樊作睿徘徊。數見銘鍾鼎，真宜法斗魁〔一一〕。願聞鋒鏑鑄，莫使棟梁摧。盤石圭多剪，凶門轂少推〔一二〕。垂旒資穆穆，祝網但恢恢。赤雀翻然至，黄龍詎一作不假媒〔一三〕。賢非夢傅野，隱類鑿顔坏普回切。自古江湖客，冥心若死灰〔一四〕。

〔一〕江淹《擬陸機詩》：矯跡廁宫臣。

〔二〕自序以拾遺出貶。

〔三〕《詩傳》：玄鳥，鳦也。古詩：秋蟬鳴樹間，玄鳥逝安適。謝靈運詩：園柳變鳴禽。《史記》：魏豹謝酈生曰：「人生一世間，如白駒過隙耳。」

〔四〕《韻會》：噀，噴水也。《神仙傳》：欒巴噀酒爲雨，滅成都火，雨皆作酒氣。楚祠，楚地祠廟。或云：即指楚王宫也。雷以八月收聲，故曰蟄。按：九鑽、三蟄，言往來兩川九年，其中客夔三年。山谷謂凡十二年，誤也。《苕溪漁隱》曰：杜又有「十暑岷山葛，三霜楚户砧」之句，《詩譜》謂公以乾元己亥冬至蜀，不以暑計，起明年庚子至大曆四年爲十暑，時已在湖南。永泰乙巳秋，至雲安，雲安、荆湖皆楚地，至是合爲五霜。而云三者，獨以峽中言之。望帝，見《杜鵑》詩注。《湘中記》：益陽有昭潭，其下無底，湘水最深處也。或謂昭王南征不復，没於此潭，因以爲名。錢箋：望帝、昭王，雖引楚、蜀之事，亦寓意玄宗也。玄宗爲輔國刧遷西内，悒悒而崩。故以望帝、昭王喻之。昔人謂陶淵明悼國傷時，不欲顯斥，寓以他語，使奥漫不可指摘。知此可與讀杜詩矣。

〔五〕《晉書》：陸納怒兄子俶曰：穢我素業。

〔六〕《琴録》：琴曲有《烏夜啼》。吴兢《解題》：《烏夜啼》，宋臨川王義慶造也。義慶爲江州刺史，文帝徵之，家人大懼，妓妾夜聞烏啼，憂思而成曲。《韓非子》：師曠援琴奏流徵，有玄鶴二八，延頸而鳴，舒翼而舞。《舞鶴賦》：振迅騰摧。湘竹、嶺梅，皆近荆南。

〔七〕司馬遷《書》：猛虎在深山，百獸震恐。及在檻穽，摇尾而求食。辛氏《三秦記》：魚集龍門下，登者化爲龍，不登者點額曝腮而退。《三輔決録》：昆明池人釣魚，綸絶而去。夢於漢武帝，求去其鈎。明日帝遊於池，見大魚銜索，帝取而去之。後三日，池邊得明珠一雙，帝曰：「魚之報也。」

〔八〕王仲宣有《七哀詩》。翰曰：哀漢亂也。《説文》：哈，嗤笑也。《楚詞》注：楚人謂相啁笑曰哈。○「星霜」至此，自敘客居楚蜀之況。

〔九〕師尹曰：是時官資濫進，宿德元勳多擯棄不用，此數語蓋以風也。

〔一〇〕《漢・匈奴傳》：高帝出白登圍，使劉敬結和親之約。《晉・天文志》：三台六星，西近文昌二星曰上台，爲司命，主壽；次二星曰中台，爲司中，主宗室；東二星曰下台，爲司禄，主兵。中台坼，用張華事，見十八卷。庾信《傷王褒》詩：豈意中台坼，君當風燭前。何雲曰：廣德元年，房琯病卒於閬州。其年六月，回紇登里可汗歸蕃，詳《回紇傳》中。所謂「和異域」、「坼中台」也，皆代宗初元事，故牽連書之。

〔一一〕《晉・天文志》：北斗七星在太微北，魁四星爲璿璣，杓三星爲玉衡。杓南三星，及魁第一星、西三星，皆曰三公。

〔一二〕《漢書》：高祖封王子弟，地犬牙相制，所謂盤石之宗也。《淮南子》：大將受命已，則設明衣，剪指爪，鑿凶門而出。

〔一三〕赤雀，注見十八卷。《河圖》：黄龍五采，負圖出置舜前。《瑞應圖》：黄龍，四龍之長，王者不漉地而漁，則應和氣而游於池沼。《漢・郊祀歌》：天馬來，龍之媒。

〔一四〕《淮南子》：魯君欲相顔闔，使人以幣先焉，鑿坏而遁之。坏，屋後墻也。○四語，公自謂。

何震亨曰：此詩述己因房琯得罪始末甚詳。「昔承推獎分」，公受知於房琯也。「折檻出雲臺」，以救琯謫官也。「不必伊周地，皆登屈宋才」，追言肅宗時從龍諸相，未必皆賢也。「漢庭和異域」，言回紇和親。「晉史坼中台」，言房琯罷相。肅宗乾元元年六月貶琯，七月，以寧國公主嫁回紇。合言之，見和親非策，琯在位當無是也。「霸業尋常體」，言和親乃漢道雜霸，非國體之正也。「宗臣忌諱災」，言琯首建諸王分鎮之議，觸肅宗所忌諱而得禍也。「數見銘鍾鼎，真宜法斗魁」，言功臣雖多，非三公器，見一時人才皆不如琯也。「盤石圭多剪，凶門轂少推」，言分鎮以固磐石，圭當多剪。琯本謀原不錯，但宰相不當使出將凶門，轂自宜少推耳，此若諱陳陶之敗而爲之解者。「垂旒資穆穆」至「黄龍不假媒」，言外見當時貶琯爲太過，更望朝廷以寬大用人，則賢才自至也。又曰：駱賓王有《幽縶書情》排律，乃公此詩所出，合觀之始知。《杜詩博議》：「盤石圭多剪」二句，極言封建之制，善於藩鎮，非專謂宰相不可出將也。「群公紛戮力」以下，自是泛論，不必復主琯言之。

秋日荊南送石首薛明府辭滿告別奉寄薛尚書頌德敘懷斐然之作三十韻

石首，見前。《舊書·吐蕃傳》：大曆二年十一月，和蕃使、檢校户部尚書薛景仙自吐蕃使還，首領論泣陵隨景仙入朝，此詩云「聞道和親入」，又云「跋涉體何如」，則薛尚書必景仙也。薛明府，詳詩語，乃尚書之弟。

南征爲客久，西候別君初。歲滿歸鳧舄，秋來把雁書。荊門留美化，姜被就離居〔一〕。聞道和親入，垂名報國餘。連枝不日並，八座幾時除〔二〕。往者胡星孛，恭惟漢網疏。風塵相澒洞，天地一丘墟。殿瓦鴛鴦坼，宮簾翡翠虛。鈎陳摧徼道，槍櫐力軌切失儲胥〔三〕。文物陪巡狩，親賢病拮据。公時呵猰貐，首唱却鯨魚。勢愜宗蕭相原注：郭令公。材非一范睢原注：諸名將〔四〕。屍填太行道，血走浚儀渠。滏口師仍會，函關憤已攄〔五〕。紫微臨大角，皇極正乘平聲輿。賞從頻峨冕，殊恩一作私再直廬原注：公舊執金吾，新授羽林，前後二將軍〔六〕。豈惟高衛霍，曾是接應平聲徐。降集翻翔鳳，追攀絕衆狙。侍臣雙宋玉，戰策兩穰苴〔七〕。鑒徹勞懸鏡，荒蕪已荷鋤。嚮來披述作原注：石首處見公新文一通。通，一作卷。重此憶吹噓〔八〕。白髮甘凋喪，青雲亦卷舒。經綸功不朽，跋涉體何如原注：公頃奉使和蕃，已見上。應訝耽湖橘，常餐占野蔬。

十年嬰藥餌，萬里狎樵漁。揚子淹投閣，鄒生惜曳裾。但驚飛熠燿，不記改蟾蜍〔九〕。烟雨封巫峽，江淮略孟諸。湯池雖險固，遼海尚填淤。努力輸肝膽，休煩獨起予〔一〇〕。

〔一〕隋尹式詩：西候追孫楚，南津送陸機。按：孫子荆有《征西官屬送于陟陽候》詩，注：陟陽，亭名，候亭也。西候謂此，唐人每用之。舊注：斗杓，建西之候，非是。　姜被，注見五卷。

〔二〕八座，注見十八卷。此期明府與兄並登八座也。

〔三〕《鄴中記》：鄴都銅雀臺，皆鴛鴦瓦。梁昭明太子《講席》詩：日麗鴛鴦瓦。《洞冥記》：漢武帝甘泉宫起招仙閣，編翠羽麟毫以爲簾。《西都賦》：周以鉤陳之位。又：周廬千列，徼道綺錯。《漢書》注：遊徼循禁，備盜賊。徼道，徼循之道也。《長楊賦》：木擁槍纍，以爲儲胥。注：槍纍，作木槍相纍爲栅也。儲胥，言儲蓄以待所須也。《三輔黄圖》有儲胥館。

〔四〕禄山反，景仙守扶風，却賊，故曰「呵猰㺄」、「却鯨魚」，事詳二卷。《漢書》贊蕭何、曹參，爲一代宗臣。　舊注：范睢爲秦謀兵事，伐魏、伐韓、破趙，故以比諸名將。

〔五〕太行山，注見四卷。《水經注》：汳水出陰溝於浚儀縣北。陰溝，即蒗蕩渠也。又曰：禹塞滎澤，淫水於滎陽下，引河通淮、泗，名蒗蕩渠，一名浚儀渠。《元和郡縣志》：汴渠在河陰縣南，即蒗蕩渠，隋時名通濟渠。《舊唐書》：浚儀縣，屬汴州。《元和郡縣志》：滏水出磁州滏陽縣西北四十五里。鼓山，亦名滏山，泉源奮湧若釜水，故以滏名之。太行八陘，第四曰滏口陘，對鄴西，山嶺高深，實爲險絶。　函關，注見十六卷。

〔六〕大角，注見十卷。《史記》：衛令曰：周廬設卒甚謹。《漢書音義》：直宿曰廬。

〔七〕應、徐，應瑒、徐幹也。《莊子》：狙公賦芧曰：朝三暮四，衆狙皆怒。狙，猿也。《風賦序》：楚襄王遊於蘭臺之宫，宋玉、景差侍。《史記》：齊威王追論古司馬兵法，附穰苴於其中，號曰《司馬穰苴兵法》。○自「往者胡星孛」至此，皆頌薛尚書。「雙宋玉」、「兩穰苴」，言宋玉、穰苴復見於今也，與「居然雙捕虜」句法略同。次公以「降集」四語爲兼美薛兄弟，失之。

〔八〕懸鏡，猶水鏡之鏡。

〔九〕《詩》：熠燿宵行。注：螢火也。張衡《靈憲》：姮娥奔月，是爲蟾蜍。古詩：三五明月滿，四五蟾兔缺。

〔一〇〕《爾雅》：十藪，宋有孟諸。郭璞注：在睢陽縣東北。《一統志》：在今歸德州虞城縣西北。略孟諸，言江淮之地，回略及於孟諸也。填淤，注見五卷。《通鑑》：大曆三年六月，幽州兵馬使朱希彩與朱泚、朱滔共殺節度使李懷仙，自稱留後，朝廷不能制。故云「尚填淤」也。「獨起予」，以尚書新文言之。

按：新、舊《書》皆不立《薛景仙傳》。《逆臣傳》載：代宗討史朝義，右金吾大將軍薛景仙，請以勇士二萬，椎鋒死賊。觀此詩「滏口」數語，則收東京時，景仙嘗會師滏陽，立功河北矣。《舊書》：至德元載十二月，秦州都督郭英乂，代景仙爲鳳翔太守，而不言景仙遷轉何官。此詩云「殊恩再直廬」，豈景仙自鳳翔入，即歷金吾、羽林之職耶？史家闕軼甚多，可據此補之。又《通鑑》：

廣德二年正月，吐蕃陷京師。既去，以太子賓客薛景仙爲南山五谷防禦使。景仙嘗官宮僚，故以應、徐比之也。公與景仙俱扈從還京，景仙獨承恩侍直，官躋八座。「賞從」以下，雖云頌美，流落淹遲之感，實寓其中。

獨坐

悲秋迴白首，倚杖背孤城。江斂洲渚一讀專於切，音諸。《韻會》：渚入六魚出，天虛風物清。滄溟恨一作服，非衰謝，朱紱負平生。仰羨黄昏鳥，投林羽翮輕。

暮歸

霜黄碧梧白鶴棲，城上擊柝復烏啼。客子入門月皎皎，誰家搗練風淒淒。南渡桂水闕舟楫，北歸秦一作洛，非川多鼓鞞〔一〕。年過半百不遂意，明日看雲還杖藜。

〔一〕桂水，注別見。《通鑑》：大曆三年八月，吐蕃復寇靈、邠，京師戒嚴。邠去京師不滿四百里。

哭李尚書之芳

漳濱與蒿里，逝水竟同年。欲挂《英華》作把留徐劍，猶迴憶戴船〔一〕。相知成白首，此別間黄泉。風雨嗟何及，江湖涕泫然〔二〕。脩文將管輅，奉使失張騫。史閣行人在，詩家秀句傳〔三〕。客亭鞍馬絶，旅櫬網蟲懸。復魄一作塊昭丘遠，歸魂素滻偏〔四〕。樵蘇封葬地，喉舌罷朝天。秋色凋春草，王孫若箇邊〔五〕。

〔一〕漳濱、蒿里，注見十四卷。

〔二〕《詩序》：風雨，思君子也。

〔三〕脩文郎，注見十二卷。《魏志》：管輅，字公明，平原人，舉秀才，謂弟辰曰：「天與我才明，不與我年壽，恐四十七八間，不見女嫁男婚也。」是歲八月，爲少府丞，明年二月卒，年四十八。趙曰：將，言將之而去。　奉使，謂之芳嘗使吐蕃。　《周禮·秋官》：有大行人、小行人。「史閣行人在」，言書其事於史策也。

〔四〕《禮記》：復諸侯以褒衣。鄭司農曰：復，謂始死，招魂復魄也。　昭丘，注見十四卷。　素滻，注見二卷。之芳乃長安人，故云。

〔五〕《戰國策》：秦攻齊，令曰：「敢有去柳下季壟五十步樵採者，死不赦。」《梁州記》：鍾會征蜀，令軍士不得於諸葛墓芻牧樵採。　喉舌，注見二卷。　《招隱士》：芳草兮萋萋，王孫兮不歸。《唐·宗室世系表》：之芳，蔣王惲之孫。沈佺期詩：京華若箇邊。若箇，唐人方言。

重題

涕泗不能收，哭君餘一作余白頭。兒童相識一作顧盡，宇宙此生浮〔一〕。江雨銘旌濕，湖風井徑秋〔二〕。還瞻魏太子，賓客減應劉原注：公歷禮部尚書，薨於太子賓客〔三〕。

〔一〕兒童，謂兒童之交。

〔二〕《蕪城賦》：邊風起兮城上寒，井徑滅兮丘隴殘。注：九夫爲井，遂上有徑。

〔三〕魏文帝《與吴質書》：徐陳應劉，一時俱逝。

哭李常侍嶧二首

按：詩有「江漢哭君時」之句，乃是荆南作。舊編潭州詩内，潭不應言江漢也。

一代風流盡，脩文地下深。斯人不重見，將老失知音。短日行梅嶺，寒山一作江落桂林〔一〕。長安若箇伴一作畔，猶想映貂金〔二〕。

〔一〕疑常侍卒於廣南，故有梅嶺、桂林之語。

〔二〕常侍金蟬珥貂，詳十三卷。

青瑣陪雙入，銅梁阻一辭〔一〕。風塵逢我地，江漢哭君時。次第尋書札，呼兒檢贈詩。發揮王子表，不愧史臣詞〔二〕。

〔一〕銅梁，注見七卷。

〔二〕《漢書》有《王子侯表》，李常侍必宗室，故云。

舟中出江陵南浦奉寄鄭少尹審

公自江陵移居公安，公安在江陵南九十里，故出南浦。鄭審時爲江陵少尹。

更欲投何處，飄然去此都。形骸元土木，舟楫復江湖。社稷纏妖氣，干戈送老儒。百年同棄物，萬國盡窮途。雨洗平沙净，天銜闊岸紆。鳴螿隨汎梗，別燕起一作赴秋菰〔一〕。棲託難高卧，饑寒迫向隅。寂寥相呴沫，浩蕩報恩珠〔二〕。溟漲鯨波動，衡陽雁影徂。南征問懸榻，東逝想乘桴〔三〕。濫竊商歌聽，時憂卞泣誅。經過憶鄭驛，斟酌旅情孤〔四〕。

〔一〕《爾雅》注：蜺，一名寒蜩，又名寒螿，似蟬而小，青赤。　別燕，燕至秋社則去也。

〔二〕《説苑》：今滿堂飲酒，有一人向隅而泣，則滿堂之人皆不樂矣。《莊子》：魚相呴以濕，相濡以沫，不如相忘於江湖。　報恩珠，注見前。

〔三〕南征，蒙雁影；東逝，蒙鯨波。

〔四〕《吕覽》：甯戚欲干齊桓公，無以自達，於是擊牛角而疾商歌，桓公聞之，命後車載歸。《韓非子》：卞和得玉璞，以獻楚王，王刖其足，乃抱璞而哭於荆山之下。　斟酌，言酌酒也。

移居公安山館黄作山館

南國晝多霧，北風天正寒。路危行木杪，身遠樊作迥宿雲端。山鬼吹燈滅，廚人語夜闌。鷄鳴問前館，世亂敢求安。

醉歌行贈公安顔《英華》有十字少府請顧八疑脱分字題壁《英華》題下無五字

《唐書》：公安縣屬江陵府。　按：顧八，即後「顧八分文學」也。舊注謂吴人顧況，《千家》本又系以公自注，其妄甚明。

神仙中人不易得，顔氏之子才孤標。天馬長鳴待駕馭，秋鷹整翮當雲霄〔一〕。君不見東吴顧文學，君不見西漢杜陵老。詩家筆勢君不嫌，詞翰升堂爲君掃〔二〕。是日霜風凍七澤，烏鑾落照銜赤壁〔三〕。酒酣耳熱忘頭白，感君意氣無所惜，一爲《英華》有醉字歌行歌主客〔四〕。

〔一〕神仙，用梅福事。顔爲尉，故云。

〔二〕詞，謂己之詩。翰，謂顧之筆。

〔三〕《子虚賦》：楚有七澤，其小小者，名曰雲夢。烏鑾，注見十二卷。赤壁，注見十一卷。

〔四〕《楊惲傳》：酒酣耳熱，嗚嗚而歌秦聲。主，謂顔少府；客，則公與顧八也。

送顧八分文學適洪《英華》無洪字吉州

《集古録》：唐吕諲表，元結撰，顧戒奢八分書。景祐三年，余謫夷陵，過荆南，謁吕公祠堂，見此碑。《西溪叢語》：吕公表，前太子文學、翰林待詔顧誡奢書。《東觀餘論》：《跋吕肅公碑後》云：杜詩「顧八分文學」，謂誡奢也。觀其遺跡，乃知子美非虚稱。《唐書》：洪州豫章郡、吉州廬陵郡，俱屬江西道，採訪使，治洪州。

中郎石經後，八分蓋憔悴。顧侯運鑪錘，筆力破餘地〔一〕。昔在開元中，韓蔡同贔平秘切屭虚器切。玄宗妙其書，是以數子至。御札早流傳，揄揚非造次〔二〕。三人並入直，恩澤各不二。顧于韓蔡內，辨眼工小字。分日示《英華》作侍諸王，鈎深法更秘。文學與我遊，蕭瑟外聲利。追隨二十載，浩蕩長安醉。高歌卿相宅，文翰飛省寺。視我班揚間，白首不相棄。驊騮入窮巷，必脱黄金轡。一論朋友難，遲暮敢失墜。古來事反覆，相見横涕泗。嚮者玉珂人，誰是青雲器〔三〕。才盡傷形體《英華》作骸，病渴污官位。故舊獨依然，時危話顛躓。我甘多病老，子負憂世志。胡爲困衣食，顔色少稱遂。遠作辛苦行，順從衆多意。舟楫無根蒂，蛟鼉好爲祟。況兼水賊繁，特戒風飆駛。崩騰戎馬際一作險，往往殺長吏。子干東諸侯，勸一作勤勉無縱恣。邦以民爲本，魚饑費香餌。請哀瘡痍深，告訴皇華使〔四〕。使臣精所擇，進德知歷試。惻隱誅求情，固應賢愚異〔五〕。列一作烈士惡苟得，俊傑思自致。贈子猛虎行，出郊載酸鼻〔六〕。

〔一〕《水經注》：蔡邕以熹平四年，與五官中郎將堂谿典等，奏求正定六經文字，靈帝許之。邕乃自書丹於碑，使工鐫刻，立太學門外。碑始立，其觀視及摹寫者，車乘日千餘兩，填塞街陌，今碑上悉銘刻蔡邕等名。魏正始中，又立古、篆、隸三字石經。《東觀餘論》：石經在洛陽御史臺中，曾得其缺本，《論語》之末題云：「書學博士臣左立郎中」，臣上下皆缺，當是書者姓名。或云：此即蔡邕書。又有一版，《公羊》其末云「谿典諫議大夫臣馬日磾、臣趙䧃、臣劉弘、郎中臣張文、臣蘇陵、臣傅楨」，上下皆缺。谿上當是堂，乃堂谿典也。此蓋鴻都一字石經，然經各異手書，不盡出蔡邕也。錢箋：洪氏《隸釋》：《水經注》云：光和六年，立石於太學講堂前，其上悉刻蔡邕名，蓋諸儒受詔在熹平，而碑成則光和年也。《隋志》有一字石經七種，三字石經三種。其論云「漢鐫七經，皆蔡邕書」，又云「魏立一字石經」，其説自相矛盾。新、舊《唐志》有今字石經七種，而注《論語》云「蔡邕作」，又有三字石經、古篆兩種。蓋唐史以隸爲今字也。觀遺經字畫之妙，非中郎輩不能爲，豈魏人筆力可到，當以《水經》爲據。三體者，乃後人所刻，儒林傳爲篆、隸二體，非也。《莊子》：皆在爐錘之間耳。

〔二〕韓擇木、蔡有鄰，見十五卷。《西都賦》：綴以二華，巨靈贔屓。注：贔屓，作力之貌。《書苑》：明皇好圖畫，工八分、章草，豐茂英特。張説等獻詩，明皇各賜贊褒美，自於彩牋上八分書之。《次柳氏舊聞》：玄宗善八分書，將命相，先以御體書其姓名，置案上。

〔三〕《五君詠》：仲容青雲器，實禀生民秀。

〔四〕《五略》：香餌之下，必有懸魚。費香餌，言當厚施予以恤民也。

〔五〕言朝廷所遣使臣，必精擇而歷試者，子可以瘡痍告之。蓋惻隱之與誅求，賢愚固有異情耳。

〔六〕陸機《猛虎行》：惡木豈無枝，志士多苦心。

官亭夕坐戲簡顔十少府

南國調寒杵，西江浸日車〔一〕。客愁連蟋蟀，亭古帶蒹葭。不返青絲鞚，虚燒夜燭花。老翁須地主，細細酌流霞。

〔一〕庾信《擣衣》詩：南國女郎砧，調聲不用吟。

移居公安敬贈衛大郎鈞

衛侯不易得，余病汝知之。雅量涵高遠，清襟照等夷〔一〕。平生感意氣，少小愛文詞。江海由來合，風雲若有期〔二〕。形容勞宇宙，質朴謝軒墀。自古幽人泣，流年壯士悲。水烟通徑草，秋露接園葵〔三〕。入邑豺狼鬬，傷弓鳥雀饑。白頭供宴語，烏几伴棲遲。交態遭輕薄，今朝豁所思。

〔一〕袁粲《答王儉》詩：老夫亦何寄，之子照清襟。

〔二〕以上贈衛郎，下皆自叙。

〔三〕徑草、園葵，移居之地也。

贈虞十五司馬

遠師虞秘監，今喜得玄孫。形象丹青逼，家聲器宇存。淒涼憐筆勢，浩蕩問詞源〔一〕。爽氣金天豁，清談玉露繁。佇鳴南嶽鳳，欲化北溟鯤〔二〕。交態知浮俗，儒流不異門。過逢連客位，日夜倒芳樽。沙岸風吹葉，雲江月上上聲軒〔三〕。百年嗟已半，四座敢辭喧。書籍終相與，青山隔故園〔四〕。

〔一〕《唐書》：虞世南，餘姚人。太宗踐阼，遷太子右庶子，固辭，改爲秘書監，封永興縣子。○世南没，太宗敕圖其像於凌烟閣。筆勢、詞源，皆言秘監。《唐書》：時稱世南五絶，四曰文詞，五曰書翰。

〔二〕劉楨詩：鳳凰集南嶽。

〔三〕沈約詩：客位紫苔生。《別賦》：月上軒而飛光。

〔四〕《魏志》：蔡邕聞王粲在門，倒屣迎之，謂座客曰：「此王公孫也，有異才，吾家書籍文章，盡當與之。」

公安送韋二少府匡贊

逍遥公後世多賢，送爾維舟惜此俗本作別筵〔一〕。念我能書一作常能數字至，將詩不必萬人傳。時危兵革黄塵裏，日短江湖白髮前。古往今來皆涕淚，斷腸分手各風烟〔二〕。

〔一〕《北史》：周韋夐，養高不仕，明帝號爲逍遥公。《唐書》：韋嗣立，中宗亦封逍遥公。韋氏九房，以夐後爲逍遥公房，嗣立後爲小逍遥公房。

〔二〕謝瞻《送王撫軍》詩：分手東城闉。

公安縣懷古

野曠吕蒙營，江深劉備城〔一〕。寒天催日短，風浪與雲平。灑落君臣契，飛騰戰伐名。維舟倚前浦，長嘯一含情。

〔一〕《寰宇記》：公安縣有孱陵城，《十三州志》曰：吴大帝封吕蒙爲孱陵侯，即此地也。《入蜀記》：光孝寺後有廢城，髣髴尚存，《圖經》謂之吕蒙城。《水經注》：涖水東至孱陵縣，入油水縣治故城，王莽更名孱陵也。劉備孫夫人，權妹也，又更修之，其城背油向澤。《荆州記》：吴大帝推劉備爲左將軍、荆州牧，鎮油口，即居此城，時人號爲左公，故名其城公安也。

宴王使君宅題二首

漢主追韓信，蒼生起謝安。吾徒自漂泊，世事各艱難。逆旅招要近，他鄉思《英華》作意緒寬。不才甘朽質，高卧豈泥蟠。

汎愛容霜鬢一作髮，留歡卜夜閑一作闌，一作上夜關〔一〕。自吟詩送老，相對酒開顔。戎馬今何地，鄉園獨在一作舊山。江湖墮清月，酩酊任扶還。

〔一〕《英華辨証》：世傳杜子美不避家諱，其實非也。或改作「夜闌」，又不在韻。按卞圜集杜詩及別本，自是「留歡上夜關」，蓋有投轄之意。「上」字訛爲「卜」，「關」字訛爲「閑」耳。

送覃二判官

先帝一作皇弓劍遠，小臣餘此生。蹉跎病江漢，不復謁承明。餞爾白頭日，永懷丹鳳城〔一〕。遲遲戀屈宋，渺渺卧荆衡。魂斷航舸居何切失，天寒沙水清。肺肝若稍愈，亦上赤霄行。

〔一〕曹植詩：謁帝承明廬。《長安志》：東内大明宫，南面五門，正南曰丹鳳門。

公安送李二十九弟晉肅入蜀余下沔鄂

晉肅，李賀之父，見韓文《諱辨》。《唐書》：沔州漢陽郡、鄂州江夏郡，俱屬江南西道，後併沔州入鄂州。按：公是年冬發公安至岳陽，而題云「下沔鄂」，詩又云「正解柴桑纜」，蓋公是時欲由沔鄂東下，後不果，乃之岳陽耳。

正解柴桑纜，仍看蜀道行〔一〕。檣烏相背發，塞雁一行鳴〔二〕。南紀連銅柱，西江接錦城〔三〕。憑將百錢卜，漂泊問君平。

〔一〕《通典》：潯陽縣，南楚城驛，即漢柴桑縣也。《元和郡縣志》：柴桑故城，在江州潯陽縣西南二十里。《一統志》：在今九江府城南。

〔二〕《擬李陵别詩》：雙鳧相背飛。

〔三〕趙曰：南紀，江漢也，下沔鄂所經。按：銅柱在交阯，於地爲極南，故云「連銅柱」。

留别公安大易沙門

《後漢·郊祀志》：沙門，漢言息心，剃髮出家，絶情洗慾，而歸於無爲也。

隱居欲就廬山遠，藻麗初逢休上人〔一〕。數問舟航留製作，長開篋笥擬心神。沙村白雪仍含凍，江縣紅梅已放春。先踏罏峰置蘭若爾者切，徐飛錫杖出風塵〔二〕。

〔一〕湯惠休，注見三卷。李白詩：君同鮑明遠，邀彼休上人。

〔二〕蘭若，注見十七卷。時公欲往廬山，故言當先置寺於彼，以待大易之來也。

曉發公安原注：數月憩息此縣。

《入蜀記》：公《移居公安》詩云「水煙通徑草，秋露接園葵」，而《留別大易》云：「白雪仍含凍，紅梅已放春」，則是以秋至此縣，暮冬始去，其曰「數月憩息」，蓋爲此也。

北城擊柝復欲罷，東方明星亦不遲。鄰鷄野哭如昨日，物色生態能幾時。舟楫眇然自此去，江湖遠適無前期。出門轉眄已陳跡，藥餌扶吾隨所之。

發劉郎浦

《江陵圖經》：劉郎浦在石首縣，先主納吴女處。　趙曰：公自公安縣往岳州，故經劉郎浦，浦在公安之下。

掛帆早發劉郎浦，疾風颯颯昏亭午。舟中無日不塵沙，岸上空村盡豺虎。十日北風風未迴，客行歲晚晚郭作尤相催。白頭厭伴漁人宿，黄帽青鞋歸去來。

別董頲

黄曰：詩云「逆浪開帆難」，蓋董泝漢水而之鄧也。又云「老夫纜亦解」，公是時將適潭州，乃大曆三年冬作。

窮冬急風水，逆浪開帆難。士子甘旨闕，不知道里寒。有求彼樂土，南適小長安〔一〕。到刊作別我舟檝去，覺君衣裳單。素聞趙公節，兼盡賓主歡。已結門廬一作閭，是望，無令霜雪殘〔二〕。老夫纜亦解，脱粟朝未餐。飄蕩兵甲際，幾時懷抱寬。漢陽頗寧静，峴首試考槃。當念著皂吴作白帽，采薇青雲端〔三〕。

〔一〕《光武紀》：戰於小長安。注：《續漢書》：淯陽縣有小長安聚，故城在今鄧州南陽縣南。

〔二〕趙公，鄧州守也。董因闕甘旨而謁趙公，故用倚門、倚閭事，勸其早歸以慰慈母之望也。

〔三〕《唐書》：鄂州漢陽縣，本沔州漢陽郡。武德四年，以沔陽郡之漢陽、汉川二縣置。元和三年，州廢，以縣隸鄂州。峴首，注見八卷。按：峴山在襄陽，與鄧州相近。公素有居襄陽之志，故因董適鄧而及之。言我亦將道漢陽，登峴首，爲終隱計，子當念我之采薇於雲端也。黄鶴謂漢陽、峴首，皆董適鄧所經，詩意不然。

夜聞觱篥

《樂府雜録》：觱篥者，本龜兹國樂，亦名悲栗。以竹爲管，以蘆爲首，其聲悲栗，有類於笳也。

夜聞觱篥滄江上，衰年側耳情所嚮。鄰舟一聽多感傷，塞曲三更欻悲壯〔一〕。積雪飛霜此夜寒，孤燈急管復風一作奔湍。君知天地一作下干戈滿，不見江湖一作湘行路難〔二〕。

〔一〕胡笳有《入塞曲》、《出塞曲》。

〔二〕劉辰翁曰：君知干戈如此，則不復恨行路矣。或曰：君知干戈滿地，獨不見行路之難乎？乃更吹此，以助人悲傷也。

歲晏行

歲云暮矣多北風，瀟湘洞庭白雪一作雲中。漁父天寒網罟凍，莫徭射雁鳴桑弓〔一〕。去年米貴闕軍食，今年米賤大傷農。高馬達官厭酒肉，此輩杼柚茅茨空〔二〕。楚人重魚不重鳥一作肉，汝休枉殺南飛鴻。況聞處處鬻男女，割恩忍愛還租庸〔三〕。往日用錢捉私鑄，今許一云來鉛鐵和青銅。刻泥爲之最易得，好惡不合長相蒙。萬國城頭盡吹角，此曲哀怨何時終〔四〕。

〔一〕《隋·地理志》：長沙郡雜有夷蜑，名曰莫徭，自言其先祖有功，常免征役，故以爲名。《禮記》：桑弧蓬矢，以射四方。

〔二〕《舊唐書》：大曆二年十月甲申，減京官職田三分之一充軍糧。又十一月己丑，率百官、京城士庶，出錢以助軍。此詩作於三年之冬，故云「去年米貴闕軍食」也。《玉篇》：柚，機具也。杼，機之持緯者。

〔三〕《風俗通》：吴楚之人嗜魚鹽，不重禽獸之肉。《别賦》：割慈忍愛，離鄉去里。《舊唐書》：凡授田者，丁歲納粟稻，謂之租。不役者，日爲絹三尺，謂之庸。言楚地鳥非所貴，莫徭射雁，亦徒殺耳。況鬻男女以供租庸，即得鳥，其誰食之？

〔四〕《舊唐書》：天寶數載之後，富商奸人，漸收好錢，潛將往江淮之南，每錢貨得私鑄惡者五文，假托官錢，將入京，私用鵝眼、鐵錫、古文、綖環之類，每貫重不過三四觔。刻泥爲之，以泥爲錢模也。《左傳》：上下相蒙。注：蒙，欺也。

泊岳陽城下

岳陽，即岳州，在天岳山之陽，故名。《唐書》：岳州巴陵郡，屬江南西道。

江國踰千里，山城僅百層。岸風翻夕浪，舟雪灑寒燈。留滯才難盡，艱危氣益增。圖南未可料，變化有鯤鵬。

纜船苦風戲題四韻奉簡鄭十三判官泛

楚岸朔風疾，天寒鶬鴰呼〔一〕。漲沙霾草樹，舞雪渡江湖。吹帽時時落，維舟日日孤。因聲置驛外，爲覓酒家壚。

〔一〕鶬鴰，注别見。

登岳陽樓

《岳陽風土記》：岳陽樓，城西門門樓也，下瞰洞庭，景物寬闊。

昔聞洞庭水，今上岳陽樓。吴楚東南坼拆同，乾坤日夜浮〔一〕。親朋無一字，老病有孤舟。戎馬關山北，憑軒涕泗流。

〔一〕坼，地裂也。《史·趙世家》：地坼東西，百三十步。《拾遺記》：洞庭山，浮於水上。

陪裴使君登岳陽樓

裴使君，岳陽守也。

潮闊兼雲霧，樓孤屬晚晴。禮加徐孺子，詩接謝宣城〔一〕。雪岸叢梅發，春泥百草生。敢違漁父問，從此更南征〔二〕。

〔一〕《謝朓傳》：除秘書丞，未拜，仍轉中書郎，出爲宣城太守。

〔二〕《楚詞》：屈原既放，遊於江潭，漁父見而問之。《招魂》：獻歲發春兮，汩吾南征。

過南岳入洞庭湖

按：衡山以嶽麓爲足，在長沙。此詩大曆四年正月，公由岳陽之潭州時作。南岳，乃嶽麓也。《唐書》：潭州湘潭縣有衡山。《山海經》注：長沙巴陵縣西有洞庭陂，潛伏通江。《水經注》：湖水廣圓五百餘里，日月若出没其中。《岳陽風土記》：鼎、澧、沅、湘，合諸蠻黔南之水匯於洞庭，至巴陵與荆江合。

洪波忽争道，岸轉異江湖。鄂渚分雲樹，衡山引舳艫〔一〕。翠牙穿裛蔣舊作槳，荆公本改作蔣，碧節吐一作上寒蒲。病渴身何去，春生力更無。壤童犁雨雪，漁屋架泥塗。欹側風帆滿，微冥水驛孤。悠悠回赤壁，浩浩略蒼梧。帝子留遺恨，曹公屈壯圖〔二〕。聖朝光御極，殘孽駐艱虞。才淑隨厮養，名賢隱鍛罏〔三〕。邵平元入漢，張翰後歸吴。莫怪啼痕數，危檣逐夜烏。

〔一〕《楚詞》：乘鄂渚而返顧兮。《水經注》：江之右岸有鄂縣故城，舊樊楚也。《世本》稱熊渠封中子某爲鄂王，晉《太康地記》以爲東鄂矣，《九州記》曰：鄂，今武昌是也。孫權自公安徙此，改曰武昌。《説文》：軸，舟尾。艫，舟前也。

〔二〕帝子，注見十八卷。

〔三〕殘孽，謂河北諸降將。《漢·蒯通傳》：隨厮養之役者，失萬乘之權。鍛罏，嵇康事，注見一卷。

宿青草湖

《水經注》：湘水自汨口西北，逕疊石山西而北，對青草湖。《元和郡國志》：巴丘湖，又名青草湖，在巴陵縣南七十九里，周廻二百六十五里，俗云：即古雲夢澤。《南遷録》：洞庭湖西岸有沙洲，堆阜隆起，南名青草，北名洞庭，所謂重湖也。

洞庭猶在目，青草續爲名。宿槳依農事，郵籤報水程〔一〕。寒冰争倚薄，雲月遞微明。湖雁雙雙起，人來故北征〔二〕。

〔一〕郵籤，驛館漏籌也。聽漏籌，則計程而宿，是報水程也。

〔二〕嘆己之未能北歸也。

宿白沙驛原注：初過湖南五里。

按：《湘中記》云「白沙如霜雪」，驛或以此名。

水宿仍餘照，人煙復此亭。驛邊沙舊白，湖外草新青。萬象皆春氣，孤槎自客星。隨波無限月一作景，的的近南溟〔一〕。

〔一〕《莊子》：南溟者，天池也。

湘夫人祠

《水經注》：太湖水西流，逕二妃廟南，世謂之黄陵廟。大舜之陟方也，二妃從征，溺於湘江，神遊洞庭之淵，出入瀟湘之浦，故民爲立祠於水側焉。《方輿勝覽》：黄陵廟，在潭州湘陰北九十里。錢箋：王逸注《楚詞》，以湘君爲水神，湘夫人乃二妃也。郭璞曰：天帝之二女，處江爲神，即

《列仙傳》江妃二女也。江湘有夫人，猶河洛之有宓妃也，安得謂之堯女哉？韓退之《黃陵廟碑》則以娥皇爲湘君，女英爲湘夫人，後世宗之。公此詩題曰「湘夫人祠」，蓋本王逸之説。

肅肅湘妃廟，空墻碧水春。蟲書玉佩蘚，燕舞翠帷塵。晚泊登汀樹，微馨借一作香惜渚蘋。蒼梧恨不盡，染淚在叢筠。

祠南夕望

百丈牽江色，孤舟泛日斜。興來猶杖屨，目斷更雲沙。山鬼迷春竹，湘娥倚暮花。湖南清絶地，萬古一長嗟。

上水遣懷

趙子櫟《譜》：自岳之潭之衡，爲上水；自衡回潭，爲下水。

我衰太平時，身病戎馬後。蹭蹬多拙爲，安得不皓首。驅馳四海内，童稚日餬口。但遇新少年，少逢舊親友。低顏下色地，故人知善誘。後生血氣豪，舉動見老醜〔一〕。窮迫挫曩懷，常如中風走。一紀出西蜀，於今向南斗。孤舟亂春華一作草，暮齒依蒲柳〔二〕。冥冥九疑葬，聖者骨已朽。蹉跎陶唐人，鞭撻日月久。中間屈賈輩，讒毁竟自取此苟切。鬱没樊作悒二悲魂，蕭條猶在否〔三〕。崷崒清湘石，逆行雜林藪。篙工密逞巧，氣若酣杯酒。謌謳互激遠樊作越，回斡烏括切明樊作相受授〔四〕。善知應觸類，各藉穎脱手。古來經濟才，何事獨罕有〔五〕。蒼蒼衆色晚，熊挂玄蛇吼。黄羆在樹顛，正爲于僞切群虎守〔六〕。羸骸將何適，履險顔益厚。庶與達者論，吞聲混瑕垢〔七〕。

〔一〕故人，即舊親友。後生，即新少年也。

〔二〕朱浮《與彭寵書》：伯通獨中風狂走，自捐盛時。公以乾元元年冬離長安，自隴入蜀，至大曆四年在湖南，恰十二年，爲一紀。

〔三〕《山海經》：九疑山，舜所葬，在長沙零陵界中。文穎曰：九疑，半在蒼梧，半在零陵。《括地志》：在永州唐興縣東南一百里。公《慈恩寺》詩：羲和鞭日月。二悲魂，屈原、賈誼也。

〔四〕回斡，回動斡轉其船也。船之首尾相呼，以求水脉，謂之受授。

〔五〕言即此操舟，若神推之，凡事莫不皆然。

〔六〕《詩義疏》：熊能攀援上高樹，見人則顛倒投地而下。《爾雅》：羆如熊，黄白文。柳宗元《熊説》：鹿畏貙，貙畏虎，虎畏熊。詳詩意，正言熊升樹而守虎也。

〔七〕《左傳》：瑾瑜匿瑕，國君含垢。

遣遇

磬折辭主人，開帆駕洪濤。春水滿南國，朱崖雲日高〔一〕。舟子廢寢食，飄風争所操。我行匪利涉，謝爾從者勞。石間采蕨女，鬻菜一作市輸官曹。丈夫死百役，暮返空村號。聞見事略同，刻剥及錐刀。貴人豈不仁，視汝如莠蒿。索錢多門户，喪亂紛嗷嗷。奈何黠吏徒，漁奪成逋逃。自喜遂生理，花時甘刊作貰，侍夜切縕袍。

〔一〕《莊子·漁父篇》：夫子曲腰磬折。

解郭作遣憂

上水得脱危險而作。

減米散同舟，路難思共濟。向來雲濤盤，衆力亦不細〔一〕。呀吭吴、趙作坑，一作帆，一作吭瞥眼過，飛櫓本無蒂。得失瞬息間，致遠宜恐泥〔二〕。百慮視安危，分明曩賢計。兹理庶可廣，拳拳期勿替〔三〕。

〔一〕趙曰：雲濤盤，言雲濤之間，盤轉未出，乃方言所謂盤灘也。舊注：雲濤盤，灘名，極爲險阻。

恐是附會。

〔二〕《西都賦》：呀周池而成淵。趙曰：呀坑者，淤坑如口之呀開者也。蔡曰：呀吭，乃灘口也。

〔三〕因脱險而推廣之，即「安不忘危、存不忘亡」意也。

宿鑿石浦

邵寶曰：鑿石浦，在今長沙府湘潭縣西。　趙子櫟《譜》：登潭州，泝湘，宿鑿石浦，過津口，次空靈岸，宿花石戍，過衡山。

早宿賓從勞，仲春江山麗。飄風過無時，舟檝敢不一作不敢繫音計。迴塘澹暮色，日没衆星嘒。闕月殊未生，青燈死分翳〔一〕。窮途多俊異，亂世少恩惠。鄙夫亦放蕩，草草頻卒樊作年歲。斯文憂患餘，聖哲垂彖繫音係。

〔一〕《詩注》：嘒，微貌。　《禮記》：月三五而盈，三五而闕。

早行

歌哭俱在曉，行邁有期程。孤舟似昨日，聞見同一聲。飛鳥數一作散求食，潛魚亦師作何獨驚。前王作網罟，設法害生成。碧藻非不茂，高帆終日征。干戈未一作異揖讓，崩迫開樊作關其情〔一〕。

〔一〕任昉表：無任崩迫之情。　言干戈未定，姑以碧藻、高帆，一開崩迫之情耳。

過津口

南岳自茲異，湘流東逝深。和風引桂楫，春日漲雲岑。回首一作道過津口，而多楓樹林。白魚困密網，黃鳥喧嘉音〔一〕。物微限通塞，惻隱仁者心〔二〕。瓮餘不盡酒，膝有無聲琴。聖賢兩寂寞，眇眇獨開襟〔三〕。

〔一〕《補注》：《早行》詩云「飛鳥數求食，潛魚何獨驚」，此詩又云「白魚困密網，黃鳥喧嘉音」，亦因「楚人重魚不重鳥」，故網罟獨密耳。

〔二〕言魚困鳥喧，物之通塞雖異，仁者則常懷惻隱之心焉。

〔三〕陸機詩：瓮餘殘酒，膝有橫琴。　《登樓賦》：向北風而開襟。

次空靈岸

蔡曰：「空靈」當作「空舲」，刀筆誤耳。按：《水經注》：湘水縣北有空泠峽，驚浪雷奔，濬同三峽。《十道四蕃志》：湘水有空舲灘。《一統志》：空舲岸，在湘潭縣西一百六十里。此詩云「沄沄逆素浪」，是自岳溯潭甚明，必湘水縣北之空舲峽也。薛夢符注引歸州空舲峽，却是下水矣，與公所經行之地不合。

沄沄逆素浪，落落展清眺。幸有舟檝遲，得盡所歷妙〔一〕。空靈霞石峻，楓栝隱奔峭。青春猶無私，白日已一作亦偏照。可使營吾居，終焉託長嘯〔二〕。毒瘴未足憂，兵戈滿邊徼。嚮者留遺恨，恥爲達人誚。迴帆覬賞延，佳處領其要〔三〕。

〔一〕《長楊賦》：沄沄沸渭。

〔二〕張載賦：霞石駁落。按：《湘中記》：湘川下見底石，如樗蒱，白沙若霜雪，赤崖若朝霞。前詩「朱崖雲日高」，此詩「空靈霞石峻」，皆用《記》中語也。《書疏》：栝，木名，柏葉松身。

〔三〕留遺恨，恨未盡山水之勝也。潘尼詩：迴帆轉高岸，歷日得延賞。

宿花石戍

《唐書》：潭州長沙有淥口、花石二戍。《一統志》：花石城，在長沙府湘潭縣西一百六十里。

午辭空靈岑，夕得花石戍。岸疏開闢水一作山水，木雜古今樹。地蒸南風盛，春熱西日暮。

四序本平分，氣候何迴互。茫茫天造一作地間一作開，理亂豈恒數〔一〕。繫舟盤藤輪，杖策古樵路。罷音疲人不在村，野圃泉自注。柴扉雖蕪没，農器尚牢固〔二〕。山東殘逆氣，吴楚守王度。誰能叩君門，下令減征賦〔三〕。

〔一〕《九辯》：皇天平分四時兮。《海賦》：回互萬里。　言地蒸春熱，寒暑平分之氣，猶回互不齊，何怪理亂之無常數耶？

〔二〕不在村，言皆逃亡。

〔三〕山東，謂河北諸降將。　按唐史：四年三月，遣御史税商錢。時必吴楚爲甚，故末語云然。

早發

有求常百慮，斯文亦吾病。以兹朋故多，窮老驅馳併。早行篙師怠，席挂風不正。昔人戒垂堂，今則奚奔命〔一〕。濤翻黑蛟躍，日出黄霧映。煩促瘴豈侵，頹倚睡未一作還醒。僕夫問盥櫛，暮顔靦青鏡。隨意簪葛巾，仰慙林花盛。側聞夜來寇，幸喜囊中净。艱危作遠客，干請傷直性。薇蕨餓首陽，粟馬資歷聘。賤子欲適音的從，疑悮此二柄〔二〕。

〔一〕《左傳》：罷於奔命。

〔二〕二柄，采薇及歷聘也。《韓非》有《二柄篇》，借用其字。

次晚洲

何遜詩：晚洲阻共入。

參錯雲石稠，坡陀風濤壯。晚洲適知名，秀色固異狀〔一〕。棹經垂猿把，身在度鳥上。擺浪散帙妨，危沙折一作拆花當〔二〕。羈離暫愉悦，羸老反惆悵。中原未解兵，吾得終疎放。

〔一〕沈約詩：烟林雲石稠。

〔二〕虞騫詩：澄潭寫度鳥。陰鏗詩：度鳥息危檣。「棹經」二句，言春水漲而船行高也。按：《韓非子》：玉巵無當。《廣韻》：當，底也。師注：花當，乃花根。正此義，但對上「妨」字不等。俞舜卿謂：插花沙上，以當標識。亦未然。余意「危沙」謂沙漲，今江中常有之，言舟行慮險，惟當以折花自遣，即下所云「暫愉悦」也。

發白馬潭

水生春纜没，日出野船開。宿鳥行猶去，叢花一作花叢笑不來〔一〕。人人傷白首，處處接金盃。莫道新知要，南征且未廻。

〔一〕董斯張曰：行，當讀作杭。言宿鳥之成行者，猶起而去矣，叢花當笑我之不復來也。皆寫日出船開之景，須溪評謬甚。

野望

納納乾坤大，行行郡國遥〔一〕。雲山兼五嶺，風壤帶三苗〔二〕。野樹侵江闊，春蒲長雪消。扁舟空老去，無補聖明朝。

〔一〕劉向《九嘆》：衣納納而掩露。裴遜之詩：納納江海深。古樂府：行行重行行。

〔二〕錢箋：《元和郡國志》：晉懷帝分荆州、湘中諸郡，置湘州，南以五嶺爲限，北以洞庭爲界。《書傳》：三苗之國，左洞庭，右彭蠡。《水經注》：洞庭湖右岸有山，世謂三苗烏頭石，石北右會翁湖口，水上承翁湖，左合洞浦。所謂三苗之國，左洞庭者也。《潭州圖經》：州爲三苗國之南境。

入喬口 原注：長沙北界。

《唐書》：潭州有喬口鎮兵。《一統志》：喬口鎮，在長沙府城西北九十里。

漠漠舊京遠，遲遲歸路賒。殘年傍水國，落日對春華。樹蜜早蜂亂，江泥輕燕斜〔一〕。賈生骨已朽，悽惻近長沙。

〔一〕按：《本草》有石蜜、木蜜。陶隱居曰：木蜜，懸樹枝作之，色青白。樹蜜，即木蜜也。夢弼引《古今注》「枳椇子，一名樹蜜，一名木餳」，與「早蜂亂」不應。

銅官渚守風

《水經注》：湘水右岸，銅官浦出焉。湘水又北逕銅官山，西臨湘水。《方輿勝覽》：銅官渚，在寧鄉縣界三十里，舊《志》「楚鑄錢處」。《一統志》：銅官渚，在長沙府城北六十里。

不（樊作亦）夜楚帆落，避風湘渚間。水耕先浸草，春火更燒山〔一〕。早泊雲物晦，逆行波浪慳。飛來雙白鶴，過去杳難攀〔二〕。

〔一〕漢武詔：江南之地，火耕水耨。應劭曰：燒草下水種稻，草與稻俱生，高七八寸，因悉芟去。復下水灌之，草死，稻獨長，所謂水耕火耨。

〔二〕古樂府《豔歌何嘗行》：飛來雙白鵠，乃從西北來。「鵠」一作「鶴」。

北風

原注：新康江口，信宿方行。

《水經注》：晉太康元年，改益陽縣曰新康。按：《地志》：隋唐併新康入益陽，宋置寧鄉縣，今同。

春生南國瘴，氣待北風蘇。向晚霾殘日，初宵鼓大鑪〔一〕。爽攜卑濕地，聲拔洞庭湖。萬里魚龍伏，三更鳥獸呼〔二〕。滌除貪破浪，愁絶付摧枯。執熱沈沈在，淩寒往往須。且知寬病肺，不敢恨危途。再宿煩舟子，衰容問僕夫。今晨非盛怒，便道却他本作即長驅。隱几看帆席，雲山湧坐隅〔三〕。

〔一〕《王粲傳》：無異於鼓洪鑪以燎毛髮。

〔二〕《賈誼傳》：長沙卑濕。

〔三〕《風賦》：盛怒於土囊之口。

雙楓浦

《方輿勝覽》：青楓浦，在潭州瀏陽縣。《名勝志》：瀏水至縣南三十五里，爲青楓浦。縣有八景，楓浦漁樵其一。

輟棹青楓浦，雙楓舊已摧。自驚衰謝力，不道棟梁材。浪足浮紗帽，皮須截錦苔〔一〕。江邊地有主，暫借上天迴〔二〕。

〔一〕錦苔，楓皮有苔蘚，斑駁如錦也。

〔二〕趙曰：末語用乘槎事。按：《異苑》：烏傷陳氏女，未醮，著履，徑上大楓樹巔，了無危怖，舉手辭訣家人而去，飄聳輕越，移時乃没。「暫借上天迴」，即用楓樹事也。

清明二首

朝來新火起新烟，湖色春光浄客船。繡羽銜一作銜花他自得，紅顔騎竹我無緣〔一〕。胡童結束還難有，楚女腰肢亦可憐。不見定王城舊處，長懷賈傅井依然〔二〕。虚霑焦當作周舉爲寒食，實藉君平賣卜錢。鍾鼎山林各天性，濁醪麤飯任吾年〔三〕。

〔一〕《周禮》：司烜氏仲春修火禁於國中。注：爲季春將出火也。舊注：唐制：清明日賜百官新火。　繡羽，猶《射雉賦》所云「綺翼繡頸袞背」。鮑照《芙蓉賦》：曜繡羽以晨過。　杜氏《幽求子》：年五歲，有鳩車之樂。七歲，有竹馬之樂。《世説》：桓温少時，與殷浩共騎竹馬。

〔二〕《漢書》：長沙定王發，以孝景前二年立，二十八年薨。《水經注》：高祖五年，封吴芮爲長沙王，城即芮築。景帝二年，封唐姬子發爲王，都此。　盛弘之《荆州記》：湘州南市之東有賈誼宅，宅中有井，小而深，上斂下大，狀似壺，即誼所穿也。井旁有石，有局脚食牀，可容一人坐，形制甚古。《寰宇記》：賈誼廟在長沙縣南六十里，廟即誼宅，宅中有井，上圓下方。

〔三〕《後漢書》：周舉遷并州刺史。舊俗，以介之推焚骸，至其月，咸言神靈，禁舉火。舉作書置之推廟，言春中寒食一月，老少不堪，今則三日而已，由是風俗頗革。

此身飄泊苦西東，右臂偏枯半耳聾。寂寂繫舟雙下淚，悠悠伏枕左書空。十年蹴鞠將雛遠，萬里鞦韆習俗同。旅雁上雲歸紫塞，家人鑽火用青楓〔一〕。秦城樓閣烟一作鶯花裏，漢主山河錦繡中。春去一作風水春來洞庭闊，白蘋愁殺白頭翁。

〔一〕《漢·藝文志》：蹴鞠二十五篇。師古曰：鞠，以韋爲之，實以物，蹴蹋爲戲樂也。宗懍《歲時記》：寒食有打毬、鞦韆、施鈎之戲。打毬即蹴鞠也。「將雛遠」，言攜子遠遊。《樂府》有《鳳將雛》。《古今藝術圖》：以綵繩懸木立架，士女坐立其上，推引之，謂之鞦韆。一云：當作「千秋」，本出漢宮祝壽詞，後人倒讀，又易其字爲「鞦韆」耳。

望岳

南岳配朱鳥，秩禮自百王。欻吸領地靈，鴻一作澒洞半炎方〔一〕。邦家用祀典，在德非馨香。

〔一〕《水經注》：衡山，《山海經》謂之岣嶁山，南岳也。山下有舜廟，南有祝融冢。徐靈期《南岳記》：南岳周回八百里，回雁爲首，岳麓爲足。《元和郡國志》：衡岳廟，在衡州衡山縣西三十里。

巡狩何寂寥，有虞今則亡。汩一作泊吾隘世網，行邁越瀟湘。渴日絶壁出，漾舟清光旁〔二〕。祝融五一作三峰尊，峰峰次低昂。紫蓋獨不朝，争長嶫音業相望〔三〕。恭聞魏夫人，群仙夾一作來翺翔。有時五峰氣，散風如飛霜〔四〕。牽迫限一作恨修途，未暇杖崇岡。歸來覬命駕，沐浴休玉堂〔五〕。三歎問府主，曷以贊我皇。牲璧忍一作感衰俗，神其思降祥〔六〕。

〔一〕《漢·天文志》：南宫，朱鳥，權、衡。《湘中記》：度應權衡，位值離宫，故曰衡山。《書》：柴望秩於山川。注：如其秩次望祭之。《淮南子》：鴻濛澒洞，莫知其門。

〔二〕《水經注》：衡山東南二面，臨映湘川。自長沙至此，江湘七百里，中有九向九背，故漁歌曰：「帆隨湘轉，望衡九面。」趙曰：渴日，望日如渴也。一云：以朝日出水如渴然，猶渴虹之渴。《拾遺記》：皇娥歌曰：乘桴輕漾著日旁。

〔三〕《長沙記》：衡山軒翔聳拔九千餘丈，尊卑差次七十二峰，最大者五，芙蓉、紫蓋、石廩、天柱、祝融，祝融爲最高。《樹萱録》：岳之諸峰，皆朝於祝融，獨紫蓋一峰，勢轉東去。嶫，山高貌。

〔四〕《南岳魏夫人傳》：夫人名華存，字賢安，晉司徒魏舒之女。適南陽劉文，生二子。夫人幼而好道，味真耽玄，常服胡麻散、茯苓丸，忽太極諸真人授以仙經三十三卷，又授《黄庭内景經》，令晝夜存念，遂得冥心齋静，真靈累感。凡在世八十三年，以晉成帝咸和九年，托劍化形而去，北詣上清宫玉闕之下，諸真君授夫人玉札金文，位爲紫虚元君，領上真司命、南岳夫人，比秩仙公。《集仙録》：夫人以杖代尸而升天，扶桑大帝君授夫人青瓊之板、丹籙之文，治南岳。

〔五〕杖崇岡，言杖策崇岡也。《吴都賦》：玉堂對霤，石室相距。注：皆仙人所居。

〔六〕府主，指岳神，如仙府、洞府之府。　因山有神祠，故以降祥祈之，與起「秩禮」語相應。

岳麓山道林二寺行

錢箋：《元和郡國志》：岳麓山在長沙縣西南，隔湘江六里。《方輿勝覽》：又名靈麓峰，乃岳山七十二峰之數。自湘西古渡登岸，夾徑喬松，泉澗盤遶，諸峰疊秀，下瞰湘江，岳麓寺在山上，百餘級乃至，今名惠光寺，下有李邕《麓山寺碑》。又曰：道林寺在岳麓之下，距善化縣八里。

玉泉之南麓山殊，道林林壑争盤紆。寺門高開洞庭野，殿脚插入赤沙湖〔一〕。五月寒風冷佛骨，六時天樂朝香爐。地靈步步雪山草，僧寶人人滄海珠〔二〕。塔劫一云：當作級宮牆《英華》作壇壯麗敵，香一作石厨松道清涼樊作崇俱。蓮花樊、陳俱作池交響共命鳥，金牓雙迴三足烏〔三〕。方丈涉海費時節，玄圃尋河知有無。暮年且喜經行近，春日兼蒙暄暖扶。飄然斑白身奚適，旁此烟霞茅可誅〔四〕。桃源人家易去聲制度，橘洲田土仍膏腴。潭府邑中甚淳古，太守庭内不喧呼〔五〕。昔遭衰世皆晦跡，今幸樂國養微軀。依止老宿亦未晚，富貴功名焉足圖。久爲謝一作野，非客尋幽慣，細學何當作周顒免興孤〔六〕。一重一掩吾肺腑，山鳥山花《英華》作仙鳥仙花吾友于。宋公放逐曾題壁原注：之問也，物色分留與《英華》作待老夫〔七〕。

〔一〕《述異記》：荆州青溪諸山，山洞往往有乳窟，窟中多玉泉交流。《隋煬帝集》：開皇十二年十二月，智顗禪師至荆州，剏立玉泉寺。《舊唐書》：神秀大師居荆州玉泉寺。按：寺在麓山之北，所謂「玉泉之南麓山殊」也。舊注：玉泉，地名。大誤。《南都賦》：谽谺錯繆而盤紆。《水經注》：澧水經南安縣，又東與赤沙湖水會。湖水北通江而南注澧，謂之決口。《岳陽風土記》：赤沙湖在華容縣南，夏秋水漲，與洞庭湖通。《一統志》：赤沙湖在洞庭湖之西，涸時惟見赤沙。

〔二〕《阿彌陀經》：極樂國土，常作天樂，晝夜六時，天雨曼陀羅華。《楞嚴經》：雪山大力白牛，食其山中肥膩香草，此牛惟飲雪山清水，其糞微細，可和合旃檀。《起信論》：一真如是覺性，名佛寶。二真如有執持義，名法寶。三真如有和合義，名僧寶。《譬喻經》：王舍國人欲作寺，錢不足，入海得名寶珠。

〔三〕香厨，香積厨也。《維摩經》：上方有國，佛號香積，如來以一鉢盛香飯，恒飽衆生。《阿彌陀經》：極樂國土有七寶池，池中蓮花大如車輪。又有伽陵頻伽共命之鳥，晝夜六時，出和雅音。《寶藏經》：雪山有鳥，名爲共命，一身二頭，識神各異，同共報命，曰共命。《法華》作「命命」。　金牓，注見五卷。三足烏，注見十八卷。雙回三足烏，言金牓照耀日烏，爲之回光也。

〔四〕《天台賦》：涉海則有方丈、蓬萊。《張騫傳贊》：《禹本紀》言河出崑崙，自騫使大夏之後，窮河源，惡睹所謂崑崙者乎？玄圃，即崑崙。　言方丈、玄圃，恍惚難到，不若此地之近而可居也。

〔五〕桃源，注見二卷。　《水經注》：湘水又北逕南津城西，西對橘洲，或作吉字，爲南津洲尾，水西有橘洲子戍，故郭尚存。《寰宇記》：橘洲在長沙縣西南四里，江中時有大水，洲渚皆没，此洲獨存。《湘中記》：諺曰：「昭潭無底橘洲浮。」《一統志》：橘洲在長沙府善化縣西四里。《唐書》：潭州長沙郡，屬江南西道，爲中都督府。崔珏《道林寺》詩：潭州城郭在何處，東邊一片青模糊。

〔六〕《異苑》：初，錢塘杜明師，夢有人入其館，是夕靈運生於會稽，旬日而謝玄亡。其家以子孫難得，送靈運於杜治養之，十五方還都，故名客兒。注：治音稚，奉道之家静室也。鍾嶸《詩品》：謝客爲元嘉之雄。《宋書》：靈運爲永嘉太守，性好山水，肆意遊遨，嘗於南山伐木開徑，直至臨海。　周顒，注見十卷。

〔七〕舊注：一重一掩，言山也。《宋之問傳》：睿宗立，詔流欽州。按：欽州屬嶺南，之問道經長沙，故有詩題寺壁。楊用修云：詩今失傳。

奉送韋中丞之晉赴湖南

按：《舊書》：大曆四年二月，以湖南都團練觀察使、衡州刺史韋之晉爲潭州刺史，因是，徙湖南軍於潭州。此詩是送韋之衡州而作。

寵渥徵黄漸，權宜借寇頻。湖南安背水，峽内憶行春〔一〕。王室仍多難，蒼生倚大臣。還將徐孺榻，處處待高人。

〔一〕洞庭湖枕衡州之北，故曰背水。舊注引韓信背水陣，非是。《後漢書》：謝夷吾爲鉅鹿太守，行春乘柴車，從兩吏。韋必嘗於峽中作守，故曰「憶行春」，蓋自峽而還湖南也。

詠懷二首

人生貴是男，丈夫重天機。未達善一身，得志行所爲〔一〕。嗟予竟轗軻，將老逢艱危。胡雛逼神器，逆節同所歸。河洛化爲血，公侯一作卿草間啼。西京復陷没，翠蓋蒙塵飛。萬姓悲赤子，兩宫棄紫微。倏忽向二紀，奸雄多是非〔二〕。本朝再樹立，未及貞觀時。日給在軍儲，上官督有司。高賢迫形勢，豈暇相扶持。疲苶苟懷策，棲屑無所施。先王實罪己，愁痛正爲兹〔三〕。歲月不我與，蹉跎病於斯。夜看酆城氣，回首蛟龍池。齒髮已自料，意深陳苦詞。

〔一〕《列子》：榮啓期曰：男尊女卑，故以男爲貴。吾既得爲男，是二樂也。《莊子》：嗜欲深者，天機淺。

〔二〕兩宫，玄宗、肅宗也。《晉・天文志》：紫宫垣十五星，在北斗北，一曰紫微，天帝之座。

〔三〕先王，疑作「先皇」，謂肅宗也。按史：肅宗即位後，以寇孽未平，屢下罪己之詔。

邦危壞法則，聖遠益愁慕。飄飄桂水遊，悵望蒼梧暮〔一〕。潛魚不銜鈎，走鹿無反顧。皦皦幽曠心，拳拳異平素〔二〕。衣食相拘閡五嘅切，朋知限流寓。風濤上春沙，千刊作十里侵一作浸江樹。逆行少陳作值吉日，時節空復度。井竈任塵埃，舟航煩數色角切具。牽纏加老病，瑣細隘俗務。萬古一死生，胡爲足名數〔三〕。多憂汙桃源，拙計泥去聲銅柱。未辭炎瘴毒，擺落跋涉懼〔四〕。虎狼窺中原，焉得所歷住。葛洪及許靖，避世常此路。賢愚誠等差，自愛各一作合馳騖〔五〕。羸瘠且如何，魄奪鍼灸屢。擁滯僮僕慵，稽留篙師怒。終當挂帆席，天意難告訴。南爲祝融客，勉强親杖屨。結託老人星，羅浮展衰步〔六〕。

〔一〕《楚詞》：桂水兮潺湲。《水經注》：郴陽縣，桂陽郡治也，《地理志》曰：桂水所出，因以名。應劭曰：桂水出桂陽東北，入湘。《元和郡縣志》：桂江，一名灕水，經臨桂縣東。按：灕水與湘水，同出今桂林府興安縣海陽山，灕南流而湘北流，灕水又名桂水。公時未嘗至桂林，而此云「飄飄桂水遊」，他詩又云「桂江流向北，滿眼送波濤」，蓋湘水自臨桂而來，亦得稱桂水也。《山海經注》：長沙、零陵，古者總名其地爲蒼梧。

〔二〕《文賦》：若游魚銜鈎而出重淵之深。《左傳》：鹿死不擇音，鋌而走險，急何能擇？《陶潛傳》：吾不能爲五斗米折腰，拳拳向鄉里小兒。○以潛魚、走鹿，況己之避難奔走，不得遂生平幽曠之志也。

〔三〕足名數，言求足於名數也。

〔四〕馬援銅柱，注見十四卷。

〔五〕葛洪，注見一卷。《蜀・許靖傳》：孫策東渡江，走交州以避其難。靖至交州，太守士燮厚加敬待。王朗與靖書曰：「足下周遊江湖，以暨南海，歷觀夷俗，可謂偏矣。」賢愚，謂許、葛及己。

〔六〕祝融峰，見前。羅浮山，注見十八卷。

發潭州

時公自潭州之衡州。

夜醉長沙酒，曉行湘水春。岸花飛送客，檣燕語留人〔一〕。賈傅才未（俗本作何）有，褚公書絶倫〔二〕。名高（一作高名）前後事，回首一傷神。

〔一〕何遜詩：岸花臨水發，江燕遶檣飛。魏道輔《詩話》：子美潭州詩「岸花飛送客，檣燕語留人」，以興喪亂之際，人無將迎，曾不若岸花、檣燕也。

〔二〕《唐書》：褚遂良工隸楷，太宗令侍書。高宗時爲右僕射，諫立武昭儀爲后，左遷潭州都督。

酬郭十五判官受

《唐詩紀事》：郭受，大曆間爲衡陽判官。

才微歲老一作晚尚虛名，卧病江湖春復生。藥裹關心詩總廢，花枝照眼句還成〔一〕。只同燕石能星隕，自得隋一作隨珠覺夜明〔二〕。喬口橘洲風浪促，繫帆何惜片時程〔三〕。

〔一〕梁武帝《春歌》：堦上香入懷，庭中花照眼。

〔二〕《韓非子》：宋之愚人得燕石於梧臺之側，藏之以爲大寶。周客聞而觀焉，掩口笑曰：「此燕石也，與瓦甓等。」《左傳》：隕石於宋五。隕星也。《搜神記》：隋侯出行，見大蛇被傷中斷，使人以藥封之。歲餘，蛇銜明珠以報。珠盈徑寸，夜有光明，可以燭室。燕石，喻己之詩。隋珠，喻郭之詩也。

〔三〕喬口、橘洲，注俱見前。末二語乃是公在潭州候郭受，夢弼謂公欲郭自潭到衡訪己，恐非。

杜員外兄一本無兄字垂示詩因作此寄上

郭受

新詩海内流傳遍，舊德朝中一作中朝屬望勞。郡邑地卑饒霧雨，江河天闊足風濤。松醪酒熟旁看醉，蓮葉舟輕自學操〔一〕。春興不知凡幾首，衡陽紙價頓能高。

〔一〕裴硎《傳奇》：酒名松醪春。《元化記》：崔希真獻父老松花酒。□□：太乙真人乘蓮葉舟。沈君攸詩：蓮舟汎浪花。

衡州送李大夫七丈勉赴廣州

《唐書》：衡州衡陽郡，屬江南西道。　李勉自江西觀察使，入爲京兆尹，兼御史大夫。大曆三年十月，拜廣州刺史，充嶺南節度使。公此詩應是四年春作。

斧鉞下青冥，樓船過洞庭。北風隨爽氣，南斗避文星。日月籠中鳥，乾坤水上萍〔一〕。王孫丈人行叶音項，垂老見飄零。

〔一〕日月之長，但如籠鳥；乾坤之大，止作浮萍。皆自嘆也。

迴棹

黄曰：舊編大曆五年作。然詩中不言臧玠之變，當是四年至衡州畏熱，復回棹，欲歸襄陽不果，而竟留於潭也。按：公自衡州適襄陽，必道經長沙。五年夏，臧玠方據潭爲亂，公豈得略無戒心而優游道出其間乎？當以鶴注爲是。

宿昔試一作世安命，自私猶畏天。勞生繫一物，爲客費多年〔一〕。衡岳江湖大，蒸池疫癘偏。散才嬰薄俗，有跡負前賢〔二〕。巾拂那關眼，瓶罍易滿船。火雲滋垢膩，凍音東雨裛沈一作塵綿。强其亮切飯蓴添滑，端居茗續煎〔三〕。清思漢水上，涼憶峴山巔。順浪飜堪倚，回帆又省牽。吾家碑不昧，王氏井依然〔四〕。几杖將衰齒，茅茨寄短椽。灌園曾取適，遊寺可終焉〔五〕。遂性同漁父，成名一作功異魯連。篙師煩爾送，朱夏及寒泉。

〔一〕錢箋：繫一物，言此生猶一物耳。

〔二〕《漢・地理志》：承陽縣，屬長沙國，在承水之陽，故名。讀若烝。《水經注》：承水出衡陽重安縣西、邵陵縣界耶薑山，東北流至湘東臨承縣北，東注於湘，謂之承口。《元和郡國志》：衡陽城東傍湘江，北背蒸水。　有跡，言未能絶跡而遊也。

〔三〕涑雨，注見八卷。

〔四〕自衡回潭，爲下水，故云「順浪」。《晉書》：杜預平吴後，刻二碑紀績，一立萬山之上，一沈萬山下潭中。曰：「焉知此後不爲陵谷乎？」　王粲井，注見九卷。

〔五〕《高士傳》：陳仲子辭楚相，與其妻逃去，爲人灌園。《南史》：梁劉慧斐嘗遊匡山，遂有終焉之志。因不仕，居東林寺，於山北搆園一所，號離垢園。

杜工部詩集卷之二十

大曆中，公居湖南作

松陵　朱鶴齡　輯註

湘江宴餞裴二端公赴道州

裴虬也。《浯溪觀唐賢題名》：河東裴虬，字深源，大曆四年爲著作郎，兼侍御史、道州刺史。按：《舊書·本紀》：大曆三年十二月，道州刺史崔渙卒。虬蓋代渙。《通典》：唐侍御史，號爲臺端，他人稱之曰端公。舒元輿《御史記》：中丞爲端長。

白日照舟師，朱旗散廣川。群公餞南伯，肅肅秩初筵〔一〕。鄙人奉末眷，佩服自早年。義均骨肉地，懷抱罄所宣。盛名富事業，無取愧高賢。不以喪亂嬰，保愛金石堅。計拙百寮下，氣蘇君子前。會合苦不久，哀樂本相纏。交遊颯向盡，宿昔浩茫然。促觴激萬慮，掩抑淚潺湲。熱雲集曛黑《英華》作初集黑，缺月未生天。白團爲我破，華燭蟠長烟。鴰鶡一作鶡鶡，一作鴰鶬催明星，解袂從此旋〔二〕。上請減兵甲，下請安井田。永念病渴老，附書遠山巔。

〔一〕道州在南方，故曰「南伯」。

〔二〕白團，團扇也。何遜詩：逶迤摇白團。　鵁鶄，舊注引《字林》：鶺鴒，似伯勞而小。今考：此是二鳥名。鵁，鶄鵁也。《爾雅》：鶄，麋鵁。羅願《爾雅翼》云：蒼麋，其色蒼如麋也，一名鵁鹿。《本草》：狀如鶴而頂無丹，兩頰紅。景差《大招》：炙鵁蒸鳬。即此。鶄，乃鶄鳴。《月令》：十一月，鶄鳴不鳴。注：求旦之鳥也。郭璞《方言》注云：似鷄，冬無毛，晝夜鳴。《禮記》引《詩》作「盍旦」，注又作「渴旦」。皆以義借用，與鶄冠之鶄不同。

按：道州先經西原蠻寇掠，元結爲守，稍安戢。裴繼元之後，故勉其無愧高賢，不嬰懷於喪亂也。減兵甲、安井田，正告之以靖亂之道。

寄李十四員外布十二韻

原注：新除司議郎兼萬州别駕，雖尚伏枕，已聞理裝。○《唐書》：萬州南浦郡，屬山南東道。○按：詩云「巫峽將之郡，荆門好附書」，又云「黄牛平駕浪，畫鷁上凌虚」，明是泝流而上以至萬州。舊編廣德二年成都作，乃是順流下峽，不當曰「上凌虚」，且荆門在萬州之下，無由至此附書也。黄鶴以「悶能過小徑」謂指成都草堂，則尤固而不通。公去江陵，雖多在舟中，未嘗不居客舍。公安詩「水烟通徑草，秋露接園葵」，潭州詩「春宅棄汝去，秋帆催客歸」，此可証也。《草堂》本次大曆四年湘江詩内，今從之。

名參漢望苑，職述景題輿。巫峽將之郡，荊門好附書〔一〕。遠行無自苦，內熱比何如。正是炎天闊，那堪野館疎〔二〕。黃牛平駕浪，畫鷁上上聲凌虛。試待盤渦歇，方期解纜初〔三〕。悶能過小徑，自一作日爲摘嘉蔬。渚柳元幽僻，村花不掃除。宿陰繁素柰，過雨亂紅蕖〔四〕。寂寂夏先晚，泠泠風有餘。江清心可瑩，竹冷髮堪一云宜梳。直作移巾几，秋帆發敝廬〔五〕。

〔一〕《漢書》：戾太子冠，武帝爲立博望苑，使通賓客。《元和郡縣志》：博望苑在長安縣北五里。按：唐制：司議郎乃東宮官屬，故用之。謝承《後漢書》：周景爲豫州刺史，辟陳蕃爲別駕，蕃不就。景題別駕輿曰「陳仲舉座也」，不更辟。蕃惶恐，起視職。

〔二〕《莊子》：我其內熱與？

〔三〕郭璞詩：高浪駕蓬萊。

〔四〕素柰，注見十六卷。

〔五〕公意欲邀李十四過己客居，俟涼秋水落，然後之官。舊注以「發敝廬」爲公欲訪李，非也。

哭韋大夫之晉

韋之晉，見十九卷。之晉在湖南加御史大夫，常袞撰制，載《文苑英華》。

悽愴郇須倫切瑕邑一作地，差池弱冠年。丈一作大，一作士人叨禮數，文律早周旋〔一〕。臺閣黃圖裏，簪裾紫蓋邊。尊榮真不忝，端雅獨翛然。貢喜音容間，馮招疾病纏。南過駭倉一作蒼卒，北思悄連綿〔二〕。鵩鳥長沙諱，犀牛蜀郡憐。素車猶慟哭，寶劍欲高懸〔三〕。漢道中興盛，韋經亞相傳。沖融標世業，磊落映時賢〔四〕。城府深朱夏，江湖眇霽天。綺樓高一作關樹頂，飛旐泛堂前。帟音繹幕疑海鹽劉氏校本作旋風燕，笳簫急暮蟬。興殘虛白室，跡斷孝廉船〔五〕。童孺交遊盡，喧卑俗事牽。老來多涕淚，情在强詩篇。誰繼方隅理，朝難將帥權。春秋褒貶例，名器重雙全〔六〕。

〔一〕《左傳》：晉人謀去故絳，諸大夫曰：必居郇瑕氏之地。注：河東解縣西北有郇城。《水經注》：服虔曰：郇國在解縣東，郇瑕氏之墟也，今故城在猗氏故城西北鄉。《一統志》：在今平陽府猗氏縣。　言弱冠之時，得交韋大夫於晉地。

〔二〕貢喜，注見一卷。　左思詩：馮公豈不偉，白首不見招。　駭倉卒，駭韋之死也。

〔三〕鵩鳥賦，注見四卷。《華陽國志》：秦李冰爲蜀郡太守，作五犀牛以厭水精。蜀人慕之，名其里爲犀牛里。《後漢書》：范式，字巨卿，少與張劭爲友。劭死，式夢而赴焉。劭葬日，其母望見素車白馬，號哭而來，母曰：必巨卿也。式乃修墓種樹而去。

〔四〕韋賢少子玄成，復以明經爲相，故曰亞相。　此言韋有令子。

〔五〕沈約《齊安陸王碑》：城府颯然，庶僚如賓。　古詩：西北有高樓，交疏結綺窗。《檀弓》：君於士，有賜帟。《釋名》：帟，小幕也，在上曰帟。《莊子》：虛室生白，吉祥止止。楊素詩：竹室生虛白。○公時哭韋於喪次，故序其所見如此。

〔六〕韋時充湖南都團練、守捉、觀察、處置等使，故曰將帥權。《左傳》：惟名與器，不可以假人。

江閣卧病走筆寄呈崔盧兩侍御

客子庖廚薄，江樓枕席清。衰年病秪瘦，長夏想爲情。滑憶一作喜彫胡飯，香聞錦帶羹〔一〕。溜匙兼煖腹，誰欲致一作覓盃甖。

〔一〕按：錦帶，即蓴絲也。《本草》作「蒓」。蔡朗父名純，改爲露葵。或謂之錦帶，今南方湖澤中多有之，生湖南者最美。此詩錦帶與秋菰並舉，知必爲蓴無疑也。《本草》又言「蓴多食熱壅」，故下云「兼煖腹」。薛夢符以爲錦帶花，謬甚。

潭州送韋員外迢牧韶州

《唐書·世系表》：韋迢終嶺南節度，行軍司馬。韓愈《韋夫人墓誌》：大王父迢，以都官郎爲嶺南行軍司馬，卒贈同州刺史。　韶州，注見七卷。

炎海韶州牧，風流漢署郎。分符先令望，同舍有輝光〔一〕。白首多年疾，秋天昨夜涼。洞庭無過雁，書疏莫相忘。

〔一〕公與韋同官員外郎。

潭州留別杜員外院長　韋迢

江畔長沙驛，相逢纜客船。大名詩獨步，小郡海西偏。地濕愁飛鵩，天炎畏跕鳶。去留俱失意，把臂共潸然。

酬韋韶州見寄

養拙江湖外，朝廷記憶疎。深慚長者轍，重得故人書。白髮絲難理一作並，新詩錦不如。雖無南過雁，看取北來魚〔一〕。

〔一〕蔡曰：答韋「無南雁」之句，蓋謂雁不過衡陽而瀟湘北流也。

早發湘潭寄杜員外院長

韋迢

《唐書》：湘潭縣，屬潭州。

北風昨夜雨，江上早來涼。楚岫千峰翠，湘潭一葉黄。故人湖外客，白首尚爲郎。相憶無南雁，何時有報章。

樓上

天地空搔首，頻抽白玉簪〔一〕。皇輿三極北，身事五湖南〔二〕。戀闕勞肝肺，論刊作掄材愧杞柟。亂離難自救，終是老湘潭。

〔一〕鍾會賦：散髮抽簪。

〔二〕《繫詞》：六爻之動，三極之道也。注：天、地、人，謂之三極。《補注》：三極，自用《易·繫》。以三極言之，則皇輿在直北，非謂在天地人之北也，泥之則難通。

千秋節有感二首

《舊書·玄宗紀》：開元十七年八月癸亥，上以降誕日，宴百僚於花萼樓下。百僚表請每年八月五日爲千秋節，王公以下獻寶鏡及承露囊，天下諸州咸令宴樂休假三日，仍編爲令。《通鑑》：仍又移社日，就千秋節。

自罷千秋節，頻傷八月來。先朝常宴會，壯觀已塵埃。鳳紀編生日，龍池塹劫灰。湘川新涕淚，秦樹遠樓臺。寶鏡群臣得，金吾萬國迴。衢尊不重飲，白首獨餘哀〔一〕。

〔一〕《玉海》：《舊紀》：玄宗以千秋節賜四品以上金鏡、珠囊，又有賜群臣鏡詩。《淮南子》：聖人之道，其猶中衢而致樽耶？過者斟酌多少不同，各得其所宜。

御氣雲樓敞，含風綵仗高。仙人張内樂，王母獻宫桃〔一〕。羅韈紅蕖艷，金羈白雪毛。舞階銜壽酒，走索背秋毫〔二〕。聖主他年貴，邊心此日勞。桂江流向北，滿眼送波濤〔三〕。

〔一〕雲樓，見題下注。仙樂，注見十七卷。《漢武内傳》：王母命侍女索桃七枚，大如鴨子，形色正青，以四枚啗帝，自食其三。

〔二〕《南都賦》：羅韈躡蹀而容與。《洛神賦》：凌波微步，羅韈生塵。又：迫而察之，若芙蕖出緑波。《白馬篇》：白馬飾金羈，連翩西北馳。舞階，謂舞馬，詳十七卷。《西京賦》：跳丸劍之揮霍，走索上而相逢。注：走索，舞絙之戲也。《通典》注：舞絙者，兩妓女各從一頭上，對舞，行於繩上，相逢比肩而不傾。所謂「背秋毫」也。《玉海》：《唐實録》：開元二十四年八月千秋節，御廣運樓，宴群臣，奏九部樂，内出舞人繩伎，頒賜有差。

〔三〕邊心此日勞，即「芙蓉小苑入邊愁」意。桂江，注見十九卷。

奉贈盧五丈參謀琚

原注：時丈人使自江陵，在長沙待恩旨，先支率錢米。○《唐書》：元帥、副元帥府有行軍參謀，關豫軍中機密。盧蓋江陵帥府參謀也。

恭惟同自出，妙選異高標。入幕知孫楚，披襟得鄭僑〔一〕。丈人藉才地，門閥冠雲霄。老矣逢迎拙，相於契託饒〔二〕。賜錢傾府待，争米貯一作駐船遥。鄰好艱難薄，甿一作氓心杼柚焦〔三〕。客星空伴使，寒水不成潮。素髮乾垂領，銀章破在腰〔四〕。説詩能累夜，醉酒或連朝。藻翰惟牽率，湖山合動摇。時清非造次，興盡却蕭條〔五〕。天子多恩澤，蒼生轉寂寥。休傳鹿是馬，莫信鵩如陳作爲鴞〔六〕。未解依依袂，還斟泛泛瓢。流年疲蟋蟀，體物幸鷦鷯。辜刊作孤負滄洲願，誰云晚見招〔七〕。

〔一〕自出，注見十九卷。曰「同自出」，蓋參謀之母與公母皆崔氏也。黄鶴引公祖母盧氏，非。　孫楚，注見二卷。《左傳》：季札聘鄭，見子産，如舊相識。

〔二〕相於，注見十六卷。

〔三〕趙曰：賜錢、争米，題注所謂「支率錢米」也。　府，謂長沙。　時必有長沙錢米，應輸江陵者，盧爲之請旨，支給本郡。故言民心焦嗷，不可多斂以奉鄰邦也。

〔四〕《白帖》：《晉·輿服志》：假印綬，而官不給鞶囊，得自具作。漢世有鞶囊者，佩在腰間，或謂之綬囊。按：隋唐以後，官不佩印，止有隨身魚袋。此云「銀章破在腰」，蓋舉銀魚言之，當時金銀魚謂之章服。

〔五〕謝瞻《答靈運》詩：牽率酬嘉藻。　非造次，言非造次可致也。〇「客星」至此，皆自叙。

〔六〕《史記》：趙高持鹿獻於二世曰：「馬也。」　《鵩鳥賦序》：鵩似鴞，不祥鳥也。　時盧待恩旨，公恐其奉行未至，故以此戒之。

〔七〕《周禮》：酒有五齊，一曰泛齊。注：泛者，成而浮澤，泛泛然。《酒德頌》：操觚飲瓢。　《詩》：蟋蟀在堂，歲聿其莫。　體物，謂賦也。　張華《鷦鷯賦》：雖蒙幸於今日，未若疇昔之從容。

重送劉十弟判官

劉爲襄陽節度使梁崇義判官，詳《集外詩》注。

分源豕韋派，別浦雁賓秋。年事推兄忝，人才覺弟優〔一〕。經過辨酆劍，意氣逐吳鈎。垂翅徒衰老，先鞭不滯留。本枝凌歲晚，高義豁窮愁。他日臨江待，長沙舊驛樓。

〔一〕《左傳》：晉蔡墨曰：陶唐氏既衰，其後有劉累，學擾龍於豢龍氏，事孔甲，以更豕韋之後。《帝王世紀》：白馬縣南有韋城，故豕韋國。「分源豕韋」，言劉與杜同出唐堯之後也。《月令》：季秋之月，鴻雁來賓。　劉孝標書：年事遒盡，容髮衰謝。

登舟將適漢陽

漢陽，注見十九卷。

春宅棄汝去，秋帆催客歸。庭蔬猶在眼，浦浪已吹衣〔一〕。生理飄蕩拙，有心遲暮違。中原戎馬盛，遠道素書稀。塞雁與時集，檣烏終歲飛。鹿門自此往，永息漢陰機〔二〕。

〔一〕公以四年二月到潭州，因居焉，故曰「春宅」。

〔二〕《莊子》：漢陰丈人曰：「有機械者，必有機事；有機事者，必有機心。」

湖中一作南送敬十使君適廣陵

公《追酬高蜀州人日詩序》有「昭州敬使君超先」，當即其人也。《唐書》：揚州廣陵郡，屬淮南道。

相見各頭白，其如離別何。幾年一會面，今日復悲歌。少長樂難得，歲寒心匪他。氣纏霜匣滿，冰置玉壺多。遭亂實漂泊，濟時曾琢磨。形容吾較老，膽力爾誰過。秋晚岳增翠，風高湖湧波。騫騰訪知己，淮海莫蹉跎。

長沙送李十一銜

與子避地西康州，洞庭相逢十二秋〔一〕。遠愧尚方曾賜履，竟非吾土倦登樓〔二〕。久存膠漆應難並，一辱泥塗遂晚收。李杜齊名真忝竊，朔雲寒菊倍離憂〔三〕。

〔一〕按：西康州，即同谷縣。公以乾元二年冬寓同谷，至大曆五年爲十二秋。今詩所云，蓋只約略計之，或欲據此爲五年秋自衡歸潭之證，則不然也。

〔二〕尚方履，注見十六卷。《登樓賦》：雖信美而非吾土兮。

〔三〕《後漢·黨錮傳》：杜密與李膺俱坐，而名行相次，故時人亦稱李杜焉。注：前有李固、杜喬，故言「亦」也。又，范滂母謂滂曰：「汝今得與李杜齊名，死亦何恨！」

晚秋長沙蔡五侍御飲筵送殷六參軍歸澧州覲省（編者按：本首原在「補注」部分，前題「失編一首」，下注「次《長沙送李十一》詩後」，故移置此。）

佳士欣相識，慈顔慰遠遊。甘從投轄飲，肯作置書郵〔一〕。高鳥黄雲暮，寒蟬碧樹秋〔二〕。湖南冬不雪，吾病得淹留。

〔一〕投轄，事見十九卷。《世説》：殷羨爲豫章太守，將附書百許函，悉擲水中，曰：「沉者自沉，浮者自浮，殷洪喬不能作致書郵。」

〔二〕古樂府：黄雲暮四合，禽鳥各分飛。

送盧十四弟侍御護韋尚書靈櫬歸上都二十四韻

韋尚書，即之晉。

素幕度江遠，朱幡登陸微。悲鳴駟馬顧，失涕萬人揮。參佐哭辭畢，門闌誰送歸〔一〕。從公伏事久，之子俊才稀。長路更執紼，此心猶倒衣。感恩義不小，懷舊禮無違〔二〕。墓待龍驤詔，臺迎獬豸威。深衰一作哀見士則，雅論在兵機〔三〕。戎狄乘妖氣，塵沙落禁闈。往年朝謁斷，他日掃除非。但促一作整銅壺箭，休添玉帳旂。動詢黄閣老，肯慮白登圍〔四〕。萬姓瘡痍合，群兇刊作雄嗜慾肥。刺規多諫諍，端拱自光輝。儉約前王體，風流後代稀。對敭揚同期特達，衰朽再芳菲〔五〕。空裹愁書字，山中疾采薇。撥杯要平聲忽罷，抱被宿何依。眼冷看征蓋，兒扶立釣磯。清霜洞庭葉，故就别時飛〔六〕。

〔一〕朱幡，即丹旐也。《文選注》：旐，引柩幡。　參佐，謂參軍佐史。

〔二〕《禮記》：助葬者必執紼。《左傳注》：紼，輓索也。　言侍御感韋舊恩，故護櫬而歸。

〔三〕龍驤，注見十四卷。　《舊書·輿服志》：法冠，一名獬豸冠，以鐵爲柱，其上施珠兩枚，爲獬豸之形，左右御史臺服之。　《世説》：陳仲舉言爲士則，行爲世範。

〔四〕司馬彪《續漢書》：孔壺爲漏，浮箭爲刻。　陸倕《漏刻銘》：銅史司刻，金徒抱箭。　玉帳，注見九卷。　《漢·匈奴傳》：高帝至平城，冒頓縱精兵三十萬，圍帝於白登七日。注：白登在平城東南十餘里。《括地志》：朔州定襄縣，本漢平城縣，東北三十里有白登山，山上有臺。

〔五〕「戎狄」至此，皆時事。「塵沙落禁闈」，言吐蕃屢寇京畿也。「他日掃除非」，言爲掃除之策者，非其人也。「但促銅壺漏，休添玉帳旂」，言天子但當早朝勤政，毋事添兵苑中，即《復愁》詩「由來貔虎士，不滿鳳凰城」意也。「動詢黄閣老，肯慮白登圍」，言執政大臣不以主辱爲憂也。「群兇嗜慾肥」，言河北諸降將也。「刺規」以下，言當納諫諍、希儉約以圖治理。上云「往年朝謁斷」，下云「衰朽再芳菲」，嘆己之不得歸朝，而期侍御以此入對也。

〔六〕《楚詞》：洞庭波兮木葉下。

暮秋將歸秦留別湖南幕府親友

按：此詩舊編四年，與《登舟將適漢陽》同時作。王彦輔、黄鶴之徒以爲作於五年，故有公卒於潭岳之間之説，然與二史不合。鶴又云：前題「將適漢陽」，此題「將歸秦」，不應一時所向不同。不知適漢陽者，正欲泝漢水以歸秦耳。時竟不果歸，終歲居潭。

水闊蒼梧野樊作晚，天高白帝秋。途窮那免哭，身老不禁愁。大府才能會，諸公德業優〔一〕。北歸衝雨雪，誰一作俱憫弊貂裘。

〔一〕《通鑑注》：唐時巡屬諸州，以節度使府爲大府，亦謂之會府。

蘇大侍御渙靜者也旅於江側凡一作乃**是**一本無此二字**不交州府之客人事都絶久矣肩輿江浦忽訪老夫舟檝而已茶酒内余請誦近詩肯吟數首才力素壯辭句動人接對明日憶其湧思雷出書篋几杖之外殷殷留金石聲賦八韻記異亦見老夫傾倒於蘇至矣**

《唐・藝文志》：《蘇渙詩》一卷。渙，少喜剽盜，善用白弩，巴蜀商人苦之，號白跖，以比莊蹻。後折節讀書，進士及第，湖南崔瓘辟從事。瓘遇害，渙走交廣，與哥舒晃反，伏誅。《南部新書》：渙有變律詩十九首，上廣帥李公。唐人謂渙詩長於諷刺，得陳拾遺一鱗半甲。○黄鶴本題作「蘇大侍御訪江浦賦八韻記異」，以此題爲序。今從《草堂》及吴、郭諸本。題云八韻，而詩止七韻，疑「八」字誤，或詩脱一聯。

龐公不浪出，蘇氏今有之。再聞誦新作，突過黄初詩。乾坤幾反覆，揚馬宜同時。今晨清鏡中，勝食齋房芝。余髮喜却變，白間生黑絲[一]。昨夜舟火滅黄作天接，一作接天，湘娥簾外悲。百靈未敢刊作永夜散，風破一作浪寒江遲[二]。

[一] 齋房芝，注見十四卷。　言聞蘇所誦詩，勝於飱芝引年，故對鏡而覺白髮之變黑也。

〔二〕《西京賦》：感河馮，懷湘娥。曹植樂府：湘娥拊琴瑟。《宋書》：宗慤曰：願乘長風，破萬里浪。

暮秋枉裴道州手札率爾遣興寄遞一作近呈蘇涣侍御

久客多枉友朋書，素書一月凡一束。虚名但蒙寒温一作暄問，泛愛不救溝壑辱。齒落未是無心人，舌存耻作窮途哭〔一〕。道州手札適復至，紙長要自三過讀。盈把那須滄海珠，入懷本倚崑山玉。撥棄潭州百斛酒，蕪没湘岸千株菊。使我晝立煩兒孫，使我夜坐費燈燭〔二〕。憶子初尉永嘉去，紅顏白面花映肉。軍符侯印取豈遲，紫燕騄耳行甚速〔三〕。聖朝尚飛戰鬬塵，濟世宜引英傑人。黎元愁痛會蘇息，夷狄跋扈徒逡巡〔四〕。授鉞築壇聞意旨，頹綱漏網期彌綸。郭欽上書見大計，劉毅答詔驚群臣〔五〕。他日更僕語不淺，明公論兵氣益振平聲。傾壺簫管黑荆作動，一作理白髮，儛劍霜雪吹青春〔六〕。宴筵曾語蘇季子，後來傑出雲孫比。茅齋定王城郭門，藥物楚老漁商市。市北肩輿每聯袂，郭南抱甕亦隱几〔七〕。無數將軍西第成，早作丞相東山一作山東起。烏雀苦肥秋粟菽，蛟龍欲蟄寒沙水。天下鼓角何時休，陣前部曲終日死〔八〕。附書與裴因示蘇，此生已媿須人扶。致君堯舜付公等，早據要路思捐軀。

〔一〕《史記》：張儀爲楚相笞掠，謂其妻曰：「視吾舌尚在不？」妻笑曰：「在。」儀曰：「足矣。」

〔二〕《狄仁傑傳》：閻立本謂曰：「君可謂滄海遺珠矣。」　《世説》：毛曾與夏侯玄並坐，時人謂蒹葭倚玉樹。　《荊州記》：長沙郡酃縣有酃湖，周廻三里，取湖水爲酒，極甘美。○言得道州書，寶如珠玉，故無心飲酒對菊，讀之晝夜忘倦也。

〔三〕虬尉永嘉，見二卷。

〔四〕《西京賦》：睢盱跋扈。《梁冀傳》：此跋扈將軍也。按：《説文》：扈，尾也。跋扈，猶大魚之跳跋其尾，强梁之義也。《選注》及《後漢注》俱未明。

〔五〕《晉書》：漢魏故事，遣將出征，符節郎授節鉞於明堂。　侍御史郭欽上疏曰：「戎狄强獷，歷世爲患，宜及平吴之威，漸徙内郡雜虜於邊地，峻四夷出入之防，明先王荒服之制。」帝不聽。武帝嘗問劉毅曰：「朕可方漢何主？」對曰：「桓、靈。」帝曰：「何至於此？」對曰：「桓靈賣官，錢入官庫。陛下賣官，錢入私門。以此言之，殆不如也。」帝大笑曰：「桓靈之世，不聞此言。」　道州時兼御史，其人敢於諫諍，故以郭欽、劉毅擬之。

〔六〕左思詩：酒酣氣益振。

〔七〕曾語，曾語及之也。　雲孫，注見十八卷。　定王城，注見九卷。　謝靈運詩：楚老惜蘭芳。又詩：漁商豈安流。○言蘇侍御結茆城南，煉藥市北，與我爲肩輿聯袂之歡，所居亦有抱甕隱几之適，其人之爲余傾倒如此。

〔八〕《後漢・馬融傳》：融爲大將軍《西第頌》，頗爲正直所羞。《謝安傳》：高崧戲之曰：「卿累違朝旨，高卧東山。」《續漢書》：大將軍營五部，部有校尉一人。部下有曲，曲有軍候一人。

〔九〕《史記》：毛遂招十九人，曰：「公等碌碌。」

奉贈李八丈曛判官

我丈特《英華》作時英特，宗枝神堯後。珊瑚市則無，騄驥人得有。早年見標格，秀氣衝一作通牛斗。事業富清機，官曹貞一作正獨守〔一〕。頃來樹嘉一作佳政，皆已傳衆口。艱難體貴安，冗長去聲吾敢取此苟切。區區猶歷試，炯炯更持久。討論實解頤，操割紛應手〔二〕。篋書積諷諫，宮闕限奔走。入幕未展材一作懷，秉鈞孰爲偶〔三〕。所親問淹泊，泛愛惜衰朽。垂白辭吳作亂，《英華》作慕南翁，委身希北叟。真成窮轍鮒，或似喪家狗〔四〕。秋枯洞庭石，風颯長沙柳。高興激荆衡，知音爲回首。

〔一〕神堯，注見十八卷。　人得有，言非人世所得有也。　曹攄《思友》詩：清機發妙理。

〔二〕《文賦》：固無取乎冗長。　言艱難之時，能以安靜爲治體，無取冗碎之務也。　《左傳》：未能操刀而使割也。

〔三〕奔走，言李奔走幕職。

〔四〕《史記》：南公曰：「楚雖三户，亡秦必楚。」《正義》：虞喜《志林》云：南公者，道士，知亡秦者必楚。《真隱傳》：南公爲楚人，居國南鄙，因以爲號，著書言陰陽事。　班固《幽通賦》：北叟頗識其倚伏。注引《淮南子》塞上翁事。見九卷。　窮轍鮒，注別見。

別張十三建封

《舊唐書》：大曆初，道州刺史裴虬，薦建封於湖南觀察使韋之晉，辟署參謀，授左清道兵曹參軍。不樂職，輒去，後爲徐泗濠節度使。公別建封，蓋在其去職之時也。

嘗讀唐實録，國家草昧初。劉裴首建議，龍見尚躊躇〔一〕。秦王撥亂姿，一劍總兵符。汾晉爲豐沛，暴隋竟滌除。宗臣則廟食，後祀何踈蕪。彭城英雄種，宜膺將相圖〔二〕。爾惟外曾孫，倜儻汗血駒。眼中萬少年，用意盡崎嶇。相逢長沙亭，乍問緒業餘。乃吾故人子，童丱聯居諸〔三〕。揮手灑衰淚，仰看八尺軀。内外名家流，風神蕩江湖。范雲堪一作結晚交一作結友，嵇紹自不孤〔四〕。擇材征南幕，潮一作湖落回鯨魚。載感賈生慟，復聞樂毅書〔五〕。主憂急盜賊，師老荒京都。舊丘復一作豈稅駕，大厦傾宜扶〔六〕。君臣各有分，管葛本時須。雖當霰雪嚴，未覺栝柏枯〔七〕。高義在雲臺，嘶鳴望天衢。羽人掃碧海，功業竟何如〔八〕。

〔一〕《唐·藝文志》：《高祖實録》二十卷，敬播撰，房玄齡監修。《太宗實録》二十卷，敬播、顔胤撰，房玄齡監修。《劉文静傳》：大業末，爲晉陽令，與晉陽宫監裴寂善。文静見太宗，謂寂曰：「唐公子非常人也。」因與定議起兵。尚躊躇，言高祖初不從也。

〔二〕《劉文静傳》：文静自言，系出彭城，世居京兆武功。父韶，仕隋戰死，贈上儀同三司。

〔三〕《舊唐書》：建封兗州人，父玠，少豪俠。安禄山反，令僞將李庭偉率蕃兵脅下城邑，玠率鄉豪集兵殺之，太守韓擇木方遣使奏聞，玠流蕩江南，不言其功。按：公父閑爲兗州司馬，此云「故人」，當以趨庭之日與玠遊也。建封以貞元十六年終，年六十六。公開元末年遊兗，建封是時纔六七歲，故云「童丱聯居諸」。舊注：公幼時與建封父友善，繆矣！

〔四〕《梁書》：范雲好節尚奇，專趣人之急。少時與領軍長史王畡善，畡亡於官舍，貧無居宅，雲乃迎喪還家，躬營唅殯。《晉書》：嵇康與山濤結神交，康臨誅，謂其子紹曰：「巨源在，汝不孤矣。」此言得交建封，可以子託之也。

〔五〕晉杜預爲征南大將軍，以比韋之晉。《史記》：樂毅降趙，燕惠王遺毅書，且謝之，毅亦作書報焉。建封在之晉幕中，當必不合而去，觀此詩四語可見。

〔六〕此又勉之以出而濟世，無終老於舊丘也。

〔七〕言建封之才，本當爲時用。

〔八〕羽人，注見十七卷。按：史云建封不樂吏職，疑其人蓋有志神仙者，故言吾望子以雲臺建立之事。彼羽人之流，掃除海外，以視功業濟世者，竟何如耶？

奉送魏六丈佑少府之交廣

《舊唐書》：武德五年，改隋交趾郡爲交州總管府，後改安南都護府。武德四年，置廣州總管府，後改中都督府。

賢豪贊經綸，功成空名一作名空垂。子孫不振耀一云没不振，歷代皆有之。鄭公四葉孫，長大常苦饑。衆中見毛骨，猶是麒麟兒〔一〕。磊落貞觀事，致君樸直詞。家聲蓋六合，行色何其微。遇我蒼梧野一作陰，忽驚會面稀。議論有餘地，公侯來未遲。虛思黄金貴，自笑青雲期。長卿久病渴，武帝元同時。季子黑貂敝，得無妻嫂欺〔二〕。尚爲諸侯客，獨屈州縣卑。南遊炎海甸，浩蕩從此辭。窮途仗神道，世亂輕土宜。解帆歲云暮，可與春風歸〔三〕。出入朱門家，華屋刻蛟螭。玉食亞王者，樂張遊子悲〔四〕。侍婢艷傾城，綃綺輕一作烟霧霏。掌郭作堂中琥珀鍾，行酒雙逶迤。新歡繼明燭，梁棟星辰飛。兩情顧眄合，珠碧贈於斯。上貴見肝膽，下貴不相疑。心事披寫間，氣酣達所爲。錯揮鐵如意，莫避珊瑚枝〔五〕。始兼逸邁興，終慎賓主儀。戎馬闇天宇，嗚呼生別離〔六〕。

〔一〕《魏徵傳》：貞觀七年，進左光禄大夫、鄭國公。《晉中興書》：嵇紹謂其友曰：「瑯琊王毛骨非常，殆非人臣之相。」

〔二〕「長卿」四句，嘆魏佑之有才而不遇也。舊注屬公自言，於上下文義不貫。

〔三〕輕土宜，言輕去鄉土也。

〔四〕《莊子》：黄帝張咸池之樂於洞庭之野。

〔五〕《石崇傳》：武帝嘗以珊瑚樹賜王愷，高二尺許，世所罕比。愷示崇，崇便以鐵如意擊之，應手而碎。珠碧、珊瑚，皆交廣所産，故詩中及之。

〔六〕趙曰：擊碎珊瑚，雖氣之豪邁，然賓主之儀，不可不慎也，又戒之以義。

北風

北風破南極，朱鳳日威一作低垂。洞庭秋欲雪，鴻雁將安歸。十年殺氣盛，六合人烟稀。吾慕漢初老，時清猶茹芝。

幽人

詩末有「五湖浩蕩」語，必居湖南時作也。《草堂》本編潭州詩内，今從之。

孤雲亦群遊，神物有一作識所歸。麟一作靈鳳在赤霄，何當一作常一來儀〔一〕。往與惠荀一作詢輩，中年滄洲期。天高無消息，棄我忽若遺。内懼非道流，幽人見瑕疵〔二〕。洪濤隱語笑樊作笑語，鼓枻蓬萊池。崔嵬扶桑日，照曜珊瑚枝。風帆倚翠蓋一作巘，暮把東皇衣〔三〕。嗽漱元和津，所思煙霞微。知名未足稱，局促商山芝。五湖復浩蕩，歲暮有餘悲〔四〕。

〔一〕麟鳳，夢弼疑作「靈」。次公引《南史》：寶誌見徐陵曰：「此天上石麒麟。」則麟亦可言在赤霄，然不可言來儀也，作「靈」是。○雲本從龍，孤雲群遊，必待神物歸之，以況幽人類聚，非其時則不出也。靈鳳、赤霄，況幽人之高舉不可得見也。

〔二〕何云曰：惠荀，舊注：惠昭、荀珏，固屬僞撰；杜田以爲惠遠、許詢，亦謬。玄度正可與支公並用，公詩亦屢見之。且自昔多稱遠公，公詩亦兩謂之「廬山遠」，不言惠也。按：公逸詩中有《送惠二過東溪》詩云「空谷滯斯人」，又云「黄綺未稱臣」，與此詩「中年滄洲期」句正合。詢或其名，未可知也。　瑕疵，注見二卷。

〔三〕《初學記》：海，一云朝夕池，亦云天池。　《山海經》：大荒之中，暘谷上有扶桑，十日所浴，九日居下枝，一日居上枝，皆載烏。　韋誕《景福殿賦》：龍舟兮翳翠蓋。　東皇，注見十卷。郭璞《遊仙詩》：左把浮丘袖。○「洪濤」以下，彷像其人爲滄洲之遊如此。

〔四〕《黄庭經》：口爲玉池太和官，漱咽靈液災不干。注：口中液水爲玉津。《中黄經》：但服元和除五穀，必獲寥天得真籙。注：服元和，謂咽津液。　五湖，洞庭湖也。《補注》：「嗽漱元和」以下，皆自敍語，以未能爲滄洲之遊，故致思烟霞，而茹芝局促，不免于歲暮之悲也，與「内懼非道流，幽人見瑕疵」二語相應。

風疾舟中伏枕書懷三十六韻奉呈湖南親友

軒轅休製律，虞舜罷彈琴。尚錯雄鳴管，猶傷半死心〔一〕。聖賢名古邈音莫，羈旅病年侵。舟泊常依震，湖平早一作半見參。如聞馬融笛，若倚仲宣襟〔二〕。故國悲寒望，群雲慘歲陰。水鄉霾白屋一作蜃，楓岸壘吴作疊青岑。鬱鬱冬炎瘴，濛濛雨滯淫。鼓迎非一作方祭鬼，彈落似鴞禽〔三〕。興盡纔無悶，愁來遽不禁。生涯相汨没，時物自一作正蕭森。疑惑樽中弩，淹留冠上簪。牽裾驚魏帝，投閣爲劉歆〔四〕。狂走終奚適，微才謝所欽。吾安藜不糝，女刊作汝貴玉爲琛〔五〕。烏几重重縛，鶉衣寸寸針。哀傷同庾信，述作異陳琳〔六〕。十暑岷山葛，三霜楚户砧。叨陪錦帳坐，久放白頭吟〔七〕。反樸時難遇一作過，非，忘機陸易沈。應過數粒食，得近四知金〔八〕。春草封歸恨，源花費獨尋。轉蓬憂悄悄，行藥病涔涔〔九〕。瘞音異夭追潘岳，持危覓鄧林。蹉跎翻學步，感激在知音。却假蘇張舌，高誇周宋鐔音尋〔一〇〕。納流迷浩汗，峻趾一作址得嶔崟。城府開清旭，松筠一作篁起碧潯。披顔争倩倩，逸足競駸駸。朗鑒存愚直，皇天實照臨〔一一〕。公孫仍恃險，侯景未生擒。書信中原闊，干戈北斗深。畏人千里井，問俗九州箴。戰血流依舊，軍聲動至今〔一二〕。葛洪尸定解，許靖力還一作難任。家事丹砂訣，無成涕作霖〔一三〕。

〔一〕《漢・律曆志》：黄帝使伶倫取竹於嶰谷，斷兩節，間而吹之，以爲黄鍾之宫。制十二筩以聽鳳鳴，其雄鳴六，雌鳴亦六，比黄鍾之宫，而皆可以生之，是爲律本。至治之世，天地之氣合以生風，天地之風氣正，十二律定。《禮記》：舜作五絃之琴，以歌南風之詩，而天下治。桓譚《新論》：神農始削桐爲琴。《七發》：龍門之桐，高百尺而無枝，其根半死半生。〇此四語，原風疾所由生也。

〔二〕震，東方也。一曰：即震澤之震，言震蕩也。參星，注見八卷。馬融《長笛賦》：正瀏凓以風冽。王仲宣《登樓賦》：向北風而開襟。

〔三〕《岳陽風土記》：岳州地極熱，十月猶單衣，或摇扇，震雷暴雨，如中州六七月間。《論語》：非其鬼而祭之。《風土記》：荆湖民俗，歲時會集，或禱祠，多擊鼓，令男女踏歌，謂之歌場。似鴞禽，鵩也。《莊子》：見彈而求鴞炙。

〔四〕《風俗通》：應彬爲汲令，請主簿杜宣飲酒。北壁上懸赤弩，照於杯中，影如蛇，宣惡之，及飲，得疾。後彬知之，延宣於舊處設酒，因謂宣曰：「此乃弩影耳。」宣病遂瘳。冠上簪，謂朝簪。牽裾，注見九卷。投閣，注見一卷。按：子雲被收，本公久卧疾，未得歸朝，故曰淹留也。爲劉歆子棻獄辭連及，今云「爲劉歆」，蓋借用事以趁韻耳。二語言己因救房琯得罪。

〔五〕朱浮《責彭寵書》：伯通獨中風狂走。陸機《贈從兄》詩：顧言思所欽。汝，指湖南親友。

《晉書》：太守馬岌造宋纖，不得見，銘於壁曰：其人如玉，爲國之琛。《爾雅》：琛，美寶也。

〔六〕庾信有《哀江南賦》。　陳琳，注見四卷。

〔七〕《史記》：楚雖三户，亡秦必楚。　錦帳，注見十七卷。

〔八〕《莊子》：與世違，而心不屑與之俱，是陸沈者也。郭象曰：人中隱者，譬無水而沈也。《鷦鷯賦》：巢林不過一枝，每食不過數粒。　《後漢書》：王密懷金遺楊震，曰：「暮夜無知者。」震曰：「天知，地知，子知，我知，何謂無知？」遂不受。

〔九〕鮑照有《行樂至城東橋》詩，注：因病服藥，行以宣導之。《漢書・外戚傳》：霍光夫人顯，使女醫淳于衍投毒藥以飲許后，有頃，曰：「我頭涔涔也，藥得無有毒乎？」

〔一〇〕潘岳《西征賦》：夭赤子於新安，坎路側而瘞之。注：瘞，埋也。黄曰：元稹誌公墓云「嗣子宗武，病不克葬」，則宗文早世甚明。今詩云「瘞夭」，意是時喪宗文也。錢箋：樊晃《序工部小集》云：「君有宗文、宗武，近知所在，漂泊江陵。」則宗文之亡，實在工部没後，鶴説妄也。《山海經》：夸父與日逐走，道渴死，棄其杖，化爲鄧林。《莊子》：壽陵餘子學行於邯鄲，失其故步，直匍匐而歸耳。《史・蘇秦傳》：今子舍本而事口舌。《張儀傳》：謂其妻曰：「視吾舌尚存否？」《莊子》：天子之劍，以燕谿石城爲鋒，齊岱爲鍔，晉衛爲脊，周宋爲鐔，韓魏爲鋏。《説文》：鐔，劍鼻也。

〔一一〕「納流」以下，皆美幕府諸公。城府、松筠，幕府所在也。《詩》：載驟駸駸。「披顔」二句，言望其顔色者，皆争往而歸之。　愚直，公自謂。

〔二〕錢箋：大曆三年，崔寧既入朝，楊子琳乘虚襲據成都府，寧弟寬攻破子琳，收復成都。四年六月，子琳敗還瀘州，招聚亡命數千，沿江東下，聲言入朝，擊破王守仙於忠州，遂殺夔州别駕張忠，據其城。衛伯玉欲結爲援，以夔州許之，爲之請於朝。此詩「公孫」、「侯景」，皆指子琳也。《玉臺新詠》：劉勳妻王氏詩：「千里不唾井，況乃昔所奉。」《金陵記》：南朝計吏，止於傳舍，將去，以剉馬草瀉井中，謂無再過之期矣。不久復至，汲水遽飲，遂爲昔時之剉刺喉而死。故後人戒曰：「千里井，不瀉剉。」諺又云：「千里井，不反唾」，「唾」乃「剉」字之訛也。《左傳》：虞人之箴曰：芒芒禹跡，畫爲九州。《楊雄傳贊》：箴莫善於虞箴，作《州箴》。〇按：《唐書》：是年冬十一月，吐蕃復寇靈州。又馮崇道、朱濟時反廣南。故有「干戈」、「北斗」及「戰血」、「軍聲」等句。

〔三〕《晉中興書》：葛洪止羅浮山中煉丹，在山積年，忽與廣州刺史鄧岱書，云當欲遠行。岱得書，狼狽而往，洪已亡，時年八十一，顔色如平生，體亦軟弱，舉屍入棺，其輕如空衣，時咸以爲尸解得仙。《蜀·許靖傳》：靖走交州，身坐岸邊，先載附從，疎親悉發，乃從後去。陳國袁徽與荀彧書曰：「許文休自流宕以來，與群士相隨，每有患急，常先人後己，與九族中外同其饑寒。」

奉贈蕭十二使君

昔在嚴公幕，俱爲蜀使臣。　艱危參大府，前後間清塵原注：嚴再領成都，余復參幕府〔一〕。　起草鳴先路，乘槎動要津。王臮聊暫出，蕭雉只相馴〔二〕。終始任安義，荒蕪孟母鄰。聯翩匍匐禮，意氣死生親原注：嚴公既没，老母在堂。使君溫清之問，甘脆之禮，名數若己之庭闈焉。及太夫人傾逝，喪事又首諸孫，主典撫孤之情，不減骨肉，則膠漆之契可知矣〔三〕。張老存家事，嵇康有故人。食恩慙鹵莽，鏤骨抱酸辛〔四〕。巢許山林志，夔龍廊廟珍。鵬圖仍矯翼，熊軾且移輪〔五〕。磊落衣冠地，蒼茫土木身。塤篪鳴自合，金石瑩逾新〔六〕。重憶羅江外，同遊錦水濱。結歡隨過隙，懷舊益霑巾〔七〕。曠絶含香舍，稽留伏枕辰。停驂雙闕早，廻雁五湖春〔八〕。不達長卿病，從來原憲貧。監河受貸粟，一起轍中鱗〔九〕。

〔一〕嚴武初鎮蜀，蕭嘗參幕府。及再鎮，而公繼之，故曰「前後間清塵」。

〔二〕起草，言爲尚書郎也。詳詩語，蕭蓋除郎官，以他事貶縣令，旋復入爲郎，故云「蕭雉只相馴」。次公引《唐志》「凡詔令皆舍人起草」，固是，然公詩所用「起草」，皆以郎官言之。

〔三〕《漢書》：霍去病爲驃騎將軍，禄秩與大將軍等。故人門下多去事去病，輒得官爵，惟任安不去。

《詩》：凡民有喪，匍匐救之。

〔四〕《晉語》：趙文子冠，見張老而語之。注：張老，晉大夫張孟。《左傳》：楚子問趙孟曰：「范武子之德何如？」對曰：「夫子之家事治。」此以張老比蕭使君，言能存嚴公之家也。「嵇康故人」，謂山濤，注見前。「食恩」二句，慙不能如蕭使君之報嚴公也。

〔五〕熊軾，注見十八卷。
〔六〕《廣絶交論》：志婉孌於塤篪。
〔七〕《唐書》：羅江縣屬綿州。
〔八〕含香，注見十三卷。　停驂雙闕早，自言久斷朝謁。
〔九〕《莊子》：莊周家貧，往貸粟於監河侯，曰：「周昨來，有中道而呼者，顧視，車轍中有鮒魚焉。周問之，曰：『我東海之波臣也，君豈有升斗之水而活我哉？』」

舟中夜雪有懷盧十四侍御弟

盧侍御，見前。

朔風吹桂水，大雪夜紛紛。暗度南樓月，寒深北渚雲。燭斜初近見，舟重竟無聞。不識山陰道，聽鷄更憶君。

對雪

北雪犯長沙，胡雲冷萬家。隨風且間葉，帶雨不成花。金錯囊從一作徒，黄作垂罄，銀壺酒易賒〔一〕。無人竭浮蟻，有待至昏鴉〔二〕。

〔一〕《漢·食貨志》：王莽更造錯刀，以黄金錯其文曰：一刀直五千。

〔二〕舊本公自注：何遜詩「城陰度塹黑，昏鴉接翅歸」。按：二語今《何記室集》不載。公《復愁》詩「釣艇收緡盡，昏鴉接翅歸」，不應直用成句，且昏鴉亦常語，何獨於此釋之？必出後人假託。今流俗本所云「公自注」者，多此類也。

冬晚送長孫漸舍人歸州

參卿休坐幄，蕩子不歸鄉〔一〕。南客瀟湘外，西戎鄠杜旁〔二〕。衰年傾蓋晚，費日繫舟長。會面思來札，銷魂逐去檣。雲晴鷗更舞，風逆雁無行。匣裏雌雄劍，吹毛任選將〔三〕。

〔一〕舊注：《玉臺集》盧思道有《和徐參卿擣衣》詩。按：《太白集》有《宴鄭參卿山池》詩。公爲劍南節度參謀，今罷，故曰「休坐幄」。古詩：蕩子行不歸，空牀難獨守。

〔二〕《漢·宣帝紀》：尤樂杜、鄠之間。杜屬京兆，鄠屬扶風。時吐蕃入寇京畿，故曰「鄠杜旁」。

〔三〕吹毛，注見四卷。

暮冬送蘇四郎徯兵曹適桂州

公有《别蘇徯赴湖南幕》詩，時自幕爲桂州兵曹。

飄飄蘇季子，六印佩何遲。早作諸侯客，兼工古體詩〔一〕。爾賢埋照久，余病長年悲。盧綰須征日，樓蘭要斬時〔二〕。歲陽初盛動，王化久磷緇。爲入蒼梧廟，看雲哭九疑〔三〕。

〔一〕《史記》：蘇秦爲從約長，佩六國相印。蔡邕《釋誨》：連衡者，六印磊落。

〔二〕顔延之詩：沈醉似埋照。《漢書》：高祖使使徵盧綰，綰稱病不行，上怒曰：「綰果反。」使樊噲擊之。樓蘭，注見四卷。按史：大曆四年十二月，廣州人馮崇道、桂州人朱濟時反，容管經略使王翃敗之。盧綰、樓蘭，正指此也。

〔三〕黄希曰：九疑山在道州，徯適桂州，道所從出。

客從

客從南溟來，遺我泉客珠。珠中有隱字，欲辨不成書〔一〕。緘之篋笥久，以俟公家須。開視化爲血，哀今徵斂無〔二〕。

〔一〕《博物志》：南海外有鮫人，水居如魚，不廢織績，其眼能泣珠。《述異記》：鮫人即泉先也，又名泉客。《吴都賦》注：俗傳鮫人從水中出，曾寄寓人家，積日賣綃，臨去，從主人索器，泣而出珠滿盤，以與主人。《酉陽雜俎》：摩尼珠中有金字偈。

〔二〕哀無淚化之珠，以應公家之徵斂也。

蠶穀行

天下郡國向萬城，無有一城無甲兵。焉得鑄甲作農器，一寸荒田牛得耕。牛得耕一有田字，蠶亦成。不勞烈士淚滂沱，男穀女絲行復歌。

白鳧行

《爾雅》：舒鳧鶩。按：鳧，水鳥，江東人呼爲野鴨。

君不見黃鵠高於五尺童，化爲白鳧似老翁〔一〕。故畦遺穗已蕩盡，天寒歲一作日暮波濤中。鱗介腥膻素不食，終日忍饑西復東。魯門鶢鶋亦蹭蹬，聞道如樊作于今猶避風〔二〕。

〔一〕黃鵠化爲白鳧，不能飛舉矣，猶五尺童化爲老翁，不復少壯矣。此自傷衰暮之語。羅景綸目爲倒句，非也。

〔二〕《國語》：海鳥曰鶢鶋，止於魯東門之外三日。展禽曰：「今茲海其有災乎？夫廣川之鳥獸，常知而避其災也。」是歲海多大風。爰居今猶避風，則黃鵠蹭蹬，所固然耳，何必以忍饑西東爲戚哉？

朱鳳行

君不見瀟湘之山衡山高，山巔下圜本作巖朱鳳聲一作鳴嗷嗷。側身長顧求其群《英華》作曹，翅垂口噤心甚勞一作勞勞〔一〕。下愍百鳥在羅網，黄雀最小猶難逃。願分竹實及螻蟻，盡趙云：音儘，一作忍使鴟梟相怒號。

〔一〕樂府《飛鵠行》：吾欲銜汝去，口噤不能開。《文選》劉楨詩：「鳳凰集南嶽，徘徊孤竹根。豈不長勤苦，羞與黄雀群。」公詩似取其意而反之。羞群黄雀者，鳳采之高翔。下愍黄雀者，鳳德之廣覆也。所食竹實，願分之以及螻蟻，而鴟梟則一聽怒號，此即「驅出六合梟鸞分」意也，詩旨包藴甚遠。黄鶴云：爲衡州刺史陽濟討臧玠而作，乃謬説耳。

追酬故高蜀州人日見寄并序

開文書帙中，檢所遺忘，因得故高常侍適往居在成都時，高任蜀州刺史「人日相憶見寄」詩。淚灑行間，讀終篇末，自枉詩已十餘年，莫記存没，又六七年矣。老病懷舊，生意可知。今海内忘形故人，獨漢中王樊作郡王瑀與昭州敬使君超先在。愛而不見，情見乎

辭。大曆五年正月二十一日，却追酬高公此作，因寄王及敬弟。〔一〕

自蒙一作枉蜀州人日作，不意清詩久零落。今晨散帙眼忽開一作明，迸淚幽吟事如昨。嗚呼壯士多慷慨，合沓高名動寥廓。歎我悽悽求友篇，感君他本作時鬱鬱匡時他本作君略。錦里春光空爛熳，瑶墀侍臣已冥寞。瀟湘水國傍黿鼉，鄠杜秋天失鵰鶚〔二〕。東西南北更堪論，白首扁舟病獨存。遥一作猶拱北辰纏寇盜，欲傾東海洗乾坤。邊塞西羌他本作蕃最充斥，衣冠南渡多崩奔〔三〕。鼓瑟至今悲帝子，曳裾何處覓王門。文章曹植波瀾闊，服食劉安德業尊〔四〕。長笛誰能一作鄰家亂愁思，昭州詞翰與招魂〔五〕。

〔一〕《舊唐書》：昭州樂平郡，屬嶺南道，以昭岡潭爲名。○公在成都，上元初始有草堂，高人日寄詩，當在上元二年，至大曆五年，恰十年矣。

〔二〕高爲散騎常侍，故曰「瑶墀侍臣」。　失鵰鶚，嘆高之云亡也。公《簡高使君》詩亦比之「鷹隼出風塵」。

〔三〕大曆三年、四年，吐蕃頻入寇，故曰「最充斥」。　衣冠南渡，言渡江漢而南也。

〔四〕《楚詞》：使湘靈鼓瑟兮，令海若舞馮夷。《古今注》：淮南子服食求仙，遍禮方士。　樂府《淮南篇》：淮南王自言尊。

〔五〕向秀《思舊賦序》：鄰人有吹笛者，發聲寥亮，追思曩昔遊宴之好，感音而歎，故作賦云。　舊注：

以秀之思嵇、吕，比己之思高蜀州也。

人日寄杜二拾遺 高適

人日題詩寄草堂，遥憐故人思故鄉。柳條弄色不忍見，梅花滿枝空一作堪斷腸。身在南蕃無所預，心懷百憂復千慮。今年人日空相憶，明年人一作此日知何處。一卧東山三十春，豈知書劍與一作老風塵。龍鍾還忝二千石，愧爾東西南北人。

送重表姪王砅力制切，郭作殊評事使南海

《集韻》：砅，履石渡水，今作厲。《説文》引《詩》「深則砅」。

我之曾老一作祖姑，爾之高祖母。爾祖未顯時，歸爲尚書婦〔一〕。隋朝大業末，房杜俱交友〔二〕。長者來在門，荒年自糊口。家貧無供給，客位但箕帚。俄頃羞頗珍一作頗羞珍，寂寥人散後。入怪鬢髮空，吁嗟爲之久。自陳剪髻鬟，市鬻充杯一作沽酒〔三〕。上云天下亂，宜與英俊厚。向竊窺數公，經綸亦俱有。次問最少年，虬髯十八九。子等成大名，皆因此人手〔四〕。下云風雲合，龍虎一吟吼。願展丈夫雄，得辭兒女醜。秦王時在坐，真氣驚户

牖〔五〕。及乎貞觀初，尚書踐台斗。夫人常肩輿，上殿稱萬壽〔六〕。六宮師柔順，法則化妃后。至尊均嫂叔，盛事垂不朽〔七〕。鳳雛無凡毛，五色非爾曹。往者胡作逆，乾坤沸嗷嗷。吾客左一作在馮翊，爾家同遁逃〔八〕。争奪至徒步，塊獨委蓬蒿。逗留熱爾腸，十里却呼號。自下所騎馬，右持腰間刀。左牽紫遊韁，飛走使我高〔九〕。苟活到今日，寸心銘佩牢。亂離又聚散，宿昔恨滔滔。水花笑白首，春草隨青袍〔一〇〕。廷評近要津，節制收英髦。北驅漢陽傳，南汎上瀧閭江切舠。家聲肯墜地，利器當秋毫〔一一〕。番鋪官切禺元俱切親賢領，籌運神功操。大夫出盧宋樊作宗，非，寶貝休脂膏。洞主降户江切接武，海胡舶千艘〔一二〕。我欲就丹砂，跋涉覺身勞。安能陷糞土，有志乘鯨鼇。或驂鸞騰天，聊樊作不作鶴鳴皋〔一三〕。

〔一〕舊注：尚書，王珪也。貞觀十七年，珪拜禮部尚書。

〔二〕《唐書》：珪始隱居時，與房玄齡、杜如晦善。趙曰：玄齡、如晦與王珪同學於文中子，則俱交友可知矣。

〔三〕此暗使陶侃母剪髮具酒食爲侃留客事，以形容之，未必實然也。

〔四〕太宗虬髯，見十四卷。《唐書》：太宗起義兵時，年十八。

〔五〕上云、下云，上指客言之，下指主言之也。《馬援傳》：始知帝王自有真也。

〔六〕《唐書》：貞觀四年二月，珪以黄門侍郎遷侍中，參豫朝政。錢箋：《唐會要》：命婦朝謁，並不得乘擔子，其尊屬年高、特敕賜擔子者不在此例。

〔七〕《唐書》：珪母李嘗語珪曰：「而必貴，但未知所與遊者何如人，而試與偕來。」會玄齡、如晦過其家，李窺大驚，敕具酒食，歡盡日，喜曰：「二客公輔才，汝貴不疑。」《復齋漫録》：房、杜舊不與太宗相識，太宗起兵，玄齡仗策謁軍門，乃薦如晦。珪則建成誅後始見召。以史傳參考，詩爲誤也。《西清詩話》：以《新書》所載，質之是詩，則珪之婦杜，非其母李也。且一婦人識真主於側微，其事甚偉，史缺而不録，是詩載之爲悉，世號詩史，信矣。《容齋隨筆》：高祖時，太子建成與秦王相傾，珪爲太子中允，説建成收劉黑闥以立功名。其後楊文幹事起，高祖以兄弟不睦，歸罪珪等而流之。太宗即位，乃召用。然則珪與太宗非素交，明矣。《唐書》載李氏事，亦采之小説，恐未必然。而杜公稱其祖姑事，不應不實。且太宗時宰相別無姓王者，真不可曉也。

〔八〕非爾曹，言非爾曹而誰。　馮翊，同州也。天寶末，公避寇同州。

〔九〕紫遊韁，注見十六卷。

〔一〇〕古詩：青袍似春草。

〔一一〕《六典》注：漢宣帝於廷尉置左右評員四人。魏晉以來，直謂之廷尉評。　節制，謂廣南節度使。　傳，傳車也。　《水經注》：武溪水又南入里山，謂之瀧中，懸湍回注，崩浪震天，謂之瀧水。瀧水又南出峽，謂之瀧口。又南逕曲江縣東。《一統志》：三瀧水，在韶州府昌樂縣西六十里。《釋名》：船三百斛曰舠。

〔二〕《舊唐書》：南海縣，即漢番禺縣，地以番山、禺山名。　盧、宋，盧奂、宋璟也。《舊書》：奂爲南海太守。南海利兼水陸，瓌寶山積。劉巨鱗、彭杲相繼爲太守，五府節度皆坐贓死。乃授奂任，貪吏斂跡，人用安之。又云：自開元四十年，廣府節度使清白者四，裴伷先、李朝隱、宋璟及盧奂。出盧宋，言出其上也。《東觀漢記》：孔奮守姑臧七年，治有絶跡，或嘲其處脂膏中不能自潤，而奮不改其操。　廣南有溪洞蠻，其長曰洞主。《國史補》：南海舶，外國船也。每歲至安南、廣州。師子國舶最大，梯而上下數丈，皆積寶貨，有蕃長爲主領。劉恂《市舶録》：獨檣舶深五十餘肘，三木舶深一百餘肘。肘者，西域以爲度也。　錢箋：《舊書》：大曆四年，李勉除廣州刺史，兼嶺南節度、觀察使。番禺賊帥馮崇道、桂州叛將朱濟時阻洞爲亂，勉遣將招討，悉斬之，五嶺平。先是，西域舶泛海至者，歲纔四五。勉性廉潔，舶來都不檢閲，末年至者四十餘。代歸至石門，停舟，悉搜家人所貯南貨犀象之物，投之江中，耆老以爲可繼宋璟、盧奂、李朝隱之後。黄鶴注：親賢、大夫，並言李勉，是也。夢弼以爲指王砅，失之遠矣。

〔三〕《别賦》：駕鶴上漢，驂鸞騰天。

清明

著處繁花一作華務《正異》作矜是日，長沙千人萬人出。渡頭翠柳艷明眉，争道朱蹄驕齧膝〔一〕。此都好遊湘西寺，諸將亦一作遠，一作方自軍中至。馬援征行在眼前，葛强親近同心事〔二〕。金鐙都磴切下山紅日蔡云：一作粉，非晚，牙檣捩音列柁青樓遠。古時喪亂皆可知，人世悲歡暫相遣〔三〕。弟姪雖存不得書，干戈未息苦離一作難居。逢迎少壯非吾道，況乃今朝是祓除〔四〕。

〔一〕梁元帝詩：柳葉生眉上，珠璫摇鬢垂。唐太宗《柳》詩：半翠幾眉開。《莊子》：乘駁馬而偏朱蹄。注：偏者，一蹄偏赤也。王褒頌：及至駕齧膝，驂乘旦。應劭曰：馬怒有餘氣，常齧膝而行也。孟康曰：良馬低頭，口至膝，故曰齧膝。

〔二〕湘西寺，即岳麓、道林二寺。　馬援，比主帥；葛强，比部將。

〔三〕鐙，馬鞁踏。《廣韻》：鞍，鐙也。　《齊書》：武帝興光樓上施青漆，謂之青樓。樂府《美女篇》：青樓臨大路。

〔四〕《周禮》：女巫掌歲時祓除釁浴。鄭注：如今三月三日上巳往水上之類。趙曰：以唐史氣朔考之，大曆五年三月三日清明，是清明正值上巳，故有「今朝更祓除」之句。

風雨看舟前落花戲爲新句

江上人家桃樹一作李枝，春寒郭作風細雨出疎籬。影遭碧水潛勾引，風妬紅花却倒吹〔一〕。吹花困癲一作懶傍去聲舟楫，水光風力俱相怯。赤憎輕薄遮入一作人懷，珍重分明不來接〔二〕。

濕久飛遲半欲高，縈沙惹草細於毛。蜜蜂蝴蝶生情性一作住，偷眼蜻蜓避伯勞〔三〕。

〔一〕常理《薄命篇》：艷花勾引落。

〔二〕赤憎，猶云生憎，亦方言也。公詩：輕薄桃花逐水流。梁武帝《春歌》：階上香入懷。

〔三〕《爾雅》：鶪，伯勞也。疏：《春秋傳》：伯趙氏司至，伯趙，鶪也，以夏至來，冬至去。《物理論》：伯勞，惡鳥，故衆鳥畏之，性好獨。末二句只是落花時所見，鶴注作比説，太迂。

奉送二十三舅録事崔偉之攝郴州

《唐書》：郴州桂陽郡，屬江南西道。

賢良歸盛族，吾舅盡知名。徐庶高交友，劉牢出外甥〔一〕。泥塗豈珠玉，環堵但柴荆。衰老悲人世，驅馳厭甲兵〔二〕。氣春江上别，淚血渭陽情。丹鷁排風影，林烏反哺聲〔三〕。永嘉多北至，勾漏且南征。必見公侯復，終聞盜賊平〔四〕。郴州頗涼冷，橘井尚淒清。從事一作役何蠻貊，居官志在行〔五〕。

〔一〕《蜀志》：徐庶，字元直，與崔州平友善。「高交友」，言爲徐庶所交，蓋以州平比偉也。《晉書》：桓玄曰：「何無忌，劉牢之之甥，酷似其舅。共舉大事，何謂無成？」

〔二〕《世説》：王武子，衛玠之舅，見玠輒嘆曰：「珠玉在側，覺我形穢。」

〔三〕束皙《補亡詩》：嗷嗷林烏，受哺於子。趙曰：此言崔舅侍太夫人以行也。

〔四〕晉永嘉之亂，元帝渡江，衣冠多自北至。公侯復，注見十九卷。

〔五〕蘇耽橘井，注見十四卷。《左傳》：當官而行，何强之有？

送魏二十四司直充嶺南掌選崔郎中判官兼寄韋韶州

《唐書》：高宗上元三年，以嶺南五管黔中都督府得任土人，而官或非才，乃選郎中御史爲選補使，謂之南選。《唐會要》：開元八年八月，移嶺南選補使於桂州。

選曹分五嶺，使者歷三湘。才美膺推薦，君行佐紀綱〔一〕。佳聲斯一作期共樊作不遠，雅節在周防。明白山濤鑒，嫌疑陸賈裝〔二〕。故人湖外少，春日嶺南長。憑報韶州牧，新詩昨寄一作夜將。

〔一〕選曹，謂崔郎中。使者，謂魏司直。顔延之詩：三湘淪洞庭。善曰：《山海經》注：江、湘、沅水，皆會巴陵洞庭陂，號三江口。銑曰：三湘，謂三江也。《寰宇記》：湘潭、湘鄉、湘源，是爲三湘。

〔二〕《晉書》：山濤典選十餘年，甄拔人物，各爲題目，時稱山公啓事。《漢書》：高祖使陸賈賜尉佗印，爲南越王。佗賜賈橐中裝，直千金，他送亦千金。

送趙十七明府之縣

連城爲寶重，茂宰得才新〔一〕。山雉迎舟楫，江花報邑人〔二〕。論交翻恨晚，卧病却愁春。惠愛南翁悦，餘波及老身〔三〕。

〔一〕《史記》：趙惠王得楚和氏璧，秦昭王請以十五城易之。盧諶詩：連城既僞往，荆玉亦虚還。謝脁《和伏武昌》詩：茂宰深遐睠。

〔二〕《續漢書》：魯恭爲中牟令，有馴雉之異。江花，用潘岳事。

〔三〕趙必官衡、潭間，故有末語。

同豆盧峰貽主客李員外賢子棐知字韻

《唐書·世系表》：豆盧，姓慕容氏，北人謂歸義爲豆盧，因賜以爲氏，居昌黎棘城。

煉一作練金歐冶子，噴玉大宛兒。符采高無敵，聰明達所爲〔一〕。夢蘭他日應，折桂早年知。爛熳通經術，光芒刷羽儀〔二〕。謝庭瞻不遠，潘省會於斯。唱和將雛曲，田翁號鹿皮〔三〕。

〔一〕《吴越春秋》：干將與歐冶子採五山之精，合六金之英，煉而爲劍。噴玉，注見十六卷。曹植

《七啓》：符采照燭。

〔二〕《左傳》：鄭文公有賤妾曰燕姞，夢天使與己蘭。既而文公見之，與之蘭而御之。辭曰：「妾不才，幸而有子。將不信，敢徵蘭乎？」公曰：「諾。」生穆公，名之曰蘭。　折桂，用郤詵事。

〔三〕《世説》：謝太傅問子姪曰：「子弟亦何與人事而欲使其佳？」玄答曰：「譬如芝蘭玉樹，欲使其生於庭除耳。」　潘岳《秋興賦序》：「余以太尉掾，寓直於散騎之省。」公與李皆員外郎，豆盧亦必官省郎，故曰「潘省會於斯」也。　《晉書·樂志》：《吴歌雜曲》，一曰《鳳將雛》。按：此曲自漢至梁有歌，今不傳。

歸雁二首

萬里衡陽雁，今年又北歸〔一〕。雙雙瞻客上上聲，一一背人飛。雲裏相呼疾，沙邊自宿稀。繫書元浪語，愁絶一作寂故山薇。

〔一〕衡山有迴雁峰。

欲雪違胡地，先花別楚雲。却過清渭影，高起洞庭群。塞北春陰暮，江南日色曛。傷弓流落羽，行户剛切斷不堪聞。

江南逢李龜年

《楚詞章句》：襄王遷屈原於江南，在江、湘之間。《史記》：王翦定荆江南地。又，項羽徙義帝於江南。此詩題曰「江南」，必潭州作也。舊編荆南詩内，非是。《明皇雜録》：上素曉音律，樂工李龜年特承恩遇。其後流落江南，每遇良辰勝景，常爲人歌數闋。座客聞之，莫不掩泣罷酒。《雲溪友議》：明皇幸岷山，百官皆竄辱。李龜年奔泊江潭，杜甫以詩贈之。

岐王宅裏尋常見，崔九堂前幾度聞原注：崔九，即殿中監崔滌，中書令湜之弟〔一〕。正是《友議》作值江南好風景，落花時節又逢君。

〔一〕《舊唐書》：岐王範，睿宗子，好學工書，雅愛文章之士，開元十四年病薨。黄曰：開元十四年，公年十五。《舊書》：崔湜弟滌，素與玄宗款密，用爲秘書監，出入禁中，後賜名澄，開元十四年卒。

小寒食舟中作

佳辰强飲一作飯食猶寒，隱几蕭條帶鶡冠。春水船如天上坐，老年花似霧中看〔一〕。娟娟戲蝶過閒一作開幔，片片輕鷗下急湍〔二〕。雲白山青萬餘里，愁看直一作西北是長安。

〔一〕沈佺期詩：人如天上坐，魚似鏡中懸。

〔二〕幔，舟幕也。按：子美父名閑，古「閒」字通作「閑」。詩中不避「閒」字，蓋臨文不諱也。張文潛《雜志》云：王仲至家有古本杜詩，「閒幔」本作「開幔」，謂舟中幔開，因見蝶過也。説亦通。

燕子來舟中作

湖南爲客動經春，燕子銜泥兩度新。舊入故園嘗識主，如今社日遠看人〔一〕。可憐處處巢君一作居室，何異飄飄託此生〔二〕。暫語船檣還起去，穿花落范德機云：善本作貼水益霑巾。

〔一〕燕以春社日來。

〔二〕古詩：思爲雙飛燕，銜泥巢君屋。

贈韋七贊善

鄉里衣冠不乏賢，杜陵韋曲未央前。爾家最近魁三象原注：斗魁下，兩兩相比爲三台，時論同歸一作因侵尺五天原注：俚語曰：「城南韋杜，去天尺五。」。北走關山一作河開雨雪，南遊花柳塞悉則切雲烟〔一〕。洞庭春色悲公子，蝦吳作鮭菜忘歸范蠡一作萬里船〔二〕。

〔一〕二語屬韋贊善，韋蓋北來而至湖南也。

〔二〕悲公子，悲與韋别也。任昉《述異記》：洞庭湖中有釣洲，昔范蠡乘扁舟至此，遇風，釣於洲上，刻石記焉。有一陂，陂中有范蠡魚。時公舟居，故以范蠡船自況。

酬寇十侍御錫見寄四韻復寄寇

往别郇瑕地，于今四十年〔一〕。來簪御府筆，故泊洞庭船〔二〕。詩憶傷心處，春深把臂前。南瞻按百越，黄帽待君偏〔三〕。

〔一〕郇瑕，注見前。

〔二〕《魏略》：殿中侍御史簪白筆，側陛而坐。帝問左右：「此何官？」辛毗曰：「此謂御史，舊時簪筆以奏不法，今直備位，但珥筆耳。」《漢書》注：簪筆者，插筆於首也。

〔三〕黄帽，公自謂也。《劉郎浦》詩：黄帽青鞋歸去來。舊注引《漢書》黄頭郎，非是。

按：公《哭韋之晉》詩云「悽愴郇瑕邑，差池弱冠年」，此詩云「往别郇瑕地，於今四十年」，則公十八九歲時嘗至晉州，而年譜俱失書。黄鶴謂公適郇瑕，在遊齊趙時，大謬。

入衡州

《舊唐書》：大曆四年秋七月，以澧州刺史崔瓘爲潭州刺史、湖南都團練觀察使。五年夏四月庚子，瓘爲其兵馬使臧玠所殺，玠據潭州爲亂，湖南將王國良因之而反。時公入衡州避兵。

兵革自久遠，興衰看帝王。漢儀甚照耀，胡馬何猖狂。老將一失律，清邊生戰場〔一〕。君臣忍瑕垢，河岳空金湯。重鎮如割據，輕權絶紀綱。軍州體不一，寬猛性所將〔二〕。嗟彼苦節士，素於圓鑿方。寡妻從爲郡，兀者安短一作堵墻。凋弊惜邦本，哀矜存事常〔三〕。旌麾非其任，府庫實過防。恕己獨在此，多憂增内傷。偏裨限酒肉，卒伍單衣裳〔四〕。元惡迷是似，聚謀一作諜洩康莊。竟流帳下血，大降湖南殃。烈火中夜發，高煙燋上蒼。至今分粟帛，殺氣吹沅湘。福善理顛倒，明徵天莽茫〔五〕。銷魂避飛鏑，累足穿豺狼。隱忍枳棘刺，遷延胝張尼切跰吉典切瘡〔六〕。遠歸兒侍側，猶乳女在旁。久客幸脱免，暮年慙激昂。蕭條向水陸，汩没隨漁商。報主身已老，入朝病見妨。悠悠委薄俗，鬱鬱回剛腸。參錯走洲渚，春容轉林篁〔七〕。片帆左一作在郴丑林切岸，通郭前衡陽。華表雲鳥埤郭弭切，蔡云：疑作陣，名園花草香。旗亭壯邑屋，烽櫓蟠杜田作卧城隍〔八〕。中有古刺史，盛才冠巖廊。扶顛待柱石，獨坐飛風霜〔九〕。昨者間去聲瓊樹，高談隨羽觴。無論再繾綣，已是安蒼黃〔一〇〕。劇孟七國畏，馬卿四賦良。門闌蘇生在原注：蘇生，侍御涣，勇鋭白起强〔一一〕。問罪富形勢，凱歌懸否臧。氛埃期必埽，蚊蚋焉能當〔一二〕。橘井舊地宅，仙山引舟航。此行怨暑雨，厥土聞清涼〔一三〕。諸舅剖符近，開緘書札光。頻繁黄作蘋蘩命屢及，磊落字百行〔一四〕。江總外家養，謝安乘興長。下流匪珠玉，擇木羞鸞凰〔一五〕。我師嵇叔夜，世賢張子房原注：彼掾張勸〔一六〕。柴荆寄樂土，鵬路觀翱翔〔一七〕。

〔一〕失律，謂哥舒翰失守潼關。

〔二〕言爲政寬猛，各隨其性。

〔三〕苦節士，謂崔瓘。圓鑿方枘，見十三卷。圓鑿而方之，言其矯俗爲治也。兀，刖足。《莊子》：王駘，兀者也。舊注：言自崔爲郡，寡婦亦得所，如兀者之安於堵墻，不復驚擾也。

〔四〕《三略》：良將之統軍也，恕己而治人。

〔五〕元惡，謂臧玠。《爾雅》：五達謂之康，六達謂之莊。《舊唐書》：瓘以士行聞，莅職清謹，遷潭州刺史，政在簡肅，恭守禮法。將吏自經時艱，久不奉法，多不便之。五年四月，會月給糧儲，兵馬使臧玠與判官達奚覯忿争，覯曰：「今幸無事。」玠曰：「有事何逃？」厲色而去。是夜，玠遂構亂，犯州城，以殺覯爲名。瓘惶遽走，逢玠兵至，遂遇害。

〔六〕《漢書》：累足脅息。胝趼瘡，足胝趼而成瘡也。

〔七〕春容，注見九卷。○言己遇臧玠之亂，倉卒避兵。

〔八〕郴岸，郴水之岸也。《九域志》：郴州西北至衡州界一百三十七里。則郴在衡之東南，故云「左郴岸」。《唐書》：衡州倚郭爲衡陽縣。《説文》：亭，郵表。徐曰：表雙立爲桓。今郵亭立木交於其端，或謂之華表。按：《韻會》：埤，增也，厚也。於「雲鳥」難通。公詩「共説總戎雲鳥陣」，作「陣」字是。言華表之旁，皆列雲鳥之陣也。《西京賦》：旗亭五里，俯察百隧。注：旗亭，市樓也。櫓，城上守望樓。烽櫓，設烽燧於樓櫓也。隍，城下濠。

〔九〕《漢書注》：巖廊，殿下小屋。《演繁露》：舜遊巖廊。李試《義訓》曰：屋垂謂之宇，宇下謂之廡，步檐謂之廊，峻廊謂之巖廊。〇古刺史，謂陽濟也。濟爲衡州刺史，兼御史中丞，故以「獨坐」稱之。次公謂：即後篇崔侍御漘。非。

〔一〇〕古詩：安得瓊樹枝，以解長渴饑。言得侍刺史，如間瓊樹然。《東皙傳》：周公成洛邑，因流水泛酒，故逸詩云：羽觴隨波。《漢書音義》：羽觴，作生爵形。《西京賦》注：杯上綴羽，以速飲也。楊慎曰：以玳瑁覆翠羽，於下徹上見。唐詩「玳瑁筵」本此。《左傳》：繾綣從公。

〔一一〕《漢書》：劇孟以俠顯，七國反時，條侯乘傳東，將至河南，得之，隱若一敵國。《司馬相如傳》載《子虛》《上林》《哀二世》及《大人》四賦。

〔一三〕《唐書》：時澧州刺史楊子琳、道州刺史裴虬、衡州刺史陽濟，各出兵討玠，故曰「問罪富形勢」。《易》：師出以律，否臧凶。懸否臧，言與否臧者懸絶也。

〔一三〕橘井，詳十四卷。《後漢志》注：郴縣南數里有馬嶺山，山有仙人蘇耽壇。《元和郡縣志》：馬嶺山，在縣東北五里。蘇耽舊宅，在郴州東半里，俯臨城，餘跡猶存。

〔一四〕魯訔曰：「諸舅」，謂崔偉，公有《送二十三舅録事偉之攝郴州》詩，時將往依焉。

〔一五〕《陳書》：江總七歲而孤，依於外氏，聰敏有至性，舅吴平侯蕭勵名重當時，尤所鍾愛。《晉書》：謝安寓居會稽，出則漁弋山水，入則言詠屬文，無處世意。珠玉，注見前。　鳳凰非梧桐不棲，言避地有同擇木，但愧非鸞鳳耳。

〔一六〕《通鑑》：德宗建中中，以張勸爲陝虢節度使。

〔一七〕樂土，即郴州。言將寄居郴土，以觀衡守之討賊立功、翱翔鵬路也。

白馬

白馬東北來，空鞍貫雙箭。可憐馬上郎，意氣今誰見。近時主將戮，中夜傷舊本俱作商，王原叔本云：或作傷，《草堂》從之於戰。喪亂死多門，嗚呼淚如霰。

蔡興宗曰：此潭州詩。主將，謂崔瓘也，時爲臧玠所殺。黄鶴曰：商於，即張儀欺楚之地，唐爲商州上洛郡。史云：大曆三年三月，商州兵馬使劉洽殺防禦使殷仲卿，此爲仲卿作也。按：鶴説似有據，但三年春，公自峽之江陵，商州在江陵西北，不當云「白馬東北來」也。考《九域志》，衡州北至潭州三百九十里，公自潭如衡，則所見之白馬爲自東北來明矣。臧玠與達奚覯忿爭，是夜以兵殺瓘，所謂「中夜傷於戰」也，夢弼、次公皆主此説，似可從。

舟中苦熱遣懷奉呈陽中丞通簡臺省諸公

陽中丞，即陽濟。

愧爲湖外客，看此戎馬亂。中夜混黎甿，脱身亦奔竄。平生方寸心，反當舊作掌，《正異》改作當帳下難。嗚呼殺賢良，不叱白刃散。吾非丈夫一作人特，没齒埋冰炭。恥以風病辭，胡然泊湘岸。入舟雖苦熱，垢膩可溉灌。痛彼道邊人，形骸改昏旦〔一〕。中丞連帥職，封内權得按。身當問罪先，縣實諸侯半。士卒既輯睦，啓行促精悍。似聞上游兵，稍逼長沙館。鄰好彼克脩，天機自明斷〔二〕。南圖卷雲水，北拱戴一作載霄漢。美名光史臣，長策何壯觀〔三〕。驅馳數公子，咸願同伐叛。聲節哀有餘，夫何激衰懦叶煖，去聲，奴亂切。偏裨表三上，鹵莽同一貫。始謀誰其問，回首增憤惋〔四〕。宗英李端公，守職甚昭焕。變通迫脅地，謀畫焉得筭〔五〕。王室不肯微，凶徒略無憚。此流須卒斬，神器資强幹。扣寂豁煩襟，皇天照嗟嘆〔六〕。

〔一〕《詩》：百夫之特。

〔二〕《漢書》注：上游，居水之上流。上游兵，澧州刺史楊子琳之兵也。見《呈聶令》詩注。黄曰：謂裴道州。道州在潭州之西，乃湘水上流。

〔三〕南圖、北拱，言連帥問罪之師，將南靖湖湘而北尊天子也。

〔四〕錢箋：唐時藩鎮有事，俱用偏裨將上表，假衆論以脅制朝廷也。按：偏裨上表，疑皆請釋玠罪者。《通鑑》：楊子琳起兵討玠，取賂而還。此蓋子琳爲之也。時必出於迫脅，非衆心所與，故下有「變通迫脅地」之句。

〔五〕梁邵陵王《讓丹陽尹表》：臣進非民譽，退異宗英。李端公，舊注皆云李勉。按：勉是時在廣州，方招討馮崇道、朱濟時之亂，未聞與討臧玠也。或疑遣兵赴難，史不及書，然唐人御史相呼爲端公，考史，勉鎮嶺南，已兼御史大夫，不當以端公稱之，舊注恐未可信。

〔六〕《詩》：國既卒斬。《文賦》：叩寂寞而求音。

江閣對雨有懷行營裴二端公

裴虯與討臧玠之亂，故有行營。

南紀一作極風濤壯，陰晴屢不分。野流行地日，江入度山雲〔一〕。層閣憑雷殷上聲，長空面水文一作紋。雨來銅柱北，應洗伏波軍。

〔一〕趙汸曰：流潦滿道，日照其中，雨過而晴也。度山之雲，下與江接，晴而又雨也。皆陰晴不分之景。

題衡山縣文宣王廟新學堂呈陸宰

《唐書》：衡山縣屬衡州。

旄頭彗紫微，無復俎豆事。金甲相排蕩，青衿一憔悴〔一〕。嗚呼已十年，儒服弊於地。征夫不遑息，學者淪素志。我行洞庭野，欻得文翁肆。侁侁胄子行蔡讀户郎切，若舞風雩至〔二〕。周室宜中興，孔門未應棄。是以資雅才，涣然立新意〔三〕。衡山雖小邑，首唱恢大義。因見縣尹心，根源舊宮閟〔四〕。講堂非曩構，大屋加塗塈。下可容萬他本作百人，墻隅亦深邃。何必三千徒，始壓戎馬氣〔五〕。林木在庭户，密幹疊蒼翠。有井朱夏時，轆轤凍階戺音士。耳聞讀書聲，殺伐災髣髴叶方未切〔六〕。故國延歸望，衰顔減愁思。南紀改陳作收波瀾，西河共風味〔七〕。采詩倦跋涉，載筆尚可記一作嘗記異，一云紀奇異。高歌激宇宙，凡百慎失墜。

〔一〕《晉·天文志》：昴七星，天之耳也，主西方，又爲旄頭胡星也。《廣韻》：彗，掃也。

〔二〕文翁肆，即書肆、講肆之肆。《水經注》：文翁爲蜀守，立講堂，作石室于南城。永平後，學堂遇火，後守更增二石室。《招魂》：往來侁侁。注：衆貌。《論語》疏：雩者，祈雨祭名。使童男女舞之，因謂其處爲舞雩。舞雩之處有壇墠、樹木，可以休息，故曰「風乎舞雩」。

〔三〕《漢書》：杜鄴子林，清静好古，有雅才。

〔四〕首唱，言陸宰倡起義兵，共討臧玠之亂。《詩》：闕宫有侐。注：閟，閉也。言無事而閉。

〔五〕《書》注：塗塈，泥飾也。

〔六〕《廣韻》：轆轤，圓轉木，用以汲水。梁簡文帝詩：銀牀繫轆轤。《顧命》：夾兩階戺。舊注：災髣髴，言兵革之災，特覺髣髴而已。

〔七〕《史記》：子夏居西河教授，爲魏文侯師。《索隱》：西河，在河東郡之西界，蓋近龍門。劉氏云：同州河西縣，有子夏石室學堂。

聶耒陽以僕阻水書致酒肉療饑荒江詩得代懷興盡本韻至縣呈聶令陸路去方田驛四十里舟行一日時屬江漲泊于方田

《唐書》：耒陽縣屬衡州。《元和郡國志》：因耒水在縣東爲名。西北至衡州一百七十八里。黄曰：郴州與耒陽皆在衡州東南，衡至郴四百餘里，郴水入衡。公初欲往郴依舅氏，卒不遂。

其至方田也，蓋泝郴水而上，故詩云「方行郴岸静」。《明皇雜録》：杜甫客耒陽，頗爲令長所厭。甫投詩於宰，宰遂致牛炙白酒，甫飲過多，一夕而卒。觀此詩序，乃是令遺酒肉，而後贈之以詩，《雜録》誤也。

耒陽馳尺素，見訪荒江渺一作眇。義士烈女家，風流吾賢紹〔一〕。昨見狄相孫，許公人倫表。前朝舊作期，《正異》改作朝翰林後，屈跡縣邑小。知我礙湍濤，半旬獲浩溔以沼切，一作渺。麾下殺元戎，湖邊有飛旐〔二〕。孤舟增鬱鬱，僻路殊悄悄。側驚猿猱捷，仰羨鸛鶴矯。禮過宰肥羊，愁當置清醥普沼切。人非西喻蜀，興在北坑趙〔三〕。方行郴岸静，未話長沙擾。崔師乞已至，澧里第切卒用矜少。問罪消息真，開顔憩亭沼原注：聞崔侍御潩乞師於洪府，師已至袁州北，楊中丞琳問罪，將士自澧上達長沙。

〔一〕義士，謂聶政。烈女，政姊嫈也。事見《戰國策》。

〔二〕《上林賦》：浩溔潢漾。注：皆水無際貌。　飛旐，謂崔瓘之喪。

〔三〕《增韻》：宰，烹也，屠也。《詩》：既有肥羜。《爾雅》：羜，未成羊。　曹植《酒賦》：其味有宜城醪醴、蒼梧醥清。《七啓》：乃有春清醥酒，康狄所營。　喻蜀，相如事，見十卷。　《史記》：白起破趙，坑其降卒四十萬人。　言臧玠之徒，非可檄喻，必盡誅之乃快也。

王彦輔《麈史》：世言子美卒於衡之耒陽，《寰宇記》亦載其墳在縣北二里，《唐書》稱耒陽令遺白酒黄牛，一夕而死。予觀子美遇臧玠亂，倉皇往衡州，至耒陽，舟中伏枕，又畏瘴，復沿湘而下，故有《回棹》之作。又《登舟將適漢陽》云「秋帆催客歸」，蓋《回棹》在夏末，此篇已入秋矣。又繼之以《暮秋將歸秦留别湖南幕府親友》詩，則子美北還之跡，見此三篇，安得卒於耒陽耶？以元微之《墓誌》、吕汲公《詩譜》考之，其卒當在潭岳之交，秋冬之際。但《詩譜》云是年夏卒，則非也。黄鶴曰：謝聶令詩云「興盡本韻」，又且宿方田驛，若果以飫死，豈能爲是長篇，復游憩亭沼？以詩證之，其誣明矣。錢箋：《舊書》本傳：甫遊衡山，寓居耒陽，啖牛肉白酒，一夕而卒於耒陽。元稹《墓誌》：扁舟下荆楚間，竟以寓卒，旅殯岳陽。公卒與殯，史、誌皆可考據。自吕汲公《詩譜》不明旅殯之義，以爲是年夏還襄漢，卒於岳陽。於是王得臣、魯訔、黄鶴之徒，紛紛聚訟，謂子美未嘗卒於耒陽。又牽引《回棹》等詩，以爲是夏還襄漢之證，不知《登舟》、《歸秦》諸詩，皆四年潭州作。《回棹》詩有「衡岳」、「蒸池」之句，蓋四年夏入衡，苦其炎暍，思回棹爲襄漢之遊而不果也，其不在耒陽之後，明矣。吾斷以史、誌爲正，曰：子美卒於耒陽，殯於岳陽，其説支離附會，盡削不載可也。按：《耒陽縣志》：工部墓祠在縣治北郭外二里，耒江左畔，洞陽觀之西。《苕溪漁隱》云：考襄陽、岳陽並無子美墓，惟耒陽有之，唐賢多留題，則子美當卒於耒陽也。次公亦云：《呈聶令》詩，蓋公之絕筆。舊譜謂還襄漢，卒於岳陽，誤矣。其説與箋合，並志之。

後序

杜詩之學，至今日而發明無餘藴矣。虞山錢宗伯實爲首庸，吾友長孺朱子增華加厲，緝諸本之長而芟其蕪舛，至鷄林賈人，亦争購其書，嗚呼盛矣！乃世傳虞山長牘，以説有異同，盛氣詆諆。又增删改竄，前後二刻迥别，見者深以爲疑。余嘗取二本對勘，其中所不合者，惟《收京》《洗兵馬》《哀江頭》數詩。試平心論之：兩京克復，上皇還宫，臣子爾時當若何歡忭？乃逆探移仗之舉，遽出誹刺之辭，子美胸中不應峭刻若此。商山羽翼，自爲廣平；劍閣傷心，非關妃子。斯理不易，何嫌立異？況古人著書，初不以附和爲貴。蘇潁賓，歐陽公門下士也，而其解《周頌》，則極駁時世論之非。蔡九峰傳《書》，朱子所命也，而其辨正朔，則明與周七八月、夏五六月相左。當時後世，未聞呰議及之者。蓋二公從經籍起見，非有所齮齕而然。故兩持之説，各傳千古。今之論杜者，亦求其至是而已矣。異己之見，豈所以爲罪乎！往方爾止嘗語余云：「虞山箋杜詩，蓋閣訟之後，中有指斥，特借杜詩發之。長孺則鋭意爲子美功臣，必按據時事，句櫛字比，以明覈其得失，可謂老不解事，固宜有彈射之及也。」雖然，長孺爲少陵老人而得此彈射，其榮多矣。彼听听者，何以爲哉！宣州沈壽民書于金壇僧舍。

杜工部集外詩

松陵　朱鶴齡　輯註

狂一作短歌行贈四兄

見陳浩然本，又見《文苑英華》。

與兄行年校一歲，賢者是兄愚是弟。兄將富貴等浮雲，弟竊一作切功名好權勢。長安秋雨十日泥，我曹鞴音備馬聽晨鷄。公卿朱門未開鎖，我曹已到肩相齊〔一〕。吾兄穩睡方舒膝，不襪不巾踏曉日。男啼女哭莫我知，身上須繒腹中實。今年思我來嘉州，嘉州酒重一作香花遶一作滿樓。樓頭喫酒樓下卧，長歌短詠一作歌遠相酬〔二〕。四時八節還拘禮，女拜弟妻男拜弟。幅巾鞶帶不掛身，頭脂足垢何曾洗〔三〕。吾兄吾兄巢許倫，一生喜怒長任真。日斜枕去聲肘寢已熟，啾啾唧唧爲何浩然本作何爲人〔四〕。

〔一〕《説文》：鞴，車鞁也。一曰：加鞍于馬曰鞴。

〔三〕嘉州，注見十卷。

〔三〕《説文》：鞶，大帶也。《南史》：陰子春身脂垢汙脚，數年一洗，言每洗則失財敗事。

〔四〕《唐韻》：啾唧，小聲也。《楚辭》：鳴玉鸞之啾啾。《古捉搦歌》：窗中女子聲唧唧。

呀鶻行

呀，虚加切，張口貌。　見陳浩然本，又見《文苑英華》。

病鶻孤一作單飛俗眼醜，每見江邊宿哀柳。清秋落日《英華》作月已側身，過雁歸鴉錯迴首。緊腦雄姿迷所向，疎翮稀毛不可狀。彊神迷復皂鵰前，俊才早在蒼鷹上。風濤颯颯寒山陰，熊羆欲蟄《英華》作縶龍蛇深。念爾此時有一擲，失聲濺血非其心〔一〕。

〔一〕言呀鶻雖病，猶思凌風一擲，與《瘦馬行》同意。

惜别行送劉僕射判官

按：唐制，僕射下宰相一等。時蓋劉之主將加此官，而劉爲其屬也。見陳浩然本，又見《文苑英華》。

聞道南行市駿馬，不限匹數軍一作官中須。襄陽幕府天下異，主將儉省憂艱虞。秖收壯健勝平聲鐵甲，豈因格鬬求龍駒。而今西北盡反胡，騏驎蕩盡一匹無。龍媒真種在帝都，子孫未落西《英華》作東南隅。向非戎事備征伐，君肯辛苦越江湖。江湖凡馬多顛頷，衣冠往往乘蹇驢。梁公富貴於身疎，號令明白人安居。俸錢時散士子盡，府庫不爲驕豪虛。以兹報主寸心赤，氣却西戎迴北狄。羅網群馬藉馬多，氣一作用在驅除出金帛。劉侯奉使光推擇，滔滔才略滄溟窄。杜陵老翁秋繫船，扶病相識長沙驛。强梳白髮提胡盧，才把菊花路旁摘。九州兵革浩茫茫，三歎聚散臨重陽。當杯對客忍流涕一作涕淚，不覺老夫神内傷。

按：詩云「襄陽幕府天下異，主將儉省憂艱虞」，又云「梁公富貴于身疎，號令明白人安居」。考《唐志》，襄州襄陽郡，乃山南東道節度使所治。廣德初，梁崇義據襄州，代宗不能討，因拜山南東道節度。至建中元年，始爲李希烈所誅。則梁公，即崇義也。史稱其以地褊兵少，法令最治，折節遇士，自振襄漢間。觀此詩所稱，正與相合。

送司馬入京

見吴若、郭知達、黄鶴本。黄曰：當與《巴西聞收京闕送班司馬入京》詩合爲一題。

群盜至今日，先朝忝從臣。歎君能戀主，久客羡歸秦。黄閣黄作閤長司諫，丹墀有故人。向來論社稷，爲話涕霑巾。

瞿唐懷古

見吴若、郭知達、黄鶴本，又見《文苑英華》。

西南萬壑注，勍敵兩崖開。地與山根裂，江從月窟來。削成當白帝，空曲隱陽臺。疏鑿功雖美，陶鈞力大哉。

右五篇，乃蘇州太守裴煜如晦所收，見舊集《補遺》。

逃難

見陳浩然本，又見《文苑英華》。

五十白頭翁，南北逃世難。疎布纏枯骨，奔走苦不暖叶去聲。已衰病方入，四海一塗炭。乾坤萬里内，莫見容身畔。妻孥復隨我，回首共悲歎。故國莽丘墟，鄰里各分散。歸路從此迷，涕盡湘江岸。

按：公在湘江，雖嘗以避臧玠亂入衡州，然「故國丘墟」、「鄰里分散」等語，于事情不類，且全詩詞旨凡淺，斷非真筆。

送靈州李判官

見郭知達、黄鶴本。黄云：新添。

羯胡腥四海，回首一茫茫。血戰乾坤赤，氛迷日月黄。將軍專策略，幕府盛才良。近賀中興主，神兵動朔方。

諸本編秦州詩内。按史：乾元二年八月，李光弼代郭子儀爲朔方節度、兵馬副元帥。詩云「神兵動朔方」，正其時事也。

寄高適

郭知達諸本不載。

楚隔乾坤遠，難招病客魂。詩名惟我共，世事與誰論。北闕更新主，南星落故園〔一〕。定知相見日，爛熳倒芳樽。

〔一〕南星，南極老人星也。《晉志》：老人星見，則治平。

按：此詩「北闕更新主」，是言寶應元年代宗初即位，時公方在蜀，不應首有「楚隔乾坤遠」之句。夔州爲南楚，公到夔時，適已没矣。以此推之，必是贋作。編詩者不審，遂誤入耳。

與嚴二郎一作歸，誤奉禮别

《唐書》：太常寺奉禮郎二人，掌君臣版位，以奉朝會、祭祀之禮。詳詩語，時嚴必入京師赴職。以下十首，俱見郭知達、黄鶴本。

别君誰暖眼，將老病纏身。出涕同斜日，臨風看去塵。商歌還入夜，巴俗自爲鄰。尚愧微軀在，遥聞盛禮新。山東群盜散，闕下受降頻。諸將歸應盡，題書報旅人〔一〕。

〔一〕群盜散、受降頻，指史朝義破滅，其將薛嵩、田承嗣等相繼降附，事在代宗改元之初。黄鶴以「群盜」爲來瑱諸將，非是。

巴西驛亭觀江漲呈竇使君二首

前一首，見十五卷。

轉驚波作惡一作怒，即恐岸隨流。賴有杯中物，還同海上鷗。關心小剡縣，傍眼見揚州〔一〕。

爲接情人飲，朝來減半一作片愁。

〔一〕《九域志》：越州東南二百八十里有剡縣。《一統志》：今紹興府嵊縣。

又呈竇使君

向晚波微一作猶緑，連空岸脚一作却青。日兼春有暮，愁與醉無醒。漂泊猶杯酒，踟躕一作躊躇此驛亭。相看萬里外，同是一浮萍。

花底

紫萼扶千蘂，黄鬚照萬花。忽疑行暮雨，何事入朝霞〔一〕。恐是潘安縣，堪留衛玠車〔二〕。深知好顔色，莫作《廣韻》入去聲委泥沙。

〔一〕周弘正詩：帶啼疑暮雨，含笑似朝霞。

〔二〕《晉書》：衛玠風神秀異，總角乘羊車入市，見者以爲玉人。

柳邊

只道梅花發，誰知柳亦新。枝枝總到地，葉葉自開春〔一〕。紫燕時開翼，黄鸝不露身。漢南應老盡，霸上遠愁人〔二〕。

〔一〕古詩：枝枝相覆蓋，葉葉相交通。

〔二〕《枯樹賦》：昔年楊柳，依依漢南。今看摇落，悽愴江潭。霸上，注見十六卷。《三輔黄圖》：霸橋在長安東，漢人送客至此橋，折柳贈别，曰銷魂橋。

題郪縣一作原郭三十二明府茅屋壁

江頭且繫船，爲爾獨相憐。雲散灌壇雨，春青彭澤田〔一〕。頻驚適小國〔二〕，一擬問高天。别後巴東路，逢人問幾賢。

〔一〕《搜神記》：文王以太公爲灌壇令，朞年，風不鳴條。文王夢一婦人，甚麗，當道而哭，問其故，曰：「我，泰山之女，嫁爲西海婦，欲歸，灌壇令當道有德，廢吾行，吾行必有大風疾雨。」文王覺，召太公問之，果有疾風暴雨從太公邑外過。文王乃拜太公爲大司馬。《晉·陶潛傳》：

潛爲彭澤令，公田悉令種秫，曰：「令吾嘗醉于酒，足矣。」妻子固請種秔，乃使二頃五十畝種秫，五十畝種秔。

〔二〕《補注》：《左傳》：楚文王戒申侯毋適小國。

奉送崔都水翁下峽

《唐書》：都水監，使者二人，正五品上，總河渠諸津監署。

無數涪江筏，鳴橈總發時。别離終不久，宗族忍相遺。白狗黄牛峽，朝雲暮雨祠。所過頻問訊，到日自題詩。

送竇九歸成都

文章亦不盡，竇子才縱横。非爾更苦節，何人符大名。觀書雲閣觀，問絹錦官城。我有浣花竹，題詩須一行。

東津送韋諷攝閬州録事

東津，在綿州。

聞説江山好，憐君吏隱兼。寵行舟遠泛，惜别酒頻添。推薦非承乏，操持必去嫌〔一〕。他時如按縣，不得慢陶潛〔二〕。

〔一〕《左傳》：攝官承乏。

〔二〕《白帖》：録事參軍，即古郡督郵之職，故以「慢陶潛」戒之。

隨章留後新亭會送諸君

新亭有高會，行子得良時。日動映江幕，風鳴排檻旗。絶葷終不改，勸酒一作醉欲無辭。已墮峴山淚，因題零雨詩〔一〕。

〔一〕《晉書》：羊祜嘗登峴山置酒，祜没，襄陽百姓建碑其上，見者莫不流涕，杜預因名爲墮淚碑。按：孫楚《陟陽候送别》詩：晨風飄岐路，零雨被秋草。《宋書·謝靈運傳論》所稱子荆零雨之章也。因送别，故用之。舊注引《東山》詩「零雨其濛」，非是。

客舊館

此與下《戲呈路十九》詩，郭、黄本俱不載。

陳跡隨人事，初秋別此亭。重來梨葉赤，依舊竹林青。風幔何一作前時卷，寒砧昨夜聲。無由出江漢，愁緒一作秋渚月一作日冥冥。

遣悶戲呈路十九曹長

江浦雷聲喧昨夜，春城雨色動微寒。黃鸝並坐交愁濕〔一〕，白鷺群飛太劇乾。晚節漸於詩律細，誰家數去酒杯寬。惟君最愛清狂客，百遍相看一作過意未闌。

〔一〕《補注》：古樂府：烏生八九子，端坐秦氏桂樹間。

閬州奉送二十四舅使自京赴任青城

以下七首，俱見郭知達、黃鶴本。

聞道王喬舄，名因太史傳。如何一云何如碧鷄使，把詔紫微天。秦嶺愁回馬，涪江醉泛船。青城漫污雜，吾舅意淒然。

贈裴南部

原注：聞袁判官自來，欲有按問。○《唐書》：南部縣屬閬州。

塵滿萊蕪甑，堂横單父吟。人皆知飲水，公輩不偷金〔一〕。梁獄書因上一作應作，作去聲，秦臺鏡欲臨。獨醒時所嫉，群小謗能深〔二〕。即出黄沙在，應一作何須白髮侵。使君傳舊德，已見直繩心〔三〕。

〔一〕《後漢書》：范丹，字史雲，爲萊蕪長，清貧，人歌曰：「甑中生塵范史雲，釜中生魚范萊蕪。」《晉書》：鄧攸爲吴郡守，載米之官，俸禄無所受，飲吴水而已。《漢書》：伏不疑爲郎，其同舍有告歸，誤持同舍郎金去。金主意不疑，不疑買金償之。後告歸者來而歸金，金主大慙。

〔二〕《西京雜記》：高祖入咸陽宫，周行府庫，有方鏡，廣四尺，高五尺九寸，表裏洞明。人直來照之，影則倒見，以手掩心而來，即見腸胃五臓。又女子有邪心，則膽張心動。秦始皇嘗以照宫人，膽張心動則殺之也。

〔三〕鮑照詩：直如朱絲繩。

遣憂

亂離知又甚，消息苦難真。受諫無今日，臨危憶古人顧陶作「傷故臣」〔一〕。紛紛乘白馬，攘攘看一作著黄巾〔二〕。隋氏留顧作營宫室，焚燒何太頻。

〔一〕黄曰：廣德元年十月，吐蕃陷京師，代宗幸陜。及還京，太常博士柳伉上疏切諫。「受諫」句，蓋謂此也。

〔二〕白馬，用侯景事。黄巾，用張角事。按：吐蕃之亂，本僕固懷恩引之。白馬、黄巾，以比懷恩之徒。

吴曾《漫録》：唐顧陶大中丙子歲編《唐詩類選》載此詩，世所傳杜集皆無之。

巴山

閬州山也。

巴山遇中使，云自陜舊作峽，郭定作陜城來〔一〕。盜賊還奔突，乘輿恐未迴。天寒邵伯樹，地闊望仙臺〔二〕。狼狽風塵裏，群臣安在哉。

〔一〕陝城，即陝州。《唐書》：陝州陝縣有陝城宫。

〔二〕《水經》：河水又西逕陝縣故城南。注：昔周召分伯，以此城爲東西之别。《括地志》：邵伯廟，在洛州壽安縣西北五里，有棠在九曲城東阜上。《九域志》：召伯甘棠樹，在陝州府署西南隅。《三輔黄圖》：望仙臺，漢武帝所建，在華州華陰縣。《長安志》：望仙臺，在鄠縣西三十里。

早花

西京安穩未，不見一人來。臘日一作月巴江曲，山花已自開。盈盈當雪杏，艷艷待春一作香梅。直苦風塵暗，誰憂客一作容鬢催。

收京

《唐書》：廣德元年十月癸巳，郭子儀復京師。十二月，車駕至自陝州。

復道收京邑，兼聞殺犬戎。衣冠却扈從，車駕已還宫。尅復誠如此，安危一作扶持在數公。莫令回首地，慟哭起悲風。

巴西聞收京闕送班司馬入京

聞道收京闕，鳴鑾自陝歸。傾都看黄屋，正殿引朱衣。劍外春天遠，巴西勅使稀。念君經世亂，匹馬向王畿。

愁坐

高齋常見野，愁坐更臨門。十月山寒重，孤城水氣昏。葭萌氏種迥，左擔一作武擔，非犬戎存一作屯〔一〕。終日憂奔走，歸期未敢論。

〔一〕《華陽國志》：梓潼郡晉壽縣，本葭萌城。劉氏更曰：漢壽，昔蜀王封其弟葭萌于漢中，號曰苴侯，因命其地曰葭萌。《唐書》：葭萌縣，屬利州。《一統志》：今保寧府廣元縣。任豫《益州記》：江油左擔道。按圖在陰平縣北，于成都爲西。其道至險，自北來者，擔在左肩，不得度擔也。鄧艾束馬懸車之處。《華陽國志》：陰平郡多氏傻，有黑白水羌、紫羌、戎虜。風俗所出，與武都略同。自景谷有步道，經江油左擔行出涪，鄧艾伐蜀道也。又南廣郡自僰道至朱提有步道，至險難行。語曰：「庲降賈子，左擔七里。」建寧郡治，故庲降都督屯。

陪鄭公秋晚北池臨眺

以下四首，俱見郭知達、黄鶴本。

北池雲水闊，華館闢秋風。獨鶴元一作先依渚，衰荷且映空。採菱寒刺上，踏藕野泥中。素檝分曹往，金盤小徑通。萋萋露草碧，片片晚旗紅。盃酒霑津吏，衣裳與釣翁。異方初豔菊，故里亦高桐。摇落關山思，淹留戰伐功。嚴城殊未啓，清宴已知終。何補參卿事一作軍之，歡娱到薄躬〔一〕。

〔一〕徐悱詩：嚴城不可越。　參卿，注見二十卷。

哭台州鄭司户蘇少監

故舊誰憐我，平生鄭與蘇。存亡不重見，喪亂獨前塗。豪俊何人一作人誰在，文章掃地無。羈遊萬里闊，凶問一年俱。白日中原上，清秋大海隅。夜臺當北斗，泉路著海鹽劉氏校本作宵東吴。得罪台州去，時危棄碩儒。移官蓬閣後，穀貴殁潛夫。流慟嗟何及，銜冤有是夫〔一〕。道消詩發興，心息酒爲徒。許與才雖薄，追隨跡未拘。班揚名甚盛，嵇阮逸相須。

會取君臣合，寧詮品命殊。賢良不必展，廊廟偶然趨。勝決風塵際，功安一作名，誤造化鑪。從容詢舊學，慘澹閟陰符〔二〕。擺落嫌疑久，哀傷志力輸。俗依綿谷異，客對雪山孤。童稚思諸子，交朋列友于。情乖清酒送，望絶撫墳呼。瘧病一作痢餐巴水，瘡痍老蜀都。飄零迷哭處，天地日榛蕪。

〔一〕蘇爲秘書少監，故用蓬閣事。　穀貴，謂廣德二年，蘇、鄭皆以是年没，詳《八哀詩》注。《苕溪漁隱叢話》：律詩有扇對格，第一與第三句對，第二與第四句對，如少陵《鄭司户蘇少監》詩云：「得罪台州去，時危棄碩儒。移官蓬閣後，穀貴没潛夫。」東坡《和鬱孤臺》詩云：「邂逅陪車馬，尋芳謝朓洲。凄凉望鄉國，得句仲宣樓」之類是也。

〔二〕《莊子》：以天地爲大鑪，造化爲大冶。　《説命》：台小子，舊學于甘盤。　《戰國策》：得太公《陰符》之謀。《唐書》「兵書類」有《周書陰符》九卷。　蘇嘗爲諭德司業，故曰「詢舊學」。鄭嘗著兵法諸書，不見用，故曰「閟陰符」。

去蜀

五載居蜀郡，一年居梓州。如何關塞阻，轉作瀟湘遊。世一作萬事已黄髮，殘生隨白鷗。安危大臣在，不一作何必淚長流。

放船

收帆下急水，卷幔逐回灘。江市戎戎暗，山雲淰音審淰寒〔一〕。荒林一作村無徑入，獨鳥怪人看。已泊城樓底，何曾夜色闌。

〔一〕《詩》：何彼穠矣。注：穠穠，猶戎戎。張衡《冢賦》：乃樹靈木，戎戎繁霜。董斯張曰：《禮運》：魚鮪不淰。注：群隊驚散貌。淰淰者，狀雲物散而不定也。《廣雅》：流濁也，音徒感切。一云水不波也，升菴主此説，謂寒雲凝聚，如不波之水。此與《禮運》義相左。

右二十七篇，朝奉大夫袁安宇所收。

送王侍御往東川放生池祖席

以下二首，俱見王原叔本。

東川親友合，此贈怯輕爲。況復傳宗近，空然惜别離。梅花交近野，草色向平池。倘憶江邊卧，歸期願早知。

惠義寺送王少尹赴成都

見郭知達、黄鶴本。

苒苒谷中寺，娟娟林表峰。闌干上上聲處遠，結構坐來重。騎馬行春徑，衣冠起晚一作暮鐘。雲門青一作春寂寂，此别惜相從〔一〕。

〔一〕雲門寺，注見二卷。

避地

見趙次翁本，題曰「至德二載丁酉作」。

避地歲時晚，竄身筋骨勞。詩書逐一作遂牆壁，奴僕且旌旄。行在僅聞信，此生隨所遭。神堯舊天下，會見出腥臊。

惠義寺送辛員外

以下三首俱見卞圜、吴若、黄鶴本。

朱櫻此日垂朱實，郭外誰家負郭田〔一〕。萬里相逢貪握手，高才仰望足離筵。

〔一〕《永徽圖經》：櫻桃，洛中者勝，深紅色曰朱櫻，明黄色曰蠟櫻。

又送

雙峰寂寂對春臺，萬竹青青照一作送客杯。細草留連侵坐軟，殘花悵望近人開。同舟昨日何由得，並馬今朝未擬迴。直到綿州始分首一作手，江頭樹裏共誰來。

長吟

江渚翻鷗戲，官橋帶柳陰。花飛競渡日，草見踏青一作春心。已撥形骸累，真爲爛熳深。賦詩新一作歌句穩，不覺一作免自長吟。

絶句九首

前六首見十二卷。〇以下五首俱見吴若、黄鶴本。

聞道巴山裏，春船正好行趙作還。都將百年興，一望九江城趙作山。

水檻温江口，茅堂石笋西〔一〕。移船先主廟，洗藥浣沙一作花，是溪。

〔一〕《唐書》：温江縣，屬成都府。

漫一作没道春來好，狂風大放顛。吹一作飛花隨水去，翻却釣魚船。

右三絶句，謝克家任伯題云：得于盛文肅家故書中，猶是吴越錢氏時人所傳，格律高妙，其爲少陵不疑。《詩説雋永》：晁氏嘗于中壺篋繡纊夾中，得吴越人寫本杜詩，諱「流」字之類，乃盛文肅故書也。如「日出籬東水」等絶句六首，乃九首，其一云「謾道春來好」云云，苕溪漁隱曰：此詩淺近，決非少陵語。

送惠二歸故居

吴若作「聞惠二過東溪特一送」，黄鶴作「聞惠子過東溪」。

惠子白駒坡作驢瘦，歸溪惟病身。皇天無老眼，空谷滯一作值斯人。崖蜜松花熟一作白，一作古，山杯一作村醪竹葉新一作春。柴門了無一作生事，黄一作園綺未稱臣。

李祁蕭遠校書云：陳恬叔易傳東坡記此詩云：右一篇，劉斯立得于管城人家册子葉中，題云《工部員外詩集》，名甫，字東美。其餘諸篇，語多不同，如「故園桃李今摇落，安得愁中却盡生」也。

《洪駒父詩話》：劉路左車爲予言，嘗收得唐人雜編詩册，有老杜《送惠二歸故居》詩，即此也。

過洞庭湖

吴若作「舟泛洞庭」。

蛟室圍青草，龍堆擁一作隱白沙〔一〕。護堤一作江盤古木，迎櫂舞神鴉〔二〕。破浪南風正，回檣吴若作收帆，一作歸舟畏日斜〔三〕。湖光與天遠，直欲泛仙槎一作雲山千萬疊，幾處上仙槎。

〔一〕□□□洞庭君山有八景，一曰射蛟浦，相傳漢武帝登是山，射蛟于浦，因名。《一統志》：金沙洲，在洞庭湖中，一名龍堆，延袤數里。杜詩「龍堆擁白沙」即此，又名金沙灘。

〔二〕《岳陽風土記》：巴陵鴉甚多，土人謂之神鴉，無敢弋者。

〔三〕《左傳注》：夏日可畏。

右一篇，洪玉甫云：有人得之江中石刻。《潘子真詩話》：元豐中，有人得此詩，刻于洞庭湖中，不載名氏。以示山谷，山谷曰：此子美作。今蜀本已收入。按：此詩有「收帆畏日斜」之句，斷非公作。畏日，夏日也。公過南岳入洞庭湖，在大曆四年正月，至五年夏，已卒于耒陽，安得復有洞庭之泛乎？或欲援此詩以証公之旅殯岳陽，尤爲無據。

漢州王大録事宅作

見郭知達本，他本皆不載。公有《詰王録事許修草堂貲不到》詩，疑即其人。

南溪老病客，相見下肩輿〔一〕。近髮看烏帽，催蓴煮白魚。宅中平岸水，身外滿牀書。憶爾才名叔，含淒意有餘。

〔一〕南溪，即浣花溪。《送韋司直歸成都》詩，有「爲問南溪竹」是也。

《滹南遺老詩話》：世所傳新添杜詩四十餘篇，吾舅周君卿嘗辨之云：惟《瞿唐懷古》《呀鶻行》《惜別行》爲杜無疑，自餘皆非真本，蓋後人依倣而作。按：新添詩固多贋者，然滹南之説，恐亦未然。如《别嚴二郎》《客舊館》《呈路十九》《遺憂》《巴山》《愁坐》《陪鄭公秋晚》《放船》《避地》等詩，皆非子美不能作。

他集互見四首

哭長孫侍御

見郭知達、黄鶴本。

道爲詩一作諫，一作謀書重，名因賦頌雄。禮闈曾擢桂，憲府舊乘驄。流水生涯盡，浮雲世事空。惟餘舊臺柏，蕭瑟九原中。

《文苑英華辨証》：杜誦《哭長孫侍御》詩，今載杜甫集中。按：《中興間氣集》《又玄集》《唐宋類詩》皆云杜誦。高仲武當唐中興，肅宗時編《間氣集》，載誦詩止此一首。又云：杜君詩平調不失，如「流水生涯盡，浮雲世事空」，得生人始終之理，故編之，必不誤。近卞圜《注杜詩》，亦載此篇，雖云或以爲杜誦作，然不明辨也。

虢國夫人

見《草堂逸詩》。

虢國夫人承主恩，平明上馬入宫張祜集作金門〔一〕。却嫌脂粉涴烏卧切顔色，淡掃蛾眉朝至尊〔二〕。

〔一〕《明皇雜録》：虢國夫人出入禁中，常乘紫驄，使小黄門爲御。紫驄之駿健，黄門之端秀，皆冠絶一時。

〔二〕《廣韻》：涴，泥著物也。《集韻》：或作汙。

《楊妃外傳》：妃有姊三人，皆豐碩修整，工于謔浪，每入宮中，移晷方出。虢國不施粧粉，自衒美艷，常素面朝天，當時杜甫有詩云云。此詩《張祜集》作《集靈臺二首》，《萬首唐人絶句》作張祜，《三體詩》及《唐詩品彙》並作張祜。

軍中醉歌寄沈八劉叟

見《草堂逸詩》。

酒渴愛江清，餘酣一作甘漱晚汀。軟沙欹坐穩，泠石醉眠醒。野膳隨行帳，華音發從伶。數杯君不見，都一作醉已遣沈冥〔一〕。

〔一〕樂府有《君不見》。《文苑英華辨証》：其有可疑及當兩存者，如暢當此詩及司空曙《杜鵑行》，今並載《杜甫集》。

《潘子真詩話補遺》：唐顧陶《集詩選》二十卷，載暢當《軍中醉歌寄沈八劉叟》詩，山谷頃在蜀道，見古石刻有唐人詩，以老杜「酒渴愛江清」爲韻，人各賦一詩。

杜鵑行

見陳浩然本，亦見黄鶴本。

古時杜宇稱望帝，魂在杜鵑何微細。跳枝竄葉樹木中，搶佯《英華》作翔瞥淚雌隨雄。毛衣慘黑貌一作自憔悴，衆鳥安肯相尊崇。隳《英華》作漏形不敢栖華屋，短翮惟願巢深叢。穿皮啄朽嘴欲禿，苦饑始得食一蟲。誰言養雛不自哺，此語亦足爲愚蒙。音聲咽咽如有謂《英華》作咽嚱若有謂，注云：咽，平聲，啼號略與嬰兒同。口乾垂血轉迫促，似欲《英華》作欲以上訴於蒼穹。蜀人聞之皆起立，至今斅學傳遺風《英華》作相效傳微風，乃知變化不可窮。豈思昔日居深宮，嬪嫱一作妃左右如花紅。

《文苑英華》作司空曙，注云：又見《杜甫集》。

杜工部文集卷之一

松陵　朱鶴齡　輯註

進三大禮賦表

《通考》：唐祀南郊，即祠太清宫、太廟，謂之三大禮。《錢箋》：吕汲公《年譜》、吕東萊《注三賦》，並據《新書》本傳云：獻賦在十三載。黄鶴曰：《舊書·玄宗紀》：十載正月乙酉朔，壬辰，朝獻太清宫。癸巳，朝享太廟。甲午，有事于南郊。《朝享太廟賦》曰：「壬辰，既格于道祖，乘輿即以是日致齋於九室。」《有事於南郊賦》曰：「二之日，朝廟之禮既畢。」與《舊書》甲子俱合，則爲十載獻賦明矣。趙子櫟《年譜》：考《明皇紀》十三載二月癸酉，朝獻太清宫。甲戌，親饗太廟，未嘗有事南郊，當以《舊書》爲正。按：諸書載十三載獻賦，並承《新書》本傳之誤。然獻賦自在大禮告成之後，鶴謂九載預獻，則非也。

臣甫言：臣生長陛下淳樸之俗，行四十載矣。與麋鹿同群而處，浪跡陛下豐草長林，實自弱冠之年矣。豈九州牧伯，不歲貢豪俊於外；豈陛下明詔，不仄席思賢於中哉？臣之愚頑，静無所取，以此知分，沉埋盛時，不敢依違，不敢激訐，默以漁樵之樂自遣而已。頃者，賣藥都市，寄食朋友，竊慕堯翁擊壤之謳，適遇國家郊廟之禮，不覺手足蹈舞，形於篇章。漱吮甘液，游泳和氣，聲韻寖廣，卷軸斯存，抑亦古詩之流，希乎述者之意。然詞理野質，終不足以拂天聽之崇高，配史籍以永久，恐倏先狗馬，遺恨九原。臣謹稽首，投延恩匭，獻納上表〔一〕。進明主《朝獻太清宫》、《朝饗太廟》、《有事於南郊》等三賦以聞。臣甫誠惶誠恐，頓首頓首，謹言。

〔一〕《舊唐書》：則天臨朝，欲大收人望。垂拱初年，令鎔銅爲匭，四面置門，各依方色，共爲一室。東面名曰延恩匭，上賦頌及許求官爵者，封表投之。

朝獻太清宫賦

《太真經》：三清之間，各有正位。聖登玉清，真登上清，仙登太清。太清有太極宫殿。《唐會要》：太清宫薦享聖祖玄元皇帝，奏混成紫極之舞。《通鑑》：天寶八載五月，太白山人李渾等上言，見神人，言金仙洞有玉板石記，聖主福壽之徵。命御史王珙入仙遊谷，求而獲之。九月，謁太清宫。九載十月，太白山人王玄翼上言，見玄元皇帝，言寶仙洞有妙寶真符。命刑部尚書張均等往求得之。時上遵道教，慕長生，故所在争言符瑞，群臣表賀無虛日。十載春正月，壬辰，上朝獻太清宫；癸巳，朝享太廟；甲午，合祭天地於南郊。以下三賦，吕東萊祖謙略有注釋，其未備者，今悉補入，原注仍標「吕曰」以别之。

冬十有一月，天子既納處士之議，承漢繼周，革弊用古，勒崇揚休〔一〕。明年孟陬〔二〕，將攄大禮以相籍，越彝倫而莫儔。歷良辰而戒吉，分祀事而孔修。營室主夫宗廟〔三〕，乘輿備乎冕袞。甲子，王以昧爽，春寒薄而清浮，虛閶闔，逗蚩尤〔四〕，張猛馬，出騰虬，捎初交切熒惑，墮一作隨，非旄頭〔五〕，風伯扶道，雷公挾軥〔六〕。通天台之雙闕〔七〕，警溟漲之十洲〔八〕。浩刦礨砢，萬仙一作山颼飀〔九〕。欻臻於長樂之舍〔一〇〕，嵬入乎崑崙之丘〔一一〕。太一一作乙奉引，庖犧左一作在右〔一二〕，堯步舜趨一作趣，禹馳湯驟〔一三〕，鬱閟宫之葎崒〔一四〕，拆一作坼元氣以經構〔一五〕。斷紫雲而竦牆〔一六〕，撫流沙而承霤〔一七〕。紛隋一作隳，古通用珠而陷碧，燿音酷波錦而浪繡〔一八〕，森青冥而欲雨，艶光炯而初晝〔一九〕。於是翠蕤俄的，藻藉一作籍舒就〔二〇〕，祝融擲火以焚香〔二一〕，溪女捧盤而盥漱〔二二〕。群有司之望幸，辨名物之難究。瓊漿自問於粢盛〔二三〕，羽客先來於介胄〔二四〕。爍聖祖之儲祉〔二五〕，敬雲孫而及此〔二六〕。詔軒轅使合符〔二七〕，敕王喬以視履〔二八〕。積昭感於嗣續，匪正辭於祝史〔二九〕。若肸蠁而一作之有憑〔三〇〕，肅風飈而乍起。揚流蘇於浮柱〔三一〕，金英霏而披靡〔三二〕。擬雜珮於曾巔，芝一作孔蓋歘以颯纚音史〔三三〕。中漎漎以回復〔三四〕，外蕭蕭而未已。上穆然，注道爲身，覺天傾耳，陳僭號於五代，復戰國於千祀。

曰：嗚呼！昔蒼生纏孟德之禍，爲仲達所愚。鑿齒其俗，窫窳其孤〔三五〕。赤烏高飛，不肯止其屋，黄龍哮吼，不肯負其圖〔三六〕。伊神器臬兀，而小人呴喻雲俱切〔三七〕。曆紀大破，創痍未蘇，尚攫拏於吴蜀，又顛蹶於羯胡。縱群雄之發憤，誰一統於亨衢？在拓跋與宇文，豈風塵之不殊〔三八〕。比聰廆及堅特，渾貔豹而齊驅〔三九〕。愁陰鬼嘯，落日梟呼。各擁兵甲，俱稱國都。且耕且戰，何有何無。惟累聖之徽典，恭淑慎以允緝。兹火土之相生〔四〇〕，非符讖之備及。煬帝終暴，叔寶初襲，編簡尚新，義旗爰一作袁，古通入〔四一〕。既清國難，方覩家給。竊以爲數子自誣，敢貞乎五行攸執。而觀者潛晤《文粹》同，一作悟，或作㤓。《玉篇》：㤓，俯九切，小怒也，或喜至於泣一本有刭字。鱗介以一本無此字之鳴虡，昆蚑音奇以之一本無此字振蟄〔四二〕。感而遂通，罔不具集，仡神光而甜呼含切，音酣閜許下切，鰕，上聲〔四三〕，羅詭異以戢孴音集〔四四〕。地軸傾而融曳〔四五〕，洞宫儼以嶷岌〔四六〕。九天之雲下垂，四海之水皆立。鳳鳥威遲而不去，鯨魚屈矯以相吸。掃太始之含靈，卷殊形而可挹。則有虹蜺爲鉤帶者，入自於東，揭莽蒼，履崆峒〔四七〕。素髪漠漠，至精濃濃，條弛張於巨細，覬披寫於心胸。蓋修竿無隙《英華》作隟，而仄側同席已容〔四八〕。裂手中之黑簿〔四九〕，睨堂下之金鐘〔五〇〕。得非擬斯人於壽域，明返樸於玄蹤。忽翳日而翻萬象，卻浮雲《文粹》作空而留六龍。咸讋章陟切，慴同跖之石切而壯兹應〔五一〕，終蒼黄而昧所從。上猶色若不足，處之彌恭。天師張道陵等，洎左玄君者〔五二〕，前千二百官吏，謁而進曰：今王巨唐，帝之苗裔，坤之紀綱。上一作土配君服，宫尊臣商〔五三〕。起數一作數起得統，特立中央〔五四〕。且大樂在懸，黄鐘冠八音之首〔五五〕；太昊斯啓，青陸獻千春之祥〔五六〕。曠哉勤力耳目，宜乎大帶斧裳〔五七〕。故風后孔甲充其佐，山稽岐伯翼其旁〔五八〕。至於易制取法，足以朝登五帝，夕宿三皇。信周武之多幸，存漢祖之自強。且近朝之濫吹去聲，仍改卜乎祠堂〔五九〕。初降胡江切素車，終勤恤其後〔六〇〕；有客白馬，固漂淪不忘〔六一〕。伊庶人得議〔六二〕，實邦家之光。臣道陵等，本之於青簡《文粹》作節，探之於縹囊。列聖有差義宜切，夫子聞斯於老氏〔六三〕；好問自久，宰我同科於季康〔六四〕。敢撥亂反正，乃此其所長。萬神開，八駿回，旗掩月，車奮雷〔六五〕，騖七曜，燭九垓〔六六〕。能事穎脱，清光大來。或曰：今太平之人，莫不優游以自得。况是蹴魏踏晉、批周抶恥栗切，一作抉隋之後〔六七〕，與夫更始者哉！

〔一〕《通鑑》：天寶九載八月，處士崔昌上言，國家宜承周漢，以土代火。周、隋皆閏位，不當以其子孫爲二王後。事下公卿集議，集賢殿學士衛包言：集議之夜，四星聚於尾，天意昭然。上乃命求殷、周、漢後爲三恪，廢韓、介、酅公。注：韓，元魏後；介，後周後；酅，隋後。

〔二〕吕曰：梁元帝《纂要》：正月爲孟陬。《記·月令》注：孟春者，日月會於陬。訾斗，建寅之辰也。

〔三〕《爾雅》：營室，謂之定。《詩箋》：定昏中而正，於是可以營建宫室，故謂之營室。定昏中而正，謂小雪時。《史·天官書》：營室，爲清廟歲星也。

〔四〕閶闔、蚩尤，注俱見詩集。

〔五〕《春秋緯・文耀鉤》：熒惑位南方，禮失則罰出。《羽獵賦》：熒惑司命，天弧發射。《晉・天文志》：昴七星，天之耳也。又爲旄頭，昴、畢間爲天街，天子出，旄頭罕畢前驅，此其義也。

〔六〕《楚詞注》：飛廉，風伯也。《韓非子》：昔者黄帝合鬼神於太山之上，風伯進掃，雨師灑道。

《吴越春秋》：歐冶子作劍，雷公擊橐，蛟龍捧爐。

〔七〕《天台賦》：雙闕雲竦以夾路。

〔八〕溟漲、十洲，注俱見詩集。

〔九〕《説文》：磊砢，衆石貌。《上林賦》：水玉磊砢。《集韻》：磊，或作礧，又作礨。《吴都賦》：與風飄颻，颮瀏颼飀。

〔一〇〕《漢武故事》：上起建章、未央、長樂三宫，皆輦道相屬，懸棟飛閣，不由徑路。

〔一一〕《穆天子傳》：天子升於崑崙之丘，以觀黄帝之宫。

〔一二〕《漢・郊祀志》：天神貴者，曰太一。太一佐，曰五帝。《禮樂志》：武帝祀太一於甘泉，就乾位也。崔駰《東巡頌》：駕太一之象車。《通鑑》：天寶三載，術士蘇嘉慶請祀九宫貴神于東郊，從之。注：九宫貴神，《易・乾鑿度》所謂太一也。《律曆志》：炮犧氏繼天而王，爲百王先，首德始于木，故爲帝太昊。作網罟以田漁，取犧牲，故天下號曰炮犧氏。

〔一三〕《後漢書》：三五步驟，優劣殊軌。注引緯書云：三皇步，五帝驟，三王馳，五霸騖，七雄僵。

〔一四〕《詩》：閟宮有侐。

〔一五〕《魯靈光殿賦》：含元氣之烟熅。

〔一六〕《漢武故事》：宣帝祠甘泉，紫雲從西北來，散於殿前。《通鑑》：天寶十三載正月，太清宮奏：學士李琪見玄元皇帝乘紫雲，告以國祚延昌。

〔一七〕《列仙傳》：老子爲關令尹喜著書，與俱之流沙之西。

〔一八〕《西都賦》：若摛錦而布繡。

〔一九〕《景福殿賦》：菡萏赩翕。赩，大赤也。

〔二〇〕翠蕤，注見詩集。《説文》：的，明也。徐鍇曰：其光的然也。《周禮·典瑞》：王搢大圭，執鎮圭，繅籍五采五就，以朝日。注：繅有五采文，所以籍玉。繅，讀爲藻率之藻。五就，五匝也，一匝爲一就。《記·雜義》：藻三采六等。注：荐玉者，以朱白蒼畫之再行。《左傳注》：藻率，以韋爲之，所以籍玉。

〔二一〕吕曰：祝融，社稷五祀之官。《左·昭二十九年》：顓頊氏有子曰犁，爲祝融。注：犁，明貌，火正也。

〔二二〕李賀《緑封章事》：溪女浣花染白雲。馮班曰：道書有十二溪女，即十二陰神。按：《道教靈驗記》：陵州天師井有十二玉女，乃地下陰神。豈玉女即溪女耶？

〔二三〕瓊漿，注見詩集。

〔二四〕羽客，即《楚詞》羽人。齊袁彖《遊仙詩》：羽客宴瑶宫，旌蓋乍舒設。

〔二五〕《唐書·玄宗紀》：天寶二年正月，加號玄元皇帝曰「太聖祖」。三月壬子，享于玄元宫，改西京玄元宫曰「太清宫」。八載六月，朝謁太清宫，加玄元皇帝號曰「聖祖大道玄元皇帝」。《封禪書》：上帝垂恩儲祉，將以慶成。

〔二六〕雲孫，注見詩集。

〔二七〕吕曰：《史》：黄帝姓公孫，名軒轅，合符釜山，而邑于涿鹿之阿。

〔二八〕王喬事，見詩集注。

〔二九〕《左傳》：祝史正辭，信也。按：篚，本作匪，與棐通。《漢志》「賦入貢棐」可証棐、匪，古通用。棐，訓輔也，此當從輔義。《書·大誥》：天棐忱辭。

〔三〇〕《子虚賦》：肸蠁布寫。《蜀都賦》：景福肸蠁之興作。注：肸蠁，濕生蟲蚊類，言大福之興，如此蟲群飛而多也。

〔三一〕《東京賦》：飛流蘇之騷殺。注：流蘇，五綵毛雜之以爲馬飾而垂之。《續漢書》：駙馬赤珥流蘇。摯虞《決疑要注》：凡下垂爲蘇。《海録》：流蘇，即盤線繪繡之毬，又：析羽爲蘇。浮柱，注見詩集。

〔三二〕《抱朴子》：咀吸金英。《學道傳》：夏禹撰真靈之玄要，集天官之寶書，封以金英之函，檢以玉都之印。《南都賦》：阿那蓊茸，風靡雲披。

〔三三〕《西京賦》：驪駕四鹿，芝蓋九葩。注：芝蓋，以芝英爲蓋也。阮籍《清思賦》：折丹木以蔽陽，竦芝蓋之三重。又《楚詞》：孔蓋兮翠旍。注：言司命以孔雀之翅爲車蓋，翡翠之羽爲旍旗。

〔三四〕《甘泉賦》：風漎漎而扶轄兮。

〔三五〕《西京賦》：奮長袖之颯纚。注：颯纚，長貌。

〔三六〕《長楊賦》：昔有强秦，封豕其土，窫窳其民，鑿齒之徒，相與磨牙而争之。善曰：《淮南子注》：堯之時，窫窳、封豕、鑿齒皆爲人害。窫窳，類貙，虎爪，食人。鑿齒，齒長五尺，似鑿，亦食人。

〔三七〕吕曰：《史·周紀》：武王渡河，有火自上復于下，至于王屋，流爲烏，其色赤，其聲魄云。注：王屋，王所居屋。流，行也。烏有孝名，武王卒父大業，故烏瑞臻。赤者，周之正色。孫氏《瑞應圖》：黄帝巡省，過洛河，龍負圖出，赤文緑字，以授帝。帝堯即位，坐河渚之濱，神龍赤色，負圖而至。

〔三八〕王褒《頌》：是以呴喻受之。應劭曰：呴喻，和悦貌。按，傅毅《舞賦》：姁媮致態。善曰：姁媮，和悦貌。呴喻，即姁媮，一作嗙喻，歌也，見《説文》。

〔三九〕吕曰：《北史》：後魏拓跋氏，祚傳十六主，分而爲東西魏。後周宇文氏，祚傳五主，禪位于隋。

〔四〇〕吕曰：《晉載記》：劉聰，字元明，以永嘉四年僭即皇帝位。前燕慕容廆封燕王，在位四十九年，及儁僭號，僞謚武宣皇帝。前秦苻堅，字永固，以升平元年僭稱大秦天王。蜀李特，字元休，起流人，據蜀。其子雄僭位，追謚景皇帝。《上林賦》：生貔豹，搏豺狼。

〔四〇〕吕曰：《歷代紀運圖》：隋以火德王，唐以土德王。

〔四一〕吕曰：《唐本記》：高祖募衆，起兵太原，傳檄諸郡，號爲義兵。

〔四二〕《説文》：虡，鐘鼓之柎飾爲猛獸，亦作簴。《考工記》：臝者、羽者、鱗者以爲筍虡。《説文》：蚑，無足蟲也。《史·匈奴傳》：蚑行喙息。按：《周禮》凡六樂者，一變而致羽物，再變而致臝物，三變而致鱗物，四變而致毛物，五變而致介物，六變而致象物。此故云「鳴虡振蟄」也。

〔四三〕《廣韻》：閜，大裂也。《上林賦》：谽呀豁閜。閜與間同。郭璞曰：澗谷之形容也。

〔四四〕《魯靈光殿賦》：芝栭攢羅以戢孴。善曰：《蒼頡篇》：戢孴，衆貌。《韻會》：《詩》：螽斯羽，揖揖兮。《增韻》：或作孴，義與集同。

〔四五〕地軸，注見詩集。《景福殿賦》：綿蠻黮䨴，隨雲融泄。綜曰：融泄，動貌。泄、洩通。

〔四六〕洞宫，注見詩集。

〔四七〕崆峒，注見詩集。

〔四八〕相如《大人賦》：建格澤之修竿兮。張揖曰：格澤氣，如炎火狀，黄白色，起地上，至天，下大上鋭。修，長也。建此氣爲長竿也。《吴越春秋》：側席而坐，安心無容。

〔四九〕《酉陽雜俎》：罪簿有黑、緑、白簿，赤舟編簡。《真仙通鑑》：老君授張道陵以玉函素書三卷，題曰：三八謝罪滅黑簿，超度玄祖章真人，再拜受之。《葛仙公傳》：有七品齋法，一曰八節齋，謝玄祖及己身之罪，滅黑簿之法也。

〔五〇〕《書》：下管鼗鼓，笙鏞以間。注：下，堂下之樂；鏞，大鐘也。

〔五一〕楊雄《河東賦》：秦神下讋，跖魂負沴。服虔曰：沴，渚也。師古曰：跖，蹈也。言此神怖讋，下入水中，自蹈其魂，而負沴渚，戚懼之甚也。

〔五二〕《真誥》：張陵，字輔漢，沛國豐人，學長生之道，得九鼎丹經，聞蜀中多名山，乃入鳴鵠山，著道書二十篇，仙去。《正一經》：陵學道于鶴鳴山，感太上老君降，授正一明威法，始分人鬼，置二十四治，有戒鬼壇見在。《雲笈七籤》：朝真儀：左玄真人在左，右玄真人在右。

〔五三〕《史·樂書》：宫爲君，商爲臣，角爲民，徵爲事，羽爲物。

〔五四〕土德爲中央。

〔五五〕《史·律書》：黄鐘長八寸十分一宫。《索隱》曰：黄鐘爲曆之首，宫爲五音之長。十一月以黄鐘爲宫，則聲得其正。《漢·律曆志》：十一月，乾之初，九陽伏地，故黄鐘爲天統。

〔五六〕《漢·魏相傳》：東方之神太昊，乘震執規司春。張協《雜詩》：太昊啓東節。《律曆志》：日行東陸謂之春。春爲青陽，故曰青陸。

〔五七〕《周禮疏》：大帶，大夫以上用素，士用練，即紳也。革帶，所以配玉帶劍。《左傳注》：鞶，紳帶也，一曰大帶。《書·顧命》：王麻冕黼裳。注：古黼、斧通。斧裳，裳繡斧形，取其斷。

〔五八〕吕曰：《逸史》：風后孔甲充其位，山稽岐伯翼其旁，所以格天地，通神明，安萬姓，成性類者也。

〔五九〕《唐書》：玄宗下詔，以唐承漢，黜隋以前帝王，廢介、酅公，尊周、漢爲二王後。京城起周武王、漢光武廟。

〔六〇〕呂曰：《記·郊特牲》：大圭不琢，美其質也；素車之乘，尊其樸也。所以交于神明也。

〔六一〕呂曰：《周頌》：有客有客，亦白其馬。《序》以爲微子來見祖廟之詩。按，《秦本紀》：子嬰白馬素車，奉天子璽符，降軹道旁。隋恭帝傳位于唐，故此用子嬰素車事。勤恤其後，漂淪不忘，諷以雖廢公號，猶當加恩也。《通鑑》：天寶十二載夏五月，復以魏、周、隋後爲三恪。呂注引《郊特牲》，非是。

〔六二〕庶人，謂處士崔昌。

〔六三〕《記·曾子問》：孔子曰：「祫祭於祖，則祝迎四廟之主，主出廟入廟必蹕，吾聞諸老聃云。」

〔六四〕《史·仲尼弟子列傳》：宰我問五帝之德，子曰：「予非其人也。」又季康子問孔子：「冉求、子路仁乎？」孔子皆對曰：「不知。」

〔六五〕《釋名》：九旗，日月爲常，畫日月於其端，天子所建。相如《長門賦》：雷隱隱而響起兮，象君之車音。

〔六六〕七曜，注見詩集。《廣雅》：九天之外，次曰九垓。《封禪書》：上暢九垓，下泝八埏。

〔六七〕《埤蒼》：柣，笞擊也。《羽獵賦》：神柣電擊。

蔡絛《西清詩話》：少陵文如「九天之雲下垂，四海之水皆立」，「忽翳日而翻萬象，卻浮雲而留六龍」，其語磊落驚人，或言無韻者殆不可讀，是大不然。東坡《有美堂詩》云「天外薰風吹海立，浙東飛雨過江來」，蓋出於是。

朝享太廟賦

初，高祖、太宗之櫛風沐雨，勞身焦思，用黄鉞白旗者五年，而天下始一。歷三朝而戮力，今庶績之大備，上方采厖俗之謡，稽正統之類，蓋王者盛事。臣聞之於里曰：昔武德以前，黔黎蕭條，無復生意，遭鯨鯢之蕩汩〔一〕，荒歲月而沸渭〔二〕，衮服紛紛，朝廷多闐者〔三〕，仍亘乎晉魏。臣竊以自赤精之衰歇〔四〕，曠千歲而無真人〔五〕。及黄圖之經綸〔六〕，息五行而歸厚地〔七〕，則知至數不可以久缺，凡材不可以長寄。故高下相形，而尊卑必異，惟神斷繫之於是，本先帝取之以義。壬辰，既格於道祖〔八〕，乘輿即以是日致齋於九室〔九〕，所以昭達孝之誠，所以明繼一作經天之質。具禮有素，六官咸秩。大輅每出，或黎元不知；豐年則多，而筐筥甚實。既而太尉參乘，司僕皀蹕，望重闈以肅恭，順法駕之徐疾〔一〇〕。公卿淳古，士卒精一。黕黕，上聲，黑貌宗廟之愈深，抵職司之所密。宿翠華於外户〔一一〕，曙黄屋於通術〔一二〕。氣凄凄於前旒〔一三〕，光靡靡於嘉栗〔一四〕。階有賓阼，帳有甲乙〔一五〕。升降之際，見玉柱生芝〔一六〕；擊拊之初，覺鈞天合律〔一七〕。簨簴仡以碣磍胡八切，音轄〔一八〕，干戚宛而婆娑〔一九〕。鞉鼓塤篪爲之主，鐘磬竽瑟以之和。雲門、咸池取之至〔二〇〕，空桑、孤竹貴之多〔二一〕。八音循通，既比乎旭日升而氛埃滅；萬舞陵亂，又似乎春風壯而江海波。鳥不敢飛，而玄甲峼嵺以岳峙〔二二〕；象不敢去，而鳴珮剡爚音藥以星羅〔二三〕。已而上乾豆以登歌，美休成之既饗〔二四〕。璧玉儲精以稠疊〔二五〕，門闌洞豁而森爽。黑帝歸寒而激昂，蒼靈戒曉而來往〔二六〕。熙事莽而充塞，群心麌魚矩切，本作噳以振蕩。桐花未吐，孫枝之鸞鳳相鮮〔二七〕；雲氣何多，宫井之蛟龍亂上〔二八〕。若夫生弘佐命之道，死配貴神之列，則殷劉房魏之勳〔二九〕，是可以中摩伊吕，上冠夔禼即契，代天之工，爲人之傑。丹青滿地，松竹高節。自唐興以來，若此時哲，皆朝有數四，名垂卓絶。向不遇撥亂反正之主，君臣父子之别，奕葉文武之雄，注意生靈之切，雖前輩之温良寬大，豪傑果決，曾何足以措其筋力與韜鈐，載其刀筆與喉舌，使祭則與，食則血，若斯之盛而已。爾乃直於主，索於祊補瞢切〔三〇〕，警幽全之物，散純道之精〔三一〕。蓋我后常用，惟時克貞，膋以蕭合，酌以茅明，嘏以慈告，祝以孝成〔三二〕。故天意張皇，不敢殄《文粹》作殘其瑞；神姦妥帖，不敢祕其精。而撫絶軌，享鴻名者矣。於以奏《永安》，於以奏《王夏》〔三三〕。福穰穰於絳闕，芳霏霏於玉斝〔三四〕。沛枯骨而破聾盲，施殀胎而逮鰥寡〔三五〕。園陵動色，躍在藻之泉魚〔三六〕；弓劍皆鳴，汗鑄金之風馬〔三七〕。霜露堪吸，禎祥可把。曾宫歔欷，陰事儼雅〔三八〕。薄清輝於鼎湖之山一作上，静餘響於蒼梧之野一作下。上一本無此字窅然漠漠，惕然兢兢，紛益所慕，若不自勝。瞰牙旗而獨立〔三九〕，吟翠駮伯各切而未乘〔四〇〕。五老侍祠而精駭〔四一〕，千官遜聽以思凝〔四二〕。於是二丞相進曰〔四三〕：陛下應道而作，惟天與能。澆訛散，淳樸登，尚猶日慎業業，孝思烝烝，恐一物之失所，懼先王之咎徵。如此之勤恤匪懈，是百姓何以報夫元首，在臣等何以充其股肱！且如周宣之教親不暇，孝武之淫祀相仍〔四四〕，諸侯敢於迫脅，方士奮其威稜〔四五〕。一則以微言勸内《文苑英華》作微弱内侮，一則以輕舉虚憑〔四六〕。又非陛下恢廓緒業，其瑣細亦曷足稱！丞相退，上跼天蹐地，授綏登車〔四七〕。伊湏洞槍櫐，先出爲儲胥〔四八〕。本枝根株乎萬代，睿想經緯乎六虚。甲午，方有事於彩一作采壇紺席〔四九〕，宿夫行所一作在如初〔五〇〕。

〔一〕呂曰：《左傳注》：鯨鯢，大魚名。喻不義之人吞食小國。

〔二〕《長楊賦》：乃命驃衛汾沄沸渭。師古曰：奮擊貌。

〔三〕呂曰：《漢·王莽傳贊》：餘分閏位。

〔四〕《王命論》：唐據火德，而漢紹之，故曰赤精。《魯靈光殿賦》：紹伊唐之炎精。

〔五〕《南都賦》：真人革命之秋。注：真人，光武也。《光武紀》：王莽惡劉氏，以錢文有金刀，改爲貨泉。或以貨泉字文，爲白水真人。

〔六〕黄圖，注見詩集。

〔七〕唐以土德王，故云。

〔八〕唐祖玄元皇帝，故稱道祖，又稱玄祖。

〔九〕吕曰：《大戴禮·盛德篇》：明堂九室，室有四户八窗。

〔一〇〕《漢舊儀》：祀天地於甘泉宫，備大駕祀天，法駕祀地，五郊明堂宗廟小駕。《小學紺珠》：漢大駕八十一乘，法駕三十六乘，小駕十二乘。

〔一一〕翠華，注見詩集。

〔一二〕黄屋，注見詩集。《説文》：術，邑中道。《漢志注》：術，道徑也。

〔一三〕《家語》：天子冕而前旒。

〔一四〕《左傳》：嘉栗旨酒。服虔曰：穀初熟爲栗。王氏曰：栗，不秕也。

〔一五〕吕曰：《漢·西域贊》：武帝作通天之臺，興造甲乙之帳。

〔一六〕《漢書》：武帝大興祠祀。元封六年，甘泉宫中産芝，九莖連葉，作《芝房之歌》。《舊唐書》：天寶七載三月，大同殿柱産玉芝。八載六月，又産玉芝。

〔一七〕《史記》：趙簡子寤，語諸大夫曰：「我之帝所，甚樂，與百神遊於鈞天，廣樂九奏萬舞，不類三代之樂，其聲感人心。」

〔一八〕《記·明堂位》：夏后氏之龍簨簴。注：横曰簨，直曰簴，所以懸鐘磬者。《甘泉賦》：金人仡其承鐘簴兮。濟曰：仡，壯勇貌。《長楊賦》：建碣磍之簴。孟康曰：虡，刻猛獸爲之，故其形碣磍而盛怒也。

〔一九〕《記·樂記》：朱干玉戚。注：戚，斧也。《詩》：市也婆娑。注：婆娑，舞貌。

〔二〇〕吕曰：《周禮》：大司樂以六舞大合樂以致鬼神示。注：黄帝曰雲門，堯曰咸池，舜曰大韶，禹曰大夏，湯曰大濩，武王曰大武。

〔二一〕吕曰：《周禮·大司樂》：孤竹之管，空桑之琴瑟。《記·禮器》：禮有以多爲貴者。

〔二二〕《真誥》：感味上契，淵渟岳峙。

〔二三〕《西都賦》：星羅雲布。《羽獵賦》：焕若天星之羅。

〔二四〕《漢·禮樂志》：乾豆上，奏登歌。獨上歌，不以筦弦亂人聲，猶古清廟之歌也。登歌再終，下奏休成之樂，美神明既饗也。注：乾豆，脯羞之屬。休成，叔孫通所奏樂。自「尊卑必異」以下至此，今本俱脱落。

〔二五〕《通鑑》：太清宫、太廟上所用牲璧，皆侔天地。《甘泉賦》：惟天所以澄心清魄，儲精垂思。

〔二六〕《記·月令》：孟冬之月，其帝顓頊，其神玄冥。注：此黑精之君，水官之臣。孟春之月，其帝太皞，其神勾芒。注：此蒼精之君，木官之臣。黑帝謂顓頊，蒼靈謂太皞也。

〔二七〕沈約《桐賦》：喧密葉于鳳晨，宿高枝于鸞暮。薛道衡詩：集鳳桐花散。

〔二八〕戴延之《西征記》：太極殿前有金井欄、金博山、金轆轤，蛟龍負山于井上。

〔二九〕殷開山、劉文静、房玄齡、魏徵皆配享太宗廟廷，見《唐書》。

〔三〇〕吕曰：《記·郊特牲》：直祭祝于主，索祭祝于祊。注：直，正也。謂薦熟之時，索求神也。祭于廟門曰祊。

〔三一〕吕曰：《郊特牲》：毛血，告幽全之物也。告幽全之物者，貴純之道也。

〔三二〕《郊特牲》：取膟膋燔燎升，報陽也。注：膋，腸間脂也，與蕭合燒之。縮酒用茅明酌也。《禮運》：祝以孝告，嘏以慈告，是謂大祥，此禮之大成也。

〔三三〕吕曰：《漢·禮樂志》：大祝迎神于廟門，奏嘉至，猶古降神之樂也。皇帝入廟，奏永至，以爲行步之節，猶古《采齊》、《肆夏》也。皇帝就東廂坐定，奏永安之樂，美禮以成也。《周禮·大司樂》：凡樂事，大祭祀宿縣，遂以聲展之。王出入則令奏《王夏》，尸出入則令奏《肆夏》，牲出入則令奏《昭夏》。注：三夏，皆樂章名。

〔三四〕《文粹》注：舜祠宗廟以玉斝也。按，《説文》：斝，玉爵也。一曰斝，受六升。《明堂位》：夏后氏以琖，殷以斝，周以爵。元注未詳所本。

〔三五〕《漢·禮樂志》：衆庶熙熙，施及夭胎。注：少長曰夭，在孕曰胎。

〔三六〕杜氏《通典》：秦始皇起寢殿于墓側，漢因之，上陵皆有園寢。《詩》：魚在在藻，有頒其首。唐諱淵，故曰「泉魚」。

〔三七〕《漢·郊祀志》：黄帝騎龍上天，餘小臣不得上，乃悉持龍髯，髯拔弓墜，百姓仰望，乃抱其弓與龍髯號，故後世名弓曰烏號。《列仙傳》：黄帝葬橋山，山崩柩空，惟劍舄在焉。《後漢書》：武帝時，善相馬者東門京鑄作銅馬法，獻之，詔立馬於魯班門外，更名魯班門曰金馬門。

〔三八〕《魯靈光殿賦》：儼雅跽而相對。張載注：言敬恭也。善曰：儼雅，跽貌。跽，長跪也。

〔三九〕《東京賦》：牙旗繽紛。注：天子出，建大牙旗，竿上以象牙飾之。

〔四〇〕翠駮，注見詩集。

〔四一〕《論語讖》：仲尼曰：吾聞堯率舜等遊首山，觀河渚，有五老飛爲流星，上入昴。

〔四二〕《封禪書》：逖聽者風聲。

〔四三〕時李林甫、陳希烈爲左右丞相。

〔四四〕吕曰：《詩》：黄鳥，刺宣王也。注：刺其以陰事教親而不至，聯兄弟而不固。《曲禮》：非其所祭而祭之曰淫祀。《史・本紀》：武帝作通天之臺，置祠具其下，招徠神仙之屬。

〔四五〕方士，如文成、五利之屬。

〔四六〕漢谷永《疏》：諸言世有仙人，服食不終之藥，遥興輕舉，登遐倒景，皆奸人惑衆，欺罔世主。

〔四七〕《曲禮》：君出就車，則僕並轡授綏。

〔四八〕澒洞，見詩集。《長楊賦》：木擁槍纍，以爲儲胥。善曰：木擁柵其外，又以竹槍纍爲外儲胥也。韋昭曰：儲胥，藩落之類。濟曰：擁禽獸，使不得出。

〔四九〕《記・祭法》：燔柴於泰壇，祭天也。《漢・郊祀志》：紫壇有文章、采鏤、黼黻之飾。《漢舊儀》：皇帝自行，群臣從，齋皆百日，紫壇帳幄。高皇帝配天，居堂下，西向，紺幄紺席。

〔五〇〕《舜典》：至于西嶽如初。

有事於南郊賦

《唐書》：玄宗定《開元禮》，天寶元年，遂合祭天地於南郊。

蓋主上兆于南郊，聿懷多福者舊矣〔一〕。今兹練時日，就陽位之美〔二〕，又所以厚祖考，通神明而已。職在宗伯，首崇禋祀〔三〕。先是，春官條一作修頌祇之書〔四〕，獻祭天之紀，令泰龜而不昧〔五〕，俟萬事之將履，掌次閱氈邸之則，封人考壝宮之旨〔六〕，司門轉致乎牲牢之繫，小胥專達乎懸位之使〔七〕。二之日，朝廟之禮既畢，天子蒼然視於無形，澹然若有所聽。又齋心於宿設，將旰食而靡寧。旌門坡陁以前鶩〔八〕，彀騎反覆以相經〔九〕。頓曾城之軋乙黠切軋〔一〇〕，軼萬户之熒熒〔一一〕。馳道端而如砥〔一二〕，浴日上上聲而如萍〔一三〕。掣翠旄於華蓋之角，彗黄屋於鉤陳之星。神仙一作山，非戍削以落羽〔一四〕，鬼魅幽憂以固扃〔一五〕。戰岐慄華，擺渭掉涇〔一六〕。地回回而風淅淅，天泱泱而氣清清。甲胄乘陵，轉迅雷於荆門巫峽；玉帛清迥，霽夕雨於瀟湘洞庭。於是乘輿沛然乃作，翳夫鸞鳳將至，以冲融寥廓，不可乎一作以彌度〔一七〕。聲明通乎純粹，溟涬户頂切爲之垠堮〔一八〕。驅蒼螭音鴟而蜿蜒〔一九〕，若無骨以柔順；奔烏攫而《文粹》作獲之黝蟉音求〔二〇〕，徒有勢於殺縛。朱輪竟野而杳冥〔二一〕，金鑁成陰以結絡〔二二〕。

吹堪輿以軒轅一作輊〔二三〕，搶寒暑以前卻〔二四〕。中營密擁乎太陽〔二五〕，宸眷眇臨乎長薄〔二六〕。熊羆弭耳以相舐〔二七〕，虎豹高跳以虛攫。上方將降帷宮之緋縭音離〔二八〕，屏玉軑音代以蠼略〔二九〕。人門行馬，以拱乎合沓之場〔三〇〕；皮弁大裘，始進乎穹崇之幕〔三一〕。衝牙鏗鏘以將集〔三二〕，周衛轇轕以咸若〔三三〕。月窟黑而扶桑寒〔三四〕，田燭稠而曉星《英華》作河落〔三五〕。肅定位以告絜一作潔，《韻會》：潔，通作絜，藹巖上而清超。雲菡萏以張蓋〔三六〕，春葳蕤以建杓〔三七〕。簪裾斐斐，樽俎蕭蕭。方回《文粹》作面曲折〔三八〕，周旋寂寥。必本於天，王宮與夜明相射〔三九〕；動而之地〔四〇〕，山林與川谷俱標〔四一〕。於是官有御，事有職，所以敬鬼神，所以勤稼穡〔四二〕，所以報本反始〔四三〕，所以度長立極。玄酒明水之上尚通，越席疏布之列一作側〔四四〕。則一本無此字必取先於稻秫麴蘖之勤，必取著於紛純文繡之飾〔四五〕。雖三牲八簋，豐備以相沿；而蒼璧黃琮，實歸乎正色〔四六〕。先王之丕業繼起，信可以永其昭配；群望之遍祭在斯〔四七〕，示有以明其翼戴。由是播其聲音以陳列，從乎節奏以進退。《韶》《夏》《濩》《文粹》作護《武》，采之於訓謨；鐘石陶匏，具之於梗概〔四八〕。變方《文粹》作万形於動植，聽宮徵於砰普萌切磕苦蓋切〔四九〕。英華發外，非因乎簨簴之高；和順積中，不在乎雷鼓一作霆，非之大〔五〇〕。既而一本無此字膟音律膋音聊，一作臠骨，非胿音圭罥，柴燎窟塊，騞砉俱霍國切擘赫一作騞騞擘赫，葩斜晦潰一作漬〔五一〕，雹纏風升，雪颯星碎，拂勿侹音憚，一作侹濙音熒，一作儝，眇溟蓯音竦淬音翠〔五二〕。聖慮岑寂，玄黃增霈，蒼生顒昂，毛髮清籟。雷公河伯，或駓音彼騃詞，上聲以修聳〔五三〕；霜女江妃，乍紛綸而晻曖愛、戲二音〔五四〕。執籥秉翟，朱干玉戚。鼓瑟吹笙，金支翠旌〔五五〕。神光倏歘，祀事虛明〔五六〕。於是涾音踏沲同沱乎渙汗〔五七〕，紆餘乎經營〔五八〕。浸朱崖而洒朔漠〔五九〕，洶暘谷而濡若英〔六〇〕。耆艾涕一作悌而童子儛〔六一〕，叢棘坼而狴犴一作牢傾〔六二〕。是率土之濱，覃酺醵音蒲渠以涵泳〔六三〕；非奉郊之縣，獨宴慰以縱橫。玄澤澹泞音紵乎無極〔六四〕，殷薦綢繆乎至精〔六五〕。稽古之時，屢應符而合契；聖人有作，不逆寡而雄成〔六六〕。爾乃孤卿侯伯，雜群儒三老，儼而絶皮軒，趨帳殿〔六七〕，稽首曰：臣聞燧人氏已往，法度難知一作和，文質未變。太昊氏繼天而王，根啟閉於厥初〔六八〕；以木傳子，攄終始而可見〔六九〕。洎虞夏殷周，兹炳焕蔥倩。秦失之於狼貪蠶食〔七〇〕，漢綴之以蛇斷龍戰〔七一〕。中莽茫一作莽茫茫夫何從，聖蓄縮曾不眷一作不下眷。伏惟道祖，視生靈之磔音格裂〔七二〕，醜害馬之蹄齧〔七三〕，呵五精之息肩，考正氣之無轍。協夫貽孫以降，使之造命更挈，累聖昭洗，中遭觸蹶〔七四〕。氣慘當作墋黷乎脂夜之妖，勢回薄乎龍蛇之孽〔七五〕。伏惟陛下，勃然憤激之際，天闕不敢旅拒，鬼神爲之嗚咽。高衢騰塵，長劍吼血〔七六〕。尊卑配，宇縣刷。插紫極之將頹〔七七〕，拾清芳於已缺。鑪之以仁義，鍛之以賢哲。聯祖宗之耿光，捲夷狄之彯撇〔七八〕。蓋九五之後，人人自以遭唐虞；四十年來，家家自以爲稷卨。王綱近古而不軌，天聽貞觀以高揭。蠢爾差僭，燦然優劣。宜其課密於空積忽微〔七九〕，刊定於興廢繼絶〔八〇〕。而後睹數統從首，八音六律而惟新；日起算外，一字千金而不滅〔八一〕。上曰：吁！昊天有成命〔八二〕，惟五聖以受〔八三〕。我其夙夜匪遑，實用素樸以守。吁嗟乎麟鳳，胡爲乎郊藪？豈上帝之降鑒及兹，玄元之垂裕於後？夫聖以百年爲鶉鷇口豆反，道以萬物爲芻狗〔八四〕。今何以茫茫臨乎八極，眇眇託乎群后，端策拂龜於周漢之餘〔八五〕，緩步闊視一作緩視闊步於魏晉之首〔八六〕？斯上古成法，蓋其人已朽，不足道也。於是天子默然而徐思，終將固之又固之，意不在抑一云：當作仰殊方之貢，亦不必廣無用之祠。金馬碧鷄，非理人之術；珊瑚翡翠，此一物何疑〔八七〕。奉郊廟以爲寶，增怵惕以孜孜。況大庭氏之時，六龍飛御之歸〔八八〕。

〔一〕《漢·禮樂志》：《郊祀歌》十九章，一曰《練時日》。

〔二〕吕曰：《記·郊特牲》：兆於南郊，就陽位也。

〔三〕吕曰：《周禮·大宗伯》：以禋祀，祀昊天上帝。

〔四〕《甘泉賦》：集乎禮神之囿，登乎頌祇之堂。晉灼曰：后土，歌祭之處也，爲歌頌以祭地祇。

〔五〕吕曰：《周禮》：龜人，凡有祭祀，則奉龜以往。《記·曲禮》：爲日，假爾泰龜有常。

〔六〕吕曰：《周禮》：掌次，掌王之法，以待張事。王大旅，則張氈案，設皇邸。封人，掌王之社壝，爲畿封而樹之。

〔七〕吕曰：《周禮》：司門，祭祀之牛牲繫焉，監門養之。小胥，正懸樂之位，王宫懸，諸侯軒懸，卿大夫判懸，士特懸，辨其聲。

〔八〕《周禮》：掌舍，爲帷宫，設旌門。注：王行，晝止食息，張帷爲宫，則樹旌以表門也。顔延之《序》：旌門洞立，延帷接枑。坡陀，注見詩集。

〔九〕《史·馮唐傳》：彀騎萬三千。注：彀騎，張弓之騎也。

〔一〇〕《文賦》：思軋軋其若抽。注：軋軋，難進也。

〔一一〕宋玉賦：煌煌熒熒，奪人目精。《説文》：熒，屋下燈燭光。

〔一二〕《詩》：周道如底。底、砥，古通。

〔一三〕《家語》：楚王渡江，得萍實，大如斗，赤如日。

〔一四〕《子虚賦》：揚袘戌削。善曰：戌削，裁制貌。李白樂府：巉岩容儀，戌削風骨。《水經注》：上谷王次仲，變蒼頡舊文爲今隸書，始皇三徵不至，令檻車送之，次仲變爲大鳥，落翮於居庸山中。

〔一五〕《説文》：扃，外閉之關也。言鬼魅深伏而不出。

〔一六〕《河東賦》：簸丘蕩巒，踴渭躍涇。

〔一七〕《甘泉賦》：直嶢嶢以造天兮，厥高慶而不可乎彌度。注：彌，終也。

〔一八〕溟涬、垠堮，注俱見詩集。

〔一九〕《高唐賦》：乘玉輿兮駟蒼螭。《甘泉賦》：駟蒼螭兮六素虬。

〔二〇〕按：烏攫字，雖見《漢書》，然此處用之不倫，當以《文粹》本爲正。蓋「玃」、「攫」字相近而訛耳。黝蟉，宜作蚴蟉。蚴，憂，上聲。蚴蟉，龍行貌。《上林賦》：青龍蚴蟉於東廂。

〔二一〕《東都賦》：躍馬疊跡，朱輪累轂。

〔二二〕按：金鍐，當作鍐，古與鍐同，亡犯切。《東京賦》：龍輈華轙，金鍐鏤鍚。善曰：蔡邕《獨斷》：金鍐者，馬冠也。高廣各五寸，上如玉華形，在馬髦前。

〔二三〕《甘泉賦》：屬堪輿以壁壘兮。《淮南子》：堪輿行雄以知雌。許慎曰：堪，天道也；輿，地道也。《詩》：如輊如軒。

〔二四〕搶，争取也。《舞賦》：搶捍淩越。

〔二五〕《甘泉賦》：屯萬騎於中營兮。注：中營，天子營也。

〔二六〕《説文》：薄，林薄也。虞世基詩：七萃縈長薄。

〔二七〕《文苑英華辨證》：彌，凶彌耳，或欲作弭。《大禮賦》：熊羆弭耳。而《周禮·小祝》：彌災兵。則彌與弭同。

〔二八〕帷宫，注見上。張衡《思玄賦》：佩綝纚其煇煌。注：綝纚，盛貌。《集韻》：纚，緌也，通作縭。

〔二九〕《楚詞》：齊玉軑而並馳。《甘泉賦》：肆玉馱而下馳。晉灼曰：軑，車轄也。《文苑英華辨證》：《甘泉賦》：蠖略蕤緌。蠖，于鑊反，正言車馬之狀，集作蠼略，非。

〔三〇〕吕曰：《周禮·掌舍》：無宫則共人門。注：謂王行所逢遇，若住遊觀，陳列周衛，則立長大之人以表門。掌舍，掌王之會同之舍，設梐枑再重。注：杜子春曰：梐枑，行馬也。或曰：行馬遶舍，交木以禦衆。《漢官儀》：光禄勳門外，特施行馬，以旌別之。後世人臣，得用行馬，始此。

〔三一〕呂曰：《記・郊特牲》：祭之日，王皮弁以聽祭報，示民嚴上也。《周禮》：王祀昊天上帝，則大裘而冕。注：大裘，黑羔裘。

〔三二〕《記・玉藻》：凡帶必有珮玉，珮玉必有衝牙。《大戴禮》：珮玉上有雙衡，下有雙璜，衝牙、玭珠，以納其間。漢明帝《三禮圖》曰：璜中横以衝牙，以蒼珠爲瑀。

〔三三〕司馬遷《書》：出入周衛之中。《西都賦》：周以鉤陳之位，衛以嚴更之署。《魯靈光殿賦》：洞轇轕乎，其無垠也。

〔三四〕月窟、扶桑，注俱見詩集。

〔三五〕呂曰：《記・郊特牲》：祭之日，喪者不哭，不敢凶服。汜掃反道，鄉爲田燭。注：田首爲燭，郊道之民爲之也。

〔三六〕《史・武帝本紀》：天子至中山，晏温有黄雲蓋焉。《魏志》：文帝生時，雲氣青色，而圜如車蓋，當其上。周王褒詩：俯觀雲似蓋，低望月如弓。

〔三七〕《蜀都賦》：敷蕊葳蕤。《説文》：杓，斗柄也。斗柄東而天下皆春。

〔三八〕按，《周禮》：正方定位，審曲面勢。作「方面」爲正。

〔三九〕呂曰：《記・祭法》：王宫，祭日也。夜明，祭月也。《易》：雷風相射。

〔四〇〕《記·禮運》：夫禮必本於天，動而之地，列而之事，變而從時。

〔四一〕《記·祭法》：山林、川谷、山陵，民所取財用也。非此族也，不在祀典。

〔四二〕《左傳》：郊祀后稷，以祈農事。是故啓蟄而郊，郊而後耕。

〔四三〕《記·郊特牲》：郊之祭也，大報本反始也。

〔四四〕吕曰：《記·郊特牲》：玄酒明水之尚，貴五味之本也。疏布之尚，反女功之始也。莞簟之安，而蒲越、稾鞂之尚，明之也。注：蒲越、稾鞂，藉神之席也。

〔四五〕《周禮》：大朝覲，王設黼衣，設莞席紛純，次席黼純。注：紛純，謂以組爲緣也。

〔四六〕吕曰：《記·祭統》：三牲之俎，八簋之實，美物備矣。《周禮》：大宗伯以蒼璧禮天，黄琮禮地。《莊子》：天之蒼蒼，其正色邪？

〔四七〕《書·舜典》：望于山川，徧于群神。

〔四八〕吕曰：《記·郊特牲》：器用陶匏，以象天地之性也。

〔四九〕《周禮·七律注》：黄鐘爲宫，太簇爲商，姑洗爲角，林鐘爲徵，南宫爲羽，應鐘爲變宫，蕤賓爲變徵。《西京賦》：砰磕象乎天威。《羽獵賦》：上下砰磕，聲若雷霆。

〔五〇〕《春秋元命包》：樂者，和盈于内，動發于外。宋均注：和盈于内，鄉人邦國咸歌之；動發於外，形四方之風。《周禮》：鼓人掌教六鼓。注：雷鼓、靈鼓、路鼓、鼖鼓、鼛鼓、晉鼓也。

〔五一〕《禮記·祭義》：取膟膋，乃退。注：膟膋，腸間脂。祭則合蕭爇之，使臭達牆屋。膟胵，腹大貌。罥，掛也。《莊子》：砉然嚮然，奏刀騞然。注：砉，皮骨相離聲。騞聲大於砉也。沈佺期《霹靂引》：始戛羽以騞砉，終叩宮而砰駖。

〔五二〕侹，大也。潫，水迴旋貌。按：蓰淬，未詳，疑當作「漎萃」。《吴都賦》：紵衣絺服，雜沓漎萃。注云：皆紛擾貌。此或傳刻者誤以草旁、水旁，倒書之耳。

〔五三〕《文選注》：韓詩：駋駋俟俟。薛君《章句》：趨曰駋，行曰騃。

〔五四〕霜女、江妃，注俱見詩集。《魯靈光殿賦》：宵藹藹而晻曖。

〔五五〕注見詩集。

〔五六〕神光，注見詩集。《詩》：祀事孔明，先祖是皇。

〔五七〕《海賦》：長波涾㴜，迆延八裔。注：涾㴜，延長貌。

〔五八〕《上林賦》：紆餘逶迤。

〔五九〕《海賦》：南澰朱崖，北灑天墟。

〔六〇〕《書》：宅嵎夷曰暘谷。吕曰：《淮南子》：日出于暘谷，浴于咸池，拂于扶桑。《九歌》：華采衣兮若英。吕曰：謝莊《月賦》：嗣若英於西溟。善曰：若木之英也。《山海經》：灰埜之山有赤桐，青葉，名曰若木，日所入處。

〔六一〕《詩》：俾爾耆而艾。

〔六二〕吕曰：《易·坎·上九》：係用徽纆，寘于叢棘。注：言衆議於九棘之下也。楊《吾子篇》：狴犴使人多禮乎？注：牢獄也。

〔六三〕《周禮注》：有祭酺合醵之歡。《説文》：酺，王德布，大飲酒也。醵，合錢飲。《唐紀》：開元十一年十一月戊寅，有事於南郊，賜奉祠官勛階，天下酺三日，京城五日。天寶十載正月甲午，有事於南郊，大赦，賜侍老粟帛，酺三日。

〔六四〕《海賦》：泱漭澹泞，騰傾赴勢。注：澹泞，澄深也。

〔六五〕《易》：先王以作樂崇德，殷薦之上帝，以配祖考。

〔六六〕《莊子》：古之至人，不逆寡，不雄成，不謨士。郭象曰：不雄成，不恃成而處物先。

〔六七〕蔡邕《獨斷》：前驅有九斿雲罕、鳳凰闟戟、皮軒鑾旌。《上林賦》：前皮軒，後道游。帳殿，注見詩集。

〔六八〕吕曰：《帝王世紀》：燧人氏没，庖犧氏繼之而王，首德於木，爲百王先。帝出於震，未有所因，故位在東方，主春，象日之明，故稱太昊。

〔六九〕《史·曆書》：魯人公孫臣以終始五德上書。《漢·郊祀志》：自齊威王時，騶子之徒論著終始五德之運，始皇采用之。

〔七〇〕《項羽傳》：貪如狼，狠如羊。《韓非子》：諸侯可蠶食而盡。

〔七一〕《漢書》：贊：漢承堯運，德祚已盉，斷蛇著符，旗幟尚赤。《光武紀》：四七之際龍鬬野。

〔七二〕《長楊賦》：分梨單于，磔裂屬國。

〔七三〕《莊子》：爲天下何以異于牧馬者哉？去其害馬者而已。郭曰：馬以過分爲害。

〔七四〕謂則天武后，革唐爲周。

〔七五〕墋黷，注見詩集。吕曰：《漢・五行志》：《傳》曰：思心之不容，是謂不聖，厥咎霿，厥罰恒風，厥極凶短折。有脂夜之妖，一曰有脂物而夜爲妖，若脂水夜汙人衣，淫之象也。皇極之不建，厥咎眊，厥罰恒陰，厥極弱，時則有龍蛇之孽。

〔七六〕謂玄宗爲臨淄王時討平韋后之亂。

〔七七〕《漢・李尋傳》：紫宫極樞，通位帝紀。注：紫宫，天之北宫也。極，北極星也。南齊《四廂樂歌》：誕受休禎，龍飛紫極。

〔七八〕《説文》：擎，擊也。《集韻》：或作撽。

〔七九〕《漢・律曆志》：雜候上林清臺，課諸曆疏密，凡十一家。非黄鐘而他律，雖當其月自宫者，其和應之律有空積忽微，不得其正。此黄鐘至尊，無與並也。孟康曰：空積，若鄭氏分一寸爲數千。忽微，若有若無，細於髮者也。

〔八〇〕興廢繼絶，謂求殷、漢、周後爲三恪。按，《唐書》：王勃曆算尤精，嘗謂王者乘土王，世五十，數盡千年；乘金王，世四十九，數九百年；乘水王，世二十，數六百年；乘木王，世三十，數八百年；乘火王，世二十，數七百年。天地之常也。自黄帝至漢，五運適周，土復歸唐。唐應繼周漢，不可承周隋短祚。乃斥魏晉以降非真主正統，皆五行沴氣，遂作《唐家千歲曆》。此云「刊定於興廢繼絶」，蓋主子安之説。

〔八一〕《漢・律曆志》：數從統首日起算。又曰：數者，所以算數事物，順性命之理也。本起于黄鐘之數，始於一而三之，三三積之，歷十二辰之數，十有七萬七千一百四十七，而五數備矣。《史記》：吕不韋集論，號曰《吕氏春秋》，懸千金于市，能增損一字者與之。按，《唐書》：開元中，僧一行精諸家曆法，言《麟德曆》行用既久，晷緯漸差。玄宗召見，令造新曆。推大衍數，立術以應之，較經史所書氣朔、日名、宿度可考者皆合。十五年草成，而一行卒，張説與曆官等次成之。「課密」以下，蓋指此爲言也。

〔八二〕《詩序》：《昊天有成命》，郊祀天地也。

〔八三〕五聖，注見詩集。

〔八四〕吕曰：《莊・天地篇》：聖人鶉居而鷇食，鳥行而無彰，天下有道則昌，無道則修德就閑。《老・虚用篇》：天地不仁，以萬物爲芻狗。注：視之爲芻草狗畜而不貴也。

〔八五〕《卜居》：鄭詹尹乃端策拂龜。

〔八六〕《列子》：子華子之門徒，皆世族也，縞衣乘軒，緩步闊視。

〔八七〕吕曰：《漢・郊祀志》：宣帝時，或言益州有金馬碧鷄之神，可醮祭而致之，於是遣王褒持節求焉。注：金形似馬，碧形似鷄。《晉・輿服志》：過江服章多缺，而冕飾以珊瑚翡翠。

〔八八〕大庭氏，注見詩集。

陳子龍曰：《三大禮賦》辭氣壯偉，非唐初餘子所能及。按：玄宗崇祀玄元，方士争言符瑞，又信崔昌之議，欲比隆周漢，不知淫祀矯誣，慚德多矣。子美三賦之卒章，皆寓規於頌，即子雲風《羽獵》、《甘泉》意也。公云：「賦料揚雄敵」，豈虚語哉！

進封西岳賦表

《舊唐書》：天寶九載正月，群臣奏封西岳，從之。二月辛亥，西岳廟災，時久旱，制停封西岳。玄宗《御制西岳碑》：十有一載孟冬之月，停鑾廟下，久勤報德之願，未暇崇封之禮。按，《表》云「年過四十」，又云「篤生司空」，爲十三載冬所上無疑。蓋先以廟災及旱停封，至是公始進賦以請也。

臣甫言：臣本杜陵諸生，年過四十，經術淺陋，進無補于明時，退嘗困于衣食，蓋長安一匹夫耳。頃歲，國家有事於郊廟，幸得奏賦，待罪於集賢，委學官試文章，再降恩澤，仍猥以臣名實相副，送隸有司，參列選序。然臣之本分，甘棄置永休，望不及此。豈意頭白之後，竟以短篇隻字，遂曾聞徹宸極，一動人主，是臣無負於少小多病，貧窮好學者已。在臣光榮，雖死萬足，至於仕進，非敢望也。日夜憂迫，復未知何以上答聖慈，明臣子之效。況臣常有肺氣之疾，恐忽復先草露，塗糞土，所懷冥寞，孤負皇恩。敢攄竭憤懣，領略丕則，作《封西岳賦》一首以勸，所覬明主覽而留意焉。先是，御製岳碑文之卒章曰：「待余安人治國，然後徐思其事。」此蓋陛下之至謙也。今兹人安是已，今兹國富是已，況符瑞翕集一作習，福應交至，何翠華之默默乎？維岳，固陛下本命，以永嗣業〔一〕；維嶽，授陛下元弼，克生司空〔二〕。斯又不可寢已。伏惟天子，霈然留意焉。春將披圖視典〔三〕，冬乃展采錯事〔四〕，日尚浩闊，人匪勞止，庶可試哉。微臣不任區區懇到之極，謹詣延恩匭獻納，奉表進賦以聞。臣甫誠惶誠恐，頓首頓首，謹言。

〔一〕玄宗《御製西嶽碑》：予小子之生也，歲景戌，月仲秋，膺少皞之盛德，協太華之本命，故常寤寐靈岳，肸蠁神交。

〔二〕《舊書·玄宗紀》：天寶十三載二月戊寅，右相楊國忠守司空。甲申，司空楊國忠受册，天雨黄土，霑於朝服。《唐會要》：臨軒册三公，自神龍以來，册禮久廢，惟天寶末册楊國忠爲司空。

〔三〕《穆天子傳》：河伯乃與天子披圖視典，以觀天子之寶器。

〔四〕《封禪書》：使獲曜日月之末光絶炎，以展采錯事。

封西岳賦並序

上既封泰山之後〔一〕，三十年間，車轍馬跡，至於太原，還于長安〔二〕。時或謁太廟，祭南郊，每歲孟冬，巡幸温泉而已。聖主以爲王者之體，告厥成功，止于岱宗可矣。故不肯到崆峒，訪具茨，驅八駿於崑崙，親射蛟於江水〔三〕，始爲天子之能事壯觀焉爾。況行在供給蕭然，煩費或至，作歌有慚於從官，誅求坐殺於長吏，甚非主上執玄祖醇醲之道，端拱御蒼生之意。大哉聖哲，垂萬代則，蓋上古之君，皆用此也。然臣甫愚，竊以古者疆埸有常處，贊見有常儀，則備乎玉帛而財不匱乏矣；動乎車輿而人不愁痛矣。雖東岱五岳之長，足以勒崇垂鴻〔四〕，與山石無極。伊泰華最爲難上，至於封禪之事，獨軒轅氏得之。夫七十二君，罕能兼之矣〔五〕。其餘或蹶踣風雲，碑版祠廟，終么麽不足比數。今聖主功格軒轅氏，業纂七十二君，風雨所及，日月所炤，莫不砥礪。華近甸也，其可恧乎？比歲，鴻生巨儒之徒，誦古史，引時一作詩義云：國家土德，與黄帝合；主上本命，與金天合。而守闕者亦百數。天子寢不報，蓋謙如也。頃或詔厥邦國，掃除曾巔，雖翠蓋可薄乎蒼穹，而銀字未藏于金氣〔六〕。臣甫誠薄劣，不勝區區吟詠之極，故作《封西岳賦》以勸。賦之義，預述上將展禮焚柴者，實覬聖意因有感動焉。其詞曰：

惟時孟冬，百工乃休。上將陟西岳，覽八荒，禦白帝之都〔七〕，見金天之王〔八〕。既刊石乎岱宗，又合符乎軒皇〔九〕。兹事體大，越不可載已〔一〇〕。先是，禮官草具其儀，各有典司，俯叶吉日，欽若神祇。而千乘萬騎，已蠖略佁丑吏切儗音擬，屈矯陸離，惟君所之〔一一〕。

然後拭翠鳳之駕，開日月之旗〔一二〕。撞鴻一作鳴鐘，發雷輜〔一三〕。辨格澤之修竿〔一四〕，決河漢之淋漓〔一五〕。彍天狼之威弧〔一六〕，墜魍魎之霏霏〔一七〕。赤松前驅，彭祖後馳〔一八〕。方明夾轂，昌寓宇同侍衣〔一九〕。山靈秉鉞而踉蹡，海若護蹕而參差〔二〇〕。風馭禦同冉以縱嵷嵩上聲〔二一〕，雲螭縒音雌而遲踶音尼〔二二〕。地軸軋軋，殷以下折，原隰草木，儼而東飛。岐梁閃倏，涇渭反覆，而天府載萬侯之玉，上方具左纛黃屋〔二三〕，已焜煌於山足矣。乘輿尚鳴鑾和，儲精澹慮，華蓋之大角低回〔二四〕，北斗之七星皆去〔二五〕。屆蒼山而信宿，屯絕壁之清曙。既臻夫陰宮，犀象硉兀，戈鋋窸窣，飄飄蕭蕭，洶洶如也〔二六〕。於是太一抱式，玄冥司直〔二七〕。天子乃宿祓齋，就登陟，騈素虯，超崱屴音疾力〔二八〕。天語祕而不可知，代欲聞而不可得〔二九〕。柴燎上達，神光充塞。泥金乎菡萏之南〔三〇〕，刻石乎青冥之北。上意由是茫然，延降天老，與之相識〔三一〕。問太微之所居〔三二〕，稽上帝之遺則。颯弭節以徘徊〔三三〕，撫八紘而黬乙減切黑〔三四〕。忽風翻而景倒〔三五〕，澹殊狀而異色。冏若褰袪開帷，下辨宸極者。久之，雲氣翕以回復〔三六〕，山嘑呼同業而未息〔三七〕。祀事孔明，有嚴有翼。神保是格，時萬時億。爾乃駐飛龍之秋秋舊本作飛龍之湫，誤〔三八〕，詔王屬以中休〔三九〕。覲群后於高掌之下〔四〇〕，張大樂於洪河之洲一作州。芬樹羽林，莽不可收〔四一〕。千人舞，萬人謳。麒麟踆踆而在郊〔四二〕，鳳皇蔚跋而來遊〔四三〕。雷公伐鼓而揮汗，地祇被震而悲愁。樂師拊石而具發，激越乎遐陬。群山爲之相⿰山爽楚雨切〔四四〕，萬穴爲之倒流。又不可得載已。久而景移樂闋，上悠然垂思曰：嗟乎！余昔歲封泰山，禪梁父〔四五〕，以爲王者成功，已纂終古。當鑒前史，至於周穆漢武，豫遊寥闊，亦所不取此苟切。惟此西岳，作鎮三輔，非無意乎？頃者，猶恐百姓不足，人所疾苦，未暇瘞斯玉帛，考乃鐘鼓。是以視岳于諸侯，錫神以茅土。豈惟壯設險於甸服，報西成之農扈〔四六〕，亦所以感一念之精靈，答應時之風雨者矣。今茲塚宰庶尹，醇儒碩生，僉曰：黄帝顓頊〔四七〕，乘龍游乎四海，發軔匝乎六合，竹帛有云，得非古之聖君。而太華最爲難上，故封禪之事，鬱没罕聞。以予在位，發祥隤祉者〔四八〕，焉可勝紀。而不得已，遂建翠華之旗，用塞雲臺之議。矧乎殊方奔走，萬國皆至，玄元從助，清廟歔欷去聲也。臣甫舞手蹈足曰：大哉爍乎！真天子之表，奉天爲子者已。不然，何數千萬載，獨繼軒轅氏之美。彼七十二君，又疇能臻此。蓋知明主，聖罔不克正，功罔不克成，放百靈，歸華清〔四九〕。

〔一〕《玄宗紀》：開元十三年十月，如兗州。十一月庚寅，封于泰山。辛卯，禪于梁父。壬辰，大赦，免所過一歲、兗州二歲租。

〔二〕《通鑑》：開元十一年己巳，車駕自東都北巡。辛卯，至並州，置北都，以並州爲太原府，刺史爲尹。三月庚午，車駕至京師。二十年冬十月壬午，上發東都。辛丑，至北都。十二月辛未，還西京。

〔三〕注俱見詩集。

〔四〕《河東賦》：因以勒崇垂鴻。

〔五〕《封禪書》：繼昭夏，崇號謚，略可道者，七十二君。

〔六〕《白虎通》：封禪，金泥銀繩。或云：石泥金繩，封以金印。《吴越春秋》：宛委書，金簡青玉爲字，編以白銀，皆瑑其文。

〔七〕《洞天記》：華山，太極總仙之天，即少昊，爲白帝，治西岳。

〔八〕《舊唐書》：玄宗先天二年七月正位，八月癸丑，封華岳神爲金天王。《傳信記》：車駕次華陰，上見岳神，數里迎謁。至廟，見神朱髮紫衣櫜鞬，俯伏庭東南大柏樹下，上加敬禮，仍自書所製碑文，以寵異之。

〔九〕注見《太清宫賦》。

〔一〇〕《河東賦》：盛哉鑠乎，越不可載已。注：越，曰也。其事甚大，不可盡載。

〔一一〕蠖略，見《南郊賦》。相如《大人賦》：沛艾赳螑，仡以佁儗兮。張揖曰：沛艾，駊騀也。赳螑，申頭低昂也。佁儗，不前也。《河東賦》：千乘霆亂，萬騎屈矯。師古曰：屈矯，壯健貌。

〔一二〕李斯《書》：建翠鳳之旗。《河東賦》：乃撫翠鳳之駕，六先景之乘。師古曰：天子所乘車爲鳳形，飾以翠羽。班固《南巡頌》：運天官之法駕，建日月之旍旃。

〔一三〕《河東賦》：奮電鞭，驂雷輜。班固《燕然山銘》：雷輜蔽野。

〔一四〕《漢·天文志》：格澤星，如炎火狀，黄白，起地而上，下大上鋭。其見也，不種而獲，不有土功，必有大客。《大人賦》：建格澤之修竿兮。
〔一五〕《河圖括地象》：河精上爲天漢，亦曰銀漢。
〔一六〕《河東賦》：彏天狼之威弧。晉灼曰：有狼弧之星。
〔一七〕王延壽《夢賦》：捎魍魎，拂諸渠。
〔一八〕赤松子，注見詩集。《列仙傳》：彭祖，姓籛名鏗，陸終氏之仲子。歷夏至殷末八百餘歲，善導引行氣。曆陽有彭祖仙室，禱風雨輒應。
〔一九〕《漢·律曆志》：商太甲以冬至越茀，祀先王于方明，以配上帝，是朔旦冬至之歲也。孟康曰：方明者，神明之象也。以木爲之，方四尺，畫六采，東青西白，南赤北黑，上玄下黄。《莊子》：黄帝將見大隗於具茨之山，方明爲御，昌寓驂乘。張若謵朋前馬，昆閽滑稽後車。陶弘景《真靈位業圖》：第四中位，有甯封、方明、力牧、昌寓。
〔二〇〕《西京賦》：海若游于玄渚。綜曰：海若，海神。
〔二一〕北周《祀圜丘歌》：風爲馭，雷爲車。《甘泉賦》：淩高衍之崰嵷。《韻會》：嵷，或作嵕。
〔二二〕謝朓《三日侍宴應詔》：筵浮水豹，席繞雲螭。《文選注》：蠖踞，虯龍動貌。
〔二三〕《漢·高帝紀》：紀信乘黄屋左纛。注：天子車，以黄繒爲蓋裏。纛，毛羽幢也，在乘輿車衡左方上注之。
〔二四〕大角，注見詩集。

〔二五〕《春秋運斗樞》：斗，第一天樞，第二璿，第三璣，第四權，第五衡，第六開陽，第七摇光。

〔二六〕《河東賦》：遂臻陰宫，穆穆肅肅，蹲蹲如也。

〔二七〕太一，見《太清宫賦》。三式有太一九宫法。玄冥，見《太廟賦》。

〔二八〕《甘泉賦》：駟蒼螭兮六素虬。《魯靈光殿賦》：崱屴嵫釐。注：高大峻險貌。

〔二九〕《漢·郊祀志》：封太山下東方，如郊祠太一之禮，封廣丈二尺，高九尺，其下有玉牒書，書秘。禮畢，天子獨與侍中奉車子侯上太山，亦有封，其事皆禁。又：禮登中岳太室，從官在山上聞若有言萬歲云。問上，上不言；問下，下不言。

〔三〇〕菡萏，謂華山有蓮花峰。

〔三一〕天老，注見詩集。

〔三二〕《史·天官書》：南宫朱鳥，權、衡。衡，太微，三光之庭。《正義》：太微宫垣十星，天子之宫庭。崔駰《東巡頌》：開太微於禁庭。

〔三三〕《離騷》：吾令羲和弭節兮。《上林賦》：於是乘輿弭節徘徊，翱翔往來。司馬彪曰：弭，猶低也。

〔三四〕《淮南子》：九州之外有八夤，八夤之外有八紘。

〔三五〕《甘泉賦》：歷倒景而絶飛梁兮。

〔三六〕《漢·郊祀志》：上封禪泰山，其夜若有光，晝有白雲出封中。

〔三七〕《武帝紀》：朕用事華山，至於中岳。翌日，親登嵩高，御史乘屬、在廟旁吏卒，咸聞呼萬歲者三，登禮罔不答。

〔三八〕《漢志》：《房中歌》：飛龍秋，遊上天。注：秋，飛貌。《荀子》：鳳皇秋秋。注：猶蹌蹌。《羽獵賦》：秋秋蹌蹌，入西園，切神光。

〔三九〕《穆天子傳》：天子北至犬戎，北風雨雪，命王屬休。

〔四〇〕《水經注》：華岳本一山，當河，河水過而曲行。河神巨靈，手蕩腳蹋，開而爲兩。今掌足之跡，仍在華岩。《西京賦》：巨靈贔負，高掌遠跡。

〔四一〕《房中歌》：芬樹羽林，雲景杳冥。注：所樹羽葆，其盛若林。

〔四二〕踆踆，注見詩集。

〔四三〕或曰：跋，疑作䟦。《舞劍行序》：壯其蔚䟦。

〔四四〕《韻會》：崍，山相摩貌。

〔四五〕梁父，泰山傍小山。《白虎通》：封者，增高也。禪者，廣厚也。增泰山之高，以示報天；禪梁父之阯，以示報地。

〔四六〕《左傳》：少皞氏以九扈爲九農正，扈民無淫者也。

〔四七〕《漢·郊祀志》：黄帝封泰山，禪亭亭；顓頊封泰山，禪云云。

〔四八〕《河東賦》：發祥隤祉。注：隤，降也。祉，福也。

〔四九〕謂華清宫也。

進雕賦表

按：表云：「自七歲所綴詩筆，向四十載矣」，與前《進三賦表》云：「生長陛下淳樸之俗，行四十載矣」，其語意相類，疑是同時所上。黄鶴《譜》編九載，或然。

臣甫言：臣之近代陵夷，公侯之貴磨滅，鼎銘之勳不復炤曜于明時。自先君恕、預以降，奉儒守官，未墜素業矣。亡祖故尚書膳部員外郎先臣審言，修文于中宗之朝，高視於藏書之府，故天下學士到於今而師之。臣幸賴先臣緒業，自七歲所綴詩筆，向四十載矣，約千有餘篇。今賈馬之徒，得排金門、上玉堂者甚多矣。惟臣衣不蓋體，嘗寄食於人，奔走不暇，只恐轉死溝壑，安敢望仕進乎？伏惟天子哀憐之，明主倘使執先祖之故事，拔泥塗之久辱，則臣之述作，雖不能鼓吹六經，先鳴數子，至於沉鬱頓挫，隨時敏捷，揚雄、枚皋之徒，庶可企及也。有臣如此，陛下其舍諸？伏惟明主哀憐之，無令役役，便至於衰老也。臣甫誠惶誠恐，頓首頓首，死罪死罪。臣以爲雕者，鷙鳥之殊特，搏擊而不可當，豈但壯觀於旌門，發狂于原隰。引以爲類，是大臣正色立朝之義也。臣竊重其有英雄之姿，故作此賦，實望以此達於聖聰矣。不揆蕪淺，謹投延恩匭，進表獻賦以聞，謹言。

雕賦

當九秋之淒涼，見一鶚而直上。以雄才爲己任，横殺氣而獨往。梢梢勁翮，肅肅遺響。杳不可追，俊無留賞。彼何鄉之性命，碎今日之指掌。伊鷙鳥之累百，敢同年而争長〔一〕。此雕之大略也。若乃虞人之所得也，必以氣稟玄冥，陰乘甲子。河海蕩潏，風雲亂起。雪一作雲沍山陰，冰纏樹死。迷向背於八極，絶飛步於萬里。朝無以充腸，夕違其所止。頗愁呼而蹭蹬，信求食而依倚。用此時而椓杙〔二〕，待尤者而綱紀。表狎《英華》作神羽而潛窺，順雄姿之所擬〔三〕。欻捷來於森木，固先擊一作系於利觜〔四〕。解騰攫而竦神，開網羅而有喜。獻禽諸本作令，誤。今據《文粹》、《英華》改正之課，數備而已。及乎司一作閑，《文粹》、《英華》作閫隸受之也，則擇其清質，列在周垣。揮拘攣之掣曳，挫豪梗之飛翻。識畋遊之所使，登馬上而孤騫。然後綴以珠《英華》作殊飾，呈於至尊。摶風槍纍，用壯旌門。乘輿或幸别館，獵平原，寒蕪空闊，霜仗喧繁。觀其夾翠華而上下，卷毛血之奔崩。隨意氣而電落，引塵沙而晝昏。豁堵牆之榮觀，棄功效而不論。斯亦足重也。至如千年孽狐，三窟狡兔，恃古塚之荆棘，飽荒城之霜露。回惑我往來，趦趄我場圃。雖青骹帶角〔五〕，白鼻如瓠，蹙奔蹄而俯臨，飛迅翼而一作以遐寓。而料全於果，見迫寧遽。屢攬之而脱穎，便有若於神助。是以曉哮其音，颯爽其慮。續下耩而繚繞，尚投跡而容與。奮威逐北，施巧無據。方蹉跎而就擒，亦造次而難去。一奇卒獲，百勝昭著。夙昔《文粹》作宿多端，蕭條何處。斯又足稱也。爾其鶬鴰鶂鶂之倫，莫益於物，空生此身。聯拳拾穗，長大如人。肉多奚有，味乃不一作不足珍。輕鷹隼而自若，托鴻鵠而爲鄰。彼壯夫之慷慨，假強敵而逡巡。拉先鳴之異者，及將起而復《文粹》作遄臻。忽隔天路，終辭水濱。寧掩群而盡取，且快《文粹》作決意而驚新。此又一時之俊也。夫其降精于金，立骨如鐵〔六〕。目通於腦，筋入於節。架軒楹之上，純漆光芒；掣梁棟之間，寒風凜冽。雖趾蹻千變，林嶺萬穴。擊叢薄之不開，突杈枒而皆折。又有觸邪之義也。久而服勤，是可吁畏。必使烏攫之黨〔七〕，罷鈔盜而潛飛；梟怪之群，想英靈而遽諸本作虛，誤。今據《文粹》、《英華》改正墜。豈比乎諸本作豈非，誤。今據《文粹》、《英華》改正虛陳其力，叨竊其位，等摩天而自安〔八〕，與槍榆而無事者矣〔九〕。故不見其用也，則晨飛絶壑，暮起長汀。來雖自負，去若無形。置巢巀嵲，養子青冥。倏爾年歲，茫然闕廷。莫試鉤爪，空回斗星〔一〇〕。衆雛倘割鮮于金殿，此鳥已將老於巖扃〔一一〕。

〔一〕鄒陽《書》：鷙鳥累百，不如一鶚。

〔二〕《長楊賦》：椓巀嶭而爲弋。《説文》：弋，橜也。

〔三〕傅玄《鷹賦》：雄姿邈世，逸氣横生。

〔四〕《東京賦》：秦政利觜長距，終得擅場。
〔五〕傅玄《蜀都賦》：鷹則青骹素羽。
〔六〕魏彦深《鷹賦》：身重若金，爪剛似鐵。
〔七〕《漢・黄霸傳》：吏出食於道旁，烏攫其肉。
〔八〕樂府：黄鵠摩天極高飛。
〔九〕《莊子》：決起而飛，搶榆枋。
〔一〇〕《春秋元命苞》：瑶光星散爲鷹。
〔一一〕卒章傷此鳥之不得見試，寓意可感。

天狗賦並序

天寶中，上冬幸華清宫，甫因至獸坊，怪天狗院列在諸獸院之上，胡人云：此其獸猛健無與比者。甫壯而賦之，尚恨其與凡獸相近。

澹華清之莘莘漠漠，而山殿戍削，縹與《英華》作焉天風，崛乎回薄。上揚雲旓兮，下列一作刻猛獸。夫何天狗嶙峋兮，氣獨神秀。色似狻猊，小如猿狖音右。忽不樂，雖萬夫不敢前兮，非胡人焉能知其去就。向若鐵柱一作樹欹而金鎖斷兮，事未可救。瞥流沙而歸月窟兮，斯豈踰晝〔一〕。日食君之鮮肥兮，性剛簡而清瘦。敏於一擲，威解兩鬥。終無自私，必不虛透。嘗觀乎副君暇豫，奉命於畋，則蚩尤之倫，已腳渭戟涇，提挈丘陵，與南山周旋，而慢圍者戮，實禽有所穿。伊鷹隼之不制兮，呵犬豹以相纏。蹙乾坤之翕習兮，望麋鹿而飄然。由是天狗捷來，發自於左，頓六軍之蒼黃兮，劈萬馬以超過。材官未及唱，野虞未及和。罔髀矢與流星兮〔二〕，圍要害而俱破。洎千蹄之迸《英華》作並集兮，始拗怒以相賀。真雄姿之自異兮，已歷塊而高臥。不愛力以許人兮，能絕甘《英華》作等以爲大徒賀切。既而群有噉咋，勢爭割據。垂小亡而大傷兮，翻投跡以來預。劃雷殷而有聲兮，紛膽破而何遽。似爪牙之便禿兮，無魂魄以自助。各弭耳低回，閉目而去〔三〕。每歲，天子騎白日，御東山，百獸踧踖以皆從兮，四《英華》作肆猛仡銛鋭乎其間。夫靈物固不合多兮，胡一作故役役從此輩而往還？惟昔西域之遠致兮，聖人爲之豁迎風，虛露寒〔四〕，體蒼螭，軋金盤〔五〕。初一顧而雄材稱是兮，召群公與之俱觀。宜其立閶闔而吼紫微兮，卻妖孽而不得上干。時駐君之玉輦兮，近奉君之渥歡。使狊扃闃切處而誰何兮〔六〕，備周垣而辛酸。彼用事之意然兮，匪至尊之賞闌。仰千門之崚一作峻嶒兮，覺行路之艱難。懼精爽之衰落兮，驚歲月之忽殫。顧同儕之甚少兮，混非類以摧殘。偶快意於校獵兮，尤見疑於蹻捷。此乃獨步，受之於天兮，孰知群材之所不接。且置一作致身之暴露兮，遭縱觀之稠疊。俗眼空多，生涯未愜。吾君倘憶耳尖之有長毛兮，寧久被斯人終日馴狎已。

〔一〕天狗來自西域，即西旅貢獒之類，故以「流沙」、「月窟」言之。

〔二〕《漢書注》：嗚鏑，髇箭也。

〔三〕以上皆序馳獵之事。

〔四〕迎風、露寒，見詩集。

〔五〕金莖承露盤。

〔六〕《說文》：狊，犬視貌，從犬目聲。他本作「臭處」，誤也。

畫馬贊

韓幹畫馬，毫端有神。驊騮老大，騕褭清新。魚目瘦腦，龍文長身〔一〕。雪垂白肉，風蹙蘭筋〔二〕。逸態蕭疏，高驤縱恣。四蹄雷雹，一日天地。御者閑敏，去《英華》作云何難易。愚夫乘騎，動必顛躓。瞻彼駿骨，實惟龍媒。漢歌燕市，已矣茫一作亡哉。但見駑駘，紛然往來。良工惆悵，落筆雄才。

〔一〕《漢·西域贊》：孝武之世，蒲梢、龍文、魚目、汗血之馬充于黃門。注：四駿馬名。

〔二〕《相馬經》：蘭筋豎者，千里馬。一筋從玄中出，謂之蘭筋。玄中者，目上痕如井字。

杜工部文集卷之二

松陵　朱鶴齡　輯註

爲閬州王使君進論巴蜀安危表續添

廣德元年作。

臣某言：伏自陛下平山東，收燕薊，自海隅萬里，百姓感動，喜王業再康一作造，瘡痏蘇息。陛下明聖，社稷之靈，以至於此。然河南河北，貢賦未入；江淮轉輸，異於曩時。惟獨劍南，自用兵以來，税斂則殷，部領不絶，瓊林諸庫，仰給最多。是蜀之土地膏腴，物產繁富，足以供王命也。近者，賊臣惡子，頻有亂常，巴蜀之人，橫被煩費，猶自勸勉，充備百役，不敢怨嗟。吐蕃今下松、維等州〔一〕，成都已不安矣。楊琳師再脅普、合〔二〕，顒顒兩川，不得相救，百姓騷動，未知所裁。況臣本州，山南所管，初置節度〔三〕，庶事草創，豈暇力及東西兩川矣。伏願陛下聽政之餘，料巴蜀之理亂，審救援之得失，定兩川之異同，問分管之可否，度長計大，速以親賢出鎮，哀罷人以安反仄。犬戎侵軼，群盜窺伺，庶可遏矣。而三蜀，大府也，徵取萬計，陛下忍坐見其狼狽哉！不即爲之，臣竊恐蠻夷得恣屠割耳，實爲陛下有所痛惜。必以親王，委之節鉞，此古之維城磐石之義明矣，陛下何疑哉！在選擇親賢，加以醇厚明哲之老爲之師傅，則萬無覆敗之跡，又何疑焉！其次付重臣舊德，智略經久，舉事允愜，不隕獲于蒼黃之際，臨危制變之明者，觀其樹勳庸一作猷於當時，扶泥塗於已墜今本「之際」以下二十三字，誤在後「鎮撫不缺」句之下，整頓理體，竭露臣節，必見方面小康也。今梁州既置節度，與成都足以久遠相應矣。東川更分管數州，於内幕府取給，破弊滋甚。若兵馬悉付西川，梁州益坦爲聲援，是重斂之下，免出一作至多門，西南之人，有活望矣〔四〕。必以戰伐未息，勢資多軍，應須遣朝廷任使舊人授之，使節留後之寄，綿歷歲時，非所以塞衆望也〔五〕。臣於所守分一作封界，連接梓州，正可爲成都東鄙，其中别作法度，亦不足成要害哉，徒擾人已，伏惟明主裁之。敕一作又天下徵收赦文，減省軍用外，諸色雜賦名目，伏願省之又省之。劍南諸州，亦困而復振矣。將相之任，内外交遷，西川分閫一作壼，以仗賢俊，愚臣特望以親王總戎者，意在根固流長，國家萬代之利也，敢輕易而言。次請慎擇重臣，亦願任使舊人，鎮撫不缺。借如犬戎傲擾，臣素知之。臣之兄承訓，自没蕃以來，長望生還，僞親信於贊普〔六〕，探其深意，意者報復摩彌青海之役決矣〔七〕。同謀誓衆，於前後没落之徒，曲成翻動，陰合應接，積有歲時。每漢使回，蕃使至，帛書隱語，累嘗懇論。臣皆封進，上聞屢達。臣兄承訓，憂國家緣邊之急，願亦勤矣。況臣本隨兄在蜀向二十年，兄既辱身蠻夷，相見無日。臣比未忍離蜀者，望兄消息時通，所以戮力邊隅，累踐班秩，補拙之分淺，待罪之日深，蜀之安危，敢竭聞見。臣子之義，貴有所盡於君親。愚臣迂闊之説，萬一少裨聖慮，遠人之福也，愚臣之幸也。昨竊聞諸道路，云吐蕃已來，草竊岐隴，逼近咸陽〔八〕。似是之間，憂憤隕迫，益增屍禄寄重之懼，寤寐報效之懇。謹冒死具巴蜀成敗形一作之勢，奉表以聞。

〔一〕事在廣德元年。

〔二〕楊琳，即楊子琳。《通鑑》：永泰元年，瀘州牙將楊子琳舉兵討崔旰。此云「再脅普、合」，其事未詳。《唐書》：普、合二州，俱屬劍南道。

〔三〕按：閬州，《舊書》、《通典》、《通志》俱屬劍南東道，《新書》屬山南西道。此云「本州山南所管」，與《新書》合。《唐書・方鎮表》：廣德元年，升山南西道防禦守捉使爲節度使，尋降爲觀察使，領梁、洋、集、壁等十三州，治梁州。

〔四〕按，東川與山南接壤，山南既增節度，東川兵馬便可並付西川，減省幕府繁費。高適奏請罷東川節度，以一劍南，西山不急之城，稍以減削，意亦與公同也。

〔五〕時章梓州彝爲東川留後，故云。

〔六〕注見詩集。
〔七〕《唐書》：鄯州，注：度西月河一百十里，至多彌國。摩彌，疑即多彌。青海，注見詩集。
〔八〕《唐書》：廣德元年七月，吐蕃入大震關。八月，寇奉天、武功。

爲夔府柏都督謝上表

柏都督，注見詩集。

臣某言：伏見月日制，授臣某官，祇拜休命，内顧隕越，策駑馬之力，冒累踐之寵。自數勤力，萬無一稱，再三怵惕，流汗至踵，謹以某月日到任上訖。臣某誠戰誠懼，頓首頓首，死罪死罪。伏以陛下君父任使之久，掩臣子不逮之過，就其小效，復分深憂，察臣劍南區區，恐失臣節如彼；加臣頻煩一作繁階級，鎮守要衝如此。勉勵疲鈍，伏揚陛下之聖德，愛惜陛下之百姓，先之以簡易，間之以樂業，均之以賦斂，終之以敦勸。然後畢禁將士之暴，弘洽主客之宜，示以刑典難犯之科，寬以困窮計無所出，哀今之人，庶古之道。内救惸獨，外攘師寇。上報君父，曲盡一作蓋庸拙之分；下循臣子，勤補失墜之目。灰粉骸骨，以備守官。伏惟恩慈，胡忍容易，愚臣之願也，明主之望也。限以所領，未遑謁對，無任兢灼之極，謹遣某官，陳謝以聞。臣誠喜誠懼，死罪死罪。

爲遺補薦岑參狀

宣義郎、試大理評事、攝監察禦史、賜緋魚袋岑參，右臣等，竊見岑參。識度清遠，議論雅正，佳名蚤上一作立，時輩所仰。今諫諍之路大開，獻替之官未備，恭惟近侍，實藉茂材。臣等謹詣閤門，奉狀陳薦以聞，伏聽進止。

至德二載六月十二日　左拾遺内供奉臣裴　薦等狀

左拾遺内供奉臣杜　甫

左補闕臣　　韋少遊

右拾遺内供奉臣魏齊聃

右拾遺内供奉臣孟昌浩

奉謝口敕放三司推問狀

《本傳》：甫與房琯爲布衣交，琯以客董庭蘭罷宰相。甫上疏言：「罪細不宜免大臣。」帝怒，詔三司推問，宰相張鎬救之，得解。按，《唐書》：韋陟除御史大夫，會杜甫論房琯詞意迂慢，帝令陟與崔光遠、顔真卿按之。陟奏：「甫言雖狂，不失諫臣體。」帝由是疏之。觀此，則當時論救者，不獨一張鎬矣。

右臣甫，智識淺昧，向所論事，涉近激訐，違忤聖旨，既下有司，具已舉劾，甘從自棄，就戮爲幸。今日巳時，中書侍郎、平章事張鎬，奉宣口敕，宜放推問，知臣愚戇，赦臣萬死，曲成恩造，再賜骸骨。臣甫誠頑誠蔽，死罪死罪。臣《英華》有比字以陷身賊庭，憤惋成疾，實從間道，獲謁一作面龍顔。猾逆未除，愁痛難過，猥廁衮職，願少裨補。竊見房琯，以宰相子〔一〕，少自樹立，晚爲醇儒，有大臣體。時論許琯，必位至公輔，康濟元元。陛下果委以樞密，衆望甚允。觀琯之深念主憂，義形於色，況畫一保泰，其素所蓄積者已。而琯性失於簡，酷嗜鼓琴。董庭蘭，今之琴工〔二〕，游琯門下有日，貧病之老，依倚爲非，琯之愛惜人情，一至於玷污。臣不自度量，歎其功名未垂，而志氣挫衄，覬望陛下棄細録大，所以冒死稱述，何思慮始《英華》作未竟，闕於再三。陛下貸以仁慈，憐其懇到，不書狂狷之過，復解網羅之急，是古之深容直臣、勸勉來者之意。天下幸甚！天下幸甚！豈小臣獨蒙全軀就列，待罪而已。無任先懼後喜之至，謹詣閤門，進狀奉謝以聞。

至德二載六月一日，宣義郎行在一本無在字左拾遺臣杜甫狀進。

〔一〕琯父融，相武后。《唐書·宰相表》：長安四年十月，懷州長史房融爲正諫大夫，同鳳閣鸞臺平章事。中宗即位，除名，流高州。

〔三〕唐劉商《胡笳曲序》：蔡文姬善琴，能爲《離鸞》、《别鶴》之操，後董生以琴寫胡笳聲，爲十八拍，今胡弄是也。李肇《國史補》：董庭蘭，善沉聲、祝聲，蓋大、小胡笳云。

錢箋：朱長文《琴史》云：董庭蘭，隴西人，唐史謂其爲房琯所昵，數通賕謝，爲有司劾治，而房公由此罷去。杜子美亦云：庭蘭游琯門下有日，貧病之老，依倚爲非。琯之愛惜人情，一至於玷污。而薛易簡稱庭蘭不事王侯，散髮林壑者六十載，貌古心遠，意閑體和，撫弦韻聲，可感鬼神。天寶中，給事中房琯，好古君子也，庭蘭聞義而來，不遠千里。予因此説，亦可以觀房公之過而知其仁矣。當房公爲給事中也，庭蘭已出其門，後爲相，豈能遽絶哉！又賕謝之事，吾疑譖琯者爲之。而庭蘭朽耄，豈能辨釋，遂被惡名耳。房公貶廣漢，庭蘭詣之，公無愠色。唐人有詩云：「七條弦上五音寒，此樂求知自古難。惟有開元房太尉，始終留得董庭蘭。」按，薛易簡以琴待詔翰林，在天寶中，子美同時人也，其言必信。伯原《琴史》，千載而下，爲庭蘭雪此惡名，白其厚誣，不獨正唐史之謬，兼可以補子美之闕矣。

爲華州郭使君進滅殘寇形勢圖狀

右臣竊以逆賊束身檻中，奔走無路，尚假餘息，蟻聚苟活之日久〔一〕。陛下猶覬其匍匐相率，降款盡至，廣務寬大之本，用明惡殺之德，故大軍雲合，蔚然未進。上以稽王師有征無戰之義，下以成古先聖哲之用心。茲事玄遠，非愚臣所測。臣聞《易》載隨時，不俟終日。先王之用刑也，抑亦小者肆諸市朝，大者陳諸原野。今殘孽雖窮蹙日甚，自救不暇，尚慮其逆帥望秋高馬肥之便，蓄突圍拒轍之謀，大軍不可空勤轉輸之粟，諸將宜窮犄角之進。頃者，河北初收數州，思明降表繼至〔二〕。實爲平盧兵馬在賊左脅〔三〕，賊動静乏一作之利，制不由己，則降附可知。今大軍盡離河北，逆黨意必寬縱，若萬一軼略河縣，草竊秋成，臣伏請平盧兵馬及許叔冀等軍，鄆州〔四〕西北渡河，先衝收魏〔五〕，或近軍志避實擊虚之義也。伏惟陛下圖之，遣李銑、殷仲卿、孫青漢等軍〔六〕，邐迤渡河佐之，收其貝、博〔七〕。賊之精鋭，撮在相、魏、衛之州〔八〕，賊用仰魏而給。賊若抽其鋭卒，渡河救魏博，臣則請朔方、伊西、北庭等軍〔九〕，渡沁水〔一〇〕，收相、衛。賊若回戈距我兩軍〔一一〕，臣又請郭當作崞，音廓口、祁縣等軍〔一二〕，驀嵐馳一作驀山風馳，或云驀嵐風馳，屯據林慮縣界〔一三〕。候其形勢漸進，又遣季廣琛、魯炅等軍〔一四〕，進渡河，收黎陽、臨河等縣〔一五〕，相與出入犄角，逐便撲滅，則慶緒之首，可翹足待之而已。是亦恭行天罰，豈在於王師必無戰哉！愚臣聞見淺狹，承罰待罪，未精慎固之守，輕議擒縱之術。抑臣之夢寐，貴有裨補，謹進前件圖如狀，伏聽進止。

乾元元年七月日某官臣狀進。

〔一〕《通鑑》：至德二載冬十月，廣平王入東京，安慶緒走保鄴郡，諸將阿史那承慶等散投常山、趙郡。旬日間，蔡希德自上黨，田承嗣自潁川，武令珣自南陽，各帥所部兵歸之。又召募河北諸郡人，衆至六萬，軍聲復振。

〔二〕《通鑑》：至德二載十二月，史思明因阿史那承慶等，遣其將竇子昂奉表，以所部十三州及兵八萬來降，並帥其河東節度使高秀巖以所部來降。思明以其將薛蕚攝恒州刺史，子朝義攝冀州刺史，以其將令狐彰爲博州刺史，烏承恩所至宣佈詔旨，滄、瀛、安、深、德、棣等州皆降。雖相州未下，河北率爲唐有矣。

〔三〕《唐書·方鎮表》：開元五年，營州置平盧軍使。七年，升爲平盧軍節度。《通鑑》：至德二載，安東都護王玄志與平盧將侯希逸襲殺僞平盧節度徐歸道。又遣兵馬使董秦將兵，以葦筏渡海，與大將田神功擊平原、樂安，下之。平盧在幽燕之東，故曰「左脅」。

〔四〕《唐書》：鄆州，隋東平郡之須昌縣，屬河南道。《通鑑》：至德二載七月，靈昌太守許叔冀爲賊所圍，救兵不至，拔衆奔彭城。乾元元年八月，以青、登等五州節度使許叔冀爲滑、濮等六州節度使。公作《狀》時，叔冀尚未鎮滑、濮，故曰軍鄆州也。

〔五〕《唐書》：魏州，漢魏郡元城縣地，屬河北道，時爲安慶緒所據。

〔六〕李銑，上元初，領淮西節度副使。殷仲卿，上元初，自青州刺史領淄、沂、滄、德、棣等州節度使。孫青漢，無考。

〔七〕《唐書》：貝州，隋清河郡。博州，隋武陽郡之聊城縣。俱屬河北道。

〔八〕《唐書》：相州，漢魏郡。衛州，隋汲郡。俱屬河北道。

〔九〕《通鑑》：乾元元年八月，朔方節度使郭子儀詣行營。三月，鎮西、北庭行營節度使李嗣業屯河内。

〔一〇〕沁水，在澤州。

〔一一〕謂郭子儀、李嗣業之軍。

〔一二〕按《唐書》：崞縣，屬代郡都督府。崞口，疑在其境。《通鑑》注：崞口在洺州邯鄲縣西，蓋即壺關之險也。《舊書》：崞口在相州西山。祁縣，本漢縣，屬并州太原府。時李光弼爲河東節度使，王思禮兼領澤潞節度使。崞口、祁縣等軍，當指二鎮之兵也。

〔一三〕《唐書》：嵐州，本隋樓煩郡之嵐城縣，屬河東道。林慮，漢隆慮縣，屬相州。

〔一四〕時季廣琛爲鄭蔡節度使，魯炅爲淮西節度使。

〔一五〕《唐書》：黎陽，屬衛州。臨河縣，析黎陽置，屬相州。

乾元元年華州試進士策問五首

《唐六典》：諸州每歲貢人，其進士帖一小經及《老子》，試雜文兩首，策時務五條。　時公貶華州司功參軍。

問：《英華》有古之二字山林藪澤之地，各以肥磽多少爲差。故供甲兵士徒之役，府庫賜予之用，給郊廟宗社一作郊社宗廟之祀，奉養禄食之出，辨乎名物，存乎有司，是謂公賦知歸，地著不撓者已。今聖朝紹宣王中興之洪業於上，庶尹備山甫補衮之能事於下，而東寇猶小梗〔一〕，率土未甚辟，總彼賦税之獲，盡贍軍旅之用《英華》有逮字，是官御之舊典闕矣，人神之攸序乖矣。欲使軍旅足食，則賦税未能充備矣；欲將誅求不時，則黎元轉罹疾苦矣。子等以待問之實，知新之明，觀志氣之所存，於應對乎何有？佇渴救敝之道術，願聞強學之所措，意蓋一作道在此矣，得遊説乎？

問：國有輶車，廬有飲食，古之按風俗、遣使臣，在王官之一守，得馳傳而分命。蓋地有要害，郊有遠近，供給之比，省費相懸。今兹華惟襟帶，關逼輦轂〔二〕，行人受辭於朝夕，使者相望於道路，屬年歲無蓄積之虞，職司有愁痛之歎一作色。況軍書未絶，王命急宣，插羽先翥於騰鷹〔三〕，敝帷不供于埋馬〔四〕，豈芻粟之勤獨爾，實驂騑之價闕如。人主之軫念，屢及於兹；邦伯之分憂，何嘗敢怠。乞恩難再，近日已降水衡之錢；積骨頗多，無暇更入燕王之市。欲使輶軒有喜，主客合宜，閭閻罷杼軸之嗟，官吏得從容之計，側佇新語《英華》作佳論，當聞濟時。

問：通道陂澤，隨山濬川，經啟《英華》注云：《名賢策問》作啟關之理，疏奠《名賢策問》作鑿之術，抑有可觀，其來尚矣。初，聖人盡力溝洫，有國作爲堤防，洎後代控引淮海，漕通涇渭，因舟楫之利，達倉庾之儲〔五〕。又賴此而殷，亦行之自久。近者有司相土，決彼支渠，既潰渭而亂河，竟功多而事寢。人實勞止，岸乃善崩。遂使委輸之勤，中道而棄。今軍用蓋寡，國儲未繕，雖遠方之粟大來，而助挽之車不給。是以國朝，仗彼天使，徵兹水工，議下淇園之竹，更鑿商顔之井〔六〕。又恐煩費居多，績用莫立，空荷成雲之鍤，復擁填淤之泥〔七〕。若然，則舟車之用，大小相妨矣；軍國之食，轉致或闕矣。矧夫人煙尚稀，牛力不足者已。子等飽隨時之要，挺賓王之資，副乎求賢，敷厥讜論。

問：足食足兵，先哲雅誥。蓋有兵無食，是謂棄之。致能掉鞅靡旌，斯可用矣〔八〕。況寇猶作梗，兵不可去，日聞將軍之令，親睹司馬之法。關中之卒未息，灞上之營何遠。近者，鄭南訓練，城下屯集，贍一作瞻彼三千之徒，有異什一而税。竊見明發教以戰鬥，亭午放其庸一作傭保，課乃菽麥，以爲尋常。夫悦以使人，是能用古。伊歲則云暮，實慮休止《英華》作工。未卜及瓜之還，交比翳桑之餓〔九〕。群有司自救不暇，二三子謂之何哉？

問：昔唐堯之爲君也，則天之大，敬授人時，十六升自唐侯者已。昔舜帝之爲臣也，舉禹之功，克平水土，三十登爲天子者已。本之以文思聰明，加之以勞身焦思，既睦九族，協和萬邦，黜去四凶，舉十六相，故五帝之後，傳載唐虞之美，無得而稱焉。《易》曰：「君子終日乾乾。」《詩》曰：「文王小心翼翼。」竊觀古之聖哲，未有不以君倡於上，臣和於下，致乎人和年豐，成乎無爲而理者也。主上躬仁一作純孝之聖，樹非常之功。內則拳拳然，事親如有闕；外則悖悖然，求賢如不及。伊百姓不知帝力，庶官但恭己而已。寇孽未平，咎徵之至數也；倉廩未實，物理之固然也。今大軍虎步，列國鶴立，山東之兵將雲合，淇上之捷書日至〔一〇〕。二三子議論弘正，詞氣高雅，則遺祲蕩滌之後，聖朝砥礪之辰。雖遭明主，必致之於堯舜；降及《英華》作雖降元輔，必要之於稷卨《英華》作夔皋。驅蒼生於仁壽之域，反淳樸於羲皇之上。自古哲王立極，大臣爲體，眇然坦途，利往何順《英華》作何往不順，子有説否？庶復見子之志，豈徒瑣瑣射策，趨競一第哉！頃之問孝廉一作秀，取備尋常之對，多忽經濟之體，考諸詞學，自有文章在，束以徵事，曷成凡例焉。今愚之粗徵，貴切時務而已。夫時患錢輕，以至於量資幣，權子母〔一一〕。代復改鑄，或行乎前榆莢、後契刀〔一二〕。當此之際，百姓蒙利厚薄，何人所制輕重？又穀者，所以阜俗康時、聚人守位者也。下至十室之邑，必有千鍾之藏〔一三〕。苟凶穰以之，貴賤失度，雖封丞相而猶困，侯大農而謂何〔一四〕。是以《英華》作亦繼絕表微，無或區分逾越，蒙實不敏，仁遠乎哉！

〔一〕 謂安慶緒末年。

〔二〕 潼關，在華州。

〔三〕薛道衡詩：插羽夜徵兵。

〔四〕《禮記》：敝帷不棄，爲埋馬也。

〔五〕《唐書》：華州華陰縣有漕渠，自苑西引渭水，因石渠會灞、滻，經廣運潭至縣入渭。天寶三載，韋堅開。又有永豐倉，有臨渭倉。

〔六〕《漢·溝洫志》：令群臣從官，皆負薪寘決河。是時東郡燒草，以故薪柴少，而下淇園之竹以爲楗。晉灼曰：淇園，衛之苑也。爲發卒萬人，穿渠自徵引洛水至商顔下。岸善崩，乃鑿井，深者四十餘丈，井下相通行水，水隤以絶。商顔東至山領十餘里間，井渠之生，自此始。穿得龍骨，故名龍首渠。師古曰：徵，音懲，即今澄城商顔商山之顔也。謂之顔者，譬人之顔額。

〔七〕《溝洫志》：荷鍤成雲，決渠如雨。填淤，注見詩集。

〔八〕《左傳》：楚許伯曰：吾聞致師者，御靡旌摩壘而還。樂伯曰：吾聞致師者，御下兩馬，掉鞅而還。注：靡旌，驅疾也。掉，正也。

〔九〕《左傳》：齊侯使連稱、管至父戍葵丘，瓜時往，曰：及瓜而代。趙盾舍于翳桑，見靈輒餓，食之。既而與公介倒戟以禦公徒而免之，問其故，對曰：翳桑之餓人也。

〔一〇〕注詳《洗兵馬》。

〔一一〕《國語》：景王將更鑄大錢，單穆公曰：不可。古者天降災戾，於是乎量資幣、權輕重以救民。民患輕，則爲之作重幣以行之，於是乎有母權子而行，民皆得焉。若不堪重，則多作輕而行之，亦不廢重，於是乎有子權母而行，大小利之。應劭曰：母，重也。其大倍，故爲母。子，輕也。其輕少半，故爲子。

〔二〕《漢·食貨志》：漢興，以秦錢重，難用，更令民鑄莢錢。如淳曰：如榆莢也。王莽又造契刀、錯刀。契刀，其環如大錢，身形如刀，長二寸，文曰：契刀五百。

〔三〕《管子》：使萬室之邑，必有萬鍾之藏，藏繦千萬。千室之邑，必有千鍾之藏，藏繦百萬。

〔四〕《漢書·列傳》：田千秋代劉屈氂爲丞相，封富民侯。《食貨志》：桑弘羊爲治粟都尉，領大農，代孔僅斡天下鹽鐵，賜爵左庶長。

唐興縣客館記

唐興，注見詩集。上元二年作。

中興之四年，王潛爲唐興宰，修厥政事，始自鰥寡惸獨，而和其封内，非侮循循，不畏險膚，而行一。咨於官屬、於群吏、於衆庶曰：邑中之政，庶幾繕完矣。惟賓館上漏下濕，吾人猶不堪其居，以客一作容四方賓，賓其謂我何？改之重勞，我其謂人何？咸曰：誕事至，濟厥載，則達觀於大壯。作之閈閎，作之堂構，以永圖崇高廣大，逾越傳舍，通梁直走，嵬將墜壓，素柱上承，安若泰山，兩旁序開，發洩霜露，潛静深矣。步櫚復一作複霤，萬瓦在後，匪丹雘爲，實疏達爲。迴廊南注，又爲覆廊，以容介行人，亦如正館，制度小劣。直左階而東，封殖修竹茂樹。挾右階而南，環廊又注，亦可以行步風雨。不易謀而集事，邑無妨工，亦無匱財，人不待子來，定不待方中矣。宿息井樹，或相爲賓，或與之毛。天子之使至，則曰：邑有人焉，某無以栗階。州長之使至，則曰：某非敢賓也，子無所用俎。四方之使至，則曰：子貺某多矣，敢辭贄。或曰：明府君之侈也，何以爲人？皆曰：我公之爲人也，何以侈！子徒見賓館之近夫厚，不知其私室之甚薄。器物未備，力取諸私室，人民不知賦斂。乃至於館之醯醢闕，出於私廚；使之乘駟闕，辦於私廐。君豈爲亭長乎？是躬親也。若館宇不修，而觀臺榭自好，賓至無所納其車，我浩蕩無所措手足，獲高枕乎？其誰不病吾人矣！疵瑕忽生，何以爲之？是道也，施舍不幾乎先覺矣。杜之朋友歎曰：美哉！是館也成，人不知，人不怒，廨署之福也，府君之德也一本多「府君之德也，廨署之福也」二句。府君曰：古有之也，非吾有也，余何能爲？是亦前州府君崔公之命也，余何能爲！是日辛丑歲秋分，大餘二，小餘二二作三千一百八十八。杜氏之老記〔一〕。

〔一〕《漢·律曆志》：推正月朔，以月法乘積月，盈日法得一，名曰積日。不盈者，名曰小餘。小餘三十八以上，其月大。積日盈六十，除之不盈者，名曰大餘。《蜀藝文志》云：此篇疑有闕誤。

雜述

杜子曰：凡今之代，用力爲賢乎？進賢爲賢乎？進賢爲賢，則魯之張叔卿、孔巢父〔一〕二才士者，聰明深察，博辯閎大，固必能伸於知己，令問不已，任重致遠，速於風飈也。是何面目黧黑，嘗不得飽飯喫，曾未如富家奴，兹敢望縞衣乘軒乎？豈東之諸侯深拒於汝乎？豈新令尹之人汝未之知也？由天乎？有命乎？雖岑子、薛子〔二〕引知名之士，月數十百，填爾逆旅，請誦詩，浮名耳。勉之哉！勉之哉！夫古之君子，知天下之不可蓋也，故下之；又知衆人之不可先也，故後之。嗟乎叔卿！遺辭工於猛健放蕩，似不能安排者，以我爲聞人而已，以我爲益友而已。叔卿静而思之。嗟乎巢父！執雌守常，吾無所贈若矣。泰山冥冥崪以高，泗水瀰瀰瀰以清，悠悠友生，復何時會於王鎬之京？載飲我濁酒，載呼我爲兄。

〔一〕按史：孔巢父少與韓準、李白、裴政、張叔明、陶沔隱於徂徠山，號竹溪六逸。此云張叔卿，豈即張叔明邪？

〔二〕岑參、薛據。

秋述

《年譜》：天寶十載，公年四十。此云「四十無位」，當作於其時。

秋，杜子卧病長安旅次，多雨生魚，青苔及榻。常時車馬之客，舊雨來，今雨不來。昔襄陽龐德公，至老不入州府，而楊子雲草《玄》寂寞，多爲後輩所褻，近似之矣。嗚呼！冠冕之窟，名利卒卒，雖朱門之塗泥，士子不見其泥，矧抱疾窮巷之多泥乎？子魏子〔一〕獨踽踽然來，汗漫其僕夫，夫又不假蓋，不見我病色，適與我神會。我，棄物也，四十無位，子不以官遇我，知我處順故也。子，挺生者也，無矜色，無邪氣，必見用，則風后、力牧是已。於一本無此字文章，則子游、子夏是已。無邪氣故也，得正始故也。噫！所不至於道者，時或賦詩如曹劉，談話及衛霍，豈少年壯志未息俊邁之機乎？子魏子今年以進士調選，名隸東天官，告余將行。既縫裳，既聚糧，東人怵惕，筆札無敵，謙謙君子，若不得已。知禄仕此始，吾黨惡乎無述而止。

〔一〕未詳其人。

説旱

原注：初，中丞嚴公節制劍南日，奉此説。　寶應元年作。

《周禮·司巫》：「若國大旱，則率巫而舞雩。」《傳》曰：「龍見而雩。」一本有謂字建巳之月，蒼龍宿之體，昏見東方，萬物待雨盛大，故祭天遠爲百穀祈膏雨也。今蜀自十月不雨一本有月字，抵建卯，非雩之時，奈久旱何！得非獄吏只知禁繫，不知疏決，怨氣積，冤氣盛，亦能致旱。是何川澤之乾也，塵霧之塞也，行路皆菜色也，田家其愁痛也。自中丞下車之初，軍郡之政，罷弊之俗，已下手開濟矣；百事冗長去聲者，又已革削矣。獨獄囚未聞處分，豈次第未到，爲獄無濫繫者乎？穀者，百姓之本，百役是出，況冬麥黄枯，春種不入。公誠能暫輟諸務，親問囚徒，除合死者之外，下筆盡放，使囹圄一空，必甘雨大降。但怨氣消，則和氣應矣。躬自疏決，請以兩縣〔一〕及府繫爲始，管内東西兩川各遣一使，兼委刺史縣令，對巡使同疏決，如兩縣及府等囚例處分，衆人之望也，隨時之義也。昔貞觀中，歲大旱，文皇帝親臨長安、萬年二赤縣決獄，膏雨滂足。即岳鎮方面歲荒札，皆連帥大臣之務也，不可忽。凡今徵求無名數，又耆老合侍者，兩川侍丁，得異常丁乎？不殊常丁賦斂，是老男及老女死日短促也。國有養老，公遽遣吏存問其疾苦，亦和氣合應之義也，時雨可降之徵也。愚以爲至仁之人，當一作常以正道應物，天道奚近一作天道遠，去人不遠。

〔一〕成都、華陽。

東西兩川説續添

廣德二年，嚴武幕中作。

聞西山漢兵〔一〕，食糧者四千人，皆關輔山東勁卒，多經河隴幽朔教習，慣於戰守，人人可用。兼差堪戰子弟向二萬人，實足以備邊守險。脱南蠻侵掠〔二〕，邛雅子弟不能獨制〔三〕，但分漢勁卒助之，不足撲滅，是吐蕃憑陵，本自足支也。摧量西山邛雅兵馬，卒畔援形勝明矣。頃三城失守〔四〕，罪在職司，非兵之故也，糧不足故也。今此輩見闕兵馬使，八州素歸心於其世襲刺史〔五〕，獨漢卒自屬裨將主之一作漢卒偏裨將主之，竊恐備吐蕃在羌，漢兵小昵，而釁郄隙同隨之矣。況軍需不一本無需不二字足，姦吏減剋未已哉！愚以宜一本無宜字速擇偏裨主之，主之勢，明其號令，一其刑罰，申其哀恤，致其懽忻。宜先自羌子弟始，自漢兒易解人意，而優勸一作勸旬月，大浹洽矣。仍使兵羌當作羌兵各繫其部落，刺史得自教閲，都受統於兵馬使，更不得使八州都管，在一羌王，或都關一世襲刺史。是羌之豪族，發源有遠近，世封有豪家，紛然聚藩落之議於中，肆予奪之權於外已。然則備守之根危矣，又何以藉其爲本，式遏雪嶺之西哉！比羌俗封王者，初以拔城之功得，今城失矣，襲王如故，總統末已，余諸董攘臂何，王尹之獄是已。由策嗣羌王，關王氏舊親〔六〕，西董族最高〔七〕，怨望之勢然矣。誠於此時便宜聞上，使各自統領，不須王區分易制，然後都静聽取别於兵馬使，不益元戎氣壯，部落無語哉！縱一部落怨，獲群部落喜矣。無爽如此處分，豈惟邛南不足憂〔八〕，八州之人，願賈勇復取三城不日矣。幸急擇公所素諳明了將（一作明於將者），正色遣之。獠賊内編屬自久，數擾背亦自久，徒惱人耳，憂慮蓋不至大。昨聞受鐵券，爵禄隨之，今聞已小動，爲之奈何？若不先招諭也，穀貴人愁，春事又起，緣邊耕種，即發精卒討之甚易，恐賊星散於窮谷深林，節度兵馬但驚動緣邊之人，供給之外，未見免刦掠，而還賃（一作任）其地，豪俗兼有其地而轉富。蜀之土肥，無耕之地，流冗之輩，近者交互其鄉村而已，遠者漂寓諸州縣而已，實不離蜀也。大抵秖與兼并豪家力田耳。但（一作促）均畝薄斂，則田不荒，以此上供王命，下安疲民，可矣。豪族轉安，是否非蜀，仍禁（一本無此「豪族」以下十字）豪族受賃罷人田，管内最大，誅求宜約，富家辦而貧家創痍已深矣。今富兒非不緣子弟職掌，盡在節度衙府州（一本無州字）縣官長手下哉！村正雖見面（一作田），不敢示文書取索，非不知其家處，獨知貧兒家處。兩川縣令刺史，有權攝者，須盡罷免。苟得賢良，不在正授一作受權，在進退聞上而已。

〔一〕西山，注見詩集。

〔二〕《唐書·南蠻傳》：南詔本哀牢夷後，烏蠻别種也。居永昌、姚州之間，鐵橋之南，西北與吐蕃接，天寶後，臣吐蕃。

〔三〕《唐書》：邛、雅二州，俱屬劍南道，雅州爲下都督府。

〔四〕三城，注見詩集。廣德元年，陷於吐蕃。

〔五〕《舊書·地理志》：劍南節度使西抗吐蕃，南撫蠻獠，統團結營及松、維、蓬、恭、雅、黎、姚、悉等八州兵馬。　雅州都督一十九州，並生羌、生獠羈縻州，天寶已前，歲時貢奉。又黎州統制羈縻五十五州，皆徼外生獠。松州都督羈縻二十五州，皆招撫生羌。此云「世襲刺史」，當即羈縻州，如今之土官也。

〔六〕《舊唐書》：貞觀元年，左上封生羌酋董屈占等舉族内附，復置維州。咸亨二年，刺史董弄招慰生羌，置小封縣。又貞觀十五年，西羌首領董周貞歸化，置徹州。又貞觀二十年，松州首領董和那蓬固守松府，特置當州，以蓬爲刺史，子屈甯襲。又顯慶元年，生羌首領董係比内附，乃置悉州，以係比爲刺史。又開元二十八年，析維州置奉州，以董宴立爲刺史。天寶元年，改爲雲山郡，又改爲天保郡。乾元元年二月，西山子弟兵馬使嗣歸成王董嘉俊歸附，乃立保州，以嘉俊爲刺史。此云「嗣羌王」，疑即嘉俊也。時吐蕃陷松、維、保三州及雲山新築二城。上云「今城失矣，襲王如故」，以此知其爲嘉俊也。王氏，疑即王承訓，時没吐蕃，見《巴蜀安危表》。

〔七〕諸董之中，西董最高。西董未詳爲誰。

〔八〕邛南，注見詩集。

前殿中侍御史柳公紫微仙閣畫太乙天尊圖文

《魏書·釋老志》：道家之源，出於老子。上處玉京，爲神王之宗；下在紫微，爲飛仙之主。《長安志》：羅漢寺，在萬年縣南六十里。終南山石鱉谷有羅漢石洞三。舊圖經曰：本唐紫微宮，天祐初爲寺，今云紫微仙閣，殆即紫微宮也。《隋書》：衆經或言傳之神人，篇卷非一，自云天尊，姓樂名静信，例皆淺俗，故世共疑之。

石鼈老〔一〕，放神乎始青〔二〕，遊目乎浩刦之家〔三〕，泠泠然御乎風，熙熙然登乎臺，進而俯乎寒林，退而極乎延閣〔四〕，見龍虎日月之君〔五〕，亘於疎梁，塞於高壁，骨者鬣者，皙者黝者，視遇之間，若嚴寇敵者已。伊四司五帝天之徒，青節崇然〔六〕，緑輿駢然〔七〕，仙官洎鬼官，無央數衆〔八〕。陽者近，陰者遠，俱浮空不定，目所向如一。蓋知北闕帝君之尊，端拱侍衛之内，於天上最尊矣。已而左玄之屬吏〔九〕，三洞弟子某〔一〇〕，進曰：經始繢事〔一一〕，前柱下史河東柳涉，職是樹善，損於而家，憂於而國，剥私室之匱，渴蒸人之安，志所至也。請梗概帝君救護之慈、朝音潮拜之功曰：若人存思我主籙，生之根，死之門，我則制伏妖之興，毒之騰。凡今之人，反側未濟。柳氏，柱史也，立乎老君之後〔一二〕，獲隱默乎？忍塗炭乎？先生與道而遊，與學而遊，可上以昭太乙之威神於下，下以昭柱史之告訴於上。玉京之用事也，率土之發祥也，惡乎寢而？庸詎仰而？先生藐然而一作若往，頹然而止，曰：噫！夫鳥亂於雲，魚亂於水。是罼弋鉤罟削格之智生〔一三〕，是機變繳射攫拾之智極。故自黄帝已下，干戈峥嶸，流血不乾，骨蔽平原，乖氣横放，淳風不返。雖《書》載蠻夷率服，《詩》稱徐方大來，許其慕中夏與？夫容成氏、中央氏、尊盧氏一本無此三字輩，結繩而已〔一四〕，百姓至死不相往來，兹茂德困矣。矧賢主趣之而不及，庸主聞之而不曉，浩穰崩蹙，數千古哉！至使世之仁者，蒿目而憂世之患，有是夫！今聖主誅干紀，康大業，物尚疵癘，戰争未息，必撄當世之患，日慎一日，衆之所惡與之惡，衆之所善與之善，敕有司寬政去禁，問疾薄斂，修其土田，險其走集。以此馭賊臣惡一作愚子，自然百祥攻百異有漸。天下洶洶，何其撓哉！已登乎種種之民，舍夫啍啍之意〔一五〕，是巍巍乎北闕帝君者，肯不乘道腴，卷黑簿〔一六〕，詔北斗削死，南斗注生〔一七〕。與夫圓首方足，施及乎蠢蠕之蟲，肖翹之物，盡驅之更始，何病乎不得如昔在太宗之時哉！石鼇老辭畢，三洞弟子某又某，静如得，動如失，久而卻走，不敢貳問。

〔一〕《長安志》：石鼈谷，在萬年縣西南五十五里。張禮《遊城南記》：百塔在楩梓谷口，塔東爲石鼈谷。

〔二〕《雲笈七籤》：三天者，清微天、禹餘天、大赤天是也。天寶君治玉清境，即清微天也，其氣始青；靈寶君治上清境，即禹餘天也，其氣玄黄；神寶君治太清境，即大赤天也，其氣玄白。《洞玄本行經》：五靈玄老君者，玄皇之胤，太清之胄，生於始青天中。

〔三〕浩劫，注見詩集。

〔四〕《蜀都賦》：結陽城之延閣。

〔五〕《茅君内傳》：句曲山有神芝五種，服之，拜太清龍虎仙君。

〔六〕《清靈真人裴君傳》：仗青旄之節，以周流九宫。

〔七〕《雲笈七籤》：《三道秘言》：太極真君乘玄景緑輿，上詣紫微宫。

〔八〕《酉陽雜俎》：鬼官有七十五品，仙官二萬四千。《真靈位業圖》：鬼官楚嚴公、趙簡子等，見有七十五職。

〔九〕左玄君，注見《太清宫賦》。

〔一〇〕《雲笈七籤》：三洞者，洞言通也，其統有三，故曰三洞。第一洞真、第二洞玄、第三洞神。天寶君爲洞真教主，靈寶君爲洞玄教主，神寶君爲洞神教主。《靈寶經目序》：元嘉十四年，三洞弟子陸修静，敬示諸道流云云。

〔一二〕《景福殿賦》：命共工使作繢。善曰：繢，讀曰繪，凡畫者爲繪。

〔一三〕謂老君嘗爲周柱下史，柳氏今繼其後。

〔一三〕《莊子注》：削格，所以設羅網者。

〔一四〕《因提紀》：容成氏傳八世。中央氏、尊盧氏，俱見《史記》。

〔一五〕種種、哼哼，俱見《莊子》。

〔一六〕注見《上清宫賦》。

〔一七〕《搜神記》：北邊坐人是北斗，南邊坐人是南斗。南斗注生，北斗注死。凡人受胎，皆從南斗過北斗。所有祈求，皆向北斗。

祭遠祖當陽君文續添

維開元二十九年歲次辛巳月日，十三葉孫甫，謹以寒食之奠，敢昭告于先祖晉駙馬都尉、鎮南大將軍、當陽成侯之靈〔一〕。初陶唐，出自伊祁〔二〕，聖人之後，世食舊德。降及武庫，應乎虬精〔三〕。恭聞淵深，罕得窺測。勇功是立，智名克彰〔四〕。繕甲江陵，祲清東吴〔五〕。建侯於荆，邦於南土。河水活活，造舟爲梁〔六〕。洪濤奔氾，未始騰毒。《春秋》主解，稾隸躬親〔七〕。嗚呼筆跡，流宕何人？蒼蒼孤墳，獨出高頂〔八〕。静思骨肉，悲憤心胸。峻極於天，神有所降。不毛之地，儉乃孔昭。取象邢山，全模祭側賣切仲。多藏之戒，焯序前文。小子築室，首陽之下。不敢忘本，不敢違仁。庶刻豐石，樹此大道。論次昭穆，載揚顯號。于以采蘩，于彼中園。誰其尸之，有齊壯皆切列孫。嗚呼！敢告兹辰，以永薄祭。尚饗！

〔一〕《晉書》：杜預，字元凱，京兆杜陵人。尚文帝妹高陸公主，襲祖爵豐樂亭侯。羊祜卒，拜鎮南大將軍，都督荆州諸軍事。孫皓平，以功進爵當陽縣侯，年六十三卒，追贈征南大將軍，開府儀同三司，謚曰成。

〔二〕《史記索隱》：帝堯，姓伊祁氏。

〔三〕《晉書》：預在内七年，損益萬機，朝野稱美，號曰「杜武庫」。預在荆州，因醼集，醉卧齋中，外人聞嘔吐聲，竊窺於户，正見一大蛇垂頭而吐，聞者異之。

〔四〕《晉書》：襄陽謡曰：「後世無叛由杜翁，孰識智名與勇功。」

〔五〕《晉書》：太康元年，預進攻江陵，克之。沅湘以南，至於交廣，吴之州郡，皆望風歸命。指授群帥，徑進秣陵，所過城邑，莫不束手。

〔六〕《水經注》：孟津，亦曰盟津。《晉陽秋》曰：杜預造橋於富平津。所謂「造舟爲梁」也。《晉書》：預以孟津渡時有覆没之患，請建河橋於富平津，橋成，帝從百僚臨會，舉觴屬預曰：「非君此橋不立也。」

〔七〕《晉書》：預耽思典籍，爲《春秋左氏經傳集解》，又參考衆家譜第，爲之《釋例》，又作《盟會圖》、《春秋長曆》。

〔八〕《晉書》：預先爲遺令曰：吾往爲臺郎，嘗過密縣之邢山，山上有冢，問耕夫，云是鄭大夫祭仲，或云子產之冢也。冢居山之頂，四望周遠，連山體南北之正而邪東北，向新鄭城，意不忘本也。隧道惟塞其後而空其前，示藏無珍寶也。山多美石不用，必集洧水自然之石以爲冢藏，貴不勞工巧也。吾去春入朝，自表營洛陽城東、首陽之南爲將來兆域。地中有小山，上無舊冢，雖不比邢山，然東望二陵，西瞻宮闕，南觀伊洛，北望夷齊，情之所安也。故遂開隧道南向，儀制取法於鄭大夫，欲以儉自完耳。棺器小斂之事，皆稱此。子孫一以遵之。

祭外祖祖母文續添

維年月日，外孫滎陽鄭宏之、京兆杜甫，謹以寒食庶羞之奠，敢昭告于外王父母之靈。嗚呼！外氏當房一作亡，祭祀無主。伯道何罪，元陽誰撫〔一〕？緬惟夙昔，追思艱窶。當太后秉柄，内宗如縷。紀國則夫人之門〔二〕，舒國則府君之外父〔三〕。聿以生居貴戚，釁結狂豎。雌伏單棲，雄鳴折一作析羽。憂心惙惙，獨行踽踽。悲夫逝今本缺逝字景，分飛忽間於鳳凰；咄彼讒人，有詞何今本缺何字異於鸚鵡。初，我父王之遘禍，我母妃之下室〔四〕。深狴殊塗，酷吏同律。夫人於是今本缺是字布裙扉屨，提餉潛出。昊天不傭，退藏於密。久成凋瘵，流至終畢。蓋乃事存於義陽之誄，名播於燕公之筆〔五〕。嗚呼哀哉！宏之等從母昆弟，兩家因依。弱歲俱苦，慈顏永違。豈無世親，不如所愛；豈無舅氏，不如所歸。誓以偏往，測戀光輝。漸積一作漬相勖，居諸造微。幸遇聖主，願發清機。以顯內外，何當奮飛。洛城之北，邙山之曲。列樹風烟，寒泉珠玉。千秋古道，王孫去兮不歸；三月清一作晴天，春草萋兮增綠。頃物將牽，累事未遂，欲使淚流頓盡，血下相續者矣。撫奠遲迴，炯心依屬。庶多載之灑掃，循兹辰之軌躅。

〔一〕《晉書·鄧攸傳》：天道無知，使鄧伯道無兒。《魏舒傳》：舒，字陽元，少孤，爲外家甯氏所養。元陽，當作陽元。

〔二〕注詳下。

〔三〕錢箋：舒王元名，高祖第十八子。永昌年，與子亶俱爲丘神勣所陷，繫詔獄。元名坐遷利州，尋被殺。神龍初，詔復官爵，贈司徒。曰「府君之外父」者，蓋舒國爲府君外王父也，於《贈李義》詩可考。

〔四〕謂下請室也。

〔五〕錢箋：紀王慎，太宗第十子。越王貞敗，慎亦下獄，改姓虺氏，配流嶺表，道至蒲州而卒。慎次子，沂州刺史、義陽王倧等五人，垂拱中，並遇害。中興初，追復官爵。張燕公《義陽王碑》曰：初，永昌之難，王下河南獄，妃録司農寺，惟有崔氏女，屝屨布衣，往來供饋，徒行頳色，傷動人倫，中外咨嗟，目爲勤孝。按，碑則公之外母，紀王之孫、義陽之女也。故曰「紀國則夫人之門」，又曰「名播于燕公之筆」也。公母崔氏，此有明徵。《范陽太君誌》稱「冢婦盧氏」，其爲傳寫之誤無疑矣。燕公《碑》又載：義陽二子，配在嶲州，長曰行遠，以冠就戮，次曰行芳，以童當捨。芳啼號抱遠，乞代兄死，不見聽，固求同盡，西南傷之，稱爲死悌。季子行休，泣血上請，迎喪遠裔，至孝潛通，精魄昭應。《新書》又載：紀國之女，適太子司議郎裴仲將。王死，嘔血數升，絶膏沐者二十年。王既歸葬，一慟而卒。中宗舉哀章善門，下詔褒揚。勤孝、孝悌，萃於一門，未有如紀國之盛者也，余是以詳著之。

祭故相國清河房公文〔一〕

維廣德元年，歲次癸卯，九月辛丑朔，二十二日壬戌，京兆杜甫，敬以醴酒茶藕蓴鯽之奠，奉祭故相國清河房公之靈曰：

嗚呼！純樸既散，聖人又没。苟非大賢，孰奉天秩。唐始受命，羣公間出。君臣和同，德教充溢。魏杜行之，夫何畫一。婁宋繼之，不墜故實。百餘年間，見有輔弼。及公入相，紀綱已失。將帥干紀，烟塵犯闕。王風寖頓，神器圮裂。關輔蕭條，乘輿播越。太子即位，揖讓倉卒。小臣用權，尊貴倏忽〔二〕。公實匡救，忘餐奮發。累抗一作挫直詞，空聞泣血。時遭祲沴，國有征伐。車駕還京，朝廷就列。盜本乘弊，誅終不滅。高義沈埋，赤心蕩折。貶官厭路，讒口到骨〔三〕。致君之誠，在困彌切。

天道闊遠，元精茫昧。偶生賢達，不必際一作濟會。明明我公，可去時代。賈誼慟哭，雖多顛沛。仲尼旅人，自有遺愛。二聖崩日，長號荒外。後事所委，不在卧内。因循寖疾，顦顇無悔。矢死泉途，激揚風槩。天柱既折，安仰翊戴。地維則絶，安放夾《英華》作挾載。

豈無羣彦，我心忉忉。不見君子，逝水滔滔。泄涕寒一作塞谷，吞聲賊壕。有車爰送，有紼爰操。撫墳日落，脱劍秋高。我公戒子〔四〕，無作爾勞。斂以素帛，付諸蓬蒿。身瘞萬里，家無一毫。數子哀過，他人鬱陶。水漿不入，日月其慆。

州府救喪，一二而已。自古所歎，罕聞知己。曩者書札，望公再起。今來禮數，爲態至此。先帝松栢，故鄉枌梓。靈之忠孝，氣則依倚。拾遺補闕，視君所履。公初罷印，人實切齒。甫也備位此官，蓋薄劣耳。見時危急，敢愛生死。君何不聞，刑欲加矣。伏奏無成，終身愧恥。

乾坤慘慘，豺虎紛紛。蒼生破碎，諸將功勳。城邑自守，鼙鼓相聞。山東雖定，灞上多軍。憂恨輾轉，傷痛氤氲。玄豈正色，白亦不分。培塿滿地，崑崙無羣。致祭者酒，陳情者文。何當旅櫬，得出江雲。嗚呼哀哉！尚饗。

〔一〕房琯事，詳詩集注。

〔二〕趙次公曰：「小臣」二語，蓋謂李輔國也。

〔三〕讒口，謂肅宗入賀蘭進明之譖，惡琯貶之，事見《唐書》本傳。

〔四〕《唐書》：琯子孺復，終容州刺史。

《唐詩紀事》：司空圖曰：子美《祭房太尉文》，太白《佛寺碑贊》，宏拔清厲，乃其歌詩也。

唐故德儀贈淑妃皇甫氏神道碑

黄曰：碑云「自我之西，歲陽載紀。」按《爾雅》：自甲至癸，爲歲之陽。妃以開元二十三年乙亥薨，至天寶四載乙酉，爲歲陽載紀矣，碑當立於是年也。《東觀餘論》：董君新序稱，甫爲淑妃碑，在開元二十三年，最少作也。予按：是年甫才二十四歲，碑末云云，若其葬年所作，豈得稱「白頭嵇阮」與「野老何知」哉？又其銘曰：「日居月諸，丘隴荆杞。列樹拱矣，豐碑闕然。」則其立碑，蓋在葬後十年，非皇甫葬時也。

後妃之制古矣，而軒轅氏、帝嚳氏次妃之跡，最有可稱，傳一作存乎舊史〔一〕，然則其義隱，其文畧。《周禮》王者内職大備，而陰教宣。詩人《關雎》，風化之始，樂得淑女。蓋所以教本古訓，發皇婦道。居具燕寢之儀，動有環佩之節，進賢才以輔佐君子，不淫色以取媚閨房。雖彤管之地，功過必紀；而金屋之寵，流宕一揆。

稽女史之華實，嗣嬪則之清高，亦時有其人，偉夫精選。淑妃諱□字□，姓皇甫氏，其先安定人也。惟卨封商，於赫有光。伊玄祖樹德，於今不忘。必宋之子，莫之與比。伊清風繼代，惠此餘美。夫其系緒蕃衍，紱冕所興，列爲公侯，古有皇父充石〔二〕，則其宗可知已。夫其體元消息，經術之美，刋正帝圖，中有玄晏先生〔三〕，則其家可知已。嗟乎！我有奕葉，承權輿矣。我有徽猷，展肅雍矣。積羣玉之氣，自對白虹之天〔四〕；生五色之毛，不離丹鳳之穴〔五〕。

曾祖烜，皇朝宋州刺史。祖粹，皇朝越州刺史，都督諸軍事。父日休，皇朝左監門衛副率，妃則副率府君之元女也。粤在繈褓，體如冰雪。氣象受於天和，詩禮傳於胎教〔六〕。故列我開元神武之嬪御者〔七〕，豈易其容止法度哉！今上昔在春宮之日，詔告良家女，擇視可否，充備淑哲。太妃以内秉純一，外資沈静，明珠在蚌，水月鮮白，美玉處石，崖津潤澤〔八〕，結褵而金印相輝，同輦而翠旗交影〔九〕。由是恩加婉順，品列德儀〔一〇〕。雖掖庭三千，爵秩十四〔一一〕，掩六宮以取俊，超羣女以見賢。

豈渥澤之不流，曾是不敢以露才揚己，卑以自牧而已。夫如是，言足以厚人倫、化風俗，彌縫坤載之失，夾輔元亨之求〔一二〕。嗚呼！彼蒼也常與善，何有初也不久好，奈何〔一三〕！況妃亦既遘疾，怗音帖，安也如慮往。上以服事最舊，佳人難得，送藥必經於御手，見寢始迴乎天步。月氏使者，空説返魂之香〔一四〕；漢帝夫人，終痛歸來之像〔一五〕。以開元二十三年歲次乙亥十月癸未朔，薨於東京某宮院，春秋四十有二。

嗚呼哀哉！望景向夕，澄華微陰，風驚碧樹，霧重青岑。天子悼履綦之蕪絶，惜脂粉之凝冷。下麟鳳之銀牀，到梧桐之金井。嗚呼哀哉！厥初權殯於崇政里之公宅，後詔以某月二十七日己酉，卜葬于河南縣龍門之西北原，禮也。制曰：故德儀皇甫氏，贊道中壼，肅事後庭。孰云疾疢，奄見凋落。永言懿範，用愴於懷。宜登四妃之列〔一六〕，式旌六行之美〔一七〕，可册贈淑妃〔一八〕。喪事所需，並宜官供。河南尹李適之〔一九〕，充使監護。非夫清門華胄，積行累功，序於王者之有始有卒，介於嬪御之不僭不濫，是何存榮没哀，視有遇之多也。

有子曰鄂王，諱瑶，兼太子太保，使持節幽州大都督事，有故在疚而卒。豈無樂國，今也則亡。匪降自天，云何吁矣〔二〇〕。有女曰臨晉公主，出降代國長公主子滎陽鄭潛耀一作曜，官曰光禄卿，爵曰駙馬都尉〔二一〕。昔王儉以公主恩，尚帝女爲榮〔二二〕；何晏兼關内侯，是亦晉朝歸美〔二三〕。

公主禮承於訓，孝自於心，霜露之感，形於顔色；享祀之數，闕於灑掃。嘗戚然謂左右曰：自我之西〔二四〕，歲陽載紀。彼都之外，道里遐絶。聖慈有蓬萊之深，異縣有松檟之阻。思欲輕舉，安得黄鵠？未議巡豫，徒瞻白雲。望闕塞之風烟，尋常涕泗〔二五〕；懷伊川之陵谷，恐懼遷移〔二六〕。於是下教邑司，爰度碑版。甫忝鄭莊之賓客，遊竇主之園林〔二七〕。以白頭之嵇阮〔二八〕，豈獨步於崔蔡〔二九〕。而野老何知，斯文見託；公子汎愛，壯心未已。不論官閥，游夏入文學之科〔三〇〕；兼敘哀傷，顔謝有后妃之誄〔三一〕。銘曰：

積氣之清，積陰之靈。漢曲廻月，高堂麗星。驚濤洶洶，過雨冥冥。洗滌蒼翠，誕生娉婷。其一

婉彼柔惠，迥然開爽。綢繆之故，昔在明兩。恩渥未渝，康哉大往。展如之媛，孰與争長。其二

珩佩是加，翬褕音遥克備。先德後色，累功居位。壼儀孔修，宮教咸遂。王於獎飾，禮亦尊異。其三

小苑春深，離宮夜逼。花間度月，同輦未飾。池畔臨風，焚香不息。嗚呼變化，惠好終極。其四

馮相視祲，太史書氛。藏舟晦色，逝水寒文。翠幄成彩，金爐罷熏。燕趙一馬，瀟湘片雲。其五

恍惚餘跡，蒼茫具美。王子國除，非他之耻。公主愁思，永懷於彼。日居月諸，丘隴荆杞。其六

巖巖禹鑿，瀰瀰伊川。列樹拱矣，豐碑缺然。爰謀述作，欻就雕鐫。金石炤地，蛟龍下天。其七

少室東立，繚垣西走。佛寺在前，宫橋在後。維山有麓，與碑不朽。維水有源，與詞永久。其八

〔一〕《帝王世紀》：黄帝四妃，生子二十有五人。帝嚳四妃，生稷及堯及契。

〔二〕《左傳》：宋武公之世，鄋瞞伐宋，司徒皇父帥師禦之，耏班御皇父充石。注：皇父，戴公子。充石，皇父名。

〔三〕臧榮緒《晉書》：皇甫謐，字士安，安定朝那人也。年二十，始受書，得風痹疾，猶手不輟卷。舉孝廉，不行。又辟著作，不應。自稱玄晏先生，後卒於家。按：謐撰《帝王世紀》十卷、《年歷》六卷，故曰「刊正帝圖」也。

〔四〕《禮記》：玉氣如白虹天也。

〔五〕注見詩集。

〔六〕《列女傳》：太任有娠，目不視惡色，耳不聽淫聲，口不出傲言。溲於豕牢，而生文王，君子謂能胎教。

〔七〕《玄宗紀》：開元元年十一月，羣臣上尊號曰：開元神武皇帝。二十七年二月，羣臣上尊號曰：開元聖文神武皇帝。

〔八〕《三輔決録》：孔融見韋元將、仲將，與其父書曰：不意雙珠，生於老蚌。《吴都賦》：蚌蛤珠胎，與月虧全。《文賦》：石韞玉而山輝，水懷珠而川媚。

〔九〕《後漢·皇后紀論》：六宫稱號，惟后貴人，貴人金印紫綬。《漢舊儀》：皇后婕妤乘輦，餘皆以茵，四人輿以行。同輦，注見詩集。

〔一〇〕《通鑑》：上爲臨淄王也，趙麗妃、皇甫德儀、劉才人皆有寵。注：帝置六儀，德儀其一也。杜氏《通典》：唐内官有德儀六人，正二品。

〔一一〕《後漢·皇后紀論》：孝元之後，世增隆費，至乃掖庭三千，增級十四。

〔一二〕《易·坤》：君子以厚德載物。　元亨，利牝馬之貞。

〔一三〕此處疑有脱誤。

〔一四〕《十洲記》：聚窟洲，在西海中。洲上有大樹，與楓木相似，香聞數百里，名爲返魂。叩其樹，樹能自聲，聲如羣牛吼。伐其根心，玉釜中煮，取汁，更微火熟煎之如飴，令可丸，名曰驚精香，或名振靈丸，或名返生香。《博物志》：武帝時，月支國王遣使獻香四兩，大如雀卵，黑如桑椹，云能起夭殘之死。始元元年，京城大疫，死者過半，帝取月支神香燒之，死未三日者皆活，香氣經三月不歇。乃秘録餘香，一旦失去。此香出聚窟洲人鳥山，山多樹，與楓樹相似，而香聞數里，名爲返魂樹。

〔一五〕《漢·郊祀志》：齊人少翁，以方見上，上所幸李夫人卒，少翁以方，夜致夫人及竈鬼之貌，天子自帷中望見焉。桓譚《新論》：武帝思念李夫人不已，有方士齊人李少翁，言能致夫人之魂。及夜，設燈燭於幄帷，令帝居他帳中遥望，見李夫人之貌，婉若生時。

〔一六〕《史記索隱》：黄帝立四妃，象后妃四星。《大戴禮·帝繫》：帝嚳卜，其四妃之子皆有天下。《初學記》：正嫡曰元妃，以下稱次妃。

〔一七〕晉傅咸《皇后贊》：「明德馬后，執履貞素。光崇六行，動遵禮度。」

〔一八〕《唐書》：唐制：皇后而下，有貴妃、淑妃、德妃、賢妃，是爲夫人。

〔一九〕《唐書》：開元中，適之擢秦州都督，徙陜州刺史、河南尹。

〔二〇〕《舊唐書》：鄂王瑶，母皇甫德儀；光王琚，母劉才人。皆玄宗在臨淄邸以容色見顧，出子朗秀，而母加愛焉。及惠妃承恩，鄂王之母亦漸疎薄。太子瑛、鄂、光王等，謂母氏失職，嘗有怨望。開元二十五年，鄂王、光王得罪，廢。《通鑑》：楊洄奏太子瑛與瑶、琚潛構異謀，宣制廢爲庶人，尋賜死城東驛。瑶、琚好學，有才識，死不以罪，人皆惜之。

〔二一〕《唐書·公主傳》：代國公主，睿宗女，名華，字華婉，劉皇后所生，下嫁鄭萬鈞。臨晉公主，玄宗女，皇甫淑妃所生，下嫁鄭潛耀，卒大曆時。《孝友傳》：開元中，代國長公主寢疾，潛耀侍左右，累三月不靧面，尚臨晉長公主，歷太僕、光禄卿。獨孤及《鄭駙馬孝行記》：公膚敏而文，生知純孝。開元二十八年，尚玄宗第十二女臨晉長公主，嗣滎陽郡公，佩金印，列長戟，垂三十載。

〔二二〕《齊書》：王儉，父僧綽，嫡母武康公主。丹陽尹袁粲聞儉名，言之於明帝，尚陽羨公主，拜駙馬都尉。

〔二三〕《魏志》：何晏，大將軍進孫，長於宫省，尚金鄉公主，得賜爵爲列侯。晏與夏侯玄名盛於時，司馬師亦預焉。師，即晉景皇帝也。

〔二四〕自東都歸西都。

〔二五〕闕塞，即伊闕，注詳詩集。

〔二六〕伊川，在洛陽。

〔二七〕鄭莊，注見詩集。《漢·東方朔傳》：初，帝姑館陶公主，號竇太主，爰叔説董偃白主獻長門園，上大悦，主因請上臨山林。應劭曰：公主園中有山，謙不敢稱第，故託山林也。

〔二八〕嵇康、阮籍。

〔二九〕崔駰、蔡邕。邕集多碑誄，傳於世。

〔三〇〕《後漢·鄭玄傳》：仲尼之門，考以四科，回、賜之徒，不稱官閥。

〔三二〕顔延之有《宋文元皇后哀册文》，謝莊有《宋孝武宣貴妃誄》。《南史》：敬皇后遷祔山陵，謝朓撰《哀册文》，齊世莫及。

唐故萬年縣君京兆杜氏墓誌

甫以世之録行跡，示將來者多矣，大抵家人賄賂，詞客阿諛，真僞百端，波瀾一揆。夫載筆光芒於金石，作程通達於神明，立德不孤，揚名歸實，可以發皇内則，標格女史，竊見於萬年縣君得之矣。其先系統于伊祁〔一〕，分姓于唐杜〔二〕，吾祖也，吾知之〔三〕。遠自周室，迄於聖代，傳之以仁義禮智信，列之以公侯伯子男。《春秋傳》云，穆叔謂之世禄，其在兹乎？曾祖某名無考，隋河内郡司功、獲嘉縣令。王父某名依藝，皇朝監察御史、洛州鞏縣令。前朝咸以士林取貴，宰邑成名。考某名審言，修文館學士、尚書膳部員外郎，天下之人，謂之才子。兄升，國史有傳，縉紳之士，誄爲孝童〔四〕。故美玉多出於昆山，明珠必傳於滄海。蓋縣君受中和之氣，成肅雍之德，其來尚矣。作配君子，實爲好仇。河東裴君，諱榮期，見任濟王府録事參軍，入在清通，同行領袖，素髮相敬，朱紱有光。縣君既早習於家風，以陰教爲己任，執婦道而純一，與禮法而終始，可得聞也。昔舅没姑老，承順顔色，侍歷年之寢疾，力不暇於須臾。苟便於人，皆在於手，淚積而形骸奪氣，憂深而巾櫛生塵。

尊卑之道然，固出自於天性，孝養哀送，名流稱仰，允所謂能循法度，則可以承先祖供給祭祀矣。惟其矜莊門户，節制差服，功成則運，有若四時，物或猶乖，匪踰終日。黼畫組就之事〔五〕，割烹煎和之宜，規矩數及於親姻，脱落頗盈於氣序。若其先人後己，上下敦睦，縣胡涓切罄知歸，揖讓惟久，在嫂叔則有謝氏光小郎之才〔六〕，於娣姒則有鐘琰洽介婦之德〔七〕。周給不礙於親疎，汎愛無擇於良賤。至於星霜伏臘，軒騎歸寧，慈母每謂于飛來，幼童亦生乎感悦。加以詩書潤業，導誘爲心，遏悔吝於未萌，驗是非於往事。内則置諸子於無過之地，外則使他人見賢而思齊。爰自十載以還，默契一乘之理〔八〕。絶葷血於禪味，混出處於度門〔九〕。喻筏之文字不遺，開卷而音義皆達。母儀用事，家相遵行矣。至於膳食滑甘之美，鞦結縫線之難，輾轉忽微，欲參謀而縣胡涓切解〔一〇〕；指麾補合，猶取則于垂成。其積行累功，不爲熏修所住著直略切，有如此者。靈山鎮地，長吐烟雲；德水連天，自浮星象。則其著心定惠，豈近一作遥於揚搉者哉〔一一〕。越天寶元年某月八日，終於東京仁風里，春秋若干，示諸生滅相。越六月二十九日，遷殯於河南縣平樂鄉之原，禮也。嗚呼哀哉！琴瑟罷聲，蘋蘩晦色，骨肉號兮天地感，中外痛兮鬼神惻。有子，長曰朝列；次朝英，北海郡壽光尉；次朝牧。女長適獨孤氏，次閻氏，皆禀自胎教，成於妙年。厥初寢疾也，惟長女在，列一作側、英、牧或以遊以宦，莫獲同曾氏之元申，號而不哭，傷斷鄰里。悠哉少女，未始聞哀，又足酸鼻。嗚呼！縣君有語曰：可以褐衣斂我，起塔而塟。裴公自以從大夫之後，成縣君之榮，愛禮實深，遺意蓋闕。但褐衣在斂，而幽隧爰封，其所廞虚金切飾〔二〕，咸遵儉素。眷兹邑號，未降天書，各有司存，成之不日。嗚呼哀哉！有兄子曰甫，制服於斯，紀德於斯，刻石於斯。或曰：豈孝童之猶子與？奚孝義之勤若此？甫泣而對曰：非敢當是也，亦爲報也。甫昔卧病于我諸姑〔三〕，姑之子又病，問女巫，巫曰：「處楹之東南隅者吉。」姑遂易子之地以安我。我用是存，而姑之子卒，後乃知之於走使。甫嘗有説於人，客將出涕，感者久之，相與定謚曰義。君子以爲魯義姑者，遇暴客於郊，抱其所攜，棄其所抱，以割私愛〔四〕，縣君有焉。是以舉兹一隅，昭彼百行，銘而不韻，蓋情至無文。其詞曰：嗚呼！有唐義姑京兆杜氏之墓。

〔一〕注見前。

〔二〕《左傳》：穆叔如晉，范宣子問曰：「古人有言，死而不朽。昔匄之祖，自虞以上爲陶唐氏，在夏爲御龍氏，在商爲豕韋氏，在周爲唐杜氏，晉主夏盟，爲范氏，其是之謂乎？」穆叔曰：「以豹所聞，此之謂世禄，非不朽也。」

〔三〕《左傳》：郯子來朝，昭子問曰：「少昊氏以鳥名官，何故也？」郯子曰：「吾祖也，吾知之。」

〔四〕事詳下篇。

〔五〕《周禮·典絲》：凡祭祀，供黼畫組就之物。

〔六〕《晉書》：王凝之妻謝氏，字道韞，獻之與客談，詞理將屈，道韞遣婢白獻之曰：「欲與小郎解圍。」乃施青紗步障自蔽，論獻之前義，客不能屈。

〔七〕《晉書》：王渾妻鍾氏，字琰，聰慧弘雅，博覽記籍，禮儀法度，爲中表所則，適渾，生濟。渾弟湛，妻郝氏，亦有德行。琰雖貴門，與郝雅相親重。郝不以賤下琰，琰不以貴凌郝，時人稱鍾夫人之禮、郝夫人之法云。

〔八〕《法華經》：十方佛土中，惟有一乘法，無二亦無三，除佛方便説。

〔九〕《華嚴疏鈔》：《賢刦經》中説：佛有八萬四千諸度法門，菩薩行時，便能通達諸度法門。

〔一〇〕《莊子》：古者謂是帝之縣解。郭象曰：以有繫者爲縣，則無繫者縣解也。縣解，而性命之情得矣。

〔一一〕二句今本訛缺。

〔一二〕《説文》：厥，陳輿服於庭也。《周禮》：厥大衮。

〔一三〕黄曰：卧病於我諸姑，意公之母早亡，而育於姑也。

〔一四〕《列女傳》：齊攻魯，至郊，遥見一婦人，攜一兒抱一子。及軍至，乃棄抱者而抱攜者。將欲射之，遂止，而問曰：「所抱者誰之子？」對曰：「兄之子。」「所棄者誰之子？」曰：「己子也。」軍曰：「何棄所生而抱兄子？」對曰：「子之與母，私愛也；姪之于姑，公義也。背公向私，妾不爲也。」齊軍曰：「魯郊有婦人，猶持節行，況朝廷乎？」遂回軍不伐。魯君聞之，賜一束帛，號曰「義姑」。

唐故范陽太君盧氏墓誌

五代祖柔，隋吏部尚書、容城侯。大父元懿，是渭南尉。父元哲，是廬州慎縣丞。維天寶三載五月五日，故修文館學士、著作郎、京兆杜府君諱某審言之繼室，范陽縣太君盧氏，卒于陳留郡之私第，春秋六十有九。嗚呼！以其載八月旬有一日發引，歸葬於河南之偃師。以是月三十日庚申，將入著作之大塋，在縣首陽之東原。我太君用甲之穴，禮也。墳南去大道百二十步奇三尺，北去首陽山二里。凡塗車芻靈、設熬置銘之名物〔一〕，加庶人一等，蓋遵儉素之遺意。塋内西北去府君墓二十四步，則壬甲可知矣。遺奠之祭畢，一家相進曰：斯至止，將欲啓府君之墓門，安靈櫬於其右，豈厥飾未具，時不練與？前夫人薛氏之合葬也，初太君令之，諸子受之，流俗難之，太君易之。今兹順壬取甲，又遺意焉。嗚呼孝哉！孤子登，號如嬰兒，視無人色。且左右僕妾，洎厮役之賤，皆蓬首灰心，嗚呼流涕，寧或一哀所感，片善不忘而已哉！實惟太君，積德以常，臨下以恕，如地之厚，縱一作敬天之和，運陰教之名數，秉女儀之標格。嗚呼！得非太公之後，必齊之姜乎〔二〕？薛氏所生子，適丁歷切曰某閑，故朝議大夫、兗州司馬〔三〕。次曰升《唐書》作并，幼卒，報復父讐，國史有傳〔四〕。次曰專，歷開封尉，先是不禄。息女，長適鉅鹿魏上瑜，蜀縣丞。次適河東裴榮期，濟王府録事。次適范陽盧正鈞，平陽郡司倉參軍。嗚呼！三家之女，又皆前卒。而某等夙遭内艱，有長自太君之手者。至於昏姻之禮，則盡是太君主之。慈恩穆如，人或不知者，咸以爲盧氏之腹生也。然則某等，亦不無平津孝謹之名於當世矣〔五〕。登即太君所生，前任武康尉。二女：曰適京兆王佑，任硤石尉；曰適會稽賀撝，卒常熟主薄。其往也，既哭成位，有若冢婦同郡盧氏當作清河崔氏，介婦滎陽鄭氏、鉅鹿魏氏〔六〕、京兆王氏，女通諸孫三十人。内宗外宗，寢以疎闊者，或玄纁玉帛，自他日互有所至。若以爲杜氏之葬，近于禮而可觀，而家人亦不敢以時繼年。式志之金石，銘曰：

大君之子，朝議所尊。貴因長子，澤就私門。亳邑之都，終天之地。享年不久，殁而猶視〔七〕。

〔一〕《禮記》：舍人共飯米，熬穀。注：熬者，煎穀也。將塗設於棺旁，所以惑蚍蜉不至棺也。《儀禮》：士喪禮爲銘，各以其物。

〔二〕《韻會》：姜氏封于盧，以國爲氏，出范陽。

〔三〕《舊書・職官志》：朝議大夫，文散官，正五品下階。兗州爲上州，上州司馬，從五品下階。

〔四〕《舊書·杜審言傳》：審言貶授吉州司户參軍，與州僚不協，司馬周季重與司户郭若訥，共構審言罪狀，繫獄，將因事殺之。既而季重等府中酣讌，審言子并，年十三，懷刃擊之，季重中傷死，而并亦爲左右所殺。季重臨死曰：「我不知審言有孝子，郭若訥誤我至此。」審言因此免官，還東都，自爲文祭并，士友咸哀并孝烈，蘇頲爲墓誌，劉允濟爲祭文。

〔五〕《漢書》：公孫弘養後母孝敬，後母卒，服喪三年。元朔中，爲丞相，封平津侯。

〔六〕錢箋：此誌代其父閑作也。薛氏所生子，曰閑、曰升、曰專，太君所生曰登。誌云：「某等宿遭内難，長自太君之手者」，知其代父作也。又曰：升幼卒，專先是不禄，則知閑尚無恙也。黄鶴以爲代登作，又疑閑已卒，何不考之甚也！元誌云：閑爲奉天令，是時尚爲兖州司馬。閑之卒，蓋在天寶間，而其年不可考矣。公母崔氏，此云「冢婦盧氏」，「盧」字誤。以《祭外祖祖母文》及張燕公《義陽王碑》考之甚明，而作年譜者曲爲之説曰：先生之母微，故没而不書。或又大書於《世系》曰：母盧氏，生母崔氏。其敢爲誕妄如此！按：誌云「故朝議大夫、兖州司馬」，猶《漢書·李廣傳》所云「故李將軍」，非謂已没也。舊譜殆因「故」字誤。但閑時爲兖州司馬，而誌、傳俱云「終奉天令」。考奉天爲次赤縣，唐制：京縣令，正五品上階。閑自兖州司馬授奉天令，蓋從五品陞正五品也。公東郡趨庭之後，閑即丁太君憂，必服闋補此官耳。又按：盧氏乃崔氏之訛，極有據，但崔之郡望爲清河，此曰「同郡」，疑併誤。

〔七〕潘岳《馬汧督誄》：没而猶眂。眂，與視同。

杜工部詩集輯注

中册

〔唐〕杜甫 著 〔清〕朱鶴齡 輯注

韓成武 周金標 孫微 張嵐 韓夢澤 點校

中華書局

杜工部詩集卷之七

乾元、上元間，公赴同谷、居成都作

松陵　朱鶴齡　輯註

發秦州

原注：乾元二年，自秦州赴同谷縣紀行。

我衰更嬾拙，生事不自謀。無食問樂土，無衣思南州〔一〕。漢源十月交，天氣涼如一作如涼秋。草木未黄落，況聞山水幽〔二〕。栗亭名更嘉，下有良田疇。充腸多薯蕷音殊與，崖蜜亦易求〔三〕。密竹復冬笋，清池可方舟。雖傷一作云旅寓遠，庶遂平生遊〔四〕。此邦俯要衝，實恐人事稠。應接非本性，登臨未銷憂。谿谷無異名，塞田始微收。豈復慰老夫一作大，惘然難久留〔五〕。日色隱孤戍，烏啼滿城頭。中宵驅車去，飲馬寒塘流。磊落星月高，蒼茫雲霧浮。大哉乾坤内，吾道長悠悠〔六〕。

〔一〕《楚詞》：嘉南州之炎德。按：《地志》：同谷，蜀北秦南，故曰南州。

〔二〕《唐書》：漢源縣，屬成州。按：《地志》：漢有二源，東源出武都氐道，西源出隴西西縣之嶓冢山，南入廣漢。此名漢源，蓋西漢也。言同谷風土之煖，利於無衣。

〔三〕《九域志》：栗亭，在成州東五十里，去秦州一百九十五里。錢箋：《寰宇記》：同谷縣有栗亭鎮。咸通中，刺史趙鴻刻石同谷，曰：工部《題栗亭十韻》不復見。鴻詩曰：「杜甫栗亭詩，詩人多在口。悠悠二甲子，題記今何有？」《本草》：薯蕷，俗名山藥，補虚勞，充五臟，久服，輕身不饑。注：蜀道者尤良。《圖經本草》：石蜜，即崖蜜也，其蜂黑色似虻，作房於巖崖高峻處或石窟中。以長竿刺，令蜜出，承取之，多者至三四石，味醶，色緑，入藥勝於他蜜。言同谷物産之佳，利於無食。

〔四〕《西都賦》：方舟並騖。注：方，並也。

〔五〕塞田，邊塞沙田，即前所云石田也。言秦州之當去。

〔六〕古詩：兩頭纖纖月初生，磊磊落落向曙星。

赤谷

蔡曰：秦州隴城縣有大隴山，亦曰隴首，其坂九回。公前《赤谷西崦》詩云「躋險不自安」，此詩又云「險艱方自茲」，蓋是登大隴，歷九回坂也。

天寒霜雪繁，遊子有所之。豈但歲月暮，重來未有一云亦未期。晨發赤谷亭，險艱方自兹。亂石無改轍，我車已載脂。山深苦多風，落日童稚饑。悄然村墟迥，煙火何由追。貧病轉零落一云飄零，故鄉不可思。常恐死道路，永爲高人嗤。

鐵堂峽

錢箋：《方輿勝覽》：鐵堂山，在天水縣東五里。峽有石笋青翠，長者至丈餘，小者可以爲礪。蜀姜維世居此。《通志》：硤有鐵堂莊，四山環抱，面有孤冢，相傳是維祖塋。

山風吹遊子，縹緲乘險絶。硤形藏堂隍，壁色立積荆作精鐵〔一〕。徑摩穹蒼蟠，石與厚地裂。脩纖無垠一作限竹，嵌丘銜切空一作孔太始雪〔二〕。威遲哀壑底，徒旅慘不悦。水寒長冰横，我馬骨正折〔三〕。生涯抵弧矢，盜賊殊未滅。飄蓬踰三年，回首肝肺熱〔四〕。

〔一〕按：《説文》：山陗夾水曰峽。《韻書》：不與硤通。然周立硤州，以居三峽之口，因名，則二字殆可通也。《爾雅》：無室曰榭。注：即今堂堭。《漢書·胡廣傳》：列坐堂皇上。注：室無四壁曰皇。

〔二〕太始雪，言嵌竇中雪，自太始以來未消也。

〔三〕《文選注》：《韓詩》：周道威夷。薛君曰：威夷，險也。又作威遲。潘岳詩：峻阪路威遲。殷仲文詩：哀壑叩虚牝。謝靈運詩：徒旅苦奔峭。

〔四〕趙曰：抵，當也。抵弧矢，言當用兵之時。

鹽井

錢箋：《水經注》：鹽官水南入漢水，水有鹽官，在嶓冢西五十許里，相承營煮不輟，味與海鹽同，故《地里志》云：西縣有鹽官也。《元和郡國志》：鹽井，在成州長道縣東三十里，水與岸齊，鹽極甘美，食之破氣。鹽官故城，在縣東三十里，嶓冢西四十里。

鹵中草木白，青者官鹽煙一云直者青鹽烟。官作既有程，煮鹽煙在川〔一〕。汲井歲榾榾蔡云當作搰搰，出車日連連。自公斗三百，轉致斛六千〔二〕。君子慎止足，小人苦喧闐。我何良歎嗟，物理固自然一云亦固然〔三〕。

〔一〕《說文》：鹵，鹹地也。東方謂之斥，西方謂之鹵。《宣帝紀》：困於蓮勺鹵中。陳琳詩：官作自有程，舉築諧汝聲。

〔二〕《莊子》：搰搰然用力甚多而見功寡。轉致，商人轉販也。《玉篇》：十斗爲斛。黄希曰：《唐志》：天寶、至德間，鹽每斗十錢。乾元元年，第五琦爲鹽鐵使，盡搉天下鹽，斗加時價百錢而出之，爲錢一百一十。此詩作于乾元二年，何乃云「斗三百」？當是天下用兵，稅愈重，直愈昂矣。

〔三〕言厚利所在，民必争趨，理有固然，吾又何歎乎？

寒硤

《宋書・氐胡傳》：安西參軍魯尚期，追楊難當出寒峽。

行邁日悄悄，山谷勢多端。雲門轉絶岸，積阻霾天寒。寒硤郭作峽不可度，我實衣裳單。况當仲冬交，泝沿增波瀾〔一〕。野人尋煙語，行子傍水餐。此生免荷殳，未敢辭路難〔二〕。

〔一〕泝，逆流；沿，順流也。

〔二〕《周禮》：殳以積竹八觚，長丈二尺，建于兵車，旅賁以先驅。

法鏡寺

身危適他州，勉强終勞苦。神傷山行深，愁破崖寺古。嬋娟碧鮮《正異》、《英華》皆作蘚淨，蕭摵子六切寒籜聚。回回一作洄洄山一作石根水，冉冉松上雨〔一〕。洩雲蒙清晨，初日翳復吐。朱甍音門半光炯，户牖粲可數〔二〕。拄策忘前期，出蘿已亭午。冥冥子規叫，微徑不復一作敢取。

〔一〕按：「碧鮮」，斷是苔蘚之蘚。公《哀蘇源明》詩亦云「垢衣生碧蘚。」舊本訛作「鮮」，注家遂引

《吴都賦》「檀欒嬋娟，玉潤碧鮮」，以爲四字皆言竹，恐無此句法。　蕭摵，隕落貌。《秋興賦》：庭樹摵以洒落。　王褒《九懷》：上乘雲兮回回。

〔三〕《魏都賦》：窮岫洩雲，日月恒翳。　甍，棟也，所以承瓦。沈佺期詩：紅日照朱甍。

青陽峽

塞外苦厭山，南行道一云登路彌惡。岡巒相經亘，雲水氣參錯。林迴硤角來，天窄一作穿壁面削。磎西五里石，奮怒向我落〔一〕。仰看日車側，俯恐坤軸弱。魑魅嘯有風，霜霰浩漠漠〔二〕。昨憶一作憶昨踰隴坂，高秋視吴嶽。東笑蓮花卑，北知崆峒薄〔三〕。超然侔壯觀，已謂殷上聲，一作隱寥廓。突兀猶趁人，及兹歎冥寞通作漠〔四〕。

〔一〕《水經注》：吴山三峰霞舉，疊秀雲天，崩巒傾仄，山頂相捍，望之恒有落勢。

〔二〕《莊子》：若乘日之車，遊襄城之野。　坤軸，即地軸，注見二卷。

〔三〕隴坂，注見六卷。　《周禮》：雍州，其鎮曰嶽山。注：吴岳也。《漢·地理志》：吴山在汧縣西，《古文》以爲岍山，《國語》謂之西吴，秦都咸陽，以爲西岳。《舊唐書·禮儀志》：肅宗至德二年春，在鳳翔，改汧陽郡吴山爲西岳。　華山有蓮花峰。　崆峒，注見二卷。　吴岳、蓮花、崆峒，皆過隴坂時所見也。

〔四〕言隴坂之險，已極突兀之觀矣。及過青陽，覺此險猶逐人而來，乃歎冥漠之境不可窮也。末語正應「南行道彌惡」，舊注都支離。

龍門鎮

《水經注》：洛漢水，北發洛谷，南逕威武戍，又西南與龍門水合。水出西北龍門谷，東流與横水會，又南逕龍門戍東。按：洛谷，一作駱，在成縣西。《一統志》：龍門鎮，在鞏昌府成縣東，後改府城鎮。

細泉兼輕冰，沮洳棧道濕。不辭辛苦行，迫一作迫此短景急〔一〕。石門雲雪一作雲雷隘一作溢，古鎮峰巒集。旌竿暮慘澹，風水白刃澀〔二〕。胡馬屯成皋，防虞此何及。嗟爾遠戍人，山寒夜中泣〔三〕。

〔一〕《詩傳》：沮洳，水浸處，下濕之地也。《元和郡縣志》：褒斜道，一名石牛道，張良令燒絶棧道，即此。《舞鶴賦》：急景凋年。

〔二〕《蜀都賦》：岨以石門。注：在漢中之西，褒中之北，蜀之險隘。

〔三〕成皋，注見三卷。《唐書》：乾元二年九月，史思明陷東京及齊、汝、鄭、滑四州。

黄淳耀曰：時東京爲思明所據。秦、成間密邇關輔，故龍門鎮兵有石門之守。然旌竿慘淡，白刃鈍澀，既無以壯我軍容，況此地又與成皋遠不相及，則亦徒勞吾民而已，遠戍果何益哉？

石龕

熊羆咆我東，虎豹號我西。我後鬼長嘯，我前狨音戎又啼〔一〕。天寒昏無日，山遠道路迷。驅車石龕下，仲冬見虹蜺〔二〕。伐竹者誰子，悲謌上一作抱雲梯。爲官採美箭，五歲供梁齊〔三〕。苦云直簳一作笴盡，無以充一作應提攜。奈何漁陽騎，颯颯驚蒸黎。

〔一〕陳藏器《本草》：狨生山南山谷中，似猴而大，毛長，黄赤色，人將其皮作鞍褥。《埤雅》：尾作金色，俗謂金線狨，中矢毒即自齧斷其尾以擲之。

〔二〕《月令》：孟冬之月，虹藏不見。今仲冬見之，紀異也。

〔三〕阮籍詩：所憐者誰子。　謝靈運詩：共登青雲梯。　《一統志》：箭簳山，在漢中府漢陰縣東北一百八十里，山産箭竹。

積草嶺

原注：同谷界。

連峰積長陰，白日遞隱見形甸切。颼颼林響交，慘慘石狀變。山分積草嶺，路異明《唐書》作鳴水縣〔一〕。旅泊吾道窮，衰年歲時倦。卜居尚百里，休駕投諸彦。邑有佳主人，情如已會面。來書語絶妙，遠客驚深眷。食蕨不厭餘，茅茨眼中見〔二〕。

〔一〕《舊唐書》：鳴水縣屬興州，本漢沮縣地，隋爲鳴水縣。蔡曰：謂此嶺之外，東西别行，東則同谷，西則鳴水也。

〔二〕同谷宰以書來迎公，故言將卜居同谷，茆茨如或見之。

泥功《唐書》作公山

《唐書》：貞元五年，于同谷之西境泥公山，權置行成州。《方輿勝覽》：在同谷郡西二十里。

朝行青泥上，暮在青泥中〔一〕。泥濘乃定切非一時，版築勞人功。不畏道途一作路永，乃將一作反將，一云及此汩没同〔二〕。白馬爲鐵驪，小兒成老翁。哀猿一作猱透却墜，死鹿力所窮〔三〕。寄語北來人，後來莫忽忽。

〔一〕《元和郡國志》：青泥嶺，在興州長舉縣西北五十三里，接溪山東，懸崖萬仞，上多雲雨，行者屢逢泥淖，故號爲青泥嶺。《一統志》：在漢中府略陽縣西北一百五十里。

〔二〕《莊子》：與汩偕出。司馬云：汩，湧波也。

〔三〕《詩》：駟鐵孔阜。《爾雅》：馬純黑曰驪。　魏文帝《書》：已成老翁，但未白頭耳。《詩》：野有死鹿。

鳳凰臺

原注：山峻，人不至高頂。　錢箋：《水經注》：鳳溪水，上承濁水于廣業郡，南逕鳳溪，中有二石雙高，其形若闕，漢世有鳳凰棲其上，故謂之鳳凰臺。北去郡三里，水出臺下。《方輿勝覽》：鳳凰臺，在同谷東南十里，山腰有瀑布，名迸璣泉。天寶間，哥舒翰有題刻。

亭亭鳳凰臺，北對西康州。西伯今寂寞，鳳聲亦悠悠〔一〕。山峻路絶蹤，石林氣高浮。安得萬丈梯，爲君上上聲，《英華》作居上頭。恐有無母雛，饑寒日啾啾一云啁啾〔二〕。我能剖心出《方輿勝覽》作血，飲啄慰孤愁。心以當竹實，炯然無《勝覽》作忘外求。血以當醴泉，豈徒比清流〔三〕。所重王者瑞，敢辭微命休。坐看綵翮長一作舉，舉一作縱意八極周〔四〕。自天銜瑞圖《英華》作圖讖，飛下十二樓。圖以奉一作獻至尊，鳳以垂鴻猷〔五〕。再光中興業，一洗蒼生憂。深衷正《勝輿》作止爲此，群盜何淹留。

〔一〕《唐書》：武德初，以同谷置西康州，貞觀初廢。謂之西康者，别於嶺南之康州也。　西伯，文王也。文王時，鳳鳴岐山。

〔二〕《山海經》：南禺之山，有鳳凰、鵷雛。焦貢《易林》：鳳有十子，同巢共母，歡以相保。

〔三〕《詩疏》：鳳非竹實不食，非醴泉不飲。李畋《該聞集》：舊稱竹實，鸞鳳所食。今竹間時見開花，小白如棗花，亦結實如小麥子，無氣味而澀，江浙人號爲竹米。荒年之兆，其竹即死，非鸞鳳食也。近江南餘干人來，言彼處有竹實，大如雞子，竹葉層層包裹，味甘勝蜜，食之心膈清涼，生竹林茂密處。因知鸞鳳之食，必非常物。

〔四〕鳳羽具五采，故曰綵翮。王褒《頌》：周流八極。

〔五〕《春秋元命包》：黄帝遊元扈洛水之上，鳳凰銜圖置帝前，帝再拜受圖。《漢·郊祀志》：方士言：黄帝時，爲五城十二樓，以候神人於執期。《十洲記》：崑崙山，積金爲天墉城，城上安金臺五所，玉樓十二所。劉敬叔《異苑》：晉隆安中，鳳凰集劉穆之庭，韋藪謂曰：「子必協贊鴻猷。」

乾元中寓居同谷縣作歌七首

《舊唐書》：成州，治同谷縣，武德元年置成州。貞觀二年，以廢康州之同谷縣來屬。《九域志》：秦州西南至成州二百六十五里。

有客有客字子美，白頭亂一作短髮垂過一作兩耳。歲拾橡栗隨狙公，天寒日暮山谷裏〔一〕。中原無書歸不得，手脚凍皴士倫切皮肉死〔二〕。嗚呼一歌兮歌已哀，悲風爲我從天一作東來。

〔二〕《後漢·李恂傳》：時歲荒，徙居新安關下，拾橡栗以自資。《廣韻》：橡，櫟實也。《莊子》：狙公賦芧。芧，即橡子也。

〔三〕《説文》：皴，皮細起也。《梁武帝紀》：執筆觸寒，手爲皴裂。

長鑱仕衫、仕鑒二切長鑱白木柄，我生託子以爲命。黄精一作獨無苗山雪盛，短衣數挽不掩脛〔一〕。此時與子空一作同歸來，男呻女吟四壁静。嗚呼二歌兮歌始放，隣一作閭里爲我色惆悵。

〔一〕《説文》：鑱，鋭也，吴人云犁鐵。《山谷别集》：黄獨，狀如芋子，梁漢人蒸食之，江東謂之土芋。陳藏器云：黄獨，遇霜雪，枯無苗，蓋蹲鴟之類也。作「黄獨」爲是。王彦輔《麈史》：《藥録》云，黄精止饑。杜以窮冬采此，奚必遷就黄獨耶？又以山雪爲春雪，不知杜在同谷，未嘗涉春也。蔡注：公詩每用黄精，不必作黄獨，東坡詩亦讀此句爲黄精也。

有弟有弟在遠方一作各一方，三人各瘦何人强〔一〕。生别展轉不相見，胡塵暗天道路長。東飛駕鵝後鶖鶬，安得送我置汝旁〔二〕。嗚呼三歌兮歌三發，汝歸何處收兄骨〔三〕。

〔一〕趙曰：公四弟，曰潁、曰觀、曰豐、曰占。潁、觀、豐各在他郡，惟占從公入蜀，後有《舍弟占歸草堂》詩。《後漢書》：趙孝弟禮爲賊所得，將食之，孝自縛詣賊曰：「禮餓羸瘦，不若孝肥飽。」賊感其意，俱舍之。梁元帝《與武陵王書》：兄肥弟瘦，無復相見之期。

〔二〕《廣志》：鴐鵝，野鵝也。陶隱居云：野鵝大於雁，似人家蒼鵝，謂之鴐鵝。《埤雅》：鵝性貪惡，狀如鶴而大，長頸赤目，善與人鬭，好啗蛇。郭璞《江賦》：奇鶬九頭。《本草》：似鶬而異，故曰奇鶬，即今九頭鳥，與《爾雅》之鶬麋鴰不同。按：《大招》：鵾鴻群晨，雜鶖鶬只。曰：雜以其異類也，二者皆惡禽。故舊注以比史思明，但此句詩意本謂道路阻絶，欲假翼飛鳥耳。若以鶖鶬比思明，則鴐鵝又何指耶？

〔三〕《左傳》：予收爾骨焉。

有妹有妹在鍾離，良人早歿諸孤癡〔一〕。長淮浪高蛟龍怒，十年不見來何時一作遲。扁舟欲往箭滿眼，杳杳南國多旌旗。嗚呼四歌兮歌四奏，林猿一作竹林爲我啼清晝〔二〕。

〔一〕《舊唐書》：濠州，屬淮南道。天寶元年，改鍾離郡。乾元元年，復爲濠州。《新書》：屬河南道。公有《寄韋氏妹》詩，時嫠居鍾離。

〔二〕《西清詩話》：崇寧間，有貢士自同谷來，籠一禽，大如雀，色正青，善鳴，曰：此竹林鳥也。《演繁露》：詩人假象爲辭，因竹之號風若啼，故謂之啼耳。按：二説皆穿鑿難信。猿多夜啼，今啼清晝，極言其悲也。

四山多風溪水急，寒雨颯颯枯樹一云樹枝濕。黄蒿古城雲不開，白一作玄狐跳梁黄狐立〔一〕。我生何爲在窮谷，中夜起坐萬感集。嗚呼五歌兮歌正長，魂招不來歸故鄉〔二〕。

〔一〕蔡琰《胡笳十八拍》：塞上黄蒿兮枯枝葉乾。

〔二〕《招魂》：魂兮歸來，反故居些！按：古人招魂之禮，不專施於死者。公詩如「剪紙招我魂」、「老魂招不得」、「南方實有未招魂」，與此詩「魂招不來歸故鄉」，皆招生時之魂也，本王逸《楚詞注》。

南有龍兮在山湫，古木巃盧紅、力董切嵸子紅、子孔切枝相樛〔一〕。木葉黄落龍正蟄，蝮蛇東來水上游。我行怪此安敢出，拔劍欲斬且復休〔二〕。嗚呼六歌兮歌思遲一云怨遲遲，溪壑爲我迴春姿。

〔一〕劉安《招隱士》：山氣巃嵸兮石嵯峨。

〔二〕《漢書》：高祖夜徑澤中，有大蛇當道，拔劍斬之。

郭知達本注引東坡云：明皇至自蜀，居南内興慶宫，李輔國陰伺其隙間之，此詩「南有龍」，喻玄宗在南内也。《杜詩博議》：前後六章，皆自序流離之感，不應此章獨譏時事。此蓋詠同谷萬丈潭之龍也。龍蟄而蝮蛇來遊，或自傷龍蛇之混，初無指切也。古人詩文取喻於龍者不一，未嘗專指爲九五之象，東坡必無是言也。

男兒生不成名身已老，三一作十年饑走荒山道。長安卿相多少年，富貴應須致身早。山中儒生舊相識，但話夙昔傷懷抱。嗚呼七歌兮悄終曲，仰視皇天白日速。

萬丈潭

原注：同谷縣作。○錢箋：《寰宇記》：咸通十四載，西康州刺史趙鴻刻《萬丈潭》詩於石，又題杜甫同谷茆茨曰：「工部棲遲後，鄰家大半無。青羌迷道路，白社寄盃盂。大雅何人繼，全生此地孤。孤雲飛鳥什，空勒舊山隅。」鴻曰：萬丈潭在子美宅西，洪濤蒼石，山徑岸壁，如或見之。《方輿勝覽》：萬丈潭，在同谷縣東南七里，俗傳有龍自潭飛出。按：《七歌》「南有龍兮在山湫」，即此潭也。

青溪合趙鴻刻及《英華》皆作含冥寞，神物有顯晦。龍依積水蟠，窟壓萬丈内。跼步凌垠堮逆各切，或作鄂，側身下煙靄〔一〕。前臨洪濤寬，却立蒼石大。山危一徑盡，岸絶兩壁對。削成根虚無，倒影垂澹瀩趙刻同，音隊。吴作瀬。鄭卬云：瀩，徒對切〔二〕。黑如陳作爲，黄作知灣潰底，清見光炯碎。孤雲《勝覽》作峰到來深，飛鳥不在外〔三〕。高蘿成帷幄，寒木壘吴作累，一作疊旌旆。遠川曲通流，嵌竇潛洩瀨〔四〕。造幽無人境，發興自我輩。告歸遺恨多，將老斯遊最〔五〕。閉藏脩鱗蟄，出入巨石趙刻作爪礙。何事趙刻及《英華》皆作當暑一作炎天過，快意風雨一作雲會〔六〕。

〔一〕《荀子》：積水成淵，蛟龍生焉。《淮南子》：出於無垠堮之門。許慎曰：垠堮，端崖也。

〔二〕按：瀨字，《玉篇》、《廣韻》、《增韻》俱不載。○《山海經》：太華之山，削成而四方。《廣韻》：瀫，清也，濡也。蔡曰：澮瀫，猶澮浼也。《集韻》作灘，水帶沙往來貌。

〔三〕《玉篇》：澴，聚流也。不在外，言潭上石高，鳥飛不能過也。

〔四〕陸機詩：輕條象雲構，密葉成翠幄。康協《終南行》：楓丹杉碧，壘旌立旆。石孔曰竇，水流沙上曰瀨。

〔五〕《天台賦》：卒踐無人之境。

〔六〕言方冬龍蟄，未能擘石而出，還思乘暑過此，觀其騰躍風雲之會也，應「神物有顯晦」。

發同谷縣

原注：乾元二年十二月一日，自隴右赴成都紀行。公居同谷不盈月，即赴成都。

賢有不黔突，聖有不煖席。況我饑愚人，焉能尚安宅〔一〕。始來兹山中，休駕喜地僻。奈何迫物累，一歲四行役〔二〕。忡忡去絶境，杳杳更遠適。停驂龍潭雲，回首白一作虎崖石〔三〕。臨岐别數子，握手淚再滴。交情無舊深一作雖無舊深知，一作雖舊情深知，窮老多慘慼。平生懶拙意，偶值直史切棲遁跡。去住與願違，仰慚林間翮〔四〕。

〔一〕《淮南子》：孔子無黔突，墨子無煖席。

〔二〕趙曰：是年春，公自東都回華；秋，自華客秦；冬，自秦赴同谷，又自同谷赴劍南，是四行役也。

〔三〕龍潭，即萬丈潭。《宋書·氐胡傳》：拓跋齊聞苻達兵起，遁走，達追擊斬之。因據白崖，分平諸戍。《通鑑注》：今大安軍東北八十里有白崖。大安軍，古葭萌地也。

〔四〕陶潛詩：遲遲出林翮。

木皮嶺

錢箋：《方輿勝覽》：木皮嶺，在同谷縣東二十里，河池縣西十里。杜甫發同谷，取路栗亭，南入郡界，歷當房村，度木皮嶺，由白水峽入蜀，即此。黄巢之亂，王鐸置關於此，以遮秦隴，路極險阻。《一統志》：木皮嶺，在鞏昌府徽州西十里。

首去聲路栗亭西，尚想鳳凰村。季冬攜童一作幼稚，辛苦赴蜀門〔一〕。南登木皮嶺，艱險不易論。汗流被我體，祁寒爲之暄。遠岫争輔佐，千巖自崩奔〔二〕。始知五嶽外，别樊作更有一作見他山尊。仰干一作看塞大明，俯入裂厚坤。再聞虎豹鬬，屢跼風水昏。高有廢閣道，摧折如短一作斷轅。下有冬青林，石上走長根〔三〕。西崖特秀發，焕若靈芝繁。潤聚金碧氣，清無沙土痕。憶觀崑崙圖，目擊玄圃存。對此欲何適，默傷垂老魂。

〔一〕顔延之詩：首路跼艱險。栗亭，注見前。鳳凰村，當與鳳凰臺相近，在同谷。蜀門，即劍門。
〔二〕謝靈運詩：圻岸屢崩奔。崩奔，猶云奔峭也。
〔三〕陳藏器《本草》：冬青，木肌白有文，其葉堪染緋，冬月青翠。

白沙渡

《方輿勝覽》：白沙渡、水回渡，俱屬劍州。

畏途隨長江，渡口下絶岸。差池上舟楫，杳窕入雲漢〔一〕。天寒荒野外，日暮中流半。我馬向北嘶，山猿飲相喚。水清石礧礧，沙白灘漫漫。迥一作脩然洗愁辛，多病一疎散。高壁抵嶔崟一作岑，洪濤越淩亂。臨風獨回首，攬轡復三歎〔二〕。

〔一〕長江，嘉陵江也，即西漢水。
〔二〕言水清沙白，風景可娛，及已渡，回首見高壁洪濤之可畏，故爲之三歎也。

水會一云回渡

山行有常程，中夜尚未安。微月没已久，崖傾路何難。大江動一作當我前，洶若溟渤寬。篙師暗理楫，歌笑輕波瀾〔一〕。霜濃木石滑，風急一作烈手足寒。入舟已千憂，陟巘仍萬盤。迴眺一作出積水一作石外，始知衆星乾〔二〕。遠遊令人瘦，衰疾慚加餐。

〔一〕劉孝綽《太子洑》詩：榜人夜理楫。

〔二〕言水勢洶湧，星漢之行，若出其裏，非登岸而回眺水外，幾不知天水之爲二也。

飛仙閣

錢箋：《方輿勝覽》：飛仙嶺，在興州東三十里，相傳徐佐卿化鶴跧泊之地，故名飛仙。上有閣道百餘間，即入蜀路。《通志》：棧道在褒斜谷中。飛仙閣，即今武曲關，北棧閣五十三間也，總名連雲棧。按：飛仙閣，在今漢中府略陽縣東南四十里，或云即三國時馬鳴閣，魏武所謂「漢中之咽喉」。

土一作出門山行窄，微徑緣一作徑微上秋毫。棧雲闌干峻，梯石結構牢。萬壑欹疏林一作竹，積陰帶奔濤。寒日外淡泊，長風中怒號〔一〕。歇鞍在地底，始覺所歷高。往來雜坐卧，人馬同疲勞。浮生有定分，饑飽豈可逃。歎息謂妻子，我何隨汝曹。

〔一〕《莊子》：大塊噫氣，其名爲風，作則萬竅怒號。　幽深則日不及照，故曰「外澹泊」；空大則風從内出，故曰「中怒號」。二語總見閣道之險，非身歷不能形容。

五盤

棧道盤曲有五重。《一統志》：七盤嶺，在保寧府廣元縣北一百七十里，一名五盤嶺。

五盤雖云險，山色佳有餘。仰凌棧道一作閣細，俯映江木疎。地僻無網罟，水清反多魚。好鳥不妄飛，野人半巢居。喜見淳朴俗，坦然心神舒。東郊尚格鬬，巨猾何時除。故鄉有弟妹，流落隨丘墟。成都萬事好，豈若歸吾廬〔一〕。

〔一〕古詩：客行雖云樂，不如早還歸。

龍門閣

錢箋：《元和郡國志》：龍門山，在利州綿谷縣東北八十二里，出好鍾乳。《寰宇志》：一名葱嶺山。《梁州記》云：葱嶺有石穴，高數十丈，其狀如門，俗號龍門。《方輿勝覽》：他閣道雖險，然在山腰，亦微有徑，可以增置閣道。惟此閣石壁斗立，虛鑿石竅，而架木其上，比他處極險。《一統志》：在保寧府廣元縣嘉陵江上。

清江下龍門，絶壁無尺土。長風駕高一作白浪，浩浩自太古。危途中縈盤一云縈盤道，仰望垂綫縷。滑石欹誰鑿，浮梁裊相拄。目眩隕雜花，頭風吹過雨一云過飛雨〔一〕。百年不敢料，一墜那得取。飽聞一作知經瞿唐，足見度大庾。終身歷艱險，恐懼從此數〔二〕。

〔一〕《水經注》：棧道，俗謂千梁無柱，諸葛亮《與兄瑾書》曰：「其閣梁，一頭入山腹，其一頭立柱於水中，今水大而急，不得安柱。」後亮死五丈原，魏延先退而焚之，即是道也。自後案修舊路者，悉無復水中柱。逕涉者，浮梁振動，無不摇心眩目。花隕而目爲之眩，視不及審也；雨吹而頭爲之風，迫不能避也，正形容閣道險絶。次公注：「雜花」、「過雨」，皆作比喻言。恐非。

〔二〕瞿唐、大庾，注别見。

石櫃閣

錢箋：《方輿紀勝》：石欄橋，在綿谷縣北一里，自城北至大安軍界營欄，橋閣共一萬五千三百一十六間，其著名者爲石櫃閣、龍門閣。

季冬日已長，山晚半天赤。蜀道多草郭作早花，江間饒奇石。石櫃曾波上，臨虚蕩高壁。清暉回群鷗，暝色帶遠客。羈棲負幽意，感歎向絶跡。信甘孱懦嬰，不獨凍餒迫。優游謝康樂，放浪陶彭澤。吾衰未自安一作由，謝爾性所一作有適〔一〕。

〔一〕《宋書》：謝靈運襲封康樂公。晉義熙中，陶淵明爲彭澤令。歎不能適性如陶謝。

桔居屑切柏渡

《舊唐書》：玄宗幸蜀，次利州益昌縣，渡吉柏江，有雙魚夾舟而躍，議者以爲龍。《方輿勝覽》：桔柏渡在利州昭化縣。

青冥寒江渡，架竹爲長橋。竿濕煙漠漠，江永一作水風蕭蕭〔一〕。連笮動嫋娜，征衣颯飄飖。急流鴇鷁與鴉同散，絶岸黿鼉驕〔二〕。西轅自兹異，東逝不可要。高通荆門路，闊會滄海潮〔三〕。孤光隱顧眄，遊子悵寂寥。無以洗心胸，前登但山椒〔四〕。

〔一〕謝朓詩：生烟紛漠漠。《詩》：江之永矣。

〔二〕《梁益記》：笮橋，連竹索爲之，亦名繩橋。《西都賦》：鶬鴰鴇鷁。注：鴇，似雁，無後趾。鴉，水鳥。

〔三〕舊注：桔柏渡，乃文州、嘉陵二江合流處，東下入渝，合達荆州。言我西行，而水但東注，通荆門，下滄海，不可要之使止也。戴叔倫詩：「沅湘日夜東流去，不爲愁人住少時」，即此意。

〔四〕《釋名》：山頂曰冢，亦曰椒。《廣雅》：土高四墮曰椒。謝靈運詩：税駕登山椒。

劍門

《舊唐書》：劍州劍門縣界大劒山，即梁山也，其北三十里有小劒山。大劒山有閣道三十里。

《一統志》：大劒山，在保寧府劒州北二十五里，蜀所恃爲外户。其山峭壁中斷，兩崖相嵚，如門之闢，如劒之植，故又名劒門山。

惟天有設險，劒門一作閣天下壯。連山抱西南，石角皆北向〔一〕。兩崖崇墉倚，刻畫城郭狀。一人一作夫怒臨關一作門，百萬未可傍一作仰。珠玉陳作玉帛走中原，岷峨氣悽愴〔二〕。三皇五帝前，雞犬各一作莫相一作自放。後王尚柔遠，職貢道已喪〔三〕。至今一作令英雄人，高視見霸王于況切。并吞與割據，極力不相讓。吾將罪真宰，意欲鏟疊嶂。恐此復偶然，臨風默一作黯惆悵。

〔一〕石角北向，言有面内之義。

〔二〕《劒閣銘》：一人荷戟，萬夫趑趄。　岷山、峨山，注俱别見。　蜀爲天府，故珠玉皆歸中原，然物力有窮，岷峨亦爲之悽愴矣。

〔三〕言上古雞犬相忘，無與中國。自秦開金牛，務以柔遠，職貢修而淳朴道喪，蜀所以遂爲多事之國。蜀爲財賦所出。自明皇臨幸，供億不貲，民力盡矣。民力盡而寇盜乘之，晉李特流人之禍，可爲明鑒。此詩故有「岷峨悽愴」與「英雄割據」之慮也，公豈徒詩人已哉！

鹿頭山

《唐書》：漢州德陽縣有鹿頭關，關在鹿頭山上，南距成都百五十里，高崇文擒劉闢於此。《全蜀總志》：鹿頭山，在德陽縣治北三十餘里，山有鹿頭關。

鹿頭何亭亭，是日慰饑渴。連山西南斷，俯見千里豁〔一〕。遊子出京華一云咸京，劍門不可越。及兹阻險盡，始喜原野闊。殊方昔三分，霸氣曾間發。天下今一家，雲端失雙闕〔二〕。悠然想揚馬，繼起名硉兀。有文一作才令人傷，何處埋爾骨〔三〕。紆餘脂膏地，慘澹豪俠窟。仗鉞非老臣，宣風豈專達〔四〕。冀公柱石姿，論道邦國活。斯人亦何幸，公鎮踰歲月〔五〕。

〔一〕《益州記》：水旱從人，不知饑饉，沃野千里，謂之陸海。

〔二〕鮑照詩：雙闕似雲浮。《蜀都賦》：華闕雙邈，重門洞開。

〔三〕《華陽國志》：司馬相如耀文上京，揚子雲齊聖廣淵，斯蓋華岷之靈標，江漢之精華也。

〔四〕《上林賦》：紆餘逶迤。《蜀都賦》：内函要害於膏腴。《華陽國志》：蜀人稱郫繁爲膏腴，綿洛爲浸沃。　秦克六國，輒徙其豪俠於蜀，家有鹽銅之利，人擅山川之材，簫鼓歌吹，擊鐘肆懸，富侔公室，豪過田文。《周禮》：大事則從其長，小事則專達。

〔五〕《舊唐書》：至德二載十二月，右僕射裴冕封冀國公。乾元二年六月，拜成都尹，充劍南西川節度使。

成都府

《舊唐書》：成都府，在京師西南二千三百七十九里，去東都三千二百一十六里。

翳翳桑榆日，照我征衣裳。我行山川異，忽在天一方〔一〕。但逢新人民，未卜見故鄉。大江東流去，遊子去日一作日月長。曾城填音田華屋，季冬樹木蒼。喧然名都會，吹簫間一作奏笙簧〔二〕。信美無與適，側身望川梁。鳥雀夜各歸，中原杳茫茫〔三〕。初月出不高，衆星尚爭光〔四〕。自古有羈旅，我何苦哀傷。

〔一〕《淮南子》：日西垂，景在樹端，謂之桑榆。注：言其光在桑榆之樹上。

〔二〕《淮南子》：崑崙山上有曾城九重。《蜀都賦》：寒卉冬馥。盛稱都會，愈見故鄉可懷，所謂「成都萬事好，豈若歸吾廬」也。

〔三〕《登樓賦》：雖信美而非吾土兮，曾何足以少留。《楚詞》：欲側身而無所。中原，公故鄉所在。

〔四〕《補注》：初月、衆星，托喻肅宗、思明，宋人多持此説，故胡文定《通鑑舉要補遺序》有「日轂冥濛，衆星爭耀」語，蓋本之公詩也。然禄山、思明，直妖孛耳，豈可擬之衆星乎？韓退之「煌煌東方星，奈此衆客醉」，魏道輔謂：東方，喻憲宗在儲宮，此又以解杜詩之鑿而解韓詩也。

此詩語意，多本阮公《詠懷》。「翳翳桑榆日，照我征衣裳」，即阮之「灼灼西頹日，餘光照我衣」也；「側身望川梁」，即阮之「登高望九州」也；「鳥雀夜各歸，中原杳茫茫」，即阮之「飛鳥相隨翔，曠野莽茫茫」也；「自古有羈旅，吾何苦哀傷」，又翻阮之「羈旅無儔匹，俛仰懷哀傷」以自廣也。「初月出不高，衆星尚爭光」，則本子建《贈徐幹》詩「圓景光未滿，衆星粲以繁」。公云「熟精文選理」，於此益信。杜田注：「桑榆，喻明皇在西内；初月，喻肅宗；衆星，喻史思明之徒。」此最爲曲説，王伯厚《困學紀聞》亦引之，吾所不解。

卜居

浣花流一作之，一作溪水水西頭，主人爲卜林塘幽〔一〕。已知出郭少塵事，更有澄江銷客愁。無數蜻蜓飛上下，一雙鸂鶒對沈浮。東行萬里堪乘興，須向山陰上一作入小舟〔二〕。

〔一〕《寰宇記》：浣花溪，在成都西郭外，屬犀浦縣，一名百花潭。趙曰：公之居，在浣花溪水西岸，江流曲處，公詩所謂「田舍清江曲」也。址既蕪没，吕汲公鎮成都日，於西岸佛舍曰梵安寺旁，爲立草堂焉。　鮑曰：主人，裴冕也。舊注作嚴武，非。按史：上元元年三月，李若幽代裴冕爲成都尹。此云「主人」，恐只是地主，并非冕也。

〔二〕《語林》：王子猷居山陰，雪夜忽憶戴安道。時戴在剡溪，即乘輕船就之。既造門，不前便返。人問其故，曰：「吾本乘興而行，興盡而返，何必見戴？」趙曰：萬里橋在浣花之東，故以此起興耳。

王十五司馬弟出郭相訪兼遺營草堂貲

客裏何遷次，江邊正寂寥〔一〕。肯來尋一老，愁破是今朝。憂我營茅棟，攜錢過野橋。他鄉惟表弟，還往莫辭遥。

〔一〕《左傳》：廢日共積，一日遷次。陳樂昌公主詩：今日何遷次，新官對舊官。

堂成

背郭堂成蔭白茅，緣江路熟俯青郊〔一〕。榿《唐韻》無此字，《苕溪漁隱》云：丘宜切林礙日吟風葉，籠力鍾切竹和煙滴露梢〔二〕。暫止一作下飛烏將數子，頻來語燕定新巢〔三〕。旁人錯比揚雄宅，懶墮一作慢無心作解嘲〔四〕。

〔一〕《詩》：白茅菅兮。《通志》：茅類甚多，惟白茅擅名。茅出地曰茅鍼，茅花曰秀茅，茅葉曰菅。　謝朓詩：結軫青郊路。

〔二〕《齊東野語》：榿，前輩讀若欹。榿木惟蜀有之，不材木也。宋祁《益部方物記》：榿木，蜀所宜，民家蒔之，不三年可爲薪。疾種亟取，里人以爲利。竹有數種，節間容八九寸者曰籠竹，一尺曰苦竹，弱梢垂地者曰釣絲竹。山谷《別集》：蜀人名大竹曰籠竹。

〔三〕古樂府：烏生八九子，端坐秦氏桂樹間。

〔四〕《寰宇記》：子雲宅，在華陽縣少城西南角，一名草玄堂。《全蜀總志》：揚雄宅在府治西，成都縣治，其舊址也，今藩司前有墨池、草玄亭。

蜀相

丞相祠堂何處尋，錦官城外柏森森〔一〕。映堦碧草自春色，隔葉黄鸝空一作多好音。三顧頻繁郭作煩天下計，兩朝開濟老臣心〔二〕。出師未捷身先死，長使英雄淚滿襟。

〔一〕錢箋：《寰宇記》：諸葛武侯祠，在先主廟西，府城西有故宅。《方輿勝覽》：在府西北二里。武侯初亡，百姓遇節朔各私祭於道中。李雄稱王，始爲廟於少城内。桓温平蜀，夷少城，獨存孔明廟。《華陽國志》：成都西城，故錦官城也。錦江織錦濯其中則鮮明，他江則不好，故命曰錦里也。《水經注》：成都夷里橋南岸道西有城，故錦官也。《元和郡國志》：錦官城在成都縣南十里。潘岳《懷舊賦》：柏森森以攢植。

〔二〕庾亮《辭中書令表》：頻煩省闥，出總六軍。《晉·桓宣傳》：宣開濟篤素。《補注》：三顧頻煩天下計，《蜀志》：費禕以奉使稱旨，頻煩至吴。

梅雨

南京犀一作西浦道，四月熟黄梅〔一〕。湛湛一作黯黯長江去，冥冥細雨來。茅茨疎易濕，雲霧密難開。竟日蛟龍喜，盤渦與岸回〔二〕。

〔一〕《唐書》：玄宗幸蜀還，至德二載，改成都府，置尹視二京，號曰南京。犀浦縣，屬成都府，垂拱二年，析成都縣置。《全蜀總志》：犀浦廢縣，在今郫縣東二十五里。《四時纂要》：梅熟而雨曰梅雨，江東人呼黄梅雨。《風土記》：夏至雨，名黄梅雨，霑衣服皆敗黦。

〔二〕盤渦，注見二卷。

爲農

錦里烟塵外，江村八九家。圓荷浮小葉，細麥落一作墮輕花。卜宅從兹老，爲農去國賒。遠慚勾漏令，不得問丹砂〔一〕。

〔一〕《九域志》：容州有古勾漏縣城。《寰宇記》：勾漏山在容州。《一統志》：勾漏山，在今安南，古勾漏縣在其下。葛洪事，見一卷。

賓至

患氣經時久，臨江卜宅新。喧卑方避俗，疎快頗宜人。有客過茅宇，呼兒正葛巾。自鋤稀菜甲，小摘爲情親〔一〕。

〔一〕謝靈運《永嘉記》：百卉正發時，聊以小摘供日。

有客

幽棲地僻經過少，老病人扶再拜難。豈有文章驚海内，謾勞車馬駐江干。竟日淹留佳客坐，百年麤糲音辣腐儒餐。不一作莫嫌野外無供給，乘興還來看藥欄〔一〕。

〔一〕藥欄，花藥之欄也。

狂夫

萬里橋西一一作新草堂，百花潭水即滄浪〔一〕。風含翠篠娟娟静一作浄，雨裛紅蕖冉冉香。厚禄故人書斷絶，恒饑稚子色淒凉。欲填溝壑惟疎放，自笑狂夫老更狂。

〔一〕《華陽國志》：郡治少城西南兩江有七橋，南渡流曰萬里橋，在成都縣南八里。蜀使費禕聘吴，諸葛亮祖之，禕歎曰：「萬里之行，始於此橋。」因以爲名。　錢箋：本傳云「於成都浣花里，種竹植樹，結廬枕江」。《卜居》詩：「浣花溪水水西頭。」《狂夫》詩：「萬里橋西一草堂，百花潭水即滄浪。」《堂成》詩：「背郭堂成蔭白茅。」《西郊》詩：「時出碧雞坊，西郊向草堂。」《懷錦水居止》詩：「萬里橋南宅，百花潭北莊。」然則草堂，背成都郭，在西郊碧雞坊外，萬里橋南，百花潭北，浣花水西，歷歷可考。

田舍

田舍清江曲一作上，柴門古道旁。草深迷市井，地僻懶衣裳。櫸居許切，正作柜柳吴曾云：唐顧陶《類編》作楊柳枝枝弱，枇杷樹樹顧陶作對對香〔一〕。鸕鷀西日照，曬翅滿漁梁。

〔一〕《本草衍義》：櫸木皮，今人呼爲櫸柳。然葉謂柳非柳，謂槐非槐。按：《爾雅注》：柜柳似柳，皮可煮飲。徐氏曰：柜或作櫸。吴曾《漫録》謂：櫸、柳二物，不應對枇杷。不知櫸柳正是一物也。

進艇

南京久客耕南畝，北望傷神坐一作卧北窻。晝引老妻乘小艇，晴看稚子浴清江。俱飛蛺蝶元相逐，並蔕芙蓉本自雙〔一〕。茗飲蔗漿攜所有，瓷罌無謝玉爲缸〔二〕。

〔一〕《爾雅》：荷，芙蕖。注：别名芙蓉，江東呼荷。

〔二〕《洛陽伽藍記》：彭城王勰戲謂王肅曰：「明日顧我，爲君設邾莒之餐，亦有酪奴。」因此復號茗飲爲酪奴。《招魂》：濡鼈炮羔，有柘漿些。注：柘謂蔗也。取諸蔗之汁，以爲漿飲。

江村

清江一曲抱村流，長夏江村事事幽。自去自來一作歸梁上燕，相親相近水中鷗。老妻畫紙爲一作成棊局，稚子敲針作釣鉤〔一〕。多病所須惟藥物《英華》作：但有故人供禄米。供，樊作分，微軀此外更何一作無求？

〔一〕晉李秀《四維賦序》：四維戲者，衛尉摯侯所造也，畫紙爲局，截木爲棊。東方朔《七諫》：以直針而釣兮，又何魚之能得。

江漲

江漲柴門外，兒童報急流。下牀高數尺，倚杖没中洲〔一〕。細動迎風燕，輕摇逐浪鷗。漁人縈小楫，容易拔趙音蒲撥切，一作捩船頭。

〔一〕鮑照詩：倚杖牧雞豚。

野老

野老籬前一作邊江岸迴，柴門不正逐江開。漁人網集澄潭下，賈客船隨返照來〔一〕。長路關心悲劒閣，片雲何意一作事，一云行雲幾處傍琴臺〔二〕。王師未報收東郡，城闕秋生畫角哀原注：南京同兩都，得云城闕〔三〕。

〔一〕潭，即百花潭。下，下網也。

〔二〕琴臺，注別見。

〔三〕按：《唐史》：滑州靈昌郡，本名東郡。然乾元二年秋，東京及濟、汝、鄭、滑四州皆陷賊。是年秋，猶未收復，詩何以獨舉滑州？蓋東郡謂京東諸郡，非滑州也。《兗州城樓》詩「東郡趨庭日」，兗州亦不名東郡，此可證矣。

所思

苦憶荆州醉司馬原注：崔吏部漪〔一〕，謫官一作居樽俎一作酒定常開。九江日落醒何處，一柱觀頭眠幾回〔二〕。可憐懷抱向人盡，欲問平安無使來。故憑錦水將雙淚，好過瞿唐灩澦堆〔三〕。

〔一〕《唐書·杜鴻漸傳》：禄山亂，肅宗至平涼，鴻漸與節度判官崔漪定議興復。《顔真卿傳》：至德中，武部侍郎崔漪被劾，黜降。

〔二〕《禹貢》：過九江，至於東陵。注：江分爲九道，在荆州。《渚宫故事》：宋臨川王義慶鎮江陵，于羅公洲立觀，甚大而惟一柱。《一統志》：一柱觀在松滋縣東丘家湖中。

〔三〕灩澦堆，注别見。過此則達荆州。

雲山

京洛雲山外，音書静不來〔一〕。神交作賦客，力盡望鄉臺〔二〕。衰疾江邊卧，親朋日暮迴。白鷗元水宿，何事有餘哀。

〔一〕京，長安；洛，洛陽也。古樂府有《煌煌京洛行》。

〔二〕《成都記》：望鄉臺，隋蜀王秀所築。《寰宇記》：《益州記》云：昇仙亭夾路有二臺，一名望鄉臺，在□□縣北九里。

遣興

干戈猶未定，弟妹各何之？拭淚霑襟血，梳頭滿面絲。地卑荒野大，天遠暮江遲。衰疾那能久，應無見汝時一作期。

一室

一室他鄉遠一作老，空林暮景懸。正愁聞塞笛，獨立見江船。巴蜀來多病，荊蠻去幾年〔一〕。應同王粲宅，留井峴山前〔二〕。

〔一〕《成都記》：成都之西即隴之南首，故曰隴蜀。以與巴接，復曰巴蜀。王粲《七哀》：遠身適荊蠻。注：荊蠻，喻荊州。

〔二〕《襄沔記》：王粲宅，在襄陽縣西二十里峴山坡下，宅前有井，人呼爲仲宣井。

石笋行

《華陽國志》：蜀五丁力士，能移山，舉萬鈞，每王薨，輒立大石，長三丈，重千鈞，爲墓誌，今石笋是也，號曰笋里。杜光庭《石笋記》：成都子城西曰興義門、金容坊，有石二株，高丈餘，圍八九尺。《耆舊傳》云：其名有六，曰石笋、曰蜀妃闕、曰沈犀石、曰魚鳧仙壇、曰西海之眼、曰五丁石門，皆非也。《圖經》云：石笋街乃大秦寺遺址，蜀之城壘方隅不正，以景測之，石笋於南北爲定，無所偏邪。杜田曰：按石笋在西門外，二株雙蹲，一南一北。北笋長一丈六尺，圍九尺五寸。南笋長一丈三尺，圍一丈二尺。南笋蓋公孫述時折，故長不逮北笋。陸游《筆記》：石笋其狀與笋不類，乃累疊數石爲之。

君不見益州城西門，陌一作街上石笋雙高蹲〔一〕。古來一作老相傳是海眼，苔蘚食《英華》作蝕盡波濤痕〔二〕。雨多往往得一作有瑟瑟，此事恍惚難明論〔三〕。恐是昔時卿相墓一作冢，立石爲表今仍存。惜哉俗態好蒙蔽，亦如小臣媚至尊。政化錯迕失大體，坐看傾危受厚恩。嗟爾石笋擅虛名，後來未識猶駿奔。安得壯士擲天外，使人不疑見本根。

〔一〕《水經注》：《地理風俗記》曰：漢武帝元朔二年，改梁州曰益州，以新啓、犍爲、牂牁、越巂州之疆壤益廣，故稱益云。

〔二〕《華陽風俗記》：蜀人曰：我州之西有石笋焉，天地之堆以鎮海眼，動則洪濤大濫。《成都記》：距石笋二三尺，每夏月大雨，往往陷作土穴，泓水湛然。以竹測之，深不可及。以繩繫石投其下，愈投而愈無窮。凡三五日，忽然不見。故有海眼之説。

〔三〕《博雅》：瑟瑟，碧珠也。《成都記》：石笋之地，雨過必有小珠，或青黄如粟，亦有細孔，可以貫絲。趙清獻《蜀都故事》：石笋街，真珠樓基也。昔有胡人於此立大秦寺，其門樓十間，皆以真珠、翠碧貫之爲簾。後摧毁墜地，至今基脚在。每大雨後，人多拾得珠翠等物。

姚寬曰：石笋事，當以《華陽國志》爲正，《後漢書》注亦引之。今公詩云「恐是昔時卿相墓，立石爲表今仍存」，豈偶未見耶？

石犀行

《華陽國志》：李冰作石犀五頭以厭水精，穿石犀溪於江南，命曰犀牛里。後轉置犀牛二頭，一在府中市橋門，一在淵中。陸游《筆記》：石犀，在李太守廟内東階下，亦麄似一犀，正如陝之鐵牛。一足不備，以他石續之，氣象甚古。《全蜀總志》：李冰五石犀，在成都府城南三十五里。今一在府治西南聖壽寺佛殿前，寺有龍淵，以此鎮之。一在府城中衛金花橋，即古市橋也。

君不見秦時蜀太守，刻石立作三蔡云當作五，後同犀牛。自古雖有厭音壓勝法，天生江水向一作須東流〔一〕。蜀人矜誇一千載，泛溢不近張儀樓。今日灌口一作注損户口，此事或恐爲神羞〔二〕。修築吴作終藉隄防出衆力，高擁木石當清秋。先王作法皆正道，詭怪何得參人謀〔三〕。嗟爾三犀不經濟，缺訛只與長川逝。但見元氣常調和，自免波濤恣彫瘵側界切，叶音際。安得壯士提天綱，再平水土犀奔一作蒼茫〔四〕。

〔一〕《華陽國志》：秦孝文王以李冰爲蜀郡太守。《漢·匈奴傳》：上以太歲厭勝所在。

〔二〕《華陽國志》：張儀築成都城，屢頹不立，忽有大龜周行旋走，巫言依龜行處築之，遂得堅立。城西南樓，百有餘尺，名張儀樓，臨山瞰江。李膺《益州記》：張儀樓，即宣明門樓也。重關複道，跨陽城門。《成都志》：李冰爲蜀郡守，化爲牛形，入水戮蛟，故冬春設鬥牛之戲。祠南數千家，邊江低圮，雖甚秋潦亦不移。李膺《益州記》：清水路西七里灌口，古所謂天彭闕。錢箋：《元和郡國志》：灌口山，在彭州導江縣西北二十六里，文翁穿湔江灌溉，故以灌口名山。灌口鎮在縣西六十里，灌口鎮城内有望帝祠，西有李冰祠。范成大《吴船録》：崇德廟在永康軍城西門外山上，秦太守李冰父子廟食處也。

〔三〕言厭勝乃詭怪之説，不如人力隄防之爲正。

〔四〕蔡曰：此詩「三犀」乃「五犀」之誤。按：《蜀王本紀》、《華陽國志》、《水經注》、《成都記》皆云：李冰作犀牛五頭。後來止二犀可考，其三頭已不存，所謂「缺訛只與長川逝」也。缺，損其數。訛，易其處也。《海賦》：昔在帝嬀，巨唐之代。天綱浡潏，爲凋爲瘵。洪濤瀾汗，萬里無際。

杜鵑行

《華陽國志》：魚鳬王後有王曰杜宇，教民務農，一號杜主。七國稱王，杜宇稱帝，號曰望帝，更名蒲卑。會有水災，其相開明，決玉壘山以除水患。帝遂禪位於開明，升西山隱焉。時適二月，子鵑鳥鳴，故蜀人悲子鵑鳥鳴也。《成都記》：望帝死，其魂化爲鳥，名曰杜鵑，亦曰子規。《華陽風俗録》：杜鵑大如鵲而羽烏，聲哀而吻有血。

君不見昔日蜀天子，化爲杜鵑似老烏。寄巢生子不自啄，群鳥至今與一作爲哺雛〔一〕。雖同君臣有舊禮，骨肉滿眼身羇孤。業工竄伏深樹裏《英華》作頭，四月五月偏號呼。其聲哀痛口流血，所訴何事常區區。爾豈郭作惟摧殘始發憤，羞帶羽翮傷形愚。蒼天變化誰料得，萬事反覆何所無。萬事反覆何所無一本無此重句，豈憶當殿群臣趨。

〔一〕《博物志》：杜鵑生子，寄之他巢，群鳥爲飼之。

《容齋隨筆》：時明皇爲李輔國劫遷西内，肅宗不復定省，子美爲作《杜鵑》詩以傷之。黄鶴曰：上元元年七月，輔國遷上皇，高力士及舊宫人皆不得留。尋置如仙媛于歸州，出玉真公主居玉真觀。上皇不懌，寢成疾。詩曰：「雖同君臣有舊禮，骨肉滿眼身羇孤」，蓋謂此也。鮑照《行路難》云：「愁思忽而至，跨馬出國門。舉頭四顧望，但見松柏荆棘鬱蹲蹲。中有一鳥名杜鵑，言是古時蜀帝魂。聲音哀苦鳴不息，羽毛憔悴似人髡。飛走樹間逐蟲蟻，豈憶往日天子尊。念此死生變化非常理，中心惻愴不能言。」此詩語意本此。

絶句漫興九首

眼見一作前客愁愁不醒，無賴春色到江亭。即遣花開一作飛深一作從造次，便教鶯語太丁寧師本作第九首。

手種桃李非無主，野老牆低還是一作似，非家。恰似春風相欺得，夜來吹折數枝花。

熟一作耐知晉作孰如茅齋絶低小，江上燕子故來頻。銜泥點污琴書内，更接飛蟲打著人。

二月已破三月來，漸老逢春能幾回。莫思身外無窮事，且盡生前有限杯。

腸斷江春一作春江欲盡一作白頭，杖藜徐步立芳洲。顛狂柳絮隨風去，輕薄桃花逐水流。

懶慢無堪不出村，呼兒日在掩柴門〔一〕。蒼苔濁酒林中静，碧水春風野外昏。

〔一〕嵇康《絶交書》：性復疎懶，有必不堪者七。

糝徑楊花鋪白氈，點溪荷葉疊一作纍青錢一作鈿〔一〕。筍一作竹根稚當作雉子無人見，沙上鳧雛傍母眠〔二〕。

〔一〕《唐書》：天寶中童謡云：「燕燕飛上天，天上女兒鋪白氈。」

〔二〕舊注：稚子，筍也。《西溪叢語》：杜牧之《朱坡》詩：「小蓮娃欲語，幽筍稚相携」，言筍如稚子，與竹根稚子同意。鮑曰：「稚」即「雉」字，字畫小訛耳。《筍》詩以稚子喻筍，非便爲筍也。趙曰：漢《鐃歌》有《雉子斑》，故用對「鳧雛」。雉，性好伏，其子身小，在筍旁難見。世本訛作「稚子」，遂起紛紛之説。《西京雜記》：太液池中，鳧雛雁子，布滿充積。

舍西柔桑葉可拈，江畔細麥復纖纖。人生幾何春已夏，不放香醪如蜜甜〔一〕。

〔一〕傅玄《酒賦》：味蜜甜而膽苦。

隔户一作户外楊柳弱嫋嫋，恰似十五女兒腰〔一〕。誰謂朝來不作意，狂風挽斷最長條師本作第一首。

〔一〕鮑照詩：翾翾燕弄風，嫋嫋柳垂道。《琅琊王歌》：新買五尺刀，懸著中梁柱。一日三摩挲，劇于十五女。

贈蜀僧閭丘師兄

原注：太常博士均之孫。《舊唐書》：成都人閭丘均以文章稱，景龍中，爲安樂公主所薦，起家拜太常博士。公主誅，均坐貶循州司倉卒，有集十卷。

大師銅梁秀，籍籍名家孫。嗚呼先博士，炳靈精氣奔〔一〕。惟一作往昔武皇后，臨軒御乾坤。多士盡儒冠，墨客藹雲屯〔二〕。當時上紫殿，不獨卿相尊。世傳閭丘筆，峻極逾樊作侔崑崙〔三〕。鳳藏丹霄暮一作穴，龍去一作出白水渾。青熒雪嶺東，碑碣舊製存〔四〕。斯文散都邑，高價越璵璠音煩。晚看作者意，妙絶與誰論。吾祖詩冠古，同年蒙主恩。豫章夾日月，歲久空深根〔五〕。小子思疎闊，豈能達詞門。窮愁一作秋一揮淚，相遇即諸昆。我住錦官城，兄居祇翹移切樹園〔六〕。地近慰旅愁，往來當丘樊。天涯歇滯雨，稉稻卧不翻。漂然薄遊倦，始與道侶敦。景晏步修廊，而無車馬喧。夜闌接軟語，落月如金盆〔七〕。漠漠世界黑一作冥，驅驅争奪繁。惟有摩尼珠，可照濁水源〔八〕。

〔一〕《唐書》：合州石鏡縣有銅梁山，又有銅梁縣。《十道志》：銅梁山，在涪江南七里。《蜀都賦》：近則江漢炳靈，世載其英。

〔二〕《長楊賦序》：藉翰林爲主人，子墨爲客卿以風。

〔三〕《三輔黄圖》：武帝于甘泉宫起紫殿，雕文刻鏤，以玉飾之。　錢箋：六朝人以有韻者爲詩，無韻者爲筆。《任昉傳》：昉以文才見知，時人云「沈詩任筆」。《庾肩吾傳》：「謝朓、沈約之詩，任昉、陸倕之筆」，皆可證。閭丘筆，言其文章也。《唐詩紀事》謂：審言以詩，閭丘均以字，同侍武后，誤矣。

〔四〕《東京賦》：龍飛白水。《困學紀聞》：「鳳藏」二句，蓋稱閭丘之文也。按：龍藏、鳳去，似言閭丘均之没。　雪嶺，注别見。《高僧傳》：弘忍没於高宗上元二年十月。開元中，太子文學閭丘均爲塔碑焉。杜田曰：東蜀牛頭山下，有閭丘均撰《瑞聖寺磨崖碑》，嚴政書。寺今改爲天寧羅漢禪院。

〔五〕公祖《審言傳》：武后朝，授著作郎，遷膳部員外郎。按：史稱均拜太常，在中宗景龍間。據公詩所云，則武后時已擢用，疑本傳有誤。　豫章，注見二卷。

〔六〕《金剛經注》：須達長者施園，祇陀太子施樹，爲佛説法之處，故後人名曰祇園，亦曰給孤園。

〔七〕陶潛詩：結廬在人境，而無車馬喧。《法華經》：如來能種種分别，巧説諸法，言詞柔輭，悦可衆心。《維摩經》：所言誠諦，常以軟語，眷屬不離，善和諍訟。

〔八〕《翻譯名義集》：摩尼，或云踰摩，正云末尼，即珠之總名也。此云離垢，此寶光淨，不爲垢穢所染。《圓覺經》：譬如清淨摩尼寶珠，映于五色，隨方各現。《宣室志》：馮翊嚴生，家漢南，得一珠如彈丸。胡人曰：「此西國清水珠也，若至濁水，泠然洞徹矣。」

泛溪

浣花溪也。

落景下高堂，進舟泛迴溪。誰謂築居小，未盡喬木西。遠郊信荒僻，秋色有餘悽。練練峰上雪，纖纖雲表霓〔一〕。童戲左右岸一云兒童戲左右，罟弋畢提攜。翻倒荷芰亂，指揮徑路迷。得魚已割鱗，採藕不洗泥。人情逐鮮美，物賤事已一作亦，一作跡暌〔二〕。吾村靄暝姿，異舍雞亦棲。蕭條欲何適，出處庶可齊。衣上見新月，霜中登故畦。濁醪自初熟，東城多鼓鼙〔三〕。

〔一〕吴均詩：練練波中白。

〔二〕得魚、採藕，又即所見以興。好新厭故，人情皆然，歎己之身賤而無所合也。

〔三〕成都城在草堂之東，故曰東城，舊注都謬。

題壁上韋偃畫歌

朱景玄《畫斷》：韋偃，京兆人，寓居於蜀。常以越筆點簇鞍馬，千變萬態，或騰或倚，或齕或飲，或驚或止，或走或起，或翹或跂。其小者，或頭一點，或尾一抹，巧妙精奇，韓幹之匹也。按：張彥遠《畫記》：韋偃作鷗。黄長睿《東觀餘論》云：少陵詩韋偃當作鷗，傳寫誤耳。今存其説待考。

韋侯别我有所適，知我憐君一作渠畫無敵。戲陳浩然本作試拈秃筆掃驊騮，欻見騏驎出東壁。一匹齕草一匹嘶，坐看千里當如字霜蹄〔一〕。時危安得真致此，與人同生亦同死。

〔一〕《莊子》：馬蹄可以踐霜雪，齕草飲水。

戲題王宰畫山水圖歌

張彥遠《名畫記》：王宰，蜀中人，多畫蜀山，玲瓏嵌空，巉嵯巧峭。

十日畫一水，五日畫一石。能事不受相促迫《英華》作逼，王宰始肯留真跡。壯哉崑崙方壺一作丈圖，挂君高堂之素壁〔一〕。巴陵洞庭日本東，赤岸水與銀河通，中有雲氣隨飛龍〔二〕。舟人漁子入浦漵，山木盡亞一作帶洪濤風〔三〕。尤工遠勢古莫比，咫尺應須論一作千，一作行萬里〔四〕。焉得并州快剪刀，剪取吴淞《英華》作松半江水〔五〕。

〔一〕《拾遺記》：三壺，海中三山也。一曰方壺，則方丈也；二曰蓬壺，則蓬萊也；三曰瀛壺，則瀛州也。形如壺器，上廣，中狹，下方。

〔二〕巴陵郡有洞庭湖，注别見。《七發》：淩赤岸，篲扶桑。善曰：山謙之《南徐州記》：京江，《禹貢》北江，春秋分朔，輒有大濤至江乘，北激赤岸，尤更迅猛。《南兖州記》：瓜步山東五里有赤岸山，南臨江中。

〔三〕《説文》：亞，次也。《廣韻》：又就也，相依也。風勢湧濤，山木盡爲之低亞。公詩「花亞欲移竹」及「花蘂亞枝紅」，皆與此同義。

〔四〕《南史》：齊竟陵王子良孫賁，字文奂，能書善畫，于扇上圖山水，咫尺之内，便覺萬里爲遥。

〔五〕《吴郡志》：松江在郡南四十五里，《禹貢》「三江」之一。末二句即上「咫尺萬里」意。李賀《與葛篇》「欲剪湘中一尺天，吴娥莫道吴刀澀」，本此。公少時嘗遊吴地，思之不忘，故末因題畫而及之。《劉少府畫障》詩「悄然坐我天姥下」，亦此意也。

戲韋偃爲雙松圖歌

《名畫記》：韋鑒子鶠工山水、高僧、奇士、老松、異石，筆力勁健，風格高舉。人知鶠善馬，不知松石更佳。

天下幾人畫古松，畢宏已老韋偃少。絶筆長風起纖末，滿堂動色嗟神妙〔一〕。兩株慘裂苔蘚皮，屈鐵交錯迴高枝。白摧朽骨龍虎死，黑入太陰雷雨垂一作隨〔二〕。松根胡僧憩寂寞，龐眉皓首無住著。偏袒右肩露雙脚，葉裏松子僧前落〔三〕。韋侯韋侯數相見，我有一匹好東一作素，或云束絹，重之不減錦繡段。已令拂拭光凌亂，請公放筆爲直幹〔四〕。

〔一〕錢箋：封演《聞見記》：畢宏，天寶中御史，善畫古松。後見張璪，於是閣筆。《名畫記》：大曆二年，爲給事中，畫松石於左省廳壁，好事者皆詩詠之。改京兆少尹爲左庶子。樹木改步變古，自宏始也。《長笛賦》：其應清風也，纖末奮梢。

〔二〕屈鐵，松枝屈曲如鐵也。《史記索隱》：極南爲太陽，極北爲太陰。皮裂，故幹之剥蝕如龍虎骨朽；枝迴，故氣之陰森如雷雨下垂。

〔三〕《楞嚴經》：名無住行，名無著行。《金剛經》：偏袒右肩，右膝著地。《長水經疏》：袒，肉袒也。西方俗儀，見王者必肉袒，示非敢有犯，佛教亦隨此用。然此以表將荷大法之重擔耳。

〔四〕錢箋：吴曾《漫録》：東絹，關東綃也。庾肩吾《答武陵王賚絹啓》曰：關東之妙，潛織陋其卷綃。按：《唐志》：東川陵州，土貢鵝溪絹。舊注云：即此詩「東絹」。《四愁詩》：美人贈我錦繡段。

北鄰

明府豈辭滿，藏身方告勞〔一〕。青錢買野竹，白幘岸江皋〔二〕。愛酒晉山簡，能詩何水曹〔三〕。時來訪老疾，步屧到蓬蒿。

〔一〕錢箋：《後漢·張湛傳》注：郡所居曰府。明府者，尊高之稱。韓延壽爲東郡太守，門卒謂之明府。《賓退録》：明府，漢人以稱太守，而唐人以稱縣令。縣令，漢人則謂之明庭。謝靈運詩：辭滿豈多秩。

〔二〕《晉書》：謝奕爲桓温司馬，岸幘嘯詠。《楚詞》：朝騁騖於江皋。

〔三〕《晉書》：山簡，濤之子。永嘉三年，假節鎮襄陽，惟酒是耽。習氏有佳園池，簡置酒輒醉，號曰高陽池。《襄陽記》：峴山南習郁有大魚池，山簡每臨此池，輒大醉而歸。《梁書》：何遜，字仲言，八歲能賦詩，爲名流所稱。天監中，起家奉朝請，遷建安王水曹，行參軍兼記室，又爲安西安成王參軍事，兼尚書水部郎。

南鄰

錦里先生烏角巾，園收芋栗一作芋粟，非不一作未全貧〔一〕。慣看賓客兒童喜，得食堦除鳥雀馴。秋水纔深或作添四五尺，野航一作艇恰受兩三人〔二〕。白沙翠竹江村暮一作路，相對《英華》作送柴一作籬門一作籬南月色新。

〔一〕按：芧，《説文》作柔，栩也。今之橡斗。《莊子》：狙公賦芧。謝靈運《山居賦》自注：徐無鬼岩棲，常采芧栗。

〔二〕《晉・郭翻傳》：翻乘小舟歸武昌，庾翌欲引就大船，翻曰：「此固野人之舟也。」《山谷詩話》：航，方舟也。當以艇爲正。艇，平聲。《方言》云：小舟也。楊慎曰：《古樂府》：「沿江引百丈，一濡多一艇。上水郎擔篙，何時至江陵。」艇，音廷，杜詩正用此音也。按：艇字，待頂切，公《進艇》詩「晝引老妻乘小艇」，亦作上聲用，當仍作航爲當。

因崔五侍御寄高彭州一絶

《九域志》：彭州南至成都九十二里。

百年已過半，秋至轉饑寒。爲問彭州牧，何時救急難〔一〕。

〔一〕以公《追酬高蜀州人日》詩考之，二年，高已刺蜀，此云「彭州牧」，必元年作也。時公年將五十，而詩云「百年已過半」，猶乾元二年《立秋後題》，公年止四十八，亦曰「惆悵年半百」。

奉簡高三十五使君

當代論才子，如公復幾人。驊騮開道路，鷹隼出風塵。行色秋將晚，交情老更親。天涯喜相見，披豁對一作道吾真。

酬高使君相贈

古寺僧牢落，空房客寓一作得居〔一〕。故人供禄米，鄰舍與園蔬。雙樹容聽法，三車肯載書〔二〕。草玄吾豈敢，賦或似一作比相如〔三〕。

〔一〕《成都記》：草堂寺，在府西七里，寺極宏麗。僧復空居其中，與杜員外居處逼近。趙清獻《玉壘記》：公寓沙門，復空所居。按：梁簡文帝《草堂傳》，蜀草堂寺自梁時有之，故曰「古寺」也。

〔二〕《慈恩傳》：渡阿特多伐底河，河側不遠，至娑羅林，其樹似槲，而皮青葉白，甚光潤，四雙齊高，即如來涅槃處也。《翻譯名義集》：娑羅樹，東西南北四方各雙，故曰雙樹。方面悉皆一榮一枯。《法華經》：長者以牛車、羊車、鹿車立門外，引諸子出離火宅。王勃《釋迦成道記》：羊鹿牛之三車出宅。注：《法華》三車，喻也。羊車喻聲聞乘，鹿車喻緣覺乘，牛車喻菩薩乘，俱以運載爲義。前二乘方便施設，惟大白牛車，是實引重致遠，不遺一物。

〔三〕《揚雄傳》：孝成時，有薦雄文似相如者，召雄待詔承明之庭。

贈杜二拾遺

高適　諸本俱具官云蜀州刺史高適

傳道招提客，詩書自討論。佛香時入院，僧飯屢過門。聽法還應難，尋經剩一作賸欲翻〔一〕。草玄今已畢，此後更何言。

〔一〕《廬山記》：謝靈運即遠公寺翻《涅槃經》，名其臺曰翻經臺。

和裴迪登新津寺《英華》作奉和裴十四迪新津山寺寄王侍郎

原注：王時牧蜀。《英華》注：即王蜀州。○《唐書·世系表》：裴迪，出洗馬房裴天恩之後。《地理志》：新津縣屬蜀州。《通鑑注》：李膺《益州記》云，皂里，江津之所曰新津市。《周地圖記》云：閔帝元年於此立新津縣。《九域志》：縣在蜀州東南七十里。蔡曰：王侍郎，王維弟縉也。裴迪嘗從維遊輞川，後從縉劍外。按：《舊唐書》：王縉嘗爲工部侍郎、左散騎常侍，遷兵部。不言出外，其自蜀州刺史召入，爲左散騎常侍。《新史》特附見《王維傳》，而不著其年月。考《舊史》，維卒於乾元三年七月，臨終，以縉在鳳翔，索書與别。又維《集》有《爲弟縉謝除散騎常

侍表》，蓋縉在鳳翔，或自蜀州召還朝，《謝表》正作於貶還之日。至上元元年，縉官京師久矣。夢弼所云，恐因裴迪附會，若王侍郎果爲縉，則自注不應云「王時牧蜀」也。《杜詩博議》：《王維傳》有縉爲蜀州刺史、遷散騎常侍一節，與《縉傳》不合。吴縝《糾繆》謂：縉未嘗歷蜀州及常侍，其可疑者三，爲説甚辨。今考《舊書》，縉爲鳳翔尹，先加工部，後除常侍。意其未及還京而維病革，故作書與別也。縝謂縉并未歷常侍，似失考。而由蜀州遷常侍，則斷不可信，蔡注之謬甚明。

何恨一作限倚山木，吟詩秋葉黄。蟬聲集古寺，鳥影度寒塘。風物悲遊子，登臨憶侍郎。老夫貪佛日，隨意宿僧房〔一〕。

〔一〕蕭統《旻法師義疏序》：佛日團空，正流蕩垢。《隋·李士謙傳》：或問三教優劣，士謙曰：「佛，日也；道，月也；儒，五星也。」

出郭

霜露晚淒淒，高天逐望低。遠烟鹽井上，斜景雪峰西〔一〕。故國猶兵馬，他鄉亦一作正鼓鼙。江城今夜客，還與舊烏啼。

〔一〕《蜀都賦》：家有塩泉之井。劉注：蜀都、臨邛、江陽、漢安縣皆有塩井。《華陽國志》：李冰穿廣都塩井諸陂池。廣都縣在郡西三十里，有塩井漁田之饒。雪峰，即雪山，注別見。

恨別

洛城一別四一作三千里，胡騎長驅五六一云六七年。草木變衰行劒外，兵戈阻絶老江邊〔一〕。思家步月清宵立，憶弟看雲白日眠〔二〕。聞道河陽近乘勝，司徒急爲破幽燕〔三〕。

〔一〕《九辨》：草木摇落而變衰。蜀在劒門之外，故曰劒外。

〔二〕趙曰：公有田園在洛陽，故指洛爲家。

〔三〕《李光弼傳》：至德二載，破賊將留希德，加檢校司徒。乾元二年冬十月，光弼悉軍赴河陽，大破賊衆。上元元年，進圍懷州。《通鑑》：上元元年三月，光弼破安太清于懷州城下。夏四月，又破史思明于河陽西渚。破幽燕，未然之事，蓋喜而望之。

散愁二首

久客宜旋旆，興王未息戈。蜀星陰見少，江雨夜聞多。百萬傳俗本作轉，非深入，寰區望匪他。司徒下燕趙，收取舊山河。

聞道并州鎮，尚書訓士齊〔一〕。幾時通薊北，當日報關西〔二〕。戀闕丹心破，霑衣皓首啼。老魂招不得，歸路恐長迷。

〔一〕《唐書》：太原府，本并州，開元十一年爲府，天寶元年曰北京。《舊書・肅宗紀》：乾元二年七月，以兵部尚書、潞沁節度使、霍國公王思禮兼太原尹，充北京留守。《思禮傳》：光弼徙河陽，思禮代爲河東節度，用法嚴整，人不敢犯。

〔二〕按史：鄴城之潰，惟思禮與光弼軍獨完，尋破思明别將于潞城東，乃當時名將也。故以收薊北、報關西望之。

于當時諸將中，獨屬望王、李者，公意思明在東都，范陽必空虚可圖，欲光弼乘河陽之捷，長驅燕趙，傾其根本。思禮以澤潞之兵會之，即前詩「斬鯨遼海波」意也。以「散愁」命題，深旨可見。

寄楊五桂州譚

原注：因州參軍段子之任。《唐書》：桂州，始安郡，屬嶺南道。

五嶺皆炎熱，宜人獨桂林〔一〕。梅花萬里外，雪片一冬深〔二〕。聞此寬相憶，爲邦復好音。江邊送孫楚，遠附白頭吟〔三〕。

〔一〕五嶺，注見六卷。《山海經》：桂林八樹，在賁隅東。注：八桂成林，言其大也。《舊唐書》：江源多桂，不生雜木，故秦時立爲桂林郡。

〔二〕《南康記》：大庾嶺多梅而先發，亦曰梅嶺。《白帖》：大庾嶺上梅，南枝落，北枝開。黄曰：桂林雖居嶺外，然治古始安，隸荆州之零陵。白樂天云：「桂林無瘴氣」，兹所以宜人也。嶺南無雪，獨桂林有之。范成大云：靈川、興安之間，兩山蹲踞，中容一馬，謂之嚴關。朔雪至關輒止，大盛則度關至桂州城下，不復南矣。北城舊有樓曰雪觀，所以夸南州也。

〔三〕孫楚，注見二卷。

杜工部詩集卷之八

松陵　朱鶴齡　輯註

上元、寶應間，公居成都作

建都十二韻

《通鑑》：至德二載，以蜀郡爲南京，鳳翔爲西京，西京爲中京。上元元年九月，改置南都於荆州，以荆州爲江陵府。二年九月，罷鳳翔西都及江陵南都之號，寶應元年建卯月復建。《唐書》：上元初，以吕諲爲荆州刺史。諲請以荆州置南都，帝從之。於是荆州號江陵府，以諲爲尹。按：詩云「窮冬客江劍，隨事有田園」，其爲成都草堂作甚明。鮑欽止編寶應元年冬。是年雖復建南都，時公往來梓州，未嘗定居，安得有「田園」之句？趙云：此上元元年九月後作也。得之。

蒼生未蘇息，胡馬半乾坤。議在雲臺上，誰扶黄屋尊〔一〕。建都分魏闕，下詔闢荆門。恐失東人望，其如西極尊〔二〕。時危當雪恥，計大豈輕論。雖倚三階正，終愁萬國翻〔三〕。牽裾恨不死，漏網辱殊恩。永負漢庭哭，遥憐湘水魂〔四〕。窮冬客江劍，隨事有田園。風斷青蒲節，霜埋翠竹根〔五〕。衣冠空穰穰，關輔久一作遠昏昏。願枉一作惟駐，一作願駐，趙云：作駐，非長安日，光輝郭作暉照北原〔六〕。

〔一〕《東觀漢紀》：桓譚拜議郎，詔令議雲臺。江淹《獄中書》：高議雲臺之上。黄屋，注見三卷。

〔二〕《周禮》：懸治象之法于象魏。注：象魏，宫門雙闕。《南史·何胤傳》：闕，謂之象魏。象者，法也。魏者，當塗而高大也。《唐書》：荆州有荆門縣，以荆門山名。《元和郡縣志》：荆門山，在峽州宜都縣西北五十里。《寰宇記》：荆門之地，乃荆襄要津。

〔三〕《東方朔傳》：願陳泰階六符。注：泰階，天之三階也。上階爲天子，中階爲諸侯、公卿、大夫，下階爲士、庶人。三階平正，是謂太平。

〔四〕《魏志》：文帝欲徙十萬户實河南，辛毗諫，帝不答，起入内，毗隨而引其裾。《漢·刑法志》：網漏吞舟之魚。

〔五〕庾信詩：蒲低猶抱節。

〔六〕《世説》：明帝數歲，元帝問：「日與長安孰遠？」答曰：「日遠。」明日重問之，乃答曰：「日近。」　蔡曰：北原，河北之地也，時史思明據東京及河北懷、衛等州。錢箋：北原，即五陵原。《西都賦》：北眺五陵。注：高、惠、景、武、昭五陵，皆在北。程大昌曰：在渭之北也。庾信詩：北原風雨散。岑參詩：五陵北原上，萬古青濛濛。

錢箋：此詩因建南都而追思分鎮之事也。初，房琯建分鎮討賊之議，肅宗以此惡琯，貶之。久之，東南多事，從吕諲請，建南都于荆州，以扼吴楚之衝。公聞建都之詔，終以琯議爲是，而惜肅宗之不知大計，故作此詩。「牽裾」以下，乃追序移官之事。蓋公之移官，以救琯；而琯之得罪，以分鎮，故牽連及之也。按：「蒼生」八句，譏高議者爲無益，而南都之不必更建也。「東人」，指荆州以東；「西極」，指蜀郡。言設都荆門，欲以慰東人之望，然成都乃上皇巡幸之地，西極豈不依然哉？「時危」四句，譏不以雪恥爲急，而輕議建都，非定亂之先務也。「牽裾」八句，序己直言蒙宥，旋棄官客蜀，同於「風蒲」、「霜竹」之摧折也。末四句，言衣冠雖多，無救關輔之難。今中原淪陷，天子當迴陽光以照之，奈何汲汲建都之舉耶？北原，主夢弼説，似與「萬國翻」相應。

《補注》：江陵號南都，本出吕禋建議。此詩云：「議在雲臺上，誰扶黄屋尊」，又云：「時違當雪恥，計大豈輕論」，蓋以譏禋也。江陵雖吴蜀要衝，然天子未嘗駐蹕，則不當移蜀郡之稱於此，而河北、中原之地尚爲賊據，安可不急圖收復乎？「牽裙」以下，歷歷自敍，正嘆己之客居劍外，無由效漢庭之哭也。末云「願枉長安日，光輝駐北原」，公之深意可見。前引「北原」箋未當，應删之。

歲暮

歲暮遠爲客，邊隅還用兵。煙塵犯雪嶺，鼓角動江城〔一〕。天地日流血，朝廷誰請纓。濟時敢愛死，寂寞壯心驚。

〔一〕《元和郡縣志》：雪山在松州嘉城縣東八十里，春夏常有積雪，故名。《圖經》：雪山在維州保寧縣，西南連乳川白狗嶺。《一統志》：在威州西南一百里，山有九峰。

和裴迪登蜀州東亭送客逢早梅相憶見寄

《唐書》：蜀州唐安郡，屬劍南道，垂拱二年，析益州置。　黄曰：按《九域志》：蜀州東至成都纔百里，宜公與裴頻有和寄。

東閣官梅動詩興，還如何遜在揚州〔一〕。此時對雪遥相憶，送客逢春一作花可樊作更自由。幸不折來傷歲暮，若爲看去亂鄉一作春愁。江邊一樹垂垂發，朝夕催人自白頭〔二〕。

〔一〕趙曰：何遜《詠早梅》詩曰：「兔園標物序，經時最是梅。枝横却月觀，花遶淩風臺。」遜時爲廣陵王記室，首云「兔園」，則以梁孝王園比之也。却月觀、淩風臺，應是園中臺觀名。《南史》：徐湛之出爲南兖州刺史，更起風亭、月觀、吹臺、琴室。遜，梁人，在徐湛之後。錢箋：按遜本傳：天監中，遷中尉，建安王水曹行參軍兼記室。王愛文學之士，日與遊宴。建安王者，南平元襄王偉初封也。天監六年，遷使持節，都督揚、南徐二州諸軍事、右軍將軍、揚州刺史。七年，以疾表解州。則遜爲建安王記室，正在揚州，故云「何遜在揚州」也。考《寰宇記》：風亭、月觀、吹臺、琴室，並在宫城東角池側，當即遜詩所詠耳。按：僞蘇注：何遜爲揚州法曹，詠廨舍梅花。《一統志》亦載之。本傳無爲法曹事，但有《早梅》詩，見《藝文類聚》

及《初學記》。今本《何記室集》作《揚州法曹梅花盛開》詩，乃後人未辨蘇注之僞，遂取爲題耳。胡震亨曰：《何遜墓誌》：「東閣一開，競收揚馬」，杜甫「東閣」本此，《誌》載《墨莊漫録》。

〔二〕言幸爾不折花來寄，若看之，必動鄉愁矣。只此江梅獨發，已催人老，況又見東亭之早梅乎？

暮登四一云西安寺鐘樓寄裴十迪

四安寺，未詳。或云：在新津縣南二里，即前新津寺。

暮倚高樓對雪峰，僧來不語自鳴鐘。孤城返照紅將斂，近市浮煙翠且重。多病獨愁常闃寂，故人相見未從容。知君苦思緣詩瘦，太向交游萬事慵。

寄贈王十將軍承俊

將軍膽氣雄，臂懸兩角弓。纏結青驄馬，出入錦城中。時危未授鉞，勢屈難爲功。賓客滿堂上，何人高義同。

奉酬李都督表丈早春作

力疾坐清曉，來詩一作時，《正異》定作詩悲早春。轉添愁伴客，更覺老隨人荆作身。紅入桃花嫩，青歸柳葉新。望鄉應未已，四海尚風塵。

西郊

時出碧雞坊，西郊向草堂〔一〕。市橋官柳細，江路一作岸野梅香〔二〕。傍架齊書帙，看題檢趙云：一作減，非藥囊。無人覺舊作競，一作與，荆公定作覺來往，疎懶意何長〔三〕。

〔一〕《梁益記》：成都之坊，百有二十，第四曰碧雞坊。漢宣帝時，或言益州有金馬、碧雞之神，可醮祭而致，遣王褒持節求之，故成都有碧雞坊。《成都記》：草堂在府西七里。潘鴻曰：説者以公草堂在西郊碧雞坊外，味此詩曰「出」、曰「向」，乃是由碧雞以至西郊，由西郊以至草堂。蓋坊在西城，不在西郊也。《唐書》：王建入成都，囚田令孜於碧雞坊。此坊在西城内之一證。

〔二〕《華陽國志》：成都西南石牛門外曰市橋，下石犀所潛淵也。李膺《益州記》：沖星橋，市橋也，在今成都縣西南四里。漢舊州市在橋南，因以爲名。延岑渡市橋挑戰，即此。《陶侃傳》：都尉夏施，盜官柳種之已門。

〔三〕梁簡文帝《冬曉》詩：會是無人覺，何用早紅粧。徐悱婦《題甘蕉》詩：夕泣已非疎，夢啼真太數。惟當夜枕知，過此無人覺。

客至

原注：喜崔明府相過。

舍南舍北皆春水，但見一作有群鷗日日來。花徑不曾緣客掃，蓬門今始爲君開。盤飧市遠無兼味，樽酒家貧只舊醅〔一〕。肯與鄰翁相對飲，隔籬呼取盡餘杯。

〔一〕《韻會》：醅，酒未漉也。

遣意二首

囀枝黄鳥近，泛渚白鷗輕。一逕野花落，孤村春水生。衰年催釀黍，細雨更一作夜移橙。漸喜交遊絶，幽居不用名。

簷影微微落，津流脈脈斜。野船趙云：一作松，非明細火，宿雁聚俗本作起圓一作寒沙。雲掩初弦月，香傳小樹花〔一〕。隣人有美酒，稚子夜一作也能賒。

〔一〕王訓詩：衣香十里傳。

漫成二首

野日一作月荒荒一作茫茫白，春一作江流泯泯清〔一〕。渚蒲隨地有，村徑逐門成。只作披衣慣，常從漉酒生〔二〕。眼邊無俗物，多病也身輕〔三〕。

〔一〕《韻會》：潣，《説文》：水流浼浼貌，從水閔聲。或作泯，杜詩「江流泯泯清」。又《增韻》：泯泯，猶茫茫也。按：「泯泯」對「荒荒」，極狀江流之遠大。張有《復古編》云：湣，古活字。泯泯，是活活之誤。不知湣湣、活活，意象各不侔。

〔二〕披衣，見《莊子》。陶潛詩：相思則披衣，言笑無厭時。　漉酒，注見六卷。

〔三〕《世説》：嵇、阮、山濤，在竹林酣飲，王戎後往，阮曰：「俗物已復來敗人意。」

江皋已仲春，花下復清晨。仰面貪看鳥，迴頭錯應人。讀書難字過，對酒滿壺頻。近識峨嵋老原注：東山隱者。知余懶是真〔一〕。

〔一〕《水經注》：《益州記》云：峨嵋山，在南安縣界，去成都南千里。然秋日清澄，望見兩山相峙，如蛾眉焉。《唐書》：嘉州羅目縣有峨嵋山。

春夜喜雨

好雨知時節，當春乃一作及發生。隨風潛入夜，潤物細無聲。野徑雲俱黑，江船火獨明。曉看紅濕處，花重錦官城〔一〕。

〔一〕梁簡文帝《入堦雨》詩：漬花枝覺重。

春水

三月桃花浪一作水，江流復舊痕〔一〕。朝來没沙尾一作岸，碧色動柴門。接縷垂芳餌，連筒灌小園〔二〕。已添無數鳥，争浴故相喧《英華》作不知無數鳥，何意更相喧〔三〕。

〔一〕《漢書注》：《月令》：仲春之月，始雨水，桃始華。蓋桃方華時，既有雨水，川谷冰泮，衆流猥集，波瀾盛長，故謂之桃花水。

〔二〕李實曰：川中水車如紡車，以細竹爲之，車骨之末，縛以竹筒，旋轉時，低則舀水，高則瀉水，故曰「連筒灌小園」。若夔府修水筒，則引山泉者。

〔三〕朱超《獨棲烏》詩：寄語故林無數烏，會入群裏比毛衣。

江亭

坦腹江亭卧，長吟野望時。水流心不競，雲在意俱遲。寂寂春將晚，欣欣物自私〔一〕。故林歸未得，排悶强裁詩一云：江東猶苦戰，回首一顰眉。

〔一〕劉辰翁曰：物自私，與「花柳更無私」實一意。物物自以爲有私，則無私矣。

村夜

風色蕭蕭暮一作肅肅風色暮，江頭人不行。村舂雨外急，隣火夜深明。胡羯何多難，樵漁寄此生。中原有兄弟，萬里正含情。

早起

春來常早起，幽事頗相關。帖石防隤岸，開林出遠山。一丘藏曲折，緩步有躋攀。童僕來城市，瓶中得酒還。

可惜

花飛有底急，老去願春遲〔一〕。可惜歡娱地，都非少壯時。寬心應是酒，遣興莫過詩。此意陶潛解，吾生後汝期。

〔一〕俗謂何物爲底。有底急，言有底事而飛之急也。

落日

落日在簾鈎，溪邊春事幽。芳菲緣岸圃，樵爨倚灘舟〔一〕。啅雀争枝墜，飛蟲滿院游。濁醪誰造汝，一酌散千愁。

〔一〕《史記》：樵蘇後爨。

獨酌

步屧一作履，一作倚杖深林晚，開樽獨酌遲。仰蜂粘落絮一作蘂，行一讀户郎切，一作倒蟻上枯梨。

薄劣慙真隱，幽偏得自怡〔一〕。本無軒冕意，不是傲當時。

〔一〕《南史》：何尚之致仕方山，後還攝職，袁淑録古隱士有跡無名者爲《真隱傳》以嗤焉。

徐步

整履一作屐，晉作屧步青蕪，荒庭日欲晡〔一〕。芹泥隨燕觜，花蘂一作蘂粉上蜂鬚。把酒從衣濕，吟詩信杖扶。敢論才見忌，實有醉如愚。

〔一〕《淮南子》：日至於悲谷，是謂晡時。《廣雅》：日晚曰晡。

寒食

寒食江村路，風花高下飛。汀煙輕冉冉，竹日浄暉暉。田父一云舍要平聲皆去，隣家問一作鬧不違〔一〕。地偏相識盡，雞犬亦忘歸一作機。

〔一〕趙曰：言鄰人問贈，亦不違而受之。

石鏡

《華陽國志》：武都有一丈夫，化爲女子，美而豔，蓋山精也。蜀王納爲妃，無幾，物故。蜀王遣五丁之武都，擔土作冢，蓋地數畝，高七丈，上有石鏡，今成都北角武擔是也。後王悲悼，作《臾邪歌》、《龍歸之曲》。《寰宇記》：冢上有一石，圓五寸，徑五尺，瑩徹，號曰石鏡。

蜀王將此鏡，送死置空山。冥寞憐香骨，提攜近玉顔。衆妃無復歎，千騎亦虚還〔一〕。獨有傷心石，埋輪月黄作玉宇間〔二〕。

〔一〕千騎，言送葬者。

〔二〕月宇，猶云天宇。江總詩：月宇照方疏。宋之問詩：賓至星槎落，仙來月宇空。

琴臺

《寰宇記》：《益部耆舊傳》云：相如宅，在州西笮橋北百許步，有琴臺在焉。《成都記》云：琴臺院，以相如琴臺得名，而非其舊。舊臺在城外浣花溪之海安寺南，今爲金花寺。元魏伐蜀，下營於此，掘塹得大甕二十餘口，蓋所以響琴也。隋蜀王秀，更增五臺，并舊爲六。

茂陵多病後，尚愛卓文君。酒肆人間世，琴臺日暮雲〔一〕。野花留寶靨益涉切，蔓草見羅裙〔二〕。歸鳳求凰意，寥寥不復聞〔三〕。

〔一〕酒肆猶存人世，琴臺但有暮雲，正是弔古語耳，趙汸解非是。

〔二〕《説文》：靨，頰輔也。梁簡文帝詩：分粧開淺靨。《酉陽雜俎》：近代粧尚靨如射月，曰黄星靨。靨鈿之名，蓋自孫和鄧夫人也。按：唐時婦女多貼花鈿於面，謂之靨飾。李賀詩「花合靨朱紅」是也。張元一詩：馬帶桃花錦，裙銜緑草羅。

〔三〕《玉臺新詠》：相如《琴歌》曰：「鳳兮鳳兮歸故鄉，遊遨四海求其凰。時未通遇無所將，何悟今日升斯堂。有豔淑女在此房，室邇人遐愁我腸，何緣交頸爲鴛鴦。」

春水生二絶

二月六夜春水生，門前小灘一作籬渾欲平。鸕鷀鸂鶒莫漫喜，吾與汝曹俱眼明。

一夜水高二尺强，數日不可更禁當。南市津頭有船賣，無錢即買繫籬旁。

江上值水如海勢聊短述

爲人性僻耽佳句，語不驚人死不休。老去詩篇渾漫興，春來花鳥莫深愁。新添水檻供垂釣，故著陟略切浮槎替入舟〔一〕。焉得思如陶謝手，令渠述作與同遊。

〔一〕《説文》：檻，櫳也，一曰圈也。軒牕之下爲欞曰欄，以板曰檻。公草堂有水檻，蓋於水際爲之。

水檻遣心一作興二首

去郭軒楹敞，無村眺望賒。澄江平少岸，幽樹晚多花。細雨魚兒出，微風燕子斜。城中十萬户，此地兩三家。

蜀天常夜雨，江檻已朝晴。葉潤林塘密，衣乾枕席清。不堪祇音支老病，何得尚晉作向浮名。淺把涓涓酒，深憑送此生。

題新津北橋樓得郊字

詩云：「池水觀爲政」，時必與官於蜀州者同作。

望極春城上，開筵近鳥巢。白花簷外朵，青柳檻前梢。池水觀爲政，厨烟覺遠庖。西川供客眼一作醉客，惟有一作偏愛此江郊。

遊修覺寺

《全蜀總志》：修覺山，在新津縣治東南五里，山有修覺寺、絶勝亭。

野寺江天豁，山扉花竹幽。詩應有神助，吾得及春遊。徑石相一作深縈帶，川雲自一作晚去留。禪枝宿衆鳥，漂轉暮歸愁〔一〕。

〔一〕梁昭明太子《講席》詩：禪枝詎凋摵。庾信《安昌寺碑》：禪枝四静，慧窟三明。

後遊

寺憶曾一作重遊處，橋憐再渡時。江山如有待，花柳更無私。野潤煙光薄，沙暄日色遲。客愁全爲減，捨此復何之。

江漲

江發蠻夷漲，山添雨雪流。大聲吹地轉，高浪蹴天浮。魚鼈爲人得，蛟龍不自謀。輕帆好去便，吾道在滄洲。

朝雨

涼氣曉一作晚蕭蕭，江雲亂眼飄〔一〕。風鴛藏近渚，雨燕集深條。黄綺終辭一作投漢，巢由不見堯〔二〕。草堂樽酒在，幸得過清朝。

〔一〕庾信詩：鶯花亂眼飄。

〔二〕庾闡《閒居賦》：黄綺結其雲棲。

晚晴

村晚驚風度，庭幽過雨霑。夕陽薰細草，江色映疎簾〔一〕。書亂誰能帙，杯乾自可添。時聞有餘論，未怪老夫潛〔三〕。

〔二〕《別賦》：陌上草薰。

〔三〕王符有《潛夫論》。

高枏

《爾雅》：梅枏。注：似杏實酢，俗作楠。　黄曰：公《枏樹爲風雨所拔歎》云：「浦上童童一青蓋」，此詩「江邊一蓋青」，知即此枏樹也。

枏樹色冥冥，江邊一蓋青。近根開藥圃，接葉製茅亭。落景陰猶合，微風韻可聽。尋常絶醉困，卧此片時醒。

惡樹

獨遶虚齋徑，常持小斧柯。幽陰成頗雜，惡木剪還多。枸杞因一作固吾有，雞棲奈汝一作爾何〔一〕。方知不材者，生長漫婆娑〔二〕。

〔一〕道書：千年枸杞，其形似犬，故以枸名。　《急就篇》注：皂莢樹，一名雞栖。《魏志》：劉放、孫資，久典樞要，夏侯獻、曹肇心不平。殿中有雞棲樹，二人相謂：「此亦久矣，其能復幾。」次公按：枸杞、雞棲，皆嘉木也。惡木剪除，二者皆得遂其生長，故曰「因吾有」、「奈汝何」。次公云：恐妨雞棲。大謬。

〔三〕《詩》注：婆娑，舞貌。《世説》：殷仲文與衆在聽，視槐良久，歎曰：「此樹婆娑，無復生意。」

江畔獨步尋花七絶句

江上被花惱不徹，無處告訴只顛狂。走覓南隣愛酒伴原注：斛斯融，吾酒徒，經旬出飲獨空牀。

稠花亂蕊裹舊作畏，《正異》定作裹江濱，行步欹危實怕春〔一〕。詩酒尚堪驅使在，未須料理白頭人〔二〕。

〔一〕趙曰：「裹江濱」，兩岸並有花也。司空圖詩：千英萬蕚裹枝紅。錢箋：白樂天詩「防愁預惡春」，即「實怕春」之意。

〔二〕《世説》：韓康伯母聞二吴哭母，哀語子曰：「汝若爲選官，當好料理此人。」

江深竹静兩三家，多事紅花映白花。報答春光知有處，應須美酒送生涯。

東望少城花滿煙，百花高樓更可憐〔一〕。誰能載酒開金盞一作琖，喚取佳人舞繡筵。

〔一〕《蜀都賦》：亞以少城，接乎其西。劉注：少城，小城也，在大城西，市在其中。《舊唐書》：蜀王本都廣都之樊鄉，張儀平蜀後，自赤里街移治少城，今州城是也。《元和郡縣志》：少城，在成都縣西南一里二百步。

黄師塔前江水東，春光懶困倚微風〔一〕。桃花一簇開無主，可愛深紅愛一云映，晉作與淺紅〔二〕。

〔一〕錢箋：陸游曰：予以事至犀浦，過松林甚茂，問馭卒：何處？答曰：師塔也。蓋謂僧所葬之塔，乃悟杜詩「黄師塔前」之句。

〔二〕言桃花無主，可是愛深紅乎？抑愛淺紅乎？

黄四娘家花滿蹊，千朵萬朵壓枝低。留連戲蝶時時舞，自在嬌鶯恰恰啼。

不是愛花即欲死一作看花即索死，只恐花盡老相催。繁枝容易紛紛落，嫩蘂一作葉商量細細開。

聞斛斯六官未歸

疑即斛斯融。

故人南郡去，去索作碑錢。本賣文爲活，翻令室倒懸。荊扉深蔓草，土銼粗卧切冷疎煙〔一〕。老罷休無賴，歸來省醉眠〔二〕。

〔一〕《御覽》：《説文》云：銼，鑹鍑也。《纂文》云：秦人以鈷鏻爲銼鑹。按：鍑，音副，釜大者曰鍑。土銼，是甗甑之屬，即今行鍋也。《困學紀聞》云：土銼乃黔蜀人語。恐不然。

〔二〕《南史·蔡興宗傳》：太尉沈慶之曰：「加老罷私門，兵力頓闕。」

赴青城縣出成都寄陶王二少尹

《唐書》：青城縣，屬蜀州，因山爲名。《全蜀總志》：青城廢縣，在灌縣南四十里。《唐書》：京兆、河南等府，有少尹二人，掌貳府州之事。時成都稱南京，故置少尹。

老恥妻孥笑一云：老被樊籠役，貧嗟出入勞。客情投異縣，詩態憶吾一作君曹。東郭滄江合，西山白雪高〔一〕。文章差底病，迴首興滔滔〔二〕。

〔一〕《括地志》：李冰穿郫江，撿江來自西北，合於郡之東南，今有合江亭。雪嶺，注見前。
〔二〕趙曰：差，病除也。差底病，言雖有文章，可差得何病乎？按：如趙説，「差」應讀楚懈切。《六書正譌》：一音才何切。然此恐是差錯之差，病如聲病之病，言文章之不利，差在何病乎？回首二子，興自滔滔，蓋以詩道自信之詞。

野望因過常少仙

《容齋隨筆》：杜詩《過常少仙》，蜀本注云：應是言縣尉也，縣尉謂之少府。而梅福爲尉，有神仙之稱。少仙，猶今俗呼仙尉也。按：詩末「幽人」，指常少仙也。黄鶴云：即後常徵君。或是。

野橋齊渡馬，秋望轉悠哉〔一〕。竹覆青城合，江從灌口來〔二〕。入村樵徑引，嘗果栗皺一作園開〔三〕。落盡高天日，幽人未遣回。

〔一〕范成大《吴船録》：將至青城，當再渡繩橋，長百二十丈，分爲五架，橋之廣，十二繩排連之。
〔二〕灌口，注見七卷。《元和郡縣志》：大江經青城縣北，去縣二里。
〔三〕錢箋：宋祁《益部方物贊》：天師栗，生青城山中，他處無有，似栗，味美，以獨房爲貴，久食已風攣。《西溪叢語》：《集韻》：皺，側尤切，革文蹙也。《漢上題襟》周繇詩：開栗弋之紫皺。貫休云：新蟬避栗皺，又云：栗不和皺落，即栗蓬也。蔡曰：皺，當作皴，皮裂也。

寄杜位

原注：位京中宅，近西曲江，詩尾有述。按：詩云「悲君已是十年流」，天寶十載，公守歲位宅，位因李林甫壻貶官，林甫十一載十一月卒，則位之貶，必在十二載。自十二載癸巳至上元二年辛丑，爲九年，詩舉成數，故云「十年流」也。又，玉壘山，《唐志》：在彭州導江。舊注俱云在青城。《一統志》：玉壘，在灌縣西北二十九里。灌縣，乃唐之導江、青城二縣地，蓋其山自導江而接青城界也。詩云「玉壘題書心緒亂」，又知爲在青城作。《草堂》本以此與青城諸詩同編上元二年，得之。

近聞寬法離一作別新州，想見懷歸尚百憂〔一〕。逐客雖皆萬里去，悲君已是十年流。干戈況復塵隨眼，鬢髮還應雪滿頭。玉壘題書心緒亂，何時更得曲江遊〔二〕。

〔一〕《唐書》：新州新昌郡，屬嶺南道，至京師五千五十二里。

〔二〕《蜀都賦》：包玉壘而爲宇。劉注：玉壘，山名，湔水出焉，在成都西北，岷山界在後，故曰宇也。《寰宇記》：在茂州汶川縣北三里。

丈人山

《御覽》：《玉匱經》云：黄帝遍歷五岳，封青城山爲五岳丈人，一名赤城，一名青城都，一曰天國山，爲第五大洞。寶仙九室之天，對郡西北，在岷山南。連峰掩映，互相連接，靈仙所宅，神異甚多。杜光庭《青城山記》：岷山連峰接岫，千里不絶，青城乃第一峰也。《寰宇記》：山在青城縣西北三十二里。

自爲青城客，不唾青城地。爲愛丈人山，丹梯近幽意〔一〕。丈人祠前佳氣濃，緣雲擬住最高峰〔二〕。掃除白髮黄精在，君看他時冰雪容〔三〕。

〔一〕錢箋：劉勳妻王氏《雜詩》：千里不唾井，況乃昔所奉。《智度論》：若入寺時，當歌唄讚歎，不唾僧地。　謝朓《敬亭山》詩：即此淩丹梯。注：丹梯，謂山也。

〔二〕《青城山記》：昔甯封先生，棲於北巖之上，黄帝築壇，拜爲五岳丈人，晉代置觀。

〔三〕《莊子》：藐姑射之山有神人焉，肌膚若冰雪，綽約若處子。

送裴五赴東川

故人亦流落，高義動乾坤。何日通燕塞，相看老蜀門。東行應暫别，北望苦銷魂。凜凜悲秋意，非君誰與論。

送韓十四江東省覲

趙曰：此在蜀州作。

兵戈不見老萊衣，歎息人間萬事非。我已無家尋弟妹，君今何處訪庭闈。黄牛峽静灘聲轉一作急，白馬江寒樹影稀〔一〕。此别應須各努力，故鄉猶恐未同歸。

〔一〕《水經》：江水又東，逕黄牛山。注：下有灘，名曰黄牛灘。南岸重嶺疊起，最外高崖間，有石如人，負刀牽牛，人黑牛黄，成就分明。行者謡曰：「朝發黄牛，暮宿黄牛。」言水路紆深，迴望如一矣。《宜都記》曰：自黄牛灘東入西陵界，至峽口一百許里。《一統志》：黄牛山，在夷陵州西九十里，即黄牛峽。趙曰：白馬江，蜀州江名，今稱亦然，乃韓與公别處。此二句分言地之所在也。按：唐蜀州，今爲崇慶州。《一統志》云：白馬江，在崇慶州東北十里，源自江源廢縣，東入新津縣界。當從趙注無疑。他注引《九域志》「江陵有白馬洲」，非也。

枏樹爲風雨所拔歎

黄鶴據史「永泰元年三月，大風拔木」，謂此詩作於其時，太泥。《草堂》本，此與下《茅屋歌》，俱編入上元二年成都詩内，今從之。

倚江柟樹草堂前，故一作古老相傳二百年。誅茅卜居總爲此，五月髣髴聞寒蟬。東南飄風動地至，江翻石走流雲氣。幹排雷雨猶力争，根斷泉源豈天意。滄波老樹性所愛，浦上亭亭一青一作車蓋。野客頻留懼雪霜，行人不過聽竽籟〔一〕。虎倒龍顛委榛樊作荆棘，淚痕血點垂胸臆。我有新詩何處吟，草堂自此無顔色〔二〕。

〔一〕《高唐賦》：纖條悲鳴，聲似竽籟。

〔二〕虎倒龍顛，言柟樹之拔也。《病柏》詩：「偃蹙龍虎姿。」

茅屋爲秋風所破歌

八月秋高風怒號，卷我屋上三重茅。茅飛度江灑一作滿江郊，高者掛罥古犬切長林梢，下者飄轉沉塘一作堂坳〔一〕。南村群童欺我老無力，忍能對面爲盜賊。公然抱茅入竹去，唇焦口燥呼不得，歸來倚杖自歎息〔二〕。俄頃風定雲墨色，秋天漠漠向昏黑。布衾多年冷似鐵，嬌兒惡如字。蔡讀烏卧切卧踏裏裂。牀牀郭作牀頭屋漏無乾處，雨脚如麻未斷絶。自經喪亂少睡眠，長夜沾濕何由徹。安得廣厦千萬間，大庇天下寒士俱歡顔，風雨不動安如山。嗚呼！

何時眼前突兀見此屋，吾廬獨破一作壞受凍死一作意亦足〔三〕。

〔一〕塘坳，水塘作坳垤形。

〔二〕《韓詩外傳》：乾喉焦脣，仰天而歎。曹植樂府：來日大難，口燥脣乾。

〔三〕突兀見此屋，即所云「廣厦千萬間」也。白樂天詩：「安得布裘長萬丈，與君都蓋洛陽城」，同此意。

逢唐興劉主簿弟

《舊唐書》：蓬溪縣屬遂州，永淳元年置。唐興縣，天寶元年改爲蓬溪。公此詩及《唐興縣客館記》，俱循舊名。

分手開元末，連年絶尺書。江山且相見，戎馬未安居。劒外官人冷，關中驛騎疎〔一〕。輕舟下吴會，主簿意何如〔二〕。

〔一〕《杜詩博議》：「官人」乃隋、唐間語。《北史·梁彦光傳》：初，齊亡後，人情險詖，妄起風謡，訴訟官人，千變萬變。《舊唐書·高祖紀》：高祖即位，官人百姓，賜爵一級。《武宗紀》：中書奏：赴選官人多京債，到任填還，致其貪求，罔不由此。則「官人」者，乃州縣令佐之稱也。

〔二〕趙曰：吴會，音會計之會，指會稽也。

敬簡王明府

黄曰：公上元二年，嘗爲唐興縣宰王潛作《客館記》，此王明府，當即其人也。

葉縣郎官宰，周南太史公〔一〕。神仙才有數，流落意無窮。驥病思偏秣，鷹愁一作秋怕苦籠。看君用高義，恥與萬人同。

〔一〕葉縣王喬事，注見二卷。《司馬遷傳》：天子始建漢家之封，而太史公留滯周南，不得與從事。《後漢書》注：古之周南，今之洛陽。

重簡王明府

甲子西南異，冬來只薄寒〔一〕。江雲何夜盡一作静，蜀雨幾時乾。行李須相問，窮愁豈有一作自寬。君聽鴻雁響，恐致稻粱難。

〔一〕甲子，謂歲序。沈佺期詩：洛陽新甲子，何日是清明？

百憂集行

錢箋：王筠《行路難》：百憂俱集斷人腸。

憶年一作昔十五心尚孩，健如黄犢走復來。庭前八月梨棗熟，一日上樹能千迴。即今倏忽已五十一作即今年纔五六十，坐卧只多少行立〔一〕。强將笑語供主人，悲見生涯百憂集〔二〕。入門依舊四壁空，老妻覩我顔色同。癡兒未知父子禮，叫怒索飯啼門東〔三〕。

〔一〕公生於壬子，至上元二年辛丑，恰五十。

〔二〕黄曰：乾元二年冬，公至成都，時裴冕爲尹。上元元年三月，李若幽代。二年三月，崔光遠代。光遠尋罷，冬，嚴武至。此云「主人」，當是指崔、李。史云：若幽爲政躁急，光遠無學任氣，宜與公不合。

〔三〕《漫叟詩話》：庖厨之門在東，故曰「啼門東」，非趁韻也。

投簡成華兩縣諸子

黄曰：梁權道編成都詩内，是以成華爲成都、華陽兩縣。然詩云「長安苦寒誰獨悲」，又「南山」、「青門」皆長安事，當是天寶間在京師與咸陽、華原二縣，「咸」誤作「成」。按：詩云「赤縣官曹擁材傑」，蓋指成、華兩縣諸子也。《唐志》：成都、華陽兩縣爲附郭，次赤，而咸陽、華原乃畿縣，又相去頗遠，不應連及。則此詩之作於成都，審矣。「長安苦寒」，當以《正異》定本爲允。下云「朝廷故舊禮數絶」，亦是謫官後語。「南山」、「青門」，自嗟被廢，豈必居長安者始可用乎？

赤縣官曹擁才傑，軟裘快馬當冰雪。長安《正異》作夜苦寒誰獨悲，杜陵野老骨欲折〔一〕。南山豆苗早荒穢，青門瓜地新凍裂。鄉里兒童項領成，朝廷故舊禮數絶〔二〕。自然棄擲與時異，況乃疎頑臨事拙。飢餓動即向一旬，弊衣何啻聯百結〔三〕。君不見空牆日色晚，此老無聲淚垂血。

〔一〕《元和郡縣志》：大唐縣有赤、畿、望、緊、上、中、下七等之差，京都所治爲赤縣，京之旁邑爲畿縣。《後漢·李固傳》：霍光憂愧發憤，悔之骨折。

〔二〕《楊惲傳》：田彼南山，蕪穢不治，種一頃豆，落而爲萁。陶潛詩：種豆南山下，草盛豆苗稀。青門瓜，注見二卷。《詩》：四牡項領。注：項，大也。四牡者，人所駕。今但養大其領，不肯爲用。《後漢·吕强傳》：群邪項領。任昉《哭范僕射》詩：生平禮數絶。

〔三〕王隱《晉書》：董威輦拾殘繒，輒結爲衣，號曰百結。

徐卿二子歌

君不見徐卿二子生絶奇，感應吉夢相追隨。孔子釋氏親抱送，並是天上麒麟兒〔一〕。大兒九齡色清澈，秋水爲神玉爲骨。小兒五歲氣食牛，滿堂賓客皆回頭〔二〕。吾知徐卿百不憂，積善衮衮生公侯。丈夫生兒有如此二雛者，名位豈肯卑微休一云：異時名位豈肯卑微休。

〔一〕《陳書》：徐陵母臧氏，嘗夢五色雲，化而爲鳳，集左肩上，已而誕陵焉。陵年數歲，家人携候寳誌上人，寳誌摩其頂曰：「天上石麒麟也。」

〔二〕《尸子》：虎豹之駒，雖未成文，已有食牛之氣。

戲作花卿歌

《舊唐書·肅宗紀》：上元二年四月，梓州刺史段子璋反，襲東川節度使李奂於綿州，自稱梁王，改元黄龍，以綿州爲黄龍府，置百官。五月，成都尹崔光遠率將花驚定攻拔綿州，斬子璋。《高適傳》：西川牙將花驚定恃勇，既誅子璋，大掠東蜀。天子怒光遠不能戢軍，乃罷之。《山谷詩話》：花卿冢在丹稜縣之東館鎮，至今有英氣，血食其鄉。

成都猛將有花卿，學語小兒知姓名。用如快鶻風火生，見賊惟多身始輕〔一〕。綿州副史著柘趙云：當作赭黄，我卿掃除即日平〔二〕。子璋髑髏血模糊，手提擲還崔大夫。李侯重有此節度，人道我卿絶世無〔三〕。既稱絶世無，天子何不唤取守東都〔四〕。

〔一〕《南史》：齊桓康王，隨武帝起兵，摧堅陷陣，膂力絶人。所過村邑，恣行暴害，江南人畏之，以其名怖小兒。梁曹景宗謂所親曰：昔在鄉里，騎快馬如龍，拓弓弦作霹靂聲，箭如餓鴟叫，平澤中逐麞，數肋射之，覺耳後風生，鼻端火出，此樂使人忘死。

〔二〕《唐書》：綿州巴西郡，屬劍南東道，本金山郡，天寶元年更名。《唐六典》：諸軍各置節度使一人，五千人以上置副使一人。按：子璋，《新書》作節度兵馬使，《舊書》、《通鑑》作梓州刺史，此詩又云綿州副使。唐東川節度治梓州，子璋蓋以梓州刺史領副使。時據綿州反，遂稱綿州副使耳。「著赭黄」，謂僭天子服色。

〔三〕崔大夫，謂光遠。李侯，謂奐。奐領東川，以子璋亂，奔成都。及平，復得之鎮，故曰「重有此節度」也。

〔四〕《唐書》：上元二年三月，史朝義殺其父思明而自立，時據東都。花卿恃勇剽掠，不過成都一猛將耳。使移守東都，安能掃除大寇？末語刺之，意甚微婉。

病柏

有柏生崇岡，童童狀車蓋〔一〕。偃蹙黄作蹇龍虎姿，主當風雲會。神明依正直，故老多再拜。豈知千年根，中路顔色壞。出非不得地，蟠據亦高大。歲寒忽無憑，日夜柯葉改叶去聲，一作碎。丹鳳領九雛，哀鳴翔其外。鴟鴞志意滿，養子穿一作窟穴内〔二〕。客從何鄉來，佇立久吁怪。静求元精理，浩蕩難倚賴〔三〕。

〔一〕《蜀志》：先主舍東南角籬上有桑樹，高五丈，遥望見童童如小車蓋。

〔二〕樂府《隴西行》：鳳皇鳴啾啾，一母將九雛。《爾雅注》：鴟鴞，惡鳥，攫鳥子而食之。

〔三〕《漢·郎顗傳》：元精所生，王之佐臣。《論衡》：天禀元氣，人受元精。　以柏之才大得地，而顛頹如此，是「難倚賴」也。

病橘

群一作伊橘少生意，雖多亦奚爲。惜哉結實小一作少，酸澀如棠梨〔一〕。剖之盡蠹蝕《英華》作蝕，采掇爽其一作所宜。紛然不適口，豈止郭作只存其皮。蕭蕭半死葉，未忍一作忽忽別故枝。玄冬霜雪積，況乃迴風吹〔二〕。嘗聞蓬萊殿，羅列瀟湘姿。此物歲不稔，玉食失一作少光輝〔三〕。寇盜尚憑陵，當君減膳時。汝病是天意，吾愁舊作諗，荆作敢，趙定作愁罪有司。憶昔南海使，奔騰獻荔支黄作枝。百馬死山谷，到今耆舊悲〔四〕。

〔一〕《爾雅注》：棠，今之杜梨。陸曰：其子有赤白美惡，白色爲甘棠，赤色者澀而酢。

〔二〕梁元帝《纂要》：冬曰玄英，亦云玄冬。

〔三〕蓬萊殿，注别見。　瀟湘，洞庭也。《山海經》：洞庭之山，其木多橘。《唐書》：潭州有橘洲。　橘結實，一年多，必一年少，故曰「歲不稔」。

〔四〕《唐國史補》：貴妃生於蜀，好食荔枝。南海所生，尤勝蜀者，每歲飛馳以進。　鍾惺曰：上言

「吾愁罪有司」，正恐罪及百姓耳，故末引荔枝故事以爲戒。

枯椶

《廣志》：椶，一名栟櫚，狀如蒲葵，有葉無枝。陳藏器曰：其皮作繩，入水千歲不爛。《齊高帝紀》：時軍容寡闕，乃編椶皮爲馬具。

蜀門多椶一作栟櫚，高者十八九。其皮割剥甚，雖衆亦易朽。徒布一作有如雲葉，青青歲寒後。交横集斧斤，凋喪先蒲柳〔一〕。傷時苦軍乏，一物官盡取叶此苟切。嗟爾江漢人，生成復何有。有同枯椶木，使我沈歎久。死者即已休，生者何一作能自守。啾啾黄雀啄一作啅，側見寒蓬走。念爾形影乾一作枯形影，摧殘没藜莠〔二〕。

〔一〕蒲柳，注見二卷。《世説》：蒲柳之質，望秋先零。

〔二〕趙曰：末四語又言椶。或曰：雀啄、蓬走，蒙上言生者之靡定，終亦摧殘藜莠而已。

枯柟

楩柟枯崢嶸，鄉黨皆莫記。不知幾百歲，慘慘無生意。上枝摩蒼天，下根蟠厚地。巨圍雷霆拆一作折，萬孔蟲蟻萃。涷音東雨落流膠，衝風奪嘉一作佳氣。白鵠遂不來，天雞爲愁思〔一〕。猶含棟梁具，無復霄漢一作雲霄志。良工古昔少，識者出涕淚〔二〕。種榆水中央，成長何容易。截承金露盤，裊裊不自畏〔三〕。

〔一〕《楚詞》：使涷雨兮灑塵。《爾雅注》：今江東呼夏月暴雨爲涷雨。流膠，樹中膠液流出也。庾信詩：枯楓乍落膠。《楚詞》：衝風至兮水揚波。注：衝風，隧風也。《爾雅》：鶾，天雞。注：赤羽鳥。《逸周書》：文鶾，若彩雞，成王時蜀人獻之。謝靈運詩：天雞弄和風。

〔二〕良工，謂工師也。

〔三〕《齊民要術》：榆性軟弱，久無不曲，例非佳好之木。《三輔故事》：武帝於建章宮立銅柱，高二十丈，上有仙人掌承露盤。《西都賦》：抗仙掌以承露。

以枯柟比大材不見用，老死丘壑，識者悲之。以水榆比小材居重任，且不知自畏，識者危之，蓋爲用人者發。

所思

原注：得台州鄭司户虔消息。

鄭老身仍竄，台州信始傳。爲農山澗曲，卧病海雲邊。世已疎儒素，人猶乞音氣酒錢。徒勞望牛斗，無計斸龍泉〔一〕。

〔一〕《越絶書》：楚王使歐冶子爲鐵劍三枚，一曰龍泉，一名太阿，一曰工市。《張華傳》：華見斗牛之間嘗有紫氣，補雷焕爲豐城令。焕到縣，掘獄屋基，得石函，中有雙劍，並刻題，一曰龍泉，一曰太阿。

不見

原注：近無李白消息。

不見李生久，佯狂真可哀。世人皆欲殺，吾意獨憐才。敏捷詩千首，飄零酒一杯。匡山讀書處，頭白好歸來〔一〕。

〔一〕杜田《補遺》：白之先，客居蜀之彰明，太白生焉。白讀書於大匡山，其宅在清廉鄉，後爲僧房，號隴西院。按：《太白集》中多匡廬詩，其《書懷》詩云：「僕卧廬山頂，飡霞漱瑶泉。半夜水軍來，尋陽滿旌旃。空名適自誤，迫脅上樓船。」可證太白爲永王璘迫致時，正在廬山。此詩「匡山讀書處，頭白好歸來」，蓋深惜其放逐之久，望其歸尋舊隱也。杜田云云，本出楊天惠《彰明逸事》之説，事容有之，但此詩則斷指尋陽之匡廬，不當引彰明爲證也。

草堂即事

荒村建子月，獨樹老夫家〔一〕。霧一作雪裏江船渡，風前竹徑斜。寒魚依密藻，宿鷺起圓沙。蜀酒禁愁得，無錢何處賒。

〔一〕《肅宗紀》：上元二年九月，詔去上元號，稱元年，以十一月爲歲首，月以斗所建辰爲名。建子月壬午朔，上受朝賀，如正旦儀。

徐九少尹見過

晚景孤村僻，行軍數騎來〔一〕。交新徒有喜，禮厚愧無才。賞静憐雲竹，忘歸步月臺。何當看花蘂，欲發照江梅〔二〕。

〔一〕舊注：唐以少尹爲行軍長史，若有節度使，即謂之行軍司馬。按：《新》《舊書》初不言少尹兼行軍，此注未詳所本。

〔二〕趙曰：照江梅，言照江之梅花也。

范二員外邈吳十侍御郁特枉駕闕展待聊寄此作

暫往比隣去，空聞二妙歸〔一〕。幽棲誠簡略，衰白已光輝。野外貧家遠，村中好客稀。論文或不愧，重肯款柴扉〔二〕。

〔一〕《晉書》：尚書令衛瓘與尚書郎索靖，俱善草書，時人號爲一臺二妙。

〔二〕范雲詩：有客款柴扉。

王十七侍御掄許攜酒至草堂奉寄此詩便請邀高三十五使君同到

王掄終於彭州刺史，後有《哭王彭州掄》詩。　黄曰：《舊書·高適傳》：崔光遠不能戢軍，天子罷之，以適代爲成都尹、西川節度。然公今詩不曰高尹而仍謂高使君，又是年建子月，光遠卒，建丑月，旋以嚴武爲成都尹，則適實未嘗代光遠也。及嚴武寶應元年召歸後，却不見成都别除尹。史云：代宗即位，吐蕃陷松、維、保諸州，節度使高適不能救，以嚴武代還，必寶應元年七月至廣德元年十二月，乃適尹成都，不知公何以無一詩與之？蓋適爲尹時，公全在東川，及武再鎮蜀，方歸草堂也。

老夫卧穩朝慵起，白屋寒多煖始開。江鸛一作鶴巧當幽徑浴，鄰雞還過短牆來。繡衣屢許攜家醖，皂蓋能忘折野梅。戲假霜威促山簡，須成一醉習池迴。

王竟攜酒高亦同過共用寒字

卧疾荒郊遠，通行小徑難。故人能領客，攜酒重相看。自愧無鮭户佳切，居諧切，一作鰕菜，空煩卸馬鞍〔一〕。移樽一作時勸山簡，頭白恐風寒原注：高每云：汝年幾小，且不必小於我。故此句戲之。

〔一〕《説文》：膎，脯也，從肉，奚聲。《韻會》：吴人謂腌魚爲膎腝，通作鮭。《集韻》：鮭，吴人魚菜總稱。《齊書》：庾杲之清貧自業，食惟有韭葅、瀹韭、生韭雜菜。任昉戲之曰：「誰謂庾郎貧，食鮭嘗有二十七種。」二十七，言三九也。

陪李七司馬皂江上觀造竹橋即日成往來之人免冬寒入水聊題短作簡李公

《元和郡國志》：鄠江，一名皂江，經蜀州唐興縣東三里。任愷《渠堰志》：九昇口堰，其源出於皂江，至郫之栅頭，别流爲温江。口曰九昇，口者，實兩江之匯也。晏公《類要》云：鄠江，一名皂里水，今在新津。

伐竹黄作木爲橋結構同，褰裳不涉往來通。天寒白鶴歸華表，日落青龍見水中〔一〕。顧我老非題柱客，知君才是濟川功〔二〕。合歡《正異》定作觀却笑千年事，驅石何時到海東〔三〕。

〔一〕劉敬叔《異苑》：「晉太康二年冬，大雪，南洲人見二白鶴語於橋下曰：『今兹寒，不減堯崩年也。』於是飛去。《搜神後記》：丁令威，本遼東人，後化鶴歸，集城門華表柱，徘徊空中而言曰：『有鳥有鳥丁令威，去家千年今始歸。城郭如故人民非，何不學仙冢纍纍。』按：此「華表」是言橋柱。李義山詩：灞水橋邊倚華表。《朝野僉載》：趙州石橋甚工，望之如初月出雲，長虹飲澗。天后時，默啜欲南過橋，馬跪地不進，但見青龍卧橋上，奮迅而怒，賊乃遁去。

〔二〕相如題橋柱事，見二卷。

〔三〕《齊地記》：秦始皇作石橋，欲過海觀日出處，有神人能驅石下海，石去不速，神輒鞭之，石皆流血。

觀作橋成月夜舟中有述還呈李司馬

《草堂》本有此題，諸本通上章，爲二首。

把燭橋成夜，迴舟客坐時。天高雲去盡，江迥月來遲。衰謝多扶病，招邀屢有期。異方乘此興，樂罷不無悲。

李司馬橋成一作了高使君自成都回

向來江上手紛紛，三日功成事出群。已傳童子騎青竹一作馬，總擬橋東待使君〔一〕。

〔一〕《後漢書》：郭伋爲并州牧，始至行部，有童兒數百，騎竹馬，道次迎拜。

黄鶴曰：時高守蜀州而攝成都，《九域志》：蜀州東至成都百里，故詩云「橋東待使君」。錢箋：唐制：節度使闕，以行軍司馬攝知軍府事，未聞以刺史也。按史：唐以留後攝節度使，適未嘗爲西川留後，鶴注乃臆説。

蕭八明府寔處覓桃栽

奉乞桃栽一百根，春前爲送浣花村。河陽縣裏雖無數，濯錦江邊一作頭未滿園〔一〕。

〔一〕《白帖》：潘岳爲河陽令，遍樹桃李。庾信《枯樹賦》：若非金谷滿園樹，定是河陽一縣花。

從韋二明府續處覓綿黄作錦，詩同竹一作覓錦竹三數叢

蔡曰：綿竹産漢州綿竹縣之紫岩山。《地志》：漢綿竹縣，以其地宜竹，故名。按：揚子雲有

《綿竹頌》，此蜀産也，故覓之。黄鶴云：綿竹，即《竹譜》之篃簹竹，赤文似繡者。恐當以綿竹爲是。

華軒藹藹他年到，綿竹亭亭出縣高。江上舍前無此物，幸分蒼翠拂波濤。

憑何十一少府邕覓榿木栽 一作覓榿木數百栽

草堂塹西無樹林，非子誰復見幽心。飽聞榿木三年大，與致溪邊十畝陰〔一〕。

〔一〕榿木，注見前。

憑韋少府班覓松樹子栽

落落出群非櫸柳，青青不朽豈楊柳〔一〕。欲存老蓋千年意，爲覓霜根數寸栽 一云來。

〔一〕櫸柳，注見七卷。

又於韋處乞大邑瓷盌

《唐書》：大邑縣，屬邛州。咸亨二年，析益州之晉原置。

大邑燒瓷輕且堅，扣如哀一作寒玉錦城傳。君家白盌勝霜雪，急送茅齋也可憐。

詣徐卿覓果栽 一作覓果子栽

公有《徐卿二子歌》。

草堂少花今欲栽，不問緑李與黄梅〔一〕。石笥街中却歸去，果園坊裏爲求來〔二〕。

〔一〕《西京雜記》：初修上林苑，群臣遠方各獻名果，李十五種，内有緑李。

〔二〕石笥街，注見七卷。

入奏行贈西山檢察使竇侍御

黄曰：考新、舊《史》、《會要》諸書，無檢察使，惟有巡察、觀察、按察之名。然《歐陽詹集》有《送韋檢察》詩，又似史失書。詩云「八州刺史思一戰，三城守邊却可圖」，是西山諸州未没吐蕃時作。按：《會要》有西山運糧使、檢校户部員外郎。詩云「運糧繩橋壯士喜」，疑即此官，竇蓋以侍御出耳。　魯訔編上元二年，黄鶴編寶應元年。

竇侍御，驥之子，鳳之雛，年未三十忠義俱，骨鯁絶代無〔一〕。炯如一段清冰出萬壑，置在迎風寒露郭本云：一作露寒之玉壺。蔗漿歸厨金盌凍，洗滌煩熱足以寧君軀。政卞圜本作整用疎通合典則，戚聯豪貴耽文儒〔二〕。兵革《英華》作甲兵未息人未蘇，天子亦念西南隅。吐蕃憑陵氣頗麤，竇氏檢察應時須樊作才能俱。運糧繩橋壯士喜，斬木火井窮《英華》作寒猿呼〔三〕。八州刺史思一戰，三城守邊皆可圖〔四〕。此行入奏計未小，密奉聖旨恩宜一作應殊。繡衣春當卞作飄飄霄漢立，綵服日向卞作粲粲庭闈趨樊本此下有「開濟人所仰，飛騰時正須」二句。省郎京尹必俯拾一云相付，江花未落還成都吴本重此句。肯訪浣花老翁無一云公來肯訪浣花老？爲君酤吴作酣酒滿眼酤二句《英華》作携酒肯訪浣花老，爲君著衫捋髭鬚，與奴白飯馬青芻《英華》無此句〔五〕。

〔一〕《北齊書》：裴景鸞、景鴻，並有逸才，河東呼景鸞爲驥子，景鴻爲龍文。《蜀志》：龐統，德公之從子，德公謂統爲鳳雛。《晉書》：陸雲幼時，吴尚書閔鴻奇之，曰：「此兒若非龍駒，當是鳳雛。」

〔二〕《西京賦》：既新作於迎風，增露寒與儲胥。注：皆館名。《漢書》：武帝因秦林光宮，元封二年，復增通天、迎風、儲胥、露寒。《長安志》：在雲陽甘泉宮。趙曰：露寒，舊本作寒露，蓋傳寫之誤。公《槐葉冷淘》詩：「萬里露寒殿，開冰清玉壺。」則用字初未嘗倒。　蔗漿，注見七卷。　清冰寒蔗，實之玉壺金盌，豈不足滌君王之煩熱？意竇侍御以清望稱於時，故比之如此。

〔三〕錢箋：《元和郡國志》：繩橋在茂州汶川縣西北三里，架大江水，篾笮四條，以葛藤緯絡，布板其上，雖從風摇動，而牢固有餘，夷人驅牛馬去來無懼。今按：其橋以竹爲索，闊六尺，長十丈。《博物志》：臨邛有火井，在縣南百里。以竹木投取火後，人以火燭投井中，火即滅，不復燃。《蜀都賦》注：火井欲出其火，先以家火投之，須臾，焰出通天，以竹筒盛之，接其光而無炭。取井火還煮井水，一斛得四五斗鹽。家火煮之，不過二三斗鹽耳。　運糧、斬木，以應軍須，正侍御、檢察之職。《高適傳》云：自邛關、黎、雅以抵南蠻，由茂而西，經羌中、平戎等城，界吐蕃。瀕邊諸城，皆仰給劍南。

〔四〕《舊唐書》：劍南西川節度，統松、維、恭、蓬、雅、黎、姚、悉八州兵馬。公《東西兩川説》：八州素歸心於其世襲刺史。《唐書》：彭州有羊灌田，朋笮、繩橋三守捉城，又有七盤、安遠、龍溪三城，皆界茂州汶山。按：公《西山》詩有「繩橋戰勝遲」之句，則此三城，乃三守捉城也。蔡注指姚、維、松三州，非。

〔五〕舊注：蜀人以竹筒酤酒，筒上有穿繩眼。「滿眼酤」，言其滿迫筒眼也。《野客叢書》：《盤中》詩：「羊肉千斤酒百斛，令君馬肥麥與菽」，結句所祖。

是時吐蕃窺西山三城，西川八州刺史合兵禦之，故竇侍御以戰守機宜入奏朝廷。有引東川梓、遂等八州者，全無交涉。

廣州段功曹到得楊五長史書功曹却歸聊寄此詩

《唐書》：京尹及諸都督府，並有功曹參軍。廣州爲中都督府，故置。　鮑曰：前有《寄楊五桂州》詩，楊蓋自桂而徙廣也。

衛青開幕府，楊僕將樓船〔一〕。漢節梅花外，春城海水邊〔二〕。銅梁書遠及，珠浦使將旋〔三〕。貧病他鄉老，煩君萬里傳。

〔一〕《東觀漢紀》：衛青大克匈奴，武帝拜大將軍於幕中，因號幕府。庾信碑文：方衛青之張幕，册重元勳。《漢·南越傳》：主爵都尉楊僕爲樓船將軍，出豫章，下横浦。

〔二〕梅花外，廣州在梅嶺之外也。

〔三〕銅梁，注見七卷。《唐書》：廉州有合浦縣，出珠。《方輿記》：合浦水，去浦八十里，有潿州，其地産珠。

得廣州張判官叔卿書使還以詩代意

張叔卿，魯人，見公《雜述》及《舊書·李白傳》。

鄉關胡騎遠一云滿，宇宙蜀城偏。忽得炎州信，遥從月峽傳〔一〕。雲深驃騎幕，夜隔孝廉船〔二〕。却寄雙愁眼，相思淚點懸〔三〕。

〔一〕《楚詞》：嘉南州之炎德。　月峽，注別見。

〔二〕《漢書》：元狩二年，霍去病爲驃騎將軍。《世説》：張憑嘗謁丹陽尹劉惔，惔留宿，明日乃還船。須臾，惔出傳教覓張孝廉船，召與同載，時人榮之。

〔三〕《吴越春秋》越王夫人歌曰：淚泫泫兮雙懸。

送段功曹歸廣州

南海青天外，功曹幾月程一作行。峽雲籠樹小，湖日落《正異》定作蕩船明。交趾丹砂重，韶州白葛輕〔一〕。幸君因旅一作估客，時寄錦官城。

〔一〕交阯，注别見。《唐書》：韶州始興郡，屬嶺南道。

魏十四侍御就弊廬相别

有客騎驄馬，江邊問草堂。遠尋留藥價，惜别倒他本作到文場〔一〕。入幕旌旗動，歸軒錦繡香。時應念衰疾，書疏一作跡及滄浪。

〔一〕《杜預傳贊》：元凱文場，號爲武庫。蔡曰：倒文場，謂傾倒其詩章也。按：公詩「尺牘倒陳遵」，同此句法。若作「到」，與「問草堂」複矣。

贈别何邕

何少府邕，見前。

生死論交地，何由見一人。悲君隨燕雀，薄宦走風塵〔一〕。綿谷元通漢，沱江不向秦〔二〕。五陵花滿眼，傳語故鄉春〔三〕。

〔一〕《公孫弘傳贊》：以鴻漸之翼，困於燕雀。

〔二〕《唐書》：綿谷縣屬利州。《禹貢》注：漢出爲潛。郭璞云：有水從漢中沔陽縣南流，至梓潼、漢壽縣，入大穴中，通罡山下，西南潛出。舊云：即《禹貢》潛水也。《史記正義》：潛水出利州綿谷縣東龍門山大石穴下。按：綿谷，即蜀漢之漢壽，今保寧府廣元縣是。「綿谷元通漢」，謂綿谷潛水，本上合於沔陽之漢水也。漢中北直長安，故云。《漢書·地理志》：沱水，在蜀郡郫縣西，東入大江。其一在汶江縣西南，東入江。郭璞《爾雅注》：沱水，自蜀郡都安縣湔山，與江别而更流。金履祥曰：江至永康軍導江縣，諸源既盛，遂分爲沱，東至眉州彭山縣，復合於江。按：沱江，《蜀志》謂：一在灌縣，一在新繁。灌縣之沱，一名郫江，即郭注所云别江於湔山者。《溝洫志》謂李冰所穿，恐亦因禹故跡而疏之耳。

〔三〕何歸京師，將取道綿谷，公則留滯沱江，故因所見而起故鄉之思也。

贈别鄭鍊赴襄陽

戎馬交馳際，柴門老病身。把君詩過日俗本作目，念此别驚神〔一〕。地闊峨眉晚一作曉，晉作遠，天高峴首春〔二〕。爲於耆舊内，試覓姓龐人〔三〕。

〔一〕《陳書》：隋文帝使後主節飲，既而曰：「任其性，不爾，何以過日？」

〔二〕《元和郡國志》：峴山在襄陽縣東南九里，東臨漢水，古今大路。陳後主《歸魂賦》：映峴首之沈碑。

〔三〕龐德公隱鹿門山，在襄陽。

重贈鄭鍊絶句

鄭子將行罷使臣，囊無一物獻尊親。江山路遠羈離日，裘馬誰爲感激人〔一〕。

〔一〕趙曰：言裘馬輕肥之人，誰是感激而念其貧者乎？

江頭五詠

丁香

《圖經本草》：丁香木，類桂，高丈餘，葉似櫟，淩冬不凋。花圓細，黄色。《夢溪筆談》：按《齊民要術》云：雞舌香，世以其似丁子，故一名丁子香。即今丁香是也。《日華子》云：丁香治口氣，所以郎官含之。

丁香體柔弱，亂結枝猶墊〔一〕。細葉帶浮毛，疎花披素艷。深栽小齋後，庶使一作近幽人占。晚墮蘭麝中，休懷粉身念〔二〕。

〔一〕按：陳藏器云：丁香，擊之則順理而解爲兩向。義山詩：「本是丁香樹，春條結始生。」其合則爲結也。《説文》：墊，下也。凡物之下墮，皆可云墊。

〔二〕《石崇傳》：婢妾數十人，皆蘊蘭麝，被羅縠。丁香與幽僻相宜，晚而墮於蘭麝，則非其類矣。雖粉身，豈足惜哉？此等詩，全是寓意。

麗春

《圖經本草》：麗春草，一名仙女蒿。《格物論》：麗春，罌粟别種也，一云長春花。

百草競春華，麗春應最勝。少須晉作頃顔色好吴作好顔色，多漫枝條賸。紛紛桃李枝，處處總能移。如何貴此重一作此貴重，晉作稀如此貴重，《正異》云：如何貴此重，當作種，舊作重，乃缺文，却怕有人知〔一〕。

〔一〕末語即絶句「苗滿空山慙取譽，根居隙地怯成形」意，見麗春之不同於桃李爲可貴也。

梔子

《圖經本草》：梔子，南方及西蜀州郡皆有之。木高七八尺，二三月生，白花，花皆六出，甚芬香，俗説即西域薝蔔也。夏秋結實，如訶子狀，生青熟黄，中仁深紅。

梔子比衆木，人間誠未多。於身色有用，與道氣傷一作相和〔一〕。紅取風霜實，青看雨露柯。無情移得汝，貴在映江波〔二〕。

〔一〕趙曰：蜀人取其色以染帛與紙，故云「有用」。其性大寒，食之傷氣，故云「傷和」。或曰：《本草》稱梔子治五内邪氣、胃中熱氣，其能理氣明矣。此頌梔子之功也，作「氣相和」，亦是。

〔二〕趙曰：謝脁《牆北梔子樹》詩：有美當階樹，霜露未能移。還思照緑水，君家無曲池。末二句本此。

鸂鶒

陳藏器《本草》：鸂鶒，水鳥，形小如鴨，毛有五采。

故使籠寬織，須知動損毛。看雲莫悵望，失水任呼號。六翮曾經剪，孤飛卒一作只未高〔一〕。且無鷹隼慮，留滯莫辭勞。

〔一〕《韓詩外傳》：鴻舉千里，特六翮耳。

花鴨

花鴨無泥滓，階前一云中庭每緩行。羽毛知獨立，黑白太分明。不覺群心妬，休牽衆眼驚。稻粱霑汝在，作意莫先鳴〔一〕。

〔一〕《尸子》：戰如鬬雞，勝者先鳴。

野望

西山白雪三城《困學紀聞》作奇，非戍，南浦清江萬里橋。海内風塵諸弟隔，天涯涕淚一身遥。惟將遲暮供多病，未有涓涘答聖朝。跨馬出郊時極目，不堪人事日蕭條。

按史：是時分劍南爲兩節度，而西山三城列戍，百姓疲於調役，高適嘗上疏論之。公詩當爲此作，故有人事蕭條之歎。

畏人

魏武帝詩：客子常畏人。

早花隨發處，春鳥異方啼。萬里清江上，三年一作峰落日低。畏人成小築，褊性合幽棲。門逕一云逕没從榛草，無心走一作待馬蹄。

屏跡三首

衰顏一作年甘屏跡，幽事供高卧。鳥下竹根行，龜開萍葉過。年荒酒價乏，日併園蔬課。獨一作猶酌甘泉歌一云獨酌酣且歌，歌長擊樽破〔一〕。

〔一〕趙曰：併課園蔬，賣之以充酤直也。酌甘泉而擊空樽，以無酒也，亦暗使王大將軍酒後擊缺唾壺事。

用拙存一作誠吾道，幽居近物情。桑麻深雨露，燕雀半生成。村鼓時時急，漁舟箇箇輕。杖藜從白首，心跡喜雙清〔一〕。

〔一〕謝靈運詩：心跡雙寂寞。

晚起家何事，無營地轉幽。竹光團一作圍野色，舍一作山，《正異》定作舍影漾江流。失學從兒懶，長貧任婦愁。百年渾得醉，一月不梳頭〔一〕。

〔一〕《絶交書》：「頭面常一月十五日不洗。」公蓋用此事。

少年行二首

莫笑田家老瓦盆，自從盛酒長一作養兒孫。傾銀注玉舊作瓦，趙定作玉驚人眼，共醉終同卧竹根〔一〕。

〔一〕杜田《補遺》：《酒譜》云：老杜「共醉終同卧竹根」，蓋以竹根爲飲器也。庾信《謝趙王賜酒》詩：「野爐然樹葉，山杯捧竹根。」趙曰：銀、玉皆富貴家飲器，正謂少年。言傾銀瓶、注玉椀，非不驚人眼也，然終與瓦盆盛酒者，同醉卧竹根之傍耳。「竹根」字，本《選》詩「徘徊孤竹根」。○盛若如杜田説，飲器豈可謂之卧乎？《補注》：《毛詩疏》：缶是瓦器，可以節樂，又可以盛水、盛酒，即今之瓦盆也。○潘畊曰：此詠少年□飲之樂。《晉書》：阮咸家貧，與宗人飲，不復用杯觴，以大盆盛酒，圓坐大酌。公詩瓦盆盛酒，乃暗用此事也。咸與嵇康諸人共爲竹林之遊，故末有「同卧竹根」之句。

巢燕養《西谿叢語》作引雛《英華》作兒渾去盡，江花結子已一作也無多。黄衫年少來宜《叢語》作宜來數，不見堂前東逝波〔一〕。

〔一〕《北史·麥鐵杖傳》：將度遼，呼其三子曰：「阿奴當備淺色黄衫，我得被殺，爾當富貴。」《唐書·禮樂志》：樂工少年姿秀者十數人，衣黄衫，文玉帶，立左右。每千秋節，舞於勤政樓下。

少年行

馬上誰家白面一作薄媚，非郎，臨階《英華》作軒下馬坐一作踏人牀。不通姓字麤豪一作疎甚，指點銀瓶索酒嘗〔一〕。

〔一〕《英華辨證》：杜集「傾銀注瓦」，此作「注玉」；「臨街下馬」，此作「臨軒」，當以《英華》爲正。蓋未經俗子改易，書所以重古本也。

贈花卿

舊注：公有《戲作花卿歌》，此花卿，即敬定也。按：唐曲《水調歌》後六疊入破第二，即此詩，見郭茂倩《樂府詩集》。

錦城絲管日《樂府》作曉紛紛，半入江風半入雲。此曲秖應天上有，人間能得幾回聞。

《捫蝨新話》：花卿跋扈不法，有僭用禮樂之意，故子美譏之。世人悮認爲歌妓者，多矣，楊用修亦主此説。按：敬定恃功驕横則有之，不聞有僭禮樂事。詳詩意，似諷其歌舞太侈，非居功之道耳。

即事

百寶裝腰帶，真珠絡臂鞲同韝。笑時花近眼，舞罷錦纏頭〔一〕。

〔一〕纏頭，注别見。

杜工部詩集卷之九

松陵 朱鶴齡 輯註

寶應中，公居成都、客梓州作

遭田父泥去聲飲美嚴中丞

泥飲，謂强之飲，即詩所云「欲起時被肘」也。按：《舊書》：收長安，武拜京兆尹，兼御史中丞，《新書》却不載。武貶巴州，有《光福寺楠木歌碑》，題云「衛尉少卿兼御史嚴武」，時蓋自中丞降御史也。武初鎮劍南，二史俱云「兼御史大夫」，今公詩止云「中丞」，豈史有誤耶？

步屧隨春風，村村自花柳。田翁逼社日，邀我嘗春酒。酒酣誇新尹，畜眼未見有〔一〕。迴頭指大男，渠是弓弩手。名在飛騎籍，長番歲時久〔二〕。前日放營農，辛苦救衰朽。差科死則已，誓不舉家走。今年大作社，拾遺能住否。叫婦開大瓶，盆中爲吾取。感此氣揚揚，須知風化首。語多雖雜亂，説尹終在口〔三〕。朝來偶然出，自卯將及酉。久客惜人情，如何拒鄰叟。高聲索果栗，欲起時被肘〔四〕。指揮過無禮，未覺村野醜。月出遮我留，仍嗔問升斗。

〔一〕《月令》：擇元日，命民社。鄭注：祀社以祈農祥。元日，謂近春分前後戊日。元，吉也。
〔二〕《唐書·兵志》：擇材勇者爲番頭，習弩射。又有羽林軍飛騎，亦習弩。
〔三〕陶潛《飲酒》詩：父老雜亂言，觴酌失行次。
〔四〕《史記》：魏桓子肘韓康子于車上。

嚴中丞枉駕見過

原注：嚴自東川除西川，敕令兩川都節制。

元戎小隊出郊坰，問柳尋花到野亭。川合東西瞻使節，地分南北任流萍〔一〕。扁舟不獨如張翰，皂一作白帽應兼一作還應似管寧〔二〕。寂寞一作今日江天雲霧裏，何人道有少微星〔三〕。

〔一〕上元二年十二月，武代崔光遠鎮蜀，時合劍南、兩川爲一道，辨詳《八哀詩》。按：《方鎮表》：廣德二年，劍南節度復領東川。觀此詩，寶應元年作，已有「川合東西」之句，蓋史略也。公是年上武《説旱》云：「請管内東、西兩川，各遣一使」，尤足與「川合東西」語相證明。蜀在南，長安在北。鄭玄《戒子書》：黄巾爲害，萍浮南北，復歸邦鄉。
〔二〕《晉書》：張翰，字季鷹。賀循入洛，經吴閶門，于船中彈琴。翰就循言談，相欽悦，曰：「吾亦有事北京。」便同載而去。《魏志》：管寧，字幼安。徵命不就，居海上。常著皂帽、布襦袴、布裙，隨時單複。

〔三〕《史·天官書》：廷藩西有隋星五，曰少微，士大夫。《索隱》：《天官占》云：一名處士星。《正義》：廷太微，廷藩衛也。少微四星，在太微南北列，明大黄潤，則賢士舉。

奉酬嚴公寄題野亭之作

拾遺曾奏數行書，懶性從來水竹居。奉引濫騎沙苑馬，幽棲真釣錦江魚。謝安不倦登臨費一作賞，阮籍焉知禮法疏〔一〕。枉沐一作何日旌麾出城府，草茅無一作蕪徑欲教鋤〔二〕。

〔一〕《謝安傳》：安于東山營墅，樓館林竹甚盛，子姪往來遊集，肴膳亦屢費百金。《阮籍傳》：籍性疎懶，禮法之士，疾之如讎。

〔二〕《卜居》：寧誅鋤草茅以力耕乎？

寄題杜二錦江野亭

嚴武

漫向江頭把釣竿，懶眠沙草愛風湍。莫倚善題鸚鵡賦，何須不著鵕音峻鸃音儀冠〔一〕。腹中書籍幽時曬，肘後醫方静處看〔二〕。興發會能馳駿馬，終須晉作當直一作重到使君灘〔三〕。

〔一〕鸚鵡賦，注見二卷。《漢書》：孝惠時，郎、侍中皆冠鵕鸃。《音義》：鵕鸃，鳥名，以其羽飾冠。

〔二〕《世説》：郝隆七月七日出日中仰卧，人問其故，曰：「我晒書。」　肘後方，注見六卷。

〔三〕盛弘之《荆州記》：魚復縣界，有羊腸虎臂灘。楊亮爲益州，至此舟覆，人至今猶名爲使君灘。《九域志》：使君灘，在萬州。

孔毅夫《續世説》：子美于浣花里種竹植木，結廬枕江，縱酒吟詠，與田畯野老相狎蕩。嚴武過之，有時不冠。故武此詩，譏子美自倚能文而不冠，子美和詩云「阮籍焉知禮法疎」，以解嘲也。《容齋續筆》：《新唐書·嚴武傳》云：房琯以故宰相爲巡内刺史，武慢倨不爲禮。最厚杜甫，然欲殺甫數矣。李白《蜀道難》，爲房與杜危之也。《甫傳》云：甫嘗醉登武牀，瞪視曰：「嚴挺之乃有此兒。」武銜之。一日，欲殺甫，冠鈎于簾者三。左右白其母，奔救得止。《舊史》但云：甫性褊躁，嘗憑醉登武牀，斥其父名，武不以爲忤。初無欲殺之説，蓋唐小説所載，而《新書》以爲然。予按：太白《蜀道難》，本以譏章仇兼瓊，前人嘗論之矣。子美集中詩，凡爲武者，幾三十篇。《送還朝》曰：「江村獨歸處，寂寞養殘生。」《喜再鎮》曰：「得歸茅屋赴成都，真爲文翁再剖符。」此猶武在時語。至《哭歸櫬》云：「一哀三峽暮，遺後見君情。」及《八哀詩》云：「空餘老賓客，身上愧簪纓。」若果有欲殺之怨，不應眷眷如此。好事者但以武詩有「莫倚善題鸚鵡賦」之句，故用證前説，引黄祖殺禰衡爲喻，殆是癡人面前，不得説夢也。武肯以黄祖自比乎？○「莫倚善題鸚鵡賦」，慮其恃才傲物，愛而規之也。「何須不著鵕鸃冠」，勸之出而仕也。二語正見嚴、杜交情之厚。

奉和嚴中丞西城晚眺十韻

汲黯匡君切，廉頗出將頻。直詞才不世，雄略動如神。政簡移風速，詩清立意新。層城臨暇一作媚景，絶域望餘春。旂尾蛟龍會，樓頭燕雀馴。地平江動蜀，天闊樹浮秦〔一〕。帝念深分閫，軍須遠算緡。花羅封蛺蝶，瑞錦送麒麟〔二〕。辭第輸高義，觀圖憶古人。征南多興緒，事業闇相親〔三〕。

〔一〕《爾雅》：有鈴曰旂。注：懸鈴于竿頭，畫蛟龍于旒。

〔二〕《漢書》：元狩四年，初算緡錢。李斐曰：緡，絲也，以貫錢。一貫千錢，出稅二十。師古曰：謂有儲積錢者，計其緡貫而稅之。《唐書》：代宗詔曰：所織盤龍、對鳳、麒麟、獅子等錦綺，並宜禁。舊注：蛺蝶、麒麟，繡之羅錦者，言嚴公以此入貢，不忘朝廷也。

〔三〕《霍去病傳》：上爲治第，令視之，對曰：「匈奴未滅，何以家爲？」「觀圖憶古人」，言觀蜀之地圖，輒以古人爲期也。公有《同嚴公詠蜀道畫圖》詩，又《八哀詩》云：「堂上指圖畫」，可證。舊注引《馬援傳》東平王觀雲臺圖畫曰：「何不畫伏波將軍」，恐于此不切。《杜預傳》：預卒，贈征南大將軍。公十三世祖。

中丞嚴公雨中垂寄見憶一絶奉答二絶一云嚴公雨中見寄一絶奉答兩絶

雨映行宫一作雲辱贈詩，元戎肯赴野人期一云欲動野人知〔一〕。江天老病雖無力，强擬晴天理釣絲。

〔一〕《通鑑》：玄宗離蜀，以所居行宫爲道士觀。《杜詩博議》：《舊書·崔寧傳》：初，天寶中，鮮于仲通嘗建一使院，甚華麗。玄宗幸蜀，嘗居之，因爲道觀，寫玄宗御容，置之正室。郭英乂奏請舊院爲軍營，乃移去御容，自居之。按此即玄宗行宫，當在成都城内，有謂近萬里橋者，非也。

何日雨晴雲出溪，白沙青石洗無泥。只須伐竹開荒徑，倚一作拄杖穿花聽馬嘶一作鳥啼。

謝嚴中丞送青城山道士乳酒一瓶

山瓶乳酒下青雲，氣味濃香幸見分〔一〕。鳴鞭走送憐漁父，洗盞開嘗對馬軍原注：軍州謂驅使騎爲馬軍。

〔一〕楊慎曰：《孝經緯》：酒者，乳也。梁張率《對酒》詩：「如花良可貴，如乳更堪珍。」子美「山城乳酒下青雲」本此。

三絶句

楸一作春樹馨香倚釣磯，斬新花蘂未應飛〔一〕。不如醉裏風吹盡，可一云何忍醒時雨打稀。

〔一〕《爾雅》：椅梓，郭璞注：即楸也。陸璣《詩疏》：楸之疏理白色而生子者爲梓。《圖經本草》：梓木似桐而葉小花紫。

門外鸕鷀去一作久不來，沙頭忽見眼相猜。自今已後知人意，一日須來一百迴。

無數春笋滿林生，柴門密掩斷人行。會須上番毛晃《增韻》讀甫患切看成竹，客至從嗔不出迎〔一〕。

〔一〕《猗覺寮雜記》：杜詩「會須上番看成竹」，元詩「飛舞先春雪，因依上番梅」，俱用上番字，則上番不專爲竹也。退之《笋》詩「且嘆高無數，庸知上幾番」，又作平聲押。按：斬新、上番，皆唐人方言。獨孤及詩「舊日霜毛一番新」，亦讀去聲。

戲爲六絶句

庾信文章老更成，淩雲健筆意縱橫〔一〕。今人嗤點流傳賦，不覺前賢畏後生〔二〕。

〔一〕《漢書》：相如奏《大人賦》，天子大説，飄飄有淩雲氣。庾信《宇文順集序》：章表健筆，一付陳琳。

〔二〕錢箋：干寶《晉紀論》：蓋共嗤點以爲灰塵，而相詬病矣。《庾信傳贊》：揚子雲有言：「詩人之賦麗以則，詞人之賦麗以淫。」若以庾氏方之，斯又詞賦之罪人也。

楊王一云王楊盧駱當時體，輕薄爲文哂未休〔一〕。爾曹身與名俱滅，不廢江河萬古流〔二〕。

〔一〕《玉泉子》：王、楊、盧、駱有文名，人議其疵曰：楊好用古人姓名，謂之點鬼簿；駱好用數對，謂之算博士。

〔二〕洪邁曰：身名俱滅，以責輕薄子；江湖萬古流，謂四子之文也。

縱使盧王操翰墨，劣於漢魏近風騷〔一〕。龍文虎脊皆君馭，歷塊過都見爾曹〔二〕。

〔一〕錢箋：《宋書·謝靈運傳論》：自漢至魏，文體三變，莫不同祖風騷。

〔二〕《漢·西域傳贊》：蒲梢、龍文、魚目、汗血之馬，充于黄門。《天馬歌》：虎脊兩，化若鬼。注：馬毛血如虎脊者有兩也。龍文、虎脊，雖堪充馭，然必試之歷塊過都，爾曹方可自見耳，極言前賢之未易貶也。

才力應難跨或作誇數公，凡今誰是出群雄〔一〕。或看翡翠蘭苕上，未掣鯨魚碧海中〔二〕。

〔一〕數公，以上所指也。

〔三〕郭璞詩：翡翠戲蘭苕，容色更相鮮。善曰：言珍禽芳草，遞相輝映，可悦之甚也。蘭苕，蘭秀也。

不薄今人愛古人，清詞麗句必爲鄰〔一〕。竊攀屈宋宜方駕，恐與齊梁作後塵〔二〕。

〔一〕《補注》：《文心雕龍》：五言流調，清麗居宗。華實並用，惟才所安。

〔二〕《絶交論》：方駕曹王。

未及前賢更勿疑，遞相祖述復先誰〔一〕。别必列切裁僞體親風雅，轉益多師是汝師〔二〕。

〔一〕錢箋：《謝靈運傳論》：王褒、劉向、揚、班、崔、蔡之徒，異軌同奔，遞相師祖。

〔二〕别者，區别之謂；裁者，裁而去之也。

錢箋：作詩以論文，而題云「戲爲六絶句」，蓋寓言以自況也。韓退之詩：「李杜文章在，光焰萬丈長。不知群兒愚，那用故謗傷。蚍蜉撼大樹，可笑不自量。」然則當公之世，群兒之謗傷，亦不少矣，故借庾信、四子以發其意。嗤點流傳、輕薄爲文，皆指並時之人也。一則曰爾曹，再則曰爾曹，正退之所謂「群兒」也。盧王之文，劣于漢魏而能江湖萬古者，以其近于風騷也，況其上薄風騷而又不劣于漢魏者乎？凡今誰是出群雄，公所以自命也。蘭苕翡翠，指當時研揣聲病、尋摘章句之徒。鯨魚碧海，則所謂渾涵汪洋，千彙萬狀，兼古人而有之者也。亦退之所謂「横空盤硬，妥貼排奡，垠崖崩豁，乾坤雷硠」者也。論至于是，非李杜誰足以當之乎？「不薄今人」一章，自明作者之苦心也。齊梁以下，對屈宋言，皆今人也。于古人則愛之，于今人則不敢薄。清詞麗句，必與爲隣，惟恐目長足短，自謂竊攀屈宋而轉作齊梁之後塵也，則又正告之曰：今人之未及前賢，無怪其然，以其遞相祖述，沿流失源，而不知誰爲之先也。騷雅有真騷雅，漢魏有真漢魏，等而下之，至于齊梁、唐初，莫不有真面目焉，舍是則皆僞體也。能別裁僞體，則近于風雅矣。自風雅而下，至于庾信、四子，孰非吾師？雖欲爲嗤點輕薄之流，其可得乎？故曰「轉益多師是汝師」。呼之曰汝，所謂爾曹也，哀其身與名俱滅，諄諄然呼而寤之也。題之曰戲，亦見通懷商榷，不欲自以爲是，後人之如此意者，鮮矣。

野人送朱櫻

西蜀櫻桃也自紅，野人相贈滿筠籠。數回細寫洗野切愁仍破，萬顆勻圓訝許同〔一〕。憶昨賜霑門下省，退朝擎出大明宫〔二〕。金盤玉筯無消息，此日嘗新任轉蓬。

〔一〕《禮記》：器之溉者不寫，其餘皆寫。注：謂傳之器中。

〔二〕唐李綽《歲時記》：四月一日，内園薦櫻桃寢廟，薦訖，班賜各有差。大明宫，注見四卷。

題桃樹

小徑升堂舊不斜，五株桃樹亦從遮〔一〕。高秋總饋貧人實，來歲還舒滿眼花。簾户每宜通乳燕，兒童莫信打慈鴉。寡妻群盜非今日，天下車書正一作已一家。

〔一〕鮑照樂府：中庭五株桃，一株先作花。

此詩首曰「小徑升堂舊不斜」，末曰「天下車書正一家」，疑所題者，乃故園之桃也。時方全盛，未逢亂離，故桃亦可懷如此，以嘆今之不然，與「移柳幾能存」同一感慨。若云題成都桃樹，于末二語難通。

嚴公仲夏枉駕草堂兼攜酒饌得寒字 一作鄭公枉駕攜饌訪水亭

竹裏行厨洗玉盤，花邊立馬簇金鞍〔一〕。非關使者徵求急，自識將軍禮數寬〔二〕。百年地僻舊本俱作闢，千家本作僻柴門迥，五月江深草閣寒。看弄漁舟移白日，老農何有罄交歡。

〔一〕《神仙傳》：麻姑降蔡經家，坐定，各進行厨，皆金盤玉杯。

〔二〕使者徵求，用顏闔事。《贈鄭諫議》詩：「使者求顏闔。」《絶交書》：阮嗣宗爲禮法之士所繩，疾之如仇，賴大將軍保持之耳。《廉頗傳》：不知將軍寬之至此也。

嚴公廳宴同詠蜀道畫圖得空字

日臨公舘静，畫滿一作列地圖雄〔一〕。劒閣星橋北，松州雪嶺東〔二〕。華夷山不斷，吳蜀水相通。興與煙霞會，清樽幸不空〔三〕。

〔一〕《禮記》：公舘復，私舘不復。

〔二〕《華陽國志》：李冰沿水造橋，上應七宿。世祖謂吳漢曰：「安軍宜在七星連橋間。」《唐書》：松州交川郡，屬劒南道，取界内甘松嶺爲名。

〔三〕張璠《漢紀》：孔融拜太中大夫，每嘆曰：「座上客常滿，樽中酒不空，吾無憂矣。」

戲贈友二首

元年建巳月，郎有焦校書〔一〕。自誇足膂力，能騎生馬駒。一朝被馬踏，脣裂板齒無。壯心不肯已，欲得東擒胡。

〔一〕《肅宗紀》：上元二年九月，詔去上元號，稱元年，以十一月建子爲歲首月，以斗所建辰爲名。至建巳月，肅宗寢疾，詔皇太子監國，改元年爲寶應元年，復以正月爲歲首。公詩作于未改元之時，故仍前稱爲建巳月。《唐書》：崇文館有校書郎二人。

元年建巳月，官有王司直〔一〕。馬驚折左臂，骨折面如墨。駑駘漫一作慢深郭作染泥，何不避雨色。勸君休歎恨，未必不爲福叶音偪〔二〕。

〔一〕《唐書》：東宮官，司直一人；又大理寺，司直六人。

〔二〕《淮南子》：塞上翁馬亡入胡，人皆弔之，曰：「何知非福？」居數月，其子引胡駿馬而歸，人皆賀之，曰：「何知非禍？」及家富馬良，其子好騎，墮而折髀，人又弔之，曰：「何知非福？」居一年，胡人大入，丁壯戰死者十九，其子獨以跛故，父子得相保。

大雨

黄曰：寶應元年，公上嚴武《説旱》云：「今蜀自十月不雨，抵建卯非雩之時，奈久旱何？」此詩「西蜀冬不雪，春農尚嗷嗷」，正是其時事。又云：「朱夏雲鬱陶」，蓋入夏方雨。

西蜀冬不雪，春農尚嗷嗷。上天回哀眷，朱一作清夏雲鬱陶。執熱乃沸鼎，纖絺成緼袍〔一〕。風雷颯萬里，沛澤施蓬蒿。敢辭茅葦漏，已喜黍豆高。三日無行人，二一作大江聲怒號。流惡邑里清，矧兹遠江皋[二]。空庭步鸛鶴，隱几望波濤。沉痾聚藥餌，頓忘所進勞。則知潤物功，可以貸不毛。陰色靜隴畝，勸耕自官曹。四隣耒耜出一作出耒耜，何必吾家操。

[一]梁元帝《纂要》：夏曰朱明，亦曰朱夏。《秋興賦》：屏輕箑，釋纖絺。注：纖絺，細葛也。

[二]《水經注》：成都縣有二江，雙流郡下，故揚子雲《蜀都賦》曰「兩江珥其前」也。《宋史》：初，李冰開二渠，一由永康過新繁入成都，謂之外江；一由永康過郫入成都，謂之內江。《左傳》：有汾澮以流其惡。注：惡，垢穢。

溪漲

當時浣花橋，溪水纔尺餘。白石一作月明可把，水中有行車[一]。秋夏忽泛濫，豈惟入吾廬。蛟龍亦狼狽，況是鼉與魚。兹晨已半落，歸路跬步疎。馬嘶未敢動，前有深填音澱淤[二]。青青屋東麻，散亂牀上書。不意一作知遠山雨，夜來復何如。我遊都市間，晚憩必村墟。乃知久行客，終日思其居。

[一]浣花橋，萬里橋也。

[二]《漢·溝洫志》：有填淤反壤之害。師古曰：填淤，謂壅泥也。

大麥行

大麥乾枯小麥黄，婦女行泣夫走藏。東至集壁西梁洋，問誰腰鐮胡與羌〔一〕。豈無蜀兵三千人，部晉作簿領辛苦江山長。安得如鳥有羽翅，託身白雲歸故鄉〔二〕。

〔一〕《舊唐書》：梁州都督，督梁、洋、集、壁四州，屬山南西道。集州，析梁州之難江、巴州之符陽、長池、白石置。壁州，析巴州之始寧置。洋州，析梁州之西鄉、黄金、興勢置。《一統志》：今爲保寧、漢中二府地。　鮑照詩：腰鐮刈葵藿。　按：《舊書·肅宗記》：寶應元年建辰月，党項、奴刺寇梁州，觀察使李勉棄城走。《新書·党項傳》：上元二年，党項羌與渾、奴刺連和，寇鳳州。明年，又攻梁州，進寇奉天。此詩「胡與羌」，正指奴刺、党項也。大麥乾枯小麥黄，亦是夏初事。又按：《代宗紀》：寶應元年，吐蕃陷秦、成、渭等州。成州與集、壁、梁、洋壤接，疑吐蕃是年入寇，亦在春夏之交。史不詳書，故無考耳。○蔡曰：後漢桓帝時童謡曰：「小麥青青大麥枯，誰當獲者婦與姑，丈夫何在西擊胡。」每句中函問答之辭，公詩句法，蓋原于此。

〔二〕按：「蜀兵三千」，應是蜀兵調發，策應山南者。師古造爲杜鴻漸遏賊之説，考鴻漸鎮蜀，在永泰元年，其時爲亂者，非羌胡也。舊注妄譔故實，後人多爲所誤，故正之。

苦戰行

苦戰身死馬將軍，自云伏波之子孫〔一〕。干戈未定失壯士，使我歎恨傷精魂。去年江南《英華》作南行討狂賊，臨江把臂難再得。别時孤雲今不飛，時獨看雲淚横臆。

〔一〕《後漢·馬援傳》：援擊交阯女子徵側、徵貳，璽書拜援伏波將軍。

黄鶴曰：段子璋反，馬將軍會兵攻之，爲子璋所敗，死于遂州，故此詩云「去年江南討狂賊」，下詩云「遂州城中漢節在」，蓋遂在涪江之南也。

去秋行

去秋涪扶鳩切江木落時，臂槍走馬誰家兒〔一〕。到今不知白骨處，部曲有去皆無歸。遂州城中漢節在，遂州城外巴人稀〔二〕。戰場冤魂每夜哭，空令野營猛士悲。

〔一〕涪江，注别見。

〔二〕《唐書》：遂州遂寧郡，屬劍南東道。

鮑欽止曰：段子璋反，遂州刺史嗣號王巨修屬郡禮出迎之，被殺。故曰「遂州城中漢節在」，蓋傷之也。○按史：子璋以上元二年四月反，五月伏誅。而此詩云「去秋涪江木落時」，則非子璋反時事。鮑注既未可據，黃鶴以前詩馬將軍會討子璋而死，其説亦豈足深信耶？次公謂其事在廣德元年之秋，亦無所證明。大抵杜詩無考者，皆當闕疑，不必强爲之説。

奉送嚴公入朝十韻

鼎湖瞻望遠，象闕憲章新。四海猶多難，中原憶舊臣〔一〕。與時安反側，自昔有經綸。感激張天步，從容静塞塵。南圖回羽翮，北極捧星辰。漏鼓還思晝，宫鶯罷囀春。空留玉帳術，愁殺錦城人〔二〕。閣道通丹地，江潭隱白蘋。此生那老蜀，不死會歸秦。公若登台地，臨危莫愛身〔三〕。

〔一〕鼎湖，注見二卷。二聖山陵，召武爲橋道使，故云「瞻望遠」。　象魏，注見七卷。時代宗初立，故云「憲章新」。

〔二〕《抱朴子外篇》：兵在太一玉帳之中，不可攻也。《唐·藝文志》：兵家有《玉帳經》一卷。張淏《雲谷雜記》：「按顔之推《觀我生賦》：『守金城之湯池，轉絳宫之玉帳。』又袁卓《遁甲專征賦》：『或倚直使之遊宫，或居貴神之玉帳。』蓋玉帳乃兵家厭勝之方，主將于其方置軍帳，則堅不可犯。其法出于《黄帝遁甲》，以月建前三位取之。」

〔三〕閣道，即劒閣道。《漢官儀》：省中皆胡粉塗壁，以丹塗地，謂之丹墀。張正見《艷歌》：執戟趨丹地。沈佺期詩：南省推丹地。公草堂枕江，近百花潭，故曰江潭。

送嚴侍郎到綿州同登杜使君江樓宴得心字

黄曰：嚴武時赴召，未爲黄門侍郎。其再以黄門侍郎尹成都，又薨于官，此云「嚴侍郎」，似誤，或後來所題。按：《通鑑》：寶應元年六月壬戌，以兵部侍郎嚴武爲西川節度使。今據公詩，蓋以侍郎召也。又《新書》于封鄭國公時云：「遷黄門侍郎」，《舊書》于罷兼御史大夫時云：「改兼吏部侍郎，尋遷黄門侍郎」，皆不云爲兵部，與《通鑑》不合。綿州，注見八卷。錢箋：《方輿勝覽》：枕綿州城之東隅，上有唐《江亭記》。觀杜詩，則古之江流，在南山下。

野興每難盡，江樓延賞心。歸朝送使節，落景惜登臨。稍稍煙集渚，微微風動襟。重船依淺瀨，輕鳥度曾陰。檻峻背幽谷，窻虛交茂林。燈光郭作花散遠近，月彩静高深〔一〕。城擁朝來客，天横醉後參。窮途衰謝意，苦調短長吟〔二〕。此會共能幾，諸孫賢至今。不勞朱户閉，自待白河沈〔三〕。

〔一〕《補注》：《漢書》：古文《月采篇》曰：三日曰朏。師古注：《月采》，説月之光采，其書則亡。

〔二〕《春秋元命苞》：參伐流爲益州。古樂府：月没參横，北斗闌干。《史·淳于髡傳》：飲可八斗，而醉二參。樂府有《長歌行》、《短歌行》。

〔三〕諸孫，謂杜使君于公爲孫行也。白河，銀河也。白河沈，則天將曉矣。

酬别杜二　嚴武

獨逢堯典日，再覩漢官儀。未効風霜勁，空慙雨露私。夜鐘清萬户，曙漏拂千旗。並向殊庭謁，俱承别舘追。斗城憐舊路，渦水惜歸期〔一〕。峰樹還相伴，江雲更對垂。試回滄海棹，莫一作更妬敬亭詩〔二〕。秖是書應寄，無忘酒共持。但令心事在，未肯鬢毛衰。最悵巴山裏，清猿惱夢思。

〔一〕錢箋：《元和郡國志》：渦水在譙縣西四十八里，魏文帝以舟師自譙循渦入淮，非二公送别之地。詩云「斗城憐舊路」，按《元和志》：綿州城，理漢涪縣，去成都三百五十里，依山作州，東據天池，西臨涪水，形如北斗，卧龍伏焉。則「斗城」指綿州之城，非謂長安也。所臨之水，應在綿州，無容遠指渦水。「渦水」斷是「涪水」傳寫之誤耳。

〔二〕《圖經》：敬亭山，在宣城縣北十里。謝朓有《敬亭山》詩。

奉濟驛重送嚴公四韻

郭知達本注：驛去綿州三十里。

遠送從此別，青山空復情。幾時盃重把，昨夜月同行。列郡謳歌惜，三朝出入榮。江村獨歸處一作去，寂寞養殘生。

送梓州李使君之任

原注：故陳拾遺，射洪人也，篇末有云。○《唐書》：梓州梓潼郡，屬劒南道。乾元後，蜀分東、西川，梓州恒爲東川節度使治所。○黄曰：按公廣德元年，有《陪李梓州泛江》、《陪李梓州四使君登惠義寺》等詩，其赴任在寶應元年夏，故詩云「火雲揮汗日，山驛醒心泉」，時公在綿州。

籍甚黄丞相，能名自潁川。近看除刺史，還喜得吾賢〔一〕。五馬何時到，雙魚會早傳。老思筇竹杖一云杖拄，冬要錦衾眠〔二〕。不作臨岐別，惟聽舉最先。火雲揮汗日，山驛醒心泉〔三〕。遇害陳公殞，於今蜀道憐。君行射洪縣，爲我一潸然〔四〕。

〔一〕《漢書》：黄霸拜潁川太守，咸稱神明，後徵入爲丞相。

〔二〕古詩：遺我雙鯉魚。《蜀都賦》：筇杖傳節于大夏之邑。顧凱之《竹譜》：筇竹，高節實中，狀若人，剖爲杖，出南廣邛都縣。《竹記》云：邛州多生竹，俗謂之扶老竹。

〔三〕《京房傳》：舉最當遷。注：以課最被舉。

〔四〕《舊唐書》：子昂父在鄉爲縣令段簡所辱，子昂聞之，遽還鄉里。簡乃因事收繫獄中，憂憤而卒。《唐書》：射洪縣屬梓州。《九域志》：在梓州東南六十里。

觀打魚歌

綿州江水之一作水東津，魴魚鱍音撥鱍色勝銀〔一〕。漁人漾舟沉大網，截江一擁數百鱗。衆魚常才盡却棄，赤鯉騰出如有神。潛龍無聲老蛟怒，迴晉作西風颯颯吹沙塵〔二〕。饔子左右揮霜刀，鱠飛金盤白雪高。徐州禿尾不足憶一作惜，漢陰槎頭遠遁逃〔三〕。魴魚肥美知第一，既飽驩娱亦蕭瑟。君不見朝來割素鬐，咫尺波濤永相失〔四〕。

〔一〕《水經注》：綿水西出綿竹縣，又與湔水合，亦謂之郪江也，又言是涪水。《爾雅注》：江東呼魴魚爲鯿，一名魾。《詩》：鱣鮪發發。《釋文》：魚著網，尾發發然，《韓詩》作鱍。晉《白紵舞歌》：質如輕雲色如銀。

〔二〕《玉海》：景龍三年二月，玄宗至襄垣，漳水有赤鯉騰躍，聖皇之瑞也。言赤鯉雖騰去，物惡傷類，故蛟龍亦不安其居，見殘生之可畏如此。《補注》：《酉陽雜俎》：國朝律，取得鯉魚即宜放，不得喫，號赤鯉公，賣者決六十。

〔三〕錢箋：《詩義疏》：鱮，似魴而大頭，魚之不美者，故里語曰：「買魚得鱮，不如啖茹。」徐州謂之鰱，或謂之鱅，「徐州禿尾」，殆指此也。《襄陽耆舊傳》：峴山下、漢水中出鯿魚，肥美，常禁人採捕，以槎斷水，謂之槎頭鯿。蔡曰：孫炎釋《爾雅》：積柴木水中養魚曰槮。襄陽俗謂魚槮爲槎頭，言所積柴木槎枒然也。

〔四〕《西征賦》：華魴躍鱗，素鱮揚鬐。注：鬐，脊也。《周禮》：羞魚，冬右鮬，夏右鰭。

又觀打魚

蒼江漁子清晨集，設網提綱萬一作取魚急。能者操舟疾若風，撐突波濤挺叉入〔一〕。小魚脱漏不可記一作紀，半死半生猶戢戢。大魚傷損皆垂頭，屈與倔通，渠勿切强泥沙一云沙頭有時立。東津觀魚已再來，主人罷鱠還傾盃。日落蛟龍改窟穴，山根鱣張連切鮪隨雲雷〔二〕。干戈兵革鬬未止一云干戈格鬬尚未已，鳳凰麒麟安在哉。吾徒胡爲縱此樂，暴殄天物聖所哀〔三〕。

〔一〕《列子》：津人操舟若神。《西征賦》：垂餌出入，挺叉來往。注：叉，取魚叉也。

〔二〕《爾雅注》：鱣，大魚，似鱏而鼻短，口在頷下，體有邪行甲，無鱗，肉黄，大者長二三丈，江東呼爲黄魚。《疏》：鮪魚，形似鱣而青黑，頭小而尖，似鐵兜鍪，口亦在頷下，大者爲王鮪，小者爲鮛鮪，肉白。舊注：鮪，岫居而能變化，故有「山根雲雷」之句。

〔三〕「干戈」二句，即《家語》「覆巢破卵，則鳳凰不翔；剖胎刳孕，則麒麟不至」意也。

越王樓歌

《綿州圖經》：越王臺，在州城外西北，有臺高百尺，上有樓，下瞰州城。唐高宗顯慶中，太宗子越王貞任綿州刺史日作。按：貞刺綿州，新、舊《書》本傳皆不載，史略之耳。黄鶴疑中宗曾封越刺此州，非是。

綿州州府何磊落，顯慶年中越王作。孤城西北起高樓，碧瓦朱甍照城郭。樓下長江百丈清，山頭落日半輪明。君王舊跡今人賞，轉見千秋萬古情〔一〕。

〔一〕言非特今人遊賞，即世代逾遠，後人豈無千秋萬古之思？蓋以斯樓爲峴山碑也。按史：越王爲蔡州刺史，則天時起兵興復，不克死，蓋賢王也，故詩末感慨特深。

海椶行

宋祁《益部方物贊》：海椶，大抵椶類，然不皮，而幹葉叢于杪，至秋乃實，似楝子。今城中有四株，理緻幹堅，風雨不能撼云。劉恂《嶺表録》：廣中有一種波斯棗木，無旁枝，直聳三四丈，至顛四向，共生十餘枝，葉如㯶櫚，彼土人呼爲海㯶木。三五年一著子，類北方青棗，但小爾。舶商亦有攜至中國者，色類沙糖，味極甘。陶九成《輟耕録》：成都有金果樹，頂上葉如㯶櫚，皮如龍鱗，實如棗而大，番人名爲苦魯麻棗，一名萬年棗。李時珍曰：雖有棗名，别是一物，南番諸國多有之，即杜甫所賦海㯶也。〇黄曰：唐子西《將家游治平院》詩：「江邊勝事畧尋遍，不見海棕高入雲。」注云：「即老杜所謂東津者。」據此，則舘與棕皆在涪江之東津也。

左綿公舘清江濆，海棕一株高入雲。龍鱗犀甲相錯落，蒼稜白皮十抱文〔一〕。自一作但是衆木亂紛紛，海棕焉知身出群。移栽北辰趙作地不可得，時有西域胡僧識〔二〕。

〔一〕《蜀都賦》：于東則左綿巴東，百濮所充。舊注：綿州，涪水所經。涪居其右，綿居其左，故曰左綿。

〔二〕末二句寓意海棕種來自波斯國，故云「西域胡僧識」，舊注所引都謬。

姜楚公畫角鷹歌

錢箋：《名畫記》：姜皎，上邽人，善畫鷹鳥。玄宗即位，累官至太常卿，封楚國公。陸游曰：畫鷹在録參廳。《埤雅》：鷹鷂頂有角毛微起，今通謂之角鷹。

楚公畫鷹鷹戴角，殺氣森森一作如到幽朔。觀者貪愁一作徒驚掣臂一作壁飛，畫師不是無心學〔一〕。此鷹寫真在左綿，却嗟真骨遂虚傳。梁間燕雀休驚怕，亦未趙作未必摶空上九天。

〔一〕鷹産代北，故曰「到幽朔」。

巴西驛亭觀江漲呈竇十五使君他本作竇使君

按《唐書·地志》：綿州巴西郡，治巴西縣。又劉璋分三巴，巴郡閬中縣，巴西郡治焉。唐先天二年，改隆州巴西郡爲閬州閬中郡，蓋綿、閬皆稱巴西。杜安簡《地志》云：巴都：巴、渝、集、壁；巴東：夔、忠；巴西：綿、閬是也。此詩「巴西驛亭」，當如舊注云：在綿州。逸詩又有《巴西聞收京送班司馬》詩，則斷是閬州。黄鶴亦以爲綿州詩，誤矣。

宿雨南江漲，波濤亂遠峰〔一〕。孤亭淩噴薄，萬井逼舂容〔二〕。霄漢愁高鳥，泥沙困老龍。天邊同客舍，攜我豁心胸。

〔一〕舊注：南江，即綿江。

〔二〕《吴都賦》：噴薄沸騰。《禮·學記》：待其從容。注：從，讀如舂，謂擊也。擊鐘者每一舂爲一容，然後盡其聲。此借言水勢衝擊之狀。

述古三首

赤驥頓長纓，非無萬里姿。悲鳴淚至地，爲問馭者誰〔一〕。鳳凰從東一作天來，何意復高飛。竹花不結實，念子忍朝饑〔二〕。古時君臣合，可以物理推。賢人識定分，進退一作用固一作因其宜。

〔一〕《穆天子傳》：右驂赤驥而左白義。長纓，馬鞅也。《戰國策》：驥服鹽車，上太行，漉汗灑地，中阪遷延，負轅而不能上。伯樂遭之，下車攀而哭之，解紵衣以冪之。驥于是俯而噴、仰而鳴者，何也？彼見伯樂之知己也。

〔二〕《詩》：惄如調饑。《韓詩》作「朝飢」。薛君《章句》云：朝飢最難忍。

題曰「述古」，述古事以風今也。肅宗初立，任用李泌、房琯、張鎬諸賢，其後或罷、或斥、或歸隱，君臣之分不終，故言驥非善馭則頓纓，鳳無竹實則飛去。君臣遇合，其難如此，賢者可不明于進退之義乎？

市人日中集，於利競錐刀。置膏烈火上，哀哀自煎熬〔一〕。農人望歲稔，相率除蓬蒿。所務穀一作農爲本，邪贏無乃勞〔二〕。舜舉十六相，身尊道何高。秦時任商鞅，法令如牛毛〔三〕。

〔一〕《左傳》：錐刀之末，將盡争之。江淹書：寧當争尺寸之末，競錐刀之利哉。《莊子》：膏火自煎也。阮籍詩：膏火自煎熬。

〔二〕《西京賦》：何必昏于作勞，邪贏優而足恃。薛綜曰：昏，勉也；邪，僞也；優，饒也。言何必勉作勤勞之事乎？欺僞之利，自豐饒足恃。

〔三〕《左傳》：天下同心戴舜以爲天子，以其舉十六相故也。商鞅事，見《史記》。

是時第五琦、劉晏，皆以宰相領度支鹽鐵使，榷税四出，利悉錐刀，故言爲治之道，在乎惇本抑末，舉良相以任之，不當用興利之臣以滋民邪僞也。

漢光得天下，祚永固有開。豈惟高祖聖，功自蕭曹來。經綸中興業，何代無長才。吾慕寇鄧勳，濟時亦良哉。耿賈亦宗臣，羽翼共徘徊〔一〕。休運終四百，圖畫在雲臺〔二〕。

〔一〕寇鄧，寇恂、鄧禹；耿賈，耿弇、賈復也。《漢書贊》：蕭何、曹參，起刀筆吏，爲一代宗臣。

〔二〕《後漢·獻帝贊》：終我四百，永作虞賓。《東觀漢紀》：永平中，顯宗追感前世功臣，乃圖畫二十八將于南宫雲臺。

收京之後，大將如僕固懷恩等，漸跋扈不能制。公故舉中興良將，如寇、鄧、耿、賈諸人，以深致其感焉。

宗武生日

此詩舊編夔州詩内。按：公在夔州，宗武未嘗不隨侍，詩乃云「小子何時見」，其非夔州作甚明。趙次公、黄鶴俱云：寶應元年梓州作，良是。蓋公送嚴武至綿州，因徐知道之亂，遂入梓州，時宗武在成都，故思之也。

小子何時見，高秋此日生。自從都邑語，已伴老夫名。詩是吾家事，人傳世上情。熟精文選理，休覓綵衣輕。凋瘵筵初秩，欹斜坐不成。流霞分一作飛片片，涓滴就徐傾〔一〕。

〔一〕《抱朴子》：項曼都自言到天上，過紫府，仙人以流霞一杯飲之，輒不飢渴。庾信《示内人》詩：定取流霞氣，時添承露杯。

光禄坂行

蔡曰：光禄坂，在梓州銅山縣。

山行落日下絶壁，南望千山萬山一作水赤。樹枝有鳥亂鳴《正異》定作棲時一作棲，暝色無人獨歸客。馬驚不憂深谷墜，草動只怕長弓射。安得更似開元中，道路即今多一作何擁隔〔一〕。

〔一〕長弓射，言盜賊有伏矢。《玄宗本紀》：開元間，海内富安，行者雖萬里，不持寸刃。　鮑曰：按《崔寧傳》：寶應初，蜀亂，山賊乘險，道路不通。與此詩合。

題玄武禪師屋壁

《唐書》：玄武縣，屬梓州，本隸益州，武德三年來屬。錢箋：《寰宇記》：玄武山，《九州要記》云：一名宜君山。《華陽國志》云：一名三隅山，在玄武縣東二里，其山六屈三起。《方輿勝覽》：大雄山在中江，有玄武廟，杜詩「玄武禪師屋」在此。

何年顧虎頭，滿壁一作座畫滄一作瀛洲。赤日石林氣，青天江海一作水流。錫飛常近鶴，杯渡不驚鷗〔一〕。似得廬山路，真隨惠遠遊〔二〕。

〔一〕《天台賦》：應真飛錫以躡虛。注：應真，得道人執錫杖行于虛空，故曰飛也。《釋氏要覽》：比丘持錫，有二十五威儀，室中不得著地，必掛于壁，故遊行僧爲飛錫，安住僧爲掛錫。《高僧傳》：舒州灊山最奇絶，而山麓尤勝。誌公與白鶴道人欲之，同白武帝，帝俾各以物識其地，得者居之。道人以鶴，誌公以錫。已而鶴先飛去，至麓將止，忽聞空中錫飛聲，誌公之錫遂卓于山麓。道人不懌，然以前言不可食，遂各于所識築室焉。　劉宋時杯渡者，不知姓名，常乘木杯渡水，止宿一家，有金像，求之弗得，因竊以去。主人追之至孟津，浮木杯渡河，無假風棹，輕疾如飛。

〔三〕《高僧傳》：惠遠住廬山，彭城劉遺民、豫章雷次宗、雁門周續之、新蔡畢穎之、南陽宗炳、張萊民、張季碩等，並棄世遺榮，依遠遊止。　廬山比晝，故曰似惠遠；比禪師，故曰真。

悲秋

涼風動萬里，群盜尚縱橫。家遠傳一作待書日，秋來爲客情。愁窺高鳥過，老逐衆人行。始欲投三峽，何由見兩京。

客夜

客睡何曾著，秋天不肯明。入一作卷簾殘月影，高枕送一作遠江聲〔一〕。計拙無衣食，途窮仗友生。老妻書數紙，應悉未歸情。

〔一〕張説詩：洞房懸月影，高枕聽江流。

客亭

秋窻猶曙色，落木一作木落更天一作高風。日出寒山外，江流宿霧中。聖朝無棄物，多病已成一作衰翁。多少殘生事，飄零似轉蓬。

九日登梓州城

伊昔黄花酒，如今白髮翁。追歡筋力異，望遠歲時同。弟妹悲歌裏，朝廷一作乾坤醉眼中。兵戈與關塞，此日意無窮〔一〕。

〔一〕兵戈、關塞，謂徐知道以兵守劒閣。

九日奉寄嚴大夫

九日應愁思，經時冒險艱。不眠持漢節，何路出巴山。小驛香醪嫩，重巖細菊斑〔一〕。遥知簇鞍馬，回首白雲間。

〔一〕沈佺期詩：園花𤦗瑁斑。

錢箋：是時，徐知道反，武阻兵，九月尚未出巴嶺。《通鑑》載：六月，以武爲西川節度，徐知道守要害，拒武，武不得進。誤也，當以此詩正之。

巴嶺答杜二見憶 嚴武

卧向巴山落月時，兩鄉千里夢相思。可但步兵偏愛酒，也知光禄最能詩〔一〕。江頭赤葉楓愁客，籬外黄花菊對誰。跂馬望君非一度，冷猿秋雁不勝悲。

〔一〕《宋書·顔延之傳》：世祖踐阼，以爲金紫光禄大夫，領湘東王師。

戲題寄上漢中王三首

原注：時王在梓州，初至，斷酒不飲，篇中戲述。

西漢親王子，成都老客星。百年雙白鬢，一別五秋一作飛螢〔一〕。忍斷杯中物，祇王作眠看座右銘〔二〕。不能隨皂蓋，自醉逐浮萍〔三〕。

〔一〕《唐書》：肅宗詔收群臣馬助戰，漢中王瑀與魏少游持不可。帝怒，貶瑀蓬州長史。按：《舊書·魏少游傳》「率群臣馬」，在乾元二年十月。今云「一別五秋螢」，蓋公以乾元二年出華州，因與王别，至寶應元年，爲五年也。

〔二〕陶潛詩：且進杯中物。　座右銘，注見二卷。

〔三〕黄曰：史載，漢中王貶蓬州長史。此詩云「不能隨皂蓋」，又《奉漢中王手札》詩云「剖符來蜀道」，皆太守事，疑史誤。且少游以衛尉卿貶渠州長史，不應瑀以親王亦貶長史，當是刺史無疑。

策杖時能出，王門異昔遊。已知嗟不起，未許醉相留〔一〕。蜀酒濃無敵，江魚美可求。終思一酩酊，浄掃雁池頭〔二〕。

〔一〕《杜詩博議》：「嗟不起」，舊注：病酒不起。極可笑。按《晉書·殷浩傳》：「于時擬之管、葛，王蒙、謝尚伺其出處，以卜江左興亡，相謂曰：深源不起，當如蒼生何？」嗟不起，蓋用此。言已知王嘆我之不起矣，獨未許一醉而相留乎？

〔二〕《山簡傳》：日夕倒載歸，茗艼無所知。《集韻》：茗艼，通作酩酊。　梁孝王兔園有雁池，見九卷。

群盜無歸路，衰顔會遠方。尚憐詩警策，猶記一作憶酒顛狂〔一〕。魯衛彌尊重，徐陳略喪亡〔二〕。空餘枚叟在，應念早升堂〔三〕。

〔一〕《文賦》：立片言以居要，爲一篇之警策。

〔二〕錢箋：開元十四年十一月己丑，上幸寧王憲宅，與諸王宴，探韻賦詩曰：「魯衛情先重，親賢尚轉多。」瑀爲憲之子，故曰「魯衛彌尊重」，即用明皇語也。　魏文帝《與吴質書》：昔年疾疫，親故多罹其災，徐、陳、應、劉，一時俱逝。

〔三〕《雪賦》：召鄒生，延枚叟。《漢書》：枚乘爲弘農都尉，去官遊梁，梁客皆善屬詞賦，乘尤高。

翫月呈漢中王

夜深露氣清，江月滿江城。浮一作游客轉危坐，歸舟應獨行〔一〕。關山同一照一作點，烏鵲自多驚〔二〕。欲得淮王術，風吹暈音運已生〔三〕。

〔一〕謝惠連詩：眷眷浮客心。《後漢書》：茅容避雨樹下，危坐愈恭。　歸舟，謂漢中王，時蓋自梓州而歸蓬州也。

〔二〕同一照，即「隔千里兮共明月」意。錢箋：作「一點」，亦有致。東坡詞《洞仙歌》云：「繡簾開，一點明月窺人」，正用此。胡元瑞譏楊用修誤引，乃云「繡簾開一點」爲句。坡又有《詠柳洞仙歌》：「細腰支，自有入格風流」，亦將以「自有」爲斷句乎？

〔三〕《淮南子》：畫蘆灰而月暈闕。許慎注：有軍士相圍守則月暈，以蘆灰環月，闕其一面，則月暈亦闕于上。《廣韻》：暈，日月旁氣，月暈則多風。周王褒《關山月》：天寒光轉白，風多暈欲生。　言風吹暈生，正可驗淮王畫灰之術也。使事最精切有味。

相從行贈嚴二別駕 一云嚴別駕相逢歌

魯訔諸本題下並注云：時方經崔旰之亂。黃曰：崔旰之亂，在永泰元年，公已次雲安。此詩是寶應元年避徐知道之亂往梓州作，題下字乃注家妄添，而後人不察，以爲公自注耳。

我行入東川，十步一回首。成都亂罷氣蕭索趙作瑟，一作颯，浣花草堂亦何有〔一〕。梓中卞作州豪俊一作貴大者誰，本州從事知名久〔二〕。把臂開樽飲我酒，酒酣擊劍蛟龍吼。烏帽拂塵青螺卞作騾粟，紫衣將炙緋衣走〔三〕。銅盤燒蠟光卞作炎吐日，夜如何其初促膝。黃昏始叩主人門，誰謂俄頃膠在漆〔四〕。萬事盡付形骸外，百年未見《英華》作及歡娛畢。神傾意豁真佳士，久客多憂今愈疾。高視乾坤又可卞作何愁，一軀一作體交態同一作真悠悠。垂老遇君未恨晚，似君須向古人求。

〔一〕《通鑑》：寶應元年秋七月，劍南兵馬使徐知道反。八月，知道爲其將李忠厚所殺，劍南悉平。

〔二〕舊注：別駕，古稱從事，與刺史別乘。嚴二，梓州人，即爲本州別駕也。

〔三〕烏帽，注別見。趙曰：青螺粟，帽之文也。按：此解無義，作「青騾」近之。烏帽則拂去其塵，青騾則飼之以粟，即「與奴白飯馬青芻」意，言主人待客之厚如此也。

〔四〕《後漢書》：陳重與雷義爲友，鄉里語曰：「膠漆自謂堅，不如雷與陳。」

秋盡

秋盡東行且未迴，茅齋寄在少城隈〔一〕。籬邊老却陶潛菊，江上徒逢袁紹杯〔二〕。雪嶺獨看西日落，劒門猶阻一作斷北人來〔三〕。不辭萬里長爲客，懷抱何時得好開。

〔一〕梓州在東，故曰東行。

〔二〕楊慎曰：《鄭玄傳》：袁紹總兵冀州，遣使要玄，大會賓客。玄最後至，乃延升上坐。身長八尺，飲酒一斛，秀眉明目，容儀温偉。公以玄自況，爲儒而遭世難也。舊注引河朔飲，非是。

〔三〕時徐知道爲其下所殺，其兵尚據劒閣，故曰「猶阻北人來」。

野望

金華山北一作南涪扶鳩切水西，仲冬風日始凄凄〔一〕。山連越巂悉委切蟠三蜀，水散巴渝下五溪〔二〕。獨鶴不知何事舞，飢烏似欲向人啼。射洪春酒寒仍緑，極目傷神誰爲攜。

〔一〕《方輿勝覽》：金華山，在梓州射洪縣。《一統志》：在潼川州射洪縣北二里。錢箋：《元和郡國志》：涪江水，西自郪縣界流入，在射洪縣東一百步，縣有梓潼水，與涪江合流。《寰宇記》：涪江自涪城縣東南合中江，東流入射洪縣，屈曲二十里，北通遂州。

〔二〕《漢書》：越巂郡，本益州西南外夷，武帝初開置。《唐書》：巂州越巂郡，屬劍南道。《御覽》：《永昌郡傳》云：越巂郡，在建寧西北千七百里，自建寧高山相連，至川中平地，東西南北，八千餘里。《一統志》：今爲四川行都司。常璩《蜀志》：秦置蜀郡，漢高祖置廣漢郡，武帝又分置犍爲郡，後人謂之三蜀。《寰宇記》：巴州北水，一名巴嶺水，一名渝州水，一名宕渠水。《水經注》：武陵有五溪，謂雄溪、樠溪、力溪、潕溪、西溪也。辰溪其一焉。夾溪悉是蠻，左右所居，故謂此蠻五溪蠻也。《後漢書》注：五溪蠻，皆盤瓠子孫，土俗，雄作熊，樠作朗，潕作武。按：《寰宇記》云：黔州涪陵水，西北注涪州，入蜀江。黔州，今辰州地，即五溪水也。涪水至渝州，與岷江合，至忠、涪以下，五溪水來入焉。此云「下五溪」，蓋約略大勢言之。

冬到金華山觀因得故拾遺陳公學堂遺跡

《唐書》：陳子昂，字伯玉，梓州射洪人，少讀書于金華山。武后時，擢麟臺正字，遷右拾遺。《輿地紀勝》：陳拾遺書堂，在射洪縣北金華山。大曆中，東川節度使李叔明爲立旌德碑于金華山讀書堂，今在玉京觀之後。〇《年譜》：公寶應元年冬歸成都，迎家再至梓。

涪右衆山內，金華紫崔嵬。上有蔚藍天，垂光抱瓊臺〔一〕。繫舟接絶壁，杖策窮縈回。四顧俯層巔，淡然川谷開。雪嶺日色死，霜鴻有餘哀。焚香玉女跪，霧裏仙人來〔二〕。陳公讀書堂，石柱仄青苔。悲風爲我起，激烈傷雄才。

〔一〕梓州在涪江之右，故曰「涪右」。　杜田曰：《度人經》：三十二天，三十二帝，諸天皆有隱名，第一太黄皇曾天，鬱鑑玉明。鑑，音藍。蔚藍，即鬱鑑也。趙曰：蔚藍，謂茂蔚之藍，天之青色如此。若如杜說，鬱作蔚、鑑作藍，豈有兩字俱改易之理？今詩人言水曰挼藍水，則天之青曰蔚藍天，于義無害。《金根經》：天闕上有瓊樓玉臺，主衆仙出入之所也。《太平經》：太空瓊臺洞門，列真之殿；金華之内，侍女衆真之所處。《天台賦》：瓊臺中天而懸居。《補注》：陸游曰：蔚藍，乃隱語天名，非可以義理解也。杜詩所云，猶未有害，韓子蒼云：「水色天光共蔚藍」，直謂天水之色俱如藍，恐又因老杜而失之者也。

〔二〕雪嶺，即西山雪嶺也。　曹植《遠遊》詩：靈鼇戴萬丈，神物儼嵯峨。仙人翔其隅，玉女戲其阿。蔡曰：二句言觀中之景。

陳拾遺故宅

《一統志》：陳子昂宅，在射洪縣東七里東武山下。

拾遺平昔居，大屋一作宅尚修椽。悠揚一作悠悠荒山日，慘澹《英華》作崔崒故園煙。位下曷足傷，所貴者聖賢。有才繼騷雅，哲匠不比肩。公生揚馬後，名與日月懸〔一〕。同遊英俊人，多秉輔佐權。彦昭超《英華》同，吴作趙玉價，郭振晉作震起通泉。到今素壁滑，灑翰銀鈎連〔二〕。盛事會一時，此堂豈千年。終古立忠義，感遇有遺篇一作編〔三〕。

〔一〕殷仲文詩：哲匠感蕭辰。　盧藏用《子昂别傳》：經史百家，罔不該覽，尤善屬文，雅有相如、子雲風骨。

〔二〕《舊唐書》：趙彦昭，字奂然，甘州人。少以文詞名，中宗時，累遷中書侍郎，同中書門下三品，與郭元振、張説友善。黄曰：元振爲梓州通泉縣尉，彦昭與元振同業太學，故宜同遊。　索靖《草書狀》：婉若銀鈎，飄若驚鴻。「銀鈎連」，言趙、郭皆有留題在壁。

〔三〕《舊唐書》：子昂爲《感遇》詩三十首，王適見而驚曰：「此子必爲天下文宗。」皎然曰：子昂《感遇》，其源出于阮公《詠懷》。按：《感遇》詩多感歎武后革命事，寓旨神仙，故公以「忠義」稱之。

謁文公上方

《維摩經》：汝往上方界，分度四十二恒河沙佛土。

野寺隱喬木，山僧高下居。石門日色異，絳氣横扶疎〔一〕。窈晉作窅窕入風磴丁鄧切，長蘿紛卷舒。庭前猛虎卧，遂得文公廬〔二〕。俯視萬家邑，煙塵對階除。吾師雨花外，不下十年餘〔三〕。長者自布金，禪龕只晏如。大一作火珠脱玷翳，白月一作日當空虚〔四〕。甫也南北人，蕪蔓少耘鋤。久遭詩酒污，何事忝簪裾〔五〕。王侯與螻蟻，同盡隨丘墟。願聞第一義，迴向心地初〔六〕。金篦刮眼膜，價重百車渠。無生有汲引，兹理儻吹嘘〔七〕。

〔一〕江淹詩：絳氣下縈薄。注：絳氣，赤霞氣也。

〔二〕《高僧傳》：惠永住廬山西林寺，屋中嘗有一虎，人或畏之，輒驅出，令上山。人去後，還復循伏。又潭州善覺禪師，以二虎爲侍者。

〔三〕《續高僧傳》：法雲講《法華經》，忽感天花，狀如飛雪，滿空而下，延于堂内，升空不墜。又勝光寺道宗講大論，天雨衆花，旋遶講堂，飛流户内。

〔四〕《西域記》：昔善施長者，拯乏濟貧，哀孤惜老，時號給孤獨。願建精舍，請佛降臨，惟太子逝多園地爽塏，具以情告。太子戲言：金遍乃賣。善施即出藏金，隨言布地，于空地建立精舍。《廣韻》：龕，塔下室。李白詩：日動火珠光。注：火珠，大者如雞卵，白照數尺，日中以艾藉珠輒火出。《唐書》：天竺國王尸羅逸多，獻火珠、鬱金、菩提樹。《法苑珠林》：西方一月，分爲黑白，初月一日至十五日，名爲白月；十六日已去，至于月盡，名爲黑月。

〔五〕蕪蔓，言性地荒穢。

〔六〕《涅槃經》：出世人所知，名第一義諦；世人所知，名爲世諦。《弘明集》：昭明太子答問二諦：一真諦，曰第一義諦。二俗諦，亦曰世諦。《華嚴經》：菩薩摩訶薩，有十種迴向。

《華嚴論》：有心地法門。錢箋：佛説心地者，以心有能生，可依止義喻之。如地佛菩薩，發心修行，最重初心。如《華嚴》云「初發心時，便成正覺」是也，故曰「心地初」。舊引《楞嚴》初地，于此不切。

〔七〕《涅槃經》：如盲目人爲治目，造詣良醫，是時良醫，即以金篦決其眼膜。《法華經》：或有行施金銀、珊瑚、珍珠、琿璖、瑪瑙。《廣雅》：車渠，石次玉。《廣志》：車渠，出大秦及西域諸國。《楞嚴經》：是人即獲無生法忍。《疏》云：真如實相，名無生法，無漏真智，名爲忍。

奉贈射洪李四丈

丈人屋上烏，人好烏亦好。人生意氣豁，不在相逢早〔一〕。南京亂初定，所向色一作邑，《正異》定作色枯槁。遊子無根株，茅齋付秋草〔二〕。東征下月峽，挂席窮海島。萬里須十金，妻孥未相保〔三〕。蒼茫風塵際，蹭蹬騏驎老。志士懷感傷，心胸已傾倒。

〔一〕《尚書大傳》：愛其人者，愛其屋上之烏；憎其人者，憎其儲胥。

〔二〕南京，注見七卷。

〔三〕李膺《益州記》：廣陽州東七里水南，有遮要三槌石谷。東二里至明月峽峽首，南岸壁高四十丈，其壁有圓孔，形若滿月，因以爲名。《十道志》：渝州有明月峽，三峽之始。《寰宇記》：明月峽，在渝州巴縣東八十里。舊注：古者一金□直十千，今曰十金，則爲百千。

早發射洪縣南途中作

將老憂貧窶，筋力豈能及。征途乃一作復侵星，得使諸病入〔一〕。鄙人寡道氣，在困無獨立。俶裝逐徒旅，達曙一作曉淩險澀〔二〕。寒日出霧遲，清江轉山急。僕夫行不進，駑馬若郭作苦維縶。汀洲稍疎散，風景開快一作悁悒。空慰所尚懷，終非曩遊集。衰顔偶一破，勝事難屢一云皆空挹。茫然阮籍途，更灑楊朱泣〔三〕。

〔一〕鮑照詩：侵星赴早路。

〔二〕張衡《思玄賦》：簡元辰而俶裝。注：俶，始也。潘尼詩：崤函方險澀。

〔三〕《淮南子》：楊朱見岐路而泣之，謂其可以南，可以北。

通泉驛南去通泉縣十五里山水作

《舊唐書》：通泉縣屬梓州，漢廣漢縣地，隋置縣。《九域志》：縣在州東南百三十里。錢箋：《寰宇記》：通泉山在縣西北二十里，東臨涪江，絶壁二百餘丈，水從山頂湧出，下注涪江。

溪行衣自濕，亭午氣始散。冬溫蚊蚋集，人遠鳧鴨亂。登頓生曾陰，欹傾出高岸。驛樓衰柳側，縣郭輕烟畔〔一〕。一川何綺麗，盡目一作日窮壯觀。山色遠寂寞，江光夕滋漫〔二〕。傷一作知時愧孔父，去國同王粲。我生苦飄零，所歷有嗟嘆。

〔一〕謝靈運詩：山行窮登頓。注：登頓，謂上下也。

〔二〕劉楨詩：綺麗不可忘。

過郭代公故宅

按史：元振，魏州貴鄉人。《長安志》：宅在京師宣陽里。今云「故宅」，當是尉通泉時所居。

豪雋初未遇，其跡或脱略。代公通泉尉，放意何自若〔一〕。及夫登衮冕，直氣森噴薄。磊落見異人，豈伊常情度〔二〕。定策神龍後，宫中翕清廓。俄頃辨尊親，指揮存顧託〔三〕。群公有慚色，王室無削弱。迥出名臣上，丹青照臺閣〔四〕。我行得遺跡一作址，池館皆疏鑿。壯公臨事斷，顧步涕横落。精魄凛如在，所歷終蕭索他本無此二句，一本二句在「直氣森噴薄」之下。高詠寶劍篇，神交付冥漠〔五〕。

〔一〕《唐書·郭元振傳》：郭震，字元振，以字顯。舉進士，授通泉尉。任俠使氣，撥去小節。

〔二〕《通典》注：三公八命，復加一命，則服袞龍。《周禮》曰：諸公自袞冕而下，如王之服。《唐書》：先天二年，元振以兵部尚書，同中書門下三品。

〔三〕《唐書》：玄宗誅太平公主，睿宗御承天門，諸宰相走伏外省，獨元振總兵扈從。事定，宿中書省二十四日，以功封代國公。　趙曰：按代公定策，在先天二年，去中宗即位，改元神龍，凡八年。今詩云「定策神龍後」，蓋太平擅寵，始中宗朝，則禍胎在神龍而下也。「俄頃辨尊親，指揮存顧託」，謂太平既誅，則尊位有歸，親傳不失，所以成睿宗付託之意也。

〔四〕丹青，謂畫像也。《唐會要》：元振配饗玄宗廟。

〔五〕《唐書》：武后召元振與語，奇之，索其文章，上《寶劍篇》，后覽嘉嘆，遂得擢用。

觀薛稷少保書畫壁

《唐書·薛稷傳》：稷，字嗣通，好古博雅。外祖魏徵家多藏虞、褚舊跡，稷鋭精模倣，遂以書名天下，畫又絶品。睿宗踐阼，遷黄門侍郎，歷太子少保。會竇懷貞以附太平公主伏誅，稷坐知謀，賜死萬年獄。

少保有古風，得之陜郊篇。惜哉功名忤一作誤，但見書畫傳〔一〕。我遊梓州東，遺跡涪江邊。畫藏青蓮界，書入金牓懸〔二〕。仰看垂露姿，不崩亦不騫。鬱鬱三大字，蛟龍岌相纏。又揮西方變，發地扶屋椽。慘澹壁飛動，到今色未填〔三〕。此行疊壯觀，郭薛俱才賢。不知百載後，誰復來通泉〔四〕。

〔一〕稷有《秋日還京陝西十里作》曰：驅車越陝郊，北顧臨大河。

〔二〕《翻譯名義集》：優鉢羅，此云青蓮花。　金牓，注見四卷。

〔三〕王愔《文字志》：懸針，小篆體也。垂露，書如懸針而勢不遒勁，阿那如濃露之垂，故名。《法書要録》：漢曹喜工篆隸，善懸針、垂露之法。　《詩》注：騫，虧也。　《輿地紀勝》：薛稷書「慧普寺」三字，徑三尺許，在通泉縣慶善寺聚古堂。《法書要録》：至于蛟龍駭獸，奔騰拏攫之勢，心手隨變，不知所如，是謂達節。　西方變，言所畫西方諸佛變相。《酉陽雜俎》：唐人謂畫，亦曰變。○趙曰：稷書「慧普寺」三字，乃真書，傍有贔屓纏捧，此其「蛟龍岌相纏」也。稷所畫西方變相則亡。

〔四〕蔡曰：《趙彦昭傳》云：與郭元振、薛稷善。《元振傳》云：與薛稷、趙彦昭同遊太學。蓋郭與薛舊爲同舍，後又會于通泉也。

通泉縣署壁後薛少保畫鶴

錢箋：《名畫記》：稷尤善花鳥人物雜畫，畫鶴知名，屏風六扇鶴樣，自稷始也。《名畫録》：

今秘書省有稷畫鶴，時號一絶。又蜀郡亦有鶴并佛像、菩薩等傳于世，並稱神品。《封氏聞見録》：今尚書省考功員外郎廳，有稷畫鶴，宋之問爲讚。東京尚書坊岐王宅，亦有稷畫鶴，皆稱精絶。

薛公十一鶴，皆寫青田真。畫色久欲盡，蒼然猶出塵〔一〕。低昂各有意，磊落如長人。佳此志氣遠，豈惟粉墨新。萬里不以力，群遊森會神。威遲白鳳態，非是倉鶊鄰〔二〕。高堂未傾覆，常一作幸得慰嘉賓。暴露牆壁外，終嗟風雨頻。赤霄有真骨，恥飲洿池津。冥冥任所往，脱略誰能馴〔三〕。

〔一〕《晉永嘉郡記》：沐溪野，去青田九里，此中有雙白鶴，年年生子，長大便去，只餘父母一雙在耳，精白可愛，多云神仙所養。

〔二〕《禽經》：白鳳謂之鸘。《舞鶴賦》：始連軒以鳳蹌。《爾雅疏》：黄鸝留，一名倉庚，一名商庚。

〔三〕本詠畫鶴，以真鶴結之，猶之詠畫鷹而及真鷹，詠畫鶻而及真鶻，詠畫馬而及真馬也，公詩格往往如是。

陪王侍御同登東山最高頂宴姚通泉晚攜酒泛江

《一統志》：東山在潼川州東四里，隔涪江，層巖修阜，勢若長城，杜甫有詩。

姚公美政誰與儔，不減昔時陳太丘。邑中上客有杜史，多暇日陪驄馬遊〔一〕。東山高頂羅珍羞，下顧城郭銷我憂。清江白日落欲盡，復攜美人登綵舟〔二〕。笛聲憤怨一作怒哀中流，妙舞逶迤夜未休。燈前往往大魚出，聽曲低昂如有求〔三〕。三更風起寒浪湧，取樂喧呼覺船重。滿空星河光破碎，四座賓客色不動。請公臨深莫相違，迴船罷酒上馬歸。人生歡會豈有極，無使霜露霑人衣〔四〕。

〔一〕《後漢書》：陳寔補聞喜長，再遷，除太丘長，修德清静，百姓以安。《地理志》：太丘，屬沛國。

〔二〕美人，官妓也。

〔三〕《荀子》：昔者瓠巴鼓瑟，而游魚出聽。

〔四〕魏文帝樂府：谿谷多悲風，霜露沾人衣。《補注》：臨深莫相違，言無違臨深之戒也，此是倒句法。

陪王侍御宴通泉東山野亭

《全蜀總志》：野亭在射洪縣治東北，杜詩「亭影臨山水」。

江水東流去，清樽日復斜。異方同宴賞，何處是京華。亭景臨山水，村烟對浦沙。狂歌遇一作過形舊作於，善本作形勝，得醉即爲家。

漁陽

漁陽突騎猶精鋭，赫赫雍王都一作前節制〔一〕。猛將翻然恐後時，本朝不入非高計。禄山北築雄武城，舊防敗走歸其營〔二〕。繫書請問燕耆舊，今日何須十萬兵〔三〕。

〔一〕《後漢書》：吴漢亡命在漁陽，説太守彭寵曰：「漁陽突騎，天下所聞也。」《唐書》：寶應元年九月，魯王适改封雍王。冬十月，以雍王爲天下兵馬元帥，統河北、朔方及諸道行營、回紇等兵十餘萬，進討史朝義，會軍于陜州。即德宗也。

〔二〕《舊唐書》：禄山反時，築壘范陽北，號雄武城，峙兵聚糧。

〔三〕繫書，用魯連事。

公聞雍王授鉞，作此以諷河北諸將，言當急歸本朝，毋蹈禄山之覆轍也。舊注謬亂殊甚。

聞官軍收河南河北一云收兩河

《唐書》：寶應元年冬十月，僕固懷恩等屢破史朝義兵，進克東京，其將薛嵩以相、衛等州降，張志忠以恒、趙等州降。次年春正月，朝義走至廣陽自縊，其將田承嗣以莫州降，李懷仙以幽州降。

劒外忽傳收薊北，初聞涕淚滿衣裳。却看妻子愁何在，漫卷詩書喜欲狂。白日一作首放歌須縱酒，青春作伴好還鄉。即從巴峽穿巫峽，便下襄陽向洛陽原注：余田園在東京。

遠遊

賤子何人記，迷方著處家〔一〕。竹風連野色，江沫擁春沙。種藥扶衰病，吟詩解嘆嗟。似聞胡騎走，失喜問京華。

〔一〕鮑照詩：南國有儒生，迷方獨淪誤。

杜工部詩集卷之十

松陵　朱鶴齡　輯註

廣德中，公往來梓、閬作

春日梓州登樓二首

行路難如此，登樓望欲迷。身無却少壯，跡有但一作但有羈栖。江水流城郭，春風入鼓鞞聲同。雙雙新燕子，依舊已銜泥。

天畔登樓眼，隨春一作風入故園。戰場今始定，移柳更一作豈能存〔一〕。厭蜀交游冷，思吴勝事繁。應須理舟楫，長嘯下荆門〔二〕。

〔一〕《哀江南賦》：釣臺移柳，非玉關之可望。

〔二〕荆門，注見八卷。

春日戲題惱郝使君兄一本無兄字

使君意一作俊氣淩青霄，憶昨歡娛常見招。細馬時鳴金騕褭，佳人屢出董嬌饒郭作嬈〔一〕。東流江水西飛燕，可惜春光不相見。願攜王趙兩紅顏，再騁肌膚如素吳作雪練〔二〕。通泉百里近梓州，請一作諸公一來開我愁。舞處重看花滿面，樽前還有錦纏頭〔三〕。

〔一〕《唐書》：凡馬有左右監，以别其麁良。細馬稱左，麁馬稱右。《漢·武帝紀》：獲白麟，更黄金爲麟趾、褭蹄，旨協瑞焉。褭蹄，騕褭蹄也。盧炤隣詩：漢家金騕褭。《玉臺新詠》：宋子侯有《董嬌饒》詩。

〔二〕古樂府：東飛伯勞西飛燕，黄姑織女時相見。沈約詩：遥裔發海鴻，連翩出簷燕。春秋更去來，參差不相見。趙曰：「東流」二句，以興見招之後，不復見其姬也。

〔三〕《酉陽雜俎》：今婦人面飾用花子，起自昭容上官氏所製，以掩點跡。《通鑑注》：舊俗賞歌舞人，以錦綵置之頭上，謂之纏頭。王、趙必郝使君家妓，欲攜之至梓州共樂，所謂「戲」之者，以此。

郪七稽切城西原送李判官兄武判官弟赴成都府

《唐志》：梓州治郪縣。《一統志》：廢郪縣在潼川州治東，本朝併入州。又州西一百里，有漢鄜縣故城。

憑登送所親，久坐惜芳辰。遠水非無浪，他山自有春。野花隨處發，官一作妖柳著直略切行音杭新。天際傷愁别，離筵何太頻。

涪江泛舟送韋班歸京得山字

韋少府班，見八卷。

追餞同舟日，傷春一作心一水間。飄零爲客久，衰老羨君還。花遠一作雜重重樹，雲輕處處山。天涯故人少，更益鬢毛斑。

泛舟送魏十八倉曹還京因寄岑中允參范郎中季明

《唐書》：諸衛府各有倉曹參軍。杜確《岑參集序》：參出爲虢州長史，改太子中允，兼殿中侍御史，充關西節度判官。

遲日深江水，輕舟送别筵。帝鄉愁緒外，春色淚痕邊。見酒須相憶，將詩莫浪傳。若逢岑與范，爲問各衰年。

送路六侍御入朝

童稚情親四一作三十年，中間消息兩茫然。更爲後會知何地，忽漫相逢是别筵。不分音問，一作忿桃花紅似錦，生憎柳絮白於一作如綿〔一〕。劍南春色還無賴，觸忤愁人到酒邊。

〔一〕徐摛詩：恒教羅袖拂，不分秋風吹。張正見詩：不分梅花落，還同横笛吹。又《哀桃賦》：爾乃萬株成錦，千林似翼。盧照隣詩：生憎帳額繡孤鸞。祖孫登《詠柳》：飛綿亂上空。

涪城縣香積寺官閣

《唐書》：涪城縣屬梓州。《全蜀總志》：涪城廢縣，在綿州東南四十里。錢箋：《寰宇記》：香積山，在涪城縣東南三里，北枕涪江。

寺下春江深不流，山腰官閣迥添愁。含風翠壁孤雲細，背日丹楓萬木稠。小院迴廊春一作深寂寂，浴鳧飛鷺晚悠悠。諸天合在藤蘿外，昏黑應須到上頭。

泛江送客

二月頻送客，東津江欲平。烟花山際重，舟楫浪前輕。淚逐勸盃下一作落，愁連吹笛生。離筵不隔日，那得易爲情。

上牛頭寺

錢箋：《寰宇記》：牛頭山，在梓州郪縣西南二里，高一里，形似牛頭，四面孤絶，俯臨州郭，下有長樂寺，樓閣烟花，爲一方勝概。《圖經》云：「山上無禽鳥棲集」，而杜有「鶯啼」之句，則《圖經》誤也。

青山意不盡，袞袞上牛頭。無復能拘礙，真成浪出遊。花濃春寺静，竹細野池幽。何處啼鶯切，移時獨未休。

望牛頭寺

牛頭見鶴林，梯逕繞幽深一云秀麗一何深〔一〕。春色浮一作流山外，天河宿《正異》定作没殿陰。傳燈無白日，布地有黄金〔二〕。休作狂歌老，迴看不住心〔三〕。

〔一〕《涅槃後分》：佛入涅槃已，東西二雙合爲一樹，南北二雙亦合爲一，皆垂覆如來，其樹慘然變白。經云：樹色如鶴之白，故名鶴林。王融《法門頌啓》：鶴林雙樹，顯究竟以開氓。

〔二〕《釋迦成道記》：一燈滅而一燈續。注：燈有照暗除昏之義，故净名有無盡燈。布金，注見九卷。又《彌陀經》：極樂國土有七寶蓮池，池底純以金沙布地。

〔三〕《金剛經》：應無所住而生其心。《衆香偈》：轉不住心，退無因果。

上兜率音律寺

《釋迦成道記》注：梵云兜率陀，或云覩史陀。此云知足，即欲界第四天也。錢箋：《圖經》：兜率寺在梓州郪縣南。《寰宇記》：前瞰郡城，拱揖如畫。侯圭《東山觀音寺記》云：梓州浮圖，大小十二，慧義居其北，兜率當其南，牛頭據其西，觀音距其東。

兜率知名寺，真如會法堂〔一〕。江山有巴蜀，棟宇自齊梁〔二〕。庾信哀雖久，何顒好不忘〔三〕。白牛車遠近，且欲上慈航〔四〕。

〔一〕《圓覺經略疏》：圓覺自性，本無僞妄變易，即是真如。真謂真實，顯非虚妄。如謂如常，表無變易。

〔二〕趙曰：江山自巴蜀來有之，猶羊叔子登峴山云「自有宇宙，即有此山」之義。按：王勃《鄞縣兜率寺碑》：兜率寺者，隋開皇中之所建也。此云「自齊梁」，疑未詳考。

〔三〕《北史》：庾信位望通顯，常有鄉關之思，乃作《哀江南賦》。蔡曰：何顒，見《後漢書·黨錮傳》，與詩義不類，或疑是周顒。周顒奉佛，有隱操。按：蔡注本葉少藴《避暑録》。《南史》云：周顒音詞辨麗，長于佛理，于鍾山西立精舍，休沐則歸之。清貧寡欲，終日長蔬，雖有妻子，獨處山舍，公《岳麓道林二寺》詩用此。亦作何顒，蓋「周」、「何」字相近而訛耳。

〔四〕《法華經》：有大白牛，肥重多力，形體殊好，以駕寶車。錢箋：清涼禪師《般若經序》：般若者，苦海之慈航，昏衢之巨燭。

望兜率寺

樹密當山逕，江深隔寺門。霏霏雲氣重一作動，閃閃浪花飜〔一〕。不復知天大，空餘見如字，須溪謂宜音現，非佛尊〔二〕。時應清盥罷，隨喜給孤園〔三〕。

〔一〕《九章》：雲霏霏而承宇。江逌賦：寒光閃閃而翻漢。

〔二〕二語言佛之尊於天也。闞澤云：「孔、老二教，法天制用，不敢違天。佛之設教，諸天奉行，不敢違佛，故佛號人天師。」可證此二語之義。

〔三〕給孤園，注見七卷。

登牛頭山亭子

路出雙林外，亭窺萬井中〔一〕。江城孤照日，春一作山谷遠含風。兵革身將老，關河信不通。猶殘數行淚，忍對百花叢。

〔一〕《傅大士傳》：大士捨宅於松下建寺，因以樹名雙林。徐陵《東陽雙林寺傅大士碑》：大士熏禪所憩，獨在高岩。爰挺嘉木，是名檮樹。擢本相對，似雙槐于俠門；合幹成陰，類雙桐于空井。

甘園

甘，古通作柑。○《益部方物贊》：柑生果、渠、嘉等州，結實埒於江南，味差薄。李實曰：柑園，在梓州城南十里，今猶名柑子舖，柑廢。

春日清江岸，千甘二頃園。青雲羞一作著葉密，白雪避花繁。結子隨邊使，開筒近至尊。後於桃李熟，終得獻金門〔一〕。

〔一〕《唐書》：劍南道眉、簡、資等州，歲貢柑。

陪李魯訔作章梓州王閬州蘇遂州李果州四使君登惠義寺

李梓州，見九卷。《唐書》：果州南充郡，屬山南西道，武德四年，析隆州置。餘俱別見。蔡曰：《地志》：惠義寺長平山，在梓州郪縣北。

春日無人境，虛空不住天。鶯花隨世界，樓閣倚一作寄山巔。遲暮身何得，登臨意惘一作寂然。誰能解金印，瀟灑共安禪一云三車將五馬，若箇合安禪〔一〕。

〔一〕江揔詩：石室乃安禪。

數陪李魯作章梓州泛江有女樂在諸舫戲爲艷曲二首贈李魯作章

上客迴空騎，佳人滿近船。江清歌扇底，野曠舞衣前〔一〕。玉袖臨風並，金壺隱浪偏〔二〕。競將明媚色，偷眼艷陽天一作年〔三〕。

〔一〕庾信《看妓》詩：綠珠歌扇薄，飛燕舞衣長。

〔二〕梁簡文帝詩：風吹玉袖香。

〔三〕鮑照詩：當避艷陽年。銑曰：艷陽，春也。

白日移歌褱，青霄近笛牀〔一〕。翠眉縈度曲，雲鬢儼成行〔二〕。立馬千山暮，迴舟一水香。使君自有婦，莫學野鴛鴦〔三〕。

〔一〕齊《南郊樂歌》：紫雰靄青霄。按《釋名》：牀，裝也，凡所以裝載者，皆謂之牀，如糟牀、食牀、鼓牀、筆牀，皆此義。《樹萱録》云：「南朝呼筆管爲牀」，笛牀，當即其類。

〔二〕《漢紀》注：度曲，謂曲終更授其次也。古詩：度曲翠眉低。薛道衡詩：佳麗儼成行。

〔三〕《羅敷行》：使君自有婦，羅敷自有夫。

送何侍御歸朝

原注：李梓州泛舟筵上作。李，魯作章。

舟楫諸侯餞，車輿使者歸。山花相映發，水鳥自孤飛〔一〕。春日垂霜鬢，天隅把繡衣。故人從此去一作遠，寥落寸心違。

〔一〕梁簡文帝詩：山川相映發。

江亭送眉州辛別駕昇之得蕪字

柳影含雲幕，江波近酒壺。異方驚會面，終宴惜征途。沙晚低風蝶，天晴喜浴鳧。別離傷老大，意緒日荒蕪。

行次鹽亭縣聊題四韻奉簡嚴遂州蓬州兩使君咨議諸昆季

《唐書》：鹽亭縣屬梓州。《九域志》：在梓州東九十里。《唐書》：蓬州蓬山郡，屬山南西道。武德元年，析巴、隆、渠三州置。兩使君，無考。咨議，或云即嚴震。《舊書》：震，字遐聞，梓州鹽亭人。至德、乾元中，屢出家財助軍，授州長史、王府諮議參軍。嚴武移西川，署押衙。震從弟礪，字元明，官至尚書左僕射。

馬首見鹽亭，高山擁縣青。雲溪花淡淡一作漠漠，春郭水泠泠。全蜀多名士，嚴家聚德星〔一〕。長歌意無極，好爲老夫聽。

〔一〕《異苑》：陳仲弓與諸子姪造荀季和父子，于時德星聚，太史奏：「五百里內，有賢人聚。」

倚杖

原注：鹽亭縣作。

看花雖郭內一作外，倚杖即溪邊。山縣早休市，江橋春近船。狎一云野鷗輕白浪，歸雁喜青天。物色兼生意，淒涼憶去年。

陪王漢州留杜綿州泛房公西湖

杜綿州，見九卷。《舊書·房琯傳》：上元元年四月，以禮部尚書出爲晉州刺史，八月，改漢州刺史。寶應二年四月，拜特進刑部尚書。錢箋：《方輿勝覽》：房公湖，又名西湖。按《壁記》：「房相上元初牧此邦，其時始鑿湖，有詩存焉。」○按：此詩與下詩，俱及房公赴召，則廣德元年春，公嘗至漢州明矣。舊譜不書，略也。

舊相恩追後，春池賞不稀。闕庭分音問未到，舟楫有光輝〔一〕。豉是義切化蓴絲熟，刀鳴鱠縷飛〔二〕。使君雙皂蓋，灘淺正相依。

〔一〕時房公方赴召在途，故曰「分未到」。

〔二〕《説文》：豉，配鹽幽菽也。《世説》：陸機詣王武子，武子前有羊酪，問：「吴中何以敵此？」機曰：「千里蓴羹，但未下鹽豉耳。」《西征賦》：饔人縷切，鑾刀若飛。

得房公池鵝

房相西亭鵝一群，眠沙泛浦白於一作如雲。鳳凰池上應回首，爲報籠隨王右軍〔一〕。

〔二〕《法書要録》：王羲之性好鵝，山陰曇䃮村有道士養好者十餘，王往求市易，道士言：「府君若能自屈，書《道德經》各兩章，便合群以奉。」羲之住半日，爲寫畢，籠鵝而歸。

答楊梓州

悶到房舊作楊，郭知達本定作房公池水頭，坐逢楊子鎮東州〔一〕。却向青溪不相見，迴船應郭作因載阿戎遊〔二〕。

〔一〕房公池，見上。

〔二〕《晉書》：阮籍謂王渾曰：「與卿語，不如與阿戎談。」阿戎，渾子戎也。

舟前小鵝兒

原注：漢州城西北角官池作。官池，即房公湖。

鵝兒黄似酒，對酒愛鵝黄〔一〕。引頸嗔船逼一作過，無行音杭亂眼多。翅開遭宿雨，力小困滄波。客散曾城暮，狐狸奈若何。

〔一〕錢箋：《方輿勝覽》：鵝黄，乃漢州酒名，蜀中無能及者。陸務觀云：兩川名醖避鵝黄。潘鴻曰：東坡詩：「小舟浮鴨緑，大杓瀉鵝黄」，蓋用公語。裴慶餘「滿額鵝黄金縷衣」，則以言粧。王荆公「弄日鵝黄裊裊垂」，又以言柳。

官池春鴈二首

自古稻粱多不足，至今鸂鶒亂爲群。且休悵望看春水，更恐歸飛隔暮雲。

青春欲盡急還鄉，紫塞寧論尚有霜。翅在雲天終不遠，力微矰音增繳絶須防。

投簡梓州幕府兼簡韋十郎官黄本無「官」字，郭云：新添。

幕下郎官安隱一作穩無，從來不奉一行書〔一〕。固知貧病人須棄一云：不知貧病關何事，能使韋郎跡也疎。

〔一〕按《説文》：隱，安也，義與穩通。《通鑑》：玄宗遣中使至范陽，禄山踞牀不拜，曰：「聖人安隱？」注：隱，讀曰穩。又唐帖多寫「穩」爲「隱」，作「隱」正得之。

贈韋贊善别

扶病送君發，自憐猶不歸。祇應盡客淚，復作掩荆扉。江漢故人少，音書從此稀。往還二十載，歲晚寸心違。

喜雨

按《舊唐書》：寶應元年八月，台州人袁晁反，陷浙東州郡。廣德元年四月，李光弼討之。此詩末自注語，正指袁晁也。是時公在梓、閬間，故有「巴人困軍須」之句，諸本編次皆失之。

春旱天地昏，日色赤如血〔一〕。農事都已樊作未休，兵戎況騷屑。巴人困軍須，慟哭厚土熱。滄江夜來雨，真宰罪一雪。穀根小一作少蘇息，沴氣終不滅。何由見寧歲，解我憂思結。峥嶸群山雲，交會未斷絶。安得鞭雷公，滂沱洗吴越原注：時聞浙右多盜賊。

〔一〕《晉書》：光熙元年五月壬辰，日光四散，赤如血流，照地皆赤。

短歌行送祁録事歸合州因寄蘇使君

《唐六典》：煬帝罷州置郡，有東西曹掾及主簿。皇朝省主簿，置録事參軍，開元初，改司録參軍事三人。《唐書》：合州涪陵郡，屬劒南東道。按：祁録事，乃合州録事，故詩稱蘇使君爲「賢府主」。魯訔作「邛州録事」，誤也。

前者途中一相見，人事經年記君面。後生相動一作勸何寂寥，君有長才不貧賤。君今起柂春江流，余亦沙邊具小舟。幸爲達書賢府主，江花未盡會江樓〔一〕。

〔一〕錢箋：《方輿紀勝》：江樓在合州州治之前，釣魚山、學士山、巫山横其前，下臨漢水。

寄題江外草堂

原注：梓州作，寄成都故居。

我生性放誕，雅欲逃自然。嗜酒愛風一作脩竹，卜居必一作此林泉。遭亂到蜀江，卧痾遺晉作遺所便。誅茅初一畝，廣地方一作必連延。經營上元始，斷手寶應年〔二〕。敢謀土木麗，自覺面勢堅〔三〕。臺庭一作庭臺隨高下，敞豁當清川。惟有會心侣，數能同釣船。干戈未偃息，安得酣歌眠。蛟龍無定窟，黄鵠摩蒼天。古來賢達志一作賢達士，一作達士志，寧受外物牽〔三〕。顧惟魯鈍姿，豈識悔吝先。偶攜老妻去，慘澹淩風烟。事迹無固必，幽貞貴一作愧雙全〔四〕。尚念四小松，蔓草易一作已拘纏。霜骨不堪一作甚長，永爲鄰里憐。

〔一〕《淳化帖》：唐高宗勅：使至，知玄堂已成，不知諸作，總得斷手。

〔二〕面勢，注見四卷。

〔三〕古樂府：黄鵠摩天極高飛。

〔四〕成都有徐知道之亂，公攜家去蜀，寓梓州。

陪章留後惠義寺餞嘉州崔都督赴州

章留後，章彝也。杜氏《通典》：節度使若朝覲，則置留後，擇其人以任之。惠義寺，見前。《唐書》：嘉州眉山郡，屬劍南東道。《舊書》：乾元元年三月，劍南節度使盧元裕，請升嘉州爲中都督，尋罷。

中軍待上客，令肅事有恒。前驅入寶地，祖帳飄金繩〔一〕。南陌一作伯既留歡，兹山亦深登。清聞樹杪磬，遠謁雲端僧。迴策匪新岸樊作崖，所攀仍舊藤。耳激洞門飈，目存寒谷冰〔二〕。出塵閟軌躅，畢景遺炎蒸。永願坐長夏，將衰棲大乘〔三〕。羈旅惜宴會，艱難懷友朋。勞生共幾何，離恨兼相仍〔四〕。

〔一〕《觀經》：下有金剛七寶金幢，擎琉璃地。琉璃地上，以黄金繩，雜厠間錯，以七寶界，分齊分明。《法華經》：國名離垢，琉璃爲地，有八交道，黄金爲繩。《漢·疏廣傳》：設祖道供帳東都門外。

〔二〕《世説》：迴策如縈。

〔三〕閟軌躅，言塵跡所不至也。鮑照詩：畢景逐前儔。《傳燈録》：若頓悟，自心即佛，依此而修者，是最上乘禪。李顒《大乘賦序》：大乘者，如來之道場也。故緣覺聲聞，謂之小乘。

〔四〕鮑照詩：何慚宿昔意，猜恨坐相仍。

陪章留後侍御宴南樓得風字

絶域長夏晚，兹樓清宴同。朝廷燒棧北，鼓角漏舊作滿，《正異》及《英華》皆作漏天東〔一〕。屢食將軍第一作邸，仍騎御史驄。本無丹竈術一云訣，那免白頭翁〔二〕。寇盜狂歌外，形骸痛飲中。野雲低渡水，簷雨細隨風。出號江城黑，題詩蠟炬紅〔三〕。此身醒復醉，不擬哭途窮。

〔一〕《漢書》：張良説高祖燒絶棧道。注：棧道，閣道也。《梁益記》：雅州西北有大小漏天。《寰宇記》：邛都縣漏天，秋夏常雨，僰道有大漏天、小漏天。趙曰：漏天在雅州，公時居梓州，正在其東也。按《通鑑》：上元二年二月，奴剌、党項寇寶雞，燒大震關。廣德元年秋七月，吐蕃入大震關，陷蘭、廓、河、鄯、洮、岷、秦、成、渭等州，故有「燒棧」二句。

〔二〕《南越志》：長沙郡瀏陽縣有王喬山，山有合丹竈。《別賦》：守丹竈而不顧。

〔三〕《通鑑》：玄宗誅韋后，逮夜，葛福順、李仙鳧皆至，請號而行。注：凡用兵，下營及攻襲，就主帥取號，以備緩急相應。

臺上得涼字

改席臺能（俗本作爲）迴，留門月復光〔一〕。雲霄遺暑濕，山谷進風涼。老去一杯足，誰憐屢舞長〔二〕。何須把官燭，似惱鬢毛蒼〔三〕。

〔一〕謝朓詩：臺迴月難中。　留門，謂留城門，使不閉也。

〔二〕《詩》：屢舞僊僊。

〔三〕謝承《後漢書》：巴祗爲揚州刺史，與客坐闇下，不燃官燭。

送王十五判官扶侍還黔中得開字

《唐書》：黔州黔中郡，屬江南西道，本三國吳黔陽郡，周爲黔州，貞觀四年，置都督府。《一統志》：今爲辰州府地。

大家東征逐子回，風生洲渚錦帆開〔一〕。青青竹笋迎船出，白白一作日日江魚入饌來〔二〕。離別不堪無限意，艱危深仗濟時才。黔陽信使應稀少，莫怪頻頻一作頻煩勸酒杯。

〔一〕《後漢書》：曹世叔妻，班彪之女，名昭，字惠姬，和帝數召入宫，令皇后、貴人師事焉，號曰大家。子穀，爲陳留長垣縣長，大家隨至官，作《東征賦》。按：大家《東征賦》云：「維永初之有七兮，余隨子乎東征。」逐子，即隨子義也。用修欲以「將」字易之，恐非。

〔二〕《楚國先賢傳》：孟宗至孝，母好食笋，冬月無之，宗入林中哀號，笋爲之生。《東觀漢記》：姜詩與婦傭作養母，母好飲江水，嗜魚鱠，俄而湧泉舍側，味如江水，每旦出雙鯉魚。

張綖曰：題曰「還黔中」，詩又曰「逐子回」，王蓋黔中人，以侍養而歸，故深爲濟時之才惜。或以爲之官，非也。

章梓州橘亭餞成都竇少尹得涼字黄云：新添

秋日野亭千橘香，玉杯錦席高雲涼。主人送客何所作音佐，行酒賦詩殊未央。衰老應爲難離去聲別，賢聲此去有輝光。預傳籍籍新京尹一作兆，青史無勞數趙張〔一〕。

〔一〕《漢書》：趙廣漢、張敞相繼爲京兆尹，吏民語曰：「前有趙張，後有三王。」成都前號南京，故用之。

章梓州水亭

原注：時漢中王兼道士席謙在會，同用荷字韻。《吴郡志》：席謙，郡人，梓州肅明觀道士，善棋，公絶句「席謙不見近彈棊」是也。

城晚通雲霧，亭深到芰荷。吏人橋外少，秋水席邊多。近屬淮王至，高門薊子過〔一〕。荆州愛山簡，吾醉亦長歌〔二〕。

〔一〕薊子訓，注見二卷。

〔二〕《晉書》：山簡出遊習氏池，置酒輒醉，兒童歌之曰云云。「亦長歌」，言欲效兒童之歌山簡也。

戲作寄上漢中王二首

原注：王新誕明珠。

雲裏不聞雙雁過，掌中貪看吴作見一珠新〔一〕。秋風嫋嫋吹江漢，只在他鄉何處人〔二〕。

〔一〕范雲詩：寄書雲間雁，爲我西北飛。《三輔決録》：孔融見韋元將、仲將，與其父書曰：不意雙珠，生于老蚌。庾信《傷心賦》：掌中珠碎。

〔三〕《九歌》：嫋嫋兮秋風。　王尚謫官蓬州，故有末語。

謝安舟楫風還起，梁苑池臺雪欲飛〔一〕。杳杳東山攜漢妓舊本皆同，《滄浪詩話》云：疑是攜妓去，今本都從之，泠泠一作陰陰脩竹待王歸〔二〕。

〔一〕《謝安傳》：安嘗與孫綽等泛海，風起浪湧，諸人並懼，安吟嘯自若。舟人猶去不止，風轉急，安徐曰：「如此，將無歸耶？」舟人承言即回，衆咸服其雅量。　《漢書》：梁孝王築東苑，方三百里，廣睢陽城七十里，大治宮室，爲複道，自宮連屬于平臺三十餘里。晉灼曰：或説平臺在城中東北角，亦或言兔園在平臺側。如淳曰：今城東二十里有臺，寬廣而不甚高，俗謂之平臺。謝惠連《雪賦》：歲將暮，時既昏，寒風積，愁雲繁，梁王不説，遊于兔園。俄而微霰零，密雪下。

〔二〕《謝安傳》：安居東山，每遊賞，必以妓女從。　《史記正義》：《西京雜記》云：梁孝王苑中，奇果佳樹，瑰禽異獸，靡不畢備，世人言梁王竹園也。枚乘《兔園賦》：脩竹檀欒夾池水。

椶拂子

椶拂且薄陋，豈知身效能。不堪代白羽，有足除蒼一作青蠅〔一〕。熒熒金錯刀，擢擢朱絲繩。非獨顔色好，亦由顧眄一作盻稱〔二〕。吾老抱疾病，家貧卧炎蒸。咂膚倦撲滅，賴爾甘服膺〔三〕。物微世競棄，義在誰肯徵。三歲清秋至，未敢闕緘縢〔四〕。

〔一〕白羽，白羽扇也。《詩序》：青蠅，刺讒也。

〔二〕師尹曰：張平子《四愁詩》：美人贈我金錯刀。善注引《續漢書》曰：佩刀，諸侯王黄金錯環。謝承《後漢書》曰：詔賜應奉金錯把刀。《前漢・食貨志》：錢新室更造契刀、錯刀。錯刀，以黄金錯其文，一刀直五千。此云「熒熒金錯刀」，乃佩刀之屬也。《對雪》詩云「金錯囊徒罄」，是錢刀，以金錯之也。《虎牙行》云「金錯旌竿滿雲直」，是以黄金錯鏤旌竿也。大抵古人器物，錯之以金，皆謂金錯，如秦嘉妻以金錯盌奉其夫之類，不可因名同而不究其實。鮑照詩：直如朱絲繩。金錯、朱絲，皆櫻拂之飾。

〔三〕咂，當作嗒，齧也。《莊子》：蚊虻嗒膚，則通昔不寐矣。

〔四〕《莊子》：惟恐緘縢扃鐍之不固。言三歲緘藏，不忍以過時而棄之。用物之義，當然也。從班婕妤《團扇詩》翻出。

韋諷録事宅觀曹將軍畫馬圖《英華》「圖」下有「歌」字，黄鶴有「引」字

《名畫記》：曹霸，魏曹髦之後，髦畫稱于後代，霸在開元中已得名，天寶末，每詔寫御馬及功臣，官至左武衛將軍。按：曹將軍《九馬圖》，後藏長安薛紹彭家，蘇子瞻作贊。

國初已來畫鞍馬，神妙獨數江都王。將軍得名三樊作四十載，人間又《英華》作不見真乘黄〔一〕。曾貌莫角切先帝照夜白，龍池十日飛霹靂。内府殷烏閑切紅瑪瑙盤一作盌，下同，婕即葉切妤汝諸切傳詔才人索所革切。盤賜將軍拜舞歸，輕紈細綺相追飛一作隨。貴戚權門得筆跡，始覺屏障生光輝〔二〕。昔日太宗拳毛騧，近時郭家獅子花。今之新一作畫圖有二馬，復令識者久嘆嗟。此皆戰騎一作騎戰一敵萬，縞素漠漠開風沙〔三〕。其餘七匹亦殊絶，迥若寒空動烟《英華》作雜霞雪。霜蹄蹴踏長楸間，馬官厮養森成列〔四〕。可憐九馬争神駿，顧視清高氣深穩。借問苦心愛者誰，後有韋諷前支遁〔五〕。憶昔巡幸新豐宮，翠華拂天來向東。騰驤磊落三萬匹，皆與此圖筋骨同〔六〕。自從獻寶朝河宗，無復射蛟江水中。君不見金粟堆前松柏裏，龍媒去盡鳥呼風〔七〕。

〔一〕錢箋：《名畫記》：江都王緒，霍王元軌之子，太宗皇帝猶子也。多才藝，善書畫，鞍馬擅名，垂拱中，官至金州刺史。乘黄，注見三卷。董逌《畫跋》：乘黄，狀如狐，背有角。霸所畫馬，未嘗如此，特論其神駿耳。

〔二〕錢箋：《明皇雜録》：上所乘馬，有玉花驄、照夜白。《畫鑒》：曹霸《人馬圖》，紅衣美髯奚官牽玉面騂，緑衣閹官牽照夜白。《長安志》：龍池，在南内南薰殿北、躍龍門南。本是平地，垂拱後，因雨水流潦成小池，後又引龍首支渠分溉之，日以滋廣。至神龍、景雲中，彌亘數頃，深至數丈，常有雲氣，或見黄龍出其中，謂之龍池。《雍録》：明皇爲諸王時，故宅在京城東南角隆慶坊，宅有井，井溢成池。《六典》言：初時井溢，已乃泉生，合二水以成此池也。「飛霹靂」，言霸畫逼真龍馬，故能感動龍池之龍，隨風雷而至也。《唐書·裴行儉傳》：平都支遮匐，獲瑪瑙盤，廣二尺，文采粲然。《百官志》：内官有婕妤九人，正三品。

〔三〕錢箋：《長安志》：太宗六駿，刻石于昭陵北闕之下。五曰拳毛騧，平劉黑闥時所乘，有石真容自拔箭處，嘗中九箭也。《金石録》：太宗六馬，其一曰拳花騧，黄馬黑喙。《杜陽雜編》：代宗自陝還，命以御馬九花虬并紫玉鞭轡賜郭子儀。九花虬，范陽節度李懷仙所貢，額高九寸，拳毛如鱗。亦有獅子驄，皆其類。

〔四〕曹植詩：走馬長楸間。注：古人種楸于道，故曰長楸。

〔五〕支遁，注見一卷。

〔六〕《唐書》：京兆府昭應縣，本新豐，有宫在驪山下。《舊書》：天寶二年，分新豐、萬年，置會昌縣。七載，省新豐，改會昌爲昭應，治温泉宫之西北。

〔七〕《穆天子傳》：天子西征，至陽紆之山，河伯馮夷之所都居，是惟河宗氏，天子沉璧禮焉。河伯乃按圖視典，用觀天子之珤器，曰：「天子之珤，玉果、璿珠、燭銀、黄金之膏。」「朝河宗」，言河宗朝而獻寶也。《漢武帝本紀》：元封五年，自尋陽浮江，親射蛟江中，獲之。《舊唐書》：明皇嘗至睿宗橋陵，見金粟山岡有龍盤虎踞之勢，謂侍臣曰：「吾千秋萬歲後葬此。」暨升遐，群臣遵先旨葬焉。《新書》：明皇泰陵，在奉先縣東北二十里金粟山，廣德元年三月葬泰陵。

送韋諷上閬州録事參軍

《唐書》：閬州屬山南西道。《舊書》：屬劍南道。

國步猶艱難，兵革未衰息。萬方哀一作尚嗷嗷，十載一作年供軍食。庶官務割剥，不復憂反側。誅求何多門，賢者貴爲德晉作賢俊愧爲力。韋生富春秋，洞徹有清識。操持綱紀地，喜見朱絲直〔一〕。當令晉作因循豪奪吏，自此無顔色。必若救瘡痍，先應去蝥賊。揮淚臨大江，高天意悽惻。行行樹佳政，慰我深相憶。

〔一〕《白帖》：録事參軍，謂之綱紀掾。

丹青引贈曹將軍霸

將軍魏武之子孫，於今爲庶爲清門。英雄割據雖一作皆已矣，文采風流今尚存〔一〕。學書初學衛夫人，但恨無晉作未過王右軍。丹青不知老將至，富貴於我如浮雲〔二〕。開元之中一作年常引見，承恩數上南薰殿。淩烟功臣少顔色，將軍下筆開生面〔三〕。良相頭上進賢冠，猛將腰間大羽箭。褒公鄂公毛髮動，英姿颯爽一作颯颯來樊作猶酣戰〔四〕。先帝御一作天馬玉花驄，畫工如山貌莫角切，下同不同。是日牽來赤墀下，迥郭作迴，一作夐立閶闔生長風〔五〕。詔謂將軍拂絹素，意一作法匠慘澹經營中。斯須九重真龍出，一洗萬古凡馬空〔六〕。玉花却在御榻上，榻上庭前屹相向。至尊含笑催賜金，圉人太僕皆惆悵〔七〕。弟子韓幹早入室，亦能畫馬窮殊相《英華》作狀。幹惟畫肉不畫骨，忍使驊騮氣凋喪〔八〕。將軍畫一作盡善一作妙，一作善畫蓋有神，必一作偶逢佳士亦寫真。即今飄泊干戈際，屢貌尋常行路人。途窮反遭俗眼白，世上未有如公貧。但看古來盛名下，終日坎壈纏其身。

〔一〕《左傳》：三后之姓，于今爲庶。

〔二〕錢箋：《法書要録》：衛夫人，名鑠，字茂猗，廷尉展之女弟，恒之從女，汝陰太守李矩之妻也。隸書尤善，規矩鍾公，右軍少嘗師之，永和五年卒。子克爲中書郎，亦工書。《書史會要》：王曠，導從弟，與衛世爲中表，故得蔡邕書法于衛夫人，授子羲之。張懷瓘《書斷》：篆、籀、八分、隸書、章草、飛白、行書、草書，通謂之八體，惟王右軍兼工。羊欣云：貴越群品，古今莫二，兼撮衆法，備成一家。

〔三〕《長安志》：南内興慶宮内正殿曰興慶殿，前有瀛洲門，内有南薰殿，北有龍池。《唐書》：貞觀十七年二月，圖功臣于淩烟閣。《西京記》：太極宫中有淩烟閣，在凝陰殿南，功臣閣在淩烟閣南。《五代會要》：淩烟閣，在西内三清殿側，畫像皆北向。閣有隔，隔内北面寫功高宰輔，南面寫功高侯王，隔外次第圖畫功臣題贊。《南史·王琳傳》：回腸疾首，切猶生之面。

〔四〕《唐書》：百官朝服，皆進賢冠。《舊書》：武德中，制有爵弁、遠遊、進賢、武弁、獬豸諸冠。《酉陽雜俎》：太宗好用四羽大笴，長常箭一扶，射洞門闔。《舊書》：淩烟功臣李靖等二十四人，開府儀同三司、鄂國公敬德第七，故輔國大將軍、揚州都督、褒國忠壯公志玄第十。

〔五〕玉花驄，見《畫馬圖》詩注。

〔六〕《文賦》：意司契而爲匠。古樂府：不知理何事，淺立經營中。

〔七〕畫馬奪真，故圉人太僕爲之惆悵。太僕，馬官。圉人，厮養也。

〔八〕錢箋：《名畫記》：韓幹，大梁人，王右丞見其畫，推奬之。官至太府寺丞，善寫貌人物，尤工鞍馬。初師曹霸，後獨自擅，杜甫贈霸《畫馬歌》云云，徒以幹馬肥大，遂有「畫肉」之誚。古人畫《八駿圖》，皆螭頭龍體，矢激電馳，非馬之狀也。玄宗好大馬，西域大宛，歲有來獻。命幹悉圖其駿，則有玉花驄、照夜白等。時岐、薛、申、寧王廐中皆有善馬，幹並圖之，遂爲古今獨步。

送陵州路使君之郭作赴任

《唐書》：陵州仁壽郡，屬劍南東道，本隆山郡，天寶元年更名。

王室比荆作此多難，高官皆武臣。幽燕通使者，岳牧用詞人〔一〕。國待賢良急，君當拔擢新。佩刀成氣象，行蓋出風塵〔二〕。戰伐乾坤破，瘡痍府庫貧。衆寮宜潔白，萬役但平均。霄漢瞻佳士，泥塗任此身。秋天正摇落，回首大江濱。

〔一〕按史：時諸州久屯軍旅，多以武將兼領刺史，法度弛廢，人甚弊之。故有「高官皆武臣」之嘆也。

〔二〕吕虔佩刀事，注見四卷。

按：高適在蜀《請合東西川疏》云：「嘉陵比爲夷獠所陷，今雖小定，瘡痍未平。」可證陵州先經寇亂，惜二史不載其事。此詩潔己、平役，蓋告以文臣救亂之道，當如是耳。

送元二適江左

按：《王右丞集》有《送元二適安西》詩，疑即此人也。

亂後今相見，秋深復遠行。風塵爲客日，江海送君情。晉室丹陽尹，公孫白帝城〔一〕。經過自愛惜，取次莫論兵原注：元嘗應孫吴科舉。

〔一〕《宋書》：漢元封二年，立丹陽郡，治今宣城之宛陵縣。晉武帝太康二年，分丹陽爲宣城郡，治宛陵，而丹陽移治建業。元帝太興元年，改爲尹，領縣八。《元和郡縣志》：白帝城與赤甲山相接，初，公孫述至魚復，有白龍出井中，因號魚復爲白帝城。《寰宇記》：公孫據蜀，自以承漢土運，故號曰白帝城。按：丹陽，元所適；白帝，元所經。此二句不過引下「莫論兵」意耳，次公注太鑿。

九日

去年登高郪縣北，今日重在涪江濱。苦遭白髮不相放，羞見黃花無數新。世亂鬱鬱久爲客，路難悠悠常傍人。酒闌却憶十年事，腸斷驪山清路塵。

倦夜

竹涼侵卧内，野月滿一云徧庭隅。重露成涓滴，稀星乍有無。暗飛螢自照，水宿鳥相呼。萬事干戈裏，空悲清夜徂。

薄暮

江水最深一作長流地，山雲薄暮時。寒花隱亂草，宿鳥擇深枝。故國見何日，高秋心苦悲。

人生不再好，鬢髮白一作自成絲。

王閬州筵奉酬十一舅惜别之作

萬壑樹聲滿，千崖秋氣高。浮舟出郡郭，别酒寄江濤。良會不復久，此生何太勞。窮愁但一作唯有骨，群盜尚如毛〔一〕。吾舅惜分手，使君寒贈袍。沙頭暮黄鶴，失侣亦一作自哀號。

〔一〕賈誼《新書》：反者如蝟毛而起。

閬州東樓筵奉送十一舅往青城得昏字

《一統志》：東樓，在保寧府治南嘉陵江上，杜甫有詩。

曾城有高樓，制古丹雘存。迢迢百餘尺，豁達開四門〔一〕。雖有一作會車馬客，而無人世喧。游目俯大江，列筵慰别魂。是時秋夏交，節往顔色昏。天寒鳥獸伏，霜露在草根〔二〕。今我送舅氏，萬感集清罇。豈伊山川間，回首盜賊繁〔三〕。高賢意不暇，王命久崩奔。臨風欲慟哭，聲出已復吞〔四〕。

〔一〕《書》：惟其塗丹雘。注：雘，采色之名。

〔二〕《雪賦》：歲將暮，時既昏。沈約詩：草根積霜露。
〔三〕《穆天子傳》：王母歌曰：道里悠遠，山川間之。
〔四〕久崩奔，言久于崩奔之險。《補注》：言以王命之故，久涉崩奔之險而不辭。崩奔，即奔峭，用《選》詩「垠岸屢崩奔」語。

放船

送客蒼溪縣，山寒雨不開〔一〕。直愁騎馬滑，故作放舟迴。青惜峯巒過，黄知橘柚來。江流大一作天自在，坐穩興悠哉〔二〕。

〔一〕《唐書》：蒼溪縣，屬閬州。《寰宇記》：嘉陵江在縣東一里，東南流。
〔二〕《夏統别傳》：統在船曝所市藥，穩坐不摇。

薄遊

淅淅一作漸漸風生砌，團團日一作月隱牆〔一〕。遥空秋雁滅，半嶺暮雲長。病葉多先墜，寒花只暫香。巴城添淚眼，今夕復秋一作清光〔二〕。

〔一〕謝惠連詩：淅淅振條風。何遜詩：團團日隱洲。

〔二〕閬州，漢巴郡地，故曰「巴城」。

南池

《後漢書》：巴郡閬中縣南有彭池。錢箋：《益州記》：南池，在閬中縣東南八里。《方輿勝覽》：南池在高祖廟旁，東西四里，南北八里。《漢志》：彭道將池，今南池也。魚池，今郭池也。《一統志》：南池自漢以來，堰大斗之水灌田，里人賴之。唐時堰壞，遂成陸田。

峥嶸巴閬間，所向盡山谷。安知有蒼池，萬頃浸坤軸。呀虛加切然閬城南，枕一作控帶巴江腹〔一〕。芰荷入異縣，秔稻共比屋。皇天不無意，美利戒止足。高田失西成，此物頗豐熟〔二〕。清源多衆魚，遠岸富喬木。獨歎楓香林，春時好顔色〔三〕。南有漢王晉作主祠，終朝走巫祝。歌舞散靈衣，荒哉舊風俗〔四〕。高堂《正異》作皇亦明王，魂魄猶正直。不應空陂上，縹緲親酒食。淫祀自古昔，非惟一川瀆〔五〕。干戈浩茫茫，地僻傷極目。平生江海一云溟渤興，遭亂身局促。駐馬問漁舟，躊躇慰羈束。

〔一〕《華陽國志》：巴子都江州，後理閬中，秦爲巴郡地。《十道志》：果、閬、合三州，同是漢巴郡之地。《字林》：呀，大空貌。《西都賦》：呀周池而成淵。《三巴記》：閬、白二水東南流，自漢中至始寧城下，入涪陵，曲折三回，有如巴字，曰巴江。經峻峽中，謂之巴峽。

〔二〕言杭稻豐熟，乃池水灌溉之利。比之高田，宜知止足之分也。

〔三〕《楚詞》注：楓似白楊，有脂而香，霜後葉丹可愛。《爾雅翼》：楓脂甚香，謂之楓香脂，一名白膠香。

〔四〕漢王祠，即高祖祠，項羽立高祖爲漢中王。漢中隣閬，故池南有漢王祠，在今保寧府城南。《楚詞》：靈衣兮披披。

〔五〕《海賦》：神仙縹緲。

嚴氏溪放歌行他本無「行」字

按《華陽國志》：閬中有三狐、五馬、蒲、趙、任、黄、嚴爲大姓。《唐書·李叔明傳》：閬州嚴氏子疏稱，叔明少孤，養于外族，遂冒其姓。可證嚴氏溪在閬州，溪蓋以其族名也。

天下甲一作兵馬未盡銷，豈免溝壑常漂漂。劒南歲月不可度，邊頭公卿仍獨樊作何其驕。費心姑息是一役，肥肉大酒徒相要〔一〕。嗚呼古人已糞土，獨覺志士甘漁樵。況我飄蓬鮑作轉無定所，終日戚戚忍羈旅。秋宿樊作夜霜一作清溪素月高，喜得與子長夜語。東遊西還力實倦，從此將身更何許。知子松根長茯苓，遲暮有意同來煮〔二〕。

〔一〕「邊頭公卿」，未知所指。鮑欽止、王彥輔謂郭英乂，苕溪漁隱謂嚴武，皆無據。《呂氏春秋》：肥肉厚酒，務以相強，命曰爛腸之食。

〔二〕趙曰：公留梓州，復歸成都迎家，故曰「東遊西還」。按《地志》：閬州在梓州東，此言東遊閬州又西還梓州也，成都迎家，乃前一年事。《本草》：茯苓，千歲松脂也，作丸散服，能斷穀不飢。

發閬中

《舊唐書》：閬水迂曲，經郡三面，故曰閬中。○舊注：公九月自梓往閬，十一月復歸梓。《九域志》：閬州，西至梓州二百二十里。

前有毒蛇後猛虎，溪行盡日無村塢。江風蕭蕭雲拂地，山木慘慘天欲雨。女病妻憂歸意速一作急，秋光錦石誰復樊作能數。別家三月一得書《英華》作書來，避地何時免愁苦〔一〕。

〔一〕時公之家在梓州。

冬狩行

原注：時梓州刺史章彝兼侍御史留後東川。

君不見東川節度兵馬雄，校獵亦似觀成功。夜發猛士三千人，清晨合圍步驟同。禽獸已斃十七八，殺聲落日迴蒼穹〔一〕。幕前生致九青兕，馲駝即駱駝，亦作槖佗𡾋落猥切峞五毁切垂玄熊。東西南北百里間，髣髴蹴踏寒山空〔二〕。有鳥名鸜鵒，力不能高飛逐走蓬。肉味不足登鼎俎，胡爲見羈虞羅中〔三〕。春蒐冬狩侯得同，使君五馬一馬驄。況今攝行大將權，號令頗有前賢風〔四〕。飄然時危一老翁，十年厭見旌旗紅。喜君士卒甚整肅，爲我迴轡擒西戎。草中狐兔盡何益，天子不在咸陽宫。朝廷雖無幽王禍，得不哀痛塵再蒙。嗚呼！得不哀痛塵再蒙〔五〕。

〔一〕《西京賦》：僵禽斃獸，爛若磧礫。白日未及移晷，已獮其十七八。

〔二〕𡾋峞，高貌。《魯靈光殿賦》：玄熊蚺蜷以齗齗。

〔三〕《禽經》：鴝鵒剔舌而語。《鸜鵒賦》：肉不登于俎味。虞羅，虞人網羅也。陳子昂詩：虞羅忽見尋。

〔四〕唐刺史，古諸侯之職。「侯得同」，言彝刺梓州，蒐狩之禮，得與古諸侯同也。《潘子真詩話》：《禮》：「天子六馬，左右驂。三公、九卿駟馬，左驂。」漢制，九卿、二千石，右驂。太守，駟馬而已，其加秩中二千石乃右驂，故太守以五馬稱之。《遁齋閒覽》及《學林》云：漢時朝臣出使爲太守，增一馬，故爲五馬。或曰：《毛詩》「良馬五之」，以爲州長建旟，後遂作太守事。程大昌曰：鄭玄注《詩》，以州長比方漢州，大小絶遠，周之州乃統隸于縣，比漢太守秩殊不侔，未足爲據。按：古樂府有「使君從南來，五馬立踟躕」，則太守五馬，必起于漢，但其説不一。次公云：出應劭《漢官儀》，今亦無從考證。若類書所稱「王羲之守永嘉，庭列五馬」，此乃無稽之言，不可引爲故實。「一馬驄」，言兼侍御史。「攝行大將權」，言留後東川。

〔五〕《史記》：申侯與犬戎攻殺幽王于驪山之下。《唐書》：廣德元年十月，吐蕃陷邠州及奉天，車駕幸陝州。又三日，吐蕃陷京師。玄宗幸蜀，今代宗又幸陝，故曰「塵再蒙」。舊注：是時詔徵天下兵，程元振用事，無一人應者，故末章感激言之。

山寺

原注：章留後同遊，得開字。

野寺根石壁，諸龕遍崔嵬。前佛不復辨，百身一莓苔。惟一作雖有古殿存，世尊亦塵埃。如聞龍象泣，足令信者哀〔一〕。使君騎紫馬，捧擁從西來。樹羽静千里，臨江久徘徊。山僧衣藍縷，告訴棟梁摧。公爲頷一作顧賓徒荆公作賓從，黄作兵徒，一作兵從，咄嗟檀施開〔二〕。吾知多羅樹，却倚蓮花臺。諸天必歡喜，鬼物無嫌猜〔三〕。以兹撫士卒，孰曰非周才。窮子失浄處，高人憂禍胎〔四〕。歲晏風破肉，荒林寒可迴。思量入一作人道苦，自哂同嬰孩〔五〕。

〔一〕《維摩經》：菩薩勢力，譬如龍象蹴踏，非驢所堪。《翻譯名義集》：水行中龍力最大，陸行中象力最大。

〔二〕《文選注》：《大品經》：不施不慳，是名檀波羅蜜。僧肇曰：賢劫稱無捨之檀，天竺言檀，此言布施。《大乘論》：檀越者，檀施也，謂此人行檀，能越貧窮海故。

〔三〕錢箋：《酉陽雜俎》：貝多，出摩伽陀國，樹長六七丈，經冬不凋。此樹有三等，一多羅婆力叉貝多，二多梨婆力叉貝多，三部闍婆力叉貝多。多羅、多梨並書其葉。部闍一色，取其皮書之。貝多，漢翻爲葉。婆力叉，漢翻爲樹。西域經書，用此三種皮葉，若能寶護，亦得五六百年。《翻譯名義集》：貝多，形如此方椶櫚，極高，長八九十尺，花如黄米子。《西域記》云：南印建那補羅國北不遠，有多羅樹林三十餘里，其葉長廣，其色光潤。諸國書寫，莫不採用。《齊民要術》：《嵩山記》：嵩高寺中，忽有思惟樹，即貝多也，一年三花。《文殊傳》：世尊之座高七尺，名七寶蓮花臺。《大智度論》：人中蓮華，大不過尺。漫陀耆尼池及阿那婆達多池中蓮華，大如車蓋。天上寶蓮華，復大于此。如此蓮華臺，嚴浄香妙可坐。佛書有三界諸天，自欲界以上，皆曰諸天。

〔四〕《法華經》：譬如有人，年既幼稚，捨父逃逝，長大復加困窮。父求不得，窮子傭賃，遇到父舍，受雇除糞，汙穢不浄。其父宣言，爾是我子，今我財物，皆是子有。窮子聞言，即大歡喜。《枚乘傳》：福生有基，禍生有胎。

〔五〕《老子》：若嬰兒之未孩。

按：章彝事，二史無考，但附見《嚴武傳》云：武再鎮劍南，杖殺之。公在東川，與往來最數，然《桃竹杖》、《冬狩行》，語皆含刺，他詩又以「指揮能事」、「訓練强兵」稱之。大抵彝之爲人，將略似優，乃心不在王室。是冬天子在陝，彝從容校獵，未必無擁兵觀望、坐制一方之意。公窺其微而不敢頌言，因遊寺以諷諭之。世尊塵埃，咄嗟檀施，豈天子蒙塵，獨能晏然罔聞乎？「以兹撫士卒，孰曰非周才」，欲其用此道以治兵敵愾，無但廣求福田也。「窮子失浄處，高人憂禍胎」，諷其不修臣節，妄覬非分，猶窮子之離浄處而甘糞穢也。浄處失矣，能無禍胎之憂乎？隱言段子璋、徐知道之戮，當爲前鑒也。末四句，又傷己之入道無期，其辭若不爲彝而發者，此公之善爲忠告也。

桃竹杖引贈章留後

《爾雅·釋草》：竹四寸有節，曰桃枝。《書·顧命》：敷重篾席。疏：即桃枝竹。戴凱之《竹譜》：桃枝，皮赤，編之滑勁，可爲席。《蜀都賦》：靈壽桃枝。注：桃枝，竹屬，出墊江縣，可以爲杖。東坡《跋桃竹杖引後》：桃竹，葉如椶，身如竹，密節而實中，犀理瘦骨，蓋天成拄杖也，出巴渝間，子美有《桃竹歌》。

江心一作上蟠石生桃竹，蒼波噴浸尺度足。斬根削皮如紫玉，江妃水仙惜不得〔一〕。梓潼使君開一束，滿堂賓客皆歎息。憐我老病贈兩莖，出入爪甲鏗有聲。老夫復欲東南征，乘濤鼓枻一作棹白帝城。路幽必爲鬼神奪，拔一作杖劒或與蛟龍争。重爲告曰：杖兮杖兮，爾之生也甚正直，愼勿見水踴躍學變化爲龍，使我不得爾之扶持，滅跡於君山湖上之青峰〔二〕。噫！風塵澒胡孔切，或作鴻洞兮豺虎咬古肴切人，忽失雙杖兮吾將曷從。

〔一〕尺度足，言中杖之尺度也。《北史·楊津傳》：受絹依公尺度。《列仙傳》：江妃二女，出遊漢江湄，逢鄭交甫，解佩與之。王逸《楚詞注》：馮夷，水仙人也。《江賦》：馮夷倚浪以傲睨，江妃含嚬而綿眇。

〔二〕《神仙傳》：壺公遣費長房歸，以一竹杖與之，曰：「騎此當還家。」長房騎杖，忽然如眠，便到家。以竹杖投葛陂中，視之乃青龍耳。《博物志》：君山乃洞庭湖山也，帝之二女居之，曰湘夫人。《水經注》：君山有石穴，潛通吴之包山，郭景純所謂巴陵地道者也。是山湘君之所遊處，故曰君山。

此詩蓋借竹杖規章留後也。以踴躍爲龍戒之，又以忽失雙杖危之，其微旨可見。

將適吴楚留别章使君留後兼幕府諸公得柳字

我一作甫來入蜀門，歲月亦已久。豈惟長兒童，自覺成老醜。常恐性坦率，失身爲杯酒。近辭痛飲徒，折節萬夫一作人後〔一〕。昔如縱壑魚，今如喪家狗。既無遊方戀，行止復何有。相逢半新故，取別隨薄厚。不意青草湖，扁舟落吾手〔二〕。眷眷章梓州，開筵俯高柳。樓前出騎馬，帳下羅賓友。健兒簸紅旗，此樂幾難朽。日車隱崑崙，鳥雀噪户牖。波濤未足畏，三峽徒雷吼。所憂盜賊多，重見衣冠走。中原消息斷，黄屋今安否〔三〕。終作適荆蠻，安排用莊叟。隨雲拜東皇，挂席上南斗。有使即寄書，無使長迴首〔四〕。

〔一〕古詩：失意杯酒間。《漢書》：郭解年長，更折節爲儉。

〔二〕青草湖，在巴陵，注別見。

〔三〕時方有吐蕃之難。

〔四〕安排，注見七卷。《楚詞》有《東皇太乙》章。《文選注》：太乙，天之尊神，祠在楚東，以配東帝，故曰東皇。《史·天官書》：南斗，江湖。《春秋説題辭》：南斗，吴地也。《舊書·天文志》：南斗在雲漢之流，當淮海之間，爲吴分。

對雨

莽莽天涯雨，江邊獨立時。不愁巴道路，恐濕千家本作失漢旌旗〔一〕。雪嶺防秋急，繩橋戰勝遲〔二〕。西戎甥舅禮，未敢背恩私。

〔一〕趙曰：巴道路，自綿州以東也。言不憂巴道難行，特戍兵此時沐雨，深足念耳。或云作「失」，是即失道之失，恐旌旗因雨而迷失也。

〔二〕繩橋，注見八卷。

警急

原注：高公適領西川節度。

才名舊楚將，妙略擁兵機〔一〕。玉壘雖傳檄，松州會解圍〔二〕。和親知計拙，公主漫無歸。青海今誰得，西戎實飽飛〔三〕。

〔一〕《高適傳》：至德二年，永王璘反。適陳江東利害，永王必敗，上奇其對，以適爲揚州左都督府長史、淮南節度使。淮南，楚地，故云「舊楚將」。

〔二〕傳檄，言吐蕃入寇，檄書傳聞也。松州，注見九卷。

〔三〕青海，注見一卷。時陷吐蕃。

蔡夢弼曰：按史：代宗即位，吐蕃陷隴右，漸逼京畿。適練兵於蜀，臨吐蕃南境以牽制之，師出無功，尋失松、維等州。此詩乃松州未陷時作。

王命

漢北豺狼滿，巴西道路難〔一〕。血埋諸將甲，骨斷使臣鞍。牢落新燒棧，蒼茫舊築壇。深懷喻蜀意，慟哭望王官〔二〕。

〔一〕趙曰：漢與巴相連，漢北褒斜，巴西則綿漢也。

〔二〕《司馬相如傳》：唐蒙通夜郎，徵發巴蜀吏卒，用軍興法誅其渠帥，巴蜀大驚恐，上使相如責蒙等，因喻告巴蜀人以非上之意。

《通鑑》：上元二年二月，奴剌、党項寇寶雞，燒大散關。廣德元年三月，李之芳、崔倫使吐蕃，留不遣。秋七月，入大震關。冬十月，帥吐谷渾、党項、氐、羌二十餘萬衆度渭，兵馬使吕月將戰死。命郭子儀禦之，子儀久閒廢，纔得二十騎而行。此詩蓋序其事，而急望王官之至，以安蜀人也。王官，當指嚴武。吐蕃圍松州，高適不能制，故蜀人思得武代之。

征夫

十室幾人在，千山空自多。路衢惟見哭，城市不聞歌。漂梗無安地，銜枚有荷戈〔一〕。官軍未通蜀，吾道竟如何。

〔一〕《漢書注》：銜枚，止言語讙囂，其狀如箸，橫銜之。

西山三首

夷界荒山頂，蕃州積雪邊〔一〕。築城依一作連白帝，轉粟上青天〔二〕。蜀將分旗鼓，羌兵助一作動井泉一作鎧鋋〔三〕。西南背和好，殺氣日相纏。

〔一〕錢箋：《元和郡國志》：岷山，即汶山，南去青城山百里，天色晴明，望見成都。山頂停雪，常深百丈，夏月融泮，江川爲之洪溢，即隴之南首也。李宗諤《圖經》：維州，南界江城，岷山連嶺而西，不知其極。北望高山，積雪如玉，東望成都若井底，一面孤峰，三面臨江，是西蜀控吐蕃之要衝。

〔二〕黄希曰：白帝，西方之帝也。舊引夔州白帝城，非是。　極言西山城高，難于轉粟。高適《請減三城戍兵疏》所謂「平戎以西數城，邈在窮山之巔，蹊隧險絶，運糧于束馬之路，坐甲于無人之鄉」也。

〔三〕羌兵，屬夷也。公《東西兩川説》：仍使羌兵各繫其部落。

辛苦三城戍，長防萬里秋。烟塵侵火井，雨雪閉松州〔一〕。風動將軍幕一作蓋，天寒使者裘。

漫平聲山賊營一云成壁壘，迴首得無憂。

〔一〕火井，注見八卷。

子弟猶深入，關城未解圍〔一〕。蠶崖鐵馬瘦，灌口米船稀〔二〕。辨士安邊策，元戎決勝威。今朝烏鵲喜，欲報凱歌歸。

〔一〕《東西兩川説》：兼差堪戰子弟向二萬人，足以備邊守險。

〔二〕錢箋：《寰宇記》：蠶崖關，在導江縣西北四十七里。《方輿勝覽》：在縣西五十里，以鎮西山之走集。灌口，注見九卷。

舍弟占歸草堂檢校聊示此詩

久客應吾道，相隨獨爾來。孰今本一作熟知江路近，頻爲草堂迴〔一〕。鵝鴨宜長數，柴荆莫浪開〔二〕。東林竹影薄，臘月更須栽。

〔一〕按《説文》：孰，食飪也。古文惟有「孰」字，後人加「火」，以別生熟之熟。《漢書》「熟計」，皆作「孰」。

〔二〕董斯張曰：《西京雜記》：曹元理，善算術，嘗從其友人陳廣漢，羊豕鵝鴨，皆道其數。杜蓋暗用此耳。

有感五首

將帥蒙恩澤，兵戈有歲年。至今勞聖主，何以報皇天。白骨新交戰，雲臺舊拓邊〔一〕。乘槎斷消息，無處覓張騫〔二〕。

〔一〕雲臺，謂唐初功臣。言此白骨交横之地，非即雲臺功臣所舊拓之邊乎？按史：唐自武德以來，開拓邊境，地連西域，皆置都督府州縣。開元中，置朔方等處節度使以統之。禄山反後，數年間相繼淪没，盡取河西、隴右之地。自鳳翔以西、邠州以北，皆爲左衽。公故發此嘆也。

〔二〕《漢·張騫傳》：騫以郎應募使月支，經匈奴，匈奴留騫十餘載，後亡歸漢。時御史大夫李之芳等使吐蕃被留，故云。按：《漢書》張騫窮河源，無乘槎之説。張華《博物志》：「海上有人，每年八月，乘槎到天河」，未嘗指言張騫。宗懍《歲時記》乃云：「漢武令張騫尋河源，乘槎而去。」趙、蔡俱疑懍爲訛。或云：張騫乘槎，出《東方朔内傳》，今此書失傳。庾肩吾《奉使江州》詩：「漢使俱爲客，星槎共逐流」，正用此事也。

此感吐蕃入寇而作。

幽薊餘蛇樊作封豕，乾坤尚虎狼〔一〕。諸侯春不貢，使者日相望〔二〕。慎勿吞青海，無勞問越裳〔三〕。大君先息戰，歸馬華山陽。

〔一〕《左傳》：吴爲封豕長蛇，荐食上國。

〔二〕《董仲舒傳》：使者冠蓋相望。

〔三〕《南史》：林邑國，本漢日南郡象林縣，古越裳界也。杜氏《通典》：交阯之南，有越裳國，周公居攝六年，越裳重譯而獻白雉。

錢箋：是時幽、魏之地，降將封王，節鎮驕恣不法，代宗懦弱，不能致討。此詩云「慎勿吞青海，無勞問越裳」，安有節鎮之近，不修職貢，顧能從事窮荒者乎？蓋歎之也。「息戰」、「歸馬」，謂其不復能用兵，而婉詞以譏之也。李翺云「唐子孫不能以天下取河北」，正此意也。舊注謂戒人主不當生事外夷，真癡人説夢。按：天寶以後，南詔叛唐歸吐蕃，屢爲邊患。此詩「青海」指吐蕃，「越裳」指南詔也。言西南夷不足憂，所可慮者，藩鎮耳。

洛下舟車入，天中貢賦均〔一〕。日聞紅粟腐，寒待翠華春〔二〕。莫取金湯固，長令宇宙新。不過行儉德，盜賊本王臣。

〔一〕洛陽爲天地之中，故曰天中。

〔二〕《漢·食貨志》：太倉之粟，陳陳相因，腐敗不可食。按：唐江淮之粟，皆輸洛陽，轉運京師。時劉晏主漕疏浚汴渠，故言洛下舟車無阻，貢賦大集，當急布春和，散儲粟以贍窮民也。

《杜詩博議》：《傷春》詩有「近傳王在雒」及「滄海欲東巡」之句，則此詩爲傳聞代宗將幸東都而作也。史稱喪亂以來，汴水湮廢，漕運自江漢抵梁、洋，迂險勞費。廣德二年三月，以劉晏爲河南江淮轉運使。時兵火之後，中外艱食。晏乃疏汴水，歲運米數十萬石以給關中。公之意，唐建東都，本備巡幸。今汴洛之間，貢賦道均，且漕渠已通，倉粟不乏，只待翠華之臨耳。勿謂洛陽陿陒，無金湯可守。乘此時而赫然東巡，號令天下，則宇宙長新矣。蓋能行恭儉之德，則率土皆臣，盜賊豈足慮哉！王導論遷都云：「能弘衛文大帛之冠，無往不可。若不績其麻，則樂土爲墟。」公詩正此意也。

丹桂風霜急，青梧日夜凋〔一〕。由來强幹地，未有不臣朝。授鉞親賢往，卑宮制詔遥。終依古封建，豈獨聽簫韶。

〔一〕《漢·五行志》：成帝時童謡曰：「桂樹華不實，黄雀巢其顛。」注：桂，赤色，漢家象。丹桂，喻王室。青梧，喻宗藩也。

《蔡寬夫詩話》引司空圖《房太尉》詩云：「物望傾心久，兇渠破膽頻。」注：禄山初見諸王分鎮詔書，拊膺嘆曰：「吾不得天下矣！」按：圖去公時近，其言應不妄。此詔本草自房琯，肅宗入賀蘭進明之譖，貶之。至廣德初，河北諸鎮跋扈不臣，公故追歎當時不行琯議，有失强幹弱支之道也。肅宗收兩京，以廣平王爲元帥，所謂「授鉞親賢」也。玄宗傳位肅宗，故以禹之卑宮擬之，與

《壯遊》詩「禹功亦命子」同意。玄宗至成都，即詔以皇太子充天下兵馬元帥討賊，已遂遣使靈武册命，所謂「卑宫制詔」也。言此二者，皆國家大計所在。然使能法古封建，分鎮諸王，則坐聽簫韶，有不難者，豈止無不臣之萌已耶？又按：公每持親王出鎮之議，于《巴蜀安危表》極言之，《荆南述懷》詩亦云：「磐石圭多剪。」然唐史載，上皇以諸王分鎮，高適切諫不可。又劉晏移書房琯，謂：今諸王出深宫，一旦望桓文功不可得。其論又與公相牴牾，豈各有見耶？

胡滅人還亂，兵殘將自疑〔一〕。登壇名絶假，報主一云執玉爾何遲〔二〕。領郡輒無色，之官皆有詞。願聞哀痛詔，端拱問瘡痍。

〔一〕時安史既平，僕固懷恩懼誅謀叛，李光弼亦畏禍不入朝，故曰「將自疑」。

〔二〕趙曰：名絶假，言真拜之，非特假節而已。

錢箋：李肇《國史補》：開元以前，有事于外，則命使臣，否則止。自置八節度、十採訪，始有坐而爲使。其後名號益廣，大抵生于置兵，盛于專利，普于銜命。于是爲使則重，爲官則輕。故天寶末，佩印有至四十者。大曆中，請俸有至千貫者。宦官内外，悉屬之使。舊爲權臣所管，州縣所理，今屬中人者有之。此詩曰：「登壇名絶假」，謂諸將兼官太多，所謂坐而爲使也。「領郡輒無色」，州郡皆權臣所管，不能自達，故曰「無色」也。「之官皆有詞」，所謂爲使則重，爲官則輕也。《送陵州路使君》詩云：「王室比多難，高官皆武臣。」與此詩正相發明。東坡所云「唐郡縣多不得人，由于重内輕外」者，此天寶以前事。以言于寶應、廣德之時，則迂矣。五六非爲郡守言之，正責諸將專制，使不得盡力于居官，故欲下詔而「問瘡痍」也。如此解，全詩意方貫。

江陵望幸

雄都元壯麗，望幸欻威神。地利西通蜀，天文北照秦。風烟含越鳥，舟楫控吴人〔一〕。未枉周王駕，終期漢武巡。甲兵分聖旨，居守付宗臣。早發雲臺仗刊作路，恩波起涸鱗〔二〕。

〔一〕《魯靈光殿賦》：又似乎帝之威神。注：威神，言尊嚴也。謝朓詩：風烟有鳥路。古詩：越鳥巢南枝。

〔二〕《漢書》：武帝南巡，至于盛唐。注：在南郡。涸鱗，注别見。

按：《唐書》：上元初，吕諲建請荆州置南都，于是更號江陵府，以諲爲尹，置永平軍萬人，以遏吴蜀之衝。廣德元年冬，乘輿幸陜，以衛伯玉有幹略，可當重寄，乃拜江陵尹，充荆南節度觀察等使，詩所云「甲兵分聖旨，居守付宗臣」也。時公在巴閬，傳聞代宗欲巡幸江陵，故有此作。

城上荆作空城

草滿巴西緑，空城山谷作城空白日長。風吹花片片，春蕩一作動水一云送雨茫茫。八駿隨天子，群臣從武皇。遥聞出巡狩，早晚徧遐荒。

傷春五首

原注：巴閬僻遠，傷春罷，始知春前已收宫闕。

天下兵雖滿，春光一作青春日自濃。西京疲百戰，北闕任群兇〔一〕。關塞三千里，烟花一萬重。蒙塵清露急，御宿且一作有誰供〔二〕。殷復前王道，周遷舊國容。蓬萊足雲氣，應合總從龍〔三〕。

〔一〕《通鑑》：廣德元年冬十月，吐蕃陷京畿，渭北行營兵馬使吕月將將精卒二千，與吐蕃戰于盩厔，爲虜所擒。又涇州刺史高暉、射生將王獻忠等，迎吐蕃入長安，立邠王守禮孫承宏爲帝，故曰「疲百戰」、「任群兇」也。

〔二〕《漢書注》：御宿苑，在長安城南。「羞」、「宿」聲相近，故或云「御羞」，或云「御宿」。羞者，珍羞所出；宿者，止宿之義。《通鑑》：吐蕃度渭橋，上倉卒幸陝州，官吏六軍奔散，無復供擬，扈從將士不免飢餒，乃幸魚朝恩營。

〔三〕言群臣皆不當從駕而出耶？責之之詞也。

鶯入新年語，花開滿故枝。天清一作青風卷幔，草碧水連一作通池。牢落官軍遠舊本俱作速，千家本作遠，蕭條萬事危。鬢毛元自白，淚點向來垂。不是無兄弟，其如有別離。巴山春色靜，北望轉逶迤。

日月還相鬬，星辰屢合一云亦屢圍。不成誅執法，焉得變危機〔一〕。大角纏兵氣，鉤陳出帝畿。烟塵昏御道，耆舊把天衣〔二〕。行在諸軍闕，來朝大將稀。賢多隱屠釣，王肯載同歸〔三〕。

〔一〕《晉·天文志》：數日俱出，若鬬，天下起兵大戰。元帝太興四年二月癸亥，日鬬。《漢·天文志》：高祖七年，月暈，圍參畢七重。是歲，上至平城，爲單于所圍。《史·天官書》：南宮：西將，東相。南四星，執法。中，端門。《晉·天文志》：左執法，廷尉之象。右執法，御史大夫之象。《星經》：執法四星，主刑獄之人，又爲刑政之官，助宣王命，内常侍官也。《杜詩博議》：《漢志》：哀帝元壽元年十一月，歲星入太微，逆行，干右執法。占曰：大臣有憂，執法者誅，若有罪。二年十月，高安侯董賢免歸，自殺。此詩「執法」二句，暗引是事，以董賢況程元振也。趙注：熒惑星，一名執法，謂元振熒惑人主，當誅之以謝天下。其説殊支離。

〔二〕《史·天官書》：大角者，天王帝廷，其兩旁各有二星，曰攝提。《晉·天文志》：大角，天王座也，又爲天棟正經紀也。《魏都賦》：兵纏紫微。　鈎陳，注見三卷。《補注》：顧炎武曰：《南齊書·輿服志》：袞衣，漢世出陳留襄□所織，宋末用繡及織成。齊建武中，乃彩畫爲之，加飾金銀薄，時亦謂天衣。梁庾肩吾《和太子重雲殿受戒》詩：「天衣初拂席，豆火欲燃薪。」

〔三〕《唐書》：代宗幸陝，諸鎮畏程元振讒構，莫至朝廷，所恃者惟郭子儀一人。《韓詩外傳》：太公望屠牛朝歌，釣于磻溪。

再有朝廷亂，難知消息真。近傳郭作聞王在洛，復道使歸一作通秦。奪馬悲公主，登車泣貴嬪。蕭關迷北上，滄海欲東巡〔一〕。敢料安危體，猶多老大臣。豈一作得無嵇紹血，霑灑屬車塵〔二〕。

〔一〕《漢·武帝紀》：元封四年，行幸雍，祠五畤，通回中道，遂北出蕭關。如淳曰：蕭關在安定朝那縣。《元和郡縣志》：蕭關在原州高平縣東南三十里。《一統志》：在平涼府鎮原縣西北一百四十里。《秦始皇紀》：二十八年，並渤海以東，過黄腄，窮成山，登之罘，立石頌秦德。

〔二〕《晉書》：王師敗績于蕩陰，嵇紹以身捍衛，兵交御輦，紹遂被害，血濺御服。　相如《諫獵書》：犯屬車之清塵。

聞説初東幸，孤兒却走多。難分太倉粟，競棄魯陽戈〔一〕。胡虜登前殿，王公出御河。得無一作忍爲中夜舞，誰一作宜憶大風歌〔二〕。春色生烽燧，幽人泣薜蘿。君臣重修德，猶足見時和。

〔一〕《漢紀注》：取從軍死事者之子，養羽林官，教以五兵，號羽林孤兒。《淮南子》：魯陽公與韓遘戰酣，日暮，援戈而麾之，日返三舍。

〔二〕《晉書》：祖逖與劉琨共被而寢，中夜聞鷄鳴，因起舞，曰：「此非惡聲也。」《漢書》：高帝置酒沛宫，自歌曰：「大風起兮雲飛揚，威加海内兮歸故鄉，安得猛士兮守四方。」

代宗致亂，皆因信任非人，老臣不見用，故一曰「賢多隱屠釣」，一曰「猶多老大臣」，一曰「誰憶大風歌」，篇中每三致意焉。

杜工部詩集卷之十一

松陵　朱鶴齡　輯註

廣德中，公往來梓、閬，歸成都草堂，嚴武表授節度參謀作

送李卿曄

《唐書·李峴傳》：肅宗詔刑部侍郎李曄鞫謝夷甫事，忤旨，貶嶺南。《世系表》：曄，太鄭王房淮安忠公琇之子，終刑部侍郎。

王子思歸日，長安已亂兵〔一〕。霑衣問行在，走馬向承明〔二〕。暮景巴蜀僻，春風江漢清。晉山雖自棄，魏闕尚含情〔三〕。

〔一〕《哀江南賦》：咸陽布衣，非獨思歸王子。按：庾《賦》用黄歇語，見《史記》。

〔二〕《嚴助傳》：君厭承明之廬。張晏曰：承明廬在石渠閣外，直宿所止曰廬。《黄圖》：未央宫有承明殿，著述之所也。

〔三〕《水經注》：袁崧《郡國志》曰：介休縣有介山，有綿上聚、子推廟。按：公嘗扈從肅宗，故自比之推。曰自棄者，不敢以華州之貶懟其君也。《壯遊》詩「之推避賞從」，亦此意。《杜詩博議》：

晉山自棄，即《出金光門》詩「移官豈至尊」意也。古人流離放逐，不忘主恩，故公于賈、嚴之貶則曰：「開闢乾坤正，榮枯雨露偏。」于己之貶則曰：「晉山雖自棄，魏闕尚含情。」其温柔敦厚之意，言外可想。若以肅宗不甚省録，故往往自況之推，失之遠矣。《吕氏春秋》：中山公子牟謂詹子曰：「身在江海之上，心居魏闕之下。」

釋悶

四海十年不解兵，犬戎一作羊也復臨咸京。失道非關出襄野，揚鞭忽是過湖城〔一〕。豺狼塞路人斷絶，烽火照夜屍縱横。天子亦應厭奔走，羣公固合思升平。但恐誅求不改轍，聞道嬖孽能一作今全生。江邊老翁錯料事，眼暗不見風塵清〔二〕。

〔一〕《莊子》：黄帝將見大隗于具茨之山，至于襄城之野，七聖皆迷，無所問塗。《世説》：王大將軍頓軍姑熟，明帝著戎服，乘巴賓馬，齎一金鞭，陰察軍形勢。敦晝寢，夢日遶城，忽驚覺曰：「營中有黄鬚鮮卑奴來，何不縛取？」命騎追之，不及。按：《晉書·明帝紀》：微行至于湖，陰察敦營壘而出。《王敦傳》：帝至蕪湖，察敦營壘于湖。即蕪湖也。《地志》：晉太康中，分丹陽置于湖縣，即今當塗縣地。又蕪湖縣有王敦城。此詩所云「湖城」也。自唐以來，皆破句讀，故樂府有《湖陰曲》，張文潛始正之云「于湖」爲句。

〔二〕孽孽，謂程元振。《唐書》：代宗在陝，削元振官爵，歸田里。廣德二年春正月，以私入京師，配流溱州，復令于江陵府安置。

贈別賀蘭銛音纖

黄雀飽野粟，羣飛動荆榛。今君黄作吾抱何恨，寂寞向時人〔一〕。老驥倦驤首，蒼一作飢鷹愁易馴。高賢世未識，固合嬰飢貧〔二〕。國步初返正，乾坤尚風塵。悲歌鬢髮白，遠赴湘吴春〔三〕。我戀岷下芋，君思千里蓴。生離與死别，自古鼻酸辛〔四〕。

〔一〕劉楨詩：羞與黄雀羣。注：黄雀，喻小人。

〔二〕易馴，鷹飢則附人也。

〔三〕返正，謂代宗幸陝初還。時公將適吴楚。

〔四〕《貨殖傳》：岷山之下，沃野千里，下有蹲鴟，至死不飢。注：蹲鴟，芋也。《世説》：陸機詣王武子，武子前置數斛羊酪，問機：「吴中何以敵此？」機曰：「千里蓴羹，但未下鹽豉耳。」千里，吴石塘湖名。《一統志》：千里湖，在溧陽縣東南一十五里，至今産美蓴，俗呼千里滸。按：賀蘭，當是吴人而遊蜀者，故有「君思千里」之句。《高唐賦》：孤子寡婦，寒心酸鼻。

寄賀蘭銛

朝野歡娱後，乾坤震蕩中。相隨萬里日，摠作白頭翁。歲晚仍分袂，江邊更轉蓬。勿云俱異域，飲啄幾回同。

絶句

江邊踏青罷，廻首見旌旗〔一〕。風起春城暮，高樓鼓角悲。

〔一〕杜氏《壺中贅録》：蜀中風俗，舊以二月二日爲踏青節。

閬山歌

閬州城東靈一作雪山白，閬州城北玉臺碧〔一〕。松浮欲盡不盡雲，江動將崩已《英華》同，一作未崩石。那知根無鬼神會，已覺氣與嵩華敵。中原格鬭且未歸，應結茅齋看晉作著青壁一作應著茅齋向青壁。

〔一〕《唐書》：閬州閬中縣有靈山。錢箋：《寰宇記》：靈山，一名仙穴山，在閬中縣東北十里。《周地圖》云：靈山峰多雜樹，昔蜀王鼈靈登此，因名靈山。山東南隅有玉女搗練石。《輿地紀勝》：玉臺山，在閬州城北七里。

閬水歌

嘉陵江色何所似，石黛碧玉相因依〔一〕。正憐日破浪花出，更復春從沙際歸。巴童蕩槳欹側過，水雞海鹽劉氏校本作鳥銜魚來去飛〔二〕。閬中勝事可腸斷，閬州城南天下稀〔三〕。

〔一〕《寰宇記》：嘉陵水，一名西漢水，又名閬中水。《周地圖》云：水源出自秦州嘉陵，因名嘉陵江。經閬中，即閬中水，亦曰閬江，又曰渝水。《説文》：碧，石之青美者。《爾雅注》：碧，亦玉類。今越嶲會無縣東山出碧。

〔二〕《舞鶴賦》：巴童心恥。水鷄，無考。嘗聞一蜀士云：其狀如雄鷄而短尾，好宿水田中，今川人呼爲水鷄公。

〔三〕錢箋：《方輿勝覽》：閬中山，亦名錦屏山，在城南三里。馮忠恕記云：閬之爲郡，當梁、洋、梓、益之衝，有五城十二樓之勝概。

江亭王閬州筵餞蕭遂州

離亭非舊國，春色是他鄉。老畏歌聲斷一作短，黄作繼，愁隨舞曲長。二天開寵餞，五馬爛生一作輝光〔一〕。川路風烟接，俱宜下鳳凰〔二〕。

〔一〕《後漢書》：蘇章遷冀州刺史，有故人爲清河太守，喜曰：「人皆有一天，我獨有二天。」五馬，注見十卷。二天，屬王閬州；五馬，屬蕭遂州。古人用五馬事，多以太守行遊言之，觀此二語可見。

〔二〕《漢書》：黄霸爲潁川太守，是時鳳凰神雀數集郡國，潁川尤多。

陪王使君晦日泛江就黄家亭子二首

山豁何時斷，江平不肯流。稍知花改岸，始驗鳥隨舟。結束多紅粉，歡娱恨白頭〔一〕。非君愛人客，晦日更添愁。

〔一〕古詩：娥娥紅粉粧。

有徑金沙軟，無人碧草芳〔一〕。野畦連蛺蝶，江檻俯鴛鴦。日晚烟花亂，風生錦繡香。不須吹急管，衰老易悲傷。

〔一〕《蜀都賦》：金沙銀礫。注：永昌有水出金，如糠在沙中。《一統志》：保寧府劍州、廣元、江油、巴縣出麸金。

泛江

方舟不用楫，極目總無波。長日容盃酒，深江净綺羅〔一〕。亂離還奏樂，飄泊且聽歌。故國流清渭，如今花正多。

〔一〕净綺羅，猶云「澄江净如練」。

渡江

春江不可渡，二月已風濤。舟楫欹斜疾，魚龍偃卧高。渚花兼陳作張素錦，汀草亂青袍〔一〕。戲問垂綸客，悠悠見一作是汝曹。

〔一〕古詩：青袍似春草。

南征

春岸桃花水，雲帆楓樹林。偷生長避地，適遠更霑襟。老病南征日，君恩北望心。百年歌自苦，未見有知音。

地隅

江漢山重阻，風雲地一隅。年年非故物，處處是窮途〔一〕。喪亂秦公子，悲涼一作秋楚大夫〔二〕。生平心已折，行路日荒蕪。

〔一〕古詩：所遇無故物。

〔二〕謝靈運《擬鄴中詩序》：王粲家本秦川貴公子孫，遭亂流寓，自傷情多。《離騷序》：屈原仕于懷王，爲三閭大夫。三閭之職，掌王族三姓，曰昭、屈、景。

歸夢

道路時通塞，江山日寂寥。偷生惟一老，伐叛已三朝。雨急青楓暮，雲深黑水遥〔一〕。夢魂歸未得一作夢歸歸未得，一作夢魂歸亦得，不用楚詞招。

〔一〕《寰宇記》：巂州越巂縣有黑水，杜詩「雲深黑水遥」是也。按：黑水源流非一。唐巂州地，瀘水所出，瀘水即黑水也。次公注：黑水在鄠杜之間。鄠杜在長安，何嘗有黑水？夢弼引《水經》「黑水出張掖鷄山，過三危，入南海」，亦無干。

久客

羈旅知交態，淹留見俗情。衰顔聊自哂，小吏最相輕。去國哀王粲，傷時哭賈生。狐狸何足道，豺虎正一作亂縱横〔一〕。

〔一〕《漢·孫寶傳》：豺狼横道，不宜復問狐狸。

暮寒

霧隱平郊樹，風含廣岸波。沈沈春色静，慘慘暮寒多。戍鼓猶長擊，林鶯遂不歌。忽思高宴會，朱袖拂雲和〔一〕。

〔一〕《周禮·大司樂》：奏雲和之琴瑟。注：雲和，地名，産良材，中琴瑟。

遊子

巴蜀愁誰語，吳門興杳然。九江春草外，三峽暮帆前。厭就成都卜，休爲吏部眠〔一〕。蓬萊如可到，衰白問羣今本作神仙〔二〕。

〔一〕《高士傳》：嚴遵，字君平，賣卜成都市中，日閲數人，得百錢足自養，則閉肆下簾而授《老子》。《益州記》：雁橋東有嚴君平卜處，土臺高數丈也。《晉書》：畢卓爲吏部郎，比舍郎釀熟，卓因醉，夜至其甕間盜飲之，爲掌酒者所縛。明旦視之，乃畢吏部也。

〔二〕《哀江南賦》：舟楫路遥，星漢非乘槎可上；風飆道阻，蓬萊無可到之期。言非止南下遊吳，如蓬萊仙山可到，則亦往矣。意在必去巴蜀也。

滕王亭子二首

原注：在玉臺觀内，王調露中任閬州刺史。一云：閬州玉臺觀作，王曾典此州。○《舊唐書・滕王元嬰傳》：元嬰，高祖第二十二子，都督洪州，數犯憲章，于滁州安置。後起授壽州刺史，轉隆州刺史。《地理志》：先天二年，避玄宗名，改隆州爲閬州。錢箋：《方輿勝覽》：滕王以隆州衙宇卑陋，遂修飭弘大之，擬于宫苑，謂之隆苑，後改曰閬苑。滕王亭，即元嬰所建。楊慎以爲

嗣滕王湛然，誤也。

君王臺榭枕去聲巴山，萬丈丹梯尚可攀。春日鶯啼脩竹裏，仙家犬吠白雲間〔一〕。清江錦一作碧石傷心麗，嫩蘂濃花滿目斑。人到於今歌出牧，來遊此地不知還。

〔一〕脩竹，用梁孝王事，注見十卷。孫綽《蘭亭》詩：鶯語吟脩竹。《神仙傳》：八公與淮南王安，白日升天。臨去時，餘藥器置在中庭，鷄犬舐啄之，盡得升天。故鷄鳴天上，犬吠雲中也。

寂寞春山路，君王不復行。古牆猶竹色，虚閣自松聲。鳥雀荒村暮，雲霞過客情。尚思歌吹日，千騎把一作擁霓旌。

玉臺觀二首

原注：滕王造。○錢箋：《方輿勝覽》：玉臺觀在閬州城北七里，唐滕王嘗遊，有亭及墓。趙曰：觀在高處，其中有臺，號曰玉臺。

中天積翠玉臺遥，上帝高居絳節朝〔一〕。遂有馮夷來擊鼓，始知嬴女善吹簫〔二〕。江光隱見黿鼉窟，石勢參差一作差池烏鵲橋〔三〕。更有一作肯紅顔生羽翼一作翰，便應黄髪老漁樵〔四〕。

〔一〕《天台賦》：瓊臺中天而懸居。《漢郊祀歌》：遊閶闔，觀玉臺。應劭曰：玉臺，上帝之所居。

梁邵陵王《祀魯山神文》：絳節陳竿，滿堂繁會。此言羣仙皆來朝集。

〔二〕馮夷，注見一卷。　《仙傳拾遺》：蕭史善吹簫，秦穆公女弄玉好之，公妻焉，日教弄玉作鳳鳴。居數年，吹簫似鳳聲，鳳凰來止其屋，公爲作鳳臺。范雲《遊仙詩》：命駕瑶池隈，過息嬴女臺。

〔三〕按：四語形容仙境怳惚。黿鼉窟，蒙馮夷；烏鵲橋，蒙嬴女。烏鵲對黿鼉，公《臨邑舍弟》詩亦然。上只言江光之遠，下只言石勢之高耳。或云觀中疑有公主遺跡，故用嬴女吹簫事。樂天《題華陽觀》詩：「帝子吹簫逐鳳皇，空留仙洞在華陽。」以觀即華陽公主故居也。

〔四〕言世果有駐顔飛昇之術，吾便當留此以終老爾。

浩劫因王造一云起，平臺訪古遊〔一〕。彩一作綵雲蕭史駐，文字魯恭留〔二〕。宫闕通群帝，乾坤到十洲〔三〕。人傳有笙鶴，時過北一作此山頭〔四〕。

〔一〕《度人經》：惟有元始浩劫之家，部制我界。《廣異記》：儒謂之世，釋謂之劫，道謂之塵。按：浩劫，無窮之劫，猶言累世也。又《廣韻》：浩劫，宫殿大階級也。杜田云：俗謂塔級爲劫，故《嶽麓行》曰「塔劫宫牆壯麗敵」。此説待考。　平臺，注見十卷。

〔二〕《漢書》：魯共王壞孔子舊宅以廣其居，聞鐘磬琴瑟之聲，于壁中得古文《尚書》、《論語》。

〔三〕《山海經》：大荒之中，有黄木、赤枝，群帝取藥。　《十洲記》：四方巨海之中，有祖洲、瀛洲、元洲、炎洲、長洲、充洲、鳳麟洲、聚窟洲、流洲、生洲。　言觀之高，上通群帝，是乾坤内之十洲也。十洲爲神仙所聚，故云。

〔四〕《神仙傳》：王子喬，周靈王太子晉也。好吹笙，作鳳鳴，遊伊洛間，道士浮丘公接上嵩山。三十餘年後，乘白鶴駐緱氏山頂，舉手謝時人而去。

送韋郎司直歸成都

竄身來蜀地，同病得韋郎〔一〕。天下干一作兵戈滿，江邊歲月長。别筵花欲暮，春日鬢俱蒼。爲問南溪竹一作笋，抽梢合過墻原注：予草堂在成都西郭〔二〕。

〔一〕劉楨詩：竄身清漳濱。《吴越春秋》：同病相憐，同憂相救。

〔二〕南溪，即浣花溪。

雙燕

旅食驚雙一作雙飛燕，銜泥入北一作此堂。應同避燥濕，且復過炎涼〔一〕。養子風塵際，來時道路長。今秋天地在，吾亦離去聲殊方〔二〕。

〔一〕《左傳》：子罕曰：「吾儕小人，皆有闔廬，以避燥濕寒暑。」

〔二〕時公欲出峽，故托燕寓意。《補注》：天地在，去在天地之間也，亦倒句法。

百舌

《御覽》：《雜記》曰：百舌鳥，一名反舌，春則囀，夏至則止。

百舌來何處？重重祇報春。知音兼衆語，整翮豈多身。花密藏難見，枝高聽轉新。過時如發口，君側有讒人〔一〕。

〔一〕《汲冢周書》：芒種之日，螳螂生。又五日，鵙始鳴。又五日，反舌無聲。螳螂不生，是謂陰息。鵙始不鳴，令奸壅偪。反舌有聲，佞人在側。《補注》：顧有孝曰：《史記・張儀傳》：陳軫曰：「軫可發口言乎？」少陵「發口」字，本此。

奉寄章十侍御

原注：時初罷梓州刺史、東川留後，將赴朝廷。○《舊唐書・嚴武傳》：武再鎮蜀，恣行猛政，梓州刺史章彝初爲武判官，及是小不副意，赴成都，杖殺之。按：此詩武再鎮蜀，彝已入覲矣，豈及其未行而殺之耶？

淮海維揚一俊人，金章紫綬照青春〔一〕。指揮能事迴天地，訓練强兵動鬼神。湘一作襄西不得歸關羽，河内猶宜一作疑借寇恂〔二〕。朝覲從容問幽仄側通，勿云江漢有一作老垂綸〔三〕。

〔一〕《禹貢》：淮海維揚州。《漢・公卿表》：三公徹侯，並金印紫綬。《舊書・輿服志》：二品三品，並服紫綬三綵。

〔二〕《蜀志》：先主收江南諸郡，拜關羽爲襄陽大守、盪寇將軍，駐江北。西定益州，拜羽董督荊州事。陸機《辨亡論》：漢主報關羽之敗，圖收湘西之地，而陸公亦挫之西陵。注：湘西，荊州地也。《後漢書》：光武收河内，拜寇恂爲大守，後移潁川，又移汝南。潁川盜賊群起，恂從駕南征，百姓請復借寇君一年，乃留恂。按：嚴武再鎮成都，復合東西川爲一節度。東川留後，在所宜廢。「湘西不得歸關羽」，言其不復歸鎮也。「河内猶宜借寇恂」，言侍御之才，東川倚重，不當罷之歸朝也。

〔三〕《宋書・恩倖論》：明揚幽側，惟才是與。

將赴荊南寄別李劍州

《唐書》：劍州，普安郡，屬劍南道。

使君高義驅今古，寥落三年坐劍州。但見文翁能化俗一作蜀，焉知李廣未封侯〔一〕。路經灔澒雙蓬鬢，天入滄浪一釣舟〔二〕。戎馬相逢更何日，春風回首仲宣樓〔三〕。

〔一〕《漢·循吏傳》：文翁爲蜀郡守，修起學官于成都市中，吏民大化，蜀地學于京師者，比齊魯焉。《西谿叢語》：張崇文《歷代小誌》云：文翁，名黨，字仲翁，景帝時爲蜀郡太守。今《漢書》不載其名。《李廣傳》：廣從弟蔡封安樂侯，廣不得爵邑，官不過九卿。

〔二〕《禹貢》：又東爲滄浪之水。鄭樵曰：漢水東過南漳、荆山，爲滄浪水。

〔三〕仲宣樓，注別見。

奉寄别馬巴州

原注：時甫除京兆功曹，在東川。○巴州，注見九卷。　按：蔡興宗《年譜》：廣德元年補功曹，與此詩自注語正合。詩云「南國浮雲水上多，獨把漁竿終遠去」及《奉待嚴大夫》詩云「欲辭巴徼啼鶯合，遠下荆門去鷁催」，可證除功曹時正在東川，將爲荆南之遊也。本傳以召補京兆府功曹不至在上元二年，王原叔《集序》因之，皆誤。

勳業終一作真歸馬伏波，功曹非一作無復漢蕭何〔一〕。扁舟繫纜沙邊久，南國浮雲水上多〔二〕。獨把漁竿終遠去，難隨鳥翼一相過。知君未愛春湖色，興在驪駒白玉珂〔三〕。

〔一〕《漢·高帝紀》：蕭何爲沛主吏。孟康曰：主吏，功曹也。《吴志》：孫策謂虞翻曰：「孤有征討事，未得還府，卿復以功曹爲我蕭何，守會稽耳。」

〔二〕南國，謂荆南。

〔三〕沈約詩：高門列騶駕，廣路從驪駒。《通俗文》：馬勒飾曰珂。《本草》：珂，貝類，皮黄黑而骨白，可爲馬飾，生南海。《唐·車服志》：五品以上有珂傘。

奉待嚴大夫

此詩舊譜及諸家注並云廣德二年作。按《通鑑》：是年嚴武得劍南之命在正月，詩不當曰「隔年回」。又公與武詩，皆隨所受官而稱之，其時嚴已封鄭國公，不得但稱大夫，且遷黄門侍郎時，已罷兼御史大夫矣。黄鶴致疑于此，故編寶應元年。然是年春，公不聞嘗去草堂，何以有「欲辭巴徼」、「遠下荆門」之語？即使公欲赴荆楚，何不經嘉、戎，下渝、忠，顧乃北走山南，由梓、閬而出峽耶？當仍以舊編爲是。其云「旌節隔年回」，意武受命劍南，乃在廣德元年之冬。而唐人凡稱節度使皆曰大夫，正不必以封鄭公爲疑也。《杜詩博議》：《舊書·地志》合劍南、東西川爲一道，在廣德元年。《唐會要》則云：二年正月八日，此武受命在元年冬之一證也。

殊方又喜故人來，重鎮還須濟世才。常怪偏裨終日待，不知旌節隔年回。欲辭巴徼啼鶯合，遠下荆門去鷁催〔一〕。身老時危思會面，一生襟一作懷抱向誰開。

〔一〕《淮南子》：龍舟鷁首。《方言》：舟首，謂之艗首。注：鷁，鳥名。今江東貴人船前作青雀，是其像。

自閬州領妻子却赴蜀山行三首

汩汩一作浥浥避群盜，悠悠經六年。不成向南國，復作遊西川。物役水虛照，魂傷山寂然。我生無倚著，盡室畏途邊〔一〕。

〔一〕《左傳》：盡室以行。

長林偃風色，廻復一作首意猶迷。衫裛翠微潤，馬銜青草嘶。棧一作逕懸斜避石，橋斷却尋溪〔一〕。何日干一作兵戈盡，飄飄媿老妻。

〔一〕《説文》：棧，棚也，又閣也。閬至成都無棧道，此只言架木爲路耳。

行色遞隱見，人烟時有無。僕夫穿竹語，稚子入雲呼。轉石驚魑魅，抨披耕切弓落狖鼯〔一〕。真供一笑樂，似欲慰窮途。

〔一〕抨，彈也。狖，注見六卷。《爾雅注》：鼯鼠，狀似蝙蝠，毛紫黑色，飛而乳子。

別房太尉墓

《舊唐書·房琯傳》：寶應二年四月，拜特進、刑部尚書。在路遇疾，廣德元年八月四日，卒于閬州僧舍，時年六十七，贈太尉。《新書》：寶應二年，道病卒。按：《通鑑》：代宗以癸卯七月改元。寶應之二年，即廣德之元年也。二史本無異同，舊注疑《新書》爲誤，失考耳。

他鄉復行役，駐馬別孤墳。近淚無乾土，低空一云空山有斷雲〔一〕。對碁陪謝傅，把劍覓徐君〔二〕。惟見林花落，鶯啼送客聞。

〔一〕低空斷雲，正見哭墓之哀，即所云「哭友白雲長」也。

〔二〕《謝安傳》：謝玄等破苻堅，有檄書至，安方對客圍棊，了無喜色。安薨，贈太傅。錢箋：琯爲宰相，聽董庭蘭彈琴，以招物議。李德裕《遊房太尉西池》詩注：「房公以好琴聞于海内。」此詩以謝傅圍碁爲比，蓋爲房公解嘲也。圍碁無損于謝傅，則聽琴何損于太尉乎？語出回護，而不失大體，可謂微婉矣。《説苑》：吴季札聘晉過徐，心知徐君愛其寶劍。及還，徐君已没，遂解劍繫其冢樹而去。

將赴成都草堂途中有作先寄嚴鄭公五首

《唐書·嚴武傳》：寶應元年，自成都召還，拜京兆尹。明年，爲二聖山陵橋道使，封鄭國公，遷黄門侍郎。廣德二年，復節度劍南。按：《舊書》云：武再尹成都，節度劍南，破吐蕃，加檢校吏部尚書，封鄭國公。與《新書》不同。以此詩題證之，《新書》是。

得歸茅屋赴成都，直一作真爲文翁再剖符〔一〕。但使閭閻還揖讓，敢論松竹久荒蕪。魚知丙穴由來美，酒憶郫筒不用酤〔二〕。五馬舊曾諳小徑，幾回書札待潛夫〔三〕。

〔一〕《漢·文帝紀》：初與太守爲銅虎符、竹使符。

〔二〕《蜀都賦》：嘉魚出于丙穴。劉淵林曰：丙穴，在漢中沔陽縣北，有魚穴二所。《御覽》：《周地圖記》曰：順政郡丙穴，以其口向丙，因名。沮水經穴間過，或謂之大丙水。每春三月上旬後，有魚長八九寸，或二三尺，聯綿從穴出躍，相傳名爲嘉魚。《益部方物贊》：丙穴在興州，魚出石穴中，雅州亦有之，蜀人甚珍其味。黄曰：丙穴固在漢中，然《地志》載，邛州大邑縣有嘉魚穴，萬州梁山縣柏枝山有丙穴，方數丈，出嘉魚。又達州明通縣井峽中，穴凡十，皆産嘉魚。此詩公赴成都作，意是指邛州丙穴。蓋成都西南至邛州，才百五十里耳。《成都記》：成都府西五十里，因水標名曰郫縣，以竹筒盛美酒，號爲郫筒。《華陽風俗録》：郫縣有郫筒池，池旁有大竹，郫人刳其節，傾春釀于筒，苞以藕絲，蔽以蕉葉，信宿香達于林外，然後斷之以獻，俗號郫筒酒。《一統志》：相傳山濤治郫，用筠管釀酴醾作酒，兼旬方開，香聞百步，今其法不傳。

〔三〕潛夫，注見八卷。

處處清江帶白蘋，故園猶得見殘春。雪山斥候無兵馬，錦里逢迎有主人。休怪兒童延俗客，不教鵝鴨惱比頻脂切鄰。習池未覺風流盡，況復荆州賞更新〔一〕。

〔一〕武嘗訪公草堂，故以山簡習池擬之。

竹寒沙碧浣花溪，菱一作橘刺藤梢咫尺迷。過客徑須愁出入，居人不自解東西。書籤藥裹封蛛網，野店山橋送馬蹄。肯一作豈藉荒庭春草一作新月色，先判普官切，一作拚一飲醉如泥〔一〕。

〔一〕《後漢·周澤傳》：一歲三百六十日，三百五十九日齋。注：《漢官儀》此下云：「一日不齋醉如泥。」

常苦沙崩損藥欄，也從江檻落風湍〔一〕。新松恨不高一作長千尺，惡竹應須斬萬竿。生理祇憑黃閣老，衰顔欲付一作赴紫金丹〔二〕。三年奔走空皮骨，信有人間行路難。

〔一〕江檻，即水檻。

〔三〕黄閣老，注見四卷。《抱朴子》：金丹燒之愈久，變化愈妙，令人不老不死。《參同契》：色轉更爲紫，赫然成還丹。《雲笈七籤》：合丹法，火至七十日，藥成，五色飛華，紫雲亂映，名曰紫金。其蓋上紫霜，名曰神丹。

錦官城西生事微荆作錦官生事城西微，烏皮几在還思歸〔一〕。昔去爲憂亂兵入，今來已恐鄰人非。側身天地更懷古，回首風塵甘一作且息機。共説總戎雲鳥陣，不妨遊子芰荷衣〔二〕。

〔一〕謝朓《詠烏皮隱几》詩：蟠木生附枝，刻削豈無施。取則龍文鼎，三趾獻光儀。勿言素韋潔，白沙尚推移。曲躬奉微用，聊承終宴疲。

〔二〕《握奇經》：八陣，天、地、風、雲爲四正，飛龍、翼虎、鳥翔、蛇蟠爲四奇。梁簡文《七勵》：迴雲鳥之密陣。《離騷》：製芰荷以爲衣兮，集芙蓉以爲裳。

春歸

苔徑臨江竹，茅簷覆去聲地花。别來頻甲子，歸到忽一作又春華。倚杖看孤石，傾壺就淺沙。遠鷗浮水静，輕燕受風斜。世路雖多梗，吾生亦有涯。此身一作且應醒復醉，乘興即爲家。

歸來

客裏有所適一作過，歸來知路難。開門野鼠走，散帙壁魚乾〔一〕。洗杓開新醞，低頭著小冠一作拭小盤〔二〕。憑誰給麴蘖，細酌老江干。

〔一〕謝朓詩：散帙問所知。《爾雅》：蟫，白魚。注：衣書中蟲，一名蛃魚。

〔二〕《漢書》：杜欽、杜鄴，並字子夏，而欽盲，人呼盲子夏。欽因製小冠冠之，由是更謂欽爲小冠子夏，鄴爲大冠子夏。

草堂

昔我去草堂，蠻夷塞成都。今我歸草堂，成都適無虞。請陳初亂時，反覆乃須臾一作斯須。大將赴朝廷，群小起異圖。中宵斬白馬，盟歃氣已麤〔一〕。西取邛南兵，北斷劍閣隅。布衣數十人，亦擁專城居。其勢不兩大，始聞蕃漢殊〔二〕。西卒却倒戈，賊臣互相誅。焉知肘腋禍，自及梟鏡一作獍徒〔三〕。義士皆痛憤，紀綱亂相踰。一國實三公，萬人欲爲魚〔四〕。唱和作威福，孰肯一作能辨無辜。眼前列晉作引杻械，背後吹笙竽。談笑行殺戮，濺一作流血滿長衢〔五〕。到今用鉞地，風雨聞號呼。鬼一作人妾與鬼馬，色悲充爾娛。國家法令在，此又足驚吁〔六〕。賤子且奔走，三年望東吳。弧矢暗江海，難爲遊五湖〔七〕。不忍竟舍此，復來薙徒計切榛蕪。入門四松在，步屧萬竹疎〔八〕。舊犬喜我歸，低徊入衣裾。鄰里喜我歸，沽酒攜胡盧一云提榼壺。大官喜《英華》作知我來，遣騎問所一作我須。城郭喜《英華》作知我來，賓客隘一作溢村墟〔九〕。天下尚未寧，健兒勝腐儒。飄颻荆作飄飄風塵際，何地置老夫？於時見《英華》作是疣音尤贅，骨髓幸未枯。飲啄媿殘生，食薇不敢餘〔一〇〕。

〔一〕《蘇秦傳》：會于洹水之上，通質，刳白馬而盟。

〔二〕樂府《羅敷行》：四十專城居。《左傳》：物莫能兩大。

〔三〕《晉書》：江統曰：寇發心腹，禍起肘腋。《漢書注》：梟，鳥名，食母。破鏡，獸名，食父。黄帝欲絶其類，使百吏祠皆用之。

〔四〕《左傳》：一國三公，吾誰適從。《史・項羽紀》：今人方爲刀俎，吾爲魚肉。

〔五〕《爾雅》：杻，謂之桎；械，謂之梏。

〔六〕《左傳》：至于用鉞。趙曰：鬼妾鬼馬，謂已殺其主，如胡人以亡者之妻爲鬼妻也。

〔七〕公去成都，往來梓、閬間，凡三年。《史記正義》：五湖者，菱湖、游湖、莫湖、貢湖、胥湖，皆太湖東岸五灣。虞翻曰：太湖東通松江，南通霅溪，西通荆溪，北通滆溪，東南通韭溪，凡五道，別謂之五湖。

〔八〕薙，除草也。

〔九〕《世説》：陸士衡初入洛，詣劉道真。劉性嗜酒，禮畢，初無他言，惟問：「東吴有長柄壺盧，卿得種來否？」按：胡盧以貯酒。胡，古與「壺」通。庾信詩：壺盧一酒樽。○《後村詩話》：子美《草堂》詩「大官喜我來」四韻，其體蓋用《木蘭詩》：「爺娘聞我來，出郭相扶將。阿姊聞妹來，當户理紅粧。小弟聞姊來，磨刀霍霍向猪羊。」

〔一〇〕疣，瘤也。《莊子》：彼以生爲附贅懸疣。 古詩：食蕨不願餘。

錢箋：寶應元年四月，嚴武入朝。七月，劍南西川兵馬使徐知道反。八月，伏誅。公攜家避亂往梓州。廣德二年，武鎮劍南，公復還成都草堂。此詩云「大將赴朝廷，群小起異圖」，謂武入朝而知道反也。「北斷劍閣隅」，謂知道以兵守要害，武不得出也。「賊臣互相誅」，謂知道爲其下李忠厚所殺也。王洙、梁權道輩以爲永泰元年避崔旰之亂，而吴若本「布衣專城」之下注云：「即楊子琳、柏貞節之徒。」是時嚴武已没，公下峽適楚，何嘗復歸草堂哉？注家惟黄鶴能辨之。○徐知道事，史、《鑑》俱不詳。按：《華陽國志》：臨邛縣在郡西南二百里。詩云「西取邛南兵」，「邛南兵」，即下「西卒」，蓋此本内附羌夷，知道引之爲亂耳。公上嚴武《東西兩川説》云：「西山漢兵，食糧者四千人，皆關輔、山東勁卒。脱南蠻侵掠，邛雅子弟不能獨制，但分漢卒助之，不難撲滅。」又云：「頃三城失守，非兵之過也，糧不足也。今此輩見鬬兵馬使，八州素歸心于其世襲刺史，獨漢卒屬裨將主之，竊恐備吐蕃，宜先自羌子弟始。」此詩「邛南兵」，即所云「邛雅子弟」與「羌子弟」也。徐知道乃兵馬使，漢兵是其統領，又脅誘羌夷共反，繼而賊徒争長，羌兵不附，李忠厚因而殺之，故曰「其勢不兩大，始聞蕃漢殊」。西卒却倒戈，賊臣互相誅」也。「唱和威福」一段，當是李忠厚既殺知道，縱兵殘害無辜，如花敬定之事，故曰「國家法令在，此又足驚吁」也。《通鑑》：寶應元年，嚴武任西川，爲徐知道所拒，不得進。考知道反，在嚴武入朝之後，應取此詩正之。

四松

四松初移時，大抵三尺强。别來忽三歲，離立如人長〔一〕。會看根不拔，莫計枝凋傷。幽色幸一作會秀發，疎柯亦一作已昂藏。所插小藩籬，本亦有隄防。終然振直庚切撥損，得愧《英華》同，一作惬千葉黄。敢爲故林主，黎庶猶未康〔二〕。避賊今始歸，春草滿空堂。覽物嘆衰謝，及兹慰淒涼。清風爲我起，灑面若微霜。足以一作爲送老姿一作資，聊待一作將偃蓋張〔三〕。我生無根蒂，配爾亦茫茫。有情且賦詩，事迹可兩一作兩可忘。勿矜千載後，慘澹蟠穹蒼。

〔一〕《禮記》：離坐離立。注：兩相麗之謂離。

〔二〕謝惠連《祭古塚文》：以物振撥之。注：南人以觸物爲振。

〔三〕陸機詩：秋風夕灑面。　偃蓋，注見四卷。

水檻

蒼江多風飆，雲雨晝夜飛。茅軒駕巨浪，焉得不低垂。遊子久在外，門户無人持。高岸尚爲一作如谷，何傷浮柱欹〔一〕。扶顛有勸誡，恐爲識者嗤。既殊大厦傾，可以一木支。臨川郭作川林視萬里，何必欄檻爲。人生感故物，慷慨有餘悲。

〔一〕《西京賦》：跱游極于浮柱。注：三輔名梁爲極，作遊梁置浮柱上。

破船

生平江海心，宿昔具扁舟。豈惟清溪上，日傍柴門遊。蒼皇一作惶避亂兵，緬邈懷舊丘。鄰人亦已非，野竹何翛翛。船舷不重扣，理没已經秋〔一〕。仰看西飛翼，下愧東逝流。故者或可掘，新者亦易求。所悲數奔竄，白屋難久留〔二〕。

〔一〕《楚詞》注：鼓枻，鼓舷鳴也。《江賦》：詠采菱以扣舷。注：舷，船唇也。

〔二〕掘，穿也。《幽明録》：陽羡小吏吴龕，乘掘頭船過溪。《漢書注》：白屋，謂庶人以白茅覆屋者。

過南鄰朱山人水亭

公《南鄰》詩「錦里先生烏角巾」，疑即此山人。又《絶句》云：「梅熟許同朱老喫。」

相近竹參差，相過人不知。幽花欹滿樹，小一作細水細一作曲通池。歸客村非遠，殘樽席更移。看君多道氣，從此數追隨。

登樓

花近高樓傷客心，萬方多難此登臨。錦江春色來一作水流天地，玉壘浮雲變古今。北極朝廷終不改，西山寇盗莫相侵。可憐後主還祠廟，日暮聊爲梁甫吟〔一〕。

〔一〕錢箋：吴曾《漫録》：蜀先主廟在成都錦官門外，西挾即武侯祠，東挾即後主祠。蔣公堂帥蜀，以禪不能保有土宇，始去之。所謂「後主還祠廟」者，書所見以志慨也。梁甫吟，注見一卷。師尹曰：吟梁甫者，傷時無諸葛之才。

黄鶴曰：此廣德二年歸成都之作。吐蕃陷京師，立廣武郡王承宏爲帝。郭子儀復京師，乘輿反正，故曰「朝廷終不改」也。錢箋：鶴説是。言吐蕃雖立君，終不能改命也。若「西山寇盗」，以劍南西山之事言之，而曰「朝廷終不改」，則迂而無謂矣。「可憐後主還祠廟」，殆以代宗任用程元振、魚朝恩，致蒙塵之禍，而托諷于後主之用黄皓也。「日暮聊爲梁甫吟」，傷時戀主，自負亦在其中，其興寄微婉若此。

奉寄高常侍 一云寄高三十五大夫

《唐書·百官志》：門下省左散騎常侍二人，掌規諷過失，侍從顧問。《高適傳》：爲西川節度，亡松、維等州，以嚴武代，還爲刑部侍郎、左散騎常侍。

汶上相逢年頗多，飛騰無那乃箇切，一作奈故人何〔一〕。總戎楚蜀應全未，方駕曹劉不啻過〔二〕。今日朝廷須汲黯，中原將帥憶廉頗。天涯春色催遲暮，别淚遥添錦水波〔三〕。

〔一〕《漢書》：汶水，出泰山郡萊蕪縣原山，入泲。汶上在齊南魯北。

〔二〕應全未，未盡其才也。鍾嶸《詩評》：曹劉殆文章之聖。《絶交論》：遒文麗藻，方駕曹王。

〔三〕時高赴召而公在成都，故有末句。

寄邛州崔録事

邛州崔録事，聞在果園坊〔一〕。久待無消息，終朝有底忙。應愁江樹遠，怯見野亭荒。浩蕩風塵一作烟外，誰知酒熟香。

〔一〕坊在成都。

王録事許修草堂貲不到聊小詰

爲嗔王録事，不寄草堂貲。昨屬愁春雨，能忘欲漏時。

歸雁

東來萬里客，亂定幾年歸。腸斷江城雁，高高正一作向北飛。

絶句二首

遲日江山麗，春風花草香。泥融飛燕子，沙暖睡鴛鴦。

江碧鳥逾白，山青花欲然〔一〕。今春看又過，何日是歸年？

〔一〕庾信詩：山花焰欲然。

寄司馬山人十二韻

關内昔分袂，天邊今轉蓬。驅馳不可説，談笑偶然同。道術曾留意，先生早擊蒙。家家迎薊子，處處識壺公〔一〕。長嘯峨嵋北，潛行玉壘東。有時騎猛虎，虚室使仙童〔二〕。髮少何勞白，顔衰肯更紅。望雲悲轗軻，畢景音影羨冲融〔三〕。喪亂形仍役，淒涼信不通。懸旌要路口，倚劍短亭中〔四〕。永作殊方客，殘生一老翁。相哀骨可换，亦遣馭清風〔五〕。

〔一〕薊子，注見二卷。《後漢·方伎傳》：費長房爲市吏，有賣藥老翁懸一壺于肆，市罷，輒跳入壺中。長房異之，因往再拜，同入此壺。《水經注》作「王壺公」。

〔二〕《洞冥記》：東方朔出，遇蒼虎息于道旁，朔便騎虎而還，扞捶過痛，虎嚙之，脚傷。《列仙傳》：葛仙公能乘虎使鬼。《雲笈七籤》：守玄丹十八年，詣上清宫，受書佩符，役使玉童、玉女各十八人。王維《贈焦鍊師》詩：縮地朝珠闕，行天使玉童。

〔三〕鮑照詩：畢景逐前儔。注：畢景，盡日之景也。言已當日暮，羨山人有冲融之春色。

〔四〕《漢·陳湯傳》：懸旌萬里之外。

〔五〕《漢武内傳》：一年易氣，二年易脉，四年易肉，五年易髓，六年易筋，七年易骨，八年易髮，九年易形。《莊子》：列子御風而行，泠然善也。

贈王二十四侍御契四十韻

元結《别王佐卿序》：癸卯歲，京兆王契佐卿，年四十六，頃去西蜀，對酒欲别。與佐卿去者，有清河崔潩，與次山住者，有彭城劉灣。按：癸卯爲廣德元年，此詩是二年作。

往往雖相見，飄飄愧此身。不關輕冕紱，但一作俱是避風塵。一别星橋夜，三移斗柄春。敗亡非赤壁，奔走爲黄巾。子去何蕭灑，余藏異隱淪〔一〕。書成無過雁，衣故有懸鶉。恐懼行裝數，伶俜卧疾頻。曉鶯工迸淚，秋月解傷神〔二〕。會面嗟黧黑，含悽話苦辛。接輿還入楚，王粲不歸秦。錦里殘丹竈，花溪得釣綸。消一作宵中秪自惜，晚起索色窄切誰親〔三〕。伏柱聞周史，乘槎有一作似漢臣。鴛鴻不易狎，龍虎未宜馴。客即挂冠至，交非傾蓋新。由來意氣合，直取性情真〔四〕。浪跡同生死，無心耻賤貧。偶然存蔗芋，幸各對松筠。麤飯依他日，窮愁怪此辰。女長裁褐穩，男大卷書勻〔五〕。湔當作堋，逋鄧切口江如練，蠶崖雪似銀。名園當翠巘，野棹没青蘋〔六〕。屢喜王侯宅，時邀一作逢江海人。追隨不覺晚，款曲動彌旬。但使芝蘭秀，何須棟宇鄰。山陽無俗物，鄭驛正留賓。出入並鞍馬，光輝參一作忝席珍〔七〕。重遊先主廟，更歷少城闉。石鏡通幽魄，琴臺隱絳脣。送終惟糞土，結愛獨荆榛〔八〕。置酒高林下，觀碁積水濱。區區甘累趼古典切，稍稍息勞筋。綱聚粘圓鯽，絲繁煮細蓴。長歌敲柳瘦于郢切，小睡凭藤輪〔九〕。農月須知課，田家敢忘去聲勤。浮生難去食，良會惜清晨〔一〇〕。列國兵戈暗，今王德教淳。要聞除猰烏八切貐勇主切，休作畫麒麟〔一一〕。洗眼看輕薄，虛懷任屈伸。莫令膠漆地，萬古重雷陳〔一二〕。

〔一〕《公羊傳注》：斗指東曰春。言別侍御于成都，已經三年。《荆州記》：蒲圻縣沿江一百里，南岸名赤壁，昔周瑜破魏武處。《方輿勝覽》：赤壁在蒲圻縣西百二十里。北岸烏林，與赤壁相對。《後漢書》：鉅鹿人張角，所部有三十六方，皆著黄巾，同日反叛。此謂徐知道反成都。○言我之不敗亡而奔走者，特以避知道之亂，非好爲隱淪也。

〔二〕《荀子》：子夏家貧，衣若懸鶉。按：《説文》：鶉，鷂屬，其羽斑而散。貧士衣象之，故曰鶉衣。

〔三〕花溪，浣花溪也。《後漢·李通傳》：素有消疾。注：消中之疾。《素問》：多食數溲曰消中，即消渴也。《絶交書》：卧喜晚起。

〔四〕王康琚詩：老聃伏柱史。《後漢·逢萌傳》：王莽居攝，萌解冠掛東都門而去。《漢書注》：傾蓋，言交蓋駐車也。○言侍御奉使來此，如鴛鴻、龍虎不易親狎。我雖挂冠不仕，然與侍御則久交而深契也。

〔五〕《蜀都賦》：瓜疇芋區，甘蔗辛薑。《補注》：顧炎武曰：《南齊書》：張融與從弟永書云：「世業清貧，民生多待，榛栗棗修，女贄既長，束帛禽鳥。男禮已大，勉身就官，十年七仕，不欲代畊，何至此事？」

〔六〕《水經注》：李冰於都安縣堰江作堋，堋有左右口，謂之湔堋，江入郫江、檢江以行舟。《寰宇記》：導江縣有都安堰。蜀人謂堰爲堋。　鼉崖，注見九卷。　《風賦》：風起于青蘋之末。

〔七〕《家語》：與善人居，如入芝蘭之室。　陶潛詩：歡心孔洽，棟宇惟鄰。　山陽，注見二卷。《漢書》：鄭當時，字莊，常置驛馬于長安諸郊，請謝賓客，夜以繼日。

〔八〕少城，注見八卷。《説文》：闉，城内重門也。　石鏡、琴臺，注俱見七卷。揚雄《蜀都賦》：眺朱顔，離絳脣。《蕪城賦》：蕙心紈質，玉貌絳脣。　送終，蒙石鏡；結愛，蒙琴臺。

〔九〕《莊子》：百舍重趼而不息。甘累趼，謂奔走避難。　《本草》：鯽魚合蓴作羹食良。　癭，頸瘤也。柳癭可爲樽。○自「浪跡」至此，皆自序歸成都之事。

〔一〇〕言農事須勤，故良會不能久。

〔一一〕《爾雅》：猰貐，類貙，虎牙，食人，迅走。《山海經》作窫窳，蛇身人面。《淮南子》：堯之時，猰貐爲民害。《朝野僉載》：楊炯每目朝官爲麒麟楦，言如弄假麒麟，刻畫頭角，修飾皮毛，覆之驢上，巡場而走，及脱皮，還是驢耳。　舊注引圖形麟閣事，與此無涉。

〔一二〕雷陳，注見五卷。

過故斛斯校書莊二首

原注：老儒艱難，病于庸蜀，歎其没後，方授一官。《英華》注：斛斯，名融。

此老已云没，鄰人嗟未休。竟無宣室召，徒有茂陵求〔一〕。妻子寄他食，園林非昔遊〔二〕。空餘繐帷在，淅淅野風秋。

〔一〕《漢書》：賈誼自長沙徵見，文帝方受釐坐宣室，問以鬼神之本。蘇林曰：宣室，未央前正室。相如家居茂陵，病甚，武帝使所忠往求其書，至則相如已死，問其妻，得遺札，書言封禪事。

〔二〕《左傳》：民食于他。

燕入非旁舍，鷗歸祇故池〔一〕。斷橋無復板，卧柳自生枝。遂有山陽作，多慙鮑叔知〔二〕。素交零落盡，白首淚雙垂〔三〕。

〔一〕《漢書》：高祖適從旁舍來。

〔二〕《晉書》：向秀經嵇康山陽舊居，作《思舊賦》。

〔三〕《廣絶交論》：素交盡，利交興。

黄河二首

黄河北岸海西軍，椎鼓鳴鐘天下聞。鐵馬長鳴不知數，胡人高鼻動成群〔一〕。

〔一〕《晉中興書》：冉閔殺石鑒及諸胡，于時高鼻多鬚者，無不濫死。

按：《水經》：河水自于闐、疏勒而東，逕金城允吾縣北。酈道元云：王莽之西海也，莽納西零之獻，以爲西海郡，治此城。闞駰曰：縣西有卑禾羌海，世謂之青海，唐時其城陷于吐蕃，故此云「海西軍」。或引史「寶應元年，回紇可汗屯河北，雍王率僚屬往見之」以證此詩，不知回紇地直朔方，不得云海西軍也。鮑欽止注指吐蕃入寇，仍以此説爲正。

黄河西趙作南，一云北岸是吾蜀，欲須供給家無粟。願驅衆庶戴君王，混一車書棄金玉。

《杜詩博議》：唐運道俱仰黄河，獨蜀僻在西南，河漕不通，西山三城，糧運屢絶，故有「供給無粟」之歎，此亦爲吐蕃入寇而作。

揚旗

原注：二年夏六月，成都尹嚴公置酒公堂，觀騎士試新旗幟。

江一作風風颯長夏，府中有餘清。我公會賓客，肅肅有異聲。初筵閲軍裝，羅列照廣庭。庭空六一作四馬入，駊布可切騀五可切揚旗一作旆旌〔一〕。迴迴偃飛蓋，熠熠迸流星。來纏一作衝風飆急，去擘山嶽傾〔二〕。材歸俯身盡，妙取略地平。虹蜺就掌握，舒卷隨人輕〔三〕。三州陷犬戎，但見西嶺青。公來練猛士，欲奪天邊城〔四〕。此堂不易升，庸蜀日已寧。吾徒且加餐，休適鑾輿荊〔五〕。

〔一〕《説文》：駊騀，馬摇頭也。

〔二〕曹植詩：飛蓋相追隨。《羽獵賦》：曳彗星之飛旗。石苞書：旌旗流星。

〔三〕曹植詩：俯身散馬蹄。《羽獵賦》：虹蜺爲繯。注：繯，旗上繫也。江揔《陳宣帝哀策文》：曳虵旗之舒卷。

〔四〕柳芳《唐曆》：廣德元年，運糧絶，吐蕃陷松、維、保三州。

〔五〕《牧誓》：及庸蜀羌髳。《十道志》：夔州，古庸國。又《公孫述傳》：王岑殺王莽庸部牧，以應宗成。注：王莽改益州爲庸部。

太子張舍人遺織成褥段

《北堂書鈔》：《異物志》云：大秦國以野繭絲織成氍毹，以群獸五色毛雜之，爲鳥獸、人物、草木、雲氣，千奇萬變，惟意所作。《廣志》云：氍毹，白氍毛織之，近出南海。氍毹，本作氍毯，織毛褥也。按：織成褥段，殆即此類。

客從西北來，遺我翠一作細織成。開緘風濤湧，中有掉尾鯨。逶迤羅水族，瑣細不足名〔一〕。客云充君褥，承君終宴榮。空堂魑魅走，高枕形神清〔二〕。領客珍重意，顧我非公卿。留之懼不祥，施之混柴荆。服飾定尊卑，大哉萬古程。今我一賤老，裋一作短褐更無營。煌煌珠宮物，寢處禍所嬰〔三〕。歎息當路子，干戈尚縱横。掌握有權柄，衣馬自一云已肥輕。李鼎死岐陽，實以驕貴盈。來瑱賜自盡，氣豪直晉作真阻兵〔四〕。皆一作昔聞黄金多，坐見悔吝生。奈何田舍翁，受此厚貺情。錦鯨卷還客，始覺心和平。振我麄席塵，媿客茹一作飯藜羹〔五〕。

〔一〕古詩：客從遠方來，遺我一端綺。《江賦》：揚鬐掉尾。「風濤」以下，皆言織紋之麗。

〔二〕曹植詩：終宴不知疲。

〔三〕《楚詞》：紫貝闕兮珠宮。

〔四〕《舊唐書》：上元二年十二月，以羽林大將軍李鼎爲鳳翔尹，興、鳳、隴等州節度使。二年二月，党項羌寇寶雞，入大散關，陷鳳州，鼎邀擊之。六月，以鼎爲鄯州刺史、隴右節度使。按：李鼎之死，史、《鑑》俱不載。此云「死岐陽」，蓋未至隴右也。《舊唐書》：寶應元年，來瑱爲山南東道節度使，裴茙表瑱倔强難制，帝潛令茙圖之。六月，瑱擒茙于申口，入朝謝罪。廣德元年正月，貶播州尉，翌日，賜死于鄠縣。《左傳》：阻兵安忍。

〔五〕《莊子》：孔子窮于陳蔡之間，七日不食，藜羹不糝。

錢箋：此詩《草堂》次廣德二年嚴武幕中作。按：史稱武累年在蜀，肆志逞欲，恣行猛政，窮極奢靡，賞賜無度。公在武幕下，作此諷諭，至舉李鼎、來瑱以深戒之，朋友責善之道也。不然，辭一纖成之遺，而侈談殺身自盡之禍，不疾而呻，豈詩人之意乎！

憶昔二首

公歸成都，嚴武奏授尚書員外郎。此詩前云「老儒不用尚書郎」，後云「朝廷記識蒙禄秩」，蓋幕府以後作也。

憶昔先皇巡朔方，千乘萬騎入咸陽。陰山驕子汗血馬，長驅東胡胡走藏〔一〕。鄴城反覆不足怪，關中小兒壞紀綱，張后不樂上爲忙。至今今上猶撥亂，勞心吴作身焦思補四方〔二〕。我昔近侍叨奉引，出兵一作兵出整肅不可當。爲留猛士守未央，致使岐雍防西羌。犬戎直來坐御牀，百官跣足隨天王〔三〕。願見北地傅介子，老儒不用尚書郎〔四〕。

〔一〕先皇，肅宗也。《秦本紀》：西北斥逐匈奴，自榆中並河以東屬之陰山。徐廣曰：陰山在五原北。《通典》：陰山，唐安北都護府也。驕子，回紇。東胡，安慶緒也。回紇助討賊，收復西京；慶緒奔河北，保鄴郡。

〔二〕史思明既降復叛，救慶緒于鄴城，故曰反覆。關中小兒，李輔國也。《舊唐書·宦官傳》：李輔國，閑厩馬家小兒，少爲閹，貌陋，粗知書計，爲僕事高力士。《通鑑注》：凡厩牧、五坊、禁苑給使者，皆謂之小兒。《舊書·后妃傳》：張后寵遇專房，與輔國持權禁中，干預政事。帝頗不悦，無如之何。

〔三〕猛士，謂郭子儀也。《唐書》：寶應元年八月，子儀自河南入朝，程元振數譖之，子儀請解副元帥、節度使，留京師。明年十月，吐蕃大入寇。《括地志》：漢未央宫，在長安故城中，近西南隅。岐雍，唐鳳翔關内地。《舊書·吐蕃傳》：乾元後數年，鳳翔之西，邠州之北，盡爲蕃戎境。《新書》：吐蕃本西羌屬，拜必手据地，爲犬號。《南史·侯景傳》：齊文宣夢獼猴坐御牀，乃煑景妻子于鑊。又大同中，太醫令朱耽夢犬羊各一在御坐，既而天子蒙塵，景登正殿焉。「跣足隨天王」，謂代宗幸陝。

〔四〕《漢書》：傅介子，北地人也，持節使樓蘭，斬其王首歸，懸之北闕，詔封義陽侯。《木蘭行》：欲與木蘭賞，不用尚書郎。

憶昔開元全盛日，小邑猶藏萬家室。稻米流脂粟米白，公私倉廩俱豐荆作盈，一作貴實。九州道路無豺虎晉作狼，遠行不勞吉日出。齊紈魯縞車班班，男耕女桑不相失〔一〕。宫中聖人奏雲門，天下朋友皆膠漆。百餘年間未災變，叔孫禮樂蕭何律〔二〕。豈聞一絹直萬錢，有田種穀今流血。洛陽宫殿燒焚盡，宗廟新除狐兔穴。傷心不忍問耆舊，復恐初從亂離説。小臣魯鈍無所能，朝廷記識蒙禄秩。周宣中興望我皇，灑血一作淚江漢身荆作長衰疾。

〔一〕《舊唐書》：開元季年，頻歲豐稔，京師米價，斛不盈二百。天下乂安，雖行萬里，不持寸刃。

〔二〕《漢·地理志》：齊俗彌侈，織作冰紈綺繡純麗之物。師古曰：冰，謂布帛之細，色鮮潔如冰也。紈，素也。《韓安國傳》：强弩之末，力不能入魯縞。《韻會》：縞，繒精白者，曲阜之俗善作之，尤爲輕細，故曰魯縞。《後漢書》：桓帝時京師童謡曰：「車班班，入河間，河間姹女工數錢。」

〔三〕《周禮·大司樂》：歌大吕，舞雲門，以祀天神。

別唐十五誠因寄禮部賈侍郎

《舊唐書·賈至傳》：寶應二年，爲尚書左丞。廣德二年，轉禮部侍郎。

九載一相逢，百年能幾何。復爲萬里别，送子山之阿。白鶴久同林，潛魚本同河。未知棲集期，衰老强高歌。歌罷兩悽惻，六龍忽蹉跎。相視髮皓白，況難駐羲和〔一〕。胡星墜燕地，漢將仍横戈。蕭條四海内，人少豺虎多。少人慎莫投，多虎信所過。飢有易子食，獸猶畏虞羅〔二〕。子負經濟才，天門鬱嵯峨。飄飄一作飄飄適東周，來往若一作亦崩波〔三〕。南宫吾故人，白馬金盤陀。雄筆映千古，見賢心靡一作匪他〔四〕。念子善師事，歲寒守舊柯。爲我謝賈公，病肺卧江沱〔五〕。

〔一〕六龍、羲和，注見四卷。

〔二〕胡星，謂史朝義。《唐書》：廣德元年正月，朝義縊死于幽州醫巫閭祠下，傳首京師。漢將，謂僕固懷恩。《唐書》：廣德元年九月，懷恩拒命于汾州，其子瑒進攻榆次，未幾爲帳下所殺。懷恩遂渡河，北走靈武。《左傳》：易子而食，析骸而爨。

〔三〕《漢·禮樂志》：天門開，詄蕩蕩。《國策》注：西周王城，今河南。東周成周，今洛陽。《史記索隱》：西周，河南也。東周，鞏也。鮑照詩：客行惜日月，崩波不可留。

〔四〕杜田《正謬》：漢建尚書百官，府曰南宮，蓋取象《天官書》「南宮朱鳥」，猶唐以中書省爲紫微，尚書省爲文昌之類。《後漢書》：鄭弘爲尚書令，前後所陳，補益王政者，著之南宮，以爲故事。考禮部之名，起于江左，而南宮自漢有之。蓋南宮猶言南省，舊注專謂禮部，非也。金盤陀，注見三卷。

〔五〕沱江，注見八卷。

按：《舊書》：廣德二年九月，尚書左丞楊綰知東京選，禮部侍郎賈至知東京舉。兩都分舉選，自至始。時唐十五必往東都赴舉，公故寄以詩，爲之先容也。

寄董卿嘉榮十韻

聞道君牙帳，防秋近赤霄。下臨千仞雪他本作千雪嶺，却背五繩橋〔一〕。海内久戎服，京師今晏朝。犬羊曾爛熳，宮闕尚蕭條〔二〕。猛將宜嘗膽，龍泉必在腰。黄圖遭汚辱，月窟可焚燒[三]。會取干戈利，無令斥候驕。居然雙捕虜，自是一嫖姚[四]。落日思輕騎，高一作秋天憶射鵰。雲臺畫形像，皆爲掃氛妖[五]。

[一]元帥建牙旗于帳前，謂之牙帳。　近赤霄，言西山三城之高。

[二]廣德元年冬，吐蕃陷京師。

[三]龍泉，注見九卷。　《哀江南賦》：擁狼望于黄圖。《唐・藝文志》有《三輔黄圖》一卷。黄圖，圖地形，以黄繪之，如今之地理圖。　月窟，注見二卷。

[四]《後漢・馬武傳》：建武四年，武與虎牙將軍蓋延等討劉永，拜捕虜將軍。

[五]《北齊書》：斛律光嘗射一大鳥，正中其頭，形如車輪，旋轉而下，乃鵰也。邢子高歎曰：「此射鵰手！」時號爲落鵰都督。

立秋雨一作立秋日雨院中有作

山雲行絶塞，大火復西流。飛雨動華屋，蕭蕭梁棟秋[一]。窮途愧知己，暮齒借前籌。已費清晨謁，那成長者謀。解衣開北户，高枕對南樓。樹濕風涼進，江喧水氣浮。禮寬心有適，節爽病微瘳。主將歸調鼎，吾還訪舊丘。

[一]《詩》：七月流火。注：大火，心星也，七月則此星西流。《爾雅》：大火，謂之大辰。注：大辰，

心也，在中最明，故時候主焉。

奉和嚴鄭公軍城早秋

秋風嫋嫋動高旍，玉帳分弓射虜營〔一〕。已收滴博雲間戍，欲奪胡三省作次取蓬婆雪外城〔二〕。

〔一〕《九歌》：嫋嫋兮秋風。　玉帳，注見八卷。

〔二〕錢箋：《困學紀聞》：的博嶺，在維州。《韋臯傳》：出西山靈關，破峨和通鶴定廉城，逾的博嶺，遂圍維州，搏雞棲，攻下羊溪等三城，取劍山屯，焚之。《元和郡國志》：柘州城，四面險阻，易于固守，有安戎江、蓬婆水，在州南三十里。大雪山，一名蓬婆山，在柘縣西北一百里。《唐書·吐蕃傳》：開元二十六年，玉昱率劍南兵攻安戎城，次蓬婆嶺，輸劍南粟餉軍。《舊書》作「蒲婆嶺」，其地在雪山外。

軍城早秋　嚴武

昨夜秋風入漢關，朔雲邊雪一作月滿西山。更催飛將追驕虜，莫遣一作放沙場匹馬還〔一〕。

〔一〕《嚴武傳》：廣德二年九月，破吐蕃七萬餘衆，拔當狗城，遂收鹽川城。《通鑑》：武以崔旰爲漢州刺史，使將兵擊吐蕃于西山，連拔其城，攘地數百里。

院中晚晴懷西郭茅舍即浣花草堂

幕府秋風日夜清，澹雲疏雨過高城。葉心朱實看一作堪時落，階面青苔先自《英華》作老更生〔一〕。復有樓臺銜暮景，不勞鐘鼓報新晴〔二〕。浣花溪裏花饒笑，肯信吾兼吏隱名〔三〕。

〔一〕劉琨詩：朱實隕勁風。

〔二〕舊注：俗以鐘鼓聲亮，爲晴之占，故曰「報新晴」。

〔三〕唐太宗詩：笑樹花分色。

張𤦺曰：詳此詩，見公不樂居幕府。明年正月，遂歸草堂。

到村

碧澗雖多雨，秋沙先去聲，陳作亦少泥。蛟龍引子過，荷芰逐花低。老去參戎幕，歸來散馬蹄。稻粱須就列，榛草即相迷。蓄積思江漢，頑疎一作疎頑惑町音埏畦〔一〕。暫酬知己分，還入故林棲。

〔二〕《廣韻》：町，田區畔埒也。畦，畛也。

村雨

雨聲傳兩夜，寒事颯高秋。挈一作攬帶看朱紱，開箱覩黑裘〔一〕。世情只益睡，盜賊敢忘憂。松菊新霑洗，茅齋慰遠遊。

〔一〕時嚴武表公爲尚書員外郎，服緋魚。

宿府

清秋幕府井梧寒，獨宿江城蠟炬殘〔一〕。永夜角聲悲自語，中天月色好誰看。風塵荏苒音書絶，關塞蕭條行路難。已忍伶俜十年事，强移棲息一枝安。

〔一〕魏明帝詩：雙梧生空井。

遣悶奉呈嚴公二十韻

白水漁黄作魚竿客，清秋鶴髪翁。胡爲來一云居幕下，衹合在舟中。黄卷真如律，青袍也音夜自公〔一〕。老妻憂坐痹卑利切，幼女問頭風。平地專欹一作側倒，分曹失異同。禮甘衰力就，義忝上官通〔二〕。疇昔論詩早，光輝仗鉞雄。寬容存性拙，剪拂念途窮〔三〕。露裛思藤架，煙霏想桂叢。信然龜觸網，直作鳥窺籠〔四〕。西嶺紆村北，南江繞舍東。竹皮寒舊翠，椒實雨新紅。浪簸船應坼，杯乾甕即空。藩籬生野徑，斤斧任樵童〔五〕。束縛酬知己，蹉跎效小忠。周防期稍稍〔六〕，太簡遂忽忽。曉入朱扉啓，昏歸畫角終〔七〕。不成尋別業，未敢息微躬〔八〕。烏鵲愁銀漢，駑駘怕錦幪。會希全物色，時放倚梧桐〔九〕。

〔一〕《後漢·趙典傳贊》：大儀鶴髮。注：白髮也。《唐會要》：天寶四載十一月，敕御史依舊置黄卷，書闕失，每歲委知雜御史長官比類能否，送中書門下改，轉日褒貶。按：《唐志》：尚書員外郎，從六品上。上元元年制：五品服淺緋，六品服深緑。公時已賜緋，而此云青袍者，以在幕府故耳。舊注謂青袍，九品服，誤矣。真如律、也自公，言幕下之體，亦同于朝廷也。

〔二〕上官，謂嚴武。

〔三〕《廣絶交論》：剪拂使其長鳴。

〔四〕《史·龜筴傳》：龜使抵網，而遭漁者得之。

〔五〕南江，即二江也。《元和郡國志》：大江，一名汶江，一名流江，經成都縣南七里。皆懷草堂景物。

〔六〕《補注》：杜預《左傳序》：包周身之防。

〔七〕韓愈《上張僕射書》：使院故事，晨入夜歸，非有疾病事故，輒不許出。

〔八〕別業，即草堂。

〔九〕愁銀漢，愁無填河之力也。　錦幪，注別見。　物色，謂形容之老。　《莊子》：倚樹而吟，據槁梧而瞑。

送舍弟潁趙作穎赴齊州三首

齊州，注見一卷。

岷嶺南蠻北，徐關東海西〔一〕。此行何日到，送汝萬行啼。絶域惟高枕，清風獨杖藜。危時暫相見，衰白意都迷。

〔一〕南蠻，南詔蠻也。　徐關，潁所赴。《補注》：《左傳》：成二年，鞌之戰，齊侯自徐關入。注疏未詳所在。

風塵暗不開，汝去幾時來。兄弟分離苦，形容老病催。江通一柱觀，日落望鄉臺〔一〕。客意長東北，齊州安在哉。

〔一〕一柱觀、望鄉臺，俱見七卷。

諸姑今海畔，兩弟亦山東〔一〕。去傍干戈覓，來看道路通。短衣防戰地，匹馬逐秋風。莫作俱流落，長瞻碣石鴻〔二〕。

〔一〕公《范陽太君盧氏墓誌》：太君二女，一適京兆王佑，一適會稽賀撝。兩弟，謂觀與豐。

〔二〕《淮南·冥覽訓》：遇歸雁于碣石。《廣絶交論》：軼歸鴻于碣石。

嚴鄭公階下新松得霑字

弱質豈自負，移根方爾瞻。細聲聞一作侵玉帳，疎翠近珠簾。未見紫烟集，虚蒙清露霑。何當一百丈，欹蓋擁高簷。

嚴鄭公宅同詠竹得香字

緑竹半含籜，新梢纔出牆。色侵書帙晚，陰過酒樽涼。雨洗娟娟浄，風吹細細香。但令無剪伐，會見拂雲長。

晚秋陪嚴鄭公摩訶池泛舟得溪字

《元和郡縣志》：摩訶池在州城西。《通鑑注》：《成都記》云：摩訶池在張儀子城内，隋蜀王秀取土築廣子城，因爲池。有胡僧見之，曰：「摩訶宫毗羅。」蓋胡僧謂摩訶爲大宫，毗羅爲龍，謂此池廣大有龍，因名摩訶池。或曰蕭摩訶所開，非也。池今在成都縣東南十二里。

湍駛黄作駃風醒酒，船回霧起隄。高城秋自落，雜樹晚相迷。坐觸鴛鴦起，巢傾翡翠低。莫須驚白鷺，爲伴宿青一作清溪。

奉觀嚴鄭公廳事岷山沱江畫圖十韻得忘字

沱水流一作臨中坐，岷山到一作對，俗本作赴北一作此堂。白波吹一作侵粉壁，青嶂插雕梁。直訝杉松冷，兼疑菱荇香。雪雲虚點綴，沙草得微茫。嶺雁隨毫末，川蜺飲練光〔一〕。霏紅洲蘂亂，拂黛石蘿長。暗谷一作谷暗非關雨，丹楓不爲霜。秋成一作城玄圃外，景物洞庭旁。繪事功殊絶，幽襟興激昂。從來謝太傅，丘壑道難忘。

〔一〕毫末，筆毫之末。練光，素練之光也。

初冬

垂老戎衣窄，歸休寒色一作氣深〔一〕。漁舟上急水，獵火著高林。日有習池醉，愁來梁甫吟。干戈未偃息，出處遂何心。

〔一〕時公自嚴武幕府歸草堂。

觀李固請司馬弟山水圖三首

易簡高人意一云體，匡牀竹火爐〔一〕。寒天留遠客，碧海挂新圖。雖對連山好，貪看絶島孤。群仙不愁思，冉冉下蓬壺。

〔一〕《莊子》：與王同匡牀，食芻豢。

方丈渾連水，天台揔映雲。人間常見畫，老去一云身老恨空聞。范蠡舟偏小，王喬鶴不群。此生隨萬物，何處出塵氛。

高浪垂翻屋，崩崖欲壓牀。野橋分子細，沙岸繞微茫〔一〕。紅浸珊瑚短，青懸薜荔長。浮查並坐得，仙老暫相將〔二〕。

〔一〕楊慎曰：《北史·源思禮傳》：爲政當舉大綱，何必太子細。杜詩「醉把茱萸子細看」及「野橋分子細」，雖用方言，却有所本。

〔二〕《拾遺記》：堯時有巨查浮于西海，其上有光若星月，常繞四海，十二年一周，名貫月查，又名挂星查，羽人棲息其上。　梁簡文帝詩：相將渡江口。

至後

冬至至後日初長，遠在劍南思洛陽。青袍白馬有何意，金谷銅駝非故鄉〔一〕。梅花欲開不自覺，棣蕚一別永相望。愁極本憑詩興遣，詩成吟詠轉淒涼。

〔一〕青袍白馬，注見四卷。或曰：青袍，即「青袍也自公」；白馬，即「歸來散馬蹄」也。皆在幕府，如此故云「有何意」。　石崇《金谷詩序》：余別廬在河南縣界金谷澗。《水經注》：金谷水，出河南太白原，東南流，歷金谷，謂之金谷水，經石崇故居。陸機《洛陽記》：漢鑄銅駝二枚，在宮南四會道頭，夾路相對。華延雋《洛陽記》：兩銅駝在宮之南街，東西相向，高九尺，洛陽謂之銅駝陌。非故鄉，言此豈非吾之故鄉耶？

懷舊

地下蘇司業，情親獨有君。那因喪亂後，便作死生分。老罷知明鏡，歸來望白雲。自從失辭伯，不復更論文原注：公前名預，緣避御諱，改名源明。

杜工部詩集卷之十二

松陵　朱鶴齡　輯註

永泰中，居成都草堂，去蜀至雲安，居夔州作

正月三日歸溪上有作簡院内諸公

野外堂依竹，籬邊水向城。蟻浮仍臘味，鷗泛已春聲。藥許鄰人斸，書從稚子擎。白頭趨幕府，深覺負平生。

敝廬遣興奉寄嚴公

野外平橋路，春沙映竹村。風輕粉蝶喜，花暖蜜蜂喧。把酒宜一作且深酌，題詩好細論。府中瞻暇日，江上憶詞源〔一〕。跡寄一作忝朝廷舊，情依節制尊。還思長者轍，恐避席爲門〔二〕。

〔一〕詞源，謂嚴公。

〔二〕《陳平傳》：家貧，以席爲門，然門外多長者車轍。

營屋

我有陰江竹，能令朱夏寒。陰通積水内，高入浮雲端。甚一作如疑鬼物憑，不顧剪伐殘。東偏若面勢，户牖永可安。愛惜已六載，兹晨去千竿〔一〕。蕭蕭見白日，洶洶開奔湍。度徒各切堂匪華麗，養拙異考槃。草茅雖薙葺，衰疾方少寬〔二〕。洗音洒然順所適，此足代加餐。寂無斧斤響，庶遂憩息歡。

〔一〕公自上元元年營草堂，至永泰元年爲六載。　言欲於竹間營屋，故必去之爲快。

〔二〕《考工記》：室中度以几，堂上度以筵。　《毛詩注》：考，成也。槃，樂也。

除草

原注：去蕁草也。　蕁，音潛。○《益部方物贊》：燖麻，自劍以南，處處有之。或觸其葉，如蜂螫人，以溺灌之即解。莖有刺，葉或青或紫，善治風腫。考杜詩，當作蕁。李實曰：蕁葉如苧麻，川人名曰蕁麻，羊食衆草，惟蕁不食。毛刺螫人，亦曰螫麻。舊注云山韭，《海篇》云菜，皆非。

草有害於人，曾何生阻脩。其毒甚蜂蠆，其多彌道周。清晨步前林，江色未散憂。芒刺在我眼，焉能待高秋。霜露一作雪一霑凝《英華》作衣，蕙葉亦難留〔一〕。荷鋤先童稚，日入仍討求。轉致水中央，豈無雙釣舟〔二〕。頑根易滋蔓，敢使依舊丘。自茲藩籬曠，更覺松竹幽。芟夷不可闕，疾惡信如讎。

〔一〕趙曰：言待秋去之，則蕙葉與薉草美惡無辨矣。

〔二〕以釣舟載而致之水，即除惡務盡意。舊注引《周禮》「薙氏水化」之說，非。

春日江村五首

農務村村急，春流岸岸深。乾坤萬里眼，時序百年心〔一〕。茅屋還堪賦，桃源自可尋。艱難賤陳作昧生理，飄泊到如今。

〔一〕趙汸曰：二語極漂流衰謝之感。

迢遞來三蜀，蹉跎有一作又六年。客身逢故舊，發興自林泉。過懶從衣結，頻遊任履穿〔一〕。藩籬無限景陳本、川本並作頗無限，恣意買黃作向江天。

〔一〕衣結、履穿，注俱別見。

種竹交加翠，栽桃爛熳紅。經心石鏡月，到面雪山風。赤管隨王命，銀章付老翁〔一〕。豈知牙齒落，名玷薦賢中。

〔一〕《漢官儀》：尚書令僕丞郎，月給赤管大筆一雙，篆題曰「北宫著作」。《漢·百官表》：凡吏秩比二千石以上，皆銀印青綬。注：《漢舊儀》云：銀印，背龜紐，其文曰章，謂刻曰某官之章也。

扶病垂朱紱，歸休步紫苔〔一〕。郊扉存晚計，幕府媿群材。燕外晴絲卷，鷗邊水葉開。鄰家送魚鼈，問我數能來。

〔一〕沈約詩：客位紫苔生。

群盜哀王粲，中年召賈生〔一〕。登樓初有作，前席竟爲榮。宅入先賢傳，才高處士名〔二〕。異時懷二子，春日復含情。

〔一〕王粲《七哀詩》：西京亂無象，豺虎方遘患。良曰：豺虎，喻群盜也。

〔二〕王粲、賈生宅，注俱別見。《西征賦》：賈生，洛陽之才子。《魏志》：蔡邕見王粲，謂坐客曰：「此王公孫，有異才。」處士名，言王、賈之才，不遇於時，猶之處士而已。

公依嚴武，似王粲荆州；官幕僚，似賈生王傅。故此詩以二子自況，因以自悲也。宅空載於先賢，名實同於處士，二語正爲卜居草堂、吏隱使府發歎，寄感甚深。

春遠

肅肅花絮晚，菲菲紅素輕〔一〕。日長惟鳥雀，春遠獨柴荆。數有關中亂，何曾劍外清〔二〕。故鄉一作園歸不得，地入亞夫營〔三〕。

〔一〕《本草》：柳花，一名絮。　紅，言花；素，言絮也。

〔二〕《唐書》：廣德二年十月，僕固懷恩誘吐蕃、回紇入寇。十一月，吐蕃遁去。永泰元年二月戊寅，党項羌寇富平。富平屬京兆府，故曰「數有關中亂」。

〔三〕亞夫營在細柳，注見四卷。

絶句六首

日出籬東水，雲生舍北泥。竹高鳴翡翠，沙僻舞鵾一作鶤雞。

藹藹花蘂亂，飛飛蜂蝶多。幽棲身懶動，客至欲如何。

鑿井交櫻葉，開渠斷竹根〔一〕。扁舟輕裊纜，小逕曲通村。

〔一〕吴若本注：交櫻，即井綆也。趙曰：蜀有鹽井，雨露之水落其中則壞，新鑿井時，即交櫻葉以覆之。二説備存待考。

急雨梢溪足，斜暉轉樹腰。隔巢黄鳥並，翻藻白魚跳。

舍下筍穿壁，庭中藤刺七亦切，一作到簷。地晴絲冉冉，江白草纖纖。

江動月移石，溪虚雲傍花。鳥棲知故道，帆過宿誰家。

絶句四首

堂西長筍别開門，塹北行椒却背村〔一〕。梅熟許同朱老喫，松高擬對阮生論原注：朱、阮，劍外相知。

〔一〕行椒，椒之成行者。《補注》：《懷舊賦》：列列行椒。

欲作魚梁雲復一作覆湍，因驚四月雨聲寒。青溪先有蛟龍窟，竹石如山不敢安〔一〕。

〔一〕趙曰：魚梁，乃劈竹積石、横截中流以取魚者。因溪下有蛟龍，時興雲雨，故未敢安也。

兩箇黄鸝鳴翠柳，一行白鷺上青天。窓含西嶺千秋雪，門泊東吴萬里船〔一〕。

〔一〕范成大《吴船録》：蜀人入吴者，皆從合江亭登舟，其西則萬里橋。杜詩「門泊東吴萬里船」，此橋正爲吴人設。

藥條藥一作菜甲潤青青，色過棕亭入草亭。苗滿空山慙取譽，根居隙地怯成形。

喜雨

南國旱一作早無雨，今朝江出雲〔一〕。入空纔漠漠，灑迥已紛紛。巢燕高飛盡，林花潤色分。曉來聲不絶，應得夜深聞。

〔一〕舊注：《禮記》：「天降時雨，山川出雲。」故云「江出雲」也。

天邊行

天邊老人歸未得古叶都木切，日暮東臨大江哭。隴右河源不種田，胡騎羌兵入巴蜀〔一〕。洪濤滔天風拔木，前飛禿鶖後鴻一作黄鵠。九度附書向洛陽，十年骨肉無消息叶蘇六切。

〔一〕河源軍，注見七卷。《舊唐書》：上元年後，隴西、河西州郡盡陷吐蕃。按：胡與羌異類。《唐書》：吐蕃本西羌，屬党項，漢西羌别種，此羌兵也。杜氏《通典》：吐谷渾，本鮮卑慕容氏，東胡之支，晉時西徙枹罕，此胡騎也。鶴注以吐蕃屬胡，党項、渾、奴剌屬羌，欠考。

莫相疑行

男兒生無所成頭皓白樊作男兒一生無成頭皓白，牙齒欲落真可惜。憶獻三賦蓬萊宫，自怪一日聲輝荆作烜，一作爗赫。集賢學士如堵牆，觀我落筆中書堂〔一〕。往時文采動人主，此《文粹》作今日饑寒趨路旁。晚將末契託年少《文粹》作末節契年少，當面輸一作論心背面笑〔二〕。寄謝悠悠世上兒，莫争好惡莫相疑。

〔一〕集賢學士，注見二卷。《禮記》：孔子射於矍相之圃，觀者如堵牆。李華《中書政事堂記》：武德以來，於門下省議事，謂之政事堂。高宗光宅元年，裴炎自侍中除中書令，執宰相筆，乃遷政事堂於中書省。本傳：甫獻《三大禮賦》，帝奇之，使待制集賢院，命宰相試文章。

〔二〕黄曰：年少，謂郭英乂也。英乂代嚴武帥蜀，年方三十餘。按：公《傳》云：「英乂麄暴武人，無能剌謁，乃扁舟下峽。」公在成都，未嘗與英乂往來，安得有「末契託年少」之句乎？

赤霄行

《楚詞》：載赤霄而淩太清。

孔雀未知牛有角蔡叶音谷，渴飲寒泉逢觝觸。赤霄玄圃須往來，翠尾金花不辭辱〔一〕。江中淘河嚇音罅，又音赫飛燕，銜泥却落羞華屋〔二〕。皇孫猶曾蓮勺困，衛當作鮑莊見貶傷其足〔三〕。老翁慎莫怪少年，葛亮貴和書有篇。丈夫垂名動萬年，記憶細故非高賢〔四〕。

〔一〕《文子》：兕牛之動以觝觸。《埤雅》：《博物志》：孔雀尾多變色，或紅或黄，如雲霞無定，人採其尾，有金翠，始生三年尚小，五年而後成，初春乃生，四月後彫，與花蘂俱榮衰。《嶺南異物志》：交趾郡人網捕孔雀，採其金翠尾，裝爲扇拂，或全株生截其尾爲方物，云：生取則金翠之色不減耳。

〔二〕《爾雅》：鵜，鴮鸅。注：今之鵜鶘也。好群飛，入水食魚，故名鴮鸅，俗呼爲淘河。《莊子》：鴟得腐鼠，鵷鶵過之，仰而視之曰：「嚇！」注：嚇，怒而拒物聲。嚇飛燕，言燕從江上來，淘河疑争其魚而嚇之。

〔三〕《漢·宣帝紀》：帝初爲皇曾孫，喜游俠，常困於蓮勺鹵中。如淳曰：爲人所困辱也。蓮勺縣，有鹽池，縱廣十餘里，鄉人名爲鹵中。蓮，音輦。錢箋：《元和郡國志》：下邽縣東二十三里，有蓮勺故城。《左傳》：齊國子相靈公以會，高、鮑處守。及還，孟子愬之曰：「高、鮑將不納君。」秋，刖鮑牽而逐高無咎。仲尼曰：「鮑莊子之智不如葵，葵猶能衛其足。」注：「葵傾葉向日，以蔽其根。」

〔四〕《諸葛亮傳》：陳壽所上《諸葛亮集》目録，凡二十四篇，《貴和》第十一。《漢書注》：細故，小事也。

趙次公曰：此遭侮而感歎之作。按：詩云「老翁慎莫怪少年」，乃是勸勉他人語，非自喻也。

三韻三首

高馬勿唾一作捶面，長魚無損鱗。辱馬馬毛焦，困魚魚有神。君看磊落士，不肯易其身。

蕩蕩萬斛船，影若揚一作摇白虹。起檣必椎牛，挂席集衆功〔一〕。自非風動天，莫置大水中。

〔一〕古歌：椎牛煮猪羊。

列一作烈士惡多門，小人自同調〔一〕。名利苟可取，殺身傍權要。何當官曹清，爾輩堪一笑。

〔一〕《左傳》：晉政多門。

黄鶴曰：此詩刺廣德、永泰間朝士之趨附元載、魚朝恩者。

宿青溪驛奉懷張員外十五兄之緒

《輿地紀勝》：青溪驛，在嘉州犍爲縣。《高力士外傳》：李輔國弄權，但經推按，不死則流，黔中道尤多。員外，則張謂、張之緒、李宣。按：輔國死於寶應元年十月，之緒當以輔國敗後，復官員外郎也。

漾舟千山内，日入泊枉郭作荒渚。我生本飄飄，今復在何許。石根青楓林，猿鳥聚儔侶。月明遊子静，畏虎不得語。中夜懷友朋，乾坤此深阻，浩蕩前後間，佳期赴一作付荆楚〔一〕。

〔一〕《楚詞》：與佳期兮夕張。

宴戎州楊使君東樓

《唐書》：戎州南溪郡，屬劍南道，本犍爲郡，天寶元年更名。《全蜀總志》：東樓在敘州府治東北，唐建，杜甫有詩。

勝絶驚身老，情忘發興奇。座從歌妓密，樂音洛任主人爲〔一〕。重碧拈舊作酤，歐陽公云當作拈，一作擎春一作筒酒，輕紅擘荔枝〔二〕。樓高欲愁思，横笛未休吹。

〔一〕魏文樂府：善爲樂方。

〔二〕曹植《七啓》：蒼梧縹清。注：縹，深碧色。《唐書》：戎州土貢荔枝煎。白居易《荔枝圖序》：殼如紅繒，膜如紫綃，瓤肉瑩白如冰雪。趙曰：二千石設筵，豈有酤酒者，當以「拈」爲正。元微之《元日》詩：「羞看稚子先拈酒。」白樂天《歲假》詩：「歲酒先拈辭不得。」則「拈酒」乃唐人語也。山谷《戎州》詩：「試傾一杯重碧色，快剥千顆輕紅肌。」皆用此詩語。

渝州候嚴六侍御不到先下峽

《唐書》：渝州南平郡，屬劍南道，本巴郡，天寶元年更名。《舊書》：屬山南西道。

聞道乘驄發，沙邊待至今。不知雲雨散，虛費短長吟〔一〕。山帶烏蠻闊，江連白帝深〔二〕。船經一柱觀，留眼一作滯共登臨。

〔一〕王粲詩：風流雲散，一别如雨。顔延之詩：朋好雨雲乖。江總《别袁昌》詩：不言雲雨散，更似東西流。

〔二〕《唐書·南蠻傳》：南詔，本哀牢夷後，烏蠻别種也，居永昌、姚州之間。獨錦蠻，亦烏蠻種，在秦藏川南。《梁益記》：嶲州嶲山，其地接諸蠻部，有烏蠻、白蠻。白帝，注别見。

撥悶 一云贈嚴二别駕

聞道雲安麴米春，纔傾一盞即醺人〔一〕。乘舟取醉非難事，下峽銷愁定幾巡。長年三老遥憐汝，捩音列拖開頭一作鳴鐃捷有神〔二〕。已辦青錢防雇直，當令美味入吾脣。

〔一〕雲安，註見下。《東坡志林》：退之詩：「百年未滿不得死，且可勤買抛青春。」《國史補》：酒有滎陽之土窟春，富平之石凍春，劍南之燒春，子美亦云「聞道雲安麴米春」，裴鉶《傳奇》記裴航事，亦有松醪春，乃知唐人名酒多以春也。

〔二〕長年三老，注别見。捩，拗也，又折也。李實曰：川中人以掌前梢爲開頭，今名看頭。

聞高常侍亡

原注：忠州作。《舊書·代宗紀》：永泰元年正月乙卯，左散騎常侍高適卒。

歸朝不相見，蜀使忽傳亡。虚歷金華省，何殊地下郎〔一〕。致君丹檻折，哭友白雲長。獨步詩名在，祇令故舊傷〔二〕。

〔一〕《漢宫闕記》：金華殿在未央宫白虎殿右，秘府圖書皆在焉。王隱《晉書》：蘇韶仕中牟令卒，韶伯父承第九子節，夜夢見韶，言顔回、卜商今見在，爲修文郎，修文郎凡八人，鬼之聖者項梁，成賢者吴季子。

〔三〕曹植書：仲宣獨步於漢南。

《杜詩博議》：「虚歷金華省，何殊地下郎」，惜其有才不展，雖官華要，何異地下修文，痛之深也。史稱適負氣敢言，權貴側目，又常侍主諷諫過失，故有「丹檻折」之句。

宴忠州使君姪宅

《唐書》：忠州南賓郡，屬山南東道，本臨州，貞觀八年更名。

出守吾家姪，殊方此日歡。自須遊阮舍陳作巷，不是怕湖一作胡灘〔一〕。樂助長歌送陳作逸，杯饒旅思寬。昔曾如意舞，牽率强爲看〔二〕。

〔一〕阮巷，注見三卷。　錢箋：《峽程記》：四百五十灘，有清水、重峰、湖灘、漢灘。《一統志》：湖灘，在夔州府萬縣西六十里，其水甚險，春夏水汎，江面如湖。

〔二〕庾信詩：山簡倒接羅，王戎如意舞。王褒《餉酒》詩：未能扶畢卓，猶足舞王戎。《左傳》：牽率老夫。謝瞻《答靈運》詩：牽率酬嘉藻。

禹廟

錢箋：《方輿勝覽》：禹祠在忠州臨江縣，南過岷江二里。

禹廟空山裏，秋風落日斜。荒庭垂橘柚，古屋畫龍蛇〔一〕。雲氣生虛《英華》作噓青壁，江聲走白沙。早知乘四載，疏鑿控三巴〔二〕。

〔一〕《招魂》：仰觀刻桷，畫龍蛇些。孫莘老曰：橘柚錫貢，驅龍蛇，皆禹之事。公因見此有感也。

〔二〕《書傳》：四載，謂水乘舟，陸乘車，泥乘輴，山乘樏。《江賦》：巴東之峽，夏后疏鑿。譙周《巴記》：劉璋分巴，以永寧爲巴東郡，墊江爲巴郡，閬中爲巴西郡，是爲三巴。

題忠州龍興寺所居院壁

忠州三峽内，井邑聚雲根〔一〕。小寺常争米，孤城早閉門。空看過客淚，莫覓主人恩。淹泊一作薄仍愁虎，深居賴獨園。

〔一〕趙曰：三峽以明月峽爲首，巴峽、巫峽之類爲中，東突峽爲盡，忠州在渝州之上，所謂三峽内也。張協詩：雲根臨八極。注：五嶽之雲，觸石出者，雲之根也。

哭嚴僕射歸櫬

《通典》：唐左右二僕射，本副尚書令，自尚書令廢，僕射爲宰相。開元元年改爲左右丞相，從二品，天寶元年復舊。《嚴武傳》：永泰元年四月薨，年四十，贈尚書左僕射。

素幔隨流水，歸舟返舊京〔一〕。老親如一作知宿昔，部曲異平生〔二〕。風送一作逆蛟龍雨一作匣，天長驃騎營〔三〕。一哀三峽暮，遺後見君情。

〔一〕舊京，西京也。武本華陰人，故櫬歸京師。

〔二〕老親，謂武之母。《國史補》：武卒，母哭且曰而今而後，吾知免爲官婢矣。

〔三〕錢箋：《西京雜記》：漢帝及諸王送死，皆珠襦玉匣，匣形如鎧甲，連以金縷，皆鏤爲蛟龍、鸞鳳、龜麟之象，世謂爲蛟龍玉匣。按：《霍光傳》：賜璧、珠璣、玉衣、梓宫。則人臣亦可稱「蛟龍匣」也。按：任昉《求立太宰碑表》云：珠襦玉匣，遽飾幽泉。公《哀李光弼》詩亦云「零落蛟龍匣」。「雨」字斷爲「匣」字之訛。《漢書》：元狩六年，霍去病以驃騎將軍薨。其年略與武同，故以比之。舊注引《晉書》齊王攸，非是。

旅夜書懷

細草微風岸，危檣獨夜舟。星垂平野闊，月湧大江流。名豈文章著，官因俗本作應老病休。飄零俗本作飄飄何所似，天地一作外一沙鷗。

雲安九日鄭十八攜酒陪諸公宴

《舊唐書》：雲安縣屬夔州，本漢巴郡朐䏰縣地，縣西三十里有鹽官。

寒花開已盡，菊蘂獨盈枝。舊摘人頻異，輕香酒暫隨。地偏初衣裌祫同，山擁更登危〔一〕。萬國皆戎馬，酣歌淚欲垂。

〔一〕《説文》：裌，無絮衣。徐曰：夾衣也。《秋興賦》：藉莞蒻，御祫衣。

答鄭十七郎一絶

雨後過畦潤，花殘步屧遲。把文驚小陸，好客見當時〔一〕。

〔一〕小陸，陸雲也，以比鄭十八。鄭當時，見十一卷。

別常徵君

兒扶猶杖策，卧病一秋强。白髮少新洗，寒衣寬總長。故人憂見及，此别淚相忘〔一〕。各逐萍流轉，來書細作行。

〔一〕憂見及，言徵君憂己之病而見訪。

長江二首

衆水會涪萬，瞿塘争一門〔一〕。朝宗人共挹，盜賊爾誰尊。孤石隱如馬，高蘿垂飲猿〔二〕。歸心異波浪，何事即飛翻。

〔一〕《晉書》：涪州涪陵郡，武德元年以渝州之涪陵鎮置。萬州南浦郡，武德二年析信州置。俱屬山南東道。黄曰：時公在雲安，雲安與萬州爲鄰，使君一灘占兩境。《水經》：江水又東，逕廣谿峽。注：斯乃三峽之首也。峽中有瞿唐、黄龍二灘。錢箋：《寰宇記》：瞿唐在夔州東一里，古西陵峽也。連崖千丈，崩流電激。《方輿勝覽》：瞿唐峽，乃三峽之門，兩崖對峙，中貫江，望之如門焉。

〔三〕李膺《益州記》：灩澦堆，夏月漲没數十丈，其狀如馬，舟人不敢進。又曰猶豫，言舟子取途，不決水脉，故猶豫也。《水經注》：江中有孤石爲淫豫石，冬出水二十餘丈，夏則没，亦有裁出矣。樂府：「淫豫大如馬，瞿唐不可下。」《寰宇記》：灩澦堆，周圍二十丈，在州西南二百步，蜀江中心，瞿唐峽口。《水經注》：瞿唐峽多猿，猿不生北岸，非惟一處，或取之放著北山中，初不聞聲。吴均書：企水之猿，百臂相接。

浩浩終不息，乃知東極臨一作深。衆流歸海意，萬國奉君心。色借瀟湘闊，聲驅灩澦深荆作沉。未辭添霧雨，接上遇一作過衣襟〔一〕。

〔一〕《列仙傳》：王子晉遊伊、洛間，道士浮丘公接上嵩山。《杜詩博議》：江流之大，不辭霧雨。霧雨接江流而上，過人衣襟之間，所謂波浪兼天者如此。

承聞故房相公靈櫬自閬州啓殯歸葬東都有作二首

遠聞房太尉一作守，非，歸葬陸渾山〔一〕。一德興王後，孤魂久客間〔二〕。孔明多故事，安石竟崇班〔三〕。他日嘉陵淚一作涕，仍霑楚水還〔四〕。

〔一〕陸渾山，注見五卷。《唐書》：琯，河南人，少好學，與東平吕向偕隱陸渾山十年。

〔二〕琯相肅宗中興，故以「一德興王」許之。

〔三〕《蜀志》：陳壽與荀勗等定《故蜀丞相諸葛亮故事》二十四篇以進。《謝安傳》：安薨時年六十六，帝三日臨于朝堂，賜東園秘器、朝服，贈太傅，謚曰文靖。及葬，加殊禮，依大司馬桓温故事。《王獻之傳》：謝安薨，贈禮有異同之議，獻之與徐邈共明安之忠勛，遂加殊禮。

〔四〕嘉陵江在閬州，注見十一卷。江水流至夔州爲楚水，公在閬州曾哭琯墓，故言此淚仍隨江水而來也。

丹旐飛飛日，初傳發閬州〔一〕。風塵終不解，江漢忽同流。劍動親一作新身匣，書歸故國樓〔二〕。盡哀知有處，爲客恐長休。

〔一〕丹旐，銘旌也。周王褒《送葬》詩：丹旐書空位。《寡婦賦》：飛旐翩以啓路。

〔二〕故國，謂東都。《補注》：《左傳》：不識屬辟。疏云：屬，次大棺。辟，親身棺也。匣，即蛟龍玉匣。

將曉二首

石城除擊柝，鐵鎖欲開關〔一〕。鼓角愁荒塞，星河落曙一作曉山。巴人常小梗，蜀使動無還。垂老孤帆色，飄飄一作飄颻犯百一作白蠻〔二〕。

〔一〕《水經》：江水逕臨江縣南，左逕石城南。《巴漢志》：朐䏰縣山有大小石城。漢朐䏰，唐雲安也。

〔三〕《唐書》：諸蠻羈縻州九十二，隸戎州都督府。

軍吏迴官燭，舟人自楚歌。寒沙蒙薄霧，落月去清波。莊惜身名晚，衰慙應接多。歸朝日簪笏，筋力定如何。

懷錦水居止二首

軍旅西征僻，風塵戰伐多〔一〕。猶一作獨聞蜀父老，不忘去聲舜謳歌。天險終難立，柴門豈重過〔二〕。朝朝巫峽水，遠逗郭作遠遠錦江波。

〔一〕《唐書》：永泰元年冬十月，劍南節度使郭英乂爲兵馬使崔旰所殺，邛州牙將柏茂琳、瀘州牙將楊子琳、劍州牙將李昌夔等共起兵討之。

〔二〕柴門，謂浣花草堂。

萬里橋南趙、郭作西宅，百花潭北莊〔一〕。層軒皆面水，老樹飽經霜。雪嶺界天白，錦城曛日黄。惜哉形勝地，回首一茫茫。

〔一〕公前詩云「萬里橋西一草堂」，此詩又云「萬里橋南宅」，堂蓋居于橋之西南也。

青絲

青絲白馬誰家子，麤豪且逐風塵起。不聞漢主放妃嬪，近静潼關掃蜂蟻〔一〕。殿前兵馬破汝時，十月即爲虀粉期。不郭作未如一作知面縛歸金闕，萬一皇恩下玉墀〔二〕。

〔一〕青絲白馬，用侯景事，以比僕固懷恩也。《唐書》：廣德二年十月，懷恩與回紇、吐蕃進逼奉天。永泰元年九月，又誘回紇、吐蕃、吐谷渾、党項、奴剌俱入寇。《舊唐書》：永泰元年二月，内出宫女千人、品官六百人守洛陽宫。此與肅宗收京即放宫女三千，皆盛德事，故借漢主爲言也。不聞，謂豈不聞乎。《唐書》：吐蕃陷長安，涇州刺史高暉爲鄉導。吐蕃遁，帥三百驍騎東走，潼關守將李日越擒而殺之。

〔二〕殿前兵馬，謂神策軍也。時魚朝恩以神策軍屯苑中，數出征伐，有功。《莊子》：使宋王而寤，子爲虀粉矣。《史記》注：面縛者，縛手于背，面向前也。永泰元年九月，懷恩死于鳴沙，「虀粉」之言果驗。

三絶句

前一作去年渝州殺刺史，今年開州殺刺史。群盜相隨劇虎狼，食人更肯留妻子〔一〕。

〔一〕渝州，注見前。《唐書》：開州盛山郡，屬山南西道，本萬世郡，天寶元年更名。

錢箋：渝州殺刺史，鮑欽止謂段子璋。子璋反梓州，襲綿陷劍，于渝無與也。開州殺刺史，鮑謂因徐知道之反。知道反成都，去開州又遠甚。師古注：吴璘殺渝州刺史劉卞，杜鴻漸討平之。翟封殺開州刺史蕭崇之，楊子琳討平之。黄鶴云：事在大曆元年與三年。考《杜鴻漸傳》，無討平吴璘事。大曆三年，楊子琳攻成都，爲崔寧妾任氏所敗，何從討平開州？天寶亂後，蜀中山賊塞路，渝、開之事，史不及書，而杜詩載之。師古妄人，用杜詩而曲爲之説，并吴璘等姓名，皆師僞譔以欺人也，注杜者之可恨如此。

二十一家同入蜀，惟殘一人出駱谷。自説二女齧臂時，廻頭却向秦雲哭〔一〕。

〔一〕《唐書》：興道有駱谷路，南口曰儻谷，北口曰駱谷。《元和郡縣志》：儻谷，一名駱谷，在興道縣北三十里。按：駱谷在長安西南，駱谷關在京兆府盩厔縣西南一百二十里。武德七年，開駱谷道以通梁州，在今關外九里，貞觀四年，移于今所。駱谷道，漢魏舊道也，南通蜀漢。《寰宇記》：自鄠縣界西南，經盩厔縣，又西南入駱谷，出駱谷，入洋州興勢縣界。《史記》：吴起出衛國門，與母訣，齧臂而盟。

殿前兵馬雖驍雄，縱暴略與羌渾同。聞道殺人漢水上，婦女多在官軍中〔一〕。

〔一〕羌渾，党項羌、吐谷渾也。《唐書》：党項，古析支地，東距松州，北鄰吐谷渾。吐谷渾，注見前。

代宗任用中人，專倚禁軍以平禍亂，而不知其縱暴乃如此，此詩故深刺之也。師古注：時天子命陸瓘以三千神策軍彈壓蜀亂。徧考史、《鑑》，俱無此事。凡師古所引《唐史拾遺》，皆出僞譔，嚴滄浪已嘗辨之。如公詩「自平中官呂太一」，其事本載正史，師乃云《唐史拾遺》有呂寧爲太一宫使，即此推之，他可知矣。

此詩梁權道從舊次編廣德二年，魯訔編上元二年，黄鶴編大曆三年。今按：首章渝開殺刺史，事雖無考，而以二後章證之，則此乃永泰元年事也。《唐書·本紀》：永泰元年九月，僕固懷恩誘党項、渾、奴剌寇同州及鳳翔、盩厔。此詩末章云「縱暴略與羌渾同」，則知其時爲寇者，乃羌、渾也。次章云「惟殘一人出駱谷」，駱谷關在盩厔西南，又知二十一家因避羌渾而入蜀也。雖寶應元年，党項、奴剌嘗寇梁、洋間，肰爾時禁軍尚未盛。《兵志》云：廣德元年，代宗幸陝，魚朝恩舉神策軍迎扈，後以軍歸禁中，自將之。永泰元年，又以神策軍屯苑中。自是寖盛，分爲左右廂，勢居北軍右，數出征伐，有功。以詩中「殿前兵馬」句觀之，則是作于寶應之後。若廣德二年、上元二年、大曆三年，羌、渾皆未嘗入寇梁、洋也。

遣憤

聞道花門將，論功未盡歸〔一〕。自從收帝里，誰復總戎機〔二〕。蜂蠆終懷毒，雷霆可震威〔三〕。莫令鞭血地，再濕漢臣衣〔四〕。

〔一〕《通鑑》：永泰元年十月，郭子儀使白光元帥精騎，與回紇將藥葛羅，追吐蕃于靈臺西原，大破之，又破之于涇州東。于是回紇胡禄都督等二百餘人入見，前後贈賚繒帛十萬疋，府藏空竭，稅百官俸以給之，所謂「論功未盡歸」也。

〔二〕吐蕃敗去，京師解嚴。時魚朝恩統神策軍，勢寖盛。「誰復總戎機」，蓋諷中人典兵，而任子儀之不專也。

〔三〕《通俗文》：長尾爲蠆，短尾爲蠍。《漢·賈山傳》：人主之威，非特雷霆也。

〔四〕《左傳》：齊侯誅屨于徒人費，弗得，鞭之見血。于慎行曰：初，雍王見回紇可汗于黃河北，責雍王不于帳前舞蹈，車鼻遂引藥子昂、李進、韋少華、魏琚，各搒捶一百，少華、琚一宿而死。漢臣鞭血，正記此事也。

十二月一日三首

今朝臘月春意動，雲安縣前江可憐。一聲何處送書雁，百丈誰家上水一作瀨船〔一〕。未將梅蘂驚愁眼，要黃作更取椒花一作楸花媚遠天〔二〕。明光起草人所羨，肺病幾時朝日邊〔三〕。

〔一〕王周峽《船具詩序》：岸石如齒，非麻枲紉繩之爲前牽。取竹之筋者，破而用枲爲靭以續之，以備其牽者，謂之百丈。《演繁露》：劈竹爲大辮，用麻繩連貫以爲牽具，是名百丈。樂天《入峽》詩：「茌苒竹篾簽，欹危舵師趾。」簽，即百丈也。《入蜀記》：上峽惟用艣及百丈，不用張帆。百丈，以巨竹四破爲之，大如人臂。《吴都賦》：直衝濤而上瀨。

〔二〕椒花，注見二卷。按：十二月一日去元日已近，故用椒花獻頌事。媚，即《古樂府》「入門各自媚」之媚耳。此正應起語「春意動」三字。楊用修謂椒花色緑，與葉無辨，不可言媚，當作楸花，吾不謂然。

〔三〕明光起草，注見四卷。

寒輕市上山烟碧，日滿樓前江霧黄。負鹽出井此溪女，打鼓發船何郡郎〔一〕。新亭舉目風景切，茂陵著書消渴長〔二〕。春花不愁不爛熳，楚客惟聽棹相將〔三〕。

〔一〕《唐書》：夔州奉節縣，有永安井鹽官。又，雲安、大昌皆有鹽官。

〔二〕山謙之《丹陽記》：新亭，吴舊亭也。隆安中，丹陽尹司馬恢移創今地。《通鑑注》：新亭去江寧縣十里，近臨江渚。《王導傳》：每至暇日，邀飲新亭，周顗中坐，歎曰：「風景不殊，舉目有江山之異。」　茂陵，注見十一卷。

〔三〕楚客，公自謂。　棹相將，言相將以舉棹也。

即看燕子入山扉，豈有黄鸝歷翠微。短短桃花臨水岸，輕輕柳絮點人衣。春來準擬開懷久，老去親知見面稀。他日一杯難强進，重嗟筋力故山違。

詩作于十二月一日，而有燕子、黄鸝、桃花、柳絮之句，蓋逆道其事末，所謂「他日一杯難强進」也。

又雪

南雪不到地，青崖霑未消。微微向日薄，脈脈去人遥〔一〕。冬熱鴛鴦病，峽深豺虎驕。愁邊有江水，焉得北之朝〔二〕。

〔一〕古詩：脈脈不得語。

〔二〕舊注：言江水止是東流，安得折而之北，使我得順流以歸長安乎？

雨

冥冥甲子雨，已度立春時〔一〕。輕箑須一作煩相向，纖絺恐自疑〔二〕。烟添纔有色，風引更如絲〔三〕。直覺巫山暮，兼催宋玉悲〔四〕。

〔一〕《朝野僉載》：俚諺云：「春雨甲子，赤地千里。」黄曰：按《舊史》：大曆元年正月丁巳朔，則是初八日爲甲子。公是時在雲安，其年十一月甲子日長至方改元。若大曆二年，甲子在正月十三日，而立春已在元年十一月二十六七，無容謂「冥冥甲子雨，已度立春時」也。又曰：《舊史》：元年春旱，至六月庚子始雨，與唐諺合。詩正以諺爲憂，故接以輕箑、纖絺之句。

〔二〕《秋興賦》：于時乃屏輕箑，釋纖絺。注：箑，扇也。纖絺，細葛。恐自疑，疑其可著也。

〔三〕張協詩：騰雲似湧烟，密雨如散絲。

〔四〕宋玉《九辨》：悲哉！秋之爲氣也。

南楚

《通典》：夔州，春秋魚國，後屬楚。巫山縣，楚置，故稱南楚。

南楚青春異，暄寒早早分。無名江上草，隨意嶺頭雲。正月蜂相見，非時鳥共聞。杖藜妨躍馬，不是故離群。

老病

老病巫山裏，稽留楚客中。藥殘他日裏，花發去年叢。夜足霑沙雨，春多逆水風。合分雙賜筆，猶作一飄蓬〔一〕。

〔一〕賜筆，注見前。

水閣朝霽奉簡雲安嚴明府一作嚴雲安

東城抱春岑，江閣鄰石面。崔嵬晨雲白，朝旭一作日射芳甸〔一〕。雨檻卧花叢，風牀展書卷一云輕幔。鈎簾宿鷺起，丸藥流鸎囀〔二〕。呼婢取酒壺，續兒讀文選。晚交嚴明府，矧此數相見。

〔一〕謝脁詩：雜英滿芳甸。

〔二〕《晉·陳壽傳》：父喪，有疾，使婢丸藥。

杜鵑

西川有杜鵑，東川無杜鵑。涪萬一作南無杜鵑，雲安有杜鵑〔一〕。我昔遊錦城，結廬錦水邊。有竹一頃餘，喬木上參天。杜鵑暮春至，哀哀叫其間。我見常再拜，重是古帝魂。生子百鳥巢，百鳥不敢嗔一作喧。仍爲餧其子，禮若奉至尊。鴻雁及羔羊，有禮太古前。行户郎切飛與跪乳，識序如一作又知恩〔二〕。聖賢古鮑作吾法則，付與後世傳。君看禽鳥情，猶解事杜鵑。今忽暮春間，值我病經年。身病不能拜，淚下如迸泉〔三〕。

〔一〕夏竦曰：四句乃題下甫自注耳，誤以爲詩。黄希曰：《白頭吟》「郭東亦有樵，郭西亦有樵」，此詩起法，或本此。吴曾《漫録》：樂府《江南詞》：「魚戲蓮葉東，魚戲蓮葉西，魚戲蓮葉南，魚戲蓮葉北。」子美正用此格。趙曰：連用四杜鵑，正《詩》「有酒湑我，無酒酤我，坎坎鼓我，蹲蹲舞我」之勢，豈是題下注耶？此四句特紀杜鵑有無，其下云「我昔遊錦城」至「哀哀叫其間」，則以成「西川有杜鵑」之句。下又云「君看禽鳥情」至「淚下如迸泉」，則以成「雲安有杜鵑」之句。詩之引結甚明。

〔二〕《春秋繁露》：雁有行列，羔飲其母必跪，皆類知禮者，故以爲贄。

〔三〕劉琨《扶風歌》：據鞍長歎息，淚下如流泉。

趙次公曰：此詩譏世之不脩臣節者，曾禽鳥之不若也。世有《杜鵑辨》，乃仙井李新元應之作，鬻書者編入《東坡外集》詩話中。其説云：子美之意，蓋譏當時之刺史也。嚴武在蜀，雖横斂刻薄，而實資中原，是「西川有杜鵑」。其不虔王命，擅軍旅，絶貢賦以自固，如杜克遜在梓州，是「東川無杜鵑」耳。涪萬、雲安刺史，微不可考。凡尊君者爲有，懷貳者爲無，不在乎杜鵑真有無也。其説穿鑿，無足取。錢箋：按杜克遜事，新、舊兩《書》俱無之。嚴武鎮蜀之後，節制東川者，李奐、張獻誠也。其以梓州反者，段子璋也。梓州刺史見杜集者，有李梓州、章梓州、楊梓州，未聞有杜也。既曰譏當時之刺史，不應以嚴武並列也。逆節之臣，前有段子璋，後有崔旰、楊子琳，不當舍之而刺涪、萬之刺史徵不可考者也。杜克遜既不見史傳，則亦後人僞譔耳。其文義舛錯鄙倍，必非東坡之言。

子規

峽裏雲安縣，江樓翼瓦齊〔一〕。兩邊山木合，終日子規啼。眇眇春風見，蕭蕭夜色棲一作淒。客愁那聽此，故作傍人低一作故傍旅人低。

〔一〕蔡曰：翼瓦謂簷宇飛揚，如鳥之張翼也。《斯干》詩：如鳥斯翼。

近聞

《唐書》：永泰元年十月，郭子儀與回紇定約，共擊退吐蕃，時僕固名臣及党項帥皆來降。大曆元年二月，命楊濟修好吐蕃，吐蕃遣首領論泣陵來朝。此詩蓋記其事。

近聞犬戎遠遁逃，牧馬不敢侵臨洮。渭水逶迤白日静，隴山蕭瑟秋雲高〔一〕。崆峒五原亦無事，北庭數有關中使〔二〕。似聞贊普更求親，舅甥和好應難棄〔三〕。

〔一〕渭水出渭州，隴山在隴州。

〔二〕崆峒，注見五卷。《唐書》：鹽州五原郡，屬關内道。本鹽川郡，武德元年，僑治靈州。二年，平梁師都，復置州。天寶元年，更名五原。《元和郡縣志》：五原者，龍遊原、乞地千原、青嶺原、岢嵐貞原、横槽原。按：《地志》：崆峒有三，此與五原並舉，當指在平涼者言之。五原，今榆林地，直長安西北，與靈州接壤。先是，僕固懷恩自靈州合吐蕃、回紇入寇，今吐蕃敗走，故崆峒、五原皆無事也。《唐書》：北庭大都護府，屬隴右道。《通鑑》：北庭節度統瀚海、天山、伊吾三軍，屯伊、西二州境。按：關中之使，來自北庭，正指吐蕃而言。次公注：北庭，謂突厥。或云回紇，悮矣。

〔三〕贊普，注見三卷。《唐書》：貞觀十五年，文成公主下降吐蕃。景龍二年，金城公主復降吐蕃。開元二年，贊普乞和親，上書言許與通聘，即日舅甥如初。

客居

客居所居堂，前江後山根。下塹萬尋岸，蒼濤鬱飛翻。葱青衆木梢，邪竪雜石痕。子規晝夜啼，壯士斂精魂〔一〕。峽開四千里，水合數百源。人虎相半居，相傷終兩存〔二〕。蜀麻久不來，吴鹽擁荆門。西南失大將，商旅自星奔〔三〕。今又降元戎，已聞動行軒。舟子候利涉，亦憑節制尊〔四〕。我在路中央，生理不得論。卧愁病脚廢，徐步視小園。短畦帶碧草，悵望思王孫。鳳隨其凰去，籬雀暮喧繁〔五〕。覽物想故國，十年别鄉一作荒村。日暮歸幾翼，北林空自昏。安得覆八溟，爲君洗乾坤。稷契易爲力，犬戎何足吞。儒生老無成，臣子憂四藩一作蕃，魯直刊作思翻。篋中有舊筆，情至時復援〔六〕。

〔一〕沈約詩：傾壁復邪豎。《恨賦》：拱木斂魂。

〔二〕錢箋：《荆州記》云：巫峽首尾一百六十里，舊云：自三峽取蜀，數千里恒是一山，此好大之言也。惟三峽七百里中，兩岸連山，略無闕處。梁簡文《蜀道難》詩：峽山七百里，巴水三回曲。公所謂「峽開四千里」，蓋統論江山之大勢，非專指言峽山也。宋肇《三峽堂記》：峽江，綿跨西南諸夷，合牂牁、越巂、夜郎、烏蠻之水，縈紆曲折，掀騰洶湧，咸歸納于峽口，實衆水之會也。

〔三〕荆門，注别見。失大帥，謂郭英乂爲崔旰所殺。《廣絶交論》：靡不望影星奔。

〔四〕《通鑑》：大曆元年二月壬子，以杜鴻漸爲山南西道、劍南東西川副元帥，劍南西川節度使，以平蜀亂。

〔五〕路中央，言雲安路在荆、蜀之間。劉安《招隱士》：王孫遊兮不歸，春草生兮萋萋。趙曰：見碧草則思王孫，見雀喧則懷鳳舉。皆因小園感興。

〔六〕曹植詩：援筆從此辭。

客堂

憶昨離少城，而今異楚蜀。捨舟復深山，窅窕一林麓。棲泊雲安縣，消中内相毒。舊疾甘載一作再來，衰年得無足一作得弱足，一作弱無足。死爲殊方鬼，頭白免短促。老馬終望雲，南雁意在北。别家長兒女，欲起慙筋力〔一〕。客堂序節改，具物對羈束。石暄蕨牙紫，渚秀蘆笋緑。巴鶯一作稼紛未稀，徼音要麥早向熟。悠悠日動江，漠漠春辭木〔二〕。臺郎選才俊，自顧亦已極。前輩聲名人，埋没何所得。居然綰章紱，受性本幽獨〔三〕。平生憩息地，必種數竿竹。事業只濁醪，營葺但草屋。上公有記者，累奏資薄禄〔四〕。主憂豈濟時，身遠彌曠職。循鮑作修文廟筭正，獻可天衢直〔五〕。尚想趨朝廷，毫髮裨社稷。形骸今若是，進退委行色。

〔一〕《赭白馬賦》：望朔雲而蹀足。

〔二〕陸璣《詩疏》：蕨，山菜，初生似蒜，莖紫墨色，可食如葵。謝靈運詩：野蕨漸紫苞。《爾雅疏》：葭，一名蘆菼，一名亂。亂，或謂之荻。郭云：今江東人呼蘆笋爲藿。按：鶯未稀而麥向熟，正是春去夏來之時，所以感懷于節序。次公云：「鶯」作「稼」爲是，又引《漢書》「立苗欲疏」解之，鑿説難從。

〔三〕《漢官儀》：尚書郎，初從三署郎選，詣尚書臺試。每一郎闕，則試五人，先試牋奏，初入臺稱郎中，滿歲稱侍郎。孔融《薦禰衡表》：路粹、嚴象以異才擢拜臺郎。杜氏《通典》：龍朔二年，改尚書省爲中臺，後復爲尚書省，亦謂之省臺。章紱，謂所服緋魚。

〔四〕上公，謂嚴鄭公。

〔五〕《左傳》：獻可替否。

石硯

原注：平侍御者。

平公今詩伯，秀發吾所羨。奉使三峽中，長嘯得石硯。巨璞禹鑿餘，異狀君獨見。其滑乃波濤，其光或雷電。聯坳於交切各盡墨，多水遞隱見形甸切〔一〕。揮洒容數人，十手可對面。比公頭上冠，貞一作正質未爲賤〔二〕。當公賦佳句，況得終清宴。公含起草姿，不遠明光殿。致于丹青地，知汝隨顧眄〔三〕。

〔一〕聯坳，謂硯穴相並。盡墨，謂盡墨力，猶今云發墨也。多水，硯潤出水也。

〔二〕《唐書》：法冠者，御史大夫、中丞、御史之服也，一名獬豸冠。

〔三〕《三秦記》：未央宮漸臺西有桂宮，內有明光殿，皆金玉珠璣爲簾箔，金陛玉堦，晝夜光明。按：《黄圖》：漢有兩明光宮，一在長樂宮，後成都侯王商借以避暑之所。一在甘泉宮，武帝以燕趙美人充之。若明光殿，自在桂宮，二者原不相干。杜詩「不遠明光殿」、東坡詩「何人先入明光宮」，注家都混爲一，程大昌、王楙皆有辨。　隨所盻，言此硯致于明光禁中，丹墀青瑣之地，亦得蒙天子之盻睞也。

贈鄭十八賁

鄭十八，見前。趙曰：鄭蓋雲安縣令，故詩有「異味煩縣尹」之句。

温温士君子，令我懷抱盡。靈芝冠衆芳，安得闕親近。遭亂意不歸，竄身跡非隱。細人尚姑息，吾子色愈謹〔一〕。高懷見物理，識者安肯哂。卑飛欲何待，捷徑應未忍〔二〕。示我百篇文，詩家一標準。羈離交屈宋，牢落值顔閔〔三〕。水陸迷畏途，藥餌駐修軫。古人日已遠，青史字不泯〔四〕。步趾詠唐虞，追隨飯葵堇音謹。數杯資好事，異味煩縣尹〔五〕。心雖在朝謁，力與願矛盾閏上聲。抱病排金門，衰容豈爲敏〔六〕。

〔一〕「遭亂」二句，公自言也。

〔二〕張衡《應間》：捷徑邪至，吾不忍以投步。二語言鄭十八甘心下位，不失足於邪徑也。

〔三〕「羈離」以下，皆自述。

〔四〕江逌賦：駐修軫乎平原。此言以丹藥駐年。

〔五〕《左傳》：今君親步玉趾。劉楨詩：步趾慰吾身。《圖經本草》：葵，處處有之，苗葉作菜，茹甚甘美，但性滑利，不益人。《爾雅》：齧苦芹。注：今堇葵也。葉似柳，子如米汋，食之滑。《唐本草》：堇菜，野生，花紫色。鮑照詩：蓼蟲避葵堇。

〔六〕《尸子》：楚人有鬻矛與盾者，曰：「吾盾之堅，莫能陷也。」又曰：「吾矛之利，於物無不陷也。」或曰：「以子之矛，陷子之盾，何如？」其人弗能應也。揚雄《解嘲》：歷金門，上玉堂。《左傳》：魯人以爲敏。

别蔡十四著作

賈生慟哭後，寥落無其人。安知蔡夫子，高義邁等倫。獻書謁皇帝，志已清風塵。流涕灑丹極，萬乘爲酸辛。天地則創與瘡同痍，朝廷多一作當正臣。異才復間出，周道日惟新。使蜀見知己，別顏始一伸。主人薨城府，扶櫬歸咸秦〔一〕。巴道此相逢，會我病江濱。憶念鳳翔都，聚散俄十春〔二〕。我衰不足道，但願子章一作意陳。稍令社稷安，自契魚水親。我雖消渴甚，敢忘帝力勤。尚思未朽骨，復覩耕桑民。積水駕三峽，浮龍倚長津。揚舲洪濤間，仗子濟物身〔三〕。鞍馬下秦塞，王城通北辰。玄甲聚不散，兵久食恐貧〔四〕。窮谷無粟帛，使者來相因。若馮憑同，一作逢南轅吏陳作使，書札到天垠〔五〕。

〔一〕主人，趙次公、黄鶴俱云郭英乂也。按：《舊史》：英乂奔簡州，普州刺史韓澄斬其首送崔旰，英乂必殯于成都，故此云「薨城府」，蓋隱之也。或疑指嚴武，非是。

〔二〕上云「獻書謁皇帝」，此云「憶念鳳翔都」，蓋肅宗在鳳翔時，著作嘗上書言事。自至德二載至大曆元年，恰「十春」也。

〔三〕《楚詞注》：舲，船有窗牖者。

〔四〕「鞍馬」二句，言著作出峽後，復從陸道歸京師。《漢書》：發屬國玄甲軍。注：甲黑色。《唐書》：崔旰反，柏茂林等舉兵討之。大曆元年三月，山南西道節度使張獻誠與旰戰于梓州，大敗。

〔五〕夔州在長安之南，故自長安來者爲南轅。

蔡著作以使事之成都，值有崔旰之亂。公欲其以兵食匱乏歸奏天子，計安蜀人。觀「但願子章陳」及「玄甲聚不散」等語可見。

寄常徵君

白水青山空復春，徵君晚節傍風塵。楚妃堂上色殊衆，海鶴堦前鳴向人〔一〕。萬事糾紛猶絶粒，一官羈絆實藏身〔二〕。開州入夏知凉冷，不似雲安毒熱新〔三〕。

〔一〕《古今樂録》：張永《元嘉技録》有《吟嘆》四曲，一曰《楚妃歎》。楚妃，楚莊王夫人樊姬也，事見《列女傳》。

〔二〕《鵩鳥賦》：糾錯相紛。

〔三〕開州，注見前。《九域志》：開州東至夔州雲安縣龍目驛二百九十里。

味此詩「晚節傍風塵」語，蓋深爲常徵君惜也。徵君未出，如楚妃之色，處于堂上，所謂「静女其姝」也。徵君既出，如海鶴之性，鳴向堦前，不免牢籠之苦矣。「糾紛」二句，又若爲徵君解者，明其雖仕而非風塵俗吏也。末二句，言開州凉冷，非若雲安之不可居，不猶勝我之旅食乎？時常必官于開州，故復慰之如此。

寄岑嘉州

杜確《岑參集序》：參自庫部正郎出爲嘉州，杜鴻漸表爲職方郎中兼侍御史，列於幕府，無幾使罷，寓居于蜀。錢箋：鴻漸使罷還朝，在大曆二年六月，則公寄此詩，當在元年。

不見故人十年餘，不道故人無素書。願逢顔色關塞遠，豈意出守江城居原注：州據蜀江外。外江三峽此相接，斗酒新詩終自踈。謝脁每篇堪諷誦，馮唐已老聽吹嘘〔一〕。泊船秋夜經春草，伏枕青楓限玉除。眼前所寄選何物，贈子雲安雙鯉魚〔二〕。

〔一〕外江，今嘉定州之岷江也，江在州城東。

〔二〕限玉除，言不得至京闕也。

移居夔州作

《唐書》：夔州雲安郡，屬山南東道。《寰宇記》：夔州雲安縣，上水去夔州奉節縣二百四十三里。

伏枕雲安縣，遷居白帝城。春知催柳别，江與一作已放船清。農事聞人説，山光見鳥情。禹功饒斷石，且就土微平〔一〕。

〔一〕舊注：沿峽皆因開鑿而成，故少平土，惟夔州稍平耳。

船下夔州郭宿雨濕不得上岸别王十二郭作二十判官

依沙宿舸船，石瀨月娟娟〔一〕。風起春燈亂，江鳴夜雨懸〔二〕。晨鐘雲外晉作岸濕，勝地石堂烟一作偏。柔艣輕鷗外，含情吴作悽覺汝賢〔三〕。

〔一〕《楚詞》：石瀨兮淺淺。

〔二〕蔡邕《霖雨賦》：懸長雨之霖霖。

〔三〕古詩：柔櫓鳴深江。

漫成一首郭作漫成

江月去人只數尺，風燈照夜欲三更〔一〕。沙頭宿鷺聯拳靜一作起，船尾跳平聲魚撥方割切，一作潑刺力達切鳴〔二〕。

〔一〕梁劉瑗詩：月光移數尺，方知夜已深。

〔二〕舊注：謝莊《翫月》詩：水鷺足聯拳。謝靈運賦：魚水深而撥剌。錢箋：吴曾《漫録》：張衡《思玄賦》：「彎飛弧之撥剌。」注：「撥剌，張弓聲，而非魚也。」太白詩：「雙鰓呀呷鰭鬣張，跋剌銀盤欲飛去。」意與杜同，而以「撥」爲「跋」。

引水

魯訔曰：夔俗無井，皆以竹引山泉而飲，蟠窟山腹間，有至數百丈者。

月峽瞿唐雲作頂，亂石崢嶸俗無井。雲安沽水奴僕悲，魚復移居心力省〔一〕。白帝城西萬竹蟠，接筒引水喉不乾。人生流滯生理難，斗水何直百憂寬〔二〕。

〔一〕明月峽，注見九卷。《舊唐書》：奉節縣屬夔州，本漢巴郡魚復縣。今縣北三里，赤甲城是也。隋改爲人復，貞觀二十三年，改爲奉節。

〔二〕《莊子》：期斗升水之活。

寄韋有夏郎中

錢箋：潘淳曰：顔魯公《東方朔碑》陰有朝城主簿韋有夏，殆斯人耶？

省郎憂病士，書信有柴胡。飲子頻通汗，懷君想報珠〔一〕。親知天畔少，藥餌峽中無。歸楫生衣卧，春鷗洗翅呼〔二〕。猶聞上急水，早作取平塗。萬里皇華使，爲僚記腐儒〔三〕。

〔一〕《東坡志林》：沈佺期《回波辭》云：「姓名雖蒙齒録，袍笏未復牙緋。」子美以「飲子」對「懷君」，亦齒録、牙緋之比也。《四愁詩》：何以報之明月珠。

〔二〕生衣，謂水衣。黄曰：歸舟雖理而未動，故水衣生其上。

〔三〕取平塗，言取道夔州也。《左傳》：荀林父曰：「同官爲僚。」

上白帝城

劉禹錫《夔州刺史廳壁記》：夔初城於瀼西，後周大總管龍門王述登白帝，歎曰：「此奇勢可居。」遂移府於今治所。隋初楊素以越公領總管，又張大之。《荆州圖經》：白帝城西臨大江，東南高二百丈，西北高一千丈。《全蜀總志》：白帝城在夔州府治東五里，下即西陵峽口，大江湍騰澎湃，信楚蜀咽喉。

城峻隨天壁，樓高望一作更女牆〔一〕。江流思夏后，風至憶襄王〔二〕。老去聞悲角，人扶報夕陽。公孫初恃險，躍馬意何長〔三〕。

〔一〕《水經注》：白帝山城，周迴二百八十步，北緣馬嶺，接赤岬山。其間平處，南北相去八十五丈，東西七十丈。又東傍瀼溪，即以爲隍。西南臨大江，瞰之眩目。惟馬嶺小差逶迤，猶斬山爲路，羊腸數轉，然後得上。《釋名》：城上垣謂之女牆，言其卑小，比之于城，如女子之于丈夫也。

〔二〕《風賦》：楚襄王遊於蘭臺之宫，有風颯然而至，王乃披襟當之，曰：「快哉此風！」

〔三〕《蜀都賦》：公孫躍馬而稱帝。

上白帝城二首

江城含變態，一上一回新。天欲今朝雨，山歸萬古春。英雄餘事業，衰邁久風塵。取醉他鄉客，相逢故國人。兵戈猶擁蜀，賦斂强一作尚輸秦〔一〕。不是煩形勝，深慙一作愁畏損神。

〔一〕兵戈擁蜀，謂崔旰之亂。

白帝空祠廟，孤雲自往來。江山城宛轉，棟宇客徘徊〔一〕。勇略今何在，當年亦壯哉。後人將酒肉，虚殿日塵埃〔二〕。谷鳥鳴還過，林花落又開。多慙病無力，騎馬入青苔。

〔一〕錢箋：《方輿勝覽》：白帝廟，在奉節縣東八里舊州城内。漢末公孫述，自稱白帝。

〔二〕《後漢書》：公孫述討宗成、王岑之亂，遂有蜀土，僭帝號十二年。

陪諸公上白帝城頭黄作樓宴越公堂之作

原注：越公，楊素也，有堂在城上，畫像尚存。○李貽孫《夔州都督府記》：白帝城東南斗上二百七十步，得白帝廟。又有越公堂，在廟南而少西，隋越公素所建也，奇構隆敞，内無撑柱，敻視中脊，邈不可度，五逾甲子，無土木之隙，見其人之瓌傑也。按：詩有柱穿、棧缺之句，而記云「無

土木之隙」，疑《記》語未足信。

此堂存古制，城上俯江郊。落構垂雲雨，荒堦蔓草茅。柱穿蜂溜蜜，棧缺燕添巢〔一〕。坐接春盃氣，心傷豔蘂梢。英靈如過隙，宴衎願投膠。莫問東流水，生涯未即拋〔二〕。

〔一〕閣木曰棧。

〔二〕英靈，謂越公也。《莊子》：人生天地間，若白駒之過隙。古樂府：以膠投漆中，誰能別離此。駱賓王詩：一心一意無窮已，投漆投膠非足擬。

白帝城最高樓

城尖徑仄舊作昃，非旌旆愁，獨立縹緲之飛樓。峽坼雲霾龍虎睡，江清日抱黿鼉遊。扶桑西枝對一作封斷石，弱水東影隨長流〔一〕。杖藜歎世者誰子，泣血迸空回白頭〔二〕。

〔一〕峽之高，可望扶桑西向；江之遠，可接弱水東來。與「朱崖著毫髮，碧海吹衣裳」同義。

〔二〕阮籍詩：所憐者誰子。

武侯廟

張震《武侯祠堂記》：唐夔州治白帝，武侯廟在西郊。

遺廟丹青落一作古，空山草木長。猶聞辭後主，不復卧南陽〔一〕。

〔一〕《蜀志》：後主建興五年，亮率諸軍北駐漢中，臨發上表。《蜀志》注：《漢晉春秋》云：亮家於南陽之鄧縣，在襄陽城西二十里，號曰隆中。《荆州圖副》云：鄧城舊縣西南一里，隔沔有諸葛亮宅，是漢昭烈三顧處。一曰：南陽是襄陽墟名，非南陽郡也。

此詩後二語，人無解者。武侯爲昭烈驅馳，未見其忠，惟以後主昏庸，而盡瘁出師，不復有歸卧南陽之意，此則「雲霄萬古」者耳。曰「猶聞」者，空山精爽，如或聞之。

八陣圖

八陣，注見十一卷。《寰宇記》：八陣圖，在奉節縣西南七里。《荆州圖副》云：永安宫南一里，渚下平磧上有孔明八陣圖，聚細石爲之，各高五尺，廣十圍，歷然棊布，縱横相當，中間相去九尺，正中開南北巷，悉廣五尺，凡六十四聚。或爲人散亂，及爲夏水所没，冬時水退，復依然如故。《成都圖經》：武侯八陣有三：在夔者六十有四，方陣法也。在彌牟鎮者二十有八，當頭陣法也。在棊盤市者二百五十有六，下營陣法也。

功蓋三分國，名成八陣圖。江流石不轉，遺恨失吞吴。

《東坡詩話》：嘗夢子美謂僕：「世人多誤會吾《八陣圖》詩，以爲先主、武侯欲與關羽復仇，故恨不能滅吴，非也。吾意本謂：吴蜀脣齒之國，不當相圖。晉之能取蜀者，以蜀有吞吴之志，以此爲恨耳。」此説甚長。按史：昭烈敗秭歸，諸葛亮曰：「法孝直若在，必能制主上東行。就使東行，必不傾危。」觀此，則征吴非孔明意也。子美此詩，正謂孔明不能止征吴之舉，致秭歸挫辱，爲生平遺恨。東坡之説殊非。潘鴻曰：蜀自昭烈亡後，未嘗有吞吴之志。爲晉所滅，失不在此。此亦非東坡之言，當削去。

謁先主廟

錢箋：《方輿覽勝》：先主廟在奉節縣東六里。

慘澹風雲會，乘時各有人。力侔分社稷，志屈偃經綸。復漢留長策，中原仗老臣。雜耕心未已，歐於口切，嘔同血事酸辛〔一〕。霸氣西南歇，雄圖曆數屯。錦江元過楚，劍閣復通秦〔二〕。舊俗存祠廟，空山立他本作泣鬼神。虚簷交一作扶鳥道，枯木半龍鱗。竹送清樊作青溪月，苔移玉座春。閭閻兒女换，歌舞歲時新〔三〕。絶域歸舟遠，荒城繫馬頻。如何對摇落，况乃久風塵。孰荆作勢與關張並，功臨耿鄧親。應一作纔天才不小，得士契無鄰〔四〕。遲暮堪帷幄，飄零且釣緡。向來憂國淚，寂寞灑衣巾。

〔一〕《蜀志》：亮與司馬宣王對於渭南，每患糧不繼，分兵屯田，爲久駐之基。耕者雜於渭濱居民之間，百姓安堵，軍無私焉。《魏志》：亮糧盡勢窮，憂恚嘔血，一夕燒營，遁走入谷，道發病，卒。裴松之曰：亮在渭濱，魏人躡跡，勝負之形，未可測量，而云嘔血，蓋因孔明亡而自誇大也。夫以孔明之略，豈爲仲達嘔血乎？劉琨喪師，與元帝箋亦云：亮軍敗嘔血。此則引虛記以爲言也。

〔二〕舊注：錦江、劍閣，蜀地也。過楚、通秦，傷其未久而復合於晉。

〔三〕廟在山中，故曰「交鳥道」。謝朓詩：玉座猶寂寞。

〔四〕耿鄧，耿弇、鄧禹也。《蜀志》：譙周等上言，聖王應際而生，與神合契，願大王應天順民。「孰與」二句，申言諸葛之功，可軼關張而追耿鄧也。「應天」二句，言非先主應天之才，不能得士如諸葛，有魚水之契也。風塵搖落中，感懷遇合，全是自傷。

諸葛廟

久遊巴子國，屢入武侯祠。竹日斜虛寢，溪風滿薄帷〔一〕。君臣當共濟，賢聖亦同時。翊戴歸先主，并吞更出師。蟲蛇穿畫屋，巫覡研歷切醉蛛絲〔二〕。欻憶吟梁父，躬耕也趙作起未遲〔三〕。

〔一〕《水經注》：江州縣，故巴子之都。《春秋》「桓九年，巴子使韓服告楚，請與鄧好」是也。及七國稱王，巴亦王焉。《元和郡國志》：武王伐殷，巴人助焉，後封爲巴子。《三巴記》：其地東至魚復，西至僰道，北接漢中，南極牂牁。《詠懷》詩：薄帷鑒明月。

〔二〕《國語》：在男曰覡，在女曰巫。

〔三〕躬耕未遲，公以諸葛自況也，即「遲暮堪帷幄」之意。

古柏行

趙曰：成都武侯祠堂附於先主廟，夔州則先主武侯廟各别。此詩專詠夔州廟柏，《夔州十絶》所謂「武侯祠堂不可忘，中有松柏參天長」是也。

孔明廟前一作堦有老柏，柯如青銅根如石。霜一作蒼皮溜雨四十圍，黛色參天二千尺〔一〕。君臣已與時際會，樹木猶爲人愛惜。雲來氣接巫峽長，月一作日出寒通雪山白〔二〕。憶昨路繞錦亭《英華》作城東，先主武侯同閟宫。崔嵬枝榦郊原古，窈窕丹青户牖空〔三〕。落落盤踞雖得地，冥冥孤高多烈風。扶持自是神明力，正直元因造化功〔四〕。大厦如傾要梁棟，萬牛迴首丘山重。不露文章世已驚，未辭剪伐誰能送。苦心豈免容螻蟻，香葉終經宿鸞鳳。志士幽人莫怨嗟一作傷，古來材大難爲用一云皆難用〔五〕。

〔一〕任昉《述異記》：盧氏縣有盧君冢，冢旁柏二株，枝條蔭茂二百餘步，根勁如銅石。四十圍、二千尺，皆假象爲詞，非有故實。《夢溪筆談》譏其太細長，《緗素雜記》以古制「圍三徑一」駁之，次公注又引南鄉故城社柏大四十圍，皆爲鄙説。考《水經注》，社柏本云「三十圍」，亦與此不合。

〔二〕《宜都山川記》：巴東三峽巫峽長。

〔三〕嚴武有《寄題杜二錦江野亭》詩，故曰錦亭。錢箋：《寰宇記》：先主廟在成都府西八里，惠陵東七十步，武侯祠在先主廟西。《成都記》：先主廟西院即武侯廟，前有雙大柏，古峭可愛，人云諸葛手植。陸游《跋古柏圖》：余在成都，屢至昭烈惠陵，此柏在陵旁廟中，忠武侯室之南。所云「先主武侯同閟宮」者，與此略無小異。

〔四〕「錦亭」至此，言成都廟柏在郊原平地，故可久存。若此之盤踞高山而烈風莫撼者，誠得於神明造化之力耳。次公謂八句皆言成都之柏，恐非。

〔五〕謝承《後漢書》：方儲遭母憂，種松柏，鸞棲其上。

負薪行

夔州處女髮半華，四十五十無夫家。更遭喪亂嫁不售，一生抱恨堪一作長咨嗟。土風坐男使女立，應東坡作男當門户《英華》作應門當户女出入。十猶一作有八九負薪歸，賣薪得錢應供給〔一〕。至老雙鬟一作環只垂頸，野花山葉銀釵並。筋力登危集市門，死生射利兼鹽井〔二〕。

面粧首飾雜啼痕，地褊衣寒困石根。若道巫山女麤醜，何得此一作北有昭君村〔三〕。

〔一〕古樂府：健婦持門户，亦勝一丈夫。

〔二〕陸游《入蜀記》：峽中負物賣，率多婦人。未嫁者爲同心髻，高二尺，插銀釵至六隻，後插象牙梳如手大。《蜀都賦》：乘時射利，財豐巨萬。

〔三〕錢箋：《寰宇記》：歸州興山縣有王昭君宅，即此邑人也，故曰昭君之縣。村連巫峽，香溪在邑界，即昭君所遊。《方輿勝覽》：歸州東北四十里有昭君村。《琴操》云：昭君死胡中，鄉人思之，爲之立廟。廟有大柏，又有搗練石，在廟側溪中，今香溪也，廟屬巫山縣。

最能行

峽中丈夫絶輕死，少在公門多在水。富豪有錢駕大舸，貧窮取給行艓音葉子〔一〕。小兒學問止論語，大兒結束隨商旅。欹帆側柂入波濤，撇漩旋去聲，一作旋捎濆無險阻〔二〕。朝發白帝暮江陵，頃來目擊信有徵。瞿唐漫天虎鬚怒，歸州長年行《英華》作與最能〔三〕。此鄉之人氣一作器量窄，悞競南風疎北客。若道上一作土無英俊才，何得山有屈原宅〔四〕。

〔一〕《方言》：南楚江湖湘，凡船大者謂之舸。杜田《補遺》：艓，小舟名，言輕如葉也。《切韻》、《玉篇》並不載。按：王智深《宋記》：司空劉休範舉兵，潛作艦艓。戴暠《釣竿》詩：「蕖花裝小艓。」公用字所本。

〔二〕《江賦》：漩澴滎瀯，渨㵳濆瀑。善曰：皆波浪回旋噴湧而起之貌。舊注：撇，拂也，與擎同。捎，搖也。於漩則撇，於濆則捎。王周《峽船具詩序》：峽中湍浚，激石忽發者謂之濆，渰洑而漩者謂之腦。李實曰：今川語，漩、濆皆去聲。撇猶過，捎者，用梢撥之而度。

〔三〕《荊州記》：自白帝至江陵一千二百里。《水經注》：有時朝發白帝，暮到江陵。雖乘奔御風，不以疾也。瞿唐，注見前。《水經注》：江水又逕虎鬚灘，灘水廣大，夏斷行旅，又東逕羊腸虎臂灘。《全蜀總志》：虎鬚潭，在夔州府治西。《宋景文筆記》：蜀人謂柁師爲長年三老。《入蜀記》：長，讀如長幼之長。長年三老，梢工是也。最能，言行瞿唐、虎鬚甚易也。

〔四〕《水經注》：袁山松曰：「歸鄉山秀水清，故出儁異；地險流絶，故其性亦隘。」《左傳》：南風不競。競，强也。言以地主爲强，而欺北客也。《水經注》：秭歸縣，故歸鄉。《地理志》：歸子國也。縣北一百六十里，有屈原故宅，累石爲屋基，今其地曰樂平里。宅之東北六十里有女嬃廟，擣衣石猶存。

同元使君舂陵行有序

按：次山《舂陵行》序其詩作於廣德二年間，公詩乃大曆初年作。

覽道州元使君結《舂陵行》兼《賊退後示官吏作》二首，志之曰：當天子分憂之地，效漢官良吏之目一作日。今盜賊未息，知民疾苦，得結輩十數公，落落然參錯天下爲邦伯，萬物吐晉作姓壯氣，天下少一作小安可待矣一作已。不意復見比興體制，微婉頓挫之詞，感而有詩，增諸卷軸。簡知我者，不必寄元〔一〕。

遭亂髮盡一作遽白，轉衰病相嬰一作縈。沉緜盜賊際，狼狽江漢行。歎時藥力薄，爲客羸瘵成。吾人詩家秀一作流，博采世上名。粲粲元道州，前聖畏後生。觀乎春陵作，欻見俊哲情。復覽賊退篇，結也實國楨。賈誼昔流慟，匡衡嘗引經。道州憂一作哀黎庶，詞氣浩縱橫。兩章對秋月一作水，一字偕華星。致君唐虞際，純一作淳朴憶大庭。何時降璽書，用爾爲丹青〔二〕。獄訟永永州本作久衰息，豈惟偃甲兵。悽惻念誅求，薄斂近休明。乃知正人意，不苟飛長纓。涼飆振南嶽，之子寵若驚。色沮金印大，興含滄浪一作溟清〔三〕。我多長卿病，日夕思朝廷。肺枯渴太甚，漂泊公孫城。呼兒具紙筆，隱几臨軒楹。作詩呻吟內，墨淡字欹傾。感彼危苦詞，庶幾知者聽。

〔一〕《唐書·地理志》：道州江華郡，屬江南西道。《元結傳》：代宗立，結授著作郎。久之，拜道州刺史。

〔二〕魏文帝詩：華星出雲間。《莊子》：昔容成氏、大庭氏結繩而用之，若此時則至治也。《左傳注》：大庭氏，古國名，在魯城內。《古史考》：大庭氏，姜姓，以火德王，號曰炎帝。《漢·循吏傳》：二千石有治效，輒用璽書勉勵焉。《鹽鐵論》：公卿者，神化之丹青。

〔三〕《晉·周顗傳》：今年殺諸賊奴，取金印如斗大，繫肘後。「正人」以下，因元詩有歸老江湖之志，故以此美之。

舂陵行有序　元結

癸卯歲，漫叟授道州刺史。道州舊四萬餘户，經賊已來，不滿四千，大半不勝賦税。到官未五十日，承諸使徵求符牒二百餘封，皆曰：「失其限者，罪至貶削。」嗚呼！若悉應其命，則州縣破亂，刺史欲焉逃罪；若不應命，又即獲罪戾，必不免也。吾將守官，静以安人，待罪而已。此州是舂陵故地，故作《舂陵行》以達下情〔一〕。

軍國多所須，切責在有司。有司臨郡縣，刑法竟一作意欲施。供給豈不憂，徵斂又可悲。州小經亂亡，遺人實困疲。大鄉無十家，大族命單羸。朝飧是草根，暮食乃樹皮。出言氣欲絶，意速行步遲。追呼尚不忍，況乃鞭朴之！郵亭傳急符，來往跡相追。更無寬大恩，但有迫促期。欲令鬻兒女，言發恐亂隨。悉使索其家，而又無生資。聽彼道路言，怨傷誰復知！去冬山賊來，殺奪幾無遺。所願見王官，撫養以惠慈。奈何重驅逐，不使存活爲！安人天子命，符節我所持。州縣忽一作復亂亡，得罪復是誰？逋緩違詔令，蒙責固所宜。前賢重守分，惡以禍福一作敗移。亦云貴守官，不愛能適時。顧惟孱弱者，正直當不虧。何人采國風，吾欲獻此辭。

〔一〕《漢書》：零陵郡泠道縣有春陵鄉。《水經注》：都谿水出春陵縣北二十里仰山。縣本泠道縣之春陵鄉，蓋因春谿爲名矣。漢長沙定王分以爲縣，武帝元朔五年，封王仲子買爲春陵節侯。《唐書》：大曆二年，于道州東南二百二十里，春陵侯故城北十五里置大曆縣。

賊退示官吏有序　元結

癸卯歲，西原賊入道州，焚一作殺掠幾盡而去。明年，賊又攻永破邵，不犯此州邊鄙而退。豈力能制敵與？蓋蒙其傷憐而已。諸使何爲忍苦徵斂，故作詩一篇以示官吏〔一〕。

昔歲逢太平，山林二十年。泉源在庭户，洞壑當門前。井税有常期，日晏猶得眠。忽然遭世變，數歲親戎旃。今來典斯郡，山夷又紛然。城小賊不屠，人貧傷可憐。是以陷鄰境，此州獨見全。使臣將王命，豈不如賊焉。今彼徵斂者，迫之如火煎。誰能絶人命，以作時世賢。思欲委符節，引竿自刺船。將家就魚菱一作麥，窮一作歸老江湖邊。

〔一〕按：《唐書·西原蠻傳》：西原種落張侯、夏永等内寇，陷道州，據城五十餘日，桂管經略使邢濟擊平之。餘衆復圍道州，刺史元結固守不下。今序云「不犯此州邊鄙」，疑史有誤。《杜詩博議》：顔魯公撰《次山墓碑》云：「君在州二年，歸者萬餘家，賊亦懷畏，不敢來犯。」與次山詩序語合，唐史之誤明矣。

杜工部詩集卷之十三

松陵　朱鶴齡　輯註

大曆中，公居夔州作

示獠奴阿段

《北史》：獠者，南蠻别種，無名字，以長幼次第呼之。丈夫稱阿謨、阿段，婦人稱阿夷、阿等之類，皆語之次第稱謂也。

山木蒼蒼落日曛，竹竿褭褭細泉分。郡人日夜争餘瀝，豎黄作稚子尋源獨不聞。病渴三更廻白首，傳聲一注濕青雲。曾驚陶侃胡奴異，怪爾常穿虎豹群〔一〕。

〔一〕舊注：陶侃家僮千餘人，嘗得胡奴，不喜言。侃一日出郊，奴執鞭以隨。胡僧見而驚，禮曰：「此海山使者也。」侃異之。至夜，失奴所在。按：此事見今本劉敬叔《異苑》，説者以僞撰疑之，當更考。《補注》：顧炎武曰：古人經史，俱是寫本。子美久客四方，未必能攜，一時用事之誤，固所不免。「曾經陶侃胡奴異」，蓋謂士行有胡奴可比阿段。胡奴，乃侃子範小字，非奴也。或曰：當作「陶峴胡奴」，事見《甘澤謡》。

峽中覽物

曾爲掾吏趨三輔，憶在潼關詩興多〔一〕。巫峽忽如瞻華嶽，蜀江猶似見黄河〔二〕。舟中得病移衾枕，洞口經春長薜蘿。形勝有餘風土惡，幾時回首一高歌〔三〕。

〔一〕掾吏，謂爲華州功曹。

〔二〕潼關、西嶽，皆在華州，黄河亦經華而東。

〔三〕回首高歌，言離峽中而去。

憶鄭南

舊作「憶鄭南玭」。玭，蒲眠切，珠名。吴若注：玭，疑作玼，音泚，玉色鮮潔也。按：鄭南，華州鄭縣之南。詳詩意，只是憶鄭南寺舊遊耳。玭字或訛或衍。趙云：師民瞻本削去玭字，《草堂》本亦作《憶鄭南》。今從之。

鄭南伏毒寺舊作守，趙定作寺，瀟灑到江心〔一〕。石影銜珠閣，泉聲帶玉琴〔二〕。風杉曾曙倚，雲嶠憶春臨。萬里蒼茫一作浪水一作外，龍蛇只自深〔三〕。

〔一〕蔡曰：伏毒寺，在華州鄭縣。《劉禹錫别集》云：「舅氏牧華州，前後由華覲謁，陪登伏毒寺，曾題詩于梁」，即此是也。

〔二〕嵇康《琴賦》：徽以荆山之玉。江淹《去故鄉賦》：撫玉琴兮何親。

〔三〕言峽水蒼茫，徒爲龍蛇窟穴耳，嘆鄭南江心之不得到也。

贈崔十三評事公輔

飄飖西極馬，來自渥洼池。颯飄似立切寒一作定，一作鄧山桂，低徊風雨枝。我聞龍正直，道屈爾何爲。且有元戎命，悲歌識者知流俗本作誰〔一〕。官聯辭冗長去聲，行路洗一作徙欹危。脱劍主人贈，去帆春色隨。陰沈鐵鳳闕，教練羽林兒〔二〕。天子朝侵早，雲臺仗數移。分軍應供給，百姓日支離。黠吏因封己，公才或守雌〔三〕。燕王買一作賈駿骨，渭老得熊羆。活國名公在，拜壇群寇疑。冰壺動瑶碧，野水失蛟螭〔四〕。入幕諸彦聚一作集，渴賢高選宜。騫騰坐可致，九萬起於斯。復進出矛戟，昭然開鼎彝〔五〕。會看之子貴，歎及老夫衰。豈但江曾決，還思霧一披〔六〕。暗塵生古鏡，拂匣照西施。舅氏多人物，無慚困翮垂〔七〕。

〔一〕《唐韻》：颯飄，大風也。謝靈運《入華子岡》詩：南州實炎德，桂木凌寒山。元戎命，言應羽林軍帥之命。

〔二〕《漢書》：建章宮東則鳳闕，高二十餘丈。《西都賦》注：圓闕上作鐵鳳凰，令張兩翼，舉頭敷尾。　羽林，注見二卷。　按：評事掌出使推按，不爲冗官。此云「官聯辭冗長」，又云「教練羽林兒」，蓋崔自外僚徵入朝，爲羽林幕職，評事恐是兼官，或先曾以評事貶斥。

〔三〕《國語》：引黨以封己。注：封，厚也。《晉書》：孔愉有公才而無公望。《老子》：知其雄，守其雌。

〔四〕《戰國策》：涓人爲君求千里馬，馬已死，買其骨五百金，返以報，君大怒。涓人曰：「死馬且買之，況生馬乎？馬今至矣。」不三年，千里馬至者三。　活國、拜壇，言羽林帥府得人。　玉壺消冰、蛟螭失水，言群盜將盪滅也。

〔五〕《世説》：見鍾士季如觀武庫，但覩矛戟。

〔六〕趙曰：江曾決，言向聞評事言論，如江河之決也。　披霧，注見一卷。

〔七〕困翮，公自謂也。

奉寄李十五秘書文嶷二首

避暑雲安縣，秋風早下來。暫留刊作之魚復浦，同過楚王臺〔一〕。猿鳥千崖窄，江湖萬里開〔二〕。竹枝歌未好，畫舸莫陳作且遲一作輕回〔三〕。

〔一〕魚復，注見十二卷。錢箋：《寰宇記》：楚宫，在巫山縣西二百步陽臺古城内，即襄王所遊之地。陽雲臺，高一百二十丈，南枕長江。時秘書將適洪州，故公與之期會于夔如此。

〔二〕千崖窄，言峽中多崖嶂而少平地。萬里開，出峽之景也。

〔三〕舊注：竹枝歌，巴渝之遺音，惟峽人善唱。劉禹錫《竹枝詞序》：建平里中兒，聯歌竹枝，吹短笛擊鼓以赴節，歌者揚袂雜舞，以曲多爲賢，音中黄鐘之羽，其卒章激訐如吴聲。何宇度《談資》：竹枝歌悽惋悲怨，蘇長公云：有楚人哀屈弔賈之遺聲焉。《鶴林玉露》載，宋時三峽猶能歌之，今則亡矣。竹枝歌未好，公不以巴渝之音爲好也。畫柯莫遲廻，促其早至而出峽也。解者多失之。

行李千金贈，衣冠八尺身。飛騰知有策，意度不無神。班秩兼通貴，公侯出異人〔一〕。玄成負文彩，世業豈沈淪〔二〕。

〔一〕《唐書》：秘書郎，從六品上。故曰「通貴」。

〔二〕韋玄成，注見二卷。

貽華陽柳少府

《唐書》：華陽縣屬成都府，貞觀十七年析成都縣置。

繫馬喬木間，問人野寺門。柳侯披衣笑晉作嘯，見我顔色温〔一〕。並坐石堂下一作石下堂，一云堂下石，俛視大江奔。火雲洗月露，絶壁上朝暾。自非曉相訪，觸熱生病根〔二〕。南方六七月，出入異中原。老少多暍於歇切死，汗踰水漿翻。俊才得之子，筋力不辭煩〔三〕。指揮當世事，語及戎馬存。涕淚一云流涕濺我裳，悲風一作氣排帝閽。鬱陶抱長策，義仗知者論。吾衰病江漢，但媿識璵璠。文章一小技，于道未爲尊。起予幸班白，因是託子孫〔四〕。俱客古信州，結廬依毀垣。相去四五里，徑微山葉繁〔五〕。時危挹佳士，況免軍旅喧。醉從趙女舞，歌鼓秦人盆〔六〕。子壯顧我傷，我驩兼淚痕。餘生如過鳥，故里今空村。

〔一〕陶潛詩：相思則披衣，言笑無厭時。

〔二〕謝靈運詩：晚見朝日暾。暾，日始出貌。

〔三〕《漢紀》：元封四年夏，大旱，民多暍死。暍，傷暑也。《世説》：魏文帝問鍾毓：「面何以汗？」對曰：「兢兢皇皇，汗出如漿。」

〔四〕《世説》：曹公少時見橋玄，玄謂曰：「吾老矣，當以子孫相累。」

〔五〕《舊唐書》：夔州本梁信州，隋爲巴東郡，武德元年改信州，二年又改夔州。《新書》：避皇外祖獨孤信諱，改夔州。

〔六〕李斯《書》：擊甕叩缶，彈箏拊髀而歌嗚嗚快耳者，真秦之聲也。楊惲《書》：家本秦也，能爲秦聲。婦，趙女也，雅善鼓瑟。酒後耳熱，仰天拊缶而歌嗚嗚。《爾雅》：盆，謂之缶。

雷

大旱山嶽焦，密雲復無雨。南方瘴癘地，罹此農事苦〔一〕。封内必舞雩，峽中喧擊鼓。真龍竟寂寞，土梗空傴音呂俯他本作俯傴〔二〕。吁嗟公私病，稅斂缺不補。故老仰面啼，瘡痍向誰數。暴尪或前聞，鞭巫非稽古〔三〕。請先偃甲兵，處分聽人主。萬邦但各業，一物休盡取〔四〕。水旱其數一云數至然，堯湯免親覩。上天鑠金石，群盜亂豺虎。二者存一端，愆陽不猶愈〔五〕。昨宵殷其雷，風過齊萬弩。復吹霾翳散，虛覺神靈聚。氣暍腸胃融，汗濕一作滋衣裳污一作腐。吾衰猶一作尤拙計一云計拙，失望築場圃。

〔一〕《莊子》：大旱金石流、土山焦而不熱。

〔二〕《周禮·司巫》：若國大旱，則率巫而舞雩。《神農求雨書》：祈雨，不雨則暴巫，暴巫而不雨，則積薪擊鼓而焚山。土梗，土人也。《左傳》：一命而傴，再命而傴，三命而俯。傴俯，言鞠躬以祈神也。

〔三〕《左傳》：僖二十一年夏，旱，公欲焚巫尪，臧文仲曰：「非旱備也。」注：尪者，瘠病之人，其面上向，俗謂天哀其病，恐雨入其鼻，故爲之旱，所以公欲焚之。《禮記》：歲旱，穆公召縣子而問曰：「天久不雨，吾欲暴尪而奚若？」曰：「天則不雨，而暴人之疾子，虐，毋乃不可與。」「然則吾欲暴巫而奚若？」曰：「天則不雨，而望之愚婦人，于以求之，毋乃已疏乎？」

〔四〕四語言救旱之道，譏方鎮之擅兵橫斂也。

〔五〕《招魂》：「十日代出，流金鑠石。」○言水旱之數，堯湯不免，且亢陽雖酷，不猶愈于盜賊乎？

火

楚一作焚山經月火，大旱則斯舉。舊俗燒蛟一作蛇龍，驚惶致雷雨。爆皮教切嵌丘銜切魑魅泣，崩凍嵐陰昈侯古切〔一〕。羅落沸百泓，根源皆萬一作太古。青林一灰燼，雲氣無處所〔二〕。入夜殊黄作珠赫然，新秋照牛女。風吹巨焰作，河掉一作淡，《正異》定作漢騰煙柱。勢欲焚崑崙，光彌焮香靳切洲渚〔三〕。腥至焦長蛇，聲吼一云吼争纏猛虎。神物已高飛，不一作只見石與土〔四〕。爾寧要謗讟，憑此近熒侮。薄關長吏憂，甚昧至精主〔五〕。遠遷誰撲滅，將恐及環堵。流汗卧江亭，更深氣如縷〔六〕。

〔一〕《韻會》：嵌岩，山險貌。《文選注》：《埤蒼》：昈，赤文也。《廣韻》：昈，文采狀。又，明也。言積凍之地爲火所崩迫，故嵐陰皆有赤光。

〔二〕羅落沸百泓，言火燼周圍隕落，泓水盡爲沸騰也。《高唐賦》：風止雨霽，雲無處所。

〔三〕照牛女，火光燭天也。黄曰：《舊書》：大曆元年，三月不雨，至于六月。今詩云「新秋照牛女」，殆是山南入秋猶未雨也。蔡曰：河掉，河漢之掉也。按：此解未安。當以《正異》爲是。或本作淡，「淡」乃「漢」字之訛耳。烟柱，烟直上如柱然。《書》：火炎崑岡，玉石俱焚。《左傳》：行火所焮。焮，炙也。

〔四〕言蛟龍高飛，石土不碍。《貴耳集》：古傳龍不見石，人不見風，魚不見水。

〔五〕言蛟龍神物，奈何爲焚山之舉，以謗讟而焚侮之？此固舊俗不經，實因長吏薄于憂民，不知以精誠爲主，盡祈救之道耳。「薄關長吏憂」，微刺當時郡邑有司也。夢弼注：薄，讀伯各切，謂迫近郊關也。恐不然。

〔六〕《上林賦》：爛熳遠遷。《詩》：將恐將懼。

熱三首

雷霆空霹靂，雲雨竟虚無〔一〕。炎赫衣流汗，低垂氣不蘇〔二〕。乞爲寒水玉，願作冷秋菰〔三〕。何晉作那似兒童歲，風涼出舞雩。

〔一〕《上林賦》：乘虚無，與神俱。

〔二〕《史記》：漢軍皆披靡。《正義》：靡，謂精體低垂。

〔三〕《山海經》：堂庭之山多水玉。注：水精也。

瘴雲終不滅，瀘水復西來〔一〕。閉户人高卧，歸林鳥却回。峽中都似火，江上只空晉作聞雷。想見陰宫雪，風門颯沓一作踏開〔二〕。

〔一〕《後漢書》注：瀘水，一名若水，出旄牛徼外，經朱提至僰道入江，在今嶲州。時有瘴氣，三月、四月經之必死。五月以後，行者差得無害。故諸葛《表》云「五月渡瀘」，言其艱苦也。《一統志》：瀘江在瀘州城東，入合江縣界。

〔二〕繁欽《暑賦》：雖托陰宫，罔所避旃。傅毅《舞賦》：颯沓合并。

朱李沈不冷，彫胡晉作菰炊屢新〔一〕。將衰骨盡痛，被暍一作褐，非味空頻。欻翕炎蒸景，飄颻征戍一作伐人。十年可解甲，爲爾一霑巾。

〔一〕魏文帝詩：沈甘瓜于清泉，浸朱李于寒水。炊屢新，以熱甚不能餐。

七月三日亭午已後校熱退晚加小凉穩睡有詩因論壯年樂事戲呈元二十一曹長

今兹商用事，餘熱亦已末。衰年旅炎方，生意從此活〔一〕。亭午减汗流，比一作北鄰耐人聒。

晚風爽烏巵遏合切，筋力蘇摧折〔二〕。閉目踰十旬，大江不止渴。退藏恨雨師，健步聞旱魃〔三〕。園蔬抱金玉，無以供採掇。密雲雖聚散，徂暑終衰歇。前聖沓古慎字焚巫，武王親救暍。陰陽相主客，時序遞回斡烏括切〔四〕。灑落惟清秋，昏霾一空闊。蕭蕭紫塞雁，南向欲行列〔五〕。欻思紅顏日，霜露凍堦闥。胡馬挾雕弓，鳴弦不虛發。長鈚音批逐狡兔，突羽當滿月。惆悵白頭吟，蕭條游俠窟〔六〕。臨軒望山閣，縹緲安可越。高人鍊丹砂，未念將朽骨〔七〕。少壯跡頗踈，歡樂曾倏忽。杖藜風塵際，老醜難剪拂。吾子得神仙，本是池中物。賤夫美一睡，煩促嬰詞筆。

〔一〕《月令》：孟秋之月，其音商，律中夷則。

〔二〕薛夢符曰：烏巵，烏巾也。趙曰：今亦有巵頂巾之語。按：《博物志》：魏武作白帢。《禮部韻略》：帢，帽也，亦作帢，士服，狀如弁，缺四角。至「巵」字，古人多用，如鮑照詩「銀屏巵匝」，公詩「馬頭金巵匝」，《唐書》「楊再思阿巵取容」，「盧杞諂諛阿巵」，皆不以言巾。吳若注云：「巵，當作帢，音恰。」殆是，今字書多從之。洪駒父謂：烏巵，不舒貌。此臆說耳。

〔三〕《山海經》：黃帝攻蚩尤于冀州之野，蚩尤請風伯雨師縱大風雨，帝下天女曰魃，雨止，遂殺蚩尤。魃不得復上，所居不雨。《神異經》：南方有人，長二三尺，裸身而目在頂上，走行如風，名曰⿰鼠叚，俗曰旱魃，所見之國大旱，赤地千里。

〔四〕《帝王世紀》：武王自孟津還，及于周，見暍人，王自左擁而右扇之。謝惠連《七夕》詩：傾河易回斡。

〔五〕《古今注》：秦築長城，土色皆紫，漢塞亦然。《月令》：季秋之月，鴻雁來賓。

〔六〕《上林賦》：弦不虚發。《廣韻》：鈚，箭也。《通俗文》：骨鏃曰䈙，鐵鏃曰鏑，鳴箭曰骹，鼺葉曰鈚，皆古制。劉孝威賦：彎弓滿月之勢。李白詩：彎弓綠弦開，滿月不憚堅。趙曰：突羽，言羽箭奔突。當滿月，言挽弓之滿如月，箭當其間。郭璞詩：京華遊俠窟。

〔七〕山閣，元曹長所居。

牽牛織女

牽牛出河西，織女處其東。萬古永相望，七夕誰見同。神光竟難候，此事終蒙朧。颯然精靈魯訔作爽合，何必秋遂逢他本作通〔一〕。亭亭新粧立，龍駕具曾空一作穹。世人亦爲爾，祈請走兒童。稱家隨豐儉，白屋達公宫。膳夫翊堂殿，鳴玉淒房櫳〔二〕。曝衣遍天下，曳月揚微風。蛛絲小人態，曲綴一作掇瓜果中。初筵裛重露，日出甘所終一作從〔三〕。嗟汝未嫁女，秉心鬱忡忡。防身動如律，竭力機杼中。雖無舅姑事，敢昧織作功。明明君臣契，咫尺或未容。義無棄禮法，恩始夫婦恭。小大有佳期，戒之在至公。方圓苟齟壯所切齬偶許切，丈夫多英雄一云勿替丈夫雄〔四〕。

〔一〕《爾雅》：何鼓謂之牽牛。注：今荆楚人呼牽牛星爲擔鼓。擔者，何也。《晉志》：織女三星，在天紀東端，天女也，主果蓏、絲帛、珍寶。陸機詩：牽牛西北迴，織女東南顧。周處《風土記》：七月七日夜，洒掃于庭，露施几筵，設酒脯時果，散香粉于筵上，以祀河鼓織女，言此二星辰當會。少年守夜者咸懷私願，或云見天漢中奕奕正白氣，有光曜五色，以此爲徵，便拜而乞願。○《容齋隨筆》：宋蒼梧王當七夕，令楊玉夫伺織女渡河，曰：「見則報我，不見當殺汝。」錢希白《洞微志》載：蘇德奇爲徐肇祀其先人，曰：「當夜半可見。」翟公巽作《祭儀》云：或祭于昏，或祭于旦，皆非。當以鬼宿渡河爲候。而鬼宿渡河，常在中夜，必使人仰占以俟之。予按：經星終古不動，鬼宿隨天西行，春昏見于南，夏晨見于東，秋夜半見于東，冬昏見于東。安有所謂渡河及常在中夜之理？織女昏晨與鬼宿正相反，其理則同。蒼梧狂悖小兒不足道，錢、翟二公亦不深考，自是牽俗之過。杜詩「牽牛出河西」云云，蓋已洞曉其非實也。《補注》：朱新仲曰：牽牛，牛星也。織女，非女星。織女三星，在牛之上，主金帛。女四星，在牛之東，是須女也。須，婢之賤稱。詩人往往以織女爲牛女，誤矣。潘鴻曰：按《丹元子步天歌》云：「牛上直見三何鼓，鼓上三星號織女。更有四黄名天桴，何鼓直下如連珠。」蓋牛上四星曰天桴，桴北三星踞漢湄，曰何鼓，世謂之牽牛。自漢以來，《天文志》皆以牽牛即牛宿，而謂何鼓在牽牛北。若牽牛是六星之牛宿，則當配以四星之女宿矣。織女固非女宿，牽牛亦非牛宿也，當辨之。

〔二〕謝脁《七夕賦》：回龍駕之容裔。《左傳》：有守于公宫。

〔三〕崔寔《四民月令》：七月七日，曝經書及衣裳。謝莊賦：曳雲表之素月。《荆楚歲時記》：七夕，人家婦女結綵縷，穿七孔針，陳瓜果于庭中以乞巧。有蟢子網于瓜上者，則以爲得巧。陶潛詩：裛露掇其英。甘所終，言日出始休也。

〔四〕《九辨》：圜鑿而方枘兮，吾固知其鉏鋙而難入。枘，音芮，木端所以入鑿。

牛女會合，自漢人已有其説。吴均《齊諧》又譔桂陽城武丁事以實之，世俗多爲所惑。公故首闢其誣，而終言夫婦之義通于君臣，近雖咫尺，非佳期不合，苟棄禮失身，能不爲丈夫所賤耶？或曰：此託意君子進身之道，感牛女事而發之。

熱毒寄簡崔評事十六弟

大火舊作暑，《正異》定作火運金氣，荆揚不知秋。林下有塌翼，水中無行舟。千室但掃地，閉關人事休〔一〕。老夫一作大轉不樂，旅次兼百憂。蝮蛇暮偃蹇，空牀難暗投。炎宵惡明燭，況乃懷舊丘。開襟仰内弟《英華》同，一作第，非，執熱露白頭。束帶負芒刺，接居成阻脩〔二〕。何當清霜飛，會子臨江樓。載聞大易義，諷詠一作興詩家流。藴藉異時輩，檢身非苟求。皇皇使臣體，信是德業優〔三〕。楚材擇杞梓，漢苑歸驊騮。短章達我心，理爲一作待識者籌〔四〕。

〔一〕大火，注見十一卷。《月令》：孟秋之月，盛德在金。　陳琳檄：忠義之佐，垂頭搨翼。趙曰：搨翼，謂鳥以熱而難飛也。

〔二〕《白帖》：舅子爲内兄弟。　陸厥有《答内兄顧希叔》詩。　崔評事乃公諸舅之子，故曰「内弟」。

〔三〕《詩序》：皇華，遣使臣也。《唐書》：評事，掌出使推按。

〔四〕《左傳》：晉卿不如楚，其大夫則賢，皆卿材也。如杞梓皮革，自楚往也。雖楚有材，晉實用之。　舊注：杞梓、驊騮，皆美評事。

殿中楊監見示張旭草書圖

《唐書》：殿中省監一人，掌天子服御之事。　張旭草書，注見一卷。

斯人已云亡，草聖秘難得。及兹煩見示，滿目一悽惻。悲風生微綃，萬里起古色〔一〕。鏘鏘鳴玉動，落落群松直。連山蟠其間，溟漲與筆力〔二〕。有練實先書，臨池真盡墨。俊拔爲之主，暮年思轉極。未知張王後，誰並百代則〔三〕。嗚呼東吴精，逸氣感清識。楊公拂篋笥，舒卷忘寢食。念昔揮毫端，不獨觀酒德〔四〕。

〔一〕潘岳詩：凱風揚微綃。

〔二〕《法書要録》：索靖章草書，若雪嶺孤松，冰河危石。　蕭思話行草，如連岡盡望，勢不斷絶。　謝靈運詩：溟漲無端倪。《南史》：王僧虔論書云：「張芝、索靖、韋誕、鍾會、二衛，並得名前代，無以辨其優劣，惟見筆力驚異耳。」

〔三〕衛恒《書勢》：弘農張伯英，凡家之衣帛，必先書而後染練之。臨池學書，池水盡黑，韋仲將謂之草聖。張、王，張芝、王羲之也。《羲之傳》：我書比鍾繇當抗行，比張芝草猶當雁行。

〔四〕錢箋：李頎《贈張顛》詩：「皓首窮草隸，時稱太湖精。」清識，謂楊監。劉伶有《酒德頌》。旭飲醉輒書，故云。

楊監又出畫鷹十二扇

近時馮紹正，能畫鷙鳥樣。明公出此圖，無乃傳其狀〔一〕。殊姿各獨立，清絕心有向一作尚。疾禁平聲千里馬，氣敵萬人將。憶昔驪山宫，冬移含元仗。天寒大羽獵，此物神俱王。當時無凡材，百中皆用壯〔二〕。粉墨形似間，識者一惆悵。干戈少暇日，真骨老崖嶂。爲君除狡兔，會是翻一作飛韝上。

〔一〕錢箋：《歷代名畫記》：馮紹正，開元中任少府監，八年爲户部侍郎，善畫鷹鶻雞雉，盡其形態，嘴眼脚爪毛彩俱妙。曾于禁中畫五龍堂，有降雲蓄雨之感。謝赫《畫評》：畫有傳移摹寫，爲六法之一。張彦遠云：顧愷之有摹搨妙法。古時好搨畫，十得七八。亦有御府搨本，謂之宫搨。十二扇，蓋搨馮監畫本也。

〔二〕《津陽門詩》注：申王有高麗赤鷹，岐王有北山黄鶻，逸氣奇姿，特異他等。上每校獵，必置于駕前，目爲決勝兒。

送殿中楊監赴蜀見相公

按史：大曆元年二月，杜鴻漸鎮蜀，明年六月入朝，此詩當是元年秋作。

去水絶還波，洩雲無定姿。人生在世間，聚散亦暫時。離别重相逢，偶然豈定《正異》作足期。送子清秋暮，風物一作動長年悲〔一〕。豪俊貴勳業，邦家頻出師。相公鎮梁益，軍事無孑遺。解榻再見今，用才復擇誰〔二〕。况子已高位，爲郡得固辭。難拒供給費，慎哀漁奪私。干戈未甚息，紀綱正所持〔三〕。汎舟巨石横，登陸草露滋。山門日易久一云夕，當念居者思〔四〕。

〔一〕《淮南子》：木葉落，長年悲。

〔二〕《初學記》：劍南道，《禹貢》梁州之域也，自劍閣而南分爲益州。無孑遺，言事無遺策也。《後漢·徐穉傳》：陳蕃爲太守，惟穉來特設一榻，去則懸之。

〔三〕按《唐志》：殿中監，從三品，則其位已高。得固辭，言不得辭也。意鴻漸是時辟楊爲蜀中郡守，故云然。下四句正告以爲郡之道。

〔四〕山門，謂夔峽間。

贈李十五丈别

李十五，即前秘書文嶷。

峽人鳥獸居，其室附層巔。下臨不測江，中有萬里船。多病紛倚薄，少留改歲年〔一〕。絶域誰慰懷，開顔喜名賢。孤陋忝末親，等級敢比肩。人生意氣合，相與襟袂連。一日兩遣僕，三日一共筵。揚論展寸心，壯筆過飛泉。玄成美價存，子山舊業傳〔二〕。不聞八尺軀，常受衆目憐。且爲辛苦行，蓋被生事牽。北迴白帝棹，南入黔陽天〔三〕。汧公制方隅，迥出諸侯先。封内如太古，時危獨蕭然〔四〕。清高金莖露一作掌露，一作莖掌，正直朱絲弦。昔在堯四岳，今之黄潁川〔五〕。于邁恨不同，所思無由宣。山深水增波，解榻秋露懸〔六〕。客遊雖云久，主要陳作亦思月再圓。晨集風渚亭，醉操雲嶠篇。丈夫貴知己，歡罷念歸旋〔七〕。

〔一〕謝靈運詩：拙疾相倚薄。

〔二〕曹植《王仲宣誄》：文若春華，思若湧泉。《周書》：庾信，字子山。父肩吾，爲梁太子中庶子，掌管記室。東海徐摛，爲左衛率。摛子陵及信，並爲抄撰學士。父子在東宫，既有盛才，文並綺麗，故世號爲徐庾體焉。

〔三〕黔陽，注見十卷。

〔四〕舊注：汧公，李勉也，宗室鄭惠王孫。黄曰：《舊史》：大曆七年，勉拜工部尚書及滑亳節度，不言封汧國。《新史》謂：自嶺南節度召歸，進工部尚書，封汧國公。勉以大曆四年入嶺南，歸在五年公没之後，今此詩已云汧公，蓋《新史》誤也。錢箋：肅宗初年，勉爲梁州都督。寶應元年建辰月，党項、奴剌寇梁州，勉棄郡走，後歷河南尹，徙江西觀察使。大曆二年來朝，拜京兆尹。李十五自峽中往訪，正勉在江西時。「南入黔陽天」，自黔陽取道之豫章也。杜田注：訪勉于梁州，大誤。

〔五〕《後漢・黨錮傳》：「直如弦，死道邊。」鮑照詩：直如朱絲繩。按：《舊書》稱勉坦率淡素，好古尚奇，清廉簡易，爲宗臣之表。此數語蓋實録。

〔六〕時勉按察江西，故用陳蕃事。曰秋露，則李十五往謁在大曆元年之秋也。

〔七〕言李至豫章，必有留連詩酒之樂，然爲歡易盡，不可久遊而忘歸也。

種萵苣并序

既雨已秋，堂下理小畦，隔種一兩席許萵苣，向二旬矣，而苣不甲拆，伊人一作獨野，趙云：別本是莧青青。傷時君子，或晚得微禄，轗軻不進，因作此詩〔一〕。

陰陽一錯一作屯亂，驕蹇不復理。枯旱于其或作此中，炎方慘如燬。植物半蹉跎，嘉生將已矣〔二〕。雲雷欻奔命，師伯集所使。指揮赤白日，澒洞青光一作雷色起。雨聲先已晉作以風，散足盡西靡〔三〕。山泉落滄江，霹靂猶在耳。終朝紆颯沓，信宿罷蕭灑洒同，想里切。堂下可以畦，呼童對經始。苣兮蔬之常，隨事蓺其子。破塊數席間，荷鋤功易止。兩旬不甲拆，空惜埋泥滓〔四〕。野莧迷汝來，宗生實於此。此輩豈無秋，亦蒙寒露委。翻然出地速，滋蔓戶庭毁〔五〕。因知邪干正，掩抑至没齒。賢良雖得禄，守道不封己。擁塞敗芝蘭，衆多盛荆杞。中園陷蕭艾，老圃永爲恥〔六〕。登於白玉盤，藉以如霞綺。莧也無所施，胡顔入筐篚〔七〕。

〔一〕《本草》：萵苣花子並同白苣，江東人謂之萵筍。莧有人、白二種，俱大寒，或謂細莧，俗謂之野莧。

〔二〕蔡邕詩：苦熱氣驕蹇。《史記》：神降之嘉生。注：嘉穀也。

〔三〕舊注：師伯，雨師、風伯也。謝朓詩：森森散雨足。宋玉《笛賦》：白日西靡。舊注：西靡，言雨散斜向西也。

〔四〕《鹽鐵論》：周公之時，風不鳴條，雨不破塊。

〔五〕《吴都賦》：宗生高岡，族茂幽草。鮑照詩：歸華先委露。

〔六〕言君子守道，異于小人之封己，猶萵苣出地不蕃，非若野莧之易蔓也。彼芝蘭擁敗，而荆杞蕭艾盛榮，物類固然，豈特苣莧哉！

〔七〕徐摘《詠橘》詩：愧以無雕飾，徒然登玉盤。　謝朓詩：餘霞散成綺。趙曰：古人每言綺饌，蓋貴家以錦綺藉食。　言玉盤霞綺之間，必苣始充用，無有薦及野莧者。是小人雖能掩抑君子，而終不爲時之所貴也。

萵苣，公以自喻，觀詩序有「晚得微禄」句，詞旨甚明。

驅豎子摘蒼耳

《爾雅注》：卷耳，或曰苓耳，形似鼠耳，叢生如盤。陸璣《詩疏》：葉似胡荽，白花，細莖，可煮爲茹。四月生子，如婦人耳璫。按《本草》：即今蒼耳。

江上秋已分，林一作村中瘴猶劇。畦丁告勞苦，無以供日夕。蓬莠獨郭作猶不燋，野蔬暗泉石。卷耳況療風，童兒且時摘一云童僕先將摘〔一〕。侵星驅之去，爛熳郭作漫任遠適。放筐亭午際，洗剥相蒙冪音密〔二〕。登牀半生熟，下筯還小益。加點瓜薤間，依稀橘一作木奴跡〔三〕。亂世誅求急，黎民糠籺音核窄。飽食復何心，荒哉膏粱客〔四〕。富家厨肉臭，戰地骸骨白。寄語惡少年，黄金且休擲。

〔一〕《本草》：卷耳主療寒痛、風濕、周痹、四肢拘攣。

〔二〕舊注：冪，覆食巾。謂洗其土，剥其毛，以巾覆之。

〔三〕趙曰：登牀，登食牀也。《荆州記》：吴丹陽太守李衡于武陵龍陽泛洲，種甘橘千株。臨死，勅其子曰：「吾洲裏千頭木奴，歲可得絹千匹。」

〔四〕《陳平傳》：亦食糠覈耳。晉灼曰：覈，音紇。京師人謂麄屑爲紇頭。

信行遠修水筒

原注：引泉筒。〇公《伐木》詩序有隸人信行。

汝性不茹葷，清浄僕夫内。秉心識本一作根源，於事少凝滯。雲端水筒坼，林表山石碎。觸熱藉子修，通流與厨會。往來四十里，荒險崖谷大。日曛驚未飡，貌赤愧相對。浮瓜供老病，裂餅常所愛。於斯答恭謹，足以殊殿最。詎要方士符，何假將軍蓋。行諸直如筆，用意崎嶇外〔一〕。

〔一〕《汝南先賢傳》：葛玄與吴大帝坐樓上，見作請雨土人，曰：「雨易得耳。」即書符著社廟中。須臾，大雨淹注，平地水尺餘。何雲曰：《真誥》有制虎豹符。此詩「方士符」，蓋用之。《示獠奴阿段》詩云：「怪爾常穿虎豹群」，此可證也。《古今注》：曲蓋，太公所作。武王伐紂，大風折蓋，太公因折蓋之形而爲曲蓋焉，戰國常以賜將軍。錢箋：按，次公引《東觀漢紀》「李貳師將軍拔佩刀刺山而泉飛出」，但無「蓋」字。高麗刻草堂詩作「佩」，較「蓋」字爲穩，宜從之。按：此言信行觸熱入山，不煩張蓋也，恐亦非用貳師事。

催宗文樹雞栅

吾衰怯行邁，旅次展崩迫。愈風傳烏雞，秋卵方漫喫〔一〕。自春生成者，隨母向百翮。驅趁制不禁，喧呼山腰宅。課奴殺青竹，終日憎一作增，晉作帽赤幘〔二〕。踏藉盤案翻，塞蹊使之隔。牆東有隙晉作閒散地，可以樹高栅。避熱時來晉作未歸，問兒所爲跡。織籠曹其内，令入不得擲。稀間蔡讀居莧切可一作苦突過，觜爪一作距還污席。我寬螻蟻遭，彼免狐貉厄。應宜各長幼，自此均勍敵〔三〕。籠栅念有修，近身見一作知損益。明明領處分，一一當剖析〔四〕。不昧風雨晨，亂離減憂慼。其流則凡鳥，其氣心匪石〔五〕。倚賴窮歲晏，撥煩去一作及冰釋。未似尸鄉翁，拘留蓋阡陌〔六〕。

〔一〕任昉表：無任崩迫之情。《本草》：烏雌雞，治風濕麻痹。張衡《南都賦》：春卵夏筍。卵，雞子也。春卵可以抱育，故秋卵方食之。

〔二〕殺青竹，火炙竹去汗則不蠹，以立栅也。錢箋：潘岳《射雉賦》：摛朱冠之赩赫。良曰：朱冠雉幘，赤也。干寶《搜神記》：安陽城南有亭，一書生明術數，入亭宿，夜半有赤幘者來，或問曰：「向赤幘者誰？」答曰：「西舍老雄雞也。」

〔三〕稀間，言柵中稀疎有間，突過污席，明織籠之不可已也。《齊民要術》：雞棲宜椽地爲籠，内著棧，安穩易肥，又免狐狸之患。

〔四〕言因修此籠柵，近譬諸身，見損益之理，莫不宜然。處分、剖析，告宗文之詞也。

〔五〕《詩》：風雨如晦，鷄鳴不已。《説文》：鳳，神鳥也。從鳥，凡聲。陸佃曰：凡鳥爲鳳，總衆鳥者也。《詩》：「我心匪石，不可轉也。」言司晨有信。

〔六〕《莊子》：涣若冰將釋。《列仙傳》：祝雞翁者，洛陽人也，居尸鄉北山下，養雞百年餘，雞至千頭，皆有名字，欲取呼名，則種别而至。賣雞及子，得千餘萬，輒置錢去之。○「撥煩去冰釋」，即上「亂離減憂慼」意也。「拘留」應「樹籠柵」，「阡陌」應「牆東隙地」。言祝雞翁任其飛走，吾則未能，故拘留而蓋之阡陌之間也。舊解都非。

白鹽山

《水經注》：廣谿峽，斯乃三峽之首也。北岸山上有神淵，淵北有白鹽崖，高可千餘丈，俯臨神淵。土人見其高白，故因名之。《方輿勝覽》：白鹽山在州城東十七里。

卓立群峰外，蟠根積水邊〔一〕。他皆任厚地，爾一作我獨近高天。白牓千家邑，清秋萬估一作古船〔三〕。詞人取佳句，刻畫竟難一作誰傳《英華》作刷練始堪傳。

〔一〕《荆州記》：白鹽崖下有黄龍灘，水最急，沿泝所忌。

〔二〕白牓，以白爲牓，今懸額是也。

灔澦堆

巨石水中央，江寒出水長。沈牛答雲雨，如馬戒舟航〔一〕。天意存傾覆，神功接混茫。干戈連解纜，行止憶垂堂〔二〕。

〔一〕沈牛，即《靈湫》詩之「沈豪牛」也。《水經》：江水又東逕廣谿峽。注：山上有神淵，天旱燃木，岸上推其灰燼，下穢淵中，尋則降雨。峽中瞿唐灘，灘上有神廟，至靈驗，商旅上下，饗薦不輟。如馬，注見十二卷。

〔二〕《相如傳》：家累千金，坐不垂堂。

灔澦

灔澦既没孤根深，西來水多愁太陰〔一〕。江天漠漠鳥雙去，風雨時時龍一吟。舟人漁子歌回首，估客胡商淚滿襟。寄語舟航惡年少，休翻鹽井擲一作横，一云摸黄金〔二〕。

〔一〕吴楊泉《五湖賦》：太陰之所毖，玄靈之所遊。
〔二〕翻鹽井以逐厚利，必不顧沈溺之患，故公以戒之。

白帝

白帝城中雲出門魯作城頭雲若屯，白帝城下雨翻盆。高江急峽雷霆鬭，翠一作古木蒼一作長藤日月昏。戎一作去馬不如歸馬逸，千家今有百一作十家存。哀哀寡婦誅求盡，慟哭秋原何處村。

黄草

黄草峽西船不歸，赤甲山下行人《正異》作人行稀〔一〕。秦中驛使無消息，蜀道兵一作干戈有是非〔二〕。萬里秋風吹錦水，誰家别淚濕羅衣。莫愁劍閣終堪據，聞道松州已被圍。

〔一〕《水經注》：江水又東，右逕黄葛峽，山高峽嶮，無人居。又左逕明月峽。《益州記》：涪州黄葛峽有相思崖，今名黄草峽。山草多黄，故名。《通鑑》：大曆四年，涪州守捉使王守仙伏兵黄草峽。胡三省曰：黄草峽在涪州之西。《水經》：江水又東南，逕赤岬西。注：是公孫述所造，因山據勢，周廻七里一百四十步，東高二百丈，西北高一千丈，南連基白帝。山甚高大，不生樹木，其石悉赤。土人云：如人袒胛，故謂之赤甲山。《荆州圖經》：魚復縣西北赤甲山，東連白帝城，西臨大江。《一統志》：在今夔州府城北。

〔二〕鮑曰：蜀道兵戈，言崔旰之亂。

按史：杜鴻漸至蜀，崔旰與楊子琳、柏茂林等各授刺史防禦，而不正旰專殺主將之罪，故有「兵戈是非」之語。蓋言崔氏亂成都，柏、楊討之，其是非不可無辨也。然旰本建功西山，郭英乂通其妾媵，激之生變，其罪有不專在旰者。未幾釋甲，隨鴻漸入朝，而吐蕃則歲歲爲蜀患。故末語又不憂劍閣而憂松州也。松州先爲吐蕃所陷，此云「已被圍」，必中間嚴武又收復。又按：此詩首二語，乃夔州作無疑，黄鶴疑「松州被圍」，謂廣德元年事，因以「秦中驛使」爲李之芳使吐蕃，「蜀道兵戈」爲徐知道據劍閣。全解俱謬，今以舊編正之。

夔州歌十絶句

中巴之東巴東山，江水開闢流其間〔一〕。白帝高爲三峽鎮，夔州一作瞿唐險過百牢關〔二〕。

〔一〕《華陽國志》：劉璋分巴，以墊江以上爲巴郡，巴郡居巴西、巴東之中，曰中巴。《水經注》：章武二年，改白帝爲永安，巴東郡治也。

〔二〕《唐書》：漢中郡西縣西南有百牢關。錢箋：《圖經》：百牢關，孔明所建，故基在今興元西縣，兩壁山相對，六十里不斷，漢江水流其間，乃入金牛益昌路也。《寰宇記》：隋開皇中置，以入蜀路險，號曰百牢。

白帝夔州各異城，蜀江楚峽混殊名〔一〕。英雄割據非天意，霸王蔡讀去聲，一作主并吞在物情〔二〕。

〔一〕陸游《入蜀記》：唐故夔州，與白帝城相連。杜詩「白帝夔州各異城」，蓋言難辨也。按：古白帝城在夔州城東，故曰「各異城」。瞿唐峽，舊名西陵峽，與荆州西陵峽相亂，故曰「混殊名」也。

〔二〕英雄割據，謂公孫述、劉焉輩。霸王并吞，如漢高以巴蜀收中國。

群雄競起聞舊作問，卞刊作聞，郭作向前朝音潮，王者無外見今朝〔一〕。比毗至切訝漁陽結怨恨，元聽舜日舊簫韶〔二〕。

〔一〕《公羊傳》：王者無外。

〔二〕朱浮《責彭寵書》：奈何以區區漁陽，結怨天子？

赤甲白鹽俱刺七跡切天，閭閻繚繞接山巔〔一〕。楓林橘樹丹青合，複道重樓錦繡懸〔二〕。

〔一〕《南都賦》：森蓴蓴而刺天。

〔二〕《西京雜記》：終南山有樹，葉一青一赤，望之斑駁如錦繡，長安謂之丹青樹。此云丹青，謂楓葉丹、橘葉青也。

瀼奴朗切東瀼西一萬家，江北江南晉作江南江北春冬花〔一〕。背飛鶴子遺瓊蘂，相趁鳧雛入蔣牙〔二〕。

〔一〕《水經注》：白帝山城，東望瀼溪，即以爲隍。《寰宇記》：夔州大昌縣西，有千頃池，水分三道，一道南流，爲奉節縣西瀼水。《入蜀記》：夔人謂山澗之流通江者曰瀼，居人分其左右，謂之瀼東、瀼西。

〔二〕擬李陵《别詩》：雙鳧相背飛，相遠日已長。趙曰：《楚詞》「屑瓊蘂以爲糧」，是言玉英。陸士衡《擬古》「上山采瓊蘂」，則言花之白也。王粲《白鶴賦》：食靈岳之瓊蘂。《海賦》：鳧雛離縰，鶴子淋滲。《蜀都賦》：攢蔣叢蒲。注：蔣，菰名也。

東屯稻畦一百頃，北有澗水通青苗〔一〕。晴浴狎鷗分處處，雨隨神女下朝朝〔二〕。

〔一〕《困學紀聞》：東屯乃公孫述留屯之所，距白帝城五里。東屯之田可百頃，稻米爲蜀第一。《四川總志》：東瀼水在府治東十里，公孫述于東瀼濱墾稻田，號曰東屯。《困學紀聞》：東屯有青苗陂。《一統志》：青苗陂在瞿唐東，畜水溉田，民得其利。

〔二〕孫綽詩：物我俱忘懷，可以狎鷗鳥。

蜀麻吴鹽自古通，萬斛之舟行若風〔一〕。長展兩切年三老長歌裏，白晝攤錢高浪中《江鄰幾雜志》作白馬灘前高浪中〔二〕。

〔一〕《補注》：顧炎武曰：子美詩「蜀麻吴鹽自古通」，又曰：「風烟渺吴蜀，舟楫通鹽麻」，又曰：「蜀麻久不來，吴鹽擁荆門」，可證唐時行鹽，不以地限。若如今日之法，各有行鹽地界，吴鹽安得至蜀哉？

〔二〕《梁冀傳》：能意錢之戲。注：何承天《纂文》曰詭億，一曰射意，一曰射數，即攤錢也。

憶昔咸陽都市合，山水之圖張賣時。巫峽曾經寶屏見，楚宫猶對碧峰疑。

武侯祠堂一作生祠不可忘，中有松柏參天長。干戈滿地客愁破，雲日如火炎天涼。

閬風玄圃與蓬壺，中有高堂諸本同，晉作唐天下無〔一〕。借問夔州壓何處，峽門江腹擁城隅。

〔一〕閬風、玄圃，在崑崙。蓬壺，在東海。

諸將五首

漢朝陵墓對南山，胡虜千秋尚入關〔一〕。昨日玉魚蒙葬地，早時金盌出人間〔二〕。見音現愁汗馬西戎逼，曾閃朱旗北斗殷荆作閒，諸本多同。《正異》定作殷〔三〕。多少材官守涇渭，將軍且莫破愁顔〔四〕。

〔一〕《後漢·董卓傳》：卓留屯畢圭苑中，使吕布發諸帝陵及公卿以下冢墓，收其珍寶。　關，潼關也。禄山入長安，諸陵必遭焚毁。公不忍斥言，故託之漢朝陵墓耳。

〔二〕《西京新記》：宣政門内曰宣政殿，初成，每見數十騎馳突出，高宗使巫祝劉明奴問其所由。鬼曰：「我，漢楚王戊太子，死葬于此。」明奴曰：「《漢書》，戊與七國反，誅死無後，焉得葬此？」鬼曰：「我當時入朝，以路遠不從坐，後病死，天子于此葬我，《漢書》自遺誤耳。」明奴因宣詔，欲爲改葬。鬼曰：「出入誠不安，改葬幸甚。天子歛我玉魚一雙，今猶未朽，勿見奪也。」明奴以事奏聞。及發掘，玉魚宛然，棺柩略盡。　舊注：《搜神記》：盧充家西有崔少府墓，充一日入一府舍，見少府，少府以小女與充爲婚。三日，崔曰：「君可歸，女生男，當以相還。」居四年，三月三日，臨水戲，忽見崔氏抱兒還充，又與金盌，并贈詩云云。充取兒、盌及詩，女忽不見。充詣市賣盌，崔女姨母曰：「昔吾妹嫁少府，生女，未出而亡，贈一金盌著棺中。」蔡曰：當作「玉盌」，見《漢武故事》。按：《漢武故事》：鄴縣有一人，于市貨玉杯，吏疑其御物，欲捕之，因忽不見。縣送其器，推問，乃茂陵中物也。霍光自呼吏問之，説市人形貌如先帝。《南史》：沈炯爲魏所虜。嘗獨行，經漢武通天臺，爲表奏之。其略曰：「甲帳珠簾，一朝零落；茂陵玉盌，遂出人間。」即此事也。然易玉爲金，義有未安。此與「空餘金盌出」蓋皆借用盧充事。《杜詩博議》：戴叔倫《贈徐山人》詩云：「漢陵帝子黃金盌，晉代仙人白玉棺。」可見玉魚、金盌，皆用西京故實，與首句「漢朝陵墓」相應，但漢後稗史自《西京雜記》、《風俗通》、《拾遺記》諸書而外，傳者絶少，無從考據耳。盧充幽婚，恐尚非的證。

〔三〕《代宗紀》：永泰元年八月，僕固懷恩誘吐蕃寇奉天、醴泉，党項羌、渾、奴剌寇同州、盩厔，京師戒嚴。《東京賦》：杖朱旗而建大號。《御覽》：《東觀漢記》云：段熲徵還，京師鼓吹，曲蓋、朱旗、騎馬，殷天蔽日。周必大曰：《漢書》有「朱旗絳天」，杜云「曾閃朱旗北斗殷」，是因朱旗絳天，閃見斗亦赤也。本是殷字，於顔切，紅色也。修書時宣宗諱正緊，或改作「閒」。今既祧不諱，則是「殷」字何疑。按：《左傳》：三辰旂旗。疏云：畫北斗七星。《漢書》：招摇靈旗，九夷賓將。注云：畫招摇于旗，以征伐。招摇，北斗第七星也。此詩「北斗殷」，當以旗言之。次公注謂：閃朱旗于北斗，城中閒暇自若。文義難通，用修已經駁正。

〔四〕《漢書》：「材官蹶張。」涇渭在長安西北。《代宗紀》：時郭子儀自河中至，進屯涇陽，李忠臣屯中渭橋。《通鑑》：永泰元年九月丙寅，回紇、吐蕃合兵圍涇陽。及暮，二虜退屯北原。注：涇陽之北原。

此以吐蕃侵逼責諸將也。前四句追言禄山破潼關時，玉魚、金盌，援往事以戒之也。下遂言禄山之禍未已，吐蕃又屢告警急，曾不思朱旗閃斗，軍容何盛，而但任其深入内地，涇渭戒嚴，爾諸將獨不憂及陵墓耶？按史：廣德元年，吐蕃入京師，劫宫闕，焚陵寢。玩此詩首末二句，言外有餘慨。

韓公本意築三城，擬絶天驕拔漢旌[一]。豈意盡煩回紇馬，翻然遠救朔方兵[二]。胡來不覺潼關隘，龍起猶聞晉水清[三]。獨使至尊憂社稷，諸君何以答升平。

〔一〕《舊唐書·張仁愿傳》：景龍二年，拜左衛大將軍，同中書門下三品，封韓國公。神龍三年，仁愿于河北築三受降城。先是，朔方與突厥以河爲界，河北岸有拂雲祠，突厥每入寇，必禱祠，候冰合而入。時默啜西擊娑葛，仁愿乘虚奪漠南之地，築三城，首尾相應。以拂雲祠爲中城，東西相去各四百里，皆據津濟，遥相接應。北拓三百餘里，于牛頭朝那山北置烽燧一千八百所。自是突厥不得度山放牧，朔方無復寇掠。《新書》：中城南直朔方，西城南直靈武，東城南直榆林。胡三省曰：中受降城在黄河北岸，南去朔方千三百餘里，安北都護府治焉。東受降城在勝州東北二百里，西南去朔方千六百里。西受降城在豐州地黄河外八十里，東南去朔方千餘里。

〔二〕至德初，郭子儀領朔方軍，以回紇兵討安慶緒。

〔三〕舊注：胡來，謂禄山也。《水經》：晉水出晉陽縣西懸甕山，東入汾水。錢箋：一行《并州起義堂頌》：我高祖龍躍晉水，鳳翔太原。《册府元龜》：高祖師次龍門縣，代水清。太宗生時，有二龍戲于門外井中，經三日乃沖天而去。

此責諸將之借助于回紇也。自回紇助順，肅宗之復兩京，雍王之討朝義，皆用回紇兵力，卒之恃功侵擾，反合吐蕃入寇。公故追感晉陽起義之盛，而嘆諸將之不能爲天子分憂也。○《杜詩博議》：胡來，舊指禄山，或以爲指吐蕃，皆非是。愚謂此指回紇爲懷恩所誘，連兵入寇也。潼關設險，本以控制山東，而今朔方失守，胡騎反從西北蹂躪三輔，則潼關之險失矣，其害皆起于借兵收復。然太宗龍興晉陽，亦嘗請兵突厥，内平隋亂。其後突厥恃功，直犯渭橋，卒能以計摧滅之，此不獨太宗之神武，亦由英、衛二公專征之力也，故繼之曰：「獨使至尊憂社稷，諸公何以答升平。」所以勉子儀者至矣。

洛陽宫殿化爲烽，休道秦關百二重〔一〕。滄海未全歸禹貢，薊門何處盡黄作覔堯封〔二〕。朝廷衮職雖多預師尹本作誰争補，天下軍儲不自供〔三〕。稍喜臨邊王相國，肯銷金甲事春農〔四〕。

〔一〕《漢紀》：秦得百二焉。注：秦地險固，二萬人足當諸侯百萬人。

〔二〕薊門，注見四卷。盡堯封，如《王制》「北不盡恒山，南不盡衡山」之盡。今流俗本皆從「覔」，非也。　滄海、薊門，即河北幽、瀛等州。時節度使李懷仙等收安史餘黨，相與蟠據其地。

〔三〕按：補衮，宰相之職。唐諸鎮節度，多加中書令、平章事，兼領内銜，所謂「衮職雖多預」也。府兵法壞，兵農遂分，天下軍須，皆仰給餽饟，而不自食其地，所謂「軍儲不自供」也。《補注》：《後漢・法真傳》：臣願聖朝就加衮職。注：衮職，三公也。

〔四〕《舊唐書》：廣德二年，王縉拜同平章事。其年八月，代李光弼都統河南、淮西、山南東道諸節度行營事，兼領東京留守。歲餘，遷河南副元帥，請減軍資錢四十萬貫，修東都殿宇。

此責諸將坐視河北淪棄，不修屯營之制，而猶有取于王相國。曰「稍喜」者，亦不滿之辭。

迴首扶桑銅柱標，冥冥氛祲未一作不全銷〔一〕。越裳翡翠無消息，南海明珠久寂寥〔二〕。殊錫曾爲大司馬，總戎皆插侍中貂〔三〕。炎風朔雪天王地，只在忠臣陳作良翊聖朝。

〔一〕扶桑，注見五卷。《南史》：林邑國，漢日南郡象林縣，古越裳界也。北接九真郡南界，水步道二百餘里有西屠夷，亦稱王。馬援所植兩銅柱，表漢界處也。《水經注》：昔馬文淵積石爲塘，達于象浦，建金標爲南極之界。《唐書》：環王，本林邑，其南大浦有五銅柱山，形若倚蓋，西重岩，東涯海。明皇令特進何履光以兵定南詔，復立馬援銅柱乃還。《投荒雜録》：愛州九真郡有銅柱，馬援以表封疆。

〔二〕《漢·西域傳贊》：孝武之世，睹犀布玳瑁，則建朱崖七郡。自是之後，明珠、文甲、通犀、翠羽之珍，盈于後宫。《後漢·賈琮傳》：交趾土多珍，産明璣、翠羽、瑇瑁、異香、美木之屬。《嶺表録異》：廉州有大池，謂之珠池，每年刺史修貢。

〔三〕《唐書》：門下省侍中二人，正二品，掌出納帝命，相禮儀。與左右常侍、中書令，並金蟬珥貂。

此因南荒不靖，責諸將名位益崇，不思銷氛祲以報聖朝也。○錢箋：此言朝廷不當使中官爲將也。開元中，中官楊思勗將兵討安南五溪，殘酷好殺，而越裳不貢矣。代宗初，中官吕太乙收珠廣南，阻兵作亂，而南海不靖矣。李輔國以中官判元帥行軍司馬，專掌禁兵，又拜兵部尚書，詔群臣于尚書省送上，所謂「殊錫」也。魚朝恩以中官爲天下觀軍容宣慰處置使，程元振加鎮軍大將軍、右監門衛大將軍，充寶應軍使，所謂「總戎」也。炎風朔雪，皆天王之地，只當精求忠良，以翊聖朝，豈可使一二中人據將帥之重任，自取潰僨乎？立意如此，而詞旨敦厚，不露頭角，真詩人之風也。

錦江春色逐人來，巫峽清秋萬壑哀〔一〕。正憶往時嚴僕射音夜，共迎中使望鄉臺。主恩前後三持節，軍令分明數舉杯〔二〕。西蜀地形天下險，安危須仗出群材。

〔一〕殷仲文詩：哀壑叩虚牝。

〔二〕按：嚴武一鎮東川，兩鎮劍南，故曰「三持節」。趙次公、黄鶴紛紛諸説，俱爲史、《鑑》所惑，今盡削之。

錢箋：此言蜀中將帥也。是時，崔旰、柏茂琳等交攻，杜鴻漸惟事姑息，奏以節制，讓旰、茂琳等各爲本州刺史。上不得已，從之。鴻漸以三川副元帥兼節度，主恩尤重，然軍令分明，有愧嚴武遠矣。公故感今而指昔，謂必如武出群之才，斯可當安危重寄，而惜鴻漸之非其人也。又曰：鴻漸入蜀，以軍政委崔旰，日與僚屬縱酒高會，故曰「軍令分明數舉杯」，追思嚴武之軍令，實闇譏鴻漸之日飲不事事，有愧主恩也。《八哀詩》于嚴武則云「豈無成都酒，憂國只細傾」，可以互相證明。

秋興八首

玉露凋傷楓樹林，巫山巫峽氣蕭森〔一〕。江間波浪兼天湧，塞上風雲接地陰〔二〕。叢菊兩一作重開他日淚，孤舟一繫故園心〔三〕。寒衣處處催刀尺，白帝城高急暮砧〔四〕。

〔一〕李密詩：金風蕩佳節，玉露凋晚林。《水經注》：江水歷峽，東逕新崩灘，其下十餘里有大巫山，非惟三峽所無，乃當抗峰岷峨，偕嶺衡疑，其間首尾一百六十里，謂之巫峽，蓋因山爲名也。三峽七百里中，兩岸連山，略無闕處，自非亭午夜分，不見曦月。張協詩：荒楚鬱蕭森。

〔二〕塞上，注見四卷。

〔三〕公至夔州已經二秋，時艤舟以俟出峽，故言再見菊開，仍隕他日之淚，孤舟久繫，惟懷故園之心也。

〔四〕郭泰機詩：衣工秉刀尺。砧，擣衣石。庾信詩：秋砧調急節。

夔府孤城落日斜，每依北一作南斗望京華〔一〕。聽猿實下三聲淚，奉使虛隨八月槎〔二〕。畫省香爐違伏枕，城樓粉堞隱悲笳〔三〕。請看石上藤蘿月，已映洲前蘆荻花〔四〕。

〔一〕《舊唐書》：貞觀十四年，夔州爲都督府，督歸、夔、忠、萬、涪、渝、南七州。天寶元年，改雲安郡。

乾元元年，刺史唐論請升爲都督府，尋罷之。　按：南斗不直夔城，公詩有「秦城北斗邊」，又云「秦城近斗杓」，作「北斗」是。趙、蔡皆主此説。

〔二〕《水經注》：每至晴初霜旦，林寒澗肅，常有高猿長嘯，屬引淒異，空岫傳響，哀轉久絶，故漁者歌曰：「巴東三峽巫峽長，猿鳴三聲淚沾裳。」　峽猿感淚，向聞其語，今乃信之，故曰「實下」。海上浮查，有時自還，今不得歸，故曰「虚隨」也。

〔三〕《漢官儀》：尚書省中，皆以胡粉塗壁，紫青界之。畫古列士，重行書贊。尚書郎更直于建禮門内，臺給青縑白綾被，或錦被、幃帳、茵褥、通中枕。女侍史二人，皆選端正，執香爐燒薰，從入臺中，護衣服。　山樓，白帝城樓。

〔四〕蘿月映洲，又是依斗望京之時，緊應次句。

千家山郭静朝暉，日日一作日處江樓坐翠微。信宿漁人還汎汎，清秋燕子故飛飛〔一〕。匡衡抗疏功名薄，劉向傳經心事違〔二〕。同學少年多不賤，五陵衣馬自輕肥〔三〕。

〔一〕《文昌雜録》：燕子至秋社乃去，仲春復來。

〔二〕《漢·匡衡傳》：衡爲少傅數年，數上疏陳便宜。及朝廷有政議，傳經以對，言多法義。建昭三年，代韋玄成爲丞相。　《劉向傳》：宣帝初，立《穀梁春秋》，徵更生受《穀梁》，講論五經于石渠。成帝即位，更名向，詔領校中五經秘書。　公疏論房琯，旋貶于外，故言進欲如衡之抗疏言事，而遇已不及，退欲如向之校經于朝，而又與願違也。
〔三〕《西都賦》：北眺五陵。注：長陵、安陵、陽陵、茂陵、平陵也。《漢書》：徙吏二千石、高貲富人、豪俠兼并之家于諸陵。錢箋：《七歌》云「長安卿相多少年」，所謂同學者，長安卿相也。曰少年、曰輕肥，公之目當時卿相如此。

聞道長安似弈棋，百年世事不勝一作堪悲〔一〕。王侯第宅皆新主，文武衣冠異昔時。直北關山金鼓震他本作振，征西車馬樊作騎羽書遲一作馳〔二〕。魚龍寂寞秋江冷，故國平居有所思〔三〕。

〔一〕《左傳》：弈者舉棋不定，不勝其偶，而況置君而不定乎？此言謀國者，如弈棋之無定算。
〔二〕舊注：直北，謂隴西、關輔間。《子虛賦》：摐金鼓。注：金鼓，鉦也。羽書，即羽檄。按史：廣德元年，吐蕃入長安，徵天下兵，莫至，故曰「羽書遲」。
〔三〕錢箋：《水經注》：魚龍以秋日爲夜。龍秋分而降，蟄寢于淵，故以秋日爲夜也。

此嘆長安之洊經喪亂也。金鼓、羽書，謂吐蕃頻年入寇。

前三章俱主夔州言，此章以下皆及長安之事。

蓬萊宫闕對南山，承露金莖霄漢間〔一〕。西望瑶池降王母，東來紫氣滿函關〔二〕。雲移雉尾開宫扇，日繞龍鱗識聖顏〔三〕。一卧滄江驚歲晚，幾回青瑣點一作照，非朝班〔四〕。

〔一〕《唐會要》：大明宫，龍朔三年，號曰蓬萊宫。北據高原，南望爽塏，每天晴日朗，南望終南山如指掌，京城坊市街陌，如在檻内。

〔二〕《漢武内傳》：七月七日，上齋居承華殿，忽青鳥從西來，集殿前。上問東方朔，朔曰：「此西王母欲來也。」有頃，王母至。《關尹内傳》：關令尹喜常登樓，望見東極有紫氣西邁，曰：「應有聖人經過京邑。」乃齋戒。其日果見老君乘青牛車來過。《史記正義》：《抱朴子》云，老子西遊，遇關令尹喜于散關。或以爲函谷關。

〔三〕雉尾扇，注見五卷。《唐會要》：開元中，蕭嵩奏：朔望受朝宣政殿，請備羽扇于殿兩廂，上將出，所司承旨索扇；扇合，上坐定，乃去扇；將退，又索扇如初。《南齊書》：高帝龍顙鐘聲，鱗文遍體。《漢書》：高祖隆準而龍顔。注：顔，額，顙也。

〔四〕樓鑰曰：點與玷通，古詩多用之。束晳《補亡》詩：鮮侔晨葩，莫之點辱。陸厥《答内兄》詩：復點銅龍門。杜詩「幾回青瑣點朝班」，正承用此也。

錢箋：公詩「憶獻三賦蓬萊宫」，此記其事也。瑶池王母，暗指册立貴妃。唐人詩以王母喻貴妃，不一而足，以貴妃嘗爲女道士也。天寶元年，玄元皇帝降形，云有靈寶符在函谷關尹喜宅傍，上發使求，得之，故曰「東來紫氣滿函關」也。雖記天寶承平盛事，而荒淫失政，亦略見矣。「雲移」二句，記朝儀之盛。曰「識聖顔」者，公以布衣召見，所謂「往時文彩動人主」也，落句方及拾遺移官之事。

瞿塘峽口曲江頭，萬里風煙接素秋〔一〕。花萼夾城通御氣，芙蓉小苑入邊愁〔二〕。珠簾繡柱圍黃鵠一作鶴，鶴鵠古通，錦纜牙檣起白鷗〔三〕。回首可憐歌舞地，秦中自古帝王州。

〔一〕薛道衡詩：鳥道風烟接。梁元帝《纂要》：秋曰白藏，亦曰素秋。

〔二〕《舊唐書》：南内曰興慶宮，宮西南隅有花萼相輝、勤政務本之樓。開元二十年六月，遣范安及于長安廣花萼樓築夾城至芙蓉苑。芙蓉園，注見一卷。《漢書》：蕭望之署小苑東門候。小苑，宜春苑也，宜春苑即曲江。曰「入邊愁」，見御苑已廢。

〔三〕《西京雜記》：昭帝始元元年，黃鵠下建章太液池中，帝作《黃鵠歌》。圍黃鵠，蓋用此事。夢弼云：柱帷繡作黃鵠文，非。錦纜牙檣，言泛舟曲江。《樂遊園》詩「青春波浪芙蓉園」是也。

此歎曲江歌舞之盛，不可復覩也。

昆明池水漢時功，武帝旌旗在眼中〔一〕。織女機絲虚夜月，石鯨鱗甲動秋風〔二〕。波漂菰米沈雲黑，露冷蓮房墜粉紅〔三〕。關塞極天惟鳥道，江湖滿地一漁翁。

〔一〕《漢書》：元狩三年，發謫吏穿昆明池。臣瓚曰：《西南夷傳》：越巂昆明國有滇池，方三百里，漢使求通身毒國，爲昆明所閉。欲伐之，故作昆明池象之，以習水戰，在長安西南，周回四十里。《長安志》：昆明池，在長安縣西二十里，今爲民田。《西京雜記》：昆明池中有戈船、樓船各數百艘，樓船上建樓櫓，戈船上建戈矛，四角垂幡旄旌葆麾蓋，照灼涯涘。

〔二〕曹毗《志怪》：昆明池作二石人，東西相望，象牽牛織女。《西都賦》注：作牽牛織女于左右，以象天河。《西京雜記》：昆明池刻玉石爲鯨魚，每至雷雨，魚常鳴吼，鬐尾皆動。漢世祭之以祈雨，往往有驗。

〔三〕菰米，注別見。《西京賦》：昆明靈沼，黑水玄阯。注：水色黑，故曰玄阯。趙曰：沈雲黑，言菰米之多，望之長遠，黯黯如雲之黑也。《爾雅》：荷，芙蕖，其實蓮，其根藕，其中的。注：蓮，謂房也。《杜詩博議》：《北史》：李順興言，昆明池中有大荷葉，可取盛餅食，其居去池十數里，日不移影，順興負荷葉而歸，脚猶泥。可證昆明蓮花自古有之，注家都失引。楊慎曰：菰米不收而聽其沈波，蓮房不採而任其墜露。讀二語，兵戈亂離之狀具見矣。

此嘆昆明荒凉。玄宗窮兵南詔，旋致禍亂，故借漢武事以發歎也。「織女」以下，極狀昆明清秋景物，故國舊君之感，言外悽然。

昆吾御宿自逶迤，紫閣峰陰入渼陂〔一〕。香稻一作紅豆，一作紅稻啄餘一作殘鸚鵡粒，碧梧棲老鳳凰枝〔二〕。佳人拾翠春相問，仙侶同舟晚更移〔三〕。綵筆昔遊一作曾干氣象，白頭吟望苦低垂〔四〕。

〔一〕《羽獵賦序》：武帝廣開上林，東南至宜春、鼎湖、御宿、昆吾。晉灼曰：昆吾，地名，上有亭。師古曰：御宿苑，在長安城南，今之御宿川也。錢箋：《長安志》：昆吾亭，在藍田縣境。御宿川，在萬年縣西南四十里。《三秦記》：樊川，一名御宿川。　張禮《遊城南記》：圭峰、紫閣，在終南山四皓祠之西。圭峰下有草堂寺，紫閣之陰即渼陂，杜詩「紫閣峰陰入渼陂」是也。《長安志》：終南有紫閣峰。《一統志》：在鄠縣東南三十里。

〔二〕趙曰：紅稻，宫中以供鸚鵡者。香稻、碧梧，渼陂景物；鸚鵡、鳳凰，形容其美耳。《筆談》目爲倒句，非是。

〔三〕《洛神賦》：或採明珠，或拾翠羽。《後漢書》：李膺與郭泰同舟而濟，衆賓望之，以爲神仙。

〔四〕綵筆，指集中《渼陂行》諸詩，干氣象，即「賦詩分氣象」意也。　低垂，注見前。

錢箋：此記遊渼陂之事也。仙侣同舟，謂岑參兄弟。公詩云「氣衝星象表，詞感帝王尊」，所謂「綵筆昔曾干氣象」也。公與岑參輩宴遊，在天寶獻賦之後，窮老追思，故有「白頭吟望」之嘆焉。張性曰：自「聞道長安」以後五詩，皆以前六句詠長安之事，末乃嘆其不得歸也。

《補注》：錢箋：此八詩有篇章次第，鈎鎖開闔，今要而言之：楓樹凋傷，即所見以起興也。江間、波上，狀其悲壯；叢菊、孤舟，寫其淒緊。末二句結上生下，故次章即以「夔府孤城」接之，絶塞高城，杪秋薄暮，俄看落日，俄見南斗。「每依南斗望京華」爲八首之綱骨，皎然所謂「截斷衆流句」也。爐烟遠而哀猿號，急杵斷而悲笳發，蘆月荻花，淒情滿眼。「請看」二字，喚起有力，即連上城高暮砧，當句呼應耳。夜夜如此，朝朝亦然；日日如此，信宿亦然。漁人燕子，觸目自傷。遠則匡盧、劉向之不如，近則同學輕肥之相笑，此章正申秋興名篇之意。然「每依南斗」句，又是三章中吃緊鬗節。蕭條歲晚，身事如此，長安棋局，世事如彼，物换人移，金鼓不息，荒江寂寞，所以不能無故國之思也。次下乃重章以申之，「蓬萊宫闕」一章，思全盛日之長安也。「瞿唐峽口」一章，思陷没後之長安也。「昆明池水」一章，思自古帝王之長安也。「昆吾御宿」一章，思承平昔遊之長安也。蓬萊崇麗，朝省尊嚴，敍述長安全盛，而感傷則於末句見之。蓋肅宗靈武回鑾，放逐蜀郡舊臣，自此中官竊柄，開元、天寶之盛事不可復見，而公坐此移官，滄江歲晚，能無三嘆于今昔乎？幾回青瑣，深悲近侍奉引，爲日無多也。由瞿唐鳥道，指曲江禁苑，兵塵秋氣，萬里連延。小苑入邊愁，正言禄山反時事也。珠簾繡柱，曲江宫殿之繁華；錦纜牙檣，曲江水嬉之炫耀，此痛定而追思之也。長安天府，三成帝畿，故曰周以龍興，秦以虎視，至唐而樂游歌舞之地，逸豫不戒，馴至喪亂，能無傷乎？「昆明池水」，緊承上章末句。唐時遊幸，莫盛於曲江，故悲陷没則先及之。漢朝形勝，莫壯於昆吾，故追隆古則特舉之。曰漢時，曰武帝，正尅指自古帝王言。織女石鯨，蓮房菰米，感嘆金隄靈沼之遺跡，而跂想其妍麗，自傷僻遠不得見也。楊用修以爲概指亂後凋殘，則迂矣。解者又謂此詩借漢武開邊，以喻玄宗。玄宗雖興兵南詔，未嘗穿昆明習戰，安用此庾辭致譏乎？昆明御宿，更指昔遊之地，連躡「昆明池水」來，言不獨穿鑿昆明爲武帝之功，凡上林、宜春之間離宫禁籞，建置歷然，亦皆如昆明旗幟，常在眼前也。秦中自古帝王州，亦總結於此。碧梧紅豆，秋色依然，拾翠同舟，春遊如昨，追綵筆于壯盛，感星象於至尊，豈非神游化人？夢回帝所，低垂吟望，至是而秋興之情事終焉。此詩章雖爲八，重重鈎攝，有無量樓閣門在，今人都理會不及。

詠懷古跡五首吴本作詠懷一章古跡四首

支離東北風塵際，漂泊西南天地間〔一〕。三峽樓臺淹日月，五溪衣服共雲山〔二〕。羯胡事主終無賴，詞客哀時且未還。庾信生平最蕭瑟，暮年詩賦動江關〔三〕。

〔一〕東北風塵，謂禄山反范陽。

〔二〕五溪，注見九卷。《後漢·南蠻傳》：帝女妻槃瓠，解去衣裳，爲僕鑒之結，著獨力之衣，生六男六女，織績木皮，染以草實，好五色衣服，裁製皆有尾形。

〔三〕《庾信傳》：信在周，雖位望通顯，常有鄉關之思，乃作《哀江南賦》以致其意。其辭曰：「信年始二毛，即逢喪亂，藐是亂離，至于没齒。燕歌遠别，悲不自勝；楚老相逢，泣將何及？」又云：「將軍一去，大樹飄零；壯士不還，寒風蕭瑟。」

摇落深知宋玉悲，風流儒雅亦吾師〔一〕。悵望千秋一灑淚，蕭條異代不同時。江山故宅空文藻，雲雨荒臺豈夢思〔二〕。最是楚宫俱泯滅，舟人指點到今疑。

〔一〕宋玉《九辨》：草木摇落而變衰。

〔二〕宋玉宅，注别見。趙曰：宋玉宅，歸州、荆州皆有之，此言歸州宅也。《高唐賦》：昔先王嘗遊高唐，夢見一婦人，王因幸之，去而辭曰：「妾在巫山之陽，高丘之岨，旦爲行雲，暮爲行雨，朝朝暮暮，陽臺之下。」按：《高唐》稱先王夢神女，本寓言懷王以諷襄王之荒淫耳。世人相傳，遂致疑雲雨之事。公云「豈夢思」，明其爲子虛亡是之説也。《補注》：李善《文選注》：《漢書注》云：雲夢中高唐之臺，此賦蓋假設其事諷諫淫惑也。

羣山萬壑赴荆門，生長明妃尚有村〔一〕。一去紫臺連朔漠，獨留青冢向黄昏〔二〕。畫圖省識春風面，環珮空歸夜月魂〔三〕。千載琵琶作胡語，分明怨恨曲中論〔四〕。

〔一〕荆門山在峽州。　峽州有昭君村，詳十二卷。石崇《明君詞序》：明君本昭君，觸晉文帝諱改焉。

〔二〕《别賦》：紫臺稍遠，關山無極。善曰：紫臺，即紫宫也。崔國輔《昭君》詩：紫臺綿望絶，秋草不堪論。　《歸州圖經》：胡地多白草，昭君冢獨青，鄉人思之，爲立廟香溪。《一統志》：昭君墓在古豐州西六十里。

〔三〕《西京雜記》：元帝後宫既多，使畫工圖形，按圖召幸之。宫人皆賂畫工，獨王嬙不肯，遂不得見。匈奴來朝，求美人爲閼氏，上以昭君行。及去，召見，貌爲後宫第一，帝悔之，窮按其事，畫工皆棄市。　畫圖之面，本非真容，不曰「不識」，而曰「省識」，蓋婉詞。月夜魂歸，明其始終不忘漢宫也。

〔四〕《釋名》：琵琶，本胡中馬上所鼓也，推手前曰琵，引却曰琶。石崇《明君詞序》：昔公主嫁烏孫，令琵琶馬上作樂，以慰其道路之思，其送明君亦必爾也，其造新曲，多哀怨之聲。《琴操》：昭君在匈奴，恨帝始不見遇，乃作怨思之歌，後人名爲《昭君怨》。

蜀主窺吴幸三峽，崩年亦在永安宫[一]。翠華想像空一作寒山裏，玉殿虛無野寺中。古廟杉松巢水鶴原注：殿今爲寺廟，在宫東。歲時伏臘走村翁[二]。武侯祠屋常鄰近，一體君臣祭祀同。

[一]《蜀志》：章武二年，先主敗于猇亭，由步道還魚復，改魚復爲永安。三年四月，先主殂于永安宫。《寰宇記》：宫在州西七里。

[二]《春秋繁露》：鶴知夜半。注：鶴，水鳥也，夜半水位感其生氣，則益喜而鳴。

諸葛大名垂宇宙，宗臣遺像肅清高。三分割據紆籌策，萬古雲霄一羽毛[一]。伯仲之間見伊呂，指揮若定失蕭曹[二]。運舊作福，趙定作運移漢祚終難復一作難恢復，志決身殲軍務勞。

[一]言孔明籌策，特屈于三分，若其聲名飛揚，卓絶萬古，如雲霄一羽，誰能匹之？公詩有「飛騰戰伐名」，可悟「雲霄羽毛」之義。焦氏《筆乘》云：言人以三分割據爲孔明功業，不知此乃其所輕爲，正如雲霄間一羽毛耳。説亦通。

[二]魏文帝《典論》：傅毅之于班固，伯仲之間耳。《陳平傳》：誠能去兩短，集兩長，天下指揮即定矣。　錢箋：張輔《葛樂優劣論》：孔明殆將與伊呂争儔，豈徒樂毅爲伍？後魏崔浩著《論》：亮不能爲蕭曹亞匹。謂陳壽貶亮，非爲失實。公此詩以伊呂、蕭曹相提而論，所以伸張輔之説，而抑崔浩之黨陳壽也。

雨不絶

鳴雨既過漸細晉作細雨微，映空摇颺去聲如絲飛。堦前短草泥不亂，院裏長條風乍稀〔一〕。舞石旋應將乳子，行雲莫自濕仙衣〔二〕。眼邊江舸何匆促，未待一作得安流逆浪歸。

〔一〕《説文》：院，垣也。《增韻》：室有垣墻者爲院。黄鶴謂是嚴武幕中，非也。

〔二〕《御覽》：甄烈《湘川記》：石形似燕，大小如一，山明雲净，即翩翩飛翔。羅含《湘中記》：石燕在零陵縣，遇風雨則飛舞如燕，止則爲石。　行雲，用神女事。

晚晴

返一作晚照斜初徹一作散，浮雲薄未歸。江虹明遠一作近飲，峽雨落餘飛。鳧鶴一作雁終高去，熊羆覺自肥。秋分客尚在，竹露夕一作久微微。

宿江邊閣

即西閣也。《年譜》：大曆元年秋，公寓夔之西閣。

暝色延朝徑，高齋次水門〔一〕。薄雲巖際宿，孤月浪中飜〔二〕。鸛鶴追飛静一作盡，豺狼得食喧。不眠憂戰伐，無力正乾坤。

〔一〕《襄沔記》：城内有高齋，梁昭明造《文選》處。簡文爲晉安王時，引劉孝威等於此綜覈詩集，因號爲高齋。

〔二〕何遜詩：薄雲巖際出，初月波中上。

夜宿西閣呈元二十一曹長

城暗更籌急，樓高雨雪微。稍通綃幕霽，遠帶玉繩稀〔一〕。門鵲晨光起一作喜，檣一作墻烏宿處飛〔二〕。寒江流甚細，有意待人歸。

〔一〕《説文》：帷，在上曰幕。綃幕，以綃爲之也。玉繩，注見二卷。

〔二〕門鵲、檣烏，皆言曉景。舊注：門鵲，指門端刻鵲；檣烏，船檣上刻烏形。皆曲説也。

西閣口號呈元二十一

山木抱雲稠，寒江繞上頭。雪崖纔變石，風幔不依樓。社稷堪流涕，安危在運籌。看君話王室，感動幾銷憂。

西閣雨望

樓雨霑雲幔，山寒魯作高著水城。逕添沙面出，湍減石稜生〔一〕。菊蘂淒疎放，松林駐遠情。滂沱朱檻濕，萬慮倚一作傍簷楹。

〔一〕途濘，故沙面添；湍漲，故石稜減。

西閣三度期大昌嚴明府同宿不到

《唐書》：大昌縣屬夔州。

問子能來宿，今疑索故要〔一〕。匣琴虛夜夜，手板自朝朝〔二〕。金吼霜鐘徹，花催臘一作蠟炬銷〔三〕。早晁江檻底，雙影謾飄颻〔四〕。

〔一〕《韻會》：故，古通作固。索故要，言明府不來，疑索我之固要而後至也。

〔二〕《周禮》疏：古人在君前，以笏記事，後代用簿。簿，今手板。《晉·輿服志》：八座執笏，其餘卿士但執手板。《海録》：今名刺也。按：古人施敬則用手板。自朝朝，候明府之久也。或曰：

謂明府勤于參謁上官，故期而不至也。

〔三〕《山海經》：豐山有九鐘焉，是知霜鳴。注：霜降則鐘鳴，故言知也。

〔四〕又以早來期之。

西閣二首

巫山小搖落，碧色見郭作是松林。百鳥各相命，孤雲無一作非自心〔一〕。層晉作曾軒俯江壁，要路亦高深。朱紱猶紗帽，新詩近玉琴〔二〕。功名不早立，衰疾謝知音。哀世非王粲，終然一作朝學越吟〔三〕。

〔一〕王粲《登樓賦》：鳥相鳴而舉翼。注：《大戴禮·夏小正》云：鳴也者，相命也。

〔二〕《唐書》：隋貴臣多服烏紗帽，後漸廢，貴賤通服折上巾。此云「朱紱猶紗帽」，蓋當時以爲隱居之服。李義山詩：「烏帽逸人尋。」此可證也。　玉琴，注見前。

〔三〕《史記》：越人莊舄仕楚，爲執珪，有頃而病。楚王曰：「舄今富貴矣，亦思越不？」使人往聽之，猶越聲也。《登樓賦》：莊舄顯而越吟。

懶心似江水，日夜向滄洲。不道含香賤，其如鑷白休〔一〕。經過凋舊作調，趙定作凋碧柳，蕭瑟倚朱樓。畢娶何時竟，消中得自由〔二〕。豪一作榮華看古往，服食寄冥搜。詩盡人間興，兼須入海求〔三〕。

〔一〕《漢官儀》：尚書郎，握蘭含雞舌香奏事，與黄門侍郎對揖。《南史》：鬱林王年五歲，戲高帝旁。帝令左右鑷白髮，問王：「我誰耶？」答曰：「太翁。」帝笑曰：「豈有爲人作曾祖而拔白髮乎？」即擲鏡、鑷。

〔二〕《後漢書》：向子平男女嫁娶畢，勑斷家事，勿復相關。　消中，注見十一卷。

〔三〕古詩：「服食求神仙。」　公詩「到今有餘恨，不得窮扶桑」，又云「蓬萊如可到，衰白問群仙」，末二語即此意。

西閣夜

恍惚寒山暮，逶迤白霧昏。山虚風落石，樓静月侵門。擊柝可憐子，無衣何處村。時危關百慮，盜賊爾猶存。

夜 一云秋夜客舍

露下天高秋水一作氣清，空山獨夜旅魂驚〔一〕。疎燈自照孤帆宿，新月猶懸雙杵鳴〔二〕。南菊再逢人卧病，北書不至雁無情〔三〕。步簷舊作蟾，趙定作簷倚杖看牛斗，銀漢遥應接鳳城〔四〕。

〔一〕王粲《七哀》：獨夜不成寐。

〔二〕杵，舂杵也。兩人對舉之，故曰雙。

〔三〕南菊再逢，即所云「叢菊兩開」也。

〔四〕按：《楚詞》：曲屋步櫩。注：步櫩，長砌也。《上林賦》：步櫩周流。注：步櫩，步廊也。櫩，古簷字，《説文》又作檐。《留青日札》云：步檐，如今之飛檐、步廊也。屋之半間，亦曰一步。《河圖括地象》：河精，上爲天漢，亦曰銀漢、曰銀河。梁戴暠詩：黑龍過飲渭，丹鳳俯臨城。趙曰：秦穆公女吹簫，鳳降其城，因號丹鳳城，其後言京師之城曰鳳城。李嶠《題城》詩：獨下仙人鳳，群驚御史烏。

杜工部詩集卷之十四

松陵　朱鶴齡　輯註

大曆中，公居夔州作

覆舟二首

巫峽盤渦曉，黔陽貢物秋。丹砂同隕石，翠羽共沉舟〔一〕。羇使空斜影郭作景，龍宫一作居閟積流〔二〕。篙工幸不溺，俄頃逐輕鷗。

〔一〕《本草》：丹砂久服，通神明不老，輕身神仙，能化爲汞。《衍義》云：出辰州蠻峒老鴉井者最良。《左傳》：隕石于宋五。《爾雅注》：翠鷸似燕，紺色，生鬱林。《異物志》：翡赤而翠青，其羽可以爲飾。鄱陽書：積羽沈舟。

〔二〕閟積流，言龍宫積水之内，貢物皆藏于此也。

竹宫時望拜，桂館或求仙〔一〕。姹陟嫁切女淩波日，神光照夜年〔二〕。徒聞斬蛟劍，無復爨犀船〔三〕。使者隨秋色，迢迢欲上天〔四〕。

〔一〕《漢·禮樂志》：正月上辛，用事甘泉圜丘，昏祠至明，夜常有神光集于祠壇。天子自竹宮而望拜，百官侍祠者數百人，皆肅然動心焉。師古曰：竹宮去壇三里。《郊祀志》：公孫卿曰：仙人好樓居。于是上令長安作飛廉、桂館，甘泉作益壽、延壽觀，使卿持節，設具而候神人。師古曰：飛廉、桂館，二館名。

〔二〕《參同契》：河上姹女，靈而最神，得火則飛，不染垢塵。真一子注：河上姹女，即真汞也。《漢真人大丹訣》：姹女隱在丹砂中。《道家四象論》：西方庚金，淑女之異名，故有姹女之號。《洛神賦》：凌波微步。《郊祀志》：宣帝築世宗廟，神光興于殿旁，如燭狀。《武帝紀》：祭后土，神光三燭。

〔三〕《吕氏春秋》：荆人佽飛得寶劍，渡江中流，兩蛟繞舟，幾没。佽飛拔劍斬蛟，乃得濟。《晋書》：温嶠宿牛渚磯，水深不可測，世云其下多怪物。嶠遂燃犀角照之，須臾，見水族覆火，奇形異狀。

〔四〕上天，言歸朝也。

此詩蓋紀當時之事也。真汞出于丹砂，道家以汞屬腎，爲水，鉛屬心，爲火，故汞喻之河上姹女。姹女凌波，神光照夜，言天子方修丹房之術，而復大興祠祀，以求長生也。「斬蛟」四句，方及覆舟，所云「使者」，疑即方士，故借漢武事以爲諷耳。夢弼注謂刺玄宗，不知唐世人主多好神仙，豈必玄宗耶？

奉漢中王手札

國有乾坤大，王今叔父尊。剖符來蜀道，歸蓋取荆門〔一〕。峽險通舟過陳作峻，江長注海奔。主人留上客，避暑得名園。前後緘書報，分明饌玉恩〔二〕。天雲浮絶壁，風竹在華軒。已覺良一作涼宵永陳作逸，何看駭浪翻。入期朱邸雪，朝旁紫微垣〔三〕。枚乘文章老，河間禮樂存。悲秋宋玉宅，失路武陵源。淹薄俱崖口，東西異石根〔四〕。夷音迷咫尺，鬼物傍一作倚黄昏。犬馬誠爲戀，狐狸不足論。從容草奏罷，宿昔奉清樽〔五〕。

〔一〕王先貶蓬州，時罷郡歸朝，取道夷陵。

〔二〕主人，謂歸州郡守。《吴都賦》：矜其宴居，則珠服玉饌。

〔三〕《玉海》：《漢書注》：郡國朝宿之舍在京師者，率名邸。諸侯朱户，故曰朱邸。

〔四〕枚乘，注見九卷。《漢書》：景帝子河間獻王德，學舉六藝，被服儒術，武帝時來朝，獻禮樂，對三雍宫。悲秋，謂漢中王。失路，公自謂也。時王在歸州，歸州在夔之東。

〔五〕曹植表：不勝犬馬戀主之情。奉清樽于草奏之餘，蓋言爲拾遺時也。或云：言王入朝草奏，當念我之遨歡于宿昔，亦通。

奉漢中王手札報韋侍御蕭尊師亡

秋日蕭韋逝，淮王報峽中。少一作小年疑柱史，多術怪仙公〔一〕。不但時人惜，秖應吾道窮。一哀侵疾病，相見自兒童。處處鄰家笛，飄飄客子蓬。强吟懷舊賦，已作白頭翁〔二〕。

〔一〕韋以年少而亡，故疑之；蕭學仙而亦亡，故怪之。

〔二〕曹植詩：轉蓬離本根，飄飄隨長風。類此客遊子，捐軀遠從戎。潘岳有《懷舊賦》。

存殁口號二首

席謙不見近彈棋一作碁，畢耀一作曜仍傳舊小詩原注：道士席謙，吴人，善彈棋。畢曜，善爲小詩〔一〕。玉局他年無限笑晉作事，白楊今日幾人悲。

〔一〕《梁冀傳》：冀善彈棋、格五。注：《藝經》曰：彈棋，兩人對局，白黑棋各六枚，先列棋相當，下呼上更相彈也，其局以石爲之。《古今詩話》：彈碁有譜一卷，唐賢所爲，其局方五尺，中心高如蓋，其顛爲小壺，四角微起。李義山詩：「莫近彈碁局，中心最不平。」謂其中尊也。白樂天詩：「彈碁局上事，最妙是長斜。」謂持角長斜，一發過半局，譜中具有此法。柳子厚叙用二十四棋者，即此戲也，今人罕爲之矣。

鄭公粉繪隨長夜，曹霸丹青已白頭原注：高士滎陽鄭虔，善畫山水。曹霸，善畫馬。天下何曾有山水，人間不解重驊騮。

《容齋續筆》：子美《存殁絶句》，每篇一存一殁，蓋席謙、曹霸存，畢耀、鄭虔没也。魯直《荆江亭即事十首》，其一云：「閉門覓句陳無已，對客揮毫秦少游。正字不知温飽味，西風吹淚古藤州。」乃用此體，時少游殁而無己存也。

月圓

孤月當樓滿，寒山動夜扉。委波金不定，照席綺逾依〔一〕。未缺空山静，高懸列宿稀。故園松桂一作菊發，萬里共清輝。

〔一〕《月賦》：委照而吴業昌。《郊祀歌》：月穆穆以金波。鄒陽《酒賦》：綃綺爲席，犀璩爲鎮。江淹詩：綺席生浮埃。

中宵

西閣百尋餘，中宵步綺疏〔一〕。飛星過水白，落月動沙虚。擇木知幽鳥，潛波想巨魚。親朋滿天地，兵甲少來書。

〔一〕《梁冀傳》：窻牖皆有綺疏。注：綺疏，謂鏤爲綺文也。

不寐

瞿唐夜水黑，城内改更籌。翳翳月沈霧，輝輝星近樓。氣衰甘少寐，心弱恨知吴作和，陳作多，黄作容愁。多壘滿山谷，桃源無處求。

遠遊

江闊浮高棟，雲長出斷山。塵沙連越巂，風雨暗荆蠻。雁矯銜蘆内，猿啼失木間。敝裘蘇季子，歷國未知還。

遣愁

養拙蓬爲户，茫茫何所開。江通神女館，地隔望鄉臺〔一〕。漸惜容顔老，無由弟妹來。兵戈與人事，回首一悲哀。

〔一〕《水經注》：丹山西即巫山，宋玉所謂帝女居之，名曰瑶姬，朝爲行雲，暮爲行雨，朝朝暮暮，陽臺之下。旦早視之，果如其言，故爲立廟，號朝雲焉。《方輿勝覽》：神女廟，在巫山縣治，西北二百五十步，有陽雲臺。《吴船録》：陽臺高唐觀，人云在來鶴峰上。宋玉賦本託諷襄王，後世一切以兒女褻之。今廟中石刻引《墉城記》：瑶姬，西王母之女，稱雲華夫人。助禹驅神鬼，斬石疏波，有功見紀。今封妙用真人，廟額曰凝真觀。望鄉臺在成都，故曰「地隔」。

秋清

高秋疎肺氣，白髮自能梳。藥餌憎加減，門庭悶掃除。杖藜還客拜，愛竹遣兒書。十月江平穩，輕舟進所如。

秋峽

江濤萬古峽，肺氣久衰翁。不寐防巴虎，全生狎楚童。衣裳垂素髮，門巷落丹楓。常怪商山老，兼存翊贊功。

雨晴

雨晴一作時山不改，晴罷峽如新。天路休殊俗，秋江思殺人。有猿揮淚盡，無犬附一作送書頻〔一〕。故國愁眉外，長歌欲損神。

〔一〕《述異記》：陸機有犬曰黄耳，黠慧能解人語。機在洛，久無家問，爲書，盛以竹筒，繫犬頸，犬即馳還家。既得答，仍馳還洛。

垂白一作白首，詩同

垂白馮唐老，清秋宋玉悲。江喧長少睡，樓迥獨移時。多難身何補，無家病不辭。甘從千日醉，未許七哀詩〔一〕。

〔一〕《魏都賦》：醇酎中山，沈湎千日。《搜神記》：狄希，中山人，能造千日酒，飲之一醉千日。曹植、王粲、張載皆有《七哀詩》。

摇落

摇落巫山暮，寒江東北流。煙塵多戰鼓，風浪少行舟。鵝費羲之墨，貂餘季子裘。長懷報明主，卧病復高秋。

草閣

草閣臨無王作蕪，非地，柴扉永不關〔一〕。魚龍迴夜水，星月動秋山。久一作夕露清一作晴初濕，高雲薄未還。汎舟慙小婦，飄泊損紅顔。

〔一〕《頭陀寺碑》：飛閣逶迤，下臨無地。

江月

江月光於一作如水，高樓思殺人〔一〕。天邊長作客，老去一霑巾。玉露漙一作團清影，銀河没半輪。誰家挑錦字，滅燭一作燭滅翠眉嚬〔二〕。

〔一〕曹植詩：明月照高樓，流光正徘徊。庾肩吾《望月》詩：樓上徘徊月，窻中愁思人。

〔二〕《晉·列女傳》：竇滔妻蘇蕙，字若蘭，織錦爲《廻文璇璣圖詩》贈滔，宛轉循環以讀之，詞甚悽惋，凡八百四十字。

江上

江上日多病，蕭蕭荆楚秋。高風下木葉，永夜攬貂裘。勳業頻看鏡，行藏獨倚樓。時危思報主，衰謝不能休。

中夜

中夜江山静，危樓望北辰。長爲萬里客，有媿百年身。故國風雲氣，高堂戰伐塵〔一〕。胡雛負恩澤，嗟爾太平人。

〔一〕蔡曰：故國，長安也。高堂，謂杜陵屋廬。

江漢

江漢思歸客，乾坤一腐儒。片雲天共遠，永夜月同孤。落日心猶壯，秋風病欲蘇。古來存老馬，不必取長途。

吹笛

吹笛秋山風月清，誰家巧作斷腸聲。風飄律呂相和切，月倚他本作傍關山幾處明〔一〕。胡騎中宵堪北走音奏，武陵一曲想南征〔二〕。故園楊柳今搖一云摧落，何得愁中卻舊作曲，王原叔得老杜詩藁，作卻盡生〔三〕。

〔一〕《笛賦》：律呂既和，哀聲互降。　樂府《橫吹曲》有《關山月》，《解題》云：《關山月》，傷離別也。周王褒詩：關山夜月明。

〔二〕《世説》：劉越石爲胡騎圍數重，城中窘迫無計，越石始夕乘月登樓清嘯，胡賊聞之，淒然長嘆，中夜奏胡笳，賊皆流涕，人有懷土之思，向曉又吹之，賊並棄圍奔走。錢箋：陳周弘讓《長笛吐清氣》詩：「胡騎爭北歸，偏知别鄉苦。」《古今注》：《武溪深》，乃馬援南征之所作也。援門生爰寄生善吹笛，援作歌以和之，名曰《武溪深》。陳賀衡《長笛吐清氣》詩：「方知出塞胡，不作武陵深。」

〔三〕錢箋：《宋書》：晉太康末，京洛爲《折楊柳》之歌，有兵革辛苦之辭。《舊唐書·樂志》：梁樂府《胡吹歌》云：「上馬不捉鞭，反拗楊柳枝。下馬吹橫笛，愁殺行客兒。」此歌詞元出北國之橫笛。《演繁露》：笛亦有《落梅》、《折柳》二曲，今其詞亡，不可考矣。

南極

南極青山衆，西江白谷分。古城疏落木，荒戍密寒雲。歲月蛇常見，風飆虎或一作忽聞。近身皆鳥道，殊俗自人群。睥睨登哀柝，蝥舊作矛，趙定作蝥弧照夕曛。亂離多醉尉，愁殺李將軍〔一〕。

〔一〕《古今注》：女牆，城上小牆也，亦名睥睨，言于城上睥睨人也。《左傳》：鄭伐許，潁考叔取鄭伯之旗，蝥弧以先登。《李廣傳》：廣屏居藍田南山中射獵，嘗夜出，從人飲，還至亭，灞陵尉醉，呵止廣。廣騎曰：「故李將軍。」尉曰：「今將軍尚不得夜行，何故也！」宿廣亭下。

秋日寄題鄭監湖上亭三首

鄭審，爲秘書少監。審湖亭在江陵。

碧草違一作逢春意，沅湘萬里秋。池要山簡馬，月淨一作静庾公樓〔一〕。磨滅餘篇翰，平生一釣舟〔二〕。高唐寒浪減，髣髴識昭丘〔三〕。

〔一〕按：《地志》：孫權改鄂曰武昌，以陸遜輔太子鎮之。晉永平中，置江州，庾亮爲刺史治此，在武昌郡東北八十里。祝穆謂亮所登南樓，乃武昌縣安樂宫端門是也。郡治南黄鶴山頂上，亦有南樓，非亮所登，宋李燾有辨。

〔二〕《書序》：其餘錯亂磨滅。

〔三〕《高唐賦序》：楚襄王與宋玉遊于雲夢之臺，望高唐之觀。《寰宇記》：陽雲臺高一百二十丈，南枕長江，宋玉云：「遊陽雲之臺，望高唐之觀」，即此也。《登樓賦》：北彌陶牧，西接昭丘。善曰：《荆州圖記》云：當陽東南七十里，有楚昭王墓，登樓則見，所謂昭丘。

前四句，秋日湖亭之勝。下二句，傷鄭監之失志而寄興于此。末二句，則寄題之情也。據《漢書注》，高唐在雲夢華容縣，後人因巫山神女，遂傳在巫峽。此詩「高唐寒浪減，髣髴識昭丘」及《夔州歌》中有「高唐天下無」，皆指在巫峽者言之。

新作湖邊宅，遠聞賓客過。自須開竹逕，誰道避雲蘿。官序潘生拙，才名賈傅他本作誼多〔一〕。捨舟應卜一作轉地，鄰接意如何。

〔一〕潘岳《閒居賦序》：自弱冠達于知命之年，八徙官而一進階，再免，一除名，一不拜職，遷者三而已矣。雖通塞有遇，抑亦拙者之效也。鄭時謫居江陵，故以潘岳、賈誼比之。

暫阻一作住蓬萊閣，終爲江海人〔一〕。揮金應平聲物理，拖玉豈吾身〔二〕。羹煮秋蓴滑一作弱，盃凝郭、黄作迎露菊新〔三〕。賦詩分氣象，佳句莫頻頻或作莫辭頻〔四〕。

〔一〕華嶠《後漢書》：學者稱東觀爲老氏藏室、道家蓬萊。桓帝時，始置秘書監。魚豢《魏略》：蘭臺爲外臺，秘書爲内閣。

〔二〕張協《詠二疏》詩：揮金樂當年，歲暮不留儲。顧謂四座賓，多財爲累愚。《西征賦》：飛翠緌，拖鳴玉，以出入禁門者衆矣。　言鄭之不拖玉而運金者，蓋安物理之常，而悟此身之妄也。

〔三〕陶潛詩：秋菊有佳色，裛露掇其英。一觴雖獨進，盃盡壺復傾。

〔四〕氣象，湖亭景物之氣象也。　趙曰：莫頻頻，言莫不頻頻有之乎？

雨

行雲遞崇高，飛雨靄而至。潺潺石間溜，汩汩松上駛。亢陽乘秋熱，百穀皆一作亦已棄。皇天德澤降，焦卷有生意〔一〕。前雨傷卒暴，今雨喜容易。不可無雷霆，間作鼓增氣。佳聲達中宵，所望時一致。清霜九月天，髣髴見滯穗。郊扉及我私一云栽籽，我圃日蒼翠。恨無抱甕力，庶減臨江費〔二〕。

〔一〕應璩書：頃者炎旱，日更甚，砂礫銷鑠，草木焦卷。

〔二〕《詩》：雨我公田，遂及我私。　《莊子》：子貢過漢陰，見一丈人，方爲圃畦，鑿隧而入井，抱甕而出灌，搰搰然用力甚多，而見功寡。　臨江費，謂臨江汲水之費。

雨

郭知達本合下二首作三首。

峽雲行清曉，烟霧相徘徊。風吹蒼江樹，雨洒石壁來〔一〕。淒淒生餘寒，殷殷兼出雷。白谷變氣候，朱炎安在哉。高鳥濕不下，居人門未開。楚宮久已滅，幽佩爲誰哀。侍臣書王夢，賦有冠古才。冥冥翠龍駕，多自巫山臺〔二〕。

〔一〕《朱文公語録》：杜詩最多誤字，蔡興宗《正異》固好，而未盡，某嘗欲廣之，作《杜詩考異》，未暇也。如「風吹蒼江樹，雨洒石壁來」，「樹」字無意思，當作「去」字無疑，「去」字對「來」字。又如蜀有漏天，以其西極陰盛常雨，如天之漏也，故杜詩云「鼓角漏天東」，後人不曉其義，遂改「漏」字爲「滿」，似此類極多。

〔二〕《神女賦》：摇佩飾，鳴玉鸞。揚雄《河東賦》：乘翠龍而超河兮。師古曰：翠龍，穆天子所乘馬也。《補注》：翠龍是行雨之龍，非謂穆天子所乘馬也。

雨二首

魯訔本編入江陵詩，非是。

青山淡無姿，白露誰能數。片片水上雲，蕭蕭沙中雨〔一〕。殊俗狀巢居，曾臺附他本作俯風渚。佳客適萬里，沉思情延佇〔二〕。挂帆遠色外，驚浪滿吴楚。久陰蛟螭出，寇盜復幾許〔三〕。

〔一〕江淹詩：青山淡無姿。《補注》：陳啓源曰：《華嚴經》：龍王降雨時，菩薩悉能分數其滴。白露誰能數，暗用此義。

〔二〕元稹《通州》詩：平地纔應一頃餘，閣欄都大似巢居。自注：巴人都在山坡架木爲居，自號閣欄頭也。《離騷》：結幽蘭而延佇。

〔三〕古詩：河漢清且淺，相去復幾許。

空山中宵陰，微冷先枕席。回風起清曙一作曉，萬象萋已碧〔一〕。落落出岫雲，渾渾倚天石。日假何道行，雨含長江白〔二〕。連檣荆州船，有士荷戈戟。南防草鎮慘，霑濕赴遠役。群盜下辟山，總戎備强敵〔三〕。水深雲光廓，鳴艣各有適。漁艇息一作自悠悠，夷歌負樵客。留滯一老翁，書時記朝夕。

〔一〕陶潛詩：夜中枕席冷。

〔二〕舊注：日行有黄道、赤道。雨久陰晦，故不知所行何道。

〔三〕草鎮，地名。　辟山，未詳。按《宋史》有辟山縣，隸重慶府，疑即此地。

八哀詩并序

傷時盜賊未息，興起王公、李公，嘆舊懷賢，終于張相國。八公前後存没，遂不詮次焉〔一〕。

〔一〕言不以存殁之前後爲次。按：曲江卒于開元二十八年，八人中没最先。

贈司空王公思禮

司空出東夷，童稚刷勁翮。追隨燕薊兒，穎鋭一作脱物不隔〔二〕。服事哥舒翰，意無晉作氣流沙磧。未甚拔行間，犬戎大充斥。短小精悍姿，屹然强寇敵〔三〕。貫穿百萬衆，出入由古與猶通咫尺。馬鞍懸將首，甲外控鳴鏑。洗劍青海水，刻銘天山石〔三〕。九曲非外蕃，其王轉深壁。飛兔不近駕，鷙鳥資遠擊〔四〕。曉達兵家流，飽聞春秋癖。胸襟日沈静，肅肅晉作蕭蕭自有適〔五〕。潼關初潰散，萬乘猶辟易。偏裨無所施，元帥見手格〔六〕。太子入朔方，至尊狩梁益。胡馬纏伊洛，中原氣甚逆。肅宗登寶位，塞望勢敦迫一作逼〔七〕。公時徒步至，請罪將厚責。際會清河公，間道傳玉册。天王拜跪畢，讜議果冰釋〔八〕。翠華卷飛雪一云飛雪中，熊虎亘阡陌。屯兵鳳凰山，帳殿涇渭闢。金城賊咽喉，詔鎮雄所搤〔九〕。禁暴靖一作静無雙，爽氣春淅瀝。巷有從公歌，野多青青麥〔一〇〕。及夫哭廟後，復領太原役。恐懼禄位高，悵望王土窄。不得見清時，嗚呼就窀穸〔一一〕。永一作空繫五湖舟，悲甚田横客。千秋汾晉間，事與雲水白〔一二〕。昔觀文苑傳，豈述廉藺績《英華》作頗跡。嗟嗟晉作喏喏鄧大夫，士卒終倒戟〔一三〕。

〔一〕《唐書》：王思禮，高麗人也。父虔威，爲朔方軍將。思禮少習戎旅，入居營州。

〔二〕《唐書》：從王忠嗣至河西，與哥舒翰同籍麾下。及翰爲隴右節度使，思禮與中郎將周佖爲翰押衙。《史記》：郭解爲人，短小精悍。

〔三〕蔡琰詩：馬鞍懸虜頭。錢箋：鮮于注：甲外，軍陣之外也，即遊騎掠軍離什伍者。《舊唐書》：思禮以拔石堡城功，除右金吾衛將軍，充關西兵馬使兼河源使。

〔四〕九曲，河西地，見二卷。《舊唐書》：天寶十二載，翰征九曲。思禮後期，欲引斬之，續命使釋之。思禮徐言曰：「斬則斬，却喚作何物？」諸將以是壯之。《瑞應圖》：飛兔，神馬，行三萬里，明君有德則至。

〔五〕《晉書》：杜預爲鎮南將軍，有《春秋左傳》癖。

〔六〕《唐書》：哥舒翰守潼關，思禮充元帥府馬軍都將。翰軍既敗，至潼津收散卒，復守關。賊將崔乾祐進攻之，于是火拔歸仁等紿翰出關，執以降賊。

〔七〕塞望，言肅宗即位靈武，勉從勸進之請，以塞人望也。

〔八〕《唐書》：房琯從帝還都，封清河郡公。翰敗潼關，思禮走行在，肅宗責不堅守，將斬之。宰相房琯諫，以爲可收後效，遂見赦。 錢箋：新、舊二《書》記思禮囊下被釋，在靈武，與公詩合。而《通鑑》載，思禮自潼關至，在次馬嵬驛之前。 又云：即授河西隴右節度使，令赴鎮。 恐當有誤。

〔九〕《御覽》：《圖經》云：岐山，一名天柱山。 文王時，鳳鳴岐山，人亦呼爲鳳凰堆。《唐書》：思禮除關内節度使，守武功。 賊將安守忠來戰，思禮退守扶風。 賊分兵略太和關，去鳳翔五十里，上命郭子儀擊之而退。 帳殿，注見四卷。 金城，注見一卷。 時思禮爲關内節度使鎮此。黄鶴以爲河西之金城，誤矣。 《馬援傳》：援擊五溪蠻，進壺頭，搤其咽喉。

〔一〇〕《詩》：無小無大，從公于邁。 《莊子》：青青之麥，生于陵陂。

〔一一〕哭廟，注見四卷。 《舊唐書》：長安平，思禮先入清宮，遷兵部尚書，封霍國公。 光弼徙河陽，代爲太原尹、北京留守、河東節度使，尋加守司空。 《左傳注》：窀，厚也。 穸，夜也。 厚夜，猶長夜也。《舊唐書》：上元二年四月，以疾薨，輟朝一日，贈太尉，謚武烈。

〔一二〕五湖舟，公自謂也。 《古今注》：《薤露》、《蒿里》，並喪歌也。 本出田横門人，横自殺，門人傷之，爲作悲歌。 汾晉，即太原。

〔一三〕廉頗、藺相如事，見《史記》。 《舊唐書》：思禮薨，管崇嗣代爲太原尹。 數月，召鄧景山代崇嗣。 景山以文吏見稱，至太原，檢覆軍吏隱没者，軍衆憤怨，遂殺景山。 《左傳》：倒戟以禦公徒。

故司徒李公光弼

按：光弼已封王，贈太保，公詩止稱「司徒」者，其功名著于司徒時，蓋從時人所稱耳。《洗兵馬》亦云「司徒清鑒懸明鏡」。

司徒天寶末，北收晉陽甲。胡騎攻吾城，愁寂意不愜。人安若泰山，薊北斷右脅。朔方氣乃一作多蘇，黎首見帝業〔一〕。二宮泣西郊，九廟起頹壓。未散河陽卒，思明僞臣妾。復自碣石來，火焚乾坤獵。高視笑禄山，公又大獻《英華》作獻大捷〔二〕。異王册崇勳，小敵信所怯。擁兵鎮河汴，千里初妥貼〔三〕。青蠅紛一作徒營營，風雨秋一葉。内省未入朝，死淚終映睫〔四〕。大屋去高棟，長城掃遺堞。平生白羽扇，零落蛟龍匣。雅望與英姿，惻愴音昌槐里接〔五〕。三軍晦光彩，烈士痛稠疊。直筆在史臣，將來洗箱篋〔六〕。吾思哭孤冢，南紀阻歸楫。扶顛永蕭條，未濟失利涉。疲苶乃結切，他本作薾，非竟何人，灑涕巴東峽〔七〕。

〔一〕《舊唐書》：太原，漢晉陽縣，天授元年置北都，兼都督府。太原在幽薊之西，故曰右脅。《舊唐書》：郭子儀爲朔方節度，薦光弼爲雲中太守，充河東節度副使。潼關失守，授户部尚書，兼太原尹、北京留守。至德二載，史思明等四僞帥率衆十餘萬攻太原，拒守五十餘日，伺其怠出擊，大破之，斬首七萬餘級。加檢校司徒，尋遷司空。

〔二〕二宮，玄宗、肅宗也。僞臣妾，謂思明至德二載率所部來降。碣石，注見一卷。笑禄山，言思明復熾，笑禄山之無成也。《唐書》：思明來援慶緒，光弼拒戰尤力。思明即僞位，縱兵河南。代子儀爲朔方節度、天下兵馬副元帥，與思明戰中潬西，大破之。又收懷州，擒安太清，獻俘太廟。

〔三〕異王，異姓封王也。《舊唐書》：寶應元年五月，光弼進封臨淮郡王。《光武紀》：劉將軍生平見小敵怯，今見大敵勇，甚可怪也。按：怯小敵，正見其勇于大敵耳。舊注指北邙敗績，非是。北邙之敗，乃魚朝恩爲之，且思明豈可言小敵？《通鑑》：上元二年五月，復以光弼爲河南副元帥，統河南、淮南東西、山南東、荆南、江南西、浙江東八道行營節度，出鎮臨淮。王逸《楚詞序》：義多乖異，文不妥貼。

〔四〕《詩》：營營青蠅，止于樊。《唐書》：宦官魚朝恩、程元振用事，日謀有以中傷者。及來瑱爲元振譖死，光弼愈恐。吐蕃寇京師，代宗詔入援，光弼畏禍，遷延不敢行。廣德二年七月，薨于徐州，年五十七，贈太保，謚武穆。《譚賓録》：光弼懼朝恩之害，不敢入朝。田神功等不受其制，愧恥成疾，薨。張率詩：獨向長夜淚承睫。

〔五〕《宋書》：檀道濟被收，脱幘投地曰：「壞汝萬里長城。」裴啓《語林》：諸葛武侯以白羽扇指麾三軍。蛟龍匣，注見十二卷。《長安志》：槐里故城，即犬戎城，在興平縣東南一十里。錢箋：《神道碑》：窆公于富平縣先塋之東，銘曰：渭水川上，檀山路旁。檀山，在縣西北四十里。漢武帝葬槐里之茂陵，衛青、霍去病墓去茂陵不三里。光弼葬在馮翊，猶衛、霍之接近槐里，故曰「惻愴槐里接」。按：《舊書》本傳：光弼葬于三原，詔百官祖送延平門外。碑又云：窆于富平縣。考三原與富平接壤，在京師東北。槐里，則《漢志》屬右扶風，非光弼葬地也。《唐書》：高祖獻陵在三原，中宗定陵在富平，故以槐里比之。舊注直云光弼葬槐里，則失實矣。

〔六〕洗箱篋，洗其未入朝之恨也。

〔七〕《詩》：滔滔江漢，南國之紀。《莊子》：苶然疲役，而不知所歸。巴東，注見十三卷。

贈左僕射鄭國公嚴公武

鄭公瑚璉器，華岳金天晶。昔在童子日，已聞老成名。嶷然大賢後，復見秀骨清〔一〕。開口取將相，小心事友生。閱書百氏一作紙盡，落筆四座驚。歷職匪父任，嫉邪嘗力争〔二〕。漢儀尚整肅，胡騎忽縱横。飛傳張戀切自河隴，逢人問公卿。不知萬乘一作乘輿出，雪涕風悲鳴。受詞劍閣道，謁帝蕭關城〔三〕。寂寞雲臺仗，飄颻沙塞旌。江山少使者，笳鼓凝皇情。壯士血相視，忠臣氣不一作未平〔四〕。密論貞觀去聲體，揮發岐陽征。感激動四極，聯翩收二京。西郊牛酒再《英華》作至，原《英華》作九廟丹青明〔五〕。匡汲俄寵辱，衛霍竟哀榮。四登會府地，三掌華陽兵〔六〕。京兆空柳色一作市，尚書無履聲。群烏自朝夕，白馬休横行〔七〕。諸葛蜀人愛，文翁儒化成。公來雪山重，公去雪山輕。記室得何遜，韜鈐延子荆。四郊失壁壘，虚館開一作問逢迎〔八〕。堂上指圖畫，軍中吹玉笙。豈無成都酒，憂國只細傾。時觀錦水釣，問俗終相并〔九〕。意待犬戎滅，人藏紅粟盈。以兹報主願，庶或《英華》作獲裨世程。炯炯一心在，沉沉二豎嬰。顔回竟短折，賈誼徒忠貞〔一〇〕。飛旐出江漢，孤舟轉荆衡。虚無吴若諸本及《英華》同，今本作横馬融笛，悵望龍驤塋。空餘老賓客，身上媿簪纓〔一一〕。

〔一〕《説文》：晶，精光也。《舊唐書》：玄宗先天二年，封華岳神爲金天王。《新書》：武，字季鷹，華州華陰人，挺之子。幼豪爽，父奇之。　趙曰：大賢，謂挺之。《新史·挺之傳》云：姿質軒秀，《舊史·武傳》云：神氣儁爽，故有「復見秀骨」之句。

〔二〕《舊唐書》：武讀書不甚究精義，涉獵而已。　《劉向傳》：以父德任爲輦郎。注：任，保任也。《舊書》：武弱冠以門蔭策名，哥舒翰奏充判官，遷侍御史。　匪父任，言其才自可得官，不盡由門蔭也。

〔三〕飛傳，傳車也。　蕭關，注見十卷。　錢箋：《舊書·武傳》：至德初，武杖節赴行在。房琯以名臣子素重之，至是，首薦才略可稱，累遷給事中。按：此詩云「飛傳自河隴」，又云「受詞劍閣道」，蓋禄山之亂，武自河隴訪知乘輿所在，趨赴劍閣，然後玄宗遣詣行在，亦如房琯、張鎬之以玄宗命至自蜀郡也。當據以補劉《書》之闕。按：《唐志》：平涼郡有蕭關縣，西北鄰靈武。肅宗自彭原至平涼，數日，始回軍趨靈武。武于平涼謁肅宗，蓋在琯未至之先也。

〔四〕《哀江南賦》：非無北闕之兵，猶有雲臺之仗。　顔延之詩：笳鼓震溟洲。又詩：窮遠凝聖情。此言肅宗志在滅賊。　《别賦》：刎血相視。

〔五〕岐陽，鳳翔也。　肅宗駐鳳翔，武嘗贊議收復。　《漢書》：叔孫通請立原廟。注：原，重也。先有廟，今更立之。

〔六〕舊注：武拜京兆，旋貶巴州，是俄寵俄辱也。終以劍南節度没，則生榮死哀備矣。　會府，省會之府也。按史：收長安，武拜京兆少尹。寶應元年，拜京兆尹，兩鎮劍南，皆兼成都尹，故曰「四登會府地」。次公合劍南節度言，非是。《禹貢》：華陽黑水惟梁州。按：《舊書·嚴武傳》云：武初以御史中丞出爲綿州刺史，遷東川節度使，再拜成都尹，兼御史大夫，充劍南節度使，遷黄門侍郎，拜成都尹，充劍南節度等使。詩所謂「三掌華陽兵」、「主恩前後三持節」也。但二史不記其遷拜出鎮之歲月，《通鑑》又遺其初鎮東川，以故注家有紛紜之説。考武以乾元元年二月貶巴州刺史，未久而節度東川。上元二年，段子璋反，東川節度李奐奔成都，武自東川入朝，必在奐前，則奐蓋代武也。《舊傳》云：自東川入爲太子賓客。考《舊紀》：乾元二年六月，以邠州刺史房琯爲太子賓客。武既坐琯同罷，則必與琯同召，其初鎮蓋在乾元元、二之間也。高適《舊傳》云：段子璋反，適從崔光遠討斬之。光遠兵大掠，天子怒，罷光遠，以適代之。而趙抃《玉壘記》云：上元二年，崔光遠命花驚定討平段子璋，縱兵剽掠，至斷腕取金。監軍按其罪，冬十月恚死。其月，廷命嚴武。《舊紀》：是年建丑月，以嚴武爲成都尹。可證光遠之罷，武實代之。武召入，以適代；適失西山三州，又以武代。唐史謂適代光遠，誤也。《通鑑》以寶應元年武被召之月爲赴鎮之月，尤誤也。至于兩川之分合，説者莫能歸一。《舊書·地理志》云：至德二年十月，駕回西京，改蜀郡爲都府，長史爲尹，又分爲劍南、東川、西川，各置節度使。廣德元年，嚴武爲成都尹，復并東西川爲一節度。《新書·方鎮表》云：至德二載，置劍南、東川節度使，廣德二年廢，以所管十五州隸西川。《唐會要》則以兩川之分，在上元元年二月，而其合在廣德二年正月八日。以予考之，分當從《舊志》、《新表》，而《會要》爲非；合當據杜集，而

《志》、《表》諸書皆漏也。高適《舊傳》云：始上皇東遷，分劍南爲兩節度。百姓弊于調度，而西山三城列戍。適上疏，不納。《新傳》同。蓋適在蜀州疏論之也。《圖經》云：至德二載，明皇幸蜀，始分劍南爲東、西兩川，可證兩川之分，原出上皇意。而《嚴武傳》于再鎮云：上皇誥，合兩川爲一道，拜武成都尹。此乃誤以分爲合，不知上皇之誥，自移居西内已久不行，故曰：分當從《志》、《表》，而《會要》爲非也。高適《請罷東川疏》有云：異時以全蜀之饒而山南佐之，猶不能舉，今裂梓、遂等八州，專爲一節度，歲月之計，西川不得參也。而杜集有《爲王閬州論巴蜀安危表》云：今梁州既置節度，足與成都久遠相應矣。東川更分管數州，于内幕府取給，破弊滋甚。若兵馬悉付西川，梁州益坦爲聲援，是重斂之下，免出多門。西南之人，有活望矣。此表乃廣德元年作也。按《方鎮表》：廣德元年，升山南西道防禦守捉使爲節度使，尋降爲觀察使，治梁州。梁州與梓州接壤，觀公之論，梁州既置節度，足與成都相應，東川兵馬當併西川，形勢甚明。其時朝廷遂合併劍南，以省勞費，未必不自公此表發之。既而崔寧不靖，大曆二年，劍南復分爲二，則以梁州已降，觀察不足恃爲聲援故也。由此而言，劍南之合，正在嚴武三鎮之時。然杜集有《嚴中丞枉駕見過》詩，是寶應元年作，已有「川合東西瞻使節」之句。其年，上武《説旱》亦云「請管内東西兩川各遣一使」。蓋武先時嘗鎮東川，及還成都，即以舊屬俾兼節制，重其事權。未幾，武去，而高適代，則不復兼東川矣。東川使節久懸，僅以章彝爲留後，《巴蜀安危表》所云「留後之寄，綿歷歲時，非所以塞衆望」者，此也。直至廣德二年，嚴武以黄門侍郎出鎮，復舉以畀之，而東川節度始廢。蓋劍南、二川，兩合于嚴武。其實應暫合，史家都不書，故曰：合當據杜集，而《志》、《表》諸書都漏也。

〔七〕《漢・張敞傳》：敞爲京兆尹時，罷朝會，走馬章臺街。唐人詩有「章臺柳」。尚書履，注見二卷。《朱博傳》：御史府中列柏樹，常有野烏數十，棲集其上，晨去暮來，號曰朝夕烏。《南史》：侯景乘白馬渡江。休橫行，言武雖没，而盜賊猶爲脅息也。次公引白馬生事，非。

〔八〕文翁，注見十一卷。《梁書》：何遜爲建安王記室，王愛文學之士，日與遊宴。《晉書》：孫楚，字子荆，參石苞驃騎軍事。武嘗辟公爲參謀，故以何遜、孫楚自比。

〔九〕劉孝威詩：浮丘侍玉笙。蕭子顯詩：朝酤成都酒，暝數河間錢。觀釣之時，亦兼問俗，言其憂國如此。

〔一〇〕《唐書》：廣德二年，破吐蕃，收鹽川城，加檢校吏部尚書。永泰元年四月，薨，時年四十，贈尚書左僕射。

〔一一〕出江漢、轉荆衡，言武之靈櫬自荆江而歸葬也。馬融《長笛賦序》：獨卧郿平陽鄔中，有雒客舍逆旅，吹笛，爲《氣出》、《精列》、《相和》。融去京師踰年，暫聞，甚悲而樂之。或曰：虛横馬融笛，言武既死，世無知音也。《晉・王濬傳》：武帝因謡言，拜濬爲龍驤將軍，伐吴。太康六年卒，葬柏谷山，大營塋域，葬垣周四十五里。

贈太子太師汝陽郡王璡

汝陽讓帝子，眉宇真天人。虬髯似太宗，色映塞外一本作寒夜春〔一〕。昔者開元中，主恩視遇頻。出入獨非時，禮異見群臣。愛其謹潔極，倍此骨肉親〔二〕。從容退一作聽朝後，或在風雪晨。忽思格猛獸，苑囿騰清塵。羽旗動若一，萬馬肅駪駪〔三〕。詔王來射雁，拜命已挺身。箭出飛鞚内，上又一作入回翠麟。翻然紫塞翮，下拂明月輪。胡人雖獲多，天笑不爲新。王每中一物，手自與金銀〔四〕。袖中諫獵書，扣馬久上陳。竟無銜橜虞，聖聰一作慈矧多仁。官免供給費，水有在藻鱗。匪惟帝老大，皆是王忠勤〔五〕。晚年務置醴，門引申白賓。道大容無能，永懷侍芳茵〔六〕。好學尚貞一作正烈，義形必霑巾。揮翰綺繡揚，篇什若有神。川廣不可泝，墓久狐兔鄰〔七〕。宛彼漢中郡魯作王，文雅見天倫。何以開一作慰我悲，泛舟俱遠津〔八〕。温温昔風味，少壯已書紳。舊遊易磨滅，衰謝增一作多酸辛。

〔一〕《唐書》：讓皇帝憲，本名成器，睿宗立爲皇太子，以玄宗有討平韋氏功，懇讓儲位，封寧王，薨，謚讓皇帝。《七發》：陽氣見于眉宇之間。天人，注見一卷。《酉陽雜俎》：太宗虬鬚，常戲張弓掛矢。春色映于塞外，極狀其眉宇，猶《别張建封》詩所云「風神蕩江湖」也。

〔二〕《羯鼓録》：汝陽秀出藩邸，玄宗特鍾愛焉。又以其聰悟敏慧，妙達音旨，每出遊幸，頃刻不舍。

〔三〕朱景玄《名畫録》：明皇射獵，一箭中兩野猪，詔韋無忝于玄武門寫之。相如《諫獵書》：犯屬車之清塵。

〔四〕回翠麟，言帝急回馬，將助之射也。紫塞翮，言雁。明月輪，言弓。《長楊賦序》：上將大誇胡人以多禽獸，令胡人手搏之，自取其獲，上親臨觀焉。　天笑，注別見。

〔五〕《諫獵書》：清道而行，中路而馳，猶時有銜橜之變。注：橜，車之鈎心也。馬銜或斷，鈎心或出，則致傾敗以傷人。

〔六〕《漢書》：楚元王少與魯穆生、白生、申公俱受詩于浮丘伯。元王敬禮申公等，穆生不嗜酒，元王每置酒，嘗爲設醴。　《舊唐書》：璡與賀知章、褚廷誨等善，爲詩酒之交。

〔七〕《公羊傳》：義形于色。　《唐書》：璡以天寶九載卒，贈太子太師。

〔八〕漢中王，汝陽王弟，詳一卷。　公嘗與漢中王會梓州。　天倫，注見一卷。

贈秘書監江夏李公邕

長嘯宇宙間，高才日陵一作淪替。古人不可見，前輩復誰繼。憶昔李公存，詞林有根柢。聲華當健筆，灑落富清製。風流散金石，追琢山岳鋭。情窮造化理，學貫天人際〔一〕。干謁走其門，碑版照四裔。各滿深望還，森然起凡例。蕭蕭白楊路，洞徹寶珠惠〔二〕。龍宫塔廟湧卞圖作踴，浩劫浮雲一作空衛。宗儒俎豆事，故吏去思計。眄睞已皆虛，跋涉曾不泥。向來映當時，豈獨一作特勸後世〔三〕。豐屋珊瑚鈎，騏驎織成罽居例切。紫騮隨劍几，義取無虛歲〔四〕。分宅脫驂間，感激懷未濟。衆歸賙給美，擺落多藏穢〔五〕。獨步四十年，風聽九皋唳。嗚呼江夏姿，竟掩宣尼袂〔六〕。往者武后朝，引用多寵嬖。否臧太常議，面折二晉作三張勢。衰俗凜生風，排蕩秋旻霽〔七〕。忠貞負冤晉作怨恨，宮闕深旒綴。放逐早聯翩，低垂困炎厲一作癘。日斜鵩鳥入，魂斷蒼梧帝〔八〕。榮《英華》同，一作策枯走不暇，星駕無安稅。幾分漢庭竹，夙擁文侯篲。終悲洛陽獄，事近小臣斃。禍階初負謗，易力何深嚌才詣切〔九〕。伊昔臨淄亭，酒酣託末契。重敘東都別，朝陰改軒砌〔一〇〕。論文到黄作倒崔蘇，指晉作推盡流水逝。近伏盈川雄，未甘特進麗。是非張相國，相扼一危脆。争名古豈然，關楗他本作鍵捷，蔡云：捷，或作楗，其獻切，門限也。《英華》作關鍵，注云：鍵、楗，《廣韻》通用欻不閉〔一一〕。例一作倒及吾家詩，曠懷掃氛翳。慷慨嗣真作原注：和李大夫，咨嗟玉山桂。鍾律儼高懸，鯤鯨噴迢遰〔一二〕。坡陁青州血，蕪没汶陽瘞。哀贈竟一作晚蕭條，恩波延揭巨列切厲。子孫存一作在如綫，舊客舟凝滯〔一三〕。君臣尚論兵，將帥接燕薊。朗詠六公篇原注：公有張桓等五王洎狄相六公詩，憂來豁蒙蔽〔一四〕。

〔一〕健筆，注見一卷。「金石」二句，以邕所製碑文言之。

〔二〕謝靈運詩：碑版誰傳聞。《周禮》注：鉼金謂之版。陳藏器《本草》：白楊，北土極多，人種墟墓間，樹大皮白。陶潛《挽歌》：荒草何茫茫，白楊亦蕭蕭。洞徹寶珠惠，言泉路幽昏，得邕碑文，如惠以寶珠之洞照也。

〔三〕《洛陽伽藍記》：永熙三年，永寧寺浮圖爲火所燒，後有人從東萊來，云：見浮圖于海中，光明炤耀，儼然如新，海上之民咸皆見之。「龍宫塔廟湧」，暗用此事也。 浩劫，注見十一卷。 言邕所撰《壇廟碑文》歷浩劫而浮雲常擁衛之。他如學宫故事，良吏去思，轉眄皆成虚跡。其跋涉來請者，應之從無泥滯。爍今傳後，實深有賴其文耳。 《舊唐書》：邕早擅才名，尤長碑頌。雖貶職在外，中朝衣冠及天下寺觀多齎持金帛，往求其文，前後所製，凡數百首。

〔四〕珊瑚鈎，注見二卷。 《漢書注》：罽，織毛若今氍及氍毹之類。 騏驎，罽所織。 《舊唐書》：邕受納饋遺，多至鉅萬，時議以爲鬻文獲財，未有如邕者。

〔五〕《吴志》：周瑜推道南大宅以舍孫策，有無通共。《史記》：越石父賢，在縲絏中，晏子出遭之，塗解左驂贖之，延爲上客。 陶潛詩：擺落悠悠談。 《唐書》：仇人告邕臟貸枉法，許昌人孔璋上書救之，曰：「斯人所能者，拯孤邺窮，救乏賑惠，積而便散，家無私聚。」

〔六〕《唐書》：玄宗東封回，邕獻詞賦，稱旨。 後因上計，中使臨索其新文，邕文章徹天聽，故以九皋鶴唳比之。 按：《世系表》：後漢會稽太守高陽侯徙居江夏，遂爲江夏李氏。其後元哲徙居廣陵，元哲生善，善生邕，故題曰「江夏李公」，此又云「江夏姿」也。 次公以《唐史》「江都人」爲疑，蓋失考耳。 《公羊傳》：西狩獲麟，孔子反袂拭面，涕泣沾袍。

〔七〕《舊唐書·韋巨源傳》：太常博士李處直議巨源謚曰昭，邕再駁之，文士推重。 《唐書》：邕拜左拾遺，中丞宋璟劾張昌宗兄弟反狀，武后不應。 邕在階下大言曰：「璟所陳社稷大計，陛下當聽。」后色解，即可璟奏。

〔八〕《鵩鳥賦》：庚子日斜，鵩集予舍。　梁吴筠詩：依依望九疑，欲謁蒼梧帝。《唐書》：邕累貶雷州司户、崖州舍城丞，又貶欽州遵化尉。皆在南荒，故用長沙、蒼梧事。

〔九〕趙曰：榮枯無常，奔走不暇，所以無税駕之地。　《漢書》：文帝三年，初與郡守爲銅虎符、竹使符。應劭曰：竹使符，以竹箭五枚，五寸，鐫刻篆書第一至第五。師古曰：各分其半，右留京師，左以與之。　阮籍奏記：子夏處西河之上，而文侯擁篲。注：篲，帚也。《舊唐書》：邕爲陳州刺史，歷括、淄、滑三州刺史。天寶初，爲汲郡北海太守。上計京師，皆以邕重義愛士，古信陵之流。　《後漢・蔡邕傳》：邕上書自陳，下洛陽獄，詔減死一等，與家屬髡鉗，徙朔方。　《左傳》：與犬，犬斃；與小臣，小臣亦斃。　《説文》：嚌，嘗也。《唐・藝文傳》：孺嚌道真言：讒人排毁，誠易爲力，然何嚌禍之深，一至此乎？

〔一〇〕臨淄，即濟南郡，詳一卷。公有《陪北海宴歷下亭》詩。　潘岳《楊仲武誄》：日昃景西，望子朝陰。

〔一一〕錢箋：崔蘇，崔融、蘇味道也。《唐書》：融爲文華婉，當時未有輩者，官國子司業。味道九歲能屬辭，與李嶠俱以文翰顯武后時，同鳳閣、鸞臺三品。《朝野僉載》云：李嶠、崔融、蘇味道、杜審言爲文章四友，世號崔、李、蘇、杜，故公詩稱之。舊注以爲崔信明、蘇源明，或又疑崔尚、蘇頲，皆誤。　《唐書・楊炯傳》：炯爲梓州司法參軍，遷盈川令，卒。《李嶠傳》：神龍三年，封趙國公，加特進，同中書門下三品。　嶠富才思，前與王勃、楊盈川接，中與崔融、蘇味道齊名。張説曰：「楊盈川文如懸河注水，酌之不竭；李嶠文如良金美玉，無施不可。」　《張説傳》：玄宗誅蕭至忠，召説爲中書令，封燕國公。東封還，爲尚書右丞相。《舊書》：邕素輕張説，説甚惡之。《老子》：善閉，無關鍵而不可開。《頭陀寺碑》：玄關幽鍵，感而遂通。

〔二〕公祖審言集有《和李大夫嗣真奉使存撫河東》詩。按：「慷慨嗣真作」，是言邕與公論及審言詩而嘆伏之，非指歷下亭唱和之作也。《千家注》本此句下有公自注：「甫有和李太守詩」，考舊善本俱無之，今削去。《晉書》：郤詵對武帝曰：「臣舉賢良對策，爲天下第一，猶桂林一枝，崑山片玉。」《漢·京房傳》：好鍾律，知音聲。

〔三〕青州郡，注見一卷。《唐書》：天寶五載，左驍衛兵曹參軍柳勣有罪下獄，邕嘗遺勣馬，吉温使引邕嘗以休咎相語，陰賂遺。宰相李林甫素忌邕，因傅以罪，詔刑部員外郎祁順之、監察御史羅希奭就郡杖殺之，年七十。武德二年，北海郡置汶陽縣，六年省。《説文》：瘞，幽埋也。《唐書》：代宗時贈邕秘書監。《説文》：揭，高舉也。延揭厲，言國恩之及，尚待高揭而揚厲之。《别賦》：舟凝滯于水濱。

〔四〕將帥，謂河北諸降將。五王：張柬之、桓彦範、敬暉、崔玄暐、袁恕己。狄相，仁傑也。趙明誠《金石録》：《唐六公詩》，李邕撰，胡履靈書。予初讀《八哀》詩，恨不見其詩。晚得石本，其文詞高古，真一代佳作也。六公者，五王各爲一章，狄丞相别爲一章。錢箋：董逌《書跋》：李北海《六公詠》，今《太和集》中雖有詩而無其姓名。予見荆州《六公詠》石刻，文既不刓，詩尤奇偉，豪氣激發，如見斷鼇立極時，宜老杜有云。序言邕爲荆州，今新、舊《書》皆不書。

錢箋：自「伊昔臨淄亭」至篇末，學者多苦其汗漫不屬。吾謂「論文」以下，論其文也，楊、李、崔、蘇，邕同時文筆之士。邕之論文也，歎崔蘇之已逝，伏盈川而夷特進，與燕公之論相合。燕公首推盈川，次及崔、李，世皆歎其是非之當，何至于邕則相扼不少貸？蓋崔、蘇已皆没，而邕獨與説争名，説雖忌刻，亦邕之露才揚己，有以取之，盧藏用所以致戒于干將莫邪也。「關鍵不閉」，用《道德經》之語，惜邕之不善閉也。「例及」以下，論其詩也。邕之詩，可以接踵吾祖，《六公》之篇，可以追配嗣真之作，所謂聲諧鍾律、氣噴鯨鯢者也。膳部之没也，李嶠以下請加命，武平一爲表之。邕既子孫如綫，而已則舊客凝滯，誰復爲之追雪者？此所以感今思昔，不能自已于哀也。

故秘書少監武功蘇公源明

武功少也孤，徒步客一作寓徐兗。讀書東岳中，十載考墳典。時下萊蕪郭，忍飢浮雲巘。負米晚爲身，每食臉必泫〔一〕。夜字照爇薪，垢衣生一作帶碧蘚。庶以勤苦志，報兹劬勞顧《英華》同，讀上聲，吳作顯。學蔚醇儒姿，文包舊史善〔二〕。灑落一作淚辭幽人，歸來潛京輦。射君東堂策郭作射策君東堂，宗匠集精選。制可題《英華》作題墨未乾，乙科已大闡〔三〕。文章日自負，吏禄《英華》作掾吏亦累踐。晨趨閶闔内，足踏宿昔趼古典切〔四〕。一麾出守還，黄屋朔風卷。不暇陪八駿，虜庭悲所遣。平生滿樽酒，斷此朋知展。憂憤病二秋，有恨石一作不可轉〔五〕。肅宗復社稷，得無順逆一作逆順辨。范曄顧其兒，李斯憶黄犬。秘書茂松色《英華》同，一作意，再扈王仲正本作再從，一作屢侍祠壇墠〔六〕。前後百卷文，枕藉皆禁臠盧演切。篆刻王仲正作制作揚雄流，溟漲本末《英華》作未淺。青熒芙蓉劍，犀兕豈獨剸止兗切。反爲後輩褻，予實苦懷緬〔七〕。煌煌齋房芝，事絶一作終萬手搴音蹇。垂之俟來者，正始徵勸勉。不要懸黄金，胡爲投乳贙音畎〔八〕。結交三十載，吾誰與遊衍。滎陽復冥寞，罪罟已横去聲罥吉券切。嗚呼子逝日，始泰則《英華》作即終蹇。長安米萬錢，凋喪盡餘喘〔九〕。戰伐何當解，歸帆阻清沔。尚纏漳水疾，永負蒿里餞〔一〇〕。

〔一〕《唐書》：源明，京兆武功人，初名預，少孤，寓居徐、兗。《舊書》：萊蕪，漢縣，後廢。長安四年，于廢嬴縣置萊蕪縣，屬兗州。《家語》：子路爲親負米百里之外。舊注：源明養不及親，負米自爲而已，故每食必泫然流涕。

〔二〕《晉中興書》：范汪家貧好學，燃薪寫書既畢，誦讀亦竟。《唐書》：易元苞《蘇源明傳》又有《源明前集》三十卷。

〔三〕射策，注見一卷。山謙之《丹陽記》：太極殿，周路寢也。東西堂，魏制，周小寢也。《晉書》：摯虞舉賢良，武帝詔諸賢良方正直言，會東堂策問。蔡邕《獨斷》：群臣有所奏請，尚書令奏下之，有制詔，天子答之曰：可。《唐書》：諸進士試時務策五條，帖一大經。經策全得，爲甲第；策得四、帖過四以上，爲乙第。源明工文詞，有名天寶間，及進士第。

〔四〕《唐書》：更試集賢院，累遷太子諭德。《增韻》：足胝曰趼。

〔五〕顔延之《詠阮咸》詩：屢薦不入官，一麾乃出守。善曰：曹嘉之《晉紀》：山濤舉咸爲吏部郎，三上，武帝不能用。麾，言爲荀勗所麾也。傅暢《諸公贊》曰：勗性自矜，因事左遷。咸爲始平太守。按：一麾，謂麾之使出，後人用者，多作旌麾之麾。《唐書》：出爲東平太守，召還，爲國子司業。禄山陷京師，源明以病不受僞署。

〔六〕《詩》：我心匪石，不可轉也。《宋書》：范曄坐謀反誅，臨刑，其子藹取地土及果皮擲曄，曄問曰：「汝嗔我耶？」藹曰：「今日何緣嗔！但父子同死，不能不悲。」《史記》：二世具李斯五刑，論腰斬咸陽市。顧謂其中子曰：「吾欲與若復牽黄犬，俱出上蔡東門，逐狡兔，豈可得乎？」《唐書》：肅宗復兩京，擢考功郎中、知制誥，後爲秘書少監，卒。

〔七〕禁臠，注别見。《書》：爲三壇同墠。揚子《法言》：或問：「吾子好賦？」曰：「然。童子雕蟲篆刻，壯夫不爲。」《越絶書·寶劍篇》：揚其華如芙蓉始出。盧照鄰詩：相邀俠客芙蓉劍。剸，截也。李尤《劍銘》：陸剸犀兕，水截鯨鯢。溟海漲溢，美其文之浩汗無涯；劍光青熒，美其文之鋒穎獨出。

〔八〕《漢書》：武帝大興祠祀，元封中，齋房生芝而作歌。《通鑑》：乾元二年六月，上從王璵請，立太乙壇于南郊之東，自漢武帝祠太乙，至唐復祀之。《舊唐書·肅宗紀》：上元二年七月，延英殿御座梁上生玉芝，一莖三花，上製《玉靈芝》詩。按：本傳：肅宗時，宰相王璵以祈禬進，禁中禱祀窮日夜，中官用事，給養繁靡。源明數陳政治得失，上疏切諫。故此詩用齋房采芝事，因言其持正之論，可以訓將來而徵勤勉也。《爾雅》：貙有力。注：出西海大秦國，有養者，似狗，多力，獷惡。趙曰：下兩句危之也。乳貙，猶乳虎，言佞媚則黄金可懸，而切直則犯時相之怒，不啻投乳貙也。

〔九〕滎陽，謂鄭虔。《詩》注：罪罟，設罪以爲罟。始泰，謂見肅宗中興；終蹇，謂没于荒歲。按：《舊史》：廣德二年，自秋及冬，斗米千文，一斛則萬錢矣。蘇、鄭皆卒于是年，故他詩曰「穀貴没潛夫」，又曰「凶問一年俱」也。《補注》：《漢書・高帝紀》：關中大饑，米斛萬錢。

〔一〇〕《山海經》注：漢水至江夏安陸縣入江，即沔水。劉楨詩：余嬰沈痼疾，竄身清漳濱。《古今注》：《蒿里》，喪歌也。人死，精魂歸于蒿里，使挽者歌以送之。

故著作郎貶台州司户滎陽鄭公虔

鶢鶋至魯門，不識鐘鼓饗。孔翠望赤霄，愁思一作入雕籠養〔一〕。滎陽冠衆儒，早聞名公賞。地崇士大夫，況乃精氣一作氣清，《英華》作氣精爽原注：往者，公在疾，蘇許公頲，位尊望重，素未相識，早愛才名，躬自撫問，臨以忘年之契，遠邇嘉之〔二〕。天然生知資，學立游夏上。神農或闕漏，黄石愧師長。藥纂西極一作域名原注：公著《薈蕞》等諸書之外，又撰《胡本草》七卷，兵流指諸掌。貫穿無遺恨，薈烏外切蕞在最切何技癢〔三〕。圭臬星經奥，蟲篆丹青廣。子雲窺未遍，方朔諧太枉〔四〕。神翰顧不一，體變鍾兼兩。文傳天下口，大字猶在牓〔五〕。昔獻書畫圖，新詩亦俱往。滄洲動玉陛一作堦，寡《英華》作宫鶴誤一響。三絶自御題，四方尤所仰〔六〕。嗜酒益疏放，彈琴視天壤。形骸實土木，親近惟几杖。未曾寄魯作記官曹，突兀倚書幌〔七〕。晚就芸香閣，胡塵昏坱莽。反覆歸聖朝，點染無滌盪。老蒙台州掾，泛泛《英華》作遐泛浙江槳。履穿四明雪，饑拾楢以周切溪橡〔八〕。空聞紫芝歌，不見杏壇丈。天長眺東南，秋色餘魍魎。別離慘至今，斑白徒懷曩〔九〕。春深秦山秀，葉墜清渭朗。劇談王侯門，野税林下鞅。操紙終夕酣，時物集遐想〔一〇〕。詞場竟疎闊，平昔濫吹晉作浴，趙作推獎。百年見存没，牢落吾安放一云倣。蕭條阮咸在，出處同世網。他日訪江樓，含悽述飄蕩原注：著作與今秘監鄭君審，篇翰齊價，謫江陵，故有阮咸、江樓之句〔一一〕。

〔一〕爰居，海鳥也。《莊子》：昔者，海鳥止于魯郊，魯侯御而觴之于廟，奏《九韶》以爲樂，具太牢以爲膳，鳥乃眩視悲憂，三日而死。江淹《擬古》詩：咸池饗爰居，鐘鼓或愁辛。張華《鷦鷯賦序》：孔雀翡翠，或陵赤霄之際，或托絶垠之外，然皆負矰嬰繳，羽毛入貢。禰衡《鸚鵡賦》：閉以雕籠，剪其翅羽。

〔二〕《唐書》：虔，鄭州滎陽人。

〔三〕神農著《本草》，黄石公授張良《兵法》。此言虔所著之書，爲神農、黄石所不逮也。《唐書》：虔學長于地理、山川、險易、方隅、物産、兵戈，衆寡無不詳審，嘗爲《天寶軍防録》，言典事該，諸儒服其善著書。錢箋：封演《聞見記》：天寶中，協律郎鄭虔採集異聞，著書八十餘卷。人有竊窺其草藁，告虔私修國史，虔聞而遽焚之，由是貶謫十餘年。虔所著書，既無副本，後更纂録，率多遺忘，猶成四十餘卷。書未有名，及爲廣文博士，詢于國子司業蘇源明，源明請名《會粹》，取《爾雅序》「會粹舊説」也。西河太守盧象贈虔詩曰：「書名會粹才偏逸，酒號屠蘇味更醇」，即此謂也。高元之《茶甘録》：子美詩「薈蕞何技癢」，薈，草多貌。蕞，小也。虔自謂著書雖多，皆碎小之事也。後人傳寫，誤爲「會粹」，謂會集其純粹，失之遠矣。唐史目其書爲《會粹》，亦承襲之誤。按：二説不同，據《爾雅序》，乃是「會稡」。稡，音最，聚也。次公云：當以公詩爲正。《射雉賦》：徒心煩而技懩。徐爰注：有技藝欲逞，曰技懩。《茶甘録》：言不能自忍，如人之癢也。

〔四〕陸倕《石闕銘》：陳圭置臬。注：圭以測日景，臬以平水也。天官家，有甘、石二氏《星經》。《白帖》：蟲書，即蝌蚪書。魚豢《魏略》：邯鄲淳善蒼雅蟲篆。傅咸賦：又圖像于丹青。窺未遍、諧太枉，言虔之學，過乎子雲之博覽；虔之言，異乎方朔之詼諧也。

〔五〕神翰，染翰之工也。《陳書·顧野王傳》：蟲篆奇字，無所不通。又善丹青，故云不一。錢箋：羊欣《古來能書人名》：鍾繇，魏太尉。書有三體，一曰銘石，謂正書，二曰章程，謂對書，三曰行押，謂行書。《金壺記》：繇工三色書，草、隸、八分最優。虔善草、隸，故云「兼兩」也。《唐書》：虔好書，常苦無紙。于慈恩寺貯柿葉數屋，日往取葉肆書，歲久殆遍。呂惣《續書評》：虔書如風送雲收，霞催月上。

〔六〕張協詩：寡鶴空悲鳴。「滄洲」二句，美其畫也。玉陛之上，展滄洲之畫圖，而寡鶴誤爲發響，形容其繪事逼真。　《唐書》：虔善圖山水，嘗自寫其詩并畫以獻，帝大署其尾曰：「鄭虔三絶。」

〔七〕《嵇康傳》：土木形骸，不自藻飾。　《唐書》：玄宗置廣文館，以虔爲博士。虔聞命，不知廣文曹司何在，訴宰相，曰：「上增國學，置廣文館以居賢者，令後世言廣文博士自君始，不亦美乎？」虔乃就職。久之，雨壞廡舍，有司不復脩完，寓治國子館，自是遂廢。

〔八〕魚豢《魏略》：芸香辟紙蠹，故藏書臺稱芸臺。　無滌盪，言無有洗其汙賊之跡者。　《天台山賦》：登陸則有四明、天台。善曰：謝靈運《山居賦》注：天台四明相接連。四明，方石四面，自然開窻。《史記》：東郭先生久待詔公車，貧困，履行雪中，有上無下，足盡踏地，人皆笑之。《天台賦》：濟楢溪而直進。善曰：顧凱之《啓蒙記注》：之天台山，路經楢溪水，深險清冷。前有石橋，逕不盈尺，長數十丈，下臨絶澗，惟忘其身，然後能濟。《寰宇記》：楢溪，在臨海縣東三十五里。拾橡，注見七卷。　《唐書》：虔遷著作郎，安禄山反，劫百官，置東都，僞授虔水部郎中，因稱風緩，求攝市令，潛以密章達靈武。賊平，免死，貶台州司户參軍事，後數年，卒。

〔九〕《莊子》：孔子遊乎緇帷之林，坐杏壇之上。杏壇丈，言廣文館師席。《禮》：席間函丈。　《天台賦》：始經魑魅之塗。

〔一〇〕鮑照詩：無由税歸鞅。　言在長安時與虔遊宴之樂。

〔一一〕《晉書》：阮籍與兄子咸共爲竹林之遊。鄭審，虔之侄也，故以咸比之。

故右僕射相國《英華》有曲江二字張公九齡

相國生南紀，金璞無留礦古猛切，與鑛同。仙鶴下人間，獨立霜毛整。矯然江海思，復與雲路永〔一〕。寂寞想土一作玉堦，未遑一作嘗等箕潁。上君白玉堂，倚君金華省〔二〕。碣石一作竭力歲峥嶸，天地一作池日蛙黽。退食吟大庭，何心記一作託榛梗。骨驚畏曩哲，鬒變負人境〔三〕。雖蒙换蟬冠，右地恧女六切多幸。敢忘二疏歸，痛迫蘇耽井〔四〕。紫綬一作紱，《英華》作金紫映暮年，荆州謝所領。庾公興不淺，黄霸鎮每静。賓客引調同，諷詠在務屏〔五〕。詩罷地有餘一云：詩地能有餘，篇終語清省。一陽發陰管，淑氣含公鼎。乃知君子心，用才文章境〔六〕。散帙起翠螭，倚薄巫廬並。綺麗玄暉擁，牋誄任昉騁。自我一作成一家則，未闕隻字警。千秋滄海南，名繫朱鳥影〔七〕。歸老《英華》作歟守故林，戀闕悄一作嘗延頸。波濤良史筆，蕪一作無，非絶大庾嶺〔八〕。向時禮數隔，制作難上請。再讀徐孺碑，猶思理煙艇〔九〕。

〔一〕《唐書》：自上洛南逾江漢，擕武當、荆山，至于衡陽，乃東循嶺徼，達東甌，至閩中，是謂南紀。按：九齡，韶州曲江人。曲江，正嶺徼地，故曰「生南紀」也。《説文》：礦，銅鐵樸石也。徐曰：銅鐵之生者多連石。無留礦，言其成器之早也。錢箋：九齡《家傳》：九齡母夢九鶴自天而下，飛集于庭，遂生九齡。

〔二〕《司馬遷傳》：墨者亦上堯舜，言其堂高三尺，土堦三等。《西都賦》注：《黄圖》曰：未央宫有玉堂殿，玉堂殿内十二門，階陛皆玉爲之。金華省，注見十二卷。《唐書》：九齡擢進士第，拜校書郎，歷中書舍人、秘書少監、集賢院學士、中書侍郎。

〔三〕「碣石」句，未詳。師尹曰：碣石，禄山所據之方。歲峥嶸，言禄山有叛志，寖自高大也。《唐書》：禄山討奚、契丹敗，九齡欲即事誅之，帝不許。東方朔《七諫》：鼃黽游乎華池。注：喻讒諛弄口得志也。大庭，注見十二卷。郭璞《遊仙詩》：戢翼棲榛梗。《本事詩》：曲江與李林甫同列，林甫疾之若仇，曲江爲《海燕》詩以致意，曰：「無心與物競，鷹隼莫相猜。」亦終退斥。《别賦》：心折骨驚。謝朓詩：誰能鬢不變。趙曰：畏曩哲，畏不逮于前賢。負人境，傷功名之不立。

〔四〕《舊唐書》：侍中、中書令，加貂蟬，佩紫綬。按：本傳：開元二十二年，九齡爲中書令，二十四年，遷尚書右丞相，罷政事，所謂「换蟬冠」也。右地慙多幸，言林甫忌之，猶得以右相罷閒，慙愧爲多幸也。《漢書》：疏廣爲太子太傅，兄子受，爲少傅，俱上疏乞骸骨。上以其年篤老，皆許之。《神仙傳》：蘇耽，郴縣人，少孤，養母至孝，忽辭母云：「受性應仙，當違供養。」母曰：「汝去，使我如何存活？」曰：「明年天下疫疾，庭中井水、簷邊橘樹，可以代養。」至時，病者食橘葉、飲井水而愈。《唐書》：九齡遷工部侍郎，乞歸養，詔不許。及母喪解職，毁不勝哀，有紫芝産坐側，白鳩、白雀巢家樹。是歲，奪哀，拜中書侍郎、同平章事。固辭，不許。

〔五〕《唐書》：九齡嘗薦周子諒爲御史，子諒劾奏牛仙客，語援讖書。帝怒，杖于朝堂，流瀼州，道死。九齡坐舉非其人，貶荆州長史。按：唐制：大都督府長史，從三品，應紫綬。荆州爲上都督，故時服紫綬也。《晉書》：庾亮鎮武昌，諸佐吏乘月共登南樓，俄而亮至，諸人將起避之，亮徐曰：「諸君且住，老子於此，興復不淺。」　黄霸，注別見。　《唐書》：九齡雖以直道黜，不戚戚嬰望，惟文史自娱，朝廷許其勝流。《舊書》：孟浩然還襄陽，九齡時鎮荆州，署爲從事，與之唱和。

〔六〕趙曰：一陽發陰管，謂黄鐘之律；淑氣含公鼎，謂大烹之和，以美九齡之詩篇也。《補注》：《困學紀聞》：《文心雕龍》云：士衡才優，而綴詞尤煩；士龍思劣，而雅好清省。

〔七〕《廣雅》：龍無角曰螭。　《江賦》：巫廬嵬崛而比嶠。　趙曰：「散帙」二句，言開散曲江文帙，神物欻起，其高至上薄巫廬也。　《南史》：謝玄暉善爲詩，任彦升工於筆。　《史記自序》：以拾遺補闕，成一家之言。　《天官書》：「南宫朱鳥。」《索隱》曰：「南宫，赤帝，其精爲朱鳥也。」朱鳥，南方七宿。

〔八〕《恨賦》：終蕪絶于異域。　《舊唐書》：東嶠縣，即大庾嶺，屬韶州。《新書》：韶州始興，有大庾嶺新路，開元十七年，詔張九齡開。《一統志》：在南安府城西二十五里。　按：《舊書》：九齡遷中書令，嘗監修國史。又《唐會要》云：《六典》，開元二十八年張九齡所上。此所謂「良史筆」也。波濤，言其筆如波濤之翻。蕪絶，言其人没而史筆遂絶也。　《唐書》：封始興縣伯，請還展墓，病卒，年六十八，謚文獻。

〔九〕任昉《哭范僕射》詩：平生禮數絶。　《後漢書》：徐穉，字孺子，豫州南昌人，稱南州高士。九齡《徐徵君碣》：有唐開元十五年，忝牧兹邦，風流是仰。在懸榻之後，想見其人；有表墓之儀，豈孤此地。

覽柏中丞舊作允，《正異》改作丞兼子姪數人除官制詞因述父子兄弟四美載歌絲綸

紛然喪亂際，見此忠孝門。蜀中寇亦甚，柏氏功彌存。深誠補王室，戮力自元昆。三止錦江沸，獨清玉壘昏。高名入竹帛，新渥照乾坤〔一〕。子弟先卒伍，芝蘭疊璵璠。同心注師律，灑血在戎軒。絲綸實具載，紱冕已殊恩。奉公舉骨肉，誅叛經寒温。金甲雪猶凍，朱旗塵不翻。每聞戰場説，欻激懦氣奔。聖主國多盜，賢臣官則尊。方當節鉞用，必絶祲沴根。吾病日迴首，雲臺誰再論。作歌挹盛事，推轂期孤騫他本作騫，非〔二〕。音戾

〔一〕「三止錦江沸」，是柏中丞與崔旰相攻時事。黄鶴指討平段子璋、徐知道及崔旰，非也。子璋反東川，與成都無涉。次公謂：寶應元年徐知道反，永泰元年崔旰反，大曆三年楊子琳以瀘州反。考子琳入成都，公去夔已久，柏中丞亦不聞後復還蜀，安可妄爲之説哉？

〔二〕《馮唐傳》：上古王者遣將，跪而推轂。

《杜詩博議》：《年譜》：公至夔州時，柏中丞爲夔州都督，公爲作《謝上表》。今考柏都督，乃柏茂林，中丞，其兼官也。黄鶴注以柏都督是貞節，中丞則茂林，又以茂林與貞節爲兄弟，俱大謬。按《舊書・代宗紀》：永泰元年閏十月，劍南節度使郭英乂爲其兵馬使崔旰所殺。邛州柏茂林、瀘

州楊子琳、劍州李昌巙，皆起兵討旰，蜀大亂。大曆元年二月，邛州刺史柏茂林充邛南防禦使，劍南西山兵馬使崔旰爲茂州刺史，充劍南西山防禦使，從杜鴻漸請也。八月壬寅，以茂州刺史崔旰爲成都尹，劍南西川節度、行軍司馬，邛州刺史柏茂林爲邛南節度使，從杜鴻漸請也。二年七月丙寅，以崔旰劍南西川節度觀察等使。三年五月戊辰，以崔旰爲檢校工部尚書，改名寧。《唐曆》、《通鑑》亦同。初無柏貞節事，而《舊書》于《杜鴻漸傳》則云：崔旰殺英乂，據成都，自稱留後。邛州衙將柏貞節、瀘州衙將楊子琳、劍州衙將李昌巙等，興兵討之。于《崔寧傳》又云：旰率兵攻成都，英乂出兵于城西門，令柏茂琳爲前軍，郭英幹爲左軍，郭嘉琳爲後軍，與旰戰。茂琳等軍屢敗，旰令降將統兵，與英乂轉戰，大敗之。一則記貞節興兵而不及茂琳，一則記茂琳喪軍而不及貞節。《新書·崔寧傳》則兼録二傳之文，上書柏茂琳等戰敗，下書邛州柏貞節討寧。鴻漸表爲邛州刺史，于《杜鴻漸傳》則止書貞節。今以《本紀》考之，則授邛州刺史、邛南防禦及節度，皆茂林一人之事。蓋茂林以牙將爲英乂前軍，敗于城西，復歸邛州，興兵討寧耳。疑貞節乃茂林之字，或後改名，非二人也。《新書·方鎮表》：大曆元年置邛南防禦使，治邛州，尋升爲節度使，未幾，廢置。劍南西山防禦使，治茂州，未幾廢。二使之置，專爲旰與茂林也。邛南節度既廢，茂林不聞他除，豈非即拜夔州都督乎？鴻漸初議授茂林邛南、崔旰劍南，以兩解之。既而旰專制西川，漸不相容，故徙茂林于夔州，蓋以避旰之偪。然自節度除都督爲失職，故此詩云「方當節鉞用」。又《觀宴》詩云「幾時來翠節」，蓋惜之也。公《爲柏都督謝上表》云：「察臣劍南區區，恐失臣節如彼；加臣頻煩階級，鎮守要衝如此。」此正自明討盱之事。效忠朝廷，不以失旌節爲望，而以增階級爲喜也。是詩「深誠補王室」及「誅叛經寒温」等語，皆謂討盱。其曰「獨清玉壘昏」者，《唐志》：玉壘山，在彭州。《九域志》云：在茂州，彭州西北至茂州止八十里。是時鴻漸以茂州授盱，故曰「玉壘昏」也。題云《覽柏中丞兼子姪數人除官制詞因述父子兄弟四美》，詩云「戮力自元昆」，又云「子弟先卒伍」，必茂林起兵時，闔門赴義，子弟俱在戎行，而其人不可考矣。公有《蜀州柏二别駕將中丞命》詩，柏二當即四美之一。

覽鏡呈柏中丞

渭水流關内，終南在日邊。膽銷豺虎窟，淚入犬羊天。起晚堪從事，行遲更學一作覺仙〔一〕。鏡中衰謝色，萬一故人憐。

〔一〕舊注：凡仕者必早起，起晚矣尚堪從事乎？仙者必身輕步疾，行遲矣，更可學仙乎？或曰：《仙傳》載：薊子訓行若遲徐，走馬不及。左慈著木履，拄一竹杖，孫討逆鞭馬追之，終不能及。此所云「行遲更學仙」也。戲言之以見其衰謝之意耳。

陪柏中丞觀宴將士二首

極樂三軍士，誰知百戰場。無私齊綺饌，久坐密金章〔一〕。醉客霑鸚鵡，佳人指鳳凰〔二〕。

幾時來翠節，特地引紅粧〔三〕。

〔一〕何遜《輕薄篇》：玉盤傳綺食。　鮑照詩：左右佩金章。

〔二〕《嶺表録異》：鸚鵡螺旋尖處屈而朱，如鸚鵡觜，故以名殼，裝爲酒盃，奇而可翫。梁簡文帝《答張纘書》：車渠屢酌，鸚鵡驟傾。　按：鸚鵡，蒙綺饌；鳳凰，蒙金章。《唐會要》：延載元年，内出繡袍賜文武官，三品以上，其袍文，宰相飾以鳳凰，尚書飾以對雁，舒襟皆各爲回文。又《唐書》：代宗詔曰：所織盤龍、對鳳、麒麟、獅子等錦綺，並宜禁。可證鳳凰乃當時章服也。舊注引鳳凰事，都支離。

〔三〕時柏中丞尚未拜節度，故云然。

繡段裝簷額，金花帖鼓腰〔一〕。一夫先舞劍，百戲後歌樵一作鐎〔二〕。江樹城孤遠，雲臺使寂寥。漢朝頻選將，應拜霍嫖姚。

〔一〕庾信詩：圓花釘鼓牀。《宋書》：蕭思話年十餘歲，好打細腰鼓。

〔二〕趙曰：歌樵，戲作夔峽樵歌之音也。《閣夜》詩：「夷歌是處起漁樵。」